ELIZABETH GEORGE

Gott schütze dieses Haus

Mein ist die Rache

GOLDMANN
Lesen erleben

Gott schütze dieses Haus

Jahrhunderte lag ein Dorf im englischen Yorkshire im Dornröschenschlaf – bis ein brutaler Mord die Idylle stört: Der Dorfpfarrer entdeckt die enthauptete Leiche seines treuen Schäfchens William Teys in einer Scheune. Und neben dem Toten kauert Roberta, seine leicht debile Tochter, und behauptet: »Ich war's.« Danach verstummt sie …

Mein ist die Rache

Was als fröhliches Verlobungswochenende von Inspector Thomas Lynley und der Fotografin Deborah Cotton auf Howenstow, dem feudalen Stammsitz von Lynleys Familie geplant war, entpuppt sich nach und nach als Alptraum. Im nahe gelegenen Dorf wird ein junger Journalist bestialisch ermordet – und alle Spuren führen nach Howenstow …

Autorin

Akribische Recherche, präziser Spannungsaufbau und höchste psychologische Raffinesse zeichnen die Bücher der Amerikanerin Elizabeth George aus. Ihre Fälle sind stets detailgenaue Porträts unserer Zeit und ihrer Gesellschaft. Elizabeth George, die lange an der Universität »Creative Writing« lehrte, lebt heute in Seattle, USA. Alle ihre Lynley-Havers-Bestseller wurden von der BBC verfilmt und auch im deutschen Fernsehen mit größtem Erfolg ausgestrahlt.

Von Elizabeth George außerdem bei Goldmann lieferbar:

Die Romane mit Inspector Linley und Sergeant Havers:
Gott schütze dieses Haus. Roman (09918) · Keiner werfe den ersten Stein. Roman (42203) · Auf Ehre und Gewissen. Roman (41350) · Mein ist die Rache. Roman (42798) · Denn bitter ist der Tod. Roman (42960) · Denn keiner ist ohne Schuld. Roman (43577) · Asche zu Asche. Roman (43771) Im Angesicht des Feindes. Roman (44108) · Denn sie betrügt man nicht. Roman (44402) · Undank ist der Väter Lohn. Roman (44982) · Nie sollst du vergessen. Roman (45611) · Wer die Wahrheit sucht (46298) · Wo kein Zeuge ist (46869) · Doch die Sünde ist scharlachrot (46925)

Außerdem lieferbar:
Vergiss nie, dass ich dich liebe. Erzählungen (45725) · Im Anfang war der Mord. Die spannendsten Kurzgeschichten von den besten Krimiautorinnen der Welt (45953) · Wort für Wort oder die Kunst, ein gutes Buch zu schreiben (41644) · Am Ende war die Tat (47132) · Denn dein ist die Sünde. Kriminalgeschichten (geb. 31247)

Elizabeth George

Gott schütze dieses Haus

Mein ist die Rache

Zwei Romane
in einem Band

Aus dem Englischen von
Mechtild Sandberg-Ciletti

GOLDMANN

Die Originalausgabe von »Gott schütze dieses Haus« erschien unter dem Titel »A Great Deliverance« bei Bantam Books, New York.

Die Originalausgabe von »Mein ist die Rache« erschien unter dem Titel »A Suitable Vengeance« bei Bantam Books, New York.

Einmalige Sonderausgabe Juni 2008
Gott schütze dieses Haus

Mein ist die Rache

Umschlaggestaltung: Design Team München
Umschlagillustration: plainpicture, whatapicture
Druck und Einband: GGP Media GmbH, Pößneck
Printed in Germany
ISBN: 978-3-442-13440-3

www.goldmann-verlag.de

Gott schütze dieses Haus

FOR NATHALIE

in celebration of the growth of the spirit
and the triumph of the soul

1

Es war ein Fauxpas schlimmster Art. Er nieste der Frau mitten ins Gesicht, laut, nass, absolut unverzeihlich. Eine Dreiviertelstunde hatte er das Niesen zurückgehalten, dagegen gekämpft, als handle es sich um Henry Tudors Streitmacht bei der Schlacht von Bosworth. Bis er schließlich kapitulierte. Und nach vollbrachter Tat fing er zu allem Überfluss auch noch zu schniefen an.

Die Frau fixierte ihn. Sie war genau der Typ, in dessen Anwesenheit er unweigerlich zum stammelnden Idioten wurde, mindestens einen Meter achtzig groß, mit jener modischen Unbekümmertheit gekleidet, die für die britische *upper class* bezeichnend ist, alterslos und zeitlos. Sie fixierte ihn mit stahlblauem Blick, unter dem sich vor vierzig Jahren gewiss manches Zimmermädchen in Tränen aufgelöst hatte. Sie musste weit über sechzig, vielleicht schon fast achtzig sein, aber es war schwer zu sagen. Sie saß kerzengerade, die Hände im Schoß gefaltet, mit der vorschriftsmäßigen Haltung der höheren Tochter, die sich nicht die kleinste der Bequemlichkeit förderliche Regung gestattet.

Und sie fixierte ihn. Erst seinen Priesterkragen, dann seine tropfende Nase.

Verzeihen Sie, Verehrteste. Ich bitte tausendmal um Verzeihung. Ein kleiner Fauxpas wie ein Niesen darf doch eine Freundschaft wie die unsere nicht zerstören. Er war immer so witzig, wenn er seine geistigen Dialoge führte. Nur wenn er laut sprach, kam er fürchterlich ins Schleudern.

Er schniefte wieder. Sie starrte ihn immer noch an. Wieso reiste sie überhaupt zweiter Klasse? Sie war in Doncaster ins Abteil gerauscht wie eine überalterte Salome, freilich zugeknöpfter gekleidet, und hatte dann die ganze Fahrt nichts anderes getan, als entweder von dem widerlich riechenden lauwarmen Kaffee der Britischen Eisenbahn zu nippen oder ihn in einer Art und Weise anzuschauen, welche die Missbilligung der gesamten englischen Staatskirche zum Ausdruck brachte.

Und dann kam das Niesen. Tadellos korrektes Verhalten von Doncaster bis London hätte seine Zugehörigkeit zur römisch-katholischen Kirche vielleicht entschuldigen können. Das Niesen jedoch trug ihm ewige Verdammnis ein.

»Ich – äh – das heißt – Sie müssen verzeihen ...«

Es hatte keinen Sinn. Sein Taschentuch war tief in seiner Tasche vergraben. Um es herauszuziehen, hätte er den abgewetzten Aktenkoffer auf seinem Schoß loslassen müssen, und das war undenkbar. Es geht hier nicht um eine Verletzung der Etikette, Madam. Hier geht es um Mord! Bei diesem Gedanken schniefte er mit selbstgerechtem Nachdruck.

Die Frau nahm noch korrektere Haltung an; ihre Missbilligung war nun nicht mehr zu übersehen. Ihr Blick sagte alles. Er spiegelte jeden ihrer Gedanken, und er konnte sie alle lesen: Ein jämmerlicher kleiner Mann. Erbärmlich. Zweifellos keinen Tag jünger als fünfundsiebzig und sieht entsprechend aus. Aber was kann man von solchen Leuten schon erwarten? Drei Schnitte im Gesicht von der schlechten Rasur und im Mundwinkel noch ein Krümel vom Frühstückstoast; abgetragener schwarzer Anzug, an Ellbogen und Manschetten ausgebessert; und der Schlapphut voller Staub. Und dieser grässliche Koffer auf seinem Schoß! Er hielt ihn die ganze Zeit fest, so als wäre sie nur mit der Absicht in den Zug gestiegen, ihn ihm zu entreißen. Guter Gott!

Die Frau seufzte und wandte sich ab, als suche sie Erlösung. Aber die blieb ihr versagt. Seine Nase tropfte weiter, bis das

Langsamerwerden des Zuges endlich das nahe Ende ihrer gemeinsamen Fahrt ankündigte.

Im Aufstehen strafte sie ihn mit einem letzten Blick. »Endlich begreife ich, was die Katholiken meinen, wenn sie vom Fegefeuer sprechen«, zischte sie und rauschte hinaus.

»Ach du meine Güte«, murmelte Pater Hart. »Ach du meine Güte, ich habe anscheinend tatsächlich …«

Aber sie war schon weg. Der Zug hatte unter dem gewölbten Dach des Londoner Bahnhofs angehalten. Nun war es an der Zeit, den Auftrag zu erledigen, der ihn in die Stadt geführt hatte.

Er hielt noch einmal Umschau, um sich zu vergewissern, dass er alle seine Sachen beisammen hatte; völlig überflüssige Gewissenhaftigkeit, da er aus Yorkshire nichts mitgenommen hatte als den Aktenkoffer, den er bisher nicht aus der Hand gegeben hatte. Mit zusammengekniffenen Augen schaute er durch das Fenster in die riesige Halle des King's-Cross-Bahnhofs hinaus.

Er hatte eher etwas wie den Victoria-Bahnhof erwartet mit seinen gemütlichen alten Backsteinmauern, seinen Verkaufskiosken und Straßenmusikanten, die der Polizei immer eine Nasenlänge voraus waren. Aber King's Cross war ganz anders: große Flächen gefliesten Bodens, marktschreierische Reklametafeln, die von der Decke herabhingen, Bücherstände, Kioske mit Süßigkeiten, Hamburgerbuden. Und die vielen Leute! Viel mehr, als er erwartet hatte. In langen Schlangen standen sie vor den Schalterfenstern, rannten, rasch noch einen Imbiss hinunterschlingend, zu ihren Zügen, redeten, lachten, umarmten sich Abschied nehmend. Menschen jeder Rasse und Hautfarbe. Wie ungewohnt! Der Lärm und das Durcheinander verwirrten ihn.

»Wollen Sie aussteigen, Pater, oder haben Sie vor, hier zu nächtigen?«

Verdutzt blickte Pater Hart in das rotwangige Gesicht des Schaffners, der ihm am Morgen bei der Abfahrt des Zuges aus

York bei der Suche nach seinem Platz geholfen hatte. Es war ein freundliches nordenglisches Bauerngesicht, vom Wind der Hochmoore mit einem Netzwerk feiner geplatzter Äderchen gezeichnet.

»Wie? Ich – o ja … Ich muss raus.« Pater Hart machte entschlossene Anstrengungen, sich von seinem Platz zu erheben. »Ich war seit Jahren nicht mehr in London«, fügte er hinzu, als könne diese Bemerkung sein Widerstreben, den Zug zu verlassen, erklären.

Der Schaffner nahm sie als Aufforderung zum Gespräch.

»Kommen Sie, ich helfe Ihnen«, sagte er. »Haben Sie Ihren Koffer?«

»Ich – ja, ja, ich hab' ihn.«

Pater Hart ignorierte die hilfreich dargebotene Hand des Mannes. Schon spürte er den Schweiß an den Händen und unter den Achseln, in den Lenden und in den Kniekehlen und fragte sich, wie er diesen Tag überstehen sollte.

»Gut, dann raus auf den Bahnsteig.«

Pater Hart spürte den neugierigen Blick des Schaffners, der von seinem Gesicht zum Aktenkoffer glitt. Er hielt den Griff des Köfferchens fester. In der Hoffnung, dadurch entschlossener zu wirken, spannte er seinen Körper an, bekam aber nur einen äußerst schmerzhaften Krampf im linken Fuß. Er stöhnte vor Schmerz.

Der Schaffner war besorgt. »Sie sollten vielleicht besser nicht allein reisen. Brauchen Sie wirklich keine Hilfe?«

Doch, natürlich brauchte er Hilfe. Aber es konnte ihm keiner helfen. Er konnte sich nicht einmal selbst helfen.

»Nein, nein. Ich bin gleich draußen. Sie waren sehr freundlich. Heute Morgen mit meinem Sitzplatz, meine ich. In der ersten Verwirrung.«

Der Schaffner winkte ab.

»Machen Sie sich da nichts draus. Viele Leute wissen nicht,

dass mit den Karten auch Plätze reserviert sind. Ist ja alles glatt gegangen, nicht?«

»Ja. Ich denke doch …«

Pater Hart holte in aller Eile tief Luft. Den Gang entlang, zur Tür hinaus, zur Untergrundbahn, befahl er sich. Das musste doch zu schaffen sein. Er schlurfte zur Wagentür. Der Koffer, den er mit beiden Händen in Bauchhöhe hielt, schlug ihm bei jedem Schritt gegen die Schenkel.

»Moment, Pater«, sagte der Schaffner hinter ihm. »Die Tür geht ein bisschen schwer. Lassen Sie mich das machen.«

Er ließ den Mann in dem engen Gang an sich vorbei. Schon drängten zur hinteren Tür zwei missmutige Männer vom Reinigungspersonal herein, mit Müllsäcken über den Schultern, um den Zug für die Rückfahrt nach York in Schuss zu bringen. Es waren zwei Pakistanis, und obwohl sie Englisch sprachen, konnte Pater Hart infolge ihres exotischen Akzents kein Wort verstehen.

Er erschrak, als ihm das bewusst wurde. Was tat er hier in der Hauptstadt, wo die Einwohner Ausländer waren, die ihn mit dunklen, feindseligen Augen und fremdartigen Gesichtern ansahen? Was hoffte er denn zu erreichen? Was war das für eine Torheit? Wer würde glauben …

»Brauchen Sie Hilfe, Pater?«

Endlich fand Pater Hart eine entschlossene Antwort.

»Nein. Es geht gut. Sehr gut.«

Er schaffte es die Stufen hinunter, spürte den Beton des Bahnsteigs unter seinen Füßen, hörte das Gurren der Tauben hoch oben unter dem gewölbten Dach der Bahnhofshalle. Zerstreut machte er sich auf den Weg den Bahnsteig entlang zum Ausgang Euston Road.

Hinter sich hörte er wieder den Schaffner.

»Werden Sie abgeholt? Wissen Sie, wohin Sie müssen? Wohin wollen Sie denn jetzt?«

Pater Hart straffte die Schultern.

»Zu Scotland Yard«, antwortete er mit fester Stimme.

Der St.-Pancras-Bahnhof gleich auf der anderen Straßenseite bildete einen so eklatanten Gegensatz zum King's-Cross-Bahnhof, dass Pater Hart einfach stehen bleiben musste, um den Bau in seiner ganzen neugotischen Großartigkeit zu bestaunen. Straßenlärm und Abgasgestank waren mit einem Mal bedeutungslos. Architektur interessierte ihn, und hier hatte sie die tollsten Blüten getrieben.

»Herr im Himmel, ist das eine Pracht«, murmelte er, den Kopf nach rückwärts geneigt, um die Gipfel und Schluchten des Bahnhofsgebäudes besser betrachten zu können. »Wenn man das Ding ein bisschen säubern würde, wäre es der reinste Palast.« Er schaute sich abwesend um, so als wollte er den nächsten Passanten anhalten, um ihm einen Vortrag über die üblen Auswirkungen jahrzehntelanger Kohleheizung auf das alte Gebäude zu halten. »Es würde mich wirklich interessieren, wer ...«

Ein Polizeifahrzeug raste plötzlich mit heulender Sirene die Caledonian Road hinunter und bog mit quietschenden Reifen in die Euston Road ein. Mit einem Schlag befand sich Pater Hart wieder in der Wirklichkeit. Er schüttelte sich innerlich, zum Teil aus Irritation, zum größeren Teil jedoch aus Furcht. Seine Gedanken gingen jetzt immer häufiger auf Wanderschaft. Und das signalisierte doch das Ende, nicht wahr? Er schluckte einen quälenden Kloß der Angst hinunter und bemühte sich wieder um Entschlossenheit. Sein Blick fiel auf den schwarzen Balken der Schlagzeile der Morgenzeitung. Neugierig trat er näher. »Neuer Mord am Vauxhall-Bahnhof!«

Mord! Er schreckte vor dem Wort zurück, sah sich um und gönnte sich einen Blick auf den Bericht, überflog ihn hastig, aus Sorge, genauere Lektüre könnte ein Interesse am Makabren verraten, das einem Geistlichen schlecht anstand. Wörter, nicht

Sätze fing sein Blick ein. »... aufgeschlitzt ... teilweise entkleidete Leichen ... Arterien ... durchtrennt ... männliche Opfer ...«

Er schauderte, fasste sich an den Hals, seiner eigenen Verletzlichkeit bewusst. Selbst ein Priesterkragen war kein sicherer Schutz vor dem Messer eines Mörders. Es würde suchen. Es würde zustechen.

Diese Vorstellung wirkte vernichtend auf ihn. Er wich leicht taumelnd vor dem Zeitungsstand zurück und erblickte zum Glück keine zehn Meter entfernt das U-Bahn-Schild. Es half seinem Gedächtnis wieder auf die Beine.

Er kramte einen Plan der öffentlichen Verkehrsverbindungen aus seiner Tasche und studierte mit peinlicher Genauigkeit das zerknitterte Blatt Papier. Die Circle Line bis St. James's Park, sagte er sich vor. Dann noch einmal mit Nachdruck: »Die Circle Line bis St. James's Park. Die Circle Line bis St. James's Park.«

Wie einen gregorianischen Gesang leierte er diesen Satz vor sich hin, während er die Treppe hinunterstieg. Er hielt Metrum und Rhythmus bis zum Schalter und stellte seinen Singsang erst ein, als er im Zug Platz genommen hatte. Dort musterte er die anderen Fahrgäste, stellte fest, dass zwei alte Damen ihn mit unverhohlener Neugier beobachteten, und neigte Verzeihung heischend den Kopf.

»Verwirrend«, erklärte er und versuchte es mit einem zaghaft freundschaftlichen Lächeln. »Man kommt so durcheinander.«

»Wirklich die unmöglichsten Typen, sag' ich dir, Pammy«, bemerkte die jüngere der beiden Frauen zu ihrer Begleiterin. Sie warf dem Geistlichen einen routinierten Blick eisiger Verachtung zu. »Und jede Maske ist ihnen recht, hab' ich gehört.« Die wässrigen Augen unverwandt auf den verwirrten Pater Hart gerichtet, zog sie ihre Freundin vom Sitz hoch, hielt sich an dem Pfosten bei der Tür fest und drängte sie an der nächsten Haltestelle laut zum Aussteigen.

Pater Hart sah ihnen resigniert nach. Man kann es ihnen

nicht verübeln, dachte er. Man durfte nicht blind vertrauen. Niemals. Und das zu sagen, war er nach London gekommen: dass es nicht die Wahrheit war. Es sah nur wie die Wahrheit aus. Ein Toter, ein junges Mädchen und ein blutiges Beil. Aber es war nicht die Wahrheit. Er *musste* sie überzeugen und ... Ach Gott, er hatte so wenig Talent für so etwas. Aber Gott war auf seiner Seite. An diesen Gedanken klammerte er sich. Was ich tue, ist recht, was ich tue, ist recht, was ich tue, ist recht. Dieser neue Singsang führte ihn direkt vor die Tore von New Scotland Yard.

»Es sollte mich wundern, wenn uns da nicht wieder eine Konfrontation zwischen Kerridge und Nies blühte«, schloss Superintendent Malcolm Webberly und zündete sich eine dicke Zigarre an, von der augenblicklich unangenehme Qualmwolken in die Luft stiegen.

»Mensch, Malcolm, mach wenigstens das Fenster auf, wenn du das Ding schon rauchen musst«, sagte Chief Superintendent Sir David Hillier. Er war Webberlys Vorgesetzter, aber er ließ seinen Leuten in der Führung ihrer jeweiligen Abteilungen weitgehend freie Hand. Ihm selbst wäre es nicht im Traum eingefallen, kurz vor einem dienstlichen Gespräch einen derartigen Angriff auf Geruchs- und Atmungsorgane zu starten, aber Malcolm hatte seine eigenen Methoden, und die hatten sich bisher noch nie als untauglich erwiesen. Er rückte seinen Sessel herum, um dem schlimmsten Qualm zu entgehen, und ließ sein Auge über das Durcheinander im Büro schweifen.

Hillier fragte sich oft, wie Malcolm es mit seiner Neigung zum Chaos schaffte, seine Abteilung so effizient zu führen. Akten und Fotografien, Berichte und Bücher stapelten sich auf sämtlichen verfügbaren glatten Flächen. Leere Kaffeetassen standen neben überquellenden Aschenbechern, und ganz oben auf dem Regal lag sogar ein Paar uralter Laufschuhe. Das Zimmer verbreitete, genau wie es Malcolms Absicht war, die Atmosphäre einer Studentenbude: voll gestopft, locker und im Geruch ein wenig muffig. Nur das ungemachte Bett fehlte. Es war eine Atmosphäre, die ungezwungenes Beisammensein und offenen Gedankenaustausch förderte, Kameradschaft unter Männern gedeihen ließ, die im Team zusammenarbeiten mussten. Ein Menschenkenner, unser Malcolm, dachte Hillier. Weit klüger, als man vermutete, wenn man diesen ganz durchschnittlich wirkenden, fülligen Mann mit den runden Schultern sah.

Webberly hievte sich aus dem Schreibtischsessel und hantierte kurz mit dem Fensterriegel, ehe es ihm gelang, ihn zu öffnen.

»Tut mir Leid, David. Das vergess' ich jedesmal.« Er setzte sich wieder, betrachtete düster den Wust von Papieren vor sich und sagte: »Das hat mir jetzt gerade noch gefehlt.« Er fuhr sich mit einer Hand durch das schüttere Haar, das, früher rotblond, jetzt fast ganz ergraut war.

»Schwierigkeiten zu Hause?«, fragte Hillier vorsichtig und hielt den Blick angelegentlich auf seinen goldenen Siegelring geheftet.

Die Frage war für beide problematisch; er und Webberly waren mit zwei Schwestern verheiratet, doch im Yard wusste das kaum jemand, und die beiden Männer bezogen sich in Gesprächen selten darauf.

Ihre Beziehung beruhte auf einer jener Launen des Schicksals, durch die zwei Menschen sich manchmal auf eine Weise miteinander verstrickt sehen, die im Allgemeinen besser unbesprochen bleibt. Hilliers berufliche Laufbahn war ein Spiegel seiner Ehe. Seine Karriere war erfolgreich, seine Ehe glücklich, beide füllten ihn aus. Seine Frau war ihm die ideale Partnerin: geistige Freundin, liebevolle Mutter, hinreißende Geliebte. Er gab gern zu, dass sie der Mittelpunkt seines Lebens war; seine drei Kinder brachten Freude und Abwechslung in sein Leben, aber wirkliche Bedeutung hatte nur Laura für ihn. Ihr galt morgens sein erster Gedanke und abends sein letzter, zu ihr trug er praktisch alle Bedürfnisse seines Lebens. Und sie erfüllte jedes.

Bei Webberly war es anders: eine Laufbahn so glanzlos und unauffällig wie der Mann selbst, keine Blitzkarriere, sondern ein schleppender Aufstieg, zwar von verschiedenen Erfolgen begleitet, für die Webberly jedoch selten Lorbeeren einheimste. Er war einfach nicht der diplomatische Taktiker, der er hätte sein müssen, um im Yard Erfolg zu haben. Daher winkte auch kein Adelstitel am beruflichen Horizont, und das war die Belastung, unter der die Ehe der Webberlys litt.

Die Eifersucht darüber, dass ihre Schwester *Lady* Hillier war, fraß Frances Webberly fast auf. Aus der schüchternen, aber zufriedenen kleinen Hausfrau war darüber eine verbissene Streberin nach gesellschaftlichem Aufstieg geworden. Abendessen, Cocktailpartys, langweilige Einladungen und Empfänge, die sie sich kaum leisten konnten, wurden für Leute veranstaltet, die sie persönlich nicht interessierten, die aber nach Frances' Auffassung den Aufstieg ihres Mannes zur Creme der Gesellschaft dokumentierten. Zu all diesen Veranstaltungen kamen die Hilliers getreulich; Laura aus besorgter Loyalität zu einer Schwester, mit der keine liebende Beziehung mehr möglich war; Hillier, um Webberly, so gut er konnte, vor den grausamen Bemerkungen in Schutz zu nehmen, die Frances in der Öffentlichkeit häufig über die glanzlose Karriere ihres Mannes zu machen pflegte. Lady Macbeth in Reinkultur, dachte Hillier oft schaudernd.

»Nein, das ist es nicht«, antwortete Webberly jetzt. »Ich glaubte nur, ich hätte das mit Nies und Kerridge vor Jahren endgültig geregelt. Mir graut bei dem Gedanken, dass da jetzt wieder ein Zusammenstoß ins Haus steht.«

Wie typisch für Malcolm, dachte Hillier, die Verantwortung für die Fehler anderer zu übernehmen.

»Worum ging es gleich bei ihrer letzten Fehde?«, fragte er.

»Das war eine Sache in Yorkshire, nicht wahr? Mit Zigeunern, die in einen Mord verwickelt waren?«

Webberly nickte. »Nies leitet die Dienststelle Richmond.« Er seufzte tief und vergaß einen Moment lang, den Rauch seiner Zigarre zum Fenster hin zu blasen. Hillier unterdrückte mit Mühe ein Hüsteln. Webberly lockerte seine Krawatte und fingerte zerstreut an dem abgewetzten Kragen seines weißen Hemdes herum. »Da oben wurde vor drei Jahren eine alte Zigeunerin umgebracht. Nies führt ein strenges Regiment. Seine Leute arbeiten äußerst gewissenhaft und sind genau bis ins kleinste Detail. Sie ermittelten und nahmen schließlich den Schwiegersohn der Alten fest. Allem Anschein nach hatte es Streit über eine Halskette aus Granat gegeben, von der jeder behauptete, dass sie ihm gehöre.«

»Eine Granatkette? War sie gestohlen?«

Webberly schüttelte den Kopf und klopfte die Asche seiner Zigarre am Aschenbecher auf seinem Schreibtisch ab. Aschepartikel früherer Zigarren flogen auf und setzten sich wie Staub auf Akten und Papiere.

»Nein. Die Kette war ihnen von Edmund Hanston-Smith geschenkt worden.«

Hillier beugte sich vor.

»Hanston-Smith?«

»Ja. Du erinnerst dich jetzt, nicht wahr? Aber *der* Fall kam erst nach dieser ganzen Sache. Der Mann, der wegen des Mordes an der Alten festgenommen wurde – ich glaube, er hieß Romaniv –, hatte eine Ehefrau. Ungefähr fünfundzwanzig Jahre alt und sehr schön – dunkel und exotisch.«

»Für einen Mann wie Hanston-Smith zweifellos sehr verführerisch.«

»Richtig. Sie konnte ihn davon überzeugen, dass Romaniv unschuldig sei. Es dauerte ein paar Wochen – Romaniv war noch nicht vors Schwurgericht gekommen. Sie beredete Hanston-Smith, den Fall neu aufzurollen. Sie schwor, sie würden nur verfolgt, weil sie Sinti seien; Romaniv wäre in der fraglichen Nacht mit ihr zusammen gewesen.«

»Und ihr Charme hat es ihm wahrscheinlich leicht gemacht, das zu glauben.«

Webberlys Mund zuckte. Er drückte seine Zigarre im Aschenbecher aus und faltete die sommersprossigen Hände auf dem Bauch, so dass sie den Fleck auf seiner Weste verdeckten.

»Der späteren Aussage von Hanston-Smiths Diener zufolge hatte die gute Mrs. Romaniv keine Mühe, selbst einen Mann von zweiundsechzig eine ganze Nacht lang beschäftigt zu halten. Du wirst dich erinnern, dass Hanston-Smith beträchtlichen politischen Einfluss besaß und nicht gerade ein armer Schlucker war. Es fiel ihm nicht schwer, die Polizei von Yorkshire zu überzeugen, dass sie in diesem Fall eingreifen müsse. Die Folge war, dass Rubin Kerridge – er ist trotz allem, was geschah, immer noch der Chief Constable von Yorkshire – Nies befahl, die Ermittlungen neu aufzunehmen. Und um allem die Krone aufzusetzen, gab er auch noch Anweisung, Romaniv freizulassen.«

»Und wie reagierte Nies?«

»Nun, Kerridge war schließlich sein Vorgesetzter. Was hätte er tun können? Er war zwar außer sich vor Wut, aber er ließ Romaniv frei und wies seine Leute an, die Ermittlungen wieder aufzunehmen.«

»Romanivs Entlassung wird zwar die Ehefrau glücklich gemacht, Hanston-Smiths nächtlichen Freuden aber wohl ein vorzeitiges Ende gesetzt haben«, meinte Hillier.

»Nun, Mrs. Romaniv fühlte sich natürlich verpflichtet, Hanston-Smith auf die Weise zu danken, an die er sich so sehr gewöhnt hatte. Sie schlief ein letztes Mal mit ihm – hielt den armen Kerl bis in die frühen Morgenstunden auf Trab, wenn die Geschichte stimmt, die ich gehört habe –, dann ließ sie Romaniv ins Haus.«

Webberly verstummte und blickte auf, als draußen an die Tür geklopft wurde.

»Das blutige Ende ist aktenkundig. Das feine Paar ermordete Hanston-Smith, klaute alles, was es tragen konnte, floh nach Scarborough und war noch vor Morgengrauen außer Landes.«

»Und Nies' Reaktion?«

»Er verlangte Kerridges sofortigen Rücktritt.«

Wieder klopfte es. Webberly ignorierte es.

»Den erreichte er allerdings nicht. Aber seitdem lechzt er danach wie ein Verdurstender in der Wüste.«

»Und jetzt bekommen wir es also wieder mit den beiden zu tun.«

Ein drittes Mal klopfte es, nachdrücklicher diesmal. Auf Webberlys »Herein« trat Bertie Edwards ein, Leiter der forensischen Abteilung, geschäftig wie immer, in der Hand seine Agenda, auf der er sich Notizen machte, während er gleichzeitig sprach. Edwards hatte zu seiner Agenda eine so innige Beziehung wie die meisten Männer zu ihren Sekretärinnen.

»Schwere Kontusion an der rechten Schläfe«, verkündete er vergnügt, »gefolgt von einem Riss der Halsschlagader. Keine Papiere, kein Geld, ausgezogen bis auf die Unterwäsche. Das ist eindeutig der Bahnhofskiller.« Mit einer schwungvollen Handbewegung vollendete er seine Aufzeichnungen.

Hillier betrachtete den kleinen Mann mit heftigem Widerwillen. »Herrgott noch mal, diese Gruselnamen, die sich die Presse immer ausdenkt!«

»Ist das der Tote vom Waterloo-Bahnhof?«, fragte Webberly.

Edwards sah Hillier an. Man merkte ihm deutlich an, wie er überlegte, ob er sich mit ihm auf eine Diskussion darüber einlassen sollte, dass man unbekannten Mördern einen Schauernamen gab, um so die Öffentlichkeit aufzurütteln. Dann aber wischte er sich, als wollte er diesen Gedanken auslöschen, mit dem Ärmel seines Laborkittels über die Stirn und wandte sich seinem unmittelbaren Vorgesetzten zu.

»Ja, Waterloo.« Er nickte. »Nummer elf. Dabei sind wir noch

nicht mal mit Vauxhall ganz fertig. Beide der gleiche Typ wie die bisherigen Opfer des Killers. Penner oder Stadtstreicher. Abgebrochene Nägel. Verdreckt. Ungepflegtes Haar. Verlaust. Nur der Tote vom King's-Cross-Bahnhof fällt völlig aus dem Rahmen. Da gibt's immer noch keine Anhaltspunkte. Keine Papiere. Und bis jetzt auch noch keine entsprechende Meldung beim Vermisstendezernat. Mir völlig schleierhaft.« Er kratzte sich mit dem Ende seines Füllers am Kopf. »Wollen Sie die Waterloo-Aufnahme? Ich hab' sie mitgebracht.«

Webberly deutete zur Wand, wo bereits die Fotografien der zwölf letzten Ermordeten aufgehängt waren, die alle auf die gleiche Weise in oder nahe bei einem Londoner Bahnhof getötet worden waren. Dreizehn Morde jetzt in knapp mehr als fünf Wochen. Die Presse forderte erbittert eine Verhaftung. Als ließe ihn das völlig kalt, kramte Edwards, leise vor sich hin pfeifend, auf Webberlys Schreibtisch nach einer Reißzwecke. Dann trug er das letzte Opfer zur Wand.

»Keine üble Aufnahme.« Er trat zurück, um sein Werk zu bewundern. »Den haben wir ganz gut zusammengeflickt.«

»Hören Sie auf, Mann!«, rief Hillier explosiv. »Da kann einem ja das kalte Grausen kommen. Sie könnten wenigstens Ihren schmutzigen Kittel ausziehen, wenn Sie hierher kommen. Haben Sie denn überhaupt kein Feingefühl? Hier oben arbeiten auch Frauen!«

Edwards trug geduldige Aufmerksamkeit zur Schau, doch sein Blick glitt über Hillier hin und blieb einen Moment an dem fleischigen Hals haften, der in Falten über dem Kragen hing, und dann an dem buschigen Haar, das Hillier gern als Löwenmähne bezeichnete. Er zuckte die Achseln und warf Webberly dabei einen verständnisinnigen Blick zu. »Ein echter Gentleman«, bemerkte er, ehe er aus dem Zimmer ging.

»Schmeiß ihn raus!«, brüllte Hillier, als sich die Tür hinter dem Pathologen schloss.

Webberly lachte. »Trink einen Sherry, David«, sagte er. »Er steht im Schrank hinter dir. Wir alle sollten eigentlich an einem Samstag wie heute gar nicht hier sein.«

Zwei Sherrys beschwichtigten Hilliers Zorn über Bertie Edwards beträchtlich. Er stand vor Webberlys Schauwand und betrachtete verdrießlich die dreizehn Fotografien.

»Eine verdammte Sauerei ist das«, bemerkte er grimmig. »Victoria, King's Cross, Waterloo, Liverpool, Blackfriars, Paddington. Verdammt noch mal, warum nicht wenigstens dem Alphabet nach?«

»Verrückten fehlt häufig die organisatorische Ader«, meinte Webberly gelassen.

»Fünf der Opfer haben nicht einmal Namen«, klagte Hillier.

»Papiere, Geld und Kleider werden den Opfern jedesmal abgenommen. Wenn keine Vermisstenmeldung vorliegt, versuchen wir's zunächst mit den Fingerabdrücken. Du weißt, wie lange so was dauert, David. Wir tun unser Bestes.«

Hillier drehte sich um. Ja, das wusste er mit Sicherheit, dass Malcolm immer sein Bestes tat und still im Hintergrund blieb, wenn der Lorbeer verteilt wurde.

»Entschuldige. Ich war wohl unwirsch?«

»Ein bisschen.«

»Wie üblich. Also, um noch mal auf den neuesten Zusammenstoß zwischen Nies und Kerridge zurückzukommen – worum geht's da eigentlich?«

Webberly sah auf seine Uhr.

»Wieder mal um einen Mord in Yorkshire. Sie schicken uns jemanden mit den Informationen. Einen Priester.«

»Einen Priester? Lieber Gott, was ist das denn für ein Fall?«

Webberly zuckte die Achseln. »Offenbar ist er der Einzige, auf den sich Nies und Kerridge als Überbringer der Informationen einigen konnten.«

»Und wie kommt das?«

»Soviel ich weiß, hat er die Leiche gefunden.«

2

Hillier trat ans Bürofenster. Die Nachmittagssonne fiel auf sein Gesicht. Sie brachte Fältchen zum Vorschein, die von zu vielen langen Nächten zeugten, beleuchtete rosige Aufgedunsenheit, die von zu viel schwerem Essen und Portwein sprach.

»Das geht denn doch zu weit! Hat Kerridge den Verstand verloren?«

»Das behauptet Nies jedenfalls schon seit Jahren.«

»Uns einen Mann zu schicken, der nicht zur Truppe gehört – nur weil er zufällig zuerst am Tatort war! Was denkt dieser Mensch sich eigentlich?«

»Dass ein Priester der Einzige ist, dem sie beide vertrauen können.« Webberly sah wieder auf seine Uhr. »Er müsste eigentlich innerhalb der nächsten Stunde hier aufkreuzen. Deshalb hab' ich dich hergebeten.«

»Damit ich mir die Geschichte des Priesters anhören kann? Das entspricht aber gar nicht deinem Stil.«

Webberly schüttelte bedächtig den Kopf. Jetzt kam der kitzlige Teil der ganzen Angelegenheit.

»Nicht, damit du dir die Geschichte anhören kannst; damit du dir den Plan anhören kannst.«

»Na, da bin ich aber neugierig.«

Hillier ging zum Schrank und schenkte sich noch einen Sherry ein. Er hielt dem Freund die Flasche hin, aber der schüttelte den Kopf. Er setzte sich wieder in seinen Sessel und schlug die Beine übereinander, sorgsam darauf bedacht, die messerscharfe Bügelfalte in seiner maßgeschneiderten Hose nicht zu verknittern.

»Also, was ist das für ein Plan?«, fragte er.

Webberly trommelte mit einem Finger auf einen Stapel Aktendeckel auf seinem Schreibtisch.

»Ich möchte Lynley für den Fall.«

Hillier zog eine Augenbraue hoch.

»Eine zweite Runde zwischen Nies und Lynley? Hatten wir aus dieser Ecke nicht schon genug Verdruss, Malcolm? Außerdem hat Lynley dieses Wochenende keinen Dienst.«

»Das lässt sich regeln.« Webberly wartete. Die Stille wurde drückend. »Du lässt mich zappeln, David«, sagte er schließlich.

Hillier lächelte. »Entschuldige. Ich wollte nur mal sehen, wie du es anstellen würdest, *sie* zu verlangen.«

»Verdammter Schurke«, schimpfte Webberly gedämpft. »Du kennst mich entschieden zu gut.«

»Sagen wir, ich kenne deine Neigung, die Fairness weiter zu treiben, als dir selber gut tut. Hör auf meinen Rat, Malcolm; lass die Havers dort, wo du sie hingesteckt hast.«

Webberly seufzte und schlug nach einer fiktiven Fliege.

»Es drückt mir aber aufs Gewissen.«

»Du schneidest dich höchstens ins eigene Fleisch. Barbara Havers hat während ihrer gesamten Dienstzeit bei der Kriminalpolizei hinlänglich bewiesen, dass sie nicht im Stande ist, auch nur mit einem einzigen unserer Inspektoren zurechtzukommen. In den acht Monaten, seit sie wieder Uniform trägt, hat sie sich wesentlich besser bewährt. Lass sie dort.«

»Ich hab' noch nicht versucht, sie mit Lynley zusammenzuspannen.«

»Du hast auch noch nicht versucht, sie mit dem Prinzen von Wales zusammenzuspannen! Es ist nicht deine Aufgabe, die Leute herumzuschieben, bis sie ein Plätzchen gefunden haben, wo sie in Glück und Frieden alt werden können. Es ist deine Aufgabe, dafür zu sorgen, dass die Arbeit getan wird. Und wo die Havers die Hände im Spiel hatte, hat es *nie* geklappt. Das musst du doch zugeben.«

»Ich glaube, sie hat aus der Erfahrung gelernt.«

»Was denn? Was hat sie gelernt? Dass sie mit Aufsässigkeit und Sturheit bei uns nicht weiterkommt?«

Webberly ließ Hilliers Worte in der Luft verhallen.

»Tja«, sagte er dann, »das war immer schon das Problem, nicht?«

Hillier bemerkte die Resignation in der Stimme des Freundes. Das war in der Tat das Problem: vorwärts zu kommen. Gott, wie hatte er nur etwas so Blödes sagen können.

»Verzeih mir, Malcolm.« Er trank eilig seinen Sherry aus, um seinem Schwager nicht ins Gesicht sehen zu müssen. »Du verdienst meinen Posten. Das wissen wir ja beide, nicht wahr?«

»Sei nicht albern.«

Hillier stand auf. »Ich lasse die Havers kommen.«

Sergeant Barbara Havers zog die Tür zum Büro des Superintendent hinter sich zu, ging mit steifen Schritten an seiner Sekretärin vorbei und trat in den Korridor hinaus, weiß vor Zorn.

Gott, diese bodenlose Unverschämtheit! Sie drängte sich ruppig an einem entgegenkommenden jungen Beamten vorbei und blieb nicht einmal stehen, als ihm die Aktendeckel, die er trug, aus der Hand fielen und auf dem Boden landeten. Sie stieg einfach darüber hinweg. Was glaubten diese Leute eigentlich, mit wem sie es zu tun hatten? Bildeten sie sich ein, sie wäre so dumm, das Spiel nicht zu durchschauen? Zum Teufel mit ihnen! Diese verdammten Heuchler.

Sie zwinkerte krampfhaft. Keine Tränen, sagte sie sich. Sie würde nicht weinen, sie würde nicht reagieren. Schon war sie in der Damentoilette. Hier war niemand. Hier war es kühl. War es in Webberlys Büro wirklich so heiß gewesen? Oder war das nur ihre Wut gewesen? Sie zerrte an ihrer Krawatte, lockerte sie und stolperte zum Waschbecken hinüber. Das kalte Wasser spritzte unter ihren nervösen Fingern in starkem Strahl aus dem Hahn, durchnässte ihren Uniformrock und ihre weiße Bluse. Das hatte noch gefehlt! Sie sah sich im Spiegel an und brach in Tränen aus.

»Du blöde, hässliche Kuh!«, beschimpfte sie sich innerlich.

Sie weinte nicht leicht, gerade darum waren ihre Tränen jetzt heiß und bitter, fühlten sich fremd und ungewohnt an, wie sie ihr über das reizlose Gesicht strömten, das rund und platt war wie das eines Mopses.

»Du bist wirklich ein Bild für Götter, Barbara«, höhnte sie. »Du bist ein prächtiger Anblick.«

Schluchzend ging sie vom Becken weg und lehnte ihren Kopf an die kühlen Wandkacheln.

Barbara Havers, dreißig Jahre alt, war eine entschieden unattraktive Frau, die es aber auch geradezu darauf anzulegen schien, so zu wirken. Statt das feine, glänzende Haar, das die Farbe hellen Fichtenholzes hatte, so zu frisieren, dass es ihrem Gesicht schmeichelte, trug sie es stumpf geschnitten bis knapp über die Ohren, als hätte sie sich einfach einen zu kleinen Topf über den Kopf gestülpt und losgeschnipselt. Sie schminkte sich nicht. Die starken Augenbrauen, die sie niemals zupfte, betonten ihre etwas zu kleinen Augen, nicht aber die wache Intelligenz ihres Blicks. Der schmallippige Mund war in ständiger Missbilligung zusammengekniffen. Insgesamt vermittelte sie den Eindruck einer kleinen, völlig unnahbaren und spröden Person.

Jetzt haben sie dir also den Goldjungen zugeteilt, dachte sie. Wie schön für dich, Barb! Nach acht elenden Monaten Streife holen sie dich zurück, um dir »noch einmal eine Chance zu geben« – und ausgerechnet mit Lynley!

»Ich tu's nicht«, murmelte sie. »Fällt mir gar nicht ein. Ich arbeite nicht mit diesem affigen Kerl.«

Sie stieß sich von der Wand ab und trat wieder ans Becken. Sie ließ Wasser einlaufen, vorsichtig diesmal, und beugte sich hinunter, um ihr heißes Gesicht zu kühlen und die Tränenspuren wegzuwaschen.

»Ich möchte Ihnen noch einmal eine Chance bei der Kriminalpolizei geben«, hatte Webberly gesagt.

Er hatte mit einem Brieföffner auf seinem Schreibtisch gespielt, aber sie hatte die Fotografien an der Wand gesehen und hatte Hoffnung geschöpft. Der Bahnhofskiller! Da mitzuarbeiten! O ja, lieber Gott, ja! Wann fange ich an? Mit MacPherson zusammen?

»Es handelt sich um einen merkwürdigen Fall mit einem jungen Mädchen oben in Yorkshire.«

Also doch nicht der Bahnhofskiller. Aber ein Fall immerhin. Ein junges Mädchen, sagen Sie? Natürlich, da kann ich helfen. Mit Stewart zusammen wohl? Der ist in Yorkshire wie zu Hause. Wir würden sicher gut zusammenarbeiten. Ganz bestimmt.

»Ich erwarte die Informationen in ungefähr einer Dreiviertelstunde. Da brauche ich Sie hier; vorausgesetzt natürlich, Sie sind interessiert.«

Vorausgesetzt, ich bin interessiert! Eine Dreiviertelstunde. Da kann ich mich noch umziehen, schnell was essen. Wieder herkommen. Dann mit dem Abendzug nach York fahren.

»Vorher müssten Sie allerdings noch nach Chelsea hinüberfahren.«

Das Gespräch kam plötzlich zum Stillstand.

»Nach Chelsea, Sir?«

»Ja«, antwortete Webberly leichthin und ließ den Brieföffner mitten in das Durcheinander auf seinem Schreibtisch fallen. »Sie arbeiten mit Inspector Lynley zusammen, und den müssen wir leider erst von der St.-James-Hochzeit in Chelsea weglotsen.« Er sah auf seine Uhr. »Die Trauung war um elf, da ist die Feier zweifellos inzwischen in vollem Gang. Wir haben versucht, ihn telefonisch zu erreichen, aber das Telefon ist offenbar ausgehängt.« Er blickte auf und sah ihr fassungsloses Gesicht. »Ist etwas nicht in Ordnung, Sergeant?«

»Inspector Lynley?« Sie begriff mit einem Schlag. Warum man sie brauchte, warum niemand anderer in Frage kam.

»Ja, Lynley. Irgendwelche Probleme?«

»Nein, nein, keine.« Und dann verspätet: »Sir.«

Webberly taxierte mit klugem Auge ihre Reaktion.

»Gut. Das freut mich zu hören. Sie können bei der Zusammenarbeit mit Lynley eine Menge lernen.« Noch immer ruhte sein aufmerksamer Blick abschätzend auf ihrem Gesicht. »Versuchen Sie, so bald wie möglich zurück zu sein.«

Er wandte sich wieder den Papieren auf seinem Schreibtisch zu. Sie war entlassen.

Barbara schaute erneut in den Spiegel, kramte ihren Kamm aus der Rocktasche. Lynley. Sie zog den Plastikkamm erbarmungslos durch ihr Haar, so fest, dass die Zinken ihre Kopfhaut aufkratzten, und war fast dankbar für den Schmerz. Lynley! Es war nur allzu offensichtlich, warum man sie zurückgeholt hatte. Man wollte Lynley den Fall anvertrauen. Aber man brauchte auch eine Frau. Und jeder in der Victoria Street wusste, dass es in der ganzen Kriminalpolizei keine Beamtin gab, die vor Lynley sicher war. Er hatte sich durch sämtliche Abteilungen durchgeschlafen, unersättlich und unermüdlich, wenn man dem Getuschel glauben durfte. Der reinste Deckhengst. Zornig schob sie den Kamm wieder in ihre Tasche.

Und wie, fragte sie ihr Spiegelbild, fühlt man sich, wenn man die einzige Frau ist, die vor dem nimmersatten Lynley sicher ist? Nein, mit unserer Barb im Auto läuft da gar nichts. Keine intimen Abendessen, um »unsere Ermittlungsergebnisse zu besprechen«. Keine Einladungen nach Cornwall, um »in aller Ruhe über den Fall nachzudenken«. Da hast du nichts zu fürchten, Barb. Du bist vor Lynley sicher. In den fünf Jahren ihrer Zusammenarbeit in derselben Abteilung hatte der Mann es mit Erfolg vermieden, sie auch nur mit ihrem Namen anzusprechen, ganz zu schweigen von einer, wenn auch noch so flüchtigen, Aufnahme persönlichen Kontaktes, der ihm zweifellos zuwider gewesen wäre. Als wären niedrige Herkunft und öffentliche Schulbildung soziale Krankheiten mit höchster Ansteckungsgefahr.

Sie ging aus der Toilette und eilte den Korridor hinunter zum Aufzug. Gab es in ganz New Scotland Yard überhaupt einen Menschen, den sie mehr hasste als Lynley? Er war die Verkörperung all dessen, was sie zutiefst verachtete: Schulbildung in Eton, Geschichtsstudium in Oxford, eine manierierte *upper-class*-Diktion, ein hochherrschaftlicher Stammbaum, der sich bis zur Schlacht bei Hastings zurückverfolgen ließ. Beste Familie. Intelligent. Und so verdammt charmant, dass sie nicht verstehen konnte, wieso nicht jeder Kriminelle in der Stadt vor seinem Charme einfach die Waffen streckte.

Der Grund, den er für seine Tätigkeit beim Yard angab, war der reinste Witz, ein hübsch erfundenes Märchen, das sie nun wirklich nicht schluckte. Er wolle ein nützliches Mitglied der Gesellschaft sein, einen Beitrag leisten. Eine berufliche Karriere in London lag ihm mehr am Herzen als das Leben auf dem Familiengut. Einfach lachhaft.

Die Aufzugtür öffnete sich, und sie stieg ein, um in die Tiefgarage hinunterzufahren. Und wie angenehm glatt und reibungslos war seine Karriere verlaufen, billig erkauft mit dem Familienvermögen. Bis zum Commissioner würde er es mindestens bringen.

Ihr Wagen, ein rostzerfressener Mini, stand in der hintersten Ecke der Garage. Wie angenehm, reich zu sein wie Lynley, zum alten Adel zu gehören, nur aus Jux zu arbeiten, abends in das vornehme Stadthaus in Belgravia heimzukehren und am Wochenende auf das Gut in Cornwall zu fliegen. Um sich von hinten bis vorn bedienen zu lassen von Butler, Dienstmädchen, Köchinnen und Lakaien.

Stell's dir vor, Barb: du in Gesellschaft von so viel Glanz und

Herrlichkeit. Was würdest du tun? Dahinschmelzen oder dich übergeben?

Sie schleuderte ihre Handtasche auf den Rücksitz, knallte die Wagentür zu und ließ den Motor an, der einmal kurz hustete und dann aufheulte. Die Reifen quietschten auf dem Beton, als sie die Rampe hinaufraste. Sie nickte dem Dienst habenden Beamten an der Pforte kurz zu und fuhr auf die Straße hinaus.

Dank dem geringen Wochenendverkehr brauchte sie von der Victoria Street zum Embankment nur wenige Minuten. Das milde Lüftchen des Oktobernachmittags kühlte ihren Zorn und beruhigte ihre Nerven, so dass sie ihre Empörung langsam vergaß. Es war wirklich eine hübsche Fahrt zum Haus der St. James'.

Barbara mochte Simon Allcourt-St.-James, hatte ihn schon von dem Tag an gemocht, als sie ihm vor zehn Jahren das erste Mal begegnet war. Sie selbst damals eine unsichere zwanzigjährige, frisch gebackene Polizistin, die sich nur allzu bewusst war, dass sie in eine streng gehütete Männerwelt eingebrochen war, wo man die Frauen, die eigentlich Kolleginnen sein sollten, nach ein paar Bier immer noch gönnerhaft Mäuschen nannte. Und das war noch lange nicht der schlimmste Name, den man ihnen gab – das wusste sie. Zum Teufel mit ihnen allen. Für die war jede Frau, die in die Kriminalpolizei wollte, von vornherein eine arme Irre, und man ließ es sie fühlen. St. James jedoch, zwei Jahre älter als sie, hatte sie als Kollegin akzeptiert, ja als Freundin sogar.

St. James war jetzt selbstständiger gerichtsmedizinischer Gutachter, aber er hatte seine Laufbahn beim Yard begonnen. Mit vierundzwanzig bereits hatte er dank rascher Auffassungsgabe, klarer Wahrnehmung und Intuition zu den besten Leuten dort gehört. Er hätte jeden Weg einschlagen können: Ermittlung, Pathologie, Verwaltung. Aber dann war vor acht Jahren plötzlich alles ganz anders gekommen. Auf einer wilden Autofahrt mit Lynley über die Dörfer Surreys war all seinen Hoffnungen ein jähes Ende gesetzt worden. Sie waren beide betrunken gewesen – St. James hatte das immer bereitwillig zugegeben. Aber alle wussten, dass Lynley an dem Abend am Steuer gesessen, dass er in einer Kurve die Herrschaft über den Wagen verloren hatte. Und Lynley war ohne eine Schramme davongekommen, während sein Jugendfreund St. James den Unfall nur als Krüppel überstanden hatte. Er hätte seine Laufbahn am Yard fortsetzen können, doch er hatte sich stattdessen in ein Haus in Chelsea verkrochen, das seiner Familie gehörte, und dort vier Jahre lang wie ein Einsiedler gehaust. Alles Lynley zu verdanken, dachte sie grimmig.

Es war für sie völlig unfassbar, dass St. James die Freundschaft zu diesem Menschen aufrechterhalten hatte. Doch er hatte es getan, und irgendetwas, irgendeine besondere Situation hatte vor fast fünf Jahren die Beziehung zwischen den beiden Männern noch vertieft und St. James wieder ins Berufsleben zurückgeführt. Auch das, dachte sie widerstrebend, war Lynley zu verdanken.

Sie manövrierte den Mini in eine Parklücke in der Lawrence Street und ging zu Fuß über den Lordship Place zur Cheyne Road. Weiße Holz- und Stuckarbeit zierte die tiefbraunen Backsteinhäuser dieser Gegend nahe der Themse, die schmiedeeisernen Gitter an Fenstern und Balkons glänzten frisch gestrichen. Die Straßen Chelseas, ehemals ein Dorf vor den Toren Londons, waren schmal, vom ausladenden Geäst herbstlich leuchtender Platanen und Ulmen überdacht. Das Haus der St. James' stand an einer Ecke, und als Barbara an der hohen Backsteinmauer vorüberging, die den Garten umgab, hörte sie von drüben Stimmengewirr und Gelächter. Jemand brachte laut einen Toast aus, Bravorufe und Applaus folgten. Die alte Eichentür in der Mauer war geschlossen, aber das machte nichts. In ihrer Uniform wollte sie sowieso nicht mitten in das festliche Treiben hineinplatzen, als sei sie gekommen, jemanden zu verhaften.

Als sie um die Ecke bog, sah sie, dass die Tür des hohen, alten Hauses offen stand. Gelächter kam ihr entgegen, der klare Klang von Silber und Porzellan, der Knall eines Champagnerkorkens, Geigen- und Flötenklänge aus dem Garten. Überall waren Blumen. Weiße und rosafarbene Rosen, die einen schweren Duft verströmten, wanden sich um das Treppengeländer vor der Haustür, und vom Balkon fielen in farbiger Pracht Ranken von Trompetenblumen herab.

Barbara holte tief Atem und stieg die Treppe hinauf. Mehrere Gäste bei der Tür warfen ihr neugierige Blicke zu, als sie in ihrer schlecht sitzenden Uniform zögernd stehen blieb, doch sie schlenderten wieder in den Garten hinaus, ohne sie anzusprechen. Es würde ihr nichts anderes übrig bleiben, als sich mitten in die Hochzeitsgesellschaft hineinzuwagen, wenn sie Lynley finden wollte. Bei dem Gedanken wurde ihr beklommen zumute.

Sie wollte gerade zu ihrem Wagen zurücklaufen und einen alten Trenchcoat holen, um ihn über die Uniform zu ziehen, als Schritte und Gelächter auf der Treppe im Vestibül ihre Aufmerksamkeit auf sich zogen. Eine Frau kam herunter, den Kopf nach rückwärts gewandt, um jemandem, der oben geblieben war, etwas zuzurufen.

»Wir gehen allein. Nur wir zwei. Komm doch mit, Sid, das wird bestimmt nett.«

Sie drehte sich um, sah Barbara und blieb, eine Hand auf dem Geländer, stehen. Eine nicht sehr große, aber sehr schlanke Frau in einem teefarbenen Seidenkleid von fließender Eleganz. Langes kastanienbraunes Haar umrahmte ein ebenmäßiges, ovales Gesicht. Barbara erkannte sie sofort; sie hatte Lynley oft genug im Yard abgeholt. Lady Helen Clyde, Lynleys Freundin und St. James' Laborantin. Sie setzte sich jetzt wieder in Bewegung, kam die Treppe herunter und ging auf Barbara zu. Mit einer beneidenswerten Selbstsicherheit, wie Barbara feststellte.

»Ich habe das schreckliche Gefühl, dass Sie Tommys wegen

hier sind«, sagte sie sogleich und bot Barbara die Hand. »Hallo. Ich bin Helen Clyde.«

Barbara nannte ihren Namen. Der kräftige Händedruck der Frau überraschte sie. Ihre Hände waren schmal und kühl.

»Er wird im Yard gebraucht.«

»Der Ärmste. So ein Pech. Das ist wirklich schade.« Helen sprach mehr zu sich selbst und sah Barbara plötzlich mit entschuldigendem Lächeln an. »Aber das ist ja nicht Ihre Schuld, nicht? Kommen Sie. Er ist gleich da drüben.«

Ohne auf eine Antwort zu warten, ging sie durch das Vestibül zur Gartentür. Barbara blieb nichts anderes übrig, als ihr zu folgen. Aber sie trat schon beim ersten Blick auf die weiß gedeckten Tische, an denen lachend und plaudernd die festlich gekleideten Gäste saßen, hastig in den Schatten des Vestibüls zurück. Unwillkürlich griff sie sich an den Hals.

Helen blieb stehen und sah sie aufmerksam an.

»Soll ich Tommy für Sie suchen?«, erbot sie sich mit einem Lächeln. »Das ist so ein Durcheinander hier draußen, nicht?«

»Danke«, antwortete Barbara steif und sah ihr nach, wie sie über den Rasen zu einer Gruppe von Leuten ging, in heiterem Gespräch um einen blendend aussehenden Mann geschart.

Helen berührte seinen Arm und sagte etwas. Er wandte sich zum Haus. Sein ebenmäßiges Gesicht wirkte so zeitlos wie eine griechische Skulptur. Er strich sich das blonde Haar aus der Stirn, stellte sein Champagnerglas auf einen Tisch in der Nähe, wechselte noch ein scherzhaftes Wort mit seinen Freunden und kam dann in Begleitung von Helen zum Haus.

Barbara beobachtete ihn. Seine Bewegungen waren anmutig und geschmeidig wie die einer Katze. Er war der schönste Mann, den sie je gesehen hatte. Sie verabscheute ihn.

»Sergeant Havers.« Er nickte ihr zu. »Ich bin dieses Wochenende nicht im Dienst.« Barbara verstand die eigentliche Bedeutung seiner Worte genau. Sie stören, Havers.

»Webberly schickt mich, Sir. Sie können ihn ja anrufen.«

Sie sah ihn nicht an, während sie sprach, richtete den Blick vielmehr auf einen Punkt unmittelbar über seiner linken Schulter.

»Aber er muss doch wissen, dass heute die Hochzeit ist, Tommy«, warf Helen ein.

»Ja, natürlich weiß er das, verdammt noch mal«, erwiderte Lynley gereizt. Er sah in den Garten hinaus, dann mit scharfem Blick auf Barbara. »Geht es um den Bahnhofskiller? Mir wurde gesagt, dass Stewart MacPherson unterstützen soll.«

»Es geht um einen Fall im Norden, soviel ich weiß. Eine Geschichte mit einem jungen Mädchen.«

Diese Information, dachte Barbara, würde er zu schätzen wissen. Eine Prise Pfeffer, wie er sie liebte. Sie wartete, dass er nach den Einzelheiten fragen würde, die ihn zweifellos am meisten interessierten: Alter, Personenstand und Körpermaße der holden Maid, deren Not zu lindern er gewiss nur allzu bereit war.

Er kniff die Augen zusammen. »Im Norden?«

Helen lachte wehmütig. »Da werden wir unsere Pläne für heute Abend wohl vergessen können, Tommy. Und ich hatte Sidney gerade überredet, auch mitzukommen.«

»Ja, das ist wahrscheinlich nicht zu ändern«, meinte Lynley. Er trat unvermittelt aus dem Schatten ins Licht, und die Ruckhaftigkeit dieser Bewegung wie auch sein Gesichtsausdruck verrieten Barbara, wie ärgerlich er tatsächlich war.

Helen sah es offenbar auch, denn sie begann gleich wieder in heiterem Ton zu sprechen.

»Sid und ich *könnten* natürlich auch allein tanzen gehen. Schließlich ist der androgyne Mensch ja heute die große Mode. Da könnte eine von uns leicht als Mann gelten, ganz gleich, wie wir angezogen sind. Im übrigen ist Jeffrey Cusick auch noch da. Wir brauchen ihn nur anzurufen.« Das schien ein Privatscherz zwischen den beiden zu sein, und er verfehlte die gewünschte Wirkung nicht. Lynley lächelte.

»Cusick?«, sagte er lachend. »Die Zeiten scheinen wirklich hart zu sein.«

»Lach du nur«, sagte Helen und lachte selbst. »Aber er ist immerhin mit uns nach Ascot zum Rennen gefahren, während du am St.-Pancras-Bahnhof auf Mörderjagd warst. Auch Leute, die *nur* in Cambridge studiert haben, haben ihre Qualitäten.«

Lynley schmunzelte. »Ja, zum Beispiel, dass sie im Abendanzug alle wie Pinguine aussehen.«

»Ach, du bist ein schrecklicher Mensch!« Helen wandte sich Barbara zu. »Darf ich Ihnen wenigstens etwas von dem köstlichen Krabbencocktail anbieten, ehe Sie Tommy ins Yard schleppen? Ich habe da vor Jahren einmal ein strohtrockenes Schinkenbrot serviert bekommen. Wenn das Essen sich inzwischen nicht gebessert hat, ist das hier vielleicht Ihre letzte Chance, etwas Anständiges zu sich zu nehmen.«

Barbara sah auf ihre Uhr. Lynley hoffte zweifellos, sie würde die Einladung annehmen, so dass ihm noch ein paar Minuten mit seinen Freunden vergönnt sein würden, ehe er dem Ruf der Pflicht folgte. Aber es fiel ihr nicht ein, ihm den Gefallen zu tun.

»Die Besprechung fängt leider schon in zwanzig Minuten an.«

Helen seufzte. »Ja, da bleibt Ihnen natürlich keine Zeit mehr für einen Imbiss. Soll ich auf dich warten, Tommy, oder soll ich Jeffrey anrufen?«

»Tu das lieber nicht«, antwortete Lynley. »Dein Vater würde dir nie verzeihen, dass du deine Zukunft in die Hände von Cambridge legst.«

Sie lachte wieder. »Na schön. Aber dann lass mich schnell noch das Brautpaar holen, ehe du gehst.«

Sein Gesicht veränderte sich schlagartig.

»Nein. Helen, ich – entschuldige mich einfach bei ihnen.«

Ein rascher Blick flog zwischen ihnen hin und her, Austausch unausgesprochener Gedanken.

»Du musst dich selbst von ihnen verabschieden, Tommy«, sagte Helen leise. Sie schwieg einen Moment, suchte offensichtlich nach einem Kompromiss. »Ich sage ihnen, dass du im Arbeitszimmer wartest.«

Sie ging rasch davon, ohne Lynley Gelegenheit zu einer Erwiderung zu lassen.

Er murmelte etwas Unverständliches, während sein Blick Helen folgte, die schon durch den Garten eilte.

»Sind Sie mit dem Wagen da?«, fragte er Barbara plötzlich und drehte sich um, den Flur entlangzugehen, weg von der Feier.

Verblüfft folgte sie ihm.

»Ja, mit meinem Mini. Sie werden sich in Ihrem Cut etwas sonderbar darin ausnehmen.«

»Ich passe mich schon an, keine Sorge. Welche Farbe hat er?«

Sie war verwundert über die Frage, dachte sich, er bemühe sich wohl, recht und schlecht Konversation zu machen.

»Hauptsächlich Rost.«

»Meine Lieblingsfarbe.« Er hielt ihr eine Tür auf und ließ ihr den Vortritt in ein dunkles Zimmer.

»Ich erwarte Sie am besten im Auto, Sir. Es steht ...«

»Bleiben Sie hier, Sergeant.« Es war ein Befehl.

Widerstrebend trat sie in das Zimmer. Die Vorhänge waren zugezogen, Licht kam nur durch die von ihm geöffnete Tür. Dennoch konnte Barbara die dunkle Wandtäfelung erkennen, die mit Büchern gefüllten Regale, die bequemen, einladenden Sitzmöbel. Es roch nach altem Leder und einem Hauch Scotch.

Lynley wanderte zerstreut zu einer Wand voller gerahmter Fotografien und blieb dort schweigend stehen, den Blick auf ein Bild gerichtet, das im Mittelpunkt der Sammlung hing. Es war in einem Friedhof aufgenommen. Ein Mann stand vornübergebeugt vor einem Grabstein und berührte mit einer Hand die verwitterte Inschrift. Die geschickte Komposition der Aufnahme lenkte den Blick des Betrachters von der starren Beinschiene ab, die den Mann in seiner Haltung behinderte, und zog ihn stattdessen auf das von wachem Interesse bewegte schmale Gesicht. Lynley stand da und starrte auf das Bild und schien Barbaras Anwesenheit völlig vergessen zu haben.

»Sie haben mich zurückgeholt«, bemerkte Barbara, die fand, dieser Moment wäre zur Eröffnung der Neuigkeit so günstig wie jeder andere. »Deshalb bin ich hier, falls Sie das wundern sollte.«

Er drehte sich langsam nach ihr um.

»Wieder bei der Kripo?«, fragte er. »Wie schön für Sie, Barbara.«

»Aber nicht für Sie.«

»Wie meinen Sie das?«

»Na ja, einer muss es Ihnen ja sagen, da Webberly es offensichtlich nicht getan hat. Herzlichen Glückwunsch: Ab heute haben Sie mich auf der Pelle.« Sie wartete auf eine Äußerung der Überraschung. Als nichts kam, fügte sie hinzu: »Es ist natürlich eine Zumutung für Sie – glauben Sie nicht, dass ich das nicht weiß. Es ist mir schleierhaft, was Webberly bezweckt.«

Sie hörte kaum ihre eigenen Worte, während sie sprach, wusste nicht, ob sie die unvermeidliche Reaktion vorwegnehmen oder provozieren wollte: den explosionsartigen Ausbruch von Zorn und Ärger, den Griff zum Telefon, die Forderung nach einer Erklärung oder, schlimmer noch, die eisige Höflichkeit, die aufrechterhalten werden würde, bis er den Kommissar hinter verschlossener Tür hatte.

»Ich kann mir nur denken, dass niemand anderer verfügbar ist oder dass ich ein verborgenes Talent besitze, von dem nur Webberly weiß. Oder vielleicht ist es auch nur ein kleiner Streich.« Sie lachte ein wenig zu laut.

»Oder vielleicht sind Sie die Beste für die Aufgabe«, vollendete Lynley. »Was wissen Sie über den Fall?«

»Ich – nichts. Nur dass …«

»Tommy?«

Sie drehten sich beide um beim Klang der Stimme. Die Braut stand an der offenen Tür, Blumen im kupferroten Haar, das ihr lose auf Schultern und Rücken herabfiel. Im Gegenlicht des Flurs stehend, wirkte sie in ihrem elfenbeinfarbenen Kleid wie eine zum Leben erwachte Schöpfung Tizians.

»Helen sagte mir, dass du weg musst?«

Lynley schien es die Sprache verschlagen zu haben. Er griff in seine Tasche, zog ein goldenes Zigarettenetui heraus, öffnete es und klappte es sogleich mit flüchtig aufflammendem Ärger wieder zu. Die Braut sah ihn stumm an, und einen Moment schien es, als zitterten ihre Hände ganz leicht.

»Der Dienst, Deb«, sagte Lynley endlich. »Ich muss ins Yard.«

Sie erwiderte nichts, spielte zerstreut mit dem Anhänger an ihrem Hals. Erst als er ihr in die Augen sah, antwortete sie.

»Das ist aber eine Enttäuschung für uns alle. Hoffentlich ist es nichts Schlimmes. Simon sagte mir gestern Abend, dass du vielleicht wieder an dem Fall mit dem Bahnhofsmörder mitarbeiten musst.«

»Nein, es ist nur eine Besprechung.«

»Ach so.« Sie schien noch etwas sagen zu wollen, setzte sogar schon zum Sprechen an, wandte sich dann aber plötzlich mit einem freundlichen Lächeln Barbara zu. »Ich bin Deborah St. James.«

Lynley rieb sich die Stirn. »Oh, ich bitte um Entschuldigung.« Mechanisch stellte er Barbara vor. »Wo ist Simon?«, fragte er dann.

»Er war direkt hinter mir, aber ich glaube, Vater hat ihn abgefangen. Er würde uns am liebsten nicht allein reisen lassen. Er ist überzeugt, dass ich überhaupt nicht im Stande bin, gut genug für Simon zu sorgen.« Sie lachte. »Vielleicht hätte ich mir zweimal überlegen sollen, ob ich es wirklich riskieren will, einen Mann zu heiraten, der der Augapfel meines Vaters ist. ›Vergiss nicht die Elektroden‹, sagt er dauernd. ›Denk daran, jeden Morgen nach seinem Bein zu sehen.‹ Ich glaube, das hat er mir heute schon mindestens zehnmal gesagt.«

»Ja, ich kann mir vorstellen, dass er euch am liebsten auf die Hochzeitsreise begleiten würde.«

»Naja, sie waren ja auch nie länger als höchstens einen Tag getrennt, seit ...« Sie brach in plötzlicher Verlegenheit ab. Ihre Blicke trafen sich. Röte stieg ihr ins Gesicht.

Zwischen ihnen war plötzlich ein peinliches Schweigen. Man spürte die Spannung, die in der Luft lag, bis endlich – Gott sei Dank, dachte Barbara – schleppende, unregelmäßige Schritte im Flur hörbar wurden, die das Nahen von Deborahs Mann ankündigten.

»Ich höre, Sie wollen uns Tommy entführen.« St. James blieb an der Tür stehen, sprach aber in ruhigem Ton weiter, wie das seine Gewohnheit war, um die Aufmerksamkeit von seinem Gebrechen abzulenken und den Menschen in seiner Umgebung die Befangenheit zu nehmen. »Das ist ja eine ganz neue Sitte, Barbara. Früher wurde die Braut entführt, nicht der Trauzeuge.«

Er wirkte, fand Barbara, wie Lynleys dunkler Bruder. Abgesehen von den Augen, blau wie der Himmel über den Highlands, und den Händen, sensitiv wie die eines Künstlers, war Simon Allcourt-St.-James ein hässlicher Mann. Das dunkle lockige Haar stand ihm in krauser Mähne vom Kopf ab. Das Gesicht, schmal und kantig, wirkte hart, ja Furcht einflößend im Zorn, und konnte doch voll heiterer Gutmütigkeit sein, wenn ein Lächeln es weich machte. Er war schmal und nicht sehr kräftig, ein Mensch, der allzuviel Schmerz und Qual hatte erleiden müssen.

Barbara lächelte, als er kam, ihr erstes echtes Lächeln an diesem ganzen Nachmittag.

»Aber selbst Trauzeugen werden im Allgemeinen nicht von Scotland Yard entführt. Wie geht es Ihnen, Simon?«

»Gut. Zumindest sagt mir das mein Schwiegervater immer wieder. Ich sei ein Glückspilz, behauptet er. Anscheinend hat er alles von Anfang an gewusst. Vom Tag ihrer Geburt an. Sie haben sich mit Deborah bekannt gemacht?«

»Ja, im Moment.«

»Und wir können Sie nicht überreden, ein bisschen zu bleiben?«

»Webberly hat eine Besprechung angesetzt«, warf Lynley ein. »Du kennst ihn doch.«

»Nur allzu gut. Dann werden wir wohl auf euch verzichten müssen. Wir fahren auch bald. Helen hat die Adresse, falls irgendwas sein sollte.«

»Mach dir keine Gedanken.« Lynley hielt inne, als wüsste er nicht recht, was er als Nächstes tun sollte. »Von Herzen alles Gute, Simon«, sagte er schließlich etwas lahm.

»Danke«, antwortete St. James, nickte Barbara zu, berührte flüchtig die Schulter seiner Frau und ging aus dem Zimmer.

Wie merkwürdig, dachte Barbara. Sie haben sich nicht einmal die Hand gegeben.

»Willst du in diesem Aufzug ins Yard fahren?«, fragte Deborah Lynley.

Er blickte an sich hinunter. »Ich muss doch meinem Ruf als Playboy gerecht werden.«

Sie lachten beide, warm und herzlich. Aber plötzlich brach das Lachen ab, und wieder schlich sich dieses unbehagliche Schweigen ein.

»Tja«, sagte Lynley.

»Ich wollte eigentlich eine Rede halten«, sagte Deborah hastig und senkte die Augen zum Boden. Wieder schienen ihre Hände zu zittern, und eine Blume fiel aus ihrem Haar zum Teppich hinunter. Sie hob den Kopf. »Weißt du – so, wie Helen so etwas machen würde. Ich wollte von meiner Kindheit erzählen, von Vater und von diesem Haus. Du weißt schon. Geistreich und witzig. Aber für so was fehlt mir einfach das Talent. Da bin ich hoffnungslos unbegabt.«

Wieder blickte sie zu Boden und bemerkte, dass ein kleiner Dackel ins Zimmer gekommen war, ein paillettenbesticktes Täschchen in der Schnauze. Der Hund legte Deborah das Täschchen zu Füßen und wedelte stolz mit dem Schwanz.

»Um Gottes willen, Peach!« Lachend bückte sich Deborah, um das Täschchen aufzuheben, aber als sie sich wieder aufrichtete, glänzten Tränen in ihren Augen. »Danke dir, Tommy. Danke dir für alles. Wirklich. Für alles.«

»Alles Gute, Deb«, sagte er. Dann ging er zu ihr, nahm sie kurz in den Arm und streifte mit den Lippen ihr Haar.

Während Barbara dastand und die beiden beobachtete, war ihr plötzlich klar, dass St. James aus irgendeinem Grund die beiden absichtlich allein gelassen hatte, um Lynley Gelegenheit zu geben, genau das zu tun.

3

Der Leiche fehlte der Kopf. Das war das Markanteste an den Fotografien, die zwischen den drei Kriminalbeamten an dem runden Tisch in einem Büro in Scotland Yard herumgereicht wurden.

Pater Hart blickte nervös von einem Gesicht zum anderen, während er den kleinen silbernen Rosenkranz in seiner Tasche durch seine Finger laufen ließ. Pius XII. hatte ihn 1952 gesegnet. Nicht bei einer Einzelaudienz natürlich. Dergleichen hätte man nicht einmal zu hoffen gewagt. Aber diese zitternde, von Gott begnadete Hand, die über zweitausend ehrfürchtigen Pilgern das Zeichen des Kreuzes gemacht hatte, verfügte zweifellos über eine höhere Macht. Mit geschlossenen Augen hatte er den Rosenkranz hoch über seinen Kopf gehalten, als würde ihn dadurch der Segen des Papstes um so machtvoller treffen.

Er war kurz vor dem dritten Gesätz des schmerzensreichen Rosenkranzes, als der hoch gewachsene blonde Mann vor sich hin murmelte: »*Welch ein Streich ward hier geführt …*«

War er von der Polizei? Wieso aber war der Mann so förmlich gekleidet? Doch jetzt, als Pater Hart diese Worte hörte, schaute er ihn hoffnungsvoll an.

»Ah, Shakespeare. Ja. Irgendwie genau das Richtige.«

Der Dicke mit der Zigarre sah ihn verständnislos an. Pater Hart räusperte sich, während sie sich wiederum über die Fotografien beugten.

Er war nun seit fast einer Viertelstunde hier, und in dieser Zeit war kaum ein Wort gefallen. Der ältere Mann hatte sich die Zigarre angezündet, die Frau hatte zweimal etwas hinuntergeschluckt, was sie hatte sagen wollen, sonst war bis auf diese Zeile Shakespeare nichts geschehen.

Die Frau schlug ab und zu nervös mit den Fingern auf den Tisch. Sie war auf jeden Fall von der Polizei. Pater Hart erkannte das an ihrer Uniform. Aber sie wirkte sehr unangenehm mit ihren kleinen Wieselaugen und dem verkniffenen schmalen Mund. Sie war nicht die Richtige. Nicht für ihn. Nicht für Roberta. Was sollte er sagen?

Immer noch machten die grauenhaften Fotografien die Runde. Pater Hart brauchte sie nicht anzusehen. Er wusste nur zu gut, was sie zeigten. Er war als Erster am Ort gewesen. Das Bild war unauslöschlich in sein Gedächtnis eingegraben. William Teys – in seiner ganzen Größe von einem Meter neunzig –, in fötaler Stellung auf der Seite liegend, den rechten Arm ausgestreckt, als wolle er noch etwas greifen, den linken Arm in den Magen gedrückt, die Knie fast bis zur Brust hochgezogen, und dort, wo der Kopf hätte sein müssen – nichts. Neben ihm Roberta. Und die schrecklichen Worte: »Ich war's. Es tut mir nicht Leid.«

Der Kopf lag in einem Haufen feuchten Heus in einer Ecke

des Stalls. Und als er ihn gesehen hatte ... O Gott, die tückischen Augen einer Ratte glitzerten in dem ausgehöhlten Loch – klein natürlich –, aber die graue Schnauze mit den zitternden Barthaaren war blutrot, und die winzigen Krallen scharrten. Vater unser, der du bist im Himmel ... Vater unser, der du bist im Himmel ... Das geht doch weiter, es geht weiter, und ich kann mich nicht erinnern!

»Pater Hart.« Der blonde Mann im Cut hatte seine Lesebrille abgenommen und ein goldenes Zigarettenetui herausgezogen. »Rauchen Sie?«

»Ich – ja danke.«

Pater Hart griff rasch nach dem Etui, damit die anderen nicht sehen konnten, wie stark seine Hand zitterte. Der Mann bot das Etui der Frau an, die in heftiger Ablehnung den Kopf schüttelte. Ein silbernes Feuerzeug kam zum Vorschein. Das alles dauerte ein paar Sekunden, die Zeit, die er brauchte, um seine wirren Gedanken zu sammeln.

Der blonde Mann lehnte sich in seinem Sessel zurück und betrachtete eine lange Reihe von Fotografien, die an einer Wand des Büros aufgehängt waren.

»Warum sind Sie an dem Tag auf den Hof gegangen, Pater Hart?«, fragte er ruhig, während sein Blick von einem Bild zum nächsten wanderte.

Pater Hart blinzelte kurzsichtig zu der Bilderwand. Waren das Fotos von Verdächtigen? War Scotland Yard der gemeinen Bestie schon auf der Spur? Er konnte es nicht erkennen, war aus dieser Entfernung nicht einmal sicher, dass die Aufnahmen überhaupt Menschen zeigten.

»Es war Sonntag«, antwortete er, als sage das alles.

Der blonde Mann drehte den Kopf. Seine Augen waren überraschenderweise von einem warmen Braun.

»War es Ihre Gewohnheit, sonntags zu Teys auf den Hof zu gehen? Zum Mittagessen vielleicht?«

»Oh – ich – verzeihen Sie, ich dachte, der Bericht, verstehen Sie …«

Nein, so ging das nicht. Pater Hart sog gierig an seiner Zigarette. Sein Blick fiel auf seine Finger. Die Nikotinflecken waren deutlich. Kein Wunder, dass man ihm eine angeboten hatte. Er hätte seine eigenen nicht vergessen dürfen, hätte am Bahnhof eine Packung kaufen sollen. Aber so vieles war auf ihn eingestürmt … Er paffte gierig immer wieder.

»Pater Hart?«, sagte der Dicke.

Er war offensichtlich der Vorgesetzte des Blonden. Sie hatten sich alle vorgestellt, aber er hatte dummerweise ihre Namen vergessen. Nur den der Frau hatte er behalten. Havers. Sergeant Havers. Aber die beiden anderen Namen waren ihm entfallen. Mit wachsender Panik starrte er in ihre ernsten Gesichter.

»Verzeihen Sie. Was haben Sie gefragt?«

»Sind Sie jeden Sonntag auf Teys' Hof gegangen?«

Pater Hart bemühte sich angestrengt, einmal klar und systematisch zu denken. Seine Finger suchten den Rosenkranz in seiner Tasche. Das Kreuz stach ihm in den Daumen. Er fühlte den winzigen, in Todesqual angespannten Leib. O Gott, so zu sterben!

»Nein«, antwortete er hastig. »William ist – war unser Vorsänger. Er hatte eine herrliche Bassstimme. So voll, dass die ganze Kirche unter ihrem Klang erzitterte, und ich …« Pater Hart holte einmal tief Atem, um sich wieder aufs gerade Gleis zu zwingen. »Er war an diesem Morgen nicht zur Messe gekommen. Und Roberta auch nicht. Ich war besorgt. Die Teys' versäumen niemals die Messe. Deshalb bin ich zum Hof gegangen.«

Der Zigarrenraucher blinzelte ihn durch beißende Qualmwolken an.

»Tun Sie das bei allen Ihren Gemeindemitgliedern? Da haben Sie sie sicher hübsch an der Kandare.«

Pater Hart hatte seine Zigarette bis zum Filter hinuntergeraucht. Ihm blieb nichts anderes übrig, als sie auszudrücken. Der blonde Mann drückte die seine ebenfalls aus, obwohl sie nicht einmal halb geraucht war. Er zog das Etui heraus und bot Pater Hart eine neue an. Wieder kam das silberne Feuerzeug zum Vorschein. Die Zigarette brannte, und er sog den Rauch ein, der seine Kehle aufrauhte, seine Nerven beruhigte, seine Lunge betäubte.

»Ich bin hauptsächlich deshalb gegangen, weil Olivia sich Sorgen machte.«

Ein Blick auf den Bericht.

»Olivia Odell?«

Pater Hart nickte.

»Sie und William Teys hatten sich vor kurzem verlobt, wissen Sie. Es sollte am Nachmittag bei einer kleinen Einladung bekannt gegeben werden. Sie rief ihn nach der Messe mehrmals an, aber es meldete sich niemand. Da kam sie zu mir.«

»Warum ist sie nicht selbst zum Hof gegangen?«

»Das wollte sie ja. Aber sie konnte nicht wegen Bridie und der Ente. Die war nämlich wieder mal verschwunden, und Bridie war nicht zu beruhigen, ehe sie wieder gefunden war.«

Die drei anderen tauschten skeptische Blicke. Pater Hart wurde rot. Wie absurd das alles klang.

»Bridie ist Olivias kleine Tochter«, erklärte er hastig. »Sie hat eine zahme Ente.« Ach, wie sollte er ihnen das Leben in ihrem Dorf erklären?

»Und während Olivia und Bridie die Ente suchten«, sagte der blonde Mann freundlich, »gingen Sie zum Hof hinaus.«

»Stimmt genau. So war es. Vielen Dank.« Pater Hart lächelte erleichtert.

»Erzählen Sie uns, was dann geschah.«

»Ich ging erst zum Haus. Es war nicht abgeschlossen. Ich weiß, dass ich das merkwürdig fand. William sperrte abends immer überall ab. Alles musste fest verriegelt und verrammelt sein. Das war eine Marotte von ihm. Er passte sogar auf, dass ich die Kirche auch immer richtig absperrte. Wenn wir mittwochs Chorprobe hatten, wartete er immer, bis alle gegangen waren und ich sämtliche Türen verschlossen hatte. So war er.«

»Da sind Sie wohl erschrocken, als Sie sahen, dass das Haus offen war?«, fragte der blonde Mann.

»Zuerst nicht. Es war ja schon ein Uhr mittags. Aber als sich auf mein Klopfen nichts rührte ...« Er warf einen um Verzeihung heischenden Blick in die Runde. »Wissen Sie, da bin ich einfach reingegangen.«

»Und fiel Ihnen drinnen etwas Besonderes auf?«

»Nein, nichts. Alles war blitzsauber wie immer. Das heißt ...« Sein Blick wanderte zum Fenster. Wie sollte er es erklären?

»Ja?«

»Die Kerzen waren ganz heruntergebrannt.«

»Gibt es keinen elektrischen Strom im Haus?«

Pater Hart sah die drei mit ernster Miene an.

»Das sind Gedenkkerzen. Sie brennen immer. Vierundzwanzig Stunden am Tag.«

»Sie meinen, sie gehören zu einem Gedenkschrein?«

»Richtig. Das ist es, ein Gedenkschrein«, stimmte er augenblicklich zu. »Als ich das sah«, fuhr er dann fort, »wusste ich sofort, dass etwas nicht stimmte. William und Roberta hätten die Kerzen niemals ausgehen lassen. Daraufhin ging ich erst mal durch das ganze Haus. Und dann zum Stall hinaus.«

»Und dort ...?«

Was gab es da im Grund noch zu berichten? Die lähmende Stille dort hatte ihm sogleich alles gesagt. Draußen auf der nahen Weide zeugten das Blöken der Schafe und das Zwitschern der Vögel von gesunder Kraft und Frieden. Drinnen im Stall jedoch war diese Totenstille. Schon an der Tür hatte ihn der satte, widerlich süße Geruch des Bluts erreicht, der alle anderen Gerüche des Stalls überlagerte.

Roberta saß auf einem umgedrehten Eimer in einer der Stallboxen. Ein großes junges Mädchen, das seinem Vater nachschlug und an die schwere Arbeit auf dem Hof von Kind an gewöhnt war. Sie saß reglos, den Blick nicht auf das kopflose Wesen gerichtet, das zu ihren Füßen lag, sondern auf die Wand gegenüber und die Risse und Sprünge, die sie durchzogen.

»Roberta?«, rief er erschrocken, während Übelkeit in ihm aufstieg.

Es kam keine Antwort, mit keinem Hauch, mit keiner Bewegung. Sie bot ihm nur weiterhin den Anblick ihres breiten Rückens, er sah die stämmigen Beine, das Beil, das neben ihr lag. Über ihre Schulter hinweg sah er die Leiche zum ersten Mal deutlich.

»Ich war's. Es tut mir nicht Leid.« Das war das Einzige, was sie sagte.

Pater Hart drückte die Augen zu bei der Erinnerung.

»Ich bin sofort ins Haus gelaufen und habe Gabriel angerufen.«

Im ersten Moment glaubte Lynley, der Priester spreche vom Erzengel persönlich. Dieser seltsame kleine Mann schien tatsächlich mit einem Bein im Jenseits zu stehen, während er sich mühsam durch seinen Bericht kämpfte.

»Gabriel?«, fragte Webberly ungläubig.

Lynley merkte, dass er mit seiner Geduld fast am Ende war. Er blätterte auf der Suche nach dem Namen eilig den Bericht durch und fand ihn.

»Der Polizeibeamte Gabriel Langston«, sagte er. »Und ich nehme an, Pater, dass Langston sofort die Polizei in Richmond verständigte?«

Der Priester nickte und riskierte einen vorsichtigen Blick zu Lynleys Zigarettenetui. Der klappte es auf und bot wieder an. Havers lehnte ab. Pater Hart hätte es ebenfalls getan, wenn Lynley nicht selbst eine genommen hätte.

Lynleys Hals war schon wie wund, aber er wusste, dass sie

niemals zum Ende der Geschichte gelangen würden, wenn der Geistliche nicht mit Nikotin versorgt wurde, und es schien, als brauche er einen Komplizen, um seinem Laster frönen zu können. Lynley schluckte krampfhaft, sehnte sich nach einem Whisky, zündete sich die nächste Zigarette an und ließ sie im Aschenbecher verglühen.

»Die Polizei kam aus Richmond. Es ging alles sehr schnell. Es war – sie haben Roberta mitgenommen.«

»Das war doch zu erwarten. Sie hatte die Tat zugegeben.«

Havers sagte das. Sie war aus ihrem Sessel aufgestanden und ging zum Fenster. Ihr Ton sagte ihnen klar, dass sie ihrer Meinung nach mit diesem törichten alten Mann nur ihre Zeit verschwendeten, dass sie in diesem Moment schon auf dem Weg nach Norden sein sollten.

»Viele Leute bekennen sich irgendwelcher Verbrechen für schuldig«, bemerkte Webberly und bedeutete ihr, zu ihrem Platz zurückzukommen. »Ich habe bereits fünfundzwanzig Leute, die behaupten, der Bahnhofskiller zu sein.«

»Ich wollte lediglich darauf hinweisen ...«

»Das hat Zeit.«

»Roberta hat ihren Vater nicht getötet«, fuhr der Priester fort, als hätten die beiden anderen gar nicht gesprochen. »Es ist einfach unmöglich.«

»Aber Familienverbrechen gibt es immer wieder«, sagte Lynley behutsam.

»Aber doch nicht Schnauz.«

Darauf folgte ein langes, kaum erträgliches Schweigen. Keiner schaute den anderen an. Dann hievte sich Webberly plötzlich aus seinem Sessel.

»Du meine Güte«, brummelte er. »Es tut mir schrecklich Leid, aber ...« Er ging zum Schrank in der Ecke des Zimmers und nahm drei Flaschen heraus. »Whisky, Sherry oder Brandy?«, fragte er die anderen.

Lynley sandte Bacchus ein stummes Dankgebet. »Whisky«, sagte er.

»Havers?«

»Für mich nichts«, antwortete sie tugendhaft. »Ich bin im Dienst.«

»Natürlich. Pater, was möchten Sie?«

»Oh, ein Sherry wäre ...«

»Ein Sherry also.« Webberly kippte einen kleinen Whisky pur, ehe er einschenkte und zum Tisch zurückkehrte.

Sie starrten alle nachdenklich in ihre Gläser, als überlegte jeder, wer denn nun die Frage stellen solle. Lynley tat es schließlich.

»Äh – Schnauz?«, sagte er.

Pater Hart blickte auf die auf dem Tisch ausgebreiteten Papiere.

»Steht das nicht im Bericht?«, fragte er vorwurfsvoll. »Das mit dem Hund?«

»Doch, der Hund wird erwähnt.«

»Das war Schnauz«, erklärte der Priester, und alle atmeten auf.

»Er lag tot im Stall neben Teys«, las Lynley vor.

»Ja, verstehen Sie? Daher wissen wir alle, dass Roberta unschuldig ist. Abgesehen davon, dass sie ihren Vater sehr geliebt hat, muss man auch den Hund bedenken. Niemals hätte sie Schnauz etwas antun können.« Pater Hart bemühte sich um die richtigen Worte der Erklärung. »Er war ein Hofhund und seit Robertas fünftem Lebensjahr in der Familie. Er war natürlich alt und eigentlich zu nichts mehr nütze, hat auch nicht mehr richtig gesehen, aber einen Hund wie Schnauz lässt man nicht einfach einschläfern. Das ganze Dorf kannte ihn. Er war bei uns allen ein bisschen zu Hause. Nachmittags marschierte er oft zu Nigel Parrish, der gleich bei der Gemeindewiese wohnt, und legte sich da in die Sonne, während Nigel auf der Orgel spielte –

er ist nämlich unser Organist, wissen Sie. Oder manchmal besuchte er Olivia und ließ sich da ein bisschen verwöhnen.«

»Mit der Ente verstand er sich gut?«, erkundigte sich Webberly, ohne eine Miene zu verziehen.

»Oh, glänzend!« Pater Hart strahlte. »Schnauz kam mit allen zurecht. Und wenn Roberta unterwegs war, folgte er ihr überallhin. Das ist ja der Grund, warum ich unbedingt etwas unternehmen musste, als sie Roberta zum Mitkommen aufforderten. Und darum bin ich jetzt hier.«

»Ja, in der Tat, jetzt sind Sie hier«, sagte Webberly. »Sie waren eine große Hilfe, Pater. Ich denke, Inspector Lynley und Sergeant Havers haben fürs Erste alles, was sie brauchen.« Er stand auf und öffnete seine Bürotür. »Harriman?«

Das Klappern der Schreibmaschine brach ab, ein Stuhl wurde gerückt, und Webberlys Sekretärin kam ins Zimmer.

Dorothea Harriman hatte schwache Ähnlichkeit mit Lady Di, die sie dadurch zu betonen suchte, dass sie ihr Haar im Ton »sonniger Weizen« blondierte und auf ihre Brille verzichtete, wenn von Anwesenden eine Bemerkung über die typisch Spencersche Linie ihrer Nase und ihres Kinns zu erwarten war. Sie war intelligent genug, um in ihrem Beruf weiter aufzusteigen; als hinderlich allerdings konnte sich da möglicherweise ihr Hang zu ausgefallener Garderobe erweisen, der ihr im ganzen Yard den Spitznamen Lady Möchtegern eingetragen hatte. Die pinkfarbene Kreation mit der verlängerten Taille, die sie an diesem Tag trug, war denn auch einmalig in ihrer Scheußlichkeit.

»Ja, Superintendent?«, fragte sie. Dorothea Harriman bestand eisern darauf, jeden Angestellten im Yard mit dem vollen Titel anzusprechen.

Webberly sah den Priester an.

»Übernachten Sie in London, Pater, oder fahren Sie gleich nach Yorkshire zurück?«

»Ich fahre am Spätnachmittag zurück. Heute Nachmittag

wäre Beichte gewesen, und da ich nicht da war, habe ich versprochen, sie bis heute Abend um elf abzunehmen.«

»Natürlich.« Webberly nickte. »Bestellen Sie Pater Hart ein Taxi«, sagte er zu Harriman.

»Oh, aber das kann ich nicht ...«

Webberly hob eine Hand. »Auf unsere Kosten, Pater.«

Der Priester errötete leicht und ließ sich von der Sekretärin des Kommissars aus dem Zimmer führen.

»Was trinken Sie, *wenn* Sie trinken, Sergeant Havers?«, fragte Webberly, als der Priester gegangen war.

»Tonicwasser, Sir.«

»Gut«, brummte er und öffnete wiederum die Tür. »Harriman«, blaffte er, »besorgen Sie eine Flasche Schweppes für Sergeant Havers. Und sagen Sie jetzt nicht, Sie hätten keinen Schimmer, wo man so was kriegt. Sie muss her.«

Er knallte die Tür zu, ging zum Schrank und nahm die Whiskyflasche heraus.

Lynley rieb sich die Stirn und drückte mit den Fingern auf beide Schläfen. »Mensch, hab' ich Kopfschmerzen«, murmelte er. »Hat einer von Ihnen ein Aspirin da?«

»Ich«, antwortete Havers kurz und kramte ein Döschen aus ihrer Handtasche. Sie schob es ihm über den Tisch zu. »Nehmen Sie so viele Sie wollen, Inspector.«

Webberly betrachtete die beiden nachdenklich. Er fragte sich nicht zum ersten Mal, ob die Partnerschaft zweier so gegensätzlicher Naturen auch nur den Hauch einer Chance auf Erfolg hatte. Havers war wie ein Igel, der sich bei der geringsten Berührung zusammenrollt und seine Stacheln aufstellt. Doch hinter der stacheligen Abwehr verbarg sich ein klarer, forschender Verstand. Die Frage war nur, ob Thomas Lynley die richtige Kombination an Geduld und wohlwollendem Verständnis aufbringen konnte, um Havers zu helfen, diese Haltung feindseliger Abwehr zu überwinden, die es ihr bisher unmöglich gemacht hatte, mit irgendjemandem Frucht bringend zusammenzuarbeiten.

»Es tut mir Leid, dass ich Sie von der Hochzeitsfeier wegholen musste, Lynley, aber eine andere Möglichkeit gab es nicht. Das ist nun schon der zweite Zusammenstoß zwischen Nies und Kerridge. Der erste endete mit einer Katastrophe: Nies hatte von Anfang an Recht gehabt, und es kam zu einer Riesenkrise. Ich dachte ...«, er drehte sein Glas in den Händen und wählte seine Worte mit Bedacht –, »Ihre Anwesenheit könnte Nies als Mahnung dienen, dass auch er sich irren kann.«

Webberly wartete mit gespannter Aufmerksamkeit auf eine Reaktion Lynleys – ein Verkrampfen von Muskeln, eine kaum merkliche Kopfbewegung, einen flackernden Blick. Aber es geschah nichts, was Lynleys Gefühle verraten hätte. Es war Lynleys Vorgesetzten im Yard wohl bekannt, dass sein einziger Zusammenstoß mit Nies knapp fünf Jahre zuvor in Richmond mit Lynleys Verhaftung geendet hatte. So unüberlegt und letztlich willkürlich die Verhaftung gewesen war, sie war ein dunkler Fleck in Lynleys im Übrigen vorbildlicher Dienstakte, ein Makel, mit dem er für den Rest seiner beruflichen Laufbahn würde leben müssen.

»Natürlich, Sir«, sagte Lynley leichthin. »Ich verstehe.«

Es klopfte einmal kurz, und schon trat Harriman lächelnd mit der verlangten Flasche Schweppes ein, stellte sie vor Sergeant Havers auf den Tisch. Mit einem Blick auf die Uhr, die kurz vor sechs anzeigte, sagte sie: »Da heute kein regulärer Arbeitstag ist, Sir, dachte ich, ich könnte vielleicht ...«

»Ja, ja, gehen Sie ruhig nach Hause.« Webberly winkte ungeduldig.

»Nein, nein, darum geht es nicht«, erklärte Harriman zuckersüß. »Aber ich glaube, in Paragraf 65a über Überstunden steht ...«

»Unterstehen Sie sich ja nicht, den Montag freizunehmen, Harriman«, unterbrach Webberly genauso zuckersüß. »Solange uns der Bahnhofskiller auf Trab hält, gibt's keine freien Tage.«

»Natürlich, Sir, das würde mir nicht einfallen. Ich schreib' die Stunden einfach auf, ja? Paragraf 65c …«

»Schreiben Sie sie, wohin Sie wollen, Harriman.«

Sie lächelte verständnisvoll. »In Ordnung, Superintendent.« Die Tür schloss sich hinter ihr.

»Hat diese Hexe Ihnen zugezwinkert, als sie eben rausging, Lynley?«, fragte Webberly.

»Ich habe nichts bemerkt, Sir.«

Es war gegen halb neun, als sie daran gingen, die Papiere auf dem Tisch in Webberlys Büro einzusammeln. Draußen war es dunkel geworden. Die Neonleuchten strahlten kühl auf die behagliche Unordnung im Zimmer herab, das von beißenden Rauchschwaden und Whiskydunst durchzogen war, so dass man sich ein wenig vorkam wie in einem recht ungepflegten Herrenclub.

Barbara bemerkte die Zeichen der Erschöpfung in Lynleys Gesicht; das Aspirin schien ihm wenig geholfen zu haben. Er stand vor der Wand mit den Fotos der Opfer des Bahnhofskillers und betrachtete sie, langsam von einem zum anderen tretend. Einmal hob er die Hand – vor dem Bild, das den Toten vom King's-Cross-Bahnhof zeigte – und zeichnete mit dem Finger den grausamen Schnitt vom Messer des Killers nach.

»Der Tod erledigt alles«, murmelte er. »Wer würde auf diesem Bild noch den lebenden Menschen erkennen?«

»Oder auf diesem«, bemerkte Webberly mit einer brüsken Geste zu den Fotografien, die Pater Hart mitgebracht hatte.

Lynley gesellte sich wieder zu ihnen. Er stand nahe bei Barbara, war sich jedoch, das wusste sie nur zu gut, ihrer Anwesenheit gar nicht bewusst. Sie beobachtete die Regungen, die rasch über sein Gesicht flogen, während er ein letztes Mal die Fotos durchging: Ekel, Ungläubigkeit, Trauer. In seinem Gesicht war so leicht zu lesen, dass sie sich fragte, wie er überhaupt ein Verhör führen konnte, ohne dem Verdächtigen gleich alles zu verraten. Doch er konnte es. Sie wusste von seinen Erfolgen, von der Reihe nachfolgender Verurteilungen. Er war in mehr als einer Hinsicht der Goldjunge.

»Gut, dann fahren wir also morgen hinauf«, sagte er zu Webberly, während er die Unterlagen in einen großen braunen Umschlag schob.

Webberly studierte einen Fahrplan, den er unter dem Wust auf seinem Schreibtisch herausgekramt hatte.

»Nehmen Sie den Zug um drei viertel neun.«

Lynley stöhnte. »Seien Sie barmherzig, Sir. Ich möchte wenigstens zehn Stunden Ruhe, um diese Migräne loszuwerden.«

»Gut, dann den um halb zehn. Keinesfalls später.«

Webberly sah sich ein letztes Mal in seinem Büro um, während er in sein Tweedjackett schlüpfte. Es war wie seine anderen Sachen bereits etwas abgetragen und am linken Revers, wo vermutlich Zigarrenglut ein Loch in den Stoff gebrannt hatte, notdürftig ausgebessert.

»Melden Sie sich am Dienstag«, sagte er beim Hinausgehen.

Webberlys Verschwinden schien Lynley augenblicklich wieder neue Kräfte zu verleihen. Lebhaft ging er zum Telefon, wählte, trommelte mit den Fingern ungeduldig auf den Schreibtisch, während er auf die Uhr starrte. Nach fast einer Minute kam lächelnde Bewegung in sein Gesicht.

»Du hast also doch gewartet, Goldkind«, sagte er. »Hast du endlich mit Jeffrey Cusick Schluss gemacht? – Ha, ich hab's doch gewusst, Helen. Ich hab' dir ja immer wieder gesagt, dass ein Jurist dich nicht glücklich machen kann. War die Feier noch nett? – Ach was, im Ernst? Das muss ja ein Bild gewesen sein.

Hat Andrew in seinem Leben überhaupt schon mal geweint? – Der arme Simon. Er war wohl völlig niedergeschmettert? – Ja, weißt du, das ist der Champagner. Hat Sidney sich wieder gefasst? – Ja, eine Zeit lang sah es ganz so aus, als würde sie am Ende doch noch ein bisschen wehleidig werden. Kein Wunder, wo Simon ihr Lieblingsbruder ist. – Aber natürlich gehen wir tanzen. Das haben wir uns schließlich fest vorgenommen. – Wie wär's in ungefähr einer Stunde? Ist dir das recht? – Wie bitte? Was hast du da gesagt? – Helen! Du bist wirklich ein freches Gör!« Lachend legte er auf. »Ach, Sie sind noch da, Sergeant?«, fragte er, als er sich umdrehte.

»Sie haben keinen Wagen, Sir«, antwortete sie steinern. »Ich dachte, Sie brauchen mich vielleicht, um Sie nach Hause zu fahren.«

»Das ist wirklich nett von Ihnen, aber die Sitzung hier hat lange genug gedauert. Mal muss auch Schluss sein. Sie haben an einem Samstagabend bestimmt was Besseres vor, als mich nach Hause zu fahren. Ich nehme ein Taxi.« Er beugte sich über Webberlys Schreibtisch, nahm einen Zettel und schrieb rasch etwas auf. »Hier ist meine Adresse«, sagte er. »Seien Sie morgen um sieben da. Dann bleibt uns noch Zeit, uns etwas mehr in die Sache zu vertiefen, ehe wir nach Yorkshire fahren. Also dann, schönen Abend.« Und weg war er.

Barbara blickte auf den Zettel in ihrer Hand, starrte eine volle Minute auf die großzügigen Schriftzüge, dann riss sie das Papier in kleine Fetzen und warf sie in den Papierkorb. Sie wusste schon lange, wo Thomas Lynley wohnte.

Die Schuldgefühle kamen in der Uxbridge Road. Wie immer. An diesem Abend wurden sie noch schlimmer, als sie sah, dass das Reisebüro geschlossen war und sie die Prospekte über Griechenland, die sie mitzubringen versprochen hatte, nicht mehr holen konnte. Empress Tours. So ein anspruchsvoller Name für diesen miesen kleinen Laden. Sie fuhr langsamer und spähte durch die schmutzige Windschutzscheibe, um zu sehen, ob sich im Laden noch etwas rührte. Die Eigentümer wohnten über dem Laden. Vielleicht konnte sie sie herunterlotsen, wenn sie ein bisschen an die Tür klopfte. Nein, das war zu lächerlich. Die Reise nach Griechenland war sowieso nur ein Hirngespinst; ihre Mutter würde eben noch ein wenig länger auf die Prospekte warten müssen.

Aber sie war heute in der Stadt mindestens an einem Dutzend Reisebüros vorbeigekommen. Warum war sie nicht hineingegangen? Was hatte ihre Mutter denn sonst schon vom Leben außer diesen armseligen kleinen Träumen? Von dem plötzlichen Bedürfnis übermannt, ihr Versäumnis irgendwie gutzumachen, hielt Barbara vor Comos Lebensmittelgeschäft an, einem windigen kleinen Laden mit grünen Wänden und rostigen Stahlregalen. Aus den übereinander gestapelten Kisten vor dem Laden wehte ihr der typische Geruch von nicht mehr taufrischem Gemüse entgegen.

»Hallo, Barbara!«, begrüßte Como sie aus dem Ladeninnern, während sie sich draußen über die Obstkästen beugte. Hauptsächlich Äpfel. Ein paar späte Pfirsiche aus Spanien. »So spät noch unterwegs?«

Er konnte sich natürlich nicht vorstellen, dass sie etwas vorhaben könnte. Niemand konnte das. Sie selbst auch nicht.

»Ich hab' Überstunden gemacht, Mister Como«, antwortete sie. »Wie viel kosten die Pfirsiche?«

»Fünfundachtzig das Pfund. Ihnen geb' ich sie für achtzig, hübsches Kind.«

Sie suchte sechs Früchte aus. Er wog sie ab, packte sie ein und reichte sie ihr.

»Ihr Vater ist heut vorbeigekommen.«

Sie blickte rasch auf und sah, wie sich Comos Gesicht verschloss, als er ihren Blick bemerkte.

»Hat er sich anständig benommen?«, fragte sie obenhin, während sie ihre Schultertasche überstreifte.

»Ein Mann wie Ihr Vater benimmt sich immer anständig.« Como nahm ihr Geld, zählte es zweimal und ließ es in die Kasse fallen. »Danke, Barbara. Wiedersehen«, rief er ihr nach, als sie sich zum Gehen wandte. »Und passen Sie gut auf sich auf. Auf so hübsche Frauen wie Sie haben's die Männer abgesehen.«

»Ich pass' schon auf«, rief Barbara zurück.

Sie legte die Pfirsiche vorn auf den Sitz. Auf hübsche Frauen wie dich haben's die Männer abgesehen, Barb. Sei schön vorsichtig. Immer die Beine kreuzen. Holdselige Tugend wie deine ist schnell verloren. Und einmal ein gefallenes Mädchen, immer ein gefallenes Mädchen. Sie lachte bitter, legte den Gang ein und fuhr auf die Straße hinaus.

In Ealing gab es zwei Wohngebiete, die gute Seite und die schlechte Seite vom Gemeindepark, wie die Einwohner schlicht zu sagen pflegten. Es war, als teile eine unsichtbare Trennungslinie, die mitten durch die Grünanlage mit ihren Rasenflächen, Eichen und Buchen verlief, den Vorort säuberlich in zwei Hälften.

Die »gute Seite« lag östlich vom Park – schmucke Backsteinhäuser mit farbenfroh gestrichenen Türen und blanken Fenstern, in denen sich blitzend die Morgensonne spiegelte. Rosen wuchsen dort im Überfluss. Fuchsien leuchteten in Hängeampeln. Kinder spielten auf sauber gefegten Bürgersteigen oder in hübsch angelegten Gärten. Im Winter lag der Schnee wie Zuckerguss auf den Giebeldächern, und im Sommer bildete das Geäst hoher Ulmen grüne Dächer, unter denen Pärchen und Familien an schönen Abenden spazieren gingen. Auf der »guten Seite« des Parks gab es niemals Streit und nie laute Musik, nie roch es nach Küchendunst, nie wurde im Zorn eine Faust erhoben. Hier war die vollkommen heile Welt, in der alle in Frieden, Freude und Wohlstand lebten.

Ganz anders aber sah es auf der anderen Seite aus, westlich vom Park.

Die Leute sagten gern, dass die Westseite die ganze Tageshitze abbekomme und dass deshalb dort alles so anders sei. Es war, als wäre eine gewaltige Hand vom Himmel niedergefahren und hätte Häuser, Straßen und Menschen einfach hingeworfen. Alles wirkte immer irgendwie verlottert. Keiner gab sich auf der Westseite Mühe, eine schöne Fassade zu zeigen. Die Häuser sanken langsam, aber sicher in traurigen Verfall. Gärten, die einst hoffnungsvoll angelegt worden waren, wurden bald vernachlässigt und schließlich ganz vergessen. Kinder tobten lärmend auf der Straße und erbosten die Nachbarschaft mit wilden Spielen, bis schließlich irgendwo eine Mutter aus dem Haus stürzte und laut schimpfend Ruhe verlangte. Der Winterwind pfiff durch die schlecht schließenden Fenster, und im Sommer tropfte der Regen durch die lecken Dächer. Die Leute auf der »schlechten Seite« des Stadtparks dachten jedoch nicht an Umzug. Eine solche Vorstellung hätte ja Hoffnung bedeutet, und die Hoffnung war für die Leute westlich vom Stadtpark schon lange gestorben.

Dorthin fuhr Barbara jetzt, lenkte den Mini in eine Straße, wo reihenweise rostzerfressene Autos wie das ihre standen. Vor ihrem Haus gab es weder Garten noch Zaun, nur einen Flecken hart getrampelte Erde, wo sie jetzt ihren kleinen Wagen abstellte.

Nebenan hatte Mrs. Gustafson BBC-1 laufen. Da sie fast taub war, kam die ganze Nachbarschaft jeden Abend in den Genuss ihrer Lieblingssendungen. Gegenüber trugen die Kirbys ihren üblichen Ehestreit aus, während ihre vier Kinder sich damit vergnügten, Dreckklumpen nach einer gleichgültigen Katze zu werfen, die von einem Fensterbrett im ersten Stock des Nachbarhauses herunterblinzelte.

Seufzend kramte Barbara den Haustürschlüssel heraus und ging ins Haus. Es roch unangenehm nach Huhn und Erbsen.

»Bist du's, Kind?«, rief ihre Mutter. »Ein bisschen spät. Warst du mit Freunden aus?«

So ein Witz! »Ich hab' gearbeitet, Mama. Ich bin wieder bei der Kripo.«

Ihre Mutter kam an die Wohnzimmertür geschlurft. Sie war klein wie Barbara und wirkte so ausgezehrt, als hätte lange Krankheit ihren Körper verwüstet.

»Bei der Kripo?«, fragte sie, und ihr Ton wurde quengelig. »Ach, muss das sein, Barbara? Du weißt doch, was ich davon halte, Kind.«

Mit einer nervösen Geste strich sie sich mit der knochigen Hand durch ihr dünnes Haar. Ihre Augen waren verquollen und rot, als hätte sie den ganzen Tag geweint.

»Ich hab' dir ein paar Pfirsiche mitgebracht«, sagte Barbara und wies auf die Tüte. »Das Reisebüro war leider zu. Ich hab' versucht, die Leute rauszuklopfen, aber sie waren anscheinend nicht da.«

Doris Havers' Gesicht hellte sich mit einem Mal auf. Sie fasste den Stoff ihres schäbigen Kittels und knüllte ihn wie in freudiger Erregung in der Hand zusammen. Es war eine merkwürdige, ganz kindliche Geste.

»Ach, das macht gar nichts. Warte nur, du wirst gleich sehen. Geh schon in die Küche. Ich komm' gleich. Dein Essen ist noch warm.«

Barbara ging am Wohnzimmer vorbei. Der Fernseher lief, und es roch so muffig, als wäre das Zimmer ewig nicht gelüftet worden. In der Küche war es nicht viel besser. Sie starrte deprimiert auf den Teller mit den grünen Erbsen und dem Stück Hühnerfleisch. Es war eiskalt und glitschig, das Fett um die Ränder geliert. Das ranzige Stück Butter auf den Erbsen war nicht einmal geschmolzen.

Ein wahrer Hochgenuss, dachte sie angeekelt. Sie sah sich nach der Zeitung um und fand sie, wie immer, auf einem der wackeligen Küchenstühle. Sie nahm den obersten Teil, schlug ihn in der Mitte auseinander und lud ihr Abendessen auf dem lächelnden Gesicht der Herzogin von Kent ab.

»Kind, du hast doch nicht das gute Essen weggeworfen?«

Verdammt! Barbara drehte sich um. Sie sah das zum Weinen verzogene Gesicht ihrer Mutter, die bebenden Lippen, die Tränen in den blassblauen Augen.

»Jetzt hast du mich doch erwischt, Mama.« Sie zwang sich zu einem Lächeln, legte ihrer Mutter den Arm um die knochigen Schultern und führte sie zum Tisch. »Ich hab' im Yard schon was gegessen, weißt du. Hätte ich es für dich und Dad aufheben sollen?«

Doris Havers zwinkerte die Tränen weg. Die Erleichterung auf ihrem Gesicht war rührend.

»Ich – nein, natürlich nicht. Zweimal hintereinander Huhn und Erbsen, das wäre ein bisschen zu viel des Guten.« Sie lachte leise und legte das Album, das sie bis jetzt an die Brust gedrückt hatte, auf den Tisch. »Dad hat mir Griechenland gebracht«, erklärte sie stolz.

»Ach?« Darum also war er aus dem Käfig ausgebrochen. »Ganz allein?«, erkundigte sich Barbara beiläufig.

Doris Havers senkte den Blick und fingerte nervös an ihrem Album. Dann zog sie mit plötzlicher lebhafter Bewegung einen Stuhl heraus und lächelte strahlend.

»Setz dich, Kind. Ich zeig' dir, wie wir gefahren sind.«

Das Album wurde aufgeschlagen. Frühere Reisen durch Italien, Frankreich, die Türkei und Peru wurden rasch überblättert, bis sie zum neuesten Teil kamen, der Griechenland gewidmet war.

»Das ist das Hotel, in dem wir in Korfu gewohnt haben. Siehst du, es steht direkt hier an der Bucht. Wir hätten nach Kanoni hinunter in ein moderneres gehen können, aber mir hat der Blick so gut gefallen. Dir nicht auch, Kind?«

Barbaras Augen brannten. Sie beherrschte sich eisern. Wie lange dauert das noch? Hört es denn niemals auf?

»Du hast mir keine Antwort gegeben, Barbara.« Die Stimme ihrer Mutter zitterte etwas. »Dabei hab' ich mir den ganzen Tag solche Mühe gegeben, die Reise auszuarbeiten. Es war doch besser, die Aussicht zu wählen als das neue Hotel in Kanoni, meinst du nicht, Kind?«

»Doch, viel besser, Mama.« Barbara stand auf. »Ich muss morgen arbeiten. Können wir die griechische Reise verschieben?«

Würde sie verstehen?

»Du musst arbeiten?«

»Ja, ich muss nach Yorkshire. Nur für ein paar Tage. Meinst du, ihr kommt zurecht, oder soll ich Mrs. Gustafson bitten, so lange zu euch zu ziehen?«

Wunderbar, dachte sie, Taube beaufsichtigen Verrückte.

»Mrs. Gustafson?« Doris Havers klappte das Album zu und richtete sich kerzengerade auf. »Das ist nicht nötig, Kind. Dad und ich kommen allein zurecht. Das weißt du doch. Nur in der kurzen Zeit, wo Tony ...«

Der Raum war unerträglich heiß. O Gott, dachte Barbara, nur ein bisschen Luft. Nur dies eine Mal. Nur für einen Augenblick. Sie ging zur Hintertür, die in den von Unkraut überwucherten Garten hinausführte.

»Wohin gehst du?«, fragte ihre Mutter schnell, schon den vertrauten Unterton von Hysterie in der Stimme. »Da draußen ist doch nichts. Du darfst im Dunkeln nicht rausgehen.«

Barbara nahm das in Zeitung verpackte Abendessen vom Tisch.

»Ach, Unsinn, Mama. Ich bin gleich wieder da. Du kannst ja an der Tür bleiben und aufpassen, dass mir nichts passiert.«

»Aber ich – an der Tür?«

»Wenn du willst?«

»Nein, ich darf nicht an die Tür. Wir lassen sie einfach angelehnt. Dann kannst du rufen, wenn du mich brauchst.«

»In Ordnung.« Mit dem Päckchen in der Hand lief sie in die Dunkelheit hinaus.

Nur ein paar Minuten. Sie atmete die kühle Luft ein, lauschte den vertrauten Geräuschen rundum und zog eine zerknitterte Packung Players aus ihrer Tasche. Sie nahm eine Zigarette heraus, zündete sie an und schaute zum Himmel hinauf.

Was hatte damals den Abstieg in den Wahnsinn ausgelöst? Tony natürlich. Der aufgeweckte, sommersprossige kleine Kobold. Ein Sonnenstrahl in der ewigen Finsternis des Winters. Schau her, schau her, Barbie! Was ich kann! Chemiebaukästen und Rugbybälle. Cricket auf der Wiese im Park und Tauziehen am Nachmittag. Und die dumme, schreckliche Jagd nach einem Ball, direkt auf die Uxbridge Road hinaus.

Aber daran war er nicht gestorben. Er musste nur ins Krankenhaus. Ständiges Fieber, ein merkwürdiger Ausschlag. Und der verzehrende, blutsaugerische Kuss der Leukämie. O diese Ironie: Man geht mit einem gebrochenen Bein hinein und kommt mit Leukämie wieder heraus.

Er hatte vier qualvolle Jahre gebraucht, um zu sterben. Vier Jahre Zeit für sie, den Abstieg in den Wahnsinn zu vollenden.

»Kind?« Die Stimme zitterte bedrohlich.

»Ich bin hier, Mama. Ich schau' mir nur den Himmel an.«

Barbara trat ihre Zigarette aus und ging wieder hinein.

4

Deborah St. James bremste den Wagen lachend ab und wandte sich ihrem Mann zu.

»Simon, hat dir eigentlich schon mal jemand gesagt, dass du der Welt schlechtester Navigator bist?«

Er lächelte und faltete die Straßenkarte zusammen.

»Noch nie. Sei nicht so unbarmherzig. Sieh dir doch den Nebel an.«

Sie blickte durch die Windschutzscheibe auf ein großes, dunkles Gebäude, das sich vor ihnen aus der Nacht hob.

»Das ist keine Entschuldigung dafür, dass du keine Karten lesen kannst. Sind wir hier endlich richtig? Es sieht nicht so aus, als ob man uns erwartet.«

»Sie sind wahrscheinlich alle schon im Bett. Ich habe ja gesagt, wir kämen gegen neun, und jetzt ist es …« Im schwachen Schein der Innenbeleuchtung des Wagens sah er auf seine Uhr. »Guter Gott, es ist halb zwölf.« Sie hörte den lachenden Unterton in seiner Stimme. »Was sagst du, Herzblatt? Sollen wir unsere Hochzeitsnacht im Auto verbringen?«

»Heiße Szenen auf dem Rücksitz nach Teenagerart, meinst du?« Sie schüttelte den Kopf, dass das lange Haar flog. »Hm, das wäre ein Gedanke. Aber dann hättest du schon etwas Größeres mieten müssen als einen Escort. Nein, Simon, uns wird nichts anderes übrig bleiben, als so lange an die Tür zu trommeln, bis sich drinnen jemand rührt. Aber entschuldigen musst du dich für uns.«

Sie stieg aus und blieb einen Moment in der kalten Nachtluft stehen, um das Haus zu mustern.

Ursprünglich war es ein elisabethanischer Bau gewesen, doch eine Reihe späterer Veränderungen hatte es in ein wunderliches Prunkstück unbekümmerter Stillosigkeit verwandelt. In den altmodischen Fenstern spiegelte sich das trübe Mondlicht, das durch die Nebelschleier über dem Hochmoor sickerte. Efeuähnliches Gerank, aus dem zwischen glänzenden Blättern mauvefarbene Blüten sprossen – Leinkraut, wie sich bei Tageslicht zeigen würde –, überzog die Mauern. Auf dem Dach hob sich ein Wirrwarr von Schornsteinen schwarz vom Nachthimmel ab. Der ganze Bau erschien wie die Ausgeburt eines widerspenstigen

Geistes, der nicht bereit war, das Dasein des 20. Jahrhunderts anzuerkennen. Und der gleiche Geist herrschte im Park rund um das Haus.

Uralte Eichen breiteten hier ihre massigen Äste über Rasenflächen, wo blumenumkränzte Standbilder das Gleichmaß der grünen Weite unterbrachen. Gewundene Pfade lockten mit Sirenenzauber in den Wald hinter dem Haus. Das Plätschern eines Springbrunnens und das Blöken eines Schafs waren die einzigen Laute, die das Seufzen des Nachtwinds begleiteten.

Deborah drehte sich wieder zum Wagen um. Simon hatte seine Tür geöffnet. Geduldig wartete er auf ihre Reaktion, die Reaktion der geschulten Fotografin.

»Es ist wunderschön«, sagte sie. »Simon, ich danke dir.«

Er hob das geschiente Bein aus dem Wagen, stellte es auf den Boden und bot ihr seine Hand. Mit einer routinierten Bewegung half Deborah ihm auf die Füße.

»Es kommt mir vor, als wären wir stundenlang im Kreis gefahren«, bemerkte Simon und streckte sich.

»Das sind wir ja auch«, meinte sie neckend. »›Keine zwei Stunden vom Bahnhof entfernt, Deborah. Eine herrliche Fahrt.‹«

Er lachte leise. »Aber es war doch auch eine herrliche Fahrt, Liebes. Gib's zu.«

»Absolut. Als ich die Rievaulx-Abtei das dritte Mal sah, war ich völlig hin.« Sie blickte zu der schweren Eichentür hinüber. »Also, wollen wir es versuchen?«

Der Kies knirschte unter ihren Füßen, als sie auf die dunkle Nische zugingen, in die die Tür eingelassen war. Eine verwitterte Holzbank lehnte an der Mauer daneben, und zu beiden Seiten standen zwei große Steintöpfe, der eine überquellend von satten Blüten, der andere letzte Ruhestätte einer Familie verkümmerter Geranien, deren dürre Blätter raschelnd zu Boden flatterten, als Simon und Deborah an ihnen vorübergingen.

Simon betätigte den Türklopfer aus schwerem Messing, der in der Mitte der Tür herabhing. Nichts geschah.

»Da ist auch eine Glocke«, bemerkte Deborah. »Versuch's mal mit der.«

Das Läuten, das offenbar bis in die tiefsten Tiefen des Hauses drang, erregte eine, wie es schien, ganze Meute von Hunden zu wütendem Gebell.

»Na, das hat gewirkt.« Simon lachte.

»Verdammt noch mal, Caspar! Jason! Das war doch nur die Glocke, ihr Teufel!« Die scheltende Stimme hinter der Tür war tief, ihr Tonfall eindeutig der einer Frau, die hier in dieser Gegend groß geworden war. »Weg mit euch! Raus! Marsch in die Küche!«

Es folgte ein Moment Stille, dann Rumoren und neuerliches Gezeter.

»Nein, ihr verflixten Biester! Raus jetzt! He, he, ihr Lumpen! Gebt mir sofort meine Hausschuhe! Oh, verdammt, zum Teufel mit euch.«

Damit wurde drinnen quietschend ein Riegel zurückgeschoben, und die Tür wurde geöffnet. Eine barfüßige Frau sprang auf den eiskalten Steinen der Eingangshalle auf und nieder, dass ihr das krause graue Haar nur so um die Ohren flog.

»Mister Allcourt-St.-James«, sagte sie ohne Gruß. »Herein mit Ihnen beiden. Ach, verdammt.«

Sie zog sich die wollene Stola von den Schultern, warf sie zu Boden und stellte ihre kalten Füße darauf. Dann zog sie den voluminösen roten Morgenrock fester um sich und schlug, sobald Simon und Deborah eingetreten waren, krachend die Tür zu.

»So, das ist besser.« Sie lachte drohend, ohne Zurückhaltung und gänzlich ungeniert. »Sie müssen entschuldigen. Sie kommen sich wahrscheinlich vor wie in einem Roman von Emily Brontë. Aber ganz so schlimm ist es im Allgemeinen nicht. Haben Sie sich verfahren?«

»Ganz fürchterlich«, bekannte Simon. »Das ist meine Frau Deborah, Mrs. Burton-Thomas«, fügte er hinzu.

»Sie sind sicher ganz durchgefroren«, meinte Alice Burton-Thomas. »Aber das werden wir gleich haben. Gehen wir erst mal rüber ins Eichenzimmer. Da ist es schön warm. – Danny!«, rief sie laut. Dann: »Kommen Sie. Immer mir nach. – Danny!«

Sie folgten ihr durch die eiskalte steingeflieste Halle mit den weiß gekalkten Wänden und den dunklen Deckenbalken. Die in tiefe Nischen eingelassenen Fenster hatten keine Vorhänge, in dem gewaltigen offenen Kamin brannte kein Feuer. Simon und Deborah betrachteten interessiert die Sammlung alter Feuerwaffen und Helme, die über dem Kamin aufgehängt war.

»Ja«, sagte Alice Burton-Thomas, die ihr Interesse bemerkte. »Cromwell und seine *Roundheads* waren auch schon hier. Sie hausten während des Bürgerkriegs zehn Monate in Keldale Hall. Sechzehnhundertvierundvierzig«, fügte sie bedeutsam hinzu, als erwartete sie, dass sie sich dieses Jahr der Schmach in der Familiengeschichte der Burton-Thomas' für immer einprägten. »Aber wir befreiten uns von ihnen, sobald es ging. Nichts als Gesindel, alle miteinander.«

Sie führte sie durch ein dunkles Speisezimmer und von dort in einen langen, dunkel getäfelten Raum mit scharlachroten Vorhängen vor den Fenstern und einem lodernden Feuer im offenen Kamin.

»Ja, liebe Güte, wo bleibt sie denn nur?«, brummelte Alice Burton-Thomas und kehrte noch einmal zu der Tür zurück, durch die sie gerade eingetreten waren. »Danny!«, rief sie wieder.

Schnelle Schritte hallten durch das Haus, dann erschien ein etwa neunzehnjähriges Mädchen mit zerzaustem Haar an der Tür.

»Entschuldige!« Das Mädchen lachte. »Aber dafür hab' ich dir deine Hausschuhe gerettet.« Sie warf sie Alice Burton-Thomas zu, die sie geschickt auffing. »Leider etwas angeknabbert.«

»Danke, Kind. Würdest du unseren Gästen einen Brandy holen? Dieser schreckliche Watson hat die Karaffe fast leer getrunken, ehe er heute Abend in sein Bett torkelte. Aber im Keller steht noch welcher.«

Während das Mädchen davonging, untersuchte Alice Burton-Thomas stirnrunzelnd ihre Hausschuhe, brummelte etwas vor sich hin, zog die Hausschuhe über die Füße und legte sich die Stola, die ihr bei ihrem Gang durchs Haus als wärmende Unterlage hatte dienen müssen, wieder um die Schultern.

»Bitte, setzen Sie sich doch. Ich wollte in Ihrem Zimmer erst bei Ihrer Ankunft Feuer machen. Da können wir noch ein bisschen schwatzen, bis es warm ist. Verflixt kalt für Oktober, nicht? Soll einen frühen Winter geben.«

Der Keller war offensichtlich nicht weit, denn schon nach wenigen Augenblicken kehrte das Mädchen mit einer frischen Flasche Brandy zurück. Sie öffnete sie an einem Hepplewhite-Tisch unter dem Porträt eines finster dreinblickenden, hakennasigen alten Burton-Thomas und kam mit einem Tablett, auf dem drei Brandygläser und die neu gefüllte Karaffe standen, zu ihnen.

»Soll ich nach dem Zimmer sehen, Tante Alice?«, fragte sie.

»Ja, bitte. Und sag Eddie, er soll das Gepäck holen. Bitte die Amerikaner unbedingt um Entschuldigung, falls sie oben durch die Gänge irren, weil das Getöse sie geweckt hat.«

Alice Burton-Thomas schenkte ein, während das Mädchen wieder aus dem Zimmer ging.

»Aber die guten Leute wollen ja Atmosphäre, und die können sie bei mir, weiß Gott, in rauen Mengen haben.« Wieder lachte sie dröhnend und kippte ihren Brandy in einem Zug. »Ich übe mich in Verschrobenheit«, bekannte sie heiter und schenkte sich noch mal ein. »Hauptsache, es wird den Leuten nicht langweilig. Man muss nur ein bisschen Exzentrik bieten, und schon wird man in sämtlichen Reiseführern empfohlen.«

Die Erscheinung der Frau wies ihr Bemühen als geglückt aus. Sie war eine Mischung aus adeliger Würde und Spukschloßgrusel. Ihre Körpergröße war ebenso imposant wie ihre breiten Schultern, und sie hatte die Hände einer Arbeiterin, die Beine einer Tänzerin und das Gesicht einer alternden Walküre. Ihre Augen waren blau, tief eingebettet über den ausgeprägten Wangenknochen. Die kühn hervorspringende Nase schien im ungewissen Licht des Raumes ihre ganze Oberlippe zu überschatten. Sie war vielleicht fünfundsechzig Jahre alt, aber das Alter war für Alice Burton-Thomas offensichtlich eine sehr relative Sache.

»Nun?« Sie musterte Simon und Deborah. »Sind Sie nicht hungrig? Sie haben das Abendessen um ...«, sie warf einen Blick auf die Standuhr an der Wand gegenüber – »um zwei Stunden verpasst.«

»Bist du hungrig, Liebes?«, fragte Simon Deborah. In seinen Augen war eine gewisse Erheiterung zu bemerken.

»Ah – nein, kein bisschen.« Sie wandte sich Alice Burton-Thomas zu. »Sie haben noch andere Gäste?«

»Nur ein amerikanisches Ehepaar. Die werden Sie beim Frühstück erleben. Sie kennen den Typ. Polyester und dicke Goldketten. Der Mann trägt einen grauenhaften Brillanten am kleinen Finger. Er hielt mir heute Abend einen absolut packenden Vortrag über Zahnheilkunde. Er meinte, ich solle mir die Zähne versiegeln lassen. Das scheint das Allerneueste zu sein.« Alice Burton-Thomas schüttelte sich schaudernd und kippte den nächsten Brandy. »Klingt so altägyptisch, finde ich. Einbalsamierte Zähne für die Nachwelt. Oder war's nur gegen Karies?« Sie zuckte gleichgültig die Achseln. »Ich hab' keine Ahnung. Bei den Amerikanern ist dieses Getue mit den Zähnen eine richtige fixe Idee. Dass sie nur ja alle schön gerade in Reih' und Glied stehen! So ein Quatsch. Ich finde, ein paar schiefe Zähne geben einem Gesicht erst den richtigen Pfiff.«

Sie stocherte im Feuer herum, dass die Funken sprühten.

»Na, ich freu' mich jedenfalls, dass Sie da sind«, fuhr sie fort. »Wenn sich mein Großvater wahrscheinlich auch im Grab umdreht vor Entsetzen, dass ich aus diesen ehrwürdigen Hallen ein Gasthaus gemacht habe. Aber sonst wär's ein Museum geworden, und das ist noch schlimmer.« Über den Rand ihres Glases zwinkerte sie ihnen zu. »Nehmen Sie's mir nicht übel, aber da ist das Leben als Gastwirtin schon viel amüsanter.«

Von der Tür her kam ein Räuspern. Ein Junge stand dort, etwas verlegen in seinem karierten Schlafanzug, über dem er eine viel zu große Hausjacke aus Samt trug, die er mit einem Gürtel zusammengezogen hatte. Er sah aus wie ein kleiner Musketier. In den Händen hielt er ein Paar Krücken.

»Was ist denn, Eddie?«, fragte Alice Burton-Thomas ungeduldig. »Du hast das Gepäck doch raufgetragen, oder?«

»Ja. Die hier waren im Kofferraum, Tante Alice«, antwortete er. »Soll ich die auch raufbringen?«

»Natürlich, du Dummkopf.«

Er drehte sich um und lief davon.

Sie seufzte. »Was ich an meiner Familie leide!«, sagte sie. »Ich bin wirklich die reinste Märtyrerin. Aber jetzt kommen Sie, meine Lieben. Ich zeige Ihnen Ihr Zimmer. Sie sind doch wahrscheinlich hundemüde. Nein, nein, nehmen Sie Ihren Brandy ruhig mit.«

Sie folgten ihr wieder durch das Speisezimmer in einen Flur. Von dort ging es eine gebohnerte Eichentreppe hinauf in die oberen Regionen des Hauses, die in tiefes Dunkel gehüllt waren.

»Unsere Freitreppe«, teilte Alice Burton-Thomas ihnen mit und klatschte mit der Hand auf das breite Holzgeländer. »Diese Prachtstücke werden heute gar nicht mehr gemacht. Kommen Sie, hier entlang.«

Oben führte sie sie durch einen schwach erleuchteten Korridor, in dem Ahnenporträts mit drei alten flämischen Wandteppichen konkurrierten.

»Die muss ich unbedingt mal wegtun«, bemerkte Alice Burton-Thomas mit einer Kopfbewegung zu den Gobelins, ehe sie in einen zweiten Korridor abbogen. »Die hängen seit 1822 hier rum, aber kein Mensch konnte meine Großmutter davon überzeugen, dass sie besser wirken, wenn man sie mit etwas Abstand anschaut. Tja, die Tradition. Ich kämpfe an allen Ecken mit ihr. – So, da sind wir, meine Lieben.«

Sie öffnete eine Tür.

»Ich lasse Sie jetzt allein. An modernem Komfort ist alles vorhanden. Sie werden sich schon zurechtfinden. Nachtchen.«

Mit flatterndem Morgenrock eilte sie davon, und bald war nur noch das Klatschen ihrer Hausschuhe auf dem steinernen Boden zu hören.

Das Zimmer nahm sie mit Wärme auf. Es war, dachte Deborah, der schönste Raum, den sie je gesehen hatte. Ganz in Eiche getäfelt, mit zwei Gainsborough-Porträts, deren schöne Frauengesichter lächelnd zu ihnen herabblickten. Kleine Tischlampen mit rosafarbenen Schirmen spendeten ein sanftes Licht, das schimmernd auf das Mahagoniholz des großen Himmelbetts fiel. Der mächtige alte Schrank warf einen schrägen Schatten an die Wand, auf dem Frisiertisch glänzte eine Garnitur silberner Bürsten. Auf einem Tisch unter einem der Fenster stand eine Vase mit Lilien. Deborah ging hin und berührte behutsam eine der gelblich weißen Blüten.

»Es ist eine Karte dabei«, sagte sie und zog die Karte heraus, um sie zu lesen. Dann drehte sie sich nach Simon um.

Er hatte sich in einen Sessel am offenen Kamin gesetzt und betrachtete sie, wie er das so häufig tat, in liebevollem Schweigen.

»Danke dir, Simon«, sagte Deborah leise. Sie steckte die Karte wieder in den Strauß. Ihre Augen waren feucht, doch sie zwang sich, in leichtem Ton zu sprechen. »Wie hast du dieses Haus nur gefunden?«

»Gefällt es dir?«, fragte er zurück.

»Eine schönere Überraschung hättest du mir nicht bereiten können. Und das weißt du auch, nicht wahr?«

Er antwortete nicht. Als es klopfte, warf er ihr einen erheiterten Blick zu, der klar sagte, mal sehen, was jetzt kommt. Dann rief er: »Herein.«

Es war Danny, einen Stapel Wolldecken in den Armen.

»Entschuldigen Sie. Die hatte ich vergessen. Es ist schon eine Daunendecke da, aber meine Tante meint, die ganze Welt müsste so frieren wie sie selber.«

Mit unbefangener Selbstverständlichkeit trat sie ins Zimmer.

»Hat Eddie Ihre Sachen raufgebracht?«, fragte sie, während sie den Schrank öffnete und die Decken hineinwarf. »Er ist manchmal ein bisschen langsam, wissen Sie. Nehmen Sie's ihm nicht übel.«

Sie musterte sich in dem welligen Spiegel an der Innentür des Schranks, zupfte hier und dort an ihrem Haar und merkte plötzlich, dass sie sie beobachteten.

»So, und jetzt hüten Sie sich, wenn das Baby schreit«, sagte sie mit feierlichem Ernst, als verkünde sie etwas von größter Bedeutsamkeit.

»Wenn das Baby schreit? Haben die Amerikaner ein Kind?«, fragte Deborah.

Danny öffnete die dunklen Augen weit und sah die beiden an.

»Sie wissen es nicht? Hat Ihnen niemand was davon gesagt?«

Das Verhalten des Mädchens verriet Deborah, dass sie nicht lange auf die Aufklärung würden warten müssen. Danny strich sich einleitend mit beiden Händen über ihr Kleid, sah sich im Zimmer um, als fürchtete sie unerbetene Lauscher, und ging zum Fenster. Trotz der Kälte öffnete sie den Riegel und machte auf.

»Hat Ihnen keiner etwas *davon* gesagt?«, fragte sie und wies mit dramatischer Geste in die Nacht hinaus.

Deborah und Simon blieb keine andere Wahl, als zum Fenster zu kommen. In der Ferne schimmerten die abgebröckelten Mauern einer Ruine durch den Nebel.

»Die Abtei von Keldale«, erklärte Danny in vielsagendem Ton, schloss das Fenster und ließ sich zu vertraulichem Gespräch am Kamin nieder. »Dort schreit das Baby. Nicht hier.«

Simon zog die Vorhänge zu und kehrte mit Deborah ebenfalls zum Feuer zurück. Sie machte es sich auf dem Boden neben seinem Sessel bequem und ließ die wohl tuende Wärme des Feuers über ihre Haut strahlen.

»Dann ist das Baby wohl ein Geist«, sagte sie zu Danny.

»Ja. Und ich hab' es selber schon gehört. Sie werden es bestimmt auch hören. Warten Sie nur.«

»Jeder Geist hat seine Legende«, bemerkte Simon.

»Dieser auch.« Danny kuschelte sich tiefer in ihren Sessel. »Keldale war im Krieg auf Seiten des Königs, wissen Sie«, erklärte sie, als wäre das siebzehnte Jahrhundert kaum eine Woche entfernt. »Die Leute von Keldale waren dem König bis auf den letzten Mann treu. Das ist das Dorf unten, Sie wissen schon. Gar nicht weit von hier. Sie haben es sicher gesehen.«

Simon lachte leise. »Wir hätten es eigentlich sehen müssen, aber wir sind aus einer anderen Richtung gekommen.«

»Über die Panoramastraße«, fügte Deborah hinzu.

Danny ging auf die Ablenkung nicht ein.

»Also«, fuhr sie fort, »es war kurz vor Kriegsende. Und Cromwell, dieser teuflische Schurke ...« Danny hatte ihre Geschichtsstunden offenbar auf dem Schoß ihrer Tante bekommen – »hörte, dass die Adligen im Norden einen Aufstand planten. Da fegte er noch ein letztes Mal durch die Täler hier, überfiel Herrenhäuser und Schlösser und vernichtete königstreue Dörfer. Keldale liegt gut versteckt.«

»Ja, das haben wir gemerkt«, warf Simon ein.

Danny nickte ernsthaft. »Aber schon Tage im Voraus hörte

man im Dorf, dass die Horden Cromwells sich näherten. Das Dorf selbst interessierte Cromwell nicht, aber seine Bewohner, alle, die König Karl die Treue hielten …«

»Er wollte sie natürlich töten«, sagte Deborah schnell.

»Ja, bis auf den letzten Mann«, erklärte Danny. »Als bekannt wurde, dass Cromwell es auf Keldale abgesehen hatte, dachten die Dorfbewohner sich einen Plan aus. Sie wollten mit allem, was sie besaßen, in die Abtei ziehen. Wenn Cromwell dann kam, würde er zwar Keldale finden, aber keine Menschenseele darin.«

»Ein ziemlich ehrgeiziger Plan«, meinte Simon.

»Aber er klappte«, antwortete Danny stolz. Die dunklen Augen blitzten, doch sie senkte die Stimme. »Wenn nur das Baby nicht gewesen wäre.« Sie beugte sich in ihrem Sessel vor. Offensichtlich hatten sie den Höhepunkt der Geschichte erreicht. »Cromwell und seine Leute kamen. Es war genauso, wie die Dorfbewohner gehofft hatten. Das Dorf war menschenleer. Alles war still und verlassen, von dichtem Nebel eingehüllt. Im ganzen Dorf nicht ein lebendes Wesen, weder Mensch noch Tier. Und dann« – mit raschem Blick vergewisserte sich Danny, dass sie die volle Aufmerksamkeit ihrer Zuhörer hatte –, »dann begann in der Abtei, wo alle Dorfbewohner versammelt waren, ein Baby zu weinen. O Gott!« Sie drückte beide Hände an ihren jungen Busen. »Der Schreck! Die Angst! Sie waren Cromwell entkommen, nur um von einem Baby verraten zu werden. Die Mutter versuchte, das kleine Kind zu beruhigen, indem sie ihm die Brust gab. Aber das half nichts. Das Baby schrie und schrie. Sie hatten Todesangst, dass wegen des Geschreis die Hunde zu bellen anfangen würden und dass Cromwell sie dann finden würde. Da hielten sie dem armen Kind den Mund zu. Und erstickten es.«

»Ach Gott!«, murmelte Deborah. Sie rückte näher an Simons Sessel heran. »Genau die richtige Geschichte für eine Hochzeitsnacht, nicht?«

»Ja, aber Sie müssen doch Bescheid wissen.« Dannys Ton war eindringlich. »Das Schreien des Babys bringt nämlich schreckliches Unglück, wenn man nicht weiß, was man tun muss.«

»Eine Knoblauchknolle mit sich herumtragen?«, fragte Simon. »Oder mit einem Kruzifix in der Hand schlafen?«

Deborah gab ihm einen leichten Stoß.

»*Ich* möchte es aber wissen. Soll ich mich unglücklich machen lassen, nur weil ich einen Zyniker geheiratet habe? Sagen Sie mir, was man tun muss, Danny, wenn man das Baby schreien hört.«

Danny nickte ernst. »Das Baby schreit immer nur nachts. Sie müssen auf Ihrer rechten Seite schlafen, Ihr Mann auf seiner linken. Und Sie müssen sich fest umarmen, bis das Weinen aufhört.«

»Sehr interessant«, meinte Simon. »Eine Art lebendes Amulett. Darf man hoffen, dass dieses Baby häufig weint?«

»Nein, so sehr häufig nicht. Aber ich …« Sie schluckte, und man merkte, dass dies keine hübsch ausgedachte Geschichte für verliebte Hochzeitsreisende war; sie nahm die Geschichte durchaus ernst, und ihre Furcht war echt. »Aber ich hab' es vor ungefähr drei Jahren selbst gehört. So was vergisst man nicht.« Sie stand auf. »Vergessen Sie nicht, was Sie tun müssen.«

»Nein, nein, wir vergessen es nicht«, versicherte Deborah.

Sie schwiegen, nachdem das Mädchen gegangen war. Deborah lehnte ihren Kopf an Simons Knie. Er strich ihr sacht durch das lange Haar. Sie sah zu ihm auf.

»Ich hab' Angst, Simon. Nicht ein einziges Mal hab' ich das ganze vergangene Jahr gedacht, dass ich Angst haben würde, aber nun hab' ich sie.« Sie sah in seinen Augen, dass er sie verstand. Natürlich verstand er sie. Hatte sie je ernsthaft daran gezweifelt?

»Ich auch«, antwortete er. »Den ganzen Tag heute, praktisch jeden Augenblick habe ich so etwas wie Panik in mir gespürt. Ich wollte mich nie verlieren, an dich nicht, an niemanden. Aber nun ist es eben doch geschehen.« Er lächelte. »Du hast mich mit einer Macht erobert – fast ein bisschen wie Cromwell –, der ich nicht widerstehen konnte, und nun merke ich plötzlich, dass die wahre Angst nicht die ist, mich zu verlieren, sondern *dich* zu verlieren.«

Er berührte den Anhänger, den er ihr an diesem Morgen umgelegt hatte. Es war ein kleiner goldener Schwan, seit langem ihr gemeinsames Symbol fester Bindung: eine Wahl, ein Leben lang.

»Hab keine Angst«, flüsterte er zärtlich.

Jimmy Havers hatte kleine Schweinsäuglein, die unstet flackerten, wenn er nervös war. Er mochte sich einbilden, eine bravouröse Vorstellung hinzulegen, wenn er versuchte, sich mit faustdicken Lügen aus allem herauszureden; ob man ihn nun des Diebstahls beschuldigte oder auf frischer Tat ertappt hatte, Tatsache war, dass seine Augen ihn unweigerlich verrieten, wie eben jetzt.

»Ich wusste nicht, ob du rechtzeitig heimkommen würdest, um Mama die Sachen über Griechenland zu besorgen, darum ist Jim gleich selbst gegangen.«

Er sprach immer in der dritten Person von sich, so als könne er sich dadurch jeglicher Verantwortung für sein Tun entziehen. Wie eben jetzt. Nein, ich war nicht beim Buchmacher. Nein, ich hab' mir auch keinen Schnupftabak geholt. Wenn das einer getan hat, war's Jimmy, nicht ich.

Barbara folgte dem unsteten Blick ihres Vaters, der quer durchs Zimmer irrte. O Gott, dieses grauenvolle Zimmer! Wie eine Todeszelle, keine fünfzehn Quadratmeter. Die Fenster, vom Dreck und Staub von Jahren verklebt, nicht mehr zu öffnen, die dreiteilige Sitzgarnitur, unerlässlich für stilvolles Wohnen, uralt und so zerschlissen, dass überall das künstliche Rosshaar hervorquoll. Die Tapete mit dem kitschigen Muster verschlungener Rosen, die sich bis zur Decke hinaufrankten. Rennzeitschriften auf Tischen und Boden und daneben die fünfzehn Kunstlederalben, die jede Etappe des Wahnsinns ihrer Mutter dokumentierten. Und über allem lächelte Tony. Unentwegt.

In einer Ecke des Zimmers war sein Gedenkschrein. Das letzte Foto, das ihn vor seiner Krankheit zeigte – ein kleiner Junge, unscharf und verschwommen, wie er einen Fußball in ein provisorisches Tor stieß, das in einem üppig blühenden Garten aufgestellt war –, in riesiger Vergrößerung. Zu beiden Seiten davon hingen in dunklen Rahmen – Plastik auf Eiche getrimmt – alle seine Schulzeugnisse und – Gott erbarme dich – die Urkunde seines Todes. Darunter prangte in verstaubter Huldigung ein Arrangement von Plastikblumen.

Der Fernseher dröhnte wie immer aus der gegenüberliegenden Ecke, wo man ihn platziert hatte, »damit Tony auch zuschauen kann«. Regelmäßig durfte er seine Lieblingsprogramme sehen, die immer noch liefen, als wäre die Zeit stehen geblieben, als wäre nichts geschehen, als hätte sich nichts geändert. Während Fenster und Türen geschlossen und abgesperrt waren, verriegelt und mit Ketten gesichert, um die Wahrheit jenes Augustnachmittags auf der Uxbridge Road auszusperren.

Barbara ging durchs Zimmer und schaltete den Fernseher aus.

»He, Mädchen, Jim will das sehen«, protestierte ihr Vater.

Sie sah ihn an. Wie Ekel erregend er doch war! Wann hatte er das letzte Mal ein Bad genommen? Sie konnte ihn bis hierher riechen – den Schweiß, die öligen Ausscheidungen seines Körpers, die sich in seinem Haar sammelten, an seinem Hals, in den Falten hinter seinen Ohren; die ungewaschene Kleidung.

»Mister Como hat mir erzählt, dass du bei ihm warst«, sagte sie und setzte sich auf die Couch.

Der unstete Blick huschte umher. Vom leblosen Fernseher zu den Plastikblumen und den kitschigen Kletterrosen an der Wand.

»Ja, Jim war bei Como, stimmt.« Er nickte.

Er sah seine Tochter grinsend an. Seine Zähne waren braun, und Barbara sah, wie sich der Saft in seinem Mund sammelte. Die Kaffeedose stand neben seinem Sessel, ungeschickt versteckt unter einer Rennzeitschrift. Sie wusste, er wartete darauf, dass sie einen Moment wegschauen würde, damit er es erledigen konnte, ohne erwischt zu werden. Aber sie war nicht bereit mitzuspielen.

»Spuck's aus, Dad«, sagte sie geduldig. »Es hat doch keinen Sinn, dass du's runterschluckst und dir dann übel wird.«

Sie sah, wie die Spannung in seinem Körper nachließ, als er erleichtert nach der Dose griff und den braunen Tabakschleim hineinspie.

Er wischte sich den Mund mit einem fleckigen Taschentuch, hustete hinein und rückte die Schläuche zurecht, die den Sauerstoff in seine Nase leiteten. Mit jammervoller Miene suchte er bei seiner Tochter Zärtlichkeit, fand jedoch keine. Da wandte er sich ab, und wieder begannen die unsteten Wanderungen seines Blicks durch das Zimmer.

Barbara betrachtete ihn nachdenklich. Warum wollte er nicht sterben? Die letzten zehn Jahre waren ein einziger langsamer Verfall gewesen; warum nicht endlich ein großer Sprung ins schwarze Vergessen? Es wäre eine Erleichterung für ihn. Vorbei das mühsame Um-Atem-Ringen. Kein Emphysem mehr. Keine Notwendigkeit mehr zu schnupfen, um die Sucht zu lindern. Nur Leere und nichts.

»Du bekommst noch Krebs, Dad«, sagte sie. »Das weißt du doch.«

»He, Jim geht's gut, Barb. Mach dir keine Sorgen, Mädchen.«

»Dann denk wenigstens an Mama. Was würde aus ihr werden, wenn du wieder ins Krankenhaus müsstest?« Wie Tony. So hing es unausgesprochen in der Luft. »Soll ich mit Mister Como reden? Ich würde es viel lieber nicht tun, aber wenn das mit dem Schnupftabak so weitergeht, muss ich es tun, das weißt du.«

»Como hat Jim ja überhaupt erst drauf gebracht«, protestierte ihr Vater mit weinerlicher Stimme. »Nachdem du ihm gesagt hattest, dass er Jim keine Zigaretten mehr verkaufen soll.«

»Du weißt, dass ich das nur zu deinem Besten getan habe. Mit einem Sauerstoffzylinder darf man nicht rauchen. Das haben die Ärzte dir doch gesagt.«

»Aber Como sagte, schnupfen könnte Jim ruhig.«

»Mister Como ist kein Arzt. Gib mir jetzt den Schnupftabak.« Sie hielt ihm fordernd die Hand hin.

»Aber Jim will doch nur ...«

»Keine Widerrede, Dad. Gib mir das Zeug.«

Er schluckte krampfhaft. Seine Augen gingen nervös hin und her.

»Aber irgendwas braucht Jim doch, Barbie«, erwiderte er jämmerlich.

Sie fuhr zusammen bei dem Namen. Nur Tony hatte sie so genannt. Von den Lippen ihres Vaters kommend, war er eine Verwünschung. Dennoch trat sie zu ihm, legte ihm die Hand auf die Schulter und zwang sich, sein ungewaschenes Haar zu berühren.

»Daddy, versteh doch. Wir müssen an Mama denken. Ohne dich würde sie nicht am Leben bleiben. Darum musst du auf deine Gesundheit achten. Verstehst du nicht? Mama – sie liebt dich so sehr.«

Zeigte sich da ein Schimmer? Nahmen sie einander noch wahr in dieser privaten Hölle, die sie so reichlich verdienten, oder war der Nebel bereits zu dick?

Er schluchzte einmal erstickt auf. Mit schmutziger Hand griff er in seine Tasche und zog die kleine runde Dose heraus. »Jim meint's nicht schlecht, Barbie«, sagte er, während er seiner Tochter die Dose gab. Sein Blick ging von ihrem Gesicht zu dem Hausaltar, zu den Plastikblumen in den Plastikvasen. Sie begriff augenblicklich, stand auf, leerte die Blumen heraus und nahm die anderen drei Dosen Schnupftabak, die dort versteckt waren, an sich.

»Ich spreche morgen mit Mister Como«, sagte sie kalt und ging aus dem Zimmer.

Natürlich Eaton *Terrace*, nicht Eaton Place. Das wäre zu – zu demonstrativ gewesen, und Lynley zog eindeutig das vornehme *Understatement* vor. Außerdem war dies nur das Stadthaus. Wirklich zu Hause waren die Lynleys auf ihrem Gut Howenstow in Cornwall.

Barbara betrachtete das weiße Haus. Wie herrlich sauber alles in Belgravia war. Wie elegant und schick. Es war die einzige Gegend der Stadt, wo die Leute sich dazu herabließen, in umgebauten Stallungen zu wohnen, und dann vor ihren Freunden noch damit prahlten.

Wir wohnen jetzt in Belgravia, sagten wir das schon? Oh, Sie müssen unbedingt einmal zum Tee kommen. Nur dreihunderttausend Pfund, aber wir halten es für eine hervorragende Kapitalanlage. Fünf Zimmer. Eine reizende kleine Straße mit altem Kopfsteinpflaster. Besuchen Sie uns. Sagen wir halb fünf? Sie können das Häuschen nicht verfehlen. Ich habe vor allen Fenstern Begonien.

Barbara stieg die makellosen Marmorstufen hinauf und vermerkte mit einem verächtlichen Kopfschütteln das kleine Wappen der Ashertons unter den Messingleuchten. Nein, für die stolze Familie der Ashertons kam selbstverständlich ein umgebauter Stall nicht in Frage.

Sie hob den Kopf, um zu klingeln, hielt aber plötzlich inne, drehte sich um und sah auf die Straße hinaus. Seit dem vergangenen Tag hatte sie keine Zeit gefunden, über ihre neue Position nachzudenken. Ihre Vorladung zu Webberly, die Fahrt nach Chelsea, wo sie Lynley abgeholt hatte, das Gespräch mit dem sonderbaren kleinen Priester: all das war so rasch aufeinander gefolgt, dass ihr nicht eine freie Minute geblieben war, um sich in ihre neue Situation hineinzuversetzen und eine Strategie zu entwerfen, die ihr helfen würde, diese neuerliche Lehrzeit erfolgreich zu überstehen.

Lynley war über die vorgesehene Zusammenarbeit mit ihr zwar nicht so entsetzt gewesen, wie sie erwartet hatte – eindeutig nicht so entsetzt und empört wie sie selbst –, aber er war ja auch mit anderen Dingen beschäftigt gewesen: der Heirat seines Freundes und der abendlichen Verabredung mit Lady Helen Clyde. Jetzt, wo er Zeit zum Nachdenken gehabt hatte, würde sie gewiss seinen ganzen Ärger darüber zu spüren bekommen, dass man ihm eine unmögliche Person wie sie aufgehalst hatte.

Was also sollte sie tun? Hier war sie endlich, die Gelegenheit, auf die sie gewartet, die sie erhofft und ersehnt hatte: die Chance, sich als Mitarbeiterin bei der Kripo zu bewähren. Hier war die Chance, die Streitereien, die unbedachten Äußerungen, die impulsiven Entscheidungen und törichten Fehler der vergangenen zehn Jahre auszumerzen.

»Sie können eine Menge lernen von Lynley«, hatte Webberly gesagt. Sie runzelte nachdenklich die Stirn. Was konnte sie denn schon von Lynley lernen? Welchen Wein man zu welchem Fleisch bestellt, ein paar Tanzschritte, wie man einen Raum voller Menschen mit charmanter Konversation blendete? *Was* konnte sie von Lynley lernen?

Nichts natürlich. Aber sie wusste nur zu gut, dass er für sie die einzige Chance war, wieder zur Kriminalpolizei zu kommen. Deshalb musste sie sich gut überlegen, welcher Weg der beste zu einem gütlichen Auskommen mit dem Mann war.

Absolute Unterwerfung, dachte sie. Sie würde keine eigenen Vorschläge machen, keine eigene Meinung äußern, jedem seiner Gedanken und jeder seiner Äußerungen zustimmen.

Es geht nur darum, diese Probe zu bestehen, dachte sie, drehte sich um und läutete.

Sie hatte ein adrett gekleidetes Dienstmädchen erwartet und war verblüfft, als Lynley selbst öffnete, ein Stück Toast in der Hand, die Lesebrille auf der edlen, aristokratischen Nase.

»Ah, Havers«, sagte er und sah sie über die Ränder der Brillengläser an. »Sie sind früh dran. Ausgezeichnet.«

Er führte sie durch das Haus in ein luftiges, helles Frühstückszimmer mit blaßgrünen Wänden. Durch die vorhanglose Terrassentür blickte man auf einen Garten, in dem noch späte Blumen blühten. Auf einer schönen alten Kredenz war in silbernen Schalen und Schüsseln das Frühstück aufgetischt. Der appetitliche Duft von warmem Brot und gebratenem Schinken ließ Barbaras Magen leise knurren. Sie presste einen Arm auf ihre Mitte und versuchte, nicht an ihr eigenes Frühstück an diesem Morgen zu denken, das aus einem zu hart gekochten Ei und einer Scheibe Toast bestanden hatte. Der Tisch war für zwei gedeckt, was Barbara im ersten Moment überraschte, bis ihr Lynleys abendliches Rendezvous mit Lady Helen Clyde wieder einfiel. Die Lady ruhte gewiss noch in seinem Bett.

»Bedienen Sie sich bitte.« Lynley wies mit seiner Gabel zerstreut zur Kredenz und schob einige Blätter des Polizeiberichts zusammen, die unordentlich zwischen dem Geschirr lagen. »Beim Essen kann man am besten denken. Aber nehmen Sie lieber nicht von den Räucherheringen. Die scheinen nicht mehr ganz gut zu sein.«

»Nein, danke«, sagte sie höflich. »Ich habe schon gefrühstückt, Sir.«

»Nicht mal ein Würstchen? Die sind ganz ausgezeichnet. Haben Sie auch festgestellt, dass die Metzger endlich wieder mehr Fleisch als Mehl in die Würstchen füllen? Das ist ausgesprochen wohltuend. Fast fünfzig Jahre seit dem Zweiten Weltkrieg, und endlich wird die Rationierung aufgehoben.« Er griff zur Teekanne, die genau wie das übrige Geschirr auf dem Tisch aus feinstem Porzellan war. »Eine Tasse Tee? Ich muss Sie allerdings warnen. Ich habe eine Leidenschaft für Lapsang Souchong Tee. Helen behauptet, er schmeckt wie schmutzige Socken.«

»Ich – ja, eine Tasse Tee nehme ich gern. Danke, Sir.«

»Gut«, sagte er. »Probieren Sie und sagen Sie mir, wie Sie ihn finden.«

Sie gab gerade ein Stück Zucker in ihre Tasse, als es draußen läutete. Hastige Schritte waren zu hören, dann eine Frauenstimme. »Ich geh' schon hin, Sir.« Die Frau sprach mit einem fremden Akzent. »Tut mir Leid wegen vorhin. Aber der Kleine, Sie wissen ja.«

»Sie sollten mit ihm zum Arzt gehen«, rief Lynley zurück. »Das ist bestimmt Krupp.«

Eine zweite Frauenstimme klang hell durchs Haus. »Beim Frühstück?« Ein unbefangenes Lachen. »Da bin ich ja gerade richtig gekommen, Nancy. Er wird nie glauben, dass es reiner Zufall ist.«

Bei den letzten Worten trat Helen Clyde ins Zimmer. Barbara warf nur einen Blick auf sie und war wie gelähmt vor Schreck.

Sie trugen fast die gleichen Kostüme. Aber während Helens offensichtlich von der Hand des Modeschöpfers persönlich stammte, war Barbaras von der Stange, eine Kaufhauskopie, die entsprechend schlecht saß. Barbara fühlte sich noch hässlicher und unvollkommener als gewöhnlich. Das einzige Glück ist, dachte sie, dass die Farben anders sind. Verzweifelt griff sie nach ihrer Teetasse, hatte jedoch nicht die Kraft, sie zum Mund zu führen.

Helen stutzte nur einen Moment, als sie Barbara sah.

»Ich bin in einer fürchterlichen Patsche«, erklärte sie freimütig. »Gott sei Dank, dass Sie auch hier sind, Sergeant. Ich hab' nämlich das düstere Gefühl, dass mindestens drei Köpfe nötig sind, um mich aus dem Schlamassel zu retten, in das ich mich gestürzt habe.«

Sie stellte eine große Einkaufstüte auf den nächsten Stuhl und ging zur Kredenz, um eingehend sämtliche Platten und Schüsseln zu inspizieren, als wäre eine delikate Mahlzeit das Einzige, was ihr Dilemma erträglicher machen konnte.

»Was denn für ein Schlamassel?«, fragte Lynley. Dann sah er Barbara an. »Wie schmeckt Ihnen der Lapsang?«

Ihre Lippen waren wie erstarrt. »Er schmeckt sehr gut, Sir.«

»Nicht schon wieder dieser grässliche Tee«, stöhnte Helen. »Wirklich, Tommy, du kennst kein Erbarmen.«

»Ich wusste nicht, dass du kommst. Ich dachte, einmal in der Woche könnte ich ihn mir wohl gönnen«, antwortete er spitz.

Sie lachte unbekümmert. »Sehen Sie, jetzt ist er gekränkt, Sergeant. So, wie du redest, Tommy, könnte man meinen, ich wäre jeden Morgen hier, um dich arm zu essen.«

»Denk an gestern, Helen.«

»Ach, du Scheusal!« Sie wandte ihre Aufmerksamkeit wieder dem Buffet zu. »Die Heringe riechen ja entsetzlich. Hat Nancy sie im Koffer mitgebracht?« Mit einem vollen Teller, auf dem sich Eier und Pilze, gegrillte Tomaten und gebratener Schinken häuften, setzte sie sich zu ihnen an den Tisch. »Wieso ist sie eigentlich hier? Warum ist sie nicht in Howenstow? Wo ist denn Denton?«

Lynley trank von seinem Tee und blickte dabei auf den Bericht, der vor ihm auf dem Tisch lag.

»Da ich verreise, habe ich ihm die nächsten Tage freigegeben«, antwortete er geistesabwesend. »Auf der Reise brauche ich ihn nicht.«

Helen, die gerade eine Scheibe Toast zum Mund führen wollte, hielt abrupt in der Bewegung inne.

»Das kann doch nicht dein Ernst sein, Darling. Du machst nur Spaß, nicht?«

»Ich bin durchaus im Stande, ohne meinen Diener auszukommen. Ich bin nicht völlig lebensfremd, Helen.«

»Aber das meine ich doch gar nicht.« Helen trank einen Schluck Tee, schnitt eine Grimasse und setzte ihre Tasse ab.

»Mir geht's um Caroline. Ich habe ihr gestern Abend für die ganze Woche freigegeben. Hältst du es für möglich – Tommy, wenn sie mit Denton durchgebrannt ist, bin ich völlig aufgeschmissen. Nein«, sagte sie, als er sprechen wollte, »ich weiß schon, was du sagen willst. Sie haben ein Recht auf ihr Privatleben. Da bin ich ja ganz deiner Meinung. Aber wir müssen in dieser Sache einfach zu einem Kompromiss kommen – du und ich –, denn wenn sie heiraten und zu dir ziehen …«

»Dann heiraten wir beide auch«, unterbrach Lynley gelassen. »Und dann leben wir vier glücklich und in Freuden bis an unser seliges Ende.«

»Du findest das nur lustig. Aber sieh mich doch mal an. Ein Morgen ohne Caroline, und ich bin eine einzige Katastrophe. Oder glaubst du, dass sie mich in so einem Aufzug aus dem Haus gehen lassen würde?«

Lynley musterte den »Aufzug«. Barbara brauchte es nicht mehr zu tun, sie hatte sich das Bild Helen Clydes bereits eingeprägt: ein elegant geschnittenes burgunderrotes Kostüm, seidene Bluse, mauvefarbener Seidenschal, der fließend zur schlanken Taille herabfiel.

»Was ist denn daran nicht in Ordnung?«, fragte Lynley. »Ich finde, du siehst großartig aus. Beinahe zu viel Glanz in meiner bescheidenen Hütte um diese frühe Morgenstunde.« Er sah demonstrativ auf die Uhr.

»Ist das nicht mal wieder typisch Mann, Sergeant?«, wandte sich Helen entrüstet an Barbara. »Ich komme mir vor wie eine überreife Erdbeere, und er brummt ›Du siehst großartig aus‹ und vergräbt sich in den nächsten Mordfall.«

»Besser, als wenn ich versuchen würde, dich modisch zu beraten.« Lynley wies mit einem Nicken auf die vergessene Einkaufstüte. Sie war umgefallen, und ein paar Stoffstücke hingen zum Boden hinunter. »Bist du etwa deshalb gekommen?«

Helen zog die Tüte zu sich heran.

»Wenn es so einfach wäre«, erwiderte sie seufzend. »Aber es ist weit schlimmer als die Sache mit Caroline und Denton – obwohl, das möchte ich vorsorglich bemerken, wir damit noch lange nicht fertig sind. Aber ich bin wirklich in heilloser Verlegenheit. Ich hab' nämlich Simons Einschusslöcher durcheinander gebracht.«

Barbara fühlte sich allmählich so, als wäre sie in ein Stück von Oscar Wilde hineingeraten. Es fehlte nur noch der Auftritt des Butlers mit einer Platte Gurkenbrötchen.

»Simons Einschusslöcher?« Lynley, der mit den geistigen Pirouetten Helens vertrauter war, zeigte Geduld.

»Du weißt schon. Es ging um den Einfluss von Flugbahn, Schusswinkel und Kaliber auf die Verteilung der Blutspritzer. Du erinnerst dich doch, nicht wahr?«

»Die Sache, die nächsten Monat vorgelegt werden soll?«

»Richtig. Simon ließ mir alles gut vorbereitet im Labor. Ich sollte die ersten Ergebnisse aufzeichnen und an das jeweilige Stück Stoff heften. Aber nun hab' ich …«

… die Stoffstücke durcheinander gebracht«, vollendete Lynley. »Da wird Simon natürlich nicht erfreut sein. Was willst du jetzt tun?«

Sie blickte ratlos auf die Proben, die sie ohne viel Umstände auf den Boden geleert hatte.

»Hoffnungslos unwissend bin ich natürlich nicht. Nach vier Jahren Laborarbeit kann ich immerhin ein 22er Kaliber erkennen und kann ohne Schwierigkeiten das 45er Kaliber und die Flinte herausfinden. Aber die anderen – und die Frage, welches Spritzmuster zu welcher Flugbahn gehört …«

»Ein einziges Durcheinander also«, sagte Lynley.

»Leider ja«, bestätigte sie. »Deshalb bin ich hergekommen. Ich dachte, wir könnten es vielleicht gemeinsam entwirren.«

Lynley beugte sich zum Boden hinunter und hob prüfend einige der Stoffstücke hoch.

»Das geht nicht, Goldkind. Tut mir Leid, aber das sind bestimmt ein paar Stunden Arbeit, und wir müssen zum Zug.«

»Was soll ich Simon nur sagen? Er hat ewig an der Sache getüftelt.«

Lynley überlegte. »Eine Möglichkeit gibt es ...«

»Ja?«

»Professor Abrams vom Chelsea Institute. Kennst du ihn?« Als sie den Kopf schüttelte, fuhr er fort. »Er und Simon haben des Öfteren gemeinsam als Gutachter ausgesagt. Zuletzt im Fall Melton im letzten Jahr. Sie kennen sich. Vielleicht würde er dir helfen. Ich könnte ihn für dich anrufen, ehe wir fahren.«

»Ach ja, Tommy. Ich wäre dir unheimlich dankbar. Ich würde alles für dich tun.«

Er zog eine Augenbraue hoch.

»Sagt man so etwas einem Mann beim Frühstück?«

Sie lachte. »Ich würde sogar das Geschirr spülen. Ich würde sogar Caroline dafür aufgeben.«

»Und Jeffrey Cusick?«

»Auch Jeffrey. Der arme Kerl. Ohne Zögern für ein paar Einschusslöcher hingegeben.«

»Also schön. Ich kümmere mich gleich nach dem Frühstück darum. Wir dürfen doch noch fertig frühstücken?«

»Aber ja, natürlich.«

Sie machte sich erleichtert über ihren Teller her, während Lynley wieder seine Brille aufsetzte und sich erneut in seine Unterlagen vertiefte.

»Was ist das denn für ein Fall, um den Sie sich da kümmern müssen?«, fragte Helen Barbara, während sie sich eine zweite Tasse Tee einschenkte und große Mengen Zucker dazugab.

»Eine Enthauptung.«

»Das klingt ja schrecklich. Weit von hier?«

»Oben in Yorkshire.«

Helen stellte ihre Teetasse wieder ab. Ihr Blick ging zu Lynley. Sie schaute ihn kurz an, bevor sie weitersprach.

»Wo in Yorkshire ist denn das, Tommy?«, fragte sie ruhig.

Lynley las ein paar Zeilen. »Es ist ein Ort namens – Moment, hier ist es. Keldale. Kennst du es?«

Sie antwortete nicht gleich, sondern schien die Frage zu bedenken. Ihr Blick war gesenkt und ihr Gesicht ausdruckslos. Als sie aufsah, lächelte sie, doch das Lächeln wirkte aufgesetzt.

»Keldale? Nein, keine Ahnung.«

5

Lynley legte seine Zeitung weg und musterte Barbara Havers. Er brauchte es nicht verstohlen zu tun, denn sie saß über den Bericht aus Keldale gebeugt, der vor ihr auf dem Klapptisch aus graugrünem Resopal lag. Er wusste über Havers Bescheid. Wie alle anderen. Bei ihrem ersten Anlauf bei der Kripo hatte sie jämmerlich versagt, hatte es lediglich geschafft, sich in rascher Folge MacPherson, Stewart und Haie zu Feinden zu machen; die drei, mit denen die Zusammenarbeit am problemlosesten war. Besonders MacPherson mit seinem trockenen schottischen Humor und seiner väterlichen Art hätte für jemanden wie Havers eigentlich der Mentor *par excellence* sein müssen. Der Mann war der reinste Teddybär. Hatte je ein Sergeant sich mit ihm in die Wolle bekommen? Nein, nur Havers.

Lynley erinnerte sich an den Tag, als Webberly beschlossen hatte, sie wieder in Uniform zu stecken. Alle hatten gewusst, dass das kommen würde. Seit Monaten schon. Aber keiner war auf ihre heftige Reaktion vorbereitet gewesen.

»Ja, wenn ich zu den feinen Leuten gehörte, die in Eton zur Schule gegangen sind, dann würden Sie mich behalten«, hatte sie in Webberlys Büro mit überschnappender Stimme geschrien, so laut, dass man sie in der ganzen Etage gehört hatte. »Wenn ich ein dickes Scheckbuch hätte und einen hochtrabenden Titel und alles durchbumsen würde, was mir in die Quere kommt – Frau, Mann, Kind oder Tier –, dann wäre ich garantiert gut genug für Ihre beschissene Abteilung.«

Bei der Erwähnung Etons hatten sich blitzartig drei Köpfe nach Lynley gedreht. Am Ende der wütenden Tirade verriet ihm entsetztes Schweigen, dass alle rundherum ihn anstarrten. Er hatte bei einem Aktenschrank gestanden, auf der Suche nach dem Dossier über diesen armseligen kleinen Wurm Harry Nelson, und merkte plötzlich, dass seine Finger wie erstarrt waren. Natürlich brauchte er das Dossier nicht unbedingt. Nicht gerade in diesem Moment. Und er konnte ja nicht ewig dort stehen bleiben; er musste sich umdrehen, an seinen Schreibtisch zurückgehen.

Er zwang sich dazu, in leichtem Ton zu sagen: »Lieber Gott, bei Tieren mach' ich aber wirklich die Grenze«, zwang sich, ruhig durch den großen Raum zu gehen.

Nervöses, unbehagliches Lachen quittierte seine Bemerkung. Dann schlug krachend die Tür von Webberlys Büro zu, und Havers stürmte wie eine Wilde durch den Korridor, den Mund verzerrt vor Wut, das Gesicht fleckig von Tränen, die sie sich mit dem Jackenärmel zornig abwischte. Lynley spürte die ganze Gewalt ihres Hasses, als ihr Blick den seinen traf und ihr Mund sich verächtlich verzog. Es war, als sei man einer Krankheit preisgegeben, für die es keine Heilung gab.

Einen Augenblick später kam MacPherson zu ihm an den Schreibtisch, legte ihm die Akte Nelson hin und sagte auf seine liebenswert brummige Art: »Das war klasse, mein Junge.« Dennoch hatte es bestimmt zehn Minuten gedauert, ehe seine Hände aufgehört hatten zu zittern, so dass er zum Telefon greifen und Helen anrufen konnte.

»Gehen wir zusammen zu Mittag essen, mein Schatz?«, hatte er sie gefragt.

Sie hatte es sofort gemerkt. An seiner Stimme gehört.

»Mit Freuden, Tommy. Simon ist heute mal wieder besonders erbarmungslos. Ich musste mir den ganzen Vormittag die grässlichsten Haarproben ansehen – wusstest du, dass sich tatsächlich etwas von der Kopfhaut löst, wenn man jemanden an den Haaren zieht? Ja, ein schönes Mittagessen ist jetzt genau das Richtige. Wie war's mit dem *Connaught?*«

Dem Himmel sei Dank für Helen. Sie war ihm das ganze letzte Jahr eine wunderbare Freundin gewesen.

Lynley schob die Gedanken an Helen beiseite und wandte sich wieder seiner Musterung Havers' zu. Sie erinnerte ihn ein klein wenig an eine Schildkröte. Besonders an diesem Morgen, als Helen ins Zimmer gekommen war. Das arme Ding war buchstäblich zu Eis erstarrt, hatte keine zehn Worte hervorgebracht und sich sofort unter ihren Panzer verkrochen. Ein merkwürdiges Verhalten. Als hätte sie von Helen etwas zu befürchten. Er kramte in seinen Taschen nach Zigarettenetui und Feuerzeug.

Barbara blickte kurz auf und beugte sich gleich wieder mit unbewegtem Gesicht über den Bericht. Sie raucht nicht, sie trinkt nicht, dachte Lynley und lächelte ein wenig bitter. Nun, Sergeant, Sie werden sich daran gewöhnen müssen. Ich bin nicht der Mann, der seine Laster vernachlässigt. Wenigstens im vergangenen Jahr habe ich es nicht getan.

Er hatte die heftige Abneigung der Frau gegen ihn nie recht verstehen können. Natürlich gab es die Frage des Klassenunterschieds, aber, du lieber Gott, das war doch sonst für keinen ein solches Problem. Sie benahm sich ja, als verlange er jedes Mal eine Huldigung von ihr, wenn er in ihre Nähe kam; etwas, das er im Übrigen peinlichst vermieden hatte, seit sie zur uniformierten Polizei zurückversetzt worden war.

Er seufzte. Was hatte sich Webberly nur dabei gedacht, als er beschlossen hatte, sie beide zusammenzuspannen? Der Superintendent war bei weitem der intelligenteste Mensch, dem er bei

Scotland Yard je begegnet war; es war also anzunehmen, dass diese bizarre Partnerschaft das Produkt reiflicher Überlegung war. Don Quichotte und Sancho Pansa, dachte er, während er zum regennassen Fenster hinaussah. Wenn ich jetzt nur noch feststellen kann, wer von uns Sancho Pansa ist, kommen wir bestimmt glänzend miteinander aus. Er lachte leise.

Barbara Havers blickte neugierig auf, sagte aber nichts. Lynley lächelte. »Ich halte lediglich nach Windmühlen Ausschau«, sagte er.

Sie waren beim Kaffee, Spülwasser in Plastikbechern, als Barbara vorsichtig die Frage nach dem Beil anschnitt.

»Es ist nicht ein einziger Fingerabdruck darauf«, bemerkte sie.

»Ja, das ist sonderbar, nicht?«, meinte Lynley und stellte mit einer Grimasse den Plastikbecher weg. »Sie tötet ihren Hund, tötet ihren Vater, bleibt seelenruhig sitzen, bis die Polizei kommt, aber sie wischt alle Abdrücke von dem Beil. Unlogisch.«

»Was glauben Sie, warum sie den Hund getötet hat, Inspector?«

»Damit er nicht bellt.«

»Ja, wahrscheinlich«, stimmte sie widerstrebend zu.

Lynley merkte, dass sie gern mehr dazu gesagt hätte.

»Was glauben Sie denn?«

»Ich – ach, nichts. Sie haben wahrscheinlich vollkommen Recht, Sir.«

»Aber Sie sind anderer Ansicht. Heraus damit.« Sie sah ihn misstrauisch an. »Sergeant?«, mahnte er.

Sie räusperte sich. »Ich dachte nur, dass der Hund wahrscheinlich gar nicht gebellt hätte. Ich meine – es war doch *ihr* Hund. Weshalb hätte er sie anbellen sollen? Ich kann mich täuschen, aber meiner Ansicht nach hätte er höchstens bei einem Fremden gebellt. Ein Fremder hätte ihn wohl eher zum Schweigen bringen müssen.«

Lynley sah sie nachdenklich an. »Wenn er gesehen hat, wie das Mädchen seinen Vater umbrachte, könnte er doch gebellt haben.«

»Aber ...« Mit einer nervösen Bewegung strich Barbara sich das kurz geschnittene Haar hinter die Ohren, was sie noch unattraktiver machte. »Aber sieht es nicht so aus, als wäre der Hund zuerst getötet worden?« Sie blätterte in den Unterlagen, die sie in den Hefter zurückgelegt hatte, und nahm eine der Fotografien heraus. »Teys ist über dem Hund zusammengebrochen.«

Lynley studierte das Bild.

»Das ist richtig. Aber das kann sie auch hinterher so arrangiert haben.«

Barbaras scharfe kleine Augen weiteten sich erstaunt.

»Das glaube ich nicht, Sir.«

»Wieso nicht?«

»Teys war eins neunzig groß.« Ungeschickt zog sie den Bericht wieder aus dem Hefter. »Er wog – ah, da steht's – er wog zweiundneunzig Kilo. Ich kann mir nicht vorstellen, dass diese Roberta ein solches Gewicht überhaupt schleppen konnte. Und warum hätte sie etwas vortäuschen sollen, wenn sie doch sowieso gleich gestehen wollte? Außerdem muss der Tote stark geblutet haben. Wenn sie ihn wirklich rumgeschleppt hätte, müssten doch an den Wänden Blutspritzer sein. Aber es sind keine da.«

»Gut beobachtet, Sergeant.« Lynley zog seine Lesebrille heraus. »Da muss ich zustimmen. Lassen Sie mich mal sehen.« Sie reichte ihm die ganze Akte. »Die Todeszeit wurde auf einen Zeitpunkt zwischen zweiundzwanzig Uhr und Mitternacht fixiert«, sagte er mehr zu sich als zu Barbara. »Zum Abendessen hatte er Huhn und Erbsen gegessen. – Ist was, Sergeant?«

»Nein, nein, Sir.«

Er las weiter. »Barbiturate im Blut.« Mit gerunzelter Stirn sah er auf und starrte Barbara über die Lesebrille hinweg an, ohne sie wirklich zu sehen. »Kann man sich eigentlich gar nicht vorstellen, dass so ein Mann Schlaftabletten braucht. Morgens früh raus, den ganzen Tag harte Arbeit auf dem Hof, viel frische Luft, abends ein kräftiges Essen, und danach nickt man am Kamin zufrieden ein. Das ist doch das gängige ländliche Idyll. Wozu also Schlaftabletten?«

»Er hatte sie anscheinend gerade erst geschluckt.«

»Natürlich. Es ist kaum anzunehmen, dass er im Tiefschlaf in den Stall hinauswandelte.«

Sie erstarrte bei seinem Ton und zog sich sofort wieder hinter ihren Panzer zurück.

»Ich meinte nur ...«

»Verzeihen Sie«, unterbrach Lynley rasch. »Ich habe nur gescherzt. Das tue ich manchmal. Es löst die Spannung. Sie werden versuchen müssen, sich daran zu gewöhnen.«

»Selbstverständlich, Sir«, antwortete sie mit steinerner Höflichkeit.

Der Mann trat auf sie zu, als sie über die Fußgängerüberführung zum Ausgang gingen. Er war sehr groß und sehr mager, fahl und eingefallen, offensichtlich von Magengeschichten aller Art geplagt. Noch während er auf sie zukam, schob er eine Tablette in den Mund und zerkaute sie mit grimmiger Entschlossenheit.

»Superintendent Nies«, sagte Lynley freundlich. »Sind Sie extra aus Richmond gekommen, um uns abzuholen? Das ist eine ziemlich weite Fahrt.«

»Eine verdammt weite Fahrt, darum wollen wir gleich klare Verhältnisse schaffen, Inspector«, entgegnete Nies aggressiv. Er war direkt vor ihnen stehen geblieben und versperrte ihnen den Weg zur Treppe, die aus dem Bahnhof hinausführte. »Ich will Sie hier nicht haben. Das ist wieder mal so ein genialer Schachzug von Kerridge. *Ich* will damit nichts zu tun haben. Wenn Sie also was brauchen, dann holen Sie es sich aus Newby Wiske und nicht aus Richmond. Ist das klar? Ich will Sie nicht sehen. Ich will nichts von Ihnen hören. Wenn Sie hier raufgekommen sind, um Ihre private Vendetta zu führen, Inspector, können Sie gleich wieder umkehren. Für solche Dumme-Jungen-Spiele hab' ich keine Zeit.«

Einen Moment lang war es vollkommen still. Barbara betrachtete Nies' griesgrämiges Gesicht und fragte sich, ob je ein Mensch in solchem Ton mit Lord Asherton gesprochen hatte.

»Sergeant Havers«, sagte Lynley milde, »ich glaube, Sie haben Superintendent Nies noch nicht kennen gelernt. Er ist der Leiter der Polizeidienststelle Richmond.«

Sie hatte noch nie erlebt, dass jemand einen Gegner so elegant und absolut wohlerzogen in die Schranken gewiesen hatte.

»Sehr erfreut, Sie kennen zu lernen, Sir«, sagte sie pflichtschuldig.

»Gehen Sie zum Teufel, Lynley«, fauchte Nies. »Und kommen Sie mir ja nicht in die Quere.«

Damit machte er auf dem Absatz kehrt und drängte sich durch die Menge zum Ausgang.

»Gut gemacht, Sergeant.« Lynleys Stimme war voll heiterer Gelassenheit. Sein Blick glitt suchend über das Menschengewühl in der Bahnhofshalle. »Ah«, sagte er, »da ist Denton ja schon.« Er hob den Arm und winkte dem jungen Mann zu, der sich ihnen näherte.

Denton, der gerade aus dem Bahnhofsrestaurant kam, kaute noch, schluckte, wischte sich den Mund mit einer Papierserviette, während er sich einen Weg durch die Menge bahnte. Er schaffte es, sich gleichzeitig einmal mit dem Kamm durch das dicke dunkle Haar zu fahren, seine Krawatte zurechtzurücken und einen prüfenden Blick auf seine Schuhe zu werfen. Dann stand er vor ihnen.

»Hatten Sie eine angenehme Reise, Mylord?«, fragte er und reichte Lynley einen Bund kleiner Schlüssel. »Der Wagen steht gleich draußen vor dem Bahnhof.« Er lächelte zuvorkommend, doch Barbara fiel auf, dass er Lynleys Blick mied.

Lynley musterte seinen Diener kritisch. »Caroline«, sagte er nur.

Denton sperrte erstaunt die runden Augen auf.

»Caroline, Mylord?«, wiederholte er mit Unschuldsmiene, warf jedoch einen hastigen Blick zum Bahnhofsrestaurant.

»Verschonen Sie mich mit dem Getue. Wir müssen noch ein paar Dinge klären, ehe Sie Ihren Urlaub antreten. Das ist übrigens Sergeant Havers.«

Denton schluckte einmal krampfhaft und nickte Barbara zu. »Freut mich, Sergeant«, sagte er und wandte sich wieder Lynley zu. »Mylord?«

»Tun Sie nicht so servil. Zu Hause sind Sie doch auch nicht so, und in der Öffentlichkeit finde ich es nur schauderhaft peinlich.«

Ungeduldig nahm Lynley seine schwarze Reisetasche von einer Hand in die andere.

»Entschuldigen Sie«, sagte Denton seufzend und ließ das Theater sein. »Caroline ist im Restaurant. Ich hab' ein Haus in Robin Hood's Bay gemietet.«

»Wie romantisch«, stellte Lynley trocken fest. »Ersparen Sie mir die Einzelheiten. Aber sagen Sie ihr, sie soll Lady Helen anrufen und sie beruhigen. Sie wähnt Sie beide nämlich schon auf dem Weg nach Gretna Green.«

Denton lachte. »Natürlich, Sir. Das erledigen wir sofort.«

»Danke.« Lynley holte seine Brieftasche heraus und entnahm ihr eine Kreditkarte. »Hier«, sagte er und gab sie Denton. »Aber kommen Sie ja nicht auf dumme Gedanken. Das ist nur für den Wagen. Ist das klar?«

»Vollkommen«, versicherte Denton.

Er blickte über die Schulter zum Bahnhofsrestaurant, wo eine hübsche junge Frau vor der Tür stand und zu ihnen herüberschaute. Sie war so elegant gekleidet und so elegant frisiert wie ihre Arbeitgeberin. Der reine Lady-Helen-Abklatsch, dachte Barbara verächtlich. Wahrscheinlich Voraussetzung dafür, dass man die Stellung überhaupt bekam. Der einzige echte Unterschied zwischen Caroline und der hochwohlgeborenen Lady war ein gewisser Mangel an Selbstsicherheit, der sich in der etwas verkrampften Art ausdrückte, wie Caroline ihre Handtasche umklammert hielt – mit beiden Händen, als hätte sie die Absicht, sie als Abwehrwaffe einzusetzen.

»Ist das dann alles, Sir?«, fragte Denton.

»Ja, das wär's«, antwortete Lynley und rief dem Davoneilenden nach: »Und seien Sie vorsichtig, ja?«

»Keine Sorge, Sir. Keine Sorge«, rief Denton munter zurück. Lynley sah ihm noch einen Moment nach, dann wandte er sich Barbara zu. »Ich denke, das war die letzte Unterbrechung. Gehen wir.« Damit führte er sie aus der Bahnhofshalle auf die Straße, wo ein schnittiger silberner Bentley sie erwartete.

»Ich – hab' – die – gesamte – Info«, verkündete Hank Watson in vertraulichem Ton vom Nachbartisch. »Die gesamte Info, absolut zuverlässig aus erster Hand.« Zufrieden, die ungeteilte Aufmerksamkeit der anderen im Speisesaal zu haben, fuhr er fort: »Über das Baby in der Abtei. JoJo und ich haben uns heute Morgen alles von Angelina erzählen lassen.«

Simon sah seine Frau an.

»Noch etwas Kaffee, Deborah?«, fragte er höflich.

Als sie ablehnte, schenkte er sich selbst ein, ehe er seine Aufmerksamkeit wieder dem anderen Paar zuwandte.

Hank und JoJo Watson hatten gleich die erste Gelegenheit beim Schopf gepackt, um mit den einzigen anderen Gästen von Keldale Hall Bekanntschaft zu schließen. Mrs. Burton-Thomas hatte das begünstigt, indem sie die beiden Paare an nebeneinander stehende Tische in dem riesigen Speisesaal gesetzt hatte. Sie hatte sich nicht die Mühe gemacht, die Gäste einander vorzustellen. Sie wusste, dass das gar nicht nötig war. Das stilvolle Interieur des großen holzgetäfelten Raumes verlor für die Amerikaner jegliches Interesse, sobald Simon St. James und seine Frau Deborah auftauchten.

»Hank, vielleicht interessiert sie die Geschichte vom Baby gar nicht.« JoJo spielte mit ihrer goldenen Halskette, von der ein klimperndes Sammelsurium mehr oder weniger origineller Anhänger vom Mini-Mercedesstern bis zum Eiffelturm in Setzkastenformat herabhing.

»Von wegen!«, entgegnete Hank. »Frag sie doch mal, Böhnchen.«

JoJo sah zu dem anderen Paar hinüber und verdrehte verzweifelt die Augen.

»Hank ist begeistert von England. Absolut begeistert«, erklärte sie.

»Hingerissen.« Hank nickte. »Wenn man nur ein einziges Mal eine Scheibe Toast kriegen könnte, die noch warm ist, wär's ideal. Wieso essen Sie hier Ihren Toast immer kalt?«

»Für mich ist das immer schon eine Kulturschande gewesen«, antwortete Simon.

Hank wieherte beifällig mit aufgerissenem Mund, in dem zwei Reihen blendend weißer Zähne blitzten.

»Eine Kulturschande! Das ist gut. Hast du das gehört, Böhnchen? Eine Kulturschande!« Hank pflegte jede Bemerkung zu wiederholen, die seinen Beifall fand. Als erlange er damit die Urheberschaft über sie. »Aber jetzt zurück zur Abtei.« Er war nicht so leicht von einem Thema abzulenken.

»Hank«, murmelte JoJo, die etwas von einem Kaninchen hatte. Runde, leicht vorstehende Augen und eine kleine Stupsnase, die unablässig zuckte und schnupperte.

»Reg dich ab, Böhnchen«, sagte Hank. »Diese Leute sind das Salz der Erde.«

»Ich glaube, ich nehme doch noch Kaffee, Simon«, sagte Deborah.

Er schenkte ihr ein, sah ihr in die Augen und sagte: »Milch, Liebes?«

»Bitte, ja.«

»Heiße Milch zum Kaffee«, hakte Hank prompt ein. »Das ist auch so was, woran ich mich einfach nicht gewöhnen kann. He, da ist ja unsere Angelina.«

Das junge Mädchen – nach ihrer Ähnlichkeit mit Danny zu urteilen, ein weiteres Mitglied der skurrilen Burton-Thomas-Sippe – trug mit äußerster Konzentration ein großes, schwer beladenes Tablett ins Zimmer. Sie war nicht so hübsch wie Danny, ein dralles kleines Ding mit roten Wangen und rauen Händen, das besser auf einen Bauernhof gepasst hätte als auf den altehrwürdigen Landsitz ihrer exzentrischen Familie. Sie grüßte mit einem schüchternen Nicken, hielt den Blick beharrlich gesenkt und kaute nervös auf der Unterlippe, während sie das Frühstück verteilte.

»Schüchternes kleines Ding«, bemerkte Hank laut, während er eine Scheibe Toast ins Gelb seines Spiegeleis drückte. »Aber sie hat uns gestern nach dem Abendessen die wahre Geschichte erzählt. Sie haben doch von dem Baby gehört, oder?«

Deborah und Simon tauschten einen Blick, um sich einig zu werden, wer von ihnen sich als Gesprächspartner opfern würde. Deborah übernahm die Aufgabe.

»Ja«, antwortete sie, »wir haben davon gehört. Das Schreien des Babys in der Abtei. Danny hat es uns gleich nach unserer Ankunft erzählt.«

»Ha! Das kann ich mir denken«, erwiderte Hank etwas rätselhaft und setzte zur Erläuterung sogleich hinzu: »Scharfes kleines Ding. Sie wissen schon. Hat nichts gegen ein bisschen Aufmerksamkeit.«

»Hank«, murmelte JoJo in ihr Porridge. Die kleinen Ohren

unter dem sehr kurz geschnittenen rotblonden Haar waren glühend rot.

»Böhnchen, Mensch! Die guten Leute hier sind doch nicht von gestern«, versetzte Hank. »Die wissen, was läuft.« Er wedelte mit der Gabel, an deren Zinken ein Stück Wurst aufgespießt war, zu Simon und Deborah hinüber. »Sie dürfen's dem Böhnchen nicht übel nehmen. Nicht mal das Leben in Laguna Beach konnte einen Swinger aus ihr machen. Kennen Sie Laguna Beach, Kalifornien?« Er ließ ihnen keine Zeit zu einer Antwort. »Eine bessere Stadt zum Leben gibt's nicht, sag' ich Ihnen. Nichts gegen England, aber da kommt der Rest der Welt einfach nicht mit. JoJo und ich leben seit – wie lang jetzt, Sugarbaby? – ja, seit zweiundzwanzig Jahren dort, aber sie wird immer noch rot, wenn sie zwei Schwule im Clinch sieht. ›Mensch, JoJo‹, sag' ich ihr immer wieder, ›wegen so ein paar Schwulen brauchst du doch nicht gleich vor Scham im Erdboden zu versinken‹.« Er senkte die Stimme. »Die kommen uns nämlich in Laguna echt schon zu den Ohren raus.«

Simon brachte es nicht über sich, Deborah anzusehen.

»Wie bitte?«, sagte er, unsicher, ob er die ungewöhnliche akrobatische Metapher richtig verstanden hatte.

»Die Schwulen, Mann! Die Homosexuellen. Wie Sand am Meer gibt's die bei uns in Laguna. Alle zieht sie's dahin. Aber ich wollte ja von der Abtei erzählen.« Hank legte eine kurze Pause ein, um laut schlürfend einen Schluck Kaffee zu trinken. »Also, die wahre Geschichte geht anscheinend so: Danny und ihr Freund haben sich regelmäßig in der Abtei getroffen. Sie wissen schon. Um ein bisschen zu knutschen und so. Und an dem fraglichen Abend – das ist jetzt ungefähr drei Jahre her – hatten sie gerade beschlossen, ihre Beziehung mit dem letzten Akt zu krönen. Sie verstehen, was ich meine?«

»Absolut«, antwortete Simon, der immer noch Deborahs Blick mied.

»Gut. Danny hat natürlich ein bisschen Bammel. Ist ja schließlich eine schwere Entscheidung, den Vorsatz aufzugeben, als Jungfrau in die Ehe zu gehen, nicht? Ganz besonders hier auf dem Land, wo alles noch ein bisschen hinterher ist. Und Danny denkt sich natürlich, wenn sie dem Burschen seinen Willen lässt – na ja, einen Weg zurück gibt's nicht, das ist klar.«

Er wartete auf Simons Reaktion.

»Wohl kaum.«

Hank nickte ernsthaft. »Tja, wie ihre Schwester Angelina erzählt ...«

»Sie war dabei?«, fragte Simon ungläubig.

Hank lachte brüllend bei der Vorstellung und schlug dazu mit dem Löffel begeistert auf die Tischplatte.

»Sie sind mir vielleicht einer!« Er richtete sich an Deborah. »Ist er immer so?«

»Immer«, antwortete sie prompt.

»Umwerfend. Also, zurück zur Abtei.«

Natürlich, sagte der Blick, den Simon und Deborah tauschten.

»Gut. Da sind die beiden nun, Danny und ihr Freund, fertig zum Abheben. Und da geht's plötzlich los. Babygeschrei, aber volle Pulle. Können Sie sich das vorstellen? Hm, können Sie sich's vorstellen?«

»In allen Einzelheiten«, versicherte Simon.

»Na, die beiden hören das Gewimmer und glauben, das ist der strafende Gott persönlich. Nichts wie raus aus der Kirche, als säße ihnen der Teufel im Nacken. Und das war's dann auch schon. Aus und vorbei.«

»Das Babygeschrei, meinen Sie?«, fragte Deborah. »Ach Simon, ich hatte so gehofft, wir würden es heute Nacht hören. Oder vielleicht sogar schon heute Nachmittag. Ich hätte nie gedacht, dass die Abwehr böser Geister so bekömmlich sein könnte.«

Hexe, sagte sein Blick.

»Nein, doch nicht das Babygeschrei«, belehrte sie Hank. »Der Vollzug, den Danny und ihr Freund geplant hatten. Wie hieß der Bursche gleich, Böhnchen?«

»Er hatte einen komischen Namen. Ezra Soundso.«

Hank nickte. »Na, kurz und gut, Danny kommt völlig aufgelöst hier im Haus an. Sie will unbedingt sofort die Beichte ablegen und Gott um Vergebung bitten. Total fertig, das arme Ding. Also holen sie den Dorfpriester. – Der soll den bösen Geist austreiben.«

»Bei der Abtei oder bei Danny?«, erkundigte sich Simon.

»Bei beiden, alter Knabe. Der Priester rollt also in Windeseile hier an, verspritzt sein Weihwasser und zieht weiter zur Abtei. Und da …«

Er brach ab, freudestrahlend, mit blitzenden Augen, ein Geschichtenerzähler erster Güte, der es versteht, seine Zuhörer so richtig auf die Folter zu spannen.

»Noch etwas Kaffee, Deborah?«

»Nein, danke.«

»Und was glauben Sie?«, fragte Hank herausfordernd.

Simon überdachte die Frage. Deborah stieß ihn unter dem Tisch mit dem Fuß an.

»Was?«, fragte er pflichtschuldig.

»Da lag doch tatsächlich ein richtiges Baby in der Abtei. Ein Neugeborenes, bei dem noch nicht einmal die Nabelschnur abgebunden war. Höchstens ein paar Stunden alt. Mausetot, als der Priester dort ankam. Tod durch Erfrieren, stellten sie fest.«

»Wie schrecklich.« Deborah war blass geworden. »Das ist ja grauenhaft.«

Hank nickte feierlich. »Ja, und nun denken Sie mal an den armen Ezra. Der konnte bestimmt die nächsten zwei Jahre nicht mehr.«

»Wem gehörte das Kind?«

Hank zuckte die Achseln. Er wandte seine Aufmerksamkeit

seinem Frühstück zu, das inzwischen kalt geworden war. Der Rest der Geschichte war ihm offensichtlich nicht saftig genug.

»Das weiß niemand«, antwortete JoJo für ihn. »Es wurde auf dem Dorffriedhof begraben. Mit einem ganz merkwürdigen Spruch auf dem Grabstein. Ich kann mich aus dem Kopf nicht mehr daran erinnern. Sie müssen selbst mal hingehen und sich das Grab ansehen.«

»Böhnchen, die beiden sind auf Hochzeitsreise«, warf Hank augenzwinkernd ein. »Die haben bestimmt was Besseres zu tun, als auf Friedhöfen rumzuwandern.«

Lynley hatte offensichtlich eine Vorliebe für die Russen. Sie hatten mit Rachmaninoff begonnen, auf ihn folgte Rimski-Korsakow, und nun schlugen die Heroenklänge der 1812-Ouvertüre über ihnen zusammen.

»Da! Haben Sie es bemerkt?«, fragte er sie, nachdem der letzte Ton verklungen war. »Das eine Becken war einen Vierteltakt hinterher. Aber das ist das Einzige, was ich an dieser Aufnahme von 1812 auszusetzen habe.«

Er schaltete die Stereoanlage aus.

Barbara fiel zum ersten Mal auf, dass er überhaupt keinen Schmuck trug – keinen Siegelring, keinen Schulring, keine teure Armbanduhr, die im Licht golden funkelte. Aus irgendeinem Grund fand sie das irritierend.

»Nein, das hab' ich gar nicht gemerkt. Tut mir Leid. Ich versteh' nichts von Musik.«

Erwartete er allen Ernstes, dass sie – mit ihrer durchschnittlichen Schulbildung – fähig sein würde, sich mit ihm sachverständig über klassische Musik zu unterhalten?

»Ich verstehe auch nicht viel davon«, bekannte er freimütig. »Ich höre nur sehr viel. Ich bin einer von diesen Ignoranten, die immer sagen: ›Ich verstehe gar nichts davon, aber ich weiß, was mir gefällt.‹«

Seine Worte überraschten sie. Dieser Mann hatte in Oxford studiert, sein Geschichtsstudium mit *summa cum laude* abgeschlossen. Wie konnte er sich da als Ignoranten bezeichnen? Aber vielleicht tat er es nur, um ihr mit einer großzügigen Dosis seines liebenswürdigen Charmes die Befangenheit zu nehmen. Darauf verstand er sich ja hervorragend. Es fiel ihm so leicht wie das Atmen.

»Ich glaube, ich habe meine Liebe zur klassischen Musik im letzten Stadium der Krankheit meines Vaters entwickelt«, bemerkte er.

Er nahm die Kassette aus dem Recorder, und so, wie vorher die Musik sie umhüllt hatte, tat es jetzt die Stille im Wagen, nur war sie viel beunruhigender. Es dauerte eine ganze Weile, ehe er wieder sprach und dabei an seine letzte Bemerkung anknüpfte.

»Er wurde einfach von Tag zu Tag weniger. Die Schmerzen müssen entsetzlich gewesen sein.« Er räusperte sich. »Für meine Mutter kam es überhaupt nicht in Frage, ihn ins Krankenhaus einweisen zu lassen. Selbst als es dem Ende zuging und es für sie vieles erleichtert hätte, wollte sie nichts davon wissen. Sie saß Tag und Nacht an seinem Bett und begleitete ihn bei seinem langsamen Sterben. Ich glaube, es war die Musik, die beide in diesen letzten Wochen vor der völligen Verzweiflung und dem Wahnsinn bewahrte.« Er hielt den Blick starr auf die Straße gerichtet. »Sie hielt seine Hand, während sie Tschaikowsky hörten. Am Ende konnte er nicht einmal mehr sprechen. Ich tröste mich mit dem Gedanken, dass die Musik für ihn gesprochen hat.«

Es erschien Barbara plötzlich lebensnotwendig, die Richtung zu ändern, die das Gespräch zu nehmen drohte. Sie umklammerte die gefaltete Straßenkarte mit starren Fingern und suchte krampfhaft nach einem anderen Thema.

»Sie kennen diesen Nies, nicht wahr?« Es kam plump und ungeschickt heraus, ein allzu offenkundiger Versuch abzulenken. Sie warf ihm einen furchtsamen Blick zu.

Seine Augen verengten sich, sonst zeigte er keine unmittelbare Reaktion auf ihre Frage. Eine Hand ließ das Steuer los, und einen Moment lang glaubte Barbara absurderweise, er wolle ihr eins auf den Mund geben. Doch er nahm nur, ohne zu wählen, eine andere Kassette heraus und legte sie ein. Aber er schaltete den Recorder nicht ein. Barbara starrte in tödlicher Verlegenheit zum Wagenfenster hinaus.

»Es wundert mich, dass Sie die Geschichte nicht kennen«, bemerkte er schließlich.

»Welche Geschichte?«

Erst da sah er sie an. Er schien in ihrem Gesicht nach Anzeichen von Unverschämtheit oder Sarkasmus zu suchen, vielleicht auch nach einem Hinweis darauf, dass sie ihn bewusst verletzen wollte. Doch offenbar beruhigt von dem, was er gesehen hatte, wandte er den Blick wieder zur Straße.

»Vor fast genau fünf Jahren wurde mein Schwager Edward Davenport in seinem Haus nördlich von Richmond ermordet. Superintendent Nies hielt es für angebracht, mich zu verhaften. Es waren nur ein paar Tage, aber es war lang genug.« Wieder ein Blick zu ihr, ein ironisches Lächeln. »Sie haben diese Geschichte nicht gehört, Sergeant? Sie hat doch gerade den richtigen Biss, um auf Cocktailpartys die Runde zu machen.«

»Ich – nein – nein, ich habe sie nie gehört. Außerdem geh' ich nicht auf Cocktailpartys.« Sie wandte sich mit starrem Blick wieder dem Fenster zu. »Jetzt müsste eigentlich bald die Abzweigung kommen. Höchstens noch ein paar Kilometer«, sagte sie.

Sie war bis ins Innerste bewegt. Sie hätte nicht sagen können, warum, wollte nicht darüber nachdenken, zwang sich, die Landschaft zu betrachten, um sich nur ja nicht auf ein weiteres Gespräch einlassen zu müssen. Sie konzentrierte sich jetzt einzig auf die Landschaft, die ganz langsam begann, sie in ihren Bann zu ziehen. Das Land zeigte sich von kultivierten Wiesen und Feldern bis zur ungezähmten Einsamkeit des weiten Hochmoors in vielfältigen Schattierungen von Grün. Die Straße tauchte in Täler ein, wo Wälder schmucke Dörfer schützten, und klomm dann in Haarnadelkurven wieder in die Einöde hinauf, wo der Wind, von der Nordsee kommend, erbarmungslos über Heide und Ginster pfiff. Hier wanderten die Schafe frei, nicht eingegrenzt von den uralten, aus losem Gestein aufgetürmten Mauern, die unten in den Tälern das Land aufteilten.

Dort, wo das Land kultiviert war, wucherte üppiges Leben aus jeder Hecke und jeder Furche. Spät blühende Blumen, Bärenklau, Lichtnelken und Wicken, bedrängten die immer schmaler werdende Straße, während der Fingerhut majestätisch im Wind stand. Hier konnte man jederzeit von einer Herde Schafe aufgehalten werden, die kluge Hunde die Straße hinuntertrieben ins nahe gelegene Dorf, während der Schäfer, seinen Tieren vertrauend, pfeifend hinterherwanderte. Bis plötzlich das idyllische Bild mit seinen Blumen und Wiesen, den Dörfern und stolzen alten Eichen und Ulmen zurückblieb und vor der wilden Schönheit des Hochmoors verblasste.

Rasch treibende weiße Wolken türmten sich am blauen Himmel, der das raue, ungezähmte Land zu berühren schien. Hier gab es nichts als Himmel und Erde und die schwarzköpfigen Schafe, die diese Einsamkeit bewohnten.

»Herrlich, nicht?«, sagte Lynley. »Trotz allem, was ich hier erlebt habe, liebe ich Yorkshire. Ich glaube, es ist die Einsamkeit. Diese absolute Ödnis.«

Wieder nahm Barbara das angebotene Vertrauen nicht an, ließ die hinter den Worten schimmernde Botschaft, dass hier ein Mensch war, der verstand, nicht an sich heran.

»Ja, es ist sehr hübsch, Sir. Ganz ungewohnt für mich. Ich glaube, hier müssen wir abbiegen.«

Die Straße nach Keldale führte sie in Haarnadelkurven in den tiefsten Teil des Tals hinunter. Augenblicke nachdem sie abgebogen waren, schloss der Wald sie ein. Grüne Äste neigten sich über die Straße, Farn wucherte dicht an ihren Rändern. Sie kamen auf dem gleichen Weg ins Dorf wie Cromwell und fanden es vor wie er damals: verlassen.

Das Läuten der Kirchenglocken verriet ihnen augenblicklich, warum im Dorf kein Lebenszeichen zu entdecken war. Erst als die Glocken, die Lynley bis in alle Ewigkeit zu läuten schienen, den letzten Schlag getan hatten, öffnete sich das Kirchenportal, und die Leute kamen langsam heraus.

»Endlich«, murmelte er.

Er stand an den Bentley gelehnt, den er direkt vor der Keldale Lodge abgestellt hatte, einem adretten kleinen Gasthaus mit grün bewachsenen Mauern und weiß gestrichenen Sprossenfenstern. Von hier aus konnten sie das Dorf in allen vier Himmelsrichtungen überblicken. Unglaublich, dachte Lynley, dass hier ein Mord verübt worden sein sollte.

Im Norden war die High Street, eine schmale Straße mit grauen Steinhäusern und schindelgedeckten Dächern, wo die Dorfbewohner alles fanden, was für das tägliche Leben notwendig war: ein kleines Postamt, ein Lebensmittelgeschäft, einen Laden mit einem rostigen gelben Reklameschild, das Lyons Keks anpries, und der, wie es schien, vom Motoröl bis zur Babynahrung so ziemlich alles liefern konnte; auch eine Methodistenkapelle, die höchst unpassend zwischen Sarah's Tea Room und Sinjis Haarstudio (›frisch frisiert ist halb gewonnen‹) eingeklemmt war. Der Bürgersteig zu beiden Seiten der Straße war nur wenig erhöht, und vor den Haustüren standen noch Wasserpfützen vom morgendlichen Regen. Aber der Himmel war jetzt klar, die Luft so frisch, dass Lynley meinte, ihre Reinheit schmecken zu können.

Im Westen führte eine Straße, die den Namen Bishop Furthing Road trug, zu den Feldern und Weiden hinaus, zu beiden Seiten durch die allgegenwärtigen Steinmäuerchen dieser Gegend begrenzt. An der Ecke dieser Straße stand ein kleines, von Bäumen beschattetes Haus mit einem eingezäunten Garten, aus dem das erregte Gebell junger, anscheinend spielender Hunde ins stille Dorf drang. »Polizei« stand in blauen Lettern auf einem weißen Schild, das von einem der Fenster des Hauses zur Straße hinausragte. Heim des Erzengels Gabriel, dachte Lynley und lächelte leise.

Im Süden liefen hinter der verwilderten, mit zwei Sitzbänken bestückten Gemeindewiese zwei Straßen auseinander: die Keldale Abbey Road, die zu der alten Abtei führte, und über die schiefe Brücke, die den träge fließenden Kel überspannte, die Church Street, an deren Ecke sich auf einer Anhöhe die St.-Catherine's-Kirche erhob. Auch sie war von einer niedrigen Steinmauer umgeben, in die eine Gedenktafel an die Gefallenen des Ersten Weltkriegs eingelassen war.

Im Osten lag die Straße, über die sie ins Dorf gekommen waren. Bei ihrer Ankunft war sie menschenleer gewesen, jetzt aber stieg mühsam und gebeugt eine Frau in schwarzem Mantel den Hang hinauf, schwere Schuhe und leuchtend blaue Socken an den Füßen, an einem Arm ein Einkaufsnetz, das leer herabhing. Sie ging dorfauswärts, den windigen Höhen des Hochmoors entgegen, eine Bauersfrau vielleicht, die jemandem im Dorf etwas gebracht hatte.

Wälder und Wiesenhänge umschlossen das Dorf und schufen eine Atmosphäre ungestörter Geborgenheit und ungebrochenen Friedens. Sobald das Glockengeläut verklungen war, begannen auf Dächern und Bäumen die Vögel zu zwitschern. Irgendwo hatte jemand ein Feuer gemacht, und der würzige Duft des brennenden Holzes hing wie ein sanfter Hauch in der Luft. Es war kaum vorstellbar, dass drei Wochen zuvor auf einem Hof kurz vor dem Ort ein Mann von seiner einzigen Tochter enthauptet worden war.

»Inspector Lynley? Ich hoffe, Sie mussten nicht zu lange warten. Solange ich in der Kirche bin, sperre ich immer ab, weil sonst keiner da ist, der das Haus hüten könnte. Ich bin Stepha Odell. Ich bin die Wirtin hier.«

Beim Klang der fremden Stimme drehte sich Lynley um, doch als er die Frau sah, blieben ihm die höflichen Floskeln der Begrüßung im Hals stecken.

Eine große, wohlgestaltete Frau, vielleicht vierzig Jahre alt, stand vor ihm. Sie war zum Kirchgang in ein gefälliges graues Kleid mit weißem Kragen gekleidet. Schuhe, Gürtel, Handtasche und Hut waren schwarz, und das Haar, das ihr lose auf die Schultern fiel, war kupferrot. Sie war eine sehr schöne Frau.

»Thomas Lynley«, sagte er und kam sich dabei vor wie ein kleiner Junge. »Das ist Sergeant Havers.«

»Bitte kommen Sie herein.« Ihre Stimme war warm und angenehm. »Ihre Zimmer sind bereit. Bei uns ist es um diese Jahreszeit recht ruhig, wie Sie feststellen werden.«

Das Haus war kühl, mit dicken Mauern und glatten Steinböden. Sie führte sie in das kleine Vestibül, wo der Empfang war, und zog ein voluminöses Register heraus. Ihre Bewegungen waren lebhaft, von einer natürlichen Anmut geprägt.

»Sie wissen, dass es bei uns nur Frühstück gibt?«, fragte sie ernsthaft, als wäre die Stillung seines Hungers in diesem Moment die vordringlichste Frage.

Sehe ich so verhungert aus? »Wir werden schon zurechtkommen, Mrs. Odell«, antwortete er, während Barbara stumm, mit ausdrucksloser Miene an seiner Seite stand.

»Miss«, entgegnete Stepha. »Oder noch besser, einfach Stepha. Sie bekommen im *Dove and Whistle* in der St. Chad's Lane jederzeit warme Mahlzeiten, oder auch im *Gral*. Wenn Sie etwas Besonderes wollen, können Sie auch nach Keldale Hall hinausfahren.«

»Im Gral?«

Sie lachte. »Das ist das Gasthaus gegenüber der Kirche.«

»Na, der Name muss selbst die alkoholfeindlichen Götter milde stimmen.«

»Pater Hart jedenfalls. Der trinkt ab und zu mal abends ein Glas dort. Soll ich Ihnen jetzt Ihre Zimmer zeigen?«

Ohne auf eine Antwort zu warten, ging sie ihnen voraus die windschiefe Treppe hinauf.

»Wir sind alle froh, dass Sie gekommen sind, Inspector«, bemerkte sie, während sie die Tür zum ersten Zimmer öffnete und dann, zum Zeichen, dass sie selbst wählen sollten, wer wo wohnen würde, mit einer kurzen Geste auf das Zimmer nebenan deutete.

»Das ist angenehm. Ich freue mich, es zu hören.«

»Wissen Sie, wir haben weiß Gott nichts gegen Gabriel, aber er ist bei allen ziemlich unten durch, seit sie Roberta in die Anstalt gebracht haben.«

6

Lynley war weiß vor Zorn, aber seine Stimme verriet nichts von seinen Gefühlen. Barbara hörte das Telefongespräch mit widerwilliger Bewunderung an. Ein wahrer Virtuose, dachte sie.

»Der Name des einweisenden Psychiaters? – Ach, den gibt es nicht? Das ist ja eine faszinierende Verfahrensweise. Wer hat denn das veranlasst? – Was erwarteten Sie denn, wenn ich rein zufällig auf diese Information stoßen würde, Superintendent, die Sie in Ihrem Bericht gefälligerweise gar nicht erwähnten? – Nein, ich fürchte, das sehen Sie verkehrt. Man weist einen Verdächtigen nicht in eine Nervenheilanstalt ein, ohne vorher gewissen Formalitäten Genüge zu tun. – Es ist sicher Pech, dass Ihre Polizeibeamtin im Urlaub ist, aber dann sucht man eben einen Ersatz. Man weist ein neunzehnjähriges Mädchen nicht einfach in eine Anstalt ein, nur weil es sich weigert, mit irgend jemandem zu sprechen.«

Barbara war gespannt, ob er sich einen Temperamentsausbruch gestatten, ob sich auch nur ein feiner Sprung in seiner Fassade kühler Wohlerzogenheit zeigen würde.

»Auch die Bereitschaft, täglich zu baden, ist meiner Ansicht nach kein Indikator für unerschütterliche geistige Gesundheit. – Pochen Sie bei mir nicht auf Ihren Dienstgrad, Superintendent. Wenn das ein Hinweis darauf ist, wie Sie in diesem Fall die Ermittlungen geführt haben, wundert es mich nicht, dass Kerridge Ihnen an den Kragen will. – Wer ist ihr Anwalt? – Hätten nicht Sie selbst ihr dann einen besorgen sollen? – Erzählen Sie mir nicht, was alles Ihrer Meinung nach nicht Ihres Amtes ist. Ich bin mit diesem Fall betraut worden, und von jetzt an wird alles korrekt gehandhabt werden. Habe ich mich verständlich gemacht? – Gut, dann hören Sie mir jetzt genau zu. Ich gebe Ihnen zwei Stunden Zeit, nicht eine Minute mehr, mir sämtliche Unterlagen nach Keldale zu liefern: jede richterliche Verfügung, jedes Protokoll, jeden Bericht, jede Notiz, die sich jeder Beamte gemacht hat, der mit diesem Fall zu tun hatte. Haben Sie mich verstanden? Zwei Stunden. – Webberly. Richtig. Rufen Sie ihn an, und lassen Sie mir meine Ruhe.«

Mit steinerner Miene reichte Lynley Stepha Odell das Telefon zurück.

Sie stellte es hinter den Empfangstisch und strich mit einem Finger mehrmals über den Hörer, ehe sie aufblickte.

»Hätte ich lieber nichts sagen sollen?«, fragte sie mit einer Spur Besorgnis in der Stimme. »Ich möchte nicht zwischen Ihnen und Ihrem Vorgesetzten Unfrieden stiften.«

Lynley klappte seine Taschenuhr auf und vermerkte die Zeit.

»Nies ist nicht mein Vorgesetzter. Es war ganz richtig von Ihnen, mir das zu erzählen. Ich bin Ihnen dankbar dafür. Sie haben mir eine sinnlose Fahrt nach Richmond erspart, die Nies mir offensichtlich nur zu gern aufgezwungen hätte.«

Stepha gab nicht vor zu verstehen, wovon er sprach. Vielmehr wies sie mit einer etwas unsicheren Geste zu einer Seitentür.

»Ich – darf ich Ihnen etwas zu trinken anbieten, Inspector? Und Ihnen auch, Sergeant? Wir haben hier ein echtes Ale, das einen, wie Nigel Parrish gern sagt, ›wieder auf die Reihe bringt‹. Kommen Sie mit in den Aufenthaltsraum.«

Sie führte sie in einen Raum, in dem noch der etwas beißende Geruch eines erst kürzlich erloschenen Feuers hing. Der Aufenthaltsraum war mit kluger Überlegung eingerichtet – gemütlich genug, dass sich die Hausgäste darin wohl fühlen konnten, aber doch so förmlich, dass die Dorfbewohner ihr Bier lieber anderswo tranken. Chintzbezogene Sofas und tiefe Sessel mit Petit-Point-Stickerei, helle Tische, die recht willkürlich verteilt standen, ein Teppich mit Blumenmuster, an manchen Stellen, wo vor kurzem erst Möbelstücke weggerückt worden waren, etwas dunkler. An den Wänden hingen einige wenig originelle Stiche, eine Jagdgesellschaft, ein Tag in Newmarket, eine Ansicht des Dorfes. Lediglich hinter der Bar, auf der anderen Seite des Raumes und über dem offenen Kamin gab es zwei Aquarelle, die bemerkenswertes Talent zeigten. Beide waren Ansichten einer halb zerfallenen Abtei.

Lynley ging zum Tresen, wo Stepha gerade dabei war, das Ale zu zapfen, und betrachtete das eine der Bilder.

»Das ist wirklich hübsch«, sagte er. »Ist das von einem einheimischen Maler?«

»Sie sind von einem jungen Mann namens Ezra Farmington«, antwortete sie, »und zeigen beide unsere alte Abtei. Mit diesen beiden Bildern hat er in einem Herbst für die Unterkunft hier bezahlt. Er lebt jetzt ständig im Dorf.«

Barbara schaute ihr zu, wie sie geschickt und sicher an den

Zapfhähnen hantierte und den Schaum vom Glas abschöpfte. Stepha lachte auf eine gewinnende, etwas atemlose Art, als der Schaum über den Rand des Glases rann und auf ihre Hand tropfte. Automatisch hob sie die Finger zu den Lippen, um sie abzulecken. Barbara fragte sich, wie lange Lynley wohl brauchen würde, um sie in sein Bett zu bekommen.

»Sergeant?«, fragte Stepha. »Für Sie auch ein Ale?«

»Ein Tonic, wenn Sie welches dahaben«, antwortete Barbara.

Sie sah zum Fenster hinaus. Auf der Dorfwiese stand der alte Priester, der bei ihnen in London gewesen war, in lebhaftem Gespräch mit einem anderen Mann, der mehrmals auf den silbernen Bentley zeigte. Die Ankunft der Polizei schien die beiden ihren Gesten nach sehr zu beschäftigen. Eine Frau kam über die Brücke und gesellte sich zu ihnen. Sie wirkte so zart, als könnte der nächste Windstoß sie davonfegen, und der Eindruck wurde noch verstärkt durch ein für die Jahreszeit viel zu luftiges Kleid und dünnes, sehr feines Haar. Sie rieb sich die Arme, als fröre sie, während sie stumm bei den beiden Männern stand und nur zuhörte, als warte sie darauf, dass einer der beiden das Feld räumen würde. Es dauerte auch nicht lange, da sprach der Priester ein paar abschließende Worte und trottete zu seiner Kirche zurück. Die beiden anderen blieben auf der Wiese stehen. Ihr Gespräch war stockend und abgehackt. Der Mann sagte etwas, wobei er der Frau einen raschen Blick zuwarf, nur um gleich wieder wegzusehen, und dann antwortete die Frau kurz. In den langen Pausen, die immer wieder eintraten, starrte die Frau zum Flussufer an der Gemeindewiese, während der Mann seine Aufmerksamkeit auf das Gasthaus richtete – oder vielleicht auch auf den Bentley, der davor stand. Es gibt offensichtlich einige Leute, die die Ankunft der Polizei sehr interessiert, dachte Barbara.

»Ein Tonic und ein Ale«, sagte Stepha und stellte die beiden Gläser auf die Theke. »Es ist selbst gebraut. Ein Rezept meines

Vaters. Wir nennen es Odell's. Sie müssen mir sagen, wie Sie es finden, Inspector.«

Es war eine satte braune Flüssigkeit mit goldenem Schimmer. Lynley kostete davon.

»Ganz schön stark, hm?«, meinte er. »Möchten Sie nicht doch eines trinken, Havers?«

»Nein, danke, Sir.«

Er setzte sich zu ihr an den Tisch, wo er vorher die Unterlagen über den Mordfall Teys ausgebreitet und auf der Suche nach einer Erklärung für Roberta Teys' Einweisung in die Nervenheilanstalt Barnstingham durchgesehen hatte. Er hatte keine gefunden. Das hatte ihn veranlasst, in Richmond anzurufen. Jetzt machte er sich daran, die Unterlagen systematisch zu ordnen.

Stepha Odell, die am Tresen stand, sah ihnen mit freundlichem Interesse bei der Arbeit zu, während sie hin und wieder von dem Ale trank, das sie sich selbst eingeschenkt hatte.

»Wir haben die Originale des Haftbefehls und des Durchsuchungsbefehls, den gerichtsmedizinischen Befund, die unterzeichneten Aussagen, die Fotografien.« Lynley hob die einzelnen Dokumente kurz hoch, während er sie aufzählte. Dann sah er Barbara an. »Keine Schlüssel zum Haus. Dieser verdammte Kerl!«

»Richard hat die Schlüssel, wenn Sie sie brauchen«, sagte Stepha hastig, als wollte sie wieder gutmachen, was sie mit ihrer Bemerkung über Robertas Einweisung angerichtet hatte. »Richard Gibson. Er war – ist William Teys' Neffe. Er wohnt in einem Gemeindehaus in der St. Chad's Lane. Nicht weit von der High Street.«

Lynley sah auf. »Wieso hat er die Hausschlüssel?«

»Nachdem sie Roberta verhaftet hatten – ich nehme an, sie haben sie ihm einfach gegeben. Er erbt den Hof sowieso, wenn alles geregelt ist«, fügte sie hinzu. »Das hat William so bestimmt. In seinem Testament. Wahrscheinlich kümmert er sich inzwischen um den Hof. Irgendeiner muss das ja tun.«

»Er erbt? Und Roberta?«

Stepha wischte nachdenklich mit dem Putzlappen über den Tresen.

»Es war zwischen Richard und William vereinbart, dass Richard den Hof erben würde. Das war auch ganz vernünftig so. Er hilft – ich meine, er half William auf dem Hof, seit er vor zwei Jahren nach Keldale zurückkam. Nachdem sie ihren Streit wegen Roberta beigelegt hatten, regelte sich alles von selbst auf die bestmögliche Weise. William hatte Hilfe, Richard hatte Arbeit und eine Zukunft, und Roberta hatte für den Rest ihres Lebens ein Zuhause.«

»Sergeant«, Lynley wies auf ihren Block, der unberührt neben ihrem Glas lag. »Bitte schreiben Sie mit.«

Stepha wurde rot, als sie Barbara zum Stift greifen sah.

»Ist das ein Verhör?«, fragte sie mit einem etwas furchtsamen Lächeln. »Ich glaube nicht, dass ich Ihnen viel helfen kann, Inspector.«

»Erzählen Sie uns über den Streit und Roberta.«

Sie kam um die Bar herum und zog sich einen Sessel an den Tisch, um sich zu ihnen zu setzen. Ihr Blick fiel auf den Stapel Fotos, und sie schaute hastig weg.

»Ich will Ihnen gern alles sagen, was ich weiß, aber viel ist es nicht. Olivia kann Ihnen mehr erzählen.«

»Olivia Odell – Ihre …«

»Meine Schwägerin. Die Witwe meines Bruders Paul.« Stepha stellte ihr Glas auf den Tisch und deckte die Fotos mit den Blättern des gerichtsmedizinischen Befunds zu. »Wenn es Ihnen nichts ausmacht …«

»Entschuldigen Sie«, sagte Lynley. »Wir sind solche Bilder so gewöhnt, dass wir immun dagegen sind.« Er legte die Unterlagen alle zusammen in den Hefter zurück. »Also, warum gab es zwischen den beiden Männern wegen Roberta Streit?«

»Olivia hat es mir später erzählt – sie war mit ihnen zusammen im *Dove and Whistle,* als es passierte. Sie sagte, es sei einzig wegen Robertas Aussehen dazu gekommen.« Sie zeichnete mit einem Finger ein verschlungenes Muster in die beschlagene Wand ihres Glases. »Richard ist in Keldale aufgewachsen, wissen Sie, aber er war mehrere Jahre weg, in East Anglia. Er wollte es mit Gerste versuchen und sich selbst was aufbauen. Er hat dort auch geheiratet und hat inzwischen zwei Kinder. Als aus seinen Plänen nichts wurde, kam er nach Keldale zurück.« Sie lächelte. »Es heißt, dass der Kel keinen so leicht loslässt, und auch bei Richard traf das zu. Er war acht oder neun Jahre fort. Als er zurückkam, war er mehr als entsetzt, wie Roberta sich verändert hatte.«

»Sie sagten, es ging einzig um ihr Aussehen?«

»Sie sah nicht immer so aus, wie sie heute aussieht. Groß war sie immer schon, natürlich, auch mit acht Jahren, als Richard wegging. Aber sie war nie …« Stepha stockte, offensichtlich bemüht, das richtige Wort zu finden, einen Ausdruck, der sachlich richtig war, ohne entwertend oder abfällig zu sein.

»Übergewichtig«, vollendete Barbara. Ein fetter Trampel.

»Ja«, bestätigte Stepha dankbar. »Richard war immer Robertas bester Freund gewesen, obwohl er zwölf Jahre älter ist als sie. Und als er bei seiner Rückkehr sah, was aus ihr geworden war – in körperlicher Hinsicht, meine ich –, war er schlicht entsetzt. Er machte William schreckliche Vorwürfe, sagte, er habe das Mädchen vernachlässigt und es habe sich nur deshalb so voll gestopft, um irgendwie seine Aufmerksamkeit auf sich zu lenken. William wurde fuchsteufelswild. Olivia sagte, sie habe ihn noch nie so wütend gesehen. Der arme Kerl, er hat in seinem Leben weiß Gott Schwierigkeiten genug gehabt. Da brauchte er nicht auch noch diese Beschuldigung von seinem eigenen Neffen. Aber sie versöhnten sich wieder, denn Richard entschuldigte sich gleich am nächsten Tag. William war allerdings nicht bereit, mit Roberta zum Arzt zu gehen – so weit wollte er nicht nachgeben. Aber Olivia stellte eine Diät für Roberta zusammen, und von da an ging alles gut.«

»Bis vor drei Wochen«, bemerkte Lynley.

»Wenn Sie glauben wollen, dass Roberta ihren Vater umgebracht hat, haben Sie natürlich Recht. Aber ich glaube nicht, dass sie ihn getötet hat. Nie im Leben.«

Die Heftigkeit ihrer Worte überraschte Lynley.

»Wieso nicht?«

»Weil William – abgesehen von Richard, der mit seiner eigenen Familie genug zu tun hat – der einzige Mensch war, den Roberta hatte.«

»Sie hatte keine Freunde in ihrem Alter?«

Stepha schüttelte den Kopf.

»Sie war eine Einzelgängerin. Wenn sie nicht gerade mit ihrem Vater auf dem Hof gearbeitet hat, hat sie meistens gelesen. Sie kam jahrelang Tag für Tag her, um sich den *Guardian* zu holen. Auf dem Hof hatten sie nie eine Zeitung, deshalb kam sie jeden Nachmittag, wenn alle hier den *Guardian* gelesen hatten, und nahm ihn mit nach Hause. Das hatte ich ihr erlaubt. Ich nehme an, sie hatte sämtliche Bücher gelesen, die noch von ihrer Mutter im Haus waren, und ebenso alle Marsha Fitzalans, so dass ihr nur noch die Zeitung blieb. Eine Leihbibliothek gibt es ja bei uns nicht.«

Sie blickte einen Moment stirnrunzelnd auf das Glas in ihrer Hand.

»Vor ein paar Jahren interessierte sie allerdings die Zeitung plötzlich nicht mehr. Als mein Bruder starb. Ich hatte damals den Verdacht …« Ihre blaugrauen Augen trübten sich. »Ich hatte den Verdacht, dass Roberta in Paul verliebt war. Nach seinem Tod vor vier Jahren haben wir sie lange Zeit überhaupt nicht zu Gesicht bekommen. Und nach dem *Guardian* hat sie nie wieder gefragt.«

Die St. Chad's Lane war eine ungepflasterte, schmale Gasse, die nirgendwohin führte und sich einzig durch das Gasthaus an der Ecke auszeichnete, das *Dove and Whistle* mit den grell violetten Türen und Fensterrahmen. Gegenüber standen vier kleine Reihenhäuser, die man Gemeindehäuser nannte.

Richard Gibson und seine Familie lebten in dem letzten Haus dieser Zeile, einem schmalen Gebäude aus grauem Stein, dessen einst königsblaue Haustür zu einem müden Grau erblasst war. Sie stand offen, obwohl die Temperaturen am späten Nachmittag schon empfindlich kühl wurden, und aus dem Inneren des Häuschens kamen die wütenden Töne eines Ehekrachs.

»Verdammt noch mal, dann tu doch du endlich was mit ihm. Er ist doch auch dein Sohn. Himmel Herrgott, so, wie du dich für seine Erziehung interessierst, könnte man meinen, ich hätte ihn ganz allein produziert.«

Es war eine Frau, die da in den Tönen höchster Erbitterung kreischte und schrie, als wolle sie jeden Moment zum tätlichen Angriff übergehen.

Die Stimme des Mannes, der ihr antwortete, war undeutlich und ging in dem Getöse fast unter.

»Ach ja, dann wird es besser? Was du nicht sagst! Da kann ich nur lachen, Dick. Wenn du erst den ganzen beschissenen Hof als Entschuldigung hast? So wie gestern Abend! Du konntest ja gar nicht schnell genug hinkommen! Erzähl mir also nichts von dem Hof. Wenn du erst mal fünfhundert Morgen hast, hinter denen du dich verstecken kannst, kriegen wir dich bestimmt überhaupt nicht mehr zu sehen.«

Lynley klopfte energisch mit dem halb verrosteten Türklopfer an die offene Tür, und die Szene vor ihnen erstarrte zum lebenden Bild.

Einen Teller mit einer wenig appetitlich aussehenden Mahlzeit auf den Knien, saß ein Mann auf einem durchgesessenen Sofa in einem mit Möbeln voll gestopften Wohnzimmer. Vor ihm stand eine Frau, einen Arm drohend erhoben, eine Haarbürste in der Hand. Beide starrten den unerwarteten Besuch verblüfft an.

»Sie haben uns in unserem besten Moment erwischt. Als Nächstes wären wir im Bett gelandet«, sagte Richard Gibson.

Die Gibsons waren ein sehr gegensätzliches Paar. Er war ein Hüne, fast zwei Meter groß, massig, mit pechschwarzem Haar und spöttischen braunen Augen. Seine Frau war eine zierliche Blondine mit scharfen Zügen, im Augenblick weiß vor Wut bis in die Lippen. Doch zwischen den beiden knisterte eine Spannung, die die Worte des Mannes durchaus glaubhaft machte. Dies war eine Beziehung, wo jeder Streit, jede Auseinandersetzung nur ein Scharmützel vor dem Kampf um die Oberherrschaft war, der zwischen den Laken ausgetragen wurde. Und wer da Sieger bleiben würde, war, soweit das Lynley und Barbara nach dem Erlebten beurteilen konnten, völlig ungewiss.

Madeline Gibson warf ihrem Mann einen letzten schwelenden Blick zu, in dem so viel Begehren wie Wut glühte, lief hinaus und knallte die Küchentür hinter sich zu. Gibson lachte leise.

»Meine kleine Höllenmaschine«, bemerkte er und stand auf. Freimütig bot er Lynley die große Hand. »Richard Gibson. Sie sind wohl von Scotland Yard?«

Lynley stellte Barbara und sich vor.

»Sonntags geht's hier immer am schlimmsten zu«, erklärte Gibson und wies mit einer Kopfbewegung zur Küche, aus der Quengeln und Schimpfen zu ihnen drang. »Früher hat Roberta uns geholfen. Jetzt müssen wir ohne sie auskommen. Aber das wissen Sie ja. Deshalb sind Sie hier.«

Er wies einladend auf zwei altertümliche Sessel, denen die Innereien aus den gerissenen Nähten quollen. Lynley und Barbara stiegen über Spielsachen, zerfledderte Zeitungen und mindestens drei schmutzige Teller hinweg, die auf dem nackten Holzboden standen. Irgendwo hatte man ein Glas Milch vergessen; der saure Geruch überlagerte selbst die Küchendünste.

»Sie haben den Hof geerbt, Mister Gibson«, begann Lynley. »Haben Sie die Absicht, bald umzuziehen?«

»Mir kann's nicht bald genug sein. Ich hab' ernste Zweifel, ob meine Ehe einen weiteren Monat in dieser Bruchbude überstehen kann.«

Gibson schob mit dem Fuß seinen Teller von der Couch weg. Von irgendwo tauchte eine magere Katze auf, beschnupperte das trockene Brot und die durchdringend riechenden Sardinen und wies das Angebot zurück.

»Sie wohnen schon seit einigen Jahren hier, nicht wahr?«

»Seit genau zwei Jahren, vier Monaten und zwei Tagen. Ich könnt's Ihnen auch noch auf die Stunden berechnen, aber das ist wohl nicht nötig. Sie verstehen, was ich damit sagen will.«

»Ich habe eben ungewollt gehört, dass Ihre Frau von der Aussicht, auf den Hof zu ziehen, nicht gerade begeistert ist.«

Gibson lachte. »Sie sind sehr höflich, Inspektor. Solche Polizisten gefallen mir.«

Er fuhr sich mit der Hand durch das volle Haar und sah sich suchend auf dem Boden zu seinen Füßen um, bis er die Bierflasche entdeckte, die im Eifer des Gefechts, das er mit seiner Frau geführt hatte, auf die andere Seite der Couch gerutscht war. Er setzte sie an den Mund und leerte sie mit einem langen Zug. Dann wischte er sich die Lippen mit dem Handrücken, die Geste eines Mannes, der es gewöhnt ist, seine Mahlzeiten auf dem Feld einzunehmen.

»Nein. Madeline möchte wieder nach East Anglia zurück. Sie will die Weite, das Wasser und den tiefen Himmel. Aber das kann ich ihr nicht bieten. Darum muss ich ihr geben, was ich irgend kann.« Gibson sah flüchtig zu Barbara hinüber, die immer noch den Kopf über ihren Block gesenkt hielt. »So was könnte ein Mann sagen, der bereit ist, seinen Onkel umzubringen, stimmt's?«, sagte er freundlich.

Hank ertappte sie schließlich im Novizenraum. Simon, der gerade seine Frau geküsst hatte – erregt von ihrem Duft und der zärtlichen Liebkosung ihrer Finger, die seine Wange streichelten –, sah auf und erblickte den Amerikaner, der boshaft grinsend auf der Mauer des ehemaligen Tagesraums hockte.

»Ich hab' euch!«, Hank zwinkerte.

Simon war ziemlich wütend, während Deborah erschrocken zusammenfuhr.

Hank sprang unaufgefordert zu ihnen hinunter.

»He, Böhnchen«, rief er. »Ich hab' die Turteltauben gefunden.«

JoJo Watson tauchte nur Augenblicke später auf und stolperte auf unsinnig hohen Absätzen durch die abgebröckelte Türöffnung der verfallenen Abtei. Um den Hals trug sie neben der klimpernden Goldkette an einem schwarzen Band einen Instamatic-Fotoapparat.

»Wir wollten ein paar Bilder machen«, erklärte Hank mit einer Kopfbewegung zu seiner Frau. »Beinahe hätten wir Sie auch drauf gehabt!« Er lachte brüllend und schlug Simon kumpelhaft auf die Schulter. »Na, ich kann's verstehen, alter Freund. Wenn sie meine Frau wär', könnt' ich auch die Hände nicht von ihr lassen.« Er wandte sich kurz seiner eigenen Frau zu. »He, vorsichtig, Böhnchen. In diesem Trümmerhaufen kann man sich leicht das Genick brechen.«

Als er sich wieder nach den beiden anderen umdrehte, bemerkte er Deborahs Ausrüstung – die Fototasche, das Stativ, die verschiedenen Objektive.

»Ach, Sie wollten auch fotografieren? Aber Sie haben sich ablenken lassen, hm? Na, ist ja auf einer Hochzeitsreise auch nicht anders zu erwarten. – Komm hier runter, Böhnchen.«

»So früh aus Richmond zurück?«, gelang es Simon endlich, mit mühsamer Höflichkeit zu fragen.

Er bemerkte, dass Deborah verstohlen an ihren Kleidern zupfte. Ihr Blick traf den seinen, blitzend vor unterdrücktem Gelächter und zugleich voller Begehren. Was, in Gottes Namen, hatten diese blödsinnigen Amerikaner jetzt hier zu suchen!

»Tja«, bekannte Hank, als JoJo sich endlich zu ihnen gesellt hatte, »ich muss sagen, Richmond war nicht ganz das, was ich mir nach Ihren Schilderungen versprochen hatte. Ich mein', die Fahrt war natürlich toll, nicht, Böhnchen? War doch herrlich, oder?«

»Hank fährt mit Leidenschaft auf der falschen Straßenseite«, erläuterte JoJo. Ihre Nase zuckte. Sie fing die Blicke auf, die die beiden jüngeren Leute tauschten. »Komm, Hank, machen wir noch einen schönen Spaziergang zur Bishop Furthing Road, ja?« Sie legte ihrem Mann die schwer beringte Hand auf den Arm und versuchte, ihn mit sich zu ziehen.

»Kommt ja nicht in Frage«, protestierte Hank freundlich. »Was ich auf dieser Reise schon für Fußmärsche gemacht hab', das reicht mir für den Rest meines Lebens.« Er sah Simon mit verschmitztem Blick an. »Die Straßenkarte, die Sie uns so entgegenkommenderweise geliehen haben, hatte es in sich, alter Freund. Wenn JoJo nicht so drauf geeicht wäre, Wegweiser zu lesen, wären wir jetzt wahrscheinlich schon in Edinburgh. Naja, ist ja noch mal gut gegangen, was? Wir sind rechtzeitig wieder hier eingetroffen, um Ihnen die Totenhöhle zu zeigen.«

Es blieb ihnen nichts anderes übrig, als mitzuspielen.

»Die Totenhöhle?«, fragte Deborah. Sie kniete auf dem Boden und packte ihre Ausrüstung ein, die sie minutenlang vergessen hatte, als sie sich in das weiche Blau von Simons Augen hatte sinken lassen.

»Na, Sie wissen schon, das Baby«, sagte Hank geduldig. »Wenn ich mir allerdings überlege, was Sie beide hier getrieben haben, kann ich nur sagen, dass die Geschichte vom Baby Sie nicht gerade tief beeindruckt hat, wie?« Wieder zwinkerte er vielsagend.

»Ach ja, das Baby«, meinte Simon.

»Aha! Jetzt hab' ich Ihr Interesse geweckt«, stellte Hank beifällig fest. »Ich hab' schon gemerkt, dass Sie zuerst ein bisschen verschnupft waren, als ich hier so unverhofft aufkreuzte. Aber jetzt hab' ich Sie an der Angel, das seh' ich.«

»Ja, in der Tat«, sagte Deborah, die mit ihren Gedanken in Wirklichkeit ganz woanders war.

Merkwürdig, wie es plötzlich innerhalb eines Augenblicks geschehen war. Sie liebte ihn, hatte ihn seit ihrer Kindheit geliebt. Aber in einem einzigen Moment blitzartiger Erleuchtung hatte sie erkannt, dass sich das irgendwie verändert hatte, dass zwischen ihnen etwas ganz anders geworden war. Er war plötzlich nicht mehr nur der sanfte Simon, dessen Zärtlichkeit und Wärme ihr das Herz geöffnet hatten, sondern ein feuriger Liebhaber, dessen Blick allein sie erregte. Du lieber Himmel, Deborah, du bist ja ein richtiges Sexmonster, dachte sie erheitert.

Simon hörte ihr unterdrücktes Gelächter.

»Deborah?«, fragte er.

Hank versetzte ihm einen vertraulichen Stoß in die Rippen.

»Machen Sie sich nur um die Braut keine Sorgen«, meinte er. »Am Anfang sind sie alle ein bisschen scheu.«

Er stolzierte voraus wie ein kundiger Fremdenführer und machte seine Frau immer wieder mit einem »Knips das, Böhnchen! Rein damit in den Kasten!« auf interessante Details aufmerksam.

»Tut mir Leid, Liebes«, murmelte Simon, während sie den Amerikanern durch den verfallenen Tagesraum, über den Hof in den Kreuzgang folgten. »Ich dachte, ich hätte ihn uns mindestens bis Mitternacht vom Hals geschafft. Fünf Minuten später, und er hätte uns in einer wirklich peinlichen Situation erwischt.«

»Stell dir das vor!« Sie lachte. »Ach Simon, stell dir vor, er hätte uns wirklich erwischt. Er hätte geschrien: ›Rein damit in den Kasten, Böhnchen!‹, und unser Liebesleben wäre vielleicht auf ewig zerstört gewesen.«

Ihre Augen strahlten, und ihr Haar leuchtete in der Nachmittagssonne. Simon sog scharf den Atem ein. »Das glaube ich nicht«, sagte er ruhig.

Die Totenhöhle war in der ehemaligen Sakristei, die jetzt nur noch ein schmaler, unüberdachter, von Gras und wilden Blumen überwucherter Gang war, gleich hinter dem Südquerschiff der alten Kirche. Vier gewölbte Nischen waren hier in eine Wand eingelassen, und auf eine von diesen deutete Hank mit blutrünstiger Dramatik.

»In einer von denen«, verkündete er. »Rein damit in den Kasten, Böhnchen.« Er trampelte durch das Gras und stellte sich grinsend in Pose. »Das war anscheinend das Zimmer, wo die Mönche ihre Kirchengewänder hatten. So eine Art Kammer. Und in der betreffenden Nacht wurde das Baby einfach hier ausgesetzt und dem Tod überlassen. Ganz schön gemein, was?« Er kam wieder zu ihnen zurück. »Aber genau die richtige Größe für einen Säugling«, fügte er hinzu. »Wie eine Opfergabe.«

»Ich glaube nicht, dass die Zisterzienser auf diesem Gebiet tätig waren«, bemerkte Simon. »Und Menschenopfer sind schon seit einer Reihe von Jahren nicht mehr Mode.«

»Ja, was glauben Sie denn dann? Von wem war das Baby?«

»Ich habe keine Ahnung«, antwortete Simon, der sehr wohl wusste, dass jetzt gleich die Theorie kommen würde.

»Dann lassen Sie sich mal von mir erzählen, wie das war. Böhnchen und ich haben's uns nämlich gleich am ersten Tag überlegt. Stimmt's, Böhnchen?« Er wartete, bis seine Frau brav genickt hatte. »Kommen Sie hier rüber. Dann will ich Ihnen beiden mal was zeigen.«

Er führte sie durch das Querschiff, über die holprige Pflasterung des Sanktuariums, durch ein Loch in der Mauer aus dem Gelände der Abtei hinaus.

»Da!« Er wies triumphierend auf einen schmalen Pfad, der in nördlicher Richtung durch den Wald führte.

»Ja, ich seh's«, sagte Simon.

»Und? Wissen Sie jetzt auch, wie's war?«

»Nein, das nicht.«

Hank prustete freudig. »Natürlich nicht. Weil Sie's nicht durchdacht haben wie Böhnchen und ich, nicht wahr, Sugarbaby?«

Sugarbaby nickte betrübt und blickte in stummer Zerknirschung von Simon zu Deborah.

»Zigeuner«, fuhr Hank fort. »Okay, okay, ich geb's zu. Böhnchen und ich haben die Geschichte erst richtig in den Griff gekriegt, als wir sie heute sahen. Sie wissen schon – die Wohnwagen, die da am Straßenrand stehen. In der Nacht damals müssen auch welche dagewesen sein. Das Baby kann nur von ihnen stammen.«

»Soviel ich weiß, lieben Zigeuner ihre Kinder sehr«, entgegnete Simon trocken.

»Aber *das* Kind nicht«, entgegnete Hank unerschüttert. »Lassen Sie sich ins Bild setzen, Sportsfreund. Danny und Ezra sind irgendwo da drüben ...«, er winkte mit einer Hand in Richtung der Ruine – »kurz vorm Vollzug. Da kommt hier auf dem Weg ein altes Zigeunerweib mit einem Säugling angeschlichen.«

»Ein altes Weib?«

»Na klar, das liegt doch auf der Hand. Sie schaut sich verstohlen um, erst nach rechts, dann nach links.« Hank machte es vor. »Dann huscht sie in die Kirche. Da schaut sie sich nach einem geeigneten Platz um, und, plop! schon ist das Ding geritzt.«

»Es ist zweifellos eine interessante Theorie«, bemerkte Deborah. »Aber mir tun die Zigeuner immer ein bisschen Leid. Denen schiebt man doch alles in die Schuhe, finden Sie nicht.«

»Und damit, holde Braut, wären wir schon bei meiner zweiten Theorie.«

JoJo zwinkerte vielsagend.

Der Hof war in ausgezeichnetem Zustand, was nicht weiter verwunderlich war, da Richard Gibson ihn in den drei Wochen seit dem Tod seines Onkels gewissenhaft versorgt hatte. Lynley und Barbara stießen das Tor zwischen den steinernen Pfosten auf und traten ein.

Ein stattliches Erbe. Linker Hand stand das Wohnhaus, ein altes Gebäude aus dem in dieser Gegend üblichen braunen Backstein, mit frisch gestrichenen weißen Fensterrahmen, genau wie die Tür von Grün umrankt. Es war von der Gembler Road zurückgesetzt und durch einen gepflegten Garten, der eingezäunt war, um die Schafe abzuhalten, von ihr getrennt. Neben dem Haus war ein niedriges Nebengebäude, und rechts von ihnen, die vierte Seite des quadratischen Hofes bildend, stand das Stallgebäude mit der Scheune.

Es war wie das Haus aus Backstein, einstöckig, mit großen Fenstern im oberen Stockwerk, durch die man die Enden mehrerer Leitern erkennen konnte. Unten gab es nur Halbtüren, denn dieses Gebäude war für Arbeitsgeräte und Tiere gedacht. Die Fahrzeuge standen in der Remise auf der anderen Seite des Hauses.

Sie gingen über den gefegten Hof, und Lynley sperrte die Stalltür auf, die lautlos aufschwang. Drinnen war es totenstill, dämmrig und sehr kalt – eine Gruft, in der ein Mensch ein gewaltsames Ende gefunden hatte.

»Sehr still«, stellte Barbara fest.

Sie blieb an der Tür stehen, während Lynley eintrat.

»Hm«, antwortete er von der dritten Box her. »Wahrscheinlich weil die Schafe nicht hier sind.«

»Sir?«

Er sah zu ihr hin. Sie war blass.

»Weil die Schafe nicht hier sind, Sergeant«, wiederholte er freundlich. »Sie sind oben auf der Weide. Darum ist es so still. Kommen Sie doch mal, und sehen Sie sich das an.« Als er sah, dass sie zögerte, fügte er hinzu: »Sie hatten Recht.«

Erst da kam sie näher und musterte die Box. Am hinteren Ende lag ein verrottender Heuhaufen. Etwa in der Mitte war ein nicht allzu großer Fleck getrockneten Bluts – braun, nicht rot. Sonst war nichts zu sehen.

»Wie meinen Sie das, Sir?«, fragte Barbara.

»Nicht ein einziger Blutstropfen an den Wänden. Der Tote ist nicht bewegt worden. Da wurde nach der Tat wirklich nicht versucht, etwas vorzutäuschen. Sie haben gut mitgedacht, Havers.«

Er blickte gerade rechtzeitig auf, um die Überraschung auf ihrem Gesicht zu sehen.

Sie errötete verwirrt. »Danke, Sir.«

Lynley richtete seine Aufmerksamkeit wieder auf die Stallbox. Der umgedrehte Eimer, auf dem Roberta gesessen hatte, als der Priester sie fand, stand unverrückt. Das Heu, in das der Kopf gerollt war, war unberührt. Im Braun des Blutflecks waren Schürfspuren von der Spurensicherung zu erkennen, und das Beil war weg; sonst war alles wie auf den Fotografien. Nur die Leichen fehlten. Die Leichen! Großer Gott! Lynley kam sich vor wie der Narr, zu dem Nies ihn so gern machen wollte, während er auf den äußeren Rand des Flecks starrte, wo ein Stiefelabsatz mehrere verfilzte schwarze und weiße Haare in das geronnene Blut gedrückt hatte. Er drehte sich nach Barbara um.

»Der Hund!«, sagte er.

»Sir?«

»Havers, was in Dreiteufelsnamen hat Nies mit dem Hund angestellt?«

Ihr Blick flog zu dem Absatzabdruck, sie sah die verfilzten Hundehaare.

»Das steht doch im Bericht, oder?«

»Das steht eben nicht im Bericht«, erwiderte er zornig und wusste schon, dass er Nies jedes Informationsdetail würde aus der Nase ziehen müssen wie die sprichwörtlichen Würmer. Teuflisch würde das werden. »Sehen wir uns das Haus an«, sagte er finster.

Sie betraten es durch den überdachten Vorbau, in dem alte Jacken und Regenmäntel an den Haken hingen und Arbeitsstiefel unter der Holzbank an der Wand standen. Das Haus war seit drei Wochen nicht mehr geheizt worden und war stark ausgekühlt. Auf der Gembler Road ratterte ein Auto vorbei, das Geräusch war fern und gedämpft.

Durch den Vorbau gelangten sie direkt in die Küche, einen großen Raum mit rotem Linoleumboden, dunklen Holzschränken und blitzend weißen Geräten, die aussahen, als würden sie immer noch jeden Tag geputzt. Alles war an seinem Platz. Nicht ein Teller stand herum, nicht ein Krümel lag auf dem Tisch, nicht ein Fleck trübte den Glanz der weißen Emailspüle. In der Mitte des Raumes stand ein Tisch aus rohem Fichtenholz, dessen Platte von den Kerben der Messer durchzogen war, mit denen hier Tag für Tag Gemüse geputzt oder Fleisch geschnitten worden war.

»Kein Wunder, dass Gibson so scharf auf den Hof ist«, bemerkte Lynley. »Das ist schon etwas anderes als die St. Chad's Lane.«

»Haben Sie ihm geglaubt, Sir?«, fragte Barbara.

Lynley, der gerade dabei war, die Schränke zu inspizieren, hielt inne.

»Sie meinen, als er sagte, er wäre mit seiner Frau im Bett gewesen, als Teys getötet wurde? Angesichts der Beziehung zwischen den beiden ist es ein glaubhaftes Alibi, würden Sie das nicht auch sagen?«

»Ich – ja, wahrscheinlich, Sir.«

Er sah sie an. »Aber Sie glauben es trotzdem nicht.«

»Es ist nur – ich hatte den Eindruck, dass sie log. Und dass sie wütend auf ihn war. Oder vielleicht auf uns.«

Lynley ließ sich das durch den Kopf gehen. Madeline Gibson hatte tatsächlich zornig und erbittert gewirkt, hatte ihnen die Antworten auf ihre Fragen ins Gesicht gespien, ohne ihren Mann eines Blickes zu würdigen. Gibson seinerseits hatte während ihres Berichts gemächlich eine Zigarette geraucht, auf dem Gesicht einen Ausdruck ruhigen Desinteresses, in den dunklen Augen jedoch einen Schimmer heimlicher Belustigung.

»Sie haben Recht, irgendwas stimmt da nicht. Kommen Sie, gehen wir hier durch.«

Sie traten durch eine schwere Tür in das Esszimmer mit einem großen Mahagonitisch, auf dem eine saubere, cremefarbene Spitzendecke lag. Die gelben Rosen in der Vase waren vollkommen verwelkt und trauerten mit hängenden Köpfen. Ein zum Tisch passendes Büffet stand auf einer Seite des Raumes, in seiner Mitte ein silberner Tafelaufsatz. In einer Vitrine sah man ein wunderschönes Speiseservice, das von den Bewohnern des Hauses vermutlich nur höchst selten benutzt worden war. Wie in der Küche herrschte auch hier peinliche Ordnung. Wären nicht die Blumen gewesen, hätte man sich wie in einem Museum fühlen können.

Erst im Wohnzimmer, das sich auf der anderen Seite des Korridors befand, stießen sie auf Zeichen von Leben und Lebendigkeit. Hier nämlich hatten die Teys ihren Gedenkschrein.

Barbara ging Lynley voraus, doch beim Anblick des Schreins

schrie sie unwillkürlich auf und wich, einen Arm erhoben, als wollte sie einen Schlag abwehren, hastig zurück.

»Was ist denn, Sergeant?«

Lynley, der sich aufmerksam im Zimmer umblickte, um zu sehen, was sie erschreckt hatte, entdeckte nichts als die in einem Wohnzimmer üblichen Möbelstücke und eine Sammlung von Fotografien in einer Ecke.

»Entschuldigen Sie. Ich glaube ...« Sie lächelte verzerrt. »Entschuldigen Sie, Sir. Ich – ich glaube, ich bin hungrig oder so was. Mir war nur ein bisschen flau. Es geht schon wieder.« Sie ging hinüber zu der Zimmerecke, wo die Fotografien aufgehängt waren. Davor standen Kerzen, darunter vertrocknete Blumen. »Das muss die Mutter sein«, sagte sie.

Lynley trat neben sie vor den dreieckigen Tisch, der genau in die Ecke eingepasst war.

»Ein schönes Mädchen«, sagte er gedämpft. »Denn mehr ist sie ja kaum. Sehen Sie sich das Hochzeitsfoto an. Sie sieht aus wie eine Zehnjährige, so klein und so zart.«

Die Frage blieb unausgesprochen zwischen ihnen. Wie hatte sie einen Trampel wie Roberta hervorbringen können?

»Finden Sie es nicht ein bisschen ...« Barbara brach ab, und er sah sie fragend an. Sie presste krampfhaft beide Hände auf den Rücken. »Ich meine, wenn er Olivia heiraten wollte, Sir.«

Lynley stellte das letzte Bild der jungen Frau wieder zurück. Sie sah darauf aus wie Mitte Zwanzig, ein frisches, lächelndes Gesicht, Sommersprossen auf der kleinen Nase, langes blondes Haar zu einem Pferdeschwanz gebunden. Schön wie der junge Morgen.

»Es sieht aus, als hätte sich Teys hier in der Zimmerecke seine eigene Religion gemacht«, bemerkte er. »Makaber eigentlich, finden Sie nicht?«

»Ich ...« Sie riss den Blick von dem Bild los. »Doch, Sir.«

Lynley wandte seine Aufmerksamkeit dem Rest des Zimmers

zu. Hier hatten Menschen gelebt, das sah man: eine bequeme, viel benutzte Couch, mehrere Sessel, ein Korb mit Zeitschriften, ein Fernsehapparat, ein kleiner Sekretär. Lynley machte ihn auf, fand säuberlich geordnetes Briefpapier, ein Kästchen mit Briefmarken, drei unbezahlte Rechnungen. Er sah sie sich an: von der Apotheke für Schlaftabletten, die beiden anderen für Strom und Telefon. Die letzte Rechnung studierte er genauer, aber sie enthielt nichts von Interesse. Keine Ferngespräche. Alles ordentlich und klar.

Hinter dem Wohnzimmer gab es noch einen Raum, eine Art Arbeitszimmer und Bibliothek, wie sie sahen, als sie die Tür öffneten und einen Moment überrascht innehielten.

An drei der vier Wände standen Regale, die bis zur Decke reichten, und jedes Bord war buchstäblich bis zum Brechen mit Büchern gefüllt. Bücher, die ordentlich in Reih und Glied standen. Bücher in Stapeln. Bücher sogar auf dem Boden.

»Aber Stepha Odell sagte doch ...«

»... dass es keine Leihbibliothek gibt und Roberta sich deshalb regelmäßig den *Guardian* holte«, vollendete Lynley. »Weil sie alle Bücher im Haus bereits gelesen hatte – wie ist das möglich? – und die Marsha Fitzalans dazu. Wer ist übrigens Marsha Fitzalan?«

»Die Lehrerin«, antwortete Barbara. »Sie wohnt in der St. Chad's Lane. Neben den Gibsons.«

»Danke«, murmelte Lynley, schon dabei, die Regale zu inspizieren. Er setzte seine Lesebrille auf. »Hm. Ein bisschen was von allem. Die Brontës scheinen hoch im Kurs gestanden zu haben.

Barbara kam zu ihm. »Jane Austen«, las sie vor. »Dickens, Lawrence. Hauptsächlich die Klassiker.«

Sie zog *Stolz und Vorurteil* heraus und schlug es auf. »Tessa« stand in kindlichen Schriftzügen quer über das Vorsatzblatt geschrieben. Denselben Namenszug fand sie in den Bänden von Dickens und Shakespeare und sämtlichen Romanen der Brontës.

Lynley trat zu einem antiken Lesepult, das vor dem einzigen Fenster des Raumes stand. Auf ihm lag eine große Bibel. Sein Blick glitt über die mit Illustrationen verzierte Seite, die aufgeschlagen war.

»›Ich bin Joseph, euer Bruder‹«, las er, »›den ihr nach Ägypten verkauft habt. Und nun bekümmert euch nicht und denkt nicht, dass ich darum zürne, dass ihr mich hierher verkauft habt; denn um eures Lebens willen hat mich Gott vor euch hergesandt. Denn es sind nun zwei Jahre, dass Hungersnot im Lande ist, und sind noch fünf Jahre, dass weder Pflügen noch Ernten sein wird. Aber Gott hat mich vor euch hergesandt, dass er euch übrig lasse auf Erden und euer Leben erhalte zu einer großen Errettung.‹«

Er blickte auf und sah Barbara an.

»Ich werde nie verstehen, warum er seinen Brüdern vergeben hat«, sagte sie. »Nach dem, was sie ihm angetan hatten, hatten sie den Tod verdient.«

Ihre Worte verrieten Bitterkeit. Er klappte behutsam das Buch zu, nachdem er die Seite mit einem Zettel vom Sekretär eingemerkt hatte.

»Aber er hatte etwas, das sie brauchten.«

»Zu essen«, stieß sie verächtlich hervor.

Er nahm die Brille ab.

»Ich glaube nicht, dass es überhaupt mit dem Essen zu tun hatte«, meinte er. »Was ist oben?«

Das erste Stockwerk hatte einen einfachen Grundriss: vier Zimmer, eine Toilette, ein Bad. Alle gingen sie von einer quadratischen Diele in der Mitte ab, die durch ein großes Oberlicht aus Milchglas erhellt wurde, eine nachträgliche Modernisierung zweifellos. Man hatte den Eindruck, in einem Gewächshaus zu stehen, nicht unschön, aber ungewöhnlich in einem Bauernhaus.

Das Zimmer gleich rechts schien ein Gästezimmer zu sein. Ein sauber gemachtes Bett mit cremefarbenem Überwurf, relativ klein, wenn man die Größe der Hausbewohner bedachte, stand an der einen Wand. Der Teppich mit einem Muster von Rosen und Farnen schien sehr alt zu sein, die einst leuchtenden Rot- und Grüntöne waren verblasst und verschmolzen in einem beruhigenden Rostbraun miteinander. Die Tapete hatte ein Streublümchenmuster. Schrank und Kommode waren leer.

»Das erinnert mich an ein Zimmer in einem Gasthaus«, bemerkte Lynley.

Barbara warf einen Blick zum Fenster hinaus; eine uninteressante Aussicht auf Stall und Hof.

»Es scheint nie benutzt worden zu sein.«

Lynley zog den Bettüberwurf zurück. Die Matratze darunter war voller Flecken, das Kopfkissen vergilbt.

»Hier wurden anscheinend auch keine Gäste erwartet. Komisch, dass das Bett nicht gemacht ist.«

»Nein, gar nicht. Warum soll man es beziehen, wenn es doch nicht benutzt wird?«

»Na ja, es könnte doch sein …«

»Soll ich gleich ins nächste Zimmer gehen, Inspector?«, fragte Barbara ungeduldig. Das Haus bedrückte sie.

Ihr Ton veranlasste Lynley aufzublicken. Er zog den Überwurf wieder über das Bett, genauso, wie er gewesen war, und setzte sich auf die Bettkante.

»Was ist, Barbara?«, fragte er.

»Nichts«, antwortete sie, aber sie hörte selbst den Unterton von Panik in ihrer Stimme. »Ich möchte nur gern fertig werden. Das Zimmer hier ist offensichtlich seit Jahren nicht bewohnt worden. Warum sollen wir da jeden Winkel absuchen wie Sherlock Holmes? So als würde der Mörder jeden Moment aus einer Bodenritze springen?«

Er erwiderte nicht gleich etwas, und der schrille Klang ihrer Stimme schien im Zimmer hängen zu bleiben, nachdem sie längst fertig gesprochen hatte.

»Was ist?«, fragte er wieder. »Kann ich helfen?« Er sah sie an, mit einem Blick, der Betroffenheit und gütige Teilnahme zeigte. Ach, es wäre so einfach ...

»Es ist gar nichts!«, rief sie heftig. »Ich hab' nur keine Lust, Ihnen dauernd wie ein Hündchen hinterherzulaufen. Ich weiß nicht, was Sie von mir erwarten. Ich komme mir vor wie der letzte Idiot. Ich bin schließlich nicht blöd, verdammt noch mal! Geben Sie mir was zu tun!«

Er stand langsam auf, den Blick immer noch auf sie gerichtet.

»Warum gehen Sie nicht ins Zimmer gegenüber und sehen sich dort um«, schlug er vor.

Sie öffnete den Mund, um noch etwas zu sagen, überlegte es sich dann aber anders und lief hinaus. Im grünlichen Licht der Diele blieb sie einen Moment stehen. Sie konnte ihr heftiges Atmen hören, laut und stoßweise, und wusste, dass auch er das bemerken musste.

Dieser verdammte Schrein! Der Hof selbst war schlimm genug in seiner gespenstischen Leblosigkeit, aber der Schrein hatte sie völlig aus dem Gleichgewicht geworfen. Man hatte ihn in der schönsten Ecke des Zimmers errichtet. Mit Blick auf den Garten, dachte Barbara zitternd. Tony hat den Fernseher, und sie hat den Garten!

Wie hatte Lynley es genannt? Eine Religion. Ja, mein Gott. Ein Tempel für Tony. Sie zwang sich, ruhiger zu atmen, ging über die Diele und betrat das nächste Zimmer.

Du hast's in den Sand gesetzt, Barb, sagte sie sich. Was ist aus Zustimmung, Gehorsam und Unterwerfung geworden? Warte nur, wenn du nächste Woche wieder in Uniform steckst!

Zornig sah sie sich um, angeekelt von sich selbst. Na und, wen kümmerte das schon? Der Reinfall war programmiert gewesen. Hatte sie denn allen Ernstes erwartet, dieses Unternehmen hier könnte etwas werden?

Sie eilte durch das Zimmer zum Fenster und riss es ungeduldig auf. Was hatte er gesagt? Was ist? Kann ich helfen? Das Wahnsinnige war, dass sie einen Moment tatsächlich versucht gewesen war, mit ihm zu reden, ihm alles zu sagen, was es zu sagen gab. Aber das war natürlich undenkbar. Keiner konnte helfen, am wenigsten Lynley.

Sie öffnete den Fensterflügel weit und hielt ihr erhitztes Gesicht in die frische, kühle Luft. Dann drehte sie sich um, entschlossen, ihre Arbeit zu tun.

Dies war Robertas Zimmer, so sauber und ordentlich wie die anderen Räume, aber irgendwie lebendiger. Auf dem breiten Himmelbett lag eine Patchwork-Decke mit einem freundlichen Bilderbuchmuster – Sonne, Wolken und ein Regenbogen auf dem Hintergrund eines saphirblauen Himmels. Im Schrank hingen Kleider. Darunter aufgereiht standen die Schuhe – Arbeitsstiefel, Laufschuhe, Hausschuhe. Der Frisiertisch hatte einen dreiteiligen Spiegel, und auf der Kommode lag, mit dem Gesicht nach unten, eine gerahmte Fotografie, als sei sie gerade umgefallen. Barbara betrachtete das Bild neugierig. Mutter, Vater und die neugeborene Roberta in den Armen des Vaters. Das Foto schien in den Rahmen hineingezwängt, so als passte es nicht recht. Sie drehte den Rahmen um und nahm den Rücken ab.

Ihre Vermutung war richtig gewesen. Das Foto war tatsächlich zu groß gewesen für den Rahmen, und Roberta oder sonst jemand hatte einen Teil nach rückwärts geklappt. Entfaltet zeigte sich ein ganz anderes Bild. Links vom Vater nämlich, die Hände auf dem Rücken, stand ein kleines Mädchen, der Mutter des Säuglings wie aus dem Gesicht geschnitten, unzweifelhaft eine Tochter von Tessa Teys.

Barbara wollte gerade Lynley rufen, da erschien er mit einem

Fotoalbum in der Hand an der Tür. Er blieb stehen, als wolle er überlegen, wie er ihre Beziehung wieder in Ordnung bringen könne.

»Ich hab' hier etwas ganz Merkwürdiges gefunden, Sergeant«, sagte er.

»Ich auch«, antwortete sie, ebenfalls bemüht, ihren Ausbruch von vorher vergessen zu machen.

Sie tauschten ihre Funde aus.

»Ihres erklärt meines«, meinte Lynley.

Das Album bot eine Familiengeschichte in Bildern, Erinnerungen an Hochzeit und Geburten, Weihnachten, Ostern, Geburtstage. Aber fast aus allen Fotos war etwas herausgeschnitten, nirgends war das kleine Mädchen zu sehen, das Barbaras Foto zeigte. Ausgemerzt. Der Eindruck war gespenstisch.

»Eine Schwester von Tessa, würde ich sagen«, bemerkte Lynley.

»Vielleicht ihr erstes Kind«, meinte Barbara.

»Aber dazu ist die Kleine doch zu alt. Dann müsste Tessa sie ja geboren haben, als sie selbst noch ein Kind war.«

Er stellte den Rahmen wieder auf die Kommode, steckte das Foto ein und wandte sich den Schubladen der Kommode zu.

»Aha«, sagte er, »jetzt wissen wir wenigstens, warum Roberta so erpicht auf den *Guardian* war. Sie hat die Schubladen damit ausgelegt. Und – Havers, sehen Sie sich das an.« Aus der untersten Schublade zog er unter einem Stoß abgetragener Pullover eine weitere Fotografie hervor. »Wieder das geheimnisvolle Mädchen.«

Barbara betrachtete das Bild, das er ihr reichte. Es zeigte in der Tat dasselbe Mädchen, nur älter inzwischen, ein Teenager. Sie und Roberta standen im Schnee vor der St.-Catherine's-Kirche, und beide blickten lachend in die Kamera. Das ältere Mädchen hatte Roberta die Hände auf die Schultern gelegt und zog sie nach rückwärts zu sich heran. Sie selbst stand vorgeneigt –

nur leicht, da Roberta beinahe so groß war wie sie – und drückte ihre Wange an die des anderen Kindes. Ihr honigblondes Haar vermischte sich mit Robertas dunklen Locken. Vor den beiden saß ein schwarzweißer Hund, der beinahe aussah, als lachte er mit ihnen. Schnauz.

»So übel sieht Roberta da gar nicht aus«, sagte Barbara, als sie Lynley die Aufnahme zurückgab. »Groß, aber überhaupt nicht dick.«

»Dann muss das Bild gemacht worden sein, ehe Gibson von hier wegging. Sie wissen, was Stepha sagte. Damals war sie noch nicht dick. Das fing erst an, als Richard weg war.« Er steckte auch diese Fotografie ein und sah sich im Zimmer um. »Sonst noch etwas?«, fragte er.

»Im Schrank hängen ein paar Kleider. Nichts, was weiter interessant wäre.«

Wie im anderen Zimmer zog er auch hier den Überwurf vom Bett. Dieses hier war bezogen, und von dem frisch gewaschenen Laken stieg ein feiner Jasminduft auf. Aber in den Jasminduft mischte sich kaum wahrnehmbar ein anderer, unangenehm süßlicher Geruch.

Barbara sah Lynley an. »Riechen Sie's auch?«

»Und wie«, antwortete er. »Helfen Sie mir die Matratze hochheben.«

Sie drückte eine Hand auf Mund und Nase, als der Gestank sich schlagartig im ganzen Zimmer ausbreitete, und sie sahen, was sich unter der alten Matratze befand. In der hinteren Ecke des Betts war der Bezug des Sprungrahmens aufgeschnitten, und darunter befand sich ein wahres Vorratslager an Nahrungsmitteln. Verfaulende Früchte, schimmliges Brot, bröckelige Kekse, Süßigkeiten, angebissene kleine Kuchen, Beutel mit Chips.

»Mein Gott!«, murmelte Barbara. Es war mehr ein Stoßgebet als ein Ausruf, und trotz der Gräulichkeiten, die sie als Polizeibeamtin schon gesehen hatte, drohte sich ihr der Magen umzudrehen. Angewidert wich sie zurück. »Entschuldigen Sie«, stieß sie mit einem zittrigen Lachen hervor. »Ich bin nur ein bisschen aus der Fassung.«

Lynley ließ die Matratze wieder herunter. Sein Gesicht war ausdruckslos.

»Sabotage«, sagte er zu sich selbst.

»Sir?«

»Stepha sagte etwas von einer Diät.«

Wie vorher Barbara ging jetzt Lynley ans Fenster.

Im blassen Licht des nahenden Abends nahm er die Fotografien aus seiner Jackentasche und musterte sie. Er stand reglos, vielleicht in der Hoffnung, eine eingehende, ungestörte Betrachtung der beiden Mädchen würde ihm einen Hinweis darauf geben, wer William Teys getötet hatte und warum und was ein Vorratslager mit verfaulendem Essen mit allem zu tun hatte.

Barbara beobachtete ihn. Im Spiel des Lichts, das in schrägem Strahl auf Haar, Wange und Stirn fiel, wirkte er weit jünger, als er mit seinen 32 Jahren tatsächlich war. Und doch konnte nichts die Klugheit des Mannes, den wachen Geist, der sich in seinem Auge spiegelte, verschleiern, nicht einmal die Schatten. Das einzige Geräusch im Zimmer waren seine Atemzüge, ruhig und regelmäßig, sehr sicher. Er drehte den Kopf, sah, dass sie ihn beobachtete, und wollte sprechen.

Sie verhinderte es.

»Also«, sagte sie energisch und schob sich mit kampflustiger Geste das Haar hinter die Ohren, »haben Sie in den anderen Zimmern noch was entdeckt?«

»Nur einen Kasten voller alter Schlüssel im Schrank und eine ganze Andenkensammlung an Tessa«, antwortete er. »Kleider, Fotos, Haarlocken. Neben Teys' eigenen Sachen natürlich.« Er steckte die Fotos wieder ein. »Es würde mich interessieren, ob Olivia Odell wusste, worauf sie sich da eingelassen hatte.«

Sie waren den Weg vom Dorf zum Hof zu Fuß gegangen. Auf dem Rückweg, während sie schweigend nebeneinander hergingen, wünschte Lynley, er hätte den Wagen genommen. Die hereinbrechende Dunkelheit störte ihn nicht, aber er sehnte sich nach der Ablenkung durch die Musik. So ertappte er sich immer wieder dabei, dass er neugierige Blicke auf die Frau warf, die an seiner Seite ging, und widerstrebend erinnerte er sich an das, was er über sie gehört hatte.

»Eine verbiesterte alte Jungfer«, hatte MacPherson behauptet. »Was die braucht, ist ein Mann.« Darauf hatte er dröhnend gelacht und sein Bierglas gehoben. »Aber nicht *mich!* In diese tiefen Wasser begeb' ich mich lieber nicht hinein. Das überlass' ich einem Jüngeren.«

Aber MacPherson irrte sich, dachte Lynley. Hier ging es nicht um verschmähte Weiblichkeit. Hier ging es um etwas anderes.

Dies war nicht der erste Mordfall, an dem Havers mitarbeitete; gerade darum blieb ihm ihre Reaktion auf dem Hof unverständlich: ihr anfängliches Widerstreben, den Stall zu betreten, ihr seltsames Verhalten im Wohnzimmer, ihr unerklärlicher Ausbruch oben im Gästezimmer.

Zum zweiten Mal fragte er sich, was sich Webberly dabei gedacht hatte, als er diese merkwürdige Partnerschaft angeregt hatte, aber er war zu müde, um ernsthaft nach einer Erklärung zu suchen.

Die Lichter des *Dove and Whistle* tauchten auf, als sie die letzte Straßenbiegung erreichten.

»Gehen wir etwas essen«, sagte er.

»Brathuhn«, erklärte der Wirt. »Wie immer am Sonntag. Wenn Sie sich ins Restaurant setzen wollen, lass' ich Ihnen gleich was bringen.«

Im *Dove and Whistle* ging es lebhaft zu. Im Schankraum, wo

es bei ihrem Eintritt schlagartig still geworden war, war die Luft zum Schneiden. In einer Ecke saßen mehrere Bauern im Gespräch, die dreckverkrusteten Stiefel auf den Leisten der geradlehnigen Stühle; hinten, bei der Tür zur Toilette, spielten zwei junge Männer mit viel Hallo eine Partie Darts; eine Gruppe Frauen mittleren Alters unterhielt sich angeregt und mit viel Gelächter. Am alten Tresen standen die Gäste dicht nebeneinander und scherzten mit dem Mädchen, das dahinter die Zapfhähne bediente.

Sie war eindeutig die Exotin des Dorfes. Das pechschwarze Haar stand ihr in steifen Stacheln rund um den Kopf, die Augen blitzten unter tieflila Lidschatten, und sie war angezogen wie für einen Abend in Soho: kurzer schwarzer Lederrock, weiße, tief ausgeschnittene Bluse, schwarze Spitzenstrümpfe mit Löchern, die durch Sicherheitsnadeln zusammengehalten wurden, schwarze Schnürstiefelchen aus Omas Zeiten. Beide Ohren – jedes viermal durchstochen – waren mit blitzenden Steckern geschmückt, nur am linken Ohr hing vom untersten Loch eine bunte Feder bis zu ihrer Schulter herab.

»Bildet sich ein, sie wär' eine Rocksängerin«, sagte der Wirt, der ihre Blicke bemerkte. »Sie ist meine Tochter, aber ich versuch's nicht an die große Glocke zu hängen.« Er stellte Lynley ein Bier auf den wackligen Tisch, reichte Barbara ein Tonic und grinste. »Hannah!«, schrie er in den Schankraum hinüber. »Zieh nicht so eine Schau ab, Mädchen. Du treibst ja sämtliche Männer zum Wahnsinn.« Er zwinkerte ihnen verschmitzt zu.

»Ach, Dad!«, rief sie lachend zurück, und die anderen stimmten in ihr Lachen ein.

»Gib's ihm, Hannah!«, rief jemand. Und ein anderer: »Der arme Kerl hat doch keine Ahnung, was Stil ist.«

»Ach so, Stil nennt man das?«, brüllte der Wirt vergnügt zurück. »Für ihre Kleider braucht sie nicht viel, aber das Zeug, das sie sich in die Haare schmiert, kostet mich ein Vermögen!«

»Wie machst du's, dass die Haare so abstehen, Hannah?«

»Wahrscheinlich haben sie sich ihr in der Abtei vor Schreck aufgestellt.«

»Hast wohl das Baby heulen hören, was, Han?«

Gelächter. Ein spielerischer Faustschlag nach dem Sprecher. Die Botschaft war klar: Schaut, wir sind hier alle gute Freunde. Barbara fragte sich, ob sie das alles einstudiert hatten.

Sie und Lynley waren die einzigen Gäste im Restaurant, und als sich die Tür hinter dem Wirt geschlossen hatte, sehnte sie sich nach dem Lärm des Schankraums, doch da begann Lynley zu sprechen.

»Sie muss zwanghaft gegessen haben.«

»Und brachte ihren Vater um, weil er sie auf Diät setzte?« Es fuhr ihr heraus, ehe sie überlegen konnte, und ihre Stimme klang sarkastisch.

»Und hat offensichtlich vor allem heimlich gegessen«, fuhr Lynley ruhig fort.

»Also, so seh' ich das nicht«, widersprach sie. Sie wollte ihn reizen und wusste es. Es war aggressiv und dumm. Aber sie konnte es nicht ändern.

»Wie sehen Sie es denn?«

»Der ganze Vorrat war vergessen. Wer weiß, wie lang er da schon gelegen hat.«

»Ich glaube, wir können sagen, dass er drei Wochen dort lag und dass in drei Wochen die meisten Nahrungsmittel verderben, wenn sie nicht sachgemäß aufbewahrt werden.«

»Gut, das akzeptiere ich«, sagte Barbara. »Aber nicht das zwanghafte Essen.«

»Warum nicht?«

»Weil man es nicht *beweisen* kann, verdammt noch mal!«

Er zählte an den Fingern ab. »Wir haben zwei verfaulte Äpfel, drei schwarze Bananen, einen völlig faulen Pfirsich, einen Laib schimmliges Brot, sechzehn Kekse, drei angebissene Kuchenstücke und drei Beutel Chips. Jetzt sagen Sie mir mal, was das zu bedeuten hat, Sergeant?«

»Ich habe keine Ahnung«, antwortete sie.

»Dann könnten Sie doch vielleicht meine Vermutung wenigstens in Betracht ziehen.« Er schwieg einen Moment. »Barbara ...«

Sie wusste sofort, dass sie ihn am Weitersprechen hindern musste. Er konnte, er würde nicht verstehen.

»Es tut mir Leid, Sir«, sagte sie rasch. »Der Hof hat mir Angst gemacht. Er war mir unheimlich. Und ich – ich hab' meinen Ärger darüber an Ihnen ausgelassen. Verzeihen Sie. Es tut mir Leid.«

Er schien verblüfft. »Gut. Machen wir einen neuen Anfang, ja?«

Der Wirt kam herein und stellte zwei Teller auf den Tisch.

»Brathuhn und Erbsen«, verkündete er stolz.

Barbara sprang auf und rannte aus dem Zimmer.

7

»Nein, Ezra! Nein! Hör auf. Ich kann nicht.«

Mit einem Fluch gab Ezra Farmington das sich verzweifelt wehrende Mädchen frei, stand vom Bett auf und setzte sich auf seine Kante. Er keuchte vor Erregung, und es kostete ihn Anstrengung, seine Fassung wiederzufinden. Sein ganzer Körper, vor allem aber sein Kopf – wie er mit grimmigem Spott feststellte – pulsierte schmerzvoll. Er senkte den Kopf zu den geöffneten Händen hinunter und vergrub die Finger in seinem blonden Haar. Gleich würde sie zu weinen anfangen.

»Ist ja gut, ist ja gut«, sagte er und fügte heftig hinzu: »Ich will dich doch nicht vergewaltigen, Herrgott noch mal!«

Da begann sie tatsächlich zu weinen, schluchzend, eine Faust auf den Mund gepresst. Er griff nach der Lampe.

»Nein!« Ihre Stimme hielt ihn auf.

»Danny!« Er versuchte, ruhig zu sprechen, merkte aber, dass er die Worte zwischen zusammengebissenen Zähnen hervorpresste. Er konnte sie nicht ansehen.

»Es tut mir Leid«, sagte sie weinend.

Es war alles so altbekannt. Es konnte so nicht weitergehen.

»Das ist wirklich Wahnsinn.« Er griff nach seiner Uhr, sah, dass es fast acht war, band die Uhr um, begann, sich anzukleiden.

Das Weinen wurde stärker. Sie streckte die Hand nach ihm aus, berührte seinen nackten Rücken. Er zuckte zusammen. Sie schluchzte weiter. Er nahm seine Kleider und ging in die Toilette. Als er sich angezogen hatte, starrte er missmutig in den Spiegel und ließ fünf Minuten verstreichen.

Bei seiner Rückkehr ins Zimmer hatte das Weinen aufgehört. Sie lag immer noch auf dem Bett. Hell schimmerte ihr Körper im Mondlicht; nur ihr Haar war dunkel. Er betrachtete sie: den zarten Schwung der Wange, die volle Rundung der Brüste, die Schwellung der Hüfte, die Weichheit der Schenkel. Eine leidenschaftslose Betrachtung von Licht und Schatten, mit dem Auge des Malers gesehen. Er griff oft zu diesem Mittel der inneren Distanzierung, und gerade jetzt hatte er es dringend nötig. Sein Blick fiel auf das dunkle Dreieck unter der Wölbung ihres Bauches. Und alle Objektivität war beim Teufel.

»Mensch, zieh dich endlich an«, fuhr er sie an. »Soll ich zur Strafe hier stehen und dich anstarren?«

»Du weißt, woher es kommt«, flüsterte sie. »Du weißt, woher.«

»Ja, ich weiß es«, antwortete er.

Er blieb auf der anderen Seite des Zimmers bei der Tür zur Toilette. Dort war er sicherer. Nur ein paar Schritte näher, und er würde sich wieder auf sie stürzen, und dann würde es kein Einhalten mehr geben. Er ballte die Fäuste so fest, dass sich die Fingernägel in seine Handballen gruben.

»Du lässt ja keine Gelegenheit aus, mich daran zu erinnern.«

Danny setzte sich auf und drehte sich zornig nach ihm um.

»Warum sollte ich denn?«, schrie sie. »Du weißt, was du getan hast.«

»Sei doch leise! Oder willst du, dass die Fitzalan zu deiner Tante geht? Sei doch wenigstens ein bisschen vernünftig.«

»Weshalb sollte ich? Wann warst du's denn?«

»Wenn du's nicht vergessen kannst, was soll das dann alles, Danny? Warum triffst du dich überhaupt noch mit mir?«

»*Das* fragst du? Sogar jetzt noch? Wo alle es wissen?«

Er verschränkte die Arme auf der Brust, als könne er sich so gegen ihren Anblick wappnen. Das Haar fiel ihr wirr auf die Schultern; ihre Lippen waren leicht geöffnet; ihre Wangen waren feucht vom Weinen und schimmerten im trüben Licht. Ihre Brüste ... Er zwang sich, nur ihr Gesicht anzusehen.

»Du weißt, was passiert ist. Wir haben's tausendmal durchgekaut. Aber das ändert nichts an der Vergangenheit. Wenn du's nicht vergessen kannst, müssen wir aufhören, uns zu sehen.«

Wieder stiegen ihr die Tränen in die Augen. Er konnte sie nicht weinen sehen. Am liebsten wäre er durchs Zimmer gelaufen und hätte sie ganz fest in die Arme genommen. Aber das wäre sinnlos gewesen. Dann hätte nur alles wieder von vorn angefangen und wäre von neuem in der Katastrophe geendet.

»Nein.« Sie weinte immer noch, aber ihre Stimme war leise. Sie hielt den Kopf gesenkt. »Das will ich nicht.«

»Was willst du dann? Ich muss es wissen, denn ich weiß genau, was ich will, Danny, und wenn wir nicht beide das Gleiche wollen, dann hat doch alles keinen Zweck.«

Er bemühte sich krampfhaft, die Kontrolle zu behalten, aber es wollte ihm nicht gelingen. Er fürchtete, er würde vor lauter Enttäuschung gleich zu weinen anfangen.

»Ich will dich«, flüsterte sie.

»Das ist ja nicht wahr«, entgegnete er unglücklich. »Und selbst wenn es wahr wäre und wenn du mich hättest, würdest du mir bei jeder Gelegenheit die Vergangenheit vorhalten. Und das kann ich nicht aushalten, Danny. Ich habe genug.«

Seine Stimme brach ihm beim letzten Wort.

Sie hob ruckartig den Kopf. »Es tut mir Leid«, flüsterte sie. Sie glitt vom Bett und kam auf ihn zu. Im Mondlicht sah ihr Körper aus wie gemeißelt. Er sah weg. Sie strich ihm mit weichen Fingern über die Wange. »Ich denke nie an deinen Schmerz«, sagte sie leise. »Nur an meinen eigenen. Es tut mir so Leid, Ezra.«

Er zwang sich, die Wand zu betrachten, die Zimmerdecke, das Fleckchen Nachthimmel hinter dem Fenster. Er wusste, wenn er ihr in die Augen sah, war er verloren.

»Ezra?« Ihre Stimme war eine Liebkosung in der Dunkelheit. Sie strich ihm über das Haar und trat einen Schritt näher. Er konnte ihren Körperduft riechen, spürte ihre Brüste an seinem Körper. Ihre Hand senkte sich auf seine Schulter. Sie zog ihn näher.

»Glaubst du nicht«, sagte sie, »dass wir beide verzeihen müssen?«

Es ging nicht mehr. Er konnte ihrem Anblick nicht länger ausweichen. Er dachte nur noch, besser verloren als allein.

Nigel Parrish wartete, bis sie aus dem Restaurant wieder in den Schankraum kamen. Er saß immer noch an seinem Stammplatz in der Ecke und genoss in aller Ruhe einen Courvoisier.

Er betrachtete sie mit dem gleichen Interesse, das er im Allgemeinen den Dorfbewohnern vorbehielt, ganz so, als würde er sie in den nächsten Jahren täglich sehen. Aber es lohnte sich auch, ihnen Zeit und intensive Betrachtung zu gönnen, fand er. Sie waren ein so bizarres Pärchen.

Der Mann, dachte Nigel, sieht aus wie aus einem Modejournal. Anthrazitgrauer Anzug, maßgeschneidert natürlich, goldene Uhrkette über der Weste, Burberry nachlässig über eine Stuhllehne geworfen – wieso werfen Leute mit Geld eigentlich ihre Burberrys immer rum, als wären es nur Fetzen? –, elegante, tadellos geputzte Schuhe. Das sollte Scotland Yard sein?

Die Frau entsprach da schon eher seinen Erwartungen. Sie war klein und ein etwas kantiger Typ. Das zerknitterte, fleckige Kostüm saß hinten und vorn nicht. Und noch dazu eine unmögliche Farbe, jedenfalls für sie. Himmelblau ist ja ganz hübsch, aber doch nicht für dich! Die Bluse war gelb und schmeichelte ihrem blassen Teint überhaupt nicht, ganz abgesehen davon, dass sie nicht richtig in den Rock gesteckt war. Und die Schuhe! Solide, feste Schuhe erwartete man bei einer Polizeibeamtin, und die trug sie auch. Aber dazu eine blaue Strumpfhose. Passend zum Kostüm? Gott, was für ein Anblick, diese arme Person! Er schnalzte mitleidig mit der Zunge und stand auf.

Er schlenderte zu dem Tisch bei der Tür, an dem sie sich niedergelassen hatten.

»Scotland Yard?«, fragte er im Konversationston, ohne sich vorzustellen. »Hat Ihnen schon jemand die Geschichte mit Ezra erzählt?«

Nein, dachte Lynley, als er den Kopf hob, aber du wirst sie uns sicher gleich erzählen. Der Mann, der, mit dem Brandyglas in der Hand, vor ihnen stand, wartete offensichtlich auf eine Aufforderung, Platz zu nehmen. Als Barbara automatisch ihren Block aufklappte, betrachtete er sich als zu ihnen gehörig und zog sich einen Stuhl heraus.

»Nigel Parrish«, stellte er sich vor.

Der Organist, erinnerte sich Lynley. Der Mann war seiner Schätzung nach Mitte vierzig, mit einem intelligenten Gesicht, das mit zunehmendem Alter gewonnen hatte. Das braune Haar war an den Schläfen leicht ergraut und über der hohen Stirn glatt zurückgekämmt. Die starke, gerade Nase und der ausgeprägte Unterkiefer ließen auf Willenskraft und Entschlussfreudigkeit schließen. Parrish war schlank, nicht übermäßig groß, eher interessant als gut aussehend.

»Und wer ist Ezra?«, erkundigte sich Lynley.

Parrishs brauner Blick huschte durch den Schankraum. Es war, als erwartete der Mann jemanden.

»Ezra Farmington«, sagte er. »Unser Dorfkünstler. Jedem Dorf sein eigener Künstler, das gehört einfach zum Lokalkolorit.« Parrish zuckte die Achseln. »Unser Künstler malt Aquarell, ab und zu auch Öl. Eigentlich gar nicht schlecht. Er verkauft seine Sachen sogar an eine Galerie in London. Früher war er jedes Jahr nur einen Monat hier oder so, aber jetzt ist er einer von uns.« Er lächelte in sein Glas. »Ja, ja, der gute Ezra«, murmelte er.

Lynley war nicht bereit, sich necken zu lassen wie ein Hund mit einem Knochen.

»Was möchten Sie uns denn von Ezra Farmington erzählen, Mister Parrish?«

Parrishs erstaunter Blick verriet, dass er so viel Direktheit nicht erwartet hatte.

»Nun, abgesehen davon, dass er eine gewisse Tendenz zum Dorfcasanova hat, sollten Sie vielleicht wissen, was sich neulich auf Teys' Hof abgespielt hat.«

Lynley interessierten Ezras libidinöse Neigungen wenig, auch wenn Parrish sie offensichtlich sehr erwähnenswert fand.

»Was passierte denn auf dem Hof?«, fragte er, ohne auf die andere Anspielung einzugehen.

»Tja ...« Mit einem bekümmerten Blick in sein leeres Glas hielt Parrish inne.

»Sergeant«, sagte Lynley, den Blick auf Parrish gerichtet, »würden Sie Mister Parrish noch einen ...«

»Courvoisier«, warf Parrish lächelnd ein.

... noch einen Courvoisier holen? Und für mich auch einen.«

Barbara stand gehorsam auf.

»Und für sie nichts?«, fragte Parrish betroffen.

»Sie trinkt nicht.«

»Ach Gott, wie langweilig.«

Als Barbara zurückkam, bedachte Parrish sie mit einem teilnahmsvollen Lächeln, trank einen vornehmen kleinen Schluck von seinem Cognac und begann seine Geschichte.

»Tja«, sagte er wie vorher und neigte sich vertraulich über den Tisch, »das war eine ziemlich scheußliche kleine Szene, wissen Sie. Ich weiß auch nur davon, weil ich zufällig draußen auf dem Hof war. Wegen Schnauz, verstehen Sie.«

Lynley verstand. »Das ist der musikalische Hund.«

»Wie bitte?«

»Pater Hart hat uns berichtet, dass Schnauz gern auf der Wiese lag und Ihnen beim Orgelspiel zuhörte.«

Parrish lachte. »Es ist schon traurig. Ich übe mir die Finger wund, und mein einziger begeisterter Zuhörer ist ein alter Hofhund.« Er sprach in amüsiertem Ton, als könnte nichts erheiternder sein.

Doch Lynley sah, wie angestrengt die Komödie war. Er bemerkte die brüchige Fassade, die unter dem Druck der Bitterkeit jeden Moment einzustürzen drohte. Parrish war ein wenig zu eifrig bemüht, den jovialen Lebenskünstler zu spielen.

»Ja, so ist das nun mal«, fuhr er fort, während er den Cognacschwenker in den Händen drehte und die Vielfalt der Farben bewunderte, die im Lichtschein in der Flüssigkeit aufleuchteten. »Eine wahre Wüste dieses Dorf, was das Musikverständnis angeht. Ich spiele im Grunde nur deshalb sonntags in der Kirche, weil es mir selbst Freude macht. Die Leute hier können ja nicht mal eine Fuge von einem Scherzo unterscheiden. Wussten Sie übrigens, dass unsere Kirche die beste Orgel in ganz Yorkshire hat? Typisch, nicht wahr? Ich bin überzeugt, der Papst hat sie persönlich gestiftet, um die Katholiken in Keldale bei der Stange zu halten. Ich selbst bin Protestant.«

»Und Farmington?«, fragte Lynley.

»Ezra? Ich glaube, Ezra gehört überhaupt keiner Religion an.« Als die erwartete Erheiterung auf Lynleys Gesicht ausblieb, fügte er hastig hinzu: »Aber Sie meinten wahrscheinlich, was ich denn nun über Ezra zu sagen hätte.«

»Genau das meinte ich, Mister Parrish.«

»Ezra.« Parrish lächelte und trank von seinem Cognac, vielleicht um sich Mut zu machen, vielleicht um sich zu trösten. Es war schwer zu sagen. Immerhin zeigte sich in diesem Augenblick ein Schimmer des Menschen, der er wirklich war, grüblerisch und raschen Stimmungswechseln unterworfen. Doch gleich wurde er wieder der oberflächliche Plauderer. »Lassen Sie mich nachdenken. Es muss vor ungefähr einem Monat gewesen sein. Da jagte William Teys Ezra von seinem Hof.«

»Hatte er ihn denn unberechtigt betreten?«

»Aber ja. Nur ist Ezra der Auffassung, dass er eine Art künstlerischer Freiheit genießt, die es ihm gestattet, herumzuwandern, wo er will. Er hatte ›Lichtstudien‹, wie er es nannte, oben im High Kel Moor gemacht. So nach Art der Kathedrale von Rouen. Alle fünfzehn Minuten fängt man ein neues Bild an.«

»Ich kenne Monet.«

»Dann wissen Sie ja, was ich meine. Gut, der einzige Weg – oder sagen wir, der schnellste Weg – zum High Kel Moor hinauf führt direkt durch den Wald hinter Teys' Hof. Und der Weg durch den Wald …«

… führt über Teys' Land«, warf Lynley ein.

»Genau. Ich marschierte mit Schnauz im Schlepptau die Straße herauf. Er war wie immer unten auf der Gemeindewiese gewesen. Es war schon ziemlich spät, da wollte ich den alten Burschen nicht allein heimlaufen lassen. Eigentlich hatte ich gehofft, unsere reizende Stepha würde ihn in ihren Mini packen und hinauffahren, aber sie war leider nirgends zu finden. Also musste ich den steifen alten Burschen selbst rauflotsen.«

»Sie haben kein Auto?«

»Doch, aber leider keines, auf das man sich verlassen kann.« Parrish zuckte die Achseln. »Kurz und gut, ich kam zum Hof, und da waren sie, mitten auf der Straße, und brüllten sich an, dass einem Hören und Sehen vergehen konnte. William war im Morgenrock. Ich weiß noch, dass ich dachte, Herr im Himmel, hat der Haare auf den Beinen. Der reinste Gorilla.«

»Und weiter?«

»Ezra stand da und gestikulierte wie ein Besessener, brüllte ihn an und fluchte, dass dem armen gläubigen William die Haare zu Berge gestanden haben müssen. Der Hund stürzte sich auch gleich in den Kampf und riss Ezra einen schönen Triangel in die Hose, während William gleichzeitig Ezras kostbare Aquarelle zerfetzte und die ganze Mappe auf die Straße schmiss. Es war schauderhaft.«

Parrish senkte den Blick, als er zum Ende seines Berichts kam, und seine Stimme klang bekümmert. Doch als er Sekunden später aufblickte, war in seinen Augen klar zu lesen, dass Ezra seiner Meinung nach bekommen hatte, was er längst verdient hatte.

Lynley sah Barbara nach, während sie die Treppe hinaufstieg, bis sie aus seinem Blickfeld verschwunden war. Er rieb sich die Schläfen und ging in den Aufenthaltsraum, wo eine Lampe ganz hinten den gesenkten Kopf Stepha Odells beleuchtete. Stepha sah von ihrem Buch auf, als sie seine Schritte hörte.

»Mussten Sie unseretwegen aufbleiben, um abzuschließen?«, fragte Lynley. »Das tut mir wirklich Leid.«

Sie lächelte und streckte träge die Arme über den Kopf.

»Das macht doch nichts«, antwortete sie freundlich. »Ich bin allerdings über meinem Buch ein bisschen eingenickt.«

»Was lesen Sie denn?«

»Ach, einen ziemlich kitschigen Liebesroman.« Sie lachte unbefangen und stand auf. Ihre Füße waren nackt, wie er sah, und statt des grauen Sonntagskleids trug sie jetzt Tweedrock und Pullover. »Das ist meine Art der Flucht. In diesen Romanen gibt es immer ein Happy End.« Er war an der Tür stehen geblieben. »Wie fliehen Sie, Inspector?«

»Gar nicht.«

»Wo stecken Sie dann den ganzen Wahnsinn hin?«

»Den Wahnsinn?«

»Diese grässlichen Verbrechen. Die Morde. Ihre Arbeit kann doch nicht erfreulich sein. Warum haben Sie sich das ausgesucht?«

Ja, das war die Kernfrage, und er wusste die Antwort. Ich büße, Stepha, ich büße für begangene Sünden, die Sie nicht verstehen könnten.

»Ich habe nie darüber nachgedacht.«

»Ach so.« Sie nickte nachdenklich und ließ es dabei bewenden. »Ach, es ist übrigens ein Päckchen für Sie gekommen. Aus Richmond. Der Mann, der es brachte, war ziemlich unerfreulich. Seinen Namen hat er mir nicht gesagt, aber er roch wie eine einzige Verdauungstablette.«

Eine treffende Beschreibung von Nies, dachte Lynley, während Stepha hinter den Tresen ging. Er folgte. Sie hatte offenbar am späten Nachmittag im Aufenthaltsraum gearbeitet. Er nahm den Duft von Bienenwachs wahr, durch den er sich plötzlich nach Cornwall zurückversetzt fühlte. Er war wieder der zehnjährige Junge, der in der Küche auf dem Hof der Trefallens hastig Pasteten verschlang, Köstlichkeiten aus Hackfleisch und Zwiebel in einer blättrigen Teighülle. Verbotene Früchte im eleganten Speisezimmer von Howenstow. »Gewöhnlich«, pflegte sein Vater verächtlich zu sagen. Und das waren sie auch, und gerade deshalb schmeckten sie ihm so gut.

Stepha legte einen großen, prall gefüllten braunen Umschlag auf den Tresen. »Hier ist es. Trinken Sie noch ein Glas mit mir? Dann schläft man besser.«

»Danke. Sehr gern.«

Sie lächelte. Er sah, wie das Lächeln ihre Wangen rundete, wie die winzigen Fältchen um ihre Augen zu verschwinden schienen.

»Gut. Dann setzen Sie sich. Sie sehen ziemlich erschöpft aus.«

Er ging zu einem der Sofas und öffnete den Umschlag. Nies hatte sich keine Mühe gegeben, das übersandte Material zu ordnen. Es bestand aus drei Heften mit Informationen, einigen zusätzlichen Fotografien von Roberta, gerichtsmedizinischen Befunden, die mit denen identisch waren, die er bereits hatte. Über Schnauz war nichts dabei.

Stepha stellte ein Glas auf den Tisch und setzte sich ihm gegenüber.

»Was ist eigentlich aus Schnauz geworden?«, fragte Lynley. »Wieso steht hier nichts über den Hund?«

»Das weiß Gabriel«, antwortete Stepha.

Im ersten Moment glaubte er, das wäre so eine Art gängiger Ausdruck im Dorf. Dann fiel ihm der Name des Constable ein.

»Constable Langston?«

Sie nickte und trank einen Schluck. Die Finger, die das Glas umschlossen, waren lang und schlank, ohne einen einzigen Ring. »Er hat Schnauz begraben.«

»Wo?«

Sie zuckte die Achseln und strich sich das Haar aus dem Gesicht. So hässlich die Geste bei Barbara stets wirkte, so schön war sie bei Stepha.

»Ich weiß nicht genau. Wahrscheinlich irgendwo auf dem Hof.«

»Aber wieso wurde der Hund nicht untersucht?«, fragte Lynley nachdenklich.

»Das war vermutlich nicht nötig. Man konnte ja deutlich sehen, wie das arme Tier umgekommen war.«

»Wie denn?«

»Seine Kehle war durchgeschnitten.«

Er kramte in den Unterlagen und suchte die Bilder heraus. Kein Wunder, dass er es vorher nicht gesehen hatte, Teys' Körper, der über dem Hund lag, verdeckte es fast ganz. Er studierte das Foto aufmerksam.

»Jetzt verstehen Sie, nicht wahr?«

»Was meinen Sie?«

»Können Sie sich vorstellen, dass Roberta Schnauz die Kehle durchgeschnitten hat?« Ein Ausdruck des Abscheus huschte über Stephas Gesicht. »Das ist einfach ausgeschlossen. Es tut mir Leid, aber es ist unmöglich. Außerdem wurde nie eine Waffe gefunden. Sie hat dem armen Tier die Kehle doch bestimmt nicht mit dem Beil durchgeschnitten.«

Noch während sie sprach, fragte sich Lynley zum ersten Mal, wer eigentlich mit dem Verbrechen wirklich gemeint gewesen war: William Teys oder sein Hund.

Angenommen, es war ein Einbruch geplant, dachte er. Dann hätte man den Hund vorher aktionsunfähig machen müssen. Er war alt, gewiss, nicht mehr fähig, jemanden anzugreifen, aber er hätte anschlagen und ein Riesenspektakel machen können, wenn er einen Fremden auf dem Hof ertappt hätte. Folglich musste der Hund erledigt werden. Aber vielleicht ging es nicht schnell genug. Vielleicht bellte er doch, und Teys, der es hörte, kam in den Stall, um nach dem Rechten zu sehen. Da hatte auch er dran glauben müssen. Vielleicht, dachte Lynley, haben wir es hier gar nicht mit vorsätzlichem Mord zu tun, sondern mit einem Verbrechen ganz anderer Art.

»Stepha«, sagte er nachdenklich und griff in seine Tasche. »Wer ist das?«

Er reichte ihr die Fotografien, die er und Barbara in Robertas Kommode gefunden hatten.

»Woher haben Sie die?«

»Sie waren in Robertas Zimmer. Wer ist das?«

»Das ist Gillian Teys, Robertas Schwester.« Sie betrachtete

die Aufnahmen aufmerksam. »Roberta muss sie gut versteckt gehabt haben.«

»Warum hat sie sie versteckt?«

»Weil Gillian für William gestorben war, nachdem sie weggelaufen war. Sie ist durchgebrannt. Er warf alle ihre Sachen weg, verschenkte ihre Bücher und vernichtete jedes Foto, auf dem sie zu sehen war. Ihre Geburtsurkunde hat er verbrannt. Ich möchte wissen«, sagte sie mehr zu sich selbst als zu ihm, »wie es Roberta geschafft hat, diese Bilder zu retten.«

»Warum hat sie sie überhaupt gerettet? Das erscheint mir noch wichtiger.«

»Ach, das ist leicht. Roberta liebte Gillian abgöttisch. Weiß der Himmel, warum. Gillian hat der Familie nur Kummer gemacht. Sie war nicht zu bändigen. Sie trank und fluchte und war dauernd unterwegs, amüsierte sich auf Teufel komm raus, heute zu einer Party in Whitby, morgen mit irgendeinem Bengel weiß Gott wohin. Sie hatte nichts als Männer im Kopf. Irgendeinen hatte sie immer am Bändel, und dann ließ sie ihn zappeln wie den Fisch an der Angel. Bis sie eines Nachts vor elf Jahren plötzlich auf und davon ging. Sie ist nie zurückgekommen.«

»Ging sie? Oder verschwand sie?«, fragte Lynley.

Stepha wich in ihrem Sessel zurück. Sie hob eine Hand zum Hals, hielt jedoch mitten in der Bewegung inne, als könne die Geste sie verraten.

»Sie ging«, sagte sie entschieden.

Er ließ es dabei. »Warum?«

»Ich denke, weil sie mit William nicht zurechtkam. Er war ziemlich streng und bieder, und Gillian hatte nur ihren Spaß im Kopf. Aber Richard – ihr Vetter – kann Ihnen wahrscheinlich mehr über sie sagen. Die beiden waren dicke Freunde, ehe er hier wegging.«

Stepha stand auf, streckte sich und ging zur Tür.

»Inspector«, sagte sie gedehnt.

Lynley sah von den Fotos auf, glaubte, sie wolle ihm noch etwas über Gillian Teys sagen. Sie zögerte.

»Möchten Sie – sonst noch etwas heute Abend?«

Das Licht aus dem Vestibül hinter ihr lag schimmernd auf ihrem roten Haar. Ihre Haut sah weich und schön aus. Ihre Augen drückten Wärme aus. Es wäre so einfach. Eine Stunde leichten Glücks. Leidenschaft. Ersehntes Vergessen.

»Nein danke, Stepha«, zwang er sich zu sagen.

Der Kel war im Gegensatz zu manch anderem Wasserlauf, der sich wild und ungebärdig aus den Highlands in die Täler stürzt, ein friedliches Flüsschen. Leise murmelnd zog er seine Bahn durch Keldale, um an der Ruine der alten Abtei vorbei dem Meer zuzustreben. Er liebte das Dorf, behandelte es gut, trat kaum je zerstörerisch über seine Ufer. Gern duldete er das Gasthaus an seinem Rand, grüßte plätschernd die Gemeindewiese und begleitete mit sanftem Rauschen das Leben der Menschen, die in den Häusern an seinem Wasser lebten.

Olivia Odell wohnte in einem dieser Häuser auf der anderen Seite der Brücke, gegenüber vom Gasthaus, mit weitem Blick auf die Dorfwiese und die St.-Catherine's-Kirche. Es war das schönste Haus im Dorf, mit einem hübschen Vorgarten und einer Rasenfläche, die zum Fluss hin abfiel.

Es war noch früh am Morgen, als Lynley und Barbara das Gartentor aufstießen, doch das unaufhörliche Weinen eines Kindes irgendwo hinter dem Haus sagte ihnen, dass seine Bewohner schon auf waren. Sie folgten den jammervollen Tönen und stießen auf ein kleines Mädchen, das mit gekrümmtem Rücken, den Kopf auf die hochgezogenen Knie gedrückt, auf der Hintertreppe des Hauses kauerte. Neben ihr hockte mit ernster, teilnahmsvoller Miene, wie ihnen schien, eine Stockente. Der Grund ihres Kummers war unschwer zu erraten: Sie selbst oder, was wahrscheinlicher war, jemand anderer hatte ihr das rote

Haar geschnitten und mit Unmengen von Öl oder Gel eingerieben, so dass es nun glatt und glitschig an ihrem Kopf klebte.

Barbara und Lynley tauschten einen Blick.

»Guten Morgen«, sagte Lynley freundlich. »Du bist sicher Bridie.«

Das Kind hob den Kopf, grapschte ein Illustriertenbild und drückte es an seine Brust. Die Ente zwinkerte nur.

»Was ist denn passiert?«, erkundigte sich Lynley teilnahmsvoll.

Bridies Trotz schmolz unter dem sanften Ton der fremden Stimme.

»Ich hab' mir die Haare geschnitten«, jammerte sie. »Ich hab' mein ganzes Geld gespart und bin zu Sinji gegangen, aber sie sagte, sie könnte mir die Frisur nicht so machen, wie ich sie wollte, und sie wollte mir die Haare auch nicht schneiden, da hab' ich sie eben selbst geschnitten. Und jetzt ist es ganz furchtbar geworden, und Mama weint genau wie ich. Ich wollte es mit dem Haaröl von Hannah wieder richtig machen, aber es ist nichts geworden.« Sie endete mit einem kläglichen Schluckauf.

Lynley nickte. »So ist das. Ja, es sieht tatsächlich ein bisschen seltsam aus, Bridie. Was wolltest du denn für eine Frisur?«

»Die hier.« Sie hielt ihm die Abbildung hin und begann von neuem zu weinen.

Das Bild zeigte Lady Di im eleganten schwarzen Abendkleid mit Brillantkollier und Ohrgehänge, frisiert wie geleckt, kein Härchen gekrümmt, ein blendendes Lächeln auf dem Gesicht.

»Natürlich«, murmelte er.

Bridie suchte jetzt bei ihrer Ente Trost, schlang einen Arm um sie und zog sie neben sich.

»Dir ist das ganz egal, nicht, Dougal?«, sagte sie zu dem Vogel.

Dougal zwinkerte einmal kurz und machte sich daran, in Bridies Haar zu gründeln.

»Dougal Duck?«, fragte Lynley.

»Angus McDougal McDuck«, antwortete Bridie und wischte sich die Nase am Ärmel ihres Pullovers. Dann blickte sie ängstlich über ihre Schulter zur geschlossenen Haustür. »Er hat Hunger«, jammerte sie. »Aber ich kann nicht rein und ihm sein Futter holen. Und ich hab' nur die Marshmallows hier. Da kann er schon manchmal was davon haben, aber sein richtiges Futter ist drin, und ich kann nicht rein.«

»Warum denn nicht?«

»Weil Mama gesagt hat, dass ich ihr erst wieder unter die Augen kommen soll, wenn ich mein Haar gerichtet hab', und ich weiß doch überhaupt nicht, was ich tun soll.«

Von neuem begann Bridie zu weinen, Tränen echten, tiefen Kummers. Sie schien zu fürchten, dass Dougal verhungern würde – was angesichts seines Leibesumfangs kaum zu befürchten war –, falls nicht rasch etwas geschah.

Doch es brauchte gar keine Strategie ausgearbeitet zu werden, denn in diesem Moment wurde die Hintertür schwungvoll aufgerissen. Olivia warf nur einen Blick auf ihre Tochter – den zweiten erst an diesem Tag – und brach in Tränen aus.

»Dass du das getan hast! Ich kann es nicht fassen. Ich kann es einfach nicht fassen. Geh rein jetzt und wasch dir die Haare!« Ihre Stimme wurde mit jedem Wort schriller.

»Aber Dougal ...«

»Dougal kannst du mitnehmen«, sagte Olivia weinend. »Aber tu jetzt, was ich sage.«

Bridie nahm die Ente in ihre Arme und verschwand mit ihr im Haus. Olivia zog ein Papiertaschentuch aus ihrer Rocktasche, schnäuzte sich und sah Lynley und Barbara mit einem unsicheren Lächeln an.

»So ein Auftritt«, sagte sie, aber noch während sie sprach, fing sie von neuem zu weinen an. Sie ging in die Küche und ließ Lynley und Barbara einfach an der offenen Tür stehen. Drinnen setzte sie sich an den Tisch und schlug die Hände vors Gesicht.

Lynley und Barbara sahen einander an und gingen kurz entschlossen ins Haus.

Hier konnte es im Gegensatz zum Teys-Hof keinen Zweifel geben, dass das Haus bewohnt war. Gründlich. Die Küche war in heilloser Unordnung. Töpfe und Pfannen stapelten sich neben einem Blumenstrauß, der auf eine Vase mit Wasser wartete, der Backofen stand offen, vermutlich, um gereinigt zu werden, in der Spüle türmte sich das schmutzige Geschirr. Der Boden unter ihren Füßen war klebrig, die Wände brauchten dringend einen frischen Anstrich, der ganze Raum roch durchdringend nach verbranntem Toast. Das verkohlte Brot lag in einem durchweichten schwarzen Klumpen auf der Arbeitsplatte. Es schien in aller Eile mit einer Tasse Tee gelöscht worden zu sein.

Das, was sie durch die Küchentür vom Wohnzimmer sehen konnten, ließ ahnen, dass es dort nicht viel anders aussah. Haushaltsführung war offenbar nicht Olivia Odells starke Seite. Und Kindererziehung auch nicht, wenn die morgendliche Auseinandersetzung typisch war.

»Sie gehorcht mir nicht mehr«, schluchzte Olivia. »Neun Jahre alt, und sie gehorcht mir nicht mehr.« Sie riss das Papiertaschentuch in kleine Fetzen, sah sich nach einem frischen um und begann noch heftiger zu weinen, als sie keines fand.

Lynley zog sein Taschentuch heraus.

»Hier, nehmen Sie das«, sagte er.

»Danke. Gott o Gott, was für ein Morgen!« Sie schnäuzte sich wieder, trocknete sich die Augen, fuhr sich durch das braune Haar und musterte ihr Spiegelbild im Toaströster. »Du lieber Himmel, wie ich aussehe. Mindestens wie fünfzig. Paul hätte sich köstlich amüsiert.« Sie sah Lynley und Barbara an. »Sie wollte unbedingt wie Lady Di aussehen.«

»Ja, das sagte sie uns«, antwortete Lynley gelassen.

Er zog einen Stuhl vom Tisch weg, nahm die Zeitungen herunter, die darauf lagen, und setzte sich. Nach kurzem Zögern tat Barbara es ihm nach.

»Warum das alles?«, fragte Olivia, den Blick zur Zimmerdecke gerichtet. »Was habe ich getan, dass meine Tochter glaubt, man könnte nur glücklich sein, wenn man wie Lady Di aussieht?« Sie schlug sich mit der Faust vor die Stirn. »William hätte gewusst, was man da tut. Ohne ihn bin ich völlig verloren.«

Lynley, der eine weitere Tränenflut fürchtete, versuchte, sie abzulenken.

»Kleine Mädchen haben doch immer ein Ideal, das sie anhimmeln«, sagte er.

»Ja, das stimmt«, bestätigte Olivia. Sie drehte das feine Taschentuch zu einem festen kleinen Strick zusammen. »Aber ich bin anscheinend nicht im Stande, die richtigen Worte für das Kind zu finden. Ich kann's versuchen, wie ich will, es endet immer mit Heulen und Schreien. William wusste immer, was er sagen und tun musste. Wenn er hier war, lief alles reibungslos. Aber kaum war er weg, fingen wir an zu streiten. Und jetzt ist er tot. Was soll nur aus uns werden?« Sie wartete nicht auf eine Antwort. »Sie kann ihr Haar nicht leiden. Weil es rot ist. Sie will unbedingt andere Haare haben. Ich versteh' das nicht. Wie kann ein kleines Mädchen von neun Jahren sich mit solcher Leidenschaft über ihr Haar aufregen!«

»Rothaarige«, stellte Lynley fest, »sind meistens von Natur aus leidenschaftlich.«

»Genau! Das ist es! Stepha ist auch so. Man könnte meinen, Bridie wäre ihr Kind und nicht meins.«

Sie holte ein paarmal tief Atem und richtete sich auf. Schritte waren im Flur zu hören.

»Herr, gib mir Kraft«, murmelte Olivia.

Bridie trat in die Küche, ein Frottiertuch um den Kopf geschlungen, den Pullover – den sie in ihrer Hast, die Anweisungen ihrer Mutter zu befolgen, nicht ausgezogen hatte – klatschnass. Ihr folgte die Ente mit seltsam schlingerndem Gang, der an einen alten Seebären erinnerte.

»Er hat ein verkrüppeltes Bein«, erklärte Bridie, die sah, wie Lynley das Tier musterte. »Wenn er im Wasser ist, kann er nur im Kreis schwimmen, drum lass' ich ihn nur rein, wenn ich dabei bin. Aber letzten Sommer waren wir oft schwimmen mit ihm. Im Fluss. Wir haben gleich draußen einen Damm gebaut, da hat er richtig schön gespielt. Er hat sich immer ins Wasser fallen lassen und ist dann ewig im Kreis rumgeschwommen. Stimmt's, Dougal?«

Die Ente zwinkerte zustimmend und suchte auf dem Küchenboden nach Nahrung.

»Warte, zeig dich mal, Bridie«, sagte Olivia.

Das kleine Mädchen kam zu ihr, das Frottiertuch wurde entfernt, der Schaden inspiziert.

Olivia schossen gleich wieder die Tränen in die Augen. Sie biss sich auf die Unterlippe.

»Ich denke, das muss nur ein bisschen nachgeschnitten werden«, bemerkte Lynley hastig. »Was meinen Sie, Sergeant?«

»Ja, das glaube ich auch«, stimmte Barbara zu.

»Weißt du, Bridie, ich finde, du solltest dir das mit Lady Di aus dem Kopf schlagen. So schön ist sie nun auch wieder nicht. Schau mal«, sagte Lynley, als er sah, wie die Lippen des Kindes zu beben begannen, »du hast doch Locken. Sie dagegen hat ganz glattes Haar. Als Sinji dir sagte, sie könne dir eine solche Frisur nicht machen, hat sie dir die Wahrheit gesagt.«

»Aber sie ist so hübsch«, protestierte Bridie.

»Sicher, das ist sie. Aber es wäre doch eine reichlich komische Welt, wenn alle Frauen genauso aussähen wie sie, meinst du nicht? Glaub mir, es gibt viele Frauen, die sehr hübsch sind und überhaupt keine Ähnlichkeit mit ihr haben.«

»Wirklich?« Bridie warf einen sehnsüchtigen Blick auf die

zerknitterte Abbildung aus der Illustrierten. Ein dicker Fettfleck saß auf der Nase Lady Dis.

»Du kannst es dem Inspector ruhig glauben, wenn er das sagt, Bridie«, bemerkte Barbara, und ihr Ton sagte, auf dem Gebiet kennt er sich aus.

Bridie, die Schwingungen spürte, die sie nicht verstand, blickte von einem zum anderen.

»Na schön«, sagte sie schließlich. »Aber jetzt muss ich endlich Dougal füttern.«

Die Ente zwinkerte dankbar.

Das Wohnzimmer im Hause Odell war kaum besser als die Küche. Es war schwer zu glauben, dass eine Frau und ein Kind ein solches Tohuwabohu produzieren konnten. Sämtliche Sessel waren von Kleiderbergen besetzt, als wären Mutter und Tochter kurz vor dem Umzug, Zeitschriften lagen herum, mitten im Zimmer stand das Bügelbrett, auf dem Klavier flogen Notenblätter herum, überall lag der Staub so dick, dass die Luft nach ihm schmeckte.

Olivia schien sich des Chaos gar nicht bewusst, als sie sie mit zerstreuter Geste zum Sitzen einlud. Erst als sie sich selber setzen wollte, wurde sie einen Moment ratlos, dann aber lachte sie ohne Verlegenheit.

»So schlimm ist es sonst nicht. Ich war – es war ...« Sie räusperte sich und schüttelte den Kopf, als wolle sie Ordnung in ihre Gedanken bringen. Wieder fuhr sie sich mit einer Hand durch das feine Haar. Es war eine mädchenhafte Geste, die überraschend wirkte bei dieser Frau, die längst kein Mädchen mehr war. Sie hatte eine sehr zarte Haut und feine Züge, doch die Jahre waren nicht freundlich mit ihr umgegangen. Ihr Gesicht war faltig, und obwohl sie sehr schlank war, wirkte sie unelastisch, eher hager als zierlich.

»Wissen Sie«, sagte sie plötzlich, »als Paul starb, war es

nicht so schlimm. Ich werde mit Williams Tod einfach nicht fertig.«

»Es kam ja auch so plötzlich«, meinte Lynley. »Es muss ein schwerer Schock für Sie gewesen sein.«

Sie nickte. »Vielleicht haben Sie Recht. Paul, mein Mann, war mehrere Jahre krank. Ich hatte Zeit, mich vorzubereiten. Und Bridie war damals natürlich noch viel zu klein, um zu verstehen, was geschah. Aber William ...« Sie rang um Fassung, richtete die Augen starr auf die Wand und setzte sich kerzengerade. »William spielte eine so große Rolle in unserem Leben. Er besaß so viel Kraft und Stärke. Ich glaube, wir fingen beide an, uns ganz auf ihn zu verlassen, und da war er plötzlich nicht mehr da. Aber ich bin zu egoistisch in meinem Kummer. Für Bobba ist alles viel, viel schlimmer.«

»Roberta?«

Sie sah ihn kurz an und schaute wieder weg.

»Sie kam immer mit William zu uns.«

»Wie war sie?«

»Sehr still. Sehr lieb. Kein hübsches Mädchen. Dick, wissen Sie. Aber sie war immer sehr gut zu Bridie.«

»Wegen ihrer Übergewichtigkeit gab es zwischen Richard Gibson und seinem Onkel Probleme, nicht wahr?«

Olivia runzelte die Stirn. »Probleme? Wie meinen Sie das?«

»Nun, sie hatten doch Streit deswegen, im *Dove and Whistle*. Würden Sie uns darüber berichten?«

»Ach das. Das hat Ihnen wohl Stepha erzählt. Aber mit Williams Tod hat das doch nichts zu tun«, sagte sie, als sie sah, wie Barbara ihren Block aufklappte.

»Man kann nie wissen. Wollen Sie uns nicht erzählen, wie es war?«

Sie hob die Hand, als wolle sie protestieren, ließ sie dann aber wieder sinken.

»Richard war noch nicht lange wieder zurück. Wir trafen ihn

zufällig im *Dove and Whistle*. Es kam zu einer Auseinandersetzung. Völlig albern. In einer Minute war es wieder vorbei. Das ist alles.« Sie lächelte dünn.

»Was war das für eine Auseinandersetzung?«

»Ach, ursprünglich hatte sie mit Roberta überhaupt nichts zu tun. Wir saßen zusammen an einem Tisch, und William machte eine Bemerkung über Hannah. Die Tochter des Wirts. Kennen Sie sie?«

»Ja, wir haben sie gestern Abend kennen gelernt.«

»Dann wissen Sie ja, wie sie aussieht. William fand sie schrecklich und konnte nicht verstehen, dass ihr Vater so locker damit umgeht. So als amüsierte ihn das alles nur, verstehen Sie. Und darüber machte William eine Bemerkung. Er sagte etwa: ›Wieso ihr Vater zulässt, dass sie sich wie ein Flittchen rausputzt, ist mir schleierhaft.‹ So was in der Art. Nichts besonders Schwerwiegendes. Richard hatte ein bisschen zu viel getrunken. Er hatte ein paar üble Kratzer im Gesicht; wahrscheinlich war er sich wieder mit seiner Frau in die Haare geraten. Er war schlechter Stimmung. Er sagte, man solle nicht so dumm sein, die Leute nach dem Aussehen zu beurteilen, hinter einer Nutte könne sich ein Engel verbergen und hinter einem blonden Engel eine Hure.«

»Und wie fasste William das auf?«

Sie lächelte müde. »Er bezog es augenblicklich auf Gillian, seine ältere Tochter. Er fragte Richard, was er mit der Bemerkung sagen wolle. Richard und Gilly waren die dicksten Freunde gewesen, wissen Sie. Ich glaube, um eine Erklärung zu vermeiden, lenkte Richard ab und zitierte Roberta als Beispiel dafür, dass man nach dem Äußeren nicht gehen kann. Und dann gab ein Wort das andere. Richard wollte wissen, wie William dazu käme, tatenlos zuzusehen, wie Roberta sich vernachlässigte und praktisch selbst zerstörte. William wollte wissen, was er mit seiner Anspielung auf den blonden Engel gemeint hätte. Richard verlangte eine Antwort von William. William verlangte eine Antwort von Richard. Sie wissen ja, wie so was abläuft.«

»Und dann?«

Sie lachte. Es war ein brüchiges, dünnes Lachen.

»Ich dachte schon, es würde mit einer Schlägerei enden. Richard sagte, er verstehe nicht, wie man als Vater ruhig mit ansehen könne, wie die eigene Tochter sich langsam, aber sicher zu Tode frisst. Er sagte, William solle sich schämen, er sei als Vater ein absoluter Versager. William wurde so wütend, dass er Richard vorhielt, dafür sei er als Ehemann ein Versager. Er machte eine – eine ziemlich derbe Bemerkung darüber, dass Madeline völlig unbefriedigt sei – sie ist Richards Frau, haben Sie sie schon kennen gelernt? –, und gerade als ich dachte, jetzt würde Richard zuschlagen, fing der plötzlich an zu lachen. Er lachte einfach, sagte, er wäre ja blöd, seine Zeit mit Sorgen um Roberta zu vergeuden, und ging.«

»Das war alles?«

»Ja.«

»Was, glauben Sie, meinte Richard?«

»Als er sagte, er wäre blöd?« Sie schien zu merken, in welche Richtung die Frage zielte. »Soll ich jetzt sagen, er meinte, er wäre blöd, seine Zeit mit Sorgen um Roberta zu vergeuden, weil er ja wusste, dass er den Hof erben würde, wenn sie stirbt?«

»Meinte er das denn?«

»Nein, natürlich nicht. William änderte sein Testament kurz nach Richards Rückkehr. Richard wusste sehr wohl, dass er ihm den Hof vermacht hatte und nicht Roberta.«

»Aber wenn Sie und William geheiratet hätten, wäre das Testament doch höchstwahrscheinlich wieder geändert worden?«

Sie sah die Falle. »Ja, aber – ich weiß, was Sie denken. Für Richard war Williams Tod vor unserer Heirat von Vorteil. Aber gibt es solche Konstellationen denn nicht häufig, wenn es um eine Erbschaft geht? Und die Menschen bringen einander doch im Allgemeinen nicht um, nur weil sie erben wollen.«

»Ganz im Gegenteil, Mrs. Odell«, widersprach Lynley höflich. »Sie tun es dauernd.«

»Hier war das aber nicht der Fall. Ich glaube einfach – nun, dass Richard nicht sehr glücklich ist. Und unglückliche Menschen sagen oft Dinge, die sie gar nicht ernst meinen, und sie tun häufig Dinge, die sie normalerweise nicht tun würden, nur um ihr eigenes Elend zu vergessen. Ist es nicht so?«

Weder Lynley noch Barbara antworteten sofort. Olivia bewegte sich unruhig in ihrem Sessel. Draußen rief Bridie laut nach ihrer Ente.

»Wusste Roberta von diesem Gespräch?«, fragte Lynley.

»Wenn ja, so hat sie es nie erwähnt. Wenn sie hier war, sprach sie meistens von der Heirat. Ich glaube, sie wünschte sich diese Heirat. Um mit Bridie wieder eine Schwester zu bekommen. Um vielleicht wieder eine so innige Beziehung aufbauen zu können, wie sie sie mit Gillian gehabt hatte. Ihre Schwester fehlte ihr schrecklich. Ich glaube nicht, dass sie den Verlust je verwunden hat.«

Ihre nervösen Finger fanden einen losen Faden am Saum ihres Rocks. Sie drehte und zwirbelte ihn unentwegt, bis er riss. Dann betrachtete sie das Stück Faden stumm, als wunderte sie sich, woher es gekommen war.

»Bobba – so hat William sie immer genannt – ist oft mit Bridie losgezogen, damit William und ich ein bisschen allein sein konnten. Sie und Bridie und Schnauz und die Ente marschierten zusammen los. Können Sie sich das Bild vorstellen?« Sie lachte und strich glättend über ihren Rock. »Sie gingen zum Fluss hinunter oder auf die Gemeindewiese oder machten bei der alten Abtei unten Picknick. Dann konnten William und ich in Ruhe miteinander reden.«

»Worüber haben Sie gesprochen?«

»Meistens über Tessa.« Sie seufzte. »Das war ein Problem, aber das letzte Mal, als William hier war – am Tag seines Todes –, sagte er, es sei nun endlich gelöst.«

»Ich glaube, ich kann Ihnen nicht ganz folgen«, sagte Lynley. »Was war das denn für ein Problem? Emotionaler Art? Eine Unfähigkeit, ihren Tod zu akzeptieren?«

Olivia, die zum Fenster hinausgeschaut hatte, drehte sich bei dem letzten Wort jäh herum.

»Wieso Tod?«, fragte sie perplex. »Tessa ist nicht tot, Inspector. Sie verließ William kurz nach Robertas Geburt. Er engagierte einen Privatdetektiv, um sie suchen zu lassen, weil er die Ehe von der Kirche annullieren lassen wollte. Und am Samstagnachmittag kam er zu mir, um mir zu sagen, dass man sie endlich gefunden habe.«

»York«, sagte der Mann. »Ich bin nicht verpflichtet, Ihnen mehr zu sagen. Ich warte nämlich immer noch auf mein Honorar.«

Lynley kochte innerlich. »Wie wäre es mit einer gerichtlichen Verfügung?«, fragte er liebenswürdig.

»Moment mal, Mann, mit solchem Scheiß brauchen Sie mir nicht zu kommen ...«

»Mister Houseman, darf ich Sie darauf aufmerksam machen, dass Sie, auch wenn Sie gegenteiliger Ansicht sein mögen, *nicht* Sam Spade sind?«

Lynley konnte sich den Mann vorstellen: Füße auf dem Schreibtisch, eine Flasche Bourbon in der Schublade, eine Pistole, die er lässig von einer Hand in die andere warf, während er den Telefonhörer zwischen Ohr und Schulter eingeklemmt hielt. Er war nicht weit von der Wahrheit entfernt.

Harry Houseman sah durch die schmutzige Scheibe seines Bürofensters über Jackies Frisiersalon zum Trinity Church Square in Richmond hinaus. Es regnete leicht, gerade ausreichend, um den Dreck auf der Scheibe noch gründlich zu verschmieren. Was für ein trister Tag, dachte er. Er hatte eigentlich ans Meer fahren wollen – in Whitby wartete eine kleine Maus, die ganz scharf darauf war, ein paar ernsthafte Privatrecherchen mit ihm zu betreiben –, aber bei solchem Wetter kam er nicht in Stimmung. Und dieser Tage musste er unbedingt in Stimmung sein, wenn in den unteren Regionen noch was passieren sollte. Er grinste und entblößte dabei eine schlecht gemachte Jacketkrone am vorderen Schneidezahn.

Während er mit einem angeknabberten Bleistift spielte, fiel sein Blick auf das schmallippige Gesicht seiner Frau, das ihn von einer Fotografie auf dem Schreibtisch ansah. Er streckte den Arm aus und stieß es mit dem Bleistift um.

»Ich bin überzeugt, wir können zu einer Einigung kommen«, sagte Houseman ins Telefon. »Lassen Sie mich überlegen. – Miss Doalson?« Angemessene Pause. »Habe ich heute Zeit, um ... Sagen Sie das ab. Das kann warten bis nach der Zusammenkunft mit ...« Wieder ins Telefon: »Wie war doch gleich Ihr Name?«

»Eine Zusammenkunft wird nicht stattfinden«, erklärte Lynley geduldig. »Sie geben mir die Adresse in York, und damit ist unsere Beziehung beendet.«

»Oh, ich weiß nicht, wie ich ...«

»Aber natürlich wissen Sie das.« Lynleys Stimme war immer noch ruhig. »Denn Sie haben, wie Sie bereits sagten, Ihr Honorar noch nicht bekommen. Damit Sie es überhaupt bekommen, wenn einmal der Nachlass geregelt ist – was im übrigen Jahre dauern kann, wenn wir diese Geschichte nicht klären können –, müssen Sie mir Tessa Teys' Adresse geben.«

Kurze Pause der Überlegung. »Was sagten Sie, Miss Doalson?«, fragte der Kerl, der einen wahrhaftig wahnsinnig machen konnte, in zuckersüßem Ton. »Am anderen Apparat? Na, dann sagen Sie ihm doch, er soll später noch mal anrufen.« Tiefes Seufzen. »Ich sehe schon, Inspector, mit Ihnen ist das nicht so einfach. Aber wir müssen alle irgendwie unseren Lebensunterhalt verdienen, wissen Sie.«

»Gewiss, das weiß ich«, erwiderte Lynley kurz. »Die Adresse?«

»Ich muss sie nur erst heraussuchen. Kann ich Sie in – sagen wir, in einer Stunde zurückrufen?«

»Nein.«

»Guter Gott, Mann ...«

»Ich komme nach Richmond.«

»Nein, nein, das ist nicht nötig. Wenn Sie nur einen Moment Geduld haben.« Houseman lehnte sich in seinem Sessel zurück und betrachtete eine Minute lang den grauen Himmel. Er langte zum Aktenschrank hinüber und machte der akustischen Wirkung halber ein paar Schubladen auf und zu. »Was ist denn jetzt schon wieder, Miss Doalson?«, rief er. »Nein, nein, sagen Sie ihr, ich melde mich morgen. Ich kann's auch nicht ändern, wenn sie heult wie ein Schloßhund, Kleines, ich hab' jetzt keine Zeit für sie.« Er nahm den Zettel, der auf seinem Schreibtisch lag. »Ah, hier haben wir sie schon, Inspector.« Damit gab er Lynley die Adresse an. »Aber erwarten Sie nicht, mit offenen Armen aufgenommen zu werden.«

»Es ist mir ziemlich gleichgültig, wie ich aufgenommen werde, Mister Houseman. Auf ...«

»Oh, aber ganz so gleichgültig sollte es Ihnen nicht sein, Inspector. Ganz so gleichgültig nicht. Ehemann Nummer zwei flippte aus, als er es erfuhr. Ich dachte, er würde mich auf der Stelle erwürgen. Also seien Sie vorsichtig. Weiß der Himmel, wie er reagiert, wenn plötzlich Scotland Yard vor der Tür steht. Er ist so ein Gelehrtentyp, gesetzte Sprache und dicke Brille. Aber ein tiefes Wasser, Inspector, das kann ich Ihnen sagen. Gefährlich!«

Lynley kniff die Augen zusammen. Er sah den Köder und

wäre gern daran vorbeigeschwommen. Aber das ging nicht. Er seufzte resigniert.

»Wovon erfuhr der Mann denn?«

»Von Ehemann Nummer eins natürlich.«

»Worauf wollen Sie hinaus?«

»Dass Tessa Teys Bigamistin ist, guter Mann«, versetzte Houseman mit Befriedigung. »Verheiratete sich mit Nummer zwei, ohne von dem guten William geschieden zu sein. Können Sie sich ihre Überraschung vorstellen, als ich plötzlich vor ihr stand?«

Das Haus entsprach überhaupt nicht seinen Erwartungen. Frauen, die Mann und Kinder verlassen, haben gefälligst in finsteren Mietskasernen zu landen, wo es nach Knoblauch und Urin stinkt. Sie sollen täglich zum Gin greifen müssen, um ihre Gewissensqualen zu betäuben. Sie sollen bleich und ausgemergelt sein, ihre Schönheit zerstört von den Peinigungen der Scham. Und wie war das mit Tessa Teys Mowrey?

Lynley hatte den Bentley vor dem Haus geparkt, und sie musterten es schweigend, bis Barbara schließlich sagte: »Verschlechtert hat sie sich nicht gerade, oder?«

Sie hatten es ohne Schwierigkeiten gefunden, in einem neuen, gutbürgerlichen Wohnviertel, nicht allzu weit von der Stadtmitte entfernt, eine dieser Gegenden, wo die Häuser nicht nur Nummern haben, sondern auch brave kleine Namen. Das Haus der Mowreys hieß ›Jorvik View‹. Es war die in Beton gegossene Erfüllung jedes Mittelstandstraumes: Eine Backsteinfassade versteckte die vorgegossenen Betonblöcke, rote Schindeln schwangen sich zu einem spitzen Giebel empor, Erkerfenster mit weißen Stores gestatteten einen verschleierten Blick auf Wohn- und Esszimmer rechts und links der Haustür. Auf dem Dach der Garage war eine große Terrasse angelegt. Dort oben hatten sie Tessa das erste Mal gesehen.

Sie trat aus der Tür, um die Topfpflanzen zu gießen. Ihr blondes Haar flatterte leicht im Wind, während sie zu den Dahlien und Chrysanthemen ging, die eine herbstlich bunte Wand vor dem weißen Gitter bildeten. Sie sah den Bentley und zögerte, die Gießkanne halb erhoben. So stand sie im späten Morgenlicht, wie von Renoir im Moment der Überraschung eingefangen.

Und sie sah, wie Lynley beinahe erbittert feststellte, nicht einen Tag älter aus als auf dem Foto, das neunzehn Jahre zuvor aufgenommen war und blumengeschmückt im Gedenkschrein auf dem Teys-Hof stand.

»Und das nennt man dann Lohn der Sünde«, murmelte er.

8

»Vielleicht steht auf dem Speicher ein Porträt«, meinte Barbara.

Lynley sah sie erstaunt an. Bisher hatte sie sich so gewissenhaft darauf konzentriert, sich angemessen zu verhalten, jeder seiner Anweisungen ohne Widerspruch und augenblicklich nachzukommen, dass dieser plötzliche Ausbruch aus dem Muster, diese witzige Bemerkung ihn verblüffte. Aber auf angenehme Art.

»Alle Achtung, Sergeant«, sagte er lachend. »Mal sehen, was Mrs. Mowrey zu sagen hat.«

Sie öffnete ihnen selbst und blickte mit Verwirrung und einem Anflug von Angst, die sie nur schwer verbergen konnte, von einem zum anderen. »Guten Morgen«, sagte sie.

Hier, aus der Nähe betrachtet, sah sie schon eher wie eine Frau aus, die sich der Lebensmitte näherte. Doch das Haar war immer noch sonnenblond, die Gestalt gertenschlank, die Haut zart und praktisch ohne Fältchen.

Lynley zeigte ihr seinen Dienstausweis.

»Scotland Yard. Kriminalpolizei. Gestatten Sie, dass wir hereinkommen, Mrs. Mowrey?«

Sie schaute von Lynley zu Barbaras verschlossenem Gesicht und wieder zurück. »Bitte sehr.« Ihre Stimme war ganz ruhig, höflich und warm. Doch ihre Bewegungen hatten etwas Abgehacktes, Starres, das auf unterdrückte Gefühle schließen ließ.

Sie führte sie nach links durch eine offene Tür in das Wohnzimmer und forderte sie mit einer wortlosen Geste auf, Platz zu nehmen. Es war ein hell und geschmackvoll eingerichtetes Zimmer mit modernen Möbeln und lichten Farben. Irgendwo tickte eine Uhr, leicht und schnell wie ein beschleunigter Puls. Hier herrschte nicht das wilde Chaos wie bei Olivia Odell, aber auch nicht die sterile Ordnung des Teys-Hofs. Dieses Zimmer war unverkennbar der Gemeinschaftsraum einer lebensfrohen Familie, deren Mitglieder gut miteinander lebten. Schnappschüsse und ein paar kleine Reiseandenken standen auf den Regalen, und zwischen den Büchern lagen ein Stapel Gesellschaftsspiele und verschiedene Kartenspiele.

Tessa Mowrey nahm einen Sessel in der Ecke, wo das Licht am schwächsten war. Sie setzte sich vorn auf seine Kante, den Rücken gerade, die Beine übereinander geschlagen, die Hände im Schoß gefaltet. Sie trug nur einen einfachen goldenen Trauring. Sie fragte nicht nach dem Grund des Besuchs der beiden Beamten, sah stumm zu, wie Lynley zum offenen Kamin ging und die Fotos betrachtete, die auf dem Sims standen.

»Ihre Kinder?«, fragte er.

Es waren zwei, ein Mädchen und ein Junge. Die Aufnahmen stammten von einem Urlaub in St. Ives. Er erkannte die vertraute Rundung der Bucht, die grauweißen Häuser, die sich am Wasserrand zusammendrängten.

»Ja«, antwortete sie. Mehr sagte sie nicht. Stumm erwartete sie das Unvermeidliche. Das Schweigen dauerte an. Die reine Nervosität trieb sie schließlich, es zu brechen.

»Hat Russell Sie angerufen?« In ihrer Stimme lag ein leichter Unterton der Verzweiflung. »Ich dachte mir, dass er das vielleicht tun würde. Obwohl es ja schon drei Wochen her ist. Ich hatte angefangen zu hoffen, dass er mich nur strafen wollte, bis wir uns richtig ausgesprochen hätten.« Sie zeigte Unbehagen, als Barbara ihren Block herauszog. »Ach, muss das sein?«

»Leider ja«, antwortete Lynley.

»Dann werde ich Ihnen alles erzählen. Das ist das Beste.« Sie sah zu ihren Händen hinunter und schob sie fester ineinander.

Merkwürdig, dachte Lynley, wie wir Menschen unweigerlich auf die gleichen Gesten zurückgreifen, wenn wir innere Not signalisieren. Eine zum Hals erhobene Hand, Arme, die schützend den Oberkörper umfassen, ein hastiges Zupfen an der Kleidung, ein Zurückzucken, wie um einem Schlag auszuweichen. Tessa, das sah er, suchte jetzt Kraft zu sammeln für diese Prüfung, als könne eine Hand der anderen durch das Ineinanderschlingen der Finger Mut und Stärke übertragen. Es schien zu wirken. Als sie aufblickte, wirkte ihr Gesicht entschlossen.

»Ich war erst vierzehn, als ich ihn heiratete. Können Sie sich vorstellen, wie es ist, mit einem Mann verheiratet zu sein, der sechzehn Jahre älter ist, wenn man selbst gerade vierzehn ist? Nein, natürlich können Sie das nicht. Niemand kann das. Auch Russell konnte es nicht.«

»Warum waren Sie nicht in der Schule?«

»Ich ging eine Zeit lang zur Schule. Aber dann musste ich aussetzen, um meinem Vater auf dem Hof zu helfen. Nur vorübergehend. Er hatte einen schlimmen Rücken. Eigentlich sollte ich nach einem Monat wieder zum Unterricht gehen. Marsha Fitzalan gab mir Aufgaben, damit ich nicht zurückbleiben würde. Aber ich fiel zurück, und dann kam William.«

»Wie meinen Sie das?«

»Er kam auf den Hof, um meinem Vater einen Schafbock abzukaufen. Ich ging mit ihm hinaus, um ihm das Tier zu zeigen. William sah sehr gut aus. Ich war romantisch. Für mich war es Heathcliff, der endlich gekommen war, seine Cathy heimzuführen.«

»Aber Ihr Vater kann doch nicht damit einverstanden gewesen sein, dass Sie in diesem Alter heiraten wollten. Noch dazu einen so viel älteren Mann!«

»Natürlich war er nicht einverstanden. Und meine Mutter auch nicht. Aber ich war hartnäckig, und William war zuverlässig, gut angesehen und charakterstark. Ich glaube, sie hatten Angst, wenn sie sich der Heirat widersetzten, würde ich völlig außer Rand und Band geraten und abrutschen. Deshalb gaben sie schließlich ihre Zustimmung, und wir heirateten.«

»Und wie hat sich die Ehe entwickelt?«

»Was weiß eine Vierzehnjährige schon von der Ehe, Inspector?«, fragte sie statt einer Antwort. »Ich wusste nicht einmal genau, wie Kinder gezeugt werden, als ich William heiratete. Man sollte meinen, ein Mädchen, das auf einem Bauernhof aufgewachsen ist, wäre ein bisschen realistischer, aber Sie müssen bedenken, dass ich praktisch meine ganze Freizeit mit den Brontës verbrachte. Charlotte, Anne und Emily drücken sich immer ziemlich vage aus, wenn's ums Detail geht. Aber ich wurde schnell genug aufgeklärt. Gillian kam kurz vor meinem fünfzehnten Geburtstag zur Welt. William war außer sich vor Freude. Er liebte sie abgöttisch. Es war, als begänne sein Leben erst in dem Moment, als er Gilly sah.«

»Trotzdem dauerte es Jahre, ehe Sie ein zweites Kind bekamen.«

»Ja, weil sich durch Gilly alles zwischen uns änderte.«

»Inwiefern?«

»Durch sie – diesen winzigen Säugling – fand William plötzlich zur Religion. Ich weiß auch nicht, wieso. Aber danach wurde alles anders.«

»Ich dachte, er wäre immer schon ein religiöser Mensch gewesen.«

»O nein. Das fing erst mit Gillian an. Als fühlte er sich als Vater nicht gut genug, als müsste er ständig seine Seele reinigen, um seines Kindes würdig zu sein.«

»Wie ging das vor sich?«

Sie lachte kurz auf bei der Erinnerung, aber es klang eher bitter als erheitert.

»Er las die Bibel, ging täglich zur Beichte und zur Kommunion. Innerhalb eines Jahres verwandelte er sich in den frömmsten Mann im Dorf und einen absolut hingebungsvollen Vater.«

»Und Sie, eine Fünfzehnjährige, mussten versuchen, mit einem Säugling und einem Heiligen zusammenzuleben.«

»Genauso war es. Das heißt, um das Kind brauchte ich mich kaum zu sorgen. Ich war nicht gut genug, die Sorge für Williams Kind zu übernehmen. Vielleicht auch nicht fromm genug. Wie dem auch sei, er versorgte sie von Anfang an praktisch allein.«

»Und was taten Sie?«

»Ich zog mich zu meinen Büchern zurück.«

Sie hatte die ganze Zeit fast reglos gesessen, jetzt jedoch wurde sie unruhig. Sie stand auf und ging durch das Zimmer zum Erkerfenster, durch das in der Ferne das Münster zu sehen war. Doch Tessa, vermutete Lynley, sah nicht die Kathedrale, sondern die Vergangenheit.

»Ich träumte, dass William Mister Darcy werden würde. Ich träumte, Mister Knightley würde mich in die Arme nehmen und nie mehr loslassen. Ich hoffte, ich würde eines Tages Edward Rochester begegnen, wenn ich nur fest genug an die Verwirklichung meiner Träume glaubte.« Sie kreuzte die Arme auf der Brust, als könne sie damit den Schmerz jener Zeit abwehren. »Ich suchte Liebe. Verzweifelt. Ich wollte geliebt werden. Können Sie das verstehen, Inspector?«

»Wer könnte das nicht verstehen«, antwortete Lynley.

»Ich dachte, wenn wir ein zweites Kind bekämen, würde jeder von uns einen Menschen haben, mit dem ihn eine besondere Liebe verband. Deshalb – deshalb lockte ich William in mein Bett zurück.«

»Zurück?«

»Ja, zurück. Er hatte mich kurz nach Gillys Geburt verlassen und angefangen, anderswo zu schlafen. Auf dem Sofa, im Nähzimmer, ganz gleich, wo, nur nicht bei mir.«

»Warum?«

»Seine Entschuldigung war, dass Gillys Geburt für mich so schwer gewesen sei. Er wolle vermeiden, dass ich noch einmal schwanger werden und die ganze Tortur wieder würde durchmachen müssen.«

»Es gibt doch Verhütungsmittel.«

»William ist katholisch, Inspector. Da gibt es keine Verhütungsmittel.«

Sie drehte sich vom Fenster weg, ihnen wieder zu. Das Licht entzog ihren Wangen die Farbe und vertiefte die Falten von der Nase zu den Mundwinkeln. Wenn sie sich dessen bewusst war, so versuchte sie nicht, es zu vermeiden. Vielmehr blieb sie ruhig stehen, als wolle sie ihr Alter offenbaren.

»Aber wenn ich heute zurückblicke, glaube ich, dass es nicht die mögliche Schwangerschaft war, die William fürchtete, sondern die Sexualität. Jedenfalls gelang es mir schließlich, ihn wieder in mein Bett zu holen. Und acht Jahre nach Gilly wurde Roberta geboren.«

»Warum sind Sie trotzdem gegangen? Obwohl Sie nun hatten, was Sie wollten – ein zweites Kind, dem Sie Ihre Liebe geben konnten.«

»Weil alles wieder von vorn anfing. Genau wie beim ersten Kind. Sie gehörte mir so wenig wie Gillian. Ich liebte meine beiden kleinen Töchter, aber ich durfte mich nicht um sie kümmern, jedenfalls nicht so, wie ich es mir wünschte. Es entstand keine Nähe. Ich hatte nichts.« Ihre Stimme bebte bei den letzten Worten. Sie richtete sich auf, drückte die verschränkten Arme fester an die Brust und fand die Fassung wieder. »Ich hatte wieder nur Darcy. Meine Bücher.«

»Und da gingen Sie?«

»Ich wachte einige Wochen nach Robertas Geburt eines Morgens auf und wusste, dass ich verkümmern würde, wenn ich blieb. Ich war dreiundzwanzig. Ich hatte zwei Kinder, die ich nicht lieben durfte, und einen Mann, der schon morgens vor dem Ankleiden die Bibel las. Ich schaute zum Fenster hinaus, sah den Weg zum High Kel Moor hinauf und wusste, dass ich noch an diesem Tag gehen würde.«

»Versuchte er denn nicht, sie zu halten?«

»Nein. Ich wünschte mir das natürlich. Aber er tat es nicht. Mit einem kleinen Koffer und fünfundzwanzig Pfund in der Tasche verließ ich sein Haus und verschwand aus seinem Leben. Ich ging nach York.«

»Er hat Sie nie gesucht? Nie versucht, Sie zurückzuholen?«

Sie schüttelte den Kopf.

»Ich habe mich nie bei ihm gemeldet. Ich war einfach nicht mehr da. Aber für William hatte ich ja schon so viele Jahre vorher aufgehört zu existieren. Da spielte das gar keine Rolle mehr.«

»Warum ließen Sie sich nicht scheiden?«

»Weil ich nicht die Absicht hatte, je wieder zu heiraten. Ich kam nach York, weil ich Wissen und Bildung suchte, nicht aber einen anderen Mann. Ich wollte eine Zeit lang arbeiten, Geld sparen und dann nach London gehen oder vielleicht sogar in die Staaten emigrieren. Aber schon sechs Wochen nach meiner Ankunft in York kam alles ganz anders. Da traf ich Russell Mowrey.«

»Wie lernten Sie sich kennen?«

Sie lächelte bei dieser Erinnerung.

»Als man hier mit den Ausgrabungen aus der Wikingerzeit anfing, wurde ein Teil der Stadt eingezäunt.«

»Ja, daran erinnere ich mich.«

»Russell gehörte zum Ausgrabungsteam. Er war damals gerade mit seinem Studium in London fertig. Ich stand da und steckte den Kopf durch ein Loch im Zaun, weil ich sehen wollte, was da passierte, und plötzlich sah Russell mich. Seine ersten Worte waren: ›Mensch, eine richtige nordische Göttin!‹, und dann wurde er knallrot. Ich glaube, schon da verliebte ich mich in ihn. Er war sechsundzwanzig. Er trug eine Brille, die ihm dauernd runterrutschte, eine völlig verdreckte Hose und ein Sweatshirt mit Uniemblem. Als er herüberkam, weil er mit mir sprechen wollte, rutschte er im Schlamm aus und setzte sich direkt auf den Hosenboden.«

»Ein Darcy war das nicht«, bemerkte Lynley lächelnd.

»Nein. Viel mehr. Wir haben vier Wochen später geheiratet.«

»Warum haben Sie ihm nicht von William erzählt?«

Sie seufzte und schien nach Worten zu suchen, die es ihnen ermöglichen würden, sie zu verstehen.

»Russell war so ahnungslos, so unschuldig. Er hatte so ein – ein großartiges Bild von mir. Er sah mich als eine Art Wikingerprinzessin, eine Schneekönigin. Wie konnte ich ihm da sagen, dass ich einen Mann und zwei Kinder hatte, die ich auf einem Bauernhof zurückgelassen hatte?«

»Was hätte sich geändert, wenn er es erfahren hätte?«

»Nichts wahrscheinlich. Aber damals glaubte ich, *alles* würde sich ändern. Ich glaubte, er würde mich nicht wollen, wenn er die Wahrheit erführe. Die ganze Zeit hatte ich die Liebe gesucht, Inspector. Und da war sie nun endlich. Wie konnte ich es da riskieren, dass sie mir wieder entwischen würde?«

»Aber Sie sind hier nur zwei Stunden von Keldale entfernt. Hatten Sie nie Angst, William könnte eines Tages in Ihrem Leben auftauchen? Und wenn nur durch eine zufällige Begegnung auf der Straße.«

»William ist nie aus Keldale hinausgekommen. Nicht ein einziges Mal in den Jahren unserer Ehe verließ er es. Er wollte gar nicht weg. Er hatte dort alles, was er brauchte: seine Kinder, seine Religion, seinen Hof. Weshalb hätte er nach York kommen sollen? Außerdem dachte ich zuerst, wir würden nach London ziehen. Russells Familie lebt dort. Ich hatte keine Ahnung, dass wir hier hängen bleiben würden. Aber wir blieben. Fünf Jahre später wurde Rebecca geboren. Und achtzehn Monate nach ihr kam William.«

»William?!«

»Sie können sich wohl vorstellen, wie mir zumute war, als Russell ihn William nennen wollte. Das ist der Name seines Vaters. Da konnte ich doch nicht ablehnen.«

»Dann leben Sie also seit neunzehn Jahren hier in York?«

»Ja«, antwortete sie. »Zuerst in einer kleinen Wohnung in der Stadtmitte, dann in einem Reihenhaus in der Nähe der Bishopthorpe Road, und letztes Jahr kauften wir das Haus hier. Wir haben lange darauf gespart. Russell nahm noch einen zweiten Job an, und ich hatte meine Arbeit im Museum. Wir waren so glücklich.« Sie versuchte mit einem Zwinkern, die aufkommenden Tränen zu vertreiben. »Bis jetzt. Sie sind gekommen, um mich zu holen, nicht wahr? Oder bringen Sie mir nur eine Nachricht?«

»Wissen Sie es denn nicht? Haben Sie es nicht gelesen?«

»Gelesen? Ist etwas – er ist doch nicht ...«

Tessa blickte angstvoll von Lynley zu Barbara. Sie schien etwas in ihren Gesichtern zu lesen, das sie sehr beunruhigte.

»An dem Abend, als Russell ging, war er außer sich. Ich dachte, wenn ich nichts sagte und nichts täte, würde sich alles von selbst lösen. Er würde wieder nach Hause kommen und ...«

Lynley erkannte, dass sie völlig aneinander vorbeiredeten.

»Mrs. Mowrey«, sagte er, »wissen Sie denn nicht, was Ihrem Mann passiert ist?«

Ihre Augen weiteten sich vor Entsetzen.

»Russell«, flüsterte sie. »Er ging an dem Samstag weg, als der Detektiv hier war. Vor drei Wochen. Seitdem war er nicht wieder zu Hause.«

»Mrs. Mowrey«, sagte Lynley behutsam. »William Teys wurde vor drei Wochen ermordet. In der Nacht von Samstag auf Sonntag zwischen zweiundzwanzig Uhr und Mitternacht. Man beschuldigt Ihre Tochter Roberta, das Verbrechen begangen zu haben.«

Wenn sie gefürchtet hatten, sie würde ohnmächtig werden, so hatten sie sich getäuscht. Fast eine volle Minute lang starrte sie sie wortlos an, dann wandte sie sich wieder dem Fenster zu.

»Rebecca kommt bald nach Hause«, sagte sie tonlos. »Sie kommt zum Mittagessen immer nach Hause. Sie wird nach ihrem Vater fragen. Das tut sie jeden Tag. Sie weiß, dass etwas nicht stimmt, aber bis jetzt konnte ich ihr das meiste verheimlichen.« Mit zitternder Hand berührte sie ihre Wange. »Ich weiß, dass Russell nach London gefahren ist. Ich habe seine Eltern nicht angerufen, weil ich nicht wollte, dass sie merken, dass etwas nicht in Ordnung ist. Aber ich weiß, dass er zu ihnen nach London gefahren ist. Ich weiß es.«

»Haben Sie ein Foto von Ihrem Mann?«, fragte Lynley. »Und die Londoner Adresse seiner Eltern?«

Sie fuhr herum. »Er war es nicht!«, rief sie leidenschaftlich. »Er hat nicht ein einziges Mal die Hand erhoben, um seine Kinder zu schlagen. Er war außer sich, zornig – ja, das sagte ich schon –, aber sein Zorn galt mir, nicht William. Niemals wäre er losgefahren und hätte ...«

Sie begann zu weinen. Es waren vielleicht die ersten Tränen, die sie seit drei qualvollen Wochen vergoss. Sie drückte die Stirn an die Fensterscheibe und weinte so bitterlich, als könne sie niemals getröstet werden.

Barbara stand auf und ging aus dem Zimmer. Guter Gott, wo geht sie denn hin?, fragte sich Lynley und rechnete fast mit einer Wiederholung ihres Verschwindens am vergangenen Abend im *Dove and Whistle*. Doch sie kam einen Augenblick später mit einem Krug Orangensaft und einem Glas zurück.

»Danke, Barbara«, sagte er.

Sie nickte ihm mit einem zaghaften Lächeln zu und schenkte Tessa ein.

Tessa nahm das Glas, aber sie trank nicht, hielt es nur fest umklammert, als gäbe es ihr Halt.

»Rebecca darf mich so nicht sehen. Ich muss mich zusammennehmen.« Sie sah das Glas in ihrer Hand, trank einen Schluck und verzog das Gesicht. »Ich kann Orangensaft aus der Dose nicht ausstehen. Warum habe ich ihn überhaupt im Haus? Russell sagt immer, er sei gar nicht so schlecht. Wahrscheinlich hat er Recht.« Verzweifelt drehte sie sich zu Lynley um und stieß hervor: »Er hat William nicht getötet.«

»Das Gleiche sagen in Keldale alle von Roberta.«

Sie zuckte zusammen. »Ich empfinde nichts für sie. Es tut mir Leid. Ich habe sie nie gekannt.«

»Sie wurde in eine Nervenheilanstalt eingewiesen, Mrs. Mowrey. Als William gefunden wurde, behauptete sie, ihn getötet zu haben.«

»Wenn sie es zugegeben hat, warum sind Sie dann zu mir gekommen? Wenn sie sagt, dass sie William getötet hat, kann Russell unmöglich …« Sie brach ab, als wäre ihr plötzlich bewusst geworden, wie gern sie bereit war, die Tochter dem Mann zu opfern.

Man konnte ihr kaum einen Vorwurf daraus machen. Lynley dachte an die Stallbox, an die Bibel, das Fotoalbum, die Totenstille im Haus.

»Haben Sie Gillian nie wieder gesehen?«, fragte er abrupt und wartete auf ein Zeichen, einen winzigen Hinweis nur, dass Tessa von Gillians Verschwinden wusste. Es kam keines.

»Nein, nie.«

»Sie hat sich nie mit Ihnen in Verbindung gesetzt?«

»Natürlich nicht. Selbst wenn sie es gewollt hätte, hätte William es ihr nicht erlaubt, da bin ich sicher.«

Nein, wahrscheinlich nicht, dachte Lynley. Aber nachdem sie fortgegangen war, nachdem sie alle Brücken zu ihrem Vater abgebrochen hatte – warum hatte sie da nicht bei ihrer Mutter Zuflucht gesucht?

»Ein religiöser Fanatiker«, erklärte Barbara mit Entschiedenheit. Sie schob sich das Haar hinter die Ohren und richtete ihre Aufmerksamkeit auf die Fotografie in ihrer Hand. »Aber der hier ist nicht übel. Sie hat einen guten Griff getan beim zweiten Versuch. Schade, dass sie sich vorher nicht scheiden ließ.«

Russell Mowrey blickte sie von dem Foto, das Tessa ihnen gegeben hatte, lächelnd an. Ein sympathischer Mann im hellen Anzug, die Ehefrau am Arm. Ostersonntag. Barbara steckte das Bild in den braunen Umschlag und sah zum Fenster hinaus. »Wenigstens wissen wir jetzt, warum Gillian gegangen ist.«

»Wegen der Frömmigkeit ihres Vaters?«

»So seh' ich es jedenfalls«, antwortete Barbara. »Die übertriebene Frömmigkeit des Vaters und das zweite Kind. Acht Jahre lang war sie der absolute Mittelpunkt im Leben ihres Vaters – die Mutter scheint keine große Rolle gespielt zu haben –, und plötzlich ist ein zweites Kind da. Es soll eigentlich Mama gehören, aber Papa hat kein rechtes Vertrauen zu Mamas Fähigkeiten, mit ihren Kindern umzugehen, also nimmt er das zweite auch unter seine Fittiche. Mama geht, und Gillian folgt nach.«

»Ganz so war es nicht, Havers. Sie wartete acht Jahre, ehe sie ging.«

»Na ja, sie konnte schließlich mit ihren acht Jahren nicht weglaufen. Sie wartete eben ab und hasste Roberta wahrscheinlich dafür, dass sie ihr den Vater gestohlen hatte.«

»Das reimt sich nicht zusammen. Erst sagen Sie, Gillian ging, weil sie den religiösen Fanatismus ihres Vaters nicht ertragen konnte. Dann sagen Sie, sie ging, weil sie ihn an Roberta verloren hatte. Was trifft nun zu? Entweder liebt sie ihn und möchte wieder sein Liebling sein, oder sie kann seine puritanische Frömmigkeit nicht aushalten und flüchtet. Beides zusammen geht nicht.«

»Warum muss denn immer alles schwarz oder weiß sein?«, protestierte Barbara erregt. »Das ist doch nie so im Leben.«

Lynley warf ihr einen Blick zu, verdutzt über den heftigen Ton. Ihr Gesicht wirkte fahl.

»Barbara ...«

»Es tut mir Leid! Verdammt noch mal, jetzt fang' ich schon wieder an. Am besten, ich geb' auf. Ich kann's einfach nicht. Immer tu' ich das Gleiche. Nie kann ich ...«

»Barbara«, unterbrach er sie ruhig.

Sie starrte geradeaus. »Ja, Sir?«

»Wir sprechen hier über den Fall. Wir plädieren nicht vor einem Gericht. Es ist gut, wenn man eine Meinung hat. Ich möchte sogar, dass Sie eine haben. Ich habe die Erfahrung gemacht, dass es immer eine große Hilfe ist, einen Fall mit einer anderen Person durchzudiskutieren.«

In Wirklichkeit aber war es viel mehr als das. Es waren Streitigkeiten, später Lachen, die geliebte Stimme, die sagte: Oh, du bist überzeugt, dass du Recht hast, Tommy, aber ich werde dir das Gegenteil beweisen! Das Gefühl tiefer Einsamkeit senkte sich über ihn wie ein grauer Schleier.

Sie schwiegen beide. Bis Barbara die Spannung nicht mehr aushalten konnte.

»Ich weiß nicht, was es ist«, sagte sie. »Plötzlich fällt bei mir eine Klappe runter, und ich vergesse völlig, was ich tue.«

»Ich verstehe.«

Mehr antwortete er nicht. Während sein Blick dann und wann zu den Hängen jenseits des Tals schweifte, durch das die Straße führte, dachte er an Tessa Mowrey. Er versuchte, sie zu verstehen, und wusste, dass er dazu schlecht gerüstet war. Sein eigenes Leben bot ihm keinen Schlüssel zum Verständnis des beschränkten und erlebnisarmen Lebens auf einem abgelegenen Bauernhof, das ein vierzehnjähriges Mädchen in die Illusion treiben konnte, nur eine sofortige Heirat böte ihr eine Zukunft. Aber das war zweifellos die Grundlage all dessen, was geschehen war. Keine romantischen Interpretationen der Tatsachen – keine Betrachtungen über Heathcliff, so angebracht sie auch sein mochten – konnten über die wahre Erklärung hinwegtäuschen. Die Plackerei, das öde Einerlei jener Wochen, als sie gezwungen gewesen war, auf dem Hof zu bleiben und mitzuhelfen, waren schuld daran, dass ihr ein simpler Bauer zum Märchenprinzen geworden war. Und so war sie von einem Käfig in den anderen geflogen. Mit vierzehn Ehefrau, mit fünfzehn Mutter. Hätte nicht jede Frau nur den einen Wunsch gehabt, einem solchen Leben zu entfliehen? Aber warum hatte sie dann so schnell wieder geheiratet?

Anscheinend unfähig, das Schweigen länger zu ertragen, unterbrach Barbara seine Überlegungen. Der Ton ihrer Stimme verriet, dass sie unter innerem Druck stand. Lynley warf ihr einen neugierigen Blick zu. Auf ihrer Stirn standen kleine Schweißperlen. Sie schluckte geräuschvoll.

»Was ich nicht verstehe, ist der – der Gedenkschrein für Tessa. Die Frau verlässt ihn – womit ich nicht sagen will, dass sie nicht jedes Recht dazu hatte –, und er errichtet ihr im Wohnzimmer den reinsten Altar.«

Der Schrein. Natürlich, dachte Lynley. »Woher wissen wir, dass William den Schrein errichtet hat?«

Barbara hatte ihre Erklärung bereits bei der Hand.

»Eines der beiden Mädchen könnte es gewesen sein«, sagte sie.

»Und welche, glauben Sie?«

»Gillian.«

»Aus Rache? Um William täglich daran zu erinnern, dass Mama durchgebrannt ist? Um ihn ein bisschen zu quälen, weil er Roberta bevorzugte?«

»Genau, Sir.«

Wieder fuhren sie eine Weile schweigend, dann sagte Lynley: »Sie könnte es getan haben, Havers. Die Verzweiflung könnte sie dazu getrieben haben.«

»Tessa, meinen Sie?«

»Russell war an dem Abend weg. Sie sagt, sie hätte eine Tablette genommen und wäre gleich zu Bett gegangen. Aber niemand kann das bestätigen. Sie kann auch nach Keldale gefahren sein.«

»Warum hätte sie den Hund töten sollen?«

»Der hätte sie doch nicht gekannt. Den hat es vor neunzehn Jahren noch nicht gegeben. Was wäre denn Tessa für ihn gewesen? Eine Fremde.«

»Aber sie hätte William doch nicht zu töten brauchen«, meinte Barbara stirnrunzelnd. »Sie hätte sich doch scheiden lassen können.«

»Nein. So leicht nicht. Sie vergessen, dass er katholisch war.«

»Trotzdem ist Russell für mich der wahrscheinlichere Kandidat. Wer weiß, wohin er an dem Abend gefahren ist.« Als Lynley nichts erwiderte, fügte sie hinzu: »Sir?«

»Ich …« Lynley zögerte und widmete der Straße mehr Aufmerksamkeit, als nötig gewesen wäre. »Tessa hat Recht. Er ist nach London gefahren.«

»Woher wollen Sie das wissen?«

»Weil ich glaube, dass ich ihn gesehen habe, Havers. Im Yard.«

»Also wollte er sie tatsächlich anzeigen. Sie hat wahrscheinlich die ganze Zeit gewusst, dass er das tun würde.«

»Nein. Das glaube ich nicht.«

Barbara bot einen weiteren Kandidaten an. »Vielleicht war's auch Ezra.«

Lynley warf ihr einen lächelnden Blick zu.

»William im Morgenrock mitten auf der Straße, wutschnaubend damit beschäftigt, Ezras Aquarelle zu zerfetzen, während Ezra ihn aus Leibeskräften beschimpft und verflucht? Ja, da könnten wir ein Mordmotiv haben. Ich glaube nicht, dass ein Maler es gut verträgt, wenn ihm jemand seine Arbeiten zerreißt.«

»Aber wieso war er im Morgenrock? Draußen war's doch noch hell. Um die Zeit geht doch kein Mensch schlafen.«

»Vielleicht hat er sich zum Abendessen umgezogen. Er ist oben in seinem Zimmer, schaut zum Fenster hinaus, sieht Ezra auf seinem Land und rast hinunter wie ein Berserker.«

»Ja, so könnte es natürlich gewesen sein.«

»Wie sonst?«

»Vielleicht machte er Gymnastik.«

»Kniebeugen in der Unterhose? Kann ich mir schwer vorstellen.«

»Mit Olivia vielleicht.«

Lynley lächelte. »Das glaube ich nicht, wenn alles stimmt, was wir über ihn gehört haben. Das dürfte vor der Heirat für ihn tabu gewesen sein.«

»Und was ist mit Nigel Parrish?«

»Was soll mit ihm sein?«

»Na, glauben Sie ihm etwa, dass er den Hund aus reiner Herzensgüte auf den Hof zurückgeführt hat? Da ist doch was faul.«

»Richtig. Aber können Sie sich vorstellen, dass Parrish bereit wäre, sich an William Teys' Blut die Hände zu beschmutzen? Ganz zu schweigen davon, wie er den Anblick des abgeschlagenen Kopfes ertragen hätte.«

»Hm, ja, da wäre er wahrscheinlich in Ohnmacht gefallen.« Sie lachten. Zum ersten Mal gemeinsam. Das Lachen schlug beinahe augenblicklich in unbehagliches Schweigen um bei der Erkenntnis, dass sie Freunde werden könnten.

Der Entschluss, nach Barnstingham zu fahren, reifte aus Lynleys Überzeugung, dass Roberta den Schlüssel zur Lösung aller Fragen besaß, die sie beschäftigten: wer der Mörder war, welches Motiv hinter dem Verbrechen stand; was es mit Gillians Verschwinden auf sich hatte. Er hatte von unterwegs angerufen, um sie anzumelden. Als er jetzt den Bentley auf der gekiesten Auffahrt vor dem Gebäude anhielt, wandte er sich Barbara zu.

»Zigarette?« Er hielt ihr das goldene Etui hin.

»Danke nein, Sir.«

Er nickte, betrachtete einen Moment den imposanten Bau, sah dann wieder Barbara an. »Möchten Sie lieber hier draußen warten, Sergeant?«, fragte er, während er sich seine Zigarette mit einem silbernen Feuerzeug ansteckte.

»Warum?« Sie beobachtete ihn scharf.

Er zuckte lässig die Achseln. Allzu lässig, fand sie.

»Sie sehen ganz schlapp aus. Ich dachte, Sie würden gern eine kleine Verschnaufpause einlegen.«

Schlapp. Internatsjargon. Jetzt schlüpfte er wieder in die Rolle des ehemaligen Eton-Schülers. Ihr war schon aufgefallen, wie er sich ihrer gelegentlich bediente, wenn es ihm zweckmäßig erschien. Warum gerade jetzt?

»Wieso reden Sie von mir? Sie selbst sehen auch ganz schön mitgenommen aus, Inspector. Was meinen Sie wirklich?«

Bei ihren Worten sah er in den Spiegel, die Zigarette zwischen den Lippen, die Augen gegen den Rauch zusammengekniffen. »Ja, ich seh' wirklich nicht gerade aus wie das blühende Leben.« Er begann, an sich herumzuzupfen: rückte die Krawatte zurecht, fuhr sich durch das Haar, wischte ein nicht vorhandenes Stäubchen vom Revers seines Jacketts. Sie wartete. Endlich schaute er sie an. Die Maske war plötzlich von ihm abgefallen.

»Der Hof hat Sie gestern ein bisschen aus der Fassung gebracht«, sagte er offen. »Ich habe das Gefühl, dass uns hier noch viel Schlimmeres erwartet.«

Einen Moment lang schaffte sie es nicht, ihren Blick von seinem zu lösen; dann zwang sie sich, zur Tür zu greifen und sie aufzustoßen.

»Ich kann's aushalten, Sir«, sagte sie abrupt und stieg aus.

»Sie ist in der geschlossenen Abteilung«, sagte Dr. Samuels zu Lynley, während sie durch den Korridor gingen, der von Osten nach Westen quer durch das ganze Gebäude führte.

Barbara folgte mit etwas Abstand, froh, dass Barnstingham nicht so war, wie sie es sich vorgestellt hatte, als sie das Wort Nervenheilanstalt gehört hatte. Der englische Barockbau hatte kaum Ähnlichkeit mit einem Krankenhaus. Die Eingangshalle, über zwei Stockwerke reichend, mit geriffelten Pilastern an den Wänden, war hell und luftig, die Wände in beruhigendem Apricot gestrichen, die Stuckverzierungen weiß, während der flauschige Teppich einen hellen Rostton hatte.

Barbara war erleichtert. Als Lynley zuerst von seiner Absicht gesprochen hatte, hierher zu fahren, weil er es für dringend notwendig hielt, Roberta wenigstens zu sehen, war ihr flau geworden, und die heimtückische alte Beklemmung hatte von ihr Besitz ergriffen. Lynley hatte es natürlich gemerkt. Verdammt. Dem entging aber auch gar nichts.

Jetzt, wo sie im Haus war, fühlte sie sich wieder ruhiger, und das gute Gefühl verstärkte sich, nachdem sie die hohe Eingangshalle hinter sich gelassen hatten und den Weg durch den Korridor antraten, der sie mit ruhigen Landschaftsbildern und Vasen voll frischer Blumen empfing. Aus der Ferne drangen Musik und Gesang zu ihnen.

»Der Chor«, erklärte Dr. Samuels. »Bitte, hier entlang.«

Auch über die Person Samuels' war sie positiv überrascht gewesen. Hätte Barbara ihn außerhalb der Anstalt getroffen, sie hätte nie erraten, dass er Psychiater war. Bei dem Wort *Psychiater* stellte sich bei ihr automatisch das Bild Freuds ein: ein bärtiges viktorianisches Gesicht, eine Zigarre, kluge, taxierende Augen. Samuels aber sah aus wie ein Mann, dem es mehr Freude machte, im Hochmoor zu wandern, als im gestörten Seelenleben anderer herumzustochern. Er hatte einen kräftigen, langgliedrigen Körper, ein gebräuntes, glatt rasiertes Gesicht und, wie Barbara argwöhnte, eine Tendenz, mit Leuten, deren Intelligenz der seinen nicht gewachsen war, schnell ungeduldig zu werden.

Ihre Beklommenheit war fast ganz verschwunden, als Dr. Samuels eine schmale Tür öffnete – völlig unauffällig in der Wandtäfelung –, die in einen anderen Trakt des Gebäudes führte. Dies war die geschlossene Abteilung, und sie war ähnlich, wie Barbara sich eine solche Abteilung immer vorgestellt hatte. Der Teppichboden, ein sehr dunkles Braun, war sicher leicht zu pflegen. Die Wände waren sandfarben, schmucklos, unterbrochen nur von den Türen, in die auf Augenhöhe kleine Fenster eingelassen waren. Es roch nach Desinfektions- und Reinigungsmitteln, und durch den kahlen Gang zog ein leises Stöhnen, das von überall und nirgends zu kommen schien. Es konnte der Wind sein. Es konnte aber auch etwas ganz anderes sein.

Hier ist es, sagte sie zu sich selbst. Der Platz für die Verrückten, für Mädchen, die ihre Väter enthaupten, für Mädchen, die morden. Es gibt viele Arten von Mord, Barb.

»Sie hat seit ihrer ursprünglichen Erklärung nicht mehr gesprochen«, bemerkte Samuels. »Sie ist nicht katatonisch. Sie hat lediglich alles gesagt, was sie zu sagen gedenkt, meine ich.« Er warf einen Blick auf die Agenda in seiner Hand. »›Ich war's.

Es tut mir nicht Leid.‹ Am Tag, als die Leiche gefunden wurde. Seitdem hat sie kein Wort mehr gesprochen.«

»Und das hat keine körperlichen Ursachen? Sie wurde untersucht?«

Samuels kniff pikiert die Lippen zusammen. Es war klar, dass er dieses Eindringen Scotland Yards als Affront empfand, und wenn er schon Auskünfte geben musste, würde er sie auf ein Minimum beschränken.

»Sie wurde untersucht«, sagte er. »Kein Anfall, kein Schlaganfall. Sie kann sprechen. Aber sie will nicht.«

Wenn die brüske Art des Arztes ihm zu schaffen machte, so ließ Lynley es sich nicht anmerken. Er traf immer wieder auf diese Haltung, die Polizei als abzuwehrenden Gegner und nicht als willkommenen Helfer zu sehen. Er ging etwas langsamer und berichtete Samuels von Robertas geheimem Vorratslager. Das wenigstens trug ihm die Aufmerksamkeit des Arztes ein.

»Ich weiß nicht, was ich Ihnen sagen soll, Inspector«, bekannte er. »Das Essen kann, wie Sie vermuten, ein Zwang sein. Es kann ein Stimulus oder eine Reaktion sein. Es kann eine Form der Befriedigung oder der Sublimierung sein. Solange Roberta nicht bereit ist, uns einen Hinweis zu geben, kann es praktisch alles sein.«

Lynley schwenkte zu einem anderen Thema um.

»Warum haben Sie sie von der Polizei in Richmond übernommen? Ist das nicht etwas irregulär?«

»Nein, sie wurde ja völlig regulär eingewiesen«, entgegnete Samuels. »Wir sind ein privates Krankenhaus.«

»Von wem wurde sie denn eingewiesen? Von Superintendent Nies?«

Samuels schüttelte ungeduldig den Kopf.

»Aber nein. Wir handeln doch nicht auf das Wort eines x-beliebigen Polizeibeamten.« Er überflog Robertas Krankenblatt. »Es war – Augenblick mal – Gibson. Richard Gibson. Er bezeichnet sich als ihren nächsten Verwandten. Er erwirkte die Zustimmung des Gerichts und erledigte die Formalitäten.«

»Richard Gibson?«

»Richtig«, bestätigte Samuels kurz. »Er hat sie eingewiesen. Zumindest bis zum Prozess. Sie ist in täglicher Behandlung. Bis jetzt ist noch kein Fortschritt feststellbar, aber das heißt nicht, dass es überhaupt keinen geben wird.«

»Aber weshalb sollte Gibson ...«

Lynley sprach mehr zu sich selbst, doch Samuels unterbrach ihn, vielleicht in der Annahme, dass die Worte an ihn gerichtet waren.

»Sie ist seine Cousine. Und je eher es ihr besser geht, desto eher findet der Prozess statt. Es sei denn, es erweist sich, dass sie prozessunfähig ist.«

»Und dann«, sagte Lynley, den Blick auf den Arzt gerichtet, »muss sie ihr Leben lang hier bleiben, nicht wahr?«

»Bis sie wieder gesund wird.« Samuels führte sie zu einer schweren, abgeschlossenen Tür. »Sie ist da drinnen. Es ist bedauerlich, dass sie allein bleiben muss, aber in Anbetracht der Umstände ...« Er machte eine vage Geste, sperrte die Tür auf und öffnete sie. »Roberta, du hast Besuch«, sagte er.

Er hatte Prokofieff gewählt – *Romeo und Julia*–, hatte die Kassette gleich eingeschoben, als sie losgefahren waren. Gott sei Dank, dachte Barbara. Gott sei Dank. Sollte die Musik, sollten die Geigen, Celli und Bratschen alles fortschwemmen, Gedanken und Erinnerungen, alles, alles, vollständig und unabänderlich, so dass nichts mehr blieb als das Hören, so dass sie nicht an das Mädchen in dem Zimmer zu denken brauchte, nicht an den Mann, der neben ihr im Auto saß.

Selbst mit starr nach vorn gerichtetem Blick bemerkte sie noch seine Hände am Steuer, die feinen Haare auf ihnen – heller als sein Kopfhaar –, konnte jeden Finger sehen, jede Bewegung wahrnehmen, während er den Wagen lenkte, der sie nach Keldale zurückbrachte.

Als er sich vorbeugte, um die Lautstärke einzustellen, zeigte er ihr sein Profil. Die Haut seines Gesichts war leicht gebräunt. Helles Haar, braune Augen. Eine klassisch gerade Nase. Die kraftvolle Kinnpartie. Ein Gesicht, das deutlich große innere Stärke verriet, ein Ausmaß an inneren Reserven, von dem sie keine Ahnung hatte.

Sie hatte am Fenster gesessen, aber nicht hinausgesehen, sondern starr zur Wand geblickt, ein unförmiges Mädchen, beinahe einen Meter achtzig groß, an die zwei Zentner schwer. Sie hockte mit gekrümmtem Rücken wie geschlagen auf einem Stuhl und wiegte sich hin und her.

»Roberta, mein Name ist Thomas Lynley. Ich bin gekommen, um mit Ihnen über Ihren Vater zu sprechen.«

Sie wiegte sich weiter. Die Augen waren ausdruckslos, sahen nichts. Wenn sie Lynley gehört hatte, so zeigte sie es durch nichts.

Ihr Haar war schmutzig und roch unangenehm. Es war aus ihrem breiten, runden Gesicht zurückgekämmt und wurde hinten von einem Gummiband zusammengehalten. Doch ein paar fettige Strähnen hatten sich befreit und hingen steif herunter in die Falten ihres fleischigen Nackens.

»Pater Hart ist zu uns nach London gekommen, Roberta. Er bat uns, Ihnen zu helfen. Er sagt, er weiß, dass Sie niemandem etwas getan haben.«

Nichts. Das Gesicht blieb ausdruckslos. Eitrige Pickel bedeckten Wangen und Kinn. Wie aufgebläht umhüllte die Haut schwammige Fettschichten, die alle Konturen, die das Gesicht vielleicht einmal gehabt hatte, überlagerten. Sie war teigig, grau, schmutzig.

»Wir haben mit vielen Leuten in Keldale gesprochen. Wir waren bei Ihrem Vetter Richard, bei Olivia und Bridie. Bridie hat sich die Haare geschnitten, Roberta. Sie wollte so gern aussehen wie Lady Di. Aber leider ist es nichts geworden. Ihre Mutter hat sich sehr aufgeregt darüber. Sie hat uns erzählt, wie lieb Sie immer mit Bridie waren.«

Keine Reaktion. Roberta trug einen zu kurzen Rock, der die dicken, wabbeligen Schenkel entblößte. Die weiße Haut war mit rötlich entzündeten Pusteln bedeckt. An den Füßen hatte sie Krankenhauspantoffeln, die vorn offen waren. Sie waren ihr zu klein, und die dicken Zehen hingen weit heraus.

»Wir waren auf dem Hof. Haben Sie wirklich die vielen Bücher alle gelesen? Stepha Odell sagte, Sie hätten sie alle gelesen. Es sind ja unwahrscheinlich viele. Wir haben die Fotos Ihrer Mutter gesehen, Roberta. Sie war eine sehr schöne Frau, nicht?«

Schweigen. Die Arme hingen ihr an den Seiten herab. Die riesigen Brüste drohten den billigen Stoff der Bluse zu sprengen, die zwischen den Knöpfen auseinander klaffte, während sich das wogende Fleisch bei jeder wiegenden Bewegung hin- und herschob.

»Roberta, was ich Ihnen jetzt sage, wird vielleicht schmerzlich für Sie sein. Wir haben heute Ihre Mutter besucht. Wussten Sie, dass sie in York wohnt? Sie haben dort noch zwei Geschwister, einen Bruder und eine Schwester. Sie hat uns erzählt, wie sehr Ihr Vater Sie und Gillian geliebt hat.«

Die Wiegebewegungen hörten auf. Das Gesicht veränderte sich nicht, aber die Tränen begannen zu fließen. Sie rannen ihr in stummer Qual über das Gesicht. Mit den Tränen kam der Schleim. Er tropfte in einem dicken, klebrigen Faden von ihrer Nase herab, berührte ihre Lippen und legte sich auf ihr Kinn.

Lynley kauerte vor ihr nieder. Er zog ein schneeweißes Taschentuch heraus und wischte ihr das Gesicht. Er nahm ihre schwammige, leblose Hand in seine Hände und drückte sie fest.

»Roberta.« Sie zeigte keine Reaktion. »Ich werde Gillian finden.« Er stand auf, faltete das elegante Taschentuch mit seinem Monogramm und steckte es wieder ein.

Was hat Webberly gesagt?, dachte Barbara. Von Lynley können Sie eine Menge lernen.

Und jetzt wusste sie es. Sie konnte ihn nicht ansehen. Sie konnte ihm nicht in die Augen blicken. Sie wusste, was sie in ihnen sehen würde, und der Gedanke, dass dieser Mann, den sie unbedingt als eingebildeten und oberflächlichen Snob hatte sehen wollen, dazu fähig war, tauchte sie in eisige Kälte.

Er sollte der leichtsinnige Playboy sein, der in eleganten Nachtclubs tanzte, der die Frauen beglückte und jede Gesellschaft mit Charme und Witz unterhielt, der sich mit lockerer Selbstverständlichkeit in der Welt der Reichen und Privilegierten bewegte; aber doch nicht – niemals – der Mensch, den sie heute gesehen hatte.

Er war mühelos aus dem Bild herausgetreten, das sie geschaffen hatte, und hatte es zerstört. Irgendwie musste sie ihn wieder hineinbekommen. Wenn es ihr nicht gelang, würde das Feuer in ihr, das sie so viele Jahre am Leben gehalten hatte, erlöschen. Und dann, das wusste sie, würde sie an der Kälte sterben.

Sie sehnte sich nur danach, seiner Gegenwart zu entfliehen. Aber als der Bentley die letzte Kurve vor dem Dorf umrundete, wusste sie augenblicklich, dass es ein schnelles Entkommen nicht geben würde. Auf der Brücke nämlich, direkt auf dem Weg, den der Wagen nehmen musste, standen Nigel Parrish und ein anderer Mann in heftigem Streit.

9

Dröhnende Orgelmusik schien selbst aus den Bäumen zu schallen. Sie schwoll zum Crescendo an, fiel zu sanften Tönen ab, schwoll von neuem an: ein barockes Klangwerk aus gewaltigen Akkorden, Pausen und verschnörkelten Figuren. Beim Erscheinen des Bentley gingen die beiden Männer auseinander. Der eine schrie Nigel Parrish noch eine letzte wütende Schmähung nach, ehe er in Richtung zur High Street davonging.

»Ich glaube, ich werde mir den guten Nigel gleich mal vorknöpfen«, sagte Lynley. »Sie brauchen nicht mitzukommen, Havers. Ruhen Sie sich ein wenig aus.«

»Ich kann selbstverständlich ...«

»Das ist ein Befehl, Sergeant.«

Zum Teufel mit ihm. »Ja, Sir.«

Lynley wartete, bis Barbara im Gasthaus verschwunden war, ehe er über die Brücke zu dem ungewöhnlichen kleinen Haus ging, das drüben auf der anderen Seite der Dorfwiese stand. An der Vorderfront des Hauses zog sich ein Spalier mit Rosen entlang. Unbeschnitten wucherten sie wie in der Wildnis den schmalen Fenstern zu beiden Seiten der Haustür entgegen, rankten sich an der Mauer empor und waren schon daran, in leuchtender Pracht das Dach zu erobern. Blutrot erfüllten sie die Luft mit einem schwülen Duft, der beinahe betäubend wirkte.

Nigel Parrish war schon im Haus verschwunden. Lynley, der ihm folgte, blieb an der offenen Tür stehen und sah sich im anschließenden Zimmer um. Die donnernde Musik, die noch immer über sie hinwegdröhnte, kam aus einer Stereoanlage, die alles, was er bisher in dieser Art gesehen hatte, in den Schatten stellte. Riesige Boxen standen in allen vier Ecken des Zimmers und schufen in seiner Mitte einen brausenden Klangwirbel. Außer einer Orgel und der Stereoanlage waren nur noch ein paar alte Sessel und ein fadenscheiniger Teppich in dem Raum.

Parrish schaltete die Anlage aus, nahm die Kassette aus dem Recorder, verstaute sie in ihrem Kästchen, legte sie weg. Er tat das alles sehr gemächlich, mit einer Präzision der Bewegung, die Lynley verriet, dass er sehr wohl von seiner Anwesenheit wusste. Es war dennoch eine gute Vorstellung.

»Mister Parrish?«

Ein überraschtes Zusammenzucken. Eine rasche Wendung. Ein Lächeln der Begrüßung. Doch das Zittern seiner Hände konnte er nicht verbergen. Lynley sah es, und offenbar auch Parrish, denn er schob die Hände hastig in die Hosentaschen.

»Inspector! Ein Freundschaftsbesuch, hoffe ich? Schade, dass Sie die kleine Szene mit Ezra mit ansehen mussten.«

»Ah, das war also Ezra.«

»Ja. Unser lieber kleiner Ezra mit dem Honighaar und der Honigzunge.« Parrish lächelte strahlend, so künstlich, dass es jammervoll wirkte. »Der liebe Junge meinte, die ›künstlerische Freiheit‹ gäbe ihm das Recht, sich in meinen Garten zu schleichen, um das Abendlicht auf dem Fluss zu studieren. Ist das nicht eine Frechheit? Ich sitze hier ganz ruhig und nähre meine Seele mit Bach, als ich aus dem Fenster schaue und sehe, wie er sich in meinem Garten häuslich einrichtet, dieser Schlawiner.«

»Zum Malen dürfte es ein wenig spät am Nachmittag sein«, meinte Lynley.

Er schlenderte zum Fenster. Weder der Fluss noch der Garten waren vom Zimmer aus zu sehen. Er überlegte, was Parrishs Lüge zu bedeuten hatte.

»Nun, wer weiß, was in den Köpfen dieser großen Meister des Pinselstrichs vorgeht«, sagte Parrish mit unverhohlenem Spott. »Hat Whistler die Themse nicht mitten in der Nacht gemalt?«

»Ich weiß nicht recht, ob Ezra Farmington in Whistlers Klasse ist.«

Lynley sah, wie Parrish eine Packung Zigaretten herauszog und mit zittrigen Fingern vergeblich versuchte, eine davon anzuzünden. Er ging zu ihm und gab ihm Feuer.

Parrishs Blick traf den seinen und versteckte sich dann hinter Rauchschleiern.

»Danke«, sagte er. »Eine scheußliche Szene. Aber ich habe Sie in meinem Haus noch gar nicht willkommen geheißen. Etwas zu trinken? Nein? Ich hoffe, Sie haben nichts dagegen, wenn ich mir ein Gläschen gönne.«

Er verschwand in einem Nebenzimmer. Glas klirrte. Dann Schweigen, gefolgt von neuerlichem Klappern von Flaschen und Glas. Parrish kam mit einem kleinen Whisky wieder. Der zweite oder dritte, vermutete Lynley.

»Warum gehen Sie eigentlich ins *Dove and Whistle?*«

Die Frage traf Parrish unerwartet.

»Bitte, nehmen Sie doch Platz, Inspector. Ich muss mich nämlich jetzt unbedingt erst mal setzen, und wenn ich mir vorstelle, dass Sie wie der rächende Jahwe persönlich vor mir stehen, wird mir ganz schwach vor Angst.«

Eine ausgezeichnete Hinhaltetaktik, dachte Lynley. Aber das Spiel konnte man auch zu zweit spielen. Er ging zu der Stereoanlage hinüber und nahm sich viel Zeit, um Parrishs Bestände an Kassetten zu inspizieren: eine beträchtliche Sammlung von Bach, Chopin, Verdi, Vivaldi und Mozart. Doch auch die Modernen waren angemessen vertreten. Parrishs musikalische Vorlieben waren breit gefächert. Er ging zu einem der schweren alten Sessel und sah sinnend zu den schwarzen Eichenbalken an der Zimmerdecke empor.

»Warum leben Sie in diesem gottverlassenen kleinen Dorf? Ein Mann mit Ihrem musikalischen Talent und Geschmack würde sich doch in einem großstädtischen Milieu sicher viel wohler fühlen.«

Parrish lachte kurz auf und strich sich mit der Hand über das tadellos frisierte Haar.

»Ich glaube, die andere Frage ist mir lieber. Darf ich wählen, welche ich beantworten will?«

»Der *Gral* ist gleich um die Ecke. Aber Sie marschieren quer durchs ganze Dorf, um drüben im *Dove and Whistle* Ihr Bier zu trinken. Was ist dort so attraktiv?«

»Gar nichts.« Parrish spielte mit einem Knopf an seinem

Hemd. »Ich könnte natürlich behaupten, dass es Hannah ist, aber ich bezweifle, dass Sie mir das abnehmen würden. Es ist einfach so, dass mir die Atmosphäre im *Dove* besser gefällt. Es hat doch etwas absolut Ketzerisches, sich direkt der Kirche gegenüber voll laufen zu lassen.«

»Gehen Sie im *Gral* vielleicht jemandem aus dem Weg?«, erkundigte sich Lynley.

»Aus dem Weg ...?« Parrishs Blick glitt zum Fenster. Eine voll erblühte Rose küsste mit prallen Lippen das Glas. Ihre Blütenblätter begannen schon, sich zu rollen. Man hätte sie pflücken sollen. Sie würde bald welken. »Himmel, nein. Wem sollte ich aus dem Weg gehen? Pater Hart vielleicht? Oder dem lieben verstorbenen William? Er und der Pater haben ein-, zweimal die Woche dort einen gehoben.«

»Sie mochten Teys wohl nicht sonderlich?«

»Nein. Für Bigotterie hatte ich noch nie viel übrig. Ich weiß nicht, wie Olivia den Mann ertragen konnte.«

»Vielleicht wollte sie einen Vater für Bridie.«

»Vielleicht. Die Kleine könnte wirklich eine strenge Hand brauchen. Wahrscheinlich wäre selbst der sauertöpfische alte William besser gewesen als gar nichts.« Er streckte die Beine aus, drehte die Füße hin und her, als wolle er den Glanz seiner Schuhe prüfen. »Ich würde mich ja anbieten, aber ich mach' mir nicht viel aus Kindern. Und Enten mag ich überhaupt nicht.«

»Aber Olivia mögen Sie?«

Parrishs Miene verriet nichts. »Ich bin mit ihrem verstorbenen Mann zur Schule gegangen. Mit Paul. Das war ein Kerl. Der sprühte vor Lebenslust.«

»Er starb vor vier Jahren, nicht wahr?«

Parrish nickte. »Huntingtonsche Chorea. Am Ende erkannte er nicht mal mehr seine Frau. Es war grauenhaft. Für alle. Ihn so sterben sehen zu müssen. Da hat sich für uns alle was verändert.« Er starrte stumm auf seine Fingernägel.

Sie waren sehr gepflegt, wie Lynley feststellte.

Parrish hob den Blick und lächelte schon wieder strahlend. Das war sein Schutz, seine Abwehr gegen jede Emotion, die die dünne Wand seiner zur Schau getragenen Gleichgültigkeit zu sprengen drohte.

»Als Nächstes werden Sie wahrscheinlich fragen, wo ich mich in der fraglichen Nacht aufgehalten habe. Ich würde Ihnen liebend gern ein schönes Alibi präsentieren, Inspector. Mit der Dorfhure im Bett, wäre hübsch. Aber ich wusste leider nicht, dass unser gesegneter Bruder William an diesem Abend unter einem Beil sein Leben beschließen würde, darum saß ich nur hier und spielte Orgel. Ganz allein. Ich könnte höchstens sagen, dass jemand, der mich gehört hat, meine Worte bestätigen kann.«

»So wie heute vielleicht?«

Parrish überging die Frage und trank den letzten Schluck Whisky.

»Als ich zu spielen aufhörte, ging ich zu Bett. Wiederum leider ganz allein.«

»Wie lange leben Sie schon in Keldale, Mister Parrish?«

»Ah, da wären wir also wieder am Anfang. Warten Sie. Es müssen jetzt fast sieben Jahre sein.«

»Und vorher?«

»Vorher, Inspector, lebte ich in York. Ich unterrichtete an einer Schule. Musik. Und falls Sie vorhaben sollten, in meiner Vergangenheit zu kramen, um vielleicht einen saftigen kleinen Skandal aufzustöbern, muss ich Sie enttäuschen. Ich wurde nicht entlassen. Ich ging aus eigenem Willen. Ich wollte aufs Land. Ich wollte Ruhe und Frieden.« Bei den letzten Worten wurde seine Stimme ein wenig schrill.

Lynley stand auf. »Dann will ich Ihnen die jetzt geben. Guten Abend, Mister Parrish.«

Als er aus dem Häuschen trat, setzte wieder die Musik ein –

gedämpft diesmal; aber vorher verriet ihm noch der Klang splitternden Glases, wie Nigel Parrish sein Weggehen feierte.

»Ich hoffe, Sie haben nichts dagegen, dass ich Sie heute Abend in Keldale Hall zum Essen angemeldet habe«, sagte Stepha Odell. Sie neigte den Kopf ein wenig zur Seite und betrachtete Lynley nachdenklich. »Ja, ich glaube, ich habe genau das Richtige getan. Sie sehen aus, als könnten Sie das heute Abend brauchen.«

»Verfalle ich denn vor Ihren Augen?«

Sie klappte das Rechnungsbuch zu und schob es auf das Bord hinter dem Empfangstisch.

»Aber nein. Das Essen ist dort natürlich ausgezeichnet, aber das ist nicht der Grund, weshalb ich für Sie reserviert habe. Keldale Hall ist ein beliebtes Ausflugsziel hier. Die Eigentümerin ist ein Original.«

»Sie haben hier aber auch alles zu bieten, wie?«

Sie lachte. »Alles, was das Leben an Abwechslung bereithält, Inspector. Möchten Sie etwas trinken, oder sind Sie noch im Dienst?«

»Zu einem Glas Odell's würde ich nicht nein sagen.«

»Gut.« Sie ging ihm voraus in den Aufenthaltsraum und trat hinter den Tresen. »Keldale Hall gehört der Familie Burton-Thomas. Keiner kennt sich in den Verwandtschaftsbeziehungen richtig aus, und Mrs. Burton-Thomas ist das ganz recht so. Ich bin überzeugt, sie hat selbst ein halbes Dutzend Kinder, von denen sie verlangt, dass sie sie ›Tante‹ nennen, ganz zu schweigen von den Nichten und Neffen, die im Hotel als Zimmermädchen, Hoteldiener und Küchenhilfen arbeiten.«

»Klingt herrlich verschroben«, bemerkte Lynley.

Sie schob ihm sein Bier über die Theke und zapfte sich auch eines.

»Warten Sie nur, bis Sie die ganze Sippe kennenlernen. Mrs.

Burton-Thomas nimmt das Abendessen immer mit ihren Gästen ein. Sie war hingerissen von der Vorstellung, dass Scotland Yard heute Abend bei ihr speisen würde. Ich trau's ihr zu, dass sie jemanden vergiftet, nur um Sie bei der Arbeit zu sehen. Im Augenblick ist da drüben allerdings nicht viel los. Sie sagte mir, dass im Moment nur zwei Paare da sind. Ein amerikanischer Zahnarzt mit seiner Frau und zwei ›himmelblaue Turteltauben‹, wie sie sich ausdrückte.«

»Mir scheint, das wird ein Abend, wie ich ihn mir gewünscht habe.«

Mit dem Glas in der Hand ging er zum Fenster und blickte die gewundene kleine Straße hinunter, die zur alten Abtei führte. Viel konnte er nicht von ihr erkennen. Die Straße machte schon bald einen Knick nach rechts und verschwand unter dem schützenden Laubdach herbstlicher Bäume.

Stepha gesellte sich zu ihm. Eine Zeit lang sprachen sie nichts. Dann sagte sie leise: »Sie waren wohl bei Roberta, nicht?«

Er drehte den Kopf, weil er dachte, sie beobachte ihn, aber das war nicht der Fall. Ihr Blick war auf das Glas in ihrer Hand gerichtet. Sie drehte es langsam auf der Handfläche, als konzentriere sie sich einzig darauf, es im Gleichgewicht zu halten und ja keinen Tropfen Bier zu vergießen.

»Woher wissen Sie das?«

»Sie war ein großes Kind. Ich weiß es noch. Beinahe so groß wie Gillian.« Sie strich sich mit der Hand, die von der Feuchtigkeit am Glas nass war, ein paar Härchen aus der Stirn. »Ja, sie war ein großes Mädchen. Aber nicht dick. Das kam erst später. Und es ging ganz langsam. Erst wurde sie nur ein bisschen rundlich. Dann war sie – wie Sie sie heute gesehen haben.« Sie schauderte und sagte sofort: »Das ist gemein von mir, nicht? Ich habe eine Abneigung gegen alles Hässliche. Das gefällt mir selbst an mir nicht.«

»Aber Sie haben mir nicht geantwortet.«

»Nein? Was haben Sie gefragt?«

»Woher Sie wissen, dass ich bei Roberta war.«

Sie errötete. Sie trat von einem Fuß auf den anderen und wirkte so verlegen, dass es Lynley Leid tat, sie gedrängt zu haben.

»Es ist nicht weiter wichtig«, sagte er.

»Ich – Sie sehen einfach anders aus als heute Morgen. Bedrückter. Als hätten Sie eine Last auf den Schultern. Und an Ihren Mundwinkeln sind zwei Kerben, die vorher nicht da waren.« Sie errötete noch tiefer.

»Ach so.«

»Darum kam ich auf den Gedanken, dass Sie bei ihr gewesen sein könnten.«

»Aber Sie wussten es, ohne zu fragen.«

»Ja, das kann sein. Und ich fragte mich, wie Sie es aushalten können, das Hässliche im Leben anderer anzusehen, ohne zurückzuschrecken.«

»Ich tue es schon seit einigen Jahren. Man gewöhnt sich daran, Stepha.«

Der Mann, der erdrosselt im Sessel hinter seinem Schreibtisch saß, das junge Mädchen, das tot dagelegen hatte, die Spritze noch im Arm, der grausam verstümmelte junge Mann. Gewöhnte man sich je wirklich an die dunkle Seite des Menschen?

Sie sah ihn mit erstaunlicher Direktheit an.

»Aber es muss doch sein wie ein Blick in die Hölle.«

»Ein wenig, ja.«

»Und Sie wollten nie davor weglaufen? Einfach wie verrückt in die andere Richtung rennen? Niemals? Kein einziges Mal?«

»Man kann nicht ewig davonlaufen.«

Sie wandte sich von ihm ab, starrte zum Fenster hinaus.

»Ich schon«, murmelte sie.

Hastig drückte Barbara ihre dritte Zigarette aus, als es an ihre Zimmertür klopfte. In kopflosem Schrecken sah sie sich im Zimmer um, riss das Fenster auf und rannte ins Bad, wo sie das belastende Beweismaterial in der Toilette hinunterspülte. Wieder klopfte es, und Lynley rief ihren Namen.

Sie ging zur Tür und machte auf. Er zögerte, warf einen neugierigen Blick über ihre Schulter, ehe er sprach.

»Ah, Havers«, sagte er. »Miss Odell wollte uns offenbar etwas Gutes tun und hat uns für heute Abend einen Tisch in Keldale Hall bestellt.« Er sah auf seine Uhr. »In einer Stunde.«

»Was?«, schrie Barbara entsetzt auf. »Ich habe doch gar nichts – ich kann nicht – ich weiß nicht ...«

Lynley zog eine Augenbraue hoch.

»Bitte sagen Sie jetzt nicht, Sie hätten nichts anzuziehen, Havers.«

»Aber ich habe doch wirklich nichts«, beteuerte sie. »Fahren Sie doch allein. Ich ess' was im *Dove and Whistle.*«

»Halten Sie das angesichts Ihrer Reaktion auf das gestrige Mahl für klug?«

Ein Schlag unter den Gürtel. Hundsgemein.

»Ich hab' Huhn noch nie gemocht.«

»Eben. Der Koch in Keldale Hall ist, wie ich gehört habe, ein Meister seines Fachs. Gemeines Huhn steht ganz sicher nicht auf seinem Speisezettel.«

»Aber ich kann unmöglich ...«

»Es ist ein Befehl, Havers. In einer Stunde.« Er drehte sich um.

Wütend knallte sie die Tür zu. Sollte er ruhig merken, wie verärgert sie war. Wunderbar! Das würde ein prachtvoller Abend werden. Sechzehn verschiedene Bestecke, Gläser links und Gläser rechts, hochmütige Kellner, die einem Messer und Gabel wieder wegnahmen, noch ehe man sie benützt hatte. Huhn und Erbsen im *Dove and Whistle* klang paradiesisch dagegen.

Sie riss den Kleiderschrank auf. Also, Barb, worin wollen wir heute Abend glänzen, wenn wir uns unter die feine Gesellschaft mischen? Vielleicht im braunen Tweedrock mit passendem Pullover? Oder in den Jeans mit den Wanderstiefeln? Oder wie wär's mit dem blauen Kostüm, um ihn an Helen zu erinnern? Ha! Als könnte man der schönen Helen mit der todschicken Garderobe, dem seidigen Haar, den manikürten Fingern und der melodischen Stimme das Wasser reichen!

Sie zerrte ein weißes Wollkleid heraus und schleuderte es auf das ungemachte Bett. Im Grund war es beinahe zum Lachen. Würden die Leute wirklich glauben, sie wäre seine Freundin? Apollo, der Medusa zum Essen ausführt. Wie würde er die Blicke und das Getuschel verkraften?

Eine Stunde später klopfte er wieder bei ihr. Sie warf einen Blick in den Spiegel. Grauenhaft! Das Kleid war entsetzlich. Sie sah aus wie eine weiß verkleidete Tonne auf Beinen. Sie riss die Tür auf und funkelte ihn wütend an.

Er sah aus, als wäre er gerade einem Journal für Herrenmode entstiegen.

»Reisen Sie immer mit großer Garderobe?«, fragte sie bissig.

»Wie die Pfadfinder! Allzeit bereit.« Er lächelte. »Gehen wir?«

Unten öffnete er ihr die Wagentür und half ihr höflich in den Bentley. Der geborene Kavalier, dachte sie sarkastisch. Mit automatischer Schaltung. Man stieg in den Smoking, und Scotland Yard war vergessen.

Als hätte er ihre Gedanken gelesen, wandte er sich ihr zu, ehe er den Motor anließ.

»Havers, ich würde den Fall heute Abend gern mal ruhen lassen.«

Und worüber, zum Teufel, sollten sie reden, wenn der Fall tabu war?

»In Ordnung«, antwortete sie brüsk.

Er nickte und drehte den Zündschlüssel.

»Ich liebe diese Gegend von England«, sagte er, als sie die Keldale Abbey Road hinunterfuhren. »Sie haben sicher noch nicht gehört, dass ich ein unerschütterlicher Anhänger des Hauses York bin, hm?«

»Des Hauses York?«

»Die Rosenkriege. Wir sind hier mitten in dem Gebiet, wo sie sich abgespielt haben. Middleham ist nicht weit von hier.«

»Oh.« Na prächtig. Ein historischer Diskurs. Ihr gesamtes Wissen über die Rosenkriege beschränkte sich auf den Namen des Konflikts.

»Man ist natürlich geneigt, das Haus York zu verurteilen. Schließlich wurde Heinrich VI. ja von seinen Anhängern getötet.« Er trommelte mit den Fingern nachdenklich aufs Steuerrad. »Aber irgendwie kann ich nicht umhin, das auch gerecht zu finden. Ich meine, Pomfret und das alles. Richard III., der von seinem eigenen Vetter ermordet wurde. Der Mord an Heinrich scheint den Kreis der Verbrechen geschlossen zu haben.«

Sie knetete den weißen Wollstoff zwischen den Fingern und seufzte, geschlagen.

»Ehrlich, Sir, ich hab' für so was kein Talent. Ich – also, ich passe viel besser ins *Dove and Whistle*. Könnten Sie mich nicht bitte …«

»Barbara!«

Er steuerte den Wagen an den Straßenrand. Sie wusste, dass er sie ansah, doch sie starrte unbewegt in die Dunkelheit vor dem Wagen und zählte die Nachtfalter, die im Scheinwerferlicht tanzten.

»Könnten Sie nicht einen Abend lang die sein, die Sie wirklich sind? Wer auch immer Sie sein mögen.«

»Was soll das wieder heißen?« Gott, wie zänkisch sie klang.

»Das heißt, dass Sie die Maske fallen lassen können. Oder dass ich es mir wünsche.«

»Welche Maske?«

»Seien Sie einfach Sie selbst.«

»Wie können Sie es wagen ...«

»Warum geben Sie vor, nicht zu rauchen?«, unterbrach er sie.

»Warum spielen *Sie* den affigen Snob?« Sie war entsetzt über den schrillen Klang ihrer Stimme.

Einen Moment war es ganz still. Dann warf er den Kopf zurück und lachte.

»Eins zu null für Sie. Wollen wir für heute Abend einen Waffenstillstand schließen und uns erst ab morgen früh wieder gegenseitig verachten?«

Erst war sie zornig, dann aber lächelte sie wider Willen. Sie wusste, dass sie manipuliert wurde, aber es erschien ihr nicht wichtig.

»Meinetwegen«, sagte sie widerstrebend. Doch ihr fiel auf, dass keiner die Frage des anderen beantwortet hatte.

In Keldale Hall wurden sie von einer Frau empfangen, deren Anblick sämtliche Ängste Barbaras in Bezug auf ihre Garderobe augenblicklich beschwichtigte. Sie trug einen langen zipfeligen Rock undefinierbarer Farbe, eine mit blitzenden Sternen bestickte Folklorebluse und eine perlenbesetzte Stola, die sie sich wie eine Indianerdecke um die Schultern gelegt hatte. Das graue Haar war zu beiden Seiten ihres Kopfes von Gummibändern zusammengehalten, und um dem Ensemble den letzten Pfiff zu geben, hatte sie sich oben auch noch einen spanischen Kamm ins Haar gesteckt.

»Scotland Yard?«, fragte sie und musterte Lynley mit kritischem Blick. »Mann, so waren die Burschen zu meiner Zeit nicht verpackt.« Sie lachte dröhnend. »Kommen Sie herein. Wir sind heute Abend nur eine kleine Gesellschaft, aber Sie haben mich davor bewahrt, einen Mord zu begehen.«

»Wie darf ich das verstehen?«, fragte Lynley, während er Barbara vor sich eintreten ließ.

»Ich hab' ein amerikanisches Ehepaar hier, dem ich liebend gern den Hals umdrehen würde. Aber lassen wir das. Sie werden es schnell genug verstehen. Wir sitzen hier drinnen.«

Sie führte sie durch die imposante Eingangshalle, in der es verlockend nach brutzelndem Fleisch duftete.

»Ich hab' kein Sterbenswörtchen darüber verlauten lassen, dass Sie von Scotland Yard sind«, erklärte sie in vertraulichem Ton, während sie ihre Perlenstola zurechtzog. »Wenn Sie die Watsons kennen lernen, werden Sie begreifen, warum.«

Weiter durch den Speisesaal, wo Kerzenlicht flackernde Schatten an die Wände warf. Eine lange Tafel war mit feinem Porzellan und blitzendem Silber gedeckt.

»Das andere Paar ist auf der Hochzeitsreise. Londoner. Sie gefallen mir. Schmusen nicht dauernd in aller Öffentlichkeit rum, wie Frischverheiratete das so häufig tun. Sehr ruhig. Sehr angenehm. Ich vermute, sie fallen nicht gern auf, weil der Mann ein verkrüppeltes Bein hat. Aber die junge Frau ist ein entzückendes Geschöpf.«

Barbara hörte, wie Lynley hinter ihr mit einem pfeifenden Geräusch den Atem anhielt. Er verlangsamte den Schritt und blieb stehen.

»Wie heißen sie?«, fragte er heiser.

Alice Burton-Thomas blieb an der Tür zum Eichenzimmer stehen und drehte sich um. »Allcourt-St.-James.« Sie öffnete schwungvoll die Tür. »Hier sind unsere Gäste«, verkündete sie.

Die Szene, dachte Barbara, hat Filmqualität. Im gewaltigen offenen Kamin brannte ein knisterndes Feuer. Bequeme Sessel standen darum herum. Am anderen Ende des Raumes, halb im Schatten, stand Deborah St. James an einem Klavier und blätterte in einem Familienalbum. Sie sah lächelnd auf. Die Männer standen auf. Und das Bild erstarrte.

»Gott«, flüsterte Lynley – Gebet, Fluch, Resignation.

Barbara sah ihn an, und schlagartig kam ihr die Erkenntnis.

Wie absurd, dass sie es nicht schon früher gesehen hatte. Lynley liebte die Frau des anderen.

»Hallo. Der Anzug ist echt Wahnsinn«, sagte Hank Watson und bot Lynley die Hand. Sie war schwammig und ein wenig feucht und erinnerte Lynley an warmen ungekochten Fisch. »Zahnarzt«, verkündete er. »Wir waren auf einer Tagung in London. Alles auf Kosten des Finanzamtes. Das ist meine Frau JoJo.«

Irgendwie brachte man die Begrüßung hinter sich.

»Bei mir gibt's vor dem Abendessen immer ein Glas Champagner«, erklärte Alice Burton-Thomas. »Und am liebsten auch vor dem Frühstück. – Danny, her mit dem Saft«, rief sie laut zur Tür hin, und wenige Augenblicke später erschien ein junges Mädchen mit Eiskübel, Champagner und Gläsern.

»Und was treiben Sie so, Mister Lynley?«, erkundigte sich Hank, während die Gläser herumgereicht wurden. »Ich dachte erst, er wäre hier Universitätsprofessor. Ich war ganz baff, als ich hörte, dass er Leichen schnippelt.«

»Sergeant Havers und ich arbeiten bei Scotland Yard«, antwortete Lynley.

»He, Böhnchen, hast du das gehört?« Er musterte Lynley mit neuem Interesse. »Sind Sie wegen der Babyaffäre hier?«

»Babyaffäre?«

»Der Fall ist drei Jahre alt. Die Spur dürfte inzwischen ziemlich kalt sein.« Hank zwinkerte Danny zu, die gerade die Champagnerflasche in den Eiskübel senkte. »Das tote Baby in der Abtei. Sie wissen schon.«

Lynley wusste gar nichts und wollte auch nichts wissen. Er war unfähig, eine Antwort zu geben. Er merkte nur, dass er nicht wusste, wie er sich verhalten, wohin er blicken, was er sagen sollte. Er war sich einzig Deborahs Nähe bewusst.

»Wir sind wegen der Enthauptungsaffäre hier«, antwortete Barbara höflich.

»Enthauptung?« Hanks Stimme überschlug sich fast. »Na, das scheint hier ja eine lustige Gegend zu sein. Nicht, Böhnchen?«

»Das kann man wohl sagen«, bestätigte JoJo mit ernsthaftem Nicken. Sie spielte mit der langen Halskette, die sie trug, und warf hoffnungsvolle Blicke zu den schweigenden St. James' hinüber.

Hank rückte seinen Sessel näher an Lynleys heran und beugte sich vor.

»Na, dann erzählen Sie mal, Sportsfreund.« Er schlug mit der Hand auf die Armlehne von Lynleys Sessel. »Wer ist der Mörder?«

Es war zu viel. Er konnte diesen widerlichen kleinen Mann mit dem sensationslüsternen Grinsen nicht ertragen. Und der Anzug! Safrangelb mit großblumigem Hemd, das fast bis zum Bauchnabel geöffnet war, und auf der behaarten Brust ein Medaillon, das an einer schweren Goldkette hing. An seinem Finger funkelte ein nußgroßer Brillant, und die weißen Zähne blitzten wie bei einem Raubtier.

»Das wissen wir noch nicht mit Sicherheit«, antwortete Lynley ernsthaft. »Aber die Beschreibung passt auf Sie.«

Hank starrte ihn an, als wollten ihm die Augen aus dem Kopf fallen.

»Die Beschreibung passt auf *mich?«*, krächzte er. Dann aber sah er Lynley scharf ins Gesicht und grinste. »Ihr verdammten Briten, ihr! Euren Humor kapier' ich einfach nicht. Aber ich mach' schon Fortschritte, was, Si?«

Erst jetzt sah Lynley den Freund an und stellte fest, dass er lächelte. Erheiterung blitzte in seinen Augen.

»Eindeutig«, antwortete Simon.

Während sie durch die Dunkelheit zum Gasthof zurückfuhren, musterte Barbara Lynley verstohlen. Bis zu diesem Abend war es für sie völlig undenkbar gewesen, dass ein Mann wie er an einer unglücklichen Liebe leiden könnte. Und doch war es so. Er liebte Deborah.

Im Moment ihres Eintritts in das Eichenzimmer hatte sich ein bedrückendes Schweigen peinlicher Verlegenheit zwischen den drei Menschen ausgebreitet. Bis Deborah mit einem zaghaften Lächeln und grüßend dargebotener Hand zu ihnen getreten war.

»Tommy! Was hast du denn in Keldale zu tun?«, hatte sie erstaunt gefragt.

Er stand da wie vom Donner gerührt. Barbara sah es und kam ihm zu Hilfe.

»Wir haben hier einen Fall«, antwortete sie.

Dann hatte sich dieser grässliche kleine Amerikaner dazwischengedrängt – ein Glück eigentlich –, und die anderen drei hatten langsam ihre Fassung wiedergefunden.

Doch St. James war in seinem Sessel am Kamin geblieben. Zwar hatte er den Freund höflich begrüßt, war ihm sonst jedoch nicht entgegengekommen. Seine Aufmerksamkeit konzentrierte sich in erster Linie auf seine Frau. Wenn Lynleys unerwartetes Erscheinen ihn beunruhigte, wenn sich angesichts der offen daliegenden Gefühle des Freundes Eifersucht in ihm regte, so war ihm nichts davon anzumerken.

Von den beiden war Deborah eindeutig die Verwirrtere gewesen. Ihre Wangen waren beinahe fiebrig gerötet. Ihre Hände waren unruhig. Ihre Blicke schweiften rastlos zwischen den beiden Männern hin und her. Sie hatte ihre Erleichterung nicht verhehlt, als Lynley sich gleich nach dem Abendessen mit dem Vorwand, einen langen Tag vor sich zu haben, verabschiedet hatte.

Jetzt hielt er den Bentley vor dem Gasthof an. Nachdem er den Motor ausgeschaltet hatte, lehnte er sich zurück und rieb sich die Augen.

»Ich hab' das Gefühl, ich könnte ein ganzes Jahr lang schlafen. Was glauben Sie, wie Mrs. Burton-Thomas diesen fürchterlichen Zahnarzt wieder los wird?«

»Mit Arsen vielleicht.«

Er lachte. »Irgendetwas muss sie auf jeden Fall tun. Er redete so, als hätte er die Absicht, mindestens noch einen Monat zu bleiben. Ein schrecklicher Mensch!«

»Und so was trifft man dann auf der Hochzeitsreise!«, meinte sie, neugierig, ob er den Faden aufnehmen und etwas über St. James und Deborah sagen würde, über den Zufall, der ihn hier mit den beiden zusammengeführt hatte.

Doch statt einer Erwiderung stieg er aus dem Wagen und schlug die Tür zu. Barbara beobachtete ihn scharf, während er um den Wagen herumging und zu ihrer Tür kam. Äußerlich nicht die geringste Erschütterung. Er hatte alles im Griff.

Die Tür des Hauses öffnete sich. Stepha Odell stand im Licht.

»Ich dachte mir doch, dass ich Ihren Wagen gehört habe«, sagte sie. »Sie haben Besuch, Inspector.«

Deborah stand vor dem Spiegel und sah sich an. Seit sie das Zimmer betreten hatten, hatte er kein Wort gesagt. Stumm war er zum Kamin gegangen und hatte sich, den Cognacschwenker in der Hand, in den Sessel gesetzt. Sie hatte ihn beobachtet, ohne zu wissen, was sie sagen sollte. Sie hatte Angst, die Mauer des Schweigens zu durchbrechen. Nicht diesen Weg, Simon, hätte sie am liebsten laut gerufen. Kapsle dich nicht von mir ab. Kehr nicht in diese Finsternis zurück. Aber wie konnte sie das sagen, wo sie damit riskiert hätte, Tommy vorgehalten zu bekommen?

Sie ließ Wasser ins Becken laufen und starrte unglücklich in den hellen Strahl. Was dachte er, während er allein drüben im Zimmer saß? Fühlte er sich von Tommy bedrängt? Stellte er sich vor, dass sie von Tommy träumte, wenn er sie umarmte? Nicht ein einziges Mal hatte er sie danach gefragt. Er hatte einfach angenommen, was sie gesagt, was sie gegeben hatte. Aber was konnte sie ihm jetzt sagen oder geben, wo ihre gemeinsame Vergangenheit mit Tommy zwischen ihnen stand?

Sie spritzte sich kaltes Wasser ins Gesicht, trocknete es, drehte den Hahn zu und zwang sich, ins Zimmer zurückzukehren. Mit Beklommenheit sah sie, dass er zu Bett gegangen war. Die schwere Schiene lag auf dem Boden neben dem Sessel, seine Krücken lehnten neben dem Bett an der Wand. Das Zimmer war dunkel. Aber im verglühenden Feuerschein sah sie, dass er noch wach war, dass er mit den Kissen im Rücken aufsaß und ins Feuer blickte.

Sie ging zum Bett und setzte sich.

»Ich bin völlig durcheinander«, sagte sie.

Er suchte ihre Hand. »Ich weiß. Ich sitze schon die ganze Zeit hier und überlege, wie ich dir helfen kann. Aber ich weiß nicht, was ich tun soll.«

»Ich habe ihn verletzt, Simon. Das war nie meine Absicht, aber es ist trotzdem geschehen, und ich kann es einfach nicht vergessen. Wenn ich ihn sehe, fühle ich mich verantwortlich für seinen Schmerz. Ich möchte ihn ihm abnehmen. Ich – wahrscheinlich würde ich mich dann besser fühlen. Weniger schuldig.«

Er berührte ihre Wange.

»Wenn es so einfach wäre, Liebes. Du kannst ihm seinen Schmerz nicht abnehmen. Du kannst ihm nicht helfen. Er muss ganz allein damit fertig werden, aber es ist schwer für ihn, weil er dich liebt. Und die Tatsache, dass du verheiratet bist, ändert daran nichts, Deborah.«

»Si ...«

Er ließ sie nicht ausreden.

»Mich beunruhigt vor allem die Wirkung, die er auf dich hat. Ich sehe deine Schuldgefühle. Ich möchte sie dir abnehmen, wie du ihm den Schmerz abnehmen willst, und weiß nicht, wie. Es bedrückt mich, dich so unglücklich zu sehen.«

Sie sah ihm ins Gesicht und fand Ruhe und Trost in den vertrauten Konturen. Ein Gesicht, das von durchlebter und überwundener Qual gezeichnet war. Sie spürte ihre Liebe zu ihm so stark, dass es ihr fast das Herz zerriss.

»Du hast wirklich die ganze Zeit hier in der Dunkelheit gesessen und dir meinetwegen Kopfzerbrechen gemacht? Ach, Simon, wie typisch für dich.«

»Warum sagst du das? Was dachtest du denn, dass ich tue?«

»Ich dachte, du quälst dich mit – mit Dingen, die der Vergangenheit angehören.«

»Ach.« Er zog sie in seine Arme und legte seine Wange auf ihr Haar. »Ich will dich nicht belügen, Deborah. Leicht ist es für mich nicht, zu wissen, dass Tommy dein Geliebter war. Wäre es ein anderer Mann gewesen, so hätte ich ihn mit allen möglichen Schwächen und Fehlern belegen können, um mich selbst davon zu überzeugen, dass er deiner nicht wert war. Aber das ist ja nicht der Fall, nicht wahr? Er ist ein feiner Mensch. Er hätte dich verdient. Keiner weiß das besser als ich.«

»Und das quält dich. Ich dachte es mir.«

»Nein, es quält mich nicht. Gar nicht.« Seine Finger glitten leicht durch ihr Haar. Er streichelte ihren Hals und streifte ihr das Nachthemd von den Schultern. »Anfangs ja, da quälte es mich. Das gebe ich zu. Aber nachdem wir das erste Mal miteinander geschlafen hatten, erkannte ich, dass ich nie wieder an dich und Tommy zu denken brauche. Wenn ich es nicht will. Und wenn ich dich jetzt ansehe –« sie ahnte sein Lächeln –, »denke ich ganz entschieden an die Gegenwart und nicht an die Vergangenheit. Dann spüre ich, dass ich dich bei mir haben möchte, dass ich den Duft deiner Haut riechen und deinen ganzen schönen Körper küssen möchte. Um ehrlich zu sein, dieses Begehren wächst sich allmählich zu einem richtigen Problem in meinem Leben aus.«

»In meinem auch.«

»Dann sollten wir vielleicht alle unsere Energien darauf konzentrieren, eine Lösung dafür zu finden«, sagte er mit einem leisen Lachen. Ihre Hand schlüpfte unter die Decke. Er seufzte auf bei ihrer Berührung. »Das ist ein guter Anfang«, flüsterte er und küsste sie.

10

Der Besuch war Superintendent Nies. Er wartete im Aufenthaltsraum, drei leere Biergläser auf dem Tisch, einen Karton zu seinen Füßen. Er stand auf, als sie hereinkamen, ein misstrauischer und wachsamer Mensch, der niemals ganz entspannt wirkte. Seine Lippen wurden schmal, als er Lynley sah, und seine Nasenlöcher zogen sich zusammen, als hätte er einen üblen Geruch wahrgenommen. Seine ganze Erscheinung drückte Verachtung aus.

»Sie wollten *alles* haben, Inspector«, sagte er kurz. »Bitte sehr.«

Er trat mit dem Fuß gegen den Karton, weniger, um ihn wegzuschieben, als um Lynleys Aufmerksamkeit auf ihn zu lenken.

Sie standen immer noch, so als hätte sie Nies' Anwesenheit gelähmt. Barbara spürte fast körperlich Lynleys Spannung. Dennoch war sein Gesicht völlig ausdruckslos, während er den anderen ansah.

»Das ist es doch, was Sie wollten, nicht wahr?«, sagte Nies hämisch, packte den Karton und schüttete seinen Inhalt auf den Teppich. »Ich nehme an, wenn Sie alles verlangen, dann meinen Sie auch alles, Inspector. Sie sind doch ein Mann, dessen Worte ernst zu nehmen sind. Oder hofften Sie, ich würde Ihnen den ganzen Kram durch jemand anderen schicken lassen und Ihnen so weitere Gespräche mit mir ersparen?«

Lynley senkte den Blick zu den Sachen auf dem Boden. Frauenkleider offenbar.

»Vielleicht haben Sie zu viel getrunken«, sagte er milde.

Nies trat einen Schritt vor. Das Blut schoss ihm ins Gesicht.

»Das würde Ihnen so passen, wie? Dass ich mich vor lauter Kummer darüber, Sie wegen Davenports Tod für ein paar Tage ins Kittchen gesteckt zu haben, dem Alkohol ergebe? War natürlich auch nicht die Art von Unterkunft, die Seine Lordschaft gewöhnt sind, wie?«

Noch nie hatte Barbara das Bedürfnis eines Menschen, einen anderen niederzumachen, so deutlich vorgeführt bekommen; noch nie hatte sie es erlebt, dass sich jemand so vollkommen von seinem Hass treiben ließ. Sie erlebte es jetzt bei Nies, sah es in seiner Haltung, in den zu Fäusten geballten Händen, in der ungeheuren Anspannung seines Körpers. Was sie nicht verstehen konnte, war Lynleys Reaktion. Nach dem ersten Moment der Spannung war er unnatürlich ruhig geworden. Und das schien der Grund für Nies' wachsende Wut zu sein.

»Haben Sie den Fall gelöst, Inspector?«, höhnte Nies. »Haben Sie jemanden verhaftet? Nein, natürlich nicht. Dazu braucht man Fakten. Ich will Ihnen einige nennen, damit Sie ein bisschen Zeit sparen. Roberta Teys hat ihren Vater getötet. Sie schlug ihm den Kopf ab, setzte sich neben ihn und wartete darauf, entdeckt zu werden. Und Sie können an Beweismaterial ausgraben, was Sie wollen, es wird an den Tatsachen nichts ändern. Aber graben Sie ruhig, Sie Schlaumeier, viel Spaß dabei. Von mir haben Sie nichts mehr zu erwarten. Und jetzt gehen Sie mir aus dem Weg.«

Nies stürzte an ihnen vorbei, schlug krachend die Haustür hinter sich zu und stürmte zu seinem Wagen. Der Motor heulte auf, die Gänge krachten. Dann war er fort.

Lynley sah die beiden Frauen an. Stepha war sehr bleich. Barbara war von einer stoischen Ruhe. Aber beide erwarteten unverkennbar eine Reaktion von ihm. Doch dazu war er jetzt nicht fähig. Er wollte nicht über Nies sprechen. Er hätte dem Mann gern ein Etikett umgehängt: Paranoiker, Psychopath, Wahnsinniger fielen ihm ein. Aber er wusste zu gut, wie es war, wenn einen reine Anstrengung und Erschöpfung bei der Bearbeitung eines Falls an den Rand des Zusammenbruchs stießen. Lynley sah klar, dass Nies nur um Haaresbreite davon entfernt war, unter dem Druck zusammenzubrechen, den Scotland Yard mit der erbarmungslosen Prüfung seiner Kompetenz auf ihn ausübte. Wenn es daher dem Mann auch nur einen Moment lang Erleichterung brachte, sich über ihren Zusammenstoß vor fünf Jahren zu erregen, so ließ er ihm gern freie Bahn.

»Würden Sie mir die Akte Teys aus meinem Zimmer holen, Sergeant?«, sagte er zu Barbara. »Sie liegt auf der Kommode.«

Barbara starrte ihn an. »Sir, dieser Mensch hat ...«

»Sie liegt auf der Kommode«, wiederholte Lynley.

Er ging durch das Zimmer zu dem Haufen Kleidungsstücke auf dem Boden, hob das Kleid auf und legte es ausgebreitet über das Sofa. Es war ein in blassen Farben bedrucktes Kleid mit einem weißen Matrosenkragen und langen Ärmeln, die weiße Manschetten hatten.

Auf dem linken Ärmel war ein großer rostbrauner Fleck. Ein zweiter, unregelmäßig geformter Fleck zog sich etwa in Kniehöhe über den Rock. Der Saum des Rocks war voller Spritzer. Blut.

Er befühlte den Stoff und erkannte das Material, ohne nach dem Etikett sehen zu müssen: Seide.

Auch die Schuhe waren da, große schwarze Pumps, an der Kante, wo Oberleder und Sohle zusammentrafen, schmutzverkrustet. Auch sie hatten rostrote Flecken.

»Das ist ihr Sonntagskleid«, sagte Stepha und fügte tonlos hinzu: »Sie hatte zwei. Eines für den Winter und eines für den Sommer.«

»Ihr bestes Kleid?«, fragte Lynley.

»Soviel ich weiß, ja.«

Er fing langsam an zu begreifen, warum die Dorfbewohner sich so hartnäckig zu glauben weigerten, dass das Mädchen den Mord begangen hatte. Jede neue Information machte es unwahrscheinlicher.

Barbara kehrte mit der Akte zurück. Ihr Gesicht war ausdruckslos. Schon ehe er die Unterlagen durchzublättern begann, wusste er, dass er das, was er suchte, nicht finden würde. Und so war es auch.

»Dieser verdammte Kerl«, murmelte er verärgert und sah Barbara an. »Er hat uns keine Analyse der Flecken gegeben.«

»Aber er hat sie doch machen lassen, oder?«, fragte Barbara.

»Natürlich. Er hat nur nicht die Absicht, sie uns zu geben. Das würde uns ja die Arbeit erleichtern.«

Lynley schimpfte leise vor sich hin, während er die Kleider wieder in den Karton packte.

»Und was tun wir jetzt?«, fragte Barbara.

Er wusste die Antwort. Er brauchte Simon: die Präzision des geschulten Fachmanns, die Klarheit und Sicherheit seines Könnens. Er brauchte ein Labor, in dem Tests durchgeführt werden konnten, und einen gerichtsmedizinischen Experten, dem er vertrauen konnte. Es war zum Verrücktwerden: er mochte das Problem drehen und wenden, wie er wollte, jeder Weg führte immer wieder zu Simon St. James.

Er betrachtete den offenen Karton zu seinen Füßen und verfluchte für einen Moment den Mann aus Richmond. Webberly hat sich getäuscht, dachte er. Ich bin der Letzte, dem er diesen Fall hätte übertragen sollen. Nies erkennt die Verurteilung durch London zu klar. Er sieht in mir nur den schweren Fehler, den er gemacht hat.

Er erwog die Alternativen. Er konnte den Fall einem anderen übergeben; MacPherson zum Beispiel. Er würde hier ungehindert arbeiten und die Sache innerhalb von zwei Tagen erledigen können. Aber MacPherson hatte mit den Bahnhofsmorden zu tun. Undenkbar, ihn von einem Fall, wo seine Erfahrung und sein Können dringend gebraucht wurden, nur deshalb abzuziehen, weil Nies sich mit seiner Vergangenheit nicht aussöhnen konnte. Er konnte Kerridge in Newby Wiske anrufen. Kerridge war immerhin Nies' Vorgesetzter. Aber Kerridge einzuschalten, der alles daran setzen würde, die Scharte Romaniv auszuwetzen, war noch absurder. Außerdem verfügte Kerridge nicht über die Unterlagen, die Laborbefunde, die Protokolle der Zeugenaussagen. Alles, was er zu bieten hatte, war sein überwältigender Hass auf Nies. Die ganze Situation war ein einziges Durcheinander von frustriertem Ehrgeiz, Irrtum und Rache. Er hatte genug davon.

Ein Glas klirrte vor ihm auf dem Tisch. Er blickte auf und traf Stephas ruhigen Blick.

»Ich denke, jetzt wäre ein Schluck Odell's recht.«

Er lachte kurz. »Sergeant«, sagte er, »möchten Sie auch ein Glas?«

»Nein, Sir«, antwortete sie, und gerade als er dachte, sie würde ihn nun auf ihre frühere moralinsaure Art darauf hinweisen, dass sie im Dienst war, fügte sie hinzu: »Aber eine Zigarette könnte ich brauchen, wenn Sie nichts dagegen haben.«

Er reichte ihr Etui und Feuerzeug: »Bedienen Sie sich.«

Sie zündete sich die Zigarette an.

»Sie hat sich das Sonntagskleid angezogen, um dem Vater den Kopf abzuschlagen. Das ist doch blödsinnig.«

»Dass sie das Kleid anhatte, war ganz normal«, bemerkte Stepha.

»Wieso?«

»Es war doch Sonntag. Sie wollte zur Kirche.«

Lynley und Barbara blickten auf. Beide erkannten gleichzeitig die Tragweite von Stephas Worten.

»Aber Teys wurde doch am Samstagabend getötet«, wandte Barbara ein.

»Also muss Roberta am Sonntagmorgen wie immer aufgestanden sein, ihre Kleider angezogen und auf ihren Vater gewartet haben.« Lynley blickte wieder auf das Kleid im Karton. »Er war nicht im Haus. Es ist anzunehmen, dass sie ihn irgendwo auf dem Hof vermutete. Sie wird sich natürlich nichts dabei gedacht haben, denn sie wusste ja, dass er rechtzeitig kommen würde, um mit ihr zur Kirche zu gehen. Er hat wahrscheinlich, solange sie lebte, nicht einmal den Kirchgang verpasst. Aber als er nicht kam, wurde sie unruhig. Sie ging hinaus, um ihn zu suchen.«

»Und sie fand ihn im Stall«, schloss Barbara. »Aber das Blut auf ihrem Kleid – wie soll das dahin gekommen sein?«

»Ich nehme an, sie war im Schock. Sie wird die Leiche hochgehoben und auf ihren Schoß gezogen haben.«

»Aber er hatte doch keinen Kopf. Wie konnte sie ...«

»Dann«, fuhr Lynley fort, »legte sie die Leiche wieder auf den Boden und blieb, immer noch im Schock, dort sitzen, bis Pater Hart kam.«

»Aber warum sagte sie dann, sie hätte ihn getötet?«

»Das hat sie nie gesagt«, widersprach Lynley.

»Wie meinen Sie das?«

»Sie sagte: ›Ich war's. Es tut mir nicht Leid.‹« In Lynleys Stimme war ein Ton der Entschiedenheit.

»Für mich klingt das wie ein Geständnis.«

»Durchaus nicht.« Er zeichnete mit einem Finger den Fleck auf dem Kleid nach. »Aber es klingt nach etwas anderem.«

»Wonach?«

»Es klingt danach, dass Roberta sehr wohl weiß, wer ihren Vater ermordet hat.«

Lynley fuhr schreckhaft aus dem Schlaf. Das Licht des frühen Morgens sickerte ins Zimmer und bildete zarte Streifen, die sich über den Boden zum Bett zogen. Ein kühler Wind strich durch die Vorhänge und trug das Gezwitscher erwachender Vögel und das ferne Blöken von Schafen herein. Aber das alles nahm er nur am Rande wahr. Er lag im Bett und fühlte nur die Depression, die überwältigende Verzweiflung und gleichzeitig das brennende Begehren. Ach, könnte er sich jetzt zur Seite drehen und sie dort finden, das rote Haar auf dem Kissen ausgebreitet, die Augen im Schlaf geschlossen. Ach, könnte er sie jetzt wecken, ganz behutsam, und mit seinem Mund und seinen Fingern die feinen Veränderungen wahrnehmen, die ihr Verlangen verrieten.

Er schlug die Decke zurück. Wahnsinn, dachte er. Blindlings, ohne zu überlegen, zog er sich an, nahm einfach, was ihm gerade in die Hände fiel. Nur fliehen!

Er packte einen Pullover und stürzte aus dem Zimmer, rannte die Treppe hinunter und auf die Straße hinaus. Da erst fiel ihm ein, auf die Uhr zu sehen. Es war halb sieben.

Dunstschleier lagen über dem Tal, drehten sich sanft um schlafende Häuser und deckten den Fluss zu. In der High Street war alles still, waren alle Läden geschlossen. Selbst der Krämer hatte noch nicht angefangen, seine Obstkisten auf die Straße zu schleppen. Die Fenster von Sinjis Haarstudio waren dunkel, die Methodistenkapelle vergittert.

Er ging zur Brücke, brachte fünf sinnlose Minuten damit zu, Steine ins Wasser zu werfen, und wurde schließlich vom Anblick der Kirche abgelenkt.

Freundlich blickte die St.-Catherine's-Kirche von ihrer kleinen Anhöhe aufs Dorf herab, genau der Ort für ihn, die Geister der Vergangenheit auszutreiben.

Er machte sich langsam auf den Weg.

Es war eine stolze kleine Kirche, ein schöner normannischer Bau, von alten Bäumen umgeben, die den Friedhof mit den verfallenen Grabsteinen beschatteten. Das Halbrund der Apsis war von mehreren mit Glasmalereien geschmückten Fenstern durchbrochen, und am anderen Ende stand der Glockenturm, in dem Scharen gurrender Tauben hausten. Einen Moment lang sah er ihnen zu, wie sie dort oben herumflatterten, dann ging er den Kiesweg zum überdachten Friedhofstor hinauf.

Langsam spazierte er zwischen den alten Gräbern hindurch, sah sich die Grabsteine an, die teilweise so verwittert waren, dass die Inschriften nicht mehr zu lesen waren. Überall wucherten Gräser und Unkräuter, die noch feucht waren vom Morgendunst. Moos wuchs auf feuchten Steinen, die niemals die Sonne traf, weil die Bäume ihre dicht belaubten Äste über ihnen ausspannten.

Über einige umgestürzte Grabsteine, etwas von der Kirche entfernt, neigte sich eine Gruppe dunkler Zypressen, die beinahe aussahen wie menschliche Gestalten. Neugierig ging er näher, und da bemerkte er sie.

So typisch für sie: die Hosenbeine der verblichenen Jeans hochgerollt, stieg sie barfuß durchs hohe, feuchte Gras, um die Gräber im günstigsten Licht und aus dem besten Blickwinkel einzufangen. Und auch das war typisch für sie, dass ihre Umwelt für sie versunken zu sein schien. Sie kümmerte sich nicht um den Schmutzfleck an ihrem nackten Bein, bemerkte nicht das karminrote Blatt, das sich in ihrem zerzausten Haar gefangen hatte, nahm nicht wahr, dass er keine zehn Meter von ihr entfernt stand und sie voller Sehnsucht beobachtete, während er hoffnungslos wünschte, sie wäre wieder das, was sie einmal in seinem Leben gewesen war.

Der niedrige Bodennebel enthüllte und verbarg immer andere Orte. Das Licht der Morgensonne spielte auf den Steinen. Ein neugieriger Vogel sah mit glänzenden Augen von einem Grabstein in der Nähe herüber. Er nahm das alles nur verschwommen wahr, aber er wusste, dass sie es mit ihrer Kamera einfangen würde.

Er sah sich nach Simon um. Sicher saß er irgendwo in der

Nähe und sah seiner Frau bei ihrer Arbeit zu. Doch er war nirgends zu entdecken. Sie war ganz allein.

Er fühlte sich von der Kirche mit ihrer Verheißung von Trost und Frieden verraten. Es hat keinen Sinn, Deb, dachte er, während er sie beobachtete. Nichts macht mich vergessen. Ich möchte, dass du ihn verlässt. Verrätst. Zu mir zurückkommst. Denn du gehörst zu mir.

Sie blickte auf, strich sich das Haar aus dem Gesicht und sah ihn an. An ihrem Gesichtsausdruck erkannte er, dass er seine Gedanken ebenso gut laut hätte aussprechen können. Sie verstand sofort.

»O Tommy.«

Nein, sie würde nicht Theater spielen, würde die Stille nicht mit amüsantem Geplauder überbrücken wie Helen. Ganz im Gegenteil, sie biss sich auf die Lippe und verstummte. Sie sah aus, als hätte sie einen Schlag empfangen. Hastig beugte sie sich über ihr Stativ und machte sich daran zu schaffen.

Er ging zu ihr.

»Es tut mir Leid«, sagte er. Sie hantierte weiter mit gesenktem Kopf, so dass das herabfallende Haar das Gesicht verbarg, an ihren Geräten herum. »Ich komm' nicht darüber hinweg. Ich versuche es, aber es ist einfach sinnlos.« Sie hielt das Gesicht abgewandt, als betrachtete sie die fernen Hügel. »Ich sage mir immer wieder, dass es für uns alle so das Beste ist, aber ich glaube es nicht. Ich liebe dich immer noch, Deb.«

Erst da wandte sie sich ihm zu. Ihr Gesicht war weiß. Ihre Augen glänzten feucht.

»Du musst loslassen.«

»Mein Verstand begreift das, aber mein Gefühl weigert sich.«

Eine Träne löste sich aus ihrem Auge. Er hob die Hand, um sie wegzuwischen, und ließ den Arm sogleich wieder sinken.

»Ich wachte heute Morgen mit einem so verzweifelten Verlangen auf, dich wieder in den Armen zu halten, dass ich sofort raus musste aus dem Zimmer, weil ich sonst vor lauter Schmerz die Wände hochgegangen wäre. Ich glaubte, hier auf dem Friedhof würde ich ein bisschen Ruhe finden. Ich rechnete nicht damit, dass ich dich hier treffen würde.« Er blickte auf ihre Geräte. »Was tust du hier? Wo ist Simon?«

»Er ist im Hotel. Ich – ich bin früh aufgewacht und bin gleich aufgestanden, weil ich mir das Dorf ansehen wollte.«

Es hörte sich an, als würde sie lügen. »Ist er krank?«, fragte er.

Sie blickte zu den Zypressen hinauf. Eine Veränderung in Simons Atemzügen hatte sie kurz vor sechs geweckt. Er lag so still, dass sie einen entsetzlichen Moment lang geglaubt hatte, er stürbe. Er atmete leise und vorsichtig, und sie erkannte plötzlich, dass es ihm einzig darum ging, sie nicht zu wecken. Aber als sie nach seiner Hand griff, schlossen sich seine Finger wie eine Klammer um sie.

»Warte, ich hole dir deine Medizin«, flüsterte sie und stand auf, um die Tabletten zu holen. Danach hatte sie stumm sein Gesicht beobachtet, während er darum kämpfte, der Schmerzen Herr zu werden.

»Kannst du – nur für eine Stunde, Liebes?«

Dies war jener Teil seines Lebens, aus dem sie immer ausgeschlossen sein würde. Sie war gegangen.

»Er hatte – er hatte heute Morgen etwas Schmerzen.«

Lynley zuckte zusammen unter ihren Worten. Er begriff alles, was sie bedeuteten, so gut.

»Mein Gott, gibt es denn kein Entrinnen?«, fragte er bitter. »Selbst das geht auf mein Konto.«

»Nein!«, widersprach sie erschrocken. »Sag das nicht. Sag das niemals. Tu dir das nicht an. Es ist nicht deine Schuld.«

Sie hatte hastig gesprochen, ohne daran zu denken, welchen Eindruck ihre Worte bei Lynley hervorrufen würden, und plötzlich hatte sie Angst, zu viel gesagt zu haben – mehr, als sie beabsichtigt hatte. Sie wandte sich wieder ihrer Kamera zu, schraubte das Objektiv ab, nahm die Kamera vom Stativ, verstaute alles in ihrer Tasche.

Er beobachtete sie. Ihre Bewegungen waren ruckhaft wie in einem alten Stummfilm. Vielleicht wurde sie sich dessen selbst bewusst, merkte, was ihr Unbehagen verriet; sie ließ die Hände sinken und blieb mit gesenktem Kopf reglos stehen. Ein Sonnenstrahl lag auf ihrem Haar. Es hatte die Farbe des Herbstes.

»Ist er noch im Hotel? Hast du ihn dort zurückgelassen, Deb?«

Es war nicht so, dass er es wissen wollte, sondern er spürte, dass sie das Bedürfnis hatte, es ihm zu sagen. Selbst jetzt schaffte er es nicht, dieses Bedürfnis zu ignorieren.

»Er wollte – es war der Schmerz. Er möchte nicht, dass ich das mit ansehe. Er glaubt mich zu schützen, wenn er mich zwingt zu gehen.« Sie sah zum Himmel auf, als erwarte sie von dort ein Zeichen. »Er schließt mich aus. Es ist so bitter. Ich hasse es.«

Er verstand. »Weil du ihn liebst, Deb.«

Sie starrte ihn einen Moment lang an, ehe sie antwortete.

»Ja, das tue ich. Ich liebe ihn wirklich, Tommy. Er ist ein Teil meines Selbst. Eine Hälfte meiner Seele.« Sie legte ihm zaghaft die Hand auf den Arm, eine kaum spürbare Berührung. »Ich wünsche dir, dass du jemanden findest, den du so liebst. Du brauchst es. Du verdienst es. Aber ich – ich kann das für dich nicht sein. Ich will es nicht einmal sein.«

Sein Gesicht wurde blass bei ihren Worten. Während er versuchte, die Fassung zu bewahren, fiel sein Blick auf das Grab zu ihren Füßen, und er nutzte es als Ablenkung.

»Ist das der Grund deiner morgendlichen Exkursion?«, fragte er in leichtem Ton.

»Ja.« Sie glich ihren Ton dem seinen an. »Ich habe so viel von dem Baby in der alten Abtei gehört, dass ich mir sein Grab einmal ansehen wollte.«

»›… wie Flamm und Rauch‹«, las er. »Seltsamer Grabspruch für ein Kind.«

»Ich habe eine Vorliebe für Shakespeare«, sagte hinter ihnen jemand mit dünner Stimme.

Sie drehten sich um. Pater Hart, in Soutane und Chorhemd, stand auf dem Kiesweg ein paar Schritte entfernt, die Hände auf dem Bauch gefaltet. Er hatte sich lautlos genähert, wie ein Geist aus dem Nebel.

»Wenn ich entscheiden kann, bin ich bei Grabsprüchen immer für Shakespeare. Zeitlos. Poetisch. Er gibt Leben und Tod Bedeutung.«

Er klopfte auf die Taschen seiner Soutane und zog eine Packung Players heraus, zündete sich eine Zigarette an und drückte das Streichholz zwischen den Fingerspitzen aus, ehe er es einsteckte. Es war eine traumwandlerisch wirkende Folge von Bewegungen, so als wäre er sich ihrer gar nicht bewusst.

Lynley sah die gelbliche Blässe seiner Haut und die wässrigen alten Augen.

»Das ist Mrs. St. James, Pater Hart«, sagte er freundlich. »Sie hat gerade Ihr berühmtestes Grab fotografiert.«

Pater Hart schien aus seinem Traumzustand zu erwachen.

»Mein berühmtestes Grab?« Verwundert blickte er einen Moment auf, dann senkte er den Blick zu dem Grab zu ihren Füßen, und sein Gesicht umwölkte sich. »Ach so, ja.« Er runzelte die Stirn. »Ich habe mir jahrelang den Kopf darüber zerbrochen, wer einem Säugling antun konnte, ihn nackt in der Kälte dem Tod auszusetzen. Ich brauchte erst eine Sondergenehmigung, ehe ich das arme Seelchen hier begraben durfte.«

»Eine Sondergenehmigung?«

»Ja, die Kleine war nicht getauft. Aber ich nenne sie Marina.« Er zwinkerte mehrmals rasch und ging zu anderem über.

»Aber wenn Sie berühmte Gräber sehen wollen, Mrs. St. James, dann müssen Sie sich die Krypta ansehen.«

»Klingt wie aus Edgar Allan Poe«, bemerkte Lynley.

»Keineswegs. Es ist ein heiliger Ort.«

Pater Hart ließ seine Zigarette auf den Weg fallen und trat sie aus. Er bückte sich unbefangen nach dem Stummel, steckte ihn ein und setzte sich in Richtung Kirche in Bewegung. Lynley nahm Deborahs Fotoausrüstung, und sie folgten ihm.

»Es ist die Grabstätte des heiligen Cedd«, erklärte Pater Hart. »Bitte, kommen Sie. Ich wollte mich gerade für die Morgenmesse vorbereiten, aber vorher zeige ich es Ihnen noch.« Er sperrte das Portal der Kirche mit einem großen Schlüssel auf und winkte sie ins Innere. »Die Morgenmesse wird wochentags kaum noch besucht. William Teys war der Einzige, der täglich kam. Jetzt, wo er tot ist – nun, da stehe ich während der Woche oft in einer leeren Kirche.«

»Er war ein naher Freund von Ihnen, nicht wahr?«, fragte Lynley.

Die Hand des Priesters zitterte am Lichtschalter.

»Er war – wie ein Sohn.«

»Hat er mit Ihnen einmal über seine Schlafstörungen gesprochen? Hat er Ihnen erzählt, dass er Tabletten nehmen musste?«

Wieder zitterte die alte Hand. Pater Hart zögerte. Die Pause ist zu lang, dachte Lynley und stellte sich ein wenig anders im dämmrigen Licht, um das Gesicht des alten Mannes deutlicher sehen zu können. Sein Blick war auf den Lichtschalter gerichtet, seine Lippen bewegten sich, als betete er. Seine Hände zitterten stark.

»Ist irgendetwas mit Ihnen, Pater Hart?«

»Nein, nein, ich – es geht mir gut. Nur manchmal – die Erinnerungen, wissen Sie.« Der Priester gab sich einen sichtlichen Ruck, um sich zusammenzunehmen. »William war ein guter Mensch, Inspector, aber ein Mensch, der um seine innere Ruhe kämpfen musste. Ein geplagter Mensch. Er – er hat mir nie davon erzählt, dass er Schlafstörungen hatte, aber es überrascht mich nicht, das zu hören.«

»Wieso nicht?«

»Weil er im Gegensatz zu vielen anderen geplagten Menschen, die ihre Leiden im Alkohol ertränken oder ihnen auf andere Weise entfliehen, seinen Schwierigkeiten ins Auge sah und sich bemühte, so gut wie möglich mit ihnen fertig zu werden. Er war stark und anständig, aber die Last, die er zu tragen hatte, war schwer.«

»Sie sprechen von Tessa und Gillian, die ihn beide verlassen hatten, nicht?«

Bei der Nennung des zweiten Namens verschloss sich das alte Gesicht. Der Priester schluckte krampfhaft.

»Tessa hat ihm wehgetan. Aber Gillian hat ihn vernichtet. Er wurde nie wieder der Alte, nachdem sie fortgegangen war.«

»Was war sie für ein Mensch?«

»Sie – sie war ein Engel, Inspector. Ein Sonnenschein.« Mit zitternder Hand drückte der Pater hastig den Lichtschalter und lenkte ihre Aufmerksamkeit mit einer ausholenden Geste auf die Kirche. »Nun, wie gefällt sie Ihnen?«

Das Schiff wirkte keineswegs wie das einer Dorfkirche. Dorfkirchen sind meistens kleine, schmucklose Bauten, denen Farbe, Stil und Schönheit fehlen. Hier war das ganz anders. Der Erbauer dieser Kirche hatte offenbar von einer Kathedrale geträumt; die beiden gewaltigen Säulen am Westende hatten zweifellos ein weit gewichtigeres Dach tragen sollen.

»Aha, Sie haben es also bemerkt«, murmelte Pater Hart, als er Lynleys Blick von den Säulen zur Apsis wandern sah. »Hier hätte eigentlich die Abtei stehen sollen. St. Catherine's hatte eine monumentale Abteikirche werden sollen. Aber infolge eines Streits unter den Mönchen wurde die Abtei dann drüben bei Keldale Hall gebaut. Es war ein Wunder.«

»Ein Wunder?«, fragte Deborah.

»Ja, ein echtes Wunder. Wenn sie die Abtei hier gebaut hätten, wo die sterblichen Überreste des heiligen Cedd ruhen, wäre zur Zeit Heinrichs VIII. alles zerstört worden. Das Grab des heiligen Cedd wäre zerstört worden, können Sie sich das vorstellen?« Das ganze Entsetzen über eine solche Möglichkeit lag in der Stimme des Paters. »Nein, es war ein Akt Gottes, der die Meinungsverschiedenheit unter den Mönchen herbeiführte. Und da der Grundstein für diese Kirche schon gelegt und die Krypta fertig war, gab es keinen Grund, die Überreste des Heiligen zu exhumieren. Sie ließen ihn hier, wo damals nur eine kleine Kapelle stand.«

Er ging ihnen langsam und mit schweren Schritten zu einer steinernen Treppe voraus, die vom Hauptgang in Dunkelheit hinunterführte.

»Kommen Sie, es ist gleich hier unten.« Er winkte ihnen.

Die Krypta war eine zweite kleine Kirche tief im Inneren der Hauptkirche, ein normannisches Gewölbe mit beinahe völlig schmucklosen Säulen. An ihrem hinteren Ende brannten auf einem schlichten Steinaltar zwei Kerzen unter einem Kruzifix. Das Gewölbe war feucht und muffig, spärlich erleuchtet, von Lehmgeruch erfüllt. An den Mauern hatte sich grünlicher Schwamm eingenistet.

Deborah fröstelte. »Der arme Mann. Es ist so kalt hier. Ich könnte mir denken, dass er viel lieber irgendwo in der Sonne begraben wäre.«

»Hier ist er sicherer«, antwortete der Priester.

Er trat in ehrerbietiger Haltung zum Altar, kniete nieder und versenkte sich in ein stilles Gebet.

Sie betrachteten ihn. Seine Lippen bewegten sich lautlos, dann hielt er einen Moment inne, als befände er sich im Gespräch mit einem unbekannten Gott. Als er sein Gebet beschlossen hatte, stand er mit einem seligen Lächeln auf.

»Ich spreche täglich mit ihm«, flüsterte er, »denn wir verdanken ihm alles.«

»Inwiefern?«, fragte Lynley.

»Er hat uns gerettet. Das Dorf, die Kirche, den Fortbestand des Katholizismus hier in Keldale.«

Das Gesicht des Priesters leuchtete, während er sprach.

»Der Mensch oder die Reliquien?«, fragte Lynley.

»Der Mensch, seine Gegenwart, seine Reliquien, alles zusammen«, antwortete der Priester. Er breitete die Arme aus, als wolle er die ganze Krypta umfassen, und erhob seine Stimme. »Er gab ihnen den Mut, an ihrem Glauben festzuhalten, Inspector, Rom treu zu bleiben in den schrecklichen Zeiten der Reformation. Die Priester versteckten sich hier. Über der Treppe lag ein falscher Boden, wo die Dorfpriester jahrelang versteckt blieben. Doch der Heilige war zu allen Zeiten bei ihnen, und die Gemeinde St. Catherine's ist nie zu den Protestanten übergegangen.« In seinen Augen standen Tränen. Er suchte nach seinem Taschentuch. »Sie – ich bin – bitte entschuldigen Sie. Wenn ich vom heiligen Cedd spreche ... das Privileg zu genießen, seine Gebeine in dieser Kirche zu haben. Mit ihm in heiliger Verbindung zu stehen. Ich weiß nicht, ob Sie das verstehen können.«

Der alte Mann schien überwältigt. Lynley suchte nach einer Ablenkung.

»Die Beichtstühle oben sahen aus wie elisabethanische Schnitzereien«, bemerkte er sanft. »Sind sie das?«

Der Priester wischte sich die Augen, räusperte sich und sah ihn mit einem schwachen Lächeln an.

»Ja, sie waren ursprünglich nicht für Beichtstühle gedacht. Daher die profane Thematik. Man erwartet im Allgemeinen nicht, in einer Kirche Schnitzereien von tanzenden jungen Männern und Frauen zu sehen. Aber sie sind sehr schön, nicht wahr? Ich glaube, das Licht ist da hinten in der Kirche so schwach, dass die Beichtenden die Türen nicht richtig sehen können. Wahrscheinlich glauben die meisten, es wäre eine Darstellung des Treibens der Hebräer, nachdem Moses sie allein gelassen hatte, um auf den Sinai hinaufzusteigen.«

»Und was stellen die Schnitzereien wirklich dar?«, fragte Deborah, während sie dem Priester die Treppe hinauffolgten.

»Ein heidnisches Bacchanal«, antwortete er mit einem entschuldigenden Lächeln. Dann wünschte er ihnen einen schönen Morgen und verschwand durch die geschnitzte Tür beim Altar.

»Ein seltsamer kleiner Mann«, bemerkte Deborah, nachdem er weg war. »Woher kennst du ihn, Tommy?«

Lynley folgte Deborah durch die Kirche in den hellen Morgen hinaus.

»Er hat uns die Informationen über den Fall gebracht. Er hat den Toten gefunden.« Er berichtete ihr in aller Kürze von dem Mord, und sie hörte ihm zu, wie sie immer zugehört hatte, die weichen grünen Augen unverwandt auf sein Gesicht gerichtet.

»Nies!«, rief sie, als er geendet hatte. »Wie furchtbar für dich. Tommy, das ist wirklich unfair.«

Wie typisch für sie, dachte er, gleich den Kern der Sache zu sehen, den wunden Punkt, der ihm persönlich zu schaffen machte.

»Webberly glaubte, meine Anwesenheit könnte ihn kooperativer machen. Weiß der Himmel, wieso«, sagte er trocken. »Leider scheine ich genau das Gegenteil zu bewirken.«

»Aber das ist doch schlimm für dich. Wie konnte er dir nach allem, was Nies dir in Richmond angetan hat, diesen Fall übertragen? Hättest du nicht ablehnen können?«

Er musste lächeln über ihre Empörung.

»Diese Möglichkeit haben wir im Allgemeinen nicht, Deb. Darf ich dich ins Hotel zurückfahren?«

»Nein, nein«, antwortete sie sofort. »Das ist nicht nötig. Ich habe ...«

»Natürlich. Das war gedankenlos von mir.«

Lynley stellte ihre Tasche zu Boden und blickte niedergeschlagen zu den Tauben hinauf, die oben auf dem Glockenturm schwatzten und flatterten. Deborah berührte seinen Arm.

»Das ist es nicht«, sagte sie sanft. »Ich hab' den Wagen hier. Er ist dir wahrscheinlich nicht aufgefallen.«

Jetzt erst bemerkte er den blauen Escort, der unter einer Kastanie stand. Er nahm wieder ihre Tasche und trug sie zum Auto. Sie folgte ihm schweigend.

Deborah sperrte den Kofferraum zu und wartete, bis er die Tasche verstaut hatte. Viel gewissenhafter, als für die kurze Fahrt nötig gewesen wäre, rückte sie die Tasche noch einmal zurecht, um dafür zu sorgen, dass ihren Geräten nichts geschah. Aber dann ließ es sich nicht länger vermeiden, sie musste ihn ansehen.

Er betrachtete sie so eindringlich, als wolle er sich jeden ihrer Züge für alle Zeiten einprägen.

»Ich muss an die Wohnung in Paddington denken«, sagte er. »Wenn wir nachmittags dort zusammen waren.«

»Das habe ich nicht vergessen, Tommy.«

Ihre Stimme klang zärtlich. Doch das verstärkte nur seinen Schmerz. Er wandte sich ab.

»Erzählst du ihm, dass du mich getroffen hast?«

»Natürlich.«

»Und worüber wir gesprochen haben? Erzählst du ihm das auch?«

»Si weiß von deinen Gefühlen. Er ist dein Freund. Und ich bin deine Freundin, Tommy.«

»Ich will deine Freundschaft nicht, Deborah«, erwiderte er.

»Ich weiß. Aber ich hoffe, eines Tages willst du sie doch. Sie wartet auf dich.«

Er fühlte wieder ihre Hand auf seinem Arm. Ihre Finger drückten ihn flüchtig und ließen ihn wieder los. Sie öffnete die Wagentür, stieg ein und war fort.

Allein ging er zum Gasthof zurück.

Er war gerade auf der Höhe des Hauses von Olivia Odell, als sich das Gartentor öffnete und eine kleine Gestalt die Treppe heruntersprang. Ihr folgte die Ente.

»Warte, Dougal«, rief Bridie. »Mama hat dein neues Futter gestern in den Schuppen getan.«

Die Ente, die die Treppe sowieso nicht hinuntergekommen wäre, wartete geduldig, während Bridie die Schuppentür aufzog und im Inneren verschwand. Gleich darauf tauchte sie wieder auf, einen schweren Sack im Schlepptau. Lynley sah, dass sie eine Schuluniform trug, die allerdings ziemlich zerknittert und nicht allzu sauber war.

»Hallo, Bridie«, rief er.

Sie hob den Kopf. Das Haar sah nicht mehr ganz so schlimm aus wie am Vortag.

»Ich muss Dougal füttern«, erklärte sie. »Und dann muss ich in die Schule. Ich kann die Schule nicht ausstehen.«

Er trat zu ihr in den Garten. Die Ente verfolgte sein Näherkommen argwöhnisch. Ihr Blick wanderte ständig zwischen ihm und dem versprochenen Frühstück hin und her. Bridie schüttete eine gigantische Portion auf den Boden, und die Ente begann begierig mit den Flügeln zu schlagen.

»Okay, Dougal, jetzt geht's los.« Bridie hob den Vogel liebevoll von der Treppe und setzte ihn auf den feuchten Boden. Wohlwollend sah sie zu, wie Dougal sich auf sein Futter stürzte. »Das Frühstück mag er am liebsten«, sagte sie zu Lynley, während sie ihren gewohnten Platz auf der obersten Stufe einnahm. Sie stützte das Kinn auf die hochgezogenen Knie und sah ihre Ente hingebungsvoll an.

Lynley setzte sich zu ihr.

»Du hast die Haare jetzt aber sehr hübsch«, bemerkte er. »Hat Sinji das gemacht?«

Sie schüttelte den Kopf, ohne den Blick von der Ente zu wenden.

»Nein. Tante Stepha.«

»Ach was? Das hat sie wirklich gut gemacht.«

»Ja, solche Sachen kann sie«, bestätigte Bridie in einem Ton, der andeutete, dass es andere Dinge gab, von denen Tante Stepha keine Ahnung hatte. »Aber jetzt muss ich in die Schule. Gestern hat Mama mich nicht geschickt. Sie sagte, es wäre viel zu demütigend.« Bridie warf geringschätzig den Kopf. »Dabei sind es doch meine Haare und nicht ihre«, fügte sie hinzu.

»Naja, Mütter nehmen manches ein bisschen persönlich. Ist dir das noch nicht aufgefallen?«

»Sie hätte es doch so nehmen können wie Tante Stepha. Die hat nur gelacht, als sie mich sah.« Sie sprang von der Treppe und füllte eine flache Schale mit Wasser. »Hier, Dougal«, rief sie.

Die Ente, die mit Andacht fraß, ignorierte sie. Es hätte ihr ja jemand das Futter rauben können, wenn sie es nicht schleunigst fraß. Dougal war eine vorsichtige Ente. Das Wasser konnte warten. Nur kein Risiko eingehen.

Bridie setzte sich wieder zu Lynley. In freundschaftlichem Schweigen sahen sie der Ente beim Fressen zu. Dann seufzte Bridie. Sie musterte ihre abgestoßenen Schuhspitzen und versuchte erfolglos, sie mit Spucke zum Glänzen zu bringen.

»Ich weiß überhaupt nicht, warum ich in die Schule muss. William ist auch nie gegangen.«

»Nie?«

»Naja – nur bis er zwölf war. Wenn Mama William geheiratet hätte, hätte ich nicht in die Schule zu gehen brauchen. Bobba ist auch nicht gegangen.«

»Überhaupt nicht?«

Bridie berichtigte sich. »Als sie sechzehn war, brauchte sie nicht mehr zu gehen. Ich weiß überhaupt nicht, wie ich das so lang aushalten soll. Aber Mama zwingt mich. Sie will, dass ich auf die Universität geh', aber dazu hab' ich gar keine Lust.«

»Was würdest du denn lieber tun?«

»Für Dougal sorgen.«

»Aha. Ja, weißt du, Bridie, auch die gesündesten Enten leben nicht ewig. Es ist immer gut, wenn man noch einen Rückhalt hat.«

»Ich kann Tante Stepha helfen.«

»Im Gasthof?«

Sie nickte. Dougal hatte sein Frühstück verschlungen und tauchte jetzt seinen Schnabel in die Wasserschale.

»Aber wenn ich das zu Mama sage, nützt es gar nichts. ›Ich will nicht, dass du dein Leben lang in einer Gaststube stehst.‹« Sie imitierte die etwas klagende Stimme ihrer Mutter ungemein treffend. »Wenn Mama und William geheiratet hätten, wär' alles ganz anders. Dann könnte ich aus der Schule raus und zu Hause lernen. William war unheimlich gescheit. Er hätte mir Unterricht geben können. Und er hätt's auch getan. Das weiß ich.«

»Woher weißt du das?«

»Weil er mir und Dougal immer vorgelesen hat.« Die Ente watschelte schlingernd zu ihnen, als sie ihren Namen hörte. »Aber fast immer nur aus der Bibel.« Bridie putzte einen Schuh an ihrer Socke ab. »Ich mag die Bibel nicht besonders. Das Alte Testament schon gar nicht. William sagte immer, das wäre, weil ich die Geschichten nicht verstehe. Er sagte zu Mama, ich brauchte Religionsunterricht. Er war echt nett und hat mir die Geschichten erklärt, aber ich habe sie trotzdem nicht richtig kapiert. Hauptsächlich weil da keiner eine Strafe kriegte, wenn er gelogen hatte.«

»Wie meinst du das?« Lynley suchte in seinem beschränkten Vorrat an Bibelkenntnissen erfolglos nach ungestraften biblischen Lügnern.

»Na ja, da haben sich die Leute doch dauernd gegenseitig angelogen. Jedenfalls steht es so in den Geschichten. Und keinem ist gesagt worden, dass das unrecht war.«

»Ah ja. Das Lügen.« Lynley beobachtete die Ente, die mit routiniertem Schnabel seine Schnürsenkel untersuchte. »Weißt du, die Geschichten in der Bibel sind alle ein bisschen symbolisch«, erklärte er obenhin. »Was habt ihr denn noch gelesen?«

»Nichts. Nur die Bibel. Ich glaube, William und Bobba haben auch nie was anderes gelesen. Ich wollte ja gern, dass es mir gefällt, aber es hat mir nicht gefallen. Das hab' ich William nicht gesagt, weil er ja nett zu mir sein wollte, und ich wollte nicht böse sein. Ich glaube, er wollte mich kennen lernen«, fügte sie altklug hinzu. »Weil ich ja immer dagewesen wäre, wenn er Mama geheiratet hätte.«

»Wolltest du, dass er deine Mutter heiratet?«

Sie hob den Vogel hoch und setzte ihn zwischen sich und Lynley auf die Stufe. Mit einem gleichgültigen Blick zu Lynley machte sich Dougal daran, sein glänzendes Gefieder zu putzen.

»Papa hat mir oft vorgelesen«, sagte Bridie statt einer Antwort. Ihre Stimme war nun leiser, und ihre Konzentration ausschließlich auf ihre Schuhspitzen gerichtet. »Aber dann ist er fortgegangen.«

»Fortgegangen?« Lynley fragte sich, ob das eine beschönigende Umschreibung für seinen Tod war.

»Eines Tages ist er fortgegangen.« Bridie legte ihre Wange auf ihr Knie, zog die Ente dicht neben sich und starrte zum Fluss hinunter. »Er hat nicht mal auf Wiedersehen gesagt.« Sie drehte den Kopf und küsste den glatten Kopf der Ente. Die knabberte dafür kurz an ihrer Wange. »Ich hätte auf Wiedersehen gesagt«, flüsterte sie.

»Würden Sie das Wort ›Engel‹ oder ›Sonnenschein‹ gebrauchen, um jemanden zu charakterisieren, der getrunken, geflucht und den Männern die Köpfe verdreht hat?« fragte Lynley.

Barbara sah von ihrem Frühstücksei auf, rührte Zucker in ihren Kaffee und überlegte.

»Das käme darauf an, wie man ›Regen‹ definiert, nicht?«

Er lächelte. »Vermutlich.«

Er schob seinen Teller weg und betrachtete Barbara sinnend. Sie sah an diesem Morgen gar nicht übel aus: auf ihren Augenlidern lag ein Hauch Farbe, ebenso auf Wangen und Lippen, und ihre Haare lockten sich merklich. Selbst ihre Kleidung hatte sich entschieden gebessert; sie trug einen braunen Tweedrock mit passendem Pullover, der, wenn auch nicht ideal, so doch wesentlich besser zu ihrem Teint passte als das schlimme blaue Kostüm.

»Warum die Frage?«, wollte sie wissen.

»Stepha schilderte Gillian als wildes Gör, das trank.«

»Und den Männern die Köpfe verdrehte.«

»Ja. Und Pater Hart sagte, sie sei ein echter Sonnenschein gewesen.«

»Das ist wirklich sonderbar.«

»Er sagte, Teys wäre vernichtet gewesen, als sie durchbrannte.«

Barbara zog die Augenbrauen zusammen und schenkte Lynley eine frische Tasse Kaffee ein, ohne zu merken, was diese Geste für ihre Beziehung bedeutete.

»Na ja, das erklärt immerhin, wieso alle Fotos von ihr verschwunden sind, nicht? Er widmete sein Leben seinen Kindern, und was war der Lohn? Dass Gillian auf und davon ging.«

Bei den letzten Worten fiel Lynley etwas ein. Er kramte in der Akte, die zwischen ihnen auf dem Tisch lag, und zog die Fotografie von Russell Mowrey heraus, die Tessa ihnen gegeben hatte.

»Zeigen Sie das Foto heute mal den Leuten im Dorf«, sagte er.

Barbara nahm die Aufnahme, doch ihr Gesicht zeigte Verwunderung.

»Sie sagten doch, er wäre in London.«

»Jetzt, ja. Nicht unbedingt vor drei Wochen. Wenn Mowrey damals hier war, muss er jemanden nach dem Weg zum Hof gefragt haben. Irgendjemand muss ihn gesehen haben. Konzentrieren Sie sich auf die High Street und die Gäste der Wirtshäuser. Sie könnten vielleicht auch in Keldale Hall nachfragen. Wenn niemand ihn gesehen hat …«

»… sind wir wieder bei Tessa«, sagte sie.

»Oder einer anderen Person, die ein Motiv hatte. Es scheint da mehrere zu geben.«

Madeline Gibson öffnete auf Lynleys Klopfen. Er hatte sich zwischen zwei streitenden Kindern hindurchmanövriert, war über ein kaputtes Dreirad und eine kaputte Puppe, die keine Arme mehr hatte, hinweggestiegen und hatte auf der Treppe einen Teller mit Spiegeleiern weggeschoben. Sie übersah das alles mit gleichgültigem Blick und zog den smaragdgrünen Morgenrock über den üppigen Brüsten zusammen. Sie trug nichts darunter und machte auch kein Hehl daraus, dass er zu keinem ungünstigeren Zeitpunkt hätte kommen können.

»Dick«, rief sie, den verschleierten Blick auf Lynley gerichtet, »du kannst die Hose wieder zumachen. Es ist Scotland Yard.« Sie verzog den Mund zu einem trägen Lächeln und öffnete die Tür weiter. »Kommen Sie rein, Inspector.«

Sie ließ ihn in dem winzigen Vestibül zwischen Spielsachen und schmutzigen Kleidern stehen und schlenderte zur Treppe.

»Dick!«, rief sie wieder.

Die Arme über der Brust gefaltet, drehte sie sich um und hielt den Blick auf Lynley gerichtet. Ein Lächeln spielte auf ihren Zügen. Ein wohlgeformtes Knie und ein straffer Schenkel zeigten sich zwischen Falten aus grünem Satin.

Über ihnen war Lärm zu hören, ein Mann brummelte vor sich hin, dann erschien Richard Gibson. Er polterte die Treppe herunter und sah seine Frau stehen.

»Menschenskind, Mad, zieh dir was an«, sagte er.

»Vor fünf Minuten wolltest du's anders«, versetzte sie mit einem vielsagenden Lächeln und stieg dann gemächlich die Treppe hinauf, wobei sie so viel wie möglich von ihrem hübschen Körper zur Schau stellte.

Gibson sah ihr mit nachsichtiger Erheiterung nach.

»Sie sollten sie sehen, wenn sie wirklich scharf ist«, bemerkte er in vertraulichem Ton. »Jetzt spielt sie nur ein bisschen.«

»Ah ja. Ich verstehe.«

Gibson lachte näselnd. »Es macht sie wenigstens zufrieden, Inspector. Für eine Weile jedenfalls.« Er sah sich in dem chaotischen Haus um und sagte: »Gehen wir vorn raus.«

Lynley fand den Garten noch weniger einladend als das Haus, aber er sagte nichts und folgte Gibson.

»Geht rein zu eurer Mutter«, befahl der seinen beiden wilden Sprösslingen und stieß mit dem Fuß den Teller mit den Spiegeleiern an den Rand der Treppe. Augenblicklich erschien aus dem vertrockneten Gebüsch die magere Katze der Familie und machte sich über die Mahlzeit her. Sie wirkte gierig und verschlagen und erinnerte Lynley an die Frau oben im Haus.

»Ich war gestern bei Roberta«, sagte er zu Gibson.

Der hatte sich auf die Treppe gehockt und war dabei, seine Stiefel zu binden.

»Wie geht es ihr? Hat sich was gebessert?«

»Nein. Als wir das erste Mal miteinander sprachen, sagten Sie mir nicht, dass Sie Roberta in die Anstalt eingewiesen haben, Mister Gibson.«

»Sie haben nicht gefragt, Inspector.« Er hatte die Stiefel fertig geschnürt und stand auf. »Haben Sie erwartet, dass ich sie bei der Polizei in Richmond lassen würde?«

»Nicht unbedingt. Haben Sie ihr auch einen Anwalt besorgt?«

Gibson, das sah Lynley, hatte nicht damit gerechnet, dass die

Polizei sich um den rechtlichen Schutz einer geständigen Mörderin kümmern würde. Die Frage überraschte ihn. Seine Augenlider flatterten, und er stopfte umständlich das Flanellhemd in seine Blue Jeans. Er ließ sich Zeit mit der Beantwortung der Frage.

»Einen Anwalt? Nein.«

»Interessant, dass Sie zwar für ihre Einweisung in eine Heilanstalt sorgen, sich aber um die Wahrung ihrer rechtlichen Interessen nicht kümmern. Bequem, würden Sie nicht auch sagen?«

In Gibsons Gesicht zuckte ein Muskel.

»Nein, würde ich nicht sagen.«

»Können Sie mir dann vielleicht eine Erklärung dafür geben?«

»Ich glaube nicht, dass ich Ihnen Erklärungen zu geben habe«, versetzte Gibson kurz. »Aber meiner Ansicht nach waren Bobbys seelische Probleme etwas dringlicher als ihre rechtlichen.« Seine dunkle Haut hatte sich gerötet.

»In der Tat. Und wenn sie für prozessunfähig erklärt wird – was zweifellos geschehen wird –, befinden Sie sich in ausgezeichneter Position, nicht wahr?«

Gibson sah ihm direkt ins Gesicht.

»Bei Gott, ja, das bin ich«, entgegnete er zornig. »Dann hab' ich das Haus und den Hof und kann mit meiner Frau auf dem Esstisch bumsen, wenn's mir Spaß macht. Und das alles, ohne dass Bobby irgendwo rumhockt. Das wollen Sie doch hören, wie, Inspector?« Er schob angriffslustig den Kopf vor, aber als Lynley auf seine Aggression nicht reagierte, zog er ihn wieder zurück. Seine Worte waren aber darum nicht weniger aufgebracht. »Ich hab' die Nase voll von Leuten, die glauben, ich würde Bobby in die Pfanne hauen. Ich hab' genug von diesen Leuten, die glauben, Madeline und ich würden uns freuen, wenn sie ihr Leben lang eingesperrt würde. Denken Sie vielleicht, ich weiß nicht, was alle denken? Denken Sie, Madeline weiß es nicht?« Er lachte bitter. »Stimmt, ich hab' ihr keinen Anwalt besorgt. Ich hab' mir selbst einen genommen. Und wenn ich durchdrücken kann, dass sie für unzurechnungsfähig erklärt wird, dann werde ich das tun. Glauben Sie denn, das ist schlimmer, als wenn sie ihr Leben im Gefängnis zubringen müsste?«

»Dann glauben Sie also, dass sie ihren Vater getötet hat?«, fragte Lynley unbewegt.

Gibsons Schultern fielen herunter.

»Ich weiß überhaupt nicht, was ich glauben soll. Ich weiß nur, dass Bobby nicht mehr das Mädchen ist, das ich kannte, als ich von Keldale wegging. *Das* Mädchen hätte keiner Fliege was zu Leide getan. Aber dieses neue Mädchen – sie ist mir total fremd.«

»Vielleicht hat das mit Gillians Verschwinden zu tun.«

»Gillian?« Gibson lachte ungläubig. »Ich würde sagen, dass Gillys Verschwinden für alle Beteiligten eine Wohltat war.«

»Wieso?«

»Sagen wir einfach, dass Gilly ein frühreifes Ding war.« Er blickte zum Haus. »Neben ihr wäre Madeline die Jungfrau Maria gewesen. Hab' ich mich klar genug ausgedrückt?«

»Durchaus. Hat sie Sie verführt?«

»Sie sind wirklich unverblümt, wie? Geben Sie mir eine Zigarette, dann erzähl' ich's Ihnen.«

Er zündete sich die Zigarette an, die Lynley ihm aus seinem Etui anbot, und sah zu den Feldern hinüber, die gleich hinter der ungepflasterten Straße anfingen. Jenseits schlängelte sich der Weg zum High Kel Moor in die Bäume.

»Ich war neunzehn, als ich aus Keldale wegging, Inspector. Ich wollte nicht weg. So wahr ich hier stehe, es war das Letzte, was ich wollte. Aber ich wusste, wenn ich es nicht täte, würde es früher oder später zum großen Knall kommen.«

»Aber Sie schliefen mit Ihrer Cousine Gillian, ehe Sie fortgingen?«

Gibson prustete verächtlich. »Wohl kaum. Schlafen ist nicht das Wort, das ich bei einem Mädchen wie Gilly gebrauchen würde. Sie wollte die Kontrolle über alles haben, und sie hatte sie, Inspector. Sie konnte mit einem Mann Sachen anstellen – besser als jede routinierte Nutte. Sie trieb mich ungefähr viermal am Tag die Wände hoch.«

»Wie alt war sie?«

»Sie war zwölf, als sie mich das erste Mal auf eine Art anschaute, die mit verwandtschaftlicher Zuneigung nichts zu tun hatte. Dreizehn, als sie das erste Mal – ihre Nummer abzog. In den folgenden zwei Jahren trieb sie mich fast an den Rand des Wahnsinns.«

»Wollen Sie sagen, dass Sie von hier weggingen, um ihr zu entkommen?«

»So edel bin ich nun auch wieder nicht. Ich ging, um William zu entkommen. Früher oder später hätte er was gemerkt. Das wünschte ich uns beiden nicht. Ich wollte Schluss machen.«

»Warum haben Sie nie mit William darüber gesprochen?«

Gibson riss erstaunt die Augen auf.

»Für den konnte doch keines der beiden Mädchen ein Wässerchen trüben. Wie hätte ich ihm sagen sollen, dass Gilly, sein Ein und Alles, hinter mir her war wie eine rollige Katze und mich scharf machte wie eine geübte Hure? Er hätte mir nie geglaubt. Ich hab's ja selbst oft nicht geglaubt.«

»Sie ging ein Jahr nach Ihnen aus Keldale fort, nicht wahr?«

Er warf seine Zigarette auf die Straße.

»Ja, das hab' ich gehört.«

»Haben Sie sie je wieder gesehen?«

Gibsons Blick wich dem seinen aus.

»Niemals«, sagte er. »Und es war ein Segen.«

Marsha Fitzalan war eine gebeugte, verwelkte Frau mit einem Gesicht, das Lynley an einen rotbackigen, runzligen Apfel erinnerte. Tausend Fältchen zeichneten die alte Haut und reichten bis zu den blauen Augen hinauf. Doch diese Augen waren quicklebendig, sprühten vor Interesse und Heiterkeit und sagten jedem, der sie ansah, dass ihr Körper zwar alt sei, Herz und Verstand jedoch jung geblieben seien wie eh und je.

»Guten Morgen«, sagte sie lächelnd und korrigierte sich nach einem Blick auf ihre Uhr. »Oder besser, guten Nachmittag. Sie sind Inspector Lynley, nicht wahr? Ich dachte mir schon, dass Sie früher oder später vorbeikommen würden. Ich habe Zitronenkuchen gebacken.«

»Extra für diesen Anlass?«, fragte Lynley.

»Gewiss«, bestätigte sie. »Bitte, kommen Sie herein.«

Auch sie wohnte in einem der Gemeindehäuser, aber hier sah es ganz anders aus als bei den Gibsons. Der Garten vor dem Haus war in abwechslungsreichen Beeten mit Blumen bepflanzt; Steinkraut und Primeln, Löwenmäulchen und Geranien. Sie waren in Vorbereitung auf den nahenden Winter zurückgeschnitten, die Erde um jede einzelne Pflanze umgegraben. Neben der Haustür standen zwei Vogelhäuschen, und an einem Fenster hing ein Glockenspiel, dessen leises Geläute trotz des Lärmens und Schreiens der Gibson-Kinder im Nachbargarten zu hören war.

Die Atmosphäre drinnen im Haus erinnerte Lynley sofort an lange Nachmittage im Zimmer seiner Großmutter in Howenstow. Auch hier war alles ganz anders als bei den Gibsons. Das kleine Wohnzimmer war behaglich, wenn auch nicht teuer eingerichtet, mit Bücherregalen an zwei Seiten, die bis zur Zimmerdecke reichten. Auf einem kleinen Tisch unter dem einzigen Fenster stand eine Sammlung gerahmter Fotografien, und über dem uralten Fernsehapparat hingen kleine Gobelinstickereien.

»Würden Sie mit in die Küche kommen, Inspector?«, fragte Marsha Fitzalan. »Ich weiß, es ist eine schreckliche Sitte, Gäste in der Küche zu empfangen, aber ich fühle mich hier immer am wohlsten. Meine Freunde behaupten, das komme daher, dass ich auf einem Bauernhof aufgewachsen bin. Dort ist die Küche immer der Mittelpunkt des alltäglichen Lebens, nicht wahr? Da bin ich wahrscheinlich nie herausgewachsen. Kommen Sie, setzen Sie sich. Kaffee und ein Stück Kuchen? Sie sehen richtig ausgehungert aus. Sie sind wohl Junggeselle? Junggesellen neigen immer dazu, das Essen zu vernachlässigen, nicht wahr?«

Wieder kam die Erinnerung an seine Großmutter, an das Gefühl des Geborgenseins, der bedingungslosen Liebe. Während er zusah, wie sie geschäftig das Tablett herrichtete, ihre Hände ruhig und sicher, wurde sich Lynley vollkommen gewiss, dass Marsha Fitzalan die Antwort wusste.

»Würden Sie mir von Gillian Teys erzählen?«, fragte er.

Ihre Hände hielten inne. Mit einem Lächeln drehte sie sich nach ihm um.

»Von Gilly? Aber mit Vergnügen. Gillian Teys war das hinreißendste junge Mädchen, das ich je gekannt habe.«

11

Sie kam an den Tisch und stellte das Tablett in die Mitte. Es war eine förmliche Geste, die eigentlich unnötig war. Die Küche war so klein, dass man mit ein paar Schritten von der Anrichte zum Tisch gelangte, aber sie hielt an der äußeren Form fest und benutzte, wenn Besuch kam, ihr Tablett.

Auf ihm lag ein altes Spitzendeckchen, auf dem sich das feine Porzellan sehr hübsch ausnahm. Die beiden Teller waren angeschlagen, aber Tassen und Untertassen hatten die Jahre unversehrt überstanden.

Herbstliche Zweige in einem Tonkrug schmückten den einfachen Holztisch, auf dem Marsha Fitzalan jetzt sorgfältig zum Kaffee deckte. Sie schenkte beide Tassen ein, nahm sich Zucker und Sahne und begann dann zu erzählen.

»Gilly war wie ihre Mutter. Ich hatte Tessa auch bei mir im Unterricht. Daran sehen Sie, wie alt ich bin. Aber so ist es nun mal. Fast jeder im Dorf war in meinem Klassenzimmer, Inspector.« Sie zwinkerte lächelnd, als sie hinzufügte: »Außer Pater Hart. Er und ich gehören derselben Generation an.«

»Das hätte ich nie erraten«, sagte Lynley ernsthaft.

Sie lachte. »Wie kommt es nur, dass wirklich charmante Männer immer merken, wenn eine Frau auf ein Kompliment aus ist?«

Sie machte sich mit Appetit über ihren Kuchen her, kaute einige Augenblicke genüsslich und fuhr dann fort.

»Gillian war das Ebenbild ihrer Mutter. Sie hatte das gleiche schöne blonde Haar, diese prachtvollen Augen und das gleiche weiche Gemüt. Aber Tessa war eine Träumerin, während Gillian um einiges realistischer war, würde ich sagen. Tessa saß immer in irgendeinem Wolkenkuckucksheim. Ein schwärmerisches Mädchen. Ich denke, dass sie deshalb vielleicht so jung geheiratet hat. Sie glaubte fest daran, dass eines Tages der große, dunkle Held erscheinen und in heißer Liebe zu ihr entbrennen würde. William Teys passte in dieses Bild.«

»Und Gillian wartete nicht auf den Märchenprinzen?«

»O nein. Männer waren für sie völlig uninteressante Wesen. Sie wollte Lehrerin werden. Ich weiß noch, wie sie nachmittags immer hierher kam und sich dann mit einem Buch irgendwo in die Ecke hockte. Sie liebte die Brontës. Dieses Kind hat *Jane Eyre* bis zu seinem vierzehnten Geburtstag bestimmt sechs- oder siebenmal gelesen. Sie, Jane und Mister Rochester waren die innigsten Freunde. Und sie sprach mit Wonne über alles, was sie gelesen hatte. Aber es war nicht einfaches Geplapper, wissen Sie. Sie unterhielt sich mit mir über die Figuren, die Beweggründe, die tiefere Bedeutung. Sie sagte oft: ›Das muss ich alles wissen, wenn ich mal Lehrerin bin, Miss Fitzalan.‹«

»Warum ist sie von zu Hause weggelaufen?«

Die alte Frau blickte sinnend auf die braun belaubten Zweige im Krug.

»Ich weiß es nicht«, antwortete sie nachdenklich. »Sie war ein so gutes Kind. Es gab nie ein Problem, das sie mit ihrer raschen Intelligenz nicht lösen konnte. Ich weiß wirklich nicht, was da plötzlich geschah.«

»Wäre es möglich, dass sie in einen Mann verliebt war? Dass sie wegging, um ihm zu folgen?«

Marsha Fitzalan tat den Gedanken mit einem Kopfschütteln ab.

»Ich glaube nicht, dass Gillian sich damals schon für Männer interessierte. Sie war noch nicht so weit wie die anderen Mädchen.«

»Wie war Roberta? Hatte sie Ähnlichkeit mit ihrer Schwester?«

»Nein, Roberta war wie ihr Vater.« Sie brach plötzlich ab und runzelte die Stirn. »*War.* Ich möchte nicht in der Vergangenheit von ihr sprechen. Aber sie scheint fast schon gestorben zu sein.«

»Ja, den Eindruck hat man, nicht wahr?«

Sie sah ihn beinahe dankbar an, als wäre sie froh, dass er ihr zustimmte.

»Roberta war wie ihr Vater, sehr erdverbunden und sehr schweigsam. Die Leute werden Ihnen erzählen, dass sie überhaupt keine eigene Persönlichkeit besaß, aber das stimmt nicht. Sie war einfach äußerst schüchtern. Sie hatte die schwärmerische Veranlagung ihrer Mutter und die Schweigsamkeit ihres Vaters geerbt. Sie ging völlig in ihren Büchern auf.«

»Wie Gillian?«

»Ja und nein. Sie las so leidenschaftlich wie Gillian, aber sie sprach nie über das, was sie gelesen hatte. Gillian las, um zu lernen. Roberta, glaube ich, las, um zu fliehen.«

»Wovor wollte sie fliehen?«

Marsha Fitzalan zog das Spitzendeckchen auf dem Tablett gerade. Ihre Hände waren vom Alter gefleckt.

»Vor dem Wissen, dass sie verlassen worden war, vermute ich.«

»Von Gillian oder ihrer Mutter?«

»Von Gillian. Roberta hing abgöttisch an Gillian. Ihre Mutter hat sie nie gekannt. Man muss sich nur vorstellen, wie es gewesen sein muss, ein Mädchen wie Gilly zur älteren Schwester zu haben: so schön, so lebendig, so intelligent. Gilly hatte alles, was Roberta nicht hatte und sich wünschte.«

»War sie da nicht eifersüchtig?«

Sie schüttelte den Kopf.

»Nein, sie war nicht eifersüchtig auf Gilly. Sie liebte sie. Ich würde denken, dass es Roberta tief verletzt hat, als ihre Schwester fortging. Aber im Gegensatz zu Gilly, die über ihren Schmerz gesprochen hätte – wirklich, sie sprach über alles und jedes –, verinnerlichte Roberta diesen Schmerz. Ich weiß noch genau, wie die Haut des armen Kindes aussah, nachdem Gilly fort war. Komisch eigentlich, dass ich mich daran erinnere.«

Lynley dachte an das Mädchen, das er in der Heilanstalt gesehen hatte, und fand es nicht verwunderlich, dass die Lehrerin sich an Robertas Haut erinnerte.

»Akne?«, fragte er. »Dafür wäre sie allerdings noch ein bisschen jung gewesen.«

»Nein. Sie bekam einen ganz fürchterlichen Ausschlag. Ich bin überzeugt, dass er seelische Ursachen hatte, aber als ich sie darauf ansprach, behauptete sie, es wäre eine Allergie gegen Schnauz.«

Marsha Fitzalan senkte die Augen und zeichnete mit ihrer Gabel feine Muster in die Krümel auf ihrem Teller. Lynley wartete geduldig. Er war überzeugt, dass das noch nicht alles war.

»Ich fühlte mich so hilflos, Inspector«, fuhr sie schließlich fort. »Ich hatte das Gefühl, als Freundin und als Lehrerin versagt zu haben, da sie mit mir nicht darüber sprechen konnte, was mit Gilly geschehen war. Aber sie wollte einfach nicht reden. Deshalb behauptete sie, es wäre eine Allergie gegen die Hundehaare.«

»Haben Sie mit ihrem Vater darüber gesprochen?«

»Zunächst nicht. William war so durcheinander über Gillians Verschwinden, dass er kaum ansprechbar war. Wochenlang redete er überhaupt nur mit Pater Hart. Aber ich fand schließlich, dass ich es Roberta schuldete, mit ihm zu sprechen. Das Kind war ja gerade erst acht Jahre alt. Da bin ich auf den Hof gegangen und sagte ihm, dass ich mir Sorgen um sie machte, auch wegen des traurigen Märchens über die Hundeallergie.«

Sie schenkte sich frischen Kaffee ein und trank in kleinen Schlucken, während sie in Gedanken bei jenem lang vergangenen Besuch weilte.

»Der arme Mann. Ich hätte wegen seiner Reaktion wirklich nicht besorgt zu sein brauchen. Ich glaube, er fühlte sich schrecklich schuldig wegen Roberta. Er fuhr gleich am nächsten Tag nach Richmond und besorgte drei oder vier Mittel für den Ausschlag. Es kann gut sein, dass das arme Ding nichts anderes brauchte als die Aufmerksamkeit des Vaters. Danach ging der Ausschlag nämlich sehr bald weg.«

Aber alles andere blieb unverändert, dachte Lynley. Im Geist sah er das einsame kleine Mädchen in dem düsteren Haus, umgeben von den Geistern und den Stimmen der Vergangenheit, gefangen in einem Leben in Schweigen, wo nur die Bücher Trost und Nahrung brachten.

Lynley sperrte die Hintertür auf und trat ins Haus. Es war so kalt und muffig wie bei ihrem ersten Besuch. Er ging durch die Küche ins Wohnzimmer, wo Tessa Teys vom Gedenkschrein in der Ecke zu ihm herablächelte. Ihr Gesicht war jung und sehr empfindsam. Er stellte sich vor, wie Russell Mowrey den Kopf von seinen Grabungsarbeiten hob und dieses schöne Gesicht erblickte. Es war leicht zu verstehen, dass er sich in diese Frau verliebt hatte. Es war leicht zu verstehen, dass er sie immer noch liebte.

Nicht tausend Schiffe, sondern ein erzürnter Ehemann, dachte Lynley. Ist es möglich, Tessa? Oder sahst du an einem einzigen Nachmittag deine ganze Welt einstürzen und konntest es nicht ertragen, sie wieder aufzubauen?

Er wandte sich von dem Schrein ab und lief die Treppe hinauf. Nein, die Lösung musste im Haus sein. Gillian musste sie haben.

Er ging zuerst in ihr Zimmer, doch seine sterile Unbewohntheit sagte nichts aus. Das Bett mit dem reinlichen Überwurf starrte ihn kalt an. Auf dem Teppich waren keine Fußabdrücke, die in die Vergangenheit führten. Hinter der Tapete verbargen sich keine lang gehüteten Geheimnisse. Es war, als hätte nie ein junges Mädchen in diesem Zimmer gelebt, hätte nie seine Lebendigkeit und seinen Geist in diesen Raum getragen. Und doch – etwas war noch da von Gillian. Er hatte es gesehen, er konnte es fühlen.

Er ging zum Fenster und sah gedankenverloren zum Stall hinunter. Sie war wild, ungebärdig. Sie war ein Engel, ein Sonnenschein. Sie war eine rollige Katze. Sie war das hinreißendste junge Mädchen, das ich je gekannt habe. Es war, als gäbe es überhaupt keine reale Gillian, sondern nur ein Kaleidoskop, das, wenn man es schüttelte, sich jedem, der hineinschaute, in anderer Konstellation zeigte. Er wollte so gern daran glauben, dass die Lösung in diesem Zimmer wartete, doch als er sich vom Fenster abwandte, sah er nichts als Möbelstücke, Tapete, Teppich.

Wie konnte ein Mensch so gänzlich aus dem Leben der Familie gelöscht werden, in der er sechzehn Jahre gelebt hatte? Es war unvorstellbar. Und doch war es geschehen. Aber war es wirklich geschehen?

Er ging in Robertas Zimmer hinüber. Gillian konnte nicht spurlos aus dem Leben ihrer Schwester verschwunden sein. Die beiden Schwestern hatten sich geliebt. Ein starkes Band hatte sie miteinander verbunden. Darin zumindest waren sich alle einig, ganz gleich, was sie über Gillian gesagt hatten. Sein Blick schweifte vom Fenster zum Schrank und weiter zum Bett. Er überlegte: Hier hatte sie ihre Essensvorräte versteckt gehalten? Warum sollte sie hier nicht auch Gillian versteckt haben?

Lynley wappnete sich innerlich gegen den Anblick und den Gestank der verfaulenden Lebensmittel und zog die Matratze weg. Der Gestank schoss wie eine Flutwelle in die Höhe. Das Schlimmste, dachte er angewidert, war das Wissen, dass das Mädchen in diesem Bett über all der Fäulnis tatsächlich geschlafen hatte.

Er sah sich um, suchte nach einer Möglichkeit, sich die bevorstehende Aufgabe zu erleichtern, und fand nichts. Das Licht im Zimmer war schlecht. So unangenehm es war, es würde ihm nichts anderes übrig bleiben, als die Matratze ganz herunterzuziehen und den Bezug des Sprungrahmens aufzureißen. Stöhnend vor Anstrengung, riss er Matratze und Bettzeug auf den Boden und eilte zum Fenster. Er riss es auf und blieb einen Moment stehen, um frische Luft zu schöpfen, ehe er zum Bett zurückkehrte. Er stieg auf den Sprungrahmen und plante die Attacke, ohne auf die aufsteigende Übelkeit zu achten.

Na los, alter Junge, komm schon. Das ist doch der Grund, warum du zur Polizei gegangen bist. Jetzt reiß dich zusammen. Nur ein starker, kräftiger Riss!

Er packte zu, und der brüchige Stoff – die dünne Schicht der Normalität – zerriss unter seinen Händen und offenbarte den Wahnsinn darunter. Mäuse spritzten in alle Richtungen auseinander, hinterließen ihre winzigen Spuren in den verfaulenden Früchten. Eine Maus säugte ihren Wurf blinder Junger auf einem Bett aus schmutziger Unterwäsche. Und eine Wolke von

Motten, die aus ihrem Schlaf aufgestöbert worden waren, schoss ans Licht und schlug Lynley ins Gesicht.

Erschrocken fuhr er zurück, unterdrückte mit Mühe einen Aufschrei und stürzte ins Bad, wo er sich das Gesicht mit Wasser bespritzte. Er schaute sich im Spiegel an und lachte lautlos. Gut, dass du kein Mittagessen im Magen hast. Nach dem Anblick hier bringst du vielleicht dein Leben lang keinen Bissen mehr runter.

Er suchte ein Handtuch, um sich das Gesicht zu trocknen. Es war keines da. Doch an der Badezimmertür hing ein Morgenmantel. Er schlug die Tür zu. Das beschädigte Riegelschloss knirschte gegen den Türrahmen. Er trocknete sich das Gesicht an dem Kleidungsstück und besah sich nachdenklich das Schloss. Ein neuer Gedanke kam ihm, und er ging hinaus.

Der Kasten mit den Schlüsseln stand dort, wo er ihn beim ersten Mal gesehen hatte, ganz hinten auf dem obersten Bord von Teys' Schrank. Er nahm ihn heraus und schüttete den Inhalt aufs Bett. Teys hatte Gillians Sachen vermutlich irgendwo in einem Koffer oder einer Truhe eingesperrt. Auf dem Boden vielleicht. Und der Schlüssel dazu musste in diesem Kasten sein. Er suchte ohne Erfolg. Es waren lauter Türschlüssel. Eine merkwürdige Sammlung. Verärgert warf er sie wieder in den Kasten und verwünschte die Gründlichkeit des Mannes, der jede Erinnerung an die Existenz einer seiner Töchter mit so viel Entschlossenheit ausgelöscht hatte.

Warum?, fragte er sich. Was war das für ein Schmerz, der William Teys getrieben hatte, die Existenz des Kindes zu verleugnen, das er so geliebt hatte? Was konnte ihm das Mädchen angetan haben, um ihn zu einem solchen Akt der Vernichtung zu veranlassen? Während die Schwester verzweifelt versucht hatte, sie für sich zu retten, indem sie heimlich ihre Fotografien aufbewahrt hatte.

Er wusste, was als Nächstes kam. Auf dem Boden ist nichts,

alter Junge. Zurück in ihr Zimmer. Du weißt, dass es dort ist. Vielleicht nicht unter der Matratze, aber es ist dort, das weißt du. Ihn schauderte bei dem Gedanken, was für Überraschungen vielleicht noch in diesem Zimmer warteten.

Während er seine Kräfte für einen neuerlichen Angriff auf Robertas Zimmer sammelte, erreichte ihn von draußen fröhliches Pfeifen. Er ging zum Fenster.

Ein junger Mann kam den Pfad vom High Kel Moor herunter, eine Staffelei über der Schulter, einen Holzkasten in der Hand. Es war Zeit, Ezra kennen zu lernen.

Sein erster Gedanke war, dass der Mann nicht so jung war, wie er aus der Ferne gewirkt hatte. Es muss das Haar gewesen sein, dachte Lynley. Es war von einem satten Blondton, und Ezra trug es länger, als der derzeitigen Mode entsprach. Aus der Nähe besehen, war Ezra ein Mann Mitte dreißig, dem bei diesem Zusammentreffen mit dem Beamten von Scotland Yard offensichtlich nicht recht wohl war in seiner Haut. Seine ganze Haltung war abwehrend, und seine Augen verschleierten sich, wenn man ihn anschaute. Die Augen waren so tiefblau wie das mit Farbe bekleckste Hemd des Mannes. Er hatte zu pfeifen aufgehört, sobald er Lynley aus dem Haus kommen und über das Mäuerchen zur Weide hatte laufen sehen.

»Ezra Farmington?«, sagte Lynley freundlich.

Farmington blieb stehen. Seine Gesichtszüge erinnerten Lynley an das Delacroix-Gemälde Chopins. Die gleichen gemeißelten Lippen, der Schatten eines Grübchens im Kinn, die dunklen Brauen – viel dunkler als das Haar –, die scharfe Nase, die das Gesicht dominierte, aber nicht von den anderen Zügen ablenkte.

»Ja, stimmt«, antwortete er zurückhaltend.

»Sie haben wohl oben im Moor ein wenig gemalt?«

»Ja.«

»Nigel Parrish erzählte mir, Sie betreiben Lichtstudien.«

Dieser Name löste eine sofortige Reaktion aus. Die Augen verhüllten sich.

»Und was erzählte Ihnen Nigel sonst noch?«

»Dass er sah, wie William Teys Sie von seinem Land gescheucht hat. Sie scheinen sich jetzt frei darauf zu bewegen.«

»Mit Gibsons Erlaubnis«, sagte Farmington kurz.

»Ach ja? Davon sagte er mir gar nichts.«

Lynley blickte ruhig zum Pfad hinauf. Er war steil und steinig, schlecht in Stand gehalten, zum Wandern aus Vergnügen wenig geeignet. Es musste einem Maler schon sehr ernst sein mit seinem Vorhaben, wenn er es überhaupt auf sich nahm, dort hinaufzuklettern. Er wandte sich wieder Farmington zu. Das Nachmittagslüftchen, das über die Weiden strich, zauste sein Haar, und die Sonne setzte dem Honigblond Glanzlichter auf. Lynley begann zu begreifen, warum Farmington sein Haar lang trug.

»Mister Parrish erzählte mir, dass Teys einige Ihrer Arbeiten vernichtete.«

»Hat er Ihnen auch erzählt, was zum Teufel er an dem Abend hier draußen zu suchen hatte?«, fragte Farmington. »Nein, garantiert nicht.«

»Er sagte, er hätte Teys' Hund auf den Hof zurückgebracht.«

Farmingtons Gesicht zeigte Ungläubigkeit.

»Er hat den Hund zurückgebracht? Da kann man ja nur lachen.« Zornig trieb er die zugespitzten Füße seiner Staffelei in die weiche Erde. »Nigel versteht sich wirklich darauf, die Fakten zu manipulieren. Lassen Sie mich raten, was er Ihnen erzählt hat. Dass Teys und ich mitten auf der Straße einen Riesenkrach hatten, als er ganz arglos mit dem armen blinden Hund im Schlepptau dazukam.« Farmington fuhr sich erregt mit der Hand durchs Haar. Sein Körper war so angespannt, dass Lynley förmlich darauf wartete, ihn explodieren zu sehen. »Mensch, der Kerl treibt mich noch mal zu einer Wahnsinnstat.«

Lynley zog interessiert eine Braue hoch. Farmington sah es.

»Das ist wohl schon ein Schuldgeständnis, Inspector? Ja, dann würde ich vorschlagen, dass Sie mal bei Nigel vorbeischauen und ihn fragen, was *er* denn an dem Abend auf der Gembler Road verloren hatte. Der Hund hätte aus Timbuktu hierher zurückgefunden, das können Sie mir glauben.« Er lachte. »Der Hund war um einiges gescheiter als Nigel. Was allerdings nicht viel zu sagen hat.«

Es hätte Lynley interessiert, was der Grund für Farmingtons Zorn war. Dass er echt war, daran gab es keinen Zweifel. Doch er stand in keinem Verhältnis zur gegenwärtigen Situation. Der Mann schien bis ins Innerste gespannt, als stünde er unter einem beinahe unerträglichen Druck.

»Ich habe zwei Aquarelle von Ihnen in der Keldale Lodge gesehen. In der Manier erinnerten sie mich an Wyeth. War das beabsichtigt?«

Farmington entspannte sich wieder ein wenig.

»Ach, die hab' ich vor Jahren gemalt, da war ich auf der Suche nach meinem eigenen Stil. Ich traute meinen Instinkten nicht, deshalb kopierte ich alle möglichen Leute. Es wundert mich, dass Stepha die Bilder noch hängen hat.«

»Sie erzählte mir, Sie hätten damit einen Herbst Ihre Unterkunft bezahlt.«

»Ja, das stimmt. Damals hab' ich fast alles mit Bildern bezahlt. Wenn Sie sich ein bisschen umschauen, finden Sie mein Zeug in jedem Laden im Dorf. Sogar Zahnpasta hab' ich mir mit Bildern gekauft.«

Seine Stimme klang spöttisch. Die Verachtung, die sie enthielt, war gegen sich selbst gerichtet, nicht gegen Lynley.

»Ich mag Wyeth«, fuhr Lynley fort. »Er malt mit einer Einfachheit, die ich erfrischend finde. Ich mag Einfachheit. Klarheit der Linie und des Details.«

Farmington verschränkte die Arme.

»Sind Sie immer so direkt, Inspector?«

»Ich bemühe mich«, antwortete Lynley lächelnd. »Erzählen Sie mir von Ihrem Streit mit William Teys.«

»Und wenn ich mich weigere?«

»Das können Sie natürlich. Aber dann würde ich mich fragen, warum. Haben Sie etwas zu verbergen, Mister Farmington?«

Farmington wippte auf den Fußballen auf und nieder.

»Nein, ich habe nichts zu verbergen. Ich war an dem Tag oben im Hochmoor und kam kurz vor Einbruch der Dunkelheit herunter. Teys muss mich vom Fenster aus gesehen haben. Ich weiß nicht. Er holte mich jedenfalls hier auf der Straße ein. Und es gab Krach.«

»Er hat einige Ihrer Arbeiten zerrissen.«

»Die waren sowieso Mist. Das ließ mich kalt.«

»Ich dachte immer, Künstler möchten gern selbst über ihre Werke bestimmen und nicht anderen die Kontrolle darüber überlassen. Ist das bei Ihnen nicht auch so?«

Lynley sah sofort, dass er einen wunden Punkt getroffen hatte. Farmington erstarrte plötzlich. Sein Blick glitt zu der tief stehenden Sonne am Horizont. Er antwortete nicht gleich.

»Doch«, sagte er dann. »Bei mir ist das auch so.«

»Dann muss Teys' Eigenmächtigkeit ...«

»Teys?« Farmington lachte. »Was Teys tat, war mir gleichgültig. Ich sagte Ihnen doch, was er da zerfetzte, war sowieso lauter Mist. Obwohl er das natürlich nicht hätte beurteilen können. Wenn einer zum Abendvergnügen auf voller Lautstärke Souza spielt, fehlt's ihm schon weit am Geschmack.«

»Souza?«

»Diesen fürchterlichen Marsch, Stars and Stripes Forever. Lieber Himmel, man hätte meinen können, er hätte die ganze Bude voll fähnchenschwingender Amerikaner. Und dieser Kerl hat die Stirn, mir vorzuwerfen, ich hätte den Hausfrieden gebrochen, weil ich auf Zehenspitzen über sein Land geschlichen bin. Ausgelacht hab' ich ihn. Und da stürzte er sich auf meine Bilder.«

»Was tat Nigel Parrish, während das alles passierte?«

»Nichts. Nigel hatte gesehen, was er hatte sehen wollen, Inspector. Er hatte ein bisschen geschnüffelt und konnte an diesem Abend hochzufrieden in sein Bett kriechen.«

»Und an anderen Abenden?«

Farmington nahm seine Staffelei.

»Wenn Sie sonst keine Fragen mehr haben, mach' ich mich jetzt auf die Socken.«

»Doch, ich hab' noch eine Frage.«

Farmington sah ihn an. »Was?«, fragte er.

»Was taten Sie an dem Abend, als Teys starb?«

»Ich war im *Dove and Whistle.*«

»Und nach der Polizeistunde?«

»Zu Hause in meinem Bett. Allein.« Er schwang sich mit einer Kopfbewegung das Haar aus dem Gesicht. »Tut mir Leid, dass ich Hannah nicht mitgenommen habe, Inspector. Sie wäre ein prima Alibi, aber sie ist leider nicht mein Typ.«

Er kletterte über die Steinmauer und ging zornig die Straße hinunter.

»Es war ein totaler Reinfall.« Barbara warf das Foto auf den Tisch im *Dove and Whistle* und ließ sich müde auf den Stuhl ihm gegenüber sinken.

»Mit anderen Worten, niemand hat Russell Mowrey gesehen?«

»Niemand hat ihn auch nur gekannt. Tessa allerdings wurde von den meisten wieder erkannt. Einige zogen pikiert die Brauen hoch und stellten ein paar spitze Fragen.«

»Und wie haben Sie reagiert?«

»So vage wie möglich, mit vielen lateinischen Sprüchen, um

die Klippen zu umschiffen. Es klappte ganz gut, bis ich zu *caveat emptor* kam. Das hatte irgendwie nicht den gleichen beeindruckenden Klang wie die anderen Sprüche.«

»Möchten Sie Ihre Enttäuschung vielleicht in einem Bier ertränken, Sergeant?«, fragte er.

»Nur ein Tonic«, antwortete sie und fügte, als sie seinen Gesichtsausdruck sah, erklärend hinzu: »Wirklich. Ich trinke nur selten, Sir. Ehrlich.« Mit einem Lächeln.

»Ich hab' einen ziemlich faszinierenden Tag hinter mir«, berichtete Lynley, als er mit ihrem Getränk zurückkam. »Erst traf ich Madeline Gibson in einem heißen Negligé aus smaragdgrünem Satin mit nichts darunter.«

»Ja, das Leben eines Kriminalbeamten ist schwer«, stellte Barbara ironisch fest.

»Und oben wartete Gibson, bereit, in den Kahn zu springen. Ich war höchst willkommen.«

»Das kann ich mir vorstellen.«

»Dann hab' ich heute eine Menge über Gillian erfahren. Sie war ein Sonnenschein und ein Engel, eine rollige Katze oder das hinreißendste junge Mädchen, das man sich vorstellen kann. Es kommt ganz darauf an, wen man nach ihr fragt. Entweder ist diese Frau ein Chamäleon, oder die Leute hier geben sich die größte Mühe, den Anschein zu erwecken.«

»Aber warum?«

»Keine Ahnung. Es sei denn, sie haben aus bestimmten Gründen ein Interesse daran, sie als möglichst geheimnisvolles Wesen erscheinen zu lassen.«

Er trank den letzten Schluck seines Biers, lehnte sich auf seinem Stuhl zurück und streckte seine müden Glieder.

»Aber den richtigen Spuk hab' ich heute auf dem Hof erlebt, Havers.«

»Wieso?«

»Stellen Sie es sich bitte bildlich vor: Ich, heiß auf der Spur von Gillian Teys. Ein Gefühl sagte mir, dass des Rätsels Lösung sich in Robertas Zimmer befinden musste. Ich stürzte mich also mit Leidenschaft in meine Nachforschungen, riss den Überzug von ihrem Sprungrahmen herunter und wäre beinahe in Ohnmacht gefallen vor Entsetzen.« Er schilderte ihr farbenfroh den Anblick.

Barbara schnitt eine Grimasse. »Ich bin froh, dass ich da nicht dabei war.«

»Oho, keine Sorge. Ich war viel zu erschüttert, um das Bett wieder in Ordnung zu bringen. Dazu brauche ich morgen Ihre Hilfe. Sagen wir, gleich nach dem Frühstück?«

»Sie Ekel!« Sie lachte.

In dem Häuschen an der Ecke der Bishop Furthing Road saß man offenbar beim Tee; einem späten Tee allerdings, der vermutlich auch gleich das Abendessen war. Constable Gabriel Langston hielt nämlich, als er ihnen öffnete, einen Teller mit diversen Leckerbissen in der Hand – kaltes Huhn, Käse, Obst und Kekse drängten sich auf dem angeschlagenen braunen Keramikteller.

Langston wirkte sehr jung für einen Polizeibeamten, doch der Name Gabriel passte zu ihm. Er war ein schmächtiger Mensch mit dünnem gelbem Haar, dessen Beschaffenheit an weihnachtliches Engelshaar erinnerte, und mit einer babyglatten Haut. Sein Gesicht wirkte irgendwie unfertig, so als wären die Knochen unter Haut und Muskeln zu weich.

»Ich – ich w-w-wäre gleich zu Ihnen ge-gekommen«, stotterte er, vom Hals bis zur Stirn errötend, »als Sie hier ank-kamen. Aber man s-s-sagte mir, Sie würden zu mir k-k-kommen, wenn Sie etwas b-b-brauchen.«

»Das hat Ihnen zweifellos Nies gesagt«, vermutete Lynley.

Langston nickte verlegen und bat sie mit einer Geste in sein Haus.

Der Tisch war für eine Person gedeckt. Langston stellte hastig seinen Teller ab, wischte sich die Hände an der Hose und bot Lynley dann die Rechte.

»Freut m-m-mich, Sie beide k-k-kennen zu lernen. T-t-tut mir Leid, dass ...« Er errötete noch tiefer und wies hilflos auf seinen Mund, als fühle er sich für seine Sprachstörung verantwortlich. »T-tee?«, fragte er eifrig.

»Gern, danke. Und Sie, Sergeant?«

»Ja, ich nehme auch gern eine Tasse«, sagte Barbara.

Langston nickte mit offenkundiger Erleichterung, lächelte sie an und verschwand in einer winzigen Küche, die sich an das Zimmer anschloss. Das Häuschen war, das konnten sie deutlich sehen, gerade groß genug für eine Person. Es war peinlich sauber – gefegt, geschrubbt, ordentlich aufgeräumt. Etwas unangenehm war lediglich der Geruch von nassem Hundehaar. Der Hund, von dem dieser Geruch ausging, lag auf einer alten Decke vor dem kleinen offenen Kamin, in dem ein elektrischer Ofen stand. Es war ein weißer Highland Terrier, der jetzt den Kopf hob, sie ernsthaft betrachtete und einmal herzhaft gähnte, ehe er sich wieder der Wärme des elektrischen Ofens zuwandte.

Langston kam mit einem Tablett und einem zweiten Terrier im Schlepptau wieder herein, der, lebhafter als sein Gefährte, freudig bellend an Lynley hochsprang.

»Hierher! Down!«, befahl Langston so scharf, wie das bei seiner sanften Stimme möglich war.

Der Hund gehorchte widerwillig. Dann trottete er durch das Zimmer und legte sich zu seinem Gefährten vor den Kamin.

»S-s-sind zwei b-b-brave Burschen, Inspektor. Entschuldigen Sie.«

Lynley wehrte mit einer freundlichen Geste ab, während Langston den Tee einschenkte.

»Lassen Sie sich bitte nicht beim Essen stören, Constable.

Sergeant Havers und ich sind ein bisschen spät dran. Wir können uns unterhalten, während Sie essen.«

Langston machte ein Gesicht, als hielte er das nicht für möglich, machte sich aber dann dennoch mit einem scheuen Nicken über sein Abendessen her.

»Soviel ich weiß, rief Pater Hart, unmittelbar nachdem er William Teys gefunden hatte, bei Ihnen an«, begann Lynley. Als Langston zustimmend nickte, fuhr er fort: »Roberta war noch da, als Sie ankamen?«

Wieder ein Nicken.

»Haben Sie Richmond sofort benachrichtigt? Warum?«

Lynley bereute die Frage sofort. Du Tollpatsch, dachte er verärgert. Er konnte sich vorstellen, wie es für den Mann sein musste, sich mit der Befragung von Zeugen abzuquälen, besonders solcher wie Pater Hart, der immer etwas abgehoben von der Wirklichkeit zu sein schien.

Langston starrte auf seinen Teller, während er sich bemühte, eine Antwort zu formulieren.

»Es war wohl das Praktischste und Schnellste«, warf Barbara ein, und Langston nickte dankbar.

»Hat Roberta mit irgendjemandem gesprochen?«

Langston schüttelte den Kopf.

»Auch nicht mit Ihnen? Oder einem der Beamten aus Richmond?«

Wieder ein Kopfschütteln. Lynley sah Barbara an.

»Dann hat sie also nur mit Pater Hart gesprochen.« Er rekapitulierte. »Roberta saß auf dem umgedrehten Eimer, das Beil lag in ihrer Nähe, der Hund war unter Teys begraben. Aber die Waffe, mit der dem Hund die Kehle durchschnitten worden war, fehlte. Ist das korrekt?«

Ein Nicken. Langston biss in ein Hühnerbein, den Blick auf Lynley gerichtet.

»Was ist aus dem Hund geworden?«

»D-d-den hab' ich b-b-begraben.«

»Wo?«

»Hier h-h-hinten.«

Lynley beugte sich vor. »Hinter Ihrem Haus? Warum? Hat Nies Ihnen das befohlen?«

Langston schluckte, wischte sich wieder die Hände an der Hose. Er warf einen unglücklichen Blick auf seine beiden Hunde vor dem Feuer, die, als sie seine Aufmerksamkeit auf sich gerichtet sahen, freundlich mit den Schwänzen wedelten.

»Ich …« Es war mehr Verlegenheit als sein Stottern, die ihn diesmal beim Sprechen behinderte. »Ich m-mag Hunde so g-gern«, erklärte er. »Ich w-w-wollte nicht, dass sie d-d-den alten Schnauz verbrennen. Er – war ein Freund v-v-von meinen Burschen.«

»Der arme Kerl«, murmelte Lynley, als sie wieder auf der Straße standen. Es wurde jetzt schnell dunkel. Irgendwo rief eine Frau laut nach einem Kind. »Kein Wunder, dass er Richmond holte.«

»Wie kam er nur auf den Wahnsinnsgedanken, zur Polizei zu gehen?«, fragte Barbara, während sie zum Gasthof hinübergingen.

»Er hat wahrscheinlich nie damit gerechnet, dass er es einmal mit einem Mord zu tun bekommen würde. So was erwartet man ja auch in einem Ort wie Keldale nicht. Vorher war es wahrscheinlich Langstons vornehmste Aufgabe, abends durch die Straßen zu marschieren und nachzuprüfen, ob alle Geschäfte zugesperrt waren.«

»Und jetzt?«, fragte Barbara. »Den Hund bekommen wir erst morgen.«

»Stimmt.« Lynley klappte seine Uhr auf. »Ich hab' also noch zwölf Stunden Zeit, St. James zu beschwatzen, Flitterwochen gegen Mörderjagd zu tauschen. Was meinen Sie, Havers? Haben wir eine Chance?«

»Sie meinen, er muss zwischen dem toten Hund und seiner Frau wählen?«

»Richtig.«

»Ich fürchte, da muss ein Wunder her, Sir.«

»Das war schon immer mein Spezialgebiet«, sagte Lynley mit grimmiger Entschlossenheit.

Sie würde eben wieder das weiße Wollkleid anziehen müssen. Barbara nahm es aus dem Schrank und musterte es kritisch. Mit einem anderen Gürtel würde es schon gehen. Oder vielleicht mit einem Tuch um den Hals. Hatte sie eines mitgenommen? Auch ein Kopftuch würde gehen, nur um dem Kleid ein bisschen Farbe zu geben, es ein wenig zu verändern. Leise vor sich hin summend, kramte sie in ihren Sachen. Sie lagen ungeordnet in der Kommodenschublade, aber sie fand, was sie suchte. Ein rot-weiß kariertes Halstuch. Ein bisschen wie eine Tischdecke, aber das ließ sich jetzt nicht ändern.

Sie ging zum Spiegel und war angenehm überrascht von ihrem Anblick. Die Landluft hatte ihrem Gesicht Farbe gegeben, und ihre Augen blitzten lebhaft. Das kommt von dem Gefühl, endlich zu etwas nütze zu sein, dachte sie.

Es hatte ihr Spaß gemacht, allein durch das Dorf zu stromern. Es war das erste Mal, dass ein Inspector ihr zugestanden hatte, etwas auf eigene Faust zu unternehmen. Es war das erste Mal, dass ein Inspector gezeigt hatte, dass er ihr eigenständiges Denken zutraute. Sie fühlte sich beschwingt von der Erfahrung und wurde sich erst jetzt wirklich bewusst, wie tief ihr Selbstvertrauen durch die demütigende Rückkehr zur uniformierten Polizei erschüttert worden war. Das war wirklich eine grauenvolle Zeit gewesen: der schwelende Zorn, der sich zur unverständlichen Wut gesteigert hatte; die schmerzende Wunde der Erniedrigung; dieses Unglücklichsein; das Wissen, von den anderen als unfähig betrachtet zu werden, als Versager zu gelten.

Versager: die kleinen Augen ihres Vaters blickten ihr aus dem Spiegel entgegen. Sie wandte sich ab.

Jetzt ging alles viel besser. Sie war auf dem Weg, und nichts konnte sie aufhalten. Sie würde die Prüfung zum Inspector noch einmal machen. Und diesmal würde sie sie bestehen. Sie wusste es.

Sie zog den Tweedrock aus, den Pullover, die Schuhe. Zwar hatte ihr niemand etwas über Russell Mowrey sagen können, aber alle hatten ihre Fragen ernst genommen. Alle hatten sie als das gelten lassen, was sie war: eine Vertreterin Scotland Yards. Eine gute Vertreterin: tüchtig, intelligent, klarsichtig. Genau das hatte sie gebraucht. Nun konnte sie sich wirklich an den Ermittlungsarbeiten beteiligen. Nun gehörte sie dazu.

Sie legte den Gürtel um, band sich das Tuch locker um den Hals und ging die Treppe hinunter.

Lynley war im Aufenthaltsraum. Gedankenverloren stand er vor dem Aquarell, das die alte Abtei zeigte. Stepha Odell war hinter dem Tresen und beobachtete ihn. Sie wirkten selbst wie die Figuren eines Bildes. Stepha rührte sich zuerst.

»Noch etwas zu trinken, ehe Sie fahren, Inspector?«, fragte sie liebenswürdig.

»Nein, danke.«

Lynley drehte sich um. »Ah, Havers«, sagte er zerstreut und rieb sich die Schläfen. »Fertig zum Angriff auf Keldale Hall?«

»Ja«, antwortete sie.

»Dann fahren wir.«

Er nickte Stepha zu, nahm Barbara beim Arm und ging mit ihr hinaus.

»Ich habe mir überlegt, wie wir am besten an die Sache herangehen«, bemerkte er, als sie im Wagen saßen. »Sie müssen uns dieses schreckliche amerikanische Paar so lange vom Hals halten, dass ich mit St. James sprechen kann. Schaffen Sie das? Es ist mir wirklich zuwider, Sie einem solchen Schicksal auszuliefern, aber ich fürchte, wenn der gute Hank mich hört, wird er sofort seinen Senf dazugeben wollen.«

»Keine Sorge, Sir«, antwortete Barbara. »Ich werde ihn vollständig fesseln.«

Er warf ihr einen argwöhnischen Blick zu. »Wie denn?«

»Ich lasse ihn einfach von sich selbst reden.«

Lynley lachte und sah plötzlich jünger aus und nicht mehr so ausgelaugt.

»Ja, das müsste klappen.«

»Passen Sie mal auf, Barbie«, sagte Hank augenzwinkernd, »wenn Sie schon hier in dieser gottverlassenen Gegend nach Mördern suchen, dann sollten Sie sich mal ein oder zwei Nächte *hier* einmieten. Ich sag' Ihnen, wenn's dunkel wird, spukt's hier, dass es eine wahre Wonne ist. Stimmt's, Böhnchen?«

Sie waren im Eichenzimmer bei einem Drink. Hank, in blendend weißer Hose mit einem bestickten Hemd, das bis zum Gürtel geöffnet war und das unvermeidliche goldene Medaillon enthüllte, strahlte Barbara an. Er stand am großen steinernen Kamin, als wäre er der Schlossherr persönlich. Seine Hand, die das Kognakglas hielt, lag lässig auf einer stilisierten steinernen Rose des gemeißelten Simses, die andere war an der Taille, den Daumen in den Hosenbund gehakt. Es war eine beeindruckende Pose.

JoJo saß in einem hochlehnigen Sessel und blickte bedauernd bald zu Barbara, bald zu Deborah. Lynley und St. James war es, wie Barbara mit Genugtuung feststellte, gelungen, sich zurückzuziehen, und Alice Burton-Thomas war auf einer weich gepolsterten Couch in der Nähe geräuschvoll eingenickt. Barbara vermerkte das höchst unregelmäßige Schnarchen und kam zu dem Schluss, dass es vorgetäuscht war. Man konnte es der Frau nicht verübeln. Hank schwadronierte nun schon seit einer guten Viertelstunde.

Barbara warf einen raschen Blick auf Deborah, um zu sehen, wie sie es aufnahm, dass ihr Mann sie so schnöde dem eisernen Zugriff Hanks preisgegeben hatte. Ihr Gesicht, auf dem der Widerschein des Feuers spielte, war ruhig, doch als sie Barbaras Blick bemerkte, flog ein spitzbübisches Lächeln um ihren Mund. Sie weiß genau, was los ist, dachte Barbara und fand Deborah sympathisch dafür, dass sie sich so verständnisvoll zeigte.

Gerade als Hank erneut den Mund öffnete, um näher auf den wilden Spuk in Keldale Hall einzugehen, gesellten sich Lynley und St. James wieder zu ihnen.

»Jetzt passen Sie auf«, dröhnte Hank. »Ich geh' also neulich Abend zum Fenster, weil mir das verdammte Gekreische der Pfauen so auf die Nerven geht, und ...«

»Pfauen?«, fragte Deborah. »Hast du das gehört, Simon? Es war gar nicht das Baby. Hast du mich etwa angeschwindelt?«

»Ich habe mich offensichtlich getäuscht«, antwortete St. James. »Für mich klang es wie Babygeschrei. Wollen Sie uns sagen, dass unsere Abwehrmaßnahmen gegen die bösen Geister ganz überflüssig waren?«

»Sie haben das für Babygeschrei gehalten?«, fragte Hank ungläubig. »Sie müssen wirklich vor Liebe närrisch sein, Si. Das war ein Pfau, und gekreischt hat er wie ein Jochgeier.« Er setzte sich, die Knie gespreizt, die Ellbogen auf den fleischigen Schenkeln. »Ich geh' also zum Fenster und überleg', ob ich einfach zumachen oder einen Schuh runterschmeißen soll, um das Biest abzumurksen. Ich bin ein verdammt guter Schütze. Hab' ich Ihnen das gesagt? Nein? Ja, wissen Sie, bei uns gibt's da in Laguna so eine Straße, wo die Schwulen sich rumtreiben.« Er wartete, um zu sehen, ob er seine Zuhörer noch einmal über die Einwohnerschaft von Laguna Beach aufklären müsse. Als keine Fragen kamen, fuhr er fröhlich fort: »Und im Schuhwerfen krieg' ich da Übung genug, das kann ich Ihnen flüstern. Was, Böhnchen? Stimmt's oder hab' ich Recht?«

»Beides, Schatz«, antwortete JoJo. »Er trifft wirklich alles«, beteuerte sie.

»Das bezweifle ich nicht«, erwiderte Lynley mit grimmigem Humor.

Hank ließ seine Jacketkronen blitzen.

»Ich steh' also am Fenster, den Schuh in der Hand, da seh' ich plötzlich was ganz anderes als den Vogel.«

»Es war gar nicht der Vogel, der gekreischt hat?«, erkundigte sich Lynley.

»Doch, klar, der Vogel war da, aber das war nicht das Einzige.« Er wartete, in der Hoffnung, dass sie ihn fragen würden, was er noch gesehen hatte. Aber sie hüllten sich alle in höfliches Schweigen. »Okay, okay.« Er lachte. Dann senkte er die Stimme. »Danny und dieser Kerl, wie heißt er gleich? Ira – Ezechiel ...«

»Ezra?«

»Richtig. Die stehen da unten und küssen sich, dass mir die Luft weggeblieben ist. Mann o Mann! ›He, wollt ihr nicht mal Luft holen‹, schrei' ich runter.« Er wieherte.

Höfliches Lächeln in der Runde. JoJo blickte von einem Gesicht zum anderen wie ein Hündchen, das gestreichelt werden möchte.

»Aber jetzt kommt erst der Knalleffekt.« Hank senkte wieder die Stimme. »Die Dame ist gar nicht Danny.«

Er lächelte triumphierend. Endlich hatte er ihre ungeteilte Aufmerksamkeit.

»Noch einen Cognac, Deborah?«, fragte St. James.

»Danke, ja.«

Hank beugte sich in seinem Sessel vor.

»Es ist *Angelina!* Na, ist das eine Überraschung?« Er brüllte vor Gelächter und schlug sich auf die Schenkel. »Dieser Ezra treibt's schlimmer als ein Gockel im Hühnerstall, Leute. Ich weiß nicht, was er so Tolles an sich hat, aber er ist auf jeden Fall nicht geizig damit.« Er trank schlürfend von seinem Cognac.

»Ich hab' am Morgen ein paar Anspielungen zu Angelina gemacht, aber das Mädchen hat's faustdick hinter den Ohren. Hat mit keiner Wimper gezuckt. Ich sag's Ihnen, Tom, wenn Sie etwas erleben wollen, dann sollten Sie sich hier einmieten.« Er seufzte hochbefriedigt und spielte mit seiner Goldkette. »Ja, ja, die Liebe. Ein herrlicher Zeitvertreib, hm? Nichts bringt einen so durcheinander wie die Liebe. Das können Sie bestimmt bestätigen, Si, was?«

»Ich bin seit Jahren durcheinander«, erwiderte St. James.

Hank lachte. »Sie hat Sie wohl ziemlich jung eingefangen, wie?« Er deutete auf Deborah. »Waren wohl eine ganze Weile hinter ihm her?«

»Seit meiner Kindheit«, antwortete sie freundlich.

»Kindheit?« Hank ging durchs Zimmer, um sich noch einen Cognac einzuschenken. Alice Burton-Thomas schnarchte laut, als er an ihr vorüberkam. »Liebe auf der Schulbank, hm, genau wie JoJo und ich. Weißt du noch, Böhnchen? Damals in meinem alten Chevy? Haben Sie hier eigentlich Drive-in-Kinos?«

»Ich glaube, dieses Phänomen trifft man nur in Ihrem Land an«, erwiderte St. James.

»Ach was.« Hank zuckte die Achseln und ließ sich wieder in seinen Sessel fallen. Cognac tropfte auf seine weiße Hose. Er achtete nicht darauf. »Sie kennen sich also von der Schulzeit?«

»Nein. Wir wurden einander im Haus meiner Mutter vorgestellt.«

St. James und Deborah tauschten einen Blick.

»Aha, die wollte Sie verkuppeln, was? Das Böhnchen und ich haben uns auch durch Freunde kennen gelernt, die uns einfach zusammengeschmissen haben. Da haben wir was gemeinsam, Sir.«

»Wissen Sie, ich bin im Haus seiner Mutter geboren«, bemerkte Deborah höflich. »Aber aufgewachsen bin ich eigentlich in Simons Haus in London.«

Hank war perplex. »Hast du das gehört, Böhnchen? Sind Sie beide verwandt? Vetter und Cousine oder so was?« Vorstellungen von Bluterkranken, die hinter geschlossenen Türen dahinsiechen, schossen ihm augenscheinlich durch den Kopf.

»Nein, nein. Mein Vater ist Simons – wie würdest du Vater bezeichnen, Simon?«, fragte sie ihren Mann. »Lakai, Diener, Butler?«

»Schwiegervater«, sagte St. James.

»Hast du das mitgekriegt, Böhnchen«, sagte Hank ehrfürchtig. »Das nenne ich romantische Liebe.«

Es war so plötzlich, so unerwartet gekommen, dass sie Mühe hatte, es zu verdauen. Lynleys Charakter entpuppte sich als so facettenreich wie ein meisterlich geschliffener Diamant. Immer wieder zeigte sich eine neue Seite, die sie nie zuvor gesehen hatte.

Er liebte Deborah. Gut, das war klar. Das war verständlich. Aber dass er die Tochter von St. James' Diener liebte! Barbara fand es unglaublich. Wie hatte ihm das nur passieren können? Er hatte auf sie immer den Eindruck gemacht, als hätte er seine Gefühle und sein Leben absolut unter Kontrolle. Wie hatte er das geschehen lassen können?

Sie sah sein merkwürdiges Verhalten bei der Hochzeit jetzt in einem ganz neuen Licht. Er hatte nicht *sie* so schnell wie möglich loswerden wollen; er hatte dem Schmerz entfliehen wollen, den es ihm bereitete, die Frau, die er liebte, mit einem anderen Mann glücklich zu sehen.

Wenigstens verstand sie jetzt, warum Deborah sich zwischen den beiden Männern für St. James entschieden hatte. Sie hatte zweifellos nie eine Wahl gehabt. Lynley hätte ihr niemals von Liebe gesprochen, denn hätte er das getan, so hätte das unweigerlich zur Frage der Heirat geführt, und niemals würde Lynley die Tochter eines Hausdieners heiraten. Das hätte seinen Familienstammbaum bis in die Wurzeln erschüttert.

Doch er hatte sicherlich den Wunsch gehabt, Deborah zu seiner Frau zu machen. Wie musste er gelitten haben, als er mit ansah, wie St. James seelenruhig alle gesellschaftlichen Konventionen durchbrach, die ihn selbst – Lynley – gefangen hielten.

Was hatte St. James gesagt? Mein Schwiegervater. Mit diesem einen Wort hatte er gelassen sämtliche Standesunterschiede beseitigt, die ihn von seiner Frau getrennt hatten.

Kein Wunder, dass sie ihn liebt, dachte Barbara.

Im dunklen Auto warf sie einen verstohlenen Blick auf Lynley. Wie ertrug er das Wissen, dass es ihm an Mut gefehlt hatte, Deborah zu seiner Frau zu machen; dass er so feige gewesen war, den Namen seiner Familie über seine Liebe zu stellen? Wie er sich dafür hassen musste! Wie tief er das bereuen musste! Wie schrecklich einsam er in Wirklichkeit sein musste!

Er spürte ihren Blick.

»Sie haben heute gute Arbeit geleistet, Sergeant. Besonders heute Abend. Dafür, dass Sie uns Hank eine volle Viertelstunde lang vom Hals gehalten haben, verdienen Sie eine besondere Belobigung.«

Die anerkennenden Worte taten ihr gut. »Danke, Sir. Ist St. James bereit, uns zu helfen?«

Er nickte. »Ja.«

Ja, dachte Lynley, er ist bereit, uns zu helfen. Mit einem Seufzer, in dem sich Bitterkeit und Selbstironie mischten, warf er die Akte auf den Nachttisch, legte seine Lesebrille obenauf und rieb sich die Augen. Er zog das Kissen hinter seinem Rücken hoch.

Deborah hatte mit Simon gesprochen. Das war ihm gleich klar gewesen. Und sie waren sich über die Antwort, die Simon ihm geben würde, schon einig gewesen, noch ehe er um Unterstützung gebeten hatte. Es war eine klare und einfache Antwort gewesen. »Natürlich, Tommy. Was kann ich tun?«

Es war so typisch für die beiden. Es war typisch für Deborah, dass sie bei ihrem Gespräch am Morgen sogleich seine Sorgen erfasst hatte. Es war typisch für sie, dass sie ihm den Weg zu Simon geebnet hatte. Und es war typisch für Simon, dass er seine Unterstützung ohne jedes Zögern zugesagt hatte, da das kleinste Zögern die Schuld aufgestört hätte, die wie ein gefährlicher verwundeter Tiger zwischen ihnen lag.

Er lehnte sich in die Kissen und schloss müde die Augen, während er erschöpft seine Gedanken in die Vergangenheit zurückschweifen ließ. Er gab sich den betörenden Bildern früheren Glücks hin, die ungetrübt waren von Schmerz und Kummer.

›The lovely Thais by his side
Sate like a blooming Easter bride,
In flow'r of youth and beauty's pride.
Happy, happy, happy pair!
None but the brave deserves the fair.‹

Wie von selbst schlichen sich Drydens Worte in sein Bewusstsein. Er wollte sie nicht. Er schob sie weg und zwang sie, in sein Unbewusstes zu versinken. So sehr war er darauf konzentriert, dass er nicht hörte, wie die Tür geöffnet wurde und jemand an sein Bett kam. Er nahm erst wahr, dass jemand in seinem Zimmer war, als eine kühle Hand sanft seine Wange berührte. Er riss die Augen auf.

»Ich glaube, Sie brauchen ein Odell's, Inspector«, flüsterte Stepha.

12

Verblüfft starrte er sie an. Vergeblich wartete er auf den inneren Umschlag, auf das prompte Erscheinen jenes Mannes von Welt, der lachte und tanzte und auf alles eine geistreiche Erwiderung hatte. Seine Maske wollte sich nicht einstellen, nichts geschah. Stephas Eindringen in sein Zimmer, das so unmerklich vor sich gegangen war, schien seinen einzigen Abwehrmechanismus zerstört zu haben; alles, was ihm von seinem ganzen Repertoire als Mann von Welt geblieben war, war die Fähigkeit, ruhig dem Blick ihrer schönen Augen zu begegnen.

Er spürte, dass er sich vergewissern musste, dass sie Realität war, keine Traumgestalt aus den Nebeln seiner Erinnerung. Er berührte ihr Haar. Weich, dachte er verwundert.

Sie nahm seine Hand, küsste die Handfläche, das Gelenk. Ihre Zunge streichelte sachte seine Finger.

»Komm heute Nacht in meine Arme. Lass mich den Wahnsinn und die höllischen Bilder vertreiben.«

Ihre Stimme war nur ein Hauch, so dass er sich fragte, ob auch sie Teil eines Traumes wäre. Aber ihre weichen Hände spielten über seine Wangen und seinen Hals, und als sie sich zu ihm herabneigte und er die Süße ihres Mundes kostete, wusste er, dass sie Wirklichkeit war, die Gegenwart, die gelassen die dicken Abwehrmauern seiner Vergangenheit einreißen wollte.

Er wollte fliehen vor der Belagerung, Zuflucht suchen in den verklärten Erinnerungen, die ihn in diesem vergangenen Jahr so gut abgeschirmt hatten; in diesem Jahr, in dem alles Begehren ausgelöscht gewesen war, alle Sehnsucht tot, das ganze Leben unvollständig. Aber sie gestattete keine Flucht, und während sie zielstrebig die Wehrmauern zerstörte, die ihn schützten, spürte er wiederum nicht herrliche Befreiung, sondern jenes beängstigende Verlangen, einen anderen mit Leib und Seele zu besitzen.

Er konnte nicht. Er würde es nicht zulassen. Verzweifelt suchte er die letzten, schon zerstörten Abwehrkräfte zusammenzuraffen, jenes gefühllose Geschöpf zu retten, das schon tot war. An seiner Stelle wurde – zart und verletzlich – der Mensch wieder geboren, der die ganze Zeit über da gewesen war.

»Erzähl mir von Paul.«

Sie stützte sich auf einen Ellbogen, berührte mit einem Finger seine Lippen, zeichnete ihre Kontur nach. Das Licht fiel auf ihre Haare, ihre Schultern, ihre Brüste. Feuer und Milch und ein kaum wahrnehmbarer Veilchenduft. »Warum?«

»Weil ich dich kennen lernen möchte. Weil er dein Bruder war. Weil er sterben musste.«

Ihr Blick wich dem seinen aus.

»Was hat Nigel dir erzählt?«

»Dass Pauls Tod jeden veränderte.«

»Ja, das ist wahr.«

»Bridie sagte, er wäre fortgegangen und hätte ihr nie auf Wiedersehen gesagt.«

Stepha ließ sich neben ihn sinken, in seine Arme.

»Paul hat sich das Leben genommen, Thomas«, sagte sie leise. Sie zitterte bei den Worten, und er hielt sie fester. »Wir haben es Bridie nicht gesagt. Wir sagen, dass er an Huntington's Chorea gestorben ist, und in gewisser Weise stimmt das ja auch. Es war die Krankheit, die ihn tötete. Hast du schon einmal Menschen mit dieser Krankheit gesehen? Veitstanz. Sie haben ihren Körper nicht mehr in der Gewalt. Sie zucken und torkeln und springen und stürzen. Und am Ende verlieren sie auch noch den Verstand. Aber Paul nicht. Nein, Paul nicht.«

Ihr brach die Stimme. Sie holte tief Atem. Er strich ihr über das Haar und küsste sie auf den Scheitel.

»Das tut mir Leid.«

»Er hatte gerade noch genug Verstand, um zu begreifen, dass er seine Frau nicht mehr erkannte, dass er den Namen seines Kindes nicht mehr wusste, seinen Körper nicht mehr beherrschte. Er hatte gerade noch genug Verstand, um für sich zu beschließen, dass es Zeit zum Sterben sei.« Sie schluckte. »Ich habe ihm geholfen. Das musste ich tun. Wir waren Zwillinge.«

»Das wusste ich nicht.«

»Hat Nigel es dir nicht gesagt?«

»Nein. Nigel liebt dich, nicht wahr?«

»Ja.« Sie antwortete ohne Geziertheit.

»Ist er nach Keldale gekommen, um in deiner Nähe zu sein?«

Sie nickte. »Wir waren alle zusammen auf der Universität: Nigel, Paul und ich. Zu einem früheren Zeitpunkt hätte ich Nigel vielleicht geheiratet. Er war damals noch nicht so zornig und bitter. Die Quelle seiner Bitterkeit bin ich, fürchte ich. Aber jetzt werde ich nie mehr heiraten.«

»Warum nicht?«

»Weil Huntington's Chorea eine Erbkrankheit ist. Ich bin Trägerin. Ich möchte sie nicht an ein Kind weitergeben. Es ist schlimm genug, Bridie jeden Tag sehen zu müssen und immer, wenn sie mal stolpert oder was fallen lässt, sofort zu fürchten, dass sie auch diese furchtbare Krankheit hat. Ich weiß nicht, was ich täte, wenn ich ein Kind hätte. Wahrscheinlich würde ich verrückt werden vor Angst.«

»Man braucht nicht unbedingt Kinder zu haben. Oder man könnte eines adoptieren.«

»Natürlich, Männer sagen das so. Nigel sagt das auch. Aber für mich hat eine Ehe keinen Sinn, wenn ich nicht auch ein eigenes Kind haben kann. Ein eigenes gesundes Kind.«

»War das Baby in der alten Abtei ein gesundes Kind?«

Sie richtete sich auf, um ihm ins Gesicht sehen zu können.

»Im Dienst, Inspector? Eine merkwürdige Zeit und ein merkwürdiger Ort dafür, finden Sie nicht?«

Er lächelte reumütig. »Entschuldige. Der reine Reflex.« Aber dann fügte er doch hinzu: »War es gesund?«

»Wo hast du denn von dem Baby in der alten Abtei gehört? Nein, du brauchst es mir nicht zu sagen. In Keldale Hall.«

»Wie ich hörte, war es eine wahr gewordene Legende?«

»So ungefähr. Die Legende – die von den Burton-Thomas' bei jeder Gelegenheit gefördert wird – besagt, dass man manchmal in der alten Abtei nachts einen Säugling weinen hören kann. Die Realität ist, wie zu erwarten, weit weniger romantisch. Das Geräusch kommt vom Wind, wenn er gerade mit der richtigen Stärke durch einen Spalt in der Mauer zwischen dem nördlichen Querschiff und dem Mittelschiff hindurchpfeift. Das kommt mehrmals im Jahr vor.«

»Und woher weißt du das?«

»Mein Bruder und ich haben als Jugendliche einmal im Frühjahr vierzehn Tage dort gezeltet, weil wir hinter das Geheimnis kommen wollten. Wir haben selbstverständlich die Burton-Thomas' nicht bloßgestellt, indem wir die Wahrheit ausposaunten. Aber es ist schon richtig, das Geräusch des Windes hat große Ähnlichkeit mit dem Weinen eines Kindes.«

»Und was ist mit dem richtigen Baby?«

»Aha, zurück zum Ausgangspunkt, hm?« Sie legte ihr Gesicht auf seine Brust. »Ich weiß nicht viel darüber. Pater Hart fand das kleine Ding vor ungefähr drei Jahren. Er entfachte bei den Leuten hier helle Empörung, und Gabriel Langston bekam den Auftrag, der Sache auf den Grund zu gehen. Der arme Kerl. Er hat nie etwas herausbekommen. Die Wogen glätteten sich nach ein paar Wochen. Das Kind wurde beerdigt, alle kamen, und damit war die Sache erledigt. Es war alles ziemlich unerfreulich.«

»Und du warst froh, als es vorbei war?«

»Ja. Ich mag keine Düsternis in meinem Leben. Ich will ein Leben voller Lust und Spaß.«

»Vielleicht hast du Angst vor anderen Gefühlen.«

»Ja. Aber am meisten Angst habe ich davor, so zu enden wie Olivia; einen Menschen so sehr zu lieben und dann zusehen zu müssen, wie er mir brutal von der Seite gerissen wird. Ich kann ihre Nähe kaum noch ertragen. Nach Pauls Tod versank sie im Nebel und tauchte nie wieder auf. So möchte ich nicht werden. Niemals.« Sie sprach das letzte Wort zornig, doch als sie den

Kopf hob, sah er Tränen in ihren Augen. »Bitte, Thomas«, flüsterte sie, und sein Körper reagierte mit heißem Begehren.

Heftig zog er sie an sich, fühlte ihr Feuer und ihre Leidenschaft, hörte ihren Aufschrei der Lust, spürte, wie der Wahnsinn dahinschmolz.

»Und was ist mit Bridie?«

»Wie meinst du das?«

»Sie wirkt wie eine verlorene kleine Seele. Nur Bridie und ihre Ente.«

Stepha lachte leise. Sie drehte sich auf die Seite und drückte ihren warmen Rücken an seinen Körper.

»Bridie ist ein besonderes kleines Wesen, nicht?«

»Olivia wirkt merkwürdig distanziert von ihr. Es scheint fast so, als wüchse Bridie ganz ohne Eltern auf.«

»Liv war nicht immer so. Aber Bridie ist wie Paul. Sie ist ihm ungeheuer ähnlich. Ich glaube, es tut Olivia sehr weh, sie nur zu sehen. Sie hat Pauls Tod immer noch nicht überwunden. Wahrscheinlich wird sie ihn nie überwinden.«

»Warum, um Gottes willen, wollte sie dann wieder heiraten?«

»Bridies wegen. Paul war ein sehr starker Vater. Ich glaube, Olivia hielt es für ihre Pflicht, einen Ersatz für ihn zu finden. Und William war wahrscheinlich ganz erpicht darauf, diesen Platz einzunehmen.« Ihre Stimme wurde schläfrig. »Ich weiß nicht, wie sie sich diese Ehe für sich selbst vorstellte. Aber ich glaube, ihr lag in erster Linie daran, Bridie einen Vater zu geben. Und es hätte bestimmt gut geklappt. William war sehr gut zu Bridie. Und Roberta auch.«

»Bridie sagt, dass du auch gut zu ihr bist.«

»Ja?« Sie gähnte. »Ich hab' ihr das verschnittene Haar ein bisschen zurechtgestutzt, dem armen kleinen Schatz. Zu viel bin ich nicht gut, fürchte ich.«

»Du kannst Gespenster vertreiben«, sagte er leise. »Das kannst du sehr gut.«

Aber sie war bereits eingeschlafen.

Er erwachte, und diesmal erkannte er die Realität sofort wieder. Sie lag da wie ein Kind, die Knie hochgezogen, beide Fäuste unter dem Kinn. Im Schlaf runzelte sie die Stirn, und zwischen ihren Lippen hatte sich eine Haarsträhne gefangen. Er lächelte bei ihrem Anblick.

Ein Blick auf die Uhr. Es war halb sieben. Er beugte sich über sie und küsste ihre Schultern. Sie erwachte sofort, war augenblicklich hellwach, nicht im mindesten verwirrt, wusste genau, wo sie war. Sie hob die Hand, berührte seine Wange und zog ihn zu sich herunter.

Er küsste ihren Mund, dann ihren Hals und hörte die Veränderung ihrer Atemzüge, die Lust signalisierte. Seine Hand glitt über ihren Körper. Sie seufzte.

»Thomas.« Sie hob den Kopf. Ihre Wangen waren gerötet, ihre Augen leuchteten. »Ich muss gehen.«

»Noch nicht.«

»Schau doch, wie spät es ist.«

»Gleich.« Er neigte sich zu ihr, fühlte ihre Hände in seinem Haar.

»Du – ich – guter Gott!« Sie lachte, als sie merkte, wie ihr Körper sie verriet.

Er lächelte. »Dann geh, wenn du musst.«

Sie setzte sich auf, küsste ihn ein letztes Mal und ging ins Bad. Er lag da, von einem Glücksgefühl erfüllt, das er für immer verloren geglaubt hatte, und lauschte den vertrauten Geräuschen aus dem Badezimmer. Er fragte sich plötzlich, wie er das letzte Jahr der Einsamkeit überhaupt hatte überleben können.

Dann kam sie lächelnd wieder ins Zimmer und zog seine

Bürste durch ihr zerzaustes Haar. Sie griff nach dem grauen Morgenrock und zog ihn an.

Und in diesem Moment, im Licht des frühen Morgens, sah er an ihrem Körper die unverwechselbaren Anzeichen dafür, dass sie ein Kind geboren hatte.

Barbara stand endlich auf, als sie hörte, wie Lynleys Zimmertür leise geöffnet und wieder geschlossen wurde. Sie hatte auf der Seite gelegen, die Augen starr auf einen Punkt an der Wand gerichtet, die Zähne so fest aufeinander gebissen, dass ihr ganzer Unterkiefer schmerzte. Seit jenem ersten Moment vor sechs Stunden, als sie die beiden das erste Mal in seinem Zimmer gehört hatte, hatte sie krampfhaft versucht, alle Gefühle in sich abzutöten.

Ihre Beine waren wie taub, als sie zum Fenster ging. Mit steinernem Gesicht starrte sie in den Morgen hinaus. Das Dorf schien ohne Leben, ein Ort ohne Farben und Geräusche. Wie passend, dachte sie.

Das Bett hatte sie fast wahnsinnig gemacht, das unverkennbare rhythmische Quietschen seines Bettes. Es quietschte und quietschte, bis sie am liebsten laut geschrien, mit den Fäusten an die Wand getrommelt hätte, um ihm ein Ende zu machen. Aber die Stille, die ebenso plötzlich eintrat, war noch schlimmer. Sie hämmerte ihr in den Ohren mit zornigen Schlägen, die sie endlich als das Schlagen ihres Herzens erkannte. Und dann wieder das Bett. Endlos. Und der gedämpfte Aufschrei der Frau.

Sie drückte ihre Hand, die heiß und trocken war, auf die Fensterscheibe und fühlte mit gleichgültiger Überraschung das feuchte, kühle Glas. Ihre Finger rutschten ab und hinterließen Streifen. Sie betrachtete sie zerstreut.

So war das also mit seiner unglücklichen Liebe zu Deborah. Lieber Gott, dachte Barbara, ich muss ja nicht bei Trost gewesen sein. Wann war der denn je was anderes als das, was er heute Nacht war: ein Gockel, ein Macho, der sich seine Männlichkeit zwischen den Beinen jeder Frau beweisen muss, die ihm über den Weg läuft.

Gestern Nacht haben Sie sie gründlich bewiesen, Inspector. Gleich drei- oder viermal, dass es eine wahre Wonne war. Sie sind wirklich ein hochbegabter Bursche.

Sie lachte lautlos und ohne Erheiterung. Im Grunde war es eine Genugtuung zu entdecken, dass er genau das war, wofür sie ihn immer gehalten hatte: ein streunender Kater auf der Pirsch nach der rolligen Katze. Die Fassade aristokratischer Kultiviertheit war dünn. Man brauchte nur ein bisschen daran zu kratzen, und schon kam die Wahrheit durch.

Im Nebenzimmer begann geräuschvoll das Badewasser zu laufen. Für Barbara hörte es sich an wie brandender Applaus. Sie wandte sich vom Fenster ab. Sie fragte sich, wie sie den kommenden Tag hinter sich bringen sollte.

»Wir müssen das ganze Haus auseinander nehmen«, sagte Lynley. »Ein Zimmer nach dem anderen.«

Sie waren gerade im Arbeitszimmer. Barbara stand am Bücherregal und blätterte mit mürrischem Gesicht in einem eselsohrigen Brontë-Roman. Er beobachtete sie. Abgesehen von einsilbigen, völlig ausdruckslosen Antworten auf seine Bemerkungen beim Frühstück, hatte sie kein Wort gesprochen. Der dünne Faden der Kommunikation, der sich zwischen ihnen angesponnen hatte, schien zerrissen zu sein. Um alles noch schlimmer zu machen, trug sie auch wieder das entsetzliche blaue Kostüm und die albernen farbigen Strümpfe dazu.

»Havers!«, sagte er scharf. »Hören Sie mir überhaupt zu?«

Sie drehte mit aufreizender Langsamkeit den Kopf.

»Ich bin ganz Ohr – Inspector.«

»Dann fangen Sie in der Küche an.«

»Einer der beiden Orte, wo das kleine Frauchen hingehört.«

»Was soll das heißen?«

»Gar nichts.« Sie ging aus dem Zimmer.

Er sah ihr perplex nach. Was, zum Teufel, war in die Frau gefahren? Sie hatten so gut zusammengearbeitet, aber jetzt benahm sie sich, als könnte sie es nicht erwarten, den ganzen Erfolg zunichte zu machen und wieder ihre Uniform anzuziehen. Es war völlig unsinnig. Webberly bot ihr eine Chance, sich zu bewähren, und sie legte es förmlich darauf an, jedes Vorurteil, das die anderen Kriminalbeamten im Yard gegen sie hatten, zu bestätigen. Er seufzte und versuchte, sich die Gedanken über sie aus dem Kopf zu schlagen.

St. James musste jetzt schon auf der Fahrt nach Newby Wiske sein, die Hundeleiche im Plastiksack im Kofferraum des Escort, Robertas Kleidung in dem braunen Karton auf dem Rücksitz. Er würde die Autopsie durchführen, die Tests überwachen und ihm dann seinen Befund bekannt geben. Ein Glück, dass St. James zur Stelle war. Seine Mitarbeit würde gewährleisten, dass wenigstens in diesem Fall korrekt gehandelt wurde.

Chief Constable Kerridge hatte erfreut zur Kenntnis genommen, dass Allcourt-St.-James kommen würde, um sich der Einrichtungen des gut ausgestatteten Labors im Präsidium zu bedienen. Dem ist alles recht, dachte Lynley, wenn er damit nur Nies eins auswischen kann. Er schüttelte angewidert den Kopf, ging zu William Teys' Schreibtisch und zog die oberste Schublade auf.

Sie barg jedoch keine Geheimnisse. Eine Schere, Bleistifte, eine zerknitterte Karte des Landkreises, ein Farbband und eine Rolle Klebeband. Die Karte erregte sein Interesse, und er entfaltete sie begierig: Vielleicht waren hier die Stationen einer sorgfältigen Fahndung nach Gillian eingezeichnet. Aber die Karte enthielt keinerlei Markierungen.

Die übrigen Schubladen enthielten so wenig Bedeutungsvolles wie die erste. Ein Töpfchen Leim, zwei Kartons unbenutzter Weihnachtskarten, drei kleine Stapel Fotografien vom Hof, Rechnungsbücher, eine angebrochene Rolle Pfefferminzdrops. Nichts über Gillian.

Er setzte sich wieder in den Sessel. Sein Blick fiel auf das Lesepult und die Bibel, die darauf lag. Einem Einfall folgend, stand er auf und schlug die Bibel an der eingemerkten Stelle auf.

›Und der Pharao sprach zu Joseph: Weil dir Gott dies alles kundgetan hat, ist keiner so verständig und weise wie du. Du sollst über mein Haus sein, und deinem Wort soll all mein Volk gehorsam sein; allein um den königlichen Thron will ich höher sein als du. Und weiter sprach der Pharao zu Joseph: Siehe, ich habe dich über ganz Ägyptenland gesetzt. Und er tat seinen Ring von seiner Hand und gab ihn Joseph an seine Hand und kleidete ihn mit kostbarer Leinwand und legte ihm eine goldene Kette um seinen Hals und ließ ihn auf seinem zweiten Wagen fahren und ließ vor ihm her ausrufen: Der ist des Landes Vater! Und setzte ihn über ganz Ägyptenland.‹

»Suchen Sie den Rat des Herrn?«

Lynley blickte auf. Barbara lehnte an der schweren Tür. Ihr formloser Körper war vom Morgenlicht scharf umrissen, ihr Gesicht war ausdruckslos.

»Sind Sie in der Küche fertig?«, fragte er.

»Ich hatte Lust auf eine Pause.« Sie kam gemächlich ins Zimmer. »Haben Sie ’ne Zigarette da?«

Zerstreut reichte er ihr das Etui und ging zu den Bücherregalen, suchte, fand einen Band Shakespeare, nahm ihn heraus und blätterte darin herum.

»Ist Daze rothaarig, Inspector?«

Es dauerte einen Moment, ehe die Merkwürdigkeit der Frage ihm zu Bewusstsein kam. Als er aufsah, stand Barbara wieder an der Tür und rieb mit den Fingern sinnend über das Holz, allem Anschein nach gar nicht interessiert an seiner Antwort.

»Wie bitte?«

Sie klappte das Zigarettenetui auf und las die eingravierten Worte. »›Thomas, Darling, wir werden Paris immer im Herzen tragen, nicht wahr? Daze.‹«

Kalt begegnete sie seinem Blick. Da erst bemerkte er, wie bleich sie war, wie dunkel die Ringe der Müdigkeit unter ihren Augen waren, wie das Etui in ihrer Hand zitterte.

»Abgesehen von ihrer ziemlich kitschigen Ausdrucksweise – ist sie rothaarig?«, wiederholte Barbara. »Ich frage nur, weil Sie rothaarige Frauen zu bevorzugen scheinen. Oder ist Ihnen in Wahrheit jede recht?«

Entsetzt erkannte Lynley, was die Veränderung ihres Verhaltens bewirkt hatte und dass er selbst die Schuld daran trug. Er konnte nichts sagen. Es gab keine schnelle Antwort auf ihre Frage. Aber er sah sogleich, dass eine Antwort gar nicht nötig war. Sie hatte gar nicht die Absicht, auf eine zu warten, ehe sie fortfuhr.

»Havers ...«

Sie hob abwehrend die Hand. Sie war totenbleich. Ihr Gesicht wirkte wie platt gedrückt. Ihre Stimme war schrill.

»Es ist schlechter Stil, Inspector, zum nächtlichen Stelldichein nicht ins Zimmer der Frau zu gehen. Es wundert mich, dass Sie das nicht wissen. Bei *Ihrer* Erfahrung hätte ich das nicht vermutet. Aber es ist ja nur ein kleiner Lapsus und macht einer Frau sicher gar nichts aus, wenn sie dafür das ekstatische Vergnügen genießen kann, mit Ihnen zu bumsen.«

Er fuhr vor dem gemeinen Ton zurück, den sie dem Wort gab.

»Es tut mir Leid, Barbara«, sagte er.

»Warum tut es Ihnen Leid?« Sie stieß ein heiseres Lachen aus. »In der Hitze des Gefechts denkt keiner an mögliche Lauscher. Ich jedenfalls nie, das weiß ich.« Sie verzog den Mund zu einem zitternden Lächeln. »Und hitzig ist es ja wirklich zugegangen gestern Nacht, nicht? Ich traute meinen Ohren nicht, als Sie beide ein zweites Mal loslegten. Und so bald schon! Gott, Sie haben sich ja kaum eine Verschnaufpause gegönnt.«

Er sah ihr nach, wie sie zum Regal ging und mit dem Finger über einen Buchrücken strich.

»Ich wusste nicht, dass Sie uns hören konnten. Ich bitte um Entschuldigung, Barbara. Es tut mir entsetzlich Leid.«

Sie drehte sich mit einer raschen Bewegung nach ihm um.

»Warum sollte es Ihnen Leid tun?«, sagte sie wieder, mit lauterer Stimme diesmal. »Sie sind schließlich nicht vierundzwanzig Stunden im Dienst. Und außerdem war es ja im Grund nicht Ihre Schuld, nicht wahr? Woher hätten Sie wissen sollen, dass Stepha kreischen würde wie eine Verrückte.«

»Trotzdem – es war nie meine Absicht, Ihre Gefühle zu verletzen ...«

»Sie haben meine Gefühle nicht verletzt!« Sie lachte schrill. »Wie kommen Sie denn auf eine so absurde Idee? Ich würde sagen, Sie haben eher meine Neugier geweckt. Während ich zuhörte, wie Sie es mit Stepha trieben – war es drei- oder viermal? –, hab' ich mich gefragt, ob Deborah auch solche begeisterten Schreie losgelassen hat.«

Es war ein Schuss ins Dunkle, aber er saß. Er wusste, dass sie es bemerkte, ihr Gesicht glühte vor Triumph.

»Ich denke, das geht Sie gar nichts an.«

»Natürlich nicht. Das weiß ich doch. Aber bei Ihrer zweiten Runde mit Stepha – sie dauerte doch mindestens eine Stunde, oder? – musste ich unwillkürlich an den armen alten Simon denken. Der muss sich bestimmt ganz schön abplagen, um so eine Nummer hinzukriegen.«

»Sie sind gut informiert, Havers, das muss ich Ihnen lassen. Und wenn Sie den Handschuh werfen, sitzt der Pfeil. Oder werfe ich da jetzt die Bilder durcheinander?«

»Spielen Sie hier bloß nicht den Gönnerhaften!« Sie schrie jetzt. »Was glauben Sie eigentlich, wer Sie sind?«

»Zunächst einmal Ihr Vorgesetzter.«

»Ah ja, natürlich, Inspector. Das ist der richtige Moment, um den Vorgesetzten herauszukehren. Tja also, was soll ich tun? Soll ich mich hier an die Arbeit machen? Nehmen Sie's mir nicht übel, wenn ich nicht ganz auf dem Posten bin. Ich hab' in der vergangenen Nacht nicht gut geschlafen.«

Sie riss wütend ein Buch aus dem Regal. Es fiel zu Boden. Er sah, dass sie mit Mühe die Tränen zurückhielt.

»Barbara ...«

Sie riss ein Buch nach dem anderen heraus und warf es zu Boden. Viele waren feucht und voller Stockflecken. Sie verbreiteten einen unangenehmen Geruch im Zimmer.

»Barbara, hören Sie mir zu. Sie haben bis jetzt gute Arbeit geleistet. Seien Sie jetzt nicht dumm.«

Zitternd drehte sie sich um. »Was soll das denn heißen?«

»Sie haben eine Chance, wieder zur Kripo zu kommen. Werfen Sie sie nicht weg, nur weil Sie wütend auf mich sind.«

»Ich bin nicht wütend auf Sie. Sie sind mir scheißegal.«

»Natürlich. Ich wollte damit nicht sagen, dass ich für Sie eine Bedeutung habe.«

»Wir wissen doch beide, warum ich Ihnen zugeteilt wurde. Sie brauchten für den Fall eine Frau, und sie wussten, dass bei mir nichts passieren würde.« Sie spie ihm die letzten Worte ins Gesicht. »Sobald der Fall abgeschlossen ist, sitz' ich wieder im Streifenwagen.«

»Was reden Sie da?«

»Tun Sie doch nicht so, Inspector. Ich bin nicht blöd. Ich schau' ab und zu mal in den Spiegel.«

Er war perplex, als er die Bedeutung ihrer Worte erfasste.

»Glauben Sie, dass Sie mir nur deshalb zugeteilt wurden, weil Webberly fürchtet, ich würde mit jeder anderen Beamtin schlafen?« Sie antwortete nicht. »Glauben Sie das?«, hakte er nach. Das Schweigen hielt an. »Verdammt noch mal, Havers ...«

»Ich *weiß* es!«, schrie sie. »Aber Webberly weiß nicht, dass dieser Tage jede Blondine oder Dunkelhaarige vor Ihnen sicher ist, nicht nur hässliche Ziegen wie ich. Sie sind nur auf Rothaarige scharf, Rothaarige wie Stepha. Als Ersatz für die eine, die Sie nicht haben können.«

»Das hat nichts mit diesem Gespräch zu tun.«

»Es hat alles damit zu tun. Nur weil Sie Deborah nicht haben können, sind Sie die halbe Nacht wie ein Wahnsinniger auf Stepha rumgehopst, und nur deshalb ist es zu dieser ganzen beschissenen Diskussion gekommen.«

»Dann schlage ich vor, wir lassen das jetzt. Ich habe mich entschuldigt. Sie haben Ihre Gefühle und Ihre Überzeugungen – so bizarr sie auch sein mögen – absolut klargestellt. Ich glaube, das reicht.«

»Sie machen sich's leicht! Mich *bizarr* zu nennen«, schrie sie erbittert. »Und was ist mit Ihnen? Sie heiraten die Frau nicht, weil ihr Vater Bediensteter ist. Sie schauen lieber zu, wie Ihr bester Freund sich in sie verliebt, und dann trauern Sie ihr den Rest Ihres Lebens nach. Und Sie wagen es, mich *bizarr* zu nennen.«

»Ihre Informationen sind nicht ganz zutreffend«, sagte er eisig.

»Oh, ich habe alles an Informationen, was ich brauche. Und wenn ich die einzelnen Fakten aneinander reihe, dann ist *bizarr* genau das richtige Wort, um sie zu beschreiben. Fakt eins: Sie lieben Deborah St. James. Fakt zwei: Sie ist mit einem anderen Mann verheiratet. Fakt drei: Sie hatten offensichtlich eine Affäre mit ihr, was uns zwangsläufig zu Fakt vier führt: Sie hätten sie heiraten können, aber Sie entschieden sich dafür, es nicht zu tun, und für diese erbärmliche Entscheidung, der nur Ihr lächerliches Standesbewusstsein zu Grunde liegt, werden Sie Ihr Leben lang blechen.«

»Sie scheinen ja von meiner unwiderstehlichen Wirkung auf

Frauen sehr überzeugt zu sein. Jede Frau, die mit mir schläft, ist auch gleich bereit, meine Ehefrau zu werden. Ist das richtig?«

»Machen Sie sich ja nicht über mich lustig!«, schrie sie, die Augen vor Wut zugedrückt.

»Ich mache mich nicht über Sie lustig. Für mich ist diese Diskussion beendet.« Er wollte zur Tür gehen.

»Klar, klar! Hauen Sie ab! Genau das hab' ich von Ihnen erwartet, Lynley. Bumsen Sie noch eine Runde mit Stepha. Oder wie wär's mit Helen? Setzt sie sich eine rote Perücke auf, damit Sie ihn hochkriegen? Erlaubt sie Ihnen, sie Deb zu nennen?«

Der Zorn stieg in ihm immer heftiger hoch. Er zwang sich zur Ruhe, indem er auf die Uhr sah.

»Havers, ich fahre jetzt nach Newby Wiske, um zu sehen, was St. James' Untersuchungen ergeben haben. Ihnen bleiben – sagen wir – drei Stunden, um dieses Haus auseinander zu nehmen und etwas zu finden – irgendetwas, Havers, ganz gleich, was –, was uns den Weg zu Gillian Teys zeigt. Da Sie eine so bemerkenswerte Fähigkeit besitzen, sich die Fakten aus den Fingern zu saugen, dürfte das für Sie überhaupt kein Problem sein. Wenn Sie jedoch nach Ablauf dieser drei Stunden nichts vorzuweisen haben, können Sie sich als entlassen betrachten. Ist das klar?«

»Warum entlassen Sie mich nicht gleich? Dann haben Sie's hinter sich«, schrie sie.

»Weil ich gern die Vorfreude genieße.« Er trat zu ihr und nahm ihr das Zigarettenetui aus der schlaffen Hand. »Daze ist blond«, sagte er.

Sie schnaubte verächtlich. »Kaum zu glauben. Setzt sie für die intimen Momente eine rote Perücke auf?«

»Das weiß ich nicht.« Er drehte das Zigarettenetui in seiner Hand um, so dass das in den Deckel eingravierte verschnörkelte A zu sehen war. »Aber es ist eine interessante Frage. Wenn mein

Vater noch am Leben wäre, würde ich ihn fragen. Das Etui hat ihm gehört. Daze ist meine Mutter.«

Er nahm den Band Shakespeare und ging.

Barbara stand wie gelähmt und starrte ihm nach. Während sie darauf wartete, dass das Dröhnen ihres Blutes nachließ, wurde ihr langsam das Ungeheuerliche bewusst, das sie getan hatte.

Sie haben bis jetzt gute Arbeit geleistet ... Sie haben eine Chance, wieder zur Kripo zu kommen. Werfen Sie sie nicht weg, nur weil Sie wütend auf mich sind.

Aber genau das hatte sie getan. Ihre wahnsinnige Wut, das Verlangen, ihn niederzumachen und zu verletzen, hatten alle ihre guten Vorsätze, sich als kompetente Mitarbeiterin zu bewähren, zunichte gemacht. Was um Gottes willen war nur über sie gekommen?

War sie eifersüchtig? Hatte sie etwa einen wahnwitzigen Moment lang geglaubt, Lynley könne sich ihr zuwenden und sie nicht als die sehen, die sie wirklich war: eine reizlose, dickliche Frau, zornig auf die ganze Welt, verbittert, ohne Freunde und schrecklich einsam? Hatte sie sich etwa der geheimen Hoffnung hingegeben, er könne seine Zuneigung zu ihr entdecken? War es das, was sie an diesem Morgen getrieben hatte, so über ihn herzufallen? Die Vorstellung war absurd.

Das konnte nicht sein. Das war unmöglich. Sie wusste genug über ihn, um *so* dumm nicht zu sein.

Sie fühlte sich wie ausgehöhlt. Es lag an diesem Haus. An diesem Ort, wo nur noch Gespenster wohnten. Fünf Minuten zwischen diesen Wänden, und sie war so weit, aus der Haut zu fahren, die Wände hochzugehen, sich wie eine Irre die Haare zu raufen.

Sie ging zur Tür und blickte durch das Wohnzimmer zu Tessas Gedenkschrein. Die Frau lächelte sie freundlich an. Aber lag da nicht eine Spur Siegesgewissheit in den Augen? War es nicht so, als hätte Tessa von Anfang an gewusst, dass sie nur versagen konnte, wenn sie dieses Haus betrat und seine eisige Stille spürte?

Drei Stunden, hatte er gesagt. Drei Stunden, um das Geheimnis um Gillian Teys aufzudecken.

Sie lachte bitter bei dem Gedanken und lauschte dem Geräusch in der Stille nach. Er wusste, dass sie das nicht schaffen würde; dass auf ihn das Vergnügen wartete, sie nach London zurückzuschicken, zurück zur uniformierten Polizei, zurück in Schmach und Schande. Welchen Sinn hatte es da, überhaupt einen Versuch zu machen? Warum packte sie nicht lieber gleich ihre Sachen und verschwand, anstatt ihm auch noch die Genugtuung zu geben?

Sie warf sich auf das Wohnzimmersofa. Tessa sah teilnahmsvoll zu ihr herunter. Aber – wenn es ihr nun doch gelang, Gillian zu finden? Was, wenn sie erfolgreich war, wo Lynley selbst gescheitert war? Würde es dann noch eine Rolle spielen, wenn er sie zurückschickte? Würde sie dann nicht ein für alle Mal wissen, dass sie wirklich etwas taugte, dass sie eine wertvolle Mitarbeiterin hätte sein können?

Es war ein durchaus überzeugender Gedanke. Sie zupfte zerstreut an dem zerschlissenen Überzug des Sofas. Das Kratzen ihrer Finger an dem groben Stoff war das einzige Geräusch im Haus. Sie blickte nachdenklich zur Treppe.

Sie saßen an einem Ecktisch im *Keys and Candle,* Newby Wiskes zentral gelegenes und gut besuchtes Gasthaus. Die Mittagsgäste waren gegangen, außer ihnen hockten nur noch ein paar Stammgäste über ihrem Bier am Tresen.

Sie schoben ihre Teller zur Seite, und Deborah schenkte den Kaffee ein, der ihnen eben gebracht worden war. Draußen warfen der Koch und der Spüler Müll in die Tonne und unterhielten sich laut über die Qualitäten eines Dreijährigen, der in

Newmarket laufen würde und auf den der Koch offenbar seinen ganzen Wochenlohn gesetzt hatte.

St. James gab die übliche Menge Zucker in seinen Kaffee. Nach dem vierten Löffel sagte Lynley: »Zählt er eigentlich mit?«

»Nicht dass ich wüsste«, antwortete Deborah.

»Simon, das ist grässlich. Wie kannst du diese Brühe trinken?«

Simon lachte nur und zog die Testergebnisse zu sich heran. »Irgendwie muss ich mich doch vom Geruch dieses Hundes erholen«, sagte er. »Dafür schuldest du mir was, Tommy.«

»In Ordnung, wie sieht's aus?«

»Das Tier ist an einer Halswunde verblutet. Sie scheint ihm mit einem Messer beigebracht worden zu sein, dessen Klinge zwölf Zentimeter lang war.«

»Also kein Taschenmesser.«

»Ich nehme an, es war ein Küchenmesser. Zum Fleischschneiden. Etwas in der Art. Hat die Polizei sämtliche Messer auf dem Hof sichergestellt und untersucht?«

Lynley blätterte in seinen Unterlagen.

»Anscheinend. Aber das fragliche Messer wurde nicht gefunden.«

St. James machte ein nachdenkliches Gesicht.

»Das ist interessant. Das lässt beinahe vermuten ...« Er verstummte und verwarf den Gedanken. »Nun, das Mädchen hat zugegeben, dass es seinen Vater getötet hat, das Beil lag neben ihr auf dem Boden ...«

»Ohne jegliche Fingerabdrücke«, warf Lynley ein.

»Zugegeben. Aber wenn nicht gerade der Tierschutzverein Anzeige wegen Grausamkeit gegen Tiere erstatten will, brauchen wir die Waffe, mit der der Hund getötet wurde, eigentlich gar nicht.«

»Du redest fast schon wie Nies.«

»Davor bewahre mich Gott.« St. James rührte seinen Kaffee um und wollte gerade wieder zum Zucker greifen, als Deborah mit einem sonnigen Lächeln die Dose wegzog. Simon knurrte gutmütig und setzte das Gespräch fort. »Aber wir haben noch etwas anderes festgestellt. Barbiturate.«

»Was?«

»Barbiturate«, wiederholte St. James. »Hier ist der Befund.« Er schob den Bericht über den Tisch.

Lynley las verblüfft. »Heißt das, dass der Hund betäubt wurde?«

»Ja. Der Drogenrückstand, der bei der Untersuchung festgestellt wurde, lässt darauf schließen, dass das Tier bewusstlos war, als ihm die Kehle durchschnitten wurde.«

»So was!« Lynley überflog den Bericht und warf ihn auf den Tisch. »Dann kann der Hund nicht getötet worden sein, weil man verhindern wollte, dass er bellte.«

»Wohl kaum. Er hätte keinen Muckser getan.«

»Hätte die Menge an Betäubungsmitteln ausgereicht, um ihn zu töten? Könnte jemand versucht haben, ihn damit zu töten, um dann, als er sah, dass das nicht klappte, zum Messer zu greifen?«

»Möglich ist das sicher. Nur ergibt es im Zusammenhang mit allem, was du mir über den Fall erzählt hast, keinen Sinn.«

»Wieso nicht?«

»Weil diese unbekannte Person zuerst ins Haus hätte eindringen müssen, um sich die Schlaftabletten zu beschaffen. Dann hätte sie sie dem Hund verabreichen und warten müssen, bis sie wirkten. Und sie hätte, als sie sah, dass der Hund daran nicht starb, nochmals ins Haus gehen müssen, um ein Messer zu holen und das Tier damit zu töten. Was hat aber der Hund dann in der ganzen Zeit getan? Glaubst du, er hat brav darauf gewartet, dass man ihm die Kehle durchschneidet? Hätte er nicht gebellt wie wild?«

»Warte. Du bist mir zu weit voraus. Weshalb hätte die Person ins Haus gehen müssen, um das Mittel zu holen?«

»Weil es dasselbe Mittel war, das William Teys eingenommen hatte, und er bewahrte seine Schlaftabletten im Haus auf und nicht im Stall, würde ich meinen.«

Lynley ließ sich das durch den Kopf gehen.

»Aber vielleicht hat die betreffende Person das Mittel mitgebracht.«

»Vielleicht. Es ist natürlich möglich, dass der Betreffende dem Hund das Mittel gab, wartete, bis es wirkte, dem Hund den Hals durchschnitt und dann wartete, bis Teys in den Stall kam.«

»Aber was hätte Teys denn zwischen zehn und Mitternacht im Stall zu suchen haben sollen?«

»Den Hund!«

»Warum? Warum gerade im Stall? Warum nicht im Dorf, wo der Hund immer herumwanderte? Warum sollte er überhaupt nach ihm suchen? Alle sagen, dass der Hund frei herumlief. Weshalb hätte er sich plötzlich an diesem einen Abend um ihn sorgen sollen?«

St. James zuckte die Achseln. »Was Teys tat, ist eine rein akademische Frage, wenn wir unsere Aufmerksamkeit darauf richten, denjenigen zu finden, der das Tier getötet hat. Nur eine Person kann den Hund getötet haben – Roberta.«

Draußen vor dem Gasthaus breitete St. James das weite Seidenkleid über dem Kofferraum des Bentley aus, ohne auf die neugierigen Blicke einer Gruppe Touristen zu achten, die mit Fotoapparaten um den Hals auf Motivsuche an ihnen vorüberkamen. Er wies auf den Fleck auf der Innenseite des linken Ärmels, auf die rostbraune Verfärbung am Rock in Höhe der Schenkel, auf den Fleck auf der rechten weißen Manschette.

»Das ist alles Blut von dem Hund, Tommy.« Er wandte sich

Deborah zu. »Würdest du es noch einmal demonstrieren, Deb? Wie vorhin im Labor? Da, auf dem Rasenstück?«

Deborah kniete nieder und setzte sich auf die Fersen. Ihr weites, umbrabraunes Kleid blähte sich wie ein Umhang. St. James trat hinter sie.

»Mit einem folgsamen Hund wäre das einfach vorzuführen, aber wir tun unser Bestes. Roberta – die, wie ich vermute, an die Schlaftabletten ihres Vaters herankonnte – wird dem Hund im Lauf des Abends das Mittel gegeben haben. Vielleicht mit seinem Futter. Sie musste natürlich dafür sorgen, dass der Hund im Stall blieb. Er sollte ja nicht irgendwo im Dorf plötzlich umkippen. Sobald der Hund bewusstlos war, wird sie sich auf den Boden gekniet haben, so wie Deb jetzt. Nur bei dieser Haltung können die Flecken dort auf das Kleid gekommen sein, wo sie sich befinden. Sie hat den Kopf des Hundes angehoben und in ihre Armbeuge gelegt.« Er beugte behutsam Deborahs Arm, um es Lynley zu zeigen. »So. Dann hat sie ihm mit der rechten Hand die Kehle durchgeschnitten.«

»Das ist ja Wahnsinn«, sagte Lynley heiser. »Warum denn?«

»Moment, Tommy. Der Kopf des Hundes ist von ihr abgewandt. Sie sticht ihm das Messer in den Hals. Daher das viele Blut auf dem Rock ihres Kleides. Sie zieht das Messer mit der rechten Hand aufwärts, bis es getan ist.« Er deutete auf die betreffenden Stellen an Deborahs Kleid. »Wir haben Blut am Ellbogen, wo der Kopf lag, und Blut am rechten Ärmel und der Manschette, wo sie ihm das Messer hineinstach.« St. James berührte leicht Deborahs Haar. »Danke, Liebes.« Er half ihr auf.

Lynley ging zum Wagen zurück und betastete das Kleid.

»Ehrlich gesagt, sehr einleuchtend klingt das nicht. Warum hätte sie den Hund töten sollen? Willst du behaupten, dass das Mädchen an einem Samstagabend sein Sonntagskleid anzog, in aller Ruhe in den Stall hinausging und dem Hund, an dem es seit seiner Kindheit hing, die Kehle durchgeschnitten hat?« Er sah auf. »Warum?«

»Das kann ich nicht beantworten. Ich kann dir nicht sagen, was in ihr vorging; nur, was sie getan haben muss.«

»Aber ist es nicht möglich, dass sie in den Stall ging, den Hund tot vorfand und ihn in ihrem Entsetzen in den Arm nahm? Dass sie so das Blut an ihr Kleid brachte?«

Eine winzige Pause. »Möglich. Aber unwahrscheinlich.«

»Aber möglich ist es. Möglich ist es?«

»Ja. Aber unwahrscheinlich, Tommy.«

»Wie siehst *du* es denn?«

Deborah und Simon tauschten Blicke des Unbehagens, an denen Lynley erkannte, dass sie über den Fall gesprochen und sich eine gemeinsame Meinung gebildet hatten, die mitzuteilen ihnen schwer fiel.

»Also?«, fragte er scharf. »Willst du behaupten, dass Roberta den Hund tötete, dass ihr Vater in den Stall kam und die Tat entdeckte, dass sie in einen wilden Streit gerieten und sie ihm dann den Kopf abschlug?«

»Nein, nein. Es ist durchaus möglich, dass Roberta ihren Vater gar nicht getötet hat. Aber sie war eindeutig dabei, als es geschah. Sie muss dabeigewesen sein.«

»Wieso?«

»Weil das Blut hinten auf dem Rock ihres Kleides von ihm ist.«

»Vielleicht ging sie in den Stall, entdeckte seine Leiche und fiel im Schock auf die Knie.«

St. James schüttelte den Kopf.

»So kann es nicht gewesen sein.«

»Warum nicht?«

Er wies auf das Kleid hinten auf dem Auto.

»Schau dir das Muster an. Teys' Blut ist in Spritzern. Du weißt so gut wie ich, was das bedeutet. Es kann nur auf eine Weise dahin gekommen sein.«

Lynley schwieg einen Moment.

»Sie stand daneben, als es geschah«, sagte er schließlich.

»Ja. Wenn sie es nicht selbst getan hat, so stand sie dicht daneben, als ein anderer es tat.«

»Will sie jemanden schützen, Tommy?«, fragte Deborah, als sie den Ausdruck auf Lynleys Gesicht sah.

Er antwortete nicht gleich. Er dachte an Muster: Wortmuster, Zeichenmuster, Verhaltensmuster. Er dachte daran, was ein Mensch lernt und wann er es lernt und wann es zur praktischen Anwendung kommt. Er dachte an Wissen und wie es sich unweigerlich mit der Erfahrung verbindet und auf die unabänderliche Wahrheit hinweist.

Er riss sich aus seinen Gedanken, um die Frage zu beantworten.

»Simon, was würdest du tun, wie weit würdest du gehen, um Deborah zu retten?«

Es war eine gefährliche Frage. Langes Schweigen folgte ihr. Dies waren Gewässer, die man vielleicht am besten unerforscht ließ.

»›Vierzigtausend Brüder‹? Sind wir da jetzt angelangt?«

St. James' Stimme war unverändert, aber der Ausdruck seines Gesichts war eine Warnung, klar gezeichnet und hart.

»Wie weit würdest du gehen?«, insistierte Lynley.

»Tommy, nicht!« Deborah hob die Hand, um ihn davon abzuhalten, noch weiter zu gehen, den brüchigen Frieden zwischen ihnen aufs Spiel zu setzen.

»Würdest du die Wahrheit zurückhalten? Würdest du dein Leben geben? Wie weit würdest du gehen, um Deborah zu retten?«

St. James sah seine Frau an. Alle Farbe war aus ihrem Gesicht gewichen; die Sommersprossen auf ihrer Nase traten scharf hervor; in ihren Augen standen Tränen. Und er verstand. Dies war kein Scharmützel in einem Grab von Helsingör; dies war die Urfrage.

»Ich würde alles tun«, antwortete er, den Blick auf seine Frau gerichtet. »Bei Gott ja, ich würde alles tun.«

Lynley nickte. »Wie jeder, nicht wahr, für die, die er am meisten liebt.«

Er wählte die 6. Symphonie von Tschaikowsky, die *Pathétique*. Er lächelte leicht, während er den Klängen des ersten Satzes lauschte.

Helen hätte das nie zugelassen.

»Tommy, Darling, das kommt *nicht* in Frage«, hätte sie protestiert. »Wir wollen doch unsere beiderseitige Depression nicht bis zum Selbstmord steigern.« Dann hätte sie energisch sämtliche Kassetten durchwühlt, bis sie etwas angemessen Erheiterndes entdeckt hätte; vorzugsweise Johann Strauß, natürlich in voller Lautstärke. Und sie hätte ihre üblichen verrückten Bemerkungen dazu gemacht. »Siehst du sie vor dir, Tommy, wie sie mit ihren kleinen Tutus durch den Wald gaukeln? Es ist richtig erhebend.«

Doch an diesem Tag entsprach das ernste Thema der *Pathétique,* dieses schonungslose Ausloten menschlichen Leidens, seiner Stimmung. Er konnte sich nicht erinnern, wann je ein Fall ihn so belastet hatte. Ihm war, als drückte ihm ein ungeheures Gewicht, das mit der Verantwortung, der Sache auf den Grund zu gehen, absolut nichts zu tun hatte, das Herz ab. Er wusste wohl, woher das kam. Mord – atavistisch seiner Art nach und grauenvoll in seinen Folgen – war wie eine Hydra. Für jeden Kopf, den man ihr abschlug, wuchsen zwei neue Köpfe nach, fürchterlicher als der erste. Doch im Gegensatz zu so vielen anderen Fällen, wo reine Routine ihm genügte, um zum Kern des Bösen vorzustoßen – man band den Blutfluss ab, ließ kein weiteres Wachstum zu und ging persönlich unberührt aus dem Kampf hervor –, griff dieser Fall ihn weit tiefer an. Er wusste instinktiv, dass der Tod William Teys' nur einer der Köpfe des Ungeheuers war, und das Wissen, dass acht weitere darauf warteten, den Kampf mit ihm aufzunehmen – und, mehr noch, dass er noch nicht einmal bis zur Erkenntnis der wahren Natur des Bösen vorgedrungen war, mit dem er konfrontiert war –, erfüllte ihn mit Furcht. Aber er kannte sich gut genug, um zu wissen, dass seine Trostlosigkeit und seine Verzweiflung einen tieferen Grund hatten als den Tod eines Menschen in einem Dorfstall.

Havers wartete auf ihn. Und hinter Havers wartete die Wahrheit. So bitter und unbegründet ihre Anwürfe gewesen waren, so hässlich und verletzend ihre Worte, das, was sie gesagt hatte, war wahr. Hatte er nicht in der Tat das ganze vergangene Jahr mit der fruchtlosen Suche nach einem Ersatz für Deborah vertan? Nicht in dem Sinn, wie Havers unterstellt hatte; nein, auf weit verlogenere Art als in gleichgültiger körperlicher Verbindung, wo man flüchtiges Vergnügen teilt und dann, von der Begegnung unberührt und unverändert, auseinander geht, um das eigene Leben wieder aufzunehmen. Das wäre wenigstens eine gewisse Art der Äußerung gewesen, ein momentanes Geben, wenn auch noch so oberflächlich. Doch er hatte im letzten Jahr keinem irgendetwas gegeben.

War nicht der wirkliche Grund für sein Verhalten der gewesen, dass er Isolation und Enthaltsamkeit nicht Deborahs wegen geübt hatte, sondern blind seinem Ausschließlichkeitskult gefolgt war und in blinder Anbetung die Riten der Vergangenheit zelebriert hatte? Er hatte jede Frau in seinem Leben einer unversöhnlichen Musterung unterzogen, und keine hatte im Vergleich mit Deborah bestehen können; aber es ging dabei nicht um die reale Deborah, sondern um eine mystische Göttin, die nur in seiner Phantasie lebte.

Er erkannte jetzt, dass er die Vergangenheit nicht hatte vergessen wollen, dass er alles getan hatte, um sie am Leben zu erhalten, als wäre es immer seine Absicht gewesen, sie und nicht Deborah zu seiner Braut zu machen. Er war zutiefst entsetzt.

Mit dem Entsetzen kam die Erkenntnis, dass er auch im Hinblick auf Stepha den Tatsachen ins Auge sehen musste. Aber er schaffte es nicht. Noch nicht.

Als der letzte Satz der Symphonie sich dem Ende näherte, steuerte er den Bentley die gewundene Straße vom Hochmoor hinunter nach Keldale. Herbstlaub flatterte unter den Rädern auf und wehte hinter ihm wie eine rotgoldene Wolke durch die Luft, die den Winter ankündigte. Er hielt vor dem Gasthof an und blieb einen Moment im Wagen sitzen. Während er geistesabwesend auf die Fenster starrte, fragte er sich wie benommen, wie und wann er die einzelnen Bruchstücke seines Lebens zusammenbringen würde.

Havers musste ihn gesehen haben. Sie kam zur Tür, sobald er den Motor ausschaltete. Er stöhnte innerlich und machte sich auf einen weiteren Zusammenstoß gefasst, aber sie gab ihm keine Gelegenheit, etwas zu sagen. »Ich habe Gillian gefunden«, erklärte sie.

13

Irgendwie hatte sie den Morgen überstanden. Die furchtbare Auseinandersetzung mit Lynley und das Grauen in Robertas Zimmer hatten aus ihrer Wut und ihrem Elend schließlich dumpfe Gleichgültigkeit gemacht. Sie wusste, dass er sie so oder so entlassen würde. Sie hatte es auch nicht anders verdient. Doch vorher wollte sie ihm wenigstens einmal beweisen, dass sie die Fähigkeit zum Inspector besaß, und um das zu tun, musste sie dieses letzte Gespräch durchstehen, musste diese letzte Gelegenheit nutzen, um ihm die Früchte ihrer Arbeit zu zeigen.

Sie sah zu, wie Lynley die ungewöhnliche Sammlung von Gegenständen musterte, die auf einem der Tische im Aufenthaltsraum ausgebreitet lag: das Album mit den zerstörten Familienfotos; ein zerlesener, abgegriffener Roman, die Fotografie aus Robertas Kommode, das andere Bild, das die beiden Schwestern zeigte, sechs vergilbte Seiten einer Zeitung, alle im gleichen Format gefaltet, 65 x 42 cm.

Lynley zog zerstreut seine Zigaretten heraus, zündete sich eine an und setzte sich aufs Sofa.

»Was ist das alles, Sergeant?«, fragte er.

»Das sind die Fakten über Gillian«, antwortete sie mit beherrschter Stimme. Dennoch hörte er ein leichtes Zittern. Sie räusperte sich, um es zu vertuschen.

»Wollen Sie mich nicht aufklären?«, sagte er. »Zigarette?«

Sie lechzte danach, die Zigarette in ihren Fingern zu fühlen, den Rauch tief einzusaugen, aber sie wusste, wenn sie sich eine anzündete, würden ihre Hände zittern.

»Nein, danke«, erwiderte sie. Sie holte einmal tief Atem, hielt den Blick auf sein abwartendes Gesicht gerichtet und begann.

»Wie legt Ihr Diener Denton Ihre Kommodenschubladen aus?«

»Mit irgendeinem Papier, vermute ich. Ich habe nie darauf geachtet.«

»Aber jedenfalls nicht mit Zeitungspapier, oder?« Sie setzte sich ihm gegenüber und ballte die Hände im Schoß zu Fäusten. »Ganz sicher nicht, denn die Druckerschwärze würde Ihre Sachen beschmutzen.«

»Das ist wahr.«

»Deshalb machte es mich stutzig, als Sie erwähnten, dass Robertas Schubladen mit Zeitung ausgelegt seien. Und mir fiel ein, dass Stepha uns erzählt hatte, dass sie sich jeden Tag den *Guardian* geholt hat.«

»Bis zum Tod von Paul Odell. Danach nicht mehr.«

Barbara strich sich das Haar hinter die Ohren. Es spielte keine Rolle, sagte sie sich, wenn er ihr nicht glaubte, wenn er über die Schlussfolgerungen lachte, zu denen sie nach drei Stunden in diesem grauenvollen Zimmer gekommen war.

»Ja, aber ich glaube, es hatte nichts mit Paul Odell zu tun, dass sie nicht mehr kam. Ich glaube, es hatte vielmehr etwas mit Gillian zu tun.«

Sein Blick glitt zu den Zeitungen, und Barbara sah, wie auch er bemerkte, was ihr selbst aufgefallen war: dass Roberta ihre Schublade mit dem Teil ausgelegt hatte, in dem die vermischten Anzeigen standen. Hinzu kam, dass zwar sechs Zeitungsblätter auf dem Tisch lagen, dass es sich aber um Duplikate von nur zwei Seiten des *Guardian* handelte, als hätte jene Ausgabe etwas Denkwürdiges enthalten und Roberta hätte alle Exemplare jenes Tages bei den Dorfbewohnern eingesammelt, um sie sich aufzuheben.

»Die Anzeigen«, murmelte Lynley. »Gillian hat ihr eine Nachricht geschickt.«

Barbara zog eines der Blätter zu sich heran und fuhr mit dem Finger die Spalte unter der Überschrift ›Verschiedenes‹ hinunter.

»›R. Schau die Annonce an. G.‹«, las sie vor. »Ich glaube, das ist die Nachricht.«

»Schau die Annonce an? Welche Annonce?«

Sie griff nach einem der Exemplare der anderen aufbewahrten Seite.

»Die hier, denke ich.«

Er las sie, eine kleine Bekanntmachung unter einem Datum, das fast vier Jahre zurücklag. Es wurde auf ein Treffen in Harrogate hingewiesen, eine Podiumsdiskussion, die von einer Organisation namens Testament House veranstaltet werden sollte. Die Diskussionsteilnehmer waren namentlich aufgeführt, doch Gillian Teys war nicht unter ihnen. Lynley sah mit offener Verständnislosigkeit auf.

»Da komme ich nicht mit, Sergeant.«

Sie zog erstaunt die Augenbrauen hoch.

»Kennen Sie Testament House nicht? Aber natürlich, ich vergesse dauernd, dass Sie ja seit Jahren nicht mehr in Uniform sind. Testament House ist am Fitzroy Square und wird von einem anglikanischen Geistlichen geleitet. Er war früher Universitätsdozent, aber eines Tages soll ihn einer seiner Studenten gefragt haben, warum er nicht praktiziere, was er predige – dass man die Hungrigen speisen und die Nackten kleiden soll –, und da fand er offenbar, dass dies eine Aufgabe wäre, der er sich zuwenden sollte. Er gründete Testament House.«

»Und was ist das nun genau?«

»Eine Organisation, die streunende Jugendliche aufnimmt. Minderjährige Prostituierte, Strichjungen, Drogenabhängige und jeden anderen Jugendlichen, der sich ziellos am Trafalgar Square, am Piccadilly Circus oder an einem der Bahnhöfe herumtreibt. Der Mann ist bei der uniformierten Polizei bekannt. Wir bringen ihm ständig junge Leute.«

»Das ist der Reverend George Clarence, der hier aufgeführt ist, nehme ich an?«

Sie nickte. »Er hält Podiumsdiskussionen, um Mittel für die Organisation lockerzumachen.«

»Und Sie glauben, dass Gillian Teys von dieser Gruppe in London aufgenommen wurde?«

»Ja.«

»Warum glauben Sie das?«

Sie hatte ewig gebraucht, um die Annonce zu finden, noch länger, ihre Bedeutsamkeit zu entdecken, und nun hing alles – im Besonderen ihre weitere Laufbahn, wie sie sich eingestand – von Lynleys Bereitschaft ab, ihr zu glauben.

»Wegen dieses Namens.« Sie wies auf den dritten Namen in der Liste der Diskussionsteilnehmer.

»Nell Graham?«

»Ja.«

»Ich tappe völlig im Dunklen.«

»Ich glaube, ›Nell Graham‹ war die Nachricht, auf die Roberta wartete. Jahrelang las sie Tag für Tag getreulich die Zeitung, weil sie zu erfahren hoffte, was aus ihrer Schwester geworden war. ›Nell Graham‹ sagte es ihr. Es hieß, dass Gillian lebte.«

»Aber warum Nell Graham? Warum nicht –« Er blickte auf die anderen Namen – »Terence Hanover, Caroline Paulson oder Margaret Crist?«

Barbara nahm das abgegriffene Buch vom Tisch.

»Weil sie alle keine Geschöpfe der Brontës sind.« Sie klopfte auf das Buch. »*The Tenant of Wildfell Hall* handelt von Helen Huntington, einer Frau, die aus den gesellschaftlichen Konventionen ihrer Zeit ausbricht und ihren trunksüchtigen Mann verlässt, um ein neues Leben anzufangen. Sie verliebt sich in einen Mann, der nichts von ihrer Vergangenheit weiß, der nur den Namen kennt, den sie für sich selbst gewählt hat: Helen Graham. Nell Graham, Inspector.«

Sie schwieg und wartete unter Qualen auf seine Reaktion.

Sie hätte sie nicht stärker überraschen, rascher entwaffnen können.

»Bravo, Barbara«, sagte er leise. Seine Augen blitzten auf, und ein Lächeln breitete sich auf seinem Gesicht aus. Begierig beugte er sich vor. »Und wie geriet sie Ihrer Meinung nach zu dieser Gruppe?«

Die Erleichterung war so ungeheuer, dass Barbara plötzlich am ganzen Körper zitterte. Sie holte einmal bebend Luft, dann begann sie zu sprechen.

»Meiner ... Ich glaube, Gillian hatte genug Geld, um nach London zu kommen, aber dann wird es ihr bald ausgegangen sein. Vielleicht haben sie sie irgendwo auf der Straße aufgelesen oder in einem der Bahnhöfe.«

»Aber hätten sie sie nicht zu ihrem Vater zurückgeschickt?«

»Nein, so arbeitet die Organisation nicht. Sie reden den Jugendlichen zu, nach Hause zurückzukehren oder wenigstens die

Eltern anzurufen, um sie wissen zu lassen, dass ihnen nichts passiert ist, aber keiner wird dazu gezwungen. Wenn die Jugendlichen im Testament House bleiben wollen, müssen sie sich nur an die Regeln halten. Niemand stellt ihnen Fragen.«

»Aber Gillian ging mit sechzehn von zu Hause fort. Wenn sie diese Nell Graham ist, dann wäre sie dreiundzwanzig gewesen, als sie an dieser Podiumsdiskussion in Harrogate teilnahm. Ist denn anzunehmen, dass sie all die Jahre im Testament House geblieben ist?«

»Wenn sie sonst keinen Menschen hatte, erscheint mir das durchaus möglich. Wenn sie eine Familie suchte, dann war das ihre beste Möglichkeit. Aber um herauszubekommen, wie es wirklich ist, gibt es nur einen Weg ...«

»Mit ihr zu sprechen«, sagte er prompt und stand auf. »Packen Sie Ihre Sachen. Wir fahren in zehn Minuten los.« Er kramte in der Akte und suchte das Foto von Russell Mowrey und seiner Familie heraus. »Geben Sie das Webberly, wenn Sie in London sind«, sagte er und schrieb rasch ein paar Worte auf die Rückseite.

»Wenn ich in London bin?«

Sie war plötzlich völlig niedergeschlagen. Er entließ sie also doch. Er hatte es ihr ja nach der grässlichen Szene auf dem Hof praktisch versprochen. Es war nur zu erwarten gewesen.

Lynley blickte auf, lebhaft und sachlich.

»Sie haben sie gefunden, Sergeant. Sie können sie nach Keldale zurückbringen. Ich glaube, Gillian ist unsere einzige Möglichkeit, zu Roberta durchzudringen. Sind Sie nicht auch der Ansicht?«

»Ich ... Und was ist ...« Sie brach ab, weil sie Angst hatte, ihn missverstanden zu haben. »Wollen Sie denn nicht Webberly anrufen? Wollen Sie nicht jemand anderen ...? Selbst hinfahren?«

»Ich habe hier zu viel um die Ohren. Um Gillian können Sie sich kümmern. Vorausgesetzt, Nell Graham ist wirklich Gillian.

Beeilen Sie sich. Wir müssen nach York, damit Sie den Zug noch erreichen.«

»Aber – wie soll ich … Wie soll ich es anpacken? Soll ich einfach …«

Er winkte ab. »Ich verlasse mich auf Ihr Urteil, Sergeant. Hauptsache, Sie bringen sie so schnell wie möglich hierher.«

Ihr zitterten die Knie vor Erleichterung. »Ja, Sir«, sagte sie leise.

Er trommelte mit den Fingern auf das Steuerrad und betrachtete das Haus. Dank einer Wahnsinnsfahrt war es ihm gelungen, Barbara noch zum Dreiuhrzug nach London zu bringen, und jetzt saß er vor dem Haus der Mowreys und überlegte, wie er das bevorstehende Gespräch mit Tessa am besten angehen sollte. War nicht die Wahrheit trotz allem besser als das Schweigen? Hatte er nicht wenigstens das gelernt?

Sie öffnete ihm selbst. Der besorgte Blick, den sie über die Schulter nach rückwärts warf, verriet ihm, dass er ungelegen kam.

»Die Kinder sind gerade von der Schule gekommen«, erklärte sie, während sie hinaustrat und die Tür hinter sich zuzog. Sie zog die Wolljacke fest um ihren schlanken Körper, der wie der eines Kindes wirkte. »Haben Sie … Wissen Sie etwas von meinem Mann?«

Jetzt erst wurde ihm klar, dass es falsch gewesen war, zu erwarten, sie würde nach ihrer Tochter fragen. Tessa hatte der Vergangenheit wirklich Lebewohl gesagt, hatte einen sauberen Schnitt gemacht und sie zurückgelassen.

»Sie müssen sich an die Polizei wenden, Mrs. Mowrey.«

Sie wurde blass. »Er kann doch nicht – niemals …«

»Sie müssen die Polizei anrufen.«

»Ich kann nicht. Ich kann nicht«, flüsterte sie verzweifelt.

»Er ist nicht bei seinen Eltern in London, nicht wahr?«

Sie schüttelte einmal kurz den Kopf und wich seinem Blick aus.

»Haben Sie überhaupt etwas von ihm gehört?«

Wieder Kopfschütteln.

»Ist es dann nicht am besten, nach ihm zu suchen?« Als sie nichts sagte, nahm er ihren Arm und führte sie behutsam den Gartenweg hinunter zur Einfahrt. »Warum hat William all die Schlüssel aufbewahrt?«

»Was für Schlüssel?«

»Ein ganzer Kasten voller Schlüssel stand auf dem Bord in seinem Schrank. Aber sonst gibt es im ganzen Haus nirgends einen Schlüssel. Wissen Sie, warum das so ist?«

Sie senkte den Kopf, drückte eine Hand an die Stirn.

»Ach, die. Das hatte ich vergessen«, murmelte sie. »Ich ... Es war wegen Gillians Wutanfall.«

»Wann war das?«

»Sie muss sieben gewesen sein. Nein, sie war fast acht. Das weiß ich, weil ich damals mit Roberta schwanger war. Es war so eine Szene, die plötzlich entsteht und dann fürchterliche Formen annimmt; später, wenn die Kinder erwachsen sind, erinnert man sich und lacht darüber. Ich kann mich erinnern, dass William beim Essen sagte: ›Gilly, heute Abend lesen wir in der Bibel.‹ Ich saß da – wahrscheinlich in meine eigenen Phantasien vertieft – und erwartete, dass sie brav ›Ja, Papa‹ sagen würde, wie sie das immer tat. Aber sie wollte an diesem Abend die Bibel nicht lesen, doch William gab nicht nach. Sie wurde völlig hysterisch, stürzte aus dem Raum und sperrte sich in ihrem Zimmer ein.«

»Und dann?«

»Gilly hatte ihrem Vater bis dahin immer gehorcht. Der arme William saß da wie vom Donner gerührt. Er schien nicht zu wissen, wie er mit Gillys Widerstand umgehen sollte.«

»Was taten Sie?«

»Nichts, was besonders hilfreich gewesen wäre, so weit ich mich erinnere. Ich ging zu Gillys Zimmer hinauf, aber sie weigerte sich, mich hereinzulassen. Sie schrie nur, dass sie nie mehr in der Bibel lesen würde und dass niemand sie zwingen könne. Dann warf sie alle möglichen Gegenstände an die Tür. Ich – ich ging wieder zu William hinunter.« Sie sah Lynley mit einem Ausdruck an, in dem sich Ungläubigkeit und Bewunderung mischten. »Wissen Sie, William hat nie mit ihr geschimpft. Das war nicht seine Art. Aber später hat er sämtliche Schlüssel von den Türen abgezogen. Er sagte, wenn in der Nacht das Haus niedergebrannt wäre und er Gilly nicht hätte retten können, weil sie sich eingesperrt hatte, hätte er sich das nie verziehen.«

»Hat sie danach wieder mit ihm die Bibel gelesen?«

Sie schüttelte den Kopf. »Er hat nie wieder von ihr verlangt, sie mit ihm zu lesen.«

»Hat er sie mit Ihnen gelesen?«

»Nein. Nur allein.«

Ein junges Mädchen war während ihres Gesprächs an die Haustür gekommen, eine Scheibe Brot in der Hand, einen Marmeladenklecks am Mund. Sie war zierlich wie ihre Mutter, hatte aber das dunkle Haar und die klugen Augen des Vaters.

»Mama«, rief sie. Ihre Stimme war hell und klar. »Ist was nicht in Ordnung? Geht es um Daddy?«

»Nein, Schatz«, rief Tessa hastig zurück. »Ich komme gleich.« Sie wandte sich wieder Lynley zu.

»Wie gut haben Sie Richard Gibson gekannt?«, fragte er sie.

»Williams Neffen? So gut, wie man ihn kennen kann, denke ich. Er war ein stiller Junge, aber liebenswert. Und er hatte einen herrlichen Humor. Gilly hat ihn geliebt. Warum fragen Sie?«

»Weil William ihm den Hof hinterlassen hat und nicht Roberta.«

Sie zog die Brauen zusammen. »Aber wieso nicht Gilly?«

»Gillian ist von zu Hause fortgelaufen, als sie sechzehn war, Mrs. Mowrey. Keiner hat je wieder von ihr gehört.«

Tessa zuckte zusammen wie unter einem Schlag. »Nein«, sagte sie, weniger als wolle sie es leugnen, eher als könne sie es nicht glauben.

»Richard war damals auch schon weg«, fuhr Lynley fort. »Es ist möglich, dass Gillian ihm folgte, dann aber vielleicht nach London ging.«

»Aber warum? Was war denn geschehen?«

Er überlegte, wie viel er ihr sagen sollte.

»Ich habe den Eindruck«, sagte er langsam, »dass zwischen ihr und Richard etwas war.«

»Und William kam dahinter? Er hätte Richard umgebracht, wenn das der Fall gewesen wäre.«

»Nehmen wir an, er kam tatsächlich dahinter, und Richard wusste, wie er reagieren würde. Wäre das für Richard nicht Grund genug gewesen fortzugehen?«

»Bestimmt. Aber es erklärt nicht, warum William ihm den Hof hinterlassen hat und nicht Roberta.«

»Er hatte offenbar mit Gibson eine Vereinbarung getroffen. Roberta würde auf Lebenszeit Wohnrecht haben, doch der Besitz selbst sollte auf Gibson übergehen.«

»Aber er musste doch damit rechnen, dass Roberta eines Tages heiraten würde. Ich finde das sehr ungerecht. William muss doch gewünscht haben, dass der Besitz in seiner Familie bleibt und eines Tages an seine eigenen Enkel übergeht, wenn schon nicht an Gillys Kinder, dann doch an Robertas.«

Ihre neunzehnjährige Abwesenheit hatte eine tiefe Kluft gerissen. Sie wusste nichts von Roberta, nichts vom geheimen Vorratslager des Mädchens, nichts von seinem totalen inneren Rückzug. Roberta war für ihre Mutter nur ein Name; eine Fremde, die einmal heiraten, Kinder bekommen und alt werden würde. Sie besaß keinerlei Realität. Sie existierte gar nicht.

»Haben Sie nie an die Kinder gedacht?«, fragte er sie.

Sie blickte zu Boden, so aufmerksam, als hätte sie nichts Wichtigeres zu tun, als ihre braunen Wildlederschuhe zu inspizieren.

Als sie nichts sagte, hakte er nach.

»Haben Sie sich nie Gedanken darüber gemacht, wie es ihnen geht, Mrs. Mowrey? Haben Sie sich nie vorgestellt, wie sie aussehen, wie sie ihr Leben gestalten?«

Sie schüttelte einmal heftig den Kopf. Und als sie ihm schließlich antwortete, wirkte ihre Stimme sehr kontrolliert, was jedoch nicht darüber hinwegtäuschen konnte, wie viele verdrängte Emotionen sich dahinter verbargen. Sie hielt den Blick auf die ferne Kathedrale gerichtet.

»Das habe ich mir nicht erlaubt, Inspector. Ich konnte nicht. Ich wusste, dass sie ein gutes Zuhause hatten. Ich wusste, dass es ihnen gut ging. Darum ließ ich sie für mich sterben. Das musste ich, wenn ich überleben wollte. Können Sie das verstehen?«

Vor ein paar Tagen noch hätte er nein gesagt. Und es wäre die Wahrheit gewesen. Aber inzwischen war alles anders.

»Ja«, antwortete er. »Ich verstehe es.« Er nickte ihr zum Abschied zu und ging zum Wagen.

»Inspector …« Er drehte sich um, die Hand schon am Türgriff. »Sie wissen, wo Russell ist, nicht wahr?«

Sie las die Antwort auf seinem Gesicht, aber sie hörte statt dessen auf die Lüge.

»Nein«, antwortete er.

Ezra Farmington wohnte direkt gegenüber vom *Dove and Whistle* in dem Gemeindehaus, das sich an das Marsha Fitzalans anschloss. Wie bei ihr war der Vorgarten bepflanzt, wurde aber mit weniger Fürsorge gepflegt. Es war, als hätte der Mann mit den besten Vorsätzen begonnen, um sie dann, genau wie die

Pflanzen, zu vergessen. Die Büsche gediehen, doch sie hätten längst einmal beschnitten werden müssen, Unkraut wucherte in den Beeten, verwelkte einjährige Pflanzen hätten aus der Erde gezogen und auf den Kompost geworfen werden müssen; das kleine Fleckchen Rasen stand so hoch wie eine Sommerwiese.

Farmington war nicht im Geringsten erfreut, ihn zu sehen. Er öffnete Lynley auf sein Klopfen, verstellte ihm aber sogleich den Weg ins Haus. Über seine Schulter sah Lynley, dass er dabei war, seine Arbeiten durchzusehen. Dutzende von Aquarellen lagen im Wohnzimmer auf dem Sofa und auf dem Boden verteilt. Manche waren zerrissen, andere zusammengeknüllt, wieder andere offensichtlich zertrampelt. Der Künstler selbst war sichtlich angetrunken.

»Inspector?«, fragte Farmington übertrieben höflich.

»Darf ich hereinkommen?«

Farmington zuckte die Achseln. »Warum nicht?« Er öffnete die Tür ein Stück weiter und lud Lynley mit einer lässigen Geste ein. »Entschuldigen Sie das Chaos. Ich werf' gerade mal den Mist raus.«

Lynley stieg über mehrere Bilder hinweg.

»Von vor vier Jahren?«, fragte er freundlich.

Der Tipp war richtig. Farmingtons Gesicht verriet es ihm, die leichte Blähung seiner Nasenflügel, die Bewegung seiner Lippen.

»Was soll das heißen?« Er lallte fast, merkte es wohl selbst und machte eine sichtliche Anstrengung, sich zusammenzunehmen.

»Um welche Zeit war Ihr Streit mit William Teys?«, fragte Lynley, ohne auf die Frage des anderen einzugehen.

»Um welche Zeit?« Farmington zuckte wieder die Achseln. »Keine Ahnung. Drink, Ins... Inspector?« Er grinste mit glasigem Blick und ging mit steifen Bewegungen durchs Zimmer zu einem Glas mit Gin. »Nein? Es macht Ihnen doch nichts aus, wenn ich ...? Danke.« Er kippte einen Schluck hinunter, hustete, lachte und wischte sich mit so heftiger Bewegung den Mund ab, dass es fast ein Schlag war. »Schlappie, verträgt nicht mal 'nen Schluck Gin.«

»Sie kamen vom High Kel Moor herunter. Bei Dunkelheit würden Sie diesen Weg nicht gehen, nicht wahr?«

»'türlich nicht.«

»Und Sie hörten Musik aus dem Haus?«

»Ha!« Er machte mit dem Glas in der Hand eine wegwerfende Geste. »Eine ganze Marschkapelle war das, Inspector. Ich dachte, ich wäre mitten in eine Truppenparade reingeraten.«

»Sie haben nur Teys gesehen? Sonst niemanden?«

»Zählt unser tierliebender Nigel mit, der das Hündchen heimbrachte?«

»Abgesehen von Nigel.«

»Nein.« Er hob sein Glas und leerte es. »Ich nehm' an, Roberta war drinnen und hat die Platten gewechselt, die arme fette Kuh. Zu was anderem taugte sie nicht. Außer dazu natürlich« – er zwinkerte mit glasigen Augen –, »den lieben Papa mit der Streitaxt ins Jenseits zu befördern.« Er lachte über seine Worte. »Wie Lizzie Borden«, fügte er hinzu und lachte noch lauter.

Lynley fragte sich, warum der Mann es darauf anlegte, abstoßend zu wirken; warum er sich solche Mühe gab, eine Seite seines Wesens hervorzukehren, die so hässlich war, dass sie kaum zu ertragen war. Sie schien nur aus Hass und Zorn zu bestehen und aus einer so abgrundtiefen Verachtung, dass man sie beinahe greifen konnte. Farmington war unverkennbar ein talentierter Maler, doch er schien blind entschlossen, die kreative Kraft zu zerstören, die seinem Leben Sinn gab.

Als er sich plötzlich die Hand auf den Mund drückte und in Richtung zum Badezimmer davonstolperte, nahm Lynley die Gelegenheit wahr und betrachtete die Bilder, die er zurückgelassen hatte. In den Studien, die zu vernichten der Künstler nicht über sich gebracht hatte, erkannte er den Ursprung.

Es waren Studien aus allen möglichen Blickwinkeln, Kohle, Bleistift, Pastell und Aquarell. Bewegung, Leidenschaft und Begehren waren in ihnen festgehalten, und sie zeugten alle von der Seelenqual des Malers. Sie zeigten alle Stepha Odell.

Als Lynley den Mann zurückkommen hörte, riss er sich von der Betrachtung der Bilder und dessen, was sie ihm sagten, los. Statt dessen zwang er sich, Farmington wirklich wahrzunehmen, und erkannte plötzlich in ihm sein eigenes Spiegelbild, sein zweites Selbst, ja den Menschen, zu dem er werden konnte, wenn er es so wollte.

Vom King's-Cross-Bahnhof fuhr Barbara mit der Northern Line zur Warren Street. Von dort waren es nur wenige Minuten zu Fuß zum Fitzroy Square. In dieser Zeit versuchte sie, eine Strategie auszuarbeiten.

Es lag auf der Hand, dass Gillian Teys in die ganze Sache tief verstrickt war, doch es würde äußerst schwierig sein, das zu beweisen. Wenn sie die Cleverness besaß, elf Jahre lang spurlos verschwunden zu bleiben, dann war sie zweifellos auch raffiniert genug, um für die fragliche Nacht ein sicheres Alibi parat zu haben. Es schien Barbara der beste Weg zu sein – immer vorausgesetzt, Nell Graham war tatsächlich Gillian Teys und war auf Grund der spärlichen Informationen, die sie hatte, auffindbar –, ihr keinerlei Wahl zu lassen; sie wenn nötig zu verhaften, um sie noch am selben Abend nach Keldale bringen zu können. Sie ließ sich alles, was man über Gillian gesagt hatte, noch einmal durch den Kopf gehen: ihr unsoziales Verhalten, ihre sexuelle Promiskuität, ihre Fähigkeit, beides hinter einer Maske engelhafter Lieblichkeit zu verbergen. Mit einer so gerissenen Person konnte man nur auf eine Art umgehen: knallhart.

Der Fitzroy Square – ein hübsch saniertes Fleckchen von Camden Town – war ein ungewöhnlicher Ort für ein Heim für streunende Jugendliche. Vor zwanzig Jahren, als der Platz noch das triste Nachkriegsbild verfallender Häuser und schmutziger Bürgersteige geboten hatte, hätte man sich nicht gewundert, hier ein Heim für die Gestrandeten zu finden. Aber jetzt, wo der Platz ein ganz neues, frisches Gesicht hatte, wo die gepflegte Grünanlage in seiner Mitte sorgsam eingezäunt war, um die Penner fern zu halten, wo jedes Haus frisch gestrichen war und jede sauber lackierte Tür im Abendlicht glänzte, konnte man sich kaum vorstellen, dass hier noch immer die von der Gesellschaft Vergessenen und Ausgestoßenen, die Geängstigten und die Gequälten ihre Zuflucht fanden.

Testament House war in einem hohen, schmalen Gebäude untergebracht, an dessen Fassade ein Gerüst aufgezogen war. Ein Müllcontainer voller Mörtelbrocken, leerer Farbeimer und Kartons zeugte davon, dass man den renovierten Nachbarhäusern nicht länger nachstehen wollte. Die Haustür war offen, obwohl es empfindlich kühl geworden war, und aus dem Inneren war Musik zu hören; nicht die wilden Rock-and-Roll-Klänge, die man in einem Heim für verwahrloste Jugendliche erwartet hätte, sondern die klaren und präzisen Töne einer klassischen Gitarre. Ein Duft nach Tomatensoße und Gewürzen drang bis auf die Straße heraus.

Barbara stieg die zwei Stufen hinauf und trat ins Haus. In dem langen Flur lag ein alter roter Läufer, der an manchen Stellen so abgetreten war, dass die Holzdielen darunter durchschimmerten. Die Wände waren kahl bis auf mehrere Anschlagbretter mit Informationen über Arbeitsmöglichkeiten, mit hinterlassenen Nachrichten und verschiedenen Bekanntmachungen. Zwei große Pfeile wiesen wie zur Ermutigung auf ein Verzeichnis der von der nahe gelegenen Universität angebotenen Kurse hin. An einem Brett hingen Listen der nächsten Krankenhäuser und Kliniken, von Drogen- und Familienberatungsstellen, und am unteren Rand des Bretts waren Abreißzettel mit der Nummer einer Telefonberatungsstelle für Suizidgefährdete angebracht.

»Hallo«, rief eine Frau Barbara freundlich zu. »Brauchen Sie Hilfe?«

Barbara drehte sich um. Die rundliche ältere Frau beugte sich über einen Empfangstisch und schob eine Hornbrille nach oben auf ihr graues Haar. Ihr Lächeln war entgegenkommend, doch es trübte sich, als Barbara ihren Dienstausweis zeigte. Über ihnen erklang immer noch die feine Gitarrenmusik.

»Ist etwas passiert?«, fragte die Frau. »Ich nehme an, Sie wollen zu meinem Mann, Pastor Clarence.«

»Nein«, antwortete Barbara. »Das wird vielleicht gar nicht nötig sein. Ich suche diese junge Frau. Sie heißt Gillian Teys, aber wir vermuten, dass sie den Namen Nell Graham benützt.«

Sie reichte der Frau die Fotografie, obwohl sie wusste, dass es gar nicht nötig war. Kaum nämlich hatte sie den Namen Nell Graham ausgesprochen, hatte sich das Gesicht der Frau verändert und ihr verraten, dass sie hier richtig war.

Dennoch sah sich die Frau das Foto an. »Ja, das ist Nell«, sagte sie.

Obwohl Barbara so sicher gewesen war, verspürte sie ein Gefühl von Triumph.

»Können Sie mir sagen, wo ich sie erreichen kann? Ich muss sie dringend so rasch wie möglich sprechen.«

»Sie ist doch nicht in Schwierigkeiten?«

»Ich muss sie dringend sprechen«, wiederholte Barbara.

»Ja, natürlich. Sie dürfen mir wahrscheinlich nichts sagen. Es ist nur …« Die Frau strich sich nervös übers Kinn. »Warten Sie, ich hole Jonah«, sagte sie impulsiv. »Das geht ihn an.«

Ehe Barbara etwas erwidern konnte, eilte die Frau schon die Treppe hinauf. Gleich darauf brach die Gitarrenmusik abrupt ab. Ein Sturm von Protesten folgte, dann Gelächter. Schritte, die gedämpfte Stimme der Frau, die tiefere Stimme eines Mannes.

Als er auf der Treppe erschien, sah Barbara, dass er der Musiker war. Er trug die Gitarre über der Schulter. Er war viel zu jung, um Pastor George Clarence sein zu können, doch er trug die Kleidung des Geistlichen, und die auffallende Ähnlichkeit mit dem Begründer von Testament House ließ Barbara vermuten, dass er der Sohn des Mannes war. Er hatte das gleiche klar geschnittene Gesicht, die gleiche hohe Stirn, die gleichen klugen, aufmerksamen Augen. Selbst das Haar trug er wie sein Vater, links gescheitelt, mit einem Wirbel über der Stirn, den kein Kamm bändigen konnte. Er war nicht groß, wahrscheinlich höchstens einen Meter siebzig, und zierlich gebaut. Aber die Haltung seines Körpers verriet innere Kraft und Selbstvertrauen.

Er kam durch den Flur und streckte ihr seine Hand entgegen.

»Jonah Clarence«, sagte er. Sein Händedruck war fest. »Meine Mutter sagte mir, dass Sie Nell suchen.«

Mrs. Clarence hatte ihre Brille abgenommen. Sie kaute selbstvergessen an einem der Bügel, während sie mit gefurchter Stirn und aufmerksamen Blicken, die von einem zum anderen schweiften, ihr Gespräch verfolgte.

Barbara reichte Jonah Clarence die Fotografie.

»Das ist Gillian Teys«, sagte sie. »Ihr Vater wurde vor drei Wochen in Yorkshire ermordet. Sie wird als Zeugin gebraucht und muss mich dorthin begleiten.«

Clarence zeigte kaum eine Reaktion, aber es schien, als könne er den Blick nicht mehr von Barbaras Gesicht wenden. Doch er zwang sich dazu, zwang sich, die Fotografie anzusehen. Dann blickte er zu seiner Mutter.

»Es ist Nell.«

»Jonah«, sagte sie leise. »Mein Junge ...« Ihre Stimme drückte tiefe Teilnahme aus.

Clarence reichte Barbara das Foto zurück, richtete jedoch das Wort an seine Mutter.

»Eines Tages musste es ja passieren, nicht wahr?«, sagte er, und man merkte ihm die Erschütterung an.

»Jonah, soll ich ... Möchtest du ...?«

Er schüttelte den Kopf.

»Ich wollte jetzt sowieso weg«, antwortete er. Dann sah er Barbara an. »Ich bringe Sie zu Nell. Sie ist meine Frau.«

Lynley betrachtete das Gemälde von der alten Abtei und fragte sich, wie er für seine Botschaft so blind hatte sein können. Die Schönheit des Bildes lag in seiner ruhigen Einfachheit, in der Hingabe an das Detail, in der Absage an jegliche Romantisierung der verfallenden Mauern und an jeden Versuch, die Ruine als etwas anderes darzustellen als das, was sie war: Relikt einer gestorbenen Zeit, das von kommender Zeit verschlungen wurde.

Skeletthaft ragten die Mauern zu einem öden Himmel empor, als wollten sie aufsteigen, dem unvermeidlichen Ende zu entkommen, das unten auf sie wartete. Sie kämpften gegen das Pflanzenreich: Farne, die hartnäckig aus kargen Spalten wuchsen, wilde Blumen, die an den Rändern der Mauern des Querschiffs blühten, üppig wuchernde Gräser, die sich auf den Steinen, auf denen einst die Mönche im Gebet niedergekniet hatten, mit wilden Kräutern mischten.

Stufen führten nirgendwohin. Geschwungene Treppen, die einst die Gläubigen auf dem Weg vom Kreuzgang zum Sprechzimmer, vom Aufenthaltsraum in den Hof getragen hatten, versanken jetzt in moosgrünem Vergessen, Veränderungen unterworfen, die ihnen nicht ihre Würde nahmen, ihnen nur eine andere Gestalt und einen neuen Sinn gaben.

Die Fenster waren fort. Dort, wo einst Glasmalereien Presbyterium und Chor, Hauptschiff und Querschiff geschmückt hatten, war nichts geblieben als klaffende Höhlen, die mit leerem Blick auf eine Landschaft hinausschauten, die mit Recht verkündete, dass sie allein im Kampf mit der Zeit die Oberhand hatte.

Wie sollte man die Überreste der Abtei von Keldale definieren? Als ausgeblutete Hülle einer großen Vergangenheit oder als Werk der Vergänglichkeit, das im Zusammenbruch eine neue Zukunft verhieß? Hing es nicht allein von der Definition ab?

Lynley hob den Kopf, als er vor dem Gasthof einen Wagen anhalten hörte. Er vernahm das Öffnen und Schließen von Türen, gedämpfte Stimmen, ungleichmäßige Schritte. Er merkte, dass es allmählich dunkel wurde, und schaltete eine der Lampen ein, als St. James den Raum betrat. Er war allein, Lynley hatte es gewusst.

Sie sahen einander an und spürten erneut die Kluft aus der Vergangenheit, die immer noch zwischen ihnen stand. Als wolle er entfliehen, ging Lynley hinter den Tresen und schenkte zwei Gläser Brandy ein. Dann trat er auf den Freund zu, reichte ihm das eine Glas.

»Ist sie draußen?«, fragte er.

»Sie ist in die Kirche gegangen. Um sich ein letztes Mal den Friedhof anzusehen, wie ich sie kenne. Wir reisen morgen ab.«

Lynley lächelte. »Du bist standhafter als ich. Hank hätte mich schon in den ersten fünf Minuten vertrieben. Wollt ihr an die Seen?«

»Nein. Für einen Tag nach York, dann zurück nach London. Ich muss Montagmorgen wieder am Gericht sein. Vorher brauche ich noch etwas Zeit, um eine Analyse abzuschließen.«

»Schade, dass ihr nur so wenige Tage für euch hattet.«

»Wir haben noch das ganze Leben vor uns. Deborah hat Verständnis.«

Lynley nickte und sah von St. James zu den Fenstern, in denen sich ihre beiden Gestalten spiegelten. Zwei völlig unterschiedliche Männer, die eine schmerzliche Vergangenheit teilten und die, wenn er das wollte, eine reiche, erfüllte Zukunft teilen konnten. Es hing alles nur von der Definition ab. Er spülte den Rest seines Brandys hinunter.

»Dank dir für deine Hilfe, Simon«, sagte er schließlich und gab ihm die Hand. »Du und Deborah seid wunderbare Freunde.«

In Jonah Clarences klapprigem alten Morris fuhren sie nach Islington. Die Fahrt war nicht lang. Er sprach nichts. Die verkrampft um das Steuerrad liegenden Hände, an denen die Knöchel weiß hervortraten, verrieten seine innere Spannung.

Sie wohnten an einer kleinen Straße, die von der Caledonian Road abging. An ihrem oberen Ende waren zwei Schnellimbisse, die vielfältige Gerüche nach bratenden Frühlingsrollen, Pizza und Fisch mit Pommes frites verströmten, an ihrem unteren Ende, dort wo sie in die Pentonville Road mündete, gab es eine Fleischerei. Es war eine Gegend der Stadt, die zwischen Gewerbegebiet und Wohnviertel schwankte. Textilfabriken, Mietwagenunternehmen und Werkzeugfabriken wechselten mit Straßenzügen ab, die sichtlich bestrebt waren, sich zur eleganten Wohngegend zu mausern. Keystone Crescent war eine halbmondförmig angelegte kleine Straße, mit konkaven Reihenhäusern auf der einen und konvexen auf der anderen Seite. Alle hatten sie die gleichen schmiedeeisernen Zäune, und wo früher einmal kleine Gärtchen geblüht hatten, waren jetzt betonierte Parkplätze.

Die rußgeschwärzten Häuser waren zwei Stockwerke hoch, und jedes hatte im Souterrain eine abgeschlossene Wohnung. Doch während einige Häuser in jüngster Zeit renoviert worden waren, entpuppte sich das, vor dem Jonah Clarence seinen Wagen abstellte, als ausgesprochen schäbig. Früher einmal weiß gestrichen mit grünen Fensterrahmen, war es jetzt nur noch schmutzig, und seine einzige Zierde waren zwei offene Mülltonnen, die nicht weit von der Haustür standen.

»Kommen Sie«, sagte Jonah tonlos.

Er öffnete das kleine Tor und ging ihr voraus eine schmale, steile Treppe hinunter zur Souterrainwohnung. Im Gegensatz zum Haus, das dringend reparaturbedürftig war, war die Tür aus massivem Holz frisch gestrichen und hatte einen Türklopfer aus blitzendem Messing in der Mitte. Er sperrte auf, öffnete, bat Barbara herein.

Sie sah sofort, dass die Wohnung mit liebevoller Sorgfalt eingerichtet war, als wollten ihre Bewohner damit die äußere Verwahrlosung wettmachen. Cremefarbene Wände und bunte Teppiche, weiße Vorhänge an den Fenstern, vor denen liebevoll gepflegte Topfpflanzen standen, Bücher, Fotoalben, eine kleine Stereoanlage, eine Sammlung Schallplatten in einem niedrigen Regal, das sich an einer Wand entlangzog. Der Raum war spärlich möbliert, doch jedes einzelne Stück war offensichtlich mit einem Blick für Schönheit und gute Arbeit ausgesucht worden.

Jonah Clarence stellte seine Gitarre ab und ging zur Schlafzimmertür.

»Nell?«, rief er.

»Ich wollte mich nur rasch umziehen, Darling. Ich bin sofort fertig.« Die Stimme war heiter.

Er sah Barbara an. Sie sah, dass sein Gesicht grau geworden war.

»Ich würde gern reingehen …«

»Nein«, sagte Barbara. »Warten Sie hier. Bitte, Mister Clarence«, fügte sie hinzu, als sie sah, dass er sich nicht abhalten lassen wollte.

Mit schwerfälligen Bewegungen, als wäre er in den letzten zwanzig Minuten um Jahre gealtert, ging er zu einem Sessel und setzte sich, die Augen auf die Tür geheftet. Die Geräusche hinter ihr wurden von fröhlichem Summen begleitet. Schubladen wurden geöffnet und geschlossen. Eine Schranktür knarrte. Das Summen hörte auf. Schritte näherten sich. Die Tür ging auf, und Gillian Teys war von den Toten zurückgekehrt.

Sie sah aus wie ihre Mutter, trug aber ihr blondes Haar sehr kurz, fast wie das eines Jungen, so dass sie wie eine Zehnjährige wirkte. Auch ihre Kleidung betonte das Kindhafte. Sie trug einen Schottenrock, einen dunkelblauen Pullover und schwarze Schuhe mit Kniestrümpfen. Sie wirkte so, als käme sie gerade von der Schule.

»Jonah, ich …« Sie verstummte, als sie Barbara sah. »Jonah? Ist etwas …« Es schien, als hätte sie zu atmen aufgehört. Sie tastete nach dem Türknauf hinter sich.

Barbara trat einen Schritt auf sie zu.

»Scotland Yard, Mrs. Clarence«, sagte sie sachlich. »Ich würde Ihnen gern einige Fragen stellen.«

»Fragen?« Sie griff sich mit der Hand an den Hals. Ihre blauen Augen verdunkelten sich. »Worüber?«

»Über Gillian Teys«, antwortete ihr Mann. Er hatte sich nicht aus seinem Sessel gerührt.

»Wer?«, fragte sie leise.

»Gillian Teys«, wiederholte er ruhig. »Ihr Vater wurde vor drei Wochen in Yorkshire ermordet, Nell.«

Sie wich zur Tür zurück. »Nein.«

»Nell …«

»Nein!« Ihre Stimme wurde lauter.

Barbara trat noch einen Schritt näher.

»Bleiben Sie weg von mir! Ich weiß nicht, wovon Sie reden. Ich kenne keine Gillian Teys.«

»Geben Sie mir das Bild«, sagte Jonah zu Barbara und stand auf. Sie reichte es ihm. Er ging zu seiner Frau und legte seine Hand auf ihren Arm. »Das ist Gillian Teys«, sagte er, doch sie wandte den Kopf ab.

»Ich weiß nichts, ich weiß nichts!« Ihre Stimme war schrill vor Angst.

»Sieh es dir an, Darling.« Behutsam drehte er ihr Gesicht dem Foto zu.

»Nein!«, schrie sie, riss sich von ihm los und floh ins andere Zimmer.

Eine Tür flog krachend zu. Ein Riegel wurde vorgeschoben.

Wunderbar, dachte Barbara. Sie drängte sich an dem jungen Mann vorbei und ging zur Badezimmertür. Drinnen war es still. Sie rüttelte am Knauf. Sei hart! Sei aggressiv!

»Mrs. Clarence, kommen Sie heraus.« Schweigen. »Mrs. Clarence, hören Sie mir zu. Man beschuldigt Ihre Schwester Roberta dieses Mordes. Sie ist in der Nervenheilanstalt Barnstingham. Sie hat seit drei Wochen nicht ein einziges Wort gesprochen, außer dass sie behauptete, ihren Vater ermordet zu haben. Ihr Vater wurde geköpft, Mrs. Clarence.« Wieder rüttelte Barbara am Türknauf. »Geköpft, Mrs. Clarence. Haben Sie mich gehört?«

Von drinnen kam ersticktes Wimmern, der klägliche Laut eines von Angst gepeinigten verwundeten Tieres. Dann folgte ein entsetzter Schrei. »Ich hab' ihn dir doch dagelassen, Bobby! O Gott, hast du ihn verloren?«

Dann wurde jeder Wasserhahn im Bad voll aufgedreht.

14

Sauber. Sauber! Muss es tun. Muss sauber werden. Schnell, schnell, schnell. Jetzt passiert es, wenn ich nicht sauber werde. Schreien, Klopfen, Schreien, Klopfen. Laut, laut. Unaufhörlich, ohne Ende. Schreien, Klopfen. Aber sie werden beide weggehen – lieber Gott, sie müssen weggehen –, wenn ich erst sauber bin. Sauber. Sauber.

Heißes Wasser. Sehr, sehr heiß. Dampf in dicken Wolken. Fühl's auf dem Gesicht. Atme ihn tief ein. Damit ich sauber werde.

»Nell!«

Nein, nein, nein!

Schranktür auf. Griffe glitschig. Mach schon auf. Zieh schon auf. Hände zittern. Such sie, such sie. Gut versteckt unter den Handtüchern. Steife, harte Bürsten. Stahlbürsten. Gute Bürsten, feste Bürsten. Bürsten, die mich sauber machen.

»Mrs. Clarence!«

Nein, nein, nein!

Schnaufen, Keuchen. Ekelhaft, widerlich. Laut, laut im ganzen Zimmer. Dröhnen in den Ohren. Schluss, Schluss, aufhören! Hände auf die Ohren, und es hört nicht auf. Fäuste auf die Augen, und es hört nicht auf. Immer Schnaufen. Immer Keuchen.

»Nellie, bitte. Mach die Tür auf!«

Nein, nein, nein!

Keine Türen sind jetzt offen. Keine Flucht auf diesem Weg. Nur noch eine Rettung jetzt. Sauber, sauber, sauber. Erst die Schuhe. Weg mit ihnen. Rasch, versteck sie. Dann die Strümpfe. Aber die Hände wollen nicht. Zerreiß sie! Schnell, schnell, schnell!

»Mrs. Clarence? Können Sie mich hören? Hören Sie, was ich sage?«

Kann nicht hören, kann nicht sehen. Will nicht hören, will nicht sehen. Dampfwolken in mir. Dampfwolken, die alles verbrennen. Dampfwolken, die mich sauber machen.

»... wollen Sie es wirklich so, Mrs. Clarence? Denn genau das wird mit Ihrer Schwester geschehen, wenn sie weiterhin schweigt. Lebenslänglich, Mrs. Clarence. Für den Rest ihres Lebens.«

Nein! Sag ihnen, nein! Sag ihnen, dass nichts jetzt eine Rolle spielt. Kann nicht denken, kann nicht handeln. Schnell, Wasser, schnell! Mach mich sauber. Ich fühl' es auf den Händen. Nein, es ist nicht heiß genug. Kann nichts fühlen, kann nichts sehen. Niemals, niemals sauber werden.

›... den nannte sie Moab. Von dem kommen her die Moabiter bis auf den heutigen Tag. Den nannte sie Ben-ammi. Von dem kommen her die Ammoniter bis auf den heutigen Tag. Und siehe, da ging ein Rauch auf vom Lande wie der Rauch von einem Ofen. Sie zogen weg von Zoar und blieben auf dem Gebirge, denn sie fürchteten sich.‹

»Wie schließt die Tür? Ist es ein Riegel? Ein Schlüssel?«

»Ich …«

»Nehmen Sie sich zusammen. Wir müssen aufbrechen.«

»Nein.«

Klopfen, Klopfen, laut, laut, erbarmungslos. Mach, dass sie weggehen. Mach, mach, dass sie weggehen.

»Nell! Nell!«

Wasser überall. Kann's nicht fühlen, kann's nicht sehen. Ist gewiss nicht heiß genug, um mich sauber zu machen. Sauber, sauber. Seife und Bürsten, Seife und Bürsten. Feste reiben, feste, feste! Macht mich sauber, sauber, sauber.

»Entweder das, oder wir müssen Hilfe holen. Wollen Sie das wirklich? Dass ein ganzer Polizeitrupp die Tür aufbricht?«

»Seien Sie still! Sie sehen doch, was Sie angerichtet haben. Nell!«

Segne mich, Vater. Ich habe gesündigt. Versteh mich und vergib mir. Bürsten kratzen, Bürsten reißen, reißen, damit ich sauber werde.

»Sie haben keine Wahl. Das ist eine Polizeiangelegenheit und kein kleiner Ehestreit, Mister Clarence.«

»Was tun Sie da? Verdammt noch mal, gehen Sie vom Telefon weg!«

Klopfen, Klopfen.

»Nell!«

›Ich habe Mister Rochester geheiratet. Die Trauung fand in aller Stille statt, außer meinem Mann und mir waren nur der Pfarrer und sein Ministrant zugegen. Von der Kirche heimkehrend, ging ich in die Küche, wo Mary das Essen bereitete und John Messer putzte. Mary, sagte ich, ich wurde heute früh mit Mister Rochester getraut.‹

»Dann haben Sie genau zwei Minuten Zeit, um sie da rauszuholen, sonst erscheinen hier solche Mengen an Polizei, wie Sie in Ihrem Leben noch nicht gesehen haben. Ist das klar?«

He, du bist wirklich eine tolle kleine Katze. Nicht schon wieder! Nicht so bald! Mein Gott, Gilly, mein Gott!

Gilly ist tot, Gilly ist tot. Aber Nell ist sauber, sauber, sauber. Schrubbt sie fest, ganz tief rein, macht sie sauber, sauber, sauber!

»Du musst mich reinlassen, Nell. Hörst du mich? Ich breche jetzt das Schloss auf. Hab keine Angst.«

Na komm schon, Gilly-Maus. Ich will nichts Ernstes heute Abend. Komm, wir wollen einfach lachen und ausgelassen sein und total verrückt sein. Wir trinken was und tanzen die ganze Nacht durch. Wir suchen uns ein paar Männer und fahren nach Whitby. Wir nehmen Wein mit. Wir nehmen was zu essen mit. Wir tanzen nackt auf den Mauern der Abtei. Sollen sie versuchen, uns zu fangen, Gilly. Wir wollen so richtig wild sein.

Klopfen lauter jetzt. Es klopft und klopft, so fest, so fest. Ohren dröhnen, Herz zerspringt. Schrubbt sie sauber überall.

»So klappt das nicht, Mister Clarence. Ich werde doch …«

»Nein! Halten Sie endlich den Mund, verdammt noch mal!«

Spät am Abend. Ich sagte dir auf Wiedersehen. Hast du mich gehört? Hast du mich gesehen? Hast du ihn gefunden, wo ich ihn hingelegt hatte? Bobby, hast du ihn gefunden? Hast du ihn gefunden-funden-funden?

Krachendes Holz, splitterndes Holz. Nie mehr sicher. Eine letzte Chance, ehe Lot mich findet. Eine letzte Chance, mich sauber zu machen.

»O Gott! O mein Gott, Nell!«

»Ich rufe einen Krankenwagen.«

»Nein! Lassen Sie uns! Lassen Sie uns in Ruhe.«

Zupackende Hände. Abrutschende Hände. Rotes Wasser voller Blut. Arme, die mich umfangen. Jemand weint. Hüllt mich ein, hält mich warm.

»Nellie. O Gott. Nell!«

An ihn gedrückt. Ich höre ihn schluchzen. Ist es vorbei? Bin ich sauber?

»Bringen Sie sie hier heraus, Mister Clarence.«

»Hauen Sie ab. Lassen Sie uns allein.«

»Das kann ich nicht. Sie ist in einen Mord verwickelt. Das wissen sie so gut wie ich. Wenn schon sonst nichts, sollte ihre Reaktion auf dies alles ...«

»Sie hat nichts damit zu tun. Es kann gar nicht sein. Ich war mit ihr zusammen.«

»Sie erwarten doch nicht, dass ich das glaube?«

»Nell! Ich erlaube es nicht. Ich lasse sie nicht zu dir!«

Weinen, weinen. Brennende Tränen. Der Körper gepeinigt von Schmerz und Leiden. Mach ein Ende. Lass Schluss sein. »Jonah ...«

»Ja, Liebes. Was ist?«

»Nell ist tot.«

»Da hat er die Tür aufgebrochen«, sagte Barbara.

Lynley rieb sich die Stirn. In den letzten drei Stunden hatte er rasende Kopfschmerzen bekommen. Das Gespräch mit Barbara machte sie noch schlimmer.

»Und?«

Stille.

»Havers?«, fragte er scharf.

Er wusste, dass sein Ton brüsk klang, dass es sich nach Zorn und Ungeduld anhören würde, nicht nach der Erschöpfung, die es war. Er hörte, wie sie den Atem einsog. Weinte sie?

»Es war ... Sie hatte ...« Sie räusperte sich. »Die Wanne.«

»Was heißt das? Hatte sie ein Bad genommen?« Er fragte

sich, ob Barbara sich bewusst war, dass sie völlig ungereimtes Zeug redete. Guter Gott, was war da geschehen?

»Ja. Nur – sie hatte sich abgebürstet. Den ganzen Körper. Mit Stahlbürsten. Sie blutete.«

»Mein Gott«, murmelte er. »Wo ist sie, Havers? Wie geht es ihr?«

»Ich wollte einen Krankenwagen rufen.«

»Warum, um Gottes willen, haben Sie es nicht getan?«

»Ihr Mann ... er war ... Es war meine Schuld, Inspector. Ich dachte, ich müsste sie hart anfassen. Ich ... Es war meine Schuld.« Ihre Stimme brach.

»Havers, um Gottes willen. Reißen Sie sich zusammen.«

»Sie hat geblutet. Sie hatte sich den ganzen Körper mit den Bürsten abgeschrubbt. Er hat sie eingewickelt. Er weigerte sich, sie loszulassen. Er weinte. Sie sagte, sie wäre tot.«

»O Gott«, flüsterte er.

»Ich wollte zum Telefon. Da kam er mir nach. Er ...«

»Ist Ihnen was passiert? Sind Sie verletzt?«

»Er hat mich rausgestoßen. Ich bin gestürzt. Es ist nichts passiert. Ich ... Es war meine Schuld. Sie kam aus dem Schlafzimmer. Ich erinnerte mich an alles, was wir über sie gesagt hatten. Es erschien mir das Beste, streng mit ihr zu sein. Ich hab' nicht nachgedacht. Ich hab' mir nicht klar gemacht, dass sie ...«

»Havers, jetzt hören Sie mir mal zu.«

»Aber sie hat sich eingeschlossen. Das Wasser war voll Blut. Es war so heiß. Alles war voller Dampf ... Wie konnte sie das heiße Wasser nur aushalten?«

»Havers!«

»Ich hab' mir eingebildet, ich könnte mal was richtig machen. Wenigstens diesmal. Ich hab' alles verpfuscht, nicht wahr?«

»Unsinn, natürlich nicht«, entgegnete er gegen seine Überzeugung. »Sind sie noch in der Wohnung dort?«

»Ja. Soll ich jemanden vom Yard holen?«

»Nein!«

Er überlegte hastig. Schlimmer hätte die Situation gar nicht sein können. Da hatte man die Frau nach all den Jahren gefunden, und dann musste so etwas geschehen. Zum Wahnsinnigwerden. Er wusste, dass sie allein ihnen helfen konnte, der Sache auf den Grund zu kommen. Sie war ihre einzige Hoffnung.

»Was soll ich dann ...«

»Fahren Sie nach Hause. Gehen Sie zu Bett. Ich mach' das schon.«

»Bitte, Sir.« Er konnte die Verzweiflung in ihrer Stimme hören. Er konnte es nicht ändern, konnte es nicht verhindern, konnte sich jetzt darüber kein Kopfzerbrechen machen.

»Tun Sie, was ich Ihnen sage, Havers. Fahren Sie nach Hause. Rufen Sie keinesfalls im Yard an, und kehren Sie nicht in diese Wohnung zurück. Ist das klar?«

»Bin ich ...«

»Kommen Sie dann morgen mit dem Zug wieder hierher.«

»Und Gillian?«

»Um Gillian kümmere ich mich«, sagte er grimmig und legte auf.

Er sah zu dem Buch auf seinem Schoß hinunter. Er hatte die vergangenen drei Stunden damit zugebracht, alles aus seinem Gedächtnis hervorzukramen, was er aus seinem Studium über Shakespeare noch wusste. Seine Kenntnisse waren begrenzt. Sein Interesse am elisabethanischen Zeitalter war historischer, nicht literaturwissenschaftlicher Art gewesen, und mehr als einmal hatte er an diesem Abend den Weg verflucht, den er damals in Oxford eingeschlagen hatte; hatte sich Fachwissen auf einem Gebiet gewünscht, das ihm damals kaum relevant erschienen war.

Doch er hatte es schließlich gefunden, und jetzt las er die Zeilen immer wieder, in dem Bemühen, dem Vers aus dem siebzehnten Jahrhundert eine dem zwanzigsten Jahrhundert gemäße Bedeutung zu geben.

»Denn eine Sünde weckt die andre auch,
Mord ist Nachbar der Lust, wie Flamm und Rauch.«

Er gibt Leben und Tod Bedeutung, hatte der kleine Priester gesagt. Was also hatten die Worte des Prinzen von Tyrus mit einem verlassenen Grab in Keldale zu tun? Und was hatte das Grab mit dem Tod eines Bauern zu tun?

Absolut gar nichts, sagte sein Verstand. Absolut alles, widersprach sein Instinkt.

Er klappte das Buch zu. Den Schlüssel hatte Gillian: zur Bedeutung und zur Wahrheit. Er griff zum Telefon und wählte.

Es war nach zehn, als sie die schlecht beleuchtete Straße in Ealing hinunterging. Webberly war überrascht gewesen, sie zu sehen, aber die Überraschung war verflogen, als er den Brief geöffnet hatte, den Lynley ihr für ihn mitgegeben hatte. Er warf nur einen Blick auf die kurze Nachricht, drehte das Bild um und hängte sich ans Telefon. Nachdem er Edwards in kurzem Kommandoton befohlen hatte, augenblicklich zu kommen, hatte er sie weggeschickt, ohne danach zu fragen, wieso sie plötzlich ohne Lynley in London erschienen war. Es war, als existierte sie gar nicht für ihn. Und so war es ja auch. Sie existierte nicht für ihn. Nicht mehr.

Na und?, dachte sie. Wen interessiert schon, was passiert? Es war von Anfang an unvermeidlich. Du blödes, fettes kleines Schwein, du hast dir eingebildet, du wärst die große Detektivin. Dachtest, du wüsstest über Gillian Teys Bescheid, was? Hast sie im Nebenzimmer summen hören, und nicht mal da hattest du genug Grips, um es zu kapieren.

Sie musterte das Haus. Die Fenster waren dunkel. Von nebenan dröhnte Mrs. Gustafsons Fernsehapparat, aber aus dem Haus, vor dem sie stand, kam keinerlei Anzeichen von Leben. Nichts.

Nichts. Ja, dachte sie, das ist es. Da drinnen ist nichts, absolut gar nichts, und schon gar nicht das, was du dir wünschst. Die vielen Jahre, und du hast ein Hirngespinst ausgebrütet, Barb. Und alles umsonst, die reine Verschwendung.

Sie wehrte den Gedanken ab, weigerte sich, ihn zu akzeptieren, und sperrte die Tür auf. Der Geruch des stillen Hauses fiel über sie her; ein Geruch nach ungewaschenen Körpern, nach eingesperrten Küchendünsten, nach muffiger Luft, nach bedrückender Hoffnungslosigkeit. Er war widerlich und krank, doch in diesem Moment hieß sie ihn willkommen. Sie atmete ihn tief ein, fand ihn angemessen und gerecht.

Sie schloss die Tür hinter sich und lehnte sich an sie, während ihre Augen sich an die Dunkelheit gewöhnten. Hier ist es, Barb. Hier hat alles angefangen. Lass dich davon wieder zum Leben erwecken.

Sie stellte ihre Handtasche auf den wackligen Tisch neben der Tür und zwang sich, zur Treppe zu gehen. Als sie sie erreichte, fing ihr Auge einen Lichtblitz aus dem Wohnzimmer ein. Neugierig ging sie zur Tür und fand das Zimmer leer vor. Das Licht war nur der Schein eines vorbeihuschenden Autoscheinwerfers gewesen, der sich flüchtig im Glas des Bildes gespiegelt hatte. Seines Bildes. Tonys Bild.

Es zog sie ins Zimmer, und sie setzte sich in den Sessel ihres Vaters, der, neben dem ihrer Mutter, dem Schrein gegenüberstand. Tonys Gesicht lächelte sie spitzbübisch an, sein drahtiger Körper strotzte von Leben.

Sie war erschöpft, ausgelaugt, aber sie zwang sich, den Blick auf das Bild gerichtet zu halten und bis in die Tiefen der Erinnerung zu tauchen, in denen Tony immer noch schwach und grau in einem schmalen weißen Krankenhausbett lag. Sein Bild war auf ewig in ihr Gedächtnis eingebrannt, so, wie sie es damals gesehen hatte: Schläuche und Nadeln überall, zuckende Finger, die an der Bettdecke zupften. Der dünne Hals konnte den Kopf nicht länger tragen, der zu Übergröße angewachsen schien. Seine Lider waren schwer, verkrustet, geschlossen. Seine aufgesprungenen Lippen bluteten.

»Koma«, hatten sie gesagt. »Es wird bald so weit sein.«

Aber das stimmte nicht. Es war noch nicht so weit gewesen. Erst hatte er noch einmal die Augen geöffnet, und ein geisterhaftes Lächeln war über sein Gesicht geflogen, als er flüsterte: »Wenn du bei mir bist, hab' ich keine Angst, Barbie. Du gehst doch nicht fort, oder?«

Es war, als hätte er hier, in der Dunkelheit des Wohnzimmers zu ihr gesprochen. Alle Gefühle stiegen wieder hoch, wie immer: der Schmerz, der sie zerreißen wollte, und dann – wie der feurige Atem der Hölle – die wahnsinnige Wut. Dies einzig Reale, das sie am Leben hielt.

»Ich geh' nicht fort«, versprach sie. »Ich werde niemals vergessen.«

»Kind?«

Sie schrie auf vor Überraschung, als sie in die niederdrückende Gegenwart zurückgerissen wurde.

»Kind? Bist du's?«

Ihr Herz hämmerte wie verrückt, aber sie zwang sich, ruhig zu antworten. Kein Problem nach so vielen Jahren ständiger Übung.

»Ja, Mama. Ich hab' mich nur ein bisschen hingesetzt.«

»Im Dunkeln, Kind? Warte, ich mach' Licht, damit ...«

»Nein.« Ihre Stimme war brüchig. Sie räusperte sich. »Nein, Mama. Lass es aus.«

»Aber ich mag die Dunkelheit nicht, Kind. Sie – sie macht mir Angst.«

»Warum bist du auf?«

»Ich hörte die Tür. Ich dachte, es wäre vielleicht ...« Sie trat in Barbaras Blickfeld, eine gespensterhafte Gestalt in einem fleckigen rosafarbenen Morgenrock. »Manchmal denke ich, er ist zu uns zurückgekommen, Kind. Aber er wird nie zurückkommen, nicht?«

Barbara stand abrupt auf.

»Geh wieder ins Bett, Mama.« Sie merkte, wie rau ihre Stimme klang, und versuchte vergebens, ihr einen sanfteren Ton zu geben. »Wie geht's Dad?« Sie nahm ihre Mutter beim Arm und führte sie aus dem Zimmer.

»Er hatte einen guten Tag heute. Wir dachten an die Schweiz. Die Luft ist so gut und frisch dort, weißt du. Wir dachten, die Schweiz wäre am schönsten für die nächste Reise. Es ist natürlich ein bisschen früh, so bald nach der Griechenlandreise schon wieder loszufahren, aber er meint, es wäre ein guter Gedanke. Würde die Schweiz dir gefallen, Kind? Wenn du meinst, es wäre nicht das Richtige für dich, können wir uns ja immer etwas anderes aussuchen. Ich möchte, dass du glücklich bist.«

Glücklich? »Die Schweiz ist in Ordnung, Mama.«

Sie spürte, dass die Hand ihrer Mutter wie eine Klaue ihren Arm umklammerte. Sie gingen langsam die Treppe hinauf.

»Gut. Ich dachte mir schon, dass es dir recht ist. Am besten fangen wir in Zürich an. Wir machen diesmal eine Rundreise, mit einem gemieteten Auto. Ich möchte so gern die Alpen sehen.«

»Klingt gut, Mama.«

»Dad fand das auch, Kind. Er war sogar im Reisebüro und hat mir die Prospekte geholt.«

Barbara blieb stehen. »War er bei Mister Como?«

Die Hand ihrer Mutter auf ihrem Arm zitterte.

»Oh, das weiß ich nicht, Kind. Er sagte nichts von Mister Como. Ich bin sicher, er hätte es erwähnt, wenn er bei ihm gewesen wäre.«

Sie erreichten den Treppenabsatz. Ihre Mutter blieb vor der Tür zu ihrem Schlafzimmer stehen.

»Er ist ein neuer Mensch, wenn er nachmittags ein bisschen ausgeht, Kind. Ein ganz neuer Mensch.«

Barbara drehte sich der Magen um, als sie daran dachte, was ihre Mutter meinen könnte.

Jonah Clarence machte leise die Schlafzimmertür auf. Die Vorsichtsmaßnahme war überflüssig, sie war wach. Sie drehte den Kopf bei dem gedämpften Geräusch und lächelte schwach.

»Ich hab' dir eine Suppe gemacht«, sagte er.

»Jo …«Ihre Stimme klang so schwach, so kraftlos, dass er hastig zu sprechen fortfuhr.

»Es ist nur eine Dosensuppe. Ich hab' dir auch ein Butterbrot gemacht.«

Er stellte das Tablett aufs Bett und half ihr, sich aufzusetzen. Bei der Bewegung begannen mehrere tiefe Wunden wieder zu bluten. Er nahm ein Handtuch und drückte es fest auf ihre Haut; nicht nur um das fließende Blut einzudämmen, sondern auch um die Erinnerung an das, was an diesem Abend mit ihrem Leben geschehen war, zu verdecken.

»Ich verstehe nicht …«

»Nicht jetzt, Darling«, sagte er. »Erst musst du etwas essen.«

»Können wir dann reden?«

Sein Blick glitt von ihrem Gesicht. Schnittwunden bedeckten ihre Hände und Arme, ihre Brüste, ihren Bauch und ihre Schenkel. Bei dem Anblick fühlte er eine so tiefe Qual, dass er nicht gleich antworten konnte. Aber sie sah ihn aufmerksam an, Vertrauen und Liebe in den schönen Augen, während sie auf seine Antwort wartete.

»Ja«, sagte er leise. »Dann können wir reden.«

Sie lächelte mit bebenden Lippen.

Er schob ihr das Tablett auf den Schoß, aber als sie von der Suppe nehmen wollte, sah er, wie ihre Hand zitterte. Behutsam nahm er ihr den Löffel ab und begann, sie zu füttern, ein mühsames Unterfangen, bei dem jeder hinuntergebrachte Schluck Suppe ein kleiner Sieg war.

Er ließ sie nicht sprechen. Er hatte zu große Angst vor dem, was sie sagen würde. Stattdessen beschwichtigte er sie mit geflüsterten Worten der Liebe und Ermutigung, während er sich fragte, wer sie war und welch schrecklichen Kummer sie in sein Leben getragen hatte.

Sie waren noch kein Jahr verheiratet, aber ihm schien, sie wären immer schon zusammen gewesen, wären von dem Moment an füreinander bestimmt gewesen, als sein Vater sie vom King's-Cross-Bahnhof ins Testament House gebracht hatte – ein ernsthaftes, zartes Mädchen, das aussah, als wäre es höchstens zwölf Jahre alt. Diese wunderschönen großen Augen, hatte er gedacht, als er sie das erste Mal sah. Und ihr Lächeln war wie Sonnenschein. Schon nach wenigen Wochen wusste er, dass er sie liebte; aber es dauerte fast zehn Jahre, ehe sie seine Frau wurde.

In dieser Zeit hatte er sich entschieden, Geistlicher zu werden und mit seinem Vater zusammenzuarbeiten, hatte sich geplagt wie Jakob, eine Rachel zu gewinnen, bei der er nie sicher sein konnte, ob sie ihn erhören würde. Doch das hatte ihn nicht entmutigen können. Nur Nell hatte er haben wollen. Keine andere.

Aber sie ist nicht Nell, dachte er. Ich weiß nicht, wer sie ist. Und das Schlimmste ist, dass ich nicht einmal sicher bin, ob ich es überhaupt wissen will.

Er hatte sich immer als einen Mann der Tat gesehen, einen Mann, der den Mut und die Kraft seiner Überzeugung besaß und dennoch ein Mann des Friedens war. Dieses Bild war an diesem Abend zerstört worden. Ihr Anblick – wie sie in der Wanne gestanden und besinnungslos ihren Körper zerfetzt, das Wasser mit ihrem Blut gefärbt hatte –, dieser Anblick hatte genügt, um das sorgsam gepflegte Bild innerhalb zwei Minuten zersplittern zu lassen; die Zeit, die er gebraucht hatte, die laut Schreiende aus der Wanne zu ziehen, sie in Tücher einzuhüllen, um irgendwie die Blutungen zu stoppen, die Polizeibeamtin hinauszuwerfen.

In diesen zwei Minuten war aus dem friedliebenden, aufrichtigen Diener Gottes ein rasender Fremder geworden, der ohne

Überlegung jeden hätte töten können, der seiner Frau Schaden zufügen wollte. Er war bis ins Innerste erschüttert, umso mehr, wenn er daran dachte, dass er sie zwar vielleicht vor ihren Feinden schützen konnte, aber nicht wusste, wie er Nell vor sich selbst schützen sollte.

Aber sie ist nicht Nell, dachte er wieder.

Sie hatte fertig gegessen, seit ein paar Minuten schon, und hatte sich wieder niedergelegt. Die Kissen unter ihr waren blutbefleckt. Er stand auf.

»Jo ...«

»Ich hole nur was für die Wunden. Ich bin gleich wieder da.«

Er versuchte, den entsetzlichen Zustand des Badezimmers zu ignorieren, während er im Schrank herumsuchte. Die Wanne sah aus, als hätte man ein Tier in ihr geschlachtet. Überall war Blut, in jedem Spalt und jeder Ritze. Seine Hand zitterte unkontrollierbar, als er die Flasche mit dem Wasserstoffsuperoxid nahm. Er hatte Angst, er würde ohnmächtig werden.

»Jonah?«

Er schöpfte ein paarmal tief Atem und ging wieder ins Schlafzimmer.

»Verzögerte Reaktion.« Er versuchte zu lächeln und hielt die Flasche so fest, dass er glaubte, sie würde in seinen Händen zerbrechen. Er setzte sich auf die Bettkante. »Die meisten Wunden sind nicht tief«, sagte er im Konversationston. »Mal sehen, wie es morgen aussieht. Wenn es schlimm ist, fahren wir ins Krankenhaus. Was meinst du?«

Sie schwieg, und er wartete nicht auf eine Antwort. Er tupfte die offenen Stellen mit dem Wasserstoffsuperoxid ab und fuhr entschlossen zu sprechen fort.

»Ich hab' mir überlegt, dass wir am Wochenende nach Penzance fahren könnten, Schatz. Es würde uns gut tun, ein paar Tage wegzukommen, meinst du nicht? Eins von den Mädchen hat mir von einem Hotel dort unten erzählt, wo sie als Kind mal mit ihren Eltern war. Es muss ganz wunderbar sein. Mit Blick auf den Mont Saint Michel. Wir könnten den Zug nehmen und uns unten dann ein Auto mieten. Oder Fahrräder. Hättest du Lust, Fahrräder zu mieten, Nell?«

Er fühlte ihre Hand an seiner Wange. Er merkte plötzlich, wie nahe er den Tränen war.

»Jo«, sagte sie leise. »Nell ist tot.«

»Sag so was nicht«, entgegnete er heftig.

»Ich habe schreckliche Dinge getan. Ich kann es nicht ertragen, dass du sie erfahren sollst. Ich dachte, ich wäre vor ihnen sicher; ich wäre ihnen für immer entflohen.«

»Nein!« Er fuhr fort, ihre Wunden zu reinigen.

»Ich liebe dich, Jonah.«

Das ließ ihn innehalten. Er schlug die Hände vor sein Gesicht.

»Wie soll ich dich nennen?«, flüsterte er. »Ich weiß nicht einmal, wer du bist.«

»Jo, Jonah, mein Liebster ...«

Ihre Stimme war wie eine Folter für ihn, die er kaum ertragen konnte, und als sie die Arme nach ihm ausstreckte, stürzte er aus dem Zimmer und schlug die Tür hinter sich zu.

Er stolperte zu einem Sessel, hörte sein Keuchen, spürte die Panik, die ihm den Verstand zu rauben drohte. Er ließ sich in den Sessel fallen und starrte, ohne etwas zu sehen, die Gegenstände an, die ihr gemeinsames Heim ausmachten, stieß verzweifelt den Gedanken weg, der im Zentrum seiner Angst saß.

Vor drei Wochen, hatte die Polizeibeamtin gesagt. Er hatte sie belogen, eine Augenblicksreaktion, die dem Entsetzen über ihre unverständliche Behauptung entsprungen war. Er war zu jener Zeit nicht mit Nell in London gewesen, sondern auf einer viertägigen Konferenz in Exeter. Nell hatte ihn eigentlich begleiten wollen, doch im letzten Moment war sie wegen einer Grippe zu Hause geblieben. Angeblich. War sie wirklich krank gewesen?

Oder hatte sie hier die Gelegenheit gesehen, nach Yorkshire zu reisen?

»Nein!« Das Wort entfuhr ihm unwillkürlich. Er verachtete sich dafür, der Frage auch nur einen Moment lang Raum gegeben zu haben, zwang sich, ruhiger zu atmen, die Hände zu lockern, sich zu entspannen.

Er griff nach seiner Gitarre, nicht um zu spielen, sondern um sich ihrer Realität zu vergewissern, sich der Bedeutung zu erinnern, die sie in seinem Leben hatte. Er hatte im Halbdunkel auf der Hintertreppe von Testament House gesessen und ein Lied gespielt, das er besonders liebte, als sie ihn das erste Mal angesprochen hatte.

»Das klingt so schön. Kann das jeder lernen?«

Sie kauerte sich neben ihn auf die Treppe, den Blick auf seine Finger gerichtet, die über die Saiten glitten, und sie hatte gelächelt wie ein Kind, das vor Freude lächelt.

Es war einfach gewesen, ihr das Spielen beizubringen. Sie war musikalisch, und was sie einmal gesehen oder gehört hatte, vergaß sie nie wieder. Jetzt spielte sie so oft für ihn wie er für sie, nicht mit seiner Sicherheit und seinem Feuer, sondern mit einer schwermütigen Süße, die ihm schon vor langer Zeit hätte verraten müssen, was er jetzt nicht wahrhaben wollte.

Abrupt stand er auf. Wie um sich zu vergewissern, schlug er ein Buch nach dem anderen auf und las in jedem Band ihren Namen, Nell Graham, klar und sauber geschrieben. Um zu zeigen, dass das Buch ihr gehörte, oder um sich selbst zu überzeugen?

»Nein!«

Er nahm das Fotoalbum vom untersten Bord und drückte es an die Brust. Es war ein Dokument ihres gemeinsamen Lebens, eine Bestätigung, dass Nell real war, dass sie kein anderes Leben hatte als das, das sie mit ihm teilte. Er brauchte das Album nicht aufzuschlagen, um zu wissen, was es enthielt: die Geschichte ihrer Liebe, Erinnerungen, die ein wichtiger Teil ihres gemeinsamen Lebens waren. In einem Park, auf einem Waldweg, in stiller Träumerei an einem frühen Morgen, voller Erheiterung über eine Gruppe zankender Vögel am Strand. All diese Bilder legten Zeugnis ab von Nells Leben und den Dingen, die sie liebte.

Sein Blick schweifte zu den Pflanzen am Fenster. Die Usambaraveilchen hatten ihn immer am meisten an sie erinnert. Die schönen Blüten saßen anmutig und zierlich auf ihren Stängeln. Die dicken grünen Blätter schützten und umgaben sie. Man hätte nicht meinen sollen, dass diese Pflanzen das Londoner Wetter aushalten konnten, doch so zart und zerbrechlich sie wirken mochten, sie besaßen eine bemerkenswerte Kraft.

Während er die Pflanzen betrachtete, erkannte er endlich die Wahrheit und bemühte sich vergeblich, sie zu leugnen. Die Tränen, die schon lange hinter seinen Lidern warteten, brachen sich Bahn. Er ging zum Sessel zurück, setzte sich hinein und weinte.

Draußen klopfte es.

»Gehen Sie weg!«, schluchzte er.

Das Klopfen ging weiter.

»Gehen Sie weg!«

Es war kein anderes Geräusch zu hören. Nur das beharrliche Klopfen. Wie die Stimme seines Gewissens würde es nie verstummen. »Verdammt noch mal, gehen Sie schon!«, schrie er und rannte zur Tür, um sie aufzureißen.

Eine Frau stand vor ihm. Sie trug ein schwarzes Kostüm und eine weiße Seidenbluse. Über der Schulter hatte sie eine schwarze Umhängetasche, in der Hand ein in Leder gebundenes Buch. Doch es war das Gesicht, das seine Aufmerksamkeit fesselte. Ein ruhiges Gesicht mit klaren Augen und einem Ausdruck offener Zuwendung. Sie hätte Missionarin sein können. Oder eine Vision. Aber sie bot ihm die Hand und ließ keinen Zweifel daran, dass sie Wirklichkeit war.

»Mein Name ist Helen Clyde«, sagte sie.

Lynley setzte sich in eine Ecke. Etwas entfernt flackerten Kerzen, aber da, wo er war, hüllte Dunkelheit die Kirche ein. Es roch leicht nach Weihrauch, stärker nach Wachs, verbrannten Streichhölzern und nach Staub. Es war ganz still. Selbst die Tauben, die durch sein Kommen kurz aufgestört waren, hatten sich wieder beruhigt, und die Nacht war völlig windstill.

Er war allein. Seine einzigen Gefährten waren die Mädchen und Jünglinge, die in ewigem, lautlosem Tanz umschlungen, die Türen der elisabethanischen Beichtstühle schmückten.

Er war tief bedrückt und beklommen. Es war eine alte Geschichte, eine römische Legende aus dem fünften Jahrhundert, doch so wirklich in diesem Augenblick wie damals, als sie Shakespeare als Grundlage für sein Drama gedient hatte. Der Prinz von Tyrus reiste nach Antiochien, um ein Rätsel zu lösen und eine Prinzessin zu heiraten. Aber als er fortging, hatte er nichts und rettete mit knapper Not sein Leben.

Lynley kniete nieder. Er hätte gern gebetet, aber es kam nichts aus ihm heraus.

Er wusste, dass er dem Leib der Hydra nahe war, doch dieses Wissen erfüllte ihn weder mit Triumph noch mit Genugtuung. Stattdessen wäre er am liebsten geflohen vor der letzten Konfrontation mit dem Ungeheuer, da er jetzt wusste, dass er, auch wenn die Köpfe abgetrennt und der Leib schon angeschlagen war, nicht hoffen konnte, unverletzt aus der Begegnung hervorzugehen.

»Sorgt euch nicht um die Übeltäter.« Es war eine dünne, körperlose, zitternde Stimme. Sie kam von nirgendwoher und hing wie ein Hauch im kühlen Raum. Es dauerte einen Moment, ehe Lynley den Priester sah.

Pater Hart kniete vor dem Altar, tief gebeugt, die Stirn zu Boden gedrückt.

»Beneidet auch nicht die, die Unrecht tun. Denn sie werden niedergemäht werden wie das Gras und verdorren wie das grüne Kraut. Vertraut auf den Herrn und tut Gutes; dann werdet ihr im Land wohnen, und ihr werdet wahrhaft gespeist werden. Freuet euch auch im Herrn; und er wird euch die Wünsche eurer Herzen erfüllen. Befehlt dem Herrn eure Wege; vertraut auf ihn, und er wird es wohl machen. Übeltäter werden gefällt werden; jene aber, die dem Herrn dienen, werden das Erdreich besitzen. Nur noch eine kleine Weile, und die Bösen werden nicht mehr sein.«

Lynley lauschte den Worten gepeinigt und versuchte, ihre Bedeutung zu leugnen. Während sich wieder tiefe Stille in der düsteren Kirche ausbreitete – nur vom röchelnden Atem des Priesters gestört –, bemühte er sich, Klarheit zu finden, den inneren Abstand, den er brauchte, um den Fall zu Ende zu bringen.

»Sind Sie zur Beichte gekommen?«

Er fuhr zusammen beim Klang der Stimme. Unbemerkt hatte sich der Priester genähert. Lynley stand auf.

»Nein, ich bin nicht katholisch«, antwortete er. »Ich wollte mich nur sammeln.«

»Dafür ist die Kirche ein guter Ort, nicht wahr?« Pater Hart lächelte. Er seufzte zufrieden. »Ich spreche immer noch ein kurzes Gebet, ehe ich für die Nacht zusperre. Und ich sehe vorher auch immer nach, ob nicht noch jemand hier ist. Es wäre ziemlich hart, bei dieser Kälte in der Kirche eingesperrt zu sein, nicht wahr?«

»Ja«, stimmte Lynley zu. »Das wäre hart.«

Er folgte dem Priester zum Ende des Gangs und in die Nacht hinaus. Wolken verdunkelten Mond und Sterne. Der alte Mann war nur ein Schattenbild ohne Form und Gestalt.

»Kennen Sie *Perikles* gut, Pater Hart?«

Der Priester antwortete nicht gleich, sondern hantierte mit seinen Schlüsseln, um das Portal abzuschließen.

»*Perikles?*«, wiederholte er dann sinnend und ging an Lynley vorbei in den Kirchhof. »Das ist Shakespeare, nicht wahr?«

»›… wie Flamm und Rauch‹. Ja, das ist Shakespeare.«

»Ich – ja, ich kenne das Stück ganz gut.«

»Gut genug, um zu wissen, warum Perikles vor Antiochus floh? Warum Antiochus ihn töten lassen wollte?«

»Ich …« Der Priester kramte in seinen Taschen. »So genau erinnere ich mich nicht an die Einzelheiten.«

»Ich denke, Sie erinnern sich an genug. Gute Nacht, Pater Hart.«

Lynley ging davon. Er folgte dem Kiesweg die Anhöhe hinunter. Seine Schritte klangen unnatürlich laut in der Stille der Nacht. Auf der Brücke machte er Halt, um seine Gedanken zu ordnen, und lehnte sich an das steinerne Geländer, den Blick zum Dorf. Olivia Odells Haus, rechts von ihm, war dunkel, Frau und Kind schliefen in sicherer Unschuld in seinem Inneren. Von der anderen Straßenseite, wo Nigel Parrishs Häuschen am Rand der Gemeindewiese stand, wehten geisterhaft gedämpfte Orgelklänge herüber. Zu seiner Linken wartete der Gasthof auf ihn, und dahinter führte die High Street in einer Biegung zum Wirtshaus. Von seinem Standort aus konnte er die St. Chad's Lane mit den Gemeindehäusern nicht sehen. Aber er konnte sie sich vorstellen. Da er kein Verlangen hatte, das zu tun, kehrte er zum Gasthof zurück.

Er war keine Stunde weg gewesen, aber schon beim Eintreten wusste er, dass während seiner Abwesenheit Stepha zurückgekehrt war. Es war, als hielte das Haus den Atem an, während es darauf wartete, dass er die Wahrheit entdeckte. Seine Füße waren bleischwer.

Er wusste nicht, wo Stepha ihre Privaträume hatte, aber er vermutete, dass sie sich irgendwo im Erdgeschoss befanden. Hinter dem Empfang, in Richtung zur Küche. Er trat durch die Tür.

Und er bekam sogleich seine Antwort. Greifbar hing sie in der Luft, die ihn umgab. Er konnte den Zigarettenrauch riechen. Er konnte den Alkohol, dessen Duft die Luft durchzog, beinahe auf der Zunge schmecken. Er konnte das Gelächter hören, das Flüstern und Tuscheln der Leidenschaft und der Lust. Er fühlte die Hände, die ihn erbarmungslos vorwärts zogen. Es blieb nur eines: der Wahrheit ins Auge zu blicken.

Er klopfte an die Tür. Augenblicklich trat Stille ein.

»Stepha?«

Gedämpfte, hastige Bewegung. Stephas leises Lachen. Beinahe wäre er im letzten Moment umgekehrt. Aber dann drehte er den Türknauf und trat ein.

»Vielleicht kannst *du* mir jetzt ein Alibi geben, das sticht«, sagte Richard Gibson mit einem rauen Lachen und gab der Frau einen Klaps auf den nackten Schenkel. »Ich hatte den Eindruck, der Inspector glaubte meiner kleinen Madeline nicht einen Moment.«

15

Helen sah ihn, als sie sich durch das Gewühl auf dem Fußgängerüberweg vom Bahnsteig zur Halle drängten. Die zweistündige Zugfahrt war strapaziös gewesen; auf der einen Seite die ständige Angst, Gillian könnte jeden Moment einen Zusammenbruch erleiden; auf der anderen das verzweifelte Bemühen, Sergeant Havers aus dem finsteren Loch der Depression zu locken, in das sie sich verkrochen hatte. Helen hatte sich so sehr überfordert gefühlt, dass schon der Anblick Lynleys, wie er sich da, im Luftzug des davonfahrenden Zugs stehend, das blonde Haar aus der Stirn strich, sie so erleichterte, dass ihr fast die Knie zitterten. Um ihn herum drängten und stießen die hastenden Menschen, doch er sah aus, als wäre er ganz allein. Er schaute auf. Ihre Blicke trafen sich, und für einen Moment stockte ihr Schritt.

Selbst aus dieser Entfernung konnte sie die Veränderung an ihm erkennen. Die umschatteten Augen. Die Spannung, die sich in der Haltung seines Kopfes und seiner Schultern ausdrückte, die tiefer gewordenen Kerben um Nase und Mund. Er war es, und er war es doch auch nicht. Es konnte nur einen Grund dafür geben: Deborah.

Er war ihr in Keldale begegnet. Das verriet ihr sein Gesicht. Und aus irgendeinem Grund – obwohl ein Jahr vergangen war, seit er seine Verlobung mit Deborah gelöst hatte, und trotz der vielen Stunden, die sie seitdem mit ihm verbracht hatte – wurde sie sich bewusst, dass sie die Vorstellung, er könnte ihr von dem Zusammentreffen mit Deborah erzählen, nicht ertragen konnte. Auf keinen Fall wollte sie ihm eine Gelegenheit geben, es zu tun. Es war feige. Sie verachtete sich dafür. Und sie hatte in diesem Moment keinerlei Verlangen, darüber nachzudenken, warum es plötzlich so ungeheuer wichtig geworden war, dass er mit ihr nie wieder über Deborah sprach.

Er schien ihre Gedanken gelesen zu haben. Das flüchtige, ein wenig schiefe Lächeln, mit dem er sie ansah, sagte es ihr.

»Du hast keine Ahnung, wie froh ich bin, dich zu sehen, Tommy«, sagte sie, als sie den Fuß der Treppe erreicht hatten, wo er wartete. »Ich hab' praktisch die ganze Fahrt vor Angst gebibbert, du könntest in Keldale hängen geblieben sein und wir müssten einen Wagen mieten und wie die Wilden im Moor herumkurven, um dich aufzustöbern. Aber nun hat sich ja alles in Wohlgefallen aufgelöst, und ich hätte mir die Berge von Keksen sparen können, die ich unterwegs aus lauter Nervosität verdrückt habe. Das Essen auf der Bahn ist absolut grauenvoll, nicht wahr?«

Sie nahm Gillian fester in den Arm, als müsse sie sie schützen. Es war eine instinktive Geste. Sie wusste, dass die junge Frau von Lynley nichts zu fürchten hatte, aber die vergangenen zwölf Stunden hatten zwischen ihr und Gillian eine tiefe Verbindung geschaffen, und jetzt merkte sie, dass sie nur widerstrebend bereit war, sie Lynley anzuvertrauen.

»Gillian, das ist Inspector Lynley«, sagte sie.

Gillian lächelte zaghaft. Dann senkte sie die Augen. Lynley wollte ihr die Hand geben, aber Helen schüttelte warnend den Kopf. Er sah auf die Hände der jungen Frau hinunter. Die roten Male auf ihren Händen waren hässlich, aber nicht so gefährlich wie die Wunden, die Hals, Brust und Schenkel bedeckten und die unter dem Kleid verborgen waren, das Helen mit Sorgfalt für sie ausgesucht hatte.

»Ich hab' den Wagen draußen«, sagte er.

»Gott sei Dank.« Helen seufzte. »Führ mich sofort hin, ehe meine Füße von diesen schrecklichen Schuhen nicht wieder gutzumachenden Schaden leiden. Hübsch sind sie ja, nicht? Aber die Qualen, die ich ausstehe, wenn ich in ihnen rumhumple, kannst du dir nicht vorstellen. Ich frag' mich wirklich, warum ich so von der Mode abhängig bin.« Sie lachte. »Ich bin sogar bereit, mir fünf Minuten lang den schwermütigsten Tschaikowsky deiner Sammlung anzuhören, wenn ich mich nur endlich bequem hinsetzen kann.«

Er lächelte. »Das werd' ich mir merken, Goldkind.«

»Daran zweifle ich nicht einen Augenblick.« Sie wandte sich Barbara zu, die, seit sie aus dem Zug gestiegen waren, nur stumm hinter ihnen hergestapft war. »Sergeant, ich muss mal schnell auf die Toilette und mir die Kuchenreste abwischen. Ich glaube, ich habe mich überall mit dem Schokoladenguss beschmiert. Würden Sie Gillian zum Wagen hinausbringen?«

Barbara blickte von Helen zu Lynley. »Natürlich«, sagte sie starr.

Helen sah den beiden nach, als sie davongingen.

»Ich weiß wirklich nicht, welche von beiden schlechter dran ist, Tommy.«

»Dank dir für gestern Abend«, sagte er statt einer Antwort. »War es schlimm für dich?«

Sie wandte den Blick von den beiden davongehenden Frauen.

»Schlimm?«

Die Verzweiflung in Jonah Clarences Gesicht; der Anblick Gillians, die mit leerem Blick auf dem Bett gelegen hatte, notdürftig zugedeckt mit einem blutbefleckten Laken, während ihre Wunden, dort wo sie sich die ärgsten Verletzungen beigebracht hatte, noch immer bluteten; das Blut auf dem Boden und an den Wänden im Bad; die aufgebrochene Tür und die Bürsten, an deren schrecklichen Stahlborsten noch Haut- und Fleischfetzen hingen.

»Es tut mir Leid, dass ich dich dem aussetzen musste«, sagte Lynley. »Aber du warst die Einzige, bei der ich mich darauf verlassen konnte, dass sie es schaffen würde. Ich weiß nicht, was ich getan hätte, wenn du nicht zu Hause gewesen wärst, als ich anrief.«

»Ich war im Moment zur Tür reingekommen. Ich muss zugeben, dass Jeffrey über das abrupte Ende des Abends nicht gerade begeistert war.«

Lynley war halb überrascht, halb erheitert.

»Jeffrey Cusick? Ich dachte, dem hättest du den Laufpass gegeben.«

Sie lachte vergnügt und nahm seinen Arm.

»Ich hab's versucht, Tommy. Ich hab's wirklich versucht. Aber Jeffrey ist wild entschlossen zu beweisen, dass er und ich uns auf dem Weg zur großen Liebe befinden, ob ich das nun merke oder nicht. Gestern Abend wollte er die Reise ein bisschen beschleunigen. Es war aber auch wirklich romantisch. Abendessen in Windsor am Themseufer. Champagnercocktails im Garten des Old House. Du wärst stolz auf mich gewesen. Ich erinnerte mich sogar, dass Wren es gebaut hat. Deine jahrelangen Bemühungen um meine Allgemeinbildung waren also nicht umsonst.«

»Aber ich hätte nicht gedacht, dass du sie an Jeffrey Cusick verschwendest.«

»Von Verschwendung kann keine Rede sein. Er ist ein netter Mann. Wirklich. Außerdem war er äußerst hilfsbereit, als ich mich anziehen musste.«

»Das glaube ich gern«, meinte Lynley trocken.

Sie lachte über sein grimmiges Gesicht.

»Aber doch nicht so! Jeffrey würde nie eine Situation ausnützen. Er ist viel zu – zu …«

»Fischähnlich?«

»Ich wusste gar nicht, dass du so boshaft sein kannst, Tommy. Aber um ganz ehrlich zu sein, er ist wirklich ein ganz kleines bisschen wie ein Kabeljau. S-teif, weißt du.«

»Trug er den Schulschlips von Harrow, als ich anrief?«, fragte Lynley. »Oder war er vielleicht im Adamskostüm?«

»Tommy, wie gemein! Aber lass mich nachdenken.« Sie legte nachdenklich eine Hand an die Wange und sah ihn mit lachenden Augen an, während sie so tat, als überlegte sie eingehend.

»Nein, wir waren leider beide voll angekleidet, als du anriefst. Und danach war einfach keine Zeit mehr. Wir stürzten wie die Wahnsinnigen zu meinem Schrank und fingen an, was Passendes zu suchen. Was meinst du? War die Wahl gut?«

Lynley musterte das schwarze Kostüm mit den passenden Accessoires.

»Du siehst aus wie eine Quäkerin auf dem Weg zur Hölle«, stellte er trocken fest. »Guter Gott, Helen, ist das wirklich eine Bibel?«

Sie lachte. »Sieht genauso aus, nicht?« Sie drehte den Lederband in ihrer Hand. »In Wirklichkeit ist es eine Sammlung John Donne, die mir mein Großvater zum siebzehnten Geburtstag geschenkt hat. Vielleicht schlag' ich sie eines Tages tatsächlich mal auf.«

»Was hättest du getan, wenn sie dich gebeten hätte, ihr zum Trost ein paar Verse vorzulesen?«

»Oh, ich kann absolut biblisch klingen, wenn ich will, Tommy. ›Seid fruchtbar und mehret euch und …‹ Was ist?«

Er war bei ihren Worten erstarrt. Sie fühlte die Spannung, die seinen Arm verkrampfte.

Lynley sah zu seinem Wagen, der vor dem Bahnhof parkte.

»Wo ist ihr Mann?«

Sie warf ihm einen eigenartigen Blick zu.

»Ich weiß nicht. Er ist verschwunden. Ich bin gleich zu Gillian hineingegangen, und als ich später herauskam, war er weg. Ich habe natürlich dort übernachtet. Er ist nicht wiedergekommen.«

»Wie hat Gillian das aufgenommen?«

»Ich …« Helen überlegte, wie sie die Frage am besten beantworten sollte. »Tommy, ich bin nicht einmal sicher, dass sie seine Abwesenheit wahrgenommen hat. Das klingt ein bisschen merkwürdig, ich weiß, aber ich habe den Eindruck, er hat aufgehört, für sie zu existieren. Sie hat mir gegenüber nicht ein einziges Mal seinen Namen genannt.«

»Hat sie sonst etwas gesprochen?«

»Nur, dass sie Bobby etwas dagelassen hat.«

»Die Nachricht in der Zeitung vermutlich.«

Helen schüttelte den Kopf.

»Nein. Ich habe den Eindruck, es war etwas, das sich im Haus befand.«

Lynley nickte nachdenklich und stellte eine letzte Frage.

»Wie hast du sie dazu gebracht, hierher zu kommen, Helen?«

»Ich habe überhaupt nichts dazu getan. Sie hatte sich bereits entschlossen, und ich schreibe das Sergeant Havers zu, Tommy, auch wenn man aus ihrem Verhalten schließen könnte, dass sie überzeugt ist, ich hätte im Hause Clarence ein Wunder vollbracht. Sprich doch einmal mit ihr, ja? Seit ich heute Morgen mit ihr telefoniert habe, hat sie kaum ein Wort gesagt. Ich glaube, sie gibt sich allein die Schuld an allem, was passiert ist.«

Er seufzte. »Typisch Havers. Das hat mir bei diesem verdammten Fall gerade noch gefehlt, dass ich mich auch noch um sie kümmern muss.«

Helen sah ihn erstaunt an. Es kam höchst selten vor, dass er seinem Zorn freien Lauf ließ.

»Tommy«, sagte sie stockend, »während du in Keldale warst, hast du da zufällig ... Bist du ...« Sie wollte nicht davon sprechen. Also würde sie auch nicht davon sprechen.

Er sah sie mit seinem schiefen Lächeln an.

»Entschuldige, mein Schatz.« Er legte ihr einen Arm leicht um die Schultern und drückte sie liebevoll. »Hab' ich dir schon gesagt, wie gut es mir tut, dich hier zu haben?«

Er hatte kein Wort zu ihr gesagt. Hatte sie über ein flüchtiges Nicken hinaus überhaupt nicht zur Kenntnis genommen. Aber warum hätte er sich anders verhalten sollen? Jetzt, wo die schicke Helen da war, um ihn zu trösten – diese Superfrau, die gestern Abend so gekonnt die Kastanien aus dem Feuer geholt hatte –, bestand kein Anlass mehr für ihn, überhaupt noch mit ihr zu reden.

Sie hätte sich ja denken können, dass Lynley lieber eine seiner Geliebten mobil machen würde als jemanden vom Yard. War ja typisch für ihn. Musste sich vor lauter Eitelkeit noch vergewissern, dass seine Weiber in London auch nach seiner Pfeife tanzten, wenn er sich irgendwo auf dem Land rumtrieb.

Es würde mich interessieren, dachte Barbara, ob die holdselige Lady auch noch springt, wenn sie von Stepha erfährt. Gott, wie die Frau aussah: makellose Haut, makellose Haltung, makelloses Benehmen – als hätten ihre Vorfahren in den letzten zweihundert Jahren allen Ausschuss ausgemustert, um das Prachtexemplar hervorzubringen, das Lady Helen Clyde war. Aber trotzdem reicht's nicht ganz, um Seine Lordschaft bei der Stange zu halten, was, Herzchen? Barbara lächelte in sich hinein.

Vom Rücksitz aus beobachtete sie Lynley. Hat bestimmt wieder eine wilde Nacht mit Stepha verbracht. Klar. Diesmal konnte es ihm ja gleich sein, wie laut die Frau kreischte, da war's bestimmt die doppelte Wucht. Und heute Nacht würde er der liebreizenden Lady zu Diensten sein müssen. Aber das schaffte er schon. Er gehörte sicher zu denen, die mit den Anforderungen wuchsen. Und danach konnte er gleich noch Gillian vernaschen. Ihr Mann, dieses blutarme Bürschchen, würde die Zügel bestimmt mit Freuden an einen *richtigen* Mann übergeben.

Lieber Gott, die beiden fassten das kleine Luder wirklich mit Glacéhandschuhen an. Lady Helen konnte man das nicht verübeln. Sie wusste ja nicht, was Gillian Teys für eine war. Aber welche Entschuldigung hatte Lynley? Seit wann behandelte man Mordverdächtige bei der Kripo wie VIPs?

»Sie werden Roberta sehr verändert finden, Gillian«, sagte er gerade.

Barbara hörte die Worte ungläubig. Was hatte er vor? Was redete er da? Wollte er sie allen Ernstes auf das Zusammentreffen mit ihrer Schwester vorbereiten, wo sie doch beide genau wussten, dass sie sie erst drei Wochen zuvor gesehen hatte, als sie gemeinsam William Teys getötet hatten?

»Ich verstehe«, antwortete Gillian beinahe unhörbar.

»Sie wurde fürs Erste in einer Nervenheilanstalt untergebracht«, fuhr Lynley behutsam fort. »Es geht um die Frage der geistigen Zurechnungsfähigkeit; denn sie hat das Verbrechen zwar zugegeben, seitdem aber kein Wort mehr gesprochen.«

»Wie kam sie … Wer …?« Gillian zögerte und gab auf. Sie schien in ihrem Sitz zu schrumpfen.

»Ihr Vetter Richard Gibson hat sie einweisen lassen.«

»Richard?« Ihre Stimme wurde noch leiser.

»Ja.«

Keiner sprach. Barbara wartete ungeduldig darauf, dass Lynley anfangen würde, die Frau zu verhören. Sein offenkundiges

Widerstreben, es zu tun, war ihr unverständlich. Was machte er nur? Er tat so fürsorglich, als hätte er das Opfer eines Verbrechens vor sich, nicht seine Urheberin.

Verstohlen musterte Barbara Gillian. Die verstand es wirklich, die Leute zu manipulieren. Gestern ein paar Minuten im Badezimmer, und die ganze Bande hier fraß ihr praktisch aus der Hand.

Ihr Blick glitt wieder zu Lynley. Warum hatte er sie überhaupt zurückgeholt? Es konnte eigentlich nur einen Grund dafür geben: Er wollte sie ein für alle Mal an ihren Platz verweisen. Er wollte sie damit demütigen, dass er ihr vor Augen führte, dass selbst eine Dilettantin wie die holdselige Lady mehr Geschick und Fingerspitzengefühl hatte als Havers, die dämliche Ziege. Und sie dann für immer zur uniformierten Polizei verbannen.

Danke, Inspector, ich habe die Botschaft erhalten. Jetzt sehnte sie sich nur noch nach der Rückkehr nach London. Sollten Lynley und seine Lady die Bescherung beseitigen, die sie angerichtet hatte.

Sie hatte das Haar in zwei langen blonden Zöpfen getragen. Deshalb hatte sie an jenem ersten Abend im Testament House so jung ausgesehen. Sie sprach mit niemandem, taxierte vielmehr schweigend die Gruppe, um festzustellen, ob die Menschen hier ihres Vertrauens würdig waren. Und nachdem sie sich entschlossen hatte, ihnen zu vertrauen, hatte sie nur ihren Namen gesagt: Helen Graham, Nell Graham.

Aber hatte er nicht von Anfang an gewusst, dass es nicht ihr wahrer Name war? Vielleicht hatte das leichte Zögern sie verraten, das ihrer Antwort vorausging, wenn jemand sie ansprach. Vielleicht war es die Trauer in ihrem Blick, wenn sie selbst ihn aussprach. Vielleicht waren es die Tränen, als er zum ersten Mal mit ihr geschlafen und in der Dunkelheit »Nell« geflüstert hatte. Wie dem auch sei, hatte er nicht immer gewusst – irgendwo im Innern –, dass es nicht ihr wahrer Name war?

Was hatte ihn zu ihr hingezogen? Anfangs war es die kindhafte Unschuld, mit der sie sich dem Leben im Testament House anvertraut hatte. Sie war so lernbegierig und setzte sich später mit solchem Feuer für die Ziele der Organisation ein. Dann war es die Reinheit gewesen, die er so bewunderte, diese Reinheit, die ihr gestattete, unberührt von Häßlichkeiten und Feindseligkeiten, die von außen an sie herangetragen wurden, ein eigenes Leben zu führen. Und auch ihr Gottvertrauen – nicht die demonstrative, eifernde Frömmigkeit der Bekehrten, sondern die gelassene Anerkennung einer Macht, die größer war als sie – hatte ihn berührt. Und schließlich war es ihr unerschütterlicher Glaube an ihn gewesen, an seine Fähigkeit, Großes zu leisten; die Worte der Ermutigung, die sie stets für ihn gehabt hatte, wenn er verzweifelt gewesen war; ihre unerschütterliche Liebe, wenn er sie am meisten gebraucht hatte.

Wie jetzt, dachte Jonah.

In den vergangenen zwölf Stunden hatte er sein eigenes Verhalten einer tief gehenden und schonungslosen Musterung unterzogen und sich gezwungen, es als das zu sehen, was es war: Feigheit. Er hatte Frau und Heim verlassen, war kopflos davongelaufen, geflohen, um sich der Wahrheit nicht stellen zu müssen, vor der er Angst hatte. Doch was gab es zu fürchten, wenn Nell – wer immer sie auch sein mochte – doch nicht mehr und nicht weniger sein konnte als der liebevolle Mensch, der ihm immer zur Seite gestanden, aufmerksam jedem seiner Worte gelauscht, ihn nachts in seinen Armen gehalten hatte? Es konnte kein finsteres Ungeheuer in ihrer Vergangenheit geben, vor dem er sich fürchten musste. Es konnte nur das geben, was sie für ihn war und immer gewesen war.

Das war die Wahrheit. Er wusste es. Er fühlte es. Er glaubte es. Und als sich die Tür der Anstalt öffnete, stand er rasch auf und ging durch die große Eingangshalle seiner Frau entgegen.

Lynley spürte Gillians Zögern, als sie die Anstalt betraten. Im ersten Moment schrieb er es ihrer begreiflichen Angst vor dem Zusammentreffen mit ihrer Schwester zu, die sie so viele Jahre nicht gesehen hatte. Dann aber bemerkte er, dass ihr Blick auf einen jungen Mann gerichtet war, der durch das Foyer auf sie zukam. Er wandte sich ihr zu, um etwas zu sagen, doch da sah er auf ihrem Gesicht einen Ausdruck tiefen Entsetzens.

»Jonah«, sagte sie erstickt und wich einen Schritt zurück.

»Sei mir nicht böse.« Jonah Clarence streckte die Arme aus, als wollte er sie berühren, aber dann hielt er inne. »Verzeih mir. Es tut mir Leid, Nell.«

Seine Augen waren wie ausgelöscht, als hätte er seit Tagen nicht mehr geschlafen.

»So darfst du mich nicht nennen. Jetzt nicht mehr.«

Er ignorierte ihre Worte. »Ich habe die ganze Nacht auf einer Bank im King's-Cross-Bahnhof gesessen und versucht, mir klar zu werden, mir zu überlegen, ob du einen Mann lieben könntest, der zu feige war, seiner Frau beizustehen, als sie ihn am dringendsten brauchte.«

Sie hob die Hand und berührte seinen Arm.

»Ach, Jonah«, sagte sie. »Bitte. Fahr nach London zurück.«

»Verlang das nicht von mir. Das wäre zu einfach.«

»Bitte! Ich bitte dich. Tu's für mich.«

»Nicht ohne dich. Nein, das tue ich nicht. Wenn du glaubst, dass du hier etwas erledigen musst, dann bleibe ich bei dir.« Er sah Lynley fragend an. »Kann ich bei meiner Frau bleiben?«

»Das kommt allein auf Gillian an«, antwortete Lynley und sah deutlich, wie der junge Mann bei dem Namen unwillkürlich zusammenzuckte.

»Wenn du bleiben willst, Jonah«, sagte sie leise.

Er lächelte sie an, berührte leicht ihre Wange und wandte den Blick erst von ihrem Gesicht, als Dr. Samuels kam.

Der Arzt musterte die ganze Gruppe ohne ein Lächeln. Es war ihm nicht anzumerken, ob er froh war über das Erscheinen von Roberta Teys' Schwester und über die Möglichkeit des Fortschritts, die damit verbunden war.

»Inspector«, sagte er statt einer Begrüßung, »ist eine so große Gruppe wirklich notwendig?«

»Ja«, antwortete Lynley ruhig und hoffte, dass der Mann die Vernunft besaß, Gillians Zustand zu beachten, ehe er zornig protestierte.

Samuels war anzusehen, dass er ungehalten war. Er war es offensichtlich nicht gewöhnt, anders als mit unterwürfiger Höflichkeit behandelt zu werden, und jetzt schien er zu schwanken zwischen dem Verlangen, Lynley scharf in die Schranken zu weisen, und dem Wunsch, das geplante Zusammentreffen zwischen den beiden Schwestern trotz allem durchzuführen. Seine Sorge um Roberta behielt die Oberhand.

»Das ist die Schwester?«

Ohne auf eine Antwort zu warten, nahm er Gillian beim Arm und konzentrierte seine Aufmerksamkeit ganz auf sie, während sie den Weg durch den langen Korridor zur geschlossenen Abteilung antraten.

»Ich habe Roberta erzählt, dass Sie sie besuchen werden«, sagte er ruhig, den Kopf zu ihr neigend. »Aber Sie müssen sich darauf vorbereiten, dass sie vielleicht keine Reaktion auf Ihre Anwesenheit zeigen wird. Es ist unwahrscheinlich, dass sie mit Ihnen sprechen wird.«

»Hat sie ...« Gillian zögerte, offenbar unsicher, wie sie fortfahren sollte. »Hat sie immer noch nichts gesprochen?«

»Nein. Aber wir befinden uns noch in einem sehr frühen Therapiestadium, Miss Teys, und ...«

»Mrs. Clarence«, warf Jonah fest ein.

Samuels blieb stehen und musterte Jonah Clarence. Ein Funke sprang zwischen ihnen auf, Argwohn und Abneigung.

»Mrs. Clarence«, korrigierte sich Samuels, den Blick unverwandt auf Jonah geheftet. »Wie ich schon sagte, Mrs. Clarence, wir befinden uns in den Anfangsstadien der Therapie. Wir haben keinen Grund, daran zu zweifeln, dass Ihre Schwester eines Tages wieder ganz gesund wird.«

»Eines Tages?«, wiederholte Gillian, der die Unbestimmtheit der Aussage nicht entgangen war. Sie legte wie schützend einen Arm um ihre Körpermitte, eine Geste, die sehr an ihre Mutter erinnerte.

Samuels schien ihre Reaktion zu taxieren. Er antwortete in einer Weise, die darauf schließen ließ, dass ihre kurze Erwiderung ihm weit mehr mitgeteilt hatte, als ihr klar war.

»Ja, Roberta ist sehr krank.«

Er legte die Hand an ihren Ellbogen und führte sie durch die Tür in der Täfelung. Stille begleitete sie durch die geschlossene Anstalt, die nur vom gedämpften Geräusch ihrer Schritte auf dem Teppich gebrochen wurde. Nicht weit vom Ende des Korridors war eine schmale Tür in die Wand eingelassen. Vor ihr blieb Samuels stehen, öffnete sie und schaltete das Licht an. Ein enger kleiner Raum zeigte sich ihnen. Er winkte sie hinein.

»Es wird hier ziemlich eng werden für Sie«, sagte er, und sein Ton verriet, dass er das keineswegs bedauerte.

Es war ein schmales Rechteck, nicht größer als eine Abstellkammer, und das war der Raum in der Tat einmal gewesen. Die eine Wand wurde von einem großen Spiegel eingenommen, an jedem Ende war ein Lautsprecher angebracht, in der Mitte standen ein Tisch und mehrere Stühle. Es war bedrückend, und der durchdringende Geruch nach Bohnerwachs und Desinfektionsmittel trug nicht dazu bei, das Gefühl des Eingesperrtseins zu mildern.

»Das macht nichts«, sagte Lynley.

Samuels nickte. »Wenn ich Roberta hole, schalte ich die Lichter hier aus. Dann können Sie durch diesen Spiegel ins Nebenzimmer sehen. Über die Lautsprecher können Sie alles hören, was gesprochen wird. Roberta wird nur den Spiegel sehen, aber ich habe ihr gesagt, dass Sie sich dahinter befinden. Sonst dürften wir sie gar nicht in das Zimmer führen. Sie verstehen?«

»Selbstverständlich.«

»Gut.« Er lächelte in sich hinein, als spürte er ihre Beklemmung und wäre froh zu sehen, dass sie nicht glaubten, die bevorstehende Sitzung würde ein interessanter Spaß werden. »Ich bin mit Gillian und Roberta im Nebenzimmer.«

»Ist das notwendig?«, fragte Gillian zaghaft.

»Unter den vorliegenden Umständen leider, ja.«

»Was für Umstände?«

»Der Mord, Mrs. Clarence.« Samuels musterte sie alle noch ein letztes Mal, dann schob er die Hände tief in die Hosentaschen. Sein Blick ruhte auf Lynley. »Wollen wir die rechtlichen Aspekte besprechen?«

»Das ist nicht nötig«, antwortete Lynley. »Ich bin mir ihrer voll bewusst.«

»Sie wissen, dass nichts, was sie eventuell sagt ...«

»Ich weiß«, sagte Lynley.

Samuels nickte kurz. »Dann hole ich sie jetzt.« Er drehte sich auf dem Absatz um, schaltete das Licht aus und ging aus dem Zimmer.

Das Licht aus dem Raum hinter dem Spiegel drang nur gedämpft zu ihnen herüber. Die kleine Kammer war voller Schatten. Sie setzten sich auf die harten Holzstühle und warteten: Gillian, die Beine vor sich ausgestreckt, den Blick starr auf ihre Fingerspitzen gerichtet; Jonah neben ihr, den Arm schützend auf ihrer Stuhllehne; Barbara tief in sich zusammengesunken, mit gesenktem Kopf in der dunkelsten Ecke der Kammer; Helen neben Lynley, aufmerksam die stillschweigende Kommunikation zwischen Mann und Frau beobachtend; Lynley selbst tief in Gedanken verloren, aus denen er erst zurückfand, als Helen ihm die Hand drückte.

Er erwiderte dankbar den Druck. Sie wusste, wie es um ihn stand. Sie wusste es immer. Er sah sie an und lächelte, froh, sie an seiner Seite zu wissen.

Roberta war unverändert. Zwischen zwei weiß gekleideten Pflegerinnen betrat sie das Zimmer, gekleidet wie zuvor in den zu kurzen Rock und die enge Bluse, an den Füßen die offenen Pantoffeln, die ihr zu klein waren. Doch sie war frisch gewaschen, ihr dickes Haar war sauber und noch ein wenig feucht, straff zurückgekämmt und im Nacken mit einem roten Band gebunden, das wie ein Farbklecks in dem eintönigen Zimmer wirkte. Das Zimmer selbst war nüchtern und schmucklos. Drei Stühle standen bereit und an der Wand ein hüfthoher Metallschrank. An den Wänden hing nichts. Es gab keine Ablenkung, keine Fluchtmöglichkeit.

»Ach Bobby«, murmelte Gillian, als sie ihre Schwester durch das Glas sah.

»Hier im Zimmer sind Stühle, wie du sehen kannst, Roberta.« Samuels Stimme drang klar über die Lautsprecher zu ihnen. »Ich werde gleich gehen und deine Schwester holen. Erinnerst du dich an deine Schwester Gillian, Roberta?«

Das Mädchen, das sich gesetzt hatte, begann sich zu wiegen. Sie antwortete nicht. Die beiden Pflegerinnen gingen hinaus.

»Gillian ist extra aus London gekommen. Aber ehe ich sie hole, möchte ich, dass du dich im Zimmer umsiehst, damit du dich daran gewöhnen kannst. Hier haben wir uns noch nie gesehen, nicht wahr?«

Schweigen. Die glanzlosen Augen des Mädchens blieben unbewegt; ihr Blick war auf einen Punkt an der gegenüberliegenden Wand gerichtet. Ihre Arme hingen leblos herab wie große, dicke Würste. Samuels ließ sich durch ihr Schweigen nicht aus der Ruhe bringen, ließ es dauern, während er das Mädchen freundlich beobachtete. Zwei endlos lange Minuten verstrichen auf diese Weise, ehe er aufstand.

»Ich hole jetzt Gillian, Roberta. Ich bleibe im Zimmer, solange sie bei dir ist. Du bist ganz sicher.«

Die letzten Worte schienen völlig überflüssig. Wenn das große, dicke Mädchen Angst empfand – wenn es überhaupt etwas fühlte –, so war ihm davon nichts anzumerken.

Gillian stand im Beobachtungsraum auf. Ihre Bewegungen wirkten zögernd und unnatürlich, so als würde sie von einer fremden Macht geführt.

»Liebes, du weißt, dass du da nicht reinzugehen brauchst, wenn du Angst hast«, sagte Jonah.

Sie antwortete nicht, sondern streichelte ihm nur mit dem Handrücken, auf dem die brandroten Male der Stahlbürsten leuchteten, über die Wange. Es war, als sagte sie ihm Lebwohl.

»Fertig?«, fragte Samuels, als er die Tür öffnete.

Mit scharfem Blick unterzog er Gillian einer raschen Musterung, vermerkte, wie es schien, ihre Schwächen und ihre Stärken.

Als sie nickte, sagte er ruhig: »Sie brauchen keine Angst zu haben. Ich bin da, und es sind mehrere Pflegerinnen in Hörweite für den Fall, dass sie schnell beruhigt werden muss.«

»Sie reden, als glaubten Sie, Bobby könnte allen Ernstes jemandem etwas antun«, sagte Gillian und ging ihm voraus ins Nebenzimmer, ohne auf eine Erwiderung zu warten.

Die anderen sahen angespannt durchs Glas, warteten auf eine Reaktion Robertas, als sich die Tür öffnete und ihre Schwester eintrat. Es kam keine. Das unförmige Mädchen wiegte sich ohne Unterbrechung hin und her.

Die Hand an der Tür, blieb Gillian stehen.

»Bobby«, sagte sie klar. Ihre Stimme war leise, aber ruhig. Sie sprach vielleicht so, wie eine Mutter mit einem widerspenstigen Kind sprechen würde.

Als sie keine Reaktion erhielt, nahm sie einen der drei Stühle und stellte ihn dem ihrer Schwester gegenüber, so dass sie sich direkt in Robertas Blickfeld befand. Sie setzte sich. Roberta starrte durch sie hindurch auf den Punkt an der Wand.

Gillian sah Samuels an, der seinen Stuhl auf die Seite gerückt hatte, außerhalb von Robertas Blickfeld.

»Was soll ich ...«

»Erzählen Sie von sich. Sie kann Sie hören.«

Gillian zupfte an ihrem Kleid. Sie hob den Blick zum Gesicht ihrer Schwester.

»Ich bin aus London gekommen, um dich zu besuchen, Bobby«, begann sie. Ihre Stimme war schwach und zitterte. Doch beim Weitersprechen gewann sie allmählich an Stärke. »Da wohne ich jetzt. Mit meinem Mann. Ich hab' letzten November geheiratet.«

Sie sah zu Samuels hinüber, der ermutigend nickte.

»Du findest das bestimmt komisch, aber ich hab' einen Geistlichen geheiratet, einen Pastor. Kann man sich kaum vorstellen, dass ein Mädchen, das so streng katholisch erzogen worden ist, einen Pastor heiratet, nicht wahr? Was würde Papa dazu sagen.«

Schweigen. Das leere Gesicht zeigte weder Ablehnung noch Interesse. Gillian hätte ebenso gut an die Wand reden können. Sie leckte sich die spröden Lippen und sprach stolpernd weiter.

»Wir haben eine Wohnung in Islington. Sie ist nicht sehr groß, aber sie würde dir gefallen. Erinnerst du dich, wie gern ich immer alle Pflanzen hatte? Jetzt hab' ich in meiner Wohnung ganz viele, weil sie da gerade das richtige Licht bekommen. Auf dem Hof sind meine Pflanzen nie was geworden, weißt du noch? Weil das Haus zu dunkel war.«

Roberta wiegte sich hin und her. Der Stuhl knarrte unter ihrem Gewicht.

»Ich habe auch eine Arbeit. Ich arbeite für eine Organisation, die Testament House heißt. Du weißt, was das für eine Organisation ist, nicht? Sie kümmern sich um durchgebrannte Jugendliche. Die können dort wohnen. Ich mache alle möglichen Arbeiten, aber am liebsten mag ich die Beratungsarbeit mit den Jugendlichen. Sie sagen, dass es ihnen leicht fällt, mit mir zu reden.« Sie schwieg einen Moment. »Bobby, möchtest du nicht mit mir reden?«

Das Mädchen atmete, als wäre sie betäubt. Der Kopf hing ihr auf eine Seite, als schliefe sie.

»Ich mag London. Das hätte ich nie gedacht, aber ich mag es wirklich. Wahrscheinlich, weil da meine Träume sind. Ich – ich möchte gern ein Kind. Das ist einer meiner Träume. Und ich würde – ich glaube, ich würde gern ein Buch schreiben. Mir gehen so viele Dinge durch den Kopf, und ich möchte sie gern aufschreiben. Wie die Brontë-Schwestern. Weißt du noch, wie wir immer die Brontës gelesen haben? Die hatten auch Träume, nicht wahr? Ich glaube, Träume braucht man einfach. Sie sind wichtig.«

»Es klappt nicht«, sagte Jonah Clarence brüsk. In dem Moment, in dem seine Frau die kleine Kammer verlassen hatte, hatte er die Falle gesehen, hatte begriffen, dass ihr Eintritt in die Welt ihrer Schwester eine Rückkehr in die Vergangenheit war, in der er keinen Platz hatte, aus der er sie nicht retten konnte. »Wie lang muss sie da drinnen bleiben?«

»Solange sie will.« Lynleys Stimme war kühl. »Es liegt nur bei Gillian.«

»Aber da kann doch alles Mögliche passieren. Begreift sie das denn nicht?«

Jonah wäre am liebsten aufgesprungen, hätte die Tür aufgerissen und seine Frau weggezerrt. Es war, als reiche allein ihre Anwesenheit in dem Zimmer – gefangen mit diesem grauenvollen Elefantenbaby, das ihre Schwester war –, um sie anzustecken und für immer zu vernichten.

»Nell!«, sagte er heftig.

»Ich möchte dir von der Nacht erzählen, als ich wegging, Bobby«, fuhr Gillian fort, den Blick auf das Gesicht ihrer Schwester gerichtet, in der Hoffnung auf eine noch so winzige Regung, die Verständnis und Wiedererkennen zeigen würde, die ihr gestatten würde, mit dem Reden aufzuhören.

»Ich weiß nicht, ob du dich noch daran erinnerst. Es war der Abend nach meinem sechzehnten Geburtstag. Ich …« Es war zu viel. Sie konnte nicht. Sie zwang sich vorwärts. »Ich habe Papa Geld gestohlen. Hat er dir das erzählt? Ich wusste, wo er das Geld aufbewahrte, das Extrageld für besondere Ausgaben, und da hab' ich es genommen. Es war unrecht, ich weiß, aber ich – ich musste fort. Ich musste einfach eine Weile fort. Das weißt du doch, nicht wahr?« Und noch einmal, als suche sie Vergewisserung. »Nicht wahr, Bobby?«

Wiegte sich das Mädchen jetzt rascher, oder bildeten sich das die Beobachter nur ein?

»Ich bin nach York gegangen. Ich hab' die ganze Nacht gebraucht. Ich bin zu Fuß gegangen und per Anhalter gefahren. Ich hatte nur den Rucksack, du weißt schon, den, in dem ich immer meine Schulbücher hatte. Darum konnte ich nicht viele Sachen mitnehmen. Nur einmal zum Wechseln. Ich weiß nicht, was ich mir dabei gedacht hab', als ich einfach so ausriss. Das kommt einem jetzt ganz verrückt vor, nicht?«

Gillian lächelte ihre Schwester flüchtig an. Sie spürte das Hämmern ihres Herzens. Das Atmen fiel ihr schwer.

»Ich kam nach York. Ich werde nie den Anblick vergessen, als die Morgensonne auf die Kathedrale fiel. Es war so schön. Am liebsten wäre ich für immer geblieben.« Sie hielt inne, legte die Hände fest in den Schoß. Die tiefen Kratzer waren zu sehen. »Ich blieb den ganzen Tag in York. Ich hatte solche Angst, Bobby. Ich war doch noch nie ganz allein über Nacht von zu Hause fort gewesen, und ich wusste gar nicht mehr, ob ich überhaupt noch nach London wollte. Ich dachte, es wäre vielleicht einfacher, wenn ich auf den Hof zurückginge. Aber ich – ich konnte nicht. Ich konnte einfach nicht.«

»Das ist doch sinnlos«, erklärte Jonah Clarence heiser. »Was soll das? Wie soll das Roberta helfen?«

Lynley warf ihm einen misstrauischen Blick zu, doch der junge Mann beruhigte sich wieder. Seine rechte Hand allerdings war zur Faust geballt.

»Da hab' ich am Abend den Zug genommen. Er hat so oft gehalten, und jedes Mal dachte ich, gleich würden sie mich rausholen. Ich dachte, Papa hätte vielleicht die Polizei alarmiert oder wäre mir selbst nachgekommen. Aber es geschah nichts. Die ganze Fahrt bis London nicht. Dann kam ich am King's-Cross-Bahnhof an.«

»Du brauchst ihr nicht von dem Zuhälter zu erzählen«, flüsterte Jonah. »Was hat das für einen Sinn.«

»Am King's-Cross-Bahnhof war ein netter Mann, der kaufte mir was zu essen. Ich war ihm so dankbar. Ich fand, er wäre ein richtiger feiner Herr. Aber während ich noch aß und er mir von einem Haus erzählte, das ihm gehöre und wo ich wohnen könne, kam ein anderer Mann in die Imbissstube. Er sah uns. Er kam her und sagte: ›Sie kommt mit mir.‹ Ich dachte, er wäre von der Polizei und würde mich wieder nach Hause schicken. Ich fing an zu weinen und hielt mich an meinem Freund fest. Aber der schüttelte mich ab und rannte davon.«

Sie hielt inne, gefangen in der Erinnerung an jene Nacht.

»Der neue Mann war ganz anders. Seine Kleider waren alt und ein bisschen schäbig. Aber seine Stimme war gut. Er sagte mir, sein Name sei George Clarence, er sei Pastor und der andere Mann hätte mich nach Soho bringen wollen, in ein ... er hätte mich nach Soho bringen wollen«, schloss sie. »Er sagte, er habe ein Haus in Camden Town, wo ich unterkommen könne.«

Jonah hatte es alles in so lebhafter Erinnerung: den alten Rucksack, das verängstigte Mädchen, die abgestoßenen Schuhe und die Jeans, die sie getragen hatte. Er erinnerte sich an die Rückkehr seines Vaters und das Gespräch zwischen seinen Eltern. Die Worte »Zuhälter aus Soho ... begriff nicht einmal ... sieht aus, als hätte sie überhaupt nicht geschlafen ...«, schossen ihm durch den Kopf. Er erinnerte sich, sie vom Tisch aus beobachtet zu haben, wo er gegessen und für eine Prüfung gepaukt hatte. Sie sah keinen an. Damals nicht.

»Mister Clarence war sehr gut zu mir, Bobby. Ich gehörte zu seiner Familie. Ich – ich habe seinen Sohn Jonah geheiratet. Du würdest Jonah gern haben. Er ist so lieb. So gut. Wenn ich mit ihm zusammen bin, hab' ich das Gefühl, als könnte nie wieder etwas – als könnte nichts geschehen«, schloss sie.

Es war genug. Sie hatte getan, was sie konnte. Gillian sah Samuels flehend an, wartete auf eine Anweisung von ihm, auf ein Nicken zum Zeichen, dass es vorüber war. Doch er schaute sie nur durch seine Brillengläser ruhig an. Das Glas blitzte im Licht. Sein Gesicht verriet ihr nichts, aber seine Augen waren sehr gütig.

»Na bitte. Das wär's. Es hat nichts bewirkt«, sagte Jonah heftig. »Sie haben sie für nichts und wieder nichts hierher geschleppt. Ich fahre jetzt mit ihr nach Hause.«

Er wollte aufstehen.

»Bleiben Sie sitzen«, sagte Lynley scharf, und Jonah wusste, dass er keine Wahl hatte.

»Bobby, sprich mit mir«, bettelte Gillian. »Sie sagen, dass du Papa getötet hast. Aber ich weiß, dass du das nicht getan haben kannst. Du hast doch nicht ausgesehen wie ... Es gab keinen *Grund.* Ich weiß es. Sag mir, dass es keinen Grund gab. Er ist mit uns zur Kirche gegangen, er hat uns vorgelesen, er hat sich Spiele für uns ausgedacht. Bobby, du hast ihn nicht getötet, nicht wahr?«

»Es ist dir wichtig, nicht wahr, dass ich ihn nicht getötet habe?«, sagte Samuels leise. Seine Stimme war wie eine Feder, die leicht in der Luft zwischen ihnen schwebte.

»Ja«, antwortete Gillian sofort, den Blick unverwandt auf ihre Schwester gerichtet. »Ich hab' dir den Schlüssel unter dein Kopfkissen gelegt, Bobby. Du warst wach. Ich hab' mit dir gesprochen. Ich sagte: ›Sperr morgen damit ab‹, und du hast verstanden. Sag mir nicht, dass du es nicht verstanden hast. Ich *weiß*, du hast mich verstanden.«

»Ich war zu jung. Ich hab' es nicht verstanden«, sagte Samuels.

»Du musstest es verstehen. Ich hab' dir gesagt, ich würde eine Nachricht in den *Guardian* setzen. Unter dem Namen Nell Graham, weißt du noch? Wir haben das Buch so geliebt, nicht? Sie war so tapfer und so stark. Genauso wollten wir beide werden.«

»Aber ich war nicht stark, nicht wahr?«, fragte Samuels.

»Doch, du warst stark. Du hast nicht ausgesehen ... Du solltest doch nach Harrogate kommen. In der Nachricht stand, dass du nach Harrogate kommen sollst, Bobby. Du warst sechzehn. Du hättest kommen können!«

»Ich war mit sechzehn nicht so wie du, Gillian. Wie hätte ich so sein können?«

Samuels hatte seinen Stuhl nicht verschoben. Sein Blick ging zwischen den beiden Schwestern hin und her, während er auf ein Zeichen wartete, die unbewussten Botschaften aufnahm, die ihm Körperbewegung, Haltung und Ton der Stimme übermittelten.

»Du brauchtest ja auch gar nicht so zu sein. Du solltest gar nicht so sein. Du brauchtest doch nur nach Harrogate zu kommen. Nicht nach London, nur nach Harrogate. Von dort aus hätte ich dich mitgenommen. Aber als du nicht kamst, dachte ich – ich glaubte – es ginge dir gut. Dass nichts ... dass es dir gut ginge. Du warst nicht wie Mama. Es ging dir gut.«

»Wie Mama?«

»Ja, wie Mama. Ich war wie sie. Ganz genau wie sie. Ich konnte es an den Fotos sehen. Aber du hattest keine Ähnlichkeit mit ihr. Und darum konnte dir nichts passieren.«

»Was bedeutete es denn, wie Mama zu sein?«, fragte Samuels.

Gillian erstarrte plötzlich. Ihr Mund formte dreimal in rascher Folge das Wort »nein«. Es war zu grauenhaft. Sie konnte nicht weiter.

»War Bobby vielleicht doch wie Mama, obwohl Sie es nicht glaubten?«

Nein!

»Antworte ihm nicht, Nell«, flüsterte Jonah Clarence. »Du brauchst ihm nicht zu antworten. Du bist hier nicht die Patientin.«

Gillian starrte auf ihre Hände. Die Last der Schuld lag ihr schwer auf den Schultern. Es war still im Zimmer bis auf das Knarren des Stuhls, auf dem sich ihre Schwester wiegte, bis auf ihr eigenes Atmen und das Dröhnen ihres Herzens. Sie meinte, nicht weiterzukönnen. Doch sie wusste gleichzeitig, dass sie nicht umkehren konnte.

»Du weißt doch, warum ich dich allein gelassen habe?«, sagte sie dumpf. »Es war wegen des Geschenks an meinem Geburtstag, wegen des besonderen Geschenks, das …«

Sie hob die Hand zu den Augen. Sie zitterte. Sie musste sich beherrschen.

»Du musst mir die Wahrheit sagen. Du musst mir sagen, was passiert ist. Du kannst doch nicht zulassen, dass sie dich für den Rest deines Lebens einsperren!«

Schweigen. Sie konnte nicht. Es gehörte der Vergangenheit an. Es war einer anderen geschehen. Außerdem war die kleine Achtjährige, die ihr überall gefolgt war, die anbetend jeden ihrer Handgriffe verfolgt hatte, tot. Dieses dicke, unförmige Geschöpf vor ihr war nicht Roberta. Es war unmöglich weiterzugehen. Roberta war nicht mehr da.

Gillian hob den Kopf. Robertas Blick hatte sich bewegt. Er hatte sich zu ihr bewegt, und daran erkannte Gillian, dass sie zu ihr durchgedrungen war, dass sie sie erreicht hatte. Aber diese

Erkenntnis brachte ihr kein Gefühl des Triumphs. Sie brachte ihr die Verurteilung, sich ein letztes Mal der unabänderlichen Vergangenheit zu stellen.

»Ich verstand nicht«, sagte Gillian mit brüchiger Stimme. »Ich war ja erst vier oder fünf Jahre alt. Du warst damals noch gar nicht auf der Welt. Er sagte, es wäre etwas ganz Besonderes. Eine besondere Freundschaft, die Väter immer mit ihren Töchtern hätten. Wie Lot.«

»O nein!«, stöhnte Jonah.

»Hat er dir aus der Bibel vorgelesen, Bobby? Mir hat er sie vorgelesen. Er kam abends rein und setzte sich auf mein Bett und las mir die Bibel vor. Und während er las ...«

»Nein, nein, nein!«, jammerte Jonah.

»... kam seine Hand zu mir unter die Decke. ›Magst du das, Gilly?‹, fragte er dann. ›Macht es dich glücklich? Es macht Papa sehr glücklich. Es ist so schön. So weich. Magst du es, Gilly?‹«

Jonah presste die Faust an die Stirn und krümmte sich zusammen. »Nein, bitte!«, stöhnte er.

»Ich wusste nicht, was es bedeutete, Bobby. Ich verstand es nicht. Ich war erst fünf, und es war immer dunkel im Zimmer. ›Dreh dich um‹, sagte er. ›Papa will dir den Rücken rubbeln. Magst du das? Wo hast du es am liebsten? Hier, Gilly? Ist es hier ganz besonders schön?‹ Und dann nahm er meine Hand. ›Papa hat es am liebsten hier, Gilly. Rubbel Papa da.‹«

»Wo war Mama?«, fragte Samuels.

»Mama hat geschlafen. Oder sie war in ihrem Zimmer. Oder sie las. Aber das war im Grund unwichtig, denn das war ja etwas Besonderes. Das war etwas, was Väter nur mit ihren Töchtern teilen. Mama durfte davon nichts wissen. Mama hätte es nicht verstanden. Sie las ja nicht mit uns in der Bibel, darum hätte sie es auch nicht verstanden. Und dann ging sie fort. Ich war acht.«

»Und dann waren Sie allein.«

Gillian schüttelte wie betäubt den Kopf. Ihre Augen waren groß und dunkel.

»O nein«, sagte sie mit dünner, rissiger Stimme. »Da war ich dann Mama.«

Bei ihren Worten schrie Jonah Clarence auf. Helen warf einen Blick auf Lynley, sah sein unbewegtes Gesicht und legte ihre Hand auf die seine. Er drehte die Hand und umschloss fest ihre Finger.

»Papa stellte alle Bilder von ihr im Wohnzimmer auf, damit ich sie jeden Tag anschauen konnte. ›Mama ist fort‹, sagte er, und dann musste ich mir alle Bilder anschauen, damit ich sehen konnte, wie hübsch sie war und wie schwer ich gesündigt hatte, nur dadurch, dass ich auf die Welt gekommen war und sie vertrieben hatte. ›Mama wusste, wie sehr Papa dich liebt, Gilly. Darum ist sie fortgegangen. Du musst jetzt Mama für mich sein.‹ Ich wusste nicht, was er meinte. Da zeigte er es mir. Er las aus der Bibel vor. Er betete. Und er zeigte es mir. Aber ich war zu klein, um ihm eine richtige Mama zu sein. Da hat er – ich musste andere Dinge tun. Er brachte sie mir bei. Und ich war – war eine sehr gute Schülerin.«

»Sie wollten ihm gefallen. Er war Ihr Vater. Er war alles, was Sie hatten.«

»Ich wollte, dass er mich liebt. Er sagte, er liebte mich, wenn ich – wenn wir ... ›Papa hat es am liebsten in deinem Mund, Gilly.‹ Und hinterher haben wir gebetet. Immer haben wir gebetet. Ich dachte, Gott würde mir verzeihen, dass ich Mama vertrieben hatte, wenn ich mich nur bemühte, Papa eine gute Mama zu sein. Aber Gott hat mir nie vergeben. Er existierte gar nicht.«

Jonah ließ den Kopf auf den Tisch sinken und begann zu weinen.

Gillian sah endlich ihre Schwester wieder an. Robertas Blick lag auf ihr, wenn auch ihr Gesicht ohne Ausdruck war. Sie hatte aufgehört, sich zu wiegen.

»Ich habe Dinge getan, Bobby, Dinge, die ich nicht verstand, weil Mama fort war, und ich – ich wollte meine Mama wiederhaben. Und ich dachte, ich könnte sie nur wiederbekommen, wenn ich selbst Mama werden würde.«

»War es das, was Sie taten, als Sie sechzehn wurden?«, fragte Samuels leise.

»Er kam in mein Zimmer. Es war spät. Er sagte, es wäre an der Zeit für mich, Lots Tochter zu werden. Richtig. So, wie es in der Bibel steht. Und er zog sich aus.«

»Das hatte er vorher nie getan?«

»Ganz hatte er sich nie ausgezogen. Nein. Ich dachte, er wollte ... was ich sonst immer ... Aber das war's nicht. Er drückte mir die Beine auseinander und ... Du bist ... Ich kann nicht atmen, Papa. Du bist zu schwer. Bitte, nicht. Ich hab' Angst. Es tut weh. Oh, es tut so weh.«

Jonah sprang schwankend auf, stieß seinen Stuhl heftig über den Linoleumboden. Er torkelte zum Fenster. »Es ist nie geschehen!«, schluchzte er, die Stirn an die Scheibe gedrückt. »Es kann nicht geschehen sein. Es kann nicht. Du bist meine Frau.«

»Aber er legte mir die Hand auf den Mund. Er sagte: ›Wir dürfen Bobby nicht wecken, Herzchen. Papa hat *dich* am liebsten. Komm, Papa zeigt es dir, Gilly. Lass Papa rein. Wie Mama. Wie eine richtige Mama. Lass Papa rein.‹ Und es tat weh. Es tat so weh. Und ich *hasste ihn.*«

»Mein Gott, nein!«, schrie Jonah und riss die Tür auf. Sie flog krachend an die Wand. Er stürzte aus dem Zimmer.

Es war still. Dann begann Gillian zu weinen.

»Ich war nur eine Hülle. Ich war niemand. Was machte es schon, was er mir antat? Ich war ja nicht da. Ich wurde das, was er haben wollte, was jeder gerade haben wollte. So habe ich gelebt. Jonah, so habe ich gelebt.«

»Indem Sie es jedem recht machten?«, fragte Samuels.

»Die Leute kennen nichts Schöneres, als sich zu spiegeln.

Also wurde ich zum Spiegel. Das hat er aus mir gemacht. O Gott, ich hasste ihn. Ich hasste ihn so sehr!«

Sie schlug die Hände vors Gesicht und weinte, Tränen der Qual, die sie elf lange Jahre zurückgehalten hatte. Die anderen saßen reglos und hörten ihr Weinen. Nach einer langen Zeit hob sie das zerquälte Gesicht zu ihrer Schwester.

»Lass dich nicht umbringen von ihm, Bobby. Lass ihn das nicht tun. Um Gottes willen, sag ihnen die Wahrheit.«

Stille. Es kam nichts. Nur die kaum erträglichen Schmerzenslaute Gillians waren zu hören. Roberta rührte sich nicht. Sie hätte taub sein können.

»Tommy«, flüsterte Helen. »Ich halt' das nicht aus. Sie hat es *umsonst* getan.«

Lynley starrte ins Nebenzimmer. Sein Kopf dröhnte, seine Kehle schmerzte, seine Augen brannten. Er hatte nur ein Verlangen: William Teys zu finden, ihn lebend zu finden und den Mann Glied für Glied in Stücke zu reißen. Nie zuvor hatte er solchen Zorn verspürt, solches Entsetzen, solchen Ekel. Gillians Qual hatte sich seiner bemächtigt wie eine Krankheit.

Sie hatte fast aufgehört zu weinen. Jetzt stand sie auf. Schwankend, benommen ging sie zur Tür. Sie griff nach dem Knauf. Sie drehte ihn, zog die Tür auf. Es war zwecklos gewesen. Es war vorbei.

»Musstest du auch die Nackedeiparade machen, Gilly?«, fragte Roberta.

16

Mit einer Bewegung, als befände sie sich unter Wasser, drehte sich Gillian beim Klang der tiefen Stimme ihrer Schwester langsam von der Tür weg.

»Erzähl es mir«, flüsterte sie.

Sie ging zu ihrem Stuhl zurück, rückte ihn näher an den anderen heran und setzte sich.

Robertas Augen, schwerlidrig unter den schützenden Fettwülsten, waren starr, aber glasig auf das Gesicht ihrer Schwester gerichtet. Ihre Lippen zuckten. Die Finger einer Hand krümmten und streckten sich wie im Krampf.

»Er machte Musik. Ganz laut. Er zog mir die Kleider aus.« Die Stimme des Mädchens veränderte sich plötzlich. Sie wurde einschmeichelnd, klebrig süß, tief wie die eines Mannes. »›Süßes Kleines. Süßes Kleines. Marschier, süßes Kleines. Marschier für Papa.‹ Und dann hat er – er hatte ihn in der Hand ... ›Schau,was Papa tut, während du marschierst, süßes Kleines!‹«

»Ich hab' dir doch den Schlüssel dagelassen, Bobby«, sagte Gillian wie gebrochen. »Als er in der Nacht in meinem Bett eingeschlafen war, bin ich in sein Zimmer gegangen und hab' den Schlüssel geholt. Was ist mit dem Schlüssel geworden? Ich hab' ihn dir doch dagelassen.«

Roberta kämpfte mit Erinnerungen, die so lange unter dem Entsetzen ihrer Kindheit begraben gewesen waren.

»Ich hatte – ich verstand nicht. Ich sperrte die Tür ab. Aber du hast mir nie erklärt, warum. Du hast nie gesagt, dass ich den Schlüssel behalten soll.«

»O Gott.« Gillian stieß einen qualvollen Seufzer aus. »Willst du sagen, dass du die Tür abends abgeschlossen hast, den Schlüssel aber am Tag stecken gelassen hast? Bobby, willst du das sagen?«

Roberta legte den Arm über ihr feuchtes Gesicht. Er war wie ein Schild, und in seinem Schutz nickte sie. Ihr ganzer Körper spannte sich unter dem Druck eines zurückgehaltenen Aufschreis.

»Ich wusste es doch nicht.«

»Und da hat er ihn gefunden und an sich genommen.«

»Er legte ihn in seinen Schrank. Da waren alle Schlüssel. Er war abgeschlossen. Ich konnte nicht ran. ›Du brauchst keinen Schlüssel, süßes Kleines. Komm, süßes Kleines, marschier für Papa.‹«

»Wann musstest du marschieren?«

»Bei Tag, bei Nacht. ›Komm her, süßes Kleines, Papa will dir beim Marschieren helfen.‹«

»Wie?«

Sie senkte den Arm. Ihr Gesicht verschloss sich abrupt. Sie zupfte mit den Fingern an ihrer Unterlippe.

»Bobby, sag es mir. Sag mir, wie«, fragte Gillian wieder. »Erzähl mir, was er getan hat.«

»Ich hab' Papa lieb. Ich hab' Papa lieb.«

»Sag das nicht.« Sie packte Roberta beim Arm. »Erzähl mir, was er mit dir gemacht hat.«

»Hab' Papa lieb. Hab' ihn lieb.«

»Du sollst das nicht sagen. Er war böse.«

Roberta schreckte vor dem Wort zurück.

»Nein! *Ich* war böse.«

»Wieso?«

»Ich war schuld, dass er so wurde – er konnte nichts dafür – er hat immerzu gebetet und konnte nicht anders ... du warst nicht da ... ›Gilly hat immer gewusst, was ich will. Gilly hat's verstanden. Du taugst nichts, süßes Kleines. Marschier für Papa. Los, marschier auf Papa.‹«

»Marschier auf Papa?«, stieß Gillian hervor. Ihr Gesicht war aschfahl.

»Rauf und runter. Immer an einer Stelle. Rauf und runter. ›Das ist schön, süßes Kleines. Papa wird ganz groß zwischen deinen Beinen.‹«

»Bobby! Bobby!« Gillian wandte das Gesicht ab. »Wie alt warst du?«

»Acht. ›Hmmm, Papa hat das gern. Schön anfassen, überall anfassen und streicheln.‹«

»Hast du denn niemandem was gesagt? War denn keiner da?«

»Miss Fitzalan. Zu ihr hab' ich was gesagt. Aber sie hat nicht – sie konnte nicht ...«

»Sie hat nichts getan? Sie hat nicht geholfen?«

»Sie hat mich nicht verstanden. Ich sagte Schnauz ... sein Gesicht, wenn er sich an mir rubbelte. Sie verstand es nicht. ›Hast du's verraten, süßes Kleines? Wolltest du Papa verpetzen?‹«

»Mein Gott, sie hat mit *ihm* gesprochen?«

»›Gilly hat nie was verraten. Gilly hat Papa nie verraten. Du bist bös, süßes Kleines. Papa muss dich bestrafen.‹«

»Wie?«

Roberta gab keine Antwort. Sie begann wieder, sich zu wiegen, wollte an den Ort zurückkehren, den sie so lange bewohnt hatte.

»Du warst acht Jahre alt!« Gillian begann zu weinen. »Bobby, es tut mir so Leid. Das wusste ich nicht. Ich dachte, dir würde er nichts tun. Du hast nicht ausgesehen wie ich. Du hattest keine Ähnlichkeit mit Mama.«

»Hat Bobby weh getan. Nicht wie Gilly. Nicht wie Gilly.«

»Nicht wie Gilly?«

»›Dreh dich um, süßes Kleines. Papa muss dich bestrafen.‹«

»O Gott, o Gott!« Gillian fiel auf die Knie und nahm ihre Schwester in die Arme. Sie schluchzte an ihrer Brust, aber Roberta reagierte nicht. Schlaff hingen ihre Arme an ihren Seiten herab, und ihr Körper verkrampfte sich, als sei die Nähe ihrer Schwester beängstigend oder ekelhaft. »Warum bist du nicht nach Harrogate gekommen? Hast du die Nachricht nicht gesehen? Warum bist du nicht gekommen? Ich dachte, es ginge dir gut. Ich dachte, er ließe dich in Ruhe. Warum bist du nicht gekommen?«

»Bobby ist gestorben. Bobby ist gestorben.«

»Sag so was nicht. Du lebst. Lass nicht zu, dass er dich jetzt tötet!«

Roberta fuhr zurück und befreite sich mit einer heftigen Bewegung.

»Papa nie getötet, Papa nie getötet, Papa nie getötet.« Ihre Stimme wurde schrill vor Angst.

Samuels beugte sich auf seinem Stuhl vor.

»Was getötet, Roberta?«, fragte er rasch, in der Erkenntnis, dass der Augenblick gekommen war. »Was hat Papa nie getötet?«

»Baby. Papa hat das Baby nicht getötet.«

»Was hat er getan?«

»Fand mich im Stall. Hat geweint und gebetet. Geweint und gebetet.«

»Hast du dort das Baby bekommen? Im Stall?«

»Niemand was gemerkt. Dick und hässlich. Niemand hat's gemerkt.«

Gillians Augen waren starr vor Entsetzen, während sie nicht ihre Schwester, sondern Samuels ansah. Sie wippte auf den Fersen, eine Faust an den Mund gedrückt, als wolle sie sich am Schreien hindern.

»Du warst schwanger? Bobby! Er wusste nicht, dass du schwanger warst?«

»Keiner wusste es. Nicht wie Gilly. Dick und hässlich. Keiner hat's gemerkt.«

»Was ist mit dem Baby geschehen?«

»Bobby ist gestorben.«

»Was ist mit dem Baby geschehen?«

»Bobby ist gestorben.«

»Was ist mit dem Baby geschehen?« Gillians Stimme schwoll zum Schrei an.

»Hast du das Baby getötet, Roberta?«, fragte Samuels.

Schweigen. Sie begann, sich zu wiegen, in schneller Bewegung, als wolle sie sich in den Wahnsinn zurückkatapultieren.

Gillian starrte sie an, sah die Panik, die sie trieb, sah den unangreifbaren Panzer der Psychose, der sie schützte. Und da wusste sie es.

»Papa hat das Baby getötet«, sagte sie betäubt. »Er fand dich im Stall, er weinte und betete, las die Bibel, um dort Rat zu finden, und tötete dann das Baby.« Sie berührte sachte das Haar ihrer Schwester. »Was hat er mit dem Baby getan?«

»Weiß nicht.«

»Hast du es gesehen?«

»Hab' das Baby nie gesehen. Mädchen oder Junge. Weiß nicht.«

»Bist du deshalb nicht nach Harrogate gekommen? Warst du zu der Zeit schwanger?«

Das Schweigen war Bestätigung, ebenso die Veränderung ihrer Körperbewegung, die langsamer wurde und schließlich aufhörte.

»Baby ist gestorben. Bobby ist gestorben. Hat nichts ausgemacht. ›Tut Papa Leid, süßes Kleines. Papa tut dir nie mehr weh. Komm, süßes Kleines, marschier für Papa. Papa tut dir nie mehr weh.‹«

»Er hatte keinen Geschlechtsverkehr mehr mit dir, Roberta?«, fragte Samuels. »Aber alles andere blieb wie vorher?«

»›Süßes Kleines, marschier für Papa.‹«

»Bist du für Papa marschiert, Roberta?«, fuhr Samuels fort. »Nach dem Baby, bist du da für ihn marschiert?«

»Bin für Papa marschiert. Musste ja.«

»Warum? Warum musstest du?«

Schweigen. Sie sah sich verstohlen um, ein seltsam verzerrtes Lächeln der Genugtuung auf dem Gesicht. Und dann begann sie wieder, sich zu wiegen.

»Papa glücklich.«

»Es war wichtig, Papa glücklich zu machen«, sagte Samuels nachdenklich.

»Ja, ja. Sehr glücklich. Wenn Papa glücklich, rührt er nicht …« Sie brach ab. Die Körperbewegung wurde stärker.

»Nein, Bobby«, sagte Gillian. »Geh nicht fort. Du darfst jetzt nicht fortgehen. Du bist für Papa marschiert, weil du wolltest, dass er glücklich ist, damit er jemanden nicht anrührt. Wen?«

Im dämmrigen Beobachterzimmer durchfuhr das Entsetzen der Erkenntnis Lynley wie Wundschmerz. Die Tatsachen hatten die ganze Zeit offen dagelegen, direkt vor seinen Augen. Ein neunjähriges Mädchen, das Bibelunterricht erhielt, dem aus dem Alten Testament vorgelesen wurde, das die Lektion über Lots Töchter lernte.

»Bridie«, stammelte er und begriff endlich alles. Er hätte den Rest der Geschichte selbst erzählen können, stattdessen lauschte er Roberta, die ihre gequälte Seele zum ersten Mal offenbarte.

»Papa wollte Gilly, nicht eine dicke Kuh wie Roberta.«

»Dein Vater wollte ein Kind, nicht wahr?«, fragte Samuels. »Nur ein Kinderkörper konnte ihn erregen. Wie Gillians. Wie der deiner Mutter.«

»Hat ein Kind gefunden.«

»Und was geschah?«

Sie presste die gesprungenen Lippen aufeinander, als wollte sie sich am Sprechen hindern. In ihren Mundwinkeln war Blut. Sie stieß einen heiseren Schrei aus, und eine Wortflut sprudelte ihr wie von selbst über die Lippen.

»Der Pharao legte ihm eine Kette um den Hals und kleidete ihn mit kostbarer Leinwand, und er herrschte über Ägyptenland, und Josephs Brüder kamen zu ihm, und Joseph sagte, ich soll euer Leben erhalten zu einer großen Errettung.«

Gillian sagte weinend: »Die Bibel sagte dir, was du tun musstest, genau wie sie es Papa immer sagte.«

»Kleide dich in Leinwand. Trage eine Kette.«

»Was geschah?«

»Lockte ihn in den Stall.«

»Wie hast du das gemacht?« Samuels' Stimme war leise.

Robertas Gesicht bebte. Ihre Augen füllten sich mit Tränen. Sie rannen ihr über die von Pickeln übersäten Wangen.

»Zweimal versucht. Nicht geklappt. Dann – Schnauz«, antwortete sie.

»Du hast Schnauz getötet, um deinen Vater in den Stall zu locken?«, fragte Samuels.

»Schnauz hat nichts gemerkt. Hab' ihm Tabletten gegeben. Papas Tabletten. Hat geschlafen. Kehle – Kehle durchgeschnitten und Papa gerufen. Papa ist gerannt. Hat sich zu Schnauz gekniet.«

Sie begann mit heftiger Bewegung, sich zu wiegen, die Arme um den aufgeschwollenen Körper geschlungen, und begleitete die Bewegungen mit einem tonlosen Summen. Sie war auf dem Rückweg.

»Und dann, Roberta?«, fragte Samuels. »Du kannst den letzten Schritt noch gehen, nicht wahr? Mit Gillian zusammen, hm?«

Sie wiegte sich und wiegte sich. Wild und zornig. Blind entschlossen. Den Blick auf die Wand gerichtet.

»Ich hab' Papa lieb. Hab' Papa lieb. Weiß nicht mehr. Weiß nicht mehr.«

»Aber natürlich weißt du es.« Samuels' Stimme war sanft, aber er ließ nicht locker. »Die Bibel sagte dir, was du tun musst. Wenn du es nicht getan hättest, hätte dein Vater dem kleinen Mädchen all das angetan, was er dir und Gilly lange Jahre angetan hat. Er hätte sie missbraucht und vergewaltigt. Aber du hast es verhindert, Roberta. Du hast dieses Kind gerettet. Du hast dich in kostbare Leinwand gekleidet. Du hast dir eine goldene Kette um den Hals gelegt. Du hast den Hund getötet. Du riefst deinen Vater in den Stall. Er lief hinein, nicht wahr? Er kniete nieder und ...«

Roberta sprang vom Stuhl auf. Er flog durch das Zimmer und prallte gegen den Metallschrank. Wie der Wind lief sie ihm nach, packte ihn, schleuderte ihn an die Wand, stürzte den Schrank um und begann zu schreien.

»Ich habe ihm den Kopf abgeschlagen. Er kniete nieder. Er beugte sich vor, um Schnauz hochzuheben. Und ich hab' ihm den Kopf abgeschlagen. Es macht mir nichts aus, dass ich es getan habe. Ich wollte, dass er stirbt. Ich hätte nicht zugelassen, dass er Bridie anrührt. Er wollte es. Er las ihr vor, genau wie er mir immer vorgelesen hatte. Er redete mit ihr genauso, wie er immer mit mir geredet hatte. Ich wusste, dass er es tun würde. Ich kannte die Anzeichen. Ich hab' ihn getötet. Ich hab' ihn getötet, und es macht mir nichts aus. Es tut mir nicht Leid. Er hat es verdient.«

Sie stürzte zu Boden, schlug schluchzend die Hände vor ihr Gesicht, große, graue, teigige Hände, die das Gesicht bedeckten und es zugleich kniffen und malträtierten.

»Ich hab' seinen Kopf auf dem Boden gesehen. Es hat mir nichts ausgemacht. Und dann kam die Ratte. Und sie schnüffelte an seinem Blut. Und dann hat sie das Gehirn gefressen, und es hat mir *nichts* ausgemacht.«

Mit einem erstickten Schrei sprang Barbara auf und stürzte aus der Kammer.

Sie rannte in die Toilette, stolperte blind in eine Kabine und begann sich zu übergeben. Alles drehte sich um sie herum. Ihr war so irrsinnig heiß, dass sie glaubte, sie würde jeden Moment ohnmächtig werden; stattdessen jedoch übergab sie sich weiter. Und während sie würgte – krampfhaft, schmerzhaft –, war ihr klar, dass das, was da aus ihrem Körper quoll, ihre eigene Verzweiflung war.

Sie hielt sich am glatten Porzellanrand der Toilettenschüssel fest, schnappte zitternd nach Luft und übergab sich. Es war, als hätte sie das Leben bis zu diesen letzten zwei Stunden niemals klar gesehen, und plötzlich mit seinem Schmutz konfrontiert, hatte sie vor ihm fliehen, sich von ihm befreien müssen.

In diesem halbdunklen, stickigen Raum hatten die Stimmen erbarmungslos auf sie eingehämmert. Nicht nur die Stimmen der Schwestern, die den Albtraum gelebt hatten, sondern die Stimmen ihrer eigenen Vergangenheit und des Albtraums, der geblieben war. Es war zu viel. Sie konnte nicht länger damit leben, sie konnte es nicht mehr ertragen.

Ich kann nicht mehr, schluchzte es in ihr. Tony, ich kann nicht mehr. Gott verzeih mir, aber ich kann nicht mehr.

Sie hörte Schritte. Jemand kam herein. Sie wollte sich zusammennehmen, aber die Übelkeit blieb, und sie wusste, sie würde auch diese Erniedrigung noch ertragen müssen, dass sie vor der eleganten Helen Clyde über der Kloschüssel hing und sich übergab.

Wasser rauschte. Wieder Schritte. Die Tür der Kabine wurde geöffnet. Jemand drückte ihr ein feuchtes Tuch in den Nacken, faltete es rasch und tupfte ihr damit die brennenden Wangen ab.

»Bitte! Nein! Gehen Sie!« Sie musste sich wieder übergeben und fing auch noch zu weinen an. »Ich kann nicht«, schluchzte sie. »Ich kann nicht. Bitte, bitte, lassen Sie mich allein.«

Eine kühle Hand schob ihr das Haar aus dem Gesicht und hielt ihre Stirn.

»Das Leben ist beschissen, Barb. Und das Schlimme ist, es wird auch nicht besser«, sagte Lynley.

Sie fuhr entsetzt herum. Aber es war wirklich Lynley, und in seinen Augen war das teilnahmsvolle Verständnis, das sie schon früher in ihnen gesehen hatte: bei ihrem Besuch bei Roberta, bei seinem Gespräch mit Bridie, bei dem Gespräch mit Tessa. Plötzlich wusste sie, was Webberly gemeint hatte, als er gesagt hatte, sie könne viel von Lynley lernen; er hatte um diese Quelle innerer Kraft gewusst, deren Ursprung, wie sie jetzt erkannte, ein großer persönlicher Mut war. Es war dieses ruhige Verständnis, nichts anderes, das schließlich den Zusammenbruch herbeiführte.

»Wie konnte er nur?«, schluchzte sie. »Man liebt doch sein Kind, man tut ihm doch nicht weh. Man lässt es doch nicht einfach sterben. Nie, nie lässt man es sterben. Aber das haben sie getan.«

Ihre Stimme hatte jetzt einen hysterischen Klang, während die ganze Zeit Lynleys ruhiger Blick auf ihrem Gesicht lag.

»Ich hasse ... ich kann nicht ... Sie hätten doch für ihn *da sein* müssen. Er war doch ihr Sohn. Sie behaupteten, ihn zu lieben, und taten es gar nicht. Er war vier Jahre lang krank, lag das ganze letzte Jahr im Krankenhaus. Sie haben ihn nicht einmal besucht. Sie sagten, sie könnten es nicht ertragen, es täte ihnen zu weh. Aber ich hab' ihn besucht. Ich war jeden Tag dort. Und er fragte immer nach ihnen. Er fragte, warum Mama und Daddy nicht kämen. Und ich log. Ich war jeden Tag dort und habe gelogen. Und als er starb, war er ganz allein. Ich war in der Schule. Ich bin nicht mehr rechtzeitig ins Krankenhaus gekommen. Er war mein kleiner Bruder. Er war erst zehn Jahre alt. Und wir alle – wir *alle* – haben ihn allein sterben lassen.«

»Es tut mir so Leid«, sagte Lynley behutsam.

»Ich schwor mir, dass ich sie *niemals* vergessen lassen würde, was sie getan hatten. Ich holte alle seine Schulzeugnisse. Ich rahmte den Totenschein. Ich errichtete einen Gedenkschrein. Ich sperrte sie im Haus ein. Ich schloss die Türen und die Fenster. Und jeden einzelnen Tag sorgte ich dafür, dass sie da sitzen und Tony anstarren mussten. Ich machte sie wahnsinnig! Ich wollte es. Ich habe sie zerstört. Ich habe mich selbst zerstört.«

Sie legte ihren Kopf auf das Porzellan und weinte. Sie weinte über den Hass, der ihr Leben ausgefüllt hatte, über die Schuld und die Eifersucht, die ihre Gefährten gewesen waren, über die Einsamkeit, die sie selbst über sich gebracht hatte, über die Verachtung und die Feindseligkeit, die sie anderen entgegengebracht hatte.

Am Ende, als Lynley sie wortlos in die Arme nahm, weinte sie an seiner Brust, trauerte auch um die Freundschaft, die zwischen ihnen hätte sein können.

Durch die Sprossenfenster in Dr. Samuels' Büro konnten sie den Rosengarten sehen. Er war terrassenförmig angelegt, und jede Rosenart bildete eine Gruppe für sich. An einigen Büschen waren noch Blüten, obwohl es schon spät im Jahr war, die Nächte kalt waren und manchmal morgens schon Reif lag.

Sie beobachteten die kleine Gruppe Menschen, die über die Kieswege zwischen den Rosenbüschen ging. Ein Bild der Gegensätze: Gillian und ihre Schwester, Helen und Barbara und weit hinter ihnen die zwei Pflegerinnen in langen Umhängen.

Lynley wandte sich vom Fenster weg und sah, dass Samuels, der hinter seinem Schreibtisch saß, ihn nachdenklich beobachtete. Sein Gesicht verriet jedoch seine Gefühle nicht.

»Sie wussten, dass sie ein Kind geboren hatte«, sagte Lynley. »Von der Untersuchung bei der Einweisung, vermute ich.«

»Ja.«

»Warum sagten Sie mir das nicht?«

»Ich traute Ihnen nicht«, antwortete Samuels und fügte hinzu: »Damals jedenfalls nicht. Ich hoffte, es würde mir gelingen, durch mein Schweigen eine wenn auch noch so feine Verbindung zu Roberta herzustellen. Und das war mir weit wichtiger als alles andere. Ich sagte Ihnen nichts davon, weil ich nicht riskieren wollte, dass Sie es ihr bei nächster Gelegenheit vorhalten würden.« Er versuchte, seine Worte ein wenig abzuschwächen. »Im Übrigen war es eine Information, die der ärztlichen Schweigepflicht unterlag.«

»Was wird aus den beiden werden?«, fragte Lynley.

»Sie werden es überleben.«

»Wie können Sie das wissen?«

»Sie fangen an zu begreifen, dass sie seine Opfer waren. Das ist der erste Schritt.«

Samuels nahm seine Brille ab und polierte die Gläser mit dem Futter seines Jacketts. Sein schmales Gesicht wirkte müde. Er kannte das alles.

»Mir ist unverständlich, wie sie so lange überlebt haben.«

»Sie richteten sich ein.«

»Wie denn?«

Samuels warf einen letzten prüfenden Blick auf die Brillengläser und setzte die Brille wieder auf. Er rückte sie sorgsam zurecht. Er trug die Brille seit Jahren, und zu beiden Seiten seiner Nase waren Einkerbungen vom ständigen Druck.

»Gillian scheint sich in die Dissoziation gerettet zu haben, ein Mittel, das Selbst aufzuspalten, so dass sie so tun konnte, als hätte oder wäre sie das, was sie in Wirklichkeit nicht haben oder sein konnte.«

»Zum Beispiel?«

»Normale Gefühle. Normale mitmenschliche Beziehungen. Sie sprach davon, ein Spiegel gewesen zu sein, der nur das Verhalten derer um sie herum wiedergab. Es ist ein Abwehrmechanismus. Er schützte sie davor zu fühlen, was in Wirklichkeit mit ihr geschah.«

»Wie denn?«

»Sie war ›nicht da‹. Darum konnte nichts, was ihr Vater tat, sie berühren oder durchdringen. Sie war, wie sie sagte, nur eine Hülle.«

»Jeder im Dorf beschrieb sie mir anders.«

»Genau. Das ist das Verhalten. Gillian spiegelte die Leute nur. In letzter Konsequenz endet das in einer völlig gespaltenen Persönlichkeit, aber dazu kam es bei ihr nicht, was an sich schon bemerkenswert ist, wenn man bedenkt, was sie durchgemacht hat.«

»Und Roberta?«

Samuels runzelte die Stirn.

»Sie hatte leider keine so guten Abwehrmechanismen wie Gillian«, antwortete er.

Lynley warf einen letzten Blick aus dem Fenster und kehrte zu seinem Sessel zurück.

»Hat sie deshalb gegessen?«

»Als Fluchtmöglichkeit? Nein, das glaube ich nicht. Ich würde sagen, es war mehr ein selbstzerstörerischer Akt.«

»Das verstehe ich nicht.«

»Das missbrauchte Kind lebt in dem Gefühl, etwas Böses getan zu haben, wofür es bestraft wird. Es kann gut sein, dass Roberta gegessen hat, weil das Mißbrauchtwerden dazu führte, dass sie sich – ihre ›Schlechtigkeit‹ – hasste. Mit dem Essen wollte sie den bösen Körper zerstören. Das wäre eine Erklärung.«

Samuels zögerte.

»Und die andere?«

»Schwer zu sagen. Es wäre möglich, dass sie versuchte, den Missbrauch zu verhindern, indem sie ihren Körper zerstörte. Es war vielleicht das einzige Mittel, das sie wusste, um ihren Vater fern zu halten: indem sie versuchte, so wenig wie möglich wie Gilly zu sein.«

»Aber es half nichts.«

»Unglücklicherweise, nein. Er dachte sich lediglich neue Perversionen aus, um sich in Erregung zu bringen, und bediente sich ihrer dazu. Das dürfte auch seinem Bedürfnis, Macht auszuüben, entsprochen haben.«

»Ich könnte diesen Teys umbringen«, sagte Lynley.

»So geht es mir dauernd«, erwiderte Samuels.

»Wie kann ein Mensch nur – ich versteh' das nicht.«

»Es ist ein abartiges Verhalten, eine Krankheit. Teys konnten nur kleine Mädchen erregen. Seine Heirat mit einer Vierzehnjährigen – nicht etwa einer gut entwickelten, fraulichen Vierzehnjährigen, sondern einer sich spät entwickelnden – hätte jeden, der einen Blick für so etwas hat, aufmerksam machen müssen. Aber er konnte seine abartigen Neigungen erfolgreich hinter seiner scheinbaren Frömmigkeit und der Maske des starken, liebevollen Vaters verbergen. Das ist so typisch, Inspector Lynley. Ich kann Ihnen gar nicht sagen, wie typisch es ist.«

»Und keiner hat je etwas davon gemerkt? Das kann ich nicht glauben.«

»Wenn Sie sich die Situation vor Augen halten, ist es leicht zu glauben. Teys hatte in der Gemeinde den Ruf eines grundanständigen und soliden Mannes. Seinen Töchtern impfte er Schuldgefühle ein und die Überzeugung, schlecht und minderwertig zu sein. Gillian glaubte fest, *sie* wäre schuld daran, dass ihre Mutter ihren Vater verlassen hatte, und leistete damit Wiedergutmachung, dass sie ihrem Vater ›eine Mama‹ war, um Teys' Worte zu gebrauchen. Roberta glaubte, Gillian hätte ihrem Vater alles recht gemacht und sie müsse das auch tun. Und beiden wurde auf der Grundlage der Bibel – aus den Passagen, die Teys sorgfältig ausgewählt hatte und die er in seinem Sinn interpretierte – gelehrt, dass das, was sie taten, nicht nur recht, sondern ihnen von Gott als töchterliche Pflicht vorgeschrieben war.«

»Das macht mich ganz krank.«

»Es *ist* krank. Er war krank. Schauen Sie sich seine Krankheit an: Er nahm sich ein Kind zur Frau. Das war ungefährlich. Die Erwachsenenwelt war bedrohlich für ihn, und in der Person dieser Vierzehnjährigen hatte er eine Ehefrau, die ihn mit ihrem kindlichen Körper erregen konnte, während durch die Heirat zugleich sein Streben nach Selbstachtung und Ansehen in der Gemeinde befriedigt wurde.«

»Warum verging er sich dann an seinen Kindern?«

»Als Tessa – die Kindfrau, die er sich gewählt hatte – ein Kind zur Welt brachte, sah sich Teys vor die beängstigende Tatsache gestellt, dass dieses Geschöpf, dessen Körper ihn so erregte, gar kein Kind war, sondern eine Frau. Und von Frauen fühlte er sich, vermute ich, bedroht. Sie repräsentierten ja den weiblichen Aspekt der Erwachsenenwelt, die ihm Angst machte.«

»Sie erzählte, er habe nach der Geburt nicht mehr mit ihr geschlafen.«

»Daran zweifle ich nicht. Stellen Sie sich die Demütigung vor, wenn er mit ihr geschlafen hätte und impotent gewesen wäre. Weshalb sollte er eine solche Niederlage riskieren, wo er doch einen wehrlosen Säugling im Haus hatte, bei dem er sich ungehindert Lust und Befriedigung verschaffen konnte.«

Lynley schnürte es die Kehle zu.

»Säugling?«, krächzte er heiser. »Soll das heißen ...?«

Samuels nickte nur. »Ich würde denken, dass er Gillian schon missbraucht hat, als sie noch im Säuglingsalter war. Ihrer Erinnerung nach geschah es das erste Mal, als sie vier oder fünf Jahre alt war, aber es ist unwahrscheinlich, dass Teys so lange gewartet hat, es sei denn, seine Religion hat ihm in diesen Jahren Selbstbeherrschung verliehen. Möglich ist es.«

Seine Religion. Lynley verspürte einen unbändigen Zorn. Er beherrschte ihn mit Mühe.

»Sie kommt vor Gericht.«

»Früher oder später, ja. Roberta wird gesund werden. Sie wird prozessfähig sein.« Samuels drehte seinen Stuhl, um die Gruppe im Garten sehen zu können. »Aber Sie wissen so gut wie ich, Inspector, dass kein Schwurgericht der Welt sie verurteilen wird, wenn die Wahrheit ans Licht kommt. Wir können also vielleicht doch noch daran glauben, dass es Gerechtigkeit für sie geben wird.«

Die Bäume rund um die St.-Catherine's-Kirche warfen lange Schatten auf den Bau, so dass sich drinnen Dämmerlicht ausbreitete. Blutig lag das Licht, das durch die roten Teile der Mosaikfenster fiel, auf dem gesprungenen Steinboden und unter den Standbildern, die ihn zu beobachten schienen. Votivkerzen flackerten. Die Luft in der Kirche war still und tot, und er fröstelte auf seinem Weg zu dem elisabethanischen Beichtstuhl.

Er öffnete die Tür, trat in die kleine Zelle, kniete nieder und wartete. Es war ganz dunkel und ganz still. Die richtige Stimmung zur Meditation über die eigenen Sünden, dachte Lynley.

Ein Gitter wurde in der Finsternis verschoben. Eine gedämpfte Stimme murmelte Gebete, die an einen Gott gerichtet waren, den es nicht gab.

Dann: »Ja, mein Kind?«

Im letzten Moment fragte er sich, ob er es fertig bringen würde. Aber dann sprach er schon.

»Er kam hierher zu Ihnen«, sagte Lynley. »Hier hat er seine Sünden gebeichtet. Haben Sie ihm die Absolution erteilt, Pater? Malten Sie irgendein mystisches Zeichen in die Luft, das William Teys sagte, dass er von der Sünde des Missbrauchs seiner Kinder frei war? Was sagten Sie ihm? Gaben Sie ihm Ihren Segen? Entließen Sie ihn mit gereinigter Seele aus dem Beichtstuhl, damit er auf seinen Hof zurückkehren und wieder damit anfangen konnte? War es so?«

Statt einer Antwort hörte er nur das Atmen, schnell und stoßweise.

»Und hat Gillian gebeichtet? Oder hatte sie zu große Angst? Haben Sie mit ihr über das gesprochen, was ihr Vater ihr antat? Haben Sie versucht, ihr zu helfen?«

»Ich ...« Die Stimme schien aus weiter Ferne zu kommen. »Verstehen und verzeihen.«

»Das haben Sie ihr gesagt? Verstehen? Verzeihen? Und wie war es bei Roberta? Sollte sie auch verstehen und verzeihen? Ein sechzehnjähriges Mädchen sollte verstehen lernen, dass ihr Vater sie vergewaltigte, sie schwängerte und ihr Kind dann ermordete? Oder war das *Ihr* Einfall, Pater?«

»Ich wusste nichts von dem Kind. Ich wusste es nicht. Ich *wusste* es nicht.« Die Stimme klang beschwörend.

»Aber Sie wussten es, als Sie es in der alten Abtei fanden. Da wussten Sie es ganz genau. Sie wählten *Perikles,* Pater Hart. Sie wussten Bescheid.«

»Er – er hat das nie gebeichtet. Nie.«

»Und was hätten Sie getan, wenn er es gebeichtet hätte? Was hätten Sie ihm denn als Buße auferlegt für den Mord an seinem Kind? Denn Mord war es. Sie wissen, dass es Mord war.«

»Nein! Nein!«

»William Teys trug diesen Säugling von seinem Hof zur alten Abtei. Er konnte ihn nicht einwickeln, weil alles, was er benutzt hätte, ihn verraten hätte. Deshalb trug er das Kind nackt. Und es starb. Sie wussten sofort, als Sie das Kind sahen, wessen Kind es war und wie es in die Abtei gekommen war. Sie wählten *Perikles* für den Grabspruch. ›... Mord ist Nachbar der Lust, wie Flamme und Rauch.‹ Sie wussten es.«

»Er schwor ... danach ... er schwor, er wäre geheilt.«

»Geheilt? Eine wunderbare Heilung von sexueller Abartigkeit durch den Tod seines Kindes? Glaubten Sie das wirklich? Oder wollten Sie das nur glauben? Er war geheilt, o ja. Er war geheilt davon, Roberta zu vergewaltigen. Aber jetzt hören Sie genau zu, Pater, denn das haben Sie auf dem Gewissen, und bei Gott, Sie sollen es von mir hören: Sonst änderte sich *nichts.*«

»Nein!«

»Sie wissen, dass es die Wahrheit ist. Er war süchtig. Das einzige Problem war, dass er frisches, junges Blut brauchte, um seine Sucht zu stillen. Er brauchte Bridie. Und Sie hätten es zugelassen.«

»Er schwor mir ...«

»Ach, geschworen hat er? Auf die Bibel, die er dazu benutzte, Gillian einzureden, sie müsse ihren Körper ihrem Vater geben?«

»Er kam nicht mehr zur Beichte. Ich wusste nichts davon. Ich ...«

»Sie wussten es. Von dem Moment an, als er anfing, sich um Bridie zu kümmern, wussten Sie es. Und als Sie auf den Hof kamen und sahen, was Roberta getan hatte, da brach die Wahrheit augenblicklich über Sie herein, nicht wahr?«

Er hörte ein unterdrücktes Aufschluchzen, eine erstickende Stille. Dann einen lang gezogenen Klagelaut, der in drei abgerissenen Worten endete. »*Mea ... mea culpa.*«

»Ja«, stieß Lynley hervor. »Durch *Ihre* Schuld, Pater.«

»Ich konnte nicht ... Das Beichtgeheimnis. Es ist ein heiliger Eid.«

»Es gibt keinen Eid, der wichtiger ist als das Leben. Es gibt keinen Eid, der wichtiger ist als die Zerstörung eines Kindes. Das erkannten Sie, nicht wahr, als Sie auf den Hof kamen? Sie erkannten endlich, dass Sie Ihr Schweigen brechen mussten. Darum wischten Sie das Beil ab, ließen das Messer verschwinden und kamen zu Scotland Yard. Sie wussten, dass auf diesem Weg die Wahrheit ans Licht kommen würde; die Wahrheit, die zu enthüllen Ihnen der Mut fehlte.«

»O Gott, ich ... verstehen und verzeihen.«

»Dafür nicht. Nicht für siebenundzwanzig Jahre sexuellen Missbrauchs. Für zwei zerstörte Leben. Für den Tod ihrer Träume. Dafür gibt es kein Verstehen. Dafür gibt es kein Verzeihen. Nein, bei Gott, dafür nicht.«

Er stieß die Tür des Beichtstuhls auf und ging.

Hinter ihm schwoll eine dünne, zittrige Stimme in verzweifeltem Gebet an. »Sorgt euch nicht um die Übeltäter ... sie werden bald niedergemäht wie das Gras ... vertraut auf den Herrn ... er wird euch die Wünsche eurer Herzen erfüllen ... Übeltäter werden gefällt ...«

Kaum fähig zu atmen, drückte Lynley das Portal der Kirche auf und trat an die frische Luft.

Helen stand, an einen von Flechten überzogenen Sarkophag gelehnt, und beobachtete Gillian, die an dem kleinen Grab unter den Zypressen stand. Sie hielt den Kopf gesenkt, in schweigender Betrachtung oder im Gebet. Helen hörte Lynleys Schritte, aber sie rührte sich nicht, auch dann nicht, als er sich zu ihr stellte und sie den ruhigen Druck seines Arms an ihrem eigenen fühlte.

»Ich habe Deborah gesehen«, sagte er endlich.

»Ah.« Ihr Blick blieb auf Gillians zierliche Gestalt gerichtet. »Ich dachte mir schon, dass du sie vielleicht sehen würdest, Tommy. Auch wenn ich das Gegenteil hoffte.«

»Du wusstest, dass sie hier in Keldale waren. Warum hast du mir das nicht gesagt?«

Sie senkte einen Moment lang die Lider.

»Was gab es denn schon zu sagen? Wir hatten es schon so oft gesagt.« Sie zögerte, sie hätte das Thema gern fallen lassen, ein für alle Mal sterben lassen. Aber die vielen Jahre der Freundschaft mit ihm erlaubten ihr das nicht. »War es schlimm für dich?«, zwang sie sich zu fragen.

»Zuerst, ja.«

»Und dann?«

»Dann sah ich, dass sie ihn liebt. Wie du ihn einmal geliebt hast.«

Ein bedauerndes Lächeln berührte flüchtig ihren Mund.

»Ja, wie ich ihn einmal geliebt habe.«

»Woher hast du die Kraft genommen, Simon loszulassen, Helen? Wie hast du das durchgestanden?«

»Ach, ich hab' mich irgendwie durchgewurstelt. Außerdem warst du ja immer für mich da, Tommy. Du hast mir geholfen. Du warst immer mein Freund.«

»So, wie du immer meine Freundin warst. Meine allerbeste Freundin.«

Sie lachte leise. »Das erinnert mich daran, wie Männer von ihren Hunden reden. Ich weiß nicht recht, ob ich mich geschmeichelt fühlen soll.«

»Aber fühlst du dich geschmeichelt?«, fragte er.

»Ganz entschieden«, antwortete sie und drehte den Kopf, um ihn anzusehen. Die Spuren der Erschöpfung lagen noch auf seinem Gesicht, doch die Last des Leidens schien leichter geworden zu sein. Vergangen war der Schmerz noch nicht, so schnell ging das nicht, aber er hatte begonnen, sich aufzulösen, so dass er aus der Vergangenheit herausfinden würde. »Du hast das Schlimmste überstanden, nicht?«

»Ja. Ich glaube, ich bin sogar bereit weiterzugehen.« Er berührte leicht ihr Haar und lächelte.

Das Friedhofstor wurde geöffnet, und über Lynleys Schulter sah Helen Barbara kommen.

Barbara zögerte einen Moment, als sie die beiden in vertraulichem Gespräch beieinander stehen sah, dann aber räusperte sie sich, als wollte sie sie auf ihr Kommen aufmerksam machen, und ging, die Schultern gestrafft, rasch auf sie zu.

»Sir, Sie haben eine Nachricht von Webberly«, sagte sie zu Lynley. »Stepha hatte sie in Empfang genommen.«

»Eine Nachricht? Was denn?«

»Der übliche Geheimtext.« Sie reichte ihm das Papier. »Identifikation positiv. London bestätigt. York gestern Nachmittag unterrichtet«, rezitierte sie. »Verstehen Sie, was damit gemeint ist?«

Er las den Text selbst noch einmal, faltete das Papier und starrte trostlos zu den Hügeln jenseits des Friedhofs.

»Ja«, antwortete er. »Das reimt sich zusammen.« Jedes Wort fiel ihm schwer.

»Russell Mowrey?«, fragte Barbara scharf blickend. Als er nickte, sagte sie: »Dann ist er also tatsächlich nach London gefahren, um Tessa bei Scotland Yard anzuzeigen. Wie merkwürdig! Warum ist er nicht einfach zur Polizei in York gegangen? Was hätte denn Scotland Yard …«

»Nein. Er fuhr nach London, um seine Eltern zu besuchen, genau wie Tessa vermutete. Aber er kam nie über den King's-Cross-Bahnhof hinaus.«

»King's-Cross-Bahnhof?«, echote Barbara.

»Dort tötete ihn der Bahnhofsmörder. Sein Bild hing an der Wand in Webberlys Büro.«

Er ging allein zum Gasthof. Er ging die Church Street hinunter und blieb einen Moment auf der Brücke stehen, wie er das am Abend zuvor getan hatte. Im Dorf war alles still, doch während er einen letzten Blick auf Keldale warf, wurde in der Nähe eine Tür zugeschlagen. Ein kleines rothaariges Mädchen sprang die Hintertreppe ihres Hauses hinunter und lief zu einem Schuppen. Sie verschwand in seinem Inneren, um Augenblicke später mit einem Futtersack wieder aufzutauchen, den sie über den Boden schleifte.

»Wo ist Dougal?«, rief er.

Bridie sah auf. Das Sonnenlicht fing sich in ihrem lockigen roten Haar, herbstlicher Kontrast zu dem leuchtend grünen Pullover, den sie trug.

»Drin. Er hat heut Bauchweh.«

Lynley überlegte flüchtig, wie man bei einer Ente Bauchweh diagnostizierte, war aber klug genug, nicht zu fragen.

»Warum fütterst du ihn dann?«, fragte er stattdessen.

Sie ließ sich die Frage durch den Kopf gehen, während sie mit der rechten Schuhspitze ihre linke Wade kratzte.

»Mama hat gesagt, ich soll ihn füttern. Sie hat ihn den ganzen Tag warm gehalten und hat gesagt, jetzt könne er sicher etwas fressen.«

»Sie scheint eine gute Krankenschwester zu sein.«

»Ist sie auch.«

Sie winkte ihm mit ihrer schmutzigen Hand zu und verschwand im Haus, ein lebendiges kleines Mädchen, dessen Träume noch unversehrt waren.

Er ging über die Brücke und betrat den Gasthof. Am Empfangstisch stand Stepha, den Mund zum Sprechen geöffnet.

»Das Kind, das du bekamst, war von Ezra Farmington, nicht wahr?«, sagte er. »Er gehörte zu dem Leben voller Lust und Spaß, das du nach dem Tod deines Bruders wolltest, stimmt's?«

»Thomas ...«

»Stimmt's?«

»Ja.«

»Siehst du zu, wenn er und Nigel sich deinetwegen gegenseitig fertig machen? Amüsiert es dich, wenn Nigel sich im *Dove and Whistle* dumm und dämlich trinkt, weil er hofft, dich gegenüber aus Ezras Haus kommen zu sehen? Oder entfliehst du dem ganzen Konflikt mit Richard Gibsons Hilfe?«

»Das ist wirklich unfair.«

»Findest du? Weißt du eigentlich, dass Ezra glaubt, nicht mehr malen zu können? Interessiert dich das, Stepha? Er hat alle seine Arbeiten vernichtet. Was geblieben ist, sind nur Bilder von dir.«

»Ich kann ihm nicht helfen.«

»Du willst ihm nicht helfen.«

»Das ist nicht wahr.«

»Du willst ihm nicht helfen«, wiederholte Lynley. »Aus irgendeinem Grund begehrt er dich immer noch. Er möchte auch das Kind haben. Er möchte wissen, wo es ist. Er möchte wissen, was du mit ihm getan hast. Hast du es auch nur für nötig gehalten, ihm zu sagen, ob es ein Junge oder ein Mädchen ist?«

Sie senkte den Kopf. »Sie ist – sie wurde von einer Familie in Durham adoptiert. Es musste sein.«

»Und das ist seine Strafe, nehme ich an?«

Sie hob ruckartig den Kopf.

»Wofür? Weshalb sollte ich ihn strafen?«

»Weil er dir den Spaß verdorben hat, den du unbedingt wolltest. Weil er mehr wollte. Weil er bereit war, ein Risiko einzugehen. Weil er all das war, was du aus lauter Angst nicht sein wolltest.«

Sie antwortete nicht. Es war auch nicht nötig. Er erkannte die Antwort, die ihm ihr Gesicht gab.

Sie hatte nicht auf den Hof hinausfahren wollen. Sie wollte den Hof, den Schauplatz so vieler schrecklicher Kindheitserinnerungen, für immer in der Vergangenheit begraben. Sie hatte nur das Grab des Kindes sehen wollen. Als das geschehen war, war sie bereit, wieder abzufahren. Die anderen, diese Gruppe gütiger Fremder, die in ihr Leben getreten waren, stellten ihr keine Fragen. Sie packten sie in den großen silbernen Wagen und fuhren sie aus Keldale hinaus.

Sie wusste nicht, wohin sie fuhren, und es war ihr im Grunde auch gleichgültig. Jonah war fort. Nell war tot. Wer Gillian war, würde sich erst herausstellen. Sie war nur eine Hülle. Mehr war nicht übrig geblieben.

Lynley warf durch den Rückspiegel einen Blick auf Gillian. Er wusste nicht, was geschehen würde, wusste nicht, ob er das Richtige tat. Er verließ sich nur auf seinen Instinkt, ein blindes Gefühl, das ihm sagte, dass aus der Asche dieses Tages phönixgleich etwas Gutes hervorgehen müsse.

Er wusste, dass er nach einem Sinn suchte. Er konnte die Sinnlosigkeit des Todes von Russell Mowrey, der im King's-Cross-Bahnhof unter den brutalen Händen eines Mörders gestorben war, nicht akzeptieren. Er haderte mit dem Schicksal, mit der Grausamkeit und gemeinen Hässlichkeit dieses Todes.

Er würde Schrecken und Entsetzen einen Sinn geben. Er würde sich nicht damit abfinden, dass diese auseinander gerissenen Lebensstränge nicht irgendwie wieder zusammenkommen konnten; dass diese Menschen nicht fähig sein sollten, die Kluft von neunzehn Jahren zu überbrücken und endlich Frieden zu finden.

Es war ein großes Risiko. Doch das störte ihn nicht. Er war bereit, sich darauf einzulassen. Es war sechs Uhr, als er vor dem Haus in York anhielt.

»Ich bin gleich wieder da«, sagte er zu den anderen im Auto und griff zur Tür.

Barbara berührte leicht seine Schulter. »Lassen Sie mich, Sir. Bitte.«

Er zögerte. Sie beobachtete ihn.

»Bitte«, sagte sie wieder.

Er blickte zu der geschlossenen Haustür.

Er konnte es nicht verantworten, diese Sache in Barbaras Hände zu legen. Nicht hier. Nicht jetzt. Wo so viel auf dem Spiel stand.

»Havers …«

»Ich kann es«, beteuerte sie. »Bitte. Glauben Sie mir.«

Sie wollte ihm das letzte Wort über ihre Zukunft geben; er sollte entscheiden, ob sie bei der Kripo bleiben oder ein für alle Mal zur uniformierten Polizei zurückkehren würde.

»Sir?«

Er wollte ablehnen, ihr sagen, sie solle im Wagen bleiben, sie dazu verdammen, zur Streife zurückzukehren. Aber nichts von alledem hatte zu Webberlys Plan gehört. Das begriff er jetzt, und während er ihr in das vertrauensvolle, entschlossene Gesicht blickte, erkannte er, dass Barbara – die am Ziel ihrer Fahrt seine Absicht begriffen hatte – den Scheiterhaufen selbst errichtet hatte. Sie war entschlossen, das Feuer anzuzünden, an dem sich erweisen würde, ob die Verheißung auf den Phönix sich bewahrheiten würde.

»Also gut«, antwortete er schließlich.

»Danke, Sir.«

Sie stieg aus dem Wagen und ging zur Haustür. Sie wurde geöffnet. Sie trat ins Haus.

Und das Warten begann.

Er hatte von Gebeten nie viel gehalten, aber während er jetzt in der zunehmenden Dunkelheit im Wagen saß und die Minuten verstrichen, begann er zu verstehen, was beten hieß. Es hieß aus Bösem Gutes machen wollen, aus Verzweiflung Hoffnung, aus Tod Leben. Es hieß Träume wahr machen wollen, Gespenster zu Wirklichkeit machen wollen. Das Leiden enden und die Freude beginnen lassen wollen.

Gillian beugte sich nach vorn. »Was ist das für ein Haus …« Sie brach ab, als die Tür aufflog und Tessa herausstürzte, auf dem Gartenweg stehen blieb, zum Wagen herübersah.

»Mama«, sagte Gillian. Sonst sagte sie nichts. Sie stieg langsam aus dem Auto und starrte die Frau an, als wäre sie eine Geistererscheinung.

»Mama?«

»Gilly! O mein Gott, Gilly!«, rief Tessa und lief ihr entgegen.

Mehr brauchte Gillian nicht. Sie rannte den Weg hinauf in die Arme ihrer Mutter, und gemeinsam gingen sie ins Haus.

Mein ist
die Rache

Für meinen Ehemann Ira Toibin
voll Dankbarkeit für zwanzig Jahre
Geduld, Unterstützung und Anhänglichkeit
sowie für meinen Cousin David Silvestri

Ein Liebender muß schlucken manche bitt're Pill',
Aber am schlimmsten ist's, wenn er vergessen will!
Wie soll ich von der Sünde lassen,
Und doch bewahren das Gefühl?
Wie kann ich denn den Frevel hassen,
Und zugleich lieben meine Frevlerin?
Wo zieh' ich die Grenze zwischen ihr und uns'rer Missetat?
Lieb' ich sie noch?
Oder bin ich nur ein Mensch, der ein Gewissen hat?

Alexander Pope

Nächte in Soho

Prolog

Tina Cogin verstand es, aus dem wenigen, das sie hatte, das Beste zu machen. Dieses Talent war ihr angeboren.

Mehrere Stockwerke über dem dumpfen Dröhnen des nächtlichen Verkehrs bewegte sich ihre nackte Silhouette faunisch über die Wände des halbdunklen Zimmers, und sie beobachtete lächelnd, wie jede ihrer Bewegungen den Schattenriß veränderte, so daß immer neue Formen von Schwarz und Weiß entstanden, wie bei einem Rorschach-Test. Und was für ein Test, dachte sie, während sie eine Geste lockender Verheißung mimte. Was für ein Anblick für irgendeinen Psycho!

Erheitert über ihre Begabung zur Selbstironisierung, trat sie zur Kommode und musterte verliebt ihren Bestand an Dessous. Um den Genuß zu verlängern, zögerte sie wie unschlüssig, ehe sie ein auffallendes Ensemble aus schwarzer Seide und Spitzen herausnahm. Büstenhalter und Höschen, ein französisches Modell, raffiniert geschnitten und unauffällig ausgepolstert. Sie legte beides an. Ihre Finger erschienen ihr ungeschickt, den Umgang mit so zarten Wäschestükken zu wenig gewöhnt.

Sie begann leise zu summen, ohne erkennbare Melodie: Ausdruck ihrer Vorfreude auf den Abend, auf drei Tage und Nächte uneingeschränkter Freiheit und das erregende Abenteuer, die Straßen Londons unsicher zu machen, ohne genau zu wissen, was diese milden Sommernächte bringen würden. Sie schob einen langen lackierten Fingernagel unter den Klebeverschluß einer Strumpfpackung, aber als sie die

Strümpfe herausschüttelte, blieben sie an ihrer Hand hängen, deren Haut rauher war, als sie sich gern eingestand. Das Material zog Fäden. Sie fluchte einmal kurz, löste den Strumpf von ihrer Haut und untersuchte den Schaden, ein kleines Loch, aus dem eine Laufmasche werden konnte, hoch oben am Innenschenkel. Sie mußte noch vorsichtiger sein.

Den Blick auf ihre Beine gesenkt, zog sie die Strümpfe hoch und seufzte voll Behagen. Das Material glitt so leicht über ihre Haut. Sie liebte dieses Gefühl – wie die Zärtlichkeiten eines Liebhabers – und strich genüßlich mit den Händen von den Fesseln über die Waden und Oberschenkel bis zu den Hüften hinauf. Straff, dachte sie, schön. Und hielt inne, um ihren Körper im Spiegel zu bewundern, ehe sie einen schwarzen Seidenunterrock aus der Kommode zog.

Das Kleid, das sie aus dem Schrank nahm, war schwarz, mit hohem Kragen und langen Ärmeln. Sie hatte es einzig gekauft, weil es sich wie flüssige Nacht um ihren Körper schmiegte. In der Taille war es mit einem Gürtel zusammengenommen, auf dem Oberteil glitzerte jettschwarze Perlenstickerei. Sie hatte es in Knightsbridge gekauft und hatte soviel Geld dafür hingelegt – ganz abgesehen von all ihren anderen Ausgaben –, daß sie sich nun für den Rest des Sommers den Luxus, mit dem Taxi zu fahren, nicht mehr leisten konnte. Aber eigentlich machte das nichts. Tina wußte, daß es Dinge gab, die sich letzten Endes immer bezahlt machten.

Sie schob die Füße in die schwarzen hochhackigen Pumps, dann erst schaltete sie endlich die Lampe neben der Bettcouch ein. Ins Licht sprang ein einfaches Ein-Zimmer-Apartment, das den unbezahlbaren Luxus eines eigenen Badezimmers bot. Bei ihrem ersten Besuch in London damals – frisch verheiratet und auf der Suche nach einem Rückzugsort – hatte sie den Fehler begangen, ein Zimmer in der Edgware

Road zu nehmen, wo sie sich das Bad mit einer ganzen Etage grinsender Griechen hatte teilen müssen, die sämtlich an jeder kleinsten Verrichtung ihrer täglichen Toilette begierig Anteil genommen hatten. Nach dieser Erfahrung hätte nichts sie mehr dazu bewegen können, das Badezimmer mit einer anderen Person zu teilen, auch wenn die zusätzlichen Kosten für ein eigenes Bad zunächst eine beträchtliche Zusatzbelastung bildeten.

Sie prüfte noch einmal kritisch ihr Make-up und fand alles in Ordnung: die Augen so geschminkt, daß ihre Farbe betont und ihre Form korrigiert wurde, die Brauen zum Bogen gebürstet und nachgezogen; die Wangenknochen kunstvoll mit Rouge bestäubt, um die Linien des kantigen Gesichts weicher zu machen; die Lippen mit Stift und Pinsel konturiert, um ihnen die Schwellung sinnlicher Verlockung zu geben. Sie schüttelte ihr Haar aus, das so schwarz war wie ihr Kleid, und bauschte ein wenig die feinen Fransen, die ihr in die Stirn fielen. Sie lächelte. Nicht übel. Nein, weiß Gott, nicht übel.

Mit einem letzten Blick durch das Zimmer nahm sie die schwarze Handtasche, die sie auf das Bett geworfen hatte, und vergewisserte sich, daß sie nur Geld, ihre Schlüssel, den Zettel mit dem Namen des Nachtlokals und zwei kleine Plastikbeutel mit dem Stoff darin hatte. Dann ging sie.

Eine kurze Fahrt mit dem Aufzug, dann trat sie aus dem Haus in die Großstadtnacht, erfüllt von Maschinen- und Menschengerüchen. Wie immer warf sie, ehe sie in Richtung Praed Street losging, einen beifälligen Blick auf die graue Steinfassade des Hauses und die Worte *Shrewsbury Court Apartments* über der doppelflügeligen Tür, Tor zu ihrem Versteck und ihrer Zuflucht, dem einzigen Ort, an dem sie sie selbst sein konnte.

Sie wandte sich ab und ging den Lichtern des Paddington-

Bahnhofs entgegen, um von dort mit der District Line bis Nottinghill Gate zu fahren und dann mit der Central Line weiter zur Tottenham Court Road, die Freitagabend im betäubenden Dunst der Abgase und an den schiebenden Menschenmengen zu ersticken drohte.

Rasch ging sie zum Soho Square. Hier drängten sich die Kunden der Peep-Shows, eine wogende Masse lüsterner Sensationsjäger, die mit grölenden Stimmen in allen denkbaren Akzenten und Dialekten obszöne Bemerkungen über die aufreizenden Darbietungen von Bein, Busen und mehr tauschten. An einem anderen Abend hätte Tina vielleicht einen oder mehrere von ihnen als Kandidaten für eine amüsante Begegnung in Betracht gezogen. Aber nicht heute. Heute abend war alles vorgegeben.

In der Bateman Street sah sie über einem unappetitlich riechenden italienischen Restaurant das Schild hängen, nach dem sie Ausschau gehalten hatte. *Kat's Kradle*, stand darauf, und ein Pfeil wies in eine unbeleuchtete kleine Gasse gleich um die Ecke. Sie ging zur Tür und stieg die kurze Treppe hinunter, die so schmutzig war wie die Gasse, und wo es nach Alkohol, Erbrochenem und defekter Kanalisation roch.

Für ein Nachtlokal war es noch früh. In *Kat's Kradle* war nicht viel los, nur ein paar Gäste saßen an den Tischen rund um die Tanzfläche von der Größe einer Briefmarke. Die kleine Band, Saxophon, Klavier und Schlagzeug, stimmte ein melancholisches Jazzstück an, während die Sängerin an einen Hocker gelehnt rauchte und mit gelangweilter Miene auf ihren Einsatz wartete.

Es war sehr düster in dem Raum, der nur von einem schwachen bläulichen, auf die Band gerichteten Scheinwerfer, Kerzen auf den Tischen und einem Licht über der Bar erleuchtet war. Tina schob sich auf einen Hocker vor dem Tresen, bestellte einen Gin Tonic und stellte fest, daß dieses

Bumslokal, so verwahrlost es war, ein echt idealer Treffpunkt war, das Beste, was Soho für ein heimliches Rendezvous zu bieten hatte.

Das Glas in der Hand, musterte sie ihre Umgebung: schattenhafte Gestalten, Zigarettenqualm, gelegentliches Aufblitzen eines Schmuckstücks oder der Flamme eines Feuerzeugs. Stimmengewirr, Gelächter, Geldgeklimper, Paare, die sich auf der Tanzfläche bewegten. Aber dann sah sie ihn, einen jungen Mann, der allein an einem Tisch in der hintersten Ecke saß. Sie lächelte.

Typisch Peter, so einen Schuppen zu wählen, wo er sicher sein konnte, daß ihm niemand von der Familie oder seinen feudalen Freunden über den Weg lief. Im *Kat's Kradle* brauchte er nicht zu fürchten, mißverstanden zu werden.

Tina beobachtete ihn. Vorfreude flatterte in ihrem Magen, während sie auf den Moment wartete, da er sie hinter Rauchschwaden und tanzenden Körpern entdecken würde. Aber er hatte überhaupt kein Auge für sie, sondern starrte unverwandt zur Tür, hob nur ab und zu die Hand und griff sich nervös in das kurzgeschnittene blonde Haar. Minutenlang beobachtete Tina ihn mit Interesse, während er schnell hintereinander zwei Drinks bestellte und sie hinunterkippte. Sie sah, wie sein Mund mit jedem Blick auf die Uhr, mit der wachsenden Qual des Verlangens immer schmäler wurde. Er war, soweit sie es erkennen konnte, ziemlich schäbig angezogen für den Bruder eines Earl: eine abgetragene Lederjacke, Jeans und ein T-Shirt mit dem verwaschenen Aufdruck *Hard Rock Café*. Von einem Ohr hing ihm ein goldener Ohrring herunter, den er von Zeit zu Zeit berührte wie einen Talisman. Unablässig kaute er an den Fingern seiner linken Hand, und mit der Rechten, die zur Faust geballt war, schlug er sich ab und zu beinahe krampfhaft auf die Hüfte.

Als eine Gruppe lauter Deutscher in das Lokal kam, sprang er auf, fiel aber gleich wieder auf seinen Stuhl zurück, als sich zeigte, daß die Person, auf die er wartete, nicht dabei war. Er zog eine Packung Zigaretten aus der Jackentasche, schüttelte eine Zigarette heraus, griff in seine Taschen, brachte aber weder Feuerzeug noch Zündhölzer zum Vorschein. Einen Augenblick später schob er seinen Stuhl zurück, stand auf und kam zur Bar.

Direkt in Mamas Arme, dachte Tina und lächelte in sich hinein. Manche Dinge im Leben waren eben Bestimmung.

Als Justin Brooke am Soho Square den Triumph in eine Parklücke manövrierte, sah Sidney St. James deutlich, wie stark seine Anspannung war. Sein ganzer Körper war verkrampft. Die Hände umfaßten das Steuer mit einem verräterischen Bemühen um Kontrolle, das jeden Moment zu versagen drohte. Er versuchte es vor ihr zu verbergen. Das Verlangen zuzugeben, wäre ein Schritt zum Eingeständnis der Abhängigkeit gewesen. Und er war nicht abhängig. Nicht er, Justin Brooke, Wissenschaftler, Lebemann, Empfänger von Auszeichnungen.

»Du hast das Licht angelassen«, sagte Sidney unbewegt. Er reagierte nicht. »Das Licht, Justin.«

Er schaltete es aus. Sidney merkte, ohne hinsehen zu müssen, wie er sich ihr zuwandte, und einen Augenblick später fühlte sie seine Finger an ihrer Wange. Sie wollte von ihm abrücken, als seine Hand ihren Hals hinunterglitt zu ihren kleinen Brüsten. Statt dessen spürte sie die erregende Antwort ihres Körpers, der sich unter seiner Berührung öffnete, als wäre er ein eigenständiges Wesen, über das sie keine Kontrolle hatte.

Ein leichtes Zittern seiner Hand verriet ihr, daß seine Zärtlichkeit vorgetäuscht war, nichts weiter als ein Versuch, sie zu beschwichtigen, ehe er seinen widerlichen kleinen Kauf tätigte. Sie stieß ihn weg.

»Sid.« Justin brachte ein respektables Maß sinnlicher Erregtheit zustande, aber Sidney wußte, daß Geist und Körper schon in der schlecht beleuchteten Gasse am Südende des Platzes waren. Ihm lag viel daran, es vor ihr zu verbergen. Und darum neigte er sich jetzt zu ihr, wie um zu demonstrieren, daß in diesem Moment nicht das Verlangen nach der Droge sein Leben beherrschte, sondern das Begehren nach ihr. Sie wappnete sich gegen seine Berührung.

Seine Lippen, seine Zunge glitten über ihren Hals und ihre Schultern. Seine Hand umschloß liebkosend ihre Brust. Er murmelte ihren Namen. Er drehte sie zu sich her. Und es war wie immer – Glut, Auflösung, brennende Preisgabe aller Vernunft. Sidney verlangte nach seinem Kuß. Ihre Lippen öffneten sich, ihn zu empfangen.

Stöhnend zog er sie näher an sich, streichelte sie, küßte sie. Sie schob die Hand seinen Schenkel hinauf, um die Liebkosung zu erwidern. Und da wußte sie Bescheid.

Sie stieß ihn weg und sah ihn im trüben Licht der Straßenbeleuchtung wütend an.

»Das ist wirklich toll, Justin. Dachtest du, ich würde es nicht merken?«

Er wandte sich ab. Ihr Zorn steigerte sich.

»Los, geh schon, kauf deinen verdammten Stoff. Deshalb sind wir doch hergekommen, stimmt's? Oder wolltest du mir vielleicht weismachen, es hätte einen anderen Grund?«

»*Du* willst doch, daß ich auf diese Fete mitkomme, oder nicht?« fragte Justin scharf.

Es war immer derselbe Versuch, Schuld und Verantwortung abzuwälzen, aber diesmal spielte Sidney nicht mit.

»Fang mir bloß nicht damit an. Ich kann auch allein hingehen.«

»Warum tust du's dann nicht? Warum hast du mich dann angerufen, Sid? Oder warst das heute nachmittag vielleicht nicht du am Telefon, honigsüß und ganz heiß auf einen Bums am Ende des Abends.«

Sie sagte nichts. Sie wußte, daß es stimmte. Immer wieder, ganz gleich, wie oft sie schwor, daß sie genug von ihm hatte, kehrte sie zu ihm zurück, haßte ihn, verachtete sich selbst und ging doch immer wieder zu ihm zurück. Es war, als besäße sie auch nicht eine Spur von Willenskraft, die nicht an ihn gebunden war.

Dabei – was hatte er schon zu bieten? Er war kein warmherziger Mensch. Er sah nicht gut aus. Er war verschlossen. Er war nichts von dem, was sie sich einmal erträumt hatte. Er war nicht mehr als ein interessantes Gesicht, in dem jeder einzelne Zug mit allen anderen im Streit um die Vorherrschaft zu liegen schien. Olivdunkle Haut. Schwerlidrige Augen. Eine schmale Narbe, die der Linie seines Unterkiefers folgte. Er war nichts, *nichts* ... außer seine Art, sie anzusehen, sie zu berühren und ihren knabenhaften Körper zu entzünden, so daß sie sich schön und lebendig fühlte. Sie fühlte sich leer. Die Luft im Auto schien ihr erstickend heiß zu sein.

»Ich hab' manchmal schon daran gedacht, alles zu verraten«, sagte sie leise. »Das ist angeblich das einzige Mittel der Heilung.«

»Was zur Hölle redest du da?« Sie sah, wie seine Hand sich ballte.

»Wenn Menschen, die dem Abhängigen wichtig sind, es erfahren. Seine Familie. Seine Arbeitgeber. Damit er erst mal total ins Leere fällt. Dann ...«

Justin packte sie am Handgelenk und drehte ihr den Arm herum. »Daran brauchst du nicht mal zu denken. Das sag' ich dir. Denn wenn du das tust, Sid, ich schwör's dir – wenn du das tust ...«

»Hör auf! So kann es doch nicht weitergehen. Was gibst du jetzt dafür aus? Fünfzig Pfund am Tag? Hundert? Oder mehr? Justin, wir können ja nicht mal mehr auf ein Fest gehen, ohne daß du...«

Abrupt ließ er ihren Arm los. »Dann steig aus. Such dir einen anderen. Laß mich in Frieden.«

Ja, das war die Antwort, die einzige Antwort. Aber Sidney wußte, daß sie das nicht schaffen würde, und dachte voll Selbstverachtung, daß sie es wahrscheinlich nie schaffen würde, sich von ihm zu lösen.

»Ich will dir doch nur helfen.«

»Dann halt die Klappe. Laß mich jetzt da rübergehen, das Zeug besorgen, und dann hauen wir ab.«

Er stieß die Tür auf und knallte sie hinter sich zu.

Sidney ließ ihn bis fast zur Mitte des Platzes gehen, ehe sie ebenfalls ausstieg. »Justin!«

»Bleib, wo du bist.« Seine Stimme klang ruhiger, aber nicht weil er sich tatsächlich ruhiger fühlte, das wußte sie, sondern weil der Platz voller Menschen war und Justin Brooke nicht der Mensch war, der gern Aufsehen erregte.

Sie achtete nicht auf seine Worte, sondern lief ihm nach, obwohl sie wußte, daß sie genau das nicht tun sollte, ihm noch dabei helfen, sich die Drogen zu besorgen. Sie redete sich ein, wenn sie nicht da wäre, um aufzupassen, würde er vielleicht verhaftet oder betrogen werden oder es würde noch Schlimmeres passieren.

»Ich komme mit«, sagte sie, als sie ihn eingeholt hatte.

Die Starrheit seiner Züge verriet ihr, daß er einen Zustand erreicht hatte, in dem ihm alles egal war.

»Wie du willst.« Er steuerte auf die finstere Öffnung der Gasse zu.

Baugerüste machten die Gasse noch dunkler und enger, als sie sowieso schon war. Sidney verzog angewidert das Gesicht über den penetranten Uringeruch. Es war noch schlimmer, als sie erwartet hatte.

Unbeleuchtete Häuser ragten zu beiden Seiten düster in die Höhe. Die Fenster waren vergittert, und in den Türnischen drückten sich vermummte, stöhnende Gestalten herum, die jene Art verbotener Geschäfte machten, die die Nachtlokale dieser Gegend offensichtlich nur zu gern förderten.

»Justin, wohin willst du –«

Brooke hob abwehrend die Hand. Von vorn hörten sie jetzt die heiseren Flüche eines Mannes. Sie schallten vom Ende der Gasse herauf, wo neben einem Lokal eine Backsteinmauer etwas hervorsprang und eine geschützte Nische bildete. Zwei Gestalten wälzten sich dort auf dem Boden. Die unten liegende war eine schwarz gekleidete Frau, die ihrem wütenden Angreifer weder an Körpergröße noch an Kraft gewachsen zu sein schien.

»Du dreckige...« Der Mann – blond, wie es schien, und dem Klang seiner Stimme nach zu urteilen außer sich vor Wut – schlug mit den Fäusten auf sie ein.

Sidney rannte los. Als Brooke sie aufhalten wollte, rief sie: »Nein! Es ist eine Frau!« und rannte weiter zum anderen Ende der Gasse.

Sie hörte Justins keuchenden Atem hinter sich. Keine drei Meter vor dem kämpfenden Paar überholte er sie. »Bleib weg da! Laß mich das machen!« sagte er grob.

Er packte den Mann bei den Schultern, grub seine Finger in die Lederjacke. Als er ihn in die Höhe riß, bekam die Frau unter ihm die Arme frei und hob sie instinktiv, um ihr Gesicht zu schützen. Brooke schleuderte den Mann nach rückwärts.

»Ihr seid wohl beide verrückt geworden! Wollt ihr die Polizei auf den Hals bekommen?«

Sidney drängte sich an ihm vorbei. »Peter!« rief sie. »Peter Lynley!«

Brooke blickte von dem jungen Mann zu der Frau, die mit hochgeschobenem Kleid und zerfetzten Strümpfen seitlich auf dem Boden lag. Er kauerte nieder und umfaßte ihr Gesicht, als wollte er sich ihre Verletzungen genauer ansehen.

»Mein Gott!« murmelte er. Mit einem Ruck ließ er sie los, sprang auf und fing plötzlich an zu lachen.

Die Frau richtete sich auf die Knie auf. Sie packte ihre Handtasche und griff sich einmal kurz an den Hals.

Dann begann auch sie zu lachen.

Nachmittage in London

1

Lady Helen Clyde war umgeben von Zeugnissen von Tod und Gewalt. Beweisstücke diverser Verbrechen lagen auf den Tischen; Fotografien von Leichen hingen an den Wänden; scheußliche Souvenirs waren in Glasvitrinen ausgestellt, darunter ein besonders schreckliches in Gestalt eines Haarbüschels, an dem noch ein Fetzen von der Kopfhaut des Opfers hing. Aber diesem makabren Ambiente zum Trotz schweiften Helens Gedanken immer wieder zu leiblichen Genüssen.

Um sich abzulenken, prüfte sie die Kopie eines Polizeiberichts, der vor ihr auf dem Arbeitstisch lag. »Es paßt alles zusammen, Simon.« Sie schaltete das Mikroskop aus. »B negativ, AB positiv, 0 positiv. Da werden sich die Freunde von der Polizei bestimmt freuen.«

»Hm«, war das einzige, was Simon Allcourt-St. James dazu zu sagen hatte.

Wenn er in seine Arbeit vertieft war, wurde er immer einsilbig, aber jetzt fand Helen ihn besonders abweisend. Es war nach vier, und sie verspürte seit mindestens einer Viertelstunde das dringende Bedürfnis nach einer Tasse Tee. Ohne Rücksicht darauf begann St. James mehrere Flaschen aufzuschrauben, die in einer Reihe vor ihm standen. Sie enthielten winzige Fasern, die er analysieren wollte, um aus diesen unendlich kleinen, blutgetränkten Fasern einen Teppich an Fakten zu weben.

Helen, die wußte, was bevorstand, seufzte nur. Durch das offene Fenster drang die Spätnachmittagssonne ins Labor.

Helens Blick glitt auf den von einer Backsteinmauer umschlossenen alten Garten hinunter, in dem ungehindert wuchernde Blumen ein buntes Bild boten. Wege und Rasenflächen waren von Unkraut überwachsen und verwildert.

»Du solltest dir mal jemanden nehmen und den Garten herrichten lassen«, sagte Helen. Sie wußte sehr wohl, daß er in den letzten drei Jahren nicht mehr gepflegt worden war. Und sie wußte auch, warum.

»Ja.« St. James nahm eine Pinzette und einen Kasten mit Objektträgern. Irgendwo unten im Haus klappte eine Tür.

Endlich, dachte Helen und stellte sich vor, wie Joseph Cotter jetzt aus der Küche im Souterrain die Treppe heraufstieg, in den Händen ein Tablett mit frischen *scones*, buttrigen Sahneklümpchen, Erdbeertörtchen und Tee. Leider jedoch ließen die Geräusche, die folgten – ein Holpern und Poltern, begleitet von angestrengtem Grunzen –, nicht darauf hoffen, daß mit Tee zu rechnen war. Helen ging um einen von St. James' Computern herum und warf einen Blick in den holzgetäfelten Flur.

»Was ist denn?« fragte St. James, als donnerndes Krachen durch das Haus schallte, Metall auf Holz, ein Geräusch, das für das Treppengeländer nichts Gutes verhieß. Schwerfällig rutschte er von seinem Hocker. Sein geschientes linkes Bein landete mit dumpfem Aufprall auf dem Boden.

»Es ist Cotter. Er kämpft mit einem Riesenkoffer und irgendeinem Paket. – Soll ich Ihnen helfen, Cotter? Was schleppen Sie denn da herauf?«

»Es geht schon, Milady«, antwortete Cotter von unten.

»Aber was um Himmels willen –?«

Helen merkte, wie St. James sich hastig abwandte. Er kehrte an seine Arbeit zurück, als hätte keine Störung stattgefunden und Cotter keine Hilfe nötig.

Gleich darauf bekam sie die Erklärung. Als Cotter seine

Gepäckstücke über den ersten Treppenabsatz bugsierte, traf ein Lichtstrahl, der durch das Fenster fiel, ein großes Etikett, das auf den Schiffskoffer aufgeklebt war. Selbst vom obersten Stockwerk aus konnte Helen die dicken schwarzen Lettern entziffern: »D. Cotter/USA«. Deborah kam nach Hause, und bald schon, wie es aussah. Und da stand St. James, als wäre überhaupt nichts los, über seine Fasern und Objektträger geneigt!

Helen lief die Treppe hinunter. Cotter winkte ab.

»Ich komme schon zurecht«, versicherte er. »Machen Sie sich keine Mühe.«

»Ich mach' mir die Mühe gern. So gern wie Sie.«

Cotter lächelte über ihre Antwort. Er machte sich die Mühe, weil die Tochter zurückkehrte, die er liebte. Er reichte Helen das breite, flache Paket, das er sich unter den Arm geklemmt hatte. Den Koffer ließ er nicht los.

»Deborah kommt nach Hause?« fragte Helen leise.

Cotter antwortete im gleichen Ton: »Ja, heute abend.«

»Simon hat mir kein Wort davon gesagt.«

Cotter faßte den schweren Schiffskoffer fester. »War wohl nicht anders zu erwarten«, meinte er kurz.

Gemeinsam stiegen sie die verbleibenden Treppen hinauf. Cotter hievte den Schiffskoffer ins Zimmer seiner Tochter auf der linken Seite des Flurs, während Helen an der Tür zum Labor stehenblieb. Sie lehnte das Paket an die Wand und trommelte leicht mit den Fingern darauf, den Blick auf den Freund gerichtet. St. James sah nicht von seiner Arbeit auf.

Das war immer seine wirksamste Abwehr gewesen. Arbeitstische und Mikroskope wurden zu Wehrmauern, die keiner erklimmen konnte, unermüdliche Arbeit zum Betäubungsmittel, das den Schmerz über den Verlust dämpfte. Helen betrachtete das Labor und sah es ausnahmsweise nicht als das Zentrum seines beruflichen Lebens, sondern als den Zufluchtsort, der es ihm geworden war: ein großer Raum, der leicht nach Formaldehyd roch; an den Wänden anatomische Atlanten, Diagramme und Regale; auf dem Boden alte, knarrende Holzdielen; in der Decke ein großes Oberlicht, durch das milchiges Sonnenlicht fiel, das dem Raum eine unpersönliche Atmosphäre gab. Die Einrichtung bestand aus Tischen und hohen Hockern, Mikroskopen, Computern und einer Vielfalt von Geräten. Links führte eine Tür in Deborah Cotters Dunkelkammer. Sie war während der Jahre ihrer Abwesenheit immer geschlossen geblieben. Helen überlegte, was St. James tun würde, wenn sie sie jetzt öffnete und so gewissermaßen das verbotene Tor zu den Tiefen seiner Seele aufrisse, in die er keinen einen Blick tun lassen wollte.

»Deborah kommt heute abend nach Hause, Simon. Warum hast du mir das nicht gesagt?«

St. James nahm einen Objektträger aus dem Mikroskop und schob einen anderen hinein. Er stellte das Objektiv schärfer ein und machte sich nach längerer Betrachtung dieser neuen Probe einige kurze Notizen.

Helen beugte sich über den Arbeitstisch und knipste das Licht des Mikroskops aus. »Sie kommt nach Hause«, sagte sie leise. »Du hast den ganzen Tag kein Wort darüber verloren. Warum nicht, Simon? Sag es mir.«

Anstatt ihr zu antworten, sah St. James über ihre Schulter hinweg an ihr vorbei. »Was gibt es, Cotter?«

Helen drehte sich herum. Cotter stand mit gerunzelter Stirn an der offenen Tür und wischte sich das Gesicht mit einem weißen Taschentuch. »Sie brauchen Deb heute abend nicht vom Flughafen abzuholen, Mr. St. James«, sagte er hastig. »Lord Asherton holt sie ab. Er nimmt mich mit. Er hat mich vor einer knappen Stunde angerufen.«

Einen Moment lang war nur das Ticken der Wanduhr zu hören, dann begann irgendwo draußen ein Kind laut und zornig zu weinen.

St. James erwachte aus seiner Reglosigkeit. »Gut«, sagte er. »Das trifft sich gut. Ich habe noch einen ganzen Berg Arbeit vor mir.«

Helen war bestürzt. Seine Worte schienen ihr alles, was sie für selbstverständlich gehalten hatte, auf unglückliche Weise auf den Kopf zu stellen. Die naheliegende Frage auf der Zunge, blickte sie von St. James zu Cotter. Aber die abwehrende Zurückhaltung der beiden Männer warnte sie davor, sie auszusprechen. Dennoch sah sie, daß Cotter bereit war, mehr zu sagen. Er schien auf irgendeinen Nachsatz von St. James zu warten. Doch St. James fuhr sich nur mit der Hand durch das widerspenstige schwarze Haar und schwieg. Cotter trat von einem Fuß auf den anderen.

»Dann geh ich jetzt wieder an die Arbeit.« Mit einem Nikken ging er aus dem Zimmer, aber seine Schultern krümmten sich wie unter einer Last, und sein Schritt war schwer.

»Hab' ich das richtig verstanden«, sagte Helen. »Tommy holt Deborah vom Flughafen ab. Tommy, nicht du?«

Es war eine durchaus verständliche Frage. Thomas Lynley, Lord Asherton, war nicht nur ein alter Freund von St. James, sondern auch von Helen, und in seiner Eigenschaft als Kriminalbeamter, der seit zehn Jahren bei New Scotland Yard tätig war, auch ein Berufskollege. Als Freund wie als Kollege war er häufiger Gast in St. James' Haus in der Cheyne Row. Aber seit wann, fragte sich Helen, kannte er Deborah Cotter so gut, daß er und nicht St. James sie nach drei Jahren Ausbildung in Amerika vom Flughafen abholte? Daß er ganz selbstverständlich ihren Vater anrief und ihn vor vollendete Tatsachen stellte, als wäre er – in was für einer Beziehung stand Tommy eigentlich zu Deborah?

»Er hat sie in Amerika besucht«, antwortete St. James. »Mehrmals. Hat er dir das nie erzählt, Helen?«

»Was?« Helen war perplex. »Woher weißt du das denn? Doch bestimmt nicht von Deborah. Und Tommy weiß doch, daß du immer –«

»Cotter hat es mir letztes Jahr erzählt«, unterbrach St. James. »Ich vermute, er machte sich Gedanken über Tommys Absichten, wie das wohl jeder Vater tun würde.«

Sein trockener, distanzierter Ton sprach Bände. Sie empfand tiefes Mitleid mit ihm.

»Die drei Jahre ohne sie waren schlimm für dich, nicht wahr?«

St. James zog ein anderes Mikroskop über den Tisch und konzentrierte seine Aufmerksamkeit auf die Entfernung eines Staubkorns, das besonders hartnäckig auf dem Objektiv zu haften schien.

Helen, die ihn schweigend beobachtete, sah, wie die Zeit und seine unselige Invalidität nach Kräften zusammenwirkten, um von Jahr zu Jahr das Bild, das er von sich als Mann hatte, immer mehr ins Verächtliche zu verzerren. Sie wollte ihm sagen, wie unrichtig und ungerecht eine solche Einschätzung war. Wie sehr er sich selbst unrecht tat. Aber das wäre Bemitleidung zu nahe gekommen, und niemals hätte sie ihn durch eine Äußerung von Mitgefühl verletzt, da er es nicht wollte.

Das Geräusch der zufallenden Haustür ersparte es ihr, überhaupt etwas sagen zu müssen. Auf der Treppe waren eilige Schritte zu hören, so schnell und leicht, daß sie nur die eine Person ankündigen konnten, die genug Schwung besaß, die steilen Stufen wie im Flug zu bewältigen.

»Ich wußte doch, daß ich dich hier finden würde.« Sidney St. James drückte ihrem Bruder einen Kuß auf die Wange, ließ sich auf einen Hocker fallen und sagte statt einer Begrüßung zu Helen: »Das ist ja ein tolles Kleid, Helen. Ist es neu? Wie schaffst du es nur, nachmittags um Viertel nach vier so todschick auszusehen?«

»Ganz im Gegensatz zu dir.« St. James musterte demonstrativ den ungewohnten Aufzug seiner Schwester.

Sidney lachte. »Lederhosen. Wie findest du sie? Ein Pelz gehörte auch noch dazu, aber den hab' ich dem Fotografen hinterlassen.«

»Ein etwas schweres Outfit für den Sommer«, bemerkte Helen.

»Ja, gräßlich nicht?« stimmte Sidney vergnügt zu. »Seit heute morgen um zehn lassen sie mich in Lederhosen und Pelzmantel und sonst nichts auf der Albert Bridge rumturnen. In verführerischer Pose auf dem Dach eines museumsreifen Taxis, während der Fahrer – ehrlich, ich möchte wissen, wo sie diese Dressmen immer herbekommen – mich beäugt wie ein lüsterner Spanner. Ach ja, und hier und dort natürlich ein Hauch nacktes Fleisch. Mein nacktes Fleisch. Der Fahrer dagegen braucht nur ein Gesicht zu machen wie Jack the Ripper. Ich hab' mir das Hemd hier von einem der Techniker ausgeborgt. Wir machen jetzt Pause, da habe ich gedacht, ich komm mal auf einen Sprung vorbei.« Neugierig sah sie sich um. »Und? Es ist vier vorbei. Wo bleibt der Tee?«

St. James wies mit dem Kopf auf das Paket, das Helen an die Wand gelehnt stehengelassen hatte. »Wir sind heute nachmittag ein bißchen aus dem Trott.«

»Deborah kommt heute abend nach Hause, Sid«, sagte Helen. »Hast du es gewußt?«

Sidneys Gesicht leuchtete auf. »Wirklich? Na endlich! Dann sind das sicher ihre Aufnahmen. Wunderbar! Komm, linsen wir mal rein.« Sie sprang vom Hocker, schüttelte das Paket, als wäre es ein verfrühtes Weihnachtsgeschenk, und machte sich dann kurzerhand ans Auspacken.

»Sidney!« mahnte St. James.

»Was denn? Du weißt genau, daß es ihr nichts ausmachen würde.« Sidney warf das braune Packpapier weg, löste die Schnur, die die schwarze Mappe zusammenhielt, und griff nach dem ersten Bild auf dem Stapel, der darin lag. Nach eingehender Betrachtung pfiff sie beifällig durch die Zähne. »Mann, das Mädchen kann wirklich mit der Kamera umgehen.«

»Das Bad«, stand flüchtig hingeworfen auf dem unteren Rand des Bildes. Es war eine Aktstudie von Deborah im Halbprofil zur Kamera. Sie hatte die Komposition mit bewundernswertem Blick zusammengestellt: eine niedrige Wanne mit Wasser; der zarte Bogen ihres Rückens; in der Nähe ein Tisch, auf dem neben Kamm und Haarbürste ein Krug stand; diffuses Licht spielte auf ihrem linken Arm, dem linken Fuß, der Rundung der Schulter. Es war eine Kopie von Degas' Bild »The Tub«.

Helen blickte auf und sah St. James wie beifällig nicken. Er ging zu seinem Arbeitstisch zurück und begann, in einem Haufen von Berichten zu blättern.

»Habt ihr's gewußt?« fragte Sidney ungeduldig.

»Was denn?« entgegnete Helen.

»Daß Deborah mit Tommy zusammen ist. Tommy Lynley. Mamas Köchin hat's mir erzählt, ob ihr's glaubt oder nicht. Und wenn's stimmt, was sie gesagt hat, dann ist Cotter ziemlich in Harnisch darüber. Ehrlich, Simon, du mußt ihm mal Vernunft beibringen. Und Tommy genauso. Ich finde es absolut unfair von ihm, daß er Deb mir vorzieht.« Sie kletterte wieder auf den Hocker und brachte ihn mit leichtem Anstoß zum Kreiseln. »Ach, dabei fällt mir ein. Ich muß euch unbedingt von Peter erzählen.«

Helen war erleichtert über den Themenwechsel. »Von Peter?« hakte sie sogleich nach.

»Stellt euch das vor.« Sidney gestikulierte mit beiden Händen, um ihrem Bericht dramatischen Effekt zu geben. »Peter Lynley und eine Schöne der Nacht – ganz in Schwarz, mit wallender schwarzer Mähne wie eine Abgesandte aus Transsylvanien – in einer finsteren Hintergasse in Soho. Wir haben ihn *in flagranti* ertappt.«

»Tommys Bruder Peter?« fragte Helen, die Sidneys Neigung kannte, wesentliche Details zu übersehen. »Das kann nicht sein. Er ist doch in Oxford.«

»Offensichtlich gibt es Dinge, die ihn weit mehr interessierten als sein Studium. Zum Teufel mit Geschichte und Literatur.«

»Was redest du da, Sidney?« St. James ließ sich von seinem Hocker herunter und begann, im Labor hin und her zu gehen.

Sidney schaltete Helens Mikroskop ein und riskierte einen Blick durch das Objektiv. »Puh! Was ist denn das?«

»Blut«, antwortete Helen. »Also, wie war das nun mit Peter Lynley?«

Sidney stellte die Schärfe ein. »Das war – warte mal. Freitagabend. Ja, stimmt. Ich mußte Freitagabend zu so einer piekfeinen kleinen Cocktailparty im West End, und an dem Abend hab' ich Peter gesehen. Im Nahkampf mit einer Nutte. Sie wälzten sich beide auf der Erde. Wenn das Tommy gesehen hätte!«

»Tommy ist schon das ganze Jahr nicht sehr glücklich über Peter«, sagte Helen.

»Als wüßte Peter das nicht!« Sidney warf ihrem Bruder einen flehenden Blick zu. »Was ist denn nun mit dem Tee? Darf man noch hoffen?«

»Immer. Erzähl weiter.«

Sidney schnitt ein Gesicht. »Viel mehr gibt's nicht zu erzählen. Justin und ich sahen plötzlich Peter, der sich im Dunkeln mit dieser Frau prügelte. Sogar ins Gesicht hat er sie geschlagen. Justin zog ihn weg, und die Frau fing plötzlich an, wie eine Irre zu lachen. Ganz merkwürdig, sag' ich euch. Wahrscheinlich war sie hysterisch. Aber ehe wir uns um sie kümmern konnten, rannte sie weg. Wir haben Peter dann heimgefahren. Er hat eine miese kleine Bude in Whitechapel, Simon, und vor der Tür wartete ein Mädchen mit gelben Augen und dreckigen Jeans auf ihn.« Sidney schüttelte sich. »Wie dem auch sei, mit mir hat Peter kein Wort über Tommy oder Oxford oder sonst was gesprochen. Wahrscheinlich war ihm das alles ziemlich peinlich. Er hat bestimmt nicht damit gerechnet, daß ausgerechnet Freunde ihn erwischen würden.«

»Und was hattest du dort zu suchen?« fragte St. James. »Oder war Soho Justins Idee? Was ist mit Brooke, Sid?«

Sidney richtete eine wortlose Entschuldigung an Helen, ehe sie ihrem Bruder trotzig in die Augen sah. Die Ähnlichkeit der beiden war auffallend – dasselbe lockige schwarze Haar, dieselben schmalen, scharfen Gesichtszüge, dieselben blauen Augen. Sie wirkten wie die beiden Seiten ein und derselben Medaille: Sprühende Lebhaftigkeit auf der einen, resignierte Ruhe auf der anderen Seite.

Sidney jedoch schien davon nichts wissen zu wollen. »Hör auf, mich zu bevormunden, Simon«, sagte sie.

Das Schlagen einer Uhr riß St. James aus dem Schlaf. Es war drei Uhr morgens. Einen Moment lang – zwischen Schlaf und Wachen gefangen – wußte er nicht, wo er war, bis der Schmerz eines verspannten Muskels, der sich in seinem Nakken zusammenkrampfte, ihn vollends wach machte. Er richtete sich in seinem Sessel auf und erhob sich, langsam und mühevoll in seinen Bewegungen. Vorsichtig streckte er sich und ging zum Fenster, das zur Cheyne Road hinuntersah.

Das Mondlicht lag silbern auf den Blättern der Bäume, fiel auf die renovierten Häuser gegenüber, auf das Carlyle-Museum, die Kirche an der Ecke. In den letzten Jahren war neues Leben in dieses Viertel am Fluß eingezogen und hatte es aus seiner Bohème-Vergangenheit erweckt. St. James liebte es.

Er kehrte zu seinem Sessel zurück. Auf dem Tisch neben ihm stand sein Glas, in dem noch ein Rest Brandy war. Er trank ihn aus, schaltete die Lampe aus und ging aus dem Arbeitszimmer durch den schmalen Flur zur Treppe.

Langsam stieg er sie hinauf. Bei jeder Stufe das kranke Bein nachziehend, die Hand fest am Geländer, um sich zu stützen, belächelte er müde das einsame, unrealistische Aufheben, das er um Deborahs Rückkehr gemacht hatte.

Cotter war seit Stunden vom Flughafen zurückgewesen, aber seine Tochter hatte nur ein kurzes Gastspiel gegeben und sich die ganze Zeit in der Küche aufgehalten. In seinem Arbeitszimmer konnte St. James Deborahs Lachen hören, die Stimme ihres Vaters, das Kläffen des Hundes. Er konnte sich vorstellen, wie die Katze vom Fensterbrett sprang, um sie zu begrüßen. Eine halbe Stunde hatte das Wiedersehen gedauert. Dann war nicht Deborah heraufgekommen, um ihn zu begrüßen, sondern Cotter, um ihm betreten mitzuteilen, daß Deborah noch einmal mit Lord Asherton weggefahren sei. Mit Thomas Lynley, St. James' ältestem Freund.

Cotters Verlegenheit über Deborahs Verhalten drohte die ohnehin peinliche Situation nur noch zu verschlimmern.

»Sie sagte, sie wäre gleich wieder da«, hatte Cotter gestammelt. »Sie sagte –«

St. James wollte ihn zum Schweigen bringen, aber er wußte nicht wie. Schließlich bereitete er der Sache ein Ende, indem er auf die Zeit verwies und erklärte, er wolle zu Bett gehen. Cotter ließ ihn in Frieden.

Da er wußte, daß er bestimmt nicht schlafen könnte, blieb er jedoch im Arbeitszimmer und versuchte sich mit der Lektüre einer Fachzeitschrift abzulenken, während die Stunden vergingen und er auf ihre Rückkehr wartete. Seine Vernunft sagte ihm, daß ein Zusammentreffen jetzt sinnlos sei. Der Narr in ihm – in einem Aufruhr von Gefühlen – sehnte sich danach.

Wie kann man nur so albern sein, dachte er auf dem Weg nach oben. Aber als wollte sein Körper dem widersprechen, was der Intellekt ihm riet, ging er nicht zu seinem eigenen Zimmer, sondern zu dem Deborahs ganz oben im Haus. Die Tür stand offen.

Es war ein kleiner Raum, kunterbunt eingerichtet. Ein alter Eichenschrank, liebevoll restauriert, lehnte auf schiefen Beinen an der Wand. Auf dem Toilettentisch stand einsam eine rosarot geränderte Belleek-Vase. Ein früher farbenprächtiger Teppich, den Deborahs Mutter wenige Monate vor ihrem Tod selbst geknüpft hatte, bildete ein helles Oval auf dem Fußboden. Das schmale Messingbett, in dem Deborah seit ihrer Kindheit geschlafen hatte, stand unter dem Fenster.

In den drei Jahren ihrer Abwesenheit hatte St. James das Zimmer nicht ein Mal betreten. Aber jetzt trat er widerstrebend ein und ging zum offenen Fenster. Ein sanfter Wind raschelte in den weißen Vorhängen. Selbst hier oben konnte er den zarten Duft der Blumen im Garten riechen.

Während er hinuntersah, bog ein großer silberner Wagen aus der Cheyne Row kommend um die Ecke und hielt vor der alten Gartenpforte. St. James erkannte den Bentley und seinen Fahrer, der sich der jungen Frau an seiner Seite zuwandte und sie in die Arme nahm.

Das Mondlicht schien ins Wageninnere, und unfähig, sich von der Stelle zu rühren, selbst wenn er gewollt hätte – was nicht der Fall war –, beobachtete St. James, wie Lynley den Kopf zu Deborah hinunterneigte. Sie hob den Arm und zog ihn an sich, an ihren Hals, an ihre Brust.

St. James zwang sich, den Blick vom Wagen zum Garten zu wenden. Seine Augen brannten. Seine Haut selbst schien zu schmerzen.

Er kannte Deborah seit ihrer Geburt. In seinem Haus in Chelsea war sie aufgewachsen, das Kind eines Mannes, der für St. James Pfleger, Bediensteter und Freund zugleich war. In der finstersten Zeit seines Lebens war sie ihm ständige Gefährtin gewesen und hatte ihn aus den dunkelsten Tiefen der Verzweiflung gerettet. Doch jetzt...

Sie hat gewählt, dachte er und versuchte sich angesichts dieser Erkenntnis einzureden, daß er nichts fühlte, daß er es hinnehmen konnte, daß er Verlierer sein und weitermachen konnte.

Er überquerte den Flur und ging in sein Labor, wo er eine starke Lampe einschaltete, deren gebündeltes Licht auf einen Untersuchungsbericht fiel. Er mühte sich, das Papier zu lesen – ein erbärmlicher Versuch, sein Haus in Ordnung zu bringen. Dann hörte er den Wagen anspringen und wenig später Deborahs Schritte im unteren Flur.

Er machte noch ein Licht an und ging zur Tür, von einer plötzlichen Angst überkommen, von der Furcht, nichts sagen zu können, keine Ausrede dafür zu finden, warum er morgens um drei Uhr noch auf war. Aber ihm blieb gar keine Zeit zu überlegen. Deborah kam beinahe so rasch die Treppe heraufgeflogen wie am Nachmittag Sidney.

Sie nahm die letzte Stufe und fuhr zusammen, als sie ihn sah. »Simon!«

Zum Teufel mit seiner Rolle, alles schweigend hinzunehmen. Er hob eine Hand, und sie kam in seine Arme. Es war wie selbstverständlich. Sie gehörte an diesen Platz. Sie wußten es beide. Ohne weitere Überlegung senkte St. James den Kopf, um ihren Mund zu suchen, und fand statt dessen ihr Haar. Das unverwechselbare Aroma von Lynleys Zigaretten hing darin, bittere Erinnerung daran, wer sie gewesen und wer sie geworden war.

Der Geruch brachte ihn zur Besinnung, und er ließ sie los. Er sah, daß Zeit und räumliche Entfernung ihn verleitet hatten, ihre Schönheit in einem verklärten Licht zu sehen, ihr körperliche Eigenschaften zuzuschreiben, die sie nicht hatte. Er gestand sich ein, was er immer gewußt hatte. Schön im landläufigen Sinn war Deborah nicht. Weder besaß sie die aristokratische Eleganz Helens, noch die apart herausfordernden Züge Sidneys. Sie strahlte vielmehr Wärme und Zuneigung aus, wache Aufmerksamkeit und Witz, lauter Qualitäten, die sich in der Lebendigkeit ihrer äußeren Erscheinung vom kupferroten, eigenwilligen Haar bis zu den Sommersprossen auf ihrem Nasenrücken spiegelten.

Doch sie hatte sich verändert. Sie war zu dünn, und ein unerklärlicher Hauch von Bedauern schien gleich unter der Oberfläche ihrer Gelassenheit zu liegen. Dennoch sprach sie mit ihm wie immer.

»Hast du so lange gearbeitet? Du bist doch nicht extra meinetwegen aufgeblieben?«

»Es war die einzige Möglichkeit, deinen Vater zu bewegen, zu Bett zu gehen. Er dachte, Tommy könnte dich womöglich noch in dieser Nacht entführen.«

Deborah lachte. »Typisch Dad. Hast du das auch geglaubt?«

»Tommy war dumm, es nicht zu tun.«

Die Verstellung, mit der sie einander begegneten, schmerzte ihn. Mit einer schnellen Umarmung hatten sie geschickt Deborahs ursprüngliche Gründe, England zu verlassen, umgangen, als wären sie übereingekommen, die alte

Beziehung zu spielen, obwohl sie beide wußten, daß es keine Rückkehr gab. Aber für den Augenblick war Scheinfreundschaft besser als Trennung.

»Ich habe etwas für dich.«

Er führte sie durch das Labor und öffnete die Tür zu ihrer Dunkelkammer. Sie griff nach dem Lichtschalter, und St. James hörte ihren Ausruf der Überraschung, als sie das neue Farbvergrößerungsgerät sah, das am Platz ihres alten Schwarz-Weiß-Geräts stand.

»Simon! Das ist ja – wie lieb von dir! Wirklich ... das war doch nicht ... und du bist extra meinetwegen aufgeblieben.«

Röte lief über ihr Gesicht. Sie hatte es nie verstanden, sich in peinlichen Momenten zu verstellen.

Der Türknauf unter seiner Hand fühlte sich kalt an. Der Vergangenheit zum Trotz hatte St. James angenommen, sie würde sich über das Geschenk freuen. Sie aber war bestürzt. Er hatte wohl mit dem Kauf des Geräts unwissentlich eine unsichtbar gezogene Grenze zwischen ihnen überschritten.

»Ich wollte dir gern einen schönen Empfang bereiten«, sagte er. Sie blieb stumm. »Du hast uns gefehlt.«

Deborah strich mit der Hand über die glatte Oberfläche des Geräts. »Ich hatte vor meiner Rückkehr eine Ausstellung in Santa Barbara. Weißt du das? Hat Tommy es dir erzählt? Ich habe ihn angerufen, weil – na ja, das ist doch das, was man sich immer erträumt. Daß die Leute kommen und ihnen die Sachen gefallen. Und sie vielleicht sogar etwas kaufen ... Ich war unheimlich aufgeregt. Ich hatte die Abzüge mit einem der Vergrößerungsgeräte in der Schule gemacht, und ich weiß noch, wie ich überlegt habe, ob ich mir die neuen Kameras, die ich mir wünsche, überhaupt je leisten könnte ... Und jetzt hast du mir dieses teure Gerät geschenkt ...«

Sie trat zurück und sah sich in der Dunkelkammer um, musterte die Flaschen mit Chemikalien, die Kartons mit den

Papiervorräten, die neuen Wannen für Entwickler- und Fixierbad. »Du hast für alles gesorgt. Ach, Simon, das ist mehr als – wirklich, das habe ich nicht erwartet. Alles ist – genau wie ich es brauche. Vielen Dank. Ich verspreche dir, ich komme jeden Tag her, um zu arbeiten.«

»Du kommst her?« St. James brach abrupt ab. Er hätte wissen müssen, was kommen würde, als er die beiden zusammen im Auto beobachtet hatte.

»Weißt du es noch nicht?« Deborah schaltete das Licht aus und kehrte ins Labor zurück. »Ich habe ein Apartment in Paddington. Tommy hat es im April für mich gemietet. Hat er dir das nicht erzählt? Und Dad auch nicht? Gleich morgen ziehe ich um.«

»Morgen? Jetzt schon? Heute?«

»Ja, genau genommen heute. Du lieber Gott, wir beide werden morgen schön ausschauen, wenn wir noch länger aufbleiben. Ich geh jetzt lieber. Gute Nacht, Simon. Und danke dir. Vielen Dank.« Sie drückte kurz ihre Wange an seine, streichelte flüchtig seine Hand und ging.

Das war's also, dachte St. James, der ihr unbewegt nachblickte.

Dann ging er zur Treppe.

Sie hörte ihn gehen. Keine zwei Schritte von der geschlossenen Tür ihres Zimmers entfernt, lauschte Deborah seinen Schritten. Es war ein Geräusch, das sie ihr Leben lang nicht vergessen würde. Das leichte Aufsetzen des gesunden Beins, der schwere Aufprall des kranken. Die Hand auf dem Geländer, weiß vor Anspannung. Das stoßweise Atmen bei dem Bemühen, das Gleichgewicht zu halten. Und all diese Anstrengung mit einem Gesicht, das nichts verriet.

Sie wartete, bis sie seine Zimmertür eine Etage tiefer hörte, ehe sie zum Fenster ging.

Drei Jahre, dachte sie. Er war noch schmäler geworden, hager und krank sah er aus, und die scharfen Gesichtszüge waren gezeichnet von der Geschichte seines Leidens. Das Haar immer zu lang. Sie erinnerte sich an das seidige Gefühl, wenn es durch ihre Finger glitt. Der grüblerische Blick, der zu ihr sprach, auch wenn Simon selbst nichts sagte. Der Mund, der zärtlich den ihren berührte. Sensible Hände, Künstlerhände, die die Konturen ihres Gesichts nachzeichneten, die sie in seine Arme zogen.

»Nein. Nie wieder.«

Deborah flüsterte die Worte ruhig in den aufziehenden Morgen. Sie wandte sich vom Fenster ab und legte sich in Kleidern auf ihr Bett.

Denk nicht daran, sagte sie sich. Denk an gar nichts.

2

Immer war es derselbe elende Traum, eine Wanderung von Buckbarrow zum Greendale Tarn in einem Regen, so erfrischend und rein, daß er nur Einbildung sein konnte. Rauhe Felsen erklomm er, rannte ausgelassen über das weite Hochmoor, schlitterte wie der Wind den Hang hinunter, um lachend und außer Atem an dem kleinen Bergsee zu halten. Dieser glückliche Überschwang, diese kraftvolle Bewegung des ganzen Körpers, das Pulsen des Bluts in den Gliedern – er spürte es alles, fühlte es selbst im Schlaf.

Und dann das Erwachen, die niederschmetternde Rückkehr in die Realität. Wenn man dalag und zur Decke hinaufstarrte und Trostlosigkeit in Gleichgültigkeit abzumildern wünschte. Aber niemals fähig war, den Schmerz ganz zu ignorieren.

Die Tür zu seinem Schlafzimmer wurde geöffnet. Cotter

kam mit dem Morgentee. Er stellte das Tablett auf den Nachttisch und warf St. James einen verstohlenen Blick zu, ehe er die Vorhänge aufzog.

Das Morgenlicht wirkte wie ein Stromschlag, der ihm direkt ins Gehirn fuhr. St. James zuckte zusammen.

»Ich hole Ihnen Ihre Medizin«, sagte Cotter. Er kam ans Bett, um St. James Tee einzuschenken, ehe er im Badezimmer nebenan verschwand.

Allein, zog St. James sich hoch, bis er aufrecht im Bett saß. Jedes Geräusch schien in seinem dumpf schmerzenden Schädel ungeheuer verstärkt zu werden. Das Klappern der Tür des Apothekerschränkchens war ein Gewehrschuß, das Rauschen des Wassers das Donnern einer Lokomotive.

Cotter kehrte mit einem Fläschchen in der Hand zurück. »So.« Er reichte St. James zwei Tabletten und wartete schweigend, bis dieser sie geschluckt hatte. Dann fragte er wie nebenbei: »Haben Sie Deb gestern abend noch gesehen?«

Als sei ihm die Antwort im Grunde gar nicht wichtig, ging Cotter wieder ins Badezimmer, um, wie St. James wußte, die Temperatur des einlaufenden Badewassers zu prüfen. Es war eine völlig unnötige Aufmerksamkeit. Indem er das Herr-und-Diener-Spiel spielte, versuchte er Desinteresse vorzutäuschen.

St. James gab überreichlich Zucker in seinen Tee und trank. Dann lehnte er sich in die Kissen zurück und wartete darauf, daß die Tabletten ihre Wirkung tun würden.

Cotter erschien wieder an der Badezimmertür.

»Ja, ich habe sie gesehen.«

»Ziemlich verändert, nicht wahr?«

»Das war zu erwarten. Sie war lange weg.« St. James gab noch einmal Zucker in seine Tasse. Er zwang sich, Cotter in die Augen zu sehen. Der entschlossene Ausdruck auf Cotters Gesicht verriet ihm, daß dieser nur auf eine Aufforderung wartete, ihm Enthüllungen zu machen, die er lieber nicht hören wollte.

Cotter blieb stur an der Tür stehen. St. James gab nach. »Was ist denn?«

»Lord Asherton und Deb.« Cotter strich sich das dünne Haar glatt. »Ich hab' immer gewußt, daß Deb eines Tages einen Mann finden würde, Mr. St. James, ich bin ja nicht weltfremd. Aber ich wußte doch, wie sie zu Ihnen stand – na ja, da dachte ich wahrscheinlich ...« Cotters Zutrauen schien einen Moment zu schwinden. Er zupfte ein Stäubchen von seinem Ärmel. »Ich mach' mir Sorgen um sie. Was will ein Mann wie Lord Asherton von Deb?«

Sie heiraten, natürlich. Die Antwort stellte sich reflexartig ein, aber St. James sprach sie nicht aus, obwohl er wußte, daß er damit Cotter die ersehnte Beruhigung vermittelt hätte. Statt dessen ertappte er sich bei der Versuchung, vor Lynley zu warnen, seinen alten Freund als einen Dorian Gray zu zeichnen. Er war angewidert von sich selbst. Schließlich sagte er nur: »Es ist wahrscheinlich nicht das, was Sie glauben.«

Cotter strich mit zwei Fingern den Türpfosten hinunter, als prüfe er ihn auf Staub. Er nickte, aber überzeugt war er offensichtlich nicht.

St. James griff nach seinen Krücken und stand vom Bett auf. Er ging durch das Zimmer und hoffte, Cotter würde das als Zeichen verstehen, daß die Diskussion beendet war.

»Deb hat sich eine Wohnung in Paddington genommen. Hat sie Ihnen das erzählt? Sie läßt sich von Lord Asherton aushalten wie irgendein Flittchen.«

»Ganz sicher nicht«, entgegnete St. James, während er den Gürtel um seinen Morgenrock knotete.

»Woher hat sie dann das Geld?« fragte Cotter. »Wer bezahlt die Wohnung, wenn nicht er?«

St. James ging ins Badezimmer. Er drehte die Wasserhähne zu und überlegte, wie er dem Gespräch ein Ende bereiten könnte.

»Dann müssen Sie mit ihr sprechen, Cotter, wenn Sie das wirklich glauben. Verschaffen Sie sich Klarheit.«

»Wenn *ich* das glaube? Sie glauben es doch auch, Sie brauchen es gar nicht zu bestreiten. Ich seh's Ihnen an.« Cotter kam in Fahrt. »Ich habe versucht, mit dem Kind zu reden. Aber es kam nichts dabei raus. Sie zog gestern wieder mit ihm ab, ehe ich überhaupt eine Gelegenheit fand, mit ihr zu sprechen. Und heute morgen ist sie auch schon wieder weg.«

»Schon? Mit Tommy?«

»Nein. Allein. Nach Paddington.«

»Dann fahren Sie zu ihr. Sprechen Sie mit ihr. Sie freut sich vielleicht über eine Gelegenheit, mit Ihnen allein sein zu können.«

Cotter ging an ihm vorbei und begann mit übertriebener Sorgfalt, das Rasierzeug bereitzulegen. St. James beobachtete ihn argwöhnisch; er ahnte, daß das Schlimmste noch bevorstand.

»Ja, ein richtiges, handfestes Gespräch. Genau das hab' ich mir auch gedacht. Aber ich bin nicht der Richtige. Als Vater hat man nicht genug Abstand. Sie wissen, was ich meine.«

Er wußte es nur zu gut. »Sie wollen doch nicht etwa vorschlagen ...«

»Deb hat Sie sehr gern. Schon immer.« Cotters Miene verriet die Herausforderung hinter seinen Worten. Er scheute auch eine kleine emotionale Erpressung nicht, wenn sie den Weg freimachte, den er für den richtigen hielt. »Wenn Sie Deb nur zur Vorsicht mahnen würden. Mehr verlange ich gar nicht.«

Zur Vorsicht mahnen? Wie würde das denn laufen? Laß die Finger von Tommy, Deborah. Sonst heiratet er dich am Ende noch. Ausgeschlossen.

»Nur ein Wort«, insistierte Cotter. »Sie hat Vertrauen zu Ihnen. Genau wie ich.«

St. James unterdrückte einen Seufzer. Wäre nur nicht Cotters unerschütterliche Loyalität in all den Jahren seiner Krankheit gewesen! Stünde er nur nicht so tief in Cotters Schuld. Der Tag der Abrechnung kommt eben immer.

»Na gut«, sagte St. James. »Vielleicht schaffe ich es noch heute irgendwann, wenn Sie ihre Adresse haben.«

»Die hab' ich«, antwortete Cotter. »Und Sie werden sehen, Deb wird gern auf Sie hören.«

Ganz bestimmt, dachte St. James mit grimmigem Spott.

Das Haus, in dem Deborah eine Wohnung gemietet hatte, trug den Namen *Shrewsbury Court Apartments*. St. James fand es ohne große Mühe in Sussex Gardens, ein hohes Gebäude mit einer fleckenlosen grauen Steinfassade, zwischen zwei ziemlich schäbigen Pensionen eingezwängt, vorn durch ein Eisengitter von der Straße abgezäunt.

St. James ging den schmalen Betonweg entlang zur Tür und drückte auf den Klingelknopf neben dem Namen Cotter. Der elektrische Türöffner summte, und er trat in ein kleines Foyer mit schwarz-weiß gefliestem Boden. Es war blitzsauber, und ein schwacher Geruch nach Desinfektionsmitteln verhieß, daß es auch so bleiben würde. Nicht weit vom Aufzug war eine Tür mit einem diskreten Schild, auf dem *concierge* stand – als wolle man durch das französische Wort auf die Vornehmheit des Hauses hinweisen.

Deborahs Wohnung war in der obersten Etage. Im Aufzug wurde St. James noch einmal mit aller Klarheit bewußt, wie absurd die Situation war, in die Cotter ihn gebracht hatte. Deborah war jetzt eine erwachsene Frau. Sie würde sich keine Einmischung in ihr Leben bieten lassen. Am wenigsten von ihm.

Sie öffnete sofort auf sein Klopfen, als hätte sie den ganzen Nachmittag nichts anderes getan, als auf sein Kommen zu warten. Freude schlug jedoch augenblicklich in Überraschung um, als sie ihn sah, und erst nach einem kurzen Zögern trat sie von der Tür zurück, um ihn einzulassen.

»Simon! Ich hatte ja keine Ahnung...« Sie bot ihm die Hand, schien es sich anders zu überlegen und senkte sie wieder. »Das ist wirklich eine Überraschung. Ich erwartete... das ist wirklich... du bist... Was red' ich da für Unsinn! Bitte, komm doch herein.«

Das enge kleine Ein-Zimmer-Apartment verdiente kaum die Bezeichnung Wohnung. Doch es war hübsch eingerichtet. Die Wände waren hellgrün gestrichen, frisch wie ein Frühlingshauch. An einer von ihnen stand eine Bettcouch aus Rattan mit einer bunten Decke und vielen Kissen, an einer anderen hing eine Auswahl von Deborahs Fotografien, Aufnahmen, die St. James nie gesehen hatte, die sie wohl aus Amerika mitgebracht hatte. Aus der Stereoanlage unter dem Fenster klang gedämpfte Musik. Debussy. *L'Après-midi d'un Faune.*

St. James drehte sich um, um eine Bemerkung über das Zimmer zu machen – wie anders es sei als ihr kunterbuntes Jungmädchenzimmer zu Hause –, und bemerkte eine kleine Nische links von der Tür: die Küche mit einem kleinen Tisch, der für zwei zum Tee gedeckt war.

Natürlich, er hätte es sofort merken müssen, als er gekommen war. Gewöhnlich trug sie nicht am hellichten Nachmittag ein zartes Sommerkleid.

»Du erwartest Besuch. Entschuldige. Ich hätte vorher anrufen sollen.«

»Ich hab' noch gar keinen Anschluß. Es macht doch nichts. Wirklich. Wie findest du die Wohnung? Gefällt sie dir?«

Sie entsprach genau ihrem Wesen: ein ruhiger, von ihrer

Weiblichkeit geprägter Raum, in dem ein Mann sich nichts anderes wünschen würde, als an ihrer Seite zu liegen und den Tag zu vergessen, um die Freuden der Liebe zu genießen. Aber das war wohl kaum die Antwort, die Deborah von ihm wünschte. Um ihr keine geben zu müssen, ging er auf die Fotografien zu.

Mehr als ein Dutzend hingen da, aber sie waren so gruppiert, daß sein Blick sofort auf das Schwarz-Weiß-Porträt eines Mannes gezogen wurde, der mit dem Rücken zur Kamera stand, den Kopf im Profil, Haar und Haut – beide von Nässe glänzend – in starkem Kontrast zum ebenholzschwarzen Hintergrund.

»Tommy ist sehr fotogen.«

Deborah trat zu ihm. »Ja, nicht wahr? Ich habe versucht, seine Muskulatur herauszuarbeiten, aber ich bin mir nicht sicher, ob es gelungen ist. Die Beleuchtung stimmt irgendwie nicht. Ich weiß auch nicht. Einmal gefällt's mir, und dann find ich es wieder so plump wie ein Foto aus dem Verbrecheralbum.«

St. James lächelte. »Du bist immer noch so streng mit dir, Deborah.«

»Ja, wahrscheinlich. Nie zufrieden. Das ist mein Schicksal.«

»Ich fand eine Aufnahme gut. Dein Vater auch. Wir holten Helen zur weiteren Begutachtung. Und dann hast du deinen Erfolg jedesmal damit gefeiert, daß du die Aufnahme wegwarfst und uns alle drei zu hoffnungslosen Banausen erklärtest.«

Sie lachte. »Wenigstens hab' ich nicht um Komplimente gebuhlt.«

»Nein. Das hast du nie getan.« Er wandte sich wieder der Wand zu, und die unbefangene Heiterkeit des kurzen Wortwechsels verflüchtigte sich.

Neben dem Schwarz-Weiß-Porträt hing eine Studie ganz

anderer Art. Auch sie zeigte Lynley, nackt in einem alten schmiedeeisernen Bett, das zerknitterte Bettzeug über dem Unterkörper. Ein Bein angezogen, den Ellbogen aufs Knie gestützt, blickte er zu einem Fenster, vor dem Deborah stand, den Rücken zur Kamera, das Sonnenlicht leuchtend auf der Rundung ihrer rechten Hüfte. Gelbe Vorhänge bauschten sich wie Schaum, zweifellos, um das Selbstauslöserkabel zu verstecken, das ihr gestattet hatte, diese Aufnahme zu machen. Das Bild wirkte völlig spontan, als hätten sie beim Erwachen an Lynleys Seite das Spiel des Lichts, der Kontrast von Vorhängen und Morgenhimmel, zu der Aufnahme gereizt.

St. James starrte das Bild an und versuchte so zu tun, als könne er es unter rein ästhetischen Gesichtspunkten bewerten, und wußte doch die ganze Zeit, daß er in ihm nur die Bestätigung von Cotters Verdacht sehen konnte. Er hatte trotz der nächtlichen Szene, die er beobachtet hatte, immer noch an einem dünnen Fädchen Hoffnung festgehalten. Es zerriß vor seinen Augen. Er sah Deborah an.

Zwei rote Flecken brannten auf ihren Wangen.

»Was bin ich für eine schlechte Gastgeberin! Möchtest du etwas trinken? Einen Gin Tonic vielleicht? Oder Whisky? Und Tee hab' ich auch da. Tee hab' ich massenhaft. Ich wollte gerade ...«

»Nein. Nichts. Du erwartest Besuch. Ich bleibe nicht lang.«

»Bleib doch zum Tee. Ich stell' noch ein Gedeck hin.« Sie ging in die winzige Küche.

»Nein, Deborah, bitte«, sagte St. James hastig, der sich die Szene lebhaft vorstellen konnte: peinliche Höflichkeit bei Tee und Biskuits, während Deborah und Lynley die ganze Zeit wünschten, er würde endlich gehen. »Es paßt nicht.«

Deborah, die schon Tasse und Untertasse aus dem

Schrank genommen hatte, drehte sich nach ihm um. »Es paßt nicht? Wieso? Es ist doch nur ...«

»Hör zu, Vögelchen.« Er wollte nur loswerden, was er zu sagen hatte, nur seine unerfreuliche Pflicht tun, das Versprechen halten, das er ihrem Vater gegeben hatte, und schnellstens verschwinden. »Dein Vater sorgt sich um dich.«

Deborah stellte die Tasse ab. Sie schob sie auf der Arbeitsplatte hin und her. »Ach, so. Du bist sein Abgesandter. Gerade in dieser Rolle hätte ich dich am wenigsten erwartet.«

»Ich habe ihm versprochen, mit dir zu reden, Deborah.«

Er sah, wie die Röte ihrer Wangen sich vertiefte. Vielleicht lag es an seinem Ton. Sie preßte die Lippen zusammen, ging zur Couch und setzte sich.

»Also gut. Fang an«, sagte sie und faltete die Hände.

St. James sah die ersten Anzeichen eines Wutausbruchs in ihrem Gesicht flackern. Er hörte erwachenden Widerspruch in ihrer Stimme. Aber er ignorierte beides. Er wollte nur hinter sich bringen, wozu er sich verpflichtet fühlte. Er versicherte sich selbst, daß nur sein Cotter gegebenes Versprechen ihn davon abhielt zu gehen, ohne Deborah die Besorgnis ihres Vaters klar vor Augen geführt zu haben.

»Dein Vater macht sich Sorgen wegen dir und Tommy«, begann er, wie ihm schien, durchaus vernünftig.

Sie konterte: »Und du? Machst du dir auch Sorgen?«

»Mich geht das nichts an.«

»Ach ja. Ich hätte es wissen müssen. Und jetzt, wo du bei mir warst und die Wohnung gesehen hast, wirst du da Meldung machen und die Bedenken meines Vaters für ungerechtfertigt erklären? Oder muß ich erst etwas tun, um die Prüfung zu bestehen?«

»Du hast mich mißverstanden.«

»Du platzt hier herein, um mich zu überprüfen. Was habe ich da mißverstanden?«

»Es geht nicht darum, dich zu überprüfen, Deborah.« Er fühlte sich in die Defensive gedrängt. So hatte das Gespräch nicht ablaufen sollen. »Aber deine Beziehung zu Tommy –«

Sie sprang auf. »Das geht dich nun wirklich nichts an, Simon. Überhaupt nichts. Mein Vater ist für dich vielleicht nicht viel mehr als ein Angestellter, aber ich bin nicht deine Angestellte. Ich war es nie. Wieso bildest du dir ein, du könntest einfach hier aufkreuzen und dich in mein Leben einmischen? Was glaubst du eigentlich, wer du bist?«

»Jemand, dem du wichtig bist. Das weißt du sehr wohl.«

»Jemand, dem ich...« Sie geriet ins Stocken. Sie ballte die Hände, als wolle sie sich daran hindern, mehr zu sagen. Aber es gelang ihr nicht. »Jemand, dem ich wichtig bin? Du behauptest, ich sei dir wichtig? Ausgerechnet du, der sich in den drei Jahren, die ich weg war, nicht die Mühe gemacht hat, mir auch nur einen einzigen Brief zu schreiben. Ich war siebzehn Jahre alt. Weißt du, wie das war? Hast du eine Vorstellung davon, da ich dir doch so wichtig bin?«

Unsicher ging sie ans andere Ende des Zimmers, als wäre sie fertig. Aber dann drehte sie sich wieder herum. »Monatelang habe ich – ich dumme Gans! – auf ein Wort von dir gehofft. Eine Antwort auf meine Briefe. Irgendwas! Nur ein paar Zeilen. Eine Karte. Eine Nachricht durch meinen Vater. Ganz gleich was, Hauptsache von dir. Aber von dir kam gar nichts. Ich wußte nicht, warum. Ich konnte es nicht verstehen. Und schließlich, als ich endlich fähig war, den Tatsachen ins Gesicht zu sehen, hab' ich nur noch auf die Nachricht deiner Heirat mit Helen gewartet.«

»Meiner Heirat mit Helen?« fragte St. James ungläubig. »Wie konntest du so was nur denken?«

»Was hätte ich denn sonst denken sollen?«

»Du hättest vielleicht daran denken können, was zwischen uns war, ehe du aus England weggegangen bist.«

Tränen traten ihr in die Augen, und sie zwinkerte zornig. »Oh, daran habe ich gedacht. Tag und Nacht habe ich daran gedacht, Simon. Ich hab' in einem Vakuum gelebt. Ach wo, in der Hölle. Freut es dich, das zu hören? Bist du jetzt zufrieden? Jede Minute habe ich dich vermißt. Mich nach dir gesehnt. Es war eine einzige Qual.«

»Und Tommy hat dich geheilt.«

»Ganz recht. Gott sei Dank. Tommy hat mich geheilt. Und jetzt verschwinde hier. Laß mich in Ruhe.«

»Keine Angst, ich gehe schon. Ich wäre ja auch hier in diesem Liebesnest fehl am Platz, wenn Tommy kommt, um für sich zu beanspruchen, wofür er bezahlt hat.« Er wies auf jeden Gegenstand hin, während er sprach. »Der reizend gedeckte Teetisch. Gedämpfte Musik. Und die Dame selbst, schon ganz in Erwartung. Ich sehe ein, daß ich da überflüssig wäre. Besonders wenn er es eilig hat.«

Deborah wich vor ihm zurück. »Wofür er bezahlt hat? Bist du deshalb hergekommen? Weil du das glaubst? Daß ich zu dumm und unfähig bin, mir meinen Lebensunterhalt selbst zu verdienen? Glaubst du, die Wohnung wird von Tommy bezahlt? Wer bin dann ich, Simon? Kannst du mir das sagen? Sein Spielzeug? Sein bezahltes Verhältnis?« Sie wartete nicht auf eine Erwiderung. »Verschwinde aus meiner Wohnung.«

Noch nicht, sagte er sich. O nein, noch nicht. »Du erzählst mir von Qual. Was glaubst du wohl, wie diese letzten drei Jahre für mich waren? Und was glaubst du wohl, wie mir gestern nacht zumute war, als ich stundenlang auf dich wartete – nach drei endlosen Jahren! – und die ganze Zeit wußte, daß du mit ihm zusammen bist?«

»Es ist mir gleich, wie dir zumute war. So unglücklich, wie du mich gemacht hast, kannst du gar nicht gewesen sein.«

»Was für ein Kompliment für deinen Liebhaber. Wolltest du wirklich von Unglück sprechen?«

»Natürlich, darauf läuft es hinaus. Sex. Wer schläft mit Deb? Na los doch, Simon, jetzt ist deine Chance. Greif zu. Hol das Versäumte nach. Da ist das Bett. Na los schon.« Er sagte nichts. »Komm schon. Willst du nicht mit mir schlafen? Eine schnelle Nummer. Darum geht's dir doch, stimmt's? Verdammt noch mal, stimmt's?«

Als er stumm blieb, griff sie in ihrer Wut nach dem ersten Gegenstand, der ihr in die Hand kam, und schleuderte ihn mit aller Kraft nach ihm. Er zersprang an der Wand neben seinem Kopf in Trümmer. Sie sahen beide zu spät, daß sie in ihrem blinden Zorn ein Geschenk zerstört hatte, das er ihr vor langer Zeit, als sie noch ein Kind gewesen war, zum Geburtstag gemacht hatte, ein Porzellanschwan.

Aller Zorn verschwand.

Deborah drückte die Hand auf den Mund und wollte etwas sagen, erste entsetzte Worte der Entschuldigung vielleicht. Aber St. James war über Worte hinaus. Einen Moment starrte er stumm auf die Scherben, dann zermalmte er sie unter seinem Fuß zu Pulver.

Mit einem Aufschrei stürzte Deborah durch das Zimmer, um die wenigen Scherben einzusammeln, die er mit dem Fuß nicht erreichen konnte.

»Ich hasse dich!« Heiße Tränen strömten ihr über das Gesicht. »Ich hasse dich! Aber so etwas war ja von dir zu erwarten. Du bist total verkrüppelt! Du bildest dir ein, es wäre nur dein Bein, aber so ist es nicht. Deine Seele ist verkrüppelt, und das ist viel schlimmer!«

Wie Messerstiche trafen ihn ihre Worte. Er fühlte sich schwach, wie betäubt, und war sich vor allem der stolpernden Ungeschicktheit seines Gangs so bewußt, als befände er sich unter einer tausendfach vergrößernden Lupe.

»Simon! Nein! Es tut mir leid.«

Sie streckte die Arme nach ihm aus, und er vermerkte mit

Interesse, daß sie sich an einem der Porzellanscherben geschnitten hatte. Ein dünner Blutfaden zog sich von der Handfläche zum Gelenk.

»Ich hab' es nicht so gemeint, Simon. Du weißt, daß es nicht mein Ernst war.«

Er wurde sich mit Erstaunen bewußt, daß alle frühere Leidenschaft in ihm tot war. Nichts war mehr von Bedeutung, außer dem Bedürfnis zu entkommen.

»Das weiß ich, Deborah.«

Er trat zur Tür. Es war Gnade, gehen zu können.

Das Blut in seinem Schädel toste wie die anschwellende Flut; gewohnter Auftakt zu unerträglichen Schmerzen. Draußen, vor dem Haus, in seinem alten MG sitzend, wehrte er sich gegen den Schmerz; er wußte, wenn er ihm auch nur einen Moment nachgab, würde die Qual so unerträglich werden, daß er ohne fremde Hilfe nicht nach Chelsea zurückfahren konnte.

Die Situation war zum Lachen. Würde er tatsächlich Cotter anrufen und um Hilfe bitten müssen? Nach einem viertelstündigen Gespräch mit einem Mädchen, das gerade einundzwanzig Jahre alt war? Er, elf Jahre älter als sie, mit einem Schatz an Erfahrung im Rücken, hätte aus diesem Rencontre als Sieger hervorgehen müssen. Niemals als der Geschlagene, niedergeschmettert, schwach und krank. Wirklich absurd.

Er schloß die Augen vor dem Sonnenlicht. Er lachte mit spöttischer Geringschätzung über die unendliche Qual der Verkrüppelung, die ihm seit acht Jahren Strafe und Buße für das Verbrechen war, auf einer gewundenen Straße von Surrey jung und betrunken gewesen zu sein.

Die Luft, die er atmete, war heiß und stank widerlich nach Dieselöl. Er sog sie dennoch gierig ein. Den Schmerz im

Entstehen zu meistern war alles, und er überlegte nicht, daß, wenn das gelingen sollte, der Moment gekommen war, die Vorwürfe zu betrachten, die Deborah ihm ins Gesicht geschleudert hatte, und – schlimmer noch – ihre Richtigkeit anzuerkennen.

Er hatte in der Tat drei Jahre lang nichts von sich hören lassen, ihr weder geschrieben noch sonst ein Zeichen gegeben. Und das Vernichtende daran war, daß er für dieses Verhalten keine Entschuldigung oder Erklärung geben konnte, die sie verstanden hätte. Aber selbst wenn sie es hätte verstehen können, welchen Sinn hätte es jetzt noch, ihr zu sagen, daß er mit jedem Tag ihrer Abwesenheit ein Stück weiter dem Nichts entgegengetrieben war? Während er innerlich langsam abgestorben war, war Lynley in ihr Leben getreten, ruhig und zuverlässig und absolut selbstsicher.

Bei dem Gedanken an den anderen riß sich St. James aus seiner Lethargie und kramte in der Hosentasche nach dem Wagenschlüssel. Keinesfalls wollte er hier, wie ein schmachtender Pennäler vor Deborahs Haus sitzend, von Lynley gesehen werden. Er steuerte den Wagen vom Bordstein weg und reihte sich in die Autoschlangen ein, die die Straße hinunterkrochen.

An der Ecke Praed und London Street schaltete die Ampel auf Rot. Ziellos ließ St. James den Blick wandern. Er beobachtete eine Frau, die von einem Händler, dessen Karren unsicher am äußersten Rand des Bürgersteigs stand, ein Rad halb über den Bordstein hängend, Blumen kaufte. Sie schüttelte den Kopf mit dem kurzen schwarzen Haar, nahm einen Strauß Sommerblumen aus der Hand des Händlers und lachte über irgendeine Bemerkung von ihm.

Als St. James sie sah, verfluchte er seine unverzeihliche Dummheit. Das war der Besuch, den Deborah erwartet hatte: nicht Lynley, sondern seine Schwester Sidney.

Kurz nachdem Simon gegangen war, klopfte es, aber Deborah ignorierte es. Sie kauerte vor dem Fenster, den Scherben eines zerbrochenen Schwanenflügels in der Hand, und schloß ihn so fest in ihre Handfläche, daß frisches Blut hervorquoll. Nur ein Tropfen hier und dort, wo die Ränder am schärfsten waren, dann ein stetes Sickern, als sie den Druck verstärkte.

»Weißt du, wie das bei den Schwänen ist?« hatte er gesagt. »Wenn sie einen Gefährten wählen, dann für immer. Sie lernen, in Harmonie miteinander zu leben und einander so anzunehmen, wie sie sind. Daran können wir uns alle ein Beispiel nehmen, nicht wahr?«

Deborah strich mit den Fingern über das zarte Stück Porzellan, das von Simons Geschenk geblieben war, und fragte sich, wie sie sich zu solchem Verrat hatte hinreißen lassen können. Es war nichts als flüchtige, blinde Rache gewesen, die auf seine Demütigung gezielt hatte! Und was hatte der schreckliche Auftritt zwischen ihnen im Grunde genommen bewiesen? Doch nur, daß ihr pubertäres Glaubensbekenntnis, das sie mit ihren siebzehn Jahren ihm so überzeugt vorgebetet hatte, der Prüfung der Trennung nicht standgehalten hatte. Ich liebe dich, hatte sie gesagt. Nichts kann daran etwas ändern. Niemals. Aber die Worte hatten sich als unwahr erwiesen. Die Menschen waren nicht wie die Schwäne. Am wenigsten sie.

Deborah stand auf und wischte sich die Wange heftig mit dem Ärmel ihres Kleides, ohne darauf zu achten, ob die drei Knöpfe an der Manschette ihr die Haut aufschürften. Sie ging in die Küche und suchte ein Tuch heraus, das sie sich um die Hand wickelte. Den zerbrochenen Schwanenflügel legte sie in eine Schublade, fruchtloses Tun, das wußte sie, dem albernen Aberglauben entsprungen, daß der Schwan selbst eines Tages wieder heilen würde.

Auf dem Weg zur Tür, an der es wieder klopfte, überlegte sie, welche Erklärung sie Sidney St. James für ihr Aussehen geben sollte. Ein zweites Mal wischte sie sich über die Wangen, dann drehte sie den Knauf und versuchte zu lächeln, brachte aber nur eine Grimasse zustande.

»So was Dummes. Ich bin völlig...« Deborah brach ab.

Eine bizarr gekleidete, aber dennoch attraktive, schwarzhaarige Frau stand vor der Tür. In der Hand hielt sie ein Glas mit einer milchig-grünen Flüssigkeit, das sie Deborah ohne ein Wort der Erklärung entgegenstreckte. Verblüfft nahm Deborah es ihr ab. Die Frau nickte energisch und trat in die Wohnung.

»Die Männer sind doch alle gleich.« Sie hatte eine rauhe Stimme, von irgendeinem Provinzakzent gefärbt, den sie offenbar loszuwerden suchte. Barfuß ging sie bis in die Mitte des Zimmers und fuhr zu sprechen fort, als kennten sie und Deborah einander schon seit Jahren. »Trinken Sie es aus. Ich trink jeden Tag mindestens fünf Gläser davon. Sie fühlen sich danach wie neugeboren, glauben Sie mir. Ich brauch' das, verstehen Sie, nach jedem...« Sie brach ab und lachte. Ihre Zähne waren auffallend weiß und ebenmäßig. »Na, Sie wissen schon, was ich meine.«

Man hätte blind sein müssen, um nicht zu wissen, was die Frau meinte. In dem mit Rüschen und Volants überladenen Satin-Negligé wirkte sie wie ein wandelndes Aushängeschild ihres Gewerbes.

Deborah hielt das Glas hoch, das die Frau ihr gegeben hatte. »Was ist das denn?«

Es läutete. Die Frau ging zur Wohnungstür und betätigte den elektrischen Türöffner.

»Hier ist ja ein Betrieb wie auf dem Bahnhof.«

Sie wies mit dem Kopf auf das grüne Getränk, zog eine Karte aus der Tasche ihres Morgenrocks und reichte sie

Deborah. »Da sind nur Säfte und Vitamine drin. Und 'n bißchen frisches Gemüse. Ein kleiner Muntermacher. Ich hab' Ihnen das Rezept aufgeschrieben. Ich hoffe, Sie nehmen es mir nicht übel, aber so wie das vorhin hier zuging, hab' ich das Gefühl, Sie können's brauchen. Trinken Sie. Na kommen Sie schon.« Sie wartete, bis Deborah das Glas zum Mund führte, ehe sie zu den Fotografien an der Wand hinüberschlenderte. »Schön. Von Ihnen?«

»Ja.« Deborah las die Zusammensetzung des Gebräus. Nichts Schlimmeres als Kohl, den sie immer schon verabscheut hatte. Sie stellte das Glas in der Küche ab und strich das Tuch glatt, das sie um ihre Hand gewickelt hatte. Während sie sich mit der unverletzten Hand über das Haar strich, sagte sie: »Ich sehe wahrscheinlich fürchterlich aus.«

Die Frau lächelte. »Ich lauf' den ganzen Tag wie eine Vogelscheuche rum. Für mich fängt das Leben erst abends an. Wozu also tagsüber der Aufwand? Aber Sie sehen klasse aus, wenn Sie mich fragen. Na, wie hat der Saft geschmeckt?«

»Ich habe so etwas noch nie getrunken.«

»Was ganz Besonderes, nicht? Ich sollte das Zeug in Flaschen abfüllen und verkaufen.«

»Ja. Es ist gut. Sehr gut. Vielen Dank. Tut mir leid, daß wir solchen Krach gemacht haben.«

»Ach, das war doch 'ne tolle Szene. Ich hab' das meiste mitgekriegt – ist ja so hellhörig hier – und hab' schon gedacht, es gibt 'ne Schlägerei. Ich wohne gleich nebenan.« Sie wies mit dem Daumen nach links. »Tina Cogin.«

»Deborah Cotter. Ich bin gestern abend eingezogen.«

»Ach, darum das Gepolter.« Tina lachte. »Und ich hab' schon gedacht, ich krieg' Konkurrenz. Aber lassen wir das. Sie sehen mir nicht so aus, als ob Sie in unserer Branche sind.«

Deborah errötete. Danke schien kaum die passende Erwiderung.

Tina fand eine Antwort anscheinend ganz unnötig. Sie war in den Anblick ihres Spiegelbilds im Glasträger einer von Deborahs Fotografien vertieft, richtete ihr Haar, musterte kritisch ihre Zähne und schürfte mit langem Fingernagel zwischen den zwei vorderen. »Ich bin nur noch ein Wrack. Schminke schafft's auch nicht mehr. Vor zehn Jahren hat ein Hauch von Rouge gereicht. Und jetzt? Stunden vor dem Spiegel, und wenn ich fertig bin, seh' ich immer noch beschissen aus.«

Draußen klopfte es. Sidney, dachte Deborah. Sie war gespannt, was Simons Schwester zu dieser unerwarteten Besucherin sagen würde, die im Augenblick eine Aufnahme von Lynley studierte, als betrachte sie ihn als zukünftige Einnahmequelle.

»Möchten Sie nicht zum Tee bleiben?« fragte Deborah sie.

Tina wandte sich von dem Bild ab und zog eine Augenbraue hoch. »Tee?« sagte sie, als wäre ihr das Getränk schon seit Ewigkeiten nicht mehr über die Lippen gekommen. »Lieb von Ihnen, Deb, aber danke, nein. Drei sind unter solchen Umständen ein bißchen viel. Glauben Sie's mir. Ich hab's probiert.«

»Drei?« stammelte Deborah. »Es ist eine Frau.«

»Ach, nein!« Tina lachte. »Ich sprach von dem Tisch, Schätzchen. Der ist ein bißchen klein, und beim Tee hab' ich immer zwei linke Hände, wissen Sie. Trinken Sie den Saft in Ruhe aus und bringen Sie mir das Glas gelegentlich rüber. Okay?«

»Ja. Danke. In Ordnung.«

»Und dann schwatzen wir ein bißchen.«

Mit einem kurzen Winken öffnete Tina die Tür, schob sich mit einem blitzenden Lächeln an Sidney St. James vorbei und verschwand.

3

Peter Lynley hatte die Wohnung in Whitechapel weder des Komforts noch der Lage wegen gewählt. Komfort hatte sie keinen zu bieten. Zwar war die Untergrundbahn bequem zu erreichen, aber das Gebäude, aus Königin Viktorias Zeiten stammend, war verwahrlost und seit mindestens dreißig Jahren nicht mehr renoviert worden. Doch die Wohnung genügte Peters bescheidenen Ansprüchen, und, was wesentlicher war, sie entsprach seinen finanziellen Möglichkeiten, die derzeit praktisch gleich Null waren.

So wie er es sich ausgerechnet hatte, konnten sie sich noch vierzehn Tage über Wasser halten, wenn sie es konservativ angingen und sich auf fünf Lines pro Abend beschränkten. Na gut, vielleicht sechs. Und am Tag würden sie sich dann ernsthaft nach Arbeit umsehen. Er konnte Vertreter machen oder so was. Das lag ihm. Und Sasha konnte wieder auftreten. Da hatte sie echt was drauf. Genau das richtige für Soho. Man würde sie mit Handkuß nehmen. Wahrscheinlich hatte man so eine Nummer da noch nie gesehen. Sie brauchte sie nur genauso aufzuziehen wie in Oxford: leere Bühne, ein einziger Scheinwerfer, und Sasha auf einem Stuhl in der Mitte. Und die Zuschauer durften ihr dann die Kleider vom Leib schneiden, alles runterschneiden bis auf den letzten Fetzen, damit diese Leute endlich mal mit sich selber in Kontakt kamen und sich selber spürten und aussprachen, was sie wollten. Und Sasha würde die ganze Zeit lächelnd dasitzen, total überlegen, die einzige im ganzen Saal, die echt zu sich selber stand. Kopf hoch, Hände in die Hüfte gestemmt. Eine Pose, die sagte: Ich bin.

Wo bleibt sie nur? fragte sich Peter.

Er sah auf die Uhr. Es war eine häßliche Timex, second Hand erworben, der man auf den ersten Blick ansah, daß ihr nicht zu trauen war. Seine Rolex hatte er schon vor einiger Zeit verhökert und bald gemerkt, daß er sich auf diese Zwiebel so wenig verlassen konnte wie darauf, daß Sasha allein einen Deal machen konnte, ohne an einen Bullen vom Rauschgiftdezernat zu geraten.

Ungeduldig schüttelte er das Handgelenk. Hatten sich die verdammten Zeiger in der letzten halben Stunde überhaupt bewegt? Er hielt die Uhr an sein Ohr und fluchte ungläubig, als er das leise Ticken hörte. War Sasha wirklich erst zwei Stunden weg? Ihm kam es wie eine Ewigkeit vor.

Rastlos stand er von dem durchgesessenen Sofa auf, einem der drei Möbelstücke im Zimmer, wenn man die Kartons nicht zählte, in denen sie ihre Kleider aufbewahrten, und nicht die Gemüsekiste, auf denen ihre einzige Lampe stand. Das Sofa ließ sich zu einem Bett mit unzähligen Kuhlen ausziehen. Sasha regte sich jeden Tag darüber auf, behauptete, es mache ihren Rücken kaputt, und sie hätte seit mindestens einem Monat nicht mehr richtig geschlafen.

Wo blieb sie nur? Peter ging zu einem der Fenster und schlug das Laken zurück, das als Vorhang diente. Er spähte durch die Scheibe. Sie war innen so schmutzig wie außen.

Während er auf der Straße nach Sasha Ausschau hielt – nach der alten Folkloretasche, die sie immer mit sich herumschleppte –, zog er ein schmutziges Taschentuch heraus und schneuzte sich. Es war eine reflexartige Handlung, und der kurze Schmerz, der sie begleitete, war in Sekundenschnelle verflogen und ließ sich daher leicht als belanglos abtun. Ohne einen Blick auf das Tuch und die neuen rostroten Flecken darauf steckte er es wieder in seine Hosentasche und begann, auf seinem Zeigefinger zu kauen. Nervöse Bisse wie von Kaninchenzähnen.

Am Ende der schmalen Straße, in der sie wohnten, bogen Passanten in die Brick Lane ab, Pendler auf dem Heimweg.

Peter versuchte, seine Aufmerksamkeit auf sie zu konzentrieren, machte ganz bewußt eine Übung daraus zu sehen, ob er in der Menge wippender Köpfe vorn am Aldgate U-Bahnhof Sasha erkennen konnte. Sie brauchte nur die Northern Line zu nehmen, dann in die Metropolitan umzusteigen, und schon war sie zu Hause. Wo zum Teufel blieb sie also so lange? Was war an einem einzigen lumpigen Deal so schwer? Zahlen und den Stoff einstecken, basta. Wieso brauchte sie so lang?

Sollte es dem kleinen Luder eingefallen sein, mit seiner Knete abzuhauen, den Deal auf eigene Faust zu machen und nicht mehr zurückzukommen? Genau! Weshalb sollte sie zurückkommen? Sie hatte dann ja, was sie wollte. Das war der Grund, weshalb sie so lang ausblieb.

Nie im Leben, sagte sich Peter. Sasha haut nicht ab. Nicht jetzt und nicht später. Erst letzte Woche hatte sie gesagt, so gut wie er hätte es ihr noch keiner gemacht. Sie bettelte ja jeden Abend förmlich darum.

Nachdenklich rieb sich Peter die Nase mit dem Handrükken. Hatte sie nicht gestern abend gelacht wie eine Blöde, und er hatte sie an die Wand gedrückt? Und dann hatte Sammy von gegenüber an die Tür gedonnert und gesagt, sie sollten gefälligst nicht so laut sein, und Sasha hatte geschrien und gekratzt und war ganz außer Atem gewesen – das heißt, sie hatte gar nicht geschrien, sondern sie hatte gelacht. Ihr Kopf hatte an die Wand geschlagen, und es war ihm nicht gekommen, es war nicht gegangen, aber das hatte überhaupt nichts ausgemacht, weil sie beide sowieso auf Wolke sieben gewesen waren.

Genau. Gestern abend war das gewesen. Sie würde schon wiederkommen, wenn sie den Stoff hatte.

Er zupfte mit den Zähnen an einer rissigen Stelle eines Fingernagels.

Und was, wenn sie keinen Stoff kriegte? Heute nachmittag hatte sie noch große Töne gespuckt, von einem Haus in Hampstead, wo jeder kaufen konnte, wenn er das nötige Kleingeld hatte. Wo blieb sie also so lange?

Peter grinste, schmeckte das Blut, wo er die Haut aufgerissen hatte. Kontrolle, dachte er. Er atmete tief ein. Er streckte sich. Er beugte sich mit gestreckten Knien zu seinen Zehen hinunter.

War sowieso unwichtig. Er war nicht abhängig. Er konnte jederzeit aufhören. Das wußte jeder. Man konnte jederzeit aufhören. Aber trotzdem, wenn er was genommen hatte, war er wer. Dann war er der King.

Die Tür hinter ihm öffnete sich. Er fuhr herum und sah, daß Sasha zurück war. An der Tür blieb sie stehen, schob sich das strähnige Haar aus dem Gesicht und starrte ihn mißtrauisch an. Sie erinnerte ihn an ein in die Enge getriebenes Tier.

»Hast du's?« fragte er.

Etwas zuckte über ihr Gesicht. Sie stieß die Tür mit dem Fuß zu und ging zum Sofa. Sie setzte sich, wandte ihm den Rücken zu, hielt den Kopf gesenkt.

»Wo hast du's?«

»Ich hab' nicht – ich konnte nicht...« Ihre Schultern begannen zu zucken.

In einem Augenblick verlor er alle Kontrolle.

»Was konntest du nicht? Verdammt noch mal, was läuft hier eigentlich?«

Er stürzte zum Fenster und schob vorsichtig den Vorhang zurück. Mist, hatte sie's vielleicht vermasselt? Waren ihr vielleicht die Bullen gefolgt? Er spähte zur Straße hinaus. Dort war nichts Ungewöhnliches zu sehen. Da wartete kein getarntes Polizeiauto, dessen Insassen mit Argusaugen das Haus beobachteten. Kein Lieferwagen stand verboten am Bordstein geparkt. Kein Kriminalbeamter in Zivil hing vor dem Haus herum. Alles war wie sonst.

Er drehte sich nach ihr um. Sie beobachtete ihn über die Schulter. Ihre Augen – eigenartig gelbbraun wie die eines Hundes – waren wäßrig, rotgerändert. Ihre Lippen zitterten. Er wußte Bescheid.

»Gott verdammich!« Er flog durch das Zimmer, stieß sie zur Seite und packte ihre Tasche. Er schüttete den Inhalt auf das Sofa und durchsuchte die Sachen mit fliegenden Händen. »Wo zum Teufel...? Wo ist der Stoff? Sasha? Wo hast du ihn? Wo?«

»Ich habe ihn nicht...«

»Wo ist dann die Kohle?« Sirenen kreischten in seinem Kopf. Die Wände stürzten auf ihn ein. »Verdammt noch mal, was hast du mit dem Geld gemacht?«

Sasha fuhr hoch, sprang vom Sofa auf, schoß durch das Zimmer. »Ach, so ist das?« schrie sie. »Dir geht's nur um die Kohle. Was mit mir ist, interessiert dich überhaupt nicht. Oder hast du dir vielleicht Sorgen um mich gemacht? Keine Spur, dir geht's ja nur ums Geld.« Sie riß den Ärmel ihres fleckigen dunkelroten Pullovers zurück. Tiefe Kratzer glühten in der gelblichen Haut. Die Anfänge blauer Flecken zeigten sich. »Schau her! Ich bin überfallen worden, du Schwein!«

»Du bist *überfallen* worden?« Seine Stimme stieg ungläubig in die Höhe. »Erzähl mir bloß nicht so'n Mist. Was hast du mit meinem Geld gemacht?«

»Das hab' ich dir eben gesagt!« brüllte sie ihn an. »Dein Scheißgeld ist mir auf dem Scheißbahnsteig im Scheiß-U-Bahnhof geklaut worden. Ich hab' die letzten zwei Stunden mit den gottverdammten Bullen in Hampstead verbracht. Ruf sie doch an, wenn du's mir nicht glaubst.« Sie begann zu schluchzen.

Er konnte es nicht glauben. Er wollte nicht. »Mensch, du kannst aber auch gar nichts, oder?«

»Nein, kann ich nicht. Und du auch nicht. Wenn du's am Freitagabend selbst geholt hättest, wie du gesagt hast...«

»Ich hab' dir's doch erklärt, verdammt noch mal. Wie oft muß ich's dir noch sagen. Es hat nicht geklappt.«

»Und darum mußte ich los, stimmt's?«

»Hab' ich dich vielleicht gezwungen?«

»Genau. Aber ganz genau.« Ihr Gesicht zuckte vor Wut, während sie ihm ihre Anklagen ins Gesicht schleuderte. »Du hattest ja eine Scheißangst, daß sie dich schnappen könnten. Und drum hast du mich losgeschickt. Reg dich jetzt bloß nicht auf, weil's nicht geklappt hat.«

Peter hätte sie am liebsten ins Gesicht geschlagen. Er mußte Zeit gewinnen, um sich zu beruhigen, um zu überlegen, was zu tun war.

»Mann, Sasha, du weißt ja immer alles ganz genau. Du hast den totalen Durchblick.«

»Klar, dir hätt's nichts ausgemacht, wenn sie mich geschnappt hätten. Was wär das schon groß gewesen? Sasha Nifford. Ein Niemand. Über die schreiben die Zeitungen nichts. Aber wehe, der ehrenwerte Peter hätte eins auf die süßen kleinen Fingerchen gekriegt.«

»Halt den Mund!«

»Wehe, der ehrenwerte Peter hätte den guten Namen der Familie in den Dreck gezogen.«

»Ich hab' gesagt, du sollst die Schnauze halten.«

»Man stelle sich das vor, dreihundert Jahre gesetzestreuer Lynleys in Verruf gebracht! Mami Kummer gemacht. Und dem großen Bruder bei der Kripo in Scotland Yard auch noch!«

»Verdammt noch mal, halt endlich die Schnauze.«

Unter ihnen klopfte jemand an die Decke. Sasha starrte

ihn noch immer trotzig an, Haltung und Gesichtsausdruck eine einzige Herausforderung an ihn, ihr zu widersprechen. Er konnte es nicht.

»Laß uns doch mal in Ruhe überlegen«, murmelte er. Er sah, daß seine Hände zitterten – die Gelenke waren schweißnaß –, und er schob sie in die Hosentaschen. »Wir haben immer noch Cornwall.«

»Cornwall?« fragte Sasha verblüfft. »Was zum Teufel...«

»Ich hab' hier nicht genug Geld.«

Sie riß den Mund auf. »Das glaub ich nicht. Wenn du keine Kohle hast, dann hol dir doch von deinem Bruder einen Scheck. Der schwimmt im Geld. Das weiß jeder.«

Peter ging wieder ans Fenster und kaute auf seinem Daumen.

»Aber das tust du nicht, was?« fuhr Sasha fort. »Du würdest dich nie trauen, ihn um Geld zu bitten. Wir müssen bis nach Cornwall runter. Du machst dir schon in die Hose, wenn du dir nur vorstellst, daß Thomas Lynley dir auf die Schliche kommen könnte. Und wenn schon? Ist er vielleicht dein Aufpasser? Mensch, was bist du eigentlich für'n kleiner Schisser, daß du –«

»Halt die Klappe.«

»Fällt mir nicht ein. Wozu müssen wir überhaupt nach Cornwall? Was gibt's denn da?«

»Howenstow«, sagte er kurz.

»Howenstow?« wiederholte sie ungläubig. »Ach, du willst heim zu Mami, hm? Klar, hätt' ich mir ja denken können, daß dir das als nächstes einfällt. Wenn du nicht gerade am Daumen lutschst. Oder mit dir selber spielst.«

»Du gemeines Luder!«

»Na komm schon! Schlag mich doch, du Schwächling. Es juckt dich doch schon die ganze Zeit in den Fingern.«

Er ballte die Hand zur Faust und öffnete sie wieder. Ja, er

wollte es. Und wie er es wollte. Zum Teufel mit guter Erziehung und Ehrenkodex. Es verlangte ihn danach, sie ins Gesicht zu schlagen, das Blut aus ihrem Mund spritzen zu sehen, ihr die Zähne einzuschlagen und die Nase zu brechen.

Statt dessen floh er aus dem Zimmer.

Sasha Nifford lächelte. Sie hielt den Blick auf die geschlossene Tür gerichtet und zählte gewissenhaft die Sekunden, die Peter brauchen würde, um die Treppe hinunterzurennen. Als ausreichend Zeit vergangen war, schlug sie das Laken vor dem Fenster zurück und wartete darauf, ihn aus dem Haus stürzen und die Straße hinunter zum Pub an der Ecke torkeln zu sehen. Er enttäuschte sie nicht.

Sie lachte leise. Es war ein Kinderspiel gewesen, Peter loszuwerden. Sein Verhalten war so berechenbar wie das eines dressierten Schimpansen.

Sie kehrte zum Sofa zurück. Sie nahm die angeschlagene Puderdose, die Peter mit den anderen Dingen aus ihrer Tasche herausgeschüttet hatte, und klappte sie auf. Eine Pfundnote steckte gefaltet unter dem Spiegel. Sie nahm sie heraus, rollte sie zusammen. Mit einem sicheren Griff zog sie ein Plastikbeutelchen aus ihrem Ausschnitt, in dem das Kokain war, das sie in Hampstead gekauft hatte. Pfeif auf Cornwall, sie lächelte.

Der Mund wässerte ihr, als sie eine kleine Menge der Droge auf den Spiegel der Puderdose schüttete und sie mit dem Fingernagel hastig zu Pulver zerdrückte. Mit der zusammengerollten Pfundnote nahm sie es auf und inhalierte gierig.

Himmlisch, dachte sie und lehnte sich im Sofa zurück. Unbeschreibliche Ekstase. Besser als Sex. Besser als alles. Seligkeit.

Thomas Lynley war am Telefon, als Dorothea Harriman mit einer Aktennotiz in der Hand sein Büro betrat. Sie wedelte vielsagend mit dem Papier und zwinkerte ihm mit Verschwörerlächeln zu. Lynley beendete das Telefongespräch eilig.

Dorothea Harriman wartete, bis er aufgelegt hatte.

»Sie haben ihn, Detective Inspector«, sagte sie, ihn auf ihre freundlich ironische Art bei seinem vollen Titel nennend. Nie sagte sie einfach Mister, Miss oder Mistress, wenn die Möglichkeit bestand, sechs oder sieben Silben aneinanderzureihen, als handle es sich um eine Audienz bei Hof. »Entweder stehen die Sterne gerade günstig oder Superintendent Webberly hat im Fußballtoto gewonnen. Er hat ohne mit der Wimper zu zucken unterschrieben. So ein Glück möchte ich auch mal haben, wenn ich Urlaub beantrage.«

Lynley nahm die Aktennotiz an sich. Sein Chef hatte seinen Namen daruntergesetzt und dazu eine kaum leserliche Notiz: »Seien Sie vorsichtig, wenn Sie fliegen.« Sechs kurze Worte, die verrieten, daß Webberly ahnte, daß er vorhatte, zu einem verlängerten Wochenende nach Cornwall zu fliegen. Lynley zweifelte nicht daran, daß der Superintendent auch den Grund der Reise erraten hatte. Er hatte ja Deborahs Foto auf Lynleys Schreibtisch gesehen und mehrmals seine kleinen Bemerkungen darüber gemacht.

Auch Harriman widmete sich in diesem Moment der Betrachtung der Fotografie, mußte die Augen zusammenkneifen, um sie scharf sehen zu können, weil sie die Brille, die, wie Lynley wußte, in ihrem Schreibtisch lag, wieder einmal verschmäht hatte. Denn die Brille schmälerte die auffallende Ähnlichkeit Harrimans mit der Prinzessin von Wales, und gerade die wollte sie betonen. So trug sie auch heute die Kopie eines Kleides, das Lady Di bei irgendeinem öffentlichen Auftritt vorgeführt hatte.

»Es wird getuschelt, daß Deb wieder in London ist«, sagte sie, während sie das Foto an seinen Platz stellte und dann stirnrunzelnd auf das Chaos auf seinem Schreibtisch hinuntersah. Sie sammelte die herumflatternden Telefonnotizen ein, heftete sie säuberlich zusammen und schob dann fünf Ordner gerade.

»Sie ist schon seit mehr als einer Woche wieder da«, antwortete Lynley.

»Aha, daher also die Veränderung. Sie hören wohl schon die Hochzeitsglocken läuten, Inspector? Seit drei Tagen grinsen Sie wie ein Schwachsinniger.«

»Tatsächlich?«

»Und schweben offensichtlich auf Wolken. Wenn das Liebe ist, nehme ich gleich eine doppelte Portion.«

Er lachte, sah seine Akten durch und reichte ihr zwei.

»Nehmen Sie statt dessen die hier, ja? Webberly wartet auf sie.«

Harriman seufzte. »Ich sehne mich nach Liebe, und er gibt mir ...«, sie warf einen Blick in die Akte, »Faseruntersuchungen von einem Mord in Bayswater. Wie romantisch. Ich hab' den falschen Beruf erwischt.«

»Aber Sie dienen dem Wohle des Volkes.«

»Ja, schmieren Sie mir nur Honig ums Maul.« Sie eilte aus seinem Zimmer und rief irgend jemandem zu, er sollte gefälligst mal an das Telefon gehen, das in einem leeren Raum nebenan unausgesetzt läutete.

Lynley faltete die Aktennotiz zusammen und klappte seine Taschenuhr auf. Halb sechs. Er war seit sieben im Dienst. Auf seinem Schreibtisch lagen noch mindestens drei Berichte zu seiner Begutachtung, aber er merkte, daß seine Konzentration nachließ. Es war Zeit, zu ihr zu gehen, sagte er sich. Sie mußten miteinander sprechen.

Durch die Drehtür trat er auf den Broadway hinaus und

ging an dem wenig attraktiven Bau aus grauem Stein und Glas entlang zur Grünanlage.

Deborah stand noch dort, wo er sie von seinem Bürofenster aus gesehen hatte. Bald mit bloßem Auge, bald durch das Objektiv ihres Fotoapparats, der etwa drei Meter entfernt auf dem Stativ stand, studierte sie, wie es schien, den *Suffragette Scroll.* Doch das, was sie mit der Linse einfangen wollte, entzog sich ihr offenbar. Noch während Lynley sie beobachtete, schnitt sie ein Gesicht, ließ enttäuscht die Schultern hängen und begann, ihre Geräte abzubauen und in den stabilen Metallkoffer zu packen.

Lynley blieb einen Moment stehen, ehe er über den Rasen zu ihr ging, um sich einfach an der Lebendigkeit ihrer Bewegungen zu erfreuen. Er war glücklich, daß sie hier war. Für den süßen Schmerz der Liebe zu einer Frau, die auf der anderen Seite des Ozeans war, hatte er wenig Sinn. Deborahs Abwesenheit war für ihn alles andere als einfach gewesen. Die meiste Zeit hatte er nur daran gedacht, wann er sie wiedersehen würde, und Pläne für die nächste Stippvisite nach Kalifornien gemacht. Aber nun war sie zurück. Sie war bei ihm. Und so sollte es bleiben, wenn es nach ihm ging.

Die Tauben, die im Gras nach Krümeln suchten, flatterten vor seinen Füßen auf, als er über den Rasen ging. Deborah sah auf. Ihr Haar, das sie mit mehreren Kämmen recht provisorisch hochgesteckt hatte, strebte nach Freiheit. Gereizt vor sich hinmurmelnd, hob sie die Hände, um es wieder festzustecken.

»Weißt du«, sagte sie statt einer Begrüßung zu ihm, »ich habe mir immer gewünscht, ich wäre eine dieser Frauen, von denen es immer heißt, sie hätten Haar wie Seide. Du weißt schon, was ich meine. So der Typ wie Estella Havisham.«

»Hatte Estella Havisham Haar wie Seide?« Er schob ihre

Hand weg und kümmerte sich selbst um die widerspenstigen Strähnen.

»Bestimmt. Kannst du dir vorstellen, daß der arme Pip sich unsterblich in eine Frau verliebt hätte, die nicht Haar wie Seide hatte? Aua!«

»Hat's geziept?«

»Ein bißchen. Diese Haare sind wirklich zum Heulen.«

»So, jetzt sieht es sehr ordentlich aus. Wenigstens vorübergehend.«

»Immerhin ein Trost.«

Sie lachten beide und sammelten gemeinsam Debs Sachen ein, die auf dem Rasen verstreut waren. Sie war mit dem Stativ, dem Fotokoffer, einer Einkaufstüte mit Obst, einem bequemen alten Pullover und ihrer Schultertasche losgezogen. »Ich hab' dich von meinem Büro aus gesehen«, sagte Lynley zu ihr. »Woran arbeitest du? Hommage an Mrs. Pankhurst?«

»Nein, ich hab' gewartet, daß das Licht oben auf die Schrift fällt. Ich wollte einen Diffraktionseffekt erreichen. Leider sind mir die Wolken dazwischengekommen. Und als sie sich endlich verzogen, war die Sonne auch weg.«

Sie gingen langsam zum Yard zurück.

»Ich habe mir Freitag und Montag freigenommen«, erzählte Lynley. »Wir könnten nach Cornwall fliegen. Ich meine, wenn du nichts vorhast, könnten wir...« Er brach ab, verwundert über seine Unsicherheit.

»Nach Cornwall?« Deborahs Stimme war unverändert, aber sie hatte sich von ihm abgewandt, so daß er ihr Gesicht nicht sehen konnte.

»Ja. Nach Howenstow. Ich finde, es ist Zeit, meinst du nicht? Ich weiß, du bist eben erst nach Hause gekommen, und es ist vielleicht ein bißchen überstürzt, aber du kennst ja noch nicht einmal meine Mutter.«

»Ja«, sagte Deborah nur.

»Wenn du mitkommst, könnte dein Vater sie auch gleich kennenlernen. Es ist doch an der Zeit.«

Sie blickte stirnrunzelnd zu ihren abgestoßenen Schuhen hinunter und sagte nichts.

»Deb, es läßt sich nicht ewig vermeiden. Ich weiß, was du denkst. Zwischen den beiden sind Welten. Sie werden sich nichts zu sagen haben. Aber das stimmt nicht. Die beiden werden sich bestens verstehen. Glaub mir.«

»Aber er wird nicht wollen, Tommy.«

»Ich weiß, darum habe ich mir da schon etwas überlegt. Ich habe Simon gebeten mitzukommen. Es ist schon alles abgemacht.«

Er erwähnte keine Einzelheiten seines kurzen Zusammentreffens mit St. James und Helen Clyde im *Ritz*. Er sagte nichts von St. James' schlecht verhohlenem Widerstreben und Helens eiliger Entschuldigung. Berge von Arbeit, hatte sie gesagt. Sie würden im kommenden Monat wahrscheinlich jedes Wochenende durcharbeiten müssen.

Helens Ablehnung war zu prompt gekommen, um glaubhaft zu sein. Dies und ihr Bestreben, St. James' Blick zu meiden, während sie sprach, sagte Lynley klar, wie wichtig es beiden war, Cornwall fernzubleiben. Selbst wenn es sein Wille gewesen wäre, sich etwas vorzumachen, hätte er es angesichts ihres Verhaltens nicht tun können. Er wußte, was es bedeutete. Aber er brauchte sie Cotters wegen in Cornwall, und sein Hinweis auf Cotters Hemmungen hatte die beiden doch noch für den Ausflug gewonnen. Niemals hätte St. James Joseph Cotter im Stich gelassen und ihn vier Tage lang peinliches Unbehagen unter Menschen leiden lassen, denen er sich nicht zugehörig fühlte. Und niemals hätte Helen St. James allein ein Wochenende verbringen lassen, das, wie sie klar sah, für ihn eine einzige Qual werden würde. Lynley wußte, daß er sie beide benutzt hatte. Nur um Cotters willen, sagte er sich und weigerte sich zu prüfen, welche anderen – weit zwingenderen – Gründe er hatte, in Howenstow mit großer Begleitung anzureisen.

Deborah betrachtete eingehend die silbernen Lettern auf der Drehtür des Yard. »Simon kommt mit?« fragte sie.

»Und Helen und Sidney auch.«

Lynley wartete auf eine weitere Reaktion von ihr. Als außer einem kaum wahrnehmbaren Nicken nichts folgte, sagte er sich, daß sie nun endlich dicht genug an dem Thema waren, das sie so lange gemieden hatten. Es stand unberührt zwischen ihnen, mußte aber ein für allemal beseitigt werden. Er war entschlossen, das jetzt zu tun.

»Hast du ihn gesehen, Deb?«

»Ja.« Sie nahm das Stativ von der einen Hand in die andere. Mehr sagte sie nicht, überließ alles ihm.

Lynley griff in die Tasche und holte Zigarettenetui und Feuerzeug heraus. Er zündete sich eine Zigarette an, ehe sie ihn mahnen konnte, nicht soviel zu rauchen.

»Wir müssen darüber sprechen, Deb.«

»Ich habe ihn in der Nacht gesehen, als ich zurückkam, Tommy. Er hat im Labor auf mich gewartet. Mit einem Geschenk. Ein Vergrößerungsgerät. Er wollte es mir zeigen. Und am folgenden Nachmittag kam er nach Paddington. Da haben wir miteinander gesprochen.«

Sie sagte nicht: Das war alles.

Lynley warf seine Zigarette weg. Er war wütend auf sich selbst. Was wollte er denn wirklich von Deborah hören? Wie konnte er von ihr eine Erklärung ihrer Beziehung zu einem Menschen erwarten, die ihr ganzes Leben begleitet hatte? Wie kam er überhaupt auf den Gedanken, daß sie ihm eine solche Erklärung je würde geben können? Er wollte nicht glauben, was er fürchtete und was sein Vertrauen zu untergraben drohte, daß nämlich mit Deborahs Rückkehr nach London jedes Wort und jede Geste der Liebe, die sie in den letzten Jahren getauscht hatten, nichtig werden würden. Vielleicht lag unter diesen nagenden Zweifeln der wahre Grund für seine Entschlossenheit, St. James nach Cornwall mitzuschleppen: dem anderen ein für allemal zu beweisen, daß Deborah nun zu ihm gehörte. Es war ein abscheulicher Gedanke.

»Tommy.«

Er riß sich aus seinen Gedanken und sah, daß Deborah ihn beobachtete. Er wollte sie berühren, sie in die Arme nehmen und festhalten. Er wollte ihr sagen, wie sehr er sie liebte, ihre grünen Augen mit den goldbraunen Sprenkeln, ihr Haar, das ihn an Herbst erinnerte. Doch das alles erschien in diesem Moment lächerlich.

»Ich liebe dich, Tommy. Ich möchte dich heiraten.«

Blutzoll

4

Nancy Cambrey schlurfte die gekieste Auffahrt hinauf, die sich vom Verwalterhaus von Howenstow zum Herrenhaus wand. Feine Staubwirbel stiegen hinter ihren Füßen auf. Der Sommer war bisher ungewöhnlich trocken gewesen. Eine fahle Patina von Staub bedeckte die Blätter der Rhododendronbüsche, die die Kiesstraße säumten, und die Bäume, die sich über sie neigten, spendeten zwar Schatten, vor allem aber schienen sie die schwere, trockene Luft unter ihren dichtbelaubten Ästen einzuschließen. Der Wind, der vom Atlantik kam, wurde von den Bäumen abgehalten. Dort, wo Nancy ging, war die Luft totenstill und roch nach trockenem Laub, das die Sonne zu Asche verbrannt hatte.

Vielleicht, dachte sie, kam diese Schwere, die so drückend auf ihrer Lunge lag, gar nicht aus der Luft. Vielleicht kam sie von der Angst. Sie hatte sich vorgenommen, mit Lord Asherton zu sprechen, sobald er einmal wieder zu Besuch nach Howenstow kam. Nun kam er. Nun mußte sie mit ihm sprechen.

Der Klang von Stimmen veranlaßte sie, stehenzubleiben und kurzsichtig durch die Bäume zu blinzeln. Gestalten bewegten sich um einen Tisch, der auf dem Rasen unter einer großen alten Eiche aufgestellt war. Zwei der Tageshilfen von Howenstow waren dort an der Arbeit.

Nancy erkannte die Stimmen. Sie kannte diese Mädchen seit ihrer Kindheit – Bekannte, aber keine Freundinnen. Sie gehörten zu jenem Teil der Menschheit, der hinter Barrieren lebte; jener Barriere, die Vertraulichkeit mit den Lynley-

Kindern ebenso wirksam verhindert hatte wie mit den Kindern der Pächter, der Bauern, der Arbeiter und der Hausangestellten.

Nancy Nirgendwo, hatte sie sich genannt und war immer bemüht gewesen, einen Ort zu finden, an den sie gehörte. Sie hatte diesen Ort jetzt, dem Namen nach jedenfalls, ihren eigenen Ort, ihre eigene Welt, die sich um ihre fünf Monate alte Tochter, Gull Cottage und Mick drehte.

Mick. Michael Cambrey. Journalist. Weltenbummler. Plänemacher. Und Nancys Ehemann.

Sie hatte ihn vom ersten Moment an haben wollen. Sie hatte nichts anderes mehr gewollt, als sich in seinem Charme zu sonnen, an seinem männlich schönen Gesicht sattzusehen, seine Stimme zu hören und sein natürliches Lachen, seinen Blick auf sich zu fühlen und zu hoffen, sie sei der Grund für das lebhafte Blitzen seiner Augen. Sie war darum, als sie eines Tages in der Redaktion der kleinen Zeitung seines Vaters, dem sie seit zwei Jahren die Bücher führte, Mick anstelle seines Vaters angetroffen hatte, nur zu gern seiner Einladung gefolgt, noch ein wenig zu bleiben und mit ihm zu schwatzen.

Er liebte es zu reden, und sie liebte es, ihm zuzuhören. Sie hatte, da sie zu dem Gespräch kaum mehr beizusteuern hatte als ihre Bewunderung, gern geglaubt, mehr zu ihrer Beziehung beitragen zu müssen. Und sie hatte es getan – auf der Matratze in der alten Mühle von Howenstow, wo sie sich den ganzen April getroffen und das Kind gezeugt hatten, das im Januar zur Welt gekommen war.

Sie hatte keine Sekunde lang darüber nachgedacht, wie ihr Leben sich vielleicht verändern würde. Sie hatte keine Sekunde lang darüber nachgedacht, wie Mick selbst sich vielleicht verändern würde. Nur dem Augenblick hatte sie gelebt, nur Gefühl und Sinne waren wichtig gewesen. Seine

Hände und sein Mund, sein harter männlicher Körper, der schwache Salzgeschmack seiner Haut, das Aufstöhnen der Wonne, wenn er sie nahm. Das Glück darüber, daß er sie begehrte, hatte alle Gedanken an die möglichen Konsequenzen zurückgedrängt. Sie waren Nebensache.

Wie anders war es jetzt.

»Können wir darüber reden, Roderick?« hatte sie Mick sagen hören. »Bei unserer gegenwärtigen finanziellen Situation sollten Sie sich diesen Entschluß wirklich noch einmal überlegen. Sprechen wir doch darüber, wenn ich aus London zurück bin.«

Er hatte noch einen Moment zugehört, einmal gelacht, dann aufgelegt und sich umgedreht nach der Tür, wo sie, flammend rot vor Scham, ihn belauscht zu haben, zurückschreckte. Aber ihre Anwesenheit störte ihn gar nicht. Er ignorierte sie einfach und kehrte an seine Arbeit zurück, während über ihnen im Schlafzimmer die kleine Molly weinte.

Nancy hatte ihm zugesehen, wie er auf seinem neuen Computer gearbeitet hatte. Sie hörte ihn vor sich hinbrummen und sah, wie er die Betriebsanleitung zur Hand nahm, um einige Seiten zu lesen. Sie ging nicht zu ihm, um mit ihm zu sprechen.

»Bei unserer gegenwärtigen finanziellen Situation...« Gull Cottage gehörte ihnen nicht. Das Haus war nur gemietet. Aber das Geld war knapp. Mick gab es zu unüberlegt aus. Die letzten zwei Mieten waren sie schuldig geblieben. Wenn Dr. Trenarrow jetzt eine Erhöhung beabsichtigte und diese Erhöhung zu dem hinzukam, was sie bereits schuldeten, war es vorbei. Das wußte sie. Und wohin sollten sie dann? Gewiß nicht nach Howenstow, wo sie im Verwalterhaus von der grollenden Barmherzigkeit ihres Vaters abhängig wären. Das war unmöglich.

»Die Tischdecke hat ’n Loch, Mary. Hast du eine zweite mitgebracht?«

»Nein. Stell doch einfach einen Teller drauf.«

»Und wer sitzt mitten auf dem Tisch, Mary?«

Gelächter schallte zu Nancy herüber. Die Mädchen schüttelten das weiße Tischtuch aus. Von einem plötzlichen Windstoß ergriffen, bauschte es sich in ihren Händen. Nancy hob das Gesicht in den Wind, aber er blies ihr nur ein paar welke Blätter und eine Handvoll Staub ins Gesicht.

Sie hob eine Hand, um sich abzuwischen, aber schon die Bewegung war zuviel. Seufzend schlurfte sie weiter zum Haus.

In London von Liebe und Ehe zu sprechen war leicht. Aber es war etwas ganz anderes, allen Konsequenzen dieser leicht dahingesagten Worte ins Auge zu sehen, wenn man sie hier in Cornwall praktisch auf dem Präsentierteller dargeboten bekam. Als sie aus dem Wagen stieg, der sie am kleinen Flughafen von Land’s End abgeholt hatte, war Deborah Cotter entschieden mulmig.

Sie hatte Lynley immer nur in ihrem eigenen Lebenskreis erlebt und darum nie ernstlich darüber nachgedacht, was es heißen würde, in seine Familie einzuheiraten. Sie wußte natürlich, daß er von altem Adel war. Sie war in seinem Bentley gefahren, sie kannte sein Londoner Haus und seinen Butler. Sie hatte von seinem Porzellan gegessen, aus seinem Kristall getrunken und ihm zugesehen, wenn er in seine maßgeschneiderten Anzüge schlüpfte. Das alles jedoch hatte sie kurzerhand in einen Kasten mit dem Etikett »Wie Tommy lebt« gesteckt. Ihr eigenes Leben hatte es nicht berührt. Doch als Tommy mit dem Flugzeug zweimal über Howenstow gekreist war, um ihr den Besitz zu zeigen, hatte eine erste Ahnung sie angeflogen, daß ihrem Leben, wie sie es seit einundzwanzig Jahren kannte, tiefgreifende Veränderungen bevorstanden.

Das Haus war ein mächtiger jakobinischer Bau in der Form eines deformierten E's, dem der mittlere Balken fehlte. Ein großer Seitenflügel wuchs von der Westecke nach rückwärts hinaus, und im Nordwesten, im Rücken des Gebäudes, stand eine Kirche. Hinter dem Haus gruppierten sich Wirtschaftsgebäude und Stallungen, und dahinter dehnte sich der Park bis zum Meer hin aus. Kühe weideten auf diesen Parkflächen unter mächtigen alten Platanen, die hier, durch eine natürliche Böschung vor dem bisweilen rauhen Südwestwind geschützt, groß und kräftig wurden. Eingefaßt war das gesamte Gelände von der kunstvoll aufgeschichteten Mauer, die die Grenze des eigentlichen Guts markierte, jedoch nicht des Besitzes der Ashertons, der, wie Deborah wußte, Pachthöfe für Milchwirtschaft und Ackerbau und stillgelegte Bergwerke umfaßte, die den Bezirk einst mit Zinn beliefert hatten.

Angesichts der unleugbaren Realität von Tommys Zuhause – nun nicht mehr Kulisse der Wochenendgesellschaften, über die sie St. James und Helen so viele Jahre hatte sprechen hören – kam Deborah plötzlich ein verrücktes und völlig lachhaftes Bild ihrer selbst – Deborah Cotter, Tochter eines Domestiken, wie sie frischfröhlich das Leben in diesem Haus anpackte, als wäre es Manderley, hinter dessen Mauern irgendwo grübelnd Max de Winter saß und darauf wartete, durch die Liebe einer einfachen Frau erlöst zu werden. Kaum eine Rolle für mich, dachte sie.

Was um alles in der Welt tue ich hier? Sie kam sich vor wie in einem Traum, in dem sich Hirngespinst auf Hirngespinst häufte. Der Flug nach Süden, der erste Blick auf Howenstow, die Limousine und der uniformierte Chauffeur, die auf dem Rollfeld gewartet hatten. Selbst Helens frotzelnde Begrüßung des Mannes – »Jasper, du lieber Gott! So in Schale! Beim letzten Mal waren Sie nicht mal rasiert!« – trug kaum dazu bei, Deborahs Bedenken zu beschwichtigen.

Wenigstens wurde auf der Fahrt nach Howenstow nichts weiter von ihr erwartet, als die Landschaft von Cornwall zu bewundern, und das tat sie. Es war ein ungezähmtes Land mit einsamen Hochmooren, felsigen Hügeln, sandigen Buchten, deren verborgene Höhlen lange Zeit Schmugglern als Unterschlupf gedient hatten, mit üppigen Laubwäldern in engen Talmulden und überall wild wuchernd Schöllkraut, Klatschmohn und Immergrün in den hohen Hecken der schmalen Straßen.

Von einem dieser Sträßchen zweigte, von Platanen überdacht und von Rhododendron gesäumt, die Auffahrt nach Howenstow ab. Am Verwalterhaus vorbeiführend, fuhr man zunächst am Park entlang, dann unter einem prächtigen Tudortor hindurch, vorbei an einem Rosengarten, und endete schließlich vor dem Portal des Hauses, über dem im Wappen derer von Asherton sich ein Hund und ein Löwe in kühnem Kampf maßen.

Deborah warf nur einen einzigen flüchtigen Blick auf das Haus. Es schien verlassen. Sie wünschte, es wäre so.

»Ah, da ist Mutter«, sagte Lynley.

Als Deborah sich umdrehte, sah sie, daß er nicht zur Haustür blickte, wo sie eine elegant gekleidete Gräfin Asherton mit müde zum Gruß dargebotener weißer Hand erwartet hatte, sondern vielmehr zur Südwestecke des Hauses. Von dorther kam eine große, schlanke Frau durch das Gebüsch auf sie zu.

Deborah war überrascht. Lady Asherton trug einen alten Tennisdreß und über die Schultern ein verblichenes blaues Handtuch, mit dem sie sich energisch den Schweiß von Gesicht, Hals und Armen rubbelte. Drei große Jagdhunde tobten um sie herum, und sie blieb kurz stehen, zog dem einen

einen Ball aus dem Maul und warf ihn mit weit ausholender Bewegung zur anderen Seite des Gartens. Lachend sah sie den davonjagenden Hunden einen Moment nach, ehe sie auf die eingetroffenen Gäste vor dem Haus zuging.

»Tommy!« sagte sie erfreut. »Du trägst dein Haar ein bißchen anders, nicht? Es gefällt mir. Sehr sogar.« Sie berührte ihn nicht. Statt dessen umarmte sie Helen und St. James, ehe sie sich Deborah zuwandte und mit einer schuldbewußten Geste auf ihren Tennisdreß sagte: »Entschuldigen Sie meinen Aufzug, Deborah. Ich empfange meine Gäste sonst nicht so nachlässig gekleidet, aber wissen Sie, ich bin schrecklich faul, und wenn ich meine Gymnastik nicht jeden Tag zur gleichen Zeit mache, fallen mir tausend Entschuldigungen ein, es überhaupt zu lassen. Sie sind doch hoffentlich nicht so eine Gesundheitsfanatikerin, die jeden Morgen bei Tagesanbruch im Jogging-Anzug unterwegs ist.«

Ein »Willkommen in unserer Familie« war das gewiß nicht. Es war aber auch nicht diese raffinierte Art der Begrüßung, in der sich unumgängliche Höflichkeit mit unmißverständlicher Mißbilligung mischte. Deborah wußte nicht recht, was sie von diesem Empfang halten sollte.

Als hätte sie Verständnis dafür und wolle ihr über diesen ersten Moment hinweghelfen, lächelte Lady Asherton nur, drückte Deborah kurz die Hand und wandte sich ihrem Vater zu. Cotter hatte die ganze Zeit etwas abseits gestanden. Sein Gesicht war schweißnaß vor Hitze. Irgendwie schaffte er es, in seinem Anzug auszusehen, als wäre der für einen beträchtlich größeren und dickeren Mann gemacht.

»Mr. Cotter«, sagte Lady Asherton. »Darf ich Sie Joseph nennen? Ich freue mich sehr, daß Sie und Deborah bald zu unserer Familie gehören werden.«

Da war er also, der gebührende Willkommensgruß. Lynleys Mutter hatte ihn, klug wie sie war, für denjenigen aufgespart, von dem sie intuitiv geahnt hatte, daß er ihn am dringendsten nötig hatte.

»Ich danke Ihnen, Mylady.« Cotter hielt die Arme so fest auf dem Rücken, als hätte er Angst, einer von ihnen könne aus eigenem Antrieb frech hervorschießen, um Lady Asherton kräftig die Hand zu schütteln.

Lady Asherton lächelte. Es war Tommys etwas schiefes Lächeln. »Ich heiße Dorothy. Aber aus mir völlig unerfindlichem Grund nennen mich die ganze Familie und meine Freunde immer nur Daze. Na ja, das ist wahrscheinlich immer noch besser als Diz.«

Cotter schien ziemlich verblüfft über diese eindeutige Aufforderung, die Witwe eines Grafen beim Vornamen zu nennen. Aber er faßte sich schnell, nickte kurz und sagte mutig: »Gut, also Daze.«

»Fein«, sagte Lady Asherton herzlich. »Ihr habt euch ja prächtiges Wetter für diesen Besuch ausgesucht. Es war in letzter Zeit ein bißchen schwül – es ist ziemlich warm, nicht wahr? –, aber ich denke, heute nachmittag wird etwas Wind aufkommen. Sidney ist übrigens schon da. Und sie hat einen äußerst interessanten jungen Mann mitgebracht. Etwas düster und schwermütig.«

»Brooke?« fragte St. James. Er sah nicht erfreut aus.

»Ja. Justin Brooke. Kennst du ihn, Simon?«

»Besser als ihm lieb ist, um der Wahrheit die Ehre zu geben«, bemerkte Helen. »Aber er hat mir versprochen, brav zu sein, nicht wahr, Simon, mein Schatz? Kein Gift in den Porridge. Kein Duell im Morgengrauen. Keine Prügelei im Salon. Zweiundsiebzig Stunden lang nichts als tadellose Höflichkeit. Wenn das nicht das höchste der zähneknirschenden Gefühle ist!«

»Jeden Augenblick werde ich auskosten«, versetzte St. James.

Lady Asherton lachte. »Bestimmt, Simon. Oder hast du schon mal von einer Wochenendeinladung gehört, bei der nicht sämtliche Leichen aus den Schränken fielen und die Gemüter in Wallung gerieten? Ich fühle mich wieder richtig jung bei der Vorstellung.«

Sie nahm Cotters Arm und ging mit ihm voraus ins Haus. »Ich möchte Ihnen etwas zeigen, worauf ich sehr stolz bin, Joseph«, hörten sie sie sagen und sahen sie auf die kunstvolle Mosaikarbeit des Eingangs zeigen. »Das wurde gleich nach dem großen Brand von 1849 von einheimischen Handwerkern angefertigt. Sie brauchen es nicht zu glauben, aber es heißt, daß das Feuer...«

Einen Moment später hörten sie Cotters Lachen, herzlich und unbeschwert.

Deborah wurde ein wenig wohler. Ihr Herzschlag beruhigte sich. Erleichterung löste alle Spannung, und erst da wurde ihr bewußt, wie groß tatsächlich ihre Bange vor diesem ersten Zusammentreffen ihres Vaters mit Lynleys Mutter gewesen war. Es hätte eine Katastrophe werden können. Es wäre eine Katastrophe geworden, wäre nicht Tommys Mutter eine Frau gewesen, die es verstand, mit natürlicher Liebenswürdigkeit Fremden alle Befangenheit zu nehmen.

Sie ist wunderbar. Deborah hätte es am liebsten laut gesagt, und ohne nachzudenken, wandte sie sich St. James zu.

Er wirkte heiter. Die Fältchen um seine Augen vertieften sich. Er lächelte flüchtig.

»Willkommen in Howenstow, Deb, mein Liebling.« Lynley legte ihr den Arm um die Schultern und führte sie ins Haus, wo es dank der hohen Decke und dem Mosaikboden angenehm kühl und luftig war.

Sie fanden Daze Asherton und Cotter im großen Saal rechts vom Eingang, einem langen, hohen Raum mit einem massigen offenen Kamin, über dessen Sims aus unbehauenem Granit der Kopf einer wilden Gazelle hervorsprang. An den holzgetäfelten Wänden hingen lebensgroße Porträts der Ashertons, Vertreter aller Generationen, die in allen erdenklichen Posen und Kostümen auf ihre Nachfahren herabblickten.

Deborah blieb vor dem Porträt eines Mannes in cremefarbener Reithose und rotem Jackett stehen, der, in der Hand eine Reitpeitsche und zu Füßen einen Jagdhund, an eine zerbrochene Urne gelehnt stand. »Tommy«, rief sie. »Diese Ähnlichkeit mit dir ist ja direkt unheimlich.«

»Tommy fehlt nur noch das entzückende Höschen«, bemerkte Helen.

Als Lynley sie fester faßte, glaubte Deborah im ersten Moment, es sei eine Reaktion auf das Gelächter, mit dem Helens Bemerkung aufgenommen wurde. Aber dann sah sie, daß am Nordende des Saals eine Tür sich geöffnet hatte. Ein hochaufgeschossener junger Mann in abgeschabten Blue Jeans kam barfuß über das Parkett. Ein hohlwangiges junges Mädchen folgte ihm. Auch ihre Füße waren bloß.

Das mußte Peter sein. Er war so blond wie Lynley und hatte die gleichen braunen Augen. Seine Gesichtszüge waren so klar gemeißelt wie die vieler seiner Vorfahren auf den Porträts. In einem Ohr trug er einen Ohrring, ein Hakenkreuz, das an einem dünnen Goldkettchen bis auf seine Schulter herabhing.

»Peter! Du bist nicht in Oxford?« Lynleys Ton war beherrscht. Familienstreitigkeiten trug man nicht vor den Wochenendgästen aus.

Peter lächelte kurz, zuckte die Achseln und sagte: »Wir sind runtergekommen, weil wir ein bißchen Sonne tanken wollten, und da hörten wir, daß du die gleiche Idee hattest. Fehlt nur noch Judy, dann wären die Geschwister komplett.«

Er nickte St. James und Helen zu und zog seine Freundin

näher. Wie in Nachahmung der Geste Lynleys legte er ihr den Arm um die Schulter.

»Das ist Sasha.« Ihr Arm umfaßte seine Taille. Ihre Finger schoben sich unter das schmutzige T-Shirt in seine Jeans. »Sasha Nifford.« Ohne darauf zu warten, daß Lynley ihn mit Deborah bekanntmachte, nickte er dieser zu. »Und das ist wohl deine zukünftige Frau. Du hast immer schon einen hervorragenden Geschmack gehabt. Das hast du uns ja im Lauf der Jahre deutlich demonstriert.«

Daze Asherton trat zu ihnen. Sie blickte von einem Sohn zum anderen und hob eine Hand, als wolle sie sie irgendwie zusammenbringen.

»Ich bin aus allen Wolken gefallen, als Hodge mir sagte, Peter und Sasha seien gekommen. Trifft es sich nicht glänzend, daß Peter gerade zu deinem Verlobungswochenende hier ist?«

»Doch, sehr schön«, antwortete Lynley ruhig. »Mutter, würdest du unseren Gästen ihre Zimmer zeigen? Ich hätte gern ein paar Minuten mit Peter allein gesprochen.«

»Wir essen in einer Stunde. Es ist so ein schöner Tag, da haben wir draußen gedeckt.«

»Gut. In einer Stunde. Wenn du dich inzwischen um unsere Gäste kümmerst ...« Es war weit eher ein Befehl als eine Bitte.

Deborah war verwundert über seinen Ton. Sie suchte bei den anderen nach einer Antwort, fand in ihren Gesichtern jedoch einzig Entschlossenheit, die knisternde Feindseligkeit, die in der Luft lag, zu ignorieren. Helen betrachtete angelegentlich ein in Silber gerahmtes Foto des Prinzen von Wales. St. James bewunderte eine orientalische Teedose. Cotter stand am Erkerfenster und sah in den Garten hinaus.

»Darling«, sagte Lynley zu ihr. »Würdest du mich jetzt kurz entschuldigen.«

»Tommy –«

»Entschuldige, Deb.«

»Kommen Sie, Kind.« Daze Asherton berührte leicht ihren Arm.

Deborah wollte nicht gehen.

Helen trat zu ihnen. »Sag mir, ob du mir das süße grüne Zimmer über dem Westhof gegeben hast, Daze. Du weißt, welches ich meine. Über der Waffenkammer. Ich möchte schon seit Jahren mal da übernachten und mir mit dem schauerlichen Kitzel die Decke über den Kopf ziehen, daß unten vielleicht gleich einer versehentlich mit einer Flinte durch die Decke ballern wird.«

Sie nahm Daze Ashertons Arm, und die beiden Frauen wandten sich zur Tür. Deborah blieb nichts anderes übrig, als ihnen zu folgen. Doch ehe sie hinausging, drehte sie sich noch einmal nach Lynley und seinem Bruder um. In gespannter Haltung standen sich die beiden Brüder gegenüber, unverkennbar kampfbereit.

Und was dieses Wochenende an heiterer Wärme verheißen hatte, gefror bei diesem Anblick und der plötzlichen Erkenntnis, daß sie über Tommys Beziehung zu seiner Familie kaum etwas wußte.

Lynley schloß die Tür des Musikzimmers, während Peter mit viel zu steifem, viel zu gemessenem Schritt zum Fenster ging. Er ließ sich lässig auf das grüne Brokatkissen in der Fensternische fallen und zog die langen Beine hoch, um es sich bequem zu machen. Vor der grünen, mit gelben Chrysanthemen bedruckten Tapete und im grellen Licht der Mittagssonne wirkte er noch blasser und elender als draußen im großen Saal. Mit einem Finger zeichnete er ein Muster auf die Fensterscheibe, sichtlich entschlossen, Lynley einfach zu ignorieren.

»Was tust du hier in Cornwall? Du solltest doch in Oxford sein. Wir haben für diesen Sommer extra einen Tutor angenommen. Wir hatten vereinbart, daß du dort bleibst.«

Lynley wußte, daß sein Ton kalt und unfreundlich war, aber der Anblick seines Bruders hatte ihn erschreckt. Peter war mager wie ein Skelett. Seine Augen wirkten gelb. Die Haut um seine Nase war wund und schorfig.

Peter zuckte mit trotziger Miene die Achseln. »Mensch, es ist doch nur ein Besuch. Ich will ja gar nicht bleiben. Ich geh' wieder zurück. In Ordnung?«

»Und was willst du hier? Und erzähl mir jetzt nichts vom Sonnetanken, das nehme ich dir nämlich nicht ab.«

»Es ist mir ziemlich egal, was du mir abnimmst und was nicht. Aber überleg doch mal, was für ein reizender Zufall es ist, daß ich gerade heute gekommen bin, Tommy. Wenn ich nicht ganz unerwartet hier aufgekreuzt wäre, hätte ich sämtliche Festivitäten glatt verpaßt. Oder wolltest du das vielleicht? Wolltest du mich nicht dabei haben, damit deine hübsche Rothaarige nicht gleich alle häßlichen Familiengeheimnisse auf einmal erfährt?«

Lynley ging mit großen Schritten durch das Zimmer und riß seinen Bruder aus der Fensternische in die Höhe.

»Ich frage dich noch einmal, Peter: Was willst du hier?«

Peter schüttelte ihn ab. »Ich hab's geschmissen, okay? Das wolltest du doch hören, oder? Ich bin ausgestiegen.«

»Bist du eigentlich völlig verrückt geworden? Und wo wohnst du?«

»Ich hab' in London eine eigene Bude. Keine Angst, ich hab' nicht vor, dich um Geld anzuhauen. Ich hab' selbst genug.« Er drängte sich an Lynley vorbei und ging zu dem alten Broadwood-Klavier. Mit einem Finger klimperte er auf den Tasten einige schiefe Töne.

»So ein Quatsch!« Lynley bemühte sich, vernünftig und

ruhig zu sprechen, aber das, was er hinter Peters Worten las, stimmte ihn niedergeschlagen. »Und wer ist das Mädchen? Wo hast du die aufgelesen? Peter, sie ist völlig verdreckt. Sie sieht aus wie eine –«

Peter fuhr herum. »Halt sofort den Mund. Sie ist das Beste, was mir in meinem Leben je begegnet ist, damit du's genau weißt. Sie ist das einzig Gute – das mir seit Jahren passiert ist.«

Das entbehrte der Glaubhaftigkeit.

»Du nimmst wieder Drogen«, sagte Lynley. »Ich dachte, du hättest aufgehört. Ich dachte, die Kur im Januar hätte dich endlich geheilt. Aber du hast wieder angefangen. Du hast Oxford gar nicht geschmissen, stimmt's? Sie haben *dich* geschmissen. So ist es doch? Antworte mir, Peter.«

Aber Peter schwieg beharrlich. Lynley packte sein Gesicht zwischen Daumen und Zeigefinger und drehte seinen Kopf, so daß er nur Zentimeter von ihm entfernt war.

»Was ist es diesmal? Bist du schon beim Heroin angelangt? Oder hängst du immer noch am Kokain? Hast du versucht, beides zu mischen? Rauchst du das Zeug? Oder spritzt du es dir?«

Noch immer sagte Peter nichts. Lynley ließ nicht locker.

»Bist du jetzt zu dem Schluß gekommen, daß Drogen das einzige sind, was im Leben zählt? Und wie steht's mit deiner Freundin Sasha? Seid ihr beide dabei, eine harmonische, sinnvolle Beziehung aufzubauen? Kokain muß eine prächtige Grundlage für die Liebe sein. Eine echte Bindung gibt's doch nur zwischen Süchtigen, nicht?«

Peter blieb weiterhin stumm. Lynley zerrte seinen Bruder zu einem Spiegel und stieß ihn seinem Spiegelbild entgegen, diesem unrasierten, bleichen Gesicht mit den aufgesprungenen Lippen und der verbrannten Nase, aus der ihm der Schleim auf die Oberlippe tropfte.

»Schön siehst du aus, findest du nicht?« sagte Lynley. »Was

willst du eigentlich Mutter erzählen? Daß du nicht mehr sniefst? Daß du nur eine Erkältung hast?«

Als er Peter losließ, rieb dieser sich die roten Flecken, die die Finger seines Bruders in seinem Gesicht hinterlassen hatten.

»Du wagst es, von Mutter zu reden«, flüsterte er. »Du wagst es. Ehrlich, Tommy, ich wollte, du würdest einfach krepieren.«

5

Weder Peter noch Sasha erschienen zum Mittagessen, und als hätte man sich im voraus darauf geeinigt, verlor keiner auch nur ein Wort darüber. Statt dessen konzentrierte man sich darauf, die Platten mit Garnelensalat, kaltem Hühnchen, Spargel und Artischocken herumzureichen und die beiden leeren Stühle, die einander am Ende des Tischs gegenüberstanden, zu ignorieren.

Lynley war froh über die Abwesenheit seines Bruders. Er wünschte sich Ablenkung.

Die erste bot sich kaum fünf Minuten nach Beginn der Mahlzeit, als Lynleys Verwalter um den Südflügel des Hauses herumkam und schnurstracks auf die große Eiche zuging, unter der der Mittagstisch stand. Doch seine Aufmerksamkeit schien nicht der kleinen Gesellschaft zu gelten, sein Blick war vielmehr auf die weiter entfernten Stallungen gerichtet, wo eben ein junger Mann geschmeidig über die Mauer sprang und im Laufschritt durch den Park kam.

Vom Tisch her rief Sidney St. James vergnügt: »Ihr Sohn ist ein großartiger Reiter, Mr. Penellin. Er ist heute morgen mit uns ausgeritten, aber Justin und ich konnten ihn kaum im Auge behalten.«

John Penellin nickte ihr höflich zu. Sein dunkles Keltengesicht war starr. Lynley kannte Penellin lange genug, um zu wissen, daß sich hinter der steinernen Maske mühsam gezügelte Wut verbarg.

»Und Justin reitet eigentlich gut – stimmt's, Darling? Aber Mark hat uns beide stehengelassen.«

Brooke sagte nur: »Ja, er ist gut, das stimmt«, und widmete sich wieder seinem Hühnchen.

Mark Penellin war mittlerweile so nahe gekommen, daß er die beiden letzten Bemerkungen gehört hatte. »Ich hab' aber auch viel Übung«, sagte er großmütig. »Sie haben sich beide erstklassig gehalten.«

Er fuhr sich mit der Hand über die feuchte Stirn. Er war eine weichere, hellere Ausgabe seines Vaters. Braunhaarig, mit noch ungezeichneten Zügen, während das Gesicht des alten Penellin kantig war, das schwarze Haar mit Grau durchsetzt. Der Vater wirkte müde, von Alter und Sorgen ausgelaugt. Der Sohn wirkte kräftig, gesund, lebendig.

»Peter ist nicht hier?« fragte er, von einem Ende des Tisches zum anderen blickend. »Das ist aber komisch. Er hat mich vorhin erst im Verwalterhaus angerufen und gesagt, ich soll raufkommen.«

»Sicher, um mit uns zu essen«, meinte Daze Asherton. »Das hat Peter gut gemacht. Bei uns ging heute morgen alles so durcheinander, daß ich gar nicht daran gedacht habe, Sie anzurufen, Mark. Das tut mir wirklich leid. Ich habe manchmal den Eindruck, ich habe bald überhaupt nichts mehr im Kopf. Kommen Sie, setzen Sie sich zu uns. John. Mark. Bitte.« Sie wies auf die beiden Plätze, die für Peter und Sasha gedacht gewesen waren.

Es war klar, daß John Penellin nicht bereit war, einfach auf sich beruhen zu lassen, was ihn ärgerte, und sich mit seinen Arbeitgebern und deren Gästen zum Mittagessen zu setzen.

Für ihn war dies ein Arbeitstag wie jeder andere. Und er war nicht aus dem Haus gekommen, um seine Mißbilligung darüber kundzutun, daß er von einem Mittagessen ausgeschlossen worden war, zu dem er gar nicht eingeladen werden wollte. Er war nur gekommen, um seinen Sohn abzufangen.

Mark und Peter, dicke Freunde seit ihrer Kindheit, waren gleich alt. Jahrelang waren sie beinahe unzertrennlich gewesen. Sie hatten zusammen gespielt und Dummheiten gemacht, sie waren zusammen geschwommen und gesegelt, sie waren zusammen groß geworden. Nur die Schule hatte sie getrennt. Während Peter nach Eton gegangen war, wie jeder männliche Asherton vor ihm, hatte Mark die Grundschule in Nanrunnel besucht und danach die höhere Schule in Penzance. Doch diese Trennung hatte nicht ausgereicht, sie auseinanderzureißen. Sie hatte ihre Freundschaft über Entfernung und Jahre hinweg aufrechterhalten.

Aber wenn es nach Penellin ging, sollte es jetzt damit ein Ende haben. Lynley verspürte vages Bedauern, noch ehe John Penellin sprach. Aber es war nur vernünftig von dem Mann, daß er seinen einzigen Sohn schützen wollte und mit allen Mitteln zu verhindern suchte, daß die Veränderungen, die mit Peter vorgegangen waren, auf Mark übergriffen.

»Nancy wartet im Haus auf dich«, sagte Penellin zu Mark. »Du brauchst jetzt nicht zu Peter.«

»Aber er hat angerufen und ...«

»Es interessiert mich nicht, wer angerufen hat. Geh ins Haus.«

»Aber ein kleines Mittagessen, John ...« begann Daze Asherton.

»Danke Ihnen, Mylady. Das ist nicht nötig.« Er sah seinen Sohn an. Die dunklen Augen waren unergründlich in dem starren Gesicht. »Komm jetzt mit, Junge.« Und dann zu

Lynley, mit einem Nicken zu den anderen: »Tut mir leid, Mylord.«

John Penellin machte auf dem Absatz kehrt und stapfte zum Haus zurück. Nach einem Blick in die Runde am Tisch – halb Flehen, halb Entschuldigung – folgte ihm sein Sohn. Sie hinterließen jene Stimmung unsicheren Unbehagens darüber, ob man über das soeben Geschehene sprechen oder es lieber völlig ignorieren solle. Doch alle blieben der stillschweigenden Vereinbarung treu, alles zu übergehen, was das Wochenende verderben konnte.

Helen gab den Ton an. »Ist dir eigentlich klar, Deborah«, sagte sie, während sie eine dicke Garnele aufspießte, »was für eine hohe Ehre dir mit deiner Inthronisation – ein anderes Wort gibt es wirklich nicht – in Urgroßmutter Ashertons Schlafzimmer zuteil geworden ist? Wenn ich daran denke, wie bei meinen früheren Besuchen immer alle ehrfürchtig auf Zehenspitzen daran vorbeigeschlichen sind! Ich dachte immer, es sei für die Königin persönlich reserviert, falls die mal auf eine Stippvisite vorbeikommen sollte.«

»Das ist das Zimmer mit dem Gruselbett«, warf Sidney ein. »Vorhänge und aller möglicher Klimbim. Und scheußliche Schnitzereien am Kopfteil, ein einziger Alptraum. Das kann nur eine Liebesprobe sein, Deb, ob du auch standhaft bist.«

»So ähnlich wie bei der Prinzessin auf der Erbse«, sagte Helen. »Mußtest du je in dem Zimmer schlafen, Daze?«

»Urgroßmutter lebte noch, als ich zum ersten Mal zu einem Besuch hier war. Anstatt in diesem Bett zu schlafen, mußte man mehrere Stunden lang geduldig daneben sitzen und aus der Bibel vorlesen. Sie hatte eine besondere Vorliebe für die martialischen Passagen des Alten Testaments, soweit ich mich erinnere. Ausgedehnte Forschungsreisen nach Sodom und Gomorrah. Lose Sitten, Fleischeslust und Hurerei. Wie Gott die Sünder bestrafte, interessierte sie weniger. ›Überlaß die mal unserem Herrgott‹, sagte sie immer und winkte ab. ›Komm, Kind, mach weiter.‹«

»Und hast du weitergemacht?« fragte Sidney.

»Aber natürlich. Ich war ja erst sechzehn. Ich glaube, ich hatte vorher noch nie etwas so herrlich Verworfenes gelesen.« Sie lachte. »Meiner Ansicht nach ist die Bibel zu einem großen Teil verantwortlich für das sündhafte Leben ...« Sie senkte plötzlich den Blick und zupfte an ihrer Serviette. Ihr Lächeln erlosch, erschien aber gleich wieder, und sie sah mit entschlossener Miene auf. »Erinnerst du dich an deine Urgroßmutter, Tommy?«

Lynley starrte in sein Weinglas und bemerkte sein Unvermögen, die Farbe einer Flüssigkeit zu definieren, die irgendwo zwischen Grün und Bernsteingelb lag. Er schwieg.

Deborah berührte seine Hand, flüchtig nur, wie ein Hauch. »Als ich das Bett sah, hab' ich mir überlegt, ob es sehr pietätlos wäre, auf dem Boden zu schlafen«, sagte sie.

»Ja, man erwartet irgendwie, daß die ganze Angelegenheit bei Einbruch der Dunkelheit zu finsterem Leben erwacht, nicht?« meinte Helen. »Aber ich möchte trotzdem mal da schlafen. Warum durfte ich noch nie eine Nacht in diesem Gruselbett verbringen?«

»So schlimm wär's gar nicht, wenn man nicht allein darin schlafen müßte.« Sidney warf Justin Brooke mit hochgezogener Augenbraue einen Blick zu. »Man brauchte nur einen zweiten Körper zum Warmhalten. Einen warmen Körper natürlich. Und vorzugsweise einen lebendigen. Falls Urgroßmutter Asherton die Gewohnheit hat, nachts durch die Gänge zu geistern, wär's mir lieber, sie käme nicht vorbei, um mich warmzuhalten. Aber ihr anderen braucht nur zweimal zu klopfen.«

»Wobei einige willkommener sind als andere, hoffe ich«, bemerkte Justin Brooke.

»Nur wenn sie sich zu benehmen wissen«, antwortete Sidney.

St. James blickte von seiner Schwester zu ihrem Liebhaber, ohne etwas zu sagen. Er nahm sich ein Brötchen und brach es sauber in zwei Hälften.

»Das kommt davon, wenn man beim Mittagessen über das Alte Testament redet«, sagte Helen. »Kaum erwähnt man die Genesis, schon verfallen wir alle in Sittenlosigkeit.«

Allgemeines Gelächter überbrückte den peinlichen Moment.

Lynley sah ihnen nach, als sie in verschiedene Richtungen auseinandergingen. Sidney und Deborah schlenderten zum Haus. Sidney, die gehört hatte, daß Deborah ihre Fotoausrüstung mitgebracht hatte, hatte schon bei Tisch angekündigt, sie wolle sich irgend etwas Verführerisches anziehen, um Deborah zu neuen fotografischen Höchstleistungen zu inspirieren. St. James und Helen gingen zum Tor, hinter dem der Park wartete. Daze Asherton und Cotter steuerten gemeinsam auf die Nordostseite des Hauses zu, wo im Schutz alter Buchen und Linden die kleine Kapelle stand, in der Lynleys Vater und die anderen Ashertons begraben lagen. Und Justin Brooke murmelte etwas davon, daß er sich einen schattigen Baum suchen wolle, um ein Mittagsschläfchen zu halten.

Augenblicke später war Lynley allein. Ein frisches Lüftchen erfaßte das Tischtuch. Er hielt es fest, schob einen Teller zur Seite und betrachtete die Überreste der Mahlzeit.

Er mußte mit John Penellin sprechen. Das erwartete der Verwalter nach so langer Abwesenheit von ihm. Zweifellos wartete er schon jetzt in seinem Büro, um mit ihm zusammen die Bücher durchzusehen und die Konten zu prüfen. Lynley graute vor der Sitzung. Es hatte nichts damit zu tun, daß Penellin ihn auf Peters Zustand ansprechen könnte. Die innere Abwehr spiegelte auch nicht einen Mangel an Interesse an den Angelegenheiten des Guts. Die wahre Schwierigkeit lag in dem, was Interesse und Anteilnahme bedeuteten: eine wenn auch noch so kurze Rückkehr nach Howenstow.

Übermäßig lang war diesmal Lynleys Abwesenheit gewesen, sechs Monate beinahe. Er war aufrichtig genug mit sich selbst, um zu wissen, was er vermied, indem er so selten nach Howenstow kam. Es war das gleiche, was er seit Jahren vermieden hatte, indem er entweder überhaupt nicht gekommen war oder eine Schar Freunde eingeladen hatte, als wäre das Leben in Cornwall ein einziges Sommerfest und er der geistreich plaudernde, scherzende, Champagner eingießende Gastgeber. Dieses Wochenende unterschied sich in nichts von den anderen Besuchen der letzten fünfzehn Jahre. Der Entschuldigung, Deborah und ihren Vater mit vertrauten Menschen umgeben zu wollen, hatte er sich einzig bedient, um nicht allein dem einen Menschen in seinem Leben gegenübertreten zu müssen, dem er nicht ins Gesicht sehen konnte. Und doch wußte er genau, daß die angespannte Beziehung zu seiner Mutter an diesem Wochenende irgendwie geklärt werden mußte.

Er wußte nicht, wie er es anfangen sollte. Jedes Wort, das sie sprach – ganz gleich, wie harmlos die Absicht dahinter war –, wirkte wie ein Skalpell, das alte Wunden und Gefühle bloßlegte, Erinnerungen aufdeckte, die er nicht ansehen wollte; wie ein Stachel, der Taten forderte, die zu vollbringen er weder die Demut noch den Mut besaß. Um Stolz ging es zwischen ihnen, um Zorn, Schuld und Schuldzuweisung. Lynley wußte, daß sein Vater so oder so gestorben wäre. Aber mit dieser simplen Tatsache hatte er sich nie zufriedengeben können. Weit leichter zu glauben, daß ein Mensch und nicht eine Krankheit ihn getötet hatte. Er brauchte einen Sündenbock.

Seufzend stand er auf. Er sah, daß die Jalousien vor den Fenstern des Verwalterbüros zum Schutz gegen die Nachmittagssonne heruntergelassen waren. Aber er zweifelte nicht, daß hinter ihnen John Penellin auf ihn wartete, ob ihm das nun behagte oder nicht. Langsam ging er zum Haus.

Das Büro im Erdgeschoß, gegenüber dem Raucherzimmer und an das Billardzimmer anschließend, war so gelegen, daß es sowohl den Hausbewohnern als auch den Pächtern, die ihren Pachtzins zahlen wollten, leicht zugänglich war. Es war ein zurückhaltender Raum. Grünumrandeter Sisal, nicht Teppich, bedeckte den Boden. Die Wände, an denen alte Fotografien des Guts und Landkarten hingen, hatten einen einfachen Anstrich. Von der Decke herab hingen an Eisenketten zwei weißbeschirmte Lampen. In den schlichten Fichtenregalen stapelten sich die Haushaltsbücher und Rechnungshefte von Jahrzehnten. Die Aktenschränke in der Ecke waren aus Eichenholz, so mitgenommen vom täglichen Gebrauch wie der Schreibtisch und der Drehsessel dahinter. In diesem Sessel jedoch saß in diesem Moment nicht John Penellin, sondern eine magere Gestalt, zusammengezogen, als fröre sie, eine Wange in die offene Hand gestützt.

Als Lynley die offene Tür erreichte, sah er, daß es Nancy Cambrey war, die im Sessel ihres Vaters saß und nervös mit den Bleistiften in der Schreibschale spielte. Obwohl Lynley sich hier ein willkommener Vorwand geboten hätte, wieder zu gehen und seine Besprechung mit Penellin zu verschieben, zögerte er, als er Nancy sah.

Sie hatte sich unglaublich verändert. Ihr Haar, früher ein von sonnenhellen Strähnen durchzogenes Braun, hatte fast allen Glanz und alle Schönheit verloren. Ungepflegt hing es ihr spröde und leblos auf die Schultern. Ihr Gesicht, das früher rosig und zart gewesen war, mit frechen kleinen Sommersprossen auf Nase und Wangen, war ungesund blaß. Die

Haut wirkte aufgedunsen, ähnlich wie die Haut eines Porträts, wenn der Maler eine unnötige Schicht Firnis aufträgt und damit eben den Effekt von Jugend und Schönheit zerstört. Alles an Nancy Cambrey sprach von solcher Zerstörung. Sie sah verwaschen aus, verbraucht, ausgelaugt.

Das gleiche konnte man von ihrer Kleidung sagen. Der formlose Kittel hatte nichts von dem pfiffigen Schick, in dem sie sich früher so gern gezeigt hatte. Und er war ihr mehrere Nummern zu groß, schlotterte wie ein Sack um ihren schmalen Körper.

Lynley war beunruhigt. Zwar war sie sieben Jahre jünger als er, aber er hatte sie ihr Leben lang gekannt und immer gemocht. Er wußte, daß sie schwanger gewesen war. Sie hatte geheiratet, weil das Kind unterwegs gewesen war, Mick Cambrey aus Nanrunnel. Das hatte ihm seine Mutter geschrieben. Und einige Monate später hatte er von Nancy selbst eine Geburtsanzeige erhalten. Er hatte mit einem Anstandsgeschenk darauf geantwortet und keinen weiteren Gedanken an sie verschwendet. Bis jetzt, da er sich erschrocken fragte, ob die Geburt eines Kindes eine solche Veränderung bewirken konnte.

Wunsch erfüllt, dachte er ironisch. Eine weitere Ablenkung. Er trat in das Büro.

Sie starrte durch eine Ritze der Jalousien vor dem Fenster und kaute selbstvergessen auf den Knöcheln ihrer rechten Hand. Es schien ihr zur Gewohnheit geworden zu sein, denn die Knöchel waren wund und rot, und von Hausarbeit allein kam das gewiß nicht.

»Nancy!« sagte Lynley.

Sie sprang auf und verbarg die Hände hinter dem Rücken. »Sie wollen zu Dad«, sagte sie. »Ich habe gehofft, daß Sie kommen würden. Nach dem Mittagessen. Ich wollte – ich habe gehofft, Sie vor ihm sprechen zu können, Mylord.«

Lynley spürte wie immer Verlegenheit bei dem letzten Wort. Manchmal schien ihm, als hätte er die letzten zehn Jahre seines Lebens damit zugebracht, jeder Situation aus dem Weg zu gehen, wo jemand Mylord zu ihm sagen könnte.

»Sie haben auf mich gewartet? Nicht auf Ihren Vater?«

»Ja, auf Sie.« Sie kam hinter dem Schreibtisch hervor und setzte sich auf einen Stuhl unter einer Wandkarte des Guts. Die Hände im Schoß geballt, wartete sie.

Am Ende des Korridors schlug die Haustür an die Wand, als hätte jemand sie zu heftig aufgestoßen. Schritte hallten auf dem gefliesten Boden. Nancy drückte sich an die Stuhllehne, als wolle sie sich unsichtbar machen. Doch die Schritte kamen nicht näher, sondern verklangen in Richtung Gesinderäume. Nancy atmete auf.

Lynley setzte sich an den Schreibtisch. »Ich freue mich, Sie zu sehen. Ich bin froh, daß Sie vorbeigekommen sind.«

Sie richtete die großen grauen Augen auf die Fenster, während sie sprach. »Ich muß Sie um etwas bitten. Es fällt mir schwer. Ich weiß nicht, wie ich anfangen soll.«

»Waren Sie krank? Sie sind schrecklich dünn geworden, Nancy. Das Kind – braucht es...«

Er stellte mit peinlicher Verlegenheit fest, daß er keine Ahnung hatte, welches Geschlecht das Kind hatte.

»Nein, nein. Molly geht es gut.« Sie sah ihn immer noch nicht an. »Aber ich mach' mir solche Sorgen.«

»Was ist denn?«

»Das ist der Grund, warum ich hier bin. Aber...« Sie fing plötzlich an zu weinen. Ihr Gesicht wurde schamrot. »Mein Vater darf nichts wissen. Auf keinen Fall. Er darf es nicht erfahren.«

»Es bleibt unter uns, alles, was wir miteinander sprechen.« Lynley zog sein Taschentuch heraus und reichte es ihr über den Schreibtisch. Sie drückte es in ihren Händen zusammen, benutzte es aber nicht, um ihre Tränen zu trocknen. »Haben Sie Streit mit Ihrem Vater?«

»Ich nicht. Aber Mick, mein Mann. Zwischen den beiden hat es nie gestimmt. Wegen des Kindes. Und wegen mir. Und wegen der Heirat. Aber jetzt ist es noch schlimmer als früher.«

»Kann ich Ihnen irgendwie helfen, Nancy? Wenn Sie nicht möchten, daß ich mit Ihrem Vater spreche, weiß ich nicht...« Er sprach den Satz nicht fertig, sondern wartete darauf, daß sie ihm die Antwort geben würde. Er sah, wie sie die Schultern straffte und den Atem anhielt wie vor einem Sprung in den Abgrund.

»Ja, Sie können mir helfen. Mit Geld.« Sie zuckte unwillkürlich zusammen, als sie das Wort aussprach, fuhr aber dann tapfer fort. »Ich mache immer noch die Buchhaltungsarbeit in Penzance. Und in Nanrunnel. Und abends helfe ich im *Anchor and Rose* aus. Aber es reicht einfach nicht. Die Ausgaben...«

»Was für Ausgaben?«

»Die Zeitung. Micks Vater ist letzten Winter am Herz operiert worden, und seitdem leitet Mick die Zeitung für ihn. Aber er möchte modernisieren. Er braucht neue Maschinen und so. Er will nicht den Rest seines Lebens in Nanrunnel bei einem kleinen Wochenblatt mit kaputten Druckerpressen und manuellen Schreibmaschinen arbeiten. Er hat eine Menge Pläne. Gute Pläne. Aber das kostet Geld. Er gibt viel aus. Es reicht nie.«

»Ich hatte keine Ahnung, daß Mick den *Spokesman* leitet.«

»Das wollte er eigentlich auch gar nicht. Er hat sich was ganz anderes vorgestellt. Er wollte nur ein paar Monate einspringen. Bis sein Vater wieder auf den Beinen wäre. Aber er hat sich nicht so schnell erholt, wie sie dachten. Und dann kam ich...«

Lynley konnte es sich gut vorstellen. Was für Mick Cambrey vermutlich als nettes Abenteuer begonnen hatte – eine angenehme Abwechslung, während er das ungeliebte Amt bei der Zeitung seines Vaters ausfüllte –, hatte sich zu lebenslangen Verpflichtungen einer Frau und einem Kind gegenüber entwickelt.

»Wir sind in einer schrecklichen Situation«, fuhr Nancy fort. »Er hat Computer gekauft. Drucker. Schreibmaschinen. Maschinen für zu Hause. Maschinen für die Redaktion. Alles mögliche. Aber es ist nicht genug Geld da. Wir haben Gull Cottage gemietet, und jetzt wird die Miete erhöht. Wir können sie nicht bezahlen. Wir sind sowieso schon die letzten zwei Monate schuldig, und wenn wir aus dem Haus müssen –« sie stockte, nahm sich aber gleich wieder zusammen, »ich weiß nicht, was wir dann tun sollen.«

»Gull Cottage?« Das hatte er nicht erwartet. »Sprechen Sie von Roderick Trenarrows früherem Haus in Nanrunnel?«

Sie glättete das Taschentuch auf ihrem Oberschenkel. »Mein Vater und Mick haben sich nie verstanden. Und wir mußten irgendwohin, als das Baby kam. Da hat Mick mit Dr. Trenarrow gesprochen, und wir haben Gull Cottage gemietet.«

»Und jetzt reicht das Geld nicht?«

»Die letzten zwei Mieten sind wir schuldig geblieben. Dr. Trenarrow hat angerufen. Mick hat gesagt, daß wir knapp bei Kasse sind und er mit Dr. Trenarrow reden will, wenn er aus London wieder da ist.«

»Aus London?«

»Ja, er arbeitet da an einer Story. Es ist die Story, auf die er immer gewartet hat, sagt er. Damit er sich endlich als Journalist einen Namen machen kann. Er glaubt, er kann sie verkaufen, wie er das früher immer getan hat. Vielleicht macht er sogar einen Dokumentarfilm fürs Fernsehen draus. Und dann geht Geld ein. Aber jetzt ist eben nichts da. Und ich hab' wahnsinnige Angst, daß wir auf der Straße landen. Oder im Hinterzimmer in der Redaktion wohnen müssen. Hierher zurück können wir nicht. Mein Vater würde uns nicht aufnehmen.«

»Und Ihr Vater weiß nichts von alledem?«

»Nein! Wenn er eine Ahnung hätte...«

»Geld ist kein Problem, Nancy«, sagte Lynley. Er war tatsächlich erleichtert, daß sie nur Geld von ihm wollte und nicht, daß er mit Dr. Trenarrow spräche. »Ich leihe Ihnen, was Sie brauchen. Mit der Rückzahlung können Sie sich Zeit lassen. Micks Ausgaben scheinen vertretbar zu sein, wenn er versucht, die Zeitung zu modernisieren. Jede Bank würde da –«

»Aber sie hat Ihnen nicht alles gesagt«, fuhr von der Tür her John Penellin grimmig dazwischen. »Sie schämt sich, die Wahrheit zu sagen. Ja, sie schämt sich. Scham ist das einzige, was sie Mick Cambrey zu verdanken hat.«

Mit einem Schrei sprang Nancy auf, als wolle sie fliehen. Lynley trat dazwischen.

»Dad!« Sie streckte die Arme nach ihrem Vater aus, offensichtlich in dem Versuch, ihn zu beschwichtigen.

»Erzähl den Rest!« entgegnete ihr Vater. Er trat ins Zimmer und schloß die Tür hinter sich, um Nancys Flucht zu verhindern. »Da du ja bereits die Hälfte der schmutzigen Wäsche ausgebreitet hast, kannst du den Rest auch noch sagen. Du hast dir Geld leihen wollen, stimmt's? Dann sag Lord Asherton auch alles andere, damit er weiß, wem er sein Geld leiht.«

»Es ist überhaupt nicht so, wie du denkst.«

»Ach nein?« Penellin sah Lynley an. »Mick Cambrey gibt Geld für die Zeitung aus, das ist richtig, ja. Aber er gibt auch eine Menge für seine Damenbekanntschaften aus. Und das meiste davon ist Nancys Geld, stimmt's, Nancy? Das sie sich mit Buchhaltungsarbeiten in Nanrunnel und Penzance sauer verdient. Und dann steht sie noch jeden Abend im *Anchor and Rose.* Und die kleine Molly liegt im Körbchen in der Gasthausküche, weil ihr Vater vor lauter Schreiben keine Zeit hat, sich um das Kind zu kümmern, während Nancy den Lebensunterhalt für die ganze Familie verdient. Aber in Wirklichkeit schreibt er gar nicht, sondern treibt sich mit Frauen herum. Wie viele sind es jetzt, hm, Nancy?«

»Es ist doch gar nicht wahr«, entgegnete Nancy heftig. »Das ist vorbei. Das Geld geht für die Zeitung drauf, Dad. Für nichts sonst.«

»Mach dich nicht mit Lügen noch kleiner. Mick Cambrey taugt nichts. Er hat nie was getaugt, und er wird auch nie was taugen. Er taugt höchstens dazu, unerfahrene junge Mädchen zu verführen und zu schwängern. Und dann möchte er sie am liebsten sitzenlassen. Schau dich doch mal an, Nancy, du bist doch der beste Beweis dafür, wie es um die Liebe dieses Mannes bestellt ist. Schau dir deine Kleider an. Und dein Gesicht.«

»Es ist nicht seine Schuld.«

»Schau, wozu er dich getrieben hat.«

»Er weiß nicht, daß ich hier bin. Er hätte mich niemals kommen lassen –«

»Aber das Geld nimmt er, stimmt's? Und es fällt ihm nicht ein zu fragen, woher es kommt. Hauptsache, er hat, was er braucht. Und was braucht er diesmal, Nancy? Hat er wieder eine neue Frau? Zwei oder drei vielleicht?«

»Nein!« Nancy sah Lynley verzweifelt an. »Ich wollte nur – ich ...« Sie schüttelte stumm den Kopf.

Penellins Gesicht war grau. »Schau dir an, was er aus dir gemacht hat«, sagte er tonlos. Und dann zu Lynley: »Schauen Sie sich an, was Mick Cambrey aus meiner Tochter gemacht hat.«

6

»Simon und Helen kommen auch mit«, verkündete Sidney. Vor ein paar Minuten hatte sie aus dem Durcheinander in ihrem Zimmer ein knallrotes Kleid herausgefischt, fließender Crêpe de Chine, gerafft und gerüscht, eine duftige Wolke am Morgenhimmel. Sie eilte mit Deborah zum Park, wo St. James und Helen unter den Bäumen umhergingen.

»Los, kommt und schaut zu, wie Deb mit mir die Bilder ihres Lebens schießt«, rief sie ihnen laut zu. »Unten in der Bucht. In einem verrotteten Kahn. Als verführerische Seejungfrau. Na, kommt ihr?«

St. James wartete, bis Sidney und Deborah sie eingeholt hatten, ehe er sagte: »Bei der Lautstärke deiner Einladung kannst du eine Menge Zuschauer erwarten, die neugierig sind, wie du dich als Seejungfrau machst.«

Sidney lachte. »Ach ja, Seejungfrauen sind im allgemeinen nackt, nicht? Na ja, das sind doch Nebensächlichkeiten. Du bist bloß eifersüchtig, daß Deb ausnahmsweise mal mich aufs Korn nimmt und nicht dich. Ich mußte ihr allerdings erst das heilige Versprechen abringen«, fügte sie hinzu, während sie sich im Wind drehte, »daß sie keine einzige Aufnahme von dir macht. Sie hat sowieso schon genug. Bestimmt an die tausend. Simon auf der Treppe, Simon im Garten, Simon im Labor, Simon in jeder Lebenslage.«

»Soweit ich mich erinnern kann, hatte ich dabei nichts zu sagen.«

Sidney warf den Kopf zurück und lief den anderen voraus durch den Park. »Alles nur Ausreden. Du hast deine Chance zur Unsterblichkeit gehabt, Simon. Jetzt bin ich dran. Komm mir also ja nicht in die Quere.«

»Ich werde mich beherrschen können«, versetzte St. James trocken.

»Aber ich kann das nicht versprechen«, bemerkte Helen. »Ich werde ganz schamlos mit dir konkurrieren, Sidney, und mich, wenn's geht, kräftig in den Vordergrund drängen. Wetten, daß ich als Fotomodell entdeckt werde.«

Sidney lachte und marschierte nach Südosten zum Meer. Unter den mächtigen Bäumen des Parks, wo die Luft nach fruchtbarer Erde roch, fand sie unzählige Quellen der Inspiration. Auf einem wuchtigen Baumstamm balancierend, den der Wintersturm entwurzelt hatte, war sie ein spitzbübischer Ariel, der sich neu gewonnener Freiheit freute. Einen Strauß Rittersporn in den Händen, wurde sie zur eben dem Hades entstiegenen Persephone. Mit einem Blätterkranz im Haar an einen Baum gelehnt, war sie Rosalinde, die von Orlandos Liebe träumte.

Sie stellte sich Deborah in allen möglichen kapriziösen Posen vor, ehe sie weiterlief zum Ende des Parks und durch ein altes Tor verschwand. Der Wind trug gleich darauf ihre Begeisterungsrufe zu ihnen zurück.

»Sie ist an der Mühle«, sagte Helen. »Ich seh lieber mal, daß sie uns nicht ins Wasser fällt.«

Ohne auf eine Antwort zu warten, lief sie los.

Deborah war froh um diese Gelegenheit, mit Simon allein zu sein. Es gab viel zu sagen. Sie hatte ihn seit dem Tag ihres Streits nicht wiedergesehen, und nachdem Tommy ihr gesagt hatte, daß Simon übers Wochenende nach Howenstow mitkommen würde, hatte sie gewußt, daß sie sich bei ihm entschuldigen mußte.

Aber jetzt, da die Gelegenheit zum Gespräch sich bot, stellte Deborah fest, daß sie in Paddington das letzte Band zu Simon durchschnitten hatte, und es gab keine Möglichkeit, die Worte ungesagt zu machen.

Sie gingen weiter in der Richtung, die Helen eingeschlagen hatte, langsam, wie St. James' Schritt es verlangte. In der sich ausbreitenden Stille, die nur vom unaufhörlichen Kreischen der Möwen begleitet war, erschien ihr der Klang seiner unregelmäßigen Schritte, dieses mühsame Hinken, unerträglich laut. Deborah sprach schließlich nur, um dieses Geräusch zu übertönen, und griff wahllos auf die Vergangenheit zurück, auf Erinnerungen, die sie teilten.

»Als meine Mutter gestorben war, bist du in das Haus in Chelsea eingezogen.«

St. James warf ihr einen neugierigen Blick zu. »Das ist lange her.«

»Du hättest es nicht zu tun brauchen. Damals wußte ich das nicht. Es erschien mir mit meinen sieben Jahren alles so logisch. Aber es bestand keine Notwendigkeit für dich, das zu tun. Ich verstehe gar nicht, wieso mir das erst heute klar wird.«

Er zupfte einen Grashalm von seinem Hosenbein. »Es gibt im Grunde kein Mittel, einen derartigen Verlust zu lindern. Ich habe nur getan, was ich konnte. Dein Vater brauchte einen Ort, wo er vergessen konnte. Oder, wenn schon nicht vergessen, so wenigstens weitergehen.«

»Aber *du* hättest es nicht zu tun brauchen. Wir hätten zu einem deiner Brüder ziehen können. In Southampton. Sie waren beide wesentlich älter als du. Das wäre viel logischer gewesen. Du warst – warst du wirklich erst achtzehn? Was hast du dir nur dabei gedacht, dir mit achtzehn Jahren einen eigenen Haushalt aufzuhalsen? Warum hast du es getan? Und wieso haben deine Eltern es zugelassen?«

»Es ergab sich so.«

»Aber wieso?«

»Dein Vater brauchte etwas, eine Aufgabe, um über den Verlust hinwegzukommen. Er mußte langsam wieder gesund werden. Deine Mutter war gerade zwei Monate tot. Er war untröstlich. Wir hatten Angst um ihn, Deborah. Keiner von uns hatte ihn je so erlebt. Wenn er Hand an sich gelegt hätte... Du hattest schon die Mutter verloren. Du solltest nicht noch den Vater verlieren. Natürlich hätten wir für dich gesorgt. Das war immer klar. Aber Eltern sind nicht wirklich zu ersetzen, nicht wahr?«

»Ja, aber deine Brüder in Southampton.«

»In Southampton hätte er sich wie das fünfte Rad am Wagen gefühlt. Er wäre sich überflüssig vorgekommen und bemitleidet. Aber in Chelsea, da hatte er wirklich etwas zu tun.« St. James lächelte sie kurz an. »Du weißt nicht mehr, in was für einem Zustand das Haus war, nicht? Ich sage dir, es hat eine Menge Energie gekostet, ihn und mich auch, dieses Haus wieder bewohnbar zu machen. Da blieb ihm keine Zeit, sich mit Gedanken an deine Mutter zu quälen, wie er das vorher unaufhörlich getan hatte.«

Deborah nestelte am Schulterriemen ihres Fotoapparats. Er war steif und neu, nicht wie der angenehm zerknautschte, weiche Riemen der alten Nikon, mit der sie so viele Jahre fotografiert hatte, ehe sie nach Amerika gegangen war.

»Darum bist du auch hierher mitgekommen, nicht wahr?« sagte sie. »Wegen Dad.«

St. James antwortete nicht. Eine Möwe schoß über den Park, so tief, daß Deborah den Luftzug unter dem schnellen, kräftigen Schlag ihrer Schwingen verspürte.

»Es ist mir erst heute morgen aufgegangen«, fuhr sie fort. »Wie aufmerksam du bist, Simon. Ich wollte dir das schon seit unserer Ankunft sagen.«

St. James schob die Hände in die Hosentaschen, so daß einen Moment lang die Entstellung seines linken Beins durch die Schiene deutlich zu sehen war.

»Mit Aufmerksamkeit hat das nichts zu tun, Deborah.«

»Wieso nicht?«

»Es ist eben so.«

Sie gingen weiter, durchschritten das Tor und betraten den lichten Wald einer kleinen Talmulde, die zum Meer abfiel. Vor sich hörten sie Sidneys lachende Stimme.

»Du wolltest nie, daß dich jemand als feinfühligen Menschen sieht, nicht wahr?« sagte Deborah. »Als wäre Sensibilität eine Art Aussatz. Wenn du Dad nicht aus Aufmerksamkeit begleitet hast, warum dann?«

»Aus Loyalität.«

Sie starrte ihn an. »Einem Domestiken gegenüber?«

Seine Augen wurden dunkel. Wie seltsam, daß sie das Farbenspiel seiner Augen bei Gefühlswallungen vergessen hatte. »Einem Krüppel gegenüber?« entgegnete er.

Seine Worte machten all ihr Bemühen zunichte.

Helen, die auf den Felsen über dem Fluß stand, sah St. James langsam aus dem Wäldchen kommen. Sie hatte nach ihm Ausschau gehalten, seit Deborah an ihr vorbeigelaufen war. Im Gehen warf er einen dichtbelaubten Stengel weg, den er von einer der tropischen Pflanzen abgebrochen hatte.

Unten am Fluß vergnügte sich Sidney, die Schuhe in der Hand, bis zum Saum ihres Kleides im Wasser. Und Deborah studierte drüben aufmerksam das alte Mühlrad, das, unter Efeu und Lilien halb verborgen, für immer stillstand. In der einen Hand den Fotoapparat, den anderen Arm seitlich abgespreizt, um die Balance zu halten, kletterte sie in den Felsen am Flußufer umher.

Obwohl selbst Helen mit ihrem ungeschulten Blick erkannte, daß die alte Mühle für jeden Fotografen ein malerisches Motiv abgab, schien ihr Deborahs Interesse an dem alten Bauwerk übermäßig intensiv. Es war, als hätte sie sich bewußt entschlossen, ihre gesamte Energie auf das Studium des richtigen Blickwinkels und der besten Beleuchtung zu verwenden. Sie war offensichtlich zornig.

Helen beobachtete den näherkommenden St. James aufmerksam. Das von den Bäumen beschattete Gesicht verriet nichts, aber sein Blick folgte Deborah am Flußufer entlang, und seine Bewegungen waren abrupt. Natürlich, dachte Helen, und nicht zum ersten Mal fragte sie sich, ein wie hohes Maß an Takt und Wohlerzogenheit sie alle würden aufbringen müssen, um dieses Wochenende mit Anstand hinter sich zu bringen.

Ihr Spaziergang endete schließlich auf einer unregelmäßig geformten Lichtung, die zu einem kleinen Kap anstieg. Vielleicht fünfzehn Meter tiefer, erreichbar über einen steilen Pfad, der sich zwischen niedrigen Büschen und Felsen hindurchschlängelte, glitzerte in der dunstigen Sonne die Bucht von Howenstow, ideales Ziel an einem heißen Sommernachmittag. Vom feinen Sand des schmalen Strandstreifens stiegen flirrende Hitzewellen auf. In kleinen Tümpeln, die auch bei Niedrigwasser nicht austrockneten, wimmelte es von kleinen Krebsen und Wasserschnecken. Das Wasser der Bucht war kristallklar, so durchsichtig, daß man den felsigen Grund und das Riff weiter draußen sehen konnte.

Sasha Nifford, Peter Lynley und Justin Brooke saßen auf einem Felsen am Wasserrand. Brooke hatte sein Hemd ausgezogen. Die beiden anderen waren nackt. Peters Haut spannte sich über einem mageren Brustkorb, der jede einzelne Rippe erkennen ließ. Sasha war ein wenig fülliger, aber ihr Körper war schlaff und formlos, mit hängenden Brüsten.

»Es ist aber auch wirklich ein idealer Tag zum Sonnenbaden«, meinte Helen unsicher.

St. James sah seine Schwester an. »Vielleicht sollten wir ...«

»Warte«, sagte Sidney.

Während sie hinuntersahen, reichte Brooke Peter Lynley eine kleine Dose, aus der Peter etwas Pulver auf seine offene

Hand klopfte. Er beugte sich darüber und blieb mit einer so fiebrigen Gier hinuntergeneigt, daß die anderen selbst von der Höhe der Felswand aus sehen konnten, wie seine Brust vor Anstrengung arbeitete, während er das Pulver bis auf das letzte Stäubchen einzusaugen suchte. Er leckte sich die Hand ab, saugte an ihr und hob schließlich das Gesicht zum Himmel, als wolle er einem unsichtbaren Gott Dank sagen. Dann reichte er Brooke die Dose zurück.

Sidney verlor die Fassung. »Du hast es mir versprochen!« schrie sie. »Verdammt noch mal! Du hast es mir versprochen!«

»Sid!« St. James packte seine Schwester beim Arm. Er spürte die Spannung ihrer wenigen Muskeln. »Sidney, hör doch auf!«

»Nein!« Sidney riß sich von ihm los. Sie schleuderte ihre Schuhe von den Füßen und stürmte den Felsweg hinunter, stolpernd, rutschend, unaufhörlich Beschimpfungen zu Brooke hinunterschreiend.

»O Gott«, murmelte Deborah. »Sidney!«

Unten angelangt, rannte Sidney über den schmalen Sandstreifen zu den Felsen, auf denen die drei Sonnenanbeter saßen und ihr verdattert entgegenblickten. Sie stürzte sich auf Brooke. Sie riß ihn von den Felsen in den Sand. Sie warf sich auf ihn und schlug ihm mit den Fäusten ins Gesicht.

»Du hast gesagt, du würdest es lassen! Du verlogener Kerl! Du widerlicher, gemeiner, dreckiger Lügner. Gib's her, Justin! Gib's her! Los! Auf der Stelle.«

Sie rang mit ihm, schlug mit Fingern wie Krallen nach seinen Augen. Brooke hob die Arme, um sie abzuwehren. Sie biß ihn ins Handgelenk und riß ihm die Dose mit dem Kokain aus den Fingern.

Brüllend sprang Brooke auf. Er packte sie bei den Beinen und schleuderte sie zu Boden. Aber erst nachdem sie keuchend zum Wasser getorkelt war, die Dose geöffnet und sie weit ins Wasser hinausgeworfen hatte.

»Da hast du deinen Koks!« schrie sie. »Schwimm doch hinterher. Schwimm hinterher und ertrink.«

Über ihnen auf dem Felsen sahen Peter und Sasha träge lachend zu, wie Brooke aufsprang, Sidney hochzog und mit sich zum Wasser zerrte. Sie schlug ihm die Fingernägel in Gesicht und Hals und kratzte blutige Spuren in seine Haut.

»Ich sag's!« schrie sie. »Ich sag's allen, die es hören wollen.«

Brooke hatte Mühe, sie festzuhalten. Er packte ihre Arme und drehte sie ihr brutal auf den Rücken. Sie schrie auf vor Schmerz. Er grinste und zwang sie in die Knie. Er stieß sie vorwärts. Er stellte einen Fuß auf ihre Schulter und drückte ihren Kopf unter Wasser. Als sie nach Luft schnappend wieder hochkam, drückte er sie erneut hinunter.

St. James spürte, ohne hinzusehen, wie Helen sich ihm zuwandte. Ihm war eiskalt vor Entsetzen.

»Simon!« Nie hatte ihm sein Name so schrecklich geklungen.

Unten zog Brooke Sidney auf die Füße. Doch kaum hatte sie die Arme frei, fiel sie unerschrocken von neuem über ihn her.

»... bring dich um ...« Sie holte schluchzend Luft. Sie gab ihm einen Schlag ins Gesicht, der kaum etwas bewirkte, und versuchte ihm das Knie zwischen die Beine zu rammen.

Er griff ihr in die nassen Haare, riß ihren Kopf mit einem Ruck zurück und schlug ihr mit der Faust ins Gesicht. Und noch einmal. Die Schläge hallten dumpf an der Felswand wider. Sie wehrte sich nach Kräften und schaffte es, ihm die Hände um den Hals zu legen. Ihre Finger gruben sich in das weiche Fleisch. Er riß ihre Hände weg und packte wieder ihre Arme. Doch diesmal war sie zu flink für ihn. Sie drehte den Kopf und schlug ihm die Zähne in den Hals.

»Du Biest!« Brooke ließ sie los, tappte stolpernd rückwärts und fiel in den Sand. Er drückte die Hand auf die Seite seines Halses, wo Sidney ihn gebissen hatte. Als er sie wegzog, war sie blutig.

Sidney watete keuchend aus dem Wasser. Ihr Kleid klebte wie eine zweite Haut am Körper. Sie hustete, wischte sich das Wasser von Wangen und Augen. Sie war am Ende ihrer Kräfte.

Brooke richtete sich auf. Mit einem heiseren Fluch sprang er auf die Beine, griff nach ihr und riß sie zu Boden. Er setzte sich rittlings auf sie. Er füllte seine Faust mit Sand und rieb sie ihr in Haar und Gesicht. Peter und Sasha sahen von ihrem Felsen aus neugierig zu.

Sidney wehrte sich, versuchte hustend und weinend ihn wegzustoßen.

»Dir werd ich's zeigen«, stieß er hervor und drückte ihr einen Arm auf den Hals. »Du willst es ja nicht anders. Na schön, du kannst haben, was du willst.«

Er nestelte an seiner Hose. Er riß an ihrem Kleid.

»Simon!« schrie Deborah. Sie wandte sich nach St. James um und sagte nichts mehr.

St. James wußte, warum. Ihm war schwindlig und flau. Er war keiner Bewegung fähig. Er war außer sich vor Wut und Entsetzen.

»Die Wand!« sagte er. »Helen, um Gottes willen. Ich komm' da nicht hinunter.«

7

Helen warf nur einen Blick auf St. James' Gesicht, dann faßte sie Deborah am Arm.

»Komm! Schnell!«

Deborah rührte sich nicht von der Stelle. Sie stand wie gebannt und starrte St. James an. Als er sich abwandte, hob sie die Hand, als wollte sie ihn berühren.

»Deborah!« Helen packte Deborahs Fotoapparat und warf ihn zu Boden. »Komm! Schnell!«

»Aber –«

»Los!«

Die Panik in ihrer Stimme riß Deborah aus der Erstarrung. Sie hetzten den steilen Hang zur Bucht hinunter, ohne auf den Schmutz und den Staub zu achten.

Unten auf dem Sand wehrte sich Sidney mit neuer Kraft gegen Justin Brooke, mit einer Kraft, die aus heller Panik geboren war. Aber er behielt die Oberhand, und seine frühere Wut schlug schnell in eine Mischung aus sexueller Erregung und sadistischer Lust um.

Helen und Deborah erreichten ihn gleichzeitig. Er war groß und kräftig, aber ihrem vereinten Angriff konnte er nicht standhalten, zumal der Zorn ihnen zusätzliche Kräfte verlieh. Sie stürzten sich auf ihn, und in weniger als einer Minute war der Kampf vorüber. Stöhnend und um Atem ringend wälzte sich Brooke nach einigen Schlägen in die Nieren im Sand. Sidney kroch schluchzend von ihm weg und zog an ihrem Kleid, als wolle sie ihre Beschämung darunter verstecken.

»Wau!« murmelte Peter Lynley. Er streckte sich der Länge nach aus und legte seinen Kopf bequem auf Sashas Bauch. »War 'ne tolle Rettungsaktion, was, Sasha? Schade, wo's doch gerade anfing, lustig zu werden.«

Helen riß den Kopf in die Höhe. Sie war außer Atem. Sie war schmutzverschmiert. Sie zitterte am ganzen Körper so heftig, daß sie nicht sicher war, ob sie sich überhaupt auf den Beinen halten konnte.

»Was ist los mit dir, Peter?« flüsterte sie heiser. »Was ist mit dir geschehen? Das ist Sidney. *Sidney*!«

Peter lachte. Sasha lächelte. Sie legten sich bequemer, um die Sonne zu genießen.

Helen blieb lauschend vor der schweren Tür zu St. James' Zimmer stehen. Sie hörte nichts. Sie war nicht ganz sicher, was sie von ihm erwartet hatte. Alles andere als Rückzug in grüblerische Einsamkeit wäre untypisch gewesen, und St. James blieb sich meistens treu. Auch an diesem Nachmittag. Es war so still hinter der Tür, daß sie, hätte sie ihn nicht selbst zwei Stunden vorher in sein Zimmer begleitet, geschworen hätte, es sei leer. Aber sie wußte, daß er sich mit Isolation bestrafte.

Er hat genug Zeit gehabt, sich niederzumachen, dachte sie. Jetzt muß man ihn da herausholen.

Sie hob die Hand, um zu klopfen, aber im selben Moment öffnete Cotter die Tür von innen und trat in den Korridor hinaus. Er warf einen kurzen Blick zurück – Helen konnte sehen, daß die Vorhänge zugezogen waren – und schloß die Tür hinter sich. Dann verschränkte er die Arme auf der Brust.

Hätte Helen eine Vorliebe für mythologische Bilder gehabt, sie hätte ihn mit Cerberus verglichen. Da ihr solche Neigungen jedoch fehlten, spannte sie nur energisch die Schultern an und schwor sich, daß St. James ihr nicht entkommen würde, auch wenn er Cotter als Wachposten vor seine Tür stellte.

»Er ist doch wieder auf, nicht?« fragte sie scheinbar unbefangen, obwohl das verdunkelte Zimmer ihr gezeigt hatte, daß St. James keineswegs auf war und auch nicht die Absicht hatte, in nächster Zeit aufzustehen. »Tommy hat für heute abend einen Ausflug nach Nanrunnel geplant. Den wird Simon sicher nicht verpassen wollen.«

Cotter verschränkte die Arme fester. »Er hat mich gebeten, ihn zu entschuldigen. Er hat heute nachmittag etwas Schmerzen. Die Kopfschmerzen, Sie wissen ja.«

»Nein!«

Cotter zwinkerte verwirrt. Helen nahm ihn beim Arm und zog ihn von der Tür weg auf die andere Seite des Korridors zu einer Reihe Fenster, die zum Küchenhof hinunterblickten.

»Cotter, bitte. Lassen Sie ihn das nicht tun.«

»Lady Helen, wir müssen doch...« Cotter hielt inne. Er sprach so geduldig, daß sie wußte, er wollte sie mit Vernunftgründen überzeugen. Aber das war nicht in ihrem Sinn.

»Sie wissen, was geschehen ist, nicht wahr?«

Cotter wich einer Antwort aus, indem er ein Taschentuch herauszog, sich umständlich schneuzte und dann den Springbrunnen unten im Hof betrachtete.

»Cotter!« insistierte Helen. »Sie wissen doch, was geschehen ist?«

»Ja. Von Deb.«

»Dann wissen Sie auch, daß man ihn keinesfalls noch länger allein da drinnen grübeln lassen kann.«

»Aber er hat mir extra Anweisung gegeben –«

»Ach, zum Teufel mit seinen Anweisungen. Tausendmal haben Sie sie schon ignoriert und genau das getan, was Sie für richtig hielten. Und Sie wissen, daß es das richtige ist, ihn jetzt da rauszuholen.« Helen hielt inne, um sich eine Strategie zu überlegen, die er akzeptieren würde. »Also. Sie werden im Salon erwartet. Alle treffen sich dort zum Sherry. Sie haben mich den ganzen Nachmittag nicht gesehen, und Sie waren leider nicht hier, um mich aufhalten zu können, als ich einfach in sein Zimmer spazierte und mich auf meine eigene Art um ihn kümmerte. In Ordnung?«

Cotter zeigte nicht einmal die Spur eines Lächelns, aber er nickte. »In Ordnung.«

Helen sah ihm nach, bis er am Ende des Korridors zum Hauptteil des Hauses verschwand, ehe sie zur Tür zurückging und eintrat. Sie konnte St. James' Gestalt im Bett sehen. Er bewegte sich leicht, als sie die Tür schloß, daher wußte sie, daß er nicht schlief.

»Simon, Darling«, sagte sie heiter, »heute abend erwartet uns in Nanrunnel eine kleine Abwechslung für Kulturbeflissene. Wir müssen uns vorher auf jeden Fall mit sieben oder acht steifen Sherrys stärken – gibt's überhaupt einen steifen Sherry? –, wenn wir das überleben wollen. Ich vermute, Tommy und Deborah sind uns mit dem Trinken schon weit voraus. Wir müssen uns beeilen, wenn wir aufholen wollen. Also, was ziehst du an?«

Sie ging durch das Zimmer, während sie sprach, trat zum Fenster und zog die Vorhänge auf. Sie drapierte sie ordentlich, mehr um Zeit zu gewinnen als aus Schönheitssinn, und als kein Grund mehr bestand, sich an ihnen zu schaffen zu machen, drehte sie sich zum Bett und sah, daß St. James sie erheitert beobachtete.

»Du bist so unglaublich subtil, Helen«, sagte er ironisch.

Sie atmete auf. Aber um Selbstmitleid war es ja im Grunde nicht gegangen. Schon eher um Selbsthaß. Doch vielleicht war selbst der in jenen Minuten verflogen, als sie allein oben auf den Felsen gestanden hatten, während Deborah Sidney ins Haus gebracht hatte.

Hätte Brooke sie getötet oder nur vergewaltigt, hatte St. James gefragt, während ich von hier oben zusah wie ein nichtsnutziger Voyeur? Aus sicherer Distanz. Ohne das geringste Risiko. Hört sich an wie mein ganzes Leben.

Kein Zorn war in seinen Worten enthalten gewesen, nur die tiefe Scham des Gedemütigten, und das war viel schlimmer gewesen.

Sie hatte ihn angeschrien. Keinen Menschen kümmert das. Es hat nie jemanden gekümmert außer dir!

Sie hatte nur die Wahrheit gesprochen, aber das änderte nichts an der Tatsache, daß er selbst sich nicht verzeihen konnte.

»Was soll es denn sein?« fragte er jetzt. »Ein Darts-Turnier im *Anchor and Rose*?«

»Nein, viel besser. Eine ganz bestimmt grauenvolle Vorstellung von *Viel Lärm um nichts*, dargeboten von der örtlichen Laienspielgruppe auf dem Gelände der Grundschule. Es ist sogar eine Sondervorstellung zur Feier von Tommys Verlobung. Das sagte jedenfalls laut Daze der Pfarrer, als er heute mit Freikarten seine Aufwartung machte.«

»Ist das nicht dieselbe Gruppe –«

»Die vor zwei Jahren *Bunbury* inszenierte? Du sagst es, mein Bester. Eben dieselbe.«

»Allmächtiger. Wie soll diese Neuinszenierung je an Nanrunnels kühne Huldigung Oscar Wildes herankommen? Pastor Sweeney als eloquenter Algernon, dem die Gurkenbrötchen am Gaumen kleben.«

»Warte nur, bis du Mr. Sweeney als Benedick erlebst.«

»Du hast recht. Nur ein Banause würde sich das entgehen lassen.« St. James griff nach seinen Krücken, um aufzustehen.

Als er seinen Morgenrock geradezog, bückte sich Helen hastig nach drei Rosenblättern, die von einem Strauß auf einem Tischchen neben dem Fenster zu Boden gefallen waren. Sie lagen wie kleine Stücke feinsten Samts auf ihrer

Hand. Sie sah sich nach einem Papierkorb um, froh, etwas zu tun zu haben, da sie wußte, wie peinlich es St. James war, sein krankes Bein sehen zu lassen.

»Hat einer von euch Tommy gesehen?«

Helen wußte, was die Frage zu bedeuten hatte. »Er weiß nicht, was passiert ist. Wir haben es geschafft, ihm aus dem Weg zu gehen.«

»Deborah auch?«

»Sie war die ganze Zeit bei Sidney. Sie hat ihr ein Bad eingelassen und dafür gesorgt, daß sie sich hinlegte und ihr dann Tee gebracht.« Sie lachte ohne Bitterkeit. »Der Tee war mein höchst kreativer Beitrag. Ich habe keine Ahnung, was er eigentlich bewirken sollte.«

»Und Brooke?«

»Dürfen wir hoffen, daß er sich nach London verziehen wird?«

»Das bezweifle ich. Du nicht?«

»Doch, leider. Ja.«

St. James stand neben dem Bett. Helen wußte, sie hätte hinausgehen sollen, damit er sich ungestört ankleiden konnte, aber etwas an seinem Verhalten – eine Kontrolliertheit bis ins kleinste, die zu brüchig war, um glaubhaft zu sein – trieb sie zu bleiben.

Sie kannte St. James gut, besser als sie je einen anderen Mann gekannt hatte. Sie hatte im Lauf der vergangenen zehn Jahre seine bedingungslose Hingabe an seine Arbeit kennengelernt, seine Entschlossenheit, sich in der forensischen Wissenschaft den Ruf einer Kapazität aufzubauen. Sie hatte sich ausgesöhnt mit seiner unerbittlichen Art der Introspektion, seinem Streben nach Perfektion, seiner Neigung zu Selbstbestrafung, wenn er einem gesetzten Ziel nicht gerecht werden konnte. Über all das sprachen sie offen miteinander – beim Essen, in seinem Arbeitszimmer, während der Regen an die

Fenster trommelte, auf dem Weg zum *Old Bailey*, im Labor. Aber niemals sprachen sie über sein Gebrechen. Das war ein Thema, das an Bereiche seiner Seele rührte, zu denen er niemandem Zutritt gewährte. Bis heute nachmittag. Aber da, als er ihr endlich die Gelegenheit geboten hatte, auf die sie so lange gewartet hatte, hatte sie keine angemessenen Worte gefunden.

Was konnte sie ihm jetzt sagen? Sie wußte es nicht. Nicht zum ersten Mal fragte sie sich, wie ihre Beziehung sich entwickelt hätte, wenn sie nicht vor acht Jahren brav aus seinem Krankenzimmer hinausgegangen wäre, nur weil er sie darum gebeten hatte. Und weil es soviel leichter gewesen war, ihm zu gehorchen, als das Unbekannte zu riskieren.

Sie konnte ihn jetzt nicht allein lassen, ohne wenigstens den Versuch gemacht zu haben, ihm ein Wort zu sagen, das ihn – wenn auch in noch so geringem Maß – sich selbst zurückgab.

»Simon.«

»Meine Tabletten liegen auf der Ablage über dem Waschbecken, Helen«, sagte St. James. »Würdest du mir zwei holen?«

»Tabletten?« fragte Helen erschrocken. Sie glaubte nicht, seine Gründe für den Rückzug in sein Zimmer falsch interpretiert zu haben. Er hatte ihr nicht den Eindruck gemacht, als hätte er Schmerzen, obwohl Cotter davon gesprochen hatte.

»Nur eine Vorsichtsmaßnahme. Über dem Waschbecken.« Er lächelte, ein flüchtiger Schimmer, der über sein Gesicht flog und gleich wieder erloschen war. »Ich mache das manchmal so. Zur Vorbeugung. Und wenn ich einen ganzen Abend lang Mr. Sweeneys Schauspielkünste über mich ergehen lassen soll, möchte ich lieber gewappnet sein.«

Sie lachte und ging ihm die Tabletten holen. »Weißt du, das ist gar keine schlechte Idee«, rief sie zu ihm zurück. »Wenn die heutige Inszenierung genauso erschütternd wird wie die letzte, die wir gesehen haben, werden wir alle Schmerzmittel schlucken, ehe der Abend um ist. Vielleicht sollten wir gleich die ganze Flasche mitnehmen.«

Sie kam mit den Tabletten zurück. Er stand auf seine Krücken gestützt am Fenster und blickte in den Park hinaus. Doch an seinem Gesicht, das sie im Profil sah, erkannte sie, daß er nichts von dem wahrnahm, was sich seinem Auge bot.

Haltung und Ausdruck widersprachen seinen Worten, seiner höflichen Anteilnahme und der Leichtigkeit seines Tons. Sie erkannte, daß selbst sein Lächeln nur ein Mittel gewesen war, sie abzuwehren, während er, wie immer, ganz für sich allein geblieben war.

Sie war nicht bereit, es einfach hinzunehmen. »Du hättest stürzen können«, sagte sie. »Simon, bitte, der Weg war doch viel zu steil. Du hättest dich zu Tode stürzen können.«

»Eben«, antwortete er.

Der Salon von Howenstow, so groß wie ein Tennisplatz, machte es einem nicht leicht, sich wohlzufühlen. Die kostbaren antiken Möbel, auf einem feinen Chenilleteppich zu Sitzgruppen und Plauderecken arrangiert, die wertvollen Gemälde an den Wänden, Constables und Turners vor allem, und das feine Porzellan, das überall zur Schau gestellt wurde, warnten vor jeder hastigen Bewegung. Deborah, die allein gekommen war, näherte sich langsam und mit einer gewissen Zaghaftigkeit dem Flügel am Ende des Raums, um sich die dort stehenden Fotografien anzusehen.

Sie erzählten die Geschichte der Lynleys über die letzten hundert Jahre. Die fünfte Gräfin Asherton, so kerzengerade, als hätte sie ein Lineal im Rücken, blickte sie mit jener strengen Miene an, die für die Fotografien des neunzehnten Jahrhunderts so typisch war; der sechste Graf thronte auf einem mächtigen Braunen und sah wohlgefällig auf eine Meute Jagdhunde hinunter; die derzeitige Gräfin zeigte sich in Prunk und Pretiosen, zur Krönung der Königin angetan; Tommy und seine Geschwister tollten unbeschwert durch eine Jugend in Reichtum und Luxus.

Nur Tommys Vater, der siebente Graf, fehlte. Als Deborah das auffiel, wurde ihr bewußt, daß sie nirgends im Haus einer Fotografie oder einem Porträt von ihm begegnet war. Sie fand es merkwürdig, zumal sie in Tommys Haus in London mehrere Bilder des Mannes gesehen hatte.

»Wenn Sie für diese Galerie aufgenommen werden, müssen Sie lächeln. Versprechen Sie mir das?« Daze Asherton war mit einem Glas Sherry in der Hand zu ihr getreten. Sie sah frisch und jung aus in einem duftigen weißen Kleid. »Ich wollte eigentlich lächeln, aber Tommys Vater erklärte, das gehöre sich nicht, und willensschwach wie ich war, bin ich leider sofort umgefallen. So war ich in meiner Jugend. Völlig ohne Rückgrat.«

Sie lächelte Deborah zu, nahm einen Schluck von ihrem Sherry und wollte sich in die Fensternische setzen.

»Ich habe den Nachmittag mit Ihrem Vater wirklich genossen, Deborah. Er ist ein so liebenswürdiger Mensch. Obwohl ich fast unaufhörlich geredet habe, hat er mir geduldig zugehört und mir dazu das Gefühl gegeben, alles, was ich sagte, sei witzig und intelligent.« Sie drehte ihr Glas auf ihrer Handfläche und schien die Lichtreflexe zu beobachten, die in seinen geschliffenen Ornamenten aufblitzten. »Sie stehen Ihrem Vater sehr nahe.«

»Ja«, antwortete Deborah.

»Das ist manchmal so bei Kindern, die nicht mehr beide Eltern haben, nicht wahr? Das Gute, das aus einem Tod erwachsen kann.«

»Ich war noch sehr jung, als meine Mutter starb«, sagte

Deborah, wie um die Distanz zu erklären, die ihr zwischen Tommy und seiner Mutter aufgefallen war. »Da war es wahrscheinlich ganz natürlich, daß ich eine tiefere Bindung zu meinem Vater entwickelte. Und ich hatte keine Geschwister. Gut, Simon war da, aber er war eher – ich weiß nicht. Ein Onkel? Ein Cousin? Aufziehen mußte mich mein Vater praktisch allein.«

»Und die Folge ist eine sehr enge Bindung zwischen Ihnen beiden. Sie haben wirklich Glück gehabt.«

Aber Deborah sah die Beziehung zu ihrem Vater nicht vorrangig als ein Produkt glücklicher Umstände. In täglicher Auseinandersetzung mit einem Kind, dessen Impulsivität ihm fremd war, hatte Cotter es geschafft, die eigenen Ansichten und Denkweisen in Frage zu stellen, um seine Tochter verstehen zu können. Wenn jetzt echte Nähe zwischen ihnen bestand, so war sie den langen Jahren der Auseinandersetzung zu danken.

»Sie und Tommy sind einander sehr fremd, nicht wahr?« sagte Deborah geradeheraus.

Daze Asherton lächelte, aber sie sah sehr müde aus. Einen Augenblick dachte Deborah, die innere Erschöpfung hätte vielleicht ihre Abwehr so weit geschwächt, daß sie etwas über die Uneinigkeit zwischen sich und ihrem Sohn preisgeben würde. Aber sie sagte nur: »Hat Tommy Ihnen schon von dem Theaterstück heute abend erzählt? Shakespeare unter Sternen. In Nanrunnel.« Aus dem Korridor drangen Stimmen zu ihnen. »Aber lassen Sie es sich von ihm selbst erzählen.«

Damit wandte sie sich dem Fenster zu, durch das eine leichte Brise hereinwehte, die den Salzgeschmack des Meeres ins Zimmer trug.

»Wenn wir uns ausreichend stärken, sollten wir den Abend einigermaßen gefaßt überstehen können.« Lynley trat lachend ins Zimmer. Er ging direkt auf den Tisch mit den

Getränken zu und schenkte aus einer der Karaffen, die darauf standen, drei Sherrys ein. Ein Glas gab er Helen, das zweite St. James und hob dann sein eigenes zum Mund, ehe er Deborah und seine Mutter am anderen Ende des Raumes entdeckte.

»Hast du Deborah schon über unsere Aufgaben als Theseus und Hippolyt heute abend aufgeklärt?« sagte er.

Daze Asherton hob flüchtig die Hand. Die Geste wirkte müde wie ihr Lächeln. »Ich wollte das lieber dir überlassen.«

Lynley schenkte sich noch einen Sherry ein. »Gut. Ja. Also« – dies lächelnd zu Deborah – »wir haben eine Pflicht zu erfüllen, Darling. Ich würde dir ja gern sagen, daß wir später kommen und in der Pause wieder gehen werden, aber Mr. Sweeney ist ein alter Freund der Familie. Er wäre zutiefst gekränkt, wenn wir uns nicht die ganze Inszenierung ansehen würden.«

»So schauderhaft sie sein wird«, warf Helen ein.

»Ich könnte doch fotografieren«, schlug Deborah vor. »Nach der Vorstellung, meine ich. Wenn Mr. Sweeney soviel Wert auf deine Anwesenheit legt, würde ihn das doch sicher freuen.«

»Tommy mit dem Ensemble«, sagte Helen. »Mr. Sweeney wird platzen vor Stolz. Das ist eine glänzende Idee! Ich hab' doch immer gesagt, du gehörst auf die Bühne, stimmt's, Tommy?«

Lynley lachte, erwiderte etwas, Helen plauderte weiter. St. James nahm sein Glas und ging langsam hinüber zu zwei großen chinesischen Vasen, die rechts und links der Tür zu der langen elisabethanischen Galerie östlich vom Salon standen. Er strich mit den Fingern über das glatte Porzellan und zeichnete das kunstvolle Muster der Glastür nach. Zweimal führte er sein Glas zum Mund, aber Deborah sah, daß er nicht trank.

Sie hatte nach den Ereignissen des Nachmittags nichts anderes erwartet. Wenn es ihm wirklich half, das Gewesene zu vergessen, indem er seine Umwelt ignorierte, so hätte sie selbst es ihm gern nachgetan, obwohl sie wußte, daß sie so bald nicht vergessen konnte.

Es war schlimm genug gewesen, Brooke von Sidney wegzureißen und zu wissen, daß sein Verhalten allein von blinder Gewalt und dem Willen diktiert wurde, sie brutal zu unterwerfen. Noch schlimmer war es gewesen, die hysterisch schluchzende Sidney den Felsweg hinaufzuschleppen. Ihr Gesicht blutete und zeigte die ersten Ansätze von Schwellungen. Schluchzend und schreiend stolperte sie neben Deborah bergan. Dreimal machte sie halt und war nicht von der Stelle zu bewegen vor Weinen. Es war ein Alptraum gewesen. Und oben stand Simon an einen Baum gelehnt und wartete auf sie.

Deborah hatte zu ihm laufen wollen. Warum, wozu, hätte sie nicht sagen können. Das einzige, was sie in diesem Moment dachte, war, daß sie ihn jetzt nicht allein lassen konnte. Aber Helen hielt sie fest, als sie den ersten Schritt in seine Richtung machte, und stieß sie mit Sidney auf den Pfad zum Haus.

Auch dieser Teil des Wegs ein Alptraum: das unerwartete Zusammentreffen mit Mark Penellin im Wäldchen; ihre konfusen Erklärungen über Sidneys Aussehen und Zustand; die wachsende Angst, gesehen zu werden, als sie sich dem Haus näherten; das vorsichtige Vorbeihuschen an der Waffenkammer und den alten Gesinderäumen; die Suche nach der Nordwesttreppe, von der Helen behauptet hatte, sie befände sich gleich neben der Anrichte; und die ganze Zeit die Angst, daß sie Tommy in die Arme laufen würden.

Es war ein einziger Horror gewesen, und als Justin Brooke salopp für den Abend gekleidet in den Salon trat, als wäre der Nachmittag nie gewesen, kostete es Deborah ihre ganze Selbstbeherrschung, sich nicht schreiend auf den Mann zu stürzen.

8

»Du lieber Gott, was ist Ihnen denn passiert?« Lynleys Stimme klang so überrascht, daß St. James sich herumdrehte und gerade noch sah, wie Justin Brooke mit nonchalanter Geste das Glas Sherry entgegennahm, das Lynley ihm reichte.

Das kann nicht wahr sein, dachte St. James. Dieser Bursche hatte tatsächlich die Stirn, den Abend mit ihnen zu verbringen, zweifellos im sicheren Vertrauen darauf, daß sie alle viel zu wohlerzogen waren, um auch nur ein einziges Wort über den Nachmittag zu verlieren, solange Lynley und seine Mutter sich im Raum befanden.

»Ich bin im Wald gestürzt.« Bei seinen Worten blickte Brooke jeden einzelnen von ihnen an, als wolle er sie herausfordern, ihn einen Lügner zu nennen.

St. James preßte die Lippen aufeinander, um die Worte zurückzuhalten, die ihm auf der Zunge lagen. Mit primitiver Schadenfreude stellte er fest, daß es seiner Schwester gelungen war, Brookes Gesicht beträchtlich zu entstellen. Auf den Wangen hatte er Kratzer, am Unterkiefer eine Beule, die Unterlippe war angeschwollen.

»Sie sind gestürzt?« Lynleys Aufmerksamkeit richtete sich auf die entzündeten Bißmale an Brookes Hals, die der Kragen seines Hemdes kaum verbarg. Er warf einen scharfen Blick in die Runde. »Wo ist Sidney?« fragte er.

Keiner antwortete. Ein Glas schlug klirrend auf die Tischplatte. Jemand hüstelte. Draußen, in einiger Entfernung vom Haus, heulte ein Motor auf. Im Foyer erklangen Schritte, und Cotter trat in den Salon. Knapp hinter der Tür blieb er stehen, als hätte er blitzschnell die Stimmung wahrgenommen und zögere, sich ihr auszusetzen. Wie im Reflex flog sein Blick zu St. James, dessen Ausdruck er nicht zu lesen verstand. Er verharrte, wo er stand.

»Wo ist Sidney?« wiederholte Lynley.

Daze Asherton stand aus der Fensternische auf. »Ist etwas...«

Deborah sprach hastig: »Ich war vor einer halben Stunde bei ihr, Tommy.« Ihr Gesicht wurde rot. »Sie war heute nachmittag zu lange in der Sonne und dachte... sie möchte gern... sie wollte ein bißchen Ruhe haben. Ja. Sie sagte, sie braucht ein bißchen Ruhe. Sie bat mich, sie zu entschuldigen und – du kennst ja Sidney. Sie ist immer so voller Tatendrang, ich meine, so unternehmungslustig, daß sie... Es wundert mich nicht, daß sie erschöpft ist.« Ihre Hand wanderte zu ihrem Mund, als wolle sie ihn verdecken, um zu verhindern, daß die Lüge noch offenkundiger wurde.

St. James mußte wider Willen lächeln. Er sah Deborahs Vater an, der mit liebevoller Nachsicht nur sachte den Kopf schüttelte. Sie wußten es beide: Helen hätte ein solches Manöver vielleicht erfolgreich durchziehen können. Unbefangenes Geflunker, um die Situation zu retten, lag mehr auf ihrer Linie. Deborah jedoch besaß für derartige Finessen überhaupt kein Talent. Peter Lynleys Erscheinen ersparte es den anderen, Deborahs Geschichte ausschmücken zu müssen. Barfuß kam er herein, einzige Konzession an den Brauch, sich zum Abendessen umzuziehen, ein frisches Hemd. Sasha folgte ihm in einem graugrünen Kleid, das sie noch fahler erscheinen ließ. Daze Asherton ging den beiden entgegen, als wolle sie mit ihnen sprechen oder vielleicht einen befürchteten Konflikt abbiegen.

Aber Peter schien seine Mutter gar nicht zu sehen. Er schien überhaupt niemanden zu sehen. Er wischte sich einmal kurz die Nase mit dem Handrücken und ging direkt zum Tisch mit den Getränken. Dort goß er sich einen Whisky ein, den er mit einem Zug hinunterspülte, schenkte nach und reichte dann auch Sasha ein Glas.

Als isoliertes kleines Gespann blieben sie abseits in Reichweite der Getränke stehen. Sasha trank einen Schluck aus ihrem Glas, schob Peter die Hand unter das lose Hemd und zog ihn an sich.

»Hm, gut, Sasha«, murmelte Peter und küßte sie.

Lynley stellte sein Glas nieder. Aber ehe er eine Bemerkung machen konnte, sagte Daze: »Ich habe Nancy Cambrey heute nachmittag hier gesehen, Tommy. Ich mache mir wirklich Sorgen um sie. Sie ist schrecklich dünn geworden. Hast du sie zufällig gesehen?«

»Ja.« Lynley beobachtete seinen Bruder und Sasha. Sein Gesicht war unergründlich.

»Ich habe den Eindruck, es geht ihr nicht gut. Vermutlich hat es mit Mick zu tun. Er arbeitet an einer Story und war in den letzten Monaten sehr viel von zu Hause weg. Hat sie mit dir darüber gesprochen?«

»Ja, wir haben uns darüber unterhalten.«

»Sagte sie etwas von einer Zeitungsstory, Tommy? Denn ...«

»Ja, sie erwähnte so etwas.«

Helen versuchte es mit einer anderen Ablenkungstaktik. »Das ist wirklich ein hübsches Kleid, Sasha«, sagte sie liebenswürdig. »Wenn ich so etwas anprobiere, sehe ich immer aus wie eine Kreuzung zwischen Muttchen und Marktfrau. Hat übrigens Mark Penellin euch heute nachmittag gefunden? Simon und ich sahen ihn im Wäldchen auf der Suche nach euch.«

»Mark Penellin?« Peter strich Sasha über das dünne Haar. »Nein, nicht gesehen.«

Helen warf einen Blick zu St. James. »Er ist nicht zu euch in die Bucht gekommen? Heute nachmittag, meine ich.«

Peter lächelte satt und träge. »Wir waren heute nachmittag nicht in der Bucht.«

»Ihr wart nicht –«

»Ich meine, wir waren wahrscheinlich da, aber wir waren nicht da. Wenn er uns also gesucht hat, wird er uns gesehen haben, aber er hat uns gar nicht gesehen. Jedenfalls nicht da, wo wir waren. Und ich glaub, es wär mir auch gar nicht recht gewesen. Hm, Sasha?«

Er lachte leise vor sich hin und strich mit einem Finger über Sashas Nase, dann über ihren Mund.

Prächtig, dachte St. James. Und es ist erst Freitag.

Nanrunnel war die gelungene Kombination zweier Welten: jahrhundertealtes Fischerdorf und moderne Touristenattraktion. Die Häuser, im Halbrund um einen natürlichen Hafen gruppiert, schmiegten sich an einen Hang, der mit Zedern, Zypressen und Föhren gesprenkelt war. Die Mauern waren aus dem Stein, der in der Gegend gebrochen wurde, manche weiß getüncht, andere naturbelassen, in Wind und Regen zu fleckigem Graubraun verwittert. Die Straßen waren schmal – keine zwei Autos paßten hier nebeneinander – und wanden sich in wirren Mustern, die mehr den Gegebenheiten der hügeligen Landschaft und weniger den Erfordernissen des Autoverkehrs angepaßt waren.

Im Hafen, von zwei langen Molen geschützt, die wie die Spitzen eines Halbmonds ins Wasser ragten, schaukelten Fischerboote sachte auf den Wellen, und unterhalb der Uferstraße, die von Geschäften und Gasthäusern gesäumt war, bot ein mit Kopfsteinen gepflasterter holpriger Kai Zugang zum Wasser. Hunderte von Seevögeln hockten kreischend auf Schieferdächern und Schornsteinen, Scharen kreisten über dem Hafen und flogen weiter, zum Meer hinaus, wo in der Ferne der St. Michael's Mount sich aus dem Abenddunst hob.

Erstaunlich viele Menschen hatten sich auf dem Gelände der Grundschule am unteren Ende der Paul Lane eingefunden, wo Pastor Sweeney und seine Frau ein bescheidenes Freilichttheater errichtet hatten. Es bestand nur aus drei Elementen: einem stabil gebauten Holzgerüst, das als Bühne diente; dem Zuschauerraum, der aus mehreren Reihen alter Holzklappstühle aus Vorkriegszeiten bestand; und – hinten, gleich an der Straße – einem Erfrischungsstand unter der Regie des größten Pubs am Ort, dem *Anchor and Rose*, an dem bereits reges Geschäft herrschte. Nancy Cambrey stand dort an den Zapfhähnen.

Der Pastor persönlich empfing Lynley und seine Gäste am Eingang zum Schulhof, vor Freude strahlend über das ganze runde Gesicht, das unter der dick aufgetragenen Theaterschminke bedauernswert schwitzte. Er war bereits im Kostüm und bot in Wams und Strumpfhose einen etwas albernen Anblick.

»Als Benedick trage ich natürlich eine Perücke«, bemerkte er und tippte sich spöttisch lächelnd an den kahlen Schädel, der im Spiel der Lichter glänzte.

Er begrüßte St. James und Helen so herzlich, als wären sie alte Freunde, und trat dann begierig zu Deborah, um sich ihr vorstellen zu lassen, schlug jedoch, ehe Lynley ein Wort sagen konnte, alle Formen in den Wind und rief überschwenglich: »Meine Liebe, es ist uns eine große Freude, Sie heute abend hier zu sehen. Sie beide. Es ist ein Vergnügen.« Er hätte sich wahrscheinlich zu einem altertümlichen Kratzfuß hinreißen lassen, hätte nicht der knappe Sitz seiner Hose jede impulsive

Bewegung verboten. »Wir haben Ihnen Plätze in der ersten Reihe reserviert, damit Sie auch kein Wort versäumen. Bitte, kommen Sie mit.«

Ein Wort, mehrere Wörter, das ganze Stück zu versäumen, wäre unrealistische Hoffnung gewesen, da die Laienspieler von Nanrunnel vor allem für ihre Stentorstimmen und weit weniger für ihr schauspielerisches Flair bekannt waren. Unter Führung von Mr. Sweeney und seiner Frau, die eine dickliche Beatrice mit leidenschaftlich wogendem Busen abgab, entfaltete sich das Drama mit feurigem Enthusiasmus, bis der Pausenvorhang fiel. Worauf die gesammelte Zuschauerschaft sich wie auf Kommando erhob, um den Erfrischungsstand zu stürmen und die Gnadenfrist bei Bier und Limonade auszukosten.

Einen Vorteil immerhin zogen Lynley und seine Freunde aus ihrem Status als Ehrengäste: Man ließ ihnen den Vortritt am Getränkestand.

Eine einzige andere Person nutzte die Gunst des Augenblicks, ein großer Mann mittleren Alters, dem es gelungen war, als erster an den Stand zu kommen. Mit einem Tablett voll Gläser drehte er sich herum und bot es Lynley an.

»Nehmen Sie gleich diese, Mylord«, sagte er.

Ungläubig blickte Lynley auf Roderick Trenarrow. Die Absicht hinter dem Angebot war eindeutig – ein öffentliches Zusammentreffen, eine Zurschaustellung herzlichen Einverständnisses. Und es gab kein Ausweichen. Wie immer hatte Trenarrow den Moment meisterhaft gewählt.

»Roderick«, sagte Lynley. »Das ist aber nett von Ihnen.«

Trenarrow lächelte. »Ich habe den Vorteil, direkt beim Stand zu sitzen.«

»Es wundert mich, Sie hier zu sehen. Ich hätte nicht gedacht, daß Shakespeare Ihre Sache ist.«

»Außer *Hamlet*, meinen Sie?« fragte Trenarrow freundlich. Er richtete seine Aufmerksamkeit auf Lynleys Freunde, unverkennbar in der Erwartung, mit ihnen bekanntgemacht zu werden. Lynley erfüllte seinen Wunsch, höflich, allem Anschein nach unberührt von dieser unerwarteten Begegnung. Trenarrow schob seine goldgeränderte Brille hoch und sagte zu Lynleys Freunden gewandt: »Mrs. Sweeney erwischte mich unglücklicherweise im Bus nach Penzance, und ehe ich wußte, wie mir geschah, hatte ich eine Karte für die heutige Vorstellung und fest versprochen zu kommen. Die einzige Gnade ist, daß ich direkt neben der Getränkebude sitze. Wenn also das Stück noch schauerlicher wird, kann ich mir sechs oder sieben Bierchen hinter die Binde gießen und mich richtig einnebeln.«

»Sie sprechen uns aus der Seele«, sagte Helen.

»Man gewinnt eben bei diesen Theaterproduktionen mit jedem Sommer mehr Erfahrung«, fuhr Trenarrow fort. »Ich vermute, nächstes Jahr wird es einen Sturm auf die hinteren Reihen geben.«

Die anderen lachten. Lynley nicht. Er war verärgert, daß sie sich so bereitwillig von Trenarrow einwickeln ließen, und er musterte den anderen, als könnte eine Analyse seiner Physis die Quelle seines Charmes aufdecken. Volles braunes Haar, das, fein von Grau durchzogen, endlich erste Spuren des Alters zeigte; ein Leinenanzug, der alt war, aber von einem guten Schneider, fleckenlos und von tadellosem Sitz; ein schmales, kantiges Gesicht ohne eine Spur von Schwammigkeit, obwohl er sich dem Fünfzigsten näherte, ein herzliches, hemmungsloses Lachen; ein Netz von Fältchen um die Augen; die Augen selbst dunkel, mit klugem Blick und schneller Auffassungsgabe.

»Ich sehe, daß Nancy Cambrey neben all ihren anderen Jobs jetzt auch noch im *Anchor and Rose* arbeitet«, sagte Lynley zu Trenarrow.

Trenarrow warf einen Blick über die Schulter zum Getränkestand. »Ja, scheint so. Das wundert mich, sie hat doch mit Kind und Haushalt sicher genug zu tun. Leicht wird das nicht sein für sie.«

»Aber vielleicht erleichtert es ihre Geldsorgen.« Lynley nahm einen Schluck Bier. Es war zu warm für seinen Geschmack, und er hätte es gern auf die Wurzeln der nächsten Palme gegossen, aber Trenarrow hätte darin einen Akt der Feindseligkeit gesehen, darum ließ er es bleiben. »Hören Sie, Roderick«, sagte er brüsk, »ich übernehme ihre Schulden an Sie.«

Sein Ton und seine Haltung veranlaßten die anderen, ihre Unterhaltung abzubrechen. Er nahm wahr, wie Helen St. James die Hand auf den Arm legte, wie Deborah an seiner Seite unbehaglich von einem Fuß auf den anderen trat, daß Trenarrow ihn so perplex ansah, als hätte er keine Ahnung, wovon Lynley sprach.

»Sie übernehmen die Schulden?« wiederholte Trenarrow.

»Ich werde doch Nancy nicht betteln gehen lassen. Sie können die Mieterhöhung nicht bezahlen und –«

»Die Mieterhöhung?«

Trenarrows Verhalten reizte Lynley. Er fühlte sich in die Rolle des aggressiven Querulanten gedrängt. »Sie hat Angst, das Haus zu verlieren. Ich habe ihr versprochen, die Schulden zu übernehmen. Und das verspreche ich Ihnen jetzt auch.«

Trenarrow hob langsam sein Glas und fixierte Lynley über den Rand hinweg. »Ach so, es geht um das Haus.« Er sah nachdenklich zum Getränkestand zurück. »Da braucht Nancy sich keine Sorgen zu machen. Mick und ich regeln das schon. Sie hätte Sie nicht um Geld anzugehen brauchen.«

Typisch, dachte Lynley. Dieser unerträgliche Edelmut. Und dieses gleichermaßen unerträgliche Talent, immer

Herr der Situation zu bleiben. Das ganze Gespräch verlief nicht anders als die zahllosen Gefechte, die sie im Lauf der Jahre miteinander ausgetragen hatten, jeder Stoß und jede Parade begleitet von Zweideutigkeiten.

»Ich habe gesagt, daß ich es erledige, und das werde ich auch tun.« Lynley versuchte, einen freundlicheren Ton anzuschlagen, wenn auch die Absicht hinter seinen Worten unverändert blieb. »Es besteht keine Notwendigkeit für Sie, zu...«

»Leiden?« Trenarrow betrachtete Lynley einen Moment lang ruhig, dann lächelte er kühl und trank sein Bier aus. »Wie rücksichtsvoll von Ihnen, Mylord. Wenn Sie mich jetzt entschuldigen würden, ich habe wohl Ihre Zeit lange genug in Anspruch genommen. Es gibt hier noch andere, die gern zu Wort kommen würden.« Er nickte kurz und ging.

Lynley sah ihm nach und mußte sich eingestehen, daß Trenarrow wie immer genau den richtigen Moment gewählt hatte. Wieder einmal hatte er dafür gesorgt, daß Lynley sich wie ein dummer, ungezogener Junge vorkam. Wie der Siebzehnjährige, der er einmal gewesen war. Immer und immer wurde er in Trenarrows Gegenwart wieder zum Siebzehnjährigen.

Helen durchbrach mit leichter Hand das Schweigen, das Trenarrows Abgang gefolgt war. »Das ist ja ein toller Mann, Tommy. Sagtest du, er ist Arzt? Ich wette, die Frauen von Nanrunnel stehen vor seiner Praxis Schlange.«

»Er hat keine Praxis«, antwortete Lynley automatisch. Er goß den Rest seines Biers auf den Boden und sah zu, wie die Flüssigkeit auf der verkrusteten, undurchlässigen Erde eine kleine Pfütze bildete. »Er arbeitet in der Forschung. In Penzance.«

Und nur darum war er überhaupt nach Howenstow gekommen, ein Mann von dreißig Jahren, den man in der

Verzweiflung geholt hatte, sich Lynleys sterbenden Vaters anzunehmen. Es war aussichtslos gewesen. Er hatte ihnen in seiner eindringlichen Art erklärt, daß man hier nichts tun könne, als die Chemotherapie fortzusetzen; daß es keine Heilung gäbe, trotz allem, was sie in den Zeitungen gelesen hatten und gern glauben wollten; daß es Dutzende verschiedener Arten von Krebs gäbe, daß der Körper an seinen eigenen Zellwucherungen zugrunde gehe; daß die Wissenschaft noch im dunklen tappe; daß man an der Erforschung der Krankheit arbeite, es aber noch Jahre, vielleicht Jahrzehnte dauern würde... Er sprach mit tiefem Verständnis und warmer Anteilnahme.

Lynleys Vater war dahingesiecht, hatte unendlich gelitten und war schließlich gestorben. Die Familie hatte ihn betrauert. Die Leute aus der Umgebung hatten ihn betrauert. Alle hatten ihn betrauert. Nur Trenarrow nicht.

9

Nancy Cambrey packte die letzten Biergläser in den Karton für den kurzen Rücktransport zum *Anchor and Rose*. Sie war todmüde. Um bei den Vorbereitungen am Stand helfen zu können, hatte sie das Abendessen ausgelassen und fühlte sich jetzt flau. Sie klappte den Karton zu, verschnürte ihn, froh, daß die Arbeit für den Abend getan war.

Mrs. Swann war dabei, mit gewohnter Gier die Einnahmen des Abends zu zählen. Ihre Lippen bewegten sich lautlos, während sie Münzen und Scheine ordnete und die errechneten Zahlen in ihr zerfleddertes rotes Buch eintrug. Sie nickte befriedigt. Das Geschäft war gut gewesen.

»Also, dann geh ich jetzt«, sagte Nancy leicht zögernd. Bei Mrs. Swann, die für ihre Launen bekannt war, wußte man nie, woran man war. Keine Bedienung hatte es länger als sieben Monate bei ihr ausgehalten. Nancy war entschlossen, als erste länger durchzuhalten. Nur das Geld zählt, pflegte sie sich zu sagen, wenn Mrs. Swann ihre schlechte Laune an ihr ausließ. Du kannst alles ertragen, Hauptsache, du wirst bezahlt.

»In Ordnung, Nancy«, brummte Mrs. Swann mit einer Handbewegung. »Marsch, nach Hause mit Ihnen.«

»Die Sache mit dem Anruf tut mir leid. Ehrlich.«

Mrs. Swann schnaubte kurz und kratzte sich mit ihrem Bleistiftstummel am Kopf. »Von jetzt an telefonieren Sie gefälligst in Ihrer Freizeit mit Ihrem Vater, Nancy. Nicht in der Arbeitszeit. Verstanden?«

»Ja, natürlich. Ich werd's mir merken.« Beschwichtigung war alles. Nancy bemühte sich redlich, die Wogen zu glätten, ohne sich von ihrer Aversion gegen Mrs. Swann etwas anmerken zu lassen. »Ich lerne schnell, Mrs. Swann. Sie werden sehen. Mir braucht man nichts zweimal zu sagen.«

Mrs. Swann blickte scharf auf. Ihre Rattenaugen glitzerten taxierend. »Ich kann mir denken, daß du von deinem Mann schon allerhand gelernt hast. 'ne Menge Neues, hm?«

Nancy rieb an einem Schmutzfleck auf ihrer verblichenen rosaroten Bluse. »Bis dann«, sagte sie statt einer Antwort und eilte aus der Bude hinaus.

Die Lichter brannten noch, aber der Hof war leer bis auf Lynley, seine Freunde und die Schauspieler. Nancy sah sie vorn bei der Bühne stehen. Während St. James und Lady Helen abseits warteten, ließ Lynley sich mit dem Ensemble von seiner Verlobten fotografieren. Jeder Lichtblitz erhellte strahlende, stolze Gesichter, und Lynley ließ das Ganze mit gewohnt gutmütiger Duldsamkeit über sich ergehen, plauderte mit dem Pastor und seiner Frau, lachte über die spritzigen Bemerkungen von Lady Helen Clyde.

Ach, würde es einem das Leben doch auch so leicht machen, dachte Nancy.

»Wenn man zu ihnen gehört, ist es auch nicht anders, Nancy. Es sieht nur so aus.«

Von den Worten getroffen, fuhr Nancy zusammen und wirbelte herum. Dr. Trenarrow saß im Schatten an der Wand des Schulhofs. Sie war ihm den ganzen Abend aus dem Weg gegangen, wenn er an den Stand gekommen war. Jetzt jedoch war ein Gespräch nicht mehr zu vermeiden. Er stand auf und trat ins Licht.

»Sie machen sich Sorgen wegen des Häuschens«, sagte er. »Das brauchen Sie nicht. Ich setze Sie nicht auf die Straße. Mick und ich regeln das schon.«

Trotz seiner freundlichen Worte brach ihr der Schweiß aus allen Poren. Es war das, was sie am meisten gefürchtet hatte, eine Konfrontation mit ihm, ein Gespräch über ihre Situation, die Notwendigkeit, Ausflüchte zu machen, Entschuldigungen zu erfinden. Und zu allem Überfluß sah jetzt auch noch Mrs. Swann herüber, die wohl bei der Erwähnung von Micks Namen neugierig geworden war.

»Sie bekommen Ihr Geld«, stammelte Nancy. »Ich besorge es. Bestimmt.«

»Sie brauchen sich keine Sorgen zu machen, Nancy«, wiederholte Trenarrow eindringlicher. »Und Sie hätten nicht Lord Asherton um Hilfe zu bitten brauchen. Sie hätten gleich mit mir sprechen sollen.«

»Nein. Ich...« Sie konnte es nicht erklären, ohne ihn zu beleidigen. Er würde nicht verstehen, warum sie als Bittstellerin zu Lynley gehen konnte, aber nicht zu ihm. Sie konnte ihm nicht klarmachen, daß ein Darlehen von Lynley nicht mit demütigender Mildtätigkeit belastet war, weil er gab, ohne zu urteilen, rein aus Freundschaft und menschlichem Interesse. Sonst konnte sie nirgends Hilfe erwarten, ohne Bemerkungen über Micks Versagen und ihre gescheiterte Ehe hinnehmen zu müssen. Und sie spürte auch in diesem Moment, wie Dr. Trenarrow wertete. Selbst in diesem Moment spürte sie sein Mitleid.

»Eine Mieterhöhung ist überhaupt nicht...«

»Bitte!« Sie drängte sich sich an ihm vorbei und lief aus dem Schulhof hinaus auf die Straße. Sie hörte ihn einmal ihren Namen rufen, aber sie lief weiter.

Sie rieb sich die Arme, die ihr vom Schleppen der Gläser weh taten, und eilte die Paul Lane hinunter zur Ivy Street, die in ein verschlungenes Gewirr kleiner Straßen und Gassen im Herzen des Orts führte. Es waren schmale, steile Sträßchen, mit holprigem Kopfsteinpflaster, für Autos viel zu eng. Bei Tag kamen die Urlauber hierher, um die malerischen alten Häuser mit ihren farbenfrohen Gärtchen und den windschiefen Dächern zu fotografieren. Bei Nacht jedoch war das ganze Viertel nur von den Lichtflecken erleuchtet, die aus den Fenstern der Häuser fielen. In schwarze Schatten getaucht und von Generationen von Katzen bevölkert, die am Hügelhang über dem Dorf ihre Behausungen hatten und nachts die Mülltonnen räuberten, war es kein einladender Ort.

Gull Cottage stand mitten im Gewirr dieser winkligen Gassen, an der Ecke des Virgin Place, ein kleiner, weißgetünchter Kasten mit blauen Fensterstöcken und einer üppig blühenden Fuchsie neben der Haustür. Schon aus beträchtlichem Abstand konnte sie es hören. Molly weinte, nein, sie schrie zum Erbarmen.

Sie sah auf ihre Uhr. Es war fast Mitternacht. Molly hätte längst gefüttert sein und tief schlafen müsen. Wieso kümmerte sich Mick nicht um das Kind?

Zornig über ihren egoistischen Mann, legte Nancy das letzte Stück bis zum Haus im Laufschritt zurück, stieß das Gartentor auf und rannte zur Tür.

»Mick!« rief sie laut. Oben war immer noch Mollys Schreien zu hören. Sie sah das Kind vor sich, blau im Gesicht, das kleine Körperchen verkrampft vor Angst.

»Molly!« Sie stieß die Haustür auf, lief zur Treppe und hetzte nach oben. Es war unerträglich heiß im Haus.

»Molly! Süßes!« Sie neigte sich über das Kinderbett und hob die Kleine heraus, fühlte, daß sie klatschnaß war. Das kleine Gesicht war fiebrig, die braunen Löckchen klebten ihr am Kopf. »Ach, Molly, mein Liebes. Was ist denn, hm?« murmelte sie liebevoll, ehe sie nochmals laut »Michael! Mick!« rief.

Molly auf dem Arm, stieg sie die Treppe wieder hinunter, ihre Schritte waren laut auf dem bloßen Holz, und ging nach hinten in die Küche. Als erstes mußte das Kind gefüttert werden. Dennoch konnte sie ihren Zorn nicht ganz bezähmen.

»Ich will mit dir reden«, rief sie zur geschlossenen Wohnzimmertür. »Michael! Hörst du mich? Ich will mit dir reden! Auf der Stelle!«

Noch während sie sprach, sah sie, daß die Tür nur angelehnt war. Sie stieß sie mit dem Fuß auf.

»Michael, verdammt noch mal, du kannst mir wenigstens antworten, wenn –«

Sie spürte, wie sich die feinen Härchen auf ihrem Arm aufstellten. Er lag auf dem Boden. Oder vielleicht war es auch jemand anderer, denn sie konnte nur ein Bein sehen. Nur eines. Nicht zwei. Schlief er? Wie konnte er bei dieser Hitze schlafen? Und bei dem Lärm, den Molly gemacht hatte?

»Mick, willst du mich zum Narren halten?«

Sie bekam keine Antwort. Mollys Schreien war in einem erschöpften Wimmern abgeflaut. Nancy ging einen Schritt in das Zimmer hinein.

»Das bist doch du, oder, Mick?«

Nichts. Aber sie sah, daß es Mick war. Sie erkannte den Schuh, einen frivolen roten Joggingschuh mit einem Silberstreifen am Knöchel, auch so eine Neuerwerbung von ihm, ein Stück Luxus, das er nicht brauchte, das zuviel Geld kostete, für das das Kind bezahlen mußte. Doch es war Mick, der da auf dem Boden lag. Und sie wußte genau, was er bezweckte. Er stellte sich schlafend, damit sie ihm keinen Vorwurf machen konnte, weil er das Kind vernachlässigt hatte.

Aber irgendwie war es doch komisch. Normalerweise hätte er jetzt aufspringen und sie auslachen müssen, daß sie sich von ihm hatte ängstigen lassen. Denn sie ängstigte sich wirklich. Irgendwas stimmte hier nicht. Überall lagen Papiere auf dem Boden, das ging weit über Micks normale Schlamperei hinaus. Die Schreibtischschubladen standen offen. Die Vorhänge waren zugezogen. Draußen jammerte eine Katze, aber im Haus war es totenstill, und in der stickigen Luft hing ein widerlicher Geruch nach Fäkalien und Schweiß.

»Mickey?«

Ihre Hände, ihre Achselhöhlen, ihre Kniekehlen, die Ellbogenbeugen. Alles an ihr klebte vor Schweiß. Molly wand sich in ihren Armen. Nancy zwang sich, vorwärts zu gehen. Einen kleinen Schritt. Dann noch einen. Einen etwas größeren Schritt. Und dann sah sie, warum Mick Mollys Schreien nicht gehört hatte.

Er lag reglos auf dem Boden. Seine Augen waren offen. Sie waren glasig und starr, und noch während Nancy hinsah, spazierte eine Fliege über eine blaue Iris.

Sein Bild schien in der Hitze zu wabern wie belebt von einer Kraft außerhalb seines Körpers. Wieso bewegt er sich nicht? dachte sie. Wie kann er so still liegen? Ist das vielleicht irgendein raffinierter Trick? Spürt er denn die Fliege nicht?

Erst da sah sie die anderen Fliegen. Sechs oder acht. Nicht

mehr. Sie schwirrten normalerweise in der Küche herum und störten sie beim Kochen. Jetzt aber kreisten sie brummend um Micks Hüften, wo die Hose zerrissen war, aufgerissen, brutal heruntergerissen, weil jemand ihn ... ein Schlächter ihn verstümmelt hatte ...

Sie rannte ohne Sinn und Ziel. Nur weg wollte sie. Sie stürzte aus dem Häuschen durch das Gartentor auf die Virgin Place hinaus. Das Kind in ihren Armen hatte wieder zu weinen begonnen. Sie blieb mit dem Fuß an einem Pflasterstein hängen und wäre beinahe gestürzt. Stolpernd rannte sie drei Schritte weiter, prallte gegen eine Mülltonne und hielt sich nur auf den Beinen, indem sie sich an ein Regenrohr eines der Häuser klammerte.

Es war pechschwarz auf der Straße. Das Mondlicht fiel auf die Dächer und die Seiten der Häuser, doch diese warfen lange Schatten, die gähnende dunkle Löcher bildeten, in die sie hineinrannte, ohne auf das holprige Pflaster zu achten oder auf die huschenden Mäuse, die sich nachts hier tummelten.

»Bitte.« Ihre Lippen formten das Wort, aber sie konnte es nicht hören. Doch dann hörte sie Stimmen und Gelächter aus der Paul Lane.

»Gut, ich glaube dir. Und jetzt such den Orion«, sagte ein Mann mit angenehmer Stimme. Fügte dann hinzu: »Himmel, Helen, du wirst doch wenigstens den Großen Wagen finden.«

»Warte doch, Tommy, ich muß mich doch erst mal orientieren. Du hast ungefähr soviel Geduld wie ein Zweijähriger. Ich kann ...«

Endlich! Sie war bei ihnen, warf sich ihnen entgegen, fiel auf die Knie.

»Nancy!« Jemand faßte sie beim Arm und half ihr wieder

auf die Füße. Molly schrie wie am Spieß. »Was ist denn? Was ist passiert?«

Es war Lynleys Stimme, Lynleys Arm um ihre Schultern.

»Mick!« stammelte sie und riß heftig an Lynleys Jackett. Sie begann zu schreien. »Mick! Es ist Mick!«

In den Häusern rundherum gingen die Lichter an.

St. James und Lynley traten gemeinsam ein. Die drei Frauen ließen sie am Gartentor zurück. Mick Cambrey lag auf dem Boden im Wohnzimmer, höchstens sechs Meter von der Haustür entfernt. Die beiden Männer gingen zu ihm und blickten, einen Moment lang vor Entsetzen gelähmt, auf ihn hinunter.

»Mein Gott!« murmelte St. James.

Er hatte in den Jahren seiner Tätigkeit bei der Spurensicherung manch schreckliches Bild gesehen, aber die Verstümmelung von Cambreys Körper traf ihn mit Urgewalt. Als er den Blick abwandte, sah er, daß jemand das Zimmer durchsucht hatte. Alle Schubladen des Schreibtisches waren aufgezogen, Korrespondenz, Briefpapier, Umschläge und Dokumente aller Art waren im Zimmer herumgeschleudert, Bilder waren von den Wänden gerissen und aufgeschlitzt, und neben einem alten blauen Sofa lag eine Fünf-Pfund-Note auf dem Boden.

Seine Reaktion war instinktiv, Gebot seiner beruflichen Erfahrung. Später, im Angesicht der Spannung, die sie zwischen ihnen hervorrief, fragte er sich, warum er ihr überhaupt nachgegeben hatte.

»Wir brauchen Deborah«, sagte er.

Lynley, der neben dem Toten kauerte, sprang auf und fing St. James an der Haustür ab. »Bist du völlig verrückt geworden? Du willst sie doch nicht im Ernst... Das ist ja Wahnsinn. Wir brauchen die Polizei. Das weißt du so gut wie ich.«

St. James zog die Tür auf. »Deborah, würdest du …«

»Bleib, wo du bist, Deborah«, fuhr Lynley dazwischen und wandte sich wieder dem Freund zu. »Ich erlaube das nicht. Es ist mein Ernst, St. James.«

»Was ist denn, Tommy?« Deborah machte nur einen Schritt.

St. James sah Lynley forschend an, versuchte seinen Befehl an Deborah zu verstehen und konnte nicht.

»Es dauert doch nur einen Moment, Tommy«, erklärte er. »Es ist meiner Ansicht nach das Beste. Wer weiß, was das von der örtlichen Kripo für Leute sind. Vielleicht werden sie dich sowieso um Hilfe bitten. Also komm, machen wir gleich ein paar Bilder. Dann kannst du anrufen.« Er rief über seine Schulter: »Würdest du mal mit deiner Kamera kommen, Deborah?«

»Natürlich. Hier …«

»Deborah! Bleib, wo du bist.«

St. James hatte seine eigene Erklärung durchaus vernünftig gefunden. Lynleys Reaktion schien es ihm nicht zu sein.

»Aber die Kamera?« fragte Deborah.

»Ich habe gesagt, bleib weg.«

Deborah hob fragend eine Hand und blickte von Lynley zu St. James.

»Tommy, ist etwas …«

Helen berührte leicht ihren Arm und ging zu den beiden Männern. »Was ist passiert?«

St. James antwortete ihr. »Helen, bring mir Deborahs Kamera. Mick Cambrey ist ermordet worden, und ich möchte das Zimmer fotografieren, ehe wir die Polizei anrufen.«

Er sagte kein Wort mehr, bis er den Fotoapparat in Händen hielt. Und selbst dann sprach er nicht, während er den Apparat prüfte, um sich mit seinem Mechanismus vertraut zu machen, und die Atmosphäre, das wußte er, immer gespannter und unfreundlicher wurde, je länger er schwieg. Er sagte sich, daß es Lynley einzig darum gegangen war, Deborah den Toten nicht sehen zu lassen. Ja, er war sicher, daß es seinem Freund nur darum gegangen war, als er darauf bestanden hatte, daß sie draußen im Garten blieb. Er hatte St. James' Frage nach Deborah mißverstanden.

»Vielleicht wartest du hier draußen, bis ich fertig bin«, sagte St. James zu Lynley und ging ins Haus zurück.

Schritt für Schritt ging St. James um den Toten herum und machte Aufnahmen aus jedem Blickwinkel, einen ganzen Film. Danach zog er die Tür hinter sich zu und ging hinaus zu den anderen. Einige Nachbarn hatten sich eingefunden. Sie standen etwas abseits und tuschelten hinter vorgehaltener Hand miteinander.

»Bringt Nancy hinein«, sagte St. James.

Helen zögerte kurz, ehe sie Nancy mit sich in die Küche zog, einen länglichen Raum mit durchhängender Decke und grauem abgetretenen Linoleum auf dem Boden. Sie drückte sie auf einen Stuhl an dem einfachen Fichtentisch. Dann kniete sie neben ihr nieder, blickte ihr forschend ins Gesicht, nahm ihren Arm und umfaßte das schmale Handgelenk mit ihren Fingern. Stirnrunzelnd legte sie Nancy die Hand auf die Wange.

»Tommy.« Helen war bewundernswert ruhig. »Ruf Dr. Trenarrow an. Ich glaube, sie steht unter Schock. Mit so was kann er doch umgehen, nicht wahr?« Sie löste das Kind aus Nancys Armen und reichte es Deborah. »Im Kühlschrank ist sicher Milch. Machst du etwas warm?«

Im anderen Zimmer telefonierte Lynley. Nachdem er aufgelegt hatte, machte er einen zweiten Anruf, kürzer noch als der erste, doch der veränderte, förmliche Ton seiner Stimme verriet den anderen, daß er mit der Polizei in Penzance sprach. Einige Minuten später kam er mit einer Decke in die Küche, die er Nancy trotz der Hitze umlegte.

»Können Sie mich hören?« fragte er.

Nancys Lider flatterten, zeigten nichts als Weiß. »Molly ... füttern.«

»Ich hab' sie hier bei mir«, sagte Deborah. Sie sprach leise und beruhigend auf das Kind ein. »Die Milch steht schon auf dem Herd. Sie mag sie doch sicher warm, nicht? Sie ist ein süßes kleines Mädchen, Nancy. So hübsch.«

Das waren die richtigen Worte. Nancy entspannte sich sichtlich. St. James nickte Deborah dankbar zu und trat wieder zur Wohnzimmertür. Er stieß sie auf und blieb auf der Schwelle stehen. Mehrere Minuten lang stand er dort, überlegte und machte sich ein Bild von dem, was er sah. Helen ging schließlich zu ihm. Selbst von der Tür aus konnte sie erkennen, was das für Papiere waren, die durcheinandergeworfen auf dem Boden, dem Schreibtisch, unter Sesseln und Sofa lagen. Notizbücher, Dokumente, Manuskriptseiten, Fotografien. St. James hörte wieder Daze Ashertons Worte über Mick Cambrey. Doch die Art des Verbrechens war mit der Schlußfolgerung, die er sonst ganz selbstverständlich aus ihren Worten gezogen hätte, nicht vereinbar.

»Was meinst du?« fragte Helen ihn.

»Er war Journalist. Er ist tot. Eigentlich müßten diese beiden Tatsachen irgendwie zusammenhängen. Aber die Methode spricht dagegen.«

»Wieso?«

»Er wurde kastriert, Helen.«

»O Gott! Und daran ist er gestorben?«

»Nein.«

»Wie dann?«

Ein Klopfen an der Haustür kam seiner Antwort zuvor. Lynley eilte aus der Küche, um Roderick Trenarrow einzulassen. Wortlos trat der Arzt ein. Sein Blick flog von Lynley zu St. James und Helen, dann an ihnen vorbei ins Wohnzimmer. Mick Cambrey konnte er von seinem Standort aus nur teilweise sehen. Einen Moment lang schien es, als wolle er ins Zimmer stürzen, um zu versuchen, einen Menschen zu retten, für den es keine Rettung mehr gab.

»Sind Sie sicher?« sagte er zu den anderen.

»O ja«, antwortete St. James.

»Wo ist Nancy?« Ohne auf eine Antwort zu warten, ging Trenarrow zur Küche, wo die Lichter hell waren und Deborah von kleinen Kindern erzählte, als hoffe sie, damit Nancy im Hier und Jetzt festhalten zu können. Trenarrow neigte Nancys Kopf nach rückwärts und sah ihr in die Augen.

»Helfen Sie mir, sie hinaufzubringen«, sagte er. »Rasch. Hat jemand ihren Vater angerufen?«

Lynley ging sofort zum Telefon. Helen half Nancy auf die Beine und bugsierte sie mit viel gutem Zureden aus der Küche hinaus. Trenarrow ging voraus. Deborah folgte mit dem Kind auf dem Arm. Gleich darauf war aus dem oberen Schlafzimmer Trenarrows Stimme zu hören. Er stellte behutsame Fragen, auf die Nancys lallende Antworten folgten. Bettfedern quietschten. Ein Fenster wurde geöffnet. Das trockene Holz des Rahmens knarrte.

»Im Verwalterhaus meldet sich niemand«, sagte Lynley, der noch beim Telefon stand. »Ich rufe in Howenstow an. Vielleicht ist John dort.« Aber ein kurzes Gespräch mit seiner Mutter ergab, daß man dort nichts von ihm wußte. Lynley sah stirnrunzelnd auf seine Uhr. »Es ist halb eins. Wo kann er um diese Zeit noch sein?«

»Er war nicht bei der Vorstellung, nicht wahr?«

»John? Nein. Ich kann mir nicht denken, daß ihn so etwas lockt.«

Es klopfte wieder an der Haustür. Als Lynley öffnete, sah

er sich der örtlichen Polizei gegenüber, vertreten durch einen dicken, kraushaarigen Constable in einer Uniform, die sich durch zwei Halbmonde von Schweiß unter den Armen und einem Kaffeefleck auf der Hose auszeichnete. Er war vielleicht dreiundzwanzig Jahre alt und hielt es weder für nötig, sich auszuweisen, noch sich an die Formalitäten zu halten, die das A und O aller Ermittlungsarbeit bei einem Mordfall sind. Innerhalb von Sekunden war klar, daß Mord für ihn ein unbekanntes Terrain war, in dem er mit Wonne herumtappte.

»So, einen Mord haben wir hier also?« fragte er im Konversationston, als wären Morde in Nanrunnel ganz alltäglich. Vielleicht um seiner Nonchalance den Anstrich der Echtheit zu geben, wickelte er einen Kaugummi aus seinem Papier und schob ihn in den Mund. »Wo ist denn das Opfer?«

»Wer sind Sie?« fragte Lynley scharf. »Sie sind doch nicht von der Kripo.«

Der Constable grinste. »T.J. Parker«, verkündete er. »Thomas Jefferson. Meine Mutter hat 'ne Schwäche für die Amis.«

Er drängte sich ins Wohnzimmer.

»Sind Sie von der Kripo?« fragte Lynley, als der Constable mit dem Fuß ein Schreibheft zur Seite stieß. »Himmelherrgott, Mann! Lassen Sie den Tatort unberührt.«

»Na, nun machen Sie mal halblang«, entgegnete der Constable ungerührt. »Inspector Boscowan hat mich vorausgeschickt, um den Tatort zu sichern. Er kommt gleich nach, sobald er angezogen ist. Nur keine Sorgen. Also. Was haben wir da?« Er warf einen ersten Blick auf die Leiche und kaute schneller auf seinem Kaugummi. »Da war ja einer ganz schön sauer auf den Burschen.«

Nach dieser Feststellung durchstreifte er gemächlich das

Zimmer. Neugierig befingerte er mehrere Gegenstände auf dem Schreibtisch.

»Verdammt noch mal!« rief Lynley hitzig. »Rühren Sie hier nichts an. Überlassen Sie das Ihren Kollegen von der Kripo.«

»Raub«, verkündete Parker, als hätte Lynley nicht gesprochen. »*In flagranti* erwischt, würd' ich sagen. Erst ein Kämpfchen und dann schnipp, schnapp mit der Gartenschere.«

»Jetzt hören Sie endlich zu! Sie können hier nicht...«

Parker erhob mahnend den Zeigefinger. »Das ist Sache der Polizei, Mister. Seien Sie so freundlich und gehen Sie raus.«

»Hast du deinen Dienstausweis da?« fragte St. James Lynley leise. »Der Bursche ruiniert sämtliche Spuren, wenn du nicht etwas unternimmst.«

»Ich kann nicht, St. James. Ich habe hier keine Zuständigkeit.«

Während sie sprachen, kam Dr. Trenarrow die Treppe herunter. Drinnen im Zimmer wandte sich Parker zur offenen Tür, sah Trenarrows Arzttasche und grinste.

»Das ist vielleicht 'ne Bescherung hier, Doc«, sagte er. »Haben Sie so was schon mal gesehen? Kommen Sie, schauen Sie sich's an, wenn Sie mögen.«

»Constable!« Lynley bemühte sich um Geduld und Friedfertigkeit.

Trenarrow schien zu begreifen, wie unangemessen das Verhalten des Constable war. Er sagte leise zu Lynley: »Vielleicht kann ich etwas tun, um eine Katastrophe abzuwenden«, und ging ins Zimmer. Er kniete neben dem Toten nieder und untersuchte ihn rasch, suchte den Puls, prüfte die Temperatur, bewegte den Arm, um festzustellen, wie weit die Leichenstarre fortgeschritten war. Dann ging er auf die andere Seite hinüber, um die Verletzungen zu untersuchen.

»Brutal«, murmelte er, blickte auf und sagte: »Haben Sie

eine Waffe gefunden?« Er sah sich im Zimmer um, tastete unter den Papieren, die der Leiche am nächsten lagen.

St. James konnte nur schaudern angesichts dieser unsachgemäßen Behandlung des Tatorts. Lynley fluchte. Der Constable tat nichts.

Trenarrow wies mit dem Kopf auf einen Schürhaken, der vor dem offenen Kamin lag. »Könnte das die Waffe sein?« fragte er.

Constable Parker grinste und schnalzte mit dem Kaugummi. Er lachte, als Trenarrow aufstand. »Für die Operation?« fragte er. »Ich glaube kaum, daß der scharf genug ist.«

Trenarrow verzog keine Miene. »Ich meinte, die Mordwaffe«, sagte er. »Cambrey ist nicht an der Kastration gestorben. Das sieht jeder Narr.«

Parker schien Trenarrows Zurechtweisung nicht im geringsten zu erschüttern. »Okay, hat ihn vielleicht nicht umgebracht. Aber gegangen wäre da nichts mehr, hm?«

Trenarrow machte ein Gesicht, als hielte er mit Mühe eine zornige Erwiderung zurück.

»Wie lang ist er Ihrer Meinung nach schon tot?« erkundigte sich der Constable freundlich.

»Zwei oder drei Stunden, würde ich sagen. Aber es wird doch sicher gleich jemand kommen, der Ihnen das genauer sagen kann.«

»Klar, klar. Sie wird bald hier sein«, bestätigte der Constable. »Zusammen mit den anderen.« Er hockte sich auf die Fersen, schnalzte wieder mit dem Kaugummi und sah auf die Uhr. »Zwei oder drei Stunden, sagen Sie? Das heißt also... halb neun oder halb zehn. Na ja...« Er seufzte und rieb sich genüßlich die Hände, »ist jedenfalls mal ein Anfang, stimmt's? Und irgendwo muß man ja anfangen.«

Die Untersuchung

10

Von dem Moment an, als sie morgens um Viertel nach zwei vor dem Verwalterhaus von Howenstow anhielten, begannen die Ereignisse sich zu überschlagen. Für etwas Wirbel hatte allerdings schon Inspector Edward Boscowan unmittelbar nach seiner Ankunft in Gull Cottage mit den Spurensicherungsexperten der Kriminalpolizei Penzance gesorgt.

Er hatte einen Blick auf Constable Parker geworfen, der keine zwei Meter von dem toten Mick Cambrey entfernt lässig in einem Sessel lag; er hatte einen zweiten Blick auf St. James, Trenarrow und Lynley im kleinen Vorsaal, auf Deborah in der Küche, auf Helen und Nancy Cambrey im oberen Schlafzimmer und auf das Kind im Kinderbett geworfen, und sein Gesicht war langsam rot angelaufen. Dann endlich hatte er mit erzwungener Selbstbeherrschung gesprochen, aber nur mit dem Constable.

»Ein Fünf-Uhr-Tee, Constable? Im Gegensatz zu dem, was Sie glauben, sind Sie nicht der verrückte Hutmacher. Oder hat Ihnen das noch keiner gesagt?«

Der Constable grinste verlegen. Er stand auf, kratzte sich in der Achselhöhle und nickte wie zustimmend.

»Das hier ist der Ort eines Verbrechens«, schnauzte Boscowan ihn an. »Was in Dreiteufelsnamen haben alle diese Leute hier zu suchen?«

»Die waren alle schon da, als ich kam«, antwortete Parker.

»Ach was?« fragte Boscowan mit einem dünnen Lächeln. Als Parker dies voller Erleichterung über die vermeintlich freundliche Stimmung seines Vorgesetzten erwiderte, schrie

Boscowan ihn an: »Na los, befördern Sie sie raus! Wie Sie das gottverdammich noch mal gleich hätten tun sollen.«

Lynley wußte das natürlich. Und ebenso St. James. Doch in der Aufregung über Nancys Hysterie, den chaotischen Zustand des Wohnzimmers, den Anblick des toten Cambrey hatten sie beide den obersten Grundsatz polizeilicher Ermittlungsarbeit außer acht gelassen oder vergessen: Sie hatten den Tatort nicht versiegelt. Sie hatten zwar nichts angerührt, aber sie waren ebenso im Zimmer gewesen wie Trenarrow, ganz zu schweigen von Helen, Deborah und Nancy, die in der Küche und im oberen Stockwerk des Hauses gewesen waren. Alle hatten sie Fasern, Haare, Fingerabdrücke hinterlassen. Ein Alptraum für die Spurensicherung. Und er selbst – Kriminalbeamter – war schuld an dieser Panne. Er hatte den Überblick in dem Moment verloren, als St. James Deborah hineingezogen hatte.

Boscowan hatte sich aller weiteren Vorwürfe enthalten. Er hatte ihnen lediglich die Fingerabdrücke abgenommen und sie dann in die Küche geschickt, während er und ein Sergeant nach oben gegangen waren, um mit Nancy zu sprechen, und die Leute von der Spurensicherung im Wohnzimmer ihre Arbeit aufgenommen hatten. Er war fast eine Stunde bei Nancy gewesen und hatte ihr mit geduldigen Fragen geholfen, die Fakten zu schildern. Dann hatte er sie mit Lynley nach Hause geschickt, nach Hause zu ihrem Vater.

Jetzt blickte Lynley am Verwalterhaus empor. Die Haustür war geschlossen. Die Fenster ebenfalls, die Vorhänge zugezogen. Dunkelheit hüllte das Haus ein, und die Kletterrosen über der Veranda und rund um die Fenster des Erdgeschosses sahen im tiefen Schatten wie fasrige Tuschflecken aus.

»Ich komme mit hinein«, sagte er, »falls Ihr Vater noch nicht zu Hause sein sollte.«

Nancy richtete sich auf dem Rücksitz auf, wo sie zwischen

Helen und St. James saß und ihr schlafendes Kind in den Armen hielt. Trenarrow hatte ihr ein leichtes Beruhigungsmittel gegeben, und für den Augenblick wenigstens dämpfte das Medikament die Auswirkungen des Schocks.

»Dad schläft bestimmt«, murmelte sie und drückte die Wange an Mollys Köpfchen. »Ich hab' nach der Pause mit ihm telefoniert. Während der Vorstellung. Er ist zu Bett gegangen.«

»Als ich um halb eins anrief, war er nicht zu Hause«, widersprach Lynley. »Es kann gut sein, daß er immer noch nicht da ist. Dann möchte ich, daß Sie mit Molly zu uns kommen und nicht allein hier im Haus bleiben. Wir können ihm ja eine Nachricht hinterlassen.«

»Er schläft bestimmt. Das Telefon steht im Wohnzimmer. Sein Schlafzimmer ist oben. Vielleicht hat er's nicht gehört.«

»Aber hätte dann nicht Mark es gehört?«

»Mark?« Nancy zögerte. An ihren Bruder hatte sie offensichtlich noch gar nicht gedacht. »Nein. Mark schläft wie ein Murmeltier. Und manchmal macht er auch noch Musik. Kann leicht sein, daß er's nicht gehört hat. Aber sie sind bestimmt beide oben und schlafen. Ganz sicher.« Sie rutschte auf dem Sitz nach vorn, um auszusteigen. St. James öffnete die Tür.

»Ich geh' jetzt rein. Ich danke Ihnen vielmals. Ich weiß nicht, was passiert wäre, wenn ich Sie nicht in der Paul Lane getroffen hätte.«

Ihre Stimme wurde immer schläfriger. Lynley stieg aus und half ihr gemeinsam mit St. James aus dem Wagen. Trotz Nancys Versicherungen, ihr Vater und ihr Bruder lägen gewiß tief schlafend in ihren Betten, hatte Lynley nicht die Absicht, sie gehen zu lassen, ohne sich zu vergewissern, daß ihre Vermutung zutraf.

In ihren Worten hörte er den unverkennbaren Unterton,

der im allgemeinen eine Lüge begleitet. Es war denkbar, daß sie im Lauf des Abends mit ihrem Vater telefoniert hatte. Aber als Lynley vor anderthalb Stunden versucht hatte, ihn zu erreichen, hatte er sich nicht gemeldet, und Nancys Beteuerungen, daß er – und auch ihr Bruder – das Telefon im Schlaf nicht gehört hätten, waren nicht nur unwahrscheinlich, sondern sprachen auch von dem Bestreben, etwas zu verbergen. Er nahm Nancy beim Arm und führte sie den unebenen Gartenweg zur Veranda hinauf, wo der süße Duft der Kletterrosen sich in die warme Nachtluft mischte. Bei einem raschen Gang durch die Räume des Hauses fand er seinen Verdacht bestätigt. Das Verwalterhaus war leer. Während Nancy sich im Wohnzimmer in einen Schaukelstuhl setzte und ihrer kleinen Tochter ein Lied vorsummte, ging er zur Haustür zurück.

»Es ist niemand da«, sagte er. »Aber ich glaube, ich warte lieber hier auf John, als daß ich Nancy mit zu uns nehme. Wollt ihr allein weiterfahren?«

St. James entschied für alle. »Wir kommen mit hinein.«

Sie setzten sich zu Nancy ins Wohnzimmer. Keiner sprach. Statt dessen gaben sie sich der Betrachtung der unzähligen persönlichen Kleinigkeiten hin, die sich im Lauf von fünfundzwanzig Jahren hier angesammelt hatten. Spanische Porzellanfiguren – eine Leidenschaft von Nancys Mutter – fingen Staub auf einem Spinett. Aufgespießte Schmetterlinge in einem Dutzend Rahmen hingen an einer Wand und zeugten neben einer Kollektion an Tennistrophäen von Mark Penellins vielfältigen Interessen. Vor einem breiten Erkerfenster lagen von Nancy sichtlich unter Mühen gestickte Kissen, ausgeblichen von der Sonne. Auf dem Fernsehapparat in der Ecke stand ein Bild von Nancy und Mark mit ihrer Mutter, zu Weihnachten aufgenommen, kurz bevor Mrs. Penellin bei einem Eisenbahnunglück ums Leben gekommen war.

Nachdem sie einige Minuten dem Ticken der Wanduhr gelauscht hatten, stand Nancy Cambrey plötzlich auf. »Molly ist eingeschlafen«, sagte sie. »Ich bring sie nur schnell nach oben.«

Als sie sie die Teppe hinaufgehen hörten, faßte Helen in Worte, was Lynley schon die ganze Zeit durch den Kopf ging.

»Tommy, was glaubst du, wo John Penellin ist? Meinst du, Nancy hat während der Theateraufführung wirklich mit ihm telefoniert! Ich fand die Art und Weise, wie sie immer wieder betonte, daß sie mit ihm gesprochen hat, sehr seltsam.«

Lynley saß auf dem Hocker vor dem Klavier und schlug behutsam eine Taste an. »Ich weiß es nicht«, antwortete er.

Doch selbst wenn er Helens intuitive Bemerkung hätte ignorieren wollen, hätte er doch sein Gespräch mit Nancy an diesem Nachmittag nicht vergessen können und ebensowenig die starke Abneigung, mit der ihr Vater sich über ihren Mann geäußert hatte. John Penellin hatte für Mick Cambrey nichts übrig gehabt.

»Ich verstehe gar nicht, wo Dad sein kann«, sagte Nancy, als sie wieder ins Zimmer kam. »Sie brauchen nicht zu bleiben. Wirklich nicht. Ich komme schon zurecht jetzt.«

»Wir bleiben«, sagte Lynley.

Sie schob sich das Haar hinter die Ohren und wischte sich mit beiden Händen über ihr Kleid. »Er ist bestimmt erst vor kurzem weggegangen. Das tut er manchmal, wenn er nicht schlafen kann. Dann geht er spazieren. Im Park. Das tut er oft, ehe er abends zu Bett geht. Bestimmt ist er im Park und geht spazieren.«

Keiner wies darauf hin, wie unwahrscheinlich es war, daß John Penellin nachts um halb drei einen Spaziergang im Park machte. Das war auch gar nicht nötig, denn die Ereignisse zeigten, daß Nancy unrecht hatte. Sie hatte die letzten Worte noch nicht ausgesprochen, als die Scheinwerfer eines Autos über die Wohnzimmerfenster strichen. Ein Motor tukkerte kurz und erstarb dann. Eine Tür wurde geöffnet und zugeschlagen. Schritte kamen durch den Vorgarten und dann auf die Veranda. Nancy eilte zur Tür.

Sie konnten Penellins Stimme deutlich hören. Sie klang scharf. »Nancy? Was tust du hier? Ist was mit Mark? Nancy, wo ist Mark?«

Sie streckte ihm die Hand entgegen, als er zur Tür kam. Er nahm sie. »Dad.« Nancys Stimme schwankte, unsicher und warnend.

Erst da sah Penellin die anderen im Wohnzimmer. Erschrecken zuckte über sein Gesicht. »Was ist passiert?« fragte er scharf. »Sagen Sie mir um Gottes willen, was dieser Kerl jetzt wieder angerichtet hat.«

»Er ist tot«, sagte Nancy. »Jemand...« Sie brach ab, als machten die Worte das Grauen wieder lebendig, das das Beruhigungsmittel für kurze Zeit eingeschläfert hatte.

Penellin starrte sie an. Völlig unerklärlich stieß er Nancy plötzlich zur Seite und machte einen Schritt zur Treppe. »Nancy, wo ist dein Bruder?«

Nancy sagte nichts. Lynley stand langsam auf.

»Sag mir endlich, was passiert ist«, fuhr Penellin seine Tochter an.

Lynley antwortete für sie. »Nancy hat Mick nach der Theatervorstellung tot im Haus gefunden«, sagte er. »Das Wohnzimmer sah aus, als sei es durchsucht worden. Es kann gut sein, daß Mick jemanden überraschte, der dabei war, seine Papiere zu durchstöbern. Vielleicht auch bei einem Raub. Obwohl das unwahrscheinlich ist.«

Nancy griff den Gedanken sofort auf. »Doch, es war Raub«, behauptete sie. »Ganz bestimmt, ich weiß es. Mick hat die Lohntüten für das Personal von der Zeitung gemacht, als ich heute abend ging.« Sie warf einen Blick über ihre Schulter zu Lynley. »War das Geld noch da?«

»Ich habe nur eine Fünf-Pfund-Note auf dem Boden gesehen«, antwortete St. James.

»Aber Mick hat doch das Personal nicht bar bezahlt«, wandte Lynley ein.

»Doch«, entgegnete Nancy. »Sie haben das bei der Zeitung immer so gemacht. Es war einfacher und praktischer. In Nanrunnel gibt's doch keine Bank.«

»Aber wenn es Raub war –«

»Es *war* Raub«, insistierte Nancy.

Helen mischte sich ein und wies auf den einen Punkt hin, der dem Motiv des Raubs absolut widersprach: »Aber Nancy«, sagte sie sehr sanft, »er war doch ...« Den Rest ließ sie unausgesprochen.

»Was war er?« fragte Penellin.

»Man hat ihn kastriert«, sagte Lynley.

Die Türglocke läutete schrill. Sie zuckten nervös zusammen. Penellin, der noch im Flur war, öffnete. Inspector Boscowan stand auf der Veranda. Draußen, hinter dem Rover, den Lynley gefahren hatte, stand ein staubiger Wagen.

»John«, sagte Boscowan statt einer Begrüßung zu Penellin.

Als Lynley ihn Penellin beim Vornamen nennen hörte, erinnerte er sich plötzlich, daß Boscowan und Penellin nicht nur das gleiche Alter hatten, sondern, wie so viele andere, die in diesem abgelegenen Winkel Cornwalls lebten, auch ehemalige Schulkameraden und lebenslange Freunde waren.

»Edward, du hast das mit Mick gehört?« fragte Penellin.

»Ich bin hier, um darüber mit dir zu sprechen.«

Nancy umklammerte den Treppenpfosten. »Mit Dad? Aber wieso denn? Er weiß doch überhaupt nichts davon.«

»Ich habe ein paar Fragen, John«, sagte Boscowan.

»Das verstehe ich nicht.« Doch Penellins Ton verriet, daß er nur zu gut verstand.

»Darf ich reinkommen?«

Penellin wandte sich zum Wohnzimmer. Boscowans Blick folgte seiner Bewegung.

»Noch hier, Mylord?« fragte er.

»Ja. Wir haben ...« Lynley zögerte. Wir haben auf John gewartet, hatte er sagen wollen, aber es hätte wie eine Anschuldigung geklungen, und das wollte er nicht.

»Mein Vater weiß nichts«, wiederholte Nancy. »Dad, sag ihm, daß du nichts über die Sache mit Mick weißt.«

»Darf ich hereinkommen?« fragte Boscowan noch einmal.

»Nancy und das Kind sind hier«, gab Penellin zurück. »Können wir uns in Penzance unterhalten? Auf der Dienststelle?«

Ein Verdächtiger hatte nicht das Recht, den Ort des Verhörs zu wählen. Und daß John Penellin ein Verdächtiger war, zeigten Boscowans nächste Worte.

»Hast du einen Anwalt, den du anrufen möchtest?«

»Einen Anwalt?« rief Nancy schrill.

»Nancy. Kind. Nicht!«

Penellin streckte den Arm nach seiner Tochter aus, doch sie zuckte zurück. »Dad war hier.«

»Es tut mir wirklich leid, Nancy«, sagte Boscowan mit Bedauern. »Nachbarn haben ihn um halb zehn bei eurem Häuschen gesehen. Andere hörten Streit.«

»Er war hier. Ich habe nach der Pause mit ihm gesprochen. Dad, sag ihm, daß ich nach der Pause mit dir gesprochen habe.« Sie packte den Arm ihres Vaters und schüttelte ihn.

Penellin schob ihre Hand weg. »Laß mich los, Kind. Bleib hier. Kümmre dich um Molly. Warte auf Mark.«

Der drängende Ton Penellins bei dieser letzten Ermahnung an seine Tochter entging Boscowan nicht. »Mark ist nicht hier?«

»Ich vermute, er ist mit Freunden unterwegs«, antwortete Penellin. »In St. Ives oder St. Just. Du weißt doch, wie die jungen Leute sind.« Er tätschelte Nancy die Hand. »Also, Edward, ich bin soweit. Fahren wir.«

Er nickte den anderen zu, dann gingen beide Männer hinaus. Einen Augenblick später erklang das Geräusch des anspringenden Wagens. Das Motorengebrumm wurde kurz lauter, als Boscowan wendete, dann verklang es rasch.

Nancy stürzte ins Wohnzimmer. »Helfen Sie ihm«, rief sie Lynley an. »Bitte! Er hat Mick nicht getötet. Sie sind doch von der Polizei. Sie können ihm helfen. Sie müssen!« Sie hob flehend die Hände.

Lynley ging zu ihr. Er wußte, daß er ihr tätige Hilfe kaum geben konnte. Er besaß in Cornwall keine rechtliche Zuständigkeit. Boscowan schien ein äußerst fähiger Mann zu sein, der von New Scotland Yard wohl kaum Unterstützung brauchen würde. Hätte Constable Parker die Leitung der Ermittlungen übernommen, so wäre die Hinzuziehung der Metropolitan Police unvermeidlich gewesen. Aber da die Kriminalpolizei von Penzance durchaus kompetent zu sein schien, mußte die Untersuchung in ihren Händen bleiben. Doch er wußte, daß er mit Nancy Cambrey sprechen mußte, auch wenn er ihr damit nur wenig helfen konnte.

»Erzählen Sie mir, was heute abend geschehen ist.« Er führte sie zum Schaukelstuhl zurück.

Deborah stand von ihrem Platz auf und legte Nancy eine Decke um, die über die Rückenlehne des Sofas gebreitet gewesen war.

Nancy kämpfte sich durch ihre Geschichte. Sie war aus dem Haus gegangen, um während der Theatervorstellung an der Getränkebude zu bedienen, und hatte das Kind in

Micks Obhut gelassen; Mick hatte an seinem Schreibtisch im Wohnzimmer gearbeitet, die Lohntüten für die Mitarbeiter der Zeitung vorbereitet; sie hatte Molly neben ihm in ihr Ställchen gesetzt; um sieben Uhr war sie gegangen.

»Und als Sie öffneten, was bemerkten Sie da zuerst?«

»Ihn. Mick. Er lag...« Sie schnappte nach Luft. »Und dann die Papiere und Hefte, die überall rumlagen.«

»Als wäre das Zimmer durchsucht worden«, sagte St. James. »Hat Mick auch manchmal zu Hause an Artikeln für die Zeitung gearbeitet?«

Nancy schien froh über diesen Themenwechsel und griff ihn begierig auf. »Oft, ja. Am Computer. Abends nach dem Essen hatte er meistens keine Lust, noch mal in die Redaktion zu gehen. Dann hat er zu Hause gearbeitet. Er hat massenhaft Unterlagen im Haus. Jetzt sortier das doch endlich mal aus, Mickey, sagte ich immer wieder. Wir müssen da mal was wegschmeißen. Aber das wollte er nicht, weil er nie wußte, wann er vielleicht irgendwas in einem seiner Hefte oder in seinem Kalender nachschlagen mußte. Davon kann man nichts wegwerfen, Nancy, sagte er mir jedesmal. Wetten, kaum hab ich's weggeworfen, brauch ich's. Also lagen die Papiere weiter bei uns rum. Eine einzige Zettelwirtschaft. Vielleicht wollte jemand – oder das Geld. Das Geld. Das dürfen wir nicht vergessen.«

Es war mühsam, ihr zuzuhören. Es machte den Eindruck, als ob Mick Cambreys berufliche Tätigkeit sie gar nicht in erster Linie beschäftigte. Vielmehr schien etwas ganz anderes im Zusammenhang mit der Durchsuchung sie zu beunruhigen, und das angebliche Auftauchen ihres Vaters in Nanrunnel schien damit in Zusammenhang zu stehen.

Sie bestätigte das mit ihren letzten Worten. »Ich habe wirklich nach der Pause mit meinem Vater telefoniert. Es war ungefähr um halb elf. Von einer Zelle aus.«

Niemand antwortete was. Nancy wollte aufstehen, schaffte es aber nicht. Obwohl es im Zimmer sehr warm war, zitterte sie am ganzen Körper.

»Ich habe angerufen. Ich habe mit meinem Vater gesprochen. Er war hier. Bestimmt hat jemand gesehen, wie ich telefoniert habe. Fragen Sie Mrs. Swann. Sie weiß, daß ich mit Dad gesprochen hab'. Er war hier. Er sagte, er wäre den ganzen Abend nicht weg gewesen.«

»Aber Nancy«, widersprach Lynley. »Ihr Vater war doch weg. Er war nicht hier, als ich anrief. Und er kam erst, nachdem wir schon hier waren. Warum diese Geschichten? Haben Sie vor etwas Angst?«

»Fragen Sie Mrs. Swann. Sie hat mich gesehen. In der Zelle. Sie kann Ihnen sagen ...«

Dröhnende Rock-and-Roll-Musik explodierte plötzlich in der nächtlichen Stille. Nancy sprang auf.

Die Haustür flog auf, Mark Penellin kam herein, ein riesiges Kofferradio über der Schulter, wiegte er sich im Takt zu den donnernden Rhythmen von *My Generation* und grölte kräftig mit. Er brach mitten im Satz ab, als er die Gäste im Wohnzimmer erblickte. Ungeschickt drehte er an den Knöpfen des Radios, einen Moment lang brüllte Roger Daltry noch lauter, dann fand Mark den richtigen Knopf, und es wurde still.

»Verzeihung.« Er stellte das Radio auf den Boden. »Was ist denn hier los? Was machst du hier, Nance? Wo ist Dad?«

Das plötzliche Erscheinen ihres Bruders und seine Fragen in Verbindung mit allem, was geschehen war, schienen die dünne Wand einzureißen, hinter der Nancy sich verschanzt hatte, um den Tatsachen nicht ins Auge sehen zu müssen. Sie fiel in den Schaukelstuhl zurück. Die Decke glitt zu Boden.

»Es ist alles deine Schuld!« schrie sie. »Die Polizei war da und hat Dad geholt. Sie haben ihn mitgenommen, und er sagte nichs, nur wegen *dir.*« Sie begann zu weinen und tastete nach ihrer Handtasche, die auf dem Boden lag. »Was willst du ihm eigentlich noch alles antun, Mark? Was noch, sag?« Sie öffnete die Handtasche und kramte darin herum, zog schließlich ein zerknittertes Papiertuch heraus und drückte es sich schluchzend auf den Mund. »Ach, Mick. Mein Mikkey.«

Mark, der immer noch an der Tür zum Wohnzimmer stand, schien nicht zu begreifen, was vorging. Fragend blickte er von einem zum anderen, ehe er wieder seine Schwester ansah. »Ist Mick was passiert?«

Nancy weinte nur.

Mark strich sich das Haar zurück, und dann sprach er ihre schlimmste Befürchtung aus: »Nancy, hat Dad Mick was angetan?«

Sie sprang aus dem Schaukelstuhl auf. Der Inhalt ihrer Handtasche ergoß sich auf den Fußboden.

»Sag das ja nicht noch mal! Aber ja nicht. *Du* steckst doch dahinter. Wir wissen es. Dad und ich. Wir wissen es.«

Mark wich zur Treppe zurück. Sein Kopf schlug an das Geländer. »Ich? Was redest du da? Du spinnst ja. So ein Quatsch! Was ist überhaupt passiert?«

»Mick wurde ermordet«, sagte Lynley.

Das Blut schoß Mark ins Gesicht. Wütend drehte er sich nach seiner Schwester um. »Und du glaubst, ich hätte das getan? Sag, glaubst du das? Daß ich meinen eigenen Schwager umgebracht hab'? Deinen Mann?« Er lachte kreischend. »Weshalb hätt' ich mir die Mühe machen sollen, wo Dad ihm schon das ganze Jahr am liebsten den Kragen umgedreht hätte?«

»Hör auf! Sag das ja nicht noch mal. Du warst es!«

»Na schön. Glaub, was du willst.«

»Was ich weiß. Und was Dad auch weiß.«

»Klar, Dad weiß alles. Wie schön für ihn, daß er so allwissend ist.«

Er packte sein Radio und rannte die Treppe hinauf. Lynleys Worte hielten ihn auf.

»Mark, wir müssen miteinander sprechen.«

»Nein!« Er lief weiter. »Was ich zu sagen hab', kriegen die Bullen zu hören. Sobald meine Schwester mich bei ihnen hingehängt hat.«

Eine Tür flog krachend zu.

Molly begann zu quengeln.

11

»Was weißt du wirklich über Mark Penellin?« St. James blickte von dem Blatt Papier auf, auf dem er während der letzten Viertelstunde die Ergebnisse ihrer gemeinsamen Überlegungen notiert hatte.

Er und Lynley waren allein in dem Alkoven neben dem Salon, direkt über dem Portal des Hauses. Zwei Lampen brannten, eine auf dem kleinen Mahagonitisch, an dem St. James saß, die andere auf einem Tischchen mit kunstvoller Einlegearbeit, das unter den Fenstern stand. Ihr gelber Schein schimmerte sanft in den schwarzen Scheiben. Lynley reichte St. James ein Glas Brandy, umschloß das eigene mit einer Hand und ließ nachdenklich die Flüssigkeit darin kreisen. Er setzte sich in einen Ohrensessel neben dem Schreibtisch, streckte die Beine aus und lockerte die Krawatte.

»Im Detail nicht viel. Er ist so alt wie Peter. Nach dem wenigen, was ich in den letzten Jahren über ihn hörte, habe ich den Eindruck, daß sein Vater ziemlich enttäuscht von ihm ist.«

»Wieso?«

»Ach, na ja, das übliche. John wollte gern, daß Mark studiert. Mark machte ein Semester in Reading und stieg dann aus.«

»Hat er's nicht geschafft?«

»Es hat ihn einfach nicht interessiert. Er suchte sich einen Job als Barkeeper in Maidenhead. Danach in Exeter, wenn ich mich recht erinnere. Ich glaube, er war Schlagzeuger in einer Band. Aber das klappte nicht so, wie er sich's erträumt hatte – kein Ruhm, kein lukrativer Vertrag mit einer Plattenfirma – und seitdem arbeitet er hier auf dem Gut, seit anderthalb Jahren ungefähr. Ich weiß eigentlich nicht, warum. Die Landwirtschaft hat ihn früher nie interessiert. Aber vielleicht denkt er jetzt daran, Verwalter von Howenstow zu werden, wenn sein Vater mal in den Ruhestand geht.«

»Ist das eine Möglichkeit?«

»Möglich ist es sicher, ja, aber nur wenn Mark sich ein bißchen dahinterklemmt. Er braucht weit mehr Wissen und Erfahrung, als er mit der Arbeit, die er jetzt macht, sammeln kann.«

»Rechnet Penellin nicht damit, daß sein Sohn ihn einmal ablöst?«

»Ich glaube nicht. John hat selbst studiert. Er rechnet gewiß nicht damit, daß ich seinen Posten jemandem gebe, dessen ganze Erfahrung in Howenstow sich aufs Stallausmisten beschränkt, wenn er sich einmal zurückzieht, was noch in weiter Ferne liegt.«

»Das ist tatsächlich alles, was Mark hier tut?«

»Na ja, er hat auch eine Zeitlang auf verschiedenen Pachthöfen gearbeitet. Aber es gehört schon ein bißchen mehr dazu, so ein Gut zu verwalten.«

»Wird er gut bezahlt?«

Lynley drehte den Stiel seines Glases zwischen den Fingern.

»Nein, nicht besonders. Aber das hat John so entschieden. So wie ich ihn verstanden habe, ist Marks Arbeit nicht so gut, daß er mehr Bezahlung verdient. Ich weiß, daß die Frage von Marks Lohn seit seiner Rückkehr aus Exeter ewig Anlaß zu Streitereien zwischen den beiden ist.«

»Wenn Mark so kurzgehalten wird, könnte dann das Geld in Gull Cottage nicht eine Versuchung für ihn gewesen sein? Meinst du, er war mit den Gewohnheiten seines Schwagers hinreichend vertraut, um zu wissen, daß der heute abend die Lohntüten für das Personal seiner Zeitung vorbereiten würde? Mir scheint, er lebt um einiges über seine Verhältnisse, wenn sein Lohn tatsächlich so niedrig ist, wie du sagst.«

»Über seine Verhältnisse? Wieso?«

»Na, das Kofferradio, das er bei sich hatte, war bestimmt nicht billig. Die Lederjacke wirkte auch ziemlich neu. Seine Stiefel konnte ich nicht richtig sehen, aber sie sahen mir nach Schlangenleder aus.«

Lynley ging durch den Alkoven zu einem der Fenster und öffnete es. Die Luft des frühen Morgens war endlich kühl und feucht. Durch die Stille der Nacht klang von ferne das Rauschen des Meeres.

»Ich kann mir einfach nicht vorstellen, daß Mark seinen Schwager töten würde, um sich Geld zu beschaffen, St. James. Ich muß allerdings zugeben, daß ich mir durchaus vorstellen könnte, daß er das Geld an sich genommen hat, wenn er zufällig im Haus gewesen sein sollte und Mick dort tot vorfand. Mord traue ich Mark nicht zu. Aber ein Opportunist ist er gewiß.«

St. James blickte einen Moment auf seine Notizen und überflog die Zusammenfassung ihres Gesprächs mit Nancy Cambrey im Verwalterhaus.

»Hm, du meinst, er könnte aus einem anderen Grund im

Haus seiner Schwester gewesen sein und das Geld einfach an sich genommen haben, als er Mick dort tot vorfand?«

»Vielleicht. Ich glaube nicht, daß Mark einen Raub geplant hätte. Er hätte gewußt, was er seiner Schwester damit antun würde. Die beiden waren zwar heute abend wie Hund und Katze, aber sie standen einander immer sehr nahe.«

»Aber er wußte doch sicher von den Lohntüten, Tommy.«

»Davon wußten wahrscheinlich viele. Nicht nur die Mitarbeiter der Zeitung, auch die Leute im Dorf. Nanrunnel ist nicht groß. Ich glaube nicht, daß es sich seit meiner Kindheit wesentlich verändert hat. Und damals, das kannst du mir glauben, gab es kaum Geheimnisse, die nicht allgemein bekannt waren.«

»Wenn das so ist, hätten dann andere auch von den Notizen und Aufzeichnungen gewußt, die Mick bei sich im Haus hatte?«

»Die Mitarbeiter der Zeitung ganz sicher. Und Micks Vater natürlich auch. Warum nicht auch andere?«

»Kennst du die Leute von der Zeitung?«

Lynley kehrte zu seinem Sessel zurück. »Außer Mick kenne ich nur Julianna Vendale. Sie arbeitet schon lange beim *Spokesman*. Als Redakteurin.«

Ein Ton in seiner Stimme veranlaßte St. James aufzusehen. »Julianna Vendale?«

»Richtig. Eine nette Frau. Geschieden. Zwei Kinder. Ungefähr siebenunddreißig.«

»Wäre sie für Mick attraktiv gewesen?«

»Wahrscheinlich. Aber ich bezweifle, daß Julianna sich für Mick interessierte. Sie hat für Männer nicht mehr viel übrig, seit ihr Mann sie vor ungefähr zehn Jahren wegen einer anderen verlassen hat. Seitdem hatte keiner mehr viel Glück bei ihr.« Er sah St. James mit einem schiefen Lächeln an. »Ich hab' das am eigenen Leib erfahren. In den Ferien, ich war damals sechsundzwanzig und hielt mich für besonders unwiderstehlich. Julianna war anderer Meinung.«

»Aha. Und Micks Vater?«

Lynley trank einen Schluck von seinem Brandy. »Harry gehört hier gewissermaßen zum Lokalkolorit. Er trinkt wie ein Loch und raucht wie ein Schlot. Hat ein Mundwerk wie ein Hafenarbeiter. Wie ich von Nancy hörte, hatte er im vergangenen Jahr eine Herzoperation. Möglich, daß er sich daraufhin verändert hat. Der Not gehorchend.«

»War die Beziehung zu seinem Sohn gut?«

»Früher, ja. Wie es in letzter Zeit war, kann ich nicht sagen. Mick fing beim *Spokesman* an, ehe er sich als selbständiger Journalist versuchte.«

»Kanntest du Mick, Tommy?«

»Fast mein Leben lang. Wir waren im selben Alter. Ich war früher sehr viel in Nanrunnel. In den Ferien haben wir uns immer gesehen.«

»Ihr wart Freunde?«

»Mehr oder weniger. Wir haben viel zusammen unternommen – getrunken, gesegelt, geangelt, und in Penzance sind wir gemeinsam den Mädchen nachgestiegen. Als Teenager. Nachdem ich mit dem Studium angefangen hatte, sah ich ihn nur noch selten.«

»Wie war er?«

Lynley lächelte. »Sein Faible für Frauen, kontroverse Diskussionen und dumme Streiche waren ungefähr gleich ausgeprägt. Jedenfalls, als er jung war. Ich kann mir nicht denken, daß er sich drastisch verändert hat.«

»Vielleicht finden wir da irgendwo ein Motiv.«

»Vielleicht.« Lynley berichtete von den Anspielungen auf Micks außereheliche Affären, die John Penellin am Nachmittag gemacht hatte.

»Eine gute Erklärung für die Verstümmelung«, meinte St.

James. »Ein Ehemann, der sich an dem Mann rächt, der ihm Hörner aufgesetzt hat. Aber das erklärt das Tohuwabohu im Wohnzimmer nicht.«

Müdigkeit drohte ihn zu überwältigen, und er wußte, daß er nicht mehr lange fähig sein würde, sich zu konzentrieren.

»Tommy, sagte deine Mutter nicht etwas von einer Story, an der Mick arbeitete? Hatte nicht Nancy ihr davon erzählt?«

»Mir hat sie das auch erzählt.«

»Dann ...«

»Es ist eine Möglichkeit. So wie Nancy es darstellte, scheint Mick geglaubt zu haben, einem Knüller auf der Spur zu sein. Auf jeden Fall einer Sache, die alles, was sonst im *Spokesman* erscheint, an Brisanz weit übertraf. Ich glaube sogar, er wollte sie überhaupt nicht im *Spokesman* bringen.«

»Könnte das seinen Vater geärgert haben?«

»Bestimmt nicht so, daß er ihn dafür gleich umbringen mußte. Und schon gar nicht kastrieren, St. James.«

»Vorausgesetzt«, sagte St. James, »der Mord und die Kastration wurden von derselben Person ausgeführt. Wir haben beide gesehen, daß die Kastration erst nach Eintritt des Todes erfolgte.«

Lynley schüttelte den Kopf. »Ich kann das nicht sehen: Erst ein Mörder – später ein Schlächter.«

St. James mußte zugeben, daß auch er es eher unwahrscheinlich fand. »Warum glaubst du, hat Nancy diesen Anruf erfunden?« Er wartete nicht auf Lynleys Antwort, sondern dachte laut weiter: »Es sieht nicht gut aus für John Penellin. Man hat ihn beim Haus gesehen –«

»John hat Mick nicht getötet. Er ist nicht der Typ. Er hätte das niemals fertiggebracht.«

»Vielleicht nicht absichtlich.«

»Überhaupt nicht.«

Lynleys Worte enthielten ein hohes Maß an Gewißheit. St.

James hielt dem entgegen: »Es wäre nicht das erste Mal, daß ein an sich unaggressiver, grundanständiger Mensch zur Gewalt getrieben wurde. Wir kennen doch beide diese Fälle. Gewalt ohne Absicht – der plötzliche Schlag von blinder Wut geleitet: So etwas kommt viel häufiger vor als der arglistig geplante Mord. Und John war am Tatort, Tommy. Das muß eine Bedeutung haben.«

Lynley stand auf. Er streckte sich, geschmeidig und leicht. »Ich spreche morgen mit John. Wir werden das klären.«

St. James drehte sich nach ihm um, erhob sich aber nicht. »Und wenn die Polizei nun der Meinung ist, den Richtigen gefunden zu haben? Was, wenn die Indizien für eine Verhaftung ausreichen? Ein Haar von Penellin an der Leiche, seine Fingerabdrücke im Zimmer, ein Tropfen von Micks Blut am Aufschlag seiner Hose oder am Ärmel seines Jacketts. Wenn er heute abend in dem Zimmer war, werden sich Indizien finden, die noch schwerer wiegen als die Aussagen der Nachbarn, die ihn gesehen und einen Streit gehört haben. Was willst du dann tun? Weiß Boscowan, daß du bei der Kripo bist?«

»Ich hänge das nicht an die große Glocke.«

»Wird er den Yard um Unterstützung bitten?«

Lynley antwortete mit offenkundiger Skepsis: »Warum sollte er? Wenn er glaubt, den richtigen Mann gefunden zu haben.« Er seufzte. »Es ist eine verdammt unangenehme Situation, zumal Nancy mich gebeten hat, ihrem Vater zu helfen. Wir müssen aufpassen, St. James, damit wir niemandem auf die amtlichen Zehen steigen.«

»Und wenn doch?«

»Dann ist in London sofort der Teufel los.« Er nickte gute Nacht und ging aus dem Zimmer.

St. James kehrte zu seinen Aufzeichnungen zurück. Er holte sich ein zweites Blatt Papier aus dem Schreibtisch und teilte das wenige, was sie an Informationen besaßen, in Spalten und Kategorien auf. John Penellin. Harry Cambrey. Mark Penellin. Unbekannte Ehemänner. Zeitungsmitarbeiter. Mögliche Motive für das Verbrechen. Die Waffe. Die Todeszeit. Er schrieb und katalogisierte und las und grübelte. Die Wörter begannen vor seinen Augen zu verschwimmen. Er drückte die Finger auf die geschlossenen Lider. Irgendwo knarrte ein Fenster im Wind. Die Tür zum Salon wurde geöffnet und leise wieder geschlossen. Er hob den Kopf bei dem Geräusch. Deborah stand im Schatten.

Sie trug einen elfenbeinweißen Morgenrock aus zartem Stoff. Das flammende Haar hing ihr lose auf die Schultern.

St. James schob seinen Stuhl zurück und stand mühsam auf. Er stützte sich schwer auf den Schreibtisch.

Deborah blickte durch den Salon, dann hinüber in den Alkoven. »Tommy ist nicht hier?«

»Er ist zu Bett gegangen.«

Sie runzelte die Stirn. »Ich dachte, ich hätte ihn ...«

»Ja, er war vorhin hier.«

»Ach so«, sagte sie.

St. James wartete, daß sie wieder gehen würde, statt dessen jedoch kam sie in den Alkoven und trat zu ihm an den Schreibtisch. Eine Locke ihres Haares verfing sich an seinem Jackenärmel, und er roch den Duft ihrer Haut. Er richtete den Blick auf seine Notizen und nahm wahr, daß auch sie auf das Blatt Papier hinuntersah.

»Willst du dich da engagieren?« fragte sie.

Er neigte sich vor und kritzelte einige absichtlich unleserliche Worte an den Rand des Blattes. Einen Hinweis auf Papiere in Gull Cottage. Den Standort der Telefonzelle. Eine Frage an Mrs. Swann. Irgend etwas. Es spielte keine Rolle. Hauptsache war die Beschäftigung.

»Ich werde versuchen zu helfen«, antwortete er. »Solche

Untersuchungen sind allerdings nicht meine Sache, darum weiß ich nicht, inwieweit ich überhaupt helfen kann. Ich habe nur noch einmal rekapituliert, worüber Tommy und ich gesprochen hatten. Nancy. Ihre Familie. Die Zeitung. Und so weiter.«

»Und du hast alles aufgeschrieben. Ja, ich erinnere mich an deine Listen. Du hattest immer Dutzende. Überall.«

»Stimmt.«

»Und Diagramme und Zeichnungen. Ich brauchte nie ein schlechtes Gewissen zu haben, weil ich meine Fotos überall herumliegen ließ, solange du da oben im Labor aus reinem Frust mit Spickern auf deine eigenen Papierberge geworfen hast.«

»Es waren keine Spicker, es war ein Skalpell«, sagte St. James.

Sie lachten beide, aber es war nur ein flüchtiger Moment geteilter Heiterkeit, aus dem Schweigen wuchs. Gelächter weckte zu viele Erinnerungen; Schweigen allein hatte Macht über den Schmerz.

»Ich hatte keine Ahnung, daß Helen mit dir zusammenarbeitet«, sagte Deborah. »Dad erwähnte es nie in seinen Briefen. Ist das nicht merkwürdig? Sidney hat es mir erst heute nachmittag erzählt. Helen ist unglaublich zuverlässig, nicht? Auch heute abend bei Nancy Cambrey im Haus. Ich stand rum wie eine Idiotin, während Nancy zusammenklappte und das Baby brüllte, aber Helen verlor keinen Moment den Überblick und wußte genau, was zu tun war.«

»Ja«, antwortete St. James. »Sie ist eine große Hilfe.«

Deborah sagte nichts mehr. Er wünschte, sie würde gehen. Er begann wieder zu schreiben, sah stirnrunzelnd auf das Blatt, las, was er geschrieben hatte, tat so, als denke er angestrengt darüber nach. Erst als es sich nicht länger vermeiden ließ, sah er schließlich auf.

Im diffusen Licht des Alkovens waren ihre Augen noch dunkler und leuchtender als gewöhnlich. Ihre Haut sah weicher aus, ihre Lippen schienen voller. Sie stand ihm viel zu nahe, und er erkannte schlagartig, daß er nur zwei Möglichkeiten hatte: das Zimmer zu verlassen oder sie in die Arme zu nehmen. Und es war reine Selbsttäuschung, sich einzubilden, es würde eine Zeit kommen, da er vor seinen Gefühlen sicher sein würde. Er schob seine Papiere zusammen, murmelte höflich gute Nacht und wandte sich zum Gehen.

Erst als er schon halb durch den Salon war, sagte sie: »Simon, ich habe diesen Mann schon einmal gesehen.«

Perplex drehte er sich herum.

»Ich meine, den Mann von heute abend. Mick Cambrey. Ich habe ihn gesehen. Das wollte ich Tommy sagen.«

Er kehrte zu ihr zurück und legte seine Unterlagen wieder auf den Schreibtisch. »Wo?«

»Ich bin nicht absolut sicher, daß es derselbe Mann ist. In Nancys Zimmer steht ein Hochzeitsbild der beiden. Ich habe es gesehen, als ich das Kind hinaufbrachte, und ich bin fast sicher, Mick Cambrey ist der Mann, den ich heute morgen, nein, ich sollte wohl gestern morgen sagen – aus der Wohnung neben meiner kommen sah.«

Deborah zupfte an ihrem Haar. »Ich wollte nichts sagen, weil in meiner Nachbarwohnung eine Frau wohnt. Tina Cogin. Und ich glaube, sie ist – ich kann es natürlich nicht mit Gewißheit sagen, aber ihre Art zu sprechen und sich zu kleiden, und die Anspielungen auf ihre Männergeschichten ... Ich vermute ...«

»Sie ist eine Prostituierte?«

Deborah erzählte von Tina Cogins Besuch unmittelbar nach ihrem Streit. »Aber ich hatte kaum Gelegenheit, mich mit ihr zu unterhalten, weil dann Sidney kam, und Tina ging.«

»Und was war mit Cambrey?«

»Ich hatte das Glas noch, in dem sie mir diesen selbstgebrauten Gesundheitssaft gebracht hatte. Ich hatte es bis heute morgen ganz vergessen.«

Sie war Cambrey begegnet, als sie zu Tina hinübergehen wollte, um ihr das Glas zurückzubringen. Er war aus Tinas Wohnung gekommen. Deborah, die ihn für einen von Tinas Kunden hielt, hatte gezögert: Sollte sie das Glas einfach dem Mann in die Hand drücken und ihn bitten, es Tina zu geben? Sollte sie an ihm vorbeigehen, als sähe sie ihn gar nicht? Oder sollte sie umdrehen? Er hatte ihr die Entscheidung abgenommen, indem er ihr guten Morgen gewünscht hatte.

»Es war ihm überhaupt nicht peinlich«, sagte Deborah naiv.

St. James lächelte. »Hast du mit ihm gesprochen?«

»Ich bat ihn nur, Tina das Glas zu geben und ihr zu sagen, ich würde ein paar Tage verreisen. Mir war diese Begegnung unangenehm, verstehst du, Simon? Ich wußte nicht, wie ich mich verhalten sollte.« Deborah sah ihn mit einem flüchtigen Lächeln an.

»War die Wohnungstür offen?«

Deborah überlegte. »Nein, er hatte einen Schlüssel.«

»Hattest du ihn vorher schon einmal gesehen?«

»Nein. Nur bei dieser Begegnung. Und dann noch einmal einen Augenblick später. Er ging in die Wohnung und sprach mit Tina.« Sie errötete. »Er muß wohl geglaubt haben – aber das kann er gar nicht. Wahrscheinlich scherzte er nur. Aber sie muß ihm weisgemacht haben, ich wäre eine wie sie, denn als er wieder rauskam, sagte er, Tina lasse mir ausrichten, sie würde sich während meiner Abwesenheit um meine Herrenbesuche kümmern. Und dann lachte er. Und wie er mich angesehen hat, Simon, von oben bis unten. Im ersten Moment glaubte ich, er hätte Tina ernstgenommen, aber dann zwinkerte er mir zu und lachte, das war anscheinend nur so seine Art.«

Deborah schien zu überdenken, was sie ihm erzählt hatte. »Wahrscheinlich ist sie gar keine Prostituierte, nicht wahr? Wenn Mick einen Schlüssel zu ihrer Wohnung hatte... Prostituierte verteilen doch im allgemeinen keine Wohnungsschlüssel, oder? Ich meine, stell dir vor, der eine Mann kommt, während der andere noch...« Sie machte eine hilflose Geste.

»Ja, das wäre peinlich.«

»Also ist sie vielleicht gar keine Prostituierte. Kann es sein, daß sie seine Geliebte war, Simon? Oder daß er sie vielleicht versteckt hat, um sie vor jemandem zu schützen?«

»Bist du sicher, daß der Mann Mick war?«

»Ich bin ziemlich sicher. Wenn ich mir das Foto noch einmal ansehen könnte, könnte ich es mit Gewißheit sagen. Aber ich erinnere mich genau an sein Haar. Es war so ein intensives Kastanienbraun, wie ich es mir immer wünsche. Ich war richtig neidisch.«

St. James trommelte mit den Fingern auf den Schreibtisch. »Ein Foto von Mick können wir sicher besorgen. Wenn nicht das aus dem Haus, dann bestimmt ein anderes.« Er erwog den nächsten logischen Schritt. »Könntest du nach London fahren und mit Tina sprechen, Deborah? Nein, was rede ich da! Du kannst ja nicht einfach an deinem Verlobungswochenende von hier verschwinden!«

»Wieso nicht? Für morgen abend ist zwar ein Essen geplant. Aber danach haben wir nichts vor. Tommy kann mich Sonntag morgen nach London fliegen. Oder ich kann den Zug nehmen.«

»Du brauchst nur zu sehen, ob sie ihn auf dem Foto erkennt. Wenn ja, dann sag ihr nicht, daß er tot ist. Das werden Tommy und ich erledigen.« St. James faltete seine Papiere, schob sie in seine Jackentasche und fuhr dann fort: »Wenn Mick eine Beziehung zu ihr unterhielt, ist es gut möglich, daß sie uns etwas sagen kann, was zur Klärung des Mordes beiträgt. Vielleicht etwas, das Mick ihr verraten hat, ohne es zu wollen. Nach der Liebe ist man entspannt. Man fühlt sich sicherer. Man verschanzt sich nicht so stark wie sonst. Man ist ehrlicher.« Er wurde sich plötzlich der Intimität seiner Worte bewußt und brach ab.

»Helen kann dich begleiten. Ich werde mich hier umhören. Mit Tommy zusammen. Und wenn dann – ach, verdammt! Die Aufnahmen. Ich habe den Film in deinem Apparat gelassen. Wenn wir ihn entwickeln, werden wir zweifellos – sei mir nicht böse, aber ich habe den ganzen Film verbraucht.«

Sie lächelte. Er wußte, warum. Er hörte sich fast an wie sie.

»Ich hole ihn dir, ja? Ich habe ihn in meinem Zimmer.«

Sie ging. Er trat zum Fenster im Alkoven und sah in den dunklen Garten hinunter. Die Büsche waren nur undeutliche Schemen, die Wege verschwommene graue Streifen.

St. James dachte über die Fragmente von Mick Cambreys Leben und Sterben nach, die in dieser Nacht hervorgetreten waren, und fragte sich, wie sie sich zusammenfügten.

»Simon!« Deborah stürzte außer Atem ins Zimmer. Mit einem Ruck drehte er sich nach ihr um. Sie stand zitternd an der Tür, die Arme um ihren Oberkörper geschlungen, als wäre ihr kalt.

»Was ist denn?«

»Sidney. Es ist jemand bei ihr. Ich hörte eine Männerstimme. Ich hörte sie weinen. Ich dachte, Justin könnte vielleicht...«

St. James eilte, so schnell sein krankes Bein es zuließ, aus dem Zimmer und hetzte durch den Hauptkorridor zum

Nordwestflügel. Mit jedem Schritt wuchsen seine Furcht und sein Zorn. Die Bilder des Nachmittags kamen ihm in Erinnerung.

Nur jahrelange Vertrautheit mit den Eigenarten seiner Schwester veranlaßten St. James, vor ihrer Tür innezuhalten und nicht sofort hineinzustürzen. Deborah trat neben ihn, als er lauschend den Kopf an die Tür legte. Er hörte Sidney gedämpft aufschreien, er hörte Brookes Stimme, er hörte Sidney stöhnen. O Gott verdammt, dachte er. Er nahm Deborah beim Arm und führte sie von der Tür weg durch den langen Korridor zu ihrem eigenen Zimmer in der Südecke des Hauses.

»Simon!« flüsterte sie.

Er antwortete erst, als sie in ihrem Zimmer waren und die Tür geschlossen hatten. »Es ist nichts«, sagte er. »Mach dir keine Sorgen.«

»Aber ich habe sie gehört.«

»Aber ...« Plötzlich wandte sie sich hastig ab. »Ich dachte nur ...« begann sie und gab auf. »Wieso bin ich so begriffsstutzig?« sagte sie lahm.

Er wollte ihr gern etwas antworten, ihr die Verlegenheit nehmen, aber er wußte, daß jede Bemerkung von ihm es wahrscheinlich nur schlimmer machen würde.

»Sidney war nie leicht zu verstehen«, sagte er schließlich. »Man muß sie einfach lassen, Deborah. Es ist in Ordnung, wirklich.«

Zu seiner Überraschung drehte sie sich mit einer heftigen Bewegung zu ihm herum und sagte hitzig: »Es ist nicht in Ordnung. Es ist nicht in Ordnung, und das weißt du auch. Wie kann sie mit diesem Menschen schlafen nach dem, was er ihr heute angetan hat? Ich verstehe es nicht. Ist sie denn wahnsinnig? Oder er?«

Das war Frage und Antwort in einem. Denn es war in der

Tat Wahnsinn, weißglühend und obszön, eine Flamme, die alles niederbrannte, was ihr im Weg stand.

»Sie liebt ihn, Deborah«, sagte er schließlich. »Sind nicht alle Menschen ein klein wenig wahnsinnig, wenn sie lieben?«

Sie starrte ihn nur an. Und schluckte.

»Ach, der Film. Warte, ich hole ihn«, sagte sie.

12

Das *Anchor and Rose* profitierte von seiner günstigen Lage, der besten in ganz Nanrunnel. Nicht nur bot es aus seinen großen Erkerfenstern einen prachtvollen, weiten Blick auf den Hafen, der auch dem kritischsten Touristen auf der Suche nach echter Cornwall-Atmosphäre zusagen mußte; es stand auch gegenüber Nanrunnels einziger Bushaltestelle und war infolgedessen das erste Pub, das dem durstigen Reisenden ins Auge fiel, wenn er aus Penzance und von weiter her kommend aus dem Bus stieg. Seine Quadermauern waren aus roh behauenem Granit, das Dach mit Schiefer gedeckt. Es war ein altes Pub, dessen Balkenwerk von Sturm und Salz zerfressen war, und gleich unter seinem Giebel war eine Uhr, deren Zeiger für immer und ewig auf Viertel nach acht standen. Die Innenräume verfielen langsam, aber sicher. Das frühere Cremeweiß der Wände verwandelte sich unter dem Einfluß von ewigem Tabaksqualm und Kaminrauch unaufhaltsam zu einem düsteren Grau. Vom Restaurant in den Schankraum schwang sich, fleckig und zerkratzt jetzt, ein solide gearbeiteter Mahagonitresen mit einer Fußleiste aus Messing, die von Tausenden von Füßen verbogen und verbeult war. Gleich alt und abgenützt waren Tische und Stühle, und die Zimmerdecke über ihnen hing so tief durch, daß sie jeden Tag durchzubrechen drohte.

Als St. James und Helen morgens kurz nach Öffnung in das Pub traten, trafen sie dort nur einen großen roten Kater an, der faul im Erkerfenster lag, und eine Frau, die hinter dem Tresen Gläser trocknete. Sie nickte ihnen zu, ohne sich in ihrer Arbeit stören zu lassen. Ihr Blick folgte Helen, die zum Fenster ging, um die Katze zu streicheln.

»Seien Sie lieber vorsichtig«, mahnte sie. »Nicht daß er Sie kratzt. Er kann ganz schön ekelhaft sein, wenn er will.«

Als wolle er sie Lügen strafen, streckte sich der Kater gähnend und bot Helen seinen runden Bauch zum Kraulen dar. Die Frau lachte kurz und begann Gläser auf ein Tablett zu stapeln.

St. James ging zu ihr. Wenn das Mrs. Swann war, schien sie aus dem Stadium des häßlichen Entleins nie herausgekommen zu sein. Nichts Schwanenhaftes war an ihr. Dick und behäbig, mit kleinen Augen und drahtigem grauen Haar, war sie ein einziger Widerspruch zu ihrem Namen.

»Was darf's sein?« fragte sie, während sie weiter abtrocknete.

»Ist noch ein bißchen früh für mich«, antwortete St. James. »Wir sind hergekommen, weil wir Sie gern einen Moment sprechen möchten. Wenn Sie Mrs. Swann sind.«

»Und wer sind Sie?«

St. James stellte sich und Helen vor, die sich neben der Katze auf das Fensterbrett gesetzt hatte. »Sie haben sicher schon gehört, daß Mick Cambrey ermordet worden ist«, sagte er.

»Das weiß schon das ganze Dorf. Und wie er zugerichtet worden ist, auch.« Sie lächelte. »Tja, da hat der gute Mick gekriegt, was er verdient hat. Hat ihm doch glatt einer sein Lieblingsspielzeug genommen. Das wird eine Sauferei geben heute abend, wenn die Ehemänner zum Feiern hierher kommen.«

»Mick hatte also Beziehungen zu Frauen hier am Ort?«

Mrs. Swann schob ihr Geschirrtuch in ein Glas und rubbelte energisch. »Mick Cambrey hatte mit jeder, die ihn gelassen hat, 'ne Affäre.« Damit drehte sie sich nach den leeren Regalen hinter dem Tresen um und begann die Gläser hineinzustellen. Was sie damit zu verstehen geben wollte, war klar: Mehr hatte sie nicht zu sagen.

»Eigentlich geht es uns um Nancy Cambrey«, bemerkte Helen. »Wir sind vor allem ihretwegen zu Ihnen gekommen.«

Mrs. Swanns Schultern lockerten sich ein wenig, doch sie drehte nicht einmal den Kopf, als sie sagte: »Dumme Trine, diese Nancy. So einen Kerl zu heiraten!« Ihre drahtigen Locken zitterten vor Verachtung.

»Ja, das arme Ding«, sagte Helen freundlich. »Sie ist in einer schrecklichen Situation. Erst wird ihr Mann ermordet, und nun verhört die Polizei auch noch ihren Vater.«

Das weckte Mrs. Swanns Interesse wieder. Die Hände in die Hüften gestemmt, drehte sie sich herum. Ihr Mund öffnete und schloß sich wieder. Öffnete sich wieder: »John Penellin?«

»Ja. Nancy hat der Polizei gesagt, sie hätte gestern abend mit ihrem Vater telefoniert, er könne also gar nicht in Nanrunnel gewesen sein und Mick getötet haben. Aber die Polizei...«

»Sie hat auch mit ihm telefoniert«, unterbrach Mrs. Swann. »Das weiß ich. Sie hat telefoniert. Sie hat sich extra zehn Pence von mir geliehen. Sie selbst hat ja keinen Penny in der Tasche. Dank Mick.« Sie erwärmte sich für dieses nebensächliche Thema. »Immer hat er ihr Geld genommen. Immer. Ihr Geld, das ihres Vaters, ganz gleich, er nahm, was er kriegen konnte. War immer scharf aufs Geld. Er wollte den großen Macker spielen.«

»Sind Sie sicher, daß Nancy mit ihrem Vater gesprochen hat?« fragte St. James. »Nicht vielleicht mit jemand anderem?«

Mrs. Swann nahm Anstoß an St. James' Zweifeln. Sie stocherte ihm mit ausgestrecktem Zeigefinger vor dem Gesicht herum, um ihren Worten Nachdruck zu verleihen. »Natürlich war's ihr Vater«, erklärte sie. »Ich hab's so satt gekriegt, auf sie zu warten – sie war bestimmt zehn oder fünfzehn Minuten weg –, daß ich am Ende selbst zur Zelle gelaufen bin und sie rausgeholt hab'.«

»Wo ist die Zelle?«

»Vor dem Schulhof. Gleich an der Paul Lane.«

»Konnten Sie sehen, wie sie telefonierte? Konnten Sie die Zelle sehen?«

Mrs. Swann zählte zwei und zwei zusammen und gelangte zu einem schnellen Ergebnis. »Sie glauben doch nicht vielleicht, daß Nancy Mick umgebracht hat? Denken Sie etwa, sie ist heimgerannt, hat ihn abgemurkst, noch dazu auf so 'ne Art, und ist dann zurückgekommen, um den Leuten frischfröhlich ihr Bier zu servieren?«

»Mrs. Swann, kann man vom Schulhof aus die Telefonzelle sehen?«

»Nein. Aber das ist doch überhaupt nicht wichtig. Ich sag' Ihnen, ich habe sie selbst aus der Zelle rausgezerrt. Sie hat geweint. Ihr Vater wär' fuchsteufelswild, sagte sie, weil sie sich Geld geliehen hätte, und sie wollte sich mit ihm aussprechen.«

Mrs. Swann preßte die Lippen aufeinander, als sei sie nicht bereit, mehr zu sagen. Aber dann schien ihr Zorn die Oberhand zu gewinnen, und sie fuhr ärgerlich zu sprechen fort: »Also, ich kann Nancys Vater verstehen. Jeder wußte doch, was mit dem Geld passierte, das Nancy ihrem Mick zukommen ließ. Für seine Weiber hat er's ausgegeben. Dieser aufgeblasene kleine Schnösel. Das Studium an der Universität ist ihm zu Kopf gestiegen. Hat sich eingebildet, er wär' der größte Journalist aller Zeiten. Gleich hier oben im Büro von der Zeitung hat er's getrieben. Der hat gekriegt, was er verdient hat.«

»Im Büro der Zeitung?« fragte St. James. »Er hat sich dort mit Frauen getroffen?«

»Ein richtiges Liebesnest. Und er hat noch angegeben mit seinen Eroberungen. Trophäen gesammelt.«

»Trophäen?«

Mrs. Swann beugte sich vor, so daß ihr üppiger Busen auf dem Tresen ruhte. Sie schnaubte St. James ihren heißen Atem ins Gesicht. »Wie würden Sie's denn nennen, wenn einer Damenschlüpfer in seiner Schreibtischschublade aufhebt? Gleich zwei Stück hat Harry gefunden. Groß und breit in Micks Schreibtisch. Und sie waren nicht mal sauber. Das hat vielleicht ein Geschrei und Geschimpfe gegeben.«

»Hat Nancy denn davon gehört?«

»Nicht Nancy, Harry hat herumgeschrien. Deine Frau kriegt ein Kind, hat er gesagt. Und die Zeitung! Und unsere Familie! Das ist wohl alles gar nichts für dich. Du hast ja nur deine eigenen Ideen im Kopf. Und dann hat er Mick eine gelangt, daß ich dachte, er wär tot, so hat's gekracht, als er auf den Boden schlug. Er hat sich dabei den Kopf an einem Schrank angeschlagen. Aber ein oder zwei Minuten später kam er hier die Treppe runtergerannt, und sein Vater wutschnaubend hinterher.«

»Wann war das?« fragte St. James.

Mrs. Swann zuckte die Achseln. Ihre Empörung schien verraucht. »Das kann Harry Ihnen besser sagen. Er ist oben.«

John Penellin rollte die Generalstabskarte zusammen, schob ein Gummiband über die Rolle und stellte sie zu einem halben Dutzend anderer in den alten Schirmständer in seinem

Büro. Die Sonne des späten Vormittags strömte durch die Fenster und heizte den Raum unangenehm auf. Er öffnete das Fenster und zog die Jalousie herunter, während er sprach.

»Insgesamt haben wir also ein gutes Jahr gehabt, Mylord. In jeder Hinsicht. Und wenn wir die Nordäcker noch ein Jahr brachliegen lassen, kommt das dem Land nur zugute. Das ist jedenfalls mein Vorschlag.«

Er setzte sich wieder an den Schreibtisch. Doch als habe er ein festes Programm, an dem er unbedingt festhalten wollte, um anderen Themen keinen Raum zu lassen, wartete er nicht auf Lynleys Erwiderung, sondern fügte sogleich hinzu: »Vielleicht können wir jetzt über Wheal Maen sprechen?«

Lynley hatte eigentlich nicht die Absicht gehabt, mit Penellin die Bücher durchzugehen oder sich auf eine detaillierte Diskussion der Gutsangelegenheiten einzulassen, aber er richtete sich nach Penellin, weil er wußte, daß Geduld eher mit Vertrauen belohnt werden würde als ein direkter Vorstoß.

Das ganze Auftreten des Mannes legte nahe, daß er es dringend nötig hatte, sich zu erleichtern. Sein Gesicht war grau. Er trug noch die Kleider der vergangenen Nacht, ohne jede Falte, aus der man hätte schließen können, daß er darin geschlafen habe. An seinen Fingern haftete noch die Stempelfarbe von der Polizeidienststelle in Penzance. Lynley nahm das alles zur Kenntnis und beschloß, abzuwarten und zunächst einmal Penellins Führung zu folgen.

»Aber John«, sagte er, »in Cornwall wird seit mehr als hundert Jahren kein Bergbau mehr betrieben!«

»Mir geht's ja nicht darum, daß wir die Grube wieder in Betrieb nehmen«, erwiderte Penellin. »Ich finde, sie muß geschlossen werden. Gesperrt. Der Hauptschacht steht voller Wasser. Es ist zu gefährlich, sie einfach so zu lassen.« Er drehte seinen Sessel und wies mit dem Kopf auf die große Karte des Guts an der Wand. »Man kann die Grube von der Straße nach Sennen sehen. Mit ein paar Schritten ist man dort. Ich finde, es ist Zeit, daß wir das Maschinenhaus abreißen und den Schacht abriegeln, ehe jemand auf die Idee kommt, da auf Forschungsreise zu gehen, und dann was passiert.«

»Aber auf dieser Straße ist doch das ganze Jahr praktisch nichts los.«

»Stimmt, Touristen kommen da selten hin«, meinte Penellin. »Aber die Einheimischen benutzen die Straße regelmäßig. Mir geht's um die Kinder. Sie wissen doch, wie Kinder sind – immer auf Abenteuer aus. Es wäre furchtbar, wenn uns ein Kind da in den Schacht fallen würde oder so was.«

Lynley stand auf, um sich die Karte genauer anzusehen. Die Grube war in der Tat keine hundert Meter von der Straße entfernt, nur durch eine niedrige, aus losen Steinen aufgeschichtete Mauer von ihr abgetrennt, die leicht zu übersteigen war.

»Sie haben natürlich recht«, sagte er und fügte nachdenklich, mehr an sich selbst gerichtet hinzu: »Aber Vater wäre es schrecklich gewesen, eine der Gruben sperren zu müssen.«

»Die Zeiten ändern sich«, sagte Penellin. »Ihr Vater war kein Mensch, der an der Vergangenheit festhielt.«

Er ging zu dem alten Aktenschrank und entnahm ihm drei weitere Ordner, die er zu seinem Schreibtisch trug. Lynley setzte sich wieder zu ihm.

»Wie geht es Nancy heute morgen?« fragte er.

»Es geht.«

»Wann hat die Polizei Sie zurückgebracht?«

»Halb fünf. Ungefähr.«

»Und das ist jetzt erledigt? Mit der Polizei?«

»Fürs erste, ja.«

Draußen schwatzten zwei Gärtner beim Heckenschneiden miteinander. Das scharfe, kurze Schnappen der Scheren, das ihr Gespräch rhythmisch begleitete, klang durch das Fenster herein. Penellin beobachtete sie einen Moment durch die Ritzen der Jalousien.

Lynley zögerte, hin- und hergerissen zwischen seinem Versprechen an Nancy und Rücksicht auf Penellin, der, wie deutlich zu merken war, nicht über die Angelegenheit sprechen wollte. Er war ein verschlossener Mensch. Er wollte keine Hilfe. Das war offenkundig. Dennoch hatte Lynley den Eindruck, daß hinter Penellins Schweigsamkeit eine unerklärliche ängstliche Unruhe brodelte, und er wollte die Ursache dafür herausfinden, um nach besten Kräften helfen zu können. Er hatte sich so viele Jahre auf Penellins Kraft und Loyalität verlassen, daß er sich jetzt nicht einfach abwenden konnte, ohne ihm seine eigene Kraft und Loyalität anzubieten.

»Nancy hat mir erzählt, daß Sie gestern abend mit Ihnen telefoniert hat«, sagte er.

»Ja.«

Aber die Polizei behauptet, man hätte sie im Dorf gesehen.«

Penellin antwortete nicht.

»John, wenn es Schwierigkeiten gibt –«

»Keine Schwierigkeiten, Mylord.« Penellin zog die Ordner über den Schreibtisch und schlug den obersten auf. Es war eine abschließende Geste, eine stumme Aufforderung an Lynley, zu gehen. »Es stimmt schon, was Nancy gesagt hat. Wir haben miteinander telefoniert. Wenn jemand glaubt, ich wäre im Dorf gewesen, kann man das nicht ändern. Es ist dunkel da. Es kann jeder Beliebige gewesen sein. Es ist so, wie Nancy gesagt hat. Ich war im Haus.«

»Aber verdammt noch mal, wir waren doch da, als Sie nach

zwei Uhr morgens hereinkamen, John! Sie waren im Dorf, nicht wahr? Sie waren bei Mick. Weder Sie noch Nancy sagen die Wahrheit. John, wollen Sie sie schützen? Oder geht es um Mark? Hatte er Streit mit Mick?«

Penellin nahm ein Dokument aus dem Ordner. »Ich habe einen ersten Antrag auf Schließung von Wheal Maen gestellt«, sagte er.

Lynley machte einen letzten Versuch. »Sie sind seit fünfundzwanzig Jahren bei uns. Ich möchte gern glauben, daß Sie in schwierigen Zeiten zu mir kommen würden.«

»Es gibt keine Schwierigkeiten«, sagte Penellin entschieden. Er nahm noch ein Blatt aus dem Ordner, und obwohl er gar nicht auf es hinuntersah, machte die Geste seinen Wunsch, in Ruhe gelassen zu werden, überdeutlich.

Lynley schloß das Gespräch ab und ging.

Im Korridor, wo es dank des alten Fliesenbodens kühl war, blieb er einen Moment stehen. Die Südwesttür des Hauses war offen, die Sonne lag sengend auf dem Hof. Schritte klapperten auf den Kopfsteinen, Wasser plätscherte. Er ging den Geräuschen nach.

Draußen stieß er auf Jasper – Chauffeur, Gärtner, Stallbursche und Klatschmaul –, der dabei war, den Rover zu waschen, den sie am vergangenen Abend benutzt hatten. Er hatte die Hose hochgekrempelt, und seine knubbeligen Füße waren nackt. Unter dem offenen Hemd sproß graues Haar auf einer mageren Brust. Er nickte Lynley zu.

»Hat's Ihnen wohl gegeben, hm?« fragte er, während er den Schlauch auf die Windschutzscheibe des Rovers richtete.

»Wer hat mir was gegeben?« fragte Lynley.

Jasper prustete. »Wir haben's heut morgen schon alle gehört«, sagte er. »Mord, Polizei und John bei der Kripo.« Er spie aufs Pflaster und polierte mit einem Lappen die Kühlerhaube des Wagens. »John war in Nanrunnel, und Nancy lügt wie gedruckt – das hätt' sich keiner gedacht.«

»Nancy lügt?« fragte Lynley. »Wissen Sie das genau, Jasper?«

»Na klar doch«, erwiderte er. »Ich war um halb zehn drüben am Verwalterhaus. Und dann war ich bei der Mühle. Kein Mensch war zu Hause. Klar lügt sie.«

»Bei der Mühle? Sie meinen, die Mühle am Wäldchen? Hat die Mühle etwas mit Mick Cambreys Tod zu tun?«

Jaspers Gesicht verschloß sich bei diesem Frontalangriff. Zu spät erinnerte sich Lynley der Vorliebe des Alten, bei seinen Geschichten mit Andeutung und Innuendo zu spielen. Statt seine Fragen zu beantworten, wählte Jasper seine eigenen wunderlichen Pfade, das Gespräch weiterzuführen.

»John hat Ihnen bestimmt nichts davon erzählt, wie Nancy die ganzen Kleider zerschnitten hat, oder?«

»Nein. Davon hat er nichts gesagt«, antwortete Lynley und schob als Köder nach: »Es wird nicht wichtig sein, sonst hätte er es sicher erwähnt.«

Jasper schüttelte bedenklich den Kopf über die Torheit, eine solche Information als unwichtig abzutun. »In Fetzen hat sie sie geschnitten«, sagte er. »Hinter ihrem kleinen Haus. John und ich, wir haben sie zufällig dabei erwischt. Ganz zufällig, weil wir gerade vorbeigekommen sind. Und geheult hat sie wie ein Schloßhund, wie sie uns gesehen hat. Das ist wichtig, wenn Sie mich fragen.«

»Aber sie hat nicht mit euch gesprochen?«

»Keinen Ton hat sie gesagt. Sie hat nur dagesessen und die ganzen feinen Kleider zerschnippelt. John hat 'n Anfall gekriegt, wie er sie gesehen hat. Er ist ins Haus gerannt und wollte sich Mick schnappen. Ja. Aber Nance hat ihn aufgehalten. Sie hat sich an seinen Arm gehängt, bis John wieder Dampf abgelassen hatte.«

»Es waren wohl die Kleider einer anderen Frau«, meinte Lynley nachdenklich. »Jasper, weiß man, wer die Frau war, mit der Mick was hatte?«

»Frau?« fragte Jasper geringschätzig. »Frau-en. Ganze Scharen müssen's gewesen sein nach dem, was Harry Cambrey sagt. Praktisch jedesmal, wenn der ins *Anchor and Rose* gekommen ist, und das war oft, sag' ich Ihnen, hat er sich hingesetzt und jeden, der's hören wollte, gefragt, was man denn dagegen machen soll, daß Mick dauernd fremdgeht. ›Sie hält ihn eben viel zu knapp‹, hat er immer erzählt. ›Was soll denn ein Mann tun, wenn seine Frau ihn so knapphält?‹« Jasper lachte spöttisch, trat ein paar Schritte vom Wagen zurück und spritzte die Vorderräder ab. »So, wie's Harry dargestellt hat, hat Nancy seit der Geburt von dem Kind nur noch die Beine zusammengekniffen. Und der arme Mick hat gelitten wie die Sau, weil er nicht wußte, wohin mit seinem Saft. ›Was soll ein Mann in so 'ner Lage tun?‹ hat Harry immer gefragt. Und Mrs. Swann, die hat's ihm gesagt, aber ...« Jasper schien sich plötzlich bewußt zu werden, mit wem er da seinen vertraulichen kleinen Schwatz hielt. Er hörte auf zu grinsen. Er straffte die Schultern, nahm seine Mütze ab und fuhr sich mit den Fingern durch das Haar. »Jeder konnte sehen, wo das Problem war. Mick wollte nicht die Verantwortung für eine Familie.«

Er spie nochmals aus, um das Ende der Diskussion zu pointieren.

St. James und Helen hörten Harry Cambrey schon, ehe sie ihn sahen. Während sie die schmale Treppe hinaufstiegen, mit eingezogenen Köpfen, um sich nicht an den Deckenbalken anzustoßen, vernahmen sie von oben Möbelrücken, dann das Krachen einer Schublade, die mit Schwung zugestoßen wurde, und darauf einen wütenden Fluch. Als sie klopften, wurde es hinter der Tür mucksmäuschenstill. Dann hörten sie Schritte. Die Tür wurde aufgerissen. Cambrey musterte sie. Sie musterten ihn.

Bei seinem Anblick fiel St. James sogleich ein, daß er im Jahr zuvor eine Herzoperation überstanden hatte. Sie schien ihn schwer mitgenommen zu haben. Das Gesicht über dem stark hervorspringenden Adamsapfel war eingefallen, und der gelbliche Teint ließ ein Leberleiden vermuten. An den aufgesprungenen Lippen hatte er blutverkrustete Stellen. Er war ungepflegt, das Gesicht nicht rasiert, das graue Haar zerzaust, als wäre er in Eile aus dem Bett aufgestanden und hätte sich nicht die Zeit genommen, es zu kämmen.

Er trat zurück, um sie einzulassen. Das Büro war ein großer Raum, an den sich auf einer Seite mehrere kleine Räume anschlossen, während auf der anderen eine Reihe von vier schmalen Fenstern war, durch die man auf die Straße sah. Außer Harry Cambrey war niemand im Büro, merkwürdig, insbesondere bei einer Zeitungsredaktion. Aber wenigstens einer der Gründe für die Abwesenheit der Mitarbeiter offenbarte sich in dem Durcheinander, das in dem großen Raum herrschte. Papiere, Hefte, Ordner häuften sich auf allen verfügbaren Unterlagen. Harry Cambrey suchte etwas.

Die Schubladen der militärgrünen Aktenschränke standen offen, teilweise geleert; ein Stapel Disketten lag neben einem eingeschalteten Drucker; auf einem Layout-Tisch war die neue Ausgabe der Zeitung beiseite geschoben worden, um Haufen von Fotografien Platz zu machen, und sämtliche Schubladen der fünf Schreibtische im Raum waren herausgenommen. In der Luft hing ein Geruch nach Staub und altem Papier.

»Was wollen Sie?« fragte Harry Cambrey. Er rauchte eine Zigarette, die er nur aus dem Mund nahm, um zu husten oder sich eine neue anzuzünden. Die Wirkung dieser Gewohnheit auf seine Gesundheit schien ihn nicht zu kümmern.

»Sie sind allein hier?« fragte St. James, während er und Helen sich einen Weg durch das Chaos bahnten.

»Ich hab' den anderen frei gegeben.« Cambrey inspizierte Helen von Kopf bis Fuß. »Also, was wollen Sie?«

»Nancy hat uns gebeten, uns umzuhören. Sie hofft, wir können herausbekommen, was hinter Micks Ermordung steckt.«

»Sie sollen helfen? Sie beide?« Er versuchte gar nicht, seine Geringschätzung zu verbergen, während sein Blick über St. James' geschientes Bein und Helens elegantes Sommerkleid glitt.

»Die Jagd nach Nachrichten und Sensationen kann ein gefährliches Geschäft sein, ist es nicht so, Mr. Cambrey?« bemerkte Helen vom Fenster her. »Wenn Ihr Sohn wegen einer Story ermordet wurde, an der er gearbeitet hat, was spielt es dann für eine Rolle, wer seinen Mörder zur Strecke bringt? Die Hauptsache ist doch, er wird gefaßt.«

Bei ihren Worten sank Harry Cambreys künstliche Großspurigkeit in sich zusammen, und er zeigte sich als das, was er war: ein unglücklicher alter Mann, der auf grausame Weise seinen Sohn verloren hatte.

»Er war an einer Story dran«, sagte er. Die Arme hingen ihm schlaff und leblos an den Seiten herab. »Ich weiß es. Ich fühl' es. Seit ich's gehört hab', bin ich hier und such' nach seinen Aufzeichnungen.«

»Und Sie haben bisher nichts gefunden?« fragte St. James.

»Ich hab' ja kaum Anhaltspunkte. Ich versuch' mich zu erinnern, was er gesagt und getan hat. Eine Nanrunnel-Story ist es nicht. Kann's nicht sein. Aber das ist auch schon alles, was ich weiß.«

»Da sind Sie sicher?«

»Klar. Da hätt' er die letzten Monate nicht soviel rumzureisen brauchen, wenn sich's um was in Nanrunnel gedreht hätte. Er war ja dauernd unterwegs, hat da eine Spur verfolgt, dort recherchiert, hier jemanden befragt und da wieder jemand anderen gesucht. Nein, mit dem Dorf hatte das nichts zu tun. Ausgeschlossen.« Er schüttelte den Kopf. »Die Story hätte unsere Zeitung gemacht, wenn wir die erst mal gedruckt hätten. Das weiß ich.«

»Wohin ist er gereist?«

»Nach London.«

»Aber er hat keinerlei Aufzeichnungen hinterlassen? Ist das nicht merkwürdig?«

»Aufzeichnungen sind da. Genug. Hier. Sehen Sie selbst.« Cambrey wies mit ausholender Geste auf den Wust von Papieren. »Aber ich hab' nichts darunter gefunden, von dem ich mir denken könnte, daß es lebensgefährlich war. Reporter werden nicht umgebracht, weil sie den örtlichen Abgeordneten interviewen oder bettlägrige Invaliden oder die Bauern im Norden. Journalisten werden umgebracht, weil sie Informationen haben, die tödlich sind. Und so was hat Mick nicht hier.«

»Sie haben überhaupt nichts Ungewöhnliches in dem vielen Material hier gefunden?«

Cambrey ließ seine Zigarette zu Boden fallen und trat sie aus. Er massierte sich den linken Arm und blickte unwillkürlich zu einem der Schreibtische hinüber. St. James nahm den Blick als Antwort.

»Sie haben doch etwas gefunden.«

»Ich weiß nicht. Sie können es sich ja mal ansehen. Ich werd' nicht klug draus.«

Cambrey ging zu dem Schreibtisch. Unter dem Telefon zog er einen Zettel hervor, den er St. James reichte. »War ganz hinten in der Schublade«, sagte er.

Das dünne Papier war voller Fettflecken, ursprünglich hatte es ein belegtes Brot aus dem *Talisman Cafe* umhüllt. Das Geschriebene war schlecht zu lesen, der Stift war schwach und an verschiedenen Stellen im Fett nicht angegangen. Dennoch konnte St. James sehen, daß es größtenteils aus Zahlen bestand.

1 k 9400

500 g à 55

27 500-M1 Beschaffung/Transport

27 500-M6 Finanzierung

St. James blickte auf. »Ist das Micks Handschrift?«

Cambrey nickte. »Wenn's überhaupt eine Story gibt, dann ist sie das. Aber ich hab' keine Ahnung, worum's geht und was das da bedeuten soll.«

»Es muß doch aber irgendwo Aufzeichnungen geben, in denen diese Zahlen und Referenzen auftauchen«, meinte Helen. »M1 und M6. Da sind doch sicher die *motorways* gemeint.«

»Ich hab' solche Aufzeichnungen hier nicht gefunden«, entgegnete Cambrey.

»Gab es hier Spuren eines Einbruchs?« fragte St. James.

Cambrey schüttelte den Kopf. »Boscowan hat mir heute morgen gegen Viertel nach vier einen seiner Leute geschickt, der mir gesagt hat, daß Mick tot ist. Ich bin gleich zum Haus gelaufen, aber sie hatten die Leiche schon weggebracht und ließen mich nicht rein. Da bin ich hierher gekommen. Und seitdem bin ich hier. Hier hat niemand eingebrochen.«

»Auch keine Spuren einer Untersuchung? Vielleicht durch einen der Mitarbeiter?«

»Nichts«, sagte er. Seine Nase zog sich zusammen. »Ich werd' das Schwein finden, das meinen Sohn umgebracht hat. Und ich werd' die Story nicht stoppen. Wir haben Pressefreiheit. Dafür hat mein Sohn gelebt, und dafür ist er gestorben. Es wird nicht umsonst gewesen sein.«

»Wenn er überhaupt für eine Story gestorben ist«, wandte St. James ruhig ein.

Cambreys Gesicht verfinsterte sich. »Er ist für eine Story gestorben. Was denn sonst?«

»Seine Frauengeschichten.«

Cambrey nahm seine Zigarette so langsam und bedächtig aus dem Mund, daß die Geste wie einstudiert wirkte. Und er nickte kurz. »Also, so wird über Mickey geredet, hm? Tja, mich wundert's nicht. Die Männer waren eifersüchtig auf ihn, weil er sich so leichtgetan hat, und die Frauen genauso, wenn er sie nicht erhört hat.« Er steckte die Zigarette wieder zwischen die Lippen und blinzelte durch die Rauchschwaden. »Mick war ein Mann. Ein richtiger Mann. Und jeder Mann hat gewisse Bedürfnisse. Aber die Frau, die er geheiratet hat, die hatte einen Eisklumpen zwischen den Beinen. Da hat er sich eben woanders geholt, was er brauchte. Wenn jemand schuld hat, dann Nancy. Ist doch logisch, wenn man einen Mann am langen Arm verhungern läßt, sucht er sich eine andere. Das ist kein Verbrechen. Er war jung. Er hatte Bedürfnisse.«

»Gab es eine bestimmte Frau? Oder waren es mehrere? Hatte er vielleicht etwas Neues angefangen?«

»Kann ich nicht sagen. War nicht Mickeys Art, sich damit dick zu tun, wenn er was Neues am Bändel hatte.«

»Hatte er Beziehungen zu verheirateten Frauen?« fragte Helen. »Frauen aus dem Ort?«

»Er hatte massenhaft Beziehungen, wie Sie's nennen.« Cambrey schob die Papiere weg, hob die Glasplatte auf dem Schreibtisch auf und zog ein Foto darunter hervor, das er ihr reichte. »Machen Sie sich selbst ein Bild. Ist das ein Mann, zu dem Sie nein sagen würden, wenn er sagt, Sie sollen sich hinlegen, Miss?«

Helen setzte zu einer scharfen Erwiderung an und schluckte sie mit bewundernswerter Beherrschung hinunter. Sie warf keinen Blick auf das Foto, sondern reichte es St. James weiter.

Ein junger Mann mit nacktem, braungebranntem Oberkörper stand an Deck eines Segelboots, eine Hand an einer Spiere, während er sich an der Takelage zu schaffen machte. Er war ein gutaussehender Bursche mit einem etwas kantigen Gesicht, aber schmächtig wie sein Vater. Er hatte nichts von der kernigen Robustheit, die einem in den Sinn kam, wenn man die Worte »ein richtiger Mann« hörte.

St. James drehte das Foto um. »Cambrey takelt auf zum America's Cup«, stand auf der Rückseite, von derselben Hand geschrieben wie der Zettel mit den Zahlen.

»Er hatte Humor«, stellte St. James fest.

»Er hatte alles.«

»Darf ich das Foto behalten? Und diesen Zettel?«

»Wenn Sie wollen. Mir bedeuten sie ohne Mick sowieso nichts.« Cambrey sah sich in seinem Büro um. In den hängenden Schultern und den Linien seines müden Gesichts drückte sich tiefe Niedergeschlagenheit aus. »Wir waren auf dem richtigen Weg. Der *Spokesman* wäre die größte Zeitung in Süd-Cornwall geworden. Keine Wochenzeitung. Eine Tageszeitung. Ich wollte es. Mick wollte es.«

»Mick hat sich mit den Mitarbeitern gut verstanden? Da gab es keine Probleme?«

»Sie haben ihn geliebt. Bewundert. Er hatte es geschafft. Er war ein Held für sie. Er war so, wie sie sein wollten.« Cambreys Stimme wurde schärfer. »Sie brauchen nicht zu glauben, daß einer von den Mitarbeitern ihn getötet hat. Keiner hier in der Redaktion hätte meinen Sohn angerührt. Sie hatten keinen Grund dazu. Er wollte die Zeitung verändern. Er führte Neuerungen und Verbesserungen ein.«

»Vielleicht wollte er jemandem kündigen?«

»Wem denn? Davon weiß ich nichts.«

St. James blickte zu dem Schreibtisch hinüber, der dem Fenster am nächsten war. Auf ihm stand eine gerahmte Fotografie zweier Kinder. »Wie stand er zu Ihrer Redakteurin? Julianna Vendale, heißt sie nicht so?«

»Julianna?« Cambrey nahm die Zigarette aus dem Mund und leckte sich die Lippen.

»War sie eine von seinen Frauen? Eine frühere Geliebte? Oder hat er vielleicht bei ihr nicht landen können und wollte sie an die Luft setzen, weil sie nicht bereit war, seine Bedürfnisse zu stillen?«

Cambrey lachte nur kurz auf.

»Mick brauchte Julianna Vendale nicht«, sagte Cambrey. »Er brauchte doch nicht um etwas zu betteln, was er überall nachgeschmissen kriegte.«

Wieder auf der Straße, gingen sie zu dem Parkplatz am Hafen, wo Helen den Rover abgestellt hatte. St. James warf ihr einen Seitenblick zu. Während der letzten Minuten in der Zeitungsredaktion hatte sie kein Wort mehr gesprochen, aber ihre spürbare Spannung, der starre Ausdruck ihres Gesichts hatten ihre Reaktion auf Mick Cambreys Leben und Tod – und auf seinen Vater – deutlicher ausgedrückt als alle Worte. Doch kaum hatten sie das Haus hinter sich, ließ sie ihrem Zorn und ihrem Abscheu freien Lauf. Sie rannte mit Riesenschritten zum Parkplatz, ohne Rücksicht darauf, daß St. James ihr kaum folgen konnte. Er fing nur Fetzen ihrer wütenden Tiraden auf.

»... der reinste Sexathlet ... von wegen Vater! Hat doch nur die Eroberungen gezählt ... Zeit, eine Zeitung herauszubringen, wenn sie so damit beschäftigt waren, ihre Bedürfnisse zu stillen? ... jede Frau in Cornwall ... kein Wunder –

überhaupt kein Wunder –, daß ihm jemand die Eier... der hätte mich wahrscheinlich auch dazu gebracht...« Sie war völlig außer Atem, als sie den Wagen erreichte. Er ebenfalls.

Im Hafenbecken zu ihren Füßen kreisten Hunderte von Möwen über einem kleinen Boot, dessen Morgenfang silbern in der Sonne glitzerte.

»Dauernd hab' ich mir gesagt, denk dran, von wem es kommt«, sagte Helen schließlich. »Er ist todunglücklich, er weiß nicht, was er redet, er weiß nicht, wie es klingt. Aber als er mich fragte, ob ich mich nicht für seinen Sohn hingelegt hätte, war's aus. Zum ersten Mal hab' ich begriffen, was es heißt, rot zu sehen. Ich hätte mich am liebsten auf ihn gestürzt und ihm sämtliche Haare ausgerissen.«

»So viele hatte er gar nicht.«

Das zerriß die Spannung. Sie lachte resigniert und startete den Wagen. »Was hältst du von diesem Zettel?«

St. James zog ihn aus seiner Hemdtasche und las den Aufdruck auf seiner Vorderseite. »*Talisman Cafe*. Wo ist das wohl?«

»Nicht weit vom *Anchor and Rose*. Ein Stück die Paul Lane hinauf. Warum?«

»Weil er das bestimmt nicht in der Redaktion geschrieben hat. Da hätte er ordentliches Papier genug zur Hand gehabt. Folglich muß er es anderswo geschrieben haben. Entweder in dem Café oder sonstwo, wenn er sich das Brötchen dort nur geholt hatte. Ehrlich gesagt, hoffte ich, das *Talisman Cafe* wäre in Paddington.« Er berichtete ihr von Tina Cogin.

Helen wies mit dem Kopf auf den Zettel. »Glaubst du, das hat mit ihr zu tun?«

»Sie steckt irgendwo in dieser Geschichte mit drin, wenn sich Deborah nicht täuscht, und der Mann, den sie im Hausflur gesehen hat, wirklich Mick Cambrey war. Aber wenn das *Talisman Cafe* hier in Nanrunnel ist, war Mick wohl hier am Ort irgendeiner Sache auf der Spur.«

»Du meinst, er hatte hier einen Informanten? Und auch der Mörder kommt von hier?«

»Kann sein. Er war häufig in London. Das sagen alle. Ich kann mir nicht denken, daß es sehr schwierig gewesen wäre, ihn nach Cornwall zu verfolgen, schon gar nicht, wenn er mit dem Zug gereist ist.«

»Wenn er wirklich hier eine Informationsquelle hatte, dann ist diese Person vielleicht auch in Gefahr.«

»Immer vorausgesetzt, die Story ist das Motiv für den Mord.« St. James steckte den Zettel wieder ein.

»Ich würde eher auf das andere tippen – Rache eines betrogenen Ehemanns.«

»Ich war seit mehreren Jahren nicht mehr hier«, sagte Lynley, als er mit St. James durch das Tor in der Mauer von Howenstow trat und sie den langsamen Abstieg zum Wäldchen begannen. »Weiß der Himmel, in was für einem Zustand die Mühle heute ist. Vielleicht ist sie nur noch eine Ruine. Ein paar Jahre Vernachlässigung genügen, und schon stürzen die Dächer ein, die Balken verfaulen, die Böden brechen. Ich war erstaunt zu hören, daß sie überhaupt noch steht.«

Er machte Konversation, weil er hoffte, dadurch Erinnerungen in Schach halten zu können, die nur darauf warteten, ihn zu überfallen; Erinnerungen, die eng verknüpft waren mit der Mühle und mit einem Teil seines Lebens, dem er mit seinem eigensinnigen Schwur den Rücken gekehrt hatte. Es war ein flüchtiges Bild seiner Mutter, wie sie durch den Wald schritt; bloß eine Illusion, die versuchsweise an der verschlossenen Tür rüttelte. Lynley blieb stehen und zündete sich in aller Ruhe eine Zigarette an.

»Wir waren gestern auch hier«, bemerkte St. James. Er ging ein paar Schritte voraus und machte halt, als er merkte, daß Lynley zurückgeblieben war. »Das Rad ist völlig zugewachsen.«

»Das wundert mich nicht. Da gab es immer Probleme, soweit ich mich erinnere.«

»Und Jasper meint, daß die Mühle benutzt wird? Von wem? Und wozu? Zum Pennen?«

»Darüber hat er nichts gesagt.«

St. James nickte und ging weiter. Und da weitere Ablenkungsmanöver zwecklos zu sein schienen, folgte ihm Lynley.

Er war erstaunt zu sehen, daß die Mühle sich nur wenig verändert hatte, seit er das letzte Mal hier gewesen war; beinahe so, als hätte jemand sich bemüht, sie instandzuhalten. Die Mauern brauchten einen frischen Anstrich – an manchen Stellen schimmerte der rohe Stein durch –, und das Balkenwerk war größtenteils gesplittert, aber das Dach war in Ordnung, und abgesehen von einer Scheibe, die im einzigen Fenster im oberen Stockwerk fehlte, wirkte der Bau so stabil, als könnte er gut noch hundert Jahre überdauern.

Sie stiegen die alten Steinstufen hinauf. Ihre Füße glitten in die flachen Mulden, die tausendfaches Hinauf und Hinunter in jener Zeit, als die Mühle noch in Betrieb gewesen war, ausgehöhlt hatten. Die Tür, deren Farbe von Wind und Wetter verblaßt war, stand halb offen. Das von Feuchtigkeit aufgequollene Holz war verzogen, so daß die Tür nicht mehr richtig schloß.

Sie traten ein, blieben stehen, sahen sich um. Der untere Raum war fast leer, erleuchtet von dünnen Sonnenstrahlen, die durch Lücken in den verschlossenen Fensterläden eindrangen. An der hinteren Wand lag ein modernder Haufen Säcke neben einem Stapel Holzkisten. Unter einem der Fenster standen von Spinnweben überzogen ein steinerner Mörser und ein Stößel, und von einem Wandhaken hing eine Rolle Seil. Ein kleines Bündel alter Zeitungen lag in einer Ecke des Raums. Lynley wartete, während St. James hinging, sie sich anzusehen.

»Der *Spokesman*«, sagte er, eine hochhaltend. »Mit Anmerkungen und Korrekturen im Text. Und einem neuen Entwurf für den Kopf.« Er legte das Blatt wieder zurück. »Kannte Mick Cambrey die Mühle, Tommy?«

»Wir waren als Jungen ein paarmal hier, ja. Aber diese Zeitungen sind alt. Es muß länger her sein, daß er hier war.«

»Hm. Ja. Sie sind vom April letzten Jahres. Aber es war auch kürzlich noch jemand hier.«

St. James deutete auf Fußabdrücke im Staub des Fußbodens, die zu einer Wandleiter führten. Über sie gelangte man auf den Boden mit dem Gestänge und den Zahnrädern, die den gewaltigen Mühlstein angetrieben hatten. St. James untersuchte die Leitersprossen, rüttelte an drei von ihnen, um ihre Festigkeit zu prüfen, und nahm den mühsamen Aufstieg in Angriff.

»Leitern sind nicht gerade mein bevorzugtes Terrain«, bemerkte er ironisch.

Lynley sah ihm nach. St. James erwartete, daß er ihm folgte, das wußte er. Er konnte sich nicht länger der Macht der Erinnerungen entziehen, die die Mühle – und noch mehr der obere Boden – wachrief. Denn dort oben hatte sie ihn damals nach stundenlanger Suche gefunden, dort oben, auf dem Boden, wo er sich vor ihr und dem Wissen verkrochen hatte, auf das er unerwartet gestoßen war.

Im Laufschritt von der Bucht herauf durch den Garten eilend, hatte er nur einen flüchtigen Blick auf den Mann erhascht, der an einem Fenster in der ersten Etage vorübergegangen war; einen Blick, der nichts als einen Eindruck von

Körpergröße und Statur vermittelte; einen Blick, mit dem er nur den Morgenrock seines Vaters sah. Ein Blitzstrahl unbändigen Glücks durchzuckte ihn, und das Wort *geheilt geheilt geheilt* sang in seinen Ohren, als er die Treppe hinauflief – hinaufstürmte – und in das Zimmer seiner Mutter stürzte. Doch die Tür war abgeschlossen. Und als er nach ihr rief, kam die Pflegerin seines Vaters mit dem Tablett in den Händen die Treppe herauf und mahnte ihn zur Ruhe, sagte ihm, er würde sonst den Kranken wecken. Er sagte nur: »Aber Vater ist doch ...« Dann hatte er begriffen.

Und dann brüllte er in solcher Raserei nach ihr, daß sie die Tür öffnete und er alles sah: Trenarrow im Morgenrock seines Vaters, ihr Bett zerwühlt, die Kleider auf dem Boden verstreut, eilig hingeworfen. Und nur ein Ankleidezimmer und ein Bad trennte sie von dem Raum, in dem sein Vater im Sterben lag.

In blinder Wut stürzte er sich auf Trenarrow. Aber er war nur ein schmaler, hochaufgeschossener Junge von siebzehn, einem Mann von 31 Jahren nicht gewachsen. Trenarrow versetzte ihm nur einen Schlag, einen Schlag mit der offenen Hand ins Gesicht, einen Schlag, wie man ihn einer hysterischen Frau gibt, um sie zu beruhigen. Seine Mutter schrie: »Roddy, nein!« Und es war vorbei.

Sie fand ihn in der Mühle. Er hätte fähig sein müssen, die Fassung zu bewahren. Er hätte die Willensstärke und die Würde besitzen müssen, ihr zu sagen, er müsse zurück in die Schule, um sich auf die Prüfungen vorzubereiten. Es wäre gleichgültig gewesen, ob sie ihm glaubte. Es ging nur darum, sofort zu gehen.

Doch er sah sie näherkommen und dachte daran, wie sehr sein Vater sie liebte, wie er nach ihr zu rufen pflegte – »Daze! Daze Darling!« –, wenn er ins Haus kam, wie sein ganzes Leben darum kreiste, sie glücklich zu machen, wie er nun in seinem Schlafzimmer lag und die Krankheit langsam seinen Körper auffraß, während sie und Trenarrow...

»Hure«, schrie er. »Bist du wahnsinnig geworden? Oder nur so scharf, daß jeder dir recht ist. Sogar einer, dem es nur darum geht, dich aufs Kreuz zu legen und hinterher im Pub mit seinen Kumpeln darüber zu lachen. Bist du stolz darauf, du Hure?«

Ihr Schlag traf ihn völlig überraschend. Die ganze Zeit hatte sie reglos dagestanden und seine Beschimpfungen über sich ergehen lassen. Doch bei dieser letzten Frage schlug sie ihm mit dem Handrücken so hart ins Gesicht, daß er gegen die Wand flog und seine Lippe unter ihrem Brillantring aufplatzte. Ihr Gesicht zeigte keine Regung.

»Das wird dir noch leidtun!« schrie er ihr hinterher. »Das wird dir noch leidtun. Euch allen beiden. Ihr werdet schon sehen. Ich sorg' dafür!«

Und er hatte dafür gesorgt. Immer wieder. Ohne Gnade.

»Tommy?«

Lynley blickte auf. St. James sah durch die Bodenluke zu ihm hinunter.

»Es wird dich vielleicht interessieren, was ich hier oben gefunden habe.«

»Ja. Sicher.«

Er kletterte die Leiter hinauf.

St. James hatte nur einen Moment gebraucht, um sich über die Bedeutung dessen, was er auf dem Boden vorfand, klar zu werden. Das gewaltige Mühlrad und sein Getriebe nahmen den größten Teil des Raums ein, doch was sonst noch zu sehen war, zeigte eindeutig, was in der Mühle getrieben worden war.

In der Mitte des Raums standen ein verrosteter Klapptisch und ein Klappstuhl. Über dem Stuhl hing ein ehemals weißes

T-Shirt, und auf dem Tisch lagen neben einer altertümlichen Briefwaage ein angelaufener silberner Löffel und zwei Rasierklingen. Etwas abseits stand ein offener Karton mit kleinen Plastikbeuteln. Ein alter Strohsack unter dem Fenster war auseinandergerissen worden, das Stroh, von dem der Geruch nach Moder und Feuchtigkeit aufstieg, über den Boden verstreut. An der Wand lehnte eine dünne Matratze voll gelblicher Flecken und kleiner Brandlöcher, die von Zigaretten stammen konnten oder von den heruntergebrannten Kerzen, die in Blechdeckeln von Konservengläsern auf dem Boden standen.

St. James beobachtete Lynley, während dieser den Dachboden inspizierte. Sein Gesicht wurde zusehends starrer.

»Mick ist nicht nur im letzten Jahr hiergewesen, Tommy«, sagte St. James. »Und seine Besuche hier hatten mit seiner Zeitung nichts zu tun.« Er berührte leicht die Briefwaage und beobachtete den schwankenden Gewichtsanzeiger. »Vielleicht wissen wir jetzt genauer, warum er gestorben ist.«

Lynley schüttelte den Kopf. Seine Stimme war tonlos. »Das war nicht Mick«, sagte er.

13

Am selben Abend um halb acht klopfte St. James bei Deborah an und trat ein. Sie stand mit gerunzelter Stirn vor dem Spiegel und musterte sich kritisch.

»Tja«, sagte sie zweifelnd. »Ich weiß nicht recht.« Sie berührte die Perlenkette an ihrem Hals und befühlte wie prüfend den Stoff ihres Kleides. Seide, wie es schien, ein Ton zwischen Grau und Grün, der an das Meer an einem bewölkten Tag erinnerte. Haar und Haut bildeten einen lebhaften

Kontrast dazu, und die Wirkung war aufregender, als sie sich bewußt zu sein schien.

»Umwerfend«, sagte St. James.

Sie lächelte seinem Spiegelbild zu. »Ich bin furchtbar nervös. Es hilft gar nichts, daß ich mir sage, daß es nur ein kleines Essen mit der Familie und ein paar guten Freunden ist. Ich sehe mich dauernd mit dem vielen Besteck herumfummeln und die falsche Gabel erwischen. Wieso ist das so verdammt wichtig?«

»Ja, das ist eben der schlimmste Alptraum der feinen Gesellschaft. Mit welcher Gabel esse ich die Krabben? Alle anderen Probleme erscheinen belanglos im Vergleich dazu.«

»Was soll ich denn mit diesen Leuten reden? Tommy hat mir natürlich gesagt, daß er ein paar Leute zum Essen einladen würde. Damals habe ich mir nichts weiter dabei gedacht. Ach, wäre ich doch nur wie Helen. Dann könnte ich mich über hundert Themen witzig unterhalten. Ich könnte mit jedem reden. Es würde überhaupt keine Rolle spielen. Aber leider bin ich nicht so. Vielleicht kann sie einfach so tun, als wäre sie ich, und ich verkriech' mich inzwischen im Kühlschrank.«

»Ich glaube kaum, daß Tommy darüber erfreut wäre.«

»Ich flieg' bestimmt die Treppe runter oder gieß' mir ein ganzes Glas Wein über mein Kleid oder bleib' am Tischtuch hängen und reiß' die ganze Bescherung runter, wenn ich aufstehe. Gestern nacht hab' ich geträumt, ich hätte im Gesicht lauter Pickel und Ausschlag bekommen, und die Leute hätten alle entsetzt gesagt: ›Was, *das* ist die Braut?‹«

St. James lachte und stellte sich neben sie vor den Spiegel. Aufmerksam musterte er ihr Gesicht. »Nirgends das kleinste Pickelchen. Was allerdings die Sommersprossen angeht...«

Jetzt lachte auch sie, hell und klar, ein so wunderbares Lachen. Er trat von ihr weg.

»Ich habe...« Er griff in seine Jackentasche und zog das Foto von Mick Cambrey heraus. »Sieh es dir an.«

Sie ging mit dem Bild ans Licht und betrachtete es einen Moment lang aufmerksam.

»Das ist der Mann«, sagte sie dann.

»Du bist sicher?«

»Ziemlich. Kann ich es mitnehmen und Tina zeigen?«

St. James zögerte. Gestern abend hatte es noch harmlos geschienen, Deborah mit einem Foto Mick Cambreys nach London zu schicken, um ihn von Tina Cogin vielleicht als den Mann identifizieren zu lassen, den sie gesehen hatte. Aber nach dem heutigen Gespräch mit Harry Cambrey, nach der Entdeckung des Zettels aus dem *Talisman Café* mit der rätselhaften Niederschrift, nach Erwägung der möglichen Motive für das Verbrechen und der Rolle, die Tina Cogin vielleicht in der ganzen Geschichte spielte, war er nicht mehr so sicher, ob er Deborah in die Ermittlungen über das Verbrechen überhaupt hineinziehen wollte.

Deborah bemerkte sein Zögern und stellte ihn vor vollendete Tatsachen: »Ich habe schon mit Tommy darüber gesprochen, und mit Helen auch. Wir nehmen morgen vormittag den Zug – Helen und ich – und fahren dann direkt in die Wohnung. Bis zum Nachmittag müßten wir also etwas mehr über Mick Cambrey wissen. Das hilft bestimmt weiter.«

Das konnte er nicht bestreiten, und sie schien Zustimmung in seinem Gesicht zu lesen.

»Also gut, abgemacht«, sagte sie und legte mit einer Geste der Endgültigkeit die Fotografie in ihre Nachttischschublade.

Als sie sich umdrehte, ging die Tür auf, und Sidney kam herein, eine Hand hinter ihrer Schulter am Reißverschluß ihres Kleides, mit der anderen wenig erfolgreich bemüht, ihr wirres Haar zu ordnen.

»Diese verflixten Zimmermädchen hier«, schimpfte sie. »Sie räumen hin und räumen her, und ich finde überhaupt nichts mehr. Sie meinen es ja bestimmt gut, aber es ist eine echte Plage. Simon, würdest du mal – Mann, siehst du toll aus in dem Anzug. Ist er neu? Ich krieg' den Reißverschluß nicht selber hoch.«

Sie drehte ihrem Bruder den Rücken zu, und während der ihren Reißverschluß hochzog, sah sie Deborah an.

»Hey, du siehst hinreißend aus, Deb! Simon, sieht sie nicht hinreißend aus? Ach was, laß nur. Dich braucht man ja gar nicht zu fragen. Das einzige, was du seit Jahren hinreißend findest, sind Blutflecken und vielleicht noch Dreck unter den Fingernägeln von Leichen.«

Sie lachte, drehte sich herum und tätschelte ihrem Bruder die Wange, ehe sie zum Toilettentisch ging, um sich im Spiegel zu betrachten. Sie nahm Deborahs Parfum.

»Darf ich es benutzen, Deb? Mein Parfum finde ich nämlich auch nicht mehr. Und ihr hättet sehen sollen, wie ich nach meinen Schuhen gekramt habe! Ich war beinahe schon soweit, mir welche von Helen zu leihen. Aber dann entdeckte ich sie ganz hinten im Schrank. Ganz hinten, als hätte ich nicht die geringste Absicht, sie je wieder anzuziehen.«

»Ein merkwürdiger Platz für Schuhe«, meinte St. James mit gutmütigem Spott. »Im Schrank!«

»Er lacht mich aus, Deborah«, beschwerte sich Sidney. »Aber wenn er nicht deinen Vater hätte, der ständig für Ordnung sorgt, wär' er verloren. Da gäb's nur noch das totale Chaos.«

Sie neigte sich näher zum Spiegel. »Die Schwellung ist Gott sei Dank zurückgegangen, aber die Kratzer sind eine Pracht. Ganz zu schweigen von dem Veilchen unter meinem Auge. Ich seh aus, als hätte ich eine Wirtshausprügelei hinter mir. Glaubst du, daß jemand was sagen wird? Oder konzentrieren wir uns einfach alle darauf, Rückgrat und tadellose Manieren zu zeigen? Ihr wißt schon. Augen geradeaus und kein Schenkelgrapschen unter dem Tisch.«

»Schenkelgrapschen?« fragte Deborah. »Simon, davon hast du kein Wort gesagt. Und da mach' ich mich wegen des Silbers verrückt.«

»Silber?« Sidney drehte den Kopf. »Ach, du meinst die vielen Messer und Gabeln? Vergiß es. Solang die Leute nicht anfangen, sie durch die Gegend zu schleudern, brauchst du dir nichts zu denken.« Ohne Aufforderung bauschte sie Deborahs Haar, trat einen Schritt zurück, runzelte die Stirn, griff noch einmal zu. »Wißt ihr eigentlich, wo Justin ist? Ich habe ihn heute ewig nicht gesehen. Wahrscheinlich hat er Angst, daß ich ihn gleich wieder beiße. Ich weiß gar nicht, warum er sich gestern so angestellt hat. Ich hab' ihn früher auch schon gebissen. Ich muß allerdings zugeben, daß die Umstände da ein bißchen anders waren.« Sie lachte vergnügt. »Also, wenn es zwischen uns beiden heute abend wieder kracht, dann wollen wir hoffen, daß es bei Tisch passiert. Bei den Massen von Besteck mangelt es dann wenigstens nicht an Waffen.«

Lynley fand Peter im Rauchzimmer im Erdgeschoß des Hauses. Mit der Zigarette in der Hand stand er vor dem offenen Kamin und betrachtete einen ausgestopften Rotfuchs, der in einem Glaskasten über dem Sims hing.

Peter, der seinen Bruder im Glas gespiegelt sah, sprach, ohne sich umzudrehen: »Warum hat eigentlich nie jemand dieses fürchterliche Ding da runtergenommen?«

»Ich glaube, es war Großvaters erste erfolgreiche Jagd.«

»Und das arme Vieh bekam er als Preis?«

»Wahrscheinlich.«

Lynley bemerkte, daß sein Bruder statt des Hakenkreuzes

einen einfachen goldenen Stecker im Ohr trug. Er hatte eine graue Hose und ein weißes Hemd an, dazu eine lose geknotete Krawatte. Die Kleider hingen zwar viel zu groß um seinen ausgezehrten Körper, aber sie waren wenigstens sauber. Und er hatte Schuhe angezogen. Das schien Anlaß genug, erfreut zu sein, und Lynley überlegte flüchtig, ob es klug und der Mühe wert sei, es gerade jetzt, da Peters Aussehen Bereitschaft zu Konzessionen eine Aussicht auf Besserung erhoffen ließ, auf eine Konfrontation ankommen zu lassen.

Peter warf seine Zigarette in den Kamin und öffnete den Barschrank, der im Kaminsims unter dem Fuchs verborgen war.

»Das war eines meiner kleinen pubertären Geheimnisse«, bemerkte er mit einem leisen Lachen, während er sich einen Whisky einschenkte. »Jasper hat mir das Türchen gezeigt, als ich siebzehn wurde.«

»Mir auch. Eine Art Initiationsritual, vermute ich.«

»Glaubst du, Mutter hat es gewußt?«

»Ich denke schon.«

»Wie enttäuschend. Da hält man sich für so clever und hört dann, daß es genau umgekehrt ist.« Zum ersten Mal wandte er sich um und hob gutgelaunt sein Glas. »Alles Gute, Tommy. Euch beiden.«

Lynley sah die Augen seines Bruders. Sie hatten einen unnatürlichen Glanz. Er spürte einen Anflug von Furcht, drängte sie zurück und sagte nur danke, während Peter zu dem Schreibtisch unter dem breiten Erkerfenster schlenderte und dort mit den Dingen zu spielen begann, die auf der mit Leder eingefaßten Löschunterlage lagen. Er ließ den Brieföffner kreiseln, hob den Deckel eines silbernen Tintenfasses, schob einen Ständer mit alten Kirschholzpfeilen hin und her. Er nahm eine Fotografie ihrer Großeltern zur Hand und gähnte faul, während er sie betrachtete.

»Ich wollte dich was wegen der Mühle fragen«, sagte Lynley.

Peter stellte die Fotografie wieder auf den Schreibtisch und zupfte an einer abgewetzten Stelle im Bezug des Sessels, der vor dem Schreibtisch stand. »Wieso? Was ist mit der Mühle?«

»Du hältst dich häufig dort auf, nicht?«

»Ich war seit Ewigkeiten nicht mehr dort. Ich bin dran vorbeigegangen, ja, auf dem Weg zur Bucht runter. Aber drinnen war ich nie. Warum?«

»Du weißt die Antwort.«

Peters Gesicht blieb ausdruckslos, während Lynley sprach, doch an einem seiner Mundwinkel zuckte ein Muskel. Er ging zu einer Reihe von Universitätsfotos, die eine der Wände schmückte, und wanderte langsam von einer zur anderen, als sähe er sie zum ersten Mal.

»Jeder Lynley seit einhundert Jahren ein Oxford-Student«, bemerkte er. »Was bin ich doch für ein schwarzes Schaf.« Er kam zu einer leeren Stelle an der Wand und legte seine Hand auf die Täfelung. »Auch Vater gehörte zur Mannschaft, nicht wahr, Tommy? Aber wir dürfen selbstverständlich sein Bild nicht hier aufhängen. Es wäre ja schlimm, wenn Vater von der Wand auf uns herabsehen und unser übles Treiben beobachten könnte.«

Lynley ließ sich von den sarkastischen Worten nicht provozieren. »Ich möchte mit dir über die Mühle sprechen.«

Peter kippte den Rest seines Whiskys hinunter, stellte das Glas auf eine Kommode und setzte die Betrachtung der Fotografien fort. Vor dem letzten Bild blieb er stehen und schnippte mit dem Zeigefinger dagegen. Sein Fingernagel schlug hart auf das Glas.

»Auch du, Tommy. Du bist einer von echtem Schrot und Korn. Ein Lynley, auf den man stolz sein kann. Erste Klasse.«

Lynley spürte, wie ihm die Brust eng wurde. »Über das

Leben, das du in London führst, habe ich keine Kontrolle«, sagte er und bemühte sich, gleichmütig zu sprechen, obwohl er merkte, wie schlecht ihm das gelang. »Du hast Oxford geschmissen? Gut. Du hast deine eigene Bude? Auch gut. Du lebst mit dieser – mit Sasha zusammen? Auch gut. Aber hier nicht, Peter. Hier in Howenstow erlaube ich diese Geschichten nicht. Ist das klar?«

Peter drehte sich nach ihm um und neigte den Kopf leicht zur Seite. »Du erlaubst es nicht? Du läßt dich ein-, zweimal im Jahr allergnädigst hier blicken, um uns zu verkünden, was du erlaubst und was nicht, ist es so? Und dies ist zufällig eine dieser seltenen Gelegenheiten?«

»Wie oft ich hier bin, spielt überhaupt keine Rolle. Ich bin für Howenstow verantwortlich, für jeden, der hier lebt. Und ich habe nicht die Absicht, diese schmutzigen Geschäfte hier ...«

»Ach so ist das. Jetzt versteh' ich. In der Mühle läuft was mit Drogen, und du hast mich nach bester Kripomanier gleich zum Hauptverdächtigen eingesetzt. Du bist ein Idiot. Wenn ich kiffen will, dann schlurf ich bestimmt nicht bis zur Mühle runter. Ich hab' nichts zu verbergen. Weder vor dir noch vor sonst jemandem.«

»Es geht nicht nur ums Kiffen, und das weißt du auch genau. Du steckst da bis zum Hals drin.«

»Was soll das nun wieder heißen?«

Die scheinheilige Frage reizte Lynley bis aufs Blut. »Du bringst das Zeug hierher aufs Gut. Das heißt es. Du streckst es hier in der Mühle. Das heißt es. Dann nimmst du es nach London mit. Für dich. Und zum Verkauf. Habe ich das Bild nun deutlich genug gezeichnet? Mein Gott, Peter, wenn Mutter das wüßte, es würde sie umbringen.«

»Und das wär' dir gerade recht, stimmt's? Da brauchtest du keine Angst mehr zu haben, daß sie deinen guten Namen in den Dreck zieht, falls sie mit Roderick abhauen sollte. Wenn sie den Anstand hätte, meinetwegen tot umzufallen, würdest du zur Feier des Tages vielleicht sogar Vaters Bilder wieder aufhängen. Aber das wär' verdammt schwer, was, Tommy? Dann müßtest du nämlich aufhören, dich wie ein gottverdammter Moralapostel zu benehmen, und wie zum Teufel sollst du das je fertigbringen?«

»Ich möchte nicht mit dir streiten, Peter.«

»Das ist einfach heiß. Drogen, Ehebruch und Unzucht. Alles in einer Familie. Wer weiß, was noch auf uns zukäme, wenn Judy auch hier wäre. Aber die hat ja schon mal in Ehebruch gemacht, nicht wahr, Tommy? Tochter ihrer Mutter. Sag' ich ja immer. Und wie schaut's bei dir aus? Bist du zu edel, um dir eine verheiratete Frau zu schnappen, wenn sie dich anmacht? Zu moralisch? Zu sittenstreng? Das kann ich nicht glauben.«

»Das bringt uns nicht weiter.«

Peter lachte, aber er umklammerte mit beiden Händen krampfhaft die Rückenlehne eines Sessels. Sein Gesicht war verzerrt von Zorn und Bitterkeit. »Was mir an diesem Scheißgespräch am besten gefällt, ist, daß du allen Ernstes so tust, als würde dich irgend etwas außer dir selbst interessieren. Howenstow. Mutter. Ich. Was würde es dir schon ausmachen, wenn das Haus hier niederbrennen würde? Was würde es dir ausmachen, wenn wir beide in den Flammen umkämen? Dann wärst du uns endlich los. Du brauchtest nie wieder Theater zu spielen. Den pflichttreuen Sohn. Den liebenden Bruder. Ehrlich, du bist zum Kotzen.«

Peter griff in seine Tasche und zog eine Packung Zigaretten heraus. Aber seine Hände zitterten so stark, daß er sie fallen ließ. Die Zigaretten rollten über den Teppich.

»Peter«, sagte Lynley. »Peter, laß mich dir doch helfen. Du kannst so nicht weitermachen. Das weißt du.«

»Helfen? Ausgerechnet du?« Peter bückte sich und hob die Zigaretten auf. Viermal mußte er ein Streichholz anreißen, ehe es ihm gelang, eine anzuzünden. »Du würdest deinen guten Namen beschmutzen, um mich zu retten? Daß ich nicht lache! Dir ist es doch schnurzegal, was aus mir wird. Hauptsache, dein eigener Name bleibt unbefleckt.«

»Du bist mein Bruder.«

Peter zog tief an seiner Zigarette, ehe er sie in einem Aschenbecher heftig ausdrückte. »Ich pfeif' auf deine Bruderliebe.«

Lynley blickte in das erregte Gesicht seines Bruders und versuchte sich einzureden, daß diese Konfrontation nur mit Peters Drogensucht zu erklären war. Aber er wußte sehr gut, daß sein eigenes Verhalten in der Vergangenheit, sein hartnäckiger Stolz und sein Verlangen zu strafen, unvermeidbar zu diesen Haßtiraden geführt hatten. Und er wehrte sich gegen den Wunsch zurückzuschlagen.

»Hör dir doch selbst mal zu, Peter. Sieh dir an, was du mit dir machst. Sieh dir an, was aus dir geworden ist.«

»Nichts ist aus mir geworden!« schrie Peter. »So hab' ich angefangen. So war ich immer.«

»In deinen eigenen Augen vielleicht.«

»In aller Augen. Mein Leben lang hab' ich mich abgestrampelt, um mitzuhalten, aber ich hab's aufgegeben. Hörst du mich? Ich hab's aufgegeben, und ich bin heilfroh darüber. Laß mich also endlich in Ruhe. Fahr heim in dein schmuckes kleines Stadthaus und führ dein schmuckes kleines Leben mit deiner schmucken kleinen Frau. Schaff dir ein paar schmucke Kinderchen an, die deinen Namen weitertragen können, und laß mich in Ruhe. Okay?« Sein Gesicht war knallrot, und er zitterte am ganzen Körper.

»Ja, ich sehe, das ist das Beste.« Lynley ging an seinem Bruder vorbei und sah sich unvermittelt seiner Mutter gegenüber, die mit weißem Gesicht an der Tür stand. Wie lange sie schon dort gestanden hatte, hätte er nicht sagen können.

»Meine Liebe, meine Liebe! Es war einfach ent-zückend!« Mrs. Sweeney machte eine dramatische Pause nach der ersten Silbe des Wortes, als wolle sie ihre Zuhörer auf die Folter spannen, wie ihr Urteil wohl ausfallen würde, positiv oder negativ. -setzlich, sagte ihr Ton, war ebenso denkbar wie -zückend.

Sie saß St. James direkt gegenüber an der langen Tafel, um die achtzehn Personen versammelt waren, eine interessante Mischung aus Familienmitgliedern der Lynleys, örtlicher Prominenz und Leuten aus der Nachbarschaft, die die Familie seit Jahren kannten.

Mrs. Sweeney beugte sich vor. Kerzenlicht schimmerte auf dem weiten Feld ihres Busens, den ein kühnes Dekolleté großzügig enthüllte. St. James fragte sich, was für einen Vorwand sich die gute Mrs. Sweeney ausgedacht hatte, um an diesem Abend ein solches Kleid tragen zu können. Es entsprach entschieden nicht dem, was man im allgemeinen von der Ehefrau eines Geistlichen erwartete, und sie hatte jetzt nicht die Rolle der Beatrice zu spielen. Dann bemerkte er die sehnsüchtigen und erregten Blicke, die Pastor Sweeney – drei Plätze weiter darum bemüht, mit der Gattin des Abgeordneten von Plymouth höfliche Konversation zu machen – seiner Frau zuwarf, und die Frage war geklärt.

Mit erhobener Gabel, an deren Zinken ein Fetzchen Lachspastete hing, fuhr Mrs. Sweeney fort: »Das ganze Ensemble war hingerissen von Ihren Aufnahmen, meine Liebe. Dürfen wir hoffen, daß das zur Tradition wird?« Sie sprach mit Deborah, die rechts von Lynley am Kopf der Tafel saß. »Denken Sie nur – jedes Jahr eine Kollektion von Aufnahmen mit Graf Asherton. Und immer in anderen Kostümen.« Sie lachte zwitschernd. »Die Schauspieler natürlich. Nicht Lord Asherton.«

»Aber warum denn nicht auch Tommy im Kostüm?« meinte Helen. »Ich finde, es ist höchste Zeit, daß er sich Ihrer Truppe anschließt und aufhört, sein schauspielerisches Licht unter den Scheffel zu stellen.«

»Oh, wir könnten aber doch kaum hoffen – zu hoffen wagen...« Mr. Sweeney riß sich lange genug vom Anblick des schwellenden Busens seiner Gattin los, um diesen Gedanken aufzunehmen.

»Ich kann es mir richtig vorstellen.« Sidney lachte. »Tommy als Petruchio.«

»Ich habe ihm immer wieder gesagt, daß es ein Fehler war, Geschichte zu studieren«, erklärte Helen. »Er hatte immer eine Neigung für die Bühne, nicht wahr, Tommy, Darling?«

»Sollten wir wirklich...« Mr. Sweeney geriet ins Stocken. Er war sichtlich hin- und hergerissen zwischen der Erkenntnis, daß die Scherze von Lynleys Freunden nicht ernst zu nehmen waren, und seiner eigenen heimlichen Hoffnung, Helens Worte möchten doch ein Fünkchen Realität enthalten. Als könnte es Lynley ermutigen, sich den Laienschauspielern anzuschließen, sagte er: »Wir haben Dr. Trenarrow oft aufgefordert, mit uns auf die Bretter zu steigen, die die Welt bedeuten.«

»Ein Vergnügen, dem ich entsagen muß«, versetzte Trenarrow.

»Und welchen entsagen Sie nicht?«

Peter Lynley stellte die Frage mit einem Augenzwinkern in die Runde, das versprach, daß gleich die Leichen aus den Schränken springen würden. Er goß sich noch etwas von dem weißen Burgunder in sein Glas und schenkte auch Sasha ein. Beide tranken. Sasha sah lächelnd auf ihren Teller, als freue sie sich über einen geheimen Scherz. Keiner von beiden hatte den Lachs angerührt.

Einen Moment lang schlief das Gespräch ein. Trenarrow fachte es wieder an. »Leider verbietet mir ein hoher Blutdruck viele Vergnügungen. Das sind die Verfallserscheinungen des fortschreitenden Alters.«

»Sie sehen mir nicht aus wie ein Mann, der an Verfallserscheinungen leidet«, bemerkte Justin Brooke. Er und Sidney hielten Händchen auf der Tischdecke, und St. James fragte sich, wie sie es schafften, dabei zu essen.

»Wir leiden alle an irgendwelchen Mängeln«, entgegnete Trenarrow. »Einigen von uns gelingt es nur besser als anderen, sie zu verbergen. Aber wir leiden alle daran. So ist das Leben nun einmal.«

Hodge und die zwei Tageshilfen, die für den Abend geblieben waren, kamen aus der Küche, während Trenarrow sprach. Der bevorstehende zweite Gang lenkte die allgemeine Aufmerksamkeit auf sich. Wenn Peter Lynley gehofft hatte, jemanden mit seiner spitzen Frage in Verlegenheit zu bringen, so wurde diese Hoffnung enttäuscht. Das Essen war für alle weit interessanter.

»Was! Sie wollen Wheal Maen absperren?« Wie eine Anklage schallte der Ausruf Lady Augustas, Lynleys unverheirateter Tante, durch den Raum. Die Schwester seines Vaters hatte immer mit Besitzerinteresse und wachsamem Auge auf Howenstow gesehen. Jetzt warf sie einen empörten Blick auf John Penellin, der zu ihrer Rechten saß und sich bisher nicht am allgemeinen Gespräch beteiligt hatte.

St. James war überrascht gewesen, ihn unter den Gästen zu sehen. Ein Todesfall in der Familie wäre Entschuldigung genug gewesen, einem geselligen Abendessen fernzubleiben, an dem er nur höchst geringes Interesse zu haben schien. Während des Cocktails in der Halle hatte der Verwalter keine zehn Worte gesprochen. Die meiste Zeit hatte er am Fenster gestanden und mit trüber Miene zum Verwalterhaus hinübergeblickt. Aber nach allem, was St. James in der vergangenen Nacht gehört und gesehen hatte, war Penellin von seinem Schwiegersohn ja keineswegs angetan gewesen.

Lady Augusta war nicht mehr zu bremsen. Sie war in der Kunst des Tischgesprächs geschult, verteilte ihre Aufmerksamkeiten in gleichem Maße nach rechts und links und schoß, wenn sie es für angebracht hielt, auch einmal eine Bemerkung direkt durch die Mitte ab.

»Es ist schon eine Schande, daß Wheal Maen gesperrt werden muß. Aber als ich ankam, sah ich im Park tatsächlich die Kühe weiden. Ich wollte meinen Augen nicht trauen. Mein Vater muß sich ja im Grabe umdrehen. Ich verstehe den Grund dafür nicht, Mr. Penellin.«

Penellin sah von seinem Weinglas auf. »Die Grube ist zu nahe an der Straße. Der Hauptschacht steht unter Wasser. Es ist sicherer, sie zu sperren.«

»Unsinn!« erklärte Lady Augusta. »Diese Gruben sind Kunstwerke auf ihre Art. Sie wissen so gut wie ich, daß mindestens zwei unserer Bergwerke noch völlig intakte Maschinen haben. So etwas wollen die Leute doch heutzutage sehen. Sie bezahlen dafür.«

»Führungen für Touristen, Tante Augusta?« erkundigte sich Lynley.

»Genau das!«

»Und alle müssen dann diese köstlichen Kyklopenhelme mit dem Rotlicht auf der Stirn aufsetzen«, sagte Helen.

»Ja, natürlich.« Lady Augusta schlug mit der Gabel auf den Tisch, daß es klirrte. »Oder wollen wir etwa, daß diese Bande vom Trust hier aufkreuzt, um die Hand auf das Gut zu legen und uns von Haus und Hof zu jagen? Wollen wir das?« Sie nickte kurz. Keine Antwort war ihr Antwort genug. »Genau.

Keiner von uns will das. Aber wir können diese schrecklichen Leute doch höchstens stoppen, indem wir das Touristengeschäft selbst in die Hand nehmen. Wir müssen renovieren, wir müssen die Bergwerke öffnen, wir müssen Führungen gestatten. Kinder lieben solche Ausflüge in die Unterwelt. Sie werden ganz wild darauf sein und ihren Eltern keine Ruhe lassen, bis sie endlich unten waren.«

»Ein interessanter Gedanke«, sagte Lynley. »Aber ich werde ihn nur unter einer Bedingung in Betracht ziehen.«

»Was denn für eine Bedingung, Tommy?«

»Daß du die Teestube betreibst.«

»Daß ich –« Sie klappte abrupt den Mund zu.

»Mit weißem Häubchen«, fuhr Lynley fort.

Lady Augusta lehnte sich auf ihrem Stuhl zurück und lachte. »Du frecher Bursche«, sagte sie und tauchte den Löffel in ihre Suppe.

Der Rest der Mahlzeit verging mit mehr oder minder angeregten Gesprächen. St. James fing nur Fragmente auf. Daze Asherton und Cotter unterhielten sich über ein großes, in Turnierschmuck tänzelndes Streitroß aus Messing, das an der Ostwand des Raumes hing; Helen erzählte Dr. Trenarrow eine amüsante Verwechslungsgeschichte, die sich auf einem weit zurückliegenden Fest ereignet hatte, zu dem ihr Vater eingeladen gewesen war; Justin und Sidney lachten über eine Bemerkung Lady Augustas über Lynleys Kindheit; der Abgeordnete von Plymouth und Mrs. Sweeney verfingen sich in Netzen von Verwirrung, als er von der Notwendigkeit wirtschaftlicher Entwicklung sprach und sie begeistert Anreize für die Filmindustrie befürwortete, wahrscheinlich in der Hoffnung auf eine tragende Rolle; Pastor Sweeney hörte, während er sich am Anblick seiner Gattin weidete, höflich der Ehefrau des Abgeordneten zu, die in großer Ausführlichkeit von ihren Enkelkindern erzählte. Nur Peter und Sasha sprachen mit gesenkten Stimmen ausschließlich miteinander.

Zum Nachtisch wurde der Pudding aufgetragen, von blauen Flammen umzüngelt, als sollte der Abschluß des Essens mit einem Feuerwerk gefeiert werden. Nachdem er verzehrt war, stand Lynley auf. Mit einer jungenhaften Geste strich er sich das Haar zurück.

»Sie wissen es schon«, sagte er, »aber ich möchte es heute abend ganz offiziell bekanntgeben: Deborah und ich werden im Dezember heiraten!« Liebevoll berührte er ihr flammendes Haar, während es von allen Seiten Glückwünsche regnete. »Etwas aber wissen Sie noch nicht, weil wir es erst heute nachmittag entschieden haben: Wir werden dann für immer nach Cornwall zurückkehren. Um hier unter Ihnen zu leben und unsere Kinder großzuziehen.«

Eine solche Eröffnung hatte niemand erwartet. Am wenigsten St. James. Ihm blieb keine Zeit, darüber nachzudenken, wie es sein würde, in Zukunft Deborah so weit fort von dem Haus zu wissen, das ihr Leben lang ihr Zuhause gewesen war. Champagnergläser waren verteilt worden, und Pastor Sweeney ergriff die Gelegenheit mit Enthusiasmus. Begierig, als erster auf so willkommene Nachricht zu reagieren, sprang er auf. Nur die Wiedergeburt Christi hätte ihn glücklicher machen können.

»Dann muß ich sagen...« Ungeschickt griff er nach seinem Glas. »Lassen Sie mich einen Toast auf Sie beide ausbringen. Sie wieder bei uns zu haben, zu wissen, daß Sie nach Hause kommen, zu wissen...« Er gab das Bemühen um passende Worte auf, hob kurzerhand sein Glas und sprudelte »einfach wunderbar«, ehe er sich wieder setzte.

Weitere Glückwünsche folgten und mit ihnen die unvermeidlichen Fragen über Verlobung und Hochzeit und künftiges Leben. Alles hätte sich an dieser Stelle in Wohlgefallen auflösen können, wäre nicht Peter Lynley aufgestanden und hätte sein Glas erhoben. Unsicher schwenkte er es hin und her. Nur die Form des Glases verhinderte, daß der Champagner über den Rand schwappte.

»Ich möchte auch einen Toast ausbringen«, sagte er, das Wort Toast in die Länge ziehend. Er stand auf Sashas Schulter gestützt, um nicht das Gleichgewicht zu verlieren. Sie warf einen verstohlenen Blick zu Lynley und machte mit gesenkter Stimme eine Bemerkung, die Peter nicht beachtete.

»Auf den vollkommenen Bruder«, sagte er. »Dem es nach langer, intensiver Suche landauf, landab – wobei er natürlich nicht versäumt hat, hinreichend Kostproben zu nehmen, stimmt's, Tommy? – endlich gelungen ist, die vollkommene Frau zu finden, mit der er nun das vollkommene Leben führen kann. Auf Lord Asherton, den unvergleichlichen Glückspilz!« Er kippte schlürfend seinen Champagner hinunter und ließ sich grinsend auf seinen Stuhl zurückfallen.

Das war's, dachte St. James. Er wollte sehen, wie Lynley auf diese Herausforderung reagieren würde, aber sein Blick fiel statt dessen auf Deborah. Sie war blutrot im Gesicht und hielt den Kopf gesenkt. Ihre Beschämung war ungerechtfertigt und unnötig in Anbetracht der Ecke, aus welcher der Angriff erfolgt war, dennoch trieb sie St. James zu handeln. Er schob seinen Stuhl zurück und stand mühsam auf.

»Über das Wesen der Vollkommenheit kann man lang und ausführlich debattieren«, sagte er. »Ich bin nicht eloquent genug, um mich hier darüber auszulassen. Ich trinke statt dessen auf Tommy – meinen ältesten Freund – und auf Deborah – liebste Gefährtin meines Exils. Ihr beide habt mein Leben reicher gemacht.«

Allgemeiner Applaus folgte seinen Worten, dann hob der Abgeordnete von Plymouth sein Glas und schaffte es, seinen Glückwunsch in eine Parteirede zu verwandeln, in der er auf all seine persönlichen Leistungen hinwies sowie auf seinen festen, wenn auch wahrscheinlich irrigen Glauben an die Wiederbelebung der Bergbauindustrie in Cornwall, eine Idee, für die sich Lady Augusta mehrere Minuten lang aufs wärmste einsetzte. Danach war klar, daß Peter Lynleys Versuch, Zwietracht zu säen, ein Schlag ins Wasser gewesen und die versammelte Gesellschaft eisern entschlossen war, ihn zu ignorieren. Daze Asherton kam dem mit der Ankündigung entgegen, daß im Salon Kaffee, Port und sonstige Genüsse auf die Gäste warteten.

Im Gegensatz zum Speisezimmer mit dem silbernen Lüster und den unaufdringlichen Wandleuchten lag der Salon von zwei großen Kristalleuchtern in strahlendes Licht getaucht. Auf einem Buffet war zum Kaffee gedeckt, auf einem Tisch daneben standen Brandy, Liköre und Gläser. Mit seinem Kaffee in der Hand ging St. James zu einem Sofa, das mitten im Raum stand, setzte sich und stellte den Kaffee neben sich auf einem Beistelltisch ab. Er wollte ihn eigentlich gar nicht, wußte nicht, warum er ihn überhaupt genommen hatte.

»Meine Liebe«, Lady Augusta hatte Deborah am Flügel festgenagelt, »Sie müssen mir erzählen, was für Veränderungen Sie hier geplant haben.«

»Veränderungen?« fragte Deborah verblüfft.

»Die Kinderzimmer müssen doch unbedingt renoviert werden. Das haben Sie gewiß schon gesehen.«

»Ich habe eigentlich noch gar keine Zeit gehabt, darüber nachzudenken.«

»Ich weiß, Sie haben ein sehr interessantes Hobby, Sie fotografieren, nicht wahr? Daze hat es mir letzte Woche schon erzählt. Aber ich stelle mit Erleichterung fest, daß Sie nicht zu dem Typ Frauen zu gehören scheinen, die wegen einer Karriere das Kinderkriegen bis in alle Ewigkeit aufschieben.« Wie um sich zu vergewissern, trat sie etwas zurück und betrachtete Deborah so kritisch wie eine Pferdezüchterin eine neue Stute.

»Ich bin Berufsfotografin«, sagte Deborah mit höflicher Betonung.

Lady Augusta fegte das weg wie eine lästige Fliege. »Aber das wird Sie nicht davon abhalten, Kinder in die Welt zu setzen.«

Dr. Trenarrow, der gerade in der Nähe war, kam Deborah zu Hilfe. »Die Zeiten haben sich geändert, Augusta. Wir leben nicht mehr in einer Ära, wo man an seiner Fruchtbarkeit gemessen wird. Gott sei Dank. Denken Sie an die unbegrenzten Möglichkeiten, die im Verzicht auf Zeugung liegen. Keine weitere Verwässerung des familiären Genmaterials. Eine Zukunft ohne Bluter. Kein Veitstanz mehr.«

»Ach, ihr Wissenschaftler mit euren fixen Ideen«, entgegnete Lady Augusta, doch sie war immerhin betreten genug, um sich ein anderes Opfer zu suchen, und steuerte John Penellin an, der mit einem Glas Brandy in der Hand am Durchgang zur elisabethanischen Galerie stand.

St. James beobachtete sie, wie sie mit flatternder Stola dem Verwalter entgegensegelte, und hörte sie sagen: »Um noch einmal auf die Bergwerke zurückzukommen, Mr. Penellin«, ehe er sich abwandte und sah, daß Deborah zu ihm getreten war.

»Bitte bleib sitzen.« Sie setzte sich neben ihn. Sie nahm weder Kaffee noch Likör.

»Du hast es überlebt.« Er lächelte. »Sogar den Kampf mit dem Silber. Nicht ein einziger Fehlgriff, soweit ich sehen konnte.«

»Alle waren sehr nett«, sagte sie. »Das heißt, fast alle. Peter war...« Sie sah sich im Salon um, als suche sie Lynleys Bruder, und seufzte, vielleicht aus Erleichterung darüber, daß er und Sasha verschwunden waren. »Hab' ich nicht total verängstigt ausgesehen, als ich herunterkam? Doch bestimmt. Sie haben mich ja alle behandelt, als wäre ich aus Porzellan.«

»Aber wo!« St. James griff nach seinem Kaffee, drehte aber nur zerstreut die Tasse auf der Untertasse. Er fragte sich, warum Deborah zu ihm gekommen war. Ihr Platz wäre an Lynleys Seite gewesen, der zusammen mit Justin Brooke und Sidney locker mit dem Abgeordneten plauderte.

Deborah saß schweigend an seiner Seite. Es war unwahrscheinlich, daß sie gekommen war, weil sie sich einsam fühlte oder mit ihm die Ereignisse des Abends durchhecheln wollte. Andererseits war auch diese Schweigsamkeit uncharakteristisch. Er hob den Blick von ihrem Verlobungsring – einem in Brillanten gefaßten Smaragd – und sah, daß sie ihn mit einer Intensität betrachtete, die ihm die Röte ins Gesicht trieb. Dieser plötzliche Verlust seiner gewohnten Distanz war so beunruhigend wie ihre unnatürliche Zaghaftigkeit. Ein schönes Paar sind wir, dachte er.

»Warum hast du mich so tituliert, Simon? Vorhin im Speisezimmer?«

Also doch nicht so zaghaft. »Es erschien mir richtig. Es ist ja auch wahr. Du warst immer da, in der ganzen Zeit. Du und dein Vater.«

»Hm.« Ihre Hand lag neben der seinen. Er hatte es schon vorher bemerkt, aber absichtlich ignoriert und bewußt darauf geachtet, nicht von ihr abzurücken wie jemand, der Angst vor möglicher Berührung hatte. Seine Finger waren entspannt. Weil er es so wollte. Eine kleine Bewegung hätte ausgereicht, seine Hand auf die ihre zu legen, aber er sah peinlich darauf, einen angemessen diskreten und total verlogenen Abstand von fünf Zentimetern zu wahren.

Dann aber kam es doch zum Kontakt. Sie war es, die ganz leicht seine Hand streifte, in einer unschuldigen Berührung, die alle Barrieren einriß. Die Geste bedeutete nichts und verhieß noch weniger. Das wußte er sehr gut. Dennoch hielt er ihre Hand fest.

»Ich möchte gern wissen, warum du es gesagt hast«, wiederholte sie.

Es hatte keinen Sinn. Es würde zu nichts führen. Schlimmer noch, es konnte einen Anfall tobenden Schmerzes heraufbeschwören, dem er sich lieber nicht aussetzen wollte.

»Simon –«

»Was soll ich dir antworten?« sagte er. »Was kann ich denn sagen, das uns nicht beide elend machen und zu einem neuen Streit führen würde? Das will ich nicht. Und ich kann mir nicht vorstellen, daß du es möchtest.«

Er nahm sich vor, an all seinen Entschlüssen in bezug auf Deborah eisern festzuhalten. Er sagte sich, daß sie sich an einen anderen gebunden hatte und er sich mit der Hoffnung trösten mußte, daß sie eines Tages vielleicht die Freundschaft wiederfinden würden, die sie in der Vergangenheit miteinander verbunden hatte, wo einer sich am anderen freute, ohne mehr zu wollen. Er log sich etwas vor von Pflichtgefühl und Anstand, Verantwortung und Liebe, von den Grundsätzen von Moral und Ethik, die jedem von ihnen Verpflichtung seien. Und dennoch wollte er sprechen, weil in Wirklichkeit alles – selbst Zorn und das Risiko der Entfremdung – besser war als das Nichts. Plötzliche Unruhe an der Tür zum Salon verhinderte jedes weitere Gespräch. Hodge redete eindringlich auf Daze Asherton ein, während Nancy Cambrey ihn am Ärmel zog, als wolle sie ihn in den Korridor zurückholen. Lynley ging zu ihnen. St. James ebenfalls. In der Stille, die sich einstellte, klang Nancys Stimme laut.

»Das dürfen Sie nicht. Doch jetzt nicht!«

»Was gibt es?« fragte Lynley.

»Inspector Boscowan, Mylord«, antwortete Hodge leise. »Er ist unten in der Halle. Er möchte Mr. Penellin sprechen.«

Hodges Erklärung erwies sich nur teilweise als wahr; noch während er sprach, erschien nämlich Boscowan an der Tür zum Salon, als ahne er Schwierigkeiten. Mit entschuldigender Miene sah er von einem zum anderen, dann blieb sein Blick an John Penellin hängen. Die Pflicht hatte ihn hierher geführt, und man sah ihm an, daß diese Pflicht ihm keine Freude bereitete.

Im Zimmer war es so still wie in einer Kirche. John Penellin ging auf die Gruppe zu. Er gab Dr. Trenarrow sein Glas.

»Edward«, sagte er mit einem Nicken zu Boscowan. Nancy hatte sich in den Korridor zurückgezogen, wo sie an einer Truhe zusammengesunken das Zusammentreffen beobachtete. »Vielleicht können wir ins Büro gehen.«

»Das erübrigt sich, John«, antwortete Boscowan. »Tut mir leid.«

Was die Entschuldigung zu bedeuten hatte, war offenkundig. Boscowan wäre niemals zu einem solchen Zeitpunkt nach Howenstow gekommen, wäre er nicht sicher gewesen, daß er den richtigen Mann gefunden hatte.

»Verhaftest du mich?« Penellins Stimme klang merkwürdig resigniert, ohne eine Spur von Erschrecken. Es war, als wäre er die ganze Zeit auf diese Möglichkeit vorbereitet gewesen.

Boscowan sah sich um. Aller Augen waren auf die beiden gerichtet. »Hier hinaus, bitte«, sagte er und trat in den Korridor.

Penellin, St. James und Lynley folgten. An der Treppe wartete ein zweiter Kriminalbeamter, ein massiger Mann, wie ein Boxer gebaut, der ihnen mit gekreuzten Armen wachsam entgegensah.

Boscowan drehte seinem Kollegen den Rücken zu, um sich Penellin zuzuwenden. Mit seinen nächsten Worten überschritt er die Linie, die den Polizeibeamten vom Privatmann trennt, und verstieß damit gegen Regel und Vorschrift. Aber das schien ihn nicht zu kümmern. Sein Verhalten entsprang alter Freundschaft und hatte mit dienstlicher Pflichtauffassung nichts zu tun.

»Du brauchst einen Anwalt, John. Wir haben die ersten Laborbefunde. Es sieht nicht gut aus.« Und dann sagte er noch einmal, in einer Art, die an seiner Aufrichtigkeit keinen Zweifel ließ: »Wirklich, es tut mir leid.«

»Fingerabdrücke, Fasern, Haare? Was haben Sie?« fragte Lynley.

»Alles.«

»Aber Dad war doch öfter bei uns im Haus«, sagte Nancy.

Boscowan schüttelte nur den Kopf. St. James wußte, was es bedeutete. Das Vorhandensein von Penellins Fingerabdrücken im Haus ließ sich vielleicht damit erklären, daß er früher dort gewesen war. Aber wenn die Kriminalpolizei Fasern und Haare gesichert hatte, dann war die Wahrscheinlichkeit groß, daß sie an der Leiche gefunden worden waren, und wenn das zutraf, war bewiesen, daß Penellin in der Tat gelogen hatte, als er behauptet hatte, am vergangenen Abend nicht im Haus seiner Tochter gewesen zu sein.

»Gehen wir«, sagte Boscowan in sachlicherem Ton. Sein Kollege nahm die Worte als Signal. Er trat zu Penellin und faßte ihn unter dem Arm. Und schon war es vorbei.

Als ihre Schritte auf der Treppe verklangen, wurde Nancy Cambrey ohnmächtig. Lynley fing sie auf, ehe sie zu Boden schlug.

»Hol Helen«, sagte er zu St. James, und als Helen da war, brachten sie Nancy in Daze Ashertons kleines Wohnzimmer im Ostflügel des Hauses. Es war ein gemütliches Zimmer, weit weg von den Gesellschaftsräumen, und Lynley hoffte, daß Nancy in der freundlichen Atmosphäre schnell wieder zu sich kommen würde. Er war dankbar, sich darauf verlassen zu können, daß seine Mutter ihn bei den Gästen vertreten würde, bis der Abend vorbei war und sie Zeit fand, sich für sich allein über John Penellins Verhaftung und die Verwirrung, die ihr folgen würde, Gedanken zu machen.

St. James hatte die Voraussicht besessen, die Whiskykaraffe aus dem Salon mitzunehmen. Er drückte Nancy ein Glas in die Hand. Helen half ihr, das Glas zum Mund zu führen. Sie hatte gerade einen kleinen Schluck getrunken, als es klopfte. Gleich darauf hörten sie Justin Brookes Stimme.

»Kann ich Sie einen Moment sprechen?« Ohne auf eine Erwiderung zu warten, öffnete er die Tür, streckte den Kopf ins Zimmer, sah sich um und sagte, als er Lynley entdeckt hatte, noch einmal: »Kann ich Sie einen Moment sprechen?«

»Mich sprechen?« fragte Lynley ungläubig. »Was zum Teufel...«

»Es ist wichtig«, behauptete Brooke. Er sah die anderen beschwörend an, als erhoffe er sich von ihnen Unterstützung, und bekam sie von der Person, von der er sie vermutlich gar nicht erwartet hatte.

»Ich bringe Nancy ins Verwalterhaus, Tommy«, sagte Helen. »Sie wird sich zu Hause wohler fühlen. Und sie muß sicher auch nach dem Kind sehen.«

Lynley wartete, bis die beiden Frauen gegangen waren, ehe er sprach. Brooke zog sich inzwischen einen Stuhl heran, setzte sich rittlings darauf und verschränkte die Arme auf der Rückenlehne.

»Also, was wollen Sie?« fragte Lynley, der am Schreibtisch seiner Mutter lehnte. Er war verärgert über die Störung und gab sich keine Mühe, es zu verbergen.

»Es ist eine private Angelegenheit, die Ihre Familie angeht.« Brooke blickte vielsagend zu St. James hinüber, der am offenen Kamin stand.

St. James wollte gehen.

»Nein, bleib«, sagte Lynley, der sich herausgefordert fühlte und nicht bereit war, sich Brookes Diktat zu unterwerfen. Der Mann hatte etwas an sich, das ihm nicht gefiel: eine Nonchalance, die sich mit dem boshaften Glitzern seiner Augen nicht vertrug.

Brooke nahm die Whiskykaraffe und Nancys Glas. Er schenkte sich ein und sagte: »Auch gut. Ich kann einen Drink gebrauchen. Sie?« Er hielt die Karaffe erst Lynley, dann St. James hin. Es waren aber keine Gläser im Zimmer, die Aufforderung war also nichts als eine leere Geste, wie Brooke zweifellos wußte. Er trank genießerisch, sagte: »nicht schlecht«, und goß sich nochmals ein. »Es hat sich oben im Salon schnell herumgesprochen, daß Penellin verhaftet worden ist. Aber Penellin kann Mick Cambrey nicht getötet haben.«

Eine solche Erklärung hatte Lynley nicht erwartet. »Wenn Sie etwas über diese Sache wissen, müssen Sie das der Polizei mitteilen. Mich betrifft das nur indirekt.«

»Es betrifft Sie direkter als Sie glauben«, widersprach Brooke.

»Was soll das heißen?«

»Ich spreche von Ihrem Bruder.«

Das Ticken der Uhr auf dem Bücherregal in der Ecke schien plötzlich übermäßig laut. Nur das Klirren der Karaffe, als Brooke sich noch einen Whisky einschenkte, war lauter. Lynley wollte das Undenkbare nicht denken, wollte nicht die Schlußfolgerungen ziehen, die diese wenigen Worte verlangten.

»Ich hörte eben im Salon, daß Penellin mit Cambrey Streit gehabt haben soll, bevor dieser starb. Das sei der Hauptgrund für den Verdacht gegen ihn, sagte man. Jemand hatte heute im Dorf davon gehört.«

»Ich verstehe nicht, was das mit meinem Bruder zu tun haben soll.«

»Sehr viel, leider. Mick Cambrey hatte keinen Streit mit Penellin. Oder wenn doch, dann keinen, der dem Streit vergleichbar wäre, den er mit Peter hatte.«

Lynley starrte den Mann an. Er hätte ihn am liebsten hinausgeworfen und erkannte sofort, wie dicht dieser Wunsch mit einer aufkeimenden Furcht verknüpft war und der unerwünschten Erkenntnis, daß diese Information ihn aus irgendeinem Grund nicht überraschte.

»Was reden Sie da? Was wissen Sie?«

»Ich war dabei«, antwortete Brooke. »Und es war nach Penellins Besuch. Das sagte Cambrey selbst.«

Lynley zog sich einen Sessel heran. »Erzählen Sie bitte«, sagte er betont höflich.

»Gut.« Brooke nickte zustimmend. »Sid und ich hatten gestern eine kleine Auseinandersetzung. Sie wollte mich am Abend nicht sehen. Daraufhin bin ich ins Dorf gegangen. Mit Peter.«

»Warum?«

»Eigentlich nur zum Zeitvertreib. Peter war knapp bei Kasse und wollte sich irgendwo Geld leihen. Er sagte, er kenne jemanden, der gerade viel Geld im Haus hätte, und da sind wir zu ihm gegangen. Es war Cambrey.«

Lynley kniff die Augen zusammen. »Wozu brauchte er Geld?«

Brooke warf, ehe er antwortete, einen Blick zu St. James, als erwarte er von ihm eine Reaktion. »Er wollte Koks kaufen.«

»Und da hat er Sie mitgenommen? War das nicht ein bißchen leichtsinnig von ihm?«

»Gar nicht. Peter wußte, daß er mir vertrauen kann. Sehen Sie, ich hatte gestern was bei mir und hab' ihm welches gegeben. Jetzt wollten wir mehr haben. Aber ich hatte genauso wenig Geld wie er. Also haben wir geschaut, ob wir irgendwo welches herbekommen könnten. Wir wollten dringend was sniefen.«

»Ich verstehe. Bemerkenswert, wie schnell sich Ihre Bekanntschaft mit meinem Bruder entwickelt hat.«

»Man kommt sich eben schnell näher, wenn man gemeinsame Interessen hat.«

»Das stimmt.« Lynley unterdrückte das Verlangen, die Fäuste zu ballen und zuzuschlagen. »Und hat Mick ihm Geld geliehen?«

»Es fiel ihm nicht ein. Daraus entwickelte sich der Streit. Er hatte das Geld direkt vor sich auf dem Schreibtisch liegen. Wir haben es beide gesehen, Peter und ich. Es waren sechs oder zehn Bündel. Aber er wollte nicht mal zwei Pfund rausrücken.«

»Und weiter?«

Brooke verzog das Gesicht. »Mein Gott, ich kannte ja den Mann nicht einmal. Als Mick und Peter loslegten, hab' ich mich verdrückt. Den Stoff hätte ich gern gehabt, ja. Aber in eine Prügelei wollte ich mich nicht hineinziehen lassen.«

»Was taten Sie, nachdem Sie gegangen waren?«

»Ich lief ein bißchen herum, bis ich ein Pub fand. Da hab' ich was getrunken und bin später per Anhalter zurückgefahren.«

»So, per Anhalter. Mit wem denn?«

»Mit einem Bauern und seiner Frau.« Brooke grinste und fügte völlig überflüssig hinzu: »Nach dem Stallgeruch zu urteilen.«

»Und Peter?«

»Der war mitten im schönsten Krach mit Cambrey, als ich ging.«

»Wo war Sasha?«

»Hier. Ich glaube, in London hatte Peter ihr versprochen, er würde auf eigene Faust Stoff besorgen. Ich nehme an, sie hat darauf gewartet, daß er sein Versprechen erfüllt.«

»Wann sind Sie bei Cambrey weggegangen?« fragte St. James mit steinerner Miene.

Brooke sah zur weißen Stuckdecke des Zimmers hinauf, dachte nach, versuchte sich zu erinnern oder tat vielleicht auch nur so. »Es war zehn, als ich in das Pub kam. Das weiß ich. Weil ich auf die Uhr gesehen habe.«

»Und haben Sie Peter an dem Abend noch einmal gesehen?«

»Ich habe ihn erst heute abend wiedergesehen.« Wieder grinste Brooke. Diesmal sah er Lynley mit einem kumpelhaften ›unter-uns-Männern‹ – Blick an, der Verständnisinnigkeit vortäuschte. »Als ich zurückkam, hab' ich mit Sid Versöhnung gefeiert und die Nacht in ihrem Zimmer verbracht. Ich war ziemlich beschäftigt. Sid mag es so.« Er stand auf und sagte zum Abschluß: »Ich hielt es für das Beste, das über Ihren Bruder Ihnen persönlich zu sagen und nicht der Polizei. Ich denke mir, Sie werden wissen, was da zu tun ist. Aber wenn Sie es für richtiger halten, daß ich dort anrufe...«

Sie wußten alle drei, daß seine Worte nur Phrasen waren. Er nickte ihnen zu und ging.

Als die Tür sich hinter ihm schloß, kramte Lynley nach seinem Zigarettenetui. Aber als es in seiner Hand lag, beobachtete er verwundert die Lichtreflexe, die auf ihm spielten, und fragte sich, wie es den Weg in seine Hand gefunden hatte. Er wollte gar nicht rauchen.

»Was soll...« Die Worte blieben ihm im Hals stecken. Er setzte noch einmal an. »Was soll ich tun, St. James?«

»Mit Boscowan sprechen. Was bleibt dir anderes übrig?«

»Er ist mein Bruder. Soll ich den Kain spielen?«

»Soll ich es für dich tun?«

Lynley blickte den Freund an und sah, wie unerbittlich seine Züge geworden waren. Er wußte, daß es kcine vertretbare Alternative gab. Er sah es, noch während er eine suchte.

»Gib mir bis morgen früh Zeit«, sagte er.

14

Deborah schaute sich noch einmal im Zimmer um, um sich zu vergewissern, daß sie nichts vergessen hatte. Sie klappte ihren Koffer zu und zog ihn vom Bett. Sie hatte nichts dagegen abzureisen. Das Wetter hatte in der vergangenen Nacht umgeschlagen, der Himmel, gestern noch strahlend blau, war schiefergrau. Ein scharfer Wind rüttelte an den Fenstern, und durch eines, das sie einen Spalt offengelassen hatte, wehte der unverkennbare Geruch regenschwerer Luft ins Zimmer. Abgesehen jedoch vom gelegentlichen Klirren der Fensterscheiben und dem Ächzen der Zweige der alten Buche vor dem Haus, war der Morgen still. Die krakeelenden Möwen und Kormorane hatten vor dem aufziehenden Sturm landeinwärts Schutz gesucht.

»Miss?«

An der Tür stand eines der Dienstmädchen von Howenstow. Deborah erinnerte sich, daß sie Caroline hieß. Wie die anderen Tageshilfen im Haus trug sie keine Uniform, nur einen marineblauen Rock, eine weiße Bluse und Schuhe mit flachen Absätzen. Sie sah hübsch und sauber aus und hielt ein Tablett in den Händen, das sie ein wenig anhob, als sie sprach.

»Seine Lordschaft meinte, Sie würden noch etwas zu sich nehmen wollen, ehe Sie zum Bahnhof fahren.« Sie trug das Tablett zu einem kleinen dreibeinigen Tisch beim offenen

Kamin. »Sonst ist noch niemand auf. Er läßt Ihnen ausrichten, daß Sie noch eine halbe Stunde Zeit haben.«

»Weiß Lady Helen Bescheid? Ist sie schon auf?«

»Ja. Sie frühstückt auch.«

Wie zur Bestätigung trat in diesem Moment Helen ins Zimmer, kauend, in jeder Hand ein Paar Schuhe, die sie auf Armeslänge von sich abhielt.

»Ich kann mich nicht entscheiden«, erklärte sie und sah kritisch von einem Paar Schuhe zum anderen. »Die Wildledernen sind bequemer, aber die Grünen haben irgendwie mehr Pfiff, nicht? Ich habe sie beide heute morgen schon x-mal an- und ausgezogen.«

»Ich würde die Wildledernen empfehlen«, sagte Caroline.

»Hm.« Helen ließ einen Wildlederschuh zu Boden fallen, schlüpfte hinein, ließ einen Schuh des anderen Paars fallen und probierte den. »Schauen Sie genau hin, Caroline. Sind Sie sicher?«

»Ganz sicher«, antwortete Caroline. »Die Wildledernen. Wenn Sie mir das andere Paar geben, packe ich es gleich ein.«

Helen winkte erst einmal ab. Sie prüfte das Aussehen ihrer Füße in dem Spiegel an der Innenseite der Schranktür.

»Ja, ich verstehe, was Sie meinen. Aber sehen Sie sich die Grünen an. Und in meinem Rock ist doch auch Grün, oder nicht? Wenn nicht, dann bilden sie auf jeden Fall einen hübschen Kontrast. Ich habe außerdem eine wunderschöne Handtasche, die genau zu den grünen Schuhen paßt, und ich wollte beides schon immer mal zusammen tragen. Man möchte schließlich nicht gern zugeben, daß ein Impulsivkauf ein Reinfall war. Deborah, was meinst du?«

»Die Wildledernen«, sagte Deborah. Sie schob ihren Koffer zur Tür und ging zum Toilettentisch.

Helen seufzte. »Na gut. Überstimmt.« Sie sah Caroline nach, als diese aus dem Zimmer ging. »Vielleicht sollte ich versuchen, sie Tommy abspenstig zu machen. Ein Blick auf die Schuhe, und sie war entschieden. Deborah, stell dir vor, sie würde mir jeden Tag Stunden sparen. Kein endloses Herumstehen mehr vor dem Schrank jeden Morgen. Ich wäre richtig befreit.«

Deborah gab nur ein unbestimmtes »Hm« von sich und starrte verblüfft auf den leeren Fleck neben dem Toilettentisch. Sie ging zum Schrank, sah hinein, zunächst ohne Bestürzung oder gar Panik, nur verwundert.

Helen inspizierte Deborahs Frühstückstablett. »Ißt du deine Grapefruit?«

»Nein. Ich bin überhaupt nicht hungrig.«

Deborah ging ins Badezimmer, kam wieder heraus. Kniete sich auf den Boden, um unter das Bett zu schauen, und versuchte sich zu erinnern, wo sie den Koffer abgestellt hatte. Er war auf jeden Fall die ganze Zeit im Zimmer gewesen. Sie hatte ihn doch gestern abend noch gesehen, oder nicht? Sie dachte über die Frage nach und mußte sich eingestehen, daß sie sich nicht erinnern konnte. Aber es war lächerlich zu glauben, sie könnte den Koffer irgendwo stehengelassen haben; noch lächerlicher zu glauben, er könnte verschwunden sein. Denn wenn er verschwunden war und nicht sie selbst ihn gedankenlos an irgendeinem dummen Ort abgestellt hatte...

»Sag mal, was tust du da eigentlich?« fragte Helen, während sie sich vergnügt über Deborahs Grapefruit hermachte.

Ihr wurde beklommen, als sie sah, daß der Platz unter dem Bett leer war. Sie stand auf. Ihr Gesicht war heiß.

Helens Lächeln erlosch. »Was ist denn? Ist etwas passiert?«

In einem letzten, völlig unsinnigen Versuch ging Deborah noch einmal zum Schrank und warf alles heraus.

»Meine Fotoapparate«, sagte sie. »Helen, meine Apparate. Sie sind weg.«

»Die Fotoapparate?« wiederholte Helen verständnislos. »Weg? Wie meinst du das?«

»Weg eben. Genau wie ich es gesagt habe. Sie sind weg. Sie waren in meinem Fotokoffer. Du kennst ihn doch. Ich habe ihn hierher mitgenommen. Und jetzt ist er weg.«

»Aber das kann nicht sein, Deborah. Irgend jemand hat sie weggestellt. Beim Aufräumen vielleicht –«

»Sie sind weg«, erklärte Deborah. »Sie waren in einem Metallkoffer. Kamera, Objektive, Filme. Alles, Helen.«

Helen stellte das Schälchen mit der Grapefruit aufs Tablett zurück. Sie sah sich im Zimmer um. »Bist du ganz sicher?«

»Aber ja! Sei doch nicht so...« Deborah unterbrach sich und sagte mit erzwungener Ruhe: »Sie waren in einem Metallkoffer, der neben dem Toilettentisch stand. Schau nach. Er ist nicht mehr da.«

»Warte, ich frag mal Caroline«, sagte Helen. »Oder Hodge. Vielleicht hat einer den Koffer schon zum Auto hinuntergebracht. Oder vielleicht war Tommy hier und hat ihn geholt. Bestimmt. Ich kann mir nicht vorstellen, daß jemand deine Kameras...« Sie brachte das Wort *stehlen* nicht über die Lippen.

»Ich war die ganze Zeit im Zimmer. Nur mal im Bad. Wenn Tommy den Koffer geholt hat, warum hat er es mir dann nicht gesagt?«

»Laß mich erst mal fragen«, sagte Helen wieder und eilte aus dem Zimmer.

Deborah setzte sich auf den Hocker vor dem Toilettentisch und starrte zu Boden. Das Rankenmuster des Teppichs verschwamm vor ihren Augen, während sie über ihren Verlust nachdachte. Drei Fotoapparate, sechs Objektive, Dutzende von Filtern, alle von dem Erlös ihrer ersten erfolgreichen Ausstellung in Amerika gekauft, eine Ausrüstung, die auf dem letzten Stand der Technik war, für sie ein Symbol dessen, was sie in diesen drei Jahren des Auf-sich-gestellt-Seins aus sich gemacht hatte. Eine kompetente Fotografin, eigenständig, ohne Bindungen, ohne Pflichten, ohne Verpflichtungen. Eine Frau, der die Zukunft gehörte.

Jede Entscheidung, die sie in den Jahren in Amerika getroffen hatte, war schließlich durch den Besitz dieser Ausrüstung legitimiert worden. Sie konnte auf jede Schlußfolgerung, zu der sie gekommen war, jede Handlung, die sie ausgeführt hatte, ohne Schuld und ohne Reue zurückblikken, denn dieser lange Prozeß hatte sie zu einem Beruf geführt, in dem sie ihr Bestes geben konnte. Daß sie um einen anderen Teil ihres Lebens getrauert hatte, änderte nichts daran. Daß sie ihre Zeit mit Zerstreuungen ausgefüllt hatte, um den schlimmsten Verlust nicht anerkennen zu müssen – ja, daß sie alles, was sie verloren hatte, neu bewertet und als belanglos definiert hatte –, war ohne Einfluß geblieben. Mit diesem Ziel war alles akzeptabel und richtig geworden, hatte alles seine Rechtfertigung gefunden. Sie hatte Erfolg und verfügte über alle Zeichen und Symbole dieses Erfolgs.

Helen kam zurück. »Ich habe mit Caroline und Hodge gesprochen«, sagte sie mit einem Zögern des Bedauerns und brauchte nicht mehr zu sagen. »Deborah, hör mal, Tommy wird –«

»Ich will aber nicht, daß Tommy mir die Sachen neu kauft!« rief Deborah heftig.

Überraschung trat auf Helens Gesicht.

»Ich wollte sagen, Tommy wird das sicher sofort wissen wollen. Ich hole ihn.«

Sie blieb nicht lange fort. Als sie zurückkam, brachte sie Lynley und St. James mit. Lynley ging zu Deborah. St. James blieb an der Tür stehen.

»Ach, verdammt, das hat gerade noch gefehlt«, murmelte Lynley. Er legte den Arm locker um Deborah und drückte sie kurz an sich, ehe er neben dem Hocker niederkniete, um ihr ins Gesicht zu sehen.

Er sah aus, als hätte er in der vergangenen Nacht überhaupt nicht geschlafen. Sie wußte, wie sehr ihn das Schicksal John Penellins beschäftigte, und sie hatte beinahe ein schlechtes Gewissen, daß sie ihm nun auch noch Sorgen bereitete.

»Deb, Liebes«, sagte er. »Das tut mir wirklich leid.«

Er wußte also, daß ihre Ausrüstung gestohlen war. Er versuchte gar nicht erst, die Ausrede vorzubringen, man habe den Koffer wahrscheinlich irgendwie verlegt.

»Wann hast du ihn zuletzt gesehen, Deborah?« fragte St. James.

Lynley strich ihr leicht das Haar aus dem Gesicht. Sie roch den sauberen, frischen Duft seiner Haut. Wenn sie sich nur auf Tommy konzentrieren konnte, dann würde alles andere weggehen.

»Hast du ihn gestern abend gesehen, als du zu Bett gingst?« fragte St. James hartnäckig.

»Er war auf jeden Fall gestern morgen noch hier. Das weiß ich, weil ich die Kamera wieder hineingelegt habe, mit der ich bei der Theateraufführung fotografiert habe. Es war alles da. Gleich neben dem Toilettentisch.«

»Aber du erinnerst dich nicht, den Koffer irgendwann im Lauf des Tages gesehen zu haben? Du hast nach diesem Abend nicht mehr fotografiert?«

»Nein. Ich war den ganzen Tag nicht im Zimmer. Ich kam erst abends herauf, um mich zum Essen umzuziehen. Da hätte ich den Koffer eigentlich bemerken müssen. Ich meine, ich war ja schließlich hier. Aber er ist mir überhaupt nicht aufgefallen. Hast du ihn gesehen, Simon?«

Lynley richtete sich auf. Sein Blick flog neugierig von Deborah zu St. James.

»Doch, ich bin sicher, er war hier«, sagte St. James. »Es war dein alter Metallkoffer, nicht wahr?« Als sie nickte, fügte er hinzu: »Ich sah ihn neben dem Toilettentisch.«

»Beim Toilettentisch.« Lynley wiederholte die Worte mehr für sich als für die anderen.

»Wann, St. James?« fragte er ruhig. Das Gespräch bekam durch die Frage und den Ton, in dem sie gestellt worden war, eine neue Dimension.

»Tommy«, sagte Helen, »müßten wir jetzt nicht fahren, wenn wir den Zug erreichen wollen?«

»Wann hast du den Fotokoffer gesehen, St. James? Gestern? Am Abend? In der Nacht? Wann? Warst du allein? Oder war Deborah –«

»Tommy!« sagte Helen.

»Nein. Er soll antworten.«

St. James antwortete nicht. Deborah faßte Lynley beim Arm und warf Helen einen hilfesuchenden Blick zu.

»Tommy«, sagte Helen wieder. »Das ist doch kein –«

»Ich sagte, er soll antworten.«

Ein Moment verstrich, eine kleine Ewigkeit unglückseliger Spannung, ehe St. James emotionslos berichtete: »Helen und ich ließen uns gestern morgen von Harry Cambrey ein Foto seines Sohnes geben, Tommy. Ich brachte es Deborah gestern vor dem Abendessen. Und bei dieser Gelegenheit sah ich den Fotokoffer.«

Lynley starrte ihn an. Er atmete einmal tief durch. »Du lieber Gott«, sagte er leise. »Entschuldige, St. James. Das war verdammt blöd von mir. Ich weiß überhaupt nicht, was ich mir dabei gedacht habe.«

St. James hätte lächeln, die Entschuldigung mit einem versöhnlichen Wort annehmen können. Er hätte die unausgesprochene Beleidigung mit einem Lachen als verzeihlichen Irrtum abtun können. Aber er tat nichts, und er sagte nichts. Er sah nur Deborah an, und auch sie nur einen Moment, ehe er wegblickte.

Um abzulenken, sagte Helen: »Waren die Sachen im Koffer denn sehr wertvoll, Deborah?«

»Hunderte von Pfund.« Deborah ging zum Fenster, drehte dem Licht den Rücken zu, so daß ihr Gesicht im Schatten war. Sie spürte das Hämmern ihres Bluts in ihrer Brust und spürte seine Hitze auf ihren Wangen. Sie wollte nur weinen.

»Dann muß der Dieb sie mit der Absicht gestohlen haben, sie zu verkaufen. Aber sicher nicht in Cornwall, jedenfalls nicht hier in der Gegend. Da könnte man sie zu leicht zurückverfolgen. Vielleicht in Bodmin oder Exeter oder auch in London. Und wenn das zutrifft, dann müssen sie gestern abend gestohlen worden sein, während die Gäste noch da waren. Nach John Penellins Verhaftung ging ja alles ein bißchen drunter und drüber, nicht? Im Salon war ein ständiges Kommen und Gehen.«

»Und es waren ja nicht einmal alle im Salon«, sagte Deborah. Sie dachte an Peter Lynley, an seine verletzenden Worte nach dem Essen.

St. James sah auf seine Uhr. »Du solltest Helen und Deborah jetzt zum Zug bringen«, sagte er zu Lynley. »Es hat doch keinen Sinn, daß sie bleiben. Diesem Diebstahl können wir auf den Grund zu gehen versuchen.«

»Sehr gut«, meinte Helen. »Ich merke, daß ich plötzlich eine wahnsinnige Sehnsucht nach Londoner Ruß und Schmutz habe, meine Lieben.« Sie ging zur Tür und berührte flüchtig St. James' Hand, als sie an ihm vorüberkam.

Als St. James ihr folgen wollte, sagte Lynley: »Simon! Verzeih mir. Ich habe keine Entschuldigung.«

»Nur deinen Bruder und Penellin. Laß gut sein, Tommy. Es ist schon in Ordnung.«

»Nein, das ist es nicht. Ich habe mich idiotisch benommen.«

St. James schüttelte den Kopf, aber sein Gesicht war angespannt. »Laß es. Bitte. Vergiß es.« Er ging aus dem Zimmer.

St. James hörte das herzhafte Gähnen seiner Schwester, als diese ins Speisezimmer kam. »Mann, war das ein Abend!« Sie zog sich einen Stuhl heran und setzte sich zu ihm an den Tisch. Den Kopf in die Hand gestützt, griff sie nach der Kaffeekanne und schenkte sich ein. Als hätte sie sich nicht die Mühe gemacht, vor dem Ankleiden aus dem Fenster zu sehen, trug sie leuchtend blaue Shorts, über und über mit glitzernden Silbersternchen besät, und dazu ein leichtes Hemd mit dünnen Trägern. »Gift und Galle bei der Gratulationstour, Besuch von der Polizei und dann auch noch eine Verhaftung. Ein Wunder, daß wir das alles heil überstanden haben.« Sie warf einen Blick auf die zugedeckten Schalen und Schüsseln auf dem Buffet, zuckte mit den Schultern, als fände sie es viel zu anstrengend, extra aufzustehen, und nahm sich statt dessen eine Scheibe Schinken vom Teller ihres Bruders.

»Sid ...«

»Hm?« Sie zog ein Stück Zeitung zu sich heran. »Was liest du da?«

St. James antwortete nicht. Er hatte den *Spokesman* durchgesehen und wollte einen Moment Ruhe haben, um sich aus dem, was er gelesen hatte, ein Bild zu machen.

Der *Spokesman* war ein Dorfblättchen, dessen Inhalt größtenteils aus Lokalnachrichten bestand. Und wie eng und intensiv auch immer Mick Cambreys Verbindung zu der kleinen Zeitung gewesen sein mochte, St. James hatte beim besten Willen nichts entdeckt, woraus sich ein Anlaß zur Ermordung des Mannes hätte konstruieren lassen. Die Nachrichten umfaßten Reportagen über eine Hochzeit, die kürzlich in der Lamorna-Bucht gefeiert worden war, über die Festnahme eines langgesuchten Taschendiebs aus Penzance, über Rationalisierungsmaßnahmen, die man auf einer Meierei unweit von St. Buryan eingeführt hatte. Das Feuilleton enthielt eine Besprechung der Inszenierung von *Viel Lärm um nichts* in Nanrunnel und ein Porträt der jungen Frau, die die Hero gespielt hatte. Im Sportteil wurde von einem örtlichen Tennisturnier berichtet, und der Polizeiberichterstatter hatte nichts Aufsehenerregenderes zu melden als einen Zusammenstoß zwischen einem Lastwagen und einer Kuh, die die Vorfahrt nicht beachtet hatte. Lediglich die Seite mit den Leitartikeln und den Leserbriefen zeigte eine gewisse Verheißung, aber die bezog sich ausschließlich auf die Zukunft der Zeitung, ein möglicher Beweggrund für den Mord an Mick Cambrey war auch hier nicht zu entdecken.

Die beiden Leitartikel waren von Cambrey und Julianna Vendale geschrieben, der eine ein Aufruf, dem Waffenschmuggel nach Nordirland endlich einen Riegel vorzuschieben, der andere ein Kommentar zum Kinderschutz. Die Briefe, vor allem aus Nanrunnel und Penzance, bezogen sich auf frühere Artikel über Vergrößerungsbestrebungen der Gemeinde und das Absinken der Noten in der örtlichen höheren Schule. Dies alles spiegelte zwar Mick Cambreys Bemühen, aus der Zeitung mehr zu machen als ein Vehikel für den Dorfklatsch; aber nichts darunter war von solcher Brisanz, daß man darin ein Mordmotiv hätte sehen können.

St. James dachte darüber nach, daß Harry Cambrey glaubte, sein Sohn habe an einer Story gearbeitet, die dem *Spokesman* nationale Anerkennung eingebracht hätte. Und er dachte darüber nach, daß Mick, anscheinend ohne seinem Vater seine Absichten mitzuteilen, vorgehabt hatte, diese Story einem größeren Publikum zugänglich zu machen, als das in diesem entlegenen Winkel Cornwalls möglich war. Er fragte sich, ob der alte Cambrey irgendwie davon Wind bekommen hatte, daß sein Sohn Zeit, Geld und Arbeit für etwas aufwendete, das dem *Spokesman* überhaupt keinen Nutzen bringen würde. Angenommen, Harry Cambrey hatte das entdeckt, wie hätte er darauf reagiert? Hätte er in blinder Wut zugeschlagen, wie er das schon einmal getan hatte?

Jede Frage in Zusammenhang mit dem Mord verlangte ein Abwägen zwischen Vorsatz und Affekt. Die Tatsache, daß ein Streit stattgefunden hatte, legte genau wie die Verstümmelung der Leiche Affekt nahe. Aber andere Details – das Chaos im Wohnzimmer, das verschwundene Geld – ließen auf Vorsatz schließen. Und selbst der Autopsiebefund würde da wahrscheinlich keine klare Trennung schaffen können.

»Wo sind eigentlich alle?« Sidney stand auf und ging mit ihrem Kaffee zu einem der Fenster. Sie setzte sich auf die Fensterbank. »Ist scheußlich draußen. Es fängt bestimmt gleich an zu regnen.«

»Tommy ist mit Deborah und Helen zum Bahnhof gefahren. Sonst habe ich noch niemanden gesehen.«

»Justin und ich sollten eigentlich auch abreisen. Er muß morgen arbeiten. Hast du ihn gesehen?«

»Heute morgen noch nicht.« St. James war nicht traurig darüber. Je weniger er von Brooke zu sehen bekam, desto angenehmer war es ihm. Er konnte nur hoffen, daß seine Schwester möglichst bald zur Vernunft kommen und sich von diesem Mann trennen würde.

»Hm, vielleicht sollte ich ihn mal aufstöbern«, sagte Sidney, machte aber keine Anstalten, es zu tun, und saß immer noch mit ihrem Kaffee am Fenster, als Daze Asherton erschien. Daß sie nicht zum Frühstücken gekommen war, verriet ihre Kleidung: Blue Jeans, die über die Knöchel aufgekrempelt waren, ein weißes Baumwollhemd und eine Baseballmütze. In einer Hand hielt sie ein Paar dicke Gärtnerhandschuhe.

»Ah, hier sind Sie, Simon. Gut«, sagte sie. »Kommen Sie einen Moment mit? Es handelt sich um Deborahs Fotosachen.«

»Haben Sie sie gefunden?« fragte St. James.

»Gefunden?« wiederholte Sidney verständnislos. »Hat Deb etwa zu allem Überfluß auch noch ihre Fotoausrüstung verloren?«

Sie schüttelte den Kopf und kehrte zum Tisch zurück, um sich das Stück Zeitung zu nehmen, das ihr Bruder aus der Hand gelegt hatte.

»Im Garten«, sagte Daze Asherton kurz, und St. James folgte ihr nach draußen, wo ein salziger Wind eine finstere Wolkenbank vom Meer landwärts peitschte.

Einer der Gärtner erwartete sie am äußersten Ende des Südflügels. Mit der Gartenschere in der Hand, eine alte Wollmütze tief ins Gesicht gezogen, stand er unter einer Buche. Er begrüße Daze Asherton und St. James mit einem Nicken und wies dann auf den großen alten Taxusstrauch, der an das Haus anstieß.

»Jammerschade«, sagte er. »Den hat es schlimm erwischt.«

»Deborahs Zimmer befindet sich direkt darüber«, erklärte Daze Asherton.

St. James sah den Strauch an. Die dem Haus zugewandte Seite war völlig zerstört, die Blätter abgerissen, Zweige und Äste geknickt, viele gebrochen, allem Anschein nach von einem Gegenstand, der von oben auf den Strauch heruntergefallen war. Der Schaden war frisch, das war an den Bruchstellen der Äste zu erkennen, von denen der typische Taxusgeruch aufstieg.

St. James trat ein paar Schritte zurück und sah zu den Fenstern hinauf. Er rief sich den Grundriß des Hauses ins

Gedächtnis. Das Speisezimmer und der Salon, in denen sich am vergangenen Abend die Gäste aufgehalten hatten, waren weit entfernt. Es hatte also niemand den Lärm gehört, den der Fotokoffer verursacht haben mußte, als er hier draußen aufgeschlagen war.

Während der Gärtner sich wieder an die Arbeit machte, die angeknickten Äste abschnitt und in einem Plastiksack verstaute, sagte Daze Asherton: »Es ist immerhin ein Trost zu wissen, daß niemand aus dem Haus die Fotoausrüstung gestohlen hat.«

»Wie kommen Sie darauf?«

»Es ist doch ziemlich unwahrscheinlich, daß einer von uns sie zum Fenster hinausgeworfen hätte. Es wäre viel einfacher gewesen, sie im eigenen Zimmer zu verstecken und später mit dem Koffer zu verschwinden, meinen Sie nicht?«

»Einfacher, ja. Aber nicht unbedingt klug. Schon gar nicht, wenn jemand im Haus den Anschein erwecken wollte, als hätte ein Außenseiter den Koffer gestohlen. Aber nicht einmal das war sehr clever. Denn wer waren denn gestern abend die Außenseiter? Mr. und Mrs. Sweeney, Dr. Trenarrow, Ihre Schwägerin und der Abgeordnete und seine Frau.«

»Und John Penellin«, fügte sie hinzu. »Und die Mädchen aus dem Dorf.«

»Höchst unwahrscheinlich, daß einer von ihnen die Fotoausrüstung gestohlen hat.«

Er sah Daze Asherton an, daß sie bereits gründlich darüber nachgedacht hatte, wer der Dieb sein und was er mit der Fotoausrüstung angefangen haben könnte. Ihre Worte jedoch führten in eine ganz andere Richtung.

»Ehrlich gesagt, ich verstehe nicht, warum sie überhaupt gestohlen wurde.«

»Sie ist wertvoll. Sie läßt sich zu Geld machen.«

Ihr Gesicht verfiel einen Moment, aber sie faßte sich gleich wieder.

»Aber warum ausgerechnet die Fotoausrüstung, wenn es um Geld ging, Simon? Warum hat der Betreffende nicht irgend etwas anderes genommen? Das Haus ist voller Wertgegenstände.«

»Und was hätte er nehmen sollen?« fragte St. James. »Jedes Stück hätte sich doch sofort als Eigentum von Howenstow identifizieren lassen. Alles trägt das Familienwappen, vom Silber angefangen. Und die Gemälde dürften doch etwas schwer zu transportieren sein, ganz abgesehen davon, daß ein Diebstahl sofort entdeckt werden würde.«

Sie wandte sich ab und sah in den Garten hinaus, aber sie tat es nur, um nicht ihr Gesicht zeigen zu müssen. »Es kann keine Geldfrage sein«, sagte sie und drehte die dicken Handschuhe in den Händen. »Glauben Sie mir, Simon.«

»Dann war vielleicht Mrs. Sweeney doch nicht so glücklich darüber, daß sie fotografiert wurde«, meinte er.

Sie lächelte gezwungen, ging aber auf den Scherz ein. »Könnte es sein, daß sie nach dem Essen verschwinden wollte und die Gelegenheit nutzte, um Deborahs Zimmer zu suchen?«

Ihre Frage führte sie in die unausweichliche Realität zurück. Wer den Fotokoffer gestohlen hatte, hatte auch gewußt, in welchem Zimmer Deborah wohnte.

»Hat Tommy heute morgen schon mit Peter gesprochen?« fragte St. James.

»Peter ist noch nicht auf.«

»Er verschwand gleich nach dem Abendessen, Daze.«

»Ich weiß.«

»Und wissen Sie, wohin?«

Sie schüttelte den Kopf. »In den Park vielleicht, zur Bucht hinunter, vielleicht sind sie auch weggefahren oder ins Verwalterhaus gegangen, um Mark Penellin zu besuchen.« Sie seufzte. »Ich kann nicht glauben, daß er Deborahs Fotosachen gestohlen hat. Er hat fast alle seine eigenen Sachen verscherbelt. Das weiß ich. Ich tue so, als hätte ich keine Ahnung, aber ich weiß es natürlich. Trotzdem glaube ich nicht, daß er stehlen würde, um zu Geld zu kommen. Niemals. Das glaube ich einfach nicht.«

Aus dem Park schallten laute Schreie zu ihnen herüber. Ein Mann, der seine Mütze in der Luft schwenkte und unablässig schrie, näherte sich dem Haus.

»Jasper, Mylady«, sagte der Gärtner. Seinen Plastiksack hinter sich her ziehend, trat er zu ihnen.

»Was hat er denn?« Als er das Tor erreichte, rief Daze Asherton: »Schreien Sie doch nicht so. Sie machen uns ja richtig angst.«

Mit pfeifendem Atem stürzte Jasper ihnen entgegen. Er schien unfähig, genug Luft zu bekommen, um einen zusammenhängenden Satz zu bilden.

»Ist unten«, stieß er keuchend hervor. »In der Bucht.«

Daze Asherton sah St. James an. Sie hatten beide den gleichen Gedanken. Daze Asherton trat einen Schritt zurück, als könne sie sich so von dem distanzieren, was sie nicht hören wollte.

»Wer?« fragte St. James. »Jasper, wer ist unten in der Bucht?«

Jasper krümmte sich hustend. »In der Bucht.«

»Herrgott noch mal –«

Jasper richtete sich auf, sah sich um und deutete mit knorrigem Finger zur Haustür, wo Sidney aufgetaucht war.

»Ihr Mann!« sagte er. »Er liegt tot in der Bucht.«

15

Als St. James seine Schwester endlich einholte, hatte diese, allen anderen weit voraus, die Bucht schon erreicht. In der wilden Jagd durch den Park und das Wäldchen war sie irgendwo gestürzt. Ihre Arme und Beine waren blutverschmiert. Von der Höhe der Felswand beobachtete er, wie sie sich über Brooke warf und ihn in die Höhe riß, als könnte sie ihm dadurch wieder Leben einhauchen. Ihr Atem ging kurz und abgehackt. Sie sprach sinnlos, in abgerissenen Worten auf ihn ein, während sie ihn an sich gedrückt hielt. Brookes Kopf hing schlaff und unnatürlich zur Seite, Indiz dafür, wie er ums Leben gekommen war.

Sidney ließ ihn wieder zu Boden sinken. Sie öffnete seinen Mund und drückte in einem fruchtlosen Versuch der Wiederbelebung ihre Lippen auf seine. Selbst von der Höhe des Felsens aus konnte St. James ihre verzweifelten Schreie hören, als sie sah, daß ihre Bemühungen erfolglos blieben. Sie trommelte ihm mit den Fäusten auf die Brust. Sie riß sein Hemd auf. Sie warf sich der Länge nach über ihn und schmiegte sich an ihn, als wolle sie ihn im Tod erregen, wie sie es im Leben getan hatte. Es war eine grausame Verführungsszene. St. James lief es bei dem Anblick eiskalt den Rücken hinunter. Er rief seine Schwester beim Namen, aber es half nichts.

Schließlich blickte sie an der Felswand empor und sah ihn. Sie hob ihm wie flehend einen Arm entgegen und begann endlich zu weinen. Es waren Tränen der Verzweiflung und des Schmerzes. Sie bedeckte Brookes zerschundenes Gesicht mit Küssen, ehe sie ihren Kopf senkte und auf seine Brust legte. Sie weinte unaufhörlich, voll Schmerz, voll Zorn und Wut. Sie packte den Toten bei den Schultern, riß ihn hoch und schüttelte ihn, während sie immer wieder Brookes Namen rief. Und der Kopf des Toten wackelte auf dem zertrümmerten Genick.

St. James stand reglos da und zwang sich, den Blick nicht von seiner Schwester zu wenden, sondern ihren Schmerz mitanzusehen, als wäre das die gerechte Strafe dafür, daß seine elenden Beine ihm nicht erlaubten, ihr zu Hilfe zu eilen. Als sein Arm berührt wurde, fuhr er wütend herum. Daze Asherton stand neben ihm, begleitet vom Gärtner und mehreren anderen Gutsangestellten. »Holt sie von ihm weg.« Er schaffte es kaum, die Worte auszusprechen.

Mit einem letzten besorgten Blick auf sein Gesicht setzte sich Daze Asherton in Bewegung. Schnell und gewandt kletterte sie den steilen Felspfad hinunter. Die anderen folgten ihr mit Decken, einer provisorischen Trage, einer Thermosflasche und einem Seil. St. James schien es, als bewegten sie sich im Zeitlupentempo. Als erstes zog Daze Asherton Sidney von dem Toten weg. Als Sidney sich wehrte und laut zu schreien anfing, rief Daze Asherton einen der Männer, die hinter ihr standen, zu Hilfe. Der Mann reichte ihr ein offenes Fläschchen. Sie zog Sidney an sich, faßte sie bei den Haaren und hielt ihr das Fläschchen direkt unter die Nase. Sidney warf den Kopf zurück und griff sich mit der Hand an den Mund. Sie sagte etwas zu Daze Asherton, worauf diese die Felswand hinauf deutete.

Sidney begann den Anstieg. Der Gärtner half ihr. Die anderen folgten ihr. Alle sorgten dafür, daß sie nicht stolperte oder stürzte. Wenig später nahm St. James sie in seine Arme. Er hielt sie fest an sich gedrückt und legte seine Wange auf ihr Haar, während er sich gegen den Aufruhr seiner eigenen Gefühle wehrte, die ihn beinahe überwältigt hätten. Als Sidney ein wenig ruhiger geworden war, trat er mit ihr den Weg zum Haus an. Aus Angst, sie könne von neuem in Hysterie ausbrechen, hatte er beide Arme um sie geschlossen.

Sie schritten unter den Bäumen des Wäldchens entlang. St. James nahm nichts von der Umgebung wahr; nicht das Rauschen des Flusses, den starken Geruch der Pflanzen rundum, den weichen, lehmigen Boden unter seinen Füßen. Wenn sich Zweige oder Dornen auf dem schmalen Pfad in seinen Kleidern verfingen, so achtete er nicht darauf.

Die drückende Schwüle kündete von einem nahenden Gewitter, als sie die Mauer von Howenstow erreichten und durch das Tor gingen. Der aufkommende Wind strich raschelnd durch das Laub der Bäume, und ein graues Eichhörnchen flitzte den Stamm eines Baums hinauf und verschwand schutzsuchend im Gewirr seiner Äste. Sidney hob den Kopf von der Brust ihres Bruders.

»Es fängt an zu regnen«, sagte sie. »Simon, dann wird er ganz naß.«

St. James schloß sie fester in die Arme und drückte einen Kuß in ihr Haar. »Nein, nein, es ist schon gut.« Er bemühte sich, wie der ältere Bruder von früher zu sprechen, der sie nach ihren Alpträumen getröstet und die nächtlichen Ungeheuer vertrieben hatte. »Sie kümmern sich schon um ihn, Sidney.«

Große, schwere Tropfen fielen laut auf die Blätter der Bäume. Sidney fröstelte.

»Wie Mama uns ausgeschimpft hat«, flüsterte sie.

»Ausgeschimpft? Wann denn?«

»Du hattest alle Kinderzimmerfenster aufgemacht, weil du sehen wolltest, wieviel Regen dann hereinkommt. Und sie hat fürchterlich geschimpft. Sie hat dich sogar verhauen.« Sie schluchzte auf. »Ich konnte es nie ertragen, wenn Mama dich geschlagen hat.«

»Der Teppich war hinüber. Ich hatte es verdient.«

»Aber ich hatte mir das doch ausgedacht. Und ich ließ es dich ausbaden.« Sie hob die Hand zum Gesicht. Zwischen ihren Fingern klebte geronnenes Blut. Sie begann wieder zu weinen. »Es tut mir so leid.«

Er streichelte ihr Haar. »Ist ja gut, Sidney. Ich hatte das ganz vergessen. Glaub mir.«

»Ich versteh' nicht, wie ich so gemein zu dir sein konnte, Simon. Du warst doch mein Lieblingsbruder. Dich hatte ich am liebsten. Nancy hat immer gesagt, es wäre schlecht, daß ich dich lieber habe als Andrew und David, aber ich konnte es nicht ändern. Ich hatte dich einfach am liebsten. Aber dann hab' ich einfach zugesehen, wie du für etwas Schläge bekamst, was ich angezettelt hatte.« Ihr Gesicht war naß von Tränen, die, wie St. James wußte, in Wirklichkeit mit den Erlebnissen der Kindheit nichts zu tun hatten.

»Soll ich dir mal was sagen, Sid«, meinte er verschwörerisch. »Aber du mußt mir versprechen, daß du es niemals David oder Andrew verrätst. Ich hatte dich auch am liebsten. Und daran hat sich bis heute nichts geändert.«

»Wirklich?«

»Wirklich.«

Sie erreichten das Tor und traten in den Garten. Der Wind wurde stärker. Er riß an den Rosen und wehte stoßweise Blütenblätter auf den Weg. Obwohl es jetzt heftig zu regnen begann, gingen sie nicht schneller. Als sie ins Haus traten, waren sie beide bis auf die Haut durchnäßt.

»Jetzt wird Mama aber schimpfen«, sagte Sidney, als St. James die Tür hinter ihnen schloß. »Wollen wir uns nicht lieber verstecken?«

»Ach, vorläufig sind wir erst mal sicher.«

»Aber ich laß nicht zu, daß sie dich verhaut.«

»Das weiß ich, Sid.« St. James führte seine Schwester zur Treppe. Als sie zögerte und sich sichtlich verwirrt umblickte, nahm er sie bei der Hand. »Komm«, drängte er behutsam. »Nur die Treppe hinauf.«

Oben erblickte er Cotter mit einem kleinen Tablett in den Händen und dankte den Mächten, die Cotter die Gabe verliehen hatten, seine Gedanken zu lesen.

»Ich habe Sie kommen sehen«, erklärte Cotter mit einer Kopfbewegung zum Tablett. »Brandy. Ist sie –« Er warf einen stirnrunzelnden Blick auf Sidney.

»Es wird ihr sicher gleich wieder besser gehen. Helfen Sie mir, Cotter. Ihr Zimmer ist gleich dort drüben.«

Sidneys Zimmer war im Gegensatz zu dem Deborahs hell und freundlich, ganz in Gelb und Weiß gehalten, mit einem großen Fenster, unter dem ein kleiner, von einer Mauer umgebener Garten lag. St. James drückte seine Schwester aufs Bett und zog dann die Vorhänge zu, während Cotter den Brandy einschenkte und Sidney das Glas an die Lippen hielt.

»Nur einen kleinen Schluck, Miss Sidney«, sagte er fürsorglich. »Damit Ihnen wieder warm wird.«

Sie trank gehorsam. »Weiß es Mama?« fragte sie.

Cotter warf St. James einen sorgenvollen Blick zu. »Kommen Sie«, sagte er. »Trinken Sie noch etwas.«

St. James suchte in der Kommode nach ihrem Nachthemd. Er fand es, typisch Sidney, unter einem Stapel Pullover und Strümpfe.

»Du mußt die nassen Sachen ausziehen«, sagte er zu ihr. »Cotter, würden Sie mir ein Handtuch holen, damit ich ihr das Haar trocknen kann? Und Pflaster für die Schrammen.«

Cotter nickte, sah Sidney noch einen Moment aufmerksam an und ging dann hinaus. St. James kleidete seine Schwester aus und warf die nassen Sachen zu Boden. Er zog ihr das Nachthemd über den Kopf, führte ihre Arme vorsichtig unter den schmalen Satinträgern hindurch. Sie sprach kein Wort, schien seine Anwesenheit überhaupt nicht wahrzunehmen. Als Cotter mit einem Handtuch und Heftpflaster zurückkam, frottierte St. James seiner Schwester gründlich das Haar, säuberte dann die Verletzungen am Arm und verklebte die offenen Stellen mit Pflaster. Er hob ihre Beine auf das Bett, legte sie hin und zog die Bettdecke über sie. Sie ließ sich alles gefallen wie ein Kind, wie eine Puppe.

»Sid«, flüsterte er und streichelte ihre Wange. Er wollte mit ihr über Justin Brooke sprechen. Er wollte wissen, ob sie in der Nacht mit ihm zusammen gewesen war. Er wollte wissen, warum Brooke zur Bucht gegangen war. Vor allem das wollte er wissen.

Sie reagierte nicht. Ihr Blick war starr zur Decke gerichtet. Was immer sie wußte, es würde warten müssen.

Lynley parkte den Rover im Hof und betrat das Haus durch die Nordwesttür zwischen der Waffenkammer und den Gesinderäumen. Er hatte die Reihe von Fahrzeugen in der Auffahrt gesehen – zwei Streifenwagen, eine neutrale Limousine und ein Rettungswagen, dessen Scheibenwischer noch liefen – und war daher nicht ganz unvorbereitet, als er auf dem Weg durch die Wirtschaftsräume des Hauses von Hodge aufgehalten wurde.

»Was ist passiert?« fragte er den alten Butler besorgt, aber bemüht, sich von der aufkommenden Panik nichts anmerken zu lassen. Gleich beim ersten Blick durch strömenden Regen auf die Wagenkette vor dem Haus hatte er an Peter gedacht.

Hodge gab ihm bereitwillig Auskunft, ruhig und sachlich, ohne von seinen persönlichen Gefühlen etwas preiszugeben. Es handle sich um Brooke, erklärte er Lynley. Man habe ihn ins frühere Schulzimmer gebracht.

Hatte diese Auskunft zunächst eine gewisse Erleichterung hervorgerufen – so schlimm konnte es nicht sein, wenn man Brooke nicht augenblicklich ins Krankenhaus gebracht hatte –, so erlosch alle Hoffnung, als Lynley wenige Minuten später das Schulzimmer im Ostflügel des Hauses betrat. Die Leiche lag in Laken gehüllt auf einem langen, zerkratzten Tisch in der Mitte des Raums, auf demselben Tisch, an dem Generationen junger Lynleys den ersten Privatunterricht erhalten hatten, ehe sie ins Internat gesteckt worden waren. Eine Gruppe Männer stand in gedämpftem Gespräch um den Tisch herum, unter ihnen Inspector Boscowan und der Sergeant, der ihn auch am Vorabend begleitet hatte, um John Penellin abzuholen. Boscowan gab gerade zwei Beamten der Spurensicherung mit schmutzbespritzten Hosenbeinen und regennassen Jacken seine Anweisungen. Die Polizeiärztin stand abwartend dabei. Der Koffer zu ihren Füßen war ungeöffnet, sie schien nicht die Absicht zu haben, den Toten hier zu untersuchen.

»Jasper fand ihn in der Bucht«, sagte St. James leise, als Lynley zu ihm trat. Er wandte sich nicht vom Fenster ab. Auch seine Kleider waren feucht, wie Lynley sah, und auf seinem Hemd waren Blutflecken, die der Regen zu blassen Farbklecksen ausgewaschen hatte. »Es sieht nach einem Unfall aus. Oben auf den Felsen über der Bucht scheint es glatt gewesen zu sein. Er muß ausgerutscht sein.« Er blickte einen Moment zu der Gruppe bei der Leiche, ehe er Lynley ansah. »Zumindest sieht es Boscowan fürs erste so.«

Die Frage, die Lynley aus dieser letzten vorsichtigen Bemerkung heraushörte, stellte er nicht, und Lynley war dankbar für den Aufschub. Er fragte: »Warum hat man ihn nicht gelassen, wo er war, St. James? Wer hat ihn weggebracht?«

»Deine Mutter. Es hatte zu regnen angefangen. Sid war als erste bei ihm. Wir haben einfach den Kopf verloren, allen voran ich selbst.« Der Ast eines Baumes schlug vom Wind gerüttelt an die Fensterscheibe. St. James trat tiefer in die Nische und hob den Blick zum oberen Stockwerk des

Flügels gegenüber, zu dem Eckfenster neben Lynleys Schlafzimmer. »Wo ist Peter?«

Es war nur ein kurzer Aufschub gewesen. Lynley fühlte sich versucht zu lügen, seinen Bruder irgendwie zu schützen, aber er konnte es nicht. Er hätte allerdings auch nicht erklären können, was ihn trieb, die Wahrheit auszusprechen, ob es selbstgerechtes Moralgefühl war oder stumme Bitte um St. James' Hilfe und Verständnis. »Er ist weg.«

»Und Sasha?«

»Auch.«

»Wohin?«

»Ich weiß es nicht.«

St. James' ganze Reaktion war nur ein Wort, das eher wie ein Seufzer klang. »Prächtig.« Dann: »Seit wann? War sein Bett benutzt?«

»Nein.« Lynley sagte nicht, daß er das schon um halb acht Uhr an diesem Morgen bemerkt hatte, als er zu seinem Bruder gegangen war, um mit ihm zu sprechen. Er sagte auch nichts davon, daß er Jasper losgeschickt hatte, Peter zu suchen, und er verschwieg das eigene Entsetzen, das ihn durchzuckt hatte, als er beim Anblick des Notarztwagens vor dem Haus und dem Gedanken, Peter könnte tot sein, nicht nur Schrecken verspürt hatte, sondern auch Erleichterung.

Er sah, daß St. James Brookes Leiche nachdenklich betrachtete. »Peter hat damit nichts zu tun«, sagte er. »Es war ein Unfall. Das hast du selbst gesagt.«

»Es würde mich interessieren, ob Peter wußte, daß Brooke gestern abend mit uns gesprochen hat«, sagte St. James. »Meinst du, Brooke hat es ihm gesagt?«

Lynley wußte, was hinter der Frage steckte. Es war eben der Gedanke, dem er selbst sich nicht entziehen konnte. »Peter ist kein Killer. Verdammt noch mal, das weißt du so gut wie ich.«

»Dann mußt du ihn finden. Ob er nun ein Killer ist oder nicht, er hat einiges zu erklären, meinst du nicht?«

»Jasper sucht ihn seit heute morgen.«

»Aha, ich habe mich schon gefragt, was er unten in der Bucht zu tun hatte. Er glaubte wohl, Peter wäre dort?«

»Dort oder in der Mühle. Er hat überall nach ihm gesucht. Auch außerhalb der Gutsgrenzen.«

»Sind Peters Sachen noch hier?«

»Ich – nein.« Lynley kannte St. James gut genug, um zu wissen, was für Überlegungen seine Antwort nach sich ziehen würde. Wenn Peter Hals über Kopf aus Howenstow geflohen wäre, weil er wußte, daß sein Leben in Gefahr war, hätte er seine Habseligkeiten zurückgelassen. Wenn er andererseits verschwunden war, nachdem er einen Mord verübt hatte, von dem er wußte, daß er viele Stunden nicht entdeckt werden würde, hatte er Zeit genug gehabt, seine Sachen zu packen und sich in der Gewißheit aus dem Staub zu machen, daß man auf sein Verschwinden erst aufmerksam werden würde, wenn Brookes Leiche gefunden wurde. Immer vorausgesetzt, er hatte ihn tatsächlich getötet. Immer vorausgesetzt, Brooke war tatsächlich ermordet worden. Heute morgen war Lynley der Gedanke, Peter könnte Deborahs Fotoausrüstung gestohlen haben, um sich Kokain zu beschaffen, unerträglich gewesen. Jetzt sah alles anders aus. Denn wie wahrscheinlich war es, daß sein Bruder sowohl mit dem Verschwinden der Fotoausrüstung als auch mit Brookes Tod zu tun hatte? Wenn sein Handeln ganz auf die Beschaffung von Kokain gerichtet gewesen war, weshalb hätte er sich damit aufhalten sollen, Brooke zu beseitigen?

»Wir nehmen die Leiche jetzt mit.« Der Sergeant war zu ihnen getreten. Trotz des Regens roch er nach Schweiß, und seine Stirn glänzte fettig. »Wenn Sie gestatten.«

Lynley nickte kurz und sehnte sich nach einem Whisky.

Angenehmerweise öffnete sich in diesem Moment die Zimmertür, und seine Mutter kam mit einem Teewagen herein, auf dem zwei Kannen, drei Karaffen und mehrere Platten mit Gebäck standen. Ihre Blue Jeans und Schuhe waren schmutzig, das weiße Hemd hatte einen Riß, ihr Haar war zerzaust. Doch ihr Aussehen schien sie überhaupt nicht zu kümmern. Mit selbstverständlicher Autorität sagte sie zu Boscowan: »Ich habe zwar keine Ahnung von Ihren Vorschriften, Inspector, aber es wird Ihnen doch sicher nicht verboten sein, sich etwas aufzuwärmen. Kaffee, Tee, Brandy, Whisky. Nehmen Sie, was Sie möchten. Bitte, bedienen Sie sich.«

Boscowan nickte dankend, und seine Beamten, die das als Erlaubnis nahmen, wandten sich dem Teewagen zu.

Boscowan ging gemächlichen Schrittes zu Lynley und St. James hinüber.

»Hat er getrunken, Mylord?«

»Das kann ich nicht sagen. So gut kannte ich ihn nicht. Aber gestern abend hat er getrunken. Wie wir alle.«

»War er betrunken?«

»Den Eindruck hatte ich nicht. Jedenfalls nicht, als ich ihn zuletzt sah.«

»Und wann war das?«

»Als die Gesellschaft sich auflöste. Gegen Mitternacht. Vielleicht etwas später.«

»Wo?«

»Im Salon.«

»Er hat getrunken?«

»Ja.«

»Aber betrunken war er nicht?«

»Das kann ich nicht sagen. Verhalten hat er sich nicht so.« Lynley erkannte die Absicht hinter der Frage. Wenn Brooke betrunken gewesen war, so war er aus eigener Ungeschicklichkeit in den Tod gestürzt. War er nüchtern gewesen, so war er gestoßen worden. Doch Lynley wollte an der Unfalltheorie festhalten, ganz gleich, in welcher Verfassung sich Brooke am vergangenen Abend befunden hatte. »Ob er betrunken war oder nicht, Inspector, er war niemals vorher hier gewesen. Er kannte das Gelände nicht.«

Boscowan nickte, aber ob ihn dieses Argument überzeugte, war nicht zu sagen. »Die Obduktion wird uns zweifellos Klarheit bringen«, meinte er.

»Es war dunkel. Die Felswand ist hoch.«

»Dunkel, wenn der Mann in der Nacht da hinausgegangen ist«, entgegnete Boscowan. »Es kann aber auch sein, daß er erst morgens hinausgegangen ist.«

»Wie war er gekleidet?«

Boscowan zuckte leicht die Achseln. »Er trug noch seinen Abendanzug. Aber bisher spricht nichts dagegen, daß er die Nacht durch mit einem Ihrer Gäste aufgeblieben ist. Solange wir nicht die Todeszeit wissen, können wir nichts mit Gewißheit sagen. Außer, daß er tot ist.« Er nickte kurz und kehrte zu seinen Leuten beim Teewagen zurück.

»Wo bleiben die anderen Fragen?« sagte Lynley. St. James zählte sie auf. »Wer hat ihn zuletzt gesehen? Ist sonst jemand vom Gut verschwunden? Wer war gestern abend hier? Wer befand sich sonst noch auf dem Gelände? Hat jemand Grund gehabt, ihm übel zu wollen?«

»Warum stellt er sie nicht?«

»Ich vermute, er wartet auf den Obduktionsbefund. Ihm würde ein Unfall besser ins Konzept passen.«

»Wieso?«

»Weil er glaubt, Cambreys Mörder bereits zu haben. Und John Penellin kann Brooke ja nicht getötet haben.«

»Du meinst, da besteht ein Zusammenhang?«

»Bestimmt.« Der Schatten einer Bewegung draußen in der

Auffahrt zog ihre Aufmerksamkeit auf sich. »Jasper«, sagte St. James.

Der alte Mann schlurfte mit eingezogenem Kopf durch die Pfützen, offensichtlich auf dem Weg zum Westflügel des Hauses.

»Hören wir uns an, was er zu sagen hat«, schlug Lynley vor.

Sie trafen ihn vor den Gesinderäumen, wo er den Regen von seinem verbeulten alten Südwester schlug. Nachdem er auch seinen Mantel ausgeschüttelt hatte, hängte er beides an einen Wandhaken, ehe er aus den grünen, schlammbedeckten Gummistiefeln stieg. Er nickte Lynley und St. James kurz zu und folgte ihnen, als er soweit war, ins Rauchzimmer, wo er einen Whisky gegen die Kälte annahm.

»Nirgends zu finden«, berichtete er Lynley. »Aber Ihr Boot ist nicht mehr in der Lamorna-Bucht.«

»Was?« fragte Lynley bestürzt. »Sind Sie sicher, Jasper?«

»Klar bin ich sicher. Es ist nicht mehr da.«

Lynley starrte zu dem Fuchs über dem Kamin hinauf und bemühte sich zu begreifen, aber nur einzelne Fakten sprangen ihm durch den Sinn. Sie wollten sich nicht zusammenfügen. Das große Segelboot der Familie lag in Lamorna. Peter segelte seit seinem fünften Lebensjahr. Es hatte schon seit dem Morgen nach Sturm ausgesehen. Niemand, der auch nur einen Funken Verstand und Erfahrung besaß, wäre mit dem Boot hinausgefahren.

»Es muß sich irgendwie losgerissen haben.«

Jasper gab einen Laut spöttischer Geringschätzung von sich, doch sein Gesicht war ausdruckslos, als Lynley sich ihm wieder zuwandte. »Wo haben Sie noch gesucht?«

»Überall. Zwischen Nanrunnel und Treen.«

»Trewoofe? St. Buryan? Landeinwärts auch?«

»Ja. Ein Stück. Weit hab' ich da nicht zu suchen brauchen. Wenn der Junge zu Fuß unterwegs ist, hätte ihn jemand gesehen. Aber ich hab' nichts dergleichen gehört.« Jasper rieb sich über das stoppelige Kinn. »Wenn Sie mich fragen, hat er sich mit seiner Freundin hier irgendwo versteckt, oder die beiden haben gleich bei Howenstow jemanden gefunden, der sie mitgenommen hat. Oder sie sind mit dem Boot weg.«

»Das hätte er nie getan. Er ist doch nicht vollkommen –« Lynley brach ab. Wozu Jasper seine schlimmsten Befürchtungen mitteilen? Zweifellos wußte der Mann sie ohnehin schon alle. »Danke, Jasper. Lassen Sie sich in der Küche was zu essen geben.«

Der Alte nickte und ging zur Tür. Auf der Schwelle jedoch blieb er noch einmal stehen. »Ich hab' gehört, daß sie gestern abend John Penellin mitgenommen haben.«

»Ja, das stimmt.«

Jaspers Mund zuckte, als wolle er noch etwas sagen, traue sich aber nicht recht.

»Was ist denn?« fragte Lynley aufmunternd.

»Der sollte nicht für andere büßen, wenn Sie mich fragen«, sagte Jasper und ging davon.

»Was weiß Jasper noch?« fragte St. James, als sie allein waren.

Lynley starrte gedankenverloren zu Boden, ehe er den Kopf hob und sagte: »Nichts, denke ich. Das ist einfach seine Einstellung.«

»In bezug auf John?«

»Ja. Und auch in bezug auf Peter. Er scheint seine eigenen Ansichten darüber zu haben, wem an dem allen Schuld zuzumessen ist.« Nie zuvor hatte Lynley sich so unfähig gefühlt, zu handeln oder zu entscheiden. Er hatte das Gefühl, sein ganzes Leben sei außer Kontrolle geraten.

16

»Allmächtiger, wie tief sind wir gesunken!« stöhnte Helen. Sie ließ ihren Koffer zu Boden plumpsen, seufzte einmal tief und ließ ihre Handschuhe an den Fingerspitzen baumeln. »Mittagessen im Bahnhofsrestaurant. Wie kann man nur!«

»Hör mal, es war *dein* Vorschlag, Helen.« Deborah stellte ebenfalls ihr Gepäck ab und sah sich mit einem zufriedenen Lächeln in ihrer kleinen Wohnung um. Es tat überraschend gut, daheim zu sein, auch wenn das Daheim nur aus einem einzigen Zimmer in Paddington bestand.

»Schuldig!« sagte Helen. »Aber wenn man praktisch am Verhungern ist, kann man sich eben gastronomischen Snobismus nicht leisten. Da bleibt einem nichts anderes übrig, als sich in die nächste Kaschemme zu stürzen, die in Sicht kommt.« Sie schauderte bei der Erinnerung an ihr Mittagessen. »Diese Würstchen! Ekelhaft!«

Deborah lachte. »Möchtest du etwas zur Stärkung? Eine Tasse Tee? Ich habe sogar ein Rezept für einen Gesundheitstrank, der dir vielleicht schmecken wird. Tina hat es mir gegeben. Ein Aufbaumittel, nannte sie es.«

»Das kann ich mir vorstellen, daß sie nach einer Begegnung mit Mick Cambrey Aufbau nötig hatte, wenn man seinem Vater glauben kann«, sagte Helen. »Aber ich verzichte auf das Vergnügen. Gehen wir lieber gleich mal mit seinem Foto nach nebenan.«

Deborah nahm das Bild aus ihrer Schultertasche und ging Helen voraus. Der Hausflur war schmal, mit Türen zu beiden Seiten. Ein scharfer Geruch stieg von dem relativ neuen Teppich auf dem Fußboden auf. Deborah klopfte leicht an Tina Cogins Wohnungstür.

»Tina ist – na ja, sie ist eine Nachtschwärmerin«, erklärte sie Helen. »Kann gut sein, daß sie noch gar nicht da ist.«

Das schien tatsächlich der Fall zu sein. Auf Deborahs Klopfen jedenfalls rührte sich nichts. Sie versuchte es ein zweites Mal etwas lauter. Dann ein drittes Mal. »Tina?« rief sie.

Die Tür gegenüber wurde geöffnet, und eine alte Frau sah heraus, um den Kopf voller Lockenwickel ein Tuch, das sie unter dem Kinn gebunden hatte.

»Die ist nicht da.« Die Frau hielt vor der Brust einen dünnen, lilafarbenen Morgenrock zusammen, den ein Muster scheußlicher orangefarbener Blüten und hellgrüner Palmwedel zierte, bei dessen Anblick einem jeder Wunsch, in die Tropen zu reisen, schlagartig verging. »Sie ist schon zwei Tage weg.«

»Wie dumm«, sagte Helen. »Haben Sie eine Ahnung, wohin sie verreist ist?«

»Das möcht' ich auch gern wissen«, antwortete die Frau. »Sie hat sich mein Bügeleisen gepumpt, und jetzt steh' ich da.«

»Das ist ja allerhand«, erklärte Helen, als habe sie volles Verständnis dafür, daß die Frau einzig in Ermangelung ihres Bügeleisens gezwungen war, am hellichten Nachmittag im Morgenmantel herumzulaufen. »Aber vielleicht kann ich es Ihnen wieder holen.« Sie wandte sich an Deborah. »Gibt es hier einen Hausmeister?«

»Ja, im Parterre«, antwortete Deborah und fügte leise hinzu: »Aber Helen, du kannst doch nicht –«

»Dann geh' ich gleich mal hinunter, ja?« Sie winkte Deborah vielsagend zu und eilte zum Aufzug.

Die alte Frau musterte Deborah von Kopf bis Fuß. Nervös lächelte Deborah und suchte verzweifelt nach einer beiläufigen Bemerkung über das Haus, das Wetter, irgend etwas, das die Frau davon abhalten konnte, sich darüber Gedanken zu machen, warum Helen einer Wildfremden gegenüber so überaus zuvorkommend war. Sie gab ihre Bemühungen auf, als ihr nichts Passendes einfiel, und zog sich in ihre Wohnung zurück. Keine zehn Minuten später war Helen wieder da und schwenkte triumphierend den Schlüssel zu Tinas Wohnung.

Deborah war verblüfft. »Wie hast du das geschafft?«

Helen lachte. »Findest du nicht, daß ich aussehe wie Tinas einzige Schwester, die extra aus Edinburgh angereist ist, um mit ihrem Schwesterherz ein paar schöne Tage zu verbringen?«

»Das hat er dir abgenommen?«

»Es war aber auch eine Glanzvorstellung. Ich hätte es mir beinahe selbst abgenommen. Wollen wir?«

Sie gingen wieder zu der Wohnung hinüber. Deborah war etwas mulmig bei dem Gedanken an Helens Vorhaben.

»Das ist doch bestimmt gesetzeswidrig«, sagte sie. »Nennt man das nicht Einbruch?«

»Na hör mal«, protestierte Helen, während sie, ohne zu zögern, den Schlüssel ins Schloß schob. »Wir haben doch einen Schlüssel. Von Einbruch kann keine Rede sein. Voilà. Da sind wir schon. Und kein Nachbar hat was gemerkt.«

»Ich bin die Nachbarin.«

Helen lachte. »Wie praktisch.«

Die Wohnung glich in Größe und Schnitt genau der Deborahs. Sie enthielt allerdings mehr Mobiliar, und jedes Stück zeugte von beträchtlichem finanziellen Aufwand. Von chintzbezogenen Couchgarnituren, Tischen aus zweiter Hand und billigen Reproduktionen an den Wänden hielt Tina Cogin offensichtlich nichts. Edles Holz war mehr ihr Geschmack – Eiche und Mahagoni, Rosenholz und Birke. Der Teppich war handgewebt, der Wandbehang stammte eindeutig von einem Künstler. Tina Cogin liebte den Luxus, wie es schien.

»Hm«, meinte Helen, während sie das alles auf sich wirken ließ, »das Geschäft scheint zu florieren. Ah, da ist ja das

Bügeleisen. Erinnere mich daran, es mitzunehmen, wenn wir gehen.«

»Gehen wir denn nicht jetzt?«

»Gleich, mein Schatz. Laß mir nur einen kleinen Moment Zeit, um mich umzusehen. Ich möchte gern ein Gefühl für diese Frau bekommen.«

»Aber wir können doch nicht –«

»Wir wollen Simon schließlich etwas erzählen können, wenn wir ihn anrufen, Deborah. Wär' doch ein bißchen mager, wenn wir lediglich berichten könnten, daß wir mehrmals vergeblich geklopft haben. Da hätte die Reise sich ja überhaupt nicht gelohnt.«

»Aber wenn sie plötzlich kommt? Helen! Überleg doch.«

Jeden Augenblick mit Tinas Rückkehr rechnend und krampfhaft überlegend, was sie zu ihr sagen würde, wenn sie plötzlich zur Tür hereinkommen sollte, folgte Deborah Helen in die Kochnische und sah ihr vor Nervosität zappelnd zu, wie sie in aller Ruhe die Küchenschränke öffnete. Es gab nur zwei, und sie enthielten lediglich das absolut Notwendige: Kaffee, Salz, Zucker, ein paar Gewürze, ein Päckchen Salzgebäck, eine Dose Suppe, einen Karton Cornflakes. Auf einem Board standen zwei Teller, zwei Suppenschalen, zwei Tassen und vier Gläser. Auf der Arbeitsplatte darunter stand eine geöffnete Flasche Wein, die noch zu drei Vierteln gefüllt war. Außer einer Kaffeekanne, einem verbeulten Topf und einem Emailkessel gab es keinerlei Kochutensilien. Über die Persönlichkeit Tina Cogins gab die Küche nur spärliche Auskunft. Helen faßte es zusammen.

»Sie scheint sich hier nichts zu kochen. Na ja, in der Praed Street gibt es massenhaft Lokale, bei denen man sich etwas holen kann.«

»Aber was macht sie, wenn sie Männer hier hat?«

»Tja, das ist die Frage. Vielleicht kredenzt sie ihren Freiern nur ein Glas Wein, ehe es zur Sache geht. Schauen wir mal, was es sonst noch zu sehen gibt.«

Helen ging zum Schrank und öffnete die Türen. Ordentlich auf Bügeln hingen Abend- und Cocktailkleider, mehrere Stolen – eine davon aus Pelz –, und darunter stand ein ganzes Sortiment hochhackiger Schuhe und Sandaletten. Im oberen Fach lagen Hutschachteln, darunter stapelten sich Negligés. Das unterste Fach war leer, jedoch ohne ein Stäubchen, was nahelegte, daß dort normalerweise etwas aufbewahrt wurde.

Helen tippte sich nachdenklich an die Wange und warf dann einen raschen Blick in die Kommode. »Nur Unterwäsche«, berichtete sie Deborah. »Scheint alles Seide zu sein, aber ich kann's mir verkneifen, da herumzukramen.« Sie stieß die Schubladen wieder zu und lehnte sich mit verschränkten Armen an die Kommode. »Warte mal, Deborah«, sagte sie mit gerunzelter Stirn. »Irgendwas – Moment mal.« Sie eilte ins Badezimmer und rief: »Nimm dir doch inzwischen den Schreibtisch vor, hm?«

Das Apothekerschränkchen wurde geöffnet, eine Schublade quietschte, ein Schloß schnappte zu, Papier raschelte. Helen brummte vor sich hin.

Deborah sah auf ihre Uhr. Sie befanden sich noch keine fünf Minuten in der Wohnung. Es kam ihr vor wie eine Stunde.

Sie ging zum Schreibtisch. Es stand nichts darauf als ein Telefon und ein Anrufbeantworter, neben dem ein Notizblock lag. Obwohl Deborah sich dabei äußerst albern vorkam, hielt sie, vor allem, weil ihr nichts Besseres einfiel, den Block ans Licht, um zu sehen, ob sich im Papier irgendwelche von einem Stift hinterlassenen Druckstellen erkennen ließen. Aber außer einigen punktförmigen Abdrücken, die nichts besagten, sah sie nichts. Sie wandte sich den Schubladen zu. Die ersten beiden waren leer. In der dritten lagen ein Sparbuch, ein brauner Hefter und eine einsame Karteikarte. Deborah nahm sie heraus.

»Komisch«, sagte Helen, als sie aus dem Bad kam. »Sie ist seit zwei Tagen weg, wenn uns die Nachbarin die Wahrheit gesagt hat, aber sie hat ihre gesamten Schminksachen hier gelassen. Sie hat kein einziges Abendkleid mitgenommen, aber die Tageskleider fehlen alle. Und im Bad liegt eine ganze Garnitur dieser scheußlichen künstlichen Fingernägel. Du weißt schon, die man aufkleben muß. Wieso hat sie die runtergenommen? Wo es doch so eine Strapaze ist, sie aufzukleben.«

»Vielleicht ist es eine Ersatzgarnitur«, meinte Deborah. »Vielleicht ist sie aufs Land gefahren, irgendwohin, wo sie keine eleganten Sachen braucht und wo ihr die künstlichen Fingernägel nur lästig wären. In den Lake-Distrikt. Oder zum Fischen nach Schottland. Zu Verwandten, die einen Bauernhof haben.« Deborah sah, wohin ihre Gedanken führten.

»Nach Cornwall«, sagte Helen und wies mit dem Kopf auf die Karteikarte. »Was hast du da?«

Deborah warf einen Blick darauf. »Zwei Telefonnummern. Vielleicht ist die von Mick Cambrey dabei. Soll ich sie aufschreiben?«

»Ja, tu das.« Helen kam zu ihr und sah ihr über die Schultern. »Ich fange langsam an, diese Frau zu bewundern. Ich würde nicht einmal an eine Reise denken, ohne wenigstens einen Kosmetikkoffer mitzuschleppen, der zum Brechen voll ist. Und was macht sie? Läßt ihren ganzen Krempel einfach hier liegen. Mir scheint, wir haben es mit einer Frau zu tun, die nach dem Motto alles oder nichts lebt. Entweder Naturkind oder männermordender...« Helen geriet ins Stocken.

Deborah blickte auf. Ihr Mund war trocken. »Helen, sie kann ihn nicht getötet haben.« Noch während sie es sagte, wuchs ihr Unbehagen. Was wußte sie schließlich über Tina Cogin? Im Grunde gar nichts. Dem kurzen Gespräch mit ihr war kaum mehr zu entnehmen gewesen als eine Schwäche für Männer, ein Hang zum Nachtleben und eine gewisse Angst vor dem Alter. Doch das Böse in einem Menschen, das konnte man spüren, auch wenn er sich noch so sehr bemühte, es zu verbergen. Und ganz sicher konnte man die Neigung zu Aggressivität wahrnehmen. Nichts davon jedoch hatte bei Tina Cogin durchgeschienen. Dennoch ließ Mick Cambreys Tod und die Tatsache, daß er mit Tina Cogin in Verbindung gestanden hatte, Zweifel wach werden.

Blind griff Deborah nach dem braunen Hefter, als könnte er ihr Tina Cogins Harmlosigkeit beweisen. *Interessenten*, stand auf dem Etikett. Innen lag ein Bündel Papiere, das mit einer Heftklammer zusammengehalten war.

»Was sind das für Zettel?« fragte Helen.

»Namen und Adressen. Telefonnummern.«

»Ihre Kundenliste?«

»Das glaube ich nicht. Schau! Es sind mindestens hundert Namen. Auch Frauen.«

»Eine Versandliste?«

»Vielleicht. Hier ist auch noch ein Sparbuch.« Deborah zog es aus der Plastikhülle.

»Heraus mit der Sprache«, sagte Helen. »Lohnt sich das Gewerbe? Soll ich vielleicht den Beruf wechseln?«

Deborah überflog die Eintragungen, blätterte zum Namen auf der ersten Seite. »Es gehört gar nicht ihr«, sagte sie überrascht. »Es gehört Mick Cambrey. Ich habe zwar keine Ahnung, was er getrieben hat, aber es war irre lukrativ.«

»Mr. Allcourt-St. James? Das ist aber wirklich ein Vergnügen.« Dr. Alice Waters stand auf und gab dem Laboranten, der St. James in ihr Büro geführt hatte, zu verstehen, daß er gehen könne. »Ich glaubte schon heute morgen in Howenstow, Sie erkannt zu haben, aber ich war mir nicht ganz sicher. Was führt Sie in meine Klause?«

Es war eine angemessene Wortwahl. Das Büro der Pathologin der Kriminalpolizei Penzance war kaum mehr als eine überfüllte Zelle; zwei bis auf die letzte Lücke vollgestopfte Bücherwände; ein uralter Sekretär; ein Skelett mit einem Polizeihelm und einer Gasmaske aus dem Zweiten Weltkrieg; Stapel von Fachzeitschriften, Ordner und Hefte voller Berichte und Korrespondenz. Nur ein schmaler Pfad führte von der Tür zum Schreibtisch, neben dem ein Stuhl stand – ein ausgefallenes Stück mit kunstvollen Schnitzereien, die sich zu einem Muster von Blumen und Vögeln gruppierten. Er hätte eher in ein Landhaus gepaßt, als in das Büro einer Polizeipathologin. Nachdem Alice Waters St. James mit kräftigem Händedruck begrüßt hatte, wies sie auf eben diesen Stuhl.

»Nehmen Sie den Thron«, sagte sie. »Zirka 1675. Das war eine gute Zeit für Stühle, wenn einen etwas überladene Pracht nicht stört.«

»Sie sammeln?«

»Man braucht ja etwas, das einen von der Arbeit ablenkt.« Sie ließ sich auf ihrem eigenen Platz nieder, einem alten Lehnsessel, dessen Leder von Rissen und Falten durchzogen war, und kramte unter den Papieren auf ihrem Schreibtisch, bis sie eine kleine Schachtel Pralinen aufgestöbert hatte, die sie ihm anbot. Nachdem er seine Wahl getroffen hatte, nahm sie ebenfalls ein Stück von dem Konfekt und biß mit Genuß hinein. »Ich lese Ihre Aufsätze immer mit großem Interesse. Ich hätte mir nicht träumen lassen, daß ich Sie einmal persönlich kennenlernen würde. Sie sind wegen dieser Geschichte in Howenstow hier?«

»Eigentlich wegen der Sache Cambrey.«

Alice Waters zog die Augenbrauen hoch. Sie schob das letzte

Stück Schokolade in den Mund, wischte sich die Finger an ihrem weißen Kittel ab und zog unter einem Usambaraveilchen, das allem Anschein nach seit Wochen nicht mehr gegossen worden war, einen Hefter heraus.

»Wochenlang sitze ich hier und drehe Däumchen, und dann werden mir innerhalb von weniger als achtundvierzig Stunden gleich zwei Leichen beschert.« Sie klappte den Hefter auf, las einen Moment und schlug ihn wieder zu. Sie griff nach einem Schädel, der von einem der Bücherregale herabgrinste, und zog eine Heftklammer aus einer Augenhöhle. Er hatte offensichtlich schon früher zu Demonstrationen herhalten müssen, denn er trug überall schwarze Kugelschreibermarkierungen, und irgendwann einmal war ein großes rotes X direkt auf die Kranznaht aufgemalt worden. »Zwei Schläge auf den Kopf. Der schwere traf hier am Scheitelbein. Eine Fraktur war die Folge.«

»Und die Waffe?«

»Ich würde nicht von einer Waffe sprechen. Er stürzte auf irgend etwas.«

»Es ist nicht möglich, daß er einen Schlag bekam?«

Sie schüttelte den Kopf und wies auf den Schädel. »Sehen Sie, die Fraktur ist etwa hier. Er war nicht übermäßig groß – zwischen einssiebzig und einszweiundsiebzig –, aber er hätte sitzen müssen, wenn jemand ihn an dieser Stelle mit solcher Kraft hätte treffen wollen, daß die Verletzung zum Tod führte.«

»Kann sich nicht jemand von hinten an ihn herangeschlichen haben?«

»Ausgeschlossen. Der Schlag erfolgte nicht von oben. Und selbst wenn das der Fall gewesen wäre, hätte der Täter so stehen müssen, daß Cambrey ihn aus dem Augenwinkel wahrgenommen hätte. Er hätte dann zweifellos versucht, den Schlag irgendwie abzufangen, und wir hätten an seinem

Körper entsprechende Spuren gefunden. Quetschungen oder Schürfungen. Aber es war nichts dergleichen feststellbar.«

»Der Killer war vielleicht zu schnell für ihn.«

Sie drehte den Schädel. »Das ist denkbar, aber die zweite Verletzung wäre damit nicht erklärt. Eine weitere Fraktur, weniger schwer, auf der rechten Stirnseite. Wenn Ihr Szenario stimmte, hätte der Mörder ihn erst auf den Hinterkopf geschlagen, ihn dann gebeten, sich freundlicherweise umzudrehen, und ihm den zweiten Schlag von vorn verpaßt.«

»Sprechen wir dann also von einem Unfall? War es so, daß Cambrey stolperte und stürzte und später von einer Person, die zufällig ins Haus kam und ihn fand, aus Rache oder Schadenfreude kastriert wurde?«

»Kaum.« Sie stellte den Schädel wieder auf seinen Platz und lehnte sich in ihrem Sessel zurück. Das Licht der Deckenbeleuchtung funkelte in den Gläsern ihrer Brille.

»Ich stelle mir die Szene folgendermaßen vor: Cambrey steht. Er führt ein Gespräch mit dem Mörder. Es entwickelt sich ein Streit daraus. Er bekommt einen ungeheuer harten Schlag aufs Kinn – wir haben am Unterkiefer schwere Blutergüsse festgestellt, die einzigen von Bedeutung übrigens am ganzen Körper. Er taumelt nach rückwärts, stürzt und schlägt mit dem Kopf gegen einen Gegenstand, der sich etwa einen Meter dreißig über dem Boden befindet.«

St. James stellte sich das Wohnzimmer in Gull Cottage vor. Er wußte, daß Alice Waters selbst dort gewesen war. Sie mußte noch in der Nacht am Ort eine erste Untersuchung des Toten vorgenommen haben. Aber auch wenn man sich noch so fest vornimmt, sich eine Meinung erst nach Prüfung des Autopsiebefunds zu bilden, macht man sich unweigerlich schon beim ersten Blick auf den Toten sein Bild. Und so war es gewiß auch bei ihr gewesen.

»Der Kaminsims?«

Sie nickte. »Die Fallgeschwindigkeit wird durch Cambreys Gewicht beschleunigt. Das Resultat ist die erste Fraktur. Vom Sims rutscht er ab und stürzt tiefer, diesmal jedoch leicht seitlich. Er schlägt mit der rechten Stirnseite auf einen weiteren Gegenstand.«

»Die Feuerstelle?«

»Höchstwahrscheinlich. Diese zweite Fraktur ist nicht so schwer. Aber das ist nebensächlich. Er starb innerhalb von Augenblicken an der ersten Verletzung. Massive Gehirnblutungen. Er hätte nicht gerettet werden können.«

»Aber verstümmelt wurde er erst nach Eintritt des Todes«, meinte St. James nachdenklich. »Es floß kaum Blut.«

»Trotzdem übel genug«, bemerkte Alice Waters.

St. James versuchte sich den Ablauf vorzustellen, wie Alice Waters ihn gezeichnet hatte. Das Gespräch, der Streit, der sich daraus entwickelte, der Ärger, der sich zu Wut steigerte, der Schlag. »Wie lange brauchte der Täter Ihrer Meinung nach, um Cambrey diese Verstümmelung beizubringen? Wenn er in blinder Raserei in die Küche lief, dort ein Messer nahm, vielleicht sogar schon ein Messer mithatte...«

»Von blinder Raserei kann keine Rede sein. Verlassen Sie sich darauf. Zumindest nicht zu dem Zeitpunkt, als die Leiche verstümmelt wurde.« Sie bemerkte seine Verwirrung und sagte, seinen Fragen zuvorkommend: »In blinder Raserei stechen die Leute wild drauf los. Sie kennen das doch. Fünfundsechzig Messerstiche. Das erleben wir dauernd. Aber in diesem Fall waren es nur zwei schnelle Schnitte. Als hätte der Mörder nichts anderes im Sinn gehabt, als an Cambreys Leiche ein Exempel zu statuieren.«

»Und die Waffe?«

Sie schielte nach der Pralinenschachtel und schob sie dann mit einem Seufzer weg. »Da kommt von einem Fleischermesser bis zu einer guten Schere so ziemlich alles in Frage.«

»Aber bis jetzt haben Sie nichts gefunden?«

»Die Spurensicherung arbeitet noch daran. Mit viel Phantasie, muß ich sagen. Sie untersuchen alles von den Küchenmessern bis zu den Sicherheitsnadeln der Babywindeln. Sie nehmen das ganze Dorf auseinander, von den Mülltonnen bis zu den Blumenbeeten. Reine Zeitverschwendung, wenn Sie mich fragen.«

»Wieso?«

Sie wies mit dem Daumen über die Schulter nach rückwärts, als säße sie mitten im Dorf und nicht Kilometer entfernt in Penzance. »Wir haben die Hügel hinter uns.« Der Daumen schoß nach vorn. »Und das Meer vor uns. Die Küste ist von Tausenden kleinen Buchten zerklüftet. Wir haben stillgelegte Gruben. Wir haben einen Haufen voller Fischerboote. Kurz gesagt, es gibt unendlich viele Möglichkeiten, ein Messer verschwinden zu lassen.«

»Es könnte also sein, daß der Mörder für dieses Stück Arbeit gerüstet kam?«

»Kann sein, kann aber auch nicht sein. Es ist unmöglich zu sagen.«

»Aber gefesselt hatte man Cambrey nicht?«

»Der Spurensicherung zufolge weist nichts darauf hin. Keine Hanf- oder Nylonfasern, nichts dergleichen. Er war in guter körperlicher Verfassung. Was die zweite Sache angeht – diese Geschichte in Howenstow heute morgen –, so steht die auf einem ganz anderen Blatt.«

»Drogen?« fragte St. James.

Sie war augenblicklich interessiert. »Das kann ich nicht sagen. Wir haben erst die Voruntersuchungen gemacht. Gibt es...«

»Kokain.«

Sie machte sich eine kurze Notiz. »Das überrascht mich nicht. Was die Leute heutzutage ihrem Körper um des Kitzels willen alles zumuten – lauter Idioten.« Sie versenkte sich, wie es schien, einen Moment lang in düstere Betrachtungen über den Drogenmißbrauch in England. Dann sah sie auf und sagte: »Wir haben einen Alkoholtest gemacht. Er war betrunken.«

»Noch reaktionsfähig?«

»In eingeschränktem Maß, ja. Es reichte, um da rauszumarschieren und abzustürzen. Vier gebrochene Wirbel. Das Rükkenmark war durchtrennt.« Sie nahm ihre Brille ab und rieb sich den Nasenrücken. Ohne die Brille sah sie verletzlich aus und irgendwie nackt. »Hätte er es überlebt, so wäre er gelähmt gewesen. Es ist die Frage, ob er mit dem Tod nicht besser dran war.« Unwillkürlich glitt ihr Blick zu St. James' krankem Bein. Sie lehnte sich ein wenig in ihrem Sessel zurück. »Verzeihen Sie, das tut mir leid. Ich bin überarbeitet.«

Lieber tot als verkrüppelt. Es war immer die gleiche Frage, und St. James hatte sie sich in den Jahren seit seinem Unfall oft genug gestellt. Er überging die Entschuldigung.

»Ist er gestürzt? Oder wurde er gestoßen?«

»Wir untersuchen natürlich Körper und Kleidung auf Spuren eines Kampfes. Aber soweit ich im Moment feststellen kann, war es ein Sturz. Er war betrunken. Er befand sich am höchsten Punkt einer gefährlichen Felswand. Der Tod ist gegen ein Uhr morgens eingetreten. Es war also finster. Und der Himmel war gestern nacht bewölkt. Ich würde sagen, wir können von einem Unglücksfall ausgehen.«

Wie erleichtert Lynley sein würde, das zu hören, dachte St. James. Und doch spürte er ein Widerstreben in sich, Alice Waters' Meinung zu akzeptieren. Gewiß, die äußeren Umstände sprachen für einen Unfall. Aber wie auch immer Brooke zu Tode gekommen sein mochte, die Tatsache, daß er mitten in der Nacht oben auf der Felswand gewesen war, ließ auf ein heimliches Stelldichein schließen.

Ein orkanartiger Sturm heulte um das Haus und peitschte den Regen in wütenden Böen gegen die Fenster des Speisezimmers. Die Vorhänge waren zugezogen, die Geräusche dadurch etwas gedämpft, aber gelegentlich rüttelte der Sturm mit solcher Gewalt an den Fenstern, daß das Klirren der Scheiben und das Knarren des Holzes nicht zu ignorieren waren. St. James riß der Lärm aus seinen schweigenden Betrachtungen über den Tod Mick Cambreys und Justin Brookes, und seine Gedanken wandten sich unwillkürlich dem Verschwinden der *Daze* zu. Er wußte, daß Lynley den ganzen Tag vergeblich nach seinem Bruder gesucht hatte. Die Küste war zerklüftet, ihre Höhlen und Buchten waren vom Land aus schwer zu erreichen.

»Ich habe völlig vergessen, den Speisezettel zu ändern«, bemerkte Daze Asherton entschuldigend angesichts des Überflusses an Speisen auf dem Tisch. »Nach allem, was geschehen ist, habe ich ganz den Überblick verloren. Ursprünglich sollten wir ja heute abend mindestens neun Personen sein. Zehn, wenn Augusta geblieben wäre. Es ist ein Glück, daß sie gestern abend abgefahren ist. Wäre sie heute morgen hier gewesen, als Jasper den toten Brooke fand ...« Sie brach ab, als wäre ihr plötzlich bewußt geworden, wie wirr ihr Gerede klang.

Kerzenschein und Schatten spielten auf dem türkisfarbenen Kleid, das sie anhatte, und verwischten die Linien von Angst und Sorge in ihrem Gesicht, die im Lauf des Tages immer stärker hervorgetreten waren. Sie hatte Peter mit keinem Wort mehr erwähnt, seit sie erfahren hatte, daß er verschwunden war und unauffindbar blieb.

»Der Mensch muß essen, Daze, das ist nun mal so«, bemerkte Cotter, obwohl er sichtlich so wenig Appetit hatte wie alle anderen.

»Aber uns fehlt irgendwie die Lust daran, nicht wahr?« Daze Asherton sah Cotter lächelnd an, aber ihre Angst war fühlbar. Sie drückte sich in ihren hastigen Bewegungen aus, in den flüchtigen Blicken, mit denen sie ihren ältesten Sohn streifte, der in ihrer Nähe saß.

Lynley war knapp zehn Minuten vor dem Abendessen nach Hause gekommen und hatte dann im Verwalterbüro telefoniert, bis zu Tisch gerufen worden war. St. James wußte, daß er mit seiner Mutter nicht über Peter gesprochen hatte, und er schien auch jetzt nicht bereit, etwas über ihn zu sagen.

Daze Asherton schien es zu spüren. Sie wandte sich an St. James. »Wie geht es Sidney?«

»Sie schläft jetzt. Sie möchte morgen nach London zurückfahren.«

»Hältst du das für gut, St. James?« fragte Lynley.

»Sie ist fest entschlossen.«

»Und begleitest du sie?«

Er schüttelte den Kopf. Er hatte die kurze Unterhaltung, die er vor knapp einer Stunde mit seiner Schwester geführt hatte, noch lebhaft im Gedächtnis. Auf seine Frage nach Justin Brooke hatte sie mit Ablehnung geantwortet. »Frag mich nicht, zwing mich nicht«, hatte sie gesagt. Sie hatte fiebrig ausgesehen, krank und elend. »Ich kann nicht, ich kann nicht. Bitte, zwing mich nicht, Simon.«

»Sie möchte allein fahren«, sagte er.

»Vielleicht möchte sie mit seiner Familie sprechen. Hat die Polizei sie schon unterrichtet?«

»Ich weiß gar nicht, ob er überhaupt Familie hat. Ich weiß eigentlich fast gar nichts über ihn.« Außer, fügte er für sich hinzu, daß ich froh bin, daß er tot ist. »Auf jeden Fall denke ich, ist es gut für sie, wenn sie abreist. Niemand hat von ihr verlangt zu bleiben. Jedenfalls nicht offiziell.«

Er sah, daß die anderen ihn verstanden. Die Polizei hatte nicht verlangt, mit Sidney zu sprechen. Für sie war Brookes Tod die Folge eines Unglücksfalls.

Schweigen folgte seinen Worten. Dann klopfte es, und Hodge trat ins Speisezimmer. »Ein Anruf für Mr. St. James.« Hodge hatte eine Art, seine Meldungen zu machen, als stünde das Verhängnis unmittelbar bevor: ein Anruf des Schicksals, Hekate am Apparat. »Im Verwalterbüro. Lady Helen Clyde.«

St. James war dankbar für diesen Vorwand, sich entfernen zu können. Er folgte dem Butler in den Westflügel des Hauses. Nur auf dem Schreibtisch brannte eine Lampe. In ihrem Lichtschein lag der Telefonhörer. Er nahm ihn.

»Sie ist nicht da«, sagte Helen, als sie seine Stimme hörte. »Sie ist anscheinend weggefahren, irgendwohin, wo's locker und ungezwungen zugeht. Sie hat nur ihre Tageskleider mitgenommen. Die Abendsachen hängen alle noch im Schrank. Und es ist kein Koffer in der Wohnung.«

»Ihr seid hineingekommen?«

»Nur ein paar dreiste kleine Lügen, und schon hatte ich den Schlüssel.«

»Du hast deinen Beruf verfehlt, Helen.«

»Weiß ich doch, Darling. Hochstaplerin hätte ich werden müssen. Das hab' ich der Tatsache zu verdanken, daß ich mich in meiner Jugend statt auf der Universität in feinen Mädchenpensionaten herumgetrieben habe. Moderne Sprachen, Kunst, Musik und Phrasendrescherei. Ich wußte, daß sich das eines Tages als nützlich erweisen würde.«

»Aber kein Hinweis darauf, wo sie sein könnte?«

»Sie hat ihr ganzes Schminkzeug dagelassen und ihre Fingernägel –«

»Ihre Fingernägel? Helen, was soll das heißen?«

Sie lachte und erklärte es ihm. »Wir vermuten deshalb, daß sie aufs Land gefahren ist.«

»Nach Cornwall?«

»Ja, das war auch unser erster Gedanke, und wir haben, glaube ich, ziemlich solide Beweise dafür, daß sie Mick Cambrey kannte. Sie hat sein Sparbuch – mit dicken Einzahlungen übrigens –, und wir haben zwei Telefonnummern gefunden. Die eine ist eine Londoner Nummer. Wir haben angerufen und landeten bei der automatischen Ansage einer Firma namens Islington Ltd., die die Geschäftsstunden bekanntgab. Ich geh' dem gleich morgen mal nach.«

»Und die andere Nummer?«

»Cornwall, Simon. Wir haben zweimal angerufen, aber es hat sich niemand gemeldet. Wir dachten, es könnte vielleicht Mick Cambreys Nummer sein.«

St. James zog einen Briefumschlag aus der Seitenschublade des Schreibtischs. »Habt ihr bei der Auskunft nachgefragt?«

»Um sie mit Cambreys Nummer zu vergleichen, meinst du? Die gibt die Auskunft leider nicht heraus. Nicht eingetragen. Hast du was zum Schreiben da? Dann geb' ich sie dir durch. Vielleicht kannst du mehr damit anfangen.«

Er schob den Briefumschlag, nachdem er die Nummer aufgeschrieben hatte, in die Tasche.

»Sid kommt morgen nach London zurück.« Er berichtete Helen vom Tod Justin Brookes. Sie hörte ihm schweigend zu. Er ließ nichts aus und schloß mit den Worten: »Und jetzt ist Peter auch noch verschwunden.«

»Nein!« Im Hintergrund konnte St. James gedämpfte Musik hören. Ein Flötenkonzert. Er wünschte, er säße jetzt in ihrem Wohnzimmer am Onslow Square, über Belanglosigkeiten plaudernd, nichts weiter im Sinn als Analysen von Blut oder Fasern oder Haaren irgendwelcher Leute, die er nicht gekannt hatte und niemals kennenlernen würde.

Sie sagte: »Ach Gott, der arme Tommy. Die arme Daze. Wie kommen sie damit zurecht?«

»Sie bemühen sich, Haltung zu bewahren.«

»Und Sid, wie geht es ihr?«

»Schlecht, Helen. Kannst du dich ein bißchen um sie kümmern? Siehst du morgen abend mal nach ihr, wenn sie zurück ist?«

»Aber natürlich. Mach dir keine Sorgen. Und mach dir vor allem keine Vorwürfe.« Sie zögerte kurz. Wieder hörte er die Musik, zart und flüchtig wie ein feiner Duft. Dann sagte sie: »Simon, Wünsche töten nicht.«

Wie gut sie ihn kannte. »Als ich ihn da am Strand liegen sah und wußte, daß er tot ist –«

»Sei nicht so hart mit dir selbst!«

»Ich hätte ihn töten können, Helen. Weiß Gott, ich wollte es.«

»Solche Gefühle hatte doch jeder von uns schon einmal. Das ist normal. Es hat nichts zu bedeuten, Simon. Du brauchst Ruhe. Die brauchen wir alle. Die letzten Tage waren schlimm.«

Er mußte lächeln über ihren Ton. Mutter, Schwester, liebende Freundin. Er nahm die Absolution an, die sie spendete. »Du hast natürlich recht.«

»Also. Dann geh jetzt zu Bett. Heute nacht geschieht bestimmt nichts mehr.«

»Hoffen wir es.«

Er legte den Hörer auf und blieb einen Moment nachdenklich stehen. Der Regen trommelte an die Fensterscheiben. Der Sturm rüttelte die Bäume. Irgendwo schlug laut eine Tür zu. Er verließ das Büro.

Stimmen im Nordwest-Korridor weckten seine Neugierde.

Bei den Gesinderäumen stand Jasper und sprach mit einem Mann in klatschnassem Ölzeug. Als er St. James sah, winkte er ihn hinüber.

»Bob hat das Boot gefunden«, sagte er. »Am Cribba Head. Aufgelaufen.«

»Es ist eindeutig die *Daze*«, warf der andere Mann ein.

»Ist jemand ...«

»Nein, scheint niemand an Bord zu sein. Wär' auch ganz unmöglich. Bei dem Zustand, in dem das Boot ist.«

17

St. James und Lynley folgten dem rostigen alten Austin des Fischers im Land Rover. Das Licht ihrer Scheinwerfer enthüllte die Verwüstungen, die der Sturm angerichtet hatte. Die Auffahrt war übersät von abgerissenen Rhododendronzweigen und lilafarbenen Blüten, die unter den Rädern der Fahrzeuge zerdrückt wurden. Der große Ast einer Platane versperrte ihnen fast die Durchfahrt. Am Verwalterhaus schlugen krachend die Fensterläden gegen die Mauern. Wasser strömte in Gießbächen aus den Regenrinnen. Kletterrosen, die der Wind vom Spalier gerissen hatte, lagen in unglücklichen Haufen auf den Steinplatten und dem Rasen.

Lynley bremste ab, und Mark Penellin sprintete zum Wagen. An der offenen Tür stand mit flatterndem Rock Nancy Cambrey und sah zu ihnen heraus. Sie rief etwas, das im Sturm verlorenging. Während Mark hinten einstieg, kurbelte Lynley sein Fenster ein wenig herunter.

»Haben Sie was von Peter gehört?« Nancy hielt die Haustür fest, ehe der Wind sie gegen die Mauer drücken konnte. Im Hintergrund war das dünne Weinen des Kindes zu hören. »Soll ich irgendwas tun?«

»Bleiben Sie beim Telefon«, rief Lynley zurück. »Falls wir etwas brauchen sollten.«

Sie nickte, winkte und schlug die Haustür zu. Lynley legte den Gang ein. Sie fuhren an, durch eine Wasserpfütze und Schlamm auf die Auffahrt hinaus.

»Das Boot ist bei Cribba Head?« fragte Mark Penellin und strich sich das triefende Haar aus dem Gesicht.

»Nach allem, was wir bisher wissen, ja«, antwortete Lynley. »Was ist Ihnen denn passiert?«

Mark berührte automatisch ein Pflaster über seiner rechten Augenbraue. Sein Handrücken und die Fingerknöchel waren aufgeschürft. Er schüttelte wegwerfend den Kopf. »Ich wollte die verdammten Läden festmachen und hätte mich dabei beinahe selbst k.o. geschlagen.« Er schlug den Kragen seines Ölmantels hoch und knöpfte ihn bis zum Hals zu. »Ist es wirklich die *Daze*?«

»Sieht so aus.«

»Und von Peter keine Nachricht?«

»Nein.«

»Wahnsinn«, sagte Mark. Er zog eine Schachtel Zigaretten heraus, bot sie Lynley und St. James an. Als beide ablehnten, zündete er sich selbst eine Zigarette an, rauchte aber nur ein paar Züge, ehe er sie wieder ausdrückte.

»Sie haben Peter nicht gesehen?« fragte Lynley.

»Seit Freitag nachmittag nicht mehr. Da war ich unten in der Bucht.«

St. James warf einen Blick nach rückwärts. »Peter sagte, er hätte Sie nicht gesehen.«

Mark zog eine Augenbraue hoch. »Aber natürlich hat er mich gesehen«, entgegnete er und fügte mit einem vorsichtigen Blick zu Lynley hinzu: »Vielleicht hat er's vergessen.«

Abgesehen vom Licht ihrer Scheinwerfer und dem gelegentlichen Schimmer aus dem Fenster eines einsamen Hauses, war es stockdunkel. Sie mußten langsam fahren. Die Straße war teilweise überschwemmt, hohe Hecken neigten sich vom Sturm gepeitscht gefährlich dicht zu den Fahrzeugen hinunter. Zweimal mußten sie im strömenden Regen anhalten, um die Straße freizumachen, ehe sie weiterfahren konnten. Sie brauchten fast eine Stunde für eine Fahrt, die normalerweise nicht länger als fünfzehn Minuten dauerte.

Außerhalb von Treen rumpelten die Wagen über den holprigen Pfad zum Cribba Head. Etwa zwanzig Meter von dem Weg entfernt, der zur Penberth-Bucht hinunterführte, hielten sie an. Mark Penellin reichte Lynley vom Rücksitz einen Ölmantel, den er über seinen abgetragenen grauen Pullover zog.

»Warte du lieber hier, St. James. Der Weg ist schlecht.«

»Ich gehe mit, so weit ich kann.«

Lynley nickte nur und stieß seine Tür auf. Sie stiegen aus. Sturm und Regen fielen über sie her. St. James brauchte sein ganzes Körpergewicht, um seine Tür zu schließen, nachdem Mark Penellin aus dem Wagen gesprungen war.

»Mann!« schrie der Junge laut. »Das ist vielleicht ein Wetter!« Gemeinsam mit Lynley zog er Seile, Rettungswesten und Rettungsringe aus dem Kofferraum des Wagens.

Der Fischer hatte die Scheinwerfer seines Austin eingeschaltet gelassen. Über der Schulter trug er eine Rolle Seil.

»Sie ist unten in der Bucht«, schrie er, als sie sich näherten. »Ungefähr fünfzig Meter weit draußen. Auf den Felsen. Nase nach Nordosten. Rah und Mast sind so ziemlich hinüber.«

Mühsam kämpften sie sich gegen den eiskalten Sturm bis zum Felsrand vor. Dort führte, glitschig und gefährlich infolge des Regens, ein schmaler, steiler Weg zur Bucht hinunter, in der die Lichter einiger kleiner Steinhäuser flimmerten, die direkt am Wasser standen. Es gab keine Möglichkeit, zu dem Boot hinauszugelangen. Selbst wenn ein kleines Skiff die Brandung hätte überwinden können, wäre es unweigerlich an den Felsen zerschellt, die der *Daze* zum Verhängnis geworden waren. Und hinter dem Riff türmten sich an einer felsigen Landzunge haushohe Wellen. Gischtfontänen erfüllten die Luft.

»Ich schaff' das nicht, Tommy«, rief St. James, als er den Pfad sah. »Ich warte hier oben.«

Lynley hob nickend die Hand und begann den Abstieg. Die anderen folgten, vorsichtig einen Fuß vor den anderen setzend, während sie sich rechts und links an Felsvorsprüngen festhielten, um nicht ins Rutschen zu geraten. St. James sah ihnen nach, bis sie von der Dunkelheit verschluckt wurden, dann drehte er um und kämpfte sich durch Sturm und Regen zum Wagen zurück. Der Schlamm an seinen Schuhen machte jeden Schritt beschwerlich, und er war außer Atem, als er den Rover wieder erreicht hatte. Seine rechte Seite schmerzte. Er zog die Wagentür auf und ließ sich auf den Sitz fallen. Drinnen schlüpfte er aus dem schlecht sitzenden Ölmantel und dem nassen Pullover. Er schüttelte sich das Regenwasser aus dem Haar. Er schlotterte vor Kälte, wünschte, er hätte trockene Kleider mitgebracht, und dachte über das nach, was der Fischer gesagt hatte. Im ersten Moment hatte er geglaubt, nicht richtig gehört zu haben. Nase nach Nordosten auf den Felsen. Das mußte ein Irrtum sein. Aber ein Fischer aus Cornwall brachte die Himmelsrichtungen nicht durcheinander. Somit war das Boot entweder gar nicht die *Daze*, oder aber sie mußten ihre Theorien neu überdenken.

Fast dreißig Minuten vergingen, ehe Lynley und Mark zurückkehrten. Der Fischer folgte ihnen. Die Köpfe gegen Wind und Regen eingezogen, blieben sie einen Moment neben dem Austin stehen und sprachen miteinander. Der Fischer gestikulierte mit weit ausholenden Bewegungen. Lynley nickte einmal, sah kurz nach Südwesten hinüber und rannte dann nach einem letzten Kommentar durch Schlamm und Gras zu seinem Wagen zurück. Mark Penellin folgte ihm. Sie verstauten ihre Sachen im Kofferraum und warfen sich dann in den Wagen. Sie waren beide klatschnaß.

»Sie ist nur noch ein Wrack«, berichtete Lynley keuchend. »In einer Stunde wird nichts mehr von ihr übrig sein.«

»Es ist die *Daze*?«

»Eindeutig.«

Vor ihnen heulte der Motor des Austin auf. Der Wagen stieß zurück, wendete und fuhr davon, Lynley starrte durch die von Regen überschwemmte Windschutzscheibe in die Dunkelheit.

»Hast du irgend etwas erfahren?«

»Nur wenig. Sie sahen das Boot gegen Abend hereinkommen. Anscheinend wollte der Narr zwischen den Felsen hindurch in die Bucht, um das Boot dann mit der Winde aus dem Hochwasser herausziehen zu lassen.«

»Hat jemand gesehen, wie es die Felsen rammte?«

»An der Ankerwinde auf der Helling arbeiteten fünf Männer. Als sie sahen, was geschah, trommelten sie eine Mannschaft zusammen, um zu helfen. Sie sind schließlich alle Fischer. Die lassen keinen im Stich, ohne wenigstens einen Versuch zu machen, ihm zu helfen. Aber als sie endlich klare Sicht auf das Boot bekamen, war kein Mensch an Deck.«

»Wie ist das möglich?« St. James bedauerte die impulsive Frage sofort.

»Bei solchem Wetter wird man leicht über Bord gespült«, sagte Mark. »Wenn man nicht vorsichtig ist, wenn man sich nicht anseilt, wenn man keine Erfahrung hat –«

»Peter hat Erfahrung«, unterbrach Lynley.

»In Panik handelt man kopflos, Tommy«, sagte St. James.

Lynley antwortete nicht gleich. Er blickte an St. James

vorbei durch das Seitenfenster und sah zu dem von Regen durchweichten Pfad hinaus, der zur Bucht hinunterführte. Wasser tropfte aus seinem Haar und rann ihm über die Stirn. Er wischte es weg.

»Er kann unter Deck gegangen sein«, sagte er. »Vielleicht ist er immer noch unten. Sie könnten beide dort sein.«

Unhaltbar war diese Vermutung nicht, dachte St. James, und sie war recht gut vereinbar mit der Position, in der die *Daze* auf dem Riff festsaß. Wenn Peter unter Drogen gestanden hatte, als er sich entschlossen hatte, mit dem Boot hinauszufahren – und das schien ziemlich sicher in Anbetracht der Tatsache, daß er trotz des kommenden Sturms ausgelaufen war –, so war er vernünftiger Überlegungen nicht fähig gewesen.

Der Entschluß, das Boot zu nehmen, konnte aber auch ein letzter Akt hoffnungsloser Verzweiflung gewesen sein. Wenn Peter hatte fliehen müssen, um Fragen nach Mick Cambrey und Justin Brooke aus dem Weg zu gehen, war ihm vielleicht eine Flucht aufs offene Meer hinaus als sicherste Möglichkeit erschienen.

Doch die Position des Boots sprach gegen die Fluchttheorie.

Lynley startete den Motor. »Ich sehe, daß ich morgen eine Suchmannschaft zusammenbekomme«, sagte er. »Wir müssen alles versuchen, um sie zu finden.«

Daze Asherton kam in den Nordwest-Korridor, als sie gerade ihre tropfnassen Ölmäntel und Pullover an die Garderobehaken hängten. Zunächst sagten sie kein Wort. Sie stand nur da, eine Hand mit der Fläche nach außen zwischen den Brüsten, als könnte sie so den erwarteten Schlag abwehren. Mit der anderen Hand hielt sie den breiten Schal zusammen, den sie übergeworfen hatte, ein schwarz und rot gemustertes

Tuch, das sich mit den Farben ihres Kleides schlug und sie sehr blaß machte. Sie schien eher Geborgenheit als Wärme unter ihm zu suchen; der Stoff war dünn, und sie zitterte darunter, vielleicht vor Kälte, vielleicht vor Furcht. Sie war sehr bleich, und zum ersten Mal in seinem Leben fand Lynley sie alt aussehend.

»Im kleinen Salon steht Kaffee«, sagte sie.

Lynley bemerkte St. James' Blick, der erst zu ihm, dann zu Daze Asherton flog. Er kannte den Freund gut genug, um zu wissen, was ihm durch den Kopf ging. Es war der Moment gekommen, seiner Mutter das Schlimmste über Peter zu sagen. Es war an der Zeit, sie auf das vorzubereiten, was vielleicht in den nächsten Tagen auf sie zukommen würde. Und in St. James' Beisein konnte er das nicht tun, auch wenn ihn noch so sehr danach verlangte, den Freund an seiner Seite zu haben.

»Ich sehe mal nach Sidney«, sagte St. James. »Ich komme nachher wieder herunter.«

Mit seiner Mutter allein, wußte Lynley nicht, was er sagen sollte. Wie ein höflicher Gast begnügte er sich mit: »Ja, eine Tasse Kaffee kann ich jetzt gebrauchen. Danke.«

Sie ging ihm voraus. Er beobachtete ihren Gang, kerzengerade, den Kopf hoch erhoben, die Schultern straff. Er wußte, was diese Haltung bedeutete. Keiner, der ihr begegnen würde – Hodge, die Köchin oder eines der Mädchen –, sollte auch nur ahnen, was in ihrem Inneren vorging. Ihr Verwalter war unter Mordverdacht verhaftet worden; einer ihrer Gäste war in der Nacht tödlich verunglückt; ihr jüngster Sohn war spurlos verschwunden, und mit ihrem älteren Sohn hatte sie seit mehr als fünfzehn Jahren kein persönliches Wort mehr gesprochen. Doch wenn diese Dinge sie bewegten, so würde niemand das merken. Wenn hinter der grünen Filztür geklatscht wurde, dann nicht über die schrecklichen Strafen, die Gott der Allmächtige über die verwitwete Gräfin Asherton verhängt hatte.

Die Tür zum kleinen Salon war geschlossen. Als Daze Asherton sie öffnete, erhob sich Roderick Trenarrow und drückte seine Zigarette im Aschenbecher aus.

»Etwas gefunden?« fragte er.

Lynley zögerte an der Tür. Er war sich plötzlich bewußt, daß er völlig durchnäßt war. Die Hose schlotterte ihm feucht und schwer um die Beine. Das Hemd klebte klamm an Brust und Schultern. Selbst seine Socken waren klatschnaß. Zwar hatte er Gummistiefel angehabt, als er zur Penberth-Bucht hinuntergestiegen war. Aber er hatte sie nach der Rückkehr im Wagen ausgezogen und war, als er im Hof aus dem Wagen gestiegen war, prompt in eine große Pfütze getreten.

Am liebsten hätte er auf der Stelle kehrtgemacht und wäre sich umziehen gegangen. Statt dessen jedoch zwang er sich, ins Zimmer zu treten, und ging zu dem Teewagen neben dem Schreibtisch seiner Mutter. Er ergriff die Kaffeekanne, die darauf stand, und schenkte sich ein.

»Tommy?« sagte die Mutter. Sie hatte sich auf den unbequemsten Stuhl im Zimmer gesetzt.

Lynley ging mit seiner Tasse zum Sofa. Trenarrow blieb, wo er war, am offenen Kamin, in dem ein Feuer brannte. Aber seine Wärme konnte Lynleys naßkalte Kleider nicht durchdringen. Er sah Trenarrow an, nickte kurz, sagte aber nichts. Er wünschte, der andere würde gehen. Er konnte sich nicht vorstellen, in seinem Beisein über Peter zu sprechen. Aber er wußte, daß die Bitte, ihn mit seiner Mutter allein zu lassen, von beiden falsch ausgelegt werden würde. Es lag auf der Hand, daß Trenarrow, genau wie am vergangenen Abend, auf ihren Wunsch hier war.

Lynley sah ein, daß er keine Wahl hatte. Er rieb sich die Stirn und strich sich das feuchte Haar zurück.

»Es war niemand auf dem Boot«, sagte er. »Zumindest konnten wir niemanden sehen. Es ist möglich, daß sie unten in der Kabine waren.«

»Und die Küstenwache?«

Er schüttelte den Kopf. »Sinnlos. Bis sie das Boot erreichen könnten, wenn überhaupt, wäre es längst gesunken.«

»Glaubst du, er wurde über Bord gespült?«

Sie sprach von ihrem Sohn, aber es hörte sich an, als unterhielten sie sich über die Aufräumungsarbeiten, die man nach dem Sturm im Garten würde vornehmen müssen. Er bewunderte ihre Beherrschtheit. Sie vermochte sie jedoch nur aufrechtzuerhalten, bis sie seine Antwort hörte.

»Das ist unmöglich vorherzusagen. Er kann mit Sasha in der Kabine gewesen sein. Sie können beide über Bord gespült worden sein. Wir werden es erst erfahren, wenn wir sie finden. Und selbst dann werden wir vielleicht nur Mutmaßungen anstellen können.«

Sie senkte den Kopf und drückte eine Hand auf die Augen. Lynley wartete darauf, daß Trenarrow sich ihr nähern würde. Er spürte das Verlangen des anderen, es zu tun. Es war beinahe greifbar. Doch Trenarrow rührte sich nicht.

»Quäl dich nicht«, sagte er nur. »Wir wissen gar nichts. Wir wissen noch nicht einmal, ob wirklich Peter das Boot genommen hat. Dorothy, bitte!«

Lynley registrierte mit einer Aufwallung des Schmerzes, daß Trenarrow immer der einzige gewesen war, der seine Mutter bei ihrem richtigen Namen genannt hatte.

»Du weißt, daß er das Boot genommen hat«, sagte sie. »Wir alle wissen, warum. Aber ich habe alle Anzeichen einfach ignoriert. Er war in Behandlung. Er war in vier Kliniken, und ich wollte unbedingt glauben, er hätte es ein für allemal überwunden. Aber so war es nicht. Ich wußte es sofort, als ich ihn am Freitag morgen sah. Ich wollte nur der Wahrheit nicht ins Gesicht sehen, ich glaubte, ich könnte es nicht ertragen. Ich habe es nie gewußt. Ach, Roddy ...«

Hätte sie nicht seinen Namen gesagt, so hätte Trenarrow wahrscheinlich weiterhin Abstand gewahrt. So jedoch ging er zu ihr, streichelte ihr Gesicht, ihr Haar, sprach ihren Namen. Sie umarmte ihn und lehnte sich an ihn.

Lynley wandte sich ab. Er wollte nur gehen.

»Ich verstehe es nicht«, sagte Daze Asherton. »Ganz gleich, was er sich dabei dachte, als er das Boot nahm, er muß doch gesehen haben, wie das Wetter war. Er hätte die Gefahr erkannt. So kopflos kann er nicht gewesen sein.« Sie löste sich von Trenarrow. »Tommy?«

»Ich weiß es nicht«, sagte Lynley.

Seine Mutter stand auf und kam zum Sofa. »Das ist noch gar nicht alles, nicht wahr? Du hast mir etwas verschwiegen. – Nein, Roddy«, wehrte sie ab, als Trenarrow sich ihr zuneigte. »Es geht jetzt schon. Tommy, sag mir die Wahrheit. Bitte verheimliche mir nichts. Du hast gestern abend mit ihm Streit gehabt. Ich habe euch gehört. Das weißt du. Bitte sag mir die Wahrheit.«

Lynley sah zu ihr auf. Ihr Gesicht war wieder ganz gefaßt, als hätte sie eine neue Quelle der Kraft gefunden. Er senkte den Blick zu der Kaffeetasse, die warm in seinen Händen ruhte.

»Peter war am Freitag abend nach John Penellin bei Mick Cambrey. Danach ist Mick umgekommen. Justin Brooke hat mir das gestern abend nach Johns Verhaftung erzählt. Und danach –« er sah wieder zu ihr auf – »ist Justin Brooke umgekommen.«

Ihre Lippen öffneten sich, während sie sprach, sonst jedoch blieb ihr Gesicht unbewegt. »Du kannst nicht im Ernst glauben, daß dein Bruder –«

»Ich weiß nicht, was ich glauben soll.« Seine Stimme war

heiser. »Herrgott noch mal, sag du mir doch, was ich glauben soll, wenn du kannst! Mick ist tot. Justin Brooke ist tot. Peter ist verschwunden. Also, was soll ich davon halten?«

Trenarrow kam einen Schritt näher, als wolle er Daze Asherton schützen. Aber im selben Moment setzte sich Daze zu ihrem Sohn auf das Sofa und legte ihm den Arm um die Schultern.

»Ach, Tommy«, murmelte sie. »Mein lieber, lieber Junge. Warum glaubst du nur, du müßtest das alles ganz allein tragen?«

18

Der Morgenhimmel war so blau und heiter, als hätte es nie einen Sturm gegeben. Die Seevögel waren zurückgekehrt und krakeelten schrill und aufdringlich wie immer. Doch die Erde zeigte deutliche Spuren von dem vergangenen Unwetter. Schieferschindeln lagen in Scherben in der Einfahrt zum Südhof, unter ihnen eine verbogene Wetterfahne, die vom Dach eines der Wirtschaftsgebäude heruntergefegt worden war. Welke Blumen, vom Sturm abgerissen, bildeten bunte Sprenkel im Grau; blaue Glockenblumen; rosarote Begonien, ganze Rispen von Rittersporn, und überall die Blütenblätter zerrupfter Rosen. Glasscherben glitzerten wie Edelsteine auf dem Pflaster, und über einer Pfütze lag wie eine dünne Eisdecke eine Fensterscheibe, die kurioserweise unversehrt geblieben war. Die Gärtner waren schon an der Arbeit, um die Schäden zu beseitigen. St. James konnte aus Garten und Park Stimmen hören, die ab und zu vom schrillen Kreischen einer elektrischen Säge übertönt wurden.

Es klopfte zweimal kurz an die Zimmertür, und Cotter trat ein.

»Schon erledigt«, sagte er. »War eine kleine Uberraschung.«

Er kam durch das Zimmer und reichte St. James den leeren Briefumschlag, auf dem dieser sich am Abend zuvor die Nummer notiert hatte, die Helen ihm aus London durchgegeben hatte.

»Das ist Dr. Trenarrows Telefonnummer.«

»Ach was?« St. James stellte seine Teetasse auf die Kommode. Er nahm den Umschlag und drehte ihn nachdenklich in den Händen.

»Ich brauchte nicht einmal anzurufen«, fuhr Cotter fort. »Hodge erkannte sie sofort, als ich sie ihm zeigte. Er hat sie anscheinend im Lauf der Jahre oft genug gewählt.«

»Haben Sie trotzdem angerufen, um sicher zu sein?«

»O ja. Es ist eindeutig Dr. Trenarrows Nummer. Und er weiß, daß wir kommen.«

»Hat Tommy sich gemeldet?«

»Daze sagte, er hätte von Pendeen aus angerufen.« Cotter schüttelte den Kopf. »Aber gefunden hat er nichts.«

St. James runzelte die Stirn. Noch vor Morgengrauen war er mit sechs Männern von den umliegenden Höfen aufgebrochen, um die Küste von St. Ives bis Penzance nach einer Spur seines Bruders abzusuchen. Sie waren in zwei Booten unterwegs. Das eine war von Penzance ausgelaufen, das andere von St. Ives. Die Boote waren klein und wendig genug, um sich relativ nahe an die felsige Küste heranwagen zu können, und schnell genug, um eine wenigstens oberflächliche Suche innerhalb relativ kurzer Zeit bewältigen zu können. Doch wenn diese Fahndung ohne Erfolg blieb, würde vom Land aus weitergesucht werden müssen. Das würde Tage in Anspruch nehmen, und ein solches Unternehmen konnte, ob es Lynley nun paßte oder nicht, unmöglich ohne Beteiligung der Polizei durchgeführt werden.

»Dieses ganze verflixte Wochenende hat mich geschafft«, bemerkte Cotter, während er St. James' Teetasse auf das Tablett auf dem Nachttisch stellte. »Ich bin wirklich froh, daß Deb nach London zurückgefahren ist. Gut, daß sie aus dem allen hier raus ist.«

Er schien auf eine Erwiderung von St. James zu hoffen, die eine Weiterführung des Gesprächs ermöglichen würde. Aber St. James hatte keinerlei Absicht, ihm den Gefallen zu tun.

Cotter schüttelte St. James' Morgenrock aus und hängte ihn in den Schrank. Dann rückte er noch einmal die Schuhe gerade, die sowieso schon in Reih und Glied standen. Er schob mehrere hölzerne Kleiderbügel krachend zusammen und drückte die Schlösser des Koffers zu, der auf dem obersten Bord lag. Schließlich hielt er es nicht mehr aus. »Was soll aus dem Kind werden?« platzte er heraus. »Die stehen sich doch hier alle so fern. Kein bißchen Nähe. Ganz anders als bei Ihnen. Ganz anders als in Ihrer Familie. Ja, gut, sie sind reich, sie schwimmen im Geld, aber Geld hat Deb noch nie interessiert. Das wissen wir beide. Wir wissen doch, was dem Kind wichtig ist.«

Schönheit, Gelächter, Nachdenklichkeit, die Farben des Himmels, ein plötzlicher Einfall, der Anblick eines Schwans. Er hatte es immer gewußt. Und er mußte es vergessen.

Seine Zimmertür wurde aufgestoßen, Gelegenheit, dem Gespräch mit Cotter zu entrinnen. Sidney trat ein, doch die offenstehende Schranktür versperrte Cotter die Sicht, und er merkte nicht, daß er und St. James nicht mehr allein waren.

»Sie können mir nicht weismachen, daß es Sie kalt läßt«, erklärte Cotter mit Nachdruck. »Ich seh's Ihnen doch an. Ich hab' immer gewußt, was in Ihnen vorgeht, ganz gleich, was Sie behaupten.«

»Störe ich?« fragte Sidney.

Cotter schlug die Schranktür zu. Er blickte von St. James zu seiner Schwester, dann wieder zu St. James.

»Ich kümmere mich um den Wagen«, sagte er abrupt, entschuldigte sich und ging.

»Was war denn das?«

»Nichts.«

»Das glaube ich dir nicht.«

»Du wirst es mir wohl glauben müssen.«

»Ach, so ist das.«

Sie blieb an der Tür stehen, die Hand auf dem Knauf. St. James betrachtete sie mit Sorge. Sie sah krank aus und wirkte immer noch wie benommen. Die dunklen Ringe unter ihren Augen ließen ihr Gesicht noch bleicher erscheinen, und die Augen selbst wirkten stumpf und leer. Sie trug einen ausgebleichten Leinenrock und einen übergroßen Pulli darüber. Ihr Haar war unordentlich.

»Ich fahre jetzt«, sagte sie. »Daze bringt mich zur Bahn.«

Was am vergangenen Abend vernünftig geschienen hatte, kam ihm jetzt unmöglich vor. »Bleib doch lieber, Sid. Ich kann dich später selbst nach Hause bringen.«

»Es ist am besten so. Ich möchte wirklich weg. Es ist besser so.«

»Aber am Bahnhof in London wird es sicher ...«

»Ich nehme ein Taxi nach Hause. Mach dir keine Sorgen.« St. James sah, wie ihr Gesicht sich verkrampfte, als litte sie Schmerzen. »Ich höre, daß Peter verschwunden ist«, sagte sie.

»Ja.« St. James erzählte ihr, was sich seit dem vergangenen Morgen, als er sie in ihr Zimmer gebracht hatte, ereignet hatte. Sie hörte ihm zu, ohne ihn anzusehen. Er spürte die Schärfe unter ihrer Spannung und wußte, daß sie einem Zorn entsprang, der sich gegen Peter Lynley richtete. Nach der willenlosen Fügsamkeit, die sie nach dem Schock über Justin Brookes Tod gezeigt hatte, war er auf diese Veränderung nicht gefaßt, obwohl er wußte, daß ihr Zorn ganz natürlich war und daß sie das Bedürfnis hatte zu verletzen, um andere den eigenen Schmerz spüren zu lassen.

»Wie praktisch«, sagte sie, als er geendet hatte. »Wie ungeheuer praktisch.«

»Wie meinst du das?«

»Ich meine, er hat mir alles erzählt.«

»Erzählt? Was denn?«

»Justin hat es mir erzählt, Simon. Alles. Daß Peter bei Mick Cambrey war. Daß es einen Riesenkrach zwischen den beiden gab. Er hat es mir erzählt. Kapiert?«

Sie rührte sich nicht von der Stelle. Hätte sie es getan, wäre sie ins Zimmer gestürzt, hätte sie die Vorhänge heruntergerissen, Decken und Laken vom Bett gefegt, die Vase mit den Blumen zu Boden geschleudert, St. James wäre weniger beunruhigt gewesen. Solche Reaktionen hätten ihrem Naturell entsprochen. Nicht diese Starrheit. Selbst ihre Stimme war beinahe vollkommen beherrscht.

»Ich habe ihm gesagt, daß er mit dir oder Tommy sprechen muß«, fuhr sie fort. »Nach der Verhaftung von John Penellin sagte ich ihm, daß er reden müsse. Es nicht länger verschweigen könne. Es wäre seine Pflicht, die Wahrheit zu sagen, sagte ich ihm. Er wollte da nicht hineingezogen werden, verstehst du? Er wußte, daß er Peter in Schwierigkeiten bringen würde. Aber ich ließ nicht locker. Ich sagte: ›Wenn John Penellin in Gull Cottage gesehen wurde, dann seid ihr beide, du und Peter, wahrscheinlich auch gesehen worden.‹ Ich sagte, er solle lieber gleich mit der Geschichte herausrücken, anstatt zu warten, bis die Polizei sie von irgendwelchen Nachbarn erfährt.«

»Sid –«

»Aber er hatte Angst, weil er Peter allein mit Mick zurückgelassen hatte. Er sagte, Peter wäre außer Rand und Band gewesen. Er hatte Angst, weil er keine Ahnung hatte, was passierte, nachdem er gegangen war. Aber ich überzeugte ihn davon, daß er mit Tommy sprechen müsse. Und das hat er schließlich auch getan. Und jetzt ist er tot. Wie ungeheuer praktisch, daß Peter genau in diesem Moment verschwunden ist.«

St. James ging durch das Zimmer und schloß die Tür. »Die Kripo ist der Meinung, daß Justin einem Unfall zum Opfer gefallen ist, Sid. Sie haben keinerlei Hinweise darauf, daß es Mord gewesen sein könnte.«

»Das glaube ich nicht.«

»Warum nicht?«

»Darum nicht.«

»War er Samstagnacht bei dir?«

»Natürlich war er bei mir.« Sie warf den Kopf in den Nacken und sagte, als ginge es um ihre Ehre: »Wir haben miteinander geschlafen. Er wollte. Er kam zu mir. Ich habe ihn nicht gebeten. Er kam von selbst.«

»Und was für eine Entschuldigung hat er gebraucht, als er dann ging?«

Ihre Nasenflügel blähten sich. »Er hat mich geliebt, Simon. Er hat mich begehrt. Wir verstanden uns gut. Aber das kannst du nicht akzeptieren, nicht wahr?«

»Sid, ich will jetzt nicht darüber streiten –«

»Kannst du es akzeptieren? Sag, kannst du?«

Draußen auf dem Korridor sprachen zwei Frauen miteinander. Sie schienen darüber zu streiten, wer staubsaugen und wer die Badezimmer saubermachen würde. Ihre Stimmen wurden flüchtig lauter und verklangen, als sie die Treppe hinunterstiegen.

»Um welche Zeit ist er gegangen?«

»Ich weiß es nicht. Ich habe nicht darauf geachtet.«

»Hat er etwas gesagt?«

»Er war rastlos. Er sagte, er könne nicht schlafen. So ist er manchmal. Das ist früher auch schon vorgekommen. Er sagte, er könne in seinem eigenen Zimmer besser schlafen.«

»Zog er sich an?«

»Ob er – ja, er zog sich an.« Sie zog die Schlußfolgerung selbst. »Also *hat* er sich mit Peter getroffen. Denn nur um in sein Zimmer hinüberzugehen, hätte er sich ja nicht anzuziehen brauchen. Aber er hat sich angezogen, Simon. Schuhe und Strümpfe, Hemd und Hose. Alles außer der Krawatte.«

St. James dachte über die Bedeutung der Tatsache nach, daß Justin Brooke sich angekleidet hatte, als er Sidney verlassen hatte. Wenn Peter Lynley ein harmloses Gespräch mit Brooke gesucht hätte, wäre es das Einfachste und Vernünftigste gewesen, es irgendwo im Haus zu führen. War es ihm andererseits darum gegangen, Brooke loszuwerden, so war es klüger, ihn an einen Ort zu locken, wo sich der Mord als Unfall tarnen ließ. Aber angenommen, das traf zu – warum hatte Brooke überhaupt eingewilligt, sich heimlich mit Peter zu treffen?

»Sid, das paßt nicht zusammen. Justin war kein Dummkopf. Weshalb hätte er einwilligen sollen, sich draußen in der Bucht mit Peter zu treffen? Und noch dazu mitten in der Nacht? Er mußte nach seinem Gespräch mit Tommy doch damit rechnen, daß Peter, sollte er davon erfahren, es auf ihn abgesehen haben würde.« Ihm fiel die Szene vom Freitagnachmittag unten in der Bucht ein. »Es sei denn, Peter lockte ihn unter Vorspiegelung falscher Tatsachen da hinaus. Indem er ihm einen Köder anbot.«

»Was denn?«

»Sasha?«

»Das ist absurd.«

»Dann eben Kokain. Sie waren ja extra nach Nanrunnel gegangen, um sich welches zu besorgen. Vielleicht war das der Köder, mit dem Peter ihn lockte.«

»Nein, das hätte nicht verfangen. Justin wollte nach dem, was zwischen uns vorgefallen war, das Zeug nicht mehr anrühren. Er entschuldigte sich bei mir. Er sagte, er würde nie wieder koksen.«

St. James konnte seine Skepsis nicht ganz verbergen. Er sah, wie die Härte im Gesicht seiner Schwester aufzuweichen begann, als sie seine Reaktion gewahrte.

»Er hat es mir versprochen, Simon. Du hast ihn nicht so gut gekannt wie ich. Du kannst es gar nicht verstehen. Aber wenn er mir etwas versprach, während wir zusammen waren ... ich meine, besonders wenn ... ich mußte manchmal Dinge tun, die er besonders gern hatte ...«

»Mein Gott, Sidney.«

Sie begann zu weinen. »Natürlich! Mein Gott, Sidney. Was anderes fällt dir nicht ein! Wieso erwarte ich überhaupt, daß ausgerechnet du so was verstehen würdest? Du hast ja nie auch nur das geringste für einen anderen Menschen empfunden. Warum auch? Du hast deine Wissenschaft. Du brauchst keine Gefühle.«

Hier war das Verlangen zu verletzen, das er vorhin schon bei ihr gespürt hatte. Dennoch traf der Angriff ihn überraschend. Er war nicht auf ihn gefaßt gewesen. Und ob ihre Beschuldigungen nun zutreffend waren oder nicht, er hatte nicht die Kraft, etwas darauf zu erwidern.

Sidney rieb sich die Augen. »Ich fahre jetzt. Dem lieben Peter kannst du ausrichten, falls ihr ihn finden solltet, daß ich einiges mit ihm zu besprechen habe. Ich kann es kaum erwarten, glaub mir.«

Trenarrows Haus war leicht zu finden. Es stand oberhalb der Paul Lane am Dorfrand, der größte Bau weit und breit. Im Vergleich mit Howenstow war es eine bescheidene Behausung, doch verglichen mit den Häusern, die sich am Hügelhang zu ihren Füßen duckten, war die Villa ein Prachtbau, mit breiten Erkerfenstern, die zum Hafen hinunterblickten, und einer Gruppe hoher Pappeln im Hintergrund, von der sich die Quadermauern und das weiße Holz von Fenstern und Türen effektvoll abhoben.

St. James sah die Villa sofort, als er, von Cotter chauffiert, den ersten Blick auf Nanrunnel werfen konnte. Sie folgten der gewundenen Straße am Hafen und an den Geschäften vorbei bis zum *Anchor and Rose.* Dort bogen sie in die Paul Lane ein. Wenig später war ein Abzweig mit den Worten *The Villa* ausgeschildert. Rote Fuchsien hingen schwer über eine niedrige, aus losen Steinen aufgeschichtete Mauer, hinter der sich ein in Terrassen angelegter Garten den Hang hinaufzog. Zwischen Phlox und Rittersporn, Glockenblumen und Zyklamen schlängelte sich ein sauber abgesteckter Fußweg zum Haus hinauf.

Der Fahrtweg mündete schließlich in einen kleinen Vorplatz mit einem ausladenden Weißdorn. Hier hielt Cotter an, wenige Meter von der Haustür entfernt, die durch ein von dorischen Säulen getragenes breites Vordach geschützt und rechts und links von großen Töpfen voll zinnoberroter Pelargonien flankiert war.

St. James betrachtete das Haus einen Moment nachdenklich.

»Lebt er allein hier?« fragte er.

»Soviel ich weiß, ja«, antwortete Cotter. »Aber als ich anrief, meldete sich eine Frau.«

»Eine Frau?« St. James dachte sofort an Tina Cogin. Immerhin hatten Helen und Deborah in ihrer Wohnung Trenarrows Telefonnummer gefunden. »Tja, dann wollen wir mal sehen, was der gute Doktor uns zu sagen hat.«

Auf ihr Klopfen öffnete nicht Trenarrow, sondern eine junge Jamaikanerin.

»Der Doktor empfängt hier keine Patienten«, erklärte die junge Frau. Ihre Worte klangen einstudiert, vielleicht häufig und nicht immer freundlich gesprochen.

»Dr. Trenarrow weiß, daß wir kommen«, erwiderte St. James. »Wir sind nicht als Patienten hier.«

»Ach so.« Sie lächelte, wobei sie große Zähne zeigte, die sich elfenbeinweiß von ihrer dunklen Haut abhoben. Sie zog die Tür auf. »Dann kommen Sie herein, meine Herren. Er ist bei seinen Blumen. Jeden Morgen geht er erst in den Garten, ehe er zur Arbeit fährt. Warten Sie hier. Ich hole ihn.«

Sie führte sie in ein Arbeitszimmer, wo Cotter mit einem vielsagenden Blick zu St. James sagte: »Ein Spaziergang im Garten würde mir auch gefallen.« Und schon folgte er der jungen Frau aus dem Zimmer. Er würde, das wußte St. James, von ihr genauestens in Erfahrung bringen, wer sie war und was sie in Trenarrows Haus zu tun hatte.

Allein geblieben, sah er sich um. Das Arbeitszimmer entsprach seinem Geschmack, ein nicht allzu großer Raum mit alten, durchgesessenen Clubsesseln, von denen ein schwacher Duft nach Leder aufstieg, zum Bersten gefüllte Bücherregale, ein offener Kamin, in dem schon die Kohle zum Anzünden des Feuers gestapelt lag. Der Schreibtisch stand vor dem großen Erkerfenster, aber als fürchtete er, der Blick auf den Hafen könne von ernsthafter Arbeit ablenken, hatte Trenarrow ihn so gestellt, daß er den Blick ins Zimmer hatte und nicht nach draußen. Eine aufgeschlagene Zeitschrift lag darauf, ein Kugelschreiber in der Mittelfalte, als wäre der Leser mitten in der Lektüre gestört worden.

Neugierig trat St. James näher, klappte sie kurz zu, um ihren Namen zu erfahren.

Cancer Research, eine amerikanische Fachzeitschrift mit der Fotografie einer Wissenschaftlerin im weißen Kittel auf dem Titelblatt. Sie lehnte an einem Arbeitstisch, auf dem ein großes Elektronenmikroskop stand. *Scripps Clinic, La Jolla*, stand unter der Fotografie, und daneben »Neuland in der biologischen Forschung«.

St. James blätterte zu dem Aufsatz zurück, einer hochwissenschaftlichen Abhandlung über irgendwelche extrazellulären Matrizeneiweiße namens Proteoglykane. Obwohl er über umfassendes Fachwissen verfügte, verstand er kaum etwas.

»Nicht gerade leichte Lektüre, nicht wahr?«

St. James blickte auf. Trenarrow stand an der Tür. Er trug einen gutsitzenden Anzug mit Weste, im Knopfloch eine kleine Rosenknospe.

»Meinen Horizont übersteigt sie jedenfalls«, antwortete St. James.

»Irgendeine Nachricht von Peter?«

»Leider nein. Bisher nicht.«

Trenarrow schüttelte mit bekümmerter Miene den Kopf. Er schloß die Tür und forderte St. James mit einer Handbewegung auf, Platz zu nehmen.

»Kann ich Ihnen eine Tasse Kaffee anbieten?« fragte er. »Ich habe festgestellt, daß das eine der wenigen Spezialitäten Doras ist.«

»Danke, nein. Sie ist Ihre Haushälterin?«

»Im weitesten Sinn.« Er lächelte flüchtig, ohne Heiterkeit. Die Bemerkung schien vor allem ein Versuch, eine leichte Note ins Gespräch zu bringen, aber schon mit seinen nächsten Worten machte er ihn zunichte. »Tommy hat uns gestern abend gesagt, was er von Brooke über Peter gehört hat, daß er am Abend von Cambreys Tod in Gull Cottage war. Ich weiß nicht, wie Sie zu dem allen stehen, aber ich kenne diesen Jungen seit seinem sechsten Lebensjahr. Niemals könnte er einen Menschen töten. Er ist unfähig zu Gewalt, erst recht zu Gewalt von der Art, wie sie Mick Cambrey angetan wurde.«

»Kannten Sie Mick Cambrey gut?«

»Nicht so gut wie andere im Dorf. Eigentlich nur in meiner Eigenschaft als sein Vermieter. Er hat Gull Cottage von mir gemietet.«

»Wann war das?«

Trenarrow setzte automatisch zu einer Antwort an, doch dann zog er plötzlich die Brauen zusammen, als irritierte ihn die Frage. »Vor ungefähr neun Monaten.«

»Und wer wohnte vor ihm dort?«

»Ich.« Trenarrow machte eine rasche Bewegung und beugte sich leicht gereizt in seinem Sessel vor. »Sie wollten mir doch wohl kaum um diese frühe Morgenstunde einen Anstandsbesuch machen, Mr. St. James«, sagte er. »Hat Tommy Sie hergeschickt?«

»Tommy?«

»Ich bin sicher, Sie wissen Bescheid. Er mag mich nicht. Und dann sind Sie auch Micks wegen hier?«

»Nein, eigentlich nicht. Tina Cogin ist verschwunden. Wir vermuten, sie könnte nach Cornwall gekommen sein.«

»Wer?«

»Tina Cogin. Shrewsbury Court Apartments. In Paddington. Ihre Telefonnummer fand sich unter ihren Sachen.«

»Ich habe nicht die geringste – Tina Cogin, sagen Sie?«

»Ist sie keine Patientin von Ihnen? War sie vielleicht einmal Ihre Patientin?«

»Ich behandle nicht. Höchstens mal einen Fall im Endstadium, eine experimentelle Behandlung mit einem neuen Mittel. Aber wenn diese Tina Cogin ein solcher Fall war und verschwunden ist, dann – verzeihen Sie, daß ich das so sage –, aber dann ist sie ganz gewiß nicht in Cornwall.«

»Vielleicht kennen Sie sie dann in anderem Zusammenhang.«

Trenarrow sah ihn verständnislos an. »Wie meinen Sie das?«

»Sie ist möglicherweise eine Prostituierte.«

Die goldgeränderte Brille rutschte Trenarrow ein Stück die Nase hinunter. Er schob sie wieder hoch. »Und sie hatte meinen Namen?«

»Nein. Nur Ihre Telefonnummer.«

»Meine Adresse?«

»Nein, die auch nicht.«

Trenarrow stand auf. Er ging zu seinem Schreibtisch in dem Erkerfenster hinter ihm. Lange sah er zum Hafen hinunter, ehe er sich wieder nach St. James umdrehte und den Kopf schüttelte.

»Ich war seit mehr als einem Jahr nicht mehr in London. Aber das spielt ja wohl keine Rolle, wenn sie nach Cornwall gekommen ist. Vielleicht macht sie Hausbesuche.« Er lächelte ironisch. »Sie kennen mich nicht, Mr. St. James. Sie können daher nicht wissen, ob ich Ihnen die Wahrheit sage. Dennoch möchte ich Ihnen gern sagen, daß es nicht meine Gewohnheit ist, mir Frauen zu kaufen. Ich weiß, es gibt Männer, die das tun, ohne mit der Wimper zu zucken. Aber mir liegt das nicht. Dieses Feilschen, dieses Geldzählen hinterher, ist nicht mein Stil.«

»Und war es Micks Stil?«

»Micks?«

»Er wurde am Freitag morgen gesehen, wie er aus Tina Cogins Wohnung kam. Vielleicht war sogar er es, der ihr Ihre Telefonnummer gegeben hat. Vielleicht wollte sie Sie wegen irgend etwas konsultieren.«

Trenarrow hob die Hand zu der Rosenknospe in seinem Knopfloch und strich über die fest gefalteten Blütenblätter.

»Das wäre eine Möglichkeit«, meinte er nachdenklich. »Zwar werden mir Patienten im allgemeinen von Kollegen überwiesen, aber es ist eine Möglichkeit, wenn sie ernsthaft krank ist. Mick wußte, daß ich in der Krebsforschung tätig bin. Er machte, kurz nachdem er den *Spokesman* übernommen hatte, ein Interview mit mir. Es ist nicht von der Hand zu weisen, daß er der Frau meinen Namen genannt haben könnte. Aber Cambrey und eine Prostituierte? Das widerspricht seinem Ruf als Frauenheld. Seinem Vater zufolge hätte er es jedenfalls nicht nötig gehabt, eine Frau für ihre Liebesdienste zu bezahlen. Wenn man Harry glauben darf, sind die Frauen seinem Sohn scharenweise nachgelaufen, und der arme Junge konnte sich kaum retten. Wenn tatsächlich die Beziehung zu einer Prostituierten hinter der Ermordung Mick Cambreys steht, wird das für seinen Vater schwer zu verdauen sein. Er sähe es lieber als Folge einer Auseinandersetzung mit einem eifersüchtigen Ehemann, denke ich.«

»Oder mit einer eifersüchtigen Ehefrau vielleicht?«

»Nancy?« Trenarrows Ton war ungläubig. »Abgesehen von der Tatsache, daß sie Mick trotz aller Schwierigkeiten, die es zwischen ihnen gab, angebetet hat, kann ich mir nicht vorstellen, daß sie einem anderen Menschen körperlichen Schaden zufügen würde. Aber selbst wenn man annehmen will, daß Micks Verhalten, seine Frauengeschichten, sie zu einer solchen Verzweiflungstat hätten treiben können – wann hätte sie es tun sollen? Sie hätte ja an zwei Orten zugleich sein müssen.«

»Sie war gut zehn Minuten oder länger nicht am Getränkestand.«

»Und in der Zeit soll sie nach Hause gelaufen sein, ihren Mann umgebracht haben und wiedererschienen sein, als wäre nichts geschehen? Wenn man Nancy kennt, kann man eine solche Vorstellung nur absurd finden. Kann sein, daß eine andere Frau so etwas fertigbringen würde, aber Nancy ist keine Schauspielerin. Wenn sie ihren Mann getötet hätte, wäre sie meiner Ansicht nach unfähig gewesen, es zu verheimlichen.«

Es gab Indizien genug, die diese Überzeugung Trenarrows stützten.

St. James erblickte Harry Cambrey sofort, als Cotter den Wagen in die Paul Lane steuerte. Er kam die Straße herauf ihnen entgegen. Er winkte heftig, als sie näherkamen.

»Wer ist denn das?« Cotter bremste ab.

»Mick Cambreys Vater. Mal sehen, was er will.«

Cotter fuhr an den Straßenrand, und Harry Cambrey trat an St. James' Fenster. Eine Mischung aus Bier- und Tabakgeruch strömte in den Wagen, als er den Kopf zum offenen Fenster hinunterneigte. Er sah gepflegter aus als am Samstagmorgen, als St. James und Helen bei ihm gewesen waren. Er trug frische Kleider, sein Haar war gekämmt, sein Gesicht war sauber rasiert.

Er atmete schwer und verzog beim Sprechen das Gesicht, als bereite jedes Wort ihm Schmerzen. »Die Leute von Howenstow haben mir gesagt, daß ich Sie hier finde. Kommen Sie mit in die Redaktion. Ich muß Ihnen was zeigen.«

»Haben Sie Aufzeichnungen gefunden?« fragte St. James.

Cambrey schüttelte den Kopf. »Aber ich hab's jetzt raus.« St. James öffnete die Wagentür, und Cambrey stieg ein. Er nickte Cotter zu, als St. James ihn mit ihm bekanntmachte. »Sie wissen schon, die Zahlen auf dem Zettel, den ich gefunden habe? In seinem Schreibtisch. Seit Samstag hab' ich mir den Kopf darüber zerbrochen. Jetzt weiß ich, was sie zu bedeuten haben.«

Cotter blieb unten im Pub und schwatzte bei einem Bier freundlich mit Mrs. Swann, während St. James Harry Cambrey in das Redaktionsbüro hinauf folgte.

An diesem Morgen war die gesamte Mannschaft des *Spokesman* an der Arbeit. Alle Lichter brannten, und in drei der vier kleinen Büros hackten Leute auf ihren Schreibmaschinen oder hingen am Telefon. Ein langhaariger junger Mann betrachtete eine Serie Fotografien, während ein anderer dabei war, das Layout für die nächste Ausgabe zu machen. Er kaute auf einer Pfeife, die nicht brannte, und klopfte mit einem Bleistift unablässig in schnellem Stakkato gegen einen Plastikbecher voller Heftklammern. An der Schreibmaschine auf dem Tisch neben Mick Cambreys Schreibtisch saß eine junge Frau und tippte. Sie hatte weiches, dunkles Haar und – das sah St. James, als sie aufblickte – kluge Augen. Eine sehr attraktive Frau. Julianna Vendale, dachte St. James und fragte sich, ob und wie sich ihre Stellung bei der Zeitung nach Mick Cambreys Tod geändert hatte.

Harry Cambrey ging ihm voraus in eines der kleinen Büros. Es war spärlich eingerichtet, und die Art der Wanddekoration verriet, daß dies sein Zimmer war und hier auch während seiner Krankheit nichts verändert worden war. Es zeugte davon, daß Mick Cambrey, die Wünsche seines Vaters einmal außer acht gelassen, niemals die Absicht gehabt hatte, dessen Zimmer oder Posten zu übernehmen. Vergilbte Zeitungsausschnitte in einfachen Holzrahmen erinnerten an die Reportagen, auf die der alte Mann mit dem größten Stolz zurückblickte: über einen verhängnisvollen Rettungsversuch auf hoher See, bei dem zwanzig der Retter ertrunken waren; über einen Unfall, bei dem einer der Fischer aus dem Dorf verstümmelt worden war; über die Rettung eines Kindes aus einem Grubenschacht; über eine Schlägerei in Penzance. Auch die dazugehörenden Fotografien waren aufgehängt.

Auf einem alten Schreibtisch lag aufgeschlagen die letzte Ausgabe des *Spokesman*. Micks Leitartikel über den Waffenschmuggel nach Nordirland war rot eingekreist. An der Wand gegenüber dem Schreibtisch hing eine Karte Großbritanniens. Zu ihr führte Harry Cambrey St. James.

»Unentwegt sind mir diese Zahlen durch den Kopf gegangen«, sagte er. »Mick war in solchen Dingen sehr systematisch. Er hätte den Zettel nicht aufgehoben, wenn er nicht wichtig gewesen wäre.« Er zog eine Packung Zigaretten aus der Brusttasche seines Hemdes und zündete sich eine an, ehe er zu sprechen fortfuhr. »Ich hab' noch nicht alles gelöst, aber ich bin auf dem Weg.«

St. James sah, daß Cambrey neben die Karte einen kleinen Zettel geklebt hatte. Auf ihn hatte er den rätselhaften Text übertragen, den er auf dem Stück Papier im Schreibtisch seines Sohnes gefunden hatte. »27500-M1 Beschaffung/Transport« und darunter »275000-M6 Finanzierung«. Auf der Karte hatte er zwei Autoschnellstraßen mit rotem Filzstift markiert, die M1, die von London aus nach Norden führte, und die M6, die unterhalb von Leicester nordwestlich zur Irischen See führte.

»Schauen Sie es sich an«, sagte Cambrey. »Die M1 und die M6 treffen südlich von Leicester zusammen. Die M1 geht nur bis Leeds, aber die M6 führt weiter. Sie endet in Carlisle. Bei Solway Firth.«

St. James richtete stumm den Blick auf die Karte. Cambreys Stimme verriet Erregung, als er zu sprechen fortfuhr.

»Sehen Sie sich die Karte an, Mann. Schauen Sie genau hin. Über die M6 kommt man nach Liverpool, stimmt's? Und nach Preston und Morecambe Bay. Und jeder dieser Orte ...«

»... hat Zugang zur Irischen See«, schloß St. James.

Cambrey holte die Zeitung. Die Zigarette zwischen seinen

Lippen wippte auf und nieder, während er sprach. »Er wußte, daß da Leute Waffen für die IRA schmuggelten.«

»Wie kann er auf eine solche Sache gestoßen sein?«

»Zufall war's bestimmt nicht.« Cambrey nahm die Zigarette aus dem Mund, zupfte sich eine Faser Tabak von der Zunge und schwenkte die Zeitung, um seine Worte zu unterstreichen. »Mein Sohn hat nichts dem Zufall überlassen. Er war ein echter Journalist. Er wußte, was er tat. Er hörte den Leuten zu. Er redete mit ihnen. Er ging jedem Hinweis nach.«

Cambrey kam zur Karte zurück, faltete die Zeitung und benutzte sie als Zeigestab. »Die Waffen kommen nach Cornwall. Und wenn nicht nach Cornwall, dann in irgendeinen Hafen im Süden. Von Sympathisanten, vielleicht aus Nordafrika oder Spanien. Vielleicht sogar aus Frankreich. Sie kommen also irgendwo an der Südküste ins Land – Plymouth, Bournemouth, Southampton, Portsmouth. Sie werden für den Transport auseinandergenommen, per Lastwagen nach London befördert und zusammengesetzt. Von dort aus dann die M1 rauf zur M6 und weiter nach Liverpool, Preston oder Morecambe Bay.«

»Aber warum sie nicht gleich nach Irland befördern?« fragte St. James und wußte die Antwort schon, ehe er das letzte Wort ausgesprochen hatte.

Ein ausländisches Schiff, das in Belfast anlegte, erregte eher Verdacht als ein englisches Schiff. Der Zoll würde es gründlich untersuchen. Mit einem englischen Schiff würde man großzügiger verfahren. Denn warum sollten die Engländer Waffen ins Land schmugeln, die gegen sie selbst gerichtet werden würden?

»Aber auf dem Zettel stand mehr als nur M1 und M6«, wandte St. James ein. »Diese anderen Zahlen müssen auch eine Bedeutung haben.«

Cambrey nickte. »Wahrscheinlich sind es irgendwelche Registriernummern. Beziehen sich vielleicht auf das Schiff oder auf die Waffentypen. Es ist bestimmt irgendein Code. Ich bin sicher, Mick war auf dem besten Weg, das Geheimnis zu entschlüsseln.«

»Aber andere Aufzeichnungen haben Sie nicht gefunden?«

»Was ich gefunden habe, reicht. Ich kenne meinen Jungen. Ich weiß, was er für einer war.«

St. James betrachtete nachdenklich die Karte. Er dachte über die Zahlen nach, die Mick auf das Papier geschrieben hatte. Er erinnerte sich, daß der Leitartikel über den Waffenschmuggel am Sonntag erschienen war, mehr als dreißig Stunden nach Micks Ermordung. Wenn zwischen beidem ein Zusammenhang bestand, dann hatte der Mörder bereits vorher von dem Erscheinen des Leitartikels in der Zeitung gewußt. St. James fragte sich, wie hoch die Wahrscheinlichkeit dafür war.

»Haben Sie hier auch frühere Ausgaben Ihrer Zeitung?« fragte er.

»Sicher. Draußen.«

Cambrey führte ihn aus seinem Büro zu einem großen Schrank links von den Fenstern. Er zog die Türen auf. Stöße von Zeitungen lagen auf dem Boden. St. James zog den ersten Stapel vom Board und sah Cambrey an.

»Können Sie mir Micks Schlüssel besorgen?« fragte er.

Cambrey sah ihn verdutzt an. »Ich hab' hier einen Zweitschlüssel fürs Haus.«

»Nein. Ich meine alle seine Schlüssel. Er hatte doch sicher einen ganzen Bund. Auto, Haus, Büro? Können Sie mir die besorgen? Ich nehme an, Boscowan hat sie jetzt, Sie werden sich also einen Vorwand einfallen lassen müssen. Ich brauche sie für mehrere Tage.«

»Wozu?«

»Sagt Ihnen der Name Tina Cogin etwas?« fragte St. James statt einer Antwort.

»Cogin?«

»Ja. Eine Frau aus London. Mick scheint sie gekannt zu haben. Ich glaube, er hatte einen Schlüssel zu ihrer Wohnung.«

»So wie ich Mick kenne, hatte er Schlüssel zu einem ganzen Dutzend Wohnungen.« Cambrey nahm sich eine neue Zigarette und ließ St. James mit den Zeitungen allein.

Eine Stunde lang sah er konzentiert die Ausgaben der letzten sechs Monate durch. Es brachte ihm nichts weiter ein als von Druckerschwärze verfärbte Hände. Soweit er feststellen konnte, kam Harry Cambreys Geschichte vom Waffenschmuggel nach Nordirland als Motiv für die Ermordung seines Sohnes ebenso in Frage wie alles andere, das die Zeitung zu bieten hatte. Seufzend drückte er die Schranktüren wieder zu.

Als er sich umdrehte, sah er, daß Julianna Vendale ihn interessiert beobachtete. Sie stand mit einer Tasse Kaffee bei der geräuschvoll blubbernden Kaffeemaschine in einer Ecke des großen Zimmers.

»Nichts?« Sie stellte die Tasse auf den Tisch und strich sich das Haar aus dem Gesicht.

»Jeder sagt mir, er hätte an irgendeiner sensationellen Story gearbeitet«, sagte St. James.

»Mick hatte immer irgend etwas in der Mache.«

»Und wurden seine Sachen auch gedruckt?«

Sie zog die Brauen zusammen. Eine steile kleine Falte bildete sich zwischen ihnen. Sonst war das Gesicht völlig faltenlos. Aus seinem Gespräch mit Lynley wußte St. James, daß Julianna Vendale mindestens Mitte Dreißig war, vielleicht etwas älter. Aber ihr Gesicht wirkte jünger.

»Das weiß ich nicht«, antwortete sie. »Ich wußte nicht immer, woran er gerade arbeitete. Aber es würde mich nicht wundern zu hören, daß er etwas angefangen und dann nicht fertiggemacht hatte. Oft genug ist er hier abgesaust wie eine Rakete, überzeugt, er wäre einer großen Sache auf der Spur, die sich in London verkaufen ließe. Und dann verlief das Ganze im Sand.«

St. James hatte das bei der Durchsicht der Zeitungen selbst schon festgestellt. Dr. Trenarrow hatte erzählt, Mick habe ein Interview mit ihm gemacht. Nirgends in den alten Ausgaben jedoch hatte sich ein Artikel gefunden, der auch nur den geringsten Bezug auf ein solches Gespräch gehabt hatte. St. James machte eine entsprechende Bemerkung zu Julianna Vendale.

Während sie sich eine zweite Tasse Kaffee eingoß, sagte sie: »Das überrascht mich nicht. Mick bildete sich wahrscheinlich ein, da ließe sich eine Mutter-Teresa-Story draus machen – ›Wissenschaftler aus Cornwall widmet sein Leben der Rettung anderer‹ –, und mußte dann entdecken, daß Dr. Trenarrow ein fehlbarer Mensch ist wie wir alle.«

Oder, dachte St. James, die Sache mit der Story war ein Vorwand gewesen, um überhaupt an Trenarrow heranzukommen, mit ihm zu sprechen, sich Informationen zu holen und diese zusammen mit Trenarrows Telefonnummer an eine Freundin weiterzugeben, die Hilfe brauchte.

»Das war ziemlich typisch für ihn«, fuhr Julianna Vendale fort, »seit er wieder für den *Spokesman* arbeitete. Ich glaube, die Jagd nach dem Knüller war nur ein Mittel zur Flucht.«

»Er war nicht gerne hier?«

»Es war ein Rückschritt für ihn. Er hatte als selbständiger Journalist gearbeitet. Es lief ganz gut für ihn. Dann wurde sein Vater krank, und er mußte alles stehen und liegen lassen und zurückkommen, um das Familienunternehmen zusammenzuhalten.«

»Sie hätten das nicht übernehmen können?«

»Doch, natürlich. Aber Harry wollte, daß Mick die Zeitung leitet. Vor allem, denke ich, wollte er ihn wieder bei sich in Nanrunnel haben. Auf Dauer. Er wollte ihn hier binden.«

St. James hatte bereits eine Ahnung, was Harry Cambrey vorgeschwebt hatte. Dennoch fragte er: »Und welche Rolle spielten Sie in diesen Plänen?«

»Harry sorgte dafür, daß wir möglichst viel zusammenarbeiteten. Und hoffte das beste, vermute ich. Er hatte großes Vertrauen in Micks Charme.«

»Und Sie?«

Sie hielt die Kaffeetasse in beiden Händen, als wolle sie sich wärmen. Ihre Finger waren lang und schlank. Sie trug keine Ringe. »Er war nicht mein Fall. Als Harry das merkte, ließ er Nancy Penellin während der Bürozeiten herkommen, um die Buchhaltung zu machen. Nicht mehr wie vorher an den Wochenenden.«

»Und wie ging es mit der Zeitung? Wollte Mick die nicht vergrößern?«

Sie wies auf den Computer auf ihrem Schreibtisch. »Anfangs versuchte Mick, zu modernisieren und zu rationalisieren. Er wollte die Zeitung moderner gestalten und die Auflage steigern. Aber dann verlor er das Interesse.«

»Wann war das?«

»Ungefähr zur gleichen Zeit wie Nancy schwanger wurde.« Sie zuckte leicht die Achseln. »Nach der Heirat war er sehr viel unterwegs.«

»Auf der Jagd nach dem Knüller.«

Sie lächelte. »Auf der Jagd.«

Sie gingen gemächlich über die schmale Straße zum Hafen. Es war Ebbe. Fünf Sonnenanbeter lagen auf dem schmalen

Strandstreifen. In ihrer Nähe planschte eine Gruppe Kinder schreiend und lachend im seichten Wasser.

»Erfolg gehabt?« fragte Cotter.

»Nur Bruchstücke. Nichts scheint zusammenzupassen. Ich kann keine Verbindung zwischen Mick Cambrey und Tina Cogin herstellen. Ebensowenig zwischen Tina Cogin und Dr. Trenarrow. Alles ist reine Mutmaßung.«

»Vielleicht hat Deb sich getäuscht. Vielleicht hat sie den jungen Mann gar nicht in London gesehen.«

»Doch, doch. Sie hat ihn gesehen. Alles weist darauf hin. Er kannte Tina Cogin. Aber woher und wieso, das scheint keiner zu wissen.«

»Na, wenn man der guten Mrs. Swann glaubt, ist das Woher und Wieso am einfachsten beantwortet.«

»Sie hat wohl nicht viel von Mick Cambrey gehalten?«

»Sie hat ihn gehaßt. Wie die Pest.« Cotter sah einen Moment lang schweigend den Kindern zu und lachte, als eines von ihnen – ein kleines Mädchen von vielleicht drei oder vier Jahren – auf seine vier Buchstaben fiel und die anderen mit Wasser bespritzte. »Aber wenn von dem, was sie über Mick Cambrey und seine Weibergeschichten erzählt, auch nur die Hälfte wahr ist, dann war für mich John Penellin der Täter.«

»Warum?«

»Es ging um seine Tochter, Mr. St. James. Kein Vater würde zulassen, daß ein anderer Mann seine Tochter dauernd quält. Jedenfalls nicht, wenn er es irgendwie verhindern kann. Da tut ein Vater alles, was in seiner Macht steht.«

St. James merkte den Köder sofort. Cotter betrachtete ihr morgendliches Gespräch offensichtlich noch nicht als abgeschlossen. Aber er brauchte die Frage, die Cotters Bemerkung herausforderte, gar nicht zu stellen. Er wußte die Antwort. Darum sagte er statt dessen: »Haben Sie von der Haushälterin etwas erfahren können?«

»Von Dora, meinen Sie? Wenig.« Cotter lehnte sich an das Geländer der Hafenmauer und stützte die Ellbogen auf die oberste Eisenstange. »Eines steht fest, sie bewundert den Doktor. Rackert sich ab von früh bis spät. Widmet sein Leben der Forschung. Und wenn er nicht forscht, besucht er Kranke in einem Sanatorium in der Nähe von St. Just.«

»Und das ist alles?«

»Scheint so.«

St. James seufzte. Nicht zum ersten Mal mußte er sich mit einer gewissen Resignation sagen, daß sein Gebiet die rein wissenschaftliche Arbeit war, die Untersuchung und Analyse von Spuren, die Interpretation von gefundenen Daten, die Abfassung von Berichten. In Bereichen, in denen einfühlende Kommunikation und intuitive Deduktion erforderlich waren, war er unerfahren. Mehr noch, er hatte Vorliebe oder Begabung weder für das eine noch für das andere. Und je tiefer er in den Morast von Spekulation und Mutmaßung geriet, desto unwohler fühlte er sich, desto stärker wurde das Gefühl der Frustration.

Aus seiner Jackentasche zog er den Zettel, den Harry Cambrey ihm am Samstagvormittag gegeben hatte. Warum nicht in dieser Richtung weiterforschen? Sie war auf jeden Fall so gut wie jede andere.

Cotter warf einen neugierigen Blick auf das Papier. »MP«, sagte er. »Mitglied des Parlaments?«

St. James blickte auf. »Was sagten Sie?«

»Die Buchstaben da. MP.«

»MP? Nein ...« Noch im Sprechen hielt St. James das Papier ins Sonnenlicht. Und er sah, was die schlechte Beleuchtung im Redaktionsbüro und seine eigene vorgefaßte Meinung ihn zu erkennen gehindert hatten. Der Stift, der dort, wo sich Fettflecken auf dem Papier befanden, nicht angegangen war, hatte auch bei den Buchstaben neben den Wörtern

›Beschaffung‹ und ›Transport‹ teilweise versagt. Der Kopf des Buchstabens P war so verwischt, daß bei flüchtigem Hinsehen nur der Aufstrich zu erkennen war und sich als die Ziffer 1 darstellte. Die Ziffer 6 mußte in logischer Folgerung in Wirklichkeit ein hastig hingeworfenes C sein.

»Mein Gott!« Stirnrunzelnd studierte er die Zahlen auf dem Papier. Harry Cambreys Theorie vom Waffenschmuggel außer acht lassend, brauchte er nicht lang, das Offenkundige zu sehen. 500. 55. 27500. Die letzte Zahl war das Produkt der beiden vorderen Zahlen. Hier endlich war eine erste Verbindung zu den Begleitumständen von Mick Cambreys Tod. Schon die Position der *Daze* – Nase nach Nordosten auf den Felsen – hatte auf sie hingewiesen. Er hätte an dem Gedanken, der ihm bei ihrem Anblick gekommen war, festhalten sollen. Er hatte auf die Wahrheit gezeigt.

Er sah die Küste Cornwalls vor sich. Lynley und seine Leute konnten jede einzelne Bucht von St. Ives bis Penzance durchsuchen, und es würde ihnen so wenig einbringen wie den Beamten von Zoll und Küstenwache, die eben dieses Gebiet seit zweihundert Jahren überwachten. Die ganze steile Felsküste war zerklüftet und ausgehöhlt, von unzähligen Buchten und Höhlen durchsetzt. Ein wahres Schmugglerparadies. Vorausgesetzt, die Schmuggler waren gute Seefahrer und verstanden es, ihre Boote zwischen den gefährlichen Riffen hindurchzumanövrieren.

Es konnte praktisch von überall gekommen sein, dachte er. Aus Porthgawara ebensogut wie aus Sennen Cove. Sogar von den Scilly-Inseln. Um Gewißheit zu erlangen, gab es nur einen Weg.

»Und weiter?« fragte Cotter.

St. James faltete das Papier. »Wir müssen Tommy finden.«

»Warum?«

»Um die Suchaktion abzublasen.«

19

Nach fast zwei Stunden fanden sie ihn auf der Landungsmole in der Lamorna-Bucht. Er kauerte am äußersten Rand der Mauer und sprach mit einem Fischer, der eben sein Boot festgemacht hatte und mit drei Rollen Tau über den Schultern müde die Stufen hinaufstieg. Auf halbem Weg blieb er stehen, um besser hören zu können, was Lynley über ihm sagte. Er schüttelte den Kopf und beschattete die Augen, um die anderen Boote im Hafen zu begutachten. Dann ging er, mit einer kurzen Handbewegung zu den wenigen Häusern hinter der Mole, weiter die Stufen hinauf.

Oben auf der Straße, die zur Bucht hinunterführte, stieg St. James aus dem Auto. »Fahren Sie nach Howenstow zurück«, befahl er Cotter. »Ich fahre mit Tommy.«

»Soll ich Daze etwas ausrichten?«

St. James überlegte. Jede Nachricht für Lynleys Mutter war ein zweischneidiges Schwert, einerseits vielleicht beruhigend, um so beängstigender jedoch andererseits. »Vorläufig nicht, nein.«

Er wartete, bis Cotter den Wagen gewendet hatte und in der Richtung davongefahren war, aus der sie gekommen waren. Dann stieß er langsam nach Lamorna hinunter. Der Wind riß an seinen Kleidern, und die Sonne lag warm auf seinem Gesicht. Das klare Wasser der Bucht spiegelte die Farben des Himmels wider, und der feine Sand leuchtete wie frisch gewaschen. Das Unwetter, das der *Daze* zum Verhängnis geworden war, schien hier spurlos vorübergezogen zu sein.

St. James beobachtete Lynley, der mit gesenktem Kopf, die Hände tief in den Hosentaschen, die Mole hinaufging. Seine Haltung verriet, wie es in ihm aussah, und die Tatsache, daß er allein war, legte nahe, daß er die Suchaktion abgebrochen hatte oder die anderen ohne ihn weitergefahren waren. Da die Mannschaft schon seit Stunden unterwegs war, hielt St. James das erstere für wahrscheinlich.

Er rief nach Lynley.

Der sah auf, hob grüßend die Hand, sprach aber erst, als er am Ende der Mole mit St. James zusammentraf. Er wirkte sehr niedergeschlagen.

»Nichts.« Er hob den Kopf, und der Wind blies ihm durch das helle Haar. »Wir haben eine volle Runde gedreht. Ich habe mich aus reiner Verzweiflung noch einmal mit den Leuten hier unterhalten. Ich dachte, jemand hätte sie vielleicht beobachtet, wie sie das Boot zum Auslaufen fertigmachten oder Proviant an Bord brachten. Aber kein Mensch in diesen Häusern hat das geringste gesehen. Nur die Frau, die das Café führt, hat die *Daze* gestern überhaupt bemerkt.«

»Um welche Zeit?«

»Kurz nach sechs Uhr morgens. Sie machte gerade ihr Café auf, war dabei, die Jalousien hochzuziehen.«

»Und es war wirklich gestern? Nicht am Tag vorher?«

»Sie weiß, daß es gestern war, weil sie nicht verstehen konnte, wieso das Boot auslief, obwohl Regen angesagt war.«

»Aber sie hat es am Morgen gesehen?«

Lynley warf ihm einen Blick zu, lächelte müde, aber dankbar. »Ich weiß, was du denkst. Peter war schon am Abend zuvor aus Howenstow verschwunden. Es ist darum weniger wahrscheinlich, daß *er* das Boot genommen hat. Das ist nett von dir, St. James. Glaub nicht, daß ich nicht schon selbst diese Überlegung angestellt habe. Aber Tatsache ist doch, daß er und Sasha in der Nacht nach Lamorna gekommen sein und an Bord geschlafen haben können. Und am Morgen sind sie dann ausgelaufen.«

»Hat die Frau jemand auf dem Boot gesehen?«

»Nur eine Gestalt am Ruder.«

»Nur eine?«

»Ich kann mir nicht vorstellen, daß Sasha Ahnung vom Segeln hatte, St. James. Sie war wahrscheinlich unten in der Kabine. Vermutlich hat sie noch geschlafen.« Lynley blickte zur Bucht zurück. »Wir haben die ganze Küste abgeklappert. Aber bisher haben wir keine Spur von ihnen gefunden.«

»Peter hat die *Daze* nicht genommen«, schloß St. James. »Da bin ich ganz sicher.«

Lynley drehte langsam den Kopf zu ihm. »Was sagst du da?«

»Wir müssen jetzt als erstes nach Penzance.«

Inspector Boscowan führte sie in die Kantine. *Yellow Submarine* nannte er sie, und mit Recht: gelbe Wände, gelbes Linoleum, gelbe Resopaltische, gelbe Kunststoffstühle. Nur das Geschirr hatte eine andere Farbe, leider karminrot. Die Gesamtwirkung ermunterte nicht dazu, länger als unbedingt nötig beim Essen zu verweilen. Sie setzten sich mit einer Kanne Tee an einen Tisch mit Blick auf einen kleinen grauen Hof, in dem eine müde Esche um ihr Leben kämpfte.

»Entwurf und Einrichtung von einer Bande Verrückter«, bemerkte Boscowan und hakte einen Fuß um das Metallbein eines abseits stehenden Stuhls, um ihn an den Tisch zu ziehen. »Soll angeblich von der Arbeit ablenken.«

»Das tut es ohne Zweifel«, meinte St. James.

Boscowan schenkte Tee ein, und Lynley riß drei Zellophanpäckchen mit trockenen Keksen auf, die er auf einen Teller kippte.

»John hat heute morgen mit einem Anwalt gesprochen. Ich mußte ihm zureden wie einem lahmen Gaul, ehe er dazu bereit war. Ich wußte immer, daß der Mensch stur ist, aber so hab' ich ihn noch nie erlebt.«

»Werden Sie ihn unter Anklage stellen?« fragte Lynley.

Boscowan inspizierte seinen Keks und tauchte ihn noch

einmal in den Tee. »Ich habe gar keine Wahl. Er war am Tatort. Er hat es zugegeben. Die Indizien bestätigen es. Zeugen haben ihn gesehen und den Streit gehört.«

Boscowan biß von seinem Keks ab, hielt ihn dann beifällig in die Höhe und nickte. Er wischte sich die Finger an einer Papierserviette ab und schob den anderen beiden Männern den Teller zu. »Nehmen Sie. Gar nicht so übel. Man muß nur dem Tee vertrauen.«

Er wartete, bis sie sich beide genommen hatten, ehe er zu sprechen fortfuhr. »Wäre John nur dort gewesen, so sähe die Sache anders aus. Wäre nicht dieser Riesenkrach gewesen, den die halbe Nachbarschaft mitgehört zu haben scheint ...«

St. James sah Lynley an. Der gab einen zweiten Zuckerwürfel in seinen Tee, schwieg aber weiter.

St. James sagte schließlich: »Und Penellins Motiv?«

»Streit wegen Nancy, vermute ich. Cambrey mußte sie heiraten, und er war todunglücklich in dieser Ehe. Nicht eine einzige Person, mit der ich gesprochen habe, hat mir etwas anderes gesagt.«

»Aber warum hat er dann überhaupt geheiratet? Er hätte sich doch einfach weigern können. Er hätte auf einer Abtreibung bestehen können.«

»Davon wollte Nancy nichts hören, wie John mir sagte. Und Harry Cambrey bestand darauf, daß Mick Nancy heiratete.«

»Aber Mick war doch ein erwachsener Mann.«

»Und sein Vater schwerkrank.« Boscowan trank seinen letzten Schluck Tee. »Glauben Sie ja nicht, daß der den Jungen nicht unter Druck gesetzt hat. Er hat alle Hebel in Bewegung gesetzt, um Mick in Nanrunnel zu halten, das sag' ich Ihnen. Der Junge wurde richtiggehend eingefangen. Und als er in der Falle saß, fing er an, seine Frau zu betrügen. Das weiß jeder, auch John Penellin.«

Lynley sagte: »Aber Sie glauben doch nicht im Ernst, daß John...«

Boscowan hob die Hand und ließ sie gleich wieder sinken. »Ich kenne die Fakten. Und nur mit den Fakten kann ich arbeiten. Nichts sonst darf eine Rolle spielen, das wissen Sie doch selbst. Daß John Penellin mein Freund ist, darf nicht von Bedeutung sein. Sein Schwiegersohn ist ermordet worden, und der Täter muß bestraft werden, ob mir das paßt oder nicht.«

Boscowan brach ab, beschämt über seinen Ausbruch, der ihn offensichtlich selbst überrascht hatte. Als er wieder zu sprechen begann, war er ruhiger. »Ich habe ihm angeboten, ihn bis zur Vorverhandlung auf freien Fuß zu setzen, aber das will er nicht. Es ist beinahe so, als wäre es ihm recht, hier zu sein, als wollte er, daß ihm der Prozeß gemacht wird.«

»Können wir mit ihm sprechen?« fragte Lynley.

Boscowan zögerte. Er blickte von Lynley zu St. James, dann zum Fenster hinaus. »Das verstößt gegen die Vorschrift. Das wissen Sie.«

Lynley zog seinen Dienstausweis heraus. Boscowan winkte ab.

»Ich weiß, daß Sie beim Yard sind. Aber in diesem Fall ist der Yard nicht zuständig, und ich muß auf meinen eigenen Chief Constable Rücksicht nehmen. Keine Besucher außer Angehörige und Anwalt bei Mord. So ist das in Penzance, ganz gleich, wie Sie es bei der Metropolitan Police halten.«

»Eine Freundin Mick Cambreys aus London ist verschwunden«, sagte Lynley. »Vielleicht kann John Penellin uns da weiterhelfen.«

»Ein Fall, den Sie bearbeiten?«

Lynley antwortete nicht. Am nächsten Tisch stapelte ein Mädchen in einem fleckigen weißen Kittel mit viel Krach

Teller auf ein Metalltablett. Porzellan klirrte. Ein Batzen Kartoffelpüree klatschte zu Boden. Boscowan sah dem Mädchen zu. Er klopfte mit einem der harten Kekse auf den Tisch.

»Ach, zum Teufel«, brummte er. »Kommen Sie. Ich bring' Sie schon irgendwie rein.«

Er ließ sie in einem Vernehmungsraum in einem anderen Teil des Gebäudes zurück. Ein Tisch und fünf Stühle waren die einzigen Einrichtungsgegenstände außer einem Spiegel an der Wand und einer Deckenlampe, an der emsig eine Spinne ihr Netz wob.

»Glaubst du, er wird es zugeben?« fragte Lynley, während sie warteten.

»Er hat doch gar keine Wahl.«

»Und du bist sicher, St. James?«

»Es ist die einzige logische Erklärung.«

Ein uniformierter Constable führte Penellin ins Zimmer. Als dieser sah, wer seine beiden Besucher waren, trat er unwillkürlich einen Schritt zurück, als wolle er sofort wieder gehen. Doch die Tür hinter ihm war schon geschlossen. Sie hatte auf Augenhöhe ein kleines Fenster. Penellin sah dorthin, als wolle er dem Constable Zeichen geben, ihn in seine Zelle zurückzubringen. Doch dann setzte er sich zu ihnen. Der Tisch wackelte, als er sich dagegen lehnte.

»Was ist passiert?« fragte er beunruhigt.

»Am Sonntagmorgen in aller Frühe ist Justin Brooke, einer meiner Gäste, in der Bucht von Howenstow abgestürzt«, sagte Lynley. »Die Polizei hält es für einen Unfall. Gut möglich, daß es wirklich einer war. Aber wenn nicht, dann treibt sich hier entweder ein zweiter Killer herum, oder aber Sie sind unschuldig, und es gibt nur einen Killer. Was ist Ihrer Meinung nach wahrscheinlich, John?«

Penellin drehte an einem Knopf an seinem Hemd. Sein

Gesicht war starr, nur unter seinem rechten Auge zuckte reflexhaft ein Muskel.

»Gestern morgen«, sagte St. James, »hat jemand die *Daze* aus Lamorna geholt. Gestern abend ist sie in der Penberth-Bucht aufgelaufen und wahrscheinlich inzwischen gesunken.«

Der Knopf, an dem Penellin gedreht hatte, fiel auf den Tisch. Er hob ihn auf und drehte ihn herum.

»Meiner Ansicht nach«, fuhr St. James fort, »läuft die Operation folgerndermaßen: Es gibt einen Hauptlieferanten und vielleicht ein halbes Dutzend Dealer. Das Kokain könnte auf zwei verschiedene Weisen geschmuggelt werden: Entweder holen die Dealer es beim Lieferanten ab – vielleicht auf den Scilly-Inseln – und segeln dann zum Festland zurück, oder aber der Lieferant bringt es in eine der unzähligen kleinen Buchten an der Küste. Mir kommt da sofort Porthgawara in den Sinn. Die Küste ist zugänglich, das Dorf ist so weit entfernt, daß keinem Menschen heimliches Kommen und Gehen in der Bucht auffallen würde. Die Felsen sind von Höhlen und Spalten durchsetzt, in denen der Austausch stattfinden könnte, falls man ihn auf offener See nicht wagen möchte. Aber ganz gleich, wie der Dealer den Stoff bekommt, wenn er ihn hat – entweder von den Scilly-Inseln oder aus einer der Buchten –, segelt er mit der *Daze* nach Lamorna zurück, bringt das Kokain dann nach Howenstow, in die alte Mühle, und packt es dort ab. Und niemand hat auch nur die blasseste Ahnung.«

Penellin sagte nur: »Dann wissen Sie es also.«

»Wen versuchen Sie zu schützen?« fragte St. James. »Mark oder die Lynleys?«

Penellin griff in seine Hosentasche und zog eine Packung Zigaretten heraus. Lynley neigte sich mit dem Feuerzeug über den Tisch. Über die kleine Flamme hinweg sah Penellin ihn an. »Es ist wahrscheinlich ein bißchen von beidem«, meinte Lynley.

»Je länger Sie schweigen, desto länger bewahren Sie Mark vor der Verhaftung. Aber solange Sie ihn vor der Verhaftung schützen, bleibt er für Peter erreichbar, und darum müssen Sie alles tun, was in Ihrer Macht steht, um die beiden auseinander zu halten.«

»Mark ist eine Gefahr für Peter«, sagte Penellin. »Er wird ihn noch umbringen, wenn ich es nicht verhindere.«

»Justin Brooke sagte uns, daß Peter hier in Cornwall kaufen wollte«, bemerkte St. James. »Mark war sein Lieferant, richtig? Darum wollten Sie am Freitag in Howenstow unbedingt verhindern, daß die beiden sich sahen.«

»Ich hatte Angst, Mark würde versuchen, Peter und dem Mädchen etwas zu verkaufen. Ich habe schon seit einiger Zeit den Verdacht, daß er mit Drogen handelt, und ich sagte mir, wenn ich herausbekommen könnte, von wo er die Drogen bekommt und wo er sie abpackt...« Penellin rollte seine Zigarette nervös zwischen den Fingern hin und her. Auf dem Tisch stand kein Aschenbecher, darum schnippte er die Asche auf den Boden und verrieb sie mit dem Fuß. »Ich dachte, ich könnte ihm das Handwerk legen. Ich habe ihn wochenlang beobachtet, überall bin ich ihm gefolgt, wenn es sich irgendwie machen ließ. Ich hatte keine Ahnung, daß er das Zeug aufs Gut bringt.«

»Der Plan war schlau«, sagte St. James. »In seinen beiden Teilen: die *Daze* als Transportmittel und die Mühle als Lager, wo der Stoff gestreckt und abgepackt wurde. Alles hatte direkte Verbindung zu Howenstow. Und da von Peter bekannt war, daß er Drogen nahm – nimmt –, war damit zu rechnen, daß er als Sündenbock dastehen würde, falls bei der Operation etwas schiefgehen sollte. Natürlich hätte er seine Unschuld beteuert. Und sicher hätte er Mark beschuldigt, wenn es hart auf hart gegangen wäre. Aber wer hätte ihm geglaubt? Selbst gestern waren wir alle sofort überzeugt, er wäre mit dem Boot hinausgefahren. Kein Mensch dachte an Mark. Das war wirklich sehr clever von Ihnen.«

Bei St. James' letztem Wort hob Penellin den Kopf. »Dann wissen Sie das also auch?«

»Mark verfügte nicht über das Kapital, um diese Sache allein aufzuziehen«, sagte St. James. »Er brauchte einen Geldgeber, und ich vermute, der war Mick Cambrey. Nancy wußte es, nicht wahr? Sie wußten es beide.«

»Wir vermuteten es. Wir haben es nur vermutet.«

»Waren Sie deshalb am Freitag abend bei ihm?«

Penellin wandte seine Aufmerksamkeit wieder seiner Zigarette zu. »Ich wollte die Wahrheit rausbekommen.«

»Und Nancy wußte, daß Sie zu Mick wollten. Als sie ihren Mann dann tot vorfand, fürchtete sie das Schlimmste.«

»Cambrey hatte einen Bankkredit aufgenommen. Für die Zeitung. Um zu modernisieren«, sagte Penellin. »Aber das wenigste von dem Geld wurde für die Zeitung ausgegeben. Dann fing er plötzlich an, dauernd nach London zu fahren. Zu Nance sagte er, sie hätten kein Geld. Es reiche hinten und vorn nicht. Sie würden bald pleite gehen. Mit der Miete. Und den Ausgaben für das Kind. Er tat so, als wären sie arm wie Kirchenmäuse. Aber das war alles Quatsch. Er hatte Geld. Er hatte ja den Kredit bekommen.«

»Den er in Kokain investierte.«

»Sie wollte nicht glauben, daß er so was tat. Sie sagte, er nähme keine Drogen, und wollte einfach nicht begreifen, daß man sie nicht zu nehmen braucht, um sie zu verkaufen. Sie wollte Beweise.«

»Und die suchten Sie am Freitagabend, als Sie im Haus waren.«

»Ich hatte vergessen, daß es einer der Freitage war, an

denen er immer die Lohntüten machte. Ich hatte geglaubt, er wäre nicht zu Hause, und ich könnte das Haus mal gründlich durchsuchen. Aber er war da. Und dann gab es einen Riesenkrach.«

St. James nahm das Sandwichpapier von *Talisman Café* aus seiner Tasche. »Ich vermute, Sie haben so etwas gesucht«, sagte er und reichte es Penellin. »Es war in seinem Büro in der Redaktion. Harry Cambrey fand es in Micks Schreibtisch.«

Penellin warf einen Blick auf das Papier und reichte es zurück. »Ich weiß selbst nicht, was ich suchte«, sagte er und lachte spöttisch. »Ich glaube, ich erhoffte mir ein schriftliches Geständnis.«

»Tja, ein Geständnis ist das natürlich nicht«, meinte St. James.

»Was hat es zu bedeuten?«

»Das kann uns nur Mark genau sagen, aber ich vermute, es beinhaltet die Vereinbarung, die die beiden ursprünglich miteinander trafen. ›1 k 9400‹ stünde dann für die Kosten des Kokains. Ein Kilo für 9400 Pfund. Diese Menge wollten sie unter sich teilen und verkaufen. Das geht aus der zweiten Zeile hervor. 500 Gramm für jeden von beiden, das Gramm für 55 Pfund. Ihr Profit: 27500 Pfund für jeden. Und neben dieser Zahl steht, was jeder in das Geschäft einbringen würde. MP, also Mark, sollte für das Transportmittel zur Beschaffung der Droge sorgen. Mit anderen Worten, seine Aufgabe war es, mit der *Daze* zum vereinbarten Treffpunkt mit den Lieferanten zu fahren. MC, also Mick, sollte die Finanzierung übernehmen, und zwar mit Hilfe des Bankkredits, den er zum Kauf neuer Maschinen und Geräte für die Zeitung aufgenommen hatte. Mick kaufte übrigens zunächst tatsächlich einige Geräte, um keinen Verdacht zu erregen.«

»Und dann ging die Sache in die Binsen«, sagte Penellin.

»Vielleicht. Es kann sein, daß das Kokain sich nicht so gut verkaufen ließ, wie sie geglaubt hatten, und daß er bei dem Geschäft Geld verlor. Vielleicht sind sich die beiden Partner aber auch in die Haare geraten. Oder sie sind hereingelegt worden.«

»Oder –« warf Penellin ein. »Na los, sagen Sie es schon.«

»Darum sitzen Sie hier, nicht wahr, John?« fragte Lynley. »Darum sagen Sie kein Wort. Darum nehmen Sie die Schuld auf sich.«

»Er muß gesehen haben, wie einfach es ist«, sagte Penellin. »Nach dem ersten Kauf brauchte er Mick nicht mehr, richtig? Weshalb sich den Gewinn mit einem anderen teilen!«

»Um Gottes willen, John«, sagte Lynley, »Sie können doch nicht die Schuld an Mick Cambreys Tod auf sich nehmen.«

»Mark ist erst zweiundzwanzig.«

»Das spielt keine Rolle. Sie haben nicht...«

Penellin ließ ihn nicht aussprechen. »Woher wußten Sie«, sagte er zu St. James, »daß es Mark war?«

»Durch das Boot. Wir glaubten, Peter hätte die *Daze* genommen, um aus Howenstow wegzukommen. Aber das Boot lag mit der Nase nach Nordosten auf dem Felsen vor der Penberth-Bucht. Das heißt, sie muß auf der Rückfahrt nach Howenstow gewesen sein. Und sie hatte dort schon mehrere Stunden gelegen, als wir kamen. Mark hatte also Zeit genug gehabt, sie zu verlassen und nach Howenstow zurückzukehren, um uns – zugegeben, etwas angeschlagen – bei der Suche nach Peter zu helfen.«

»Ja, er mußte das Boot verlassen«, sagte Penellin stumpf. »Das Kokain war Grund genug für ihn. Wenn in Penberth jemand die Küstenwache angerufen hätte, wäre er ganz schön in Schwierigkeiten geraten. Lieber riskierte er sein Leben und sprang in der Nähe der Küste über Bord, als sich mit einem Kilo Kokain auf dem Boot schnappen zu lassen und ins Gefängnis zu wandern.«

»John«, sagte Lynley eindringlich, »Sie müssen Boscowan die Wahrheit sagen. Über alles.«

Penellin sah ihm direkt in die Augen. »Und Mark?« fragte er.

Lynley antwortete nicht.

Penellins Gesicht zog sich zusammen vor Qual. »Ich kann nicht tun, was Sie von mir verlangen. Ich kann es nicht. Er ist mein Sohn.«

Nancy arbeitete vor dem Haus. Molly saß nicht weit von ihr im Kinderwagen und amüsierte sich mit einer Kette kleiner bunter Plastikenten, die ihre Mutter vor ihr aufgehängt hatte. Als Lynley den Wagen in der Auffahrt anhielt, blickte Nancy auf.

»Keine Nachricht von Peter?« fragte sie und ging ihnen entgegen, als sie aus dem Wagen stiegen.

»Ist Mark hier, Nancy?«

Sie stockte. Die Tatsache, daß Lynley auf ihre Frage keine Antwort gegeben hatte, schien sie zu beunruhigen, als ahnte sie, daß Schlimmes auf sie zukam.

»Hat Mark hier gestern abend die Läden gerichtet?« fragte Lynley.

»Die Läden?«

Die Frage war Bestätigung genug. »Ist er im Haus?« fragte St. James.

»Ich glaube, er ist gerade weg. Er wollte ...«

Brüllende Rockmusik aus dem Haus unterbrach sie. Sie drückte die Faust auf den Mund.

»Wir haben mit Ihrem Vater gesprochen«, sagte Lynley zu ihr. »Sie brauchen Mark nicht mehr zu schützen. Es ist an der Zeit, daß er die Wahrheit sagt.«

Sie blieb im Garten stehen, während die beiden Männer ins Haus gingen, dem Dröhnen der Bässe folgend in die Küche, wo Mark am Tisch saß und an den Knöpfen seines Kofferradios drehte. Wie Freitagnacht, nach der Ermordung Mick Cambreys, fielen St. James auch jetzt wieder besondere Einzelheiten an der Erscheinung des Jungen auf: eine schwere Goldkette um das rechte Handgelenk, eine neue Armbanduhr am linken, Markenjeans und ein Designerhemd, Schlangenlederstiefel, das Stereoradio. Von dem Lohn, den sein Vater ihm für die Arbeit auf dem Gut bezahlte, hätte er sich nicht eines dieser Stücke kaufen können.

Auf dem Tisch lagen neben einer Flasche Bier ein angebissenes Schinkenbrot und ein aufgerissener Beutel Essigchips, von denen ein beißender Geruch aufstieg. Mark griff hinein, blickte auf und sah die beiden Männer an der Tür stehen. Er stellte das Radio leiser und stand auf. Die Chips ließ er auf einen Teller fallen.

»Was ist?« fragte er. »Ist was mit Peter? Ist ihm was passiert?« Er fuhr sich mit der rechten Hand über die Schläfe, als wolle er sein Haar glätten, das so sorgfältig gekämmt war wie immer.

»Wir sind nicht wegen meines Bruders hier«, sagte Lynley.

Mark runzelte die Stirn. »Ich hab' nichts gehört. Nance hat mit Ihrer Mutter telefoniert. Sie sagte, sie wüßte nichts Neues. Haben Sie – kann ich etwas...?« Er streckte einen Arm aus, als wolle er Hilfe anbieten.

St. James fragte sich, wie Lynley die Maskerade des Jungen durchdringen wollte, und bekam sogleich die Antwort. Lynley fegte das Radio mit solcher Wucht vom Tisch, daß es gegen die Küchenschränke flog und einen Holzsplitter herausriß.

»Hey!«

Lynley stieß den Jungen auf den Stuhl hinunter. Marks Kopf schlug an die Wand.

»Was zum Teufel...«

»Sie können mit mir reden oder mit der Kripo in Penzance. Überlegen Sie es sich.«

Ein Blitz des Verstehens zuckte über das Gesicht des Jungen. Er rieb sich das Schlüsselbein. Dennoch sagte er nur: »Sie sind ja verrückt.«

Lynley warf das Sandwichpapier aus dem *Café Talisman* auf den Tisch. »Also, wie hätten Sie's gern? Entschließen Sie sich gefälligst.«

Marks Gesicht blieb unbewegt, während er auf das Papier hinuntersah, die Zahlen las, die Notizen, seine eigenen Initialen. Er lachte kurz auf. »Sie sitzen ganz schön in der Scheiße wegen Brooke, was? Sie haben eine Heidenangst, daß die Bullen da nachgrasen. Und jetzt wollen Sie Ihrem Bruder aus der Patsche helfen.«

»Wir sind nicht Peters wegen hier.«

»Nein. Natürlich nicht. Reden wir nicht von Peter, sonst erfahren Sie womöglich die Wahrheit über ihn. Aber mir können Sie nichts anhängen, das sag' ich Ihnen. Mir nicht.«

»Sie haben die *Daze* aus Lamorna geholt. Sie sind bei Penberth über Bord gesprungen. Ich vermute, der Grund dafür befindet sich hier in diesem Haus. Oder vielleicht in der alten Mühle. Wie wär's mit Diebstahl? Mit Schmuggel? Oder Drogenbesitz? Boscowan wird sich mit Freuden alles anhören, was Ihren Vater entlastet. Ihnen gegenüber wird er kaum so zartfühlend sein. Also, soll ich ihn anrufen? Oder wollen Sie mit mir reden?«

Mark wandte sich ab. Sein Radio, das immer noch auf dem Boden lag, rauschte und knackte.

»Was wollen Sie wissen?« Die Frage klang mürrisch.

»Wer handelt mit dem Kokain?«

»Ich und Mick.«

»Sie haben es in der Mühle versteckt?«

»Das war Micks Idee. Er war letztes Frühjahr immer mit Nancy oben auf dem Boden. Er wußte, daß da nie einer hinkommt.«

»Und die *Daze*?«

»Kostenloser Transport. Keine Unkosten, die den Gewinn geschmälert hätten.«

»Was für einen Gewinn? Nancy behauptet, Sie hätten kein Geld.«

»Wir haben die Einnahmen vom ersten Geschäft im letzten März gleich in ein neues gesteckt. Ein größeres diesmal.« Ein Grinsen flog über sein Gesicht. Er versuchte gar nicht, es zu verbergen. »Ein Glück, daß der Stoff in Ölhaut eingepackt war. Sonst läge er jetzt in der Bucht vor Perth, und die Fische könnten sich 'nen schönen Tag machen. Leider ...« Er schüttete sich noch eine Ladung Chips auf den Teller, »wird nun Mick nichts vom Gewinn kriegen.«

»Kam Ihnen sehr gelegen, sein Tod, wie?«

Mark war nicht zu erschüttern. »Soll ich bei diesen finsteren Anspielungen vielleicht kreidebleich werden vor Angst? Hey, da hat der arme Irre sich gleich selbst ein Mordmotiv verpaßt!« Er biß von seinem Schinkenbrot ab und kaute gründlich, ehe er es mit einem Schluck Bier hinunterspülte. »Nichts zu machen. Ich war Freitagabend in St. Ives.«

»Zweifellos in Begleitung von Leuten, die nur zu gern bereit sein werden, das zu bestätigen.«

»Klar. Überhaupt kein Problem.«

»Dealerehre, wie?«

»Man muß sich seine Freunde eben genau anschauen.«

»Peter war auch einmal Ihr Freund.«

Mark senkte den Blick. Das Radio quäkte. St. James schaltete es aus.

»Haben Sie an meinen Bruder verkauft?«

»Wenn er Geld hatte.«

St. James sah, wie Lynleys Gesicht sich spannte, und griff ein. »Wann haben Sie ihn zuletzt gesehen?« fragte er.

»Das hab' ich Ihnen doch schon gesagt. Es hat sich inzwischen nichts daran geändert. Freitagnachmittag unten in der Bucht. Er hatte vorher hier im Haus angerufen und gesagt, er wolle mit mir reden. Und dann mußte ich ihn auch noch überall suchen, den Idioten. Ich frag' mich echt, warum ich mir überhaupt die Arbeit gemacht habe.«

»Was wollte er?«

»Was er immer wollte. Koks auf Kredit.«

»Wußte er, was Sie in der Mühle treiben?« fragte Lynley.

Mark lachte geringschätzig. »Glauben Sie vielleicht, ich wär' so blöd gewesen, ihm das auf die Nase zu binden, damit er mich dann jedesmal um Gratisproben angehauen hätte, wenn ich da drin zu tun hatte? Wir sind vielleicht alte Kumpel, aber irgendwo gibt's 'ne Grenze.«

»Wo ist er?« fragte Lynley.

Mark schwieg.

Lynley schlug mit der Faust auf den Tisch. »Wo ist er? Wo ist mein Bruder?«

Mark schob seinen Arm weg. »Ich weiß es nicht, okay? Ich hab' keine Ahnung, verdammt noch mal. Tot wahrscheinlich mit 'ner Überdosis.«

»Tommy!«

St. James' Ermahnung kam zu spät. Lynley riß den Jungen auf die Füße. Er schleuderte ihn an die Wand und drückte ihm den Arm auf den Kehlkopf. »Sie Dreckskerl!« knirschte er. »Nehmen Sie sich ja in acht. Ich komme wieder.« Er ließ den Jungen abrupt los und eilte aus der Küche.

Mark blieb einen Moment stehen und rieb sich den Hals. Er wischte über seinen Hemdkragen, als wolle er jede Spur von Lynleys Berührung entfernen. Dann bückte er sich und hob sein Radio auf. Er stellte es auf den Tisch und begann an seinen Knöpfen zu spielen. St. James ging.

Er fand Lynley im Auto, keuchend, die Hände um das Steuerrad verkrampft. Nancy und das Kind waren verschwunden.

»Wir sind ihre Opfer.« Lynley blickte die von Licht und Schatten gesprenkelte Auffahrt hinauf, die sich zum großen Haus wand. Ein Luftzug wirbelte Platanenblätter über den Kies. »Wir sind alle ihre Opfer. Ich ebenso wie jeder andere, St. James. Nein, mehr als jeder andere, weil ich ein Amt habe.«

St. James verstand die Konflikte, mit denen sein Freund sich konfrontiert sah. Blutsbande, Pflichterfüllung, Verantwortung der Familie gegenüber, Verrat an sich selbst. Er wartete darauf, daß Lynley, der es nie lange schaffte, sich etwas vorzumachen, seinem inneren Kampf Ausdruck verleihen würde.

»Ich hätte Boscowan sagen müssen, daß Peter am Freitagabend in Gull Cottage war. Ich hätte ihm sagen müssen, daß Mick noch am Leben war, nachdem John gegangen war. Ich hätte ihm von dem Streit berichten müssen. Aber ich konnte nicht, St. James. Ich konnte es nicht. Was ist nur mit mir los?«

»Du versuchst, dich um alles auf einmal zu kümmern. Um Peter, um Nancy, um John, um Mark. Um jeden von ihnen, Tommy.«

»Ich habe das Gefühl, es schlägt alles über mir zusammen.«

»Wir klären das schon.«

Erst da sah Lynley ihn an. Seine dunklen Augen glänzten feucht. »Glaubst du das?« fragte er.

»Irgend etwas muß ich doch glauben.«

»Genau genommen heißt die Firma Islington-London«, sagte Helen. »Islington-London Limited. Es ist ein pharmazeutisches Unternehmen.«

St. James sah in den Garten hinaus, der langsam in der Dunkelheit versank. Er stand in dem kleinen Alkoven des Salons. Hinter ihm tranken Daze Asherton, Lynley und Cotter ihren Abendkaffee.

»Deborah und ich waren heute morgen dort«, fuhr Helen fort. Im Hintergrund hörte er Deborahs Stimme und dann ihr Lachen, hell und zauberhaft. »Ja, in Ordnung, Darling«, sagte Helen zu ihr. Und dann wieder zu St. James: »Deborah fand mich zu aufgedonnert in meinem Fuchs. Ich geb' ja zu, daß es ein bißchen übertrieben war, aber ich kann dir sagen, das Ensemble hatte Stil. Wenn schon incognito, dann wenigstens mit Stil, sage ich immer. Findest du nicht auch?«

»Ganz entschieden.«

»Und es hat gewirkt. Die Empfangsdame fragte mich prompt, ob ich zu einem Bewerbungsgespräch gekommen sei. Um eine Stellung als Leiterin der Testabteilung zu übernehmen. Klingt das nicht göttlich? Meinst du, ich hätte da Aussichten?«

»Das kommt wahrscheinlich darauf an, *was* getestet wird. Aber was ist mit unserer Tina? Wo ist da die Verbindung?«

»Es scheint überhaupt keine zu geben. Wir beschrieben sie der Empfangsdame – es war ein Glück, daß Deborah mit war. Sie hat wirklich ein Auge fürs Detail, ganz zu schweigen von ihrem Gedächtnis. Aber das Mädchen hatte keine Ahnung. Sie konnte mit der Beschreibung überhaupt nichts anfangen.« Helen hielt einen Moment inne, als Deborah aus dem Hintergrund eine Bemerkung machte. »Wenn man bedenkt, wie Tina aussieht, kann man sich nicht vorstellen, daß jemand sie so leicht vergißt. Das Mädchen fragte allerdings, ob sie vielleicht Biochemikerin wäre.«

»Das scheint mir ein bißchen weit hergeholt.«

»Hm. Ja. Aber Deborah hat mir von einem Getränk erzählt, das sie selbst zusammengestellt hatte. Irgendein Gesundheitstrank. Vielleicht wollte sie es einem pharmazeutischen Unternehmen andrehen.«

»Unwahrscheinlich.«

»Du hast recht. Sie wäre eher zu einem Limonadenhersteller gegangen, nicht?«

»Denke ich auch. Hat mittlerweile jemand von ihr gehört? Ist sie zurückgekommen?«

»Noch nicht. Ich habe heute nachmittag sämtliche Wohnungen hier im Haus abgeklappert, um zu sehen, ob vielleicht jemand weiß, wo sie sein könnte.«

»Aber kein Glück gehabt?«

»Nein. Niemand im Haus scheint sie näher zu kennen. Deborah ist offenbar die einzige, die persönlichen Kontakt mit ihr hatte. Außer der komischen Frau von gegenüber, die ihr das Bügeleisen geliehen hat. Verschiedene Leute haben sie natürlich gesehen – sie wohnt seit September hier –, aber niemand hat mehr als zwei Worte mit ihr gewechselt. Außer Deborah, wie gesagt.«

St. James schrieb September auf das Blatt mit seinen Notizen. Er unterstrich das Wort, zog einen Kreis darum. Er krönte den Kreis mit einem Kreuz. Symbol für Weiblichkeit. Er überkritzelte die ganze Malerei.

»Und was nun weiter?« fragte Helen.

»Erkundige dich doch mal beim Hausmeister, ob er eine Adresse in Cornwall für sie hat. Und vielleicht kannst du feststellen, was sie für die Wohnung bezahlt.«

»Richtig. Daran hätte ich gleich denken sollen. Sind wir auch nur einen Schritt weitergekommen?«

St. James seufzte. »Ich weiß es nicht. Hast du übrigens Sidney gesprochen?«

»Nein, Simon. Ich habe immer wieder bei ihr angerufen, aber es meldet sich niemand. Dann hab ich's bei ihrer Agentur versucht, aber die haben auch nichts von ihr gehört. Sagte sie etwas davon, daß sie zu Freunden wollte?«

»Nein. Sie sagte, sie wolle nach Hause.«

»Gut, dann versuche ich es weiter. Mach dir keine Sorgen, Vielleicht ist sie in der Cheyne Row.«

St. James hielt das für unwahrscheinlich. Er war leicht beunruhigt. »Wir müssen sie finden, Helen.«

»Ich fahr bei ihr vorbei. Vielleicht geht sie nur nicht ans Telefon.«

St. James blieb im Alkoven stehen, nachdem das Gespräch beendet war, und starrte auf das wirre Gekritzel, das er aus dem Wort September gemacht hatte. Er wünschte, er hätte ihm eine Bedeutung geben können. Er ahnte, daß es eine Bedeutung besaß. Aber er hätte nicht sagen können, was für eine.

Er drehte sich herum, als Lynley in den Alkoven kam. »Etwas Neues?«

St. James berichtete ihm das wenige, was er von Helen gehört hatte, und sah, wie Lynleys Gesicht sich schon bei seinen ersten Worten veränderte.

»Islington-London?« fragte er. »Bist du sicher, St. James?«

»Helen war dort. Warum? Sagt es dir etwas?«

Lynley warf einen vorsichtigen Blick in den Salon. Seine Mutter und Cotter sahen sich gemeinsam ein Familienalbum an und unterhielten sich mit gedämpften Stimmen.

»Tommy? Was ist?«

»Roderick Trenarrow arbeitet für Islington-Penzance.«

Identitäten

20

»Dann muß Mick diese beiden Telefonnummern in Tina Cogins Wohnung hinterlassen haben«, sagte St. James. »Sowohl die von Trenarrow, als auch die der Firma Islington. Das würde erklären, wieso Trenarrow nicht wußte, wer Tina Cogin ist.«

Lynley antwortete erst, als er bereits Richtung Paddington fuhr. Gerade hatten sie Cotter in der Cheyne Row abgesetzt. Er war offensichtlich glücklich, wieder in seine vertrauten vier Wände zurückzukehren. Es war schon zehn nach eins; sie hatten sich auf der Fahrt vom Flughafen durch den Mittagsverkehr schlagen müssen.

»Glaubst du, Roderick ist irgendwie in diese Geschichte verwickelt?«

St. James bemerkte nicht nur Lynleys bewußt neutralen Ton, sondern auch die Tatsache, daß er bei seiner Frage das Wort »Mord« tunlichst vermieden und beim Sprechen den Blick starr geradeaus gerichtet hatte. St. James wußte nur, daß Lynley Trenarrow eine starke Abneigung entgegenbrachte, die in Daze Ashertons langjähriger Beziehung zu diesem Mann begründet war. Sollte Trenarrow auch nur am Rande mit den Todesfällen in Cornwall zu tun haben, so würde Lynley seine persönlichen Gefühle hintanstellen und absolute Unvoreingenommenheit an den Tag legen müssen.

»Möglich, wenn auch vielleicht ohne eigene Absicht.« St. James berichtete ihm von seinem Gespräch mit Trenarrow und dem Interview, das Mick Cambrey mit ihm gemacht hatte. »Aber wenn Mick wirklich an einer Story arbeitete, die er mit dem Tod bezahlen mußte, hat Trenarrow ihm vielleicht nur einen Hinweis gegeben, den Namen eines Angestellten bei Islington-London zum Beispiel, der über Informationen für Mick verfügte.«

»Aber wenn sich, wie du sagst, in der Redaktion keinerlei Aufzeichnungen über einen Artikel fanden, die sich auf das Gespräch mit Roderick bezogen –« Lynley blieb an einer roten Ampel stehen, ohne sich nun St. James zuzuwenden. Er tat es nicht. »Was schließt du daraus?«

»Ich sagte nicht, daß keine Aufzeichnungen da waren, Tommy. Ich sagte, es war kein Artikel über ihn oder sonst etwas da, das mit Krebsforschung zu tun hat. Das ist etwas anderes. Harry Cambrey hat Micks Akten durchgesehen. Ich hatte keine Gelegenheit dazu.«

»Dann können die Informationen noch vorhanden sein, und Harry hat nur ihre Bedeutung nicht erkannt.«

»Richtig. Aber die Story selbst – wie immer sie aussah und wenn überhaupt ein Zusammenhang zu Micks Tod besteht – braucht mit Trenarrow unmittelbar nichts zu tun zu haben.«

Jetzt sah Lynley ihn doch an. »Du wolltest ihn nicht anrufen. Warum nicht?«

Die Ampel schaltete um, und der Verkehr setzte sich in Bewegung. »Findest du nicht, es wäre unklug, jemanden darauf aufmerksam zu machen, daß wir vielleicht auf derselben Spur sind?«

»Dann glaubst du also doch, daß Roderick in die Sache verwickelt ist.«

»Nicht unbedingt. Aber er könnte unwissentlich etwas an jemanden weitergeben, der sehr wohl damit zu tun hat. Warum ihn also anrufen und dieses Risiko eingehen?«

Lynley sprach, als hätte er St. James' Worte gar nicht gehört. »Wenn er damit zu tun hat, St. James! Wenn er damit zu tun hat ...

»Tommy, es hat keinen Sinn, daß du dich jetzt damit quälst.«

Wieder schienen St. James' Worte keinerlei Eindruck zu machen. »Es würde meine Mutter vernichten«, sagte Lynley. Schweigend fuhren sie nun bis nach Paddington. Deborah erwartete sie bereits im Eingang des Hauses.

»Dad hat mich angerufen und mir gesagt, daß ihr kommt. Tommy, wie geht es dir? Dad sagte, daß ihr noch immer nichts von Peter gehört habt.«

Lynley brachte nur ihren Namen heraus. Es klang wie ein Seufzen. Er zog sie an sich. »Das war wirklich ein mißratenes Wochenende. Es tut mir so leid für dich, Darling.«

»Das macht doch nichts. Mach dir keine Gedanken deswegen.«

St. James wandte sich von ihnen ab. Er konzentrierte sich ganz auf das kleine Schild an der Tür neben dem Aufzug. *Concierge*, stand darauf, in verschnörkelter Schrift gemalt, doch von ungeschickter Hand. Das Tüpfelchen über dem i war verwischt und mit dem zweiten c verlaufen. Er hielt den Blick auf das Schild gerichtet, bis Deborah sagte: »Helen erwartet uns oben.«

Als sie die Wohnung betraten, war Helen am Telefon. Sie sprach aber kein Wort, hielt nur den Hörer ans Ohr gedrückt. Der Blick, den sie ihm zuwarf, nachdem sie aufgelegt hatte, sagte St. James, wen sie zu erreichen versucht hatte.

»Sidney?« fragte er.

»Sie ist nirgends zu finden, Simon. Ihre Agentur hat mir eine Liste mit Namen gegeben. Freunde von ihr. Aber kein Mensch hat von ihr gehört. Eben habe ich es wieder in ihrer Wohnung versucht. Nichts. Ich habe auch schon bei deiner Mutter angerufen, aber da meldet sich niemand.«

St. James war plötzlich kalt.

»Ich muß dauernd an Justin Brooke denken«, sagte Helen.

Mehr brauchte sie nicht zu sagen. St. James wußte, in welche Richtung ihre Gedanken gingen. Ihn selbst hatte die gleiche Sorge gepackt, als er eben gehört hatte, daß seine Schwester noch immer verschwunden war. Wieder machte er sich Vorwürfe, Sidney allein gelassen zu haben.

»Ist Tina Cogin zurück?«

»Nein.«

»Dann sollten wir uns vielleicht vergewissern, daß wir den richtigen Schlüssel haben.« Er sah Lynley an. »Hast du sie mit?«

»Was denn?« fragte Helen verblüfft.

»Die Schlüssel«, erklärte Lynley. »Harry Cambrey hat uns Micks ganzen Bund beschafft. Wir wollten sehen, ob einer davon bei Tina Cogin paßt.«

Sie gingen alle zusammen zur Nachbarwohnung hinüber und warteten gespannt, während Lynley verschiedene Schlüssel ausprobierte. Schließlich sprang die Tür auf.

»Gut, er hatte also einen eigenen Schlüssel«, bemerkte Helen. »Aber was sagt uns das schon, Tommy? Wir wußten doch bereits von Deborah, daß er hier aus und ein ging. Was wissen wir jetzt mehr? Allenfalls, daß er für Tina Cogin so wichtig war, daß sie ihm einen Schlüssel zu ihrer Wohnung gegeben hat.«

»Offensichtlich war die Beziehung zwischen den beiden eine andere, als wir zunächst vermuteten, Helen. Prostituierte verteilen im allgemeinen ihre Schlüssel nicht an ihre Kunden.«

St. James war neben der Küche stehen geblieben und sah sich aufmerksam im Zimmer um. Die Einrichtung war teuer, aber sie verriet wenig über die Bewohnerin. Persönliche Dinge gab es überhaupt nicht: keine Fotografien, keine Erinnerungsstücke. Das ganze Zimmer sah aus, als wäre es von einem Innenarchitekten für ein gutes Hotel entworfen worden. Als wäre es der Bewohnerin darauf angekommen, so wenig wie möglich über sich selbst mitzuteilen. Er ging zum Schreibtisch.

Das rote Licht des Anrufbeantworters blinkte. Er drückte auf den Knopf. Eine Männerstimme erklang. »Colin Sage hier. Ich rufe wegen Ihrer Anzeige an.« Der Mann gab seine Telefonnummer an. Eine zweite Nachricht lautete ähnlich. St. James schrieb die Nummern auf und gab Helen den Zettel.

»Eine Anzeige?« fragte sie. »Glaubst du, daß sie sich so ihre Kunden holt? Das kann ich mir nicht vorstellen.«

»Du sagtest, daß du ein Sparbuch gefunden hast«, versetzte St. James statt einer Antwort.

Deborah kam auf ihn zu. »Hier«, sagte sie. »Und dann haben wir noch das hier.«

Aus einer Schublade nahm sie einen braunen Hefter. Mit gerunzelter Stirn musterte St. James die sauber getippte Liste von Namen und Adressen. Größtenteils London, stellte er fest. Kein Ort weiter entfernt als Brighton. Er hörte, wie Lynley hinter ihm die Kommode durchsah.

»Hm, was kann das sein?« fragte St. James sich nachdenklich.

Deborah antwortete ihm. »Zuerst dachten wir, es wäre eine Kundenliste. Aber das stimmt nicht. Es stehen auch Frauen darauf. Und selbst wenn das nicht wäre, ist schwer vorstellbar, wie jemand so viele Männer –« Sie zögerte.

St. James blickte auf. »So viele Männer bedient haben soll?« meinte er.

»Genau. Vorne drauf steht allerdings, daß es sich nur um Interessenten handelt. Darum dachten wir zuerst, sie benutze die Liste, um ... Wie kommt ein Callgirl eigentlich an Kunden? Durch Mundpropaganda?«

»Ich dachte, wir wären uns inzwischen alle darüber einig, daß sie gar keine Prostituierte ist.«

»Schon, aber weißt du, die Art, wie sie redet und wie sie aussah.«

»Auf ihr Aussehen sollten wir vielleicht nicht allzu viel geben«, bemerkte Lynley.

Er stand mit Helen vor dem offenen Schrank in der anderen Ecke des Zimmers. Er hatte die vier Hutschachteln vom obersten Bord heruntergeholt und hatte sie geöffnet. Jetzt beugte er sich über eine von ihnen und schlug das weiße Seidenpapier auseinander. Darunter zog er eine Perücke heraus. Langes schwarzes Haar, feine Stirnfransen. Er stülpte sie über seine Faust.

Deborah riß den Mund auf.

»Toll«, sagte Helen. »Diese Frau trägt tatsächlich Perükken? Dann ist wohl das wenige, was wir über sie wissen – und natürlich auch Deborahs Beschreibung von ihr –, völlig bedeutungslos. Falsche Fingernägel. Falsches Haar.«

Sie warf einen Blick zur Kommode. Plötzlich schien ihr ein Gedanke zu kommen. Sie ging hinüber, zog eine Schublade auf und kramte in der Unterwäsche. Sie hielt einen schwarzen Büstenhalter hoch. »Alles Attrappe.«

St. James nahm Lynley die Perücke aus der Hand und ging mit ihr zum Fenster. Er zog die Vorhänge auf und hielt sie ans Tageslicht. An der Beschaffenheit des Haares sah er, daß es Naturhaar war.

»Wußtest du, daß sie eine Perücke trug, Deb?« fragte Lynley.

»Keine Spur. Woran hätte ich das merken sollen?«

»Sie ist hervorragend gearbeitet«, bemerkte St. James. »Man würde nie auf die Idee kommen, daß es eine Perücke ist.«

Er untersuchte sie eingehend, und als er mit dem Finger

über das Innengewebe strich, blieb ein einzelnes, kürzeres Haar von der Trägerin hängen. Er löste es ganz heraus, hielt es ans Licht und reichte Lynley die Perücke zurück.

»Was ist, Simon?« fragte Helen.

Er antwortete nicht gleich. Wortlos betrachtete er das einzelne Haar zwischen seinen Fingern, während er sich klarmachte, was es zu bedeuten hatte. Es gab nur eine Erklärung, die einen Sinn ergab, nur eine Erklärung für Tina Cogins Verschwinden. Dennoch nahm er sich die Zeit, seine Theorie zu überprüfen.

»Hast du diese Perücke einmal getragen, Deborah?«

»Ich? Aber nein. Wie kommst du denn darauf?«

Am Schreibtisch nahm er ein Blatt weißes Papier aus der Schublade. Darauf legte er das Haar und trug beides wieder ans Licht.

»Dieses Haar«, sagte er, »ist rot.«

Er sah, wie Deborahs Verwunderung in Begreifen umschlug.

»Ist es möglich?« fragte er sie, da sie als einzige beide gesehen hatte und somit auch die einzige war, die seinen Verdacht vielleicht bestätigen konnte.

»Ach, Simon, frag mich nicht. Ich weiß es nicht. Wirklich, ich kann es nicht sagen.«

»Aber du hast sie gesehen. Du hast mit ihr gesprochen. Sie hat dir das Getränk gebracht.«

»Das Getränk!« rief Deborah und rannte aus dem Zimmer. Gleich darauf hörten die anderen, wie die Tür zu ihrer Wohnung ging.

»Was soll das?« fragte Helen. »Du glaubst doch wohl nicht, daß Deborah mit alledem etwas zu tun hat. Die Frau lebt hier offensichtlich incognito – oder genauer, incognita. Das ist alles. Sie will nicht erkannt werden.«

St. James legte das Blatt Papier mit dem Haar auf den

Schreibtisch. *Incognita*, dachte er. *Incognita*. Wenn das nicht ein Witz war!

»Nicht zu glauben!« sagte er. »Sie hat es jedem erzählt, der ihr begegnete. Tina Cogin. Der Name ist ein Anagramm, Leute.«

Deborah stürzte atemlos wieder ins Zimmer, in der einen Hand die Fotografie, die sie aus Cornwall mitgenommen hatte, in der anderen eine kleine Karte. Sie reichte beides St. James. »Dreh es um«, sagte sie.

Er wußte schon, daß die Handschriften übereinstimmen würden.

»Das ist die Karte, die sie mir gegeben hat, Simon. Das Rezept für das Getränk. Und hinten auf dem Foto von Mick...«

Lynley trat zu ihnen, ließ sich von St. James Karte und Foto geben. »Das gibt's doch nicht«, sagte er.

»Was habt ihr denn nur?« fragte Helen ungeduldig.

»Den Grund, warum Harry Cambrey sich solche Mühe gegeben hat, seinen Sohn als richtigen Mann zu propagieren«, sagte St. James.

Deborah goß kochendes Wasser in die Teekanne und trug sie zu dem kleinen Tisch, den sie von der Küche ins Zimmer gerückt hatten. Deborah und Lynley setzten sich auf das Sofa, Helen und St. James auf zwei Stühle aus der Küche. St. James nahm das Sparbuch zur Hand, das bei den anderen Dingen lag, die einmal Mick Cambrey gehört hatten: der braune Hefter mit der Aufschrift »Interessenten«, die Karte, auf der die Nummer der Firma Islington-London notiert war, das Sandwichpapier aus dem *Talisman Café*, die Fotografie, das Rezept für den Gesundheitstrank, das er Deborah an dem Tag gegeben hatte, als er – in Gestalt von Tina Cogin – bei ihr erschienen war.

»Diese zehn Abhebungen vom Konto«, sagte Helen und tippte auf die entsprechenden Eintragungen, »entsprechen genau dem, was Tina Mick Cambrey an Miete gezahlt hat. Und die Zeit stimmt mit den Fakten überein, Simon. Von September bis Juni.«

»Lang ehe er und Mark den Kokainhandel begannen«, bemerkte Lynley.

»Dann hat er sich damit die Miete für diese Wohnung also nicht verdient?« fragte Deborah.

»Wenn wir Mark glauben können, nicht. Nein.«

Helen prüfte die Einzahlungen. »Aber er hat ein ganzes Jahr lang alle zwei Wochen Geld eingezahlt«, sagte sie. »Woher kam das?«

St. James blätterte in dem Sparbuch nach vorn und sah die Eintragungen durch. »Er hatte offensichtlich noch eine andere Einkommensquelle.«

Die Geldbeträge, die Cambrey eingezahlt hatte, schwankten in der Höhe. Manche waren beträchtlich, andere wieder kaum der Rede wert. Er verwarf die zweite Möglichkeit, an die er angesichts der regelmäßigen Einzahlungen auf das Konto gedacht hatte. Aus Erpressung konnten die Beträge nicht stammen. Erpresser erhöhen im allgemeinen die Beträge, die sie von ihren Opfern verlangen.

»Anscheinend«, bemerkte Lynley. »Denn Mark sagte uns ja, daß sie ihren Gewinn aus dem Kokainhandel in ein zweites, größeres Geschäft investiert hatten.«

Deborah schenkte den Tee ein. St. James schaufelte wie gewohnt seine vier Löffel Zucker in seine Tasse, ehe Helen ihm schaudernd die Zuckerdose wegnahm und sie Deborah reichte. Sie griff nach dem Hefter.

»Mick muß seinen Anteil an dem Kokain hier in London verkauft haben. In Nanrunnel wäre ihm früher oder später jemand darauf gekommen.«

»Ja, in Cornwall hatte er einen Namen als Journalist«, stimmte Lynley zu. »Den hätte er kaum für den Kokainhandel aufs Spiel gesetzt, wenn er das Zeug ebensogut hier an den Mann bringen konnte.«

»Aber ich dachte, er hätte auch hier in London einen Ruf als Journalist gehabt«, warf St. James ein. »Er hat doch hier gearbeitet, ehe er nach Cornwall zurückging?«

»Aber nicht als Tina Cogin«, sagte Deborah.

»Im September verwandelte er sich in Tina«, sagte Helen. »Im September nahm er sich diese Wohnung. Im März darauf begann er zu handeln. Massenhaft Zeit, um sich einen Kundenstamm zuzulegen.« Sie tippte mit dem Finger auf den Hefter. »Wir haben uns gefragt, was für Interessenten das sind. Jetzt wissen wir es vielleicht. Sollen wir es überprüfen?«

»Wenn es Kokainabnehmer sind«, meinte Lynley, »werden sie das kaum freiwillig zugeben.«

Helen lächelte nachsichtig. »Nein, der Polizei gegenüber sicher nicht, Tommy-Schatz.«

St. James wußte, was dieses Lächeln zu bedeuten hatte. Wenn jemand die Gabe besaß, wildfremden Menschen die Zunge zu lockern, so war es Helen. Sich mit liebenswürdigem Geflunker Vertrauen und Hilfsbereitschaft zu erschleichen, war ihre Spezialität. Das hatte sie bereits beim Hausmeister der Shrewsbury Court Apartments bewiesen. Sich den Schlüssel zu Mick Cambreys Wohnung zu beschaffen, war für sie ein Kinderspiel gewesen. Die Liste mit den Interessenten war nur eine kleine Herausforderung. Irgendwie würde sie die Wahrheit ans Licht bringen.

Lynley stand auf. Er ging zum offenen Fenster und blickte, auf das Fensterbrett gestützt, zur Straße hinunter. »Vielleicht war es ja auch eine Story. Wir haben immer noch die Verbindung zu Islington-London.«

»Könnte es sein, daß Mick über irgendein Medikament recherchierte?« meinte Deborah. »Vielleicht ein Medikament, das noch nicht soweit entwickelt ist, daß es auf den Markt gebracht werden kann.«

Helen griff den Gedanken auf. »Eines mit Nebenwirkungen. Das den Ärzten vielleicht schon zugänglich ist. Von dem die Hersteller einfach behaupten, es wäre in Ordnung.«

Lynley kam wieder an den Tisch. Sie sahen einander an. Helens Vermutung war so abwegig nicht. Thalidomid. Gründliche Erprobung, strenge Vorschriften und Beschränkungen hatten bisher ein ähnliches Desaster verhindert. Aber die Menschen waren skrupellos, wenn sie eine Möglichkeit sahen, schnellen Gewinn zu machen.

»Wie wäre es, wenn Mick bei Recherchen zu einem ganz anderen Thema von etwas Verdächtigem Wind bekam?« meinte St. James. »Er ging der Sache nach. Er sprach mit Leuten bei Islington-London. Und mußte es mit dem Tod büßen.«

Lynley ging nicht auf ihre Bemühungen ein. »Aber wie wollt ihr die Kastration erklären?« Er setzte sich wieder auf das Sofa und rieb sich die Stirn.

Ehe jemand etwas erwidern konnte, läutete das Telefon. Deborah ging hin. Bei ihren ersten Worten sprang Lynley auf.

»Peter! Wo bist du? – Was ist los? – Ich verstehe nicht... Peter, bitte... Du hast wo angerufen?... Warte, er ist hier...«

Lynley riß ihr den Hörer fast aus der Hand. »Verdammt noch mal, wo hast du dich herumgetrieben?« brüllte er. »Weißt du nicht, daß Brooke... Halt den Mund und hör mir ausnahmsweise mal zu! Brooke ist tot. Genau wie Mick... Es ist mir gleich, was du willst... Was?« Lynley schien zu erstarren. Seine Stimme war plötzlich ganz ruhig. »Bist du sicher,

Peter? – Hör mir zu, bitte. Du mußt dich zusammenreißen ... Du darfst nichts anrühren. Hast du mich verstanden, Peter? Rühr nichts an. Laß sie so, wie sie ist ... Und jetzt gib mir deine Adresse ... Ich komme sofort.«

Er legte auf. Minuten schienen zu verstreichen, ehe er sich zu den anderen herumdrehte.

»Sasha ist etwas zugestoßen.«

»Ich glaube, er hatte etwas genommen«, sagte Lynley.

Was erklären würde, dachte St. James, warum er darauf bestanden hatte, daß Deborah und Helen nicht mitkamen. Er wollte nicht, daß sie seinen Bruder in diesem Zustand sahen.

»Was ist denn überhaupt passiert?«

Lynley fluchte, als ein Taxi ihn schnitt. Statt direkt zur Bayswater Road zu fahren, machte er einen Umweg über die Radnor Place und durch ein halbes Dutzend kleiner Nebenstraßen, um dem schlimmsten Berufsverkehr zu entgehen.

»Ich weiß es auch nicht. Er hat immer nur geschrien, sie läge auf dem Bett und rühre sich nicht. Er hätte Angst, sie sei tot.«

»Warum hast du ihm nicht gesagt, er soll den Notruf wählen?«

»Mensch, es kann sein, daß er halluziniert, St. James. Er hörte sich an wie im Delirium tremens. Ach, verdammt, dieser Verkehr!«

»Wo ist er, Tommy?«

»In Whitechapel.«

Sie brauchten fast eine Stunde bis dorthin.

»Ich bin an allem schuld«, sagte er, als sie die Oxford Street erreicht hatten. »Ich habe ihn da hineingetrieben.«

»Das ist ja absurd.«

»Ich habe ihn verwöhnt. Ich habe nie von ihm verlangt, daß er auf eigenen Füßen steht. Und das ist jetzt das Resultat. Es ist meine Schuld, St. James. Der wirklich Kranke bin ich.«

St. James starrte zum Fenster hinaus und suchte nach einer Erwiderung. Wie lange hatte Lynley sich in Ausflüchte gestürzt? Wie lange er selbst? Es war ihnen beiden zur Gewohnheit geworden.

»Nicht alles im Leben ist deine Verantwortung, Tommy.«

»Meine Mutter hat neulich abends praktisch das gleiche gesagt.«

»Sie hat recht. Du hast eine Art, dich für Dinge zu strafen, an denen andere genausoviel Verantwortung haben. Tu das jetzt nicht«, bekräftigte St. James.

Lynley warf ihm einen raschen Blick zu. »Der Unfall, nicht wahr? Seit Jahren versuchst du, mir die Last abzunehmen, aber das kannst du nicht, jedenfalls nicht ganz. Ich habe den Wagen gefahren, St. James. Ganz gleich, welche anderen Umstände meine Schuld mildern, diese entscheidende Tatsache bleibt bestehen. Ich habe an dem Abend den Wagen gefahren. Und als es vorbei war, stand ich auf und ging auf meinen eigenen Beinen davon. Du nicht.«

»Ich habe dir nie die Schuld gegeben.«

»Das brauchst du auch nicht. Das tue ich selbst. Aber ich muß aufhören, mir Peters wegen Vorwürfe zu machen, wenn ich nicht wahnsinnig werden will. Und darum werde ich jetzt versuchen, keinerlei Verantwortung zu übernehmen, wenn wir bei Peter sind. Ganz gleich, was wir dort vorfinden werden. Es ist Peters Leben, nicht meines.«

Das Haus war in einer schmalen Nebenstraße der Brick Lane. Eine grölende Gruppe kleiner Pakistanis spielte dort Fußball mit einem Ball, der kaum noch Luft hatte. Vier große Müllsäcke dienten ihnen als Torpfosten. Einer war aufgeplatzt und sein Inhalt auf Bürgersteig und Straße verstreut.

Beim Auftauchen des Bentley wurde das Spiel abrupt unterbrochen. Halb neugierig, halb furchtsam umringten die Kinder den Wagen, als Lynley und St. James ausstiegen. Es roch penetrant nach verfaultem Gemüse und anderen Küchenabfällen.

»Was wollen die hier?« fragte eines der Kinder leise.

»Keine Ahnung«, antwortete ein anderes. »Das ist vielleicht ein Schlitten, hm?«

Ein kleiner Junge, der kühner war als seine Freunde, trat näher zu den beiden Männern. »Ich paß auf Ihren Wagen auf, wenn's Ihnen recht ist, Mister. Damit die Bande hier nichts kaputt macht.« Er wies mit dem Kopf auf seine Freunde.

Lynley hob leicht die Hand, eine Reaktion, die der Junge als Zustimmung aufzufassen schien. Sofort postierte er sich, eine Hand auf der Kühlerhaube, die andere in die Hüfte gestemmt, neben dem Wagen und stellte einen Fuß auf die Stoßstange.

Sie hatten direkt vor Peters Haus geparkt, einem schmalen, fünf Stockwerke hohen Gebäude. Die Mauern waren früher einmal weiß gestrichen gewesen, aber der Zahn der Zeit hatte den Anstrich zu einem tristen Grau verkommen lassen. Fensterrahmen und Haustür schienen seit Jahrzehnten nicht mehr nachgestrichen worden zu sein. Die blaue Farbe war nur noch in Sprenkeln vorhanden. Auch der Blumenkasten mit Fresien vor einem kaputten Fenster im dritten Stock konnte den Gesamteindruck von Armut und Verwahrlosung nicht mildern.

Die Haustür stand offen. Oberhalb hatte jemand mit roter Farbe die Worte *last few days* auf die Mauer gesprüht. Sehr passend.

»Er sagte, im ersten Stock«, bemerkte Lynley, schon auf dem Weg zur Treppe.

Das Linoleum war in der Mitte der Stufen bis auf den schwarzen Unterbelag abgetreten. Die Ränder, die geblieben waren, starrten vor altem Wachs und neuem Schmutz. Große, speckig glänzende Flecken liefen die Wände des Treppenhauses entlang, Löcher klafften, wo früher die Dübel des Geländers gesessen hatten, das lange herausgerissen worden war.

Auf dem Treppenabsatz des Zwischenstocks stand schief ein Kinderwagen auf drei Rädern, umgeben von mehreren Müllsäcken, zwei Blecheimern, einem Besen und einem Schrubber. Eine magere Katze strich an ihnen vorbei, als sie von Knoblauchdünsten und Uringeruch umhüllt hinaufstiegen.

Im Korridor des ersten Stockwerks erwachte das Haus zu Leben. Fernseher, Musik, streitende Stimmen, das Greinen eines kleinen Kindes – Geräusche des täglichen Lebens. In Peters Wohnung jedoch, am Ende des Korridors, war es still. Die Tür war zu, aber weder geschlossen noch abgesperrt. Als Lynley klopfte, schwang sie von selbst auf und gab den Blick auf einen einzigen Raum frei, dessen Fenster mit Bettlaken verhängt waren. Die Gerüche des gesamten Hauses schienen sich darin festzuhalten.

Der Raum war nicht viel kleiner als der in Paddington, aus dem sie eben kamen, doch der Gegensatz war erschreckend. Möbel gab es praktisch keine. Auf dem Boden lagen nur drei große, fleckige Kissen zwischen aufgeschlagenen Zeitungen und Zeitschriften. Statt Schrank und Kommode gab es vier Pappkartons, in die ungebügelte Kleidungsstücke gestopft waren. Obstkisten dienten als Tische, und eine Stehlampe ohne Schirm lieferte die Beleuchtung.

Lynley sagte zunächst kein Wort. Einen Moment lang blieb er auf der Schwelle stehen, als müsse er erst die Kraft sammeln, um die Tür hinter sich zu schließen und der Wahrheit ins Gesicht zu sehen: keine Halluzination, kein Delirium tremens, sondern deprimierende Realität.

An der Wand stand eine aufgeschlagene Bettcouch. Auf

ihr lag reglos eine teilweise verhüllte Gestalt. Auf dem Boden, gleich neben der Couch, kauerte Peter Lynley, die Knie bis zur Nase hochgezogen, beide Hände um den Kopf.

»Peter!« Lynley ging zu ihm, kniete nieder, rief nochmals seinen Namen.

Peter schnappte plötzlich nach Luft und machte eine krampfartige Bewegung. Sein Blick wurde klarer, und er nahm seinen Bruder wahr.

»Sie rührt sich nicht.« Er stopfte einen Zipfel seines T-Shirts in den Mund, als wolle er sich am Weinen hindern. Dann zog er ihn wieder heraus. »Ich kam heim, und da lag sie und hat sich nicht gerührt.«

»Was ist denn geschehen?« fragte Lynley.

»Sie rührt sich einfach nicht, Tommy.«

St. James ging zur Couch. Er zog das Laken weg, das die Gestalt bedeckte. Sasha war nackt. Sie lag seitlich auf dem schmutzigen Bettuch, einen Arm ausgestreckt, den anderen zur Seite geworfen, so daß die Hand über die Bettkante hing. Das dünne Haar war nach vorn gefallen und bedeckte ihr Gesicht. Ihr Hals war schmutzig grau. Er legte die Finger auf das Handgelenk des ausgestreckten Arms, obwohl ihm schon in diesem Moment klar war, daß das nur noch eine hohle Geste war. Er war früher einmal bei der Spurensicherung der Metropolitan Police gewesen. Er wußte, wie Tote aussahen.

Er richtete sich auf und erwiderte Lynleys Blick mit einem Kopfschütteln. Dann schob er das nach vorn gefallene Haar zur Seite und bewegte vorsichtig den Arm, um den Grad der Leichenstarre zu prüfen. Doch er wich einen Schritt zurück, als er die Hohlnadel sah, die in ihrem Fleisch eingebettet war.

»Überdosis«, sagte Lynley. »Was hat sie genommen, Peter?«

Er ging wieder zu seinem Bruder. St. James blieb bei der

Toten. Die Kanüle war leer, der Stempel heruntergedrückt, als hätte sie sich eine Substanz eingespritzt, die sie auf der Stelle getötet hatte. Es war schwer zu glauben. Er sah sich suchend um. Auf der Kiste neben dem Bett war nichts als ein leeres Glas mit einem angelaufenen Löffel darin und Resten eines weißen Pulvers am Rand. Er trat zurück, um den Boden zwischen Bett und Kiste sehen zu können. Und da sah er es, mit einem Schwall des Entsetzens.

Aus einem silbernen Fläschchen war weißes Pulver auf den Boden geronnen, zweifellos dieselbe Substanz, die Sasha Nifford getötet hatte. Sein Herz pochte laut. Das Zimmer schwankte. Er wollte es nicht glauben.

Das Fläschchen gehörte Sidney.

21

»Du mußt dich zusammennehmen, Peter«, sagte Lynley zu seinem Bruder. Er nahm ihn beim Arm und zog ihn auf die Füße. Peter klammerte sich schluchzend an ihn. »Was hat sie sich gespritzt?«

St. James starrte auf das Fläschchen. Er konnte Sidneys Stimme hören, so klar und deutlich, als stünde sie neben ihm im Zimmer. »Wir haben ihn dann heimgefahren«, hatte sie gesagt. »Er hat eine miese kleine Bude in Whitechapel.« Und später, weit belastender und unbestreitbar: »Sag' dem lieben Peter, wenn du ihn findest, daß ich einiges mit ihm zu besprechen habe. Ich kann es kaum erwarten, glaub' mir.«

Das Fläschchen blinkte im Lichtschein der Lampe. St. James kannte die Initialen. Er selbst hatte diese fein ziselierte Gravur in Auftrag gegeben. Er selbst hatte seiner Schwester das Fläschchen vor vier Jahren zu ihrem einundzwanzigsten Geburtstag geschenkt.

»Du warst mein Lieblingsbruder. Dich hatte ich am liebsten.«

Er hatte keine Zeit. Er konnte sich jetzt keine moralischen Überlegungen leisten. Er konnte nur handeln, oder Sidney der Polizei preisgeben. Er entschied sich zu handeln, bückte sich, streckte den Arm aus.

»Gut. Du hast es gefunden«, sagte Lynley und trat zu ihm. »Es sieht aus –« Er schien plötzlich St. James' Bewegungen zu begreifen. »Schütze ihn nicht meinetwegen«, sagte er ruhig. »Das ist vorbei, St. James. Es war mir ernst mit dem, was ich im Auto sagte. Wenn es Heroin ist, kann ich Peter nur helfen, indem ich ihn die Konsequenzen tragen lasse. Ich rufe jetzt den Yard an.« Er ging aus dem Zimmer.

Die Hitze schoß wieder durch seinen Körper. Ohne auf Peter zu achten, der an der Wand lehnte und hinter vorgehaltenen Händen schluchzte, ging St. James mit steifen Schritten zum Fenster. Er griff hinter das Bettlaken, um es zu öffnen, und mußte feststellen, daß es vernagelt war. Die Luft war zum Ersticken.

Keine vierundzwanzig Stunden, dachte er. Das Fläschchen trug auf dem Boden das Zeichen des Silberschmieds. Die Polizei würde nicht lange brauchen, um das Geschäft in der Jermyn Street ausfindig zu machen, in dem er es gekauft hatte. Auf mehr als vierundzwanzig Stunden konnte er nicht hoffen.

Gedämpft hörte er Lynleys Stimme am Telefon im Treppenhaus und lauter Peters Weinen. Und noch lauter das stoßweise Keuchen seines eigenen Atems.

»Sie kommen.« Lynley schloß die Tür hinter sich. Er kam durch das Zimmer. »Alles in Ordnung, St. James?«

»Ja. Natürlich.« Zum Beweis trat er vom Fenster weg. Lynley hatte den einzigen Stuhl im Zimmer ans Fußende des Betts gestellt, mit der Lehne der Toten zugewandt.

»Sie kommen«, wiederholte er. Mit fester Hand führte er seinen Bruder zu dem Stuhl und drückte ihn darauf nieder. »Unten, neben dem Sofa liegt ein Fläschchen mit irgendeinem Pulver darin, Peter. Wenn es gefunden wird, wird man dich wahrscheinlich verhaften. Wir haben nur ein paar Minuten, um miteinander zu sprechen.«

»Ich habe kein Fläschchen gesehen. Es gehört mir nicht.« Peter wischte sich die Nase mit dem Arm ab.

»Jetzt erzähl mir erst mal, was eigentlich passiert ist. Wo bist du seit Samstag abend gewesen?«

Peter runzelte die Stirn. Er kniff die Augen zusammen, als blende ihn das Licht. »Nirgends.«

»Mach jetzt keine Spielchen mit mir.«

»Ich mach keine Spielchen. Ich sag dir –«

»Hör zu, diese Sache wirst du allein ausbaden. Kannst du mich soweit verstehen? Du mußt das ganz allein durchstehen. Du kannst tun, was du willst. Du kannst mir die Wahrheit sagen oder du kannst dich mit der Polizei unterhalten. Mir ist das gleichgültig.«

»Ich *sag* dir die Wahrheit. Wir waren nirgends. Nur hier.«

»Seit wann seid ihr zurück?«

»Seit Samstag. Oder Sonntag. Ich weiß nicht. Ich kann mich nicht erinnern.«

»Wann seid ihr angekommen?«

»Früh am Morgen.«

»Um welche Zeit?«

»Ich weiß die Zeit nicht. Wieso ist das so wichtig?«

»Wichtig ist es deshalb, weil Justin Brooke tot ist. Aber im Moment hast du Glück. Die Polizei scheint es für einen Unfall zu halten.«

Peter verzog den Mund. »Ach, und du glaubst, *ich* hätte ihn umgebracht? Mick vielleicht auch? Willst du mir das auch noch anhängen, Tommy?« Seine Stimme brach, als er den

Namen seines Bruders sagte. Er begann wieder zu weinen. Sein magerer Körper zuckte. Er bedeckte das Gesicht mit den Händen. Seine Fingernägel waren abgebissen und schmutzig. »Du glaubst immer das Schlimmste von mir, stimmt's?«

St. James sah Lynley an, daß er drauf und dran war, sich in ein Wortgefecht einzulassen. Er mischte sich ein, um das zu verhindern.

»Man wird dir eine Menge Fragen stellen, Peter. Wenn du jetzt mit Tommy sprichst, kann er dir später helfen.«

»Ich kann nicht mit ihm reden«, stieß Peter schluchzend hervor. »Er hört mir ja sowieso nicht zu. Ich bin ein Nichts für ihn.«

»Wie kannst du so etwas sagen?« fragte Lynley hitzig.

»Weil es wahr ist, und das weißt du auch. Du kaufst dich nur frei. Allzeit bereit mit dem Scheckbuch, weil das für dich das Einfachste war. Aber wenn ich dich brauchte, warst du *nie* für mich da – nicht ein einziges Mal in meinem ganzen Leben.« Er beugte sich auf dem Stuhl nach vorn, die Arme in den Magen gedrückt, den Kopf auf den Knien. »Ich war sechs Jahre alt, als er krank wurde, Tommy. Ich war sieben, als du gingst. Ich war zwölf, als er starb. Hast du eigentlich eine Ahnung, wie das war? Kannst du dir das überhaupt vorstellen? Und das einzige, was ich hatte – das einzige, was ich hatte, verdammt noch mal –, war Roderick, der arme Kerl. Der hat wirklich versucht, mir ein Vater zu sein, so gut er konnte. Aber immer nur heimlich, weil du ja sonst womöglich dahintergekommen wärst.«

Lynley richtete sich auf. »Und da hast du angefangen, Drogen zu nehmen,und das ist allein meine Schuld? Das schiebst du mir nicht in die Schuhe, mein Lieber! Untersteh dich!«

»Ich schiebe dir gar nichts in die Schuhe!« schrie Peter. »Ich verachte dich.«

St. James mischte sich wieder ein. Er mußte herausbekommen, was er wissen wollte. »Was hat sie sich gespritzt, Peter?« fragte er drängend. »Woher hatte sie es?«

Peter rieb sich mit seinem schlabberigen T-Shirt über das Gesicht. Es war alt und ausgewaschen, vorn mit der Abbildung eines Skeletts bedruckt. »Ich weiß es nicht. Ich war nicht hier.«

»Wo warst du?« fragte Lynley scharf.

Peter warf ihm einen verächtlichen Blick zu. »Einkaufen. Brot und Eier.« Er wies auf die Strohtasche, die an der Wand auf dem Boden lag. Dann wandte er sich an St. James. »Als ich heimkam, lag sie so da. Erst dachte ich, sie schliefe. Aber dann merkte ich – sah ich ...« Er stockte. Seine Lippen zitterten. »Ich rief bei Tommy bei seiner Dienststelle an. Ich rief bei ihm zu Hause an, aber Denton sagte, er wäre in Cornwall. Dann hab ich in Cornwall angerufen, und Hodge sagte, er wäre in London. Ich –«

»Warum hast du mich gesucht?« fragte Lynley.

Peter senkte die Arme. Er starrte zu Boden. »Du bist mein Bruder«, sagte er leise.

Lynley sah aus, als würde ihm das Herz aus dem Leibe gerissen. »Warum machst du solche Sachen, Peter? Warum nur?«

»Ist doch egal«, antwortete Peter.

St. James hörte die Sirenen. Er sprach rasch, entschlossen, das Schlimmste zu erfahren.

»Neben dem Bett liegt ein silbernes Fläschchen. Gehört es Sasha?«

Peter lachte kurz auf. »Wohl kaum. Wenn sie was aus Silber besessen hätte, hätten wir es längst verkauft.«

»Sie hat es dir nie gezeigt? Sie hat dir nicht gesagt, woher sie es hatte?«

»Nein.«

Zu mehr reichte die Zeit nicht. St. James ging zum Fenster und schob das Laken zurück. Unten hielten zwei Polizeiwagen, zwei neutrale Personenwagen und ein Lieferwagen. Sie nahmen fast die ganze Straße ein. Die Kinder waren davongelaufen.

Ein uniformierter Beamter blieb vor dem Haus und sperrte den Zugang mit einem Seil ab, das er vom Handlauf der Vordertreppe zu einem Lampenpfosten am Bordstein spannte. Die übrigen Beamten traten ins Haus: zwei Kriminalbeamte, die Leute von der Spurensicherung, ein Fotograf, der Arzt. Er verstand, weshalb Lynley im Yard angerufen hatte und nicht bei der Dienststelle Bishopsgate, in deren Zuständigkeitsbereich Whitechapel fiel. Zwar sollte Peter die Konsequenzen tragen, die sich für ihn aus dem Tod Sasha Niffords ergeben würden, aber nicht, ohne daß Lynley ihm indirekte Hilfestellung leistete. Denn wenn Peter von den Drogen gewußt, wenn er sie an Sasha weitergegeben, wenn er ihr bei der Einnahme geholfen hatte, mit der Absicht, sich nach seiner Rückkehr vom Einkaufen selbst einen Schuß zu setzen, konnte es zu einer Anklage wegen fahrlässiger Tötung oder sogar wegen Mordes kommen. Verständlich, daß Lynley die Ermittlungen von einem Team durchgeführt wissen wollte, dem er vertrauen konnte. Darum hatte er den Yard gerufen. St. James fragte sich, wer in der Victoria Street wohl jetzt gerade das Revier Bishopsgate anrief, um den Leuten zu erklären, warum New Scotland Yard in ihr Terrain eindrang.

Die Beamten donnerten die Treppe herauf. Lynley empfing sie an der Tür.

»Angus«, sagte er zu dem Mann an der Spitze der Gruppe.

Inspector Angus MacPherson war ein stämmiger Schotte, der mit Vorliebe alte Kammgarnanzüge trug, die aussahen, als dienten sie nachts als Schlafanzüge. Er nickte Lynley zu und ging sofort zum Bett. Eine Beamtin folgte ihm. Sie nahm ein kleines Notizbuch aus ihrer Umhängetasche und einen Kugelschreiber aus der Brusttasche ihrer zerknitterten Bluse. Sergeant Barbara Havers, MacPhersons direkte Mitarbeiterin. St. James kannte sie beide.

»Also, was haben wir hier?« brummte MacPherson. Er strich kurz über das Bettlaken und drehte sich nach dem Rest seiner Mannschaft um, die sich inzwischen ins Zimmer gedrängt hatte. »Sie haben doch nichts verändert hier, Tommy, oder?«

»Nur das Laken. Sie war damit zugedeckt, als wir kamen.«

»Ich hab' sie zugedeckt«, sagte Peter. »Ich dachte, sie schläft.«

Havers zog mit demonstrativer Skepsis eine Augenbraue hoch. Sie schrieb in ihr Büchlein. Sie sah von Lynley zu seinem Bruder, dann zu der Toten auf dem Bett.

»Ich war beim Einkaufen. Ich hab' Eier geholt. Und Brot«, sagte Peter. »Als ich wiederkam –«

Lynley trat hinter seinen Bruder und legte ihm die Hand auf die Schulter. Die leichte Berührung reichte, ihn zum Schweigen zu bringen. Wieder sah Havers sie beide an.

»Als Sie wiederkamen?« Sie sprach völlig ausdruckslos.

Peter sah seinen Bruder an, als erwarte er eine Anweisung. »Lag sie so da«, sagte er dann.

Sergeant Havers wandte sich wieder zum Bett. MacPherson begann leise und rasch zu sprechen. Sie schrieb konzentriert mit.

Als MacPherson seine erste Inspektion abgeschlossen hatte, trat er zu Lynley und Peter. Er ging mit ihnen in die gegenüberliegende Ecke des Zimmers, um dem Arzt für seine Untersuchung Raum zu lassen. Der Arzt tastete, fühlte, drückte. In wenigen Minuten war es vorüber. Er machte eine unverständliche Bemerkung zu Havers und überließ dann den Beamten der Spurensicherung das Feld.

St. James sah ihnen zu, wie sie darangingen, das Beweismaterial sicherzustellen. Das Wasserglas auf der Kiste wurde in einen Plastikbeutel gegeben und gekennzeichnet. Der angelaufene Löffel ebenso. Feine Spuren des weißen Pulvers, die St. James selbst nicht gesehen hatte, wurden vorsichtig in ein Behältnis gefegt. Dann wurde die Kiste zur Seite geschoben und das silberne Fläschchen vom Boden aufgehoben. Es wanderte ebenfalls in einen Plastikbeutel.

St. James bedeutete Lynley, daß er jetzt ginge.

Lynley kam zu ihm. »Sie werden Peter mitnehmen«, sagte er. »Ich fahre mit ihm. Das wenigstens muß ich tun, St. James.«

»Natürlich.«

»Würdest du Deborah Bescheid geben? Ich habe keine Ahnung, wie lange das alles dauern wird.«

»Natürlich«, sagte St. James wieder und überlegte, wie er seine nächste Frage formulieren sollte, ohne Lynley hellhörig zu machen, denn er brauchte Details.

»Gibst du mir aus dem Yard Bescheid?« fragte er vorsichtig. »Sobald man dort Näheres weiß.«

»Was meinst du?«

»Nun, die Obduktion. Würdest du mich den Befund wissen lassen? Sobald du kannst?«

»Du glaubst doch nicht, daß Peter –«

»Sie werden es für dich besonders schnell machen, Tommy. Das ist alles, was sie unter den Umständen für dich tun können, und das werden sie tun. Wirst du mir also Bescheid geben?«

Lynley sah zu seinem Bruder hinüber. Peter hatte zu zittern begonnen. MacPherson wühlte in einem Kleiderhaufen, der auf dem Boden lag, bis er ein gestreiftes Sweatshirt fand. Er reichte es Havers, die es betont langsam begutachtete, ehe sie es Peter weitergab.

Lynley seufzte und rieb sich den Nacken. »In Ordnung. Ich geb' dir Bescheid.«

Im Taxi auf der Fahrt nach St. Pancras versuchte St. James, jeden Gedanken an seine Schwester aus seinem Kopf zu verbannen und sich statt dessen auf den Entwurf eines Aktionsplans zu konzentrieren. Aber jede Überlegung wurde von einer Flut von Erinnerungen überrollt, die seinen bedrängenden Wunsch unterstrichen, Sidney zu retten.

Um Lynleys Wunsch zu erfüllen, war er rasch in Paddington vorbeigefahren. Von dort aus hatte er noch einmal in der Wohnung seiner Schwester angerufen, in ihrer Agentur und bei Cotter, einzig von der Notwendigkeit getrieben, sie aufzuspüren.

Die ganze Zeit spürte er Deborahs Gegenwart. Sie stand neben ihm, hörte ihm zu und ließ ihn kaum aus den Augen. Er sah die Besorgnis in ihrem Gesicht, während er immer von neuem wählte, nach seiner Schwester fragte, jedesmal umsonst. Er merkte, daß er vor allem vor Deborah den wahren Grund seiner Angst unbedingt geheimhalten wollte. Sie wußte, daß Sasha tot war; sie glaubte, seine Sorge drehe sich einzig um Sidneys Sicherheit. So sollte es bleiben.

»Kein Glück?« fragte sie, als er sich schließlich vom Telefon abwandte.

Er schüttelte nur den Kopf und ging zu dem Tisch, auf dem immer noch die Gegenstände lagen, die sie aus Mick Cambreys Wohnung mitgenommen hatten. Er sah sie durch, stapelte sie, klopfte sie zu einem sauberen Bündel zurecht, das er faltete und in die Jackentasche schob.

»Kann ich irgend etwas tun?« fragte sie. »Bitte. Ich komme mir so nutzlos vor. Laß mich doch helfen.« Sie sah bekümmert und ängstlich aus. »Ich kann nicht glauben, daß jemand Sidney etwas antun will. Sie hat sich einfach irgendwohin zurückgezogen, meinst du nicht, Simon? Sie muß vielleicht allein sein, um mit Justins Tod fertigzuwerden.«

Er wußte, daß es so war. Er hatte den Schmerz seiner Schwester in Cornwall gesehen. Und dennoch hatte er sie alleine fortgehen lassen.

»Du kannst nichts tun«, sagte er und ging zur Tür. Sein Gesicht war wie versteinert. Er wußte, daß Deborah seine Antwort als Zurückweisung auffassen würde, vielleicht als unreifen Vergeltungsschlag für alles, was seit ihrer Rückkehr zwischen ihnen vorgefallen war.

»Simon! Bitte!«

»Im Moment ist nichts zu tun.«

»Laß mich dir helfen, sie zu suchen.«

»Das ist nicht nötig, Deborah. Warte du hier auf Tommy.«

»Ich will aber nicht ...« Sie brach ab. Er sah ihre plötzliche Erregung. Deborah holte einmal tief Atem. »Ich komme mit in die Cheyne Row.«

»Das ist doch sinnlos. Da ist Sidney nicht.«

»Das ist mir gleich. Ich komme trotzdem mit.«

Er hatte weder die Zeit noch das Verlangen, mit ihr zu streiten. Er ging einfach, zwang sich, wieder das ursprüngliche Ziel ins Auge zu fassen, das ihn nach London zurückgeführt hatte, der geplante Besuch bei der Firma Islington-London, von dem er hoffte, daß er die Wahrheit hinter Mick Cambreys Ermordung enthüllen würde. Wenn sich hier eine Verbindung zwischen dem Mord und den Todesfällen herstellen ließ, würde das zu Sidneys Entlastung dienen. Deswegen mußte er dem Geist von Mick Cambrey folgen. Ein Besuch bei Islington-London schien ihm die Möglichkeit dazu zu bieten.

Die Firma Islington-London hatte ihren Sitz in einem wenig attraktiven Bau in der Nähe der Gray's Inn Road. Er wirkte nackt und funktional, Eigenschaften, die von den Architekten der industriellen Revolution hoch geschätzt worden waren. Es lag etwas von der Straße zurückgesetzt, vorn ein kleiner, durch ein Tor abgeschlossener Hof, in dem ein halbes Dutzend Autos standen und ein Lieferwagen mit der Aufschrift »Islington« auf der Seite und einer großen Karte Großbritanniens, hier und dort mit weißen Sternen besetzt, die wohl die Filialen des Unternehmens bezeichneten. Es waren insgesamt zehn, die nördlichste in Inverness, die südlichste in Penzance. Ein ziemlich großes Unternehmen, wie es schien.

Im Foyer wurde der Straßenlärm durch dicke Mauern und Musikberieselung gedämpft. Schicke Sofas standen an den Wänden mit großen modernen Bildern im Stil David Hockneys. Auf der anderen Seite tippte ein junges Mädchen mit unwahrscheinlich langen magentaroten Fingernägeln auf einer Schreibmaschine. Das Haar paßte in der Farbe zu den Nägeln.

Offenbar sah sie aus dem Augenwinkel St. James kommen, denn sie deutete, ohne den Blick von ihrem Bildschirm zu wenden, kurz auf einen Stapel Blätter auf ihrem Schreibtisch und schnalzte mit ihrem Kaugummi, ehe sie sagte: »Nehmen Sie sich ein Bewerbungsformular.«

»Ich bin nicht wegen einer Stellung hier.«

Als das Mädchen nicht reagierte, sah St. James, daß sie einen unauffälligen Kopfhörer aufhatte, wie sie normalerweise an ein Diktiergerät oder einen Walkman angeschlossen sind. Er wiederholte seine Worte etwas lauter. Sie blickte auf und nahm hastig den Kopfhörer ab.

»Entschuldigen Sie.« Sie zog einen großen Terminkalender zu sich heran. »Sind Sie angemeldet?«

»Müssen sich die Leute im allgemeinen anmelden, wenn sie hierher kommen?«

Sie kaute einen Moment lang nachdenklich auf ihrem Kaugummi und musterte ihn dabei, als suche sie nach einer versteckten Bedeutung hinter seiner Frage. »Ja«, sagte sie dann. »Im allgemeinen schon.«

»Es kommt also niemand einfach, um etwas zu kaufen?«

Sie schnalzte wieder mit dem Kaugummi. »Nein, unser Verkaufspersonal besucht die Kunden. Es kommt nie jemand hierher. Wir sind doch keine Apotheke.«

Sie wartete schweigend, während St. James die Unterlagen herauszog, die er aus Deborahs Wohnung mitgenommen hatte, und ihr das Foto von Mick Cambrey hinschob. Einer ihrer langen Fingernägel streifte scharf und spitz seine Hand, als sie nach der Aufnahme griff.

»War dieser Mann einmal hier?« fragte er.

Sie lächelte, als ihr Blick auf das Bild fiel. »O ja, der war hier.«

»Kürzlich erst?«

Sie klopfte mit den Fingernägeln auf den Schreibtisch, während sie überlegte. »Hm. Das ist nicht ganz einfach. Vor ein paar Wochen, glaube ich.«

»Wissen Sie, wen er hier besuchte?«

»Können Sie mir seinen Namen sagen?«

»Mick – Michael Cambrey.«

»Augenblick, ich seh' nach.« Sie klappte den Terminkalender auf und blätterte langsam, während sie die Listen von Namen auf jeder Seite prüfte.

»Ein Besucherbuch?« fragte St. James.

»Ja. Hier wird jeder eingetragen, der kommt und geht. Sicherheitsmaßnahmen, wissen Sie.«

»Sicherheitsmaßnahmen?«

»Arzneimittelforschung. Da kann man nicht vorsichtig genug sein. Wenn da was Neues rauskommt, wollen es alle im West End gleich am Abend mal zu ihren Drinks probieren.

Ah, da ist er schon. Testabteilung fünfundzwanzig.« Sie blätterte noch ein paar Seiten zurück. »Da ist er wieder. Selbe Abteilung, selbe Zeit. Kurz vor der Mittagspause.« Sie ging noch mehrere Monate zurück. »Er kommt ziemlich regelmäßig.«

»Und immer besucht er dieselbe Abteilung?«

»Sieht so aus.«

»Kann ich den Abteilungsleiter sprechen?«

Sie klappte das Buch zu und machte ein bedauerndes Gesicht. »Das ist ein bißchen schwierig, so ohne Anmeldung. Noch dazu, wo Mr. Malverd zur Zeit zwei Abteilungen auf einmal betreuen muß. Ich kann Ihnen einen Termin geben, wenn Sie möchten.« Sie zuckte gleichgültig die Achseln.

Aber so leicht ließ St. James sich nicht abwimmeln. »Dieser Mann, Mick Cambrey, wurde am Freitag abend ermordet.«

Die kleine Empfangsdame war plötzlich hellwach. »Sind Sie von der Polizei?« fragte sie und fügte erwartungsvoll hinzu: »New Scotland Yard?«

St. James dachte flüchtig, wie einfach alles gewesen wäre, wenn Lynley ihn begleitet hätte. So aber zog er seine Karte heraus und reichte sie ihr. »Dies ist eine private Recherche«, sagte er.

Sie warf einen Blick auf die Karte, bewegte lautlos die Lippen, während sie las, drehte sie herum, als könnten da vielleicht zusätzliche Informationen zu finden sein. »Ermordet«, hauchte sie. »Warten Sie, vielleicht kann ich Mr. Malverd erreichen.« Sie tippte auf drei Knöpfe an ihrem Telefon und steckte seine Karte ein. »Falls ich selber Sie mal brauchen sollte«, sagte sie mit einem Zwinkern.

Zehn Minuten später trat durch eine schwere, getäfelte Tür ein Mann ins Foyer. Er stellte sich als Stephen Malverd vor, reichte St. James flüchtig die Hand und zupfte sich am Ohrläppchen. Er hatte einen weißen Labormantel an, der ihm bis unter die Knie reichte und die Aufmerksamkeit auf seine Füße lenkte. Statt Straßenschuhen trug er Sandalen und dicke Wollsocken. Er habe sehr viel zu tun, sagte er, und höchstens ein paar Minuten Zeit. Wenn Mr. St. James ihm folgen wolle...

Mit flottem Schritt ging er St. James voraus. Sein Haar, das kraus und wirr wie Stahlwolle von seinem Kopf abstand, wippte bei jedem Schritt, und sein Labormantel blähte sich wie ein Cape. Erst als ihm St. James' Hinken auffiel, lief er, jedoch sichtlich widerstrebend, etwas langsamer.

Malverd brach sein Schweigen erst, als sie im Lift standen. »In den letzten Tagen geht es hier wirklich chaotisch zu«, bemerkte er. »Aber ich bin froh, daß Sie gekommen sind. Ich dachte mir schon, daß da mehr dahintersteckt, als es zuerst den Anschein hatte.«

»Dann erinnern Sie sich an Michael Cambrey?«

Malverd sah ihn verständnislos an.»Michael Cambrey? Aber sie sagte doch –« Er machte eine vage Handbewegung in Richtung Empfang und runzelte die Stirn. »Worum handelt es sich eigentlich?«

»Ein Mann namens Michael Cambrey hat in den letzten Monaten mehrmals Ihre Testabteilung fünfundzwanzig aufgesucht. Er wurde am vergangenen Freitag ermordet.«

»Also, ich weiß wirklich nicht, ob ich Ihnen da weiterhelfen kann.« Malverd war sichtlich verwirrt. »Fünfundzwanzig ist eigentlich nicht meine Abteilung. Ich bin nur vorübergehend eingesprungen. Was für eine Information suchen Sie denn?«

»Alles, was Sie – oder andere – mir über den Grund für Cambreys Besuche hier sagen können.«

Die Aufzugstüren öffneten sich. Malverd trat nicht sogleich hinaus. Er schien zu überlegen, ob er überhaupt mit St.

James sprechen oder ihn kurz abfertigen und an seine Arbeit zurückkehren wolle.

»Hat dieser Todesfall denn mit Islington zu tun? Mit einem Produkt des Unternehmens?«

»Eben darüber bin ich mir nicht im klaren«, antwortete St. James.

»Polizei?«

Er nahm wieder eine seiner Karten heraus. »Forensische Wissenschaften.«

Malverd schien milde interessiert. Zumindest verriet sein Gesichtsausdruck ein gewisses kollegiales Entgegenkommen. »Tja, dann wollen wir mal sehen, was wir tun können«, sagte er. »Bitte, kommen Sie.«

Er führte St. James durch einen Korridor, weit bescheidener als das Foyer und die Verwaltungsbüros unten. Auf beiden Seiten befanden sich Laborräume, in denen Techniker auf hohen Hockern an ihren Arbeitstischen saßen. Malverd nickte im Vorübergehen diesem oder jenem Kollegen zu. Einmal zog er irgendeinen Plan aus seiner Tasche, warf einen Blick darauf, sah auf seine Uhr und fluchte. Er begann schneller zu gehen. In einem zweiten, quer verlaufenden Korridor öffnete er schließlich eine Tür.

»Das ist Fünfundzwanzig«, sagte er.

Sie traten in einen großen, rechteckigen Raum, der von Neonröhren taghell erleuchtet wurde. Auf einem Arbeitstisch, der eine ganze Wand einnahm, standen mindestens sechs Inkubatoren, zwischen ihnen Zentrifugen, manche offen, andere geschlossen, Mikroskope und Meßgeräte. In den Glasvitrinen rundherum reihten sich Hunderte von Flaschen mit Chemikalien, Becher, Filtrierflaschen, Kolben, Reagenzgläser, Pipetten. Mitten in diesem beeindruckenden Durcheinander wissenschaftlicher Geräte saßen zwei Laboranten und kopierten die roten Digitalziffern, die an einem der

Inkubatoren aufblinkten. Eine Frau arbeitete an einem Glasbehälter, in dem irgendwelche Kulturen gezogen wurden. Vier andere Techniker saßen über große Mikroskope gebeugt.

Einige der Leute blickten von der Arbeit auf, als Malverd St. James zu einer geschlossenen Tür am hinteren Ende des Labors führte. Als Malverd einmal kurz und energisch an die Tür klopfte und dann eintrat, ohne auf eine Aufforderung zu warten, verloren auch die wenigen, die ihm Aufmerksamkeit gezollt hatten, das Interesse.

Eine Sekretärin, die so gehetzt wirkte wie Malverd, drehte sich, als sie eintraten, vor einem Aktenschrank herum. Ein Schreibtisch, ein Stuhl, ein Computer und ein Laserdrucker engten sie von allen Seiten ein.

»Für Sie, Mr. Malverd.« Sie griff nach einem kleinen Bündel Zettel, die mit einer Heftklammer zusammengehalten waren. »Lauter Anrufe. Ich weiß nicht, was ich den Leuten sagen soll.«

Malverd blätterte die Zettel durch und warf sie auf ihren Schreibtisch. »Vertrösten Sie sie«, sagte er. »Ich habe keine Zeit zum Telefonieren.«

»Aber –«

»Führen Sie hier oben einen Terminkalender, Mrs. Courtney? Sind Sie soweit fortgeschritten, oder ist das zuviel erwartet?«

Ihre Lippen wurden weiß, obwohl sie tapfer lächelte und einen höflichen Versuch machte, seine Fragen als Scherz aufzufassen, was bei Malverds Ton einigermaßen schwierig war. Sie drängte sich an ihm vorbei und ging hinter ihren Schreibtisch, wo sie einen Lederband herausnahm, den sie ihm reichte. »Wir führen über alle Besuche und Termine Buch, Mr. Malverd. Sie werden sehen, daß alles in Ordnung ist.«

»Ich hoffe es«, versetzte er. »Haben Sie eine Tasse Tee da? Für Sie auch eine?« wandte er sich an St. James, der ablehnte. »Also, eine Tasse«, sagte Malverd abschließend zu der Sekretärin, die ihm einen giftigen Blick zuwarf, ehe sie davonging, um ihm seinen Tee zu besorgen.

Malverd führte St. James in ein Nebenzimmer, größer als das Vorzimmer, wenn auch kaum weniger eng. Es war offensichtlich das Zimmer des Projektleiters, und so sah es auch aus. Uralte Metallregale waren vollgestopft mit dicken Wälzern über Biochemie, Pharmakologie, Genetik und Ähnliches, die mit gebundenen Sammlungen diverser Fachzeitschriften um Platz kämpften. Auf den Borden, die vom Schreibtisch aus am leichtesten zu erreichen waren, standen mindestens dreißig in Leder gebundene Hefte mit, wie St. James vermutete, den Resultaten der Experimente, die die Techniker im Labor durchführten. Der Schreibtisch selbst war ein Museumsstück aus dunklem alten Eichenholz mit angeschlossenem, ebenso betagtem Schreibmaschinentisch, auf dem ein kleiner Computer stand. An der Wand über dem Schreibtisch hing eine graphische Darstellung, die in grünen und roten Linien den Lauf irgendeiner Entwicklung wiedergab. Darunter waren vier Schaukästen mit einer Kollektion von Skorpionen.

Malverd warf stirnrunzelnd einen Blick auf diese Objekte, ehe er sich in den Sessel hinter dem Schreibtisch setzte. Wieder sah er auf seine Uhr. »Also, was kann ich für Sie tun?«

St. James nahm einen Manuskriptstapel vom einzigen anderen Sessel im Zimmer. Er setzte sich und sagte: »Mick Cambrey war offenbar in den letzten Monaten mehrmals hier in dieser Abteilung. Er war Journalist.«

»Und er wurde ermordet, sagten Sie? Glauben Sie denn, daß da eine Verbindung zu unserem Unternehmen besteht?«

»Verschiedene Leute meinten, er hätte an einer Story gearbeitet. Das könnte die Verbindung sein. Wir wissen es noch nicht.«

»Aber Sie sind nicht von der Polizei?«

St. James wartete darauf, daß Malverd dies zum Anlaß nehmen würde, das Gespräch zu beenden. Aber anscheinend reichte ihm für den Augenblick ihrer beider Interesse an den Naturwissenschaften, um das Gespräch fortzusetzen; er nickte nachdenklich und schlug den dicken Terminkalender auf. »Hm«, sagte er. »Cambrey. Mal sehen.« Er fuhr mit dem Finger erst eine Seite hinunter, dann die nächste. »Smythe-Thomas, Hallington Schweinbeck, Barry – was hatte er denn mit dem zu tun? – Traversly, Powers – ah, da haben wir's: Cambrey, elf Uhr dreißig« – er warf einen Blick auf das Datum – »Freitag vor zwei Wochen.«

»Die Empfangssekretärin sagte mir, daß er häufiger hier war. Auch früher schon. Können Sie das überprüfen?«

Hilfsbereit blätterte Malverd das Buch durch. Er griff nach einem Zettel und notierte die Daten. Als er die Durchsicht des Terminkalenders beendet hatte, reichte er St. James den Zettel. »Ein sehr regelmäßiger Besucher«, bemerkte er. »Er kam jeden dritten Freitag.«

»Wie weit reicht das Buch zurück?«

»Nur bis Januar.«

»Ist der Kalender vom letzten Jahr vielleicht noch da?«

»Da muß ich erst fragen.«

Als Malverd hinausgegangen war, sah St. James sich das Schaubild über dem Schreibtisch näher an. Die Ordinate war mit dem Wort »Tumorwachstum« gekennzeichnet, und bei der Abszisse stand »Zeit nach Injektion«. Zwei Linien gaben das Verhalten zweier Substanzen wieder: die eine, als »Droge« gekennzeichnet, fiel rapide, die andere, »Salzlösung«, stieg stetig an.

Malverd kam mit einer Tasse Tee in der einen Hand und einem Terminkalender in der anderen wieder ins Zimmer. Er stieß die Tür mit dem Fuß zu. »Er war im letzten Jahr auch hier«, sagte er. Wieder schrieb er St. James die Daten heraus, hielt nur ab und zu inne, um einen Schluck Tee zu trinken. Es war sehr still im Raum. Nur das Geräusch von Malverds Bleistift auf dem Papier war zu hören. Endlich sah er auf. »Vor dem vergangenen Juni nichts mehr«, sagte er. »Am zweiten Juni scheint er das erste Mal hier gewesen zu sein.«

»Das ist mehr als ein halbes Jahr her«, stellte St. James fest. »Aber nirgends gibt es einen Hinweis darauf, warum er hier war?«

»Nein, nichts. Ich habe keine Ahnung.« Malverd legte die Fingerspitzen aneinander und betrachtete stirnrunzelnd die Graphik. »Es sei denn, es handelt sich um Oncomet.«

»Oncomet?«

»Das ist ein Krebsmittel, das hier in der Abteilung fünfundzwanzig seit ungefähr anderthalb Jahren getestet wird.«

Augenblicklich fiel St. James Cambreys Interview mit Dr. Trenarrow wieder ein. Die Verbindung zwischen diesem Gespräch und Cambreys Reisen nach London war nun endlich mehr als reine Mutmaßung.

»Eine Form der Chemotherapie? Wie gut wirkt dieses Medikament?«

»Es hemmt die Eiweißsynthese in Krebszellen«, antwortete Malverd. »Wir hoffen, daß es die Reproduktion von Onkogenen verhindern wird, jenen Genen also, die den Krebs verursachen.« Er wies mit dem Kopf auf die graphische Darstellung und deutete auf die steil fallende rote Linie, die den Prozentsatz gehemmten Tumorwachstums im Verhältnis zur Zeit nach Verabreichung des Medikaments darstellte. »Sie sehen, es sieht recht vielversprechend aus. Die Befunde bei Mäusen waren höchst befriedigend.«

»Menschen werden also noch nicht damit behandelt?«

»Davon sind wir noch Jahre entfernt. Die toxikologischen Untersuchungen haben gerade erst begonnen. Sie wissen ja – wie hoch ist die vertretbare Dosis? Welcher Art sind ihre biologischen Wirkungen?«

»Sie testen natürlich auch auf Nebenwirkungen?«

»Selbstverständlich. Auf die achten wir ganz genau.«

»Wenn es keine Nebenwirkungen gibt, wenn nichts Oncomet als gefährlich ausweist, was geschieht dann?«

»Dann bringen wir das Medikament heraus.«

»Und verkaufen es mit beträchtlichem Profit, nehme ich an«, sagte St. James.

»Für ein Vermögen«, antwortete Malverd. »Es ist ein völlig neuartiges Medikament. Es wäre ein Durchbruch. Es sollte mich nicht wundern, wenn dieser Cambrey an einer Story über Oncomet schrieb. Aber wieso sein Interesse an dem Medikament Anlaß gewesen sein sollte, ihn zu töten, ist mir schleierhaft.«

St. James sah es anders. »Welche Verbindung besteht zwischen Islington-London und Islington-Penzance?«

»Penzance ist eines unserer Forschungszentren. Wir haben überall im Land welche.«

»Und was machen sie? Versuche und Studien?«

Malverd schüttelte den Kopf. »Die Medikamente werden in den Forschungslabors entwickelt.« Er lehnte sich in seinem Sessel zurück. »Jedes Labor arbeitet im allgemeinen auf einem bestimmten Gebiet der Krankheitskontrolle. Wir haben eines, das sich nur mit Parkinson beschäftigt, eines für Huntingtonsche Chorea, ein neues für AIDS. Wir haben sogar ein Labor, das an der ganz gewöhnlichen Erkältung arbeitet.« Er lächelte.

»Und Penzance?«

»Eine unserer drei Krebsforschungsstätten.«

»Wurde Oncomet zufällig in Penzance entwickelt?«

»Nein. Das kommt aus unserem Labor in Bury in Suffolk.«

»Und Sie sagen, getestet werden die Medikamente in diesen Labors nicht?«

»Nein, jedenfalls nicht in dem umfassenden Maß, wie wir das hier tun. Die ersten Tests natürlich, die finden in den Entwicklungslabors statt. Sonst wüßten sie ja kaum, was sie da eigentlich hervorgebracht haben.«

»Kann man davon ausgehen, daß jemand bei einem dieser Labors Zugang zu den Testergebnissen hatte? Ich meine, nicht nur zu denen des örtlichen Labors, sondern auch zu den Londoner Ereignissen.«

»Aber sicher.«

»So jemandem könnte also eine Unregelmäßigkeit auffallen. Ein Detail vielleicht, das man im eiligen Bestreben, das neue Produkt auf den Markt zu bringen, vielleicht vertuschte oder schönte?«

Malverds Gesicht war plötzlich gar nicht mehr wohlwollend. Er stieß sein Kinn vor und zog es wieder zurück, als rücke er seine Wirbelsäule gerade. »Das ist wenig wahrscheinlich, Mr. St. James.« Er stand auf. »Ich muß jetzt in mein eigenes Labor zurück. Sie werden verstehen, daß meine Zeit knapp ist.«

St. James folgte ihm ins Vorzimmer. Malverd reichte der Sekretärin beide Terminkalender und sagte: »Sie waren in Ordnung, Mrs. Courtney, ich gratuliere.«

Sie nahm ihm die Bücher ab und versetzte kalt: »Mr. Brooke hat immer auf Ordnung geachtet, Mr. Malverd.«

St. James fragte überrascht: »Mr. Brooke?« Das konnte doch nicht möglich sein!

Malverd bewies ihm das Gegenteil. Er führte ihn ins Labor zurück. »Justin Brooke«, sagte er. »Seines Zeichens Biochemiker und Leiter dieser Abteilung. Er kam letzte Woche bei einem Unfall in Cornwall ums Leben. Ich dachte zunächst, Sie wären deshalb hier.«

22

Ehe er dem Constable das Zeichen gab, die Tür zum Vernehmungszimmer aufzusperren, blickte Lynley, ein Tablett mit Tee und Broten in der Hand, durch das kleine Fenster aus dickem Glas. Sein Bruder saß mit gesenktem Kopf am Tisch. Er hatte immer noch das gestreifte Sweatshirt an, das MacPherson ihm in Whitechapel gegeben hatte. Trotzdem zitterte Peter am ganzen Leib.

Als sie ihn vor dreißig Minuten in dem kleinen Raum zurückgelassen hatten – allein bis auf einen Posten vor der Tür –, hatte Peter kein Wort gesagt. Er hatte keine Frage gestellt, keine Erklärung abgegeben, keine Bitte vorgebracht. Er hatte nur dagestanden, die Hände auf der Lehne eines Stuhls, und hatte sich in dem unpersönlichen Raum umgesehen. Ein Tisch, vier Stühle, auf dem Boden stumpfes graues Linoleum, zwei Deckenlampen, von denen nur eine funktionierte, ein roter verbeulter Blechaschenbecher auf dem Tisch. Ehe er sich gesetzt hatte, hatte er Lynley flehentlich angesehen. Doch er hatte keinen Ton herausgebracht. Es war, als begriffe er endlich, daß er die Beziehung zu seinem Bruder irreparabel zerstört hatte.

Lynley nickte dem Constable zu. Der sperrte die Tür auf und schloß sie wieder ab, sobald Lynley eingetreten war. Schrecklicher als sonst, da es diesmal seinen Bruder die Freiheit kostete, klang Lynley das Knirschen des Schlüssels in den Ohren, das immer etwas grausam Endgültiges hatte. Er hatte nicht erwartet, daß es ihm so nahegehen würde.

Peter blickte auf, sah ihn und blickte wieder weg. Aber in seinem Gesicht war kein Trotz. Er schien eher wie betäubt.

»Wir brauchen beide etwas zu essen«, sagte Lynley.

Er setzte sich seinem Bruder gegenüber und stellte das Tablett auf den Tisch. Als Peter sich nicht rührte, wickelte Lynley eines der Brote aus. Das Knistern des Papiers klang wie das Knistern eines Holzscheits im Feuer. Es schien übermäßig laut.

»Das Essen im Yard ist unerträglich. Entweder Sägespäne oder Matsch. Versuch das Pastramibrot. Das esse ich am liebsten.«

Peter reagierte nicht. Lynley nahm einen Becher Tee.

»Ich weiß nicht mehr, wieviel Zucker du nimmst. Ich habe mehrere Päckchen mitgebracht. Hier ist auch Milch.«

Er rührte seinen eigenen Tee um und wickelte sein Brot aus.

Peter hob den Kopf. »Ich habe keinen Hunger.«

Seine Lippen waren aufgesprungen und wund. An einer Stelle hatten sie geblutet, und das Blut war zu einem dunklen Fleck verkrustet. Die Innenseiten seiner Nasenflügel waren voll kleiner Schrunden, und seine Augenlider waren schuppig.

»Zuerst verliert man den Appetit«, sagte Peter. »Dann alles andere. Man merkt es nicht. Man bildet sich ein, es geht einem prima, besser denn je. Aber man kann nicht essen. Man kann nicht schlafen. Man arbeitet immer weniger und am Schluß gar nicht mehr. Man tut überhaupt nichts mehr außer koksen. Sex. Das macht man manchmal noch. Aber am Ende läßt man das auch. Koks ist ja viel besser.«

Lynley legte sein Brot unberührt wieder in das Papier. Er war plötzlich nicht mehr hungrig. Und er wünschte sich, er würde auch nicht mehr fühlen. Er nahm den Becher mit dem Tee in beide Hände. Eine gedämpfte, dennoch tröstliche

Wärme ging von dem Kunststoffgefäß aus. Ihm war kalt, aber es war eine Kälte, die von innen kam.

»Willst du dir von mir helfen lassen?«

Peter umfaßte mit der rechten Hand die linke. Er antwortete nicht.

»Ich kann heute nichts mehr daran ändern, daß ich dir ein schlechter Bruder war, als du mich brauchtest«, sagte Lynley. »Ich kann dir nur das anbieten, was ich heute bin, auch wenn das vielleicht nicht viel ist.«

Peter schien sich bei diesen Worten in sich zurückzuziehen. Als er endlich antwortete, bewegten sich seine Lippen kaum. Lynley mußte sich anstrengen, um ihn zu verstehen.

»Ich wollte immer wie du sein.«

»Wie ich? Warum?«

»Du warst vollkommen. Du warst mein Vorbild. Als ich merkte, daß ich das nicht schaffte, hab' ich einfach aufgegeben. Wenn ich nicht du sein konnte, wollte ich lieber gar nichts sein.«

Peters Worte hatten etwas beklemmend Endgültiges. Nicht nur hörten sie sich an wie das Ende eines Gesprächs, das kaum begonnen hatte, sondern auch wie das Ende jeder Möglichkeit, miteinander ins reine zu kommen. Lynley suchte nach etwas, das es ihm ermöglichen würde, die Barrikaden der vergangenen fünfzehn Jahre niederzureißen und den kleinen Jungen zu berühren, den er in Howenstow im Stich gelassen hatte. Aber er fand nichts.

Er fühlte sich bleiern. Er griff in seine Jackentasche, holte Zigarettendose und Feuerzeug heraus und legte beides auf den Tisch. Die Dose hatte seinem Vater gehört. Das kunstvoll gravierte A auf dem Deckel war beinahe ausgelöscht von den Jahren, das Metall war zerkratzt und hatte Beulen, aber die Dose war ihm innig vertraut und teuer. Nie hätte er daran gedacht, sie gegen eine andere einzutauschen.

»Zu wissen, daß sie mit Roderick ein Verhältnis hatte, während Vater noch am Leben war. Das konnte ich nicht aushalten, Peter. Es war mir gleich, daß sie sich liebten, daß es ohne ihr Zutun geschah, sich einfach entwickelte. Es war mir gleich, daß Roderick die feste Absicht hatte, sie zu heiraten, sobald sie frei war. Es war mir gleich, daß sie Vater immer noch liebte – und ich wußte, daß sie ihn liebte, denn ich sah, wie sie zu ihm war, selbst nachdem sie sich mit Roderick eingelassen hatte. Ich verstand es trotzdem nicht, und ich konnte meine eigene blinde Ignoranz nicht ertragen. Wie konnte sie beide lieben? Wie konnte sie sich dem einen mit solcher Liebe widmen – ihn versorgen, ihm vorlesen, ihn Stunde um Stunde, Tag für Tag pflegen, an seinem Bett sitzen – und mit dem anderen schlafen? Und wie schaffte es Roderick, in Vaters Zimmer zu gehen, mit ihm über seinen Zustand zu sprechen und dabei die ganze Zeit zu wissen, daß er gleich danach mit Mutter schlafen würde? Ich konnte nicht begreifen, wie so etwas möglich war. Ich wollte das Leben unkompliziert, und das war es nicht. Sie sind brutal, dachte ich. Sie haben keinen Funken Anstand. Ich werde ihnen zeigen, was sich gehört. Ich werde sie strafen.«

Lynley nahm sich eine Zigarette und schob die Dose seinem Bruder hinüber.

»Daß ich aus Howenstow fortgegangen bin, daß ich so selten zurückkam, hatte mit dir nichts zu tun, Peter. Ich wollte nur Rache üben für etwas, von dem Vater wahrscheinlich überhaupt keine Ahnung hatte. Ich kann nur sagen, es tut mir leid.«

Peter nahm sich eine Zigarette. Aber er hielt sie zwischen den Fingern, ohne sie anzuzünden.

»Du warst nie für mich da«, sagte er. »Kein Mensch sagte mir, wann du das nächste Mal heimkommen würdest. Ich glaubte, es wäre aus irgendeinem Grund ein Geheimnis. Bis mir schließlich klar wurde, daß niemand es mir sagte, weil niemand es wußte. Also hab' ich nicht mehr gefragt. Und nach einer Weile wurde es mir egal.«

»Du wußtest nichts von der Beziehung zwischen Mutter und Trenarrow?«

»Lange nicht, nein.«

»Und wie hast du es erfahren?«

Peter zündete seine Zigarette an. »Am Elternsprechtag in der Schule. Da kamen sie beide. Ein paar Klassenkameraden haben es mir gesagt. ›He, der Trenarrow hat was mit deiner Mutter, Pete. Hast du das noch nicht gemerkt?‹« Er zuckte die Achseln. »Ich tat ganz cool. Ich tat so, als wüßte ich Bescheid. Ich dachte, sie würden heiraten. Aber das taten sie nicht.«

»Dafür habe ich gesorgt. Ich wollte, daß sie leiden.«

»Du hattest sie doch nicht unter deiner Kontrolle.«

»O doch. Bis heute. Ich wußte, wem Mutters Loyalität gehörte. Und ich nutzte es aus, um sie leiden zu lassen.«

Peter verlangte keine weitere Erklärung. Er legte seine Zigarette in den Aschenbecher und betrachtete den dünnen Rauchfaden, der von ihr aufstieg. Lynley wählte seine nächsten Worte mit Sorgfalt, wagte sich vorsichtig tastend auf ein Gebiet, das ihm hätte altvertraut sein müssen und ihm doch ganz fremd war.

»Vielleicht können wir das hier zusammen durchstehen, Peter. Einen Weg zurück gibt es natürlich nicht. Aber wir können versuchen, gemeinsam vorwärtszugehen.«

»Als Wiedergutmachung von dir?« Peter schüttelte den Kopf. »Du hast an mir nichts gutzumachen, Tommy. Natürlich, ich weiß, du bist anderer Ansicht. Aber ich habe selbst meinen Weg gewählt. Du bist nicht für mich verantwortlich.«

»Mit Verantwortung hat das nichts zu tun, Peter. Ich möchte dir helfen. Du bist mein Bruder. Ich liebe dich.«

Diese einfache Erklärung schien Peter wie ein Schlag zu treffen. Er fuhr zurück. Seine Lippen zitterten. »Es tut mir leid«, sagte er schließlich. Und dann nur: »Tommy.«

Lynley sprach nichts mehr, bis sein Bruder die Hand senkte. Nur MacPhersons Mitgefühl hatte er diese Momente mit Peter unter vier Augen im Vernehmungszimmer zu verdanken. Sergeant Havers hatte lauthals protestiert. Sie hatte Vorschriften und Regeln zitiert, Urteile und Verfügungen, bis MacPherson sie mit einem schlichten »Ich kenne die Gesetze, Mädchen, das dürfen Sie mir schon glauben« zum Schweigen gebracht und ans Telefon verbannt hatte, damit sie dort auf den Befund der Analyse des Pulvers warte, das man in Peters Wohnung in Whitechapel gefunden hatte. Danach war MacPherson mit den Worten »Zwanzig Minuten, Tommy« ebenfalls gegangen und hatte Lynley vor der Tür des Vernehmungszimmers zurückgelassen.

»Ich muß dir ein paar Fragen über Mick Cambrey stellen«, sagte Lynley. »Und über Justin Brooke.«

»Du glaubst, ich hätte sie getötet.«

»Es spielt keine Rolle, was ich glaube. Wichtig ist nur, was die Kripo in Penzance glaubt. Peter, du mußt doch wissen, daß ich nicht zulassen kann, daß John Penellin die Schuld an Micks Tod auf sich nimmt.«

Peter zog die Brauen zusammen. »Ist John denn verhaftet worden?«

»Ja, am Samstag abend. Du warst wohl schon aus Howenstow weg, als sie ihn abgeholt haben?«

»Wir sind gleich nach dem Abendessen weg. Ich hatte keine Ahnung.« Er berührte mit einem Finger das Brot, das vor ihm lag, und schob es mit einer Grimasse des Widerwillens weg.

»Du mußt mir die Wahrheit sagen«, sagte Lynley. »Nur sie kann uns allen helfen. Und wir können John nur frei bekommen – da er offensichtlich nicht die Absicht hat, sich selbst zu helfen –, wenn wir der Polizei sagen, was am Freitag abend wirklich passiert ist. Peter, warst du nach John bei Mick Cambrey?«

»Sie werden mich verhaften«, murmelte er. »Und vor Gericht stellen.«

»Du hast nichts zu befürchten, wenn du unschuldig bist. Wenn du die Wahrheit sagst. Peter, warst du dort? Oder hat Brooke gelogen, als er das behauptete?«

Peter hatte die Möglichkeit zur Ausflucht. Lynley selbst hatte sie ihm mit seiner letzten Frage gegeben. Ein einfaches Leugnen würde reichen. Die Behauptung, daß Brooke gelogen habe. Ein konstruierter Grund, warum Brooke das getan haben sollte. Der Mann war tot und konnte nichts widerlegen. Dies waren die Möglichkeiten. Die andere Möglichkeit war, sich dafür zu entscheiden, einem Menschen zu helfen, der sein Leben lang praktisch zur Familie gehört hatte.

Peter befeuchtete die spröden Lippen. »Ja, ich war dort.«

Lynley wußte nicht, ob er erleichtert oder verzweifelt sein sollte. »Und was geschah?« fragte er.

»Ich glaube, Justin traute mir nicht zu, daß ich die Sache allein erledigen könnte. Oder er konnte nicht warten.«

»Auf das Kokain, meinst du?«

»Er hatte in Howenstow was dabei.« In aller Kürze berichtete Peter von der Szene zwischen Sidney und Justin Brooke in der Bucht. »Sie hat es ins Wasser geschmissen«, schloß er. »Aus und vorbei. Ich hatte Mark schon angerufen, um noch welches zu besorgen, aber ich hatte nicht genug Geld, und er wollte mir keinen Kredit geben, nicht mal für ein paar Tage.«

»Und da bist du statt dessen zu Mick gegangen?« Eine Bejahung wäre der erste Bruch in Brookes Darstellung der Dinge gewesen, aber sie kam nicht.

»Nicht wegen des Kokains«, sagte Peter, den ersten Teil

von Brookes Geschichte bestätigend. »Ich wollte mir Geld von ihm leihen. Mir war eingefallen, daß er jeden zweiten Freitag die Lohntüten für die Leute von der Zeitung machte.«

»Wußtest du auch, daß Mick ein Transvestit war?«

Peter lächelte müde. Ein Schatten widerwilliger Bewunderung war in diesem Lächeln, schwache Erinnerung an den kleinen Jungen, der er gewesen war. »Ich wußte immer, daß aus dir mal ein guter Detektiv wird.«

Lynley sagte ihm nicht, wie wenig sein detektivisches Talent zur Aufdeckung von Mick Cambreys Doppelleben beigetragen hatte. Er sagte nur: »Wie lange weißt du es schon?«

»Seit ungefähr einem Monat. Ich hab' hin und wieder in London von ihm gekauft, wenn meine anderen Quellen ausgetrocknet waren. Wir haben uns dann immer in Soho getroffen. In der Nähe vom Soho Square ist so eine kleine Gasse, wo die Dealer rumhängen. Wir trafen uns dort immer in einer Kneipe. Ich hab' meistens ein Gramm oder ein halbes gekauft, manchmal auch weniger. Was ich mir eben gerade leisten konnte.«

»Das war aber doch verdammt riskant? Warum habt ihr euch nicht in deiner Wohnung getroffen? Oder in seiner?«

»Ich wußte ja nicht mal, daß er eine Wohnung hatte. Und meine wollte ich ihn nun wirklich nicht sehen lassen.«

»Wie hast du mit ihm Verbindung aufgenommen?«

»Ich habe ihn in Cornwall angerufen. Und wenn er sowieso nach London kommen wollte, haben wir uns verabredet.«

»Immer in Soho?«

»Immer am selben Ort. In der Kneipe. Da bin ich auch drauf gekommen, daß er Transvestit war.«

»Wie?«

Peters Gesicht lief rot an, während er erzählte: wie er im

Kat's Kradle über eine Stunde auf Mick Cambrey gewartet hatte; wie eine Frau ihn angesprochen hatte, als er an den Tresen gegangen war, um sich Streichhölzer zu holen. Sie hatten drei Drinks miteinander getrunken. Dann waren sie gegangen. »Da ist so eine kleine Einbuchtung«, erklärte Peter. »Ziemlich abgeschlossen. Ich war zu der Zeit schon stockblau. Ich wußte überhaupt nicht, was ich tat, und es war mir auch egal. Als sie anfing, an mir rumzumachen, kam mir das gerade recht. Und als es dann soweit gediehen war, wie es ihr paßte, fing sie plötzlich an zu lachen. Ehrlich, sie lachte wie eine Irre. Und da hab' ich gesehen, daß es Mick war.«

»Vorher hast du nichts gemerkt?«

Peter schüttelte beschämt den Kopf. »Mick hat toll ausgesehen, Tommy. Ich hab' keine Ahnung, wie er das gemacht hat. Aber er hat echt gut ausgesehen. Richtig sexy. Er hätte wahrscheinlich seinen eigenen Vater reinlegen können. Mich hat er auf jeden Fall reingelegt.«

»Und als du sahst, daß es Mick war?«

»Da hätte ich ihn am liebsten zu Brei geschlagen. Aber ich war zu besoffen. Ich hab' einmal ausgeholt, dann sind wir beide umgekippt. Ich erinnere mich jedenfalls, daß wir irgendwie auf der Straße landeten. Und dann kreuzte ausgerechnet Sidney St. James auf, aus heiterem Himmel – Mann, das war vielleicht ein Alptraum. Sie war mit Brooke zusammen. Er riß mich von Mick weg, und Mick haute ab. Ich hab' ihn erst Freitag abend in Nanrunnel wiedergesehen.«

»Woher wußtest du eigentlich, daß Mick mit Kokain handelte?«

»Von Mark.«

»Aber in Nanrunnel hast du nicht versucht, von ihm Kokain zu bekommen.«

»Da hat er nie verkauft. Nur in London.«

»Aber er war doch gar nicht so häufig in London. Wer waren seine Abnehmer?«

»Das ist ein perfektes Netz, Tommy. Die Dealer kennen die Abnehmer. Und die Abnehmer kennen die Dealer. Jeder kennt jeden. Du kriegst eine Nummer. Du rufst sie an. Du verabredest dich.«

»Und wenn der Anrufer einer vom Drogendezernat ist?«

»Dann hast du Pech gehabt. Aber das passiert dir nicht, wenn du weißt, wie du dein Netz aufbauen mußt. Mick war da erste Klasse. Er war Journalist. Er wußte, wie man die richtigen Verbindungen anknüpft. Ich sag' dir, er hatte Hunderte von Verbindungen.«

Ja, dachte Lynley, für einen Mann in Mick Cambreys Position muß es einfach gewesen sein. »Was ist nun Freitag abend zwischen euch vorgefallen? Die Nachbarn hörten Streit.«

»Ich brauchte unbedingt was. Mark nutzte das am Nachmittag aus und hob gleich den Preis an. Ich hatte das Geld nicht, drum bin ich zu Mick gegangen, um mir welches zu leihen. Er sagte, kommt nicht in Frage. Ich schwor ihm, daß er es spätestens in einer Woche zurückhaben würde.«

»Wie denn?«

Peter starrte auf seine abgebissenen Fingernägel. Lynley sah ihm an, daß er mit sich kämpfte, überlegte, wie weit er gehen sollte, und die Konsequenzen erwog.

»Ich wollte ein paar Sachen aus Howenstow mitgehen lassen«, sagte er schließlich. »Ich dachte, ich könnte sie in London versilbern, ohne daß einer was merken würde. Jedenfalls zunächst nicht.«

»Bist du nur darum überhaupt nach Cornwall gekommen?« Lynley wartete auf die Antwort und bemühte sich, der Vorstellung gegenüber gleichgültig zu bleiben, daß sein Bruder Dinge, die seit Generationen in der Familie waren, hatte verkaufen wollen.

»Ich weiß nicht, warum ich nach Cornwall gefahren bin. Ich war total durcheinander. Einmal wollte ich hin, um bei Mark was zu kaufen. Dann wieder, um was aus Howenstow zu klauen und in London zu verscherbeln. Dann wieder, um mir bei Mick Geld zu leihen. So geht's einem da, weißt du. Nach einer Weile weißt du nicht mal mehr, was du eigentlich willst. Du bist total durchgedreht.«

»Und als Mick sich weigerte, dir das Geld zu leihen?«

»Das war blöd. Ich hab' ihm gedroht, im Dorf rumzuerzählen, was er in London treibt. Daß er Transvestit ist. Und daß er mit Drogen handelt.«

»Das hat ihn wohl kaum dazu bewegen können, dir ein paar Pfund in die Hand zu drücken?«

»Nein. Er lachte mich aus. Er sagte, wenn ich Geld haben wollte, müßte ich ihm schon mit dem Tod drohen und nicht mit Erpressung. Die Leute zahlen verdammt viel mehr für ihr Leben als für die Geheimhaltung irgendeiner Dummheit, sagte er. Da ist das große Geld zu holen. Und die ganze Zeit lachte er. Als wollte er mich so richtig auf die Palme bringen.«

»Und was tat Brooke?«

»Der versuchte zu schlichten. Er sah, daß ich total ausgeflippt war. Ich glaube, er hatte Angst, daß was passieren würde.«

»Aber du hast dich nicht beschwichtigen lassen?«

»Mick hörte nicht auf zu sticheln. Er sagte, wenn ich seine schmutzige Wäsche ausbreiten wollte, würde er's mit meiner genauso machen. Er sagte, du und Mutter, ihr würdet es sicher interessant finden, daß ich wieder auf Drogen bin. Aber nicht mal das hat mich gejuckt.« Peter knabberte an seinem Daumennagel. »Es war mir egal, ob er's dir sagen würde. Du hattest ja sowieso schon gemerkt, daß ich wieder kokste. Und Mutter – mir war alles egal, ich wollte nur was haben. Du hast keine Ahnung, wie das ist, wenn man soweit ist, daß man alles tun würde, nur um ein bißchen Koks zu kriegen.«

Es war ein belastendes Bekenntnis. Lynley war froh, daß weder MacPherson noch Havers es hörten. MacPherson hätte es vielleicht als bedeutungslose Redewendung aufgefaßt. Havers jedoch hätte sich darauf gestürzt wie ein ausgehungerter Straßenköter.

»Am Ende bin ich total ausgerastet«, sagte Peter. »Ich konnte nur toben oder betteln.«

»War das der Moment, als Brooke ging?«

»Er wollte mich mitschleppen, aber ich sagte, nein. Ich sagte, ich wollte erst mit dem schwulen Schwein abrechnen.«

Wieder diese belastende Wahl der Worte. Lynley zuckte innerlich zusammen. »Und dann?«

»Ich schrie Mick alle Schimpfwörter ins Gesicht, die mir einfielen. Ich tobte. Ich brüllte. Ich war total sauer und wütend, und ich brauchte...« Er nahm seinen Teebecher und trank einen großen Schluck. Etwas Flüssigkeit rann ihm aus dem Mundwinkel über das Kinn. »Am Ende habe ich geheult und gebettelt, er soll mir doch wenigstens fünfzig Pfund leihen. Er hat mich rausgeschmissen.«

Peters Zigarette war im Aschenbecher zu einem langen, perfekt geformten Stengel grauer Asche verglüht. Er tippte mit dem Zeigefinger darauf. Die Asche zerfiel in ein staubiges kleines Häufchen.

»Das Geld war noch da, als ich ging, Tommy«, sagte er. »Du hast keinen Grund, mir das zu glauben. Aber es war noch da. Und Mick war am Leben.«

»Ich glaube dir.« Aber so, wie die Dinge im Augenblick standen, würde Peter, sobald seine Aussage der Polizei in Penzance übermittelt wurde, vor Gericht gestellt werden.

Peter schienen die Worte seines Bruders zu trösten. Sie schienen ihm Mut zu geben, fortzufahren und sich zu öffnen.

»Ich habe sie nicht genommen, Tommy. Das hätte ich nie getan.« Lynley sah ihn verständnislos an. »Ihre Kameraausrüstung«, erklärte Peter. »Ich habe sie nicht genommen. Wirklich nicht. Ich schwöre es.«

Angesichts der Tatsache, daß Peter bereit gewesen war, das Familiensilber zu verhökern, war es schwer zu glauben, daß er bei Deborahs Kameraausrüstung plötzlich Zurückhaltung geübt haben sollte. Lynley vermied eine direkte Erwiderung. »Um welche Zeit bist du Freitag abend bei Mick weggegangen?«

Peter überlegte. »Ich bin ins *Anchor and Rose* und hab' ein Bier getrunken«, sagte er. »Das muß ungefähr um Viertel vor zehn gewesen sein.«

»Nicht um zehn? Oder später?«

»Nein.«

»Warst du um zehn noch dort?« Als Peter nickte, fragte Lynley: »Warum ist dann Justin Brooke per Anhalter nach Howenstow gefahren?«

»Justin?«

»Hättest du ihn nicht mitnehmen können? War er nicht auch im Pub?«

Peter sah ihn verwirrt an. »Nein.«

Lynley spürte einen Anflug von Erregung. Das war die erste entlastende Aussage, die sein Bruder gemacht hatte. Die Tatsache, daß er sie offensichtlich so ganz ohne Wissen um ihre Bedeutung gemacht hatte, überzeugte Lynley, daß sein Bruder in diesem Fall die Wahrheit sagte. Es war ein Detail, das überprüft werden mußte, ein Haken in Brookes Geschichte, der zu der Hoffnung Anlaß gab, daß ein Anwalt vor Gericht Peters Unschuld würde beweisen können.

»Eines verstehe ich nicht«, sagte Lynley. »Warum bist du so plötzlich aus Howenstow verschwunden? Wegen unseres Streits im Rauchzimmer?«

Peter lächelte flüchtig. »Nach den vielen Zusammenstößen, die wir schon hatten, hätte ich wohl kaum wegen dieses einen Krachs Leine gezogen.« Er wandte den Blick ab. Im ersten Moment glaubte Lynley, er versuche, sich eine Geschichte auszudenken, aber dann sah er die Röte im Gesicht seines Bruders und erkannte, daß es Verlegenheit war. »Wir sind wegen Sasha weg«, sagte er. »Sie hat mir dauernd in den Ohren gelegen. Sie wollte unbedingt zurück nach London. Ich hatte eine Streichholzdose aus dem Rauchzimmer mitgenommen – die silberne, die immer auf dem Schreibtisch steht –, und als sie wußte, daß ich von Mick kein Geld kriegen konnte und von Mark kein Koks, wollte sie unbedingt nach London und die Dose da verkaufen. Sie konnte es nicht erwarten. Sie brauchte dringend Koks. Sie hat unheimlich viel gekokst, Tommy. Die ganze Zeit. Mehr als ich.«

»Hast du den Stoff gekauft? Das Zeug, das sie sich heute nachmittag gespritzt hat?«

»Ich konnte keinen Abnehmer für die Dose finden. Jeder merkte gleich, daß sie heiß war. Es wundert mich, daß ich nicht verhaftet wurde.«

Der Schlüssel drehte sich im Schloß. Jemand klopfte kurz an die Tür. MacPherson öffnete sie. Er hatte sein Jackett abgelegt und die Krawatte gelockert. Die Brille hatte er auf die Stirn hochgeschoben. Hinter ihm stand Sergeant Havers. Sie gab sich keine Mühe, das befriedigte Lächeln auf ihrem Gesicht zu verbergen.

Lynley stand auf, bedeutete aber seinem Bruder, sitzen zu bleiben. MacPherson deutete zum Korridor, und Lynley folgte ihm hinaus und machte die Tür zu, hinter der sein Bruder saß.

»Hat er einen Anwalt?« fragte MacPherson.

»Natürlich. Wir haben noch nicht angerufen, aber...« Lynley sah den Kollegen an. Sein Gesicht war ernst. »Er sagte, er kennt das Fläschchen nicht, Angus. Und wir können bestimmt jede Menge Zeugen finden, die uns bestätigen werden, daß er tatsächlich beim Einkaufen war, als sie sich die Droge spritzte.«

Er bemühte sich, ruhig und sachlich zu sprechen, so zu tun, als ginge es einzig um Sasha Niffords Tod. Der Gedanke, daß MacPherson und Havers Peter irgendwie mit den Todesfällen in Cornwall in Verbindung brachten, war undenkbar. Aber die Bemerkung über den Anwalt legte eben das nahe. »Ich habe mit der Spurensicherung gesprochen, bevor ich zu ihm ging. Auf der Spritze sind offenbar nur Sashas Fingerabdrücke. Und auf dem Fläschchen sind keine von Peter. Bei einer Überdosis dieser Art...«

MacPhersons Gesicht war immer bekümmerter geworden. Er hob eine Hand, um Lynley zum Schweigen zu bringen, und ließ sie schwer wieder fallen, als er sagte: »Ja, es war eine Überdosis, mein Junge. Richtig. Aber es gibt da noch ein anderes Problem.«

»Was denn?«

»Sergeant Havers kann Ihnen alles dazu sagen.«

Es kostete Lynley Anstrengung, den Blick von MacPherson auf die mopsgesichtige Beamtin zu richten. Sie hielt ein Blatt Papier in der Hand. »Havers?« sagte er.

Wieder dieses dünne Lächeln. Wissend, genüßlich. »Aus dem toxikologischen Befund geht hervor, daß es sich um eine Mischung aus Chinin und einem Stoff namens Ergotamin handelt«, sagte sie. »In richtiger Mischung sieht dieser Stoff nicht nur aus wie Heroin, Inspector, er schmeckt auch so. Das Mädchen muß ihn für Heroin gehalten haben, als sie ihn sich spritzte.«

»Was heißt das?« fragte Lynley.

MacPherson sah ihn an. »Das wissen Sie doch so gut wie ich. Es war Mord.«

23

Deborah hatte Wort gehalten. Als St. James nach Hause kam, war sie schon da. Eine Stunde vorher eingetroffen, wie Cotter ihm sagte.

»Mit einer Reisetasche«, fügte er vielsagend hinzu. »Sie sagte, sie hätte eine Menge Arbeit. Sie müsse die neuen Aufnahmen entwickeln und abziehen. Aber ich glaube, sie will einfach hier bleiben, bis wir was von Miss Sidney hören.«

Als wollte sie Einwänden von St. James entgehen, hatte sich Deborah gleich in ihre Dunkelkammer zurückgezogen. Das rote Licht über der Tür leuchtete, Zeichen dafür, daß sie jetzt nicht gestört werden durfte. Als er anklopfte und »Deborah?« sagte, rief sie vergnügt zurück: »Ich bin gleich fertig«, und rumorte mit unnötiger Geschäftigkeit, wie ihm schien. Er ging in sein Arbeitszimmer hinunter und rief in Cornwall an.

St. James erreichte Dr. Trenarrow in seinem Haus. Kaum hatte er seinen Namen genannt, fragte Trenarrow schon nach Peter Lynley, mit einer gespielten Ruhe, die das Schlimmste erwartete, aber nach außen den Schein zu wahren suchte, daß alles in Ordnung sei. St. James vermutete, daß Daze Asherton bei ihm war. Um ihre Ängste zu beschwichtigen, spielte er den Gelassenen. Eingedenk der Tatsache, daß Lynleys Mutter zumindest Trenarrows Teil des Gesprächs mithörte, teilte St. James ihm nur das Nötigste mit.

»Wir haben ihn in Whitechapel gefunden. Tommy ist im Augenblick bei ihm.«

»Alles in Ordnung?« fragte Trenarrow.

St. James bestätigte das so unverbindlich wie möglich. Die meisten Einzelheiten unterschlug er, da er fand, es wäre Lynleys Recht und Aufgabe, sie Trenarrow oder sonst jemandem mitzuteilen. Er berichtete dann, wer sich in Wahrheit hinter Tina Cogin verborgen hatte. Im ersten Moment schien Trenarrow erleichtert darüber, daß seine Telefonnummer somit immer nur in Mick Cambreys Besitz gewesen war und nicht in dem einer Londoner Prostituierten. Aber diese Erleichterung hielt nur kurz an, und sie verwandelte sich schnell in Unbehagen und schließlich Mitleid, als Trenarrow sich vor Augen hielt, was für ein Leben Mick Cambrey geführt haben mußte.

»Aber nein, natürlich habe ich davon nichts gewußt«, antwortete er auf St. James' Frage. »Etwas Derartiges mußte er völlig für sich behalten. Wenn er sich in einem Dorf wie Nanrunnel jemandem anvertraut hätte, hätte das sein Tod...« Er brach abrupt ab. St. James konnte sich vorstellen, in welche Richtung seine Gedanken gingen. Und was er dachte, lag durchaus im Bereich des Möglichen.

»Wir wissen jetzt, daß Mick mit Islington-London zu tun hatte«, fuhr St. James fort. »Wußten Sie übrigens, daß Justin Brooke dort beschäftigt war?«

»Bei Islington? Nein, keine Ahnung.«

»Es würde mich interessieren, ob Micks Kontaktaufnahme mit der Firma eine Folge Ihres Gesprächs mit ihm war.«

Im Hintergrund hörte er Porzellan klirren. Es dauerte einen Moment, ehe Trenarrow ihm antwortete. »Das kann schon sein. Er wollte einen Bericht über die Krebsforschung bringen. Ich habe von meiner Arbeit erzählt. Sicherlich habe ich auch erwähnt, wie das bei Islington abläuft, und da wäre natürlich die Rede auch auf Islington-London gekommen.«

»Auch auf Oncomet?«

Wieder trat eine Pause ein. »Oncomet? Sie wissen...« Papier raschelte. Der Wecker einer Armbanduhr begann zu piepsen. Wurde schnell abgestellt. »Verflixt! Einen Augenblick.« Ein Schluck Tee. »Ja, es wird wohl zur Sprache gekommen sein. Soweit ich mich erinnere, sprachen wir über eine ganze Reihe neuer Behandlungsmethoden und Medikamente. Und dazu gehört Oncomet natürlich auch. Sicherlich habe ich es erwähnt.«

»Sie wußten also von Oncomet, als Mick damals das Interview mit Ihnen machte?«

»Jeder bei Islington wußte von Oncomet. Burys Baby wurde es allgemein genannt. Weil es im Labor in Bury St. Edmonds entwickelt worden war.«

»Was können Sie mir darüber sagen?«

»Es ist ein Anti-Onkogen. Es unterbindet die DNA-Reproduktion. Sie kennen ja das Wesen des Krebses, wuchernde Zellen, die die Eigenart des Muttergewebes verlieren und sich immer weiter ausbreiten. Ein Anti-Onkogen bereitet dem ein Ende.«

»Und die Nebenwirkungen eines solchen Anti-Onkogens?«

»Tja, das ist das Problem, nicht wahr? Bei der Chemotherapie gibt es immer Nebenwirkungen. Haarausfall, Übelkeit, Gewichtsverlust, Erbrechen, Fieber.«

»Aber das sind alles die üblichen Nebenwirkungen, nicht wahr?«

»Üblich, aber dennoch äußerst unangenehm. Häufig gefährlich. Glauben Sie mir, Mr. St. James, wenn jemand ein Medikament ohne Nebenwirkungen entwickeln könnte, würde die gesamte wissenschaftliche Welt vor Bewunderung den Hut ziehen.«

»Könnte so ein Onkogen nicht auch noch schlimmere Nebenwirkungen haben?«

»Woran denken Sie? Nierendysfunktion? Organversagen? Etwas in dieser Richtung?«

»Vielleicht Schlimmeres. Mißbildungen zum Beispiel.«

»Jede Form der Chemotherapie ist teratogen. Man würde sie bei einer Schwangeren niemals anwenden.«

»Etwas anderes dann?« St. James erwog die Möglichkeiten. »Etwas, das die Keimzellen schädigen könnte?«

Es folgte eine sehr lange Pause, die Trenarrow schließlich mit einem Räuspern beendete. »Sie sprechen von einem Medikament, das folgenschwere genetische Defekte bei Männern und Frauen hervorrufen würde. Ich sehe nicht, wie so etwas möglich sein sollte. Dazu werden die Medikamente zu gründlich getestet. Irgendwo würde es sich zeigen, bei irgendeinem Versuch. Das kann man nicht verbergen.«

»Angenommen, es war doch so«, sagte St. James. »Hätte Mick vielleicht durch Zufall auf so etwas stoßen können?«

»Vielleicht. Es hätte sich als Unregelmäßigkeit in den Testergebnissen gezeigt. Aber woher sollte er die Ergebnisse bekommen haben? Selbst wenn er im Londoner Werk war, wer hätte sie ihm gegeben? Und warum?«

St. James glaubte, die Antwort auf beide Fragen zu wissen.

Deborah aß einen Apfel, als sie zehn Minuten später ins Arbeitszimmer kam. Sie hatte das Obst in Achtel geschnitten und zusammen mit einigen Stücken Cheddar-Käse auf einem Teller verteilt. Peach, der Dackel, und Alaska, die Katze, die immer zur Stelle waren, wenn es etwas zu naschen gab, begleiteten sie. Peach blickte mit wachsamem Auge von Deborah zu dem Teller in ihrer Hand, während Alaska, die Betteln für unter ihrer Würde hielt, auf St. James' Schreibtisch sprang, einen Spaziergang über Stifte, Zeitschriften und Briefe machte und sich schließlich behaglich neben dem Telefon niederließ, als erwarte sie einen Anruf.

»Hast du deine Bilder fertig?« fragte St. James. Er saß in seinem Ledersessel am Kamin.

Deborah hockte sich im Schneidersitz ihm gegenüber auf das Sofa. Sie stellte den Teller mit Käse und Äpfeln auf eines ihrer Knie und hielt ihn leicht mit der Hand fest. Auf ihrer Jeans war ein großer Fleck von irgendeinem chemischen Mittel, und ihre Bluse war an mehreren Stellen feucht von der Arbeit in der Dunkelkammer.

»Jetzt mach' ich erst mal Pause.«

»Das kam dir ziemlich plötzlich, daß du die Bilder entwikkeln mußt, nicht wahr?«

»Ja«, bestätigte sie ruhig. »Ganz plötzlich.«

»Brauchst du sie für eine Ausstellung?«

»Vielleicht. Wahrscheinlich.«

»Deborah!«

»Was denn?« Sie blickte von ihrem Teller auf und strich sich das Haar aus dem Gesicht.

»Nichts.«

»Ach so.« Sie bröckelte eine kleine Ecke Käse ab und gab sie zusammen mit einem Stückchen Apfel dem Hund. Peach schlang beides gierig hinunter, wedelte mit dem Schwanz und verlangte bellend mehr.

»Als du weg warst, habe ich ihm das Betteln völlig abgewöhnt«, bemerkte St. James.

Deborah gab Peach noch ein Stückchen Käse. Sie streichelte seinen Kopf, zupfte an den seidigen Ohren und sah dann St. James mit Unschuldsmiene an. »Er äußert nur, was er haben möchte. Daran ist doch nichts auszusetzen, oder?«

Er spürte die Provokation hinter ihren Worten. Mühsam stand er aus seinem Sessel auf. Er hatte Telefongespräche zu erledigen; wegen Brooke; wegen Oncomet. Er mußte versuchen, seine Schwester aufzustöbern; im Labor warteten mindestens ein halbes Dutzend Berichte, die er durchsehen mußte, und ein halbes Dutzend weiterer Gründe, wieder nach oben zu gehen. Aber statt dessen blieb er.

»Würdest du diese verflixte Katze von meinem Schreibtisch holen?« Er ging zum Fenster.

Deborah lief zum Schreibtisch, griff sich die Katze und setzte sie in St. James' Sessel. »Sonst noch etwas?« fragte sie.

St. James beobachtete einen Moment die Katze, die sich zufrieden zusammenrollte, und sah das Lächeln, das um Deborahs Mund zuckte. »Frechdachs«, sagte er.

»Brummbär«, gab sie zurück.

Auf der Straße wurde eine Autotür zugeschlagen. Er wandte sich zum Fenster. »Tommy ist da«, sagte er, und Deborah ging hinaus, um zu öffnen.

St. James konnte sehen, daß Lynley keine guten Nachrichten brachte. Er ging langsam und schwerfällig. Deborah lief ihm entgegen. Einen Moment sprachen sie miteinander. Sie berührte seinen Arm. Er schüttelte den Kopf, ergriff ihre Hand und drückte sie an seine Wange.

St. James trat vom Fenster weg. Er ging zum Bücherregal. Auf gut Glück zog er ein Buch heraus und schlug es an irgendeiner Stelle auf. »Du sollst wissen, daß du der letzte Traum meiner Seele warst«, las er. »In meiner Entwürdigung bin ich dennoch nicht so entwürdigt, daß nicht dein und deines Vaters Anblick und der Anblick dieses Zuhauses, das durch dich ein solches Zuhause wurde, alte Schatten geweckt hätte...« Guter Gott. Er klappte das Buch zu. Wunderbar, dachte er ironisch.

Er schob es wieder ins Regal.

»... danach mit Mutter gesprochen«, sagte Lynley gerade, als er mit Deborah ins Arbeitszimmer kam. »Sie hat es sehr schwer genommen.«

St. James empfing den Freund mit einem kleinen Whisky, den Lynley dankbar annahm. Er setzte sich aufs Sofa. Deborah ließ sich neben ihm auf der Armlehne nieder, die Hand auf seiner Schulter.

»Brooke scheint die Wahrheit gesagt zu haben«, begann Lynley. »Peter war in Gull Cottage, nachdem John Penellin gegangen war. Er und Mick hatten Streit.« Er berichtete, was Peter ihm erzählt hatte. Auch die Geschichte von dem Zusammentreffen in Soho fügte er hinzu.

»Ich dachte mir schon, daß das Cambrey gewesen sein könnte, mit dem Peter sich da in der Gasse prügelte«, sagte St. James, als Lynley mit seinem Bericht fertig war. »Sidney hatte mir erzählt, daß sie die beiden gesehen hatte. Die Beschreibung paßte«, fügte er hinzu, als er die Frage auf Lynleys Gesicht sah. »Wenn aber Peter Mick Cambrey erkannte, dann spricht einiges dafür, daß Justin Brooke ihn ebenfalls erkannte.«

»Brooke?« fragte Lynley. »Wieso? Ich weiß, daß er bei der Begegnung dabei war, aber das hat doch nichts zu sagen.«

»Die beiden kannten sich, Tommy. Brooke war bei Islington beschäftigt.« Nun erzählte St. James seinerseits: Von Brookes Position bei Islington-London, von Cambreys Besuchen bei der Abteilung fünfundzwanzig, von Oncomet und dem Potential für eine Story.

»Was hat Roderick Trenarrow mit dem allen zu tun, St. James?«

»Er steht am Anfang. Er lieferte Mick Cambrey irgendwelche Schlüsselinformationen, denen Cambrey dann nachging, um eine Story daraus zu machen. Weiter scheint er nicht in die Geschichte verwickelt zu sein. Er wußte von Oncomet. Er sprach mit Mick darüber.«

»Und dann wurde Mick ermordet. Trenarrow war an dem Abend in der Nähe.«

»Er hat kein Motiv, Tommy. Justin Brooke hingegen schon.« St. James erklärte. Seine Theorie – Resultat konzentrierten Nachdenkens nach dem Telefongespräch mit Trenarrow – war einfach. Sie drehte sich um Kokainlieferungen aus ungenannter Quelle, die sich zu einer großen Story über ein potentiell gefährliches Medikament verarbeiten ließen. Ein Geschäft zwischen Cambrey und Brooke, bei dem es aus irgendeinem Grund zu Streitigkeiten kam, die am Freitag abend, als Brooke mit Peter bei Cambrey war, in einer tödlichen Auseinandersetzung geendet hatten.

»Aber damit ist Brookes Tod nicht erklärt.«

»Den die Polizei von Anfang an für einen Unfall hielt.«

Lynley nahm sein Zigarettenetui aus der Jackentasche und betrachtete es nachdenklich, ehe er sprach. »Peter sagte mir, daß Brooke am Freitag abend gar nicht im *Anchor and Rose* war, St. James.«

»Du meinst, nachdem er von Cambrey weggegangen war?«

»Ja. Peter war selbst in dem Pub. Er war von Viertel vor zehn an dort. Brooke ist nie erschienen.«

»Na also, dann paßt es doch.«

»Wußte Justin Brooke«, fragte Deborah, »daß Peter mit ihm zu Mick Cambrey wollte? Nannte Peter Micks Namen, bevor sie ins Dorf hinunterfuhren? Oder sprach er nur von einem Bekannten in Nanrunnel?«

»Er kann es vorher nicht gewußt haben«, sagte St. James. »Er wäre kaum mitgekommen, hätte er gewußt, daß Mick Cambrey der Mann mit dem Geld war, den Peter anpumpen wollte. Er wäre das Risiko, daß seine Verbindung zu Cambrey herauskommt, nicht eingegangen.«

»Ich finde, Mick hatte weit mehr von Justin Brooke zu fürchten«, entgegnete Deborah. »Das Kokain, das Doppelleben in London. Weiß der Himmel, was da noch alles zum Vorschein kommen wird.«

Lynley zündete sich eine Zigarette an und blies seufzend eine Rauchwolke in die Luft. »Außerdem dürfen wir Sasha Nifford nicht vergessen. Wenn Brooke Cambrey getötet hat und danach selbst tödlich verunglückte, was geschah dann mit Sasha?«

Es kostete St. James große Anstrengung, Gleichmut zu zeigen. Er zwang sich zu fragen: »Was hatte der Yard denn über Sasha zu sagen?«

»Es war Ergotamin mit Chinin gemischt.« Lynley nahm einen weißen Briefumschlag aus der Innentasche seines Jacketts. Er reichte ihn St. James. »Sie scheint es für Heroin gehalten zu haben.«

Sein Herz begann wie wild zu hämmern. Er las den kurzen Bericht und hatte Schwierigkeiten, die Fakten aufzunehmen, die ihm normalerweise eine Selbstverständlichkeit gewesen wären. Lynley sprach immer noch, nannte Fakten, von denen St. James seit Jahren wußte.

»Eine massive Dosis bewirkt den Verschluß aller Blutgefäße. Die Blutgefäße im Gehirn platzen. Der Tod tritt auf der Stelle ein. Aber das haben wir ja gesehen, nicht wahr? Sie hatte noch die Nadel im Arm.«

»Die Polizei glaubt wohl nicht an einen Unfall.«

»Nein. Sie verhörten Peter immer noch, als ich ging.«

»Aber wenn es kein Unfall war«, sagte Deborah, »heißt das dann nicht...«

»... daß es einen zweiten Killer gibt«, schloß Lynley.

St. James ging wieder zu seinen Bücherregalen. Er war überzeugt, daß seine ruckartigen, linkischen Bewegungen ihn verrieten.

»Ergotamin«, sagte er. »Ich bin nicht ganz sicher...« Er sprach den Satz nicht zu Ende, hoffte auf eine neugierige Frage, während er doch vor Entsetzen kaum atmen konnte. Er zog ein medizinisches Fachbuch heraus.

»Es ist ein rezeptpflichtiges Medikament«, sagte Lynley.

St. James blätterte. Seine Hände waren ungeschickt. Im Nu war er bei »G« und »H«. Er las, ohne ein Wort zu sehen.

»Wofür ist es?« fragte Deborah.

»Vor allem gegen Migräne.«

»Wirklich? Gegen Migräne?« St. James nahm wahr, wie Deborah sich ihm zuwandte, wünschte verzweifelt, sie würde nicht weiter fragen. Sie tat es dennoch in aller Unschuld. »Simon, nimmst du es auch, wenn du Migräne hast?«

Natürlich, natürlich. Sie hatte gewußt, daß er es nahm. Jeder wußte es. Er zählte die Tabletten nie nach. Und die Flasche war groß. Sie war in sein Zimmer gegangen. Sie hatte sich genommen, was sie brauchte. Sie hatte sie zerstampft. Sie hatte sie gemischt. Sie hatte das Gift hergestellt. Und sie hatte es weitergegeben, mit der Absicht, Peter umzubringen. Aber statt dessen hatte es Sasha getroffen.

Er mußte irgendwas sagen, ablenken, sie auf Cambrey und Brooke zurückverweisen. Er las noch einen Moment, nickte gedankenversunken und klappte dann das Buch zu.

»Wir müssen nach Cornwall zurück«, erklärte er bestimmt. »In der Redaktion müßten wir eindeutige Hinweise auf die Verbindung zwischen Brooke und Cambrey finden. Harry suchte gleich nach Micks Tod nach einer Story; aber er suchte nach einer Sensationsgeschichte: Waffenschmuggel nach Nord-Irland, Call-Girls in den Betten von Ministern. Etwas in der Richtung. Ich habe das Gefühl, Oncomet hätte er übersehen.« Den Rest sagte er nicht. Er sagte nicht, daß er Zeit gewinnen würde, wenn sie morgen London verließen; daß er dann für die Polizei unerreichbar sein würde, wenn sie hier erschien, um ihn nach einem silbernen Fläschchen aus der Jermyn Street zu befragen.

»Das läßt sich machen«, sagte Lynley. »Webberly hat mir netterweise meinen Urlaub verlängert. Peter wäre dann endgültig entlastet. Kommst du mit, Deb?«

St. James merkte, daß sie ihn scharf beobachtete. »Ja«, sagte sie langsam. Dann: »Simon, ist etwas ...«

Er konnte die Frage nicht zulassen. »Wenn ihr beide mich jetzt entschuldigen würdet? Im Labor wartet noch Stapel von Berichten auf mich«, sagte er. »Ich muß wenigstens einen Anfang machen, bevor wir morgen fahren.«

Zum Abendessen war er nicht heruntergekommen. Deborah und ihr Vater hatten schließlich um neun Uhr allein gegessen. Seezunge, Spargel, neue Kartoffeln, grüner Salat. Ein Glas Wein dazu. Eine Tasse Kaffee hinterher. Sie sprachen kaum. Aber Deborah merkte, daß ihr Vater sie immer wieder nachdenklich ansah.

Seit ihrer Rückkehr aus Amerika stand etwas zwischen ihnen. Statt wie früher offen miteinander zu sprechen, voll Zuneigung und Vertrauen, waren sie jetzt beide vorsichtig. Manche Themen waren ganz tabu. Sie wollte es so. Vor allem deshalb hatte sie es mit dem Ausziehen gar so eilig gehabt, um vertraulichen Gesprächen mit ihrem Vater zu entgehen. Denn er kannte sie besser als jeder andere. Und von ihm war am ehesten zu erwarten, daß er versuchen würde, die Gegenwart beiseite zu schieben, um die Vergangenheit in Augenschein zu nehmen. Für ihn stand ja auch am meisten auf dem Spiel. Er liebte sie beide.

Deborah schob ihren Stuhl zurück und stellte die Teller zusammen. Auch Cotter stand auf.

»Schön, dich heute abend hier zu haben, Deb«, sagte er. »Wie in alten Zeiten. Wir drei zusammen.«

»Wir zwei.« Sie lächelte, liebevoll, hoffte sie, und abwehrend zugleich. »Simon ist nicht zum Essen gekommen.«

»Wir drei im Haus, meinte ich«, erklärte Cotter. Er reichte ihr das Tablett. »Mr. St. James arbeitet zuviel. Ich mach' mir Sorgen um ihn.«

Er hatte sich geschickt an der Tür postiert. Sie konnte nicht entkommen, ohne daß es wie Flucht aussah. Und das wollte sie vermeiden. Darum sagte sie entgegenkommend: »Ja, er ist schmal geworden, Dad. Das ist mir aufgefallen.«

»Stimmt.« Und schon hakte er ein. »Diese letzten drei Jahre waren nicht leicht für ihn, Deb. Du glaubst, sie haben ihm nichts ausgemacht, nicht wahr? Aber da täuschst du dich.«

»Na ja, es hat bei uns allen Veränderungen gegeben. Er hat wahrscheinlich nie viel über meine Anwesenheit hier im Haus nachgedacht, bis ich plötzlich nicht mehr da war. Aber inzwischen hat er sich daran gewöhnt. Jeder kann sehen –«

»Weißt du, Kind«, unterbrach ihr Vater, »du hast dir nie in deinem Leben was vorgemacht. Schade, daß du jetzt damit anfängst.«

»Mir etwas vorzumachen? Sei nicht albern! Weshalb sollte ich das denn tun?«

»Das weißt du selbst am besten. Wenn du mich fragst, Deb, dann wißt ihr es alle beide, du und Mr. St. James. Es müßte nur der eine von euch mutig genug sein, es auszusprechen, und der andere mutig genug, die Lüge aufzugeben, mit der ihr lebt.«

Er stellte die Weingläser auf das Tablett und nahm es ihr aus der Hand. Deborah wußte, daß sie groß war wie ihre Mutter, aber sie hatte vergessen, daß dieser Umstand es ihrem Vater um so leichter machte, ihr direkt in die Augen zu sehen, so wie jetzt. Sein Blick machte sie unsicher. Er forderte Offenheit von ihr, zu der sie nicht bereit war.

»Ich weiß, wie du es gern hättest«, sagte sie. »Aber so kann es nun mal nicht sein, Dad. Das mußt du einfach akzeptieren. Die Menschen verändern sich. Sie werden erwachsen. Sie entwickeln sich auseinander. Räumliche Entfernung und zeitlicher Abstand mindern die Bedeutung, die sie einmal füreinander besaßen.«

»Manchmal«, sagte er.

»Diesmal.« Sie sah, wie er bei der Entschiedenheit ihres Tons mehrmals hastig zwinkerte. Das Tablett zitterte in seinen Händen, und das Porzellan klirrte. Sie versuchte, den Schlag zu mildern. »Ich war doch nur ein kleines Mädchen. Er war ein Bruder für mich.«

»Ja, das stimmt.« Cotter trat zur Seite, um sie vorbeizulassen.

Sie fühlte sich im Stich gelassen durch diese Reaktion. Nichts wünschte sie sich mehr als sein Verständnis, aber sie wußte nicht, wie sie ihm die Situation erklären sollte, ohne ihm den liebsten seiner Träume zu zerstören.

»Dad, es ist anders mit Tommy. Für ihn bin ich kein kleines Mädchen. War es nie. Aber für Simon war ich immer – werde ich immer...«

Cotter lächelte milde. »Du brauchst mich nicht zu überzeugen, Deb. Das ist nicht nötig.« Er straffte die Schultern. Sein Ton wurde energisch. »Aber wir müssen wenigstens dafür sorgen, daß der Mann was ißt. Bringst du ihm ein Tablett rauf? Er ist noch im Labor.«

Es war das mindeste, was sie tun konnte. Sie folgte ihm die Treppe hinunter in die Küche und wartete, während er auf einem Tablett Käse und Aufschnitt anrichtete, frisches Brot und Obst. Sie trug es ins Labor hinauf, wo St. James mit einer Serie Fotografien vor sich an einem der Arbeitstische saß. Er hielt einen Bleistift in der Hand, schien ihn jedoch nicht zu gebrauchen.

Er hatte mehrere Lichter eingeschaltet, starke Lampen, die hier und dort in dem großen Raum verteilt standen. Sie schufen kleine Lichtoasen innerhalb schattiger Tiefen. Er selbst saß im Halbdunkel.

»Dad meint, du solltest etwas essen«, sagte Deborah von der Tür her. Sie kam ins Zimmer und stellte das Tablett auf den Tisch. »Arbeitest du noch?«

Nein, er arbeitete nicht. Sie bezweifelte, daß er in den vergangenen Stunden etwas fertiggebracht hatte. Es war alles nur ein Rückzugsgefecht; Arbeit als Vermeidungsstrategie.

Es ging um Sidney. Das hatte Deborah seinem Gesicht angesehen, als Helen ihm berichtete, daß es ihr nicht gelungen war, seine Schwester zu finden. Sie hatte es von neuem gesehen, als er in ihre Wohnung zurückgekommen war und verzweifelt herumtelefoniert hatte, um selbst Sidney aufzustöbern. Alles, was er von diesem Moment an unternommen hatte – der Besuch bei Islington-London, seine Diskussion mit Tommy über Mick Cambrey, der Vortrag seiner Theorie zu dem Verbrechen, sein Rückzug in die Arbeit –, es diente alles nur der Ablenkung und der Flucht vor der tiefen Sorge um Sidney. Deborah fragte sich, was St. James tun würde, was er an Gefühlen zulassen würde, wenn jemand seiner Schwester etwas angetan haben, wenn Sidney tot sein sollte. Schon die Vorstellung war grauenvoll. Wieder fühlte Deborah das Bedürfnis, ihm irgendwie zu helfen, ihm Ruhe zu geben.

»Es ist nur ein bißchen Aufschnitt und Käse«, sagte sie. »Und etwas Obst. Brot ist auch dabei.« Er konnte es selbst sehen. Das Tablett stand vor ihm.

»Tommy ist gegangen?« fragte er.

»Schon lange. Er wollte wieder zu Peter.« Sie zog sich einen der Laborhocker zur anderen Seite des Tisches und setzte sich ihm gegenüber. »Ich habe vergessen, dir etwas zu trinken mitzubringen«, sagte sie. »Was möchtest du? Wein? Mineralwasser? Dad und ich haben Kaffee getrunken. Möchtest du einen Kaffee, Simon?«

»Danke, nein. Das ist schon gut so.« Doch er machte keine Anstalten, sich etwas von dem Tablett zu nehmen. Er richtete sich auf seinem Hocker auf und rieb sich den Nacken.

Die Dunkelheit veränderte sein Gesicht. Sie machte es weicher und glatter. Sie löschte die Jahre aus und mit ihnen die Spuren ihres ständigen Begleiters, des Schmerzes. Er sah jünger aus und weit verletzlicher. Er schien plötzlich so viel leichter erreichbar, wieder der Mann, dem sie einmal alles hatte sagen können, ohne Furcht vor Spott oder Zurückweisung, in dem sicheren Wissen, daß er verstehen würde.

»Simon«, sagte sie und wartete, bis er von dem Tablett aufsah, das er ja doch nicht berühren würde. »Tommy hat mir erzählt, was du heute für Peter tun wolltest. Das war so lieb von dir.«

Sein Gesicht verdüsterte sich. »Was ich ...«

Sie griff über den Tisch und nahm leicht seine Hand. »Er sagte, du wolltest das Fläschchen wegnehmen und verschwinden lassen, ehe die Polizei kam. Tommy wollte dir heute nachmittag im Arbeitszimmer dafür danken, aber du gingst, ehe er Gelegenheit dazu hatte.«

Sie sah, daß sein Blick auf Tommys Ring ruhte. Der Smaragd schimmerte im Licht. Seine Hand unter der ihren war sehr kühl. Doch während sie auf seine Erwiderung wartete, ballte sie sich zur Faust und entzog sich ihr. Sie zog ihre Hand ebenfalls zurück. Ihr war, als hätte er sie geschlagen. Wann immer sie sich ihm öffnete, wann immer sie versuchte, ihm in reiner Freundschaft nahe zu kommen, erlitt sie Schiffbruch. Die Schatten auf seinem Gesicht vertieften sich.

»O Gott«, sagte er leise.

»Was ist?« fragte sie angstvoll.

Er neigte sich ins Licht. Jede tiefe Falte sprang hart hervor. »Deborah – wie soll ich es dir sagen? Ich bin nicht der edle Held, für den du mich hältst. Ich habe nichts für Tommy getan. Ich habe überhaupt nicht an Tommy gedacht. Peter war und ist mir gleichgültig.«

»Aber –«

»Das Fläschchen gehört Sidney.«

Deborah fuhr zurück. Sie öffnete den Mund, aber einen Moment lang tat sie gar nichts, sondern starrte ihn nur ungläubig an. Dann fragte sie: »Was sagst du da?« obwohl sie die Antwort wußte.

»Sie glaubt, daß Peter Justin Brooke getötet hat. Sie wollte die Rechnung begleichen. Aber statt Peter –«

»Ergotamin«, sagte Deborah. »Das nimmst du doch, nicht wahr? Gegen Migräne.«

Er schob das Tablett mit einer heftigen Bewegung zur Seite. Aber das war auch die einzige Reaktion, die er sich erlaubte. Seine Stimme klang völlig kühl: »Ich komme mir vor wie ein kompletter Idiot. Nichts fällt mir ein, womit ich meiner Schwester helfen kann. Ich kann sie nicht einmal finden. Es ist erbärmlich. Ich bin absolut nutzlos.«

»Das glaube ich nicht«, sagte Deborah langsam. »Sidney würde niemals – sie hat ... Simon, ich kann mir nicht vorstellen, daß du das glaubst.«

»Helen hat sie überall gesucht. Ich ebenfalls. Alles sinnlos. Und innerhalb von vierundzwanzig Stunden werden sie wissen, wem das Fläschchen gehört.«

»Wie denn? Selbst wenn ihre Fingerabdrücke drauf sein sollten.«

»Auf die Fingerabdrücke kommt es nicht an. Sie hat ihr Parfumfläschchen benutzt. Ich selbst habe es ihr in der Jermyn Street gekauft. Da wird die Polizei keine Probleme haben. Spätestens morgen nachmittag um vier werden sie hier erscheinen. Darauf kannst du dich verlassen.«

»Ihr Parfum – Simon, Sidney war es nicht!« Hastig sprang Deborah vom Hocker und lief zu ihm. »Sidney war es nicht«, wiederholte sie. »Sie kann es gar nicht gewesen sein. Erinnerst du dich nicht? Sie kam am Abend vor dem Essen in mein Zimmer und fragte, ob sie mein Parfum benützen könnte. Sie sagte, ihres wäre spurlos verschwunden. Die Mädchen hätten in ihrem Zimmer so gründlich aufgeräumt, daß sie überhaupt nichts mehr finden könne. Erinnerst du dich nicht?«

Einen Moment lang schien er wie vor den Kopf geschlagen. Sein Blick war starr auf sie gerichtet, aber er schien sie gar nicht zu sehen. »Was?« sagte er heiser und fuhr dann mit kräftiger werdender Stimme fort: »Das war Samstag abend. Das war vor Brookes Tod. Schon zu dem Zeitpunkt plante jemand, Peter zu töten.«

»Oder Sasha«, sagte Deborah.

»Und Sidney soll den Sündenbock abgeben.« Er glitt vom Hocker, ging bis zum Ende des Arbeitstisches, drehte um, kam wieder zurück. Er wiederholte die Wanderung, rascher, mit wachsender Erregung. »Jemand hat sich in ihr Zimmer geschlichen. Es kann jeder gewesen sein.«

Alles war plötzlich so klar, ganz eindeutig. »Nein«, sagte Deborah. »Es war Justin.«

»Justin?«

»Ich habe nie verstanden, daß er Freitag nacht zu ihr ging. Ich meine, nach dem, was am Nachmittag in der Bucht zwischen ihnen vorgefallen war. Er war wütend auf Sidney. Sie hatte sein Kokain ins Meer geworfen. Sie hatte ihn vor uns allen bloßgestellt. Peter und Sasha hatten ihn ausgelacht.«

»Er ging also zu ihr ins Zimmer«, sagte St. James langsam, »und schlief mit ihr und nahm bei dieser Gelegenheit das Fläschchen an sich. So muß es gewesen sein. Dieser hinterhältige Schweinehund!«

»Und am Samstag, als Sidney ihn fast den ganzen Tag nicht zu Gesicht bekam – weißt du noch? Das sagte sie doch zu uns –, hat er sich das Ergotamin und das Chinin besorgt. Dann hat er die beiden Medikamente gemischt und Sasha gegeben.«

»Er war Chemiker«, sagte St. James nachdenklich. »Biochemiker. Wer kennt sich mit Arzneimitteln und Drogen besser aus?«

»Aber auf wen hatte er es abgesehen? Auf Peter oder auf Sasha?«

»Auf Peter. Eindeutig. Nur auf Peter.«

»Wegen des Besuchs bei Mick Cambrey?«

»Das Zimmer war durchsucht worden. Der Computer war eingeschaltet. Überall lagen Schreibhefte und Fotografien herum. Peter muß etwas gesehen haben, als er mit Brooke dort war. Und nach Cambreys Tod hatte Brooke Angst, er würde sich daran erinnern.«

»Aber warum hat er das Gift dann Sasha gegeben? Wenn Peter daran gestorben wäre, hätte sie doch der Polizei sofort gesagt, woher sie es hatte.«

»Nein. Sie wäre auch tot gewesen. Jedenfalls setzte Brooke darauf. Er wußte, daß sie abhängig war. Darum gab er ihr das Gift. Er hoffte, sie und Peter würden es in Howenstow gemeinsam nehmen und sterben, vermute ich. Als sich zeigte, daß es nicht so lief, wie er sich das vorgestellt hatte, versuchte er, Peter auf andere Weise loszuwerden. Er erzählte uns von ihrem gemeinsamen Besuch bei Cambrey, weil er hoffte, daß Peter dann verhaftet und damit aus dem Weg sein würde.«

»Es war also Justin«, sagte Deborah. »Alles war Justin.«

»Ich habe mich von der Tatsache verwirren lassen, daß er *vor* Sasha starb. Ich habe nicht in Betracht gezogen, daß er ihr das Gift schon vorher gegeben haben könnte.«

»Aber was ist mit seinem eigenen Tod, Simon?«

»Das war wirklich ein Unfall.«

»Aber warum? Wie konnte es geschehen? Was hatte er mitten in der Nacht draußen an der Bucht zu tun?«

St. James blickte nachdenklich über ihre Schulter. Sie hatte das Warnlicht über der Dunkelkammer brennen lassen. Es warf einen unheimlichen roten Schatten an die Decke. Es lieferte ihm die Antwort.

»Deine Kameraausrüstung«, sagte er. »Er hat sie draußen an der Bucht verschwinden lassen.«

»Aber warum?«

»Er wollte jede Spur seiner Verbindung zu Cambrey auslöschen. Erst Cambrey selbst. Dann Peter. Dann –«

»Mein Film!« sagte sie. »Die Aufnahmen, die du in Cambreys Haus gemacht hast. Du mußt das fotografiert haben, was Peter gesehen hatte.«

»Und das heißt, daß der Zustand des Wohnzimmers nur Augenwischerei war. Er hatte nichts gesucht. Er hatte nichts gestohlen. Das, was er wollte, war zu groß, um es zu entfernen.«

»Der Computer?« fragte Deborah. »Aber trotzdem – woher soll er gewußt haben, daß du Aufnahmen gemacht hattest?«

»Er wußte, daß wir Freitag abend deinen Apparat mithatten. Mrs. Sweeney hat das ja am Samstag beim Essen groß ausposaunt. Er wußte, auf was für einem Gebiet ich tätig bin. Das hat ihm Sidney sicher erzählt. Und er muß auch gewußt haben, daß Tommy beim Yard ist. Er hätte sich vielleicht darauf verlassen können, daß wir angesichts eines Mordes nichts weiter tun würden, als die Polizei zu holen. Aber dieses Risiko konnte er nicht eingehen, wenn etwas in diesem Zimmer war, das seine Verbindung zu Cambrey verraten hätte.«

»Aber die Polizei hätte es sicher früher oder später doch gefunden, oder nicht?«

»Die Polizei hatte bereits einen Täter. Penellin hatte das Verbrechen ja praktisch gestanden. Das einzige, was Justin zu fürchten hatte, war genau das, was geschah: daß andere nicht so leicht an Penellins Schuld glauben würden.«

Sie stellte eine letzte Frage: »Aber warum hat er gleich

meine ganze Ausrüstung genommen? Warum nicht einfach den Film?«

»Er hatte keine Zeit. Es war einfacher, den ganzen Koffer zu nehmen, aus deinem Fenster zu werfen und dann in den kleinen Salon zu laufen, um Tommy und mir alles über Peter zu erzählen. Später ging er dann auf die Felsen hinaus und warf den Koffer ins Wasser. Dabei ist er abgestürzt.«

Sie lächelte wie erlöst. Er sah aus, als hätte er eine schreckliche Last abgeschüttelt. »Ich bin gespannt, ob wir das alles beweisen können.«

»Aber ja. In Cornwall. Gleich morgen.«

»Und der Film? Und die Bilder?«

»Beiwerk.«

»Soll ich ihn dir entwickeln?«

»Würdest du das tun?«

»Aber natürlich.«

»Dann machen wir uns am besten gleich an die Arbeit, Vögelchen.«

24

Deborah arbeitete mit einer Unbeschwertheit, die sie vor zwei Stunden noch für ausgeschlossen gehalten hätte. Sie schnitt den Filmanschnitt des belichteten Films ab und spulte den Film mit völliger Selbstverständlichkeit in die Entwicklerdose ein. Sie dachte nicht über die Arbeit nach und nicht über die Sorglosigkeit, mit der sie sie erledigte. Sie dachte nicht darüber nach, wie und warum es gekommen war, daß Zeit und Umstände sich plötzlich gedreht hatten und die alte Zuneigung ihrer Kindheit wieder hatte aufblühen können, während sie im Labor miteinander gesprochen hatten. Sie war einfach glücklich, daß es geschehen war, und dankbar für die sich dadurch eröffnende Möglichkeit, Groll und Bitterkeit zwischen ihnen endlich zu überwinden.

Es war richtig von ihr gewesen, ihrem Instinkt zu folgen und nach Chelsea zu kommen, um an diesem Abend bei Simon sein zu können. Sie war glücklich gewesen zu sehen, wie sein Gesicht sich in dem Moment verändert hatte, als er die Gewißheit erhalten hatte, daß seine Schwester schuldlos war. Sie war ohne alle Befangenheit mit ihm in sein Zimmer gegangen und hatte lachend und schwatzend dabeigestanden, während er den Film herausgekramt hatte. Sie waren wieder Freunde, die sich einander mitteilten, die einander zuhörten und debattierten.

Die Freude am Gespräch hatte ihre Beziehung vor ihrem dreijährigen Aufenthalt in Amerika gekennzeichnet. Und die Minuten im Labor und später in seinem Zimmer hatten ihr die Erinnerung an diese Freude in aller Lebhaftigkeit zurückgebracht, wenn auch nicht die volle Intensität der Freude selbst.

Er hatte sie getröstet, wenn sie traurig war, Enttäuschungen gelindert, mit ihr gelesen und mit ihr gesprochen, er hatte sie aufwachsen sehen. Er hatte sie von ihren schlimmsten Seiten erlebt – er kannte ihre Wutanfälle, ihren hartnäkkigen Stolz, ihre Unfähigkeit, sich geschlagen zu geben, den Anspruch auf Perfektion, den sie sich auferlegte, ihre Schwierigkeit, den Schwächen anderer Verständnis entgegenzubringen. Ob er geraten, belehrt, gewarnt oder gemahnt hatte, er hatte sie stets akzeptiert, wie sie war.

Er hatte ihr geholfen, erwachsen zu werden, er hatte sie ermutigt und gefördert, und er hatte sie losgelassen, als es Zeit für sie gewesen war, sich zu lösen. Aber gerade seine Bereitschaft, sie freizugeben und in ihr eigenes Leben zu entlassen, hatte ihre Beziehung tief erschüttert und sie selbst unheilbar verletzt. Das beharrliche Schweigen, mit dem er die dreijährige Trennung hingenommen hatte, hatte in ihr den bitteren Wunsch entstehen lassen, ihm weh zu tun. Und es war ihr gelungen. Sie hatte sich gerächt, und ihre Rache war zunächst ungeheuer befriedigend gewesen. Jetzt jedoch erkannte sie, daß sie bestenfalls einen Pyrrhussieg errungen hatte und alles, was sie Simon angetan hatte, auf sie zurückschlug, sie selbst verwundete.

Sie wünschte sich die alte Unbefangenheit im Umgang mit ihm zurück, sie wünschte sich, wieder die sein zu können, die sie früher für ihn gewesen war, seine Schwester, seine Kameradin, seine Freundin. Mehr wollte sie nicht. Den unerfüllt gebliebenen Wunsch, von ihm als Frau geliebt zu werden, um die Gewißheit zu erhalten, daß er sie wahrhaft begehrte, diesen Wunsch hatte sie überwunden.

Er war untergegangen im Feuer ihrer Liebe zu Tommy. Und Tommy würde ihr jetzt den Mut verleihen, offen und ehrlich zu sein. Während sie die Negative ans Licht hielt, um die Aufnahmen von Cambreys Haus herauszusuchen, sah sie auch die Bilder von Lynley, wie er sich in gutmütiger Bereitwilligkeit mit der Laienspielgruppe von Nanrunnel der Kamera gestellt hatte. Dankbarkeit und Liebe stiegen in ihr bei der Betrachtung seines Bildes auf. Sie wußte, daß sie zu ihm gehörte, daß er ihre Zukunft war. Aber um sich frei zu ihm bekennen zu können, mußte sie erst die Vergangenheit bereinigen.

Sie ging daran, die Aufnahmen zu vergrößern, die St. James in Cambreys Häuschen gemacht hatte. In Gedanken war sie die ganze Zeit bei dem Gespräch mit ihm, bei den Worten, die sie ihm sagen würde, wie sie sie ihm sagen würde, und bei der Frage, ob ihre Erklärung und Entschuldigung ausreichen würden, die Entfremdung zu überwinden.

Es war fast Mitternacht, als sie mit ihrer Arbeit in der Dunkelkammer fertig war. Sie schaltete die Lichter aus, nahm die Bilder und machte sich auf die Suche nach St. James.

Er hörte sie auf der Treppe, noch ehe er sie sah. Auf seinem Bett hatte er alle Unterlagen und Dokumente ausgebreitet, die irgendwie mit dem Fall zu tun hatten. Jedes einzelne Papier untersuchte er, um festzustellen, welches dazu dienen konnte, nicht nur seine Schwester, sondern auch Peter Lynley und John Penellin zu entlasten. Ein heller Lichtfleck in der Tür riß ihn aus seinen Betrachtungen. Es war Deborahs weiße Bluse, die sich gegen den dunklen Korridor abhob.

Er lächelte, als er die Fotos in ihrer Hand sah. »Hast du sie fertig?«

»Ja. Es hat ein wenig länger gedauert, als ich dachte. Ich bin den Vergrößerer nicht gewöhnt. Er ist neu, und – aber das weißt du ja am besten.« Sie lachte.

Er glaubte, sie würde ihm die Fotografien geben, aber das tat sie nicht. Sie kam ins Zimmer und blieb am Fußende seines Betts stehen. Sie legte die freie Hand auf den hohen gedrechselten Pfosten.

»Ich muß mit dir sprechen, Simon.«

Etwas in ihrem Gesicht erinnerte ihn augenblicklich an verschüttete Tinte auf dem Eßzimmerstuhl und die kleinlaute Beichte eines zehnjährigen Wildfangs. Doch eine Schwingung in ihrer Stimme sagte ihm, daß für Deborah der Moment gekommen war, reinen Tisch zu machen, und er hatte das Gefühl, als verließen ihn schlagartig alle Kräfte.

»Was ist? Ist etwas nicht in Ordnung?«

»Es geht um das Foto. Ich wußte, daß du es eines Tages sehen würdest, und ich wollte sogar, daß du es siehst. Ich wollte dich wissen lassen, daß ich mit Tommy geschlafen hatte. Ich wollte dich bewußt verletzen. Dich quälen. Ich wollte dich eifersüchtig machen. Und ich – ach, Simon, ich hasse mich dafür, daß ich dir das angetan habe.«

Ihre Worte kamen so unerwartet, daß sie ihn in eine Art Schockzustand versetzten. Einen lächerlichen Moment lang schaffte er es, sie mißzuverstehen, sich einzureden, sie spräche von den Cambrey-Fotos. Was redest du da? wollte er sagen. Ich auf Tommy eifersüchtig? Was für ein Foto, Deborah? Ich verstehe dich nicht. Oder besser noch, einfach lachen, mit Gleichgültigkeit reagieren. Aber noch während ihm diese Gedanken durch den Kopf schossen und er die Kraft zu einer Erwiderung suchte, fuhr sie zu sprechen fort und ließ ihm keine Möglichkeit mehr, sie mißzuverstehen.

»Ich liebte dich so sehr, als ich damals nach Amerika ging, und ich war sicher, daß auch du mich liebtest. Nicht wie ein Bruder oder ein Onkel oder eine Art zweiter Vater. Wie ein Mann. Du weißt, was ich meine.«

Ihre Worte waren so sanft, ihre Stimme so ruhig. Er konnte den Blick nicht von ihrem Gesicht wenden. Er war keiner Bewegung fähig.

»Ich weiß nicht, ob ich mich verständlich machen kann, Simon. Ich war so zuversichtlich, als ich ging, unserer Beziehung so sicher. Und dann begann das Warten auf einen Brief von dir. Zuerst schob ich es auf die Post. Als ich dich nach zwei Monaten endlich anrief, warst du so unglaublich distanziert. Deine Arbeit fordere dich so stark, sagtest du. Pflichten und Aufgaben von allen Seiten. Du würdest meine Briefe beantworten, sobald du könntest. Und was macht die Schule, Deborah? Macht es dir Spaß? Hast du schon Freunde gefunden? Ich bin überzeugt, du wirst deine Sache gut machen. Du hast eine große Zukunft vor dir.«

»Ich erinnere mich«, brachte er mühsam heraus.

»Ich sprach mir selbst das Urteil: Nicht hübsch genug für dich, nicht gescheit genug, nicht amüsant, nicht einfühlsam, nicht begehrenswert – nicht ausreichend.«

»Aber das stimmte nicht. Das stimmt nicht.«

»Jeden Morgen wachte ich verzweifelt auf. Wertlos, dachte ich. Dumm, häßlich und absolut unnütz.«

Jedes Wort war schwerer zu ertragen als das vorhergehende.

»Tommy war zunächst meine Möglichkeit zu vergessen. Als er mich besuchte, lachten wir miteinander. Das erste Mal kam er unter einem Vorwand. Aber dann nicht mehr. Und er hat mich nie gedrängt, Simon. Er hat niemals irgendwelche Forderungen gestellt. Ich habe nicht über dich gesprochen, aber ich glaube, irgendwie wußte er Bescheid und war entschlossen zu warten, bis ich soweit sein würde, daß ich mich ihm öffnen konnte. Er schrieb, er telefonierte, er legte ein festes Fundament. Und als er mit mir schlief, da wollte ich es. Ich hatte dich endlich losgelassen.«

»Deborah, bitte. Laß es gut sein.« Er konnte sie nicht mehr ansehen. Er wandte sich ab. Seine Augenlider schmerzten.

»Du hattest mich zurückgewiesen. Ich war verletzt, doch schließlich hatte ich es überwunden, aber aus irgendeinem Grund glaubte ich immer noch, ich müßte dir zeigen, wie die Dinge sich jetzt verhielten. Darum hängte ich das Foto in meiner Wohnung an die Wand. Tommy bat mich, es nicht zu tun. Es ist doch nur eine besonders gelungene Fotografie, sagte ich. Ist dir die Aussage peinlich?«

Sie schwieg einen Augenblick. »Wie konnte ich Tommy so eine gemeine Lüge erzählen? Es ging mir einzig darum, dir weh zu tun.«

»Ich habe es verdient. Ich habe dich auch verletzt.«

»Nein. Für solchen Rachedurst gibt es keine Entschuldigung. Das ist unreif und kindisch. Abscheulich. Es tut mir so leid. Wirklich. Es tut mir entsetzlich leid.«

Laß gut sein. Vergiß es. Es macht nichts. Er konnte sich nicht dazu bringen, es zu sagen. Er konnte überhaupt nichts sagen. Er konnte den Gedanken nicht aushalten, daß er durch seine eigene Feigheit sie Lynley in die Arme getrieben hatte. Er verachtete sich. Während er noch nach Worten suchte, legte sie die Fotografien auf das Bett.

»Liebst du ihn?« Die Frage kam hastig.

Sie war schon an der Tür, aber sie drehte sich um, um ihm zu antworten. »Er ist alles zugleich für mich«, sagte sie. »Treue, Hingabe, Zuneigung, Wärme. Er hat mir ...«

»Liebst du ihn?« Beim zweiten Mal klang die Frage unsicher. »Kannst du wenigstens sagen, daß du ihn liebst, Deborah?«

Einen Moment lang glaubte er, sie würde gehen, ohne zu antworten. Aber dann sah er förmlich, wie sie sich innerlich aufrichtete. In ihren Augen glänzten Tränen. »Ich liebe ihn. Ja. Ich liebe ihn.«

Dann war sie fort.

Er lag in seinem Bett und starrte auf das Spiel von Licht und Schatten an der Decke. Die Nacht war warm. Sein Schlafzimmerfenster war offen, die Vorhänge nicht zugezogen. Hin und wieder konnte er ein Auto hören. Er hätte müde sein müssen, aber sein ganzer Körper war schmerzlich verspannt. In seinem Kopf gingen Fragmente früherer Gespräche, nebelhafter Phantasien, unausgesprochener Gedanken wild durcheinander.

Er versuchte, nicht an Deborah zu denken. An alles andere, nur nicht an Deborah. Er versuchte, der zu sein, der er während ihrer Abwesenheit gewesen war, der kühle Wissenschaftler, der seinen Verpflichtungen nachkam und seine Aufgaben erfüllte, statt dessen jedoch sah er den Menschen, der er wirklich war, ein Mann auf der Flucht, um ja nicht verletzt zu werden.

Sein ganzes Leben war eine einzige Lüge, auf edle Phrasen begründet, an die er nicht glaubte. Laß sie frei. Laß sie ihren eigenen Weg finden. Laß sie hinaus in die weite Welt, unter Menschen, die ihr mehr bieten können als du.

Angst lähmte ihn. Jede Reaktion konnte ja von ihr zurückgewiesen werden. So entschied er sich, sich nicht zu entscheiden, die Zeit verstreichen zu lassen, in der Hoffnung, daß Konflikte, Schwierigkeiten und Aufruhr sich auf lange Sicht von selbst erledigen würden. Und genauso war es geschehen.

Zu spät erkannte er, daß sein Leben mit Deborah ein feines, im Laufe langer Jahre entstandenes Gewebe war. Er hatte die Jahre vergehen lassen, ohne ihr je zu sagen, wie sehr er sie liebte. Jetzt konnte er nur Gott dafür danken, daß sie und Lynley nach ihrer Heirat nach Cornwall gehen wollten, daß er sie wenigstens nicht zu sehen brauchte.

St. James konnte keinen Schlaf finden. Er mußte irgendwelche Ablenkung für die Stunden bis zum Morgengrauen finden, griff daher nach seinen Krücken und stand aus dem Bett auf. Nachdem er seinen Morgenrock übergezogen hatte, ging er zur Tür. Im Arbeitszimmer stand Brandy. Es wäre nicht das erste Mal, daß er bei ihm Vergessen suchte. Langsam stieg er die Treppe hinunter.

Die Tür zum Arbeitszimmer war angelehnt. Lautlos schwang sie unter seiner Berührung auf. Weicher Lichtschein flackerte von zwei Kerzen am offenen Kamin entgegen. Die Arme um die angezogenen Beine geschlungen, saß Deborah auf dem niedrigen Sitzpolster und starrte in die Flammen. Als St. James sie sah, wollte er sich sofort zurückziehen. Doch er blieb unverwandt stehen.

Sie sah kurz zur Tür, wandte ihren Blick aber sofort wieder ab. »Ich konnte nicht schlafen«, erklärte sie völlig überflüssigerweise ihre Anwesenheit im Arbeitszimmer um drei Uhr morgens. »Ich versteh' das gar nicht. Ich bin todmüde, aber ich kann nicht schlafen. Zuviel passiert in den letzten Tagen.«

Ihre Worte waren bewußt gewählt. Doch es war ein Zögern

in ihrer Stimme, als wollten ihr die Worte nicht recht über die Lippen. Als er dies bemerkte, ging er durch das Zimmer und ließ sich neben ihr auf das Sitzpolster hinunter. Nie zuvor hatte er das getan. In der Vergangenheit war das Polster immer ihr Platz gewesen, während er über ihr gethront hatte, im Sessel oder auf dem Sofa.

»Ich konnte auch nicht schlafen«, sagte er und legte seine Krücken auf den Boden. »Ich wollte einen Brandy trinken.«

»Ich hol' ihn dir.« Sie wollte aufstehen.

Er faßte ihre Hand und hielt sie zurück. »Nein, nein, laß.« Als sie das Gesicht abgewandt hielt, sagte er: »Deborah.«

»Ja?«

Sie klang ruhig. Die Fülle ihres lockigen Haars verbarg ihm ihr Gesicht. Sie machte eine rasche Bewegung, und er glaubte, sie wolle aufstehen und gehen. Aber dann hörte er, wie sie erstickt Atem holte, und erkannte überrascht, daß sie mit den Tränen kämpfte.

Er berührte ihr Haar, so zaghaft, daß sie es unmöglich spüren konnte. »Was ist denn?«

»Nichts.«

»Deborah...«

»Wir waren doch Freunde«, flüsterte sie. »Du und ich. Wir waren Freunde. Das wollte ich wiederhaben. Ich dachte, wenn ich heute abend mit dir spräche... aber es ist weg. Und ich... es tut so weh. Wenn ich dich sehe, wenn ich mit dir spreche, fühle ich mich wie zerrissen. Ich halte das nicht mehr aus.«

Ihre Stimme brach. Ohne zu überlegen, nahm er sie in den Arm. Es spielte keine Rolle, was er sagte. Ob Wahrheit oder Lüge, es machte keinen Unterschied. Er mußte etwas sagen, um ihren Schmerz zu lindern.

»Wir werden das alles überstehen, Deborah. Wir werden einen Weg zurück finden. Alles wird wieder so werden, wie es war. Weine nicht.« Ungeschickt küßte er sie auf die Schläfe. Sie drehte sich in seinen Armen herum. Er hielt sie fest, streichelte ihr Haar, wiegte sie, flüsterte ihren Namen. Auf einmal fühlte er sich von Frieden durchflutet. »Es spielt keine Rolle«, sagte er leise. »Wir werden immer Freunde sein. Ich verspreche es dir.«

Sie schlang die Arme um ihn. Er fühlte den weichen Druck ihres Busens an seiner Brust. Er spürte den Schlag ihres Herzens und das Hämmern seines eigenen und erkannte, daß er sie wieder belogen hatte. Sie würden niemals Freunde sein. Freundschaft war unmöglich zwischen ihnen, wenn eine so unschuldige Geste – ihre Umarmung – seinen ganzen Körper entzünden konnte.

Ermahnungen schossen ihm durch den Kopf. Sie gehört Lynley. Du hast sie schon genug verletzt. Du verrätst deinen besten Freund. Es gab Grenzen zwischen ihnen, die nicht überschritten werden durften. Er mußte sie akzeptieren. Wir sind nicht dazu bestimmt, glücklich zu werden. Er befahl sich, sie loszulassen, und bewegte sich doch nicht. Nur einen Moment lang sie so in den Armen halten, ihre Nähe fühlen, den Duft ihrer Haut atmen. Das war schon genug.

Er berührte ihre Wange, ihre Stirn, zeichnete die Konturen ihrer Lippen nach. Sie flüsterte seinen Namen, und das eine Wort besiegte endlich die Angst. Er fragte sich, wie er je davor hatte Angst haben können, sich in der Liebe dieser Frau zu verlieren. Es war eine Form der Erfüllung. Er küßte sie.

Nichts existierte, außer in seinen Armen zu sein. Nichts zählte außer der Wärme seines Mundes. Es war, als hätte nur dieser eine Augenblick Gültigkeit.

Er murmelte ihren Namen, und ein Strom erfaßte sie beide, der aus der Quelle des Begehrens Kraft schöpfte. Er riß jede Überzeugung, jeden Vorsatz mit sich in der Gewißheit, daß sie ihn begehrte. Sie sagte sich, daß das mit der Deborah, die zu Tommy gehörte, nichts zu tun hatte.

»Mein Liebes«, flüsterte er. »Ohne dich –«

Sie holte sich wieder seinen Mund. Sie biß zärtlich in seine Lippe und spürte, wie sie sich zu einem Lächeln verzog. Sie wollte keine Worte. Sie wollte nur seinen Mund an ihrem Hals; seine Hände auf ihren Brüsten, an ihrer Taille, auf ihrer Haut. Sie spürte, wie er den Stoff ihres Morgenmantels über die Schultern gleiten ließ, ihren Armen durch die dünnen Träger des Nachthemds half. Sie stand auf. Das Nachthemd glitt zu Boden. Sie fühlte seine Hand auf ihrem Schenkel.

»Deborah!«

Wortlos neigte sie sich zu ihm, küßte ihn, ließ sich von ihm hinunterziehen, hörte ihr Seufzen der Wonne, als sein Mund ihre Brust fand.

Sie begann ihn zu liebkosen. Sie begann ihn auszuziehen.

»Ich begehre dich«, flüsterte er. »Deborah. Sieh mich an.«

Sie konnte nicht. Sie sah den Schimmer der Kerzen, den Kaminsims, die Bücherregale, das Blitzen der Messinglampe auf seinem Schreibtisch. Aber nicht seine Augen, nicht sein Gesicht, nicht die Form seines Mundes. Sie nahm seinen Kuß entgegen. Sie erwiderte seine Zärtlichkeiten. Aber sie sah ihn nicht an.

»Ich liebe dich«, flüsterte er.

Drei Jahre. Sie wartete auf das überschäumende Gefühl des Triumphs, aber es kam nicht. Eine der Kerzen begann zu flackern und zu tropfen und erlosch zischend. Vom verbrannten Docht stieg ein Rauchfaden auf, dessen Geruch scharf und beißend war. St. James drehte sich danach um.

Deborah beobachtete ihn. Das Licht der einen Kerze, die noch brannte, spielte wie Flügelschlag auf seiner Haut. Sein

Profil, sein Haar, die scharfe Kontur seines Kinns, die Rundung seiner Schulter, die sichere Bewegung seiner Hände ... Sie sprang auf. Ihre Finger zitterten, als sie in ihren Morgenrock schlüpfte und ungeschickt versuchte, den glatten Satingürtel zu verknoten. Sie fühlte sich bis ins Innerste erschüttert. Keine Worte, dachte sie. Alles, nur keine Worte.

»Deborah ...«

Sie konnte nicht.

»Deborah, was ist denn? Was hast du?«

Sie zwang sich, ihn anzusehen. Sein Gesicht war ein Spiegel stürmischer Emotionen. Er sah jung aus und so verletzlich. Er sah aus, als erwarte er, geschlagen zu werden.

»Ich kann nicht«, sagte sie. »Simon, ich kann nicht.«

Sie wandte sich von ihm ab und lief aus dem Zimmer. Sie rannte die Treppe hinauf. Tommy, dachte sie.

Als wäre sein Name ein Gebet, eine Zauberformel, die sie davor bewahren konnte, sich schmutzig zu fühlen und ängstlich.

Aussöhnung

25

Das anfänglich schöne Wetter hatte umgeschlagen, als Lynley die Maschine auf dem Rollfeld in Land's End aufsetzte. Dichte graue Wolken wurden von einem stürmischen, regenschweren Wind von der Küste herangetrieben. Dieser Wetterumschwung, dachte Lynley trübe, paßte gut zu seiner eigenen Stimmung.

Zwar hatte er aus seinen Gesprächen mit Peter am vergangenen Abend ein Gefühl von Erneuerung mitgenommen. Lynley hatte erkannt, daß Verstehen und Verzeihen Hand in Hand gingen. Daher war es an der Zeit für ihn, auch jene Beziehung zu bereinigen, die der Klärung am dringendsten bedurfte. Er war sich nicht sicher, was er sagen würde, aber er wußte, daß er bereit war, mit seiner Mutter zu sprechen.

Aber sein Elan wurde bei seiner Ankunft in Chelsea auf der Stelle gedämpft. Es war ein freundlicher Morgen, in der Erle vor St. James' Haus zwitscherten die Vögel. Lynley nahm immer zwei Stufen mit einem Schritt auf der Treppe zur Haustür.

St. James öffnete ihm. Durchaus freundlich bot er ihm noch eine Tasse Kaffee vor der Abfahrt an; durchaus zuversichtlich sprach er zu ihm von seiner Theorie über Justin Brookes Schuld an Sasha Niffords Tod. Unter anderen Umständen hätten die Neuigkeiten über Brooke jene erwartungsvolle Erregung bei Lynley ausgelöst, die sich stets mit der Gewißheit einstellte, daß er kurz vor der Klärung eines Falls stand. Unter den gegebenen Umständen jedoch hörte er kaum St. James' Worte, verstand nichts von seinen Erklärungen. Er sah nur, daß das Gesicht des Freundes bleich und eingefallen war; er spürte die Spannung unter St. James' Ausführungen über Motiv, Mittel und Gelegenheit; und er fühlte, wie Ernüchterung sich seiner bemächtigte.

Er wußte, daß es nur eine Ursache für St. James' Veränderung geben konnte. Als Deborah kurz darauf ins Vestibül trat und Lynley ihr Gesicht sah, las er in ihm die Wahrheit und war tief getroffen. Er wünschte sich, dem Zorn und der Eifersucht, die er in diesem Moment empfand, freien Lauf lassen zu können. Statt dessen gewann von Kindesbeinen an eingeübte Wohlerzogenheit die Oberhand.

»Na, hast du fleißig an deinen Fotos gearbeitet, Darling?« fragte er sie. »Du siehst aus, als hättest du die ganze Nacht kein Auge zugetan.«

Deborah sah St. James nicht an. Der ging in sein Arbeitszimmer und kramte in seinem Schreibtisch.

»Fast.« Sie ging zu Lynley, legte den Arm um ihn, hob den Mund, um ihn zu küssen, und flüsterte dicht an seinen Lippen: »Guten Morgen, Tommy, Liebster. Du hast mir gefehlt.«

Er küßte sie, spürte, wie sie seine Nähe erwiderte, und fragte sich, ob alles andere, was er gesehen hatte, nur Produkt seiner eigenen erbärmlichen Unsicherheit war. »Wenn du noch zu arbeiten hast, brauchst du nicht mitzukommen.«

»Ich möchte aber. Die Fotos können warten.« Lächelnd küßte sie ihn noch einmal.

Aber während Lynley Deborah in den Armen hielt, nahm er die ganze Zeit St. James mit einer Schärfe wahr wie nie zuvor. Und auf der ganzen Reise nach Cornwall nahm er sie beide wahr, kämpfte gegen die erbarmungslose Eifersucht, die das Verhalten von Deborah und St. James in ihm geschürt hatte.

Infolgedessen war er auf der gesamten Reise recht einsilbig. Lynley wußte, daß er nicht der einzige war, der erleichtert aufatmete, als sie aus der Maschine stiegen und am Rande des Rollfelds Jasper mit dem Wagen warten sahen.

Das Schweigen auf der Fahrt nach Howenstow wurde nur von Jasper durchbrochen, der ihnen berichtete, daß Daze Asherton zwei Bauernjungen in die Bucht bestellt hatte. John Penellin säße immer noch in Penzance, erzählte er, aber es habe sich herumgesprochen, daß »Mister Peter« gefunden worden sei.

»Ihre Mutter sieht heute morgen gleich zehn Jahre jünger aus«, teilte Jasper Lynley mit. »Sie hätten sehen sollen, wie sie auf ihre Tennisbälle draufgehauen hat.«

Mehr wurde nicht gesprochen. St. James blätterte in seinen Papieren, Deborah betrachtete die vorbeifliegende Landschaft, Lynley versuchte, mit sich ins reine zu kommen. Schon in der Einfahrt zum Gut erblickten sie Nancy Cambrey, die auf der Treppe vor dem Verwalterhaus saß. Sie hielt Molly im Arm, die zufrieden aus ihrer Flasche trank.

»Halten Sie an«, sagte Lynley zu Jasper. Und dann zu den anderen: »Nancy sprach gleich zu Beginn von Micks Story. Vielleicht kann sie uns Einzelheiten sagen, wenn wir ihr erklären, worum es geht.«

St. James hatte Zweifel. Ein Blick auf seine Uhr sagte Lynley, daß er es eilig hatte, zur Bucht zu kommen und danach in die Redaktion. Aber er erhob keine Einwände. Sie stiegen aus.

Nancy führte sie ins Haus. Im Vestibül blieb sie stehen und drehte sich nach ihnen um.

»Mark ist nicht hier?« fragte Lynley.

»Er ist nach St. Ives gefahren.«

»Ihr Vater hat also noch immer nicht mit Inspector Boscowan über ihn gesprochen? Auch nicht über Mick und das Kokain?«

Nancy machte keinen Versuch, so zu tun, als verstünde sie den Zusammenhang nicht. Sie sagte nur: »Ich weiß es nicht. Ich habe nichts gehört.« Dann ging sie ins Wohnzimmer. Sie stellte Mollys Flasche auf den Fernsehapparat und legte das Kind in seinen Wagen. »So ist es brav«, sagte sie und streichelte die Kleine. »Brave Molly. Schlaf jetzt ein bißchen, hm?«

Sie folgten ihr. Es wäre normal gewesen, sich zu setzen, aber keiner tat es. Statt dessen verteilten sie sich im Raum wie unsichere Schauspieler, die noch nicht wissen, wo ihre Plätze in dem Stück sind: Nancy mit einer Hand am Kinderwagen; St. James am Erkerfenster; Deborah beim Klavier; Lynley ihr gegenüber an der Tür.

Nancy machte den Eindruck, als rechnete sie mit dem Schlimmsten. Ihr Blick flog von einem zum anderen wie ein nervöser Vogel.

»Sie wissen Neues über Mick«, stellte sie fest.

Gemeinsam trugen Lynley und St. James Fakten und Mutmaßungen vor. Sie hörte ihnen ohne Fragen und ohne Kommentare zu. Manchmal schien flüchtiger Kummer sie zu überkommen, aber die meiste Zeit wirkte sie unbeteiligt. Es war, als hätte sie sich schon lange alle Gefühle verboten, nicht nur in bezug auf den Tod ihres Mannes, sondern auch auf die wenig rühmlichen Aspekte seines Lebens.

»Er hat Ihnen also nie etwas von Islington erzählt?« fragte Lynley. »Und auch nicht von Oncomet? Oder einem Biochemiker namens Justin Brooke?«

»Nein.«

»Hat er nie mit Ihnen über seine Arbeit gesprochen?«

»Doch, vor unserer Heirat schon. Da hat er mit mir über alles gesprochen. Vor dem Kind.«

»Und danach?«

»Danach fuhr er immer häufiger weg. Immer wegen irgendeiner Story.«

»Nach London?«

»Ja.«

»Wußten Sie, daß er dort eine Wohnung hatte?« fragte St. James.

Als sie den Kopf schüttelte, sagte Lynley: »Aber als Ihr Vater von Micks Frauengeschichten sprach, glaubten Sie da nicht, er könnte auch in London eine Freundin haben? Das wäre doch eine ziemlich naheliegende Vermutung gewesen, da er so häufig nach London fuhr, nicht wahr?«

»Nein. Es gab ...« Sie zögerte. Sie mußte entscheiden, ob es in diesem Fall tatsächlich ein Verrat war, die Wahrheit zu sagen. »Es gab keine anderen Frauen. Das glaubte Dad nur. Und ich ließ ihn in dem Glauben. Es war einfacher.«

»Einfacher, meinen Sie, als Ihren Vater wissen zu lassen, daß sein Schwiegersohn ein Transvestit war?«

Lynleys Frage schien auf Nancy wie eine Erlösung zu wirken. Sie sah ungeheuer erleichtert aus. »Kein Mensch wußte es«, murmelte sie. »Lange Zeit wußte es niemand außer mir.«

Sie setzte sich in den Sessel neben dem Kinderwagen. »Ach, Mickey«, sagte sie leise. »Ach Gott, mein armer Mikkey.«

»Wie kamen Sie dahinter?«

Sie zog ein zerknittertes Taschentuch aus ihrem Kleid. »Kurz vor Mollys Geburt. Ich fand Sachen in seiner Kommode. Zuerst glaubte ich, er hätte eine Freundin. Ich sagte nichts, weil ich im achten Monat war, und Mickey und ich nicht ... darum dachte ich ...«

Wie einleuchtend alles klang, während sie es stockend erklärte! Da sie hochschwanger war, hatte sie sich gesagt, sie müsse es akzeptieren, wenn er das, was sie ihm nicht geben konnte, bei einer anderen Frau suchte. Sie hatte ihn ja in die Ehe gezwungen. Sie beschloß, die Affäre zu dulden und später zu versuchen, ihn zurückzugewinnen.

»Aber eines Abends, nicht lang, nachdem ich angefangen hatte, im *Anchor and Rose* zu bedienen, kam ich nach Hause, und da ertappte ich ihn. Er hatte lauter Sachen von mir an. Er hatte sich geschminkt. Sogar eine Perücke hatte er sich besorgt. Ich glaubte, es wäre meine Schuld. Wissen Sie, ich hab' mir immer gern schöne Sachen gekauft. Neue Sachen, die ein bißchen schick waren. Ich wollte hübsch aussehen für ihn. Ich dachte, dann würde er zu mir zurückkehren. Ich glaubte zuerst, er hatte sich das ausgedacht, um mich zu ärgern, als Strafe dafür, daß ich soviel Geld ausgab. Aber ich merkte ziemlich schnell ... er wurde ... er war richtig erregt.«

»Was taten Sie danach?«

»Ich hab' mein ganzes Schminkzeug weggeworfen. Alles. Und meine Kleider hab' ich zerschnitten. Hinten im Garten.«

Lynley erinnerte sich an Jaspers Erzählung. »Ihr Vater hat Sie dabei gesehen, nicht wahr?«

»Er dachte, ich hätte Sachen von einer anderen Frau gefunden. Und daraufhin glaubte er natürlich, Mick betrüge mich. Ich ließ ihn in dem Glauben. Wie hätte ich ihm denn die Wahrheit sagen können? Außerdem hatte Mick mir versprochen, daß er es nie wieder tun würde. Ich hatte alle meine guten Kleider zerschnitten, um ihn nicht in Versuchung zu führen. Und er bemühte sich. Wirklich. Er hat's versucht. Aber er konnte es nicht lassen. Er brachte Sachen mit nach Hause. Wir haben immer wieder versucht, darüber zu reden. Aber es hat alles nichts geholfen. Es wurde immer schlimmer. Es war wie eine Sucht. Einmal hat er sich sogar abends in der Redaktion umgezogen, und sein Vater erwischte ihn. Er hat getobt.«

»Sein Vater wußte es also?«

»Er verprügelte ihn. Als Mick nach Hause kam, blutete er. Er schimpfte. Und er weinte. Ich glaubte, daß es jetzt bestimmt aufhören würde.«

»Aber statt dessen begann er ein zweites Leben in London.«

»Ich dachte, es hätte sich gebessert.« Sie wischte sich die Augen und schneuzte sich. »Ich dachte, er wäre geheilt, und wir könnten vielleicht doch wieder glücklich werden. Wie am Anfang.«

»Und sonst wußte niemand von Micks Neigung? Mark auch nicht? Niemand aus dem Dorf? Oder von der Zeitung?«

»Nur ich und Harry. Sonst niemand«, sagte sie. »War das vielleicht nicht genug?«

»Was meinst du, St. James? War es genug?«

Jasper war vorausgefahren. Sie gingen das letzte Stück zu Fuß. Der Himmel über ihnen zeigte kein Fleckchen Blau mehr. Deborah ging zwischen ihnen, bei Lynley eingehakt. Über ihren Kopf hinweg sah er St. James an.

»Der Mord trug von Anfang an alle Zeichen einer Affekthandlung«, sagte St. James. »Ein Schlag auf das Kinn, der Mick so schwer traf, daß er an den Kaminsims schlug. Da stand kein Vorsatz dahinter. Wir waren uns immer einig, daß ein heftiger Streit vorausgegangen war.«

»Aber wir haben versucht, eine Verbindung zu Micks Beruf herzustellen. Und wer hat uns als erster in diese Richtung gewiesen?«

St. James nickte. »Harry Cambrey.«

»Er hatte das Motiv.«

»Wut über die Neigungen seines Sohnes?«

»Es war deswegen schon früher zu einer gewalttätigen Auseinandersetzung gekommen.«

»Und Harry Cambrey hatte bestimmt noch andere Gründe, wütend zu sein«, bemerkte Deborah. »Mick hatte doch angeblich die Zeitung modernisieren wollen. Er hatte dafür extra einen Kredit bei der Bank aufgenommen. Vielleicht wollte Harry eine genaue Abrechnung über die Aufwendungen. Und als er sah, daß Mick das meiste davon für sich ausgegeben hatte, genau für das, was Harry am liebsten nicht wahrhaben wollte, hat er den Kopf verloren.«

»Wie erklärst du dann den Zustand des Zimmers?«

»Inszenierung«, sagte Lynley. »Zur Untermauerung seiner Behauptung, Mick sei wegen einer Story getötet worden.«

»Aber damit bleiben die beiden anderen Todesfälle unerklärt«, wandte St. James ein.

»Wir kommen immer wieder auf Brooke zurück.«

»Weil er eben wahrscheinlich doch der Täter ist, ganz gleich, auf was für Haken in Micks Beziehungen zu anderen Menschen wir noch stoßen werden.«

»Dann also auf in die Bucht und in die Redaktion.«

St. James nickte. »Ich denke, da wartet die Wahrheit.«

Sie traten durch das Tor in den Garten. Einer von Daze Ashertons Retrievern sprang ihnen mit einem Tennisball im Maul entgegen. Lynley nahm ihm den Ball ab und warf ihn mit Schwung in Richtung zum Westhof. Sie sahen dem Hund nach, der wie der Wind davonsauste. Daze Asherton erwartete sie in der Haustür.

»Das Mittagessen wartet bereits«, sagte sie statt einer Begrüßung und fuhr gleich, diesmal jedoch nur an Lynley gewandt, fort: »Peter hat angerufen. Man hat ihn fürs erste auf freien Fuß gesetzt, aber er muß in London bleiben. Er fragte, ob er bei dir wohnen kann. Ich habe gesagt, das wäre in Ordnung. Aber ist dir das recht, Tommy? Ich war mir im Grunde nicht sicher, ob du ihn in deinem Haus haben willst.«

»Doch, das ist gut.«

»Er hörte sich ganz anders an als sonst. Glaubst du, er schafft es doch noch?«

»Ja, das glaube ich. Und ich möchte auch etwas ändern.«

Beklommenheit erfaßte Lynley einen Moment. Er sah Deborah und St. James an. »Würdet ihr uns ein paar Minuten entschuldigen«, sagte er und war dankbar für ihr augenblickliches Verstehen. Sie gingen ins Haus.

»Was gibt es denn, Tommy?« fragte Daze Asherton. »Hast du mir etwas verschwiegen? Handelt es sich um Peter?«

»Ich werde heute mit der Kripo in Penzance über ihn sprechen«, sagte Lynley. Das Gesicht seiner Mutter wurde blaß. »Er hat Mick nicht getötet. Wir beide wissen das. Aber er war am Freitag abend noch nach John Penellin im Haus. Und da lebte Mick noch. Das ist die Wahrheit. Das muß die Polizei wissen.«

»Weiß Peter ...« Sie schien es nicht aussprechen zu können.

»... daß ich vorhabe, mit der Polizei zu sprechen? Ja, das weiß er. Aber St. James und ich sind ziemlich sicher, daß wir seine Unschuld beweisen können. Noch heute. Er vertraut auf uns.«

Daze Asherton zwang sich zu einem Lächeln. »Dann werde ich auch auf euch vertrauen.« Sie wandte sich ab, um ins Haus zu gehen.

»Mutter.« Selbst jetzt wußte er noch nicht, ob er es fertigbringen, wieviel es ihn kosten würde zu sprechen. Fast sechzehn Jahre der Bitterkeit lagen zwischen ihnen.

Sie war stehengeblieben, die flache Hand auf der Tür, um sie aufzustoßen. Sie wartete auf seine nächsten Worte.

»Ich habe Peter auf dem Gewissen. Und alles andere auch.«

Sie neigte leicht den Kopf, lächelte ein klein wenig ironisch. »Du hast Peter auf dem Gewissen?« fragte sie. »Peter ist mein Sohn, Tommy. Ich bin für ihn verantwortlich. Mach dir keine Vorwürfe, wo kein Grund dazu besteht.«

»Er hatte keinen Vater. Ich hätte nach Hause kommen und

mich um ihn kümmern müssen, aber das schaffte ich nicht. Darum überließ ich ihn sich selbst.«

Er sah, daß sie die Absicht hinter den Worten verstand. Sie zog die Hand von der Tür weg und kam wieder auf den Vorplatz. Er blickte über sie hinweg zum Wappen der Ashertons an der Fassade des Hauses hinauf. Er hatte es immer nur als einen erheiternden Anachronismus betrachtet, doch jetzt sah er in ihm einen Beweis von Kraft und Stärke. Der Jagdhund und der Löwe im Kampf, der Jagdhund unterlegen, aber ohne Furcht zu zeigen.

»Ich wußte, daß du Roderick liebst«, sagte er. »Ich sah es. Ich wollte dich bestrafen.«

»Aber ich habe dich auch geliebt. Meine Gefühle für Roderick hatten mit dir nichts zu tun.«

»Darum ging es nicht. Ich war einfach nicht bereit, dich zu sehen, wie du bist, und dir zu verzeihen.«

»Du meinst, weil ich neben deinem Vater einen anderen Mann gern hatte?«

»Weil du deinen Gefühlen nachgabst, als Vater noch lebte.«

Sie sah an ihm vorbei in die Ferne. »Ich habe nachgegeben«, sagte sie. »Ja, das habe ich getan. Ich wünschte, ich hätte den Mut besessen, Roderick wegzuschicken, als mir klar wurde, wie sehr ich ihn liebte. Aber mir fehlte die Kraft, die ich dazu gebraucht hätte, Tommy. Andere Frauen hätten sie vielleicht gehabt. Ich nicht. Ich war schwach. Ich fragte mich, wie groß das Unrecht denn wäre, wenn wir uns über die gesellschaftlichen Konventionen hinwegsetzten und unsere Gefühle auslebten. Ich wollte ihn bei mir haben.«

»Und das konnte ich nicht akzeptieren. Ich wollte dich leiden lassen. Ich wußte, daß Roderick dich heiraten wollte. Ich schwor mir, daß es dazu niemals kommen würde. Du fühltest dich der Familie und Howenstow verpflichtet. Ich wußte, daß er dich nicht heiraten würde, wenn du nicht bereit wärst, das Gut zu verlassen. Und ich hielt dich hier jahrelang fest wie eine Gefangene.«

»Diese Macht besitzt du nicht. Ich entschied mich dafür zu bleiben.«

Er schüttelte den Kopf. »Du hättest Howenstow verlassen, sobald ich geheiratet hätte.« Ihr Gesicht verriet ihm, daß er die Wahrheit sagte. Sie senkte den Blick. »Hätte ich geheiratet, so wärst du frei gewesen. Also habe ich nicht geheiratet.«

»Du bist einfach nie der richtigen Frau begegnet.«

»Warum willst du mich unbedingt entschuldigen?«

Sie sah ihn an. »Ich möchte nicht, daß du leidest, Tommy.«

Nichts hätte ihn tiefer treffen können. Kein Tadel, kein Vorwurf, keine verdiente Strafe.

So war sie, bereit, ihm die Hand zu reichen und ein halbes Leben an Bitterkeit zu vergessen.

»So einfach ist das?« fragte er.

»So einfach, mein Junge.«

St. James ging einige Schritte hinter Lynley und Deborah. Lynley wollte mit Deborah über seine Mutter sprechen. Nach und nach wurde der Abstand immer größer. St. James beobachtete sie, wie sie vor ihm hergingen, einander nahe und vertraut. Er prägte sich jedes Detail ihrer Haltung ein: Lynleys Arm um Deborahs Schultern; der ihre um seine Taille; die Neigung ihrer Köpfe, während sie sprachen; der Kontrast ihrer Haarfarben. Er verfolgte den harmonischen Rhythmus ihrer Schritte. Er beobachtete sie und versuchte, nicht an die vergangene Nacht zu denken; nicht an seine Einsicht, daß er nicht länger vor ihr fliehen durfte, wenn er mit sich selbst ins reine kommen wollte.

Jeder, der sie weniger gut kannte, hätte in ihrem Verhalten am vergangenen Abend ein raffiniertes Spiel gesehen, ihm ihr Leiden mit gleicher Münze heimzuzahlen. Dabei hatte sie ihn nicht gebeten, zu ihr zu kommen, sich zu ihr zu setzen, sie in die Arme zu nehmen. In der Glut des Augenblicks hatte er geglaubt, sie wäre dazu bereit, Geschehenes ungeschehen zu machen. Er hatte sie in die Enge getrieben und eine Entscheidung gefordert. Und sie hatte die Entscheidung getroffen.

Freundliche Götter hielten den Regen zurück, obwohl der Himmel gewittrig drohte, als sie die Bucht erreichten. Weit draußen über dem Meer brach die Sonne durch die Wolken. Aber es war nur ein vorübergehendes Aufleuchten. Kein Fischer hätte ihm getraut.

Unten am Strand bei den Felsen standen rauchend zwei halbwüchsige Jungen. Der eine war groß, grobknochig, mit leuchtend rotem Haar, der andere kleiner und gertenschlank. Trotz des Wetters hatten sie nur Badehosen an. Auf dem Sand zu ihren Füßen lagen ein Stapel Badetücher, zwei Tauchermasken und zwei Schnorchel.

»Was glaubst du, wo Brooke den Koffer versenkt hat?« fragte Lynley St. James.

»Am Freitag nachmittag war er draußen auf den Felsen. Ich vermute, er wird in der Nacht so weit wie möglich hinausgegangen sein und den Koffer von dort aus hineingeworfen haben. Wie ist der Grund da draußen?«

»Felsig.«

»Und das Wasser ist klar. Wenn der Kamerakoffer dort liegt, werden sie ihn sehen können.«

Lynley nickte, dann stieg er hinunter. St. James und Deborah blieben oben. Lynley begrüßte die beiden Jungen mit Handschlag. Einen Moment sprachen sie miteinander. Beide Jungen machten den Eindruck, als frören sie.

»Nicht gerade ideales Wetter zum Schwimmen«, bemerkte Deborah.

St. James sagte nichts.

Die Jungen setzten die Masken auf, befestigten die Schnorchel und wateten, jeder auf einer Seite des Felsausläufers, ins Wasser hinaus. Lynley ging auf dem Felsen mit.

Die Wasserfläche war ungewöhnlich ruhig, da ein natürliches Riff die Bucht schützte. Selbst von der Höhe aus konnte St. James die Anemonen erkennen, die an den Felsen unter dem Wasser wuchsen. Ihre Fangarme bewegten sich in der leichten Strömung. Um sie herum schwebte sachte schwankend breitblättriger Tang, unter ihnen hausten kleine Krebse. Zum Schwimmen war die Bucht nicht ideal, als Versteck eignete sie sich hervorragend. Jeder Gegenstand, den man dort ins Wasser warf, würde innerhalb von Wochen von Entenmuscheln, Seeigeln und Anemonen überwuchert sein. Innerhalb von Monaten würde er alle Form verloren haben und wie ein Teil der Felsen aussehen. Die beiden Jungen schienen jedoch Schwierigkeiten zu haben, den Kamerakoffer zu finden. Wieder und wieder tauchten sie auf, jedes Mal kopfschüttelnd und mit leeren Händen.

»Sag ihnen, sie sollen weiter rausschwimmen«, rief St. James schließlich.

Lynley sah zu ihm hinauf, nickte und winkte. Er kauerte auf den Felsen nieder und sprach mit den Jungen. Sie tauchten wieder unter Wasser. Beide waren gute Schwimmer. Beide wußten, wonach sie zu suchen hatten. Aber sie fanden nichts.

»Scheint aussichtslos zu sein.« Deborah sprach mehr zu sich selbst als mit St. James. Dennoch antwortete er.

»Du hast recht. Es tut mir leid, Deborah. Etwas wenigstens wollte ich dir wiedergeben.«

Sie verstand genau, was er meinte. »Simon, bitte! Ich konnte nicht. Ich konnte es ihm nicht antun. Kannst du nicht versuchen, das zu verstehen?«

»Das Salzwasser hätte die Ausrüstung sowieso ruiniert. Aber wenigstens wäre dir etwas geblieben, dich an deinen Erfolg in Amerika zu erinnern. Außer Tommy natürlich.«

Sie erstarrte. Er wußte, daß er sie getroffen hatte, und verspürte einen Anflug von Triumph darüber, daß er die Macht dazu besaß. Es wurde fast augenblicklich von tiefer Scham verdrängt. »Es tut mir leid«, sagte er kleinlaut.

»Ich hab's verdient.«

»Nein. Das hast du nicht verdient.« Er ging von ihr weg, konzentrierte seine Aufmerksamkeit wieder auf die Bucht. »Sag ihnen, sie sollen Schluß machen, Tommy«, rief er hinunter. »Der Koffer ist da nicht.«

Wieder tauchten die beiden Jungen auf. Diesmal hielt einer von ihnen etwas in der Hand. Einen langen, schmalen Gegenstand, der im trüben Licht blitzte, als er ihn Lynley reichte. Hölzerner Griff, metallene Klinge. Keinerlei Anzeichen dafür, daß er länger als ein paar Tage im Wasser gelegen hatte.

»Was ist es?« rief Deborah.

Lynley hielt es hoch, so daß sie beide es sehen konnten.

»Ein Messer«, sagte St. James erregt.

26

Es hatte leicht zu regnen begonnen, als sie auf dem Parkplatz am Hafen von Nanrunnel anhielten. Aber der Regen war nur Vorbote eines kurzen sommerlichen Schauers, nicht Vorspiel zu einem Unwetter. Tausende von Möwen begleiteten ihn, segelten kreischend vom Wasser herein, um sich auf Dächern und Kaminen und auf den Booten niederzulassen, die an der Hafenmauer vertäut waren.

Auf dem Weg, der der Rundung des Hafenbeckens folgte,

kamen sie an umgedrehten Booten vorüber, an großen Netzen, aus denen durchdringender Fischgeruch aufstieg, und an Häusern dicht am Wasser, in deren Fenstern sich die graue Maske des Himmels spiegelte. Als sie die Stelle erreichten, wo der Pfad sich abwärts neigte und zwischen zwei Häusern ins eigentliche Dorf führte, fiel Lynley auf, wie glitschig das Kopfsteinpflaster vom Regen war, und er sah St. James besorgt an.

»Es geht schon, Tommy«, versicherte St. James.

Über das Messer hatte es wenig zu sagen gegeben. Es war unverkennbar ein Küchengerät, wenn es also dazu gedient hatte, Mick Cambrey die Verstümmelungen beizubringen, und wenn Nancy es als ihr Eigentum identifizieren konnte, so war das ein zusätzliches Indiz, daß das Verbrechen nicht geplant gewesen war. Die Tatsache, daß man es im Wasser der Bucht gefunden hatte, entlastete Justin Brooke allerdings nicht. Was mit der Kameraausrüstung geschehen war, blieb weiterhin ein Rätsel.

Die Dorfstraßen waren wie leergefegt. Überraschend war das nicht. Doch das *Anchor and Rose* war dementsprechend gut besucht. Fischer, die bei dem Wetter nicht hinausfahren konnten, mischten sich mit Tagesausflüglern, denen der Regen einen Strich durch die Rechnung gemacht hatte. Die meisten drängten sich im Schankraum. Der etwas förmlichere Speisesaal dahinter war fast leer.

Unter anderen Umständen hätten sich zwei so unterschiedliche Gruppen kaum zu einer Gemeinschaft zusammengefunden. Doch ein junger Mandolinenspieler, ein Fischer, der mit der irischen *tin whistle* umzugehen verstand, und ein weißbeiniger Mann in Jogging-Shorts, der sehr gekonnt mit Löffeln trommelte, hatten das Eis gebrochen. Zigarettenqualm füllte den Raum. Biergläser wurden tropfend über die Köpfe weg weitergereicht. Leute, die sonst kaum etwas gemeinsam hatten, lachten und redeten, als kannten sie einander seit Jahren.

In dem breiten Erkerfenster zum Hafen spielte ein Fischer mit wettergegerbtem Gesicht mit einem niedlich angezogenen kleinen Jungen ein Fadenspiel. Mit seinen lederbraunen Händen hielt er dem Kind die Fäden hin und grinste.

»Na, komm schon, Dickie. Nimm ab. Du kannst das doch«, redete die Mutter dem Kleinen zu.

Dickie folgte. Beifälliges Gelächter. Der Fischer legte seine große braune Hand auf den Kopf des Jungen.

»Ein Bild, nicht?« sagte Lynley zu Deborah. Sie waren in der Tür stehengeblieben.

Sie lächelte. »Er hat ein großartiges Gesicht, Tommy. Und so im Halbschatten, ja, das wäre ein Bild.«

St. James war schon auf der Treppe zur Redaktion. Deborah und Lynley folgten ihm.

»Weißt du«, sagte sie, sich nach ihm umdrehend, »ich hatte erst ein bißchen Sorge, daß ich in Cornwall nicht die richtigen Motive zum Fotografieren finden würde. Frag mich nicht, warum. Ich bin wahrscheinlich ein Gewohnheitstier und habe eben fast immer in London gearbeitet. Aber ich finde es herrlich hier, Tommy. Bilder überall. Es ist großartig. Wirklich.«

Lynley war wie erlöst. Und er schämte sich seiner früheren Zweifel. Er blieb auf der Treppe stehen. »Ich liebe dich, Deb.«

Ihr Gesicht wurde weich. »Ich dich auch, Tommy.«

St. James hatte schon die Tür zur Redaktion geöffnet. Drinnen roch es nach Arbeit. Telefone läuteten, Julianna Vendale saß an ihrem Schreibtisch und tippte konzentriert, ein junger Fotograf war dabei, mehrere Kameraobjektive zu reinigen, und in einem der kleinen Büros saßen drei Männer und eine Frau von Rauchwolken umhüllt in einer Besprechung. Cambrey war unter ihnen. »Anzeigen und Vertrieb« stand in verblichenen schwarzen Lettern auf der Glastür. Das Lärmen der Gäste unten im Pub drang gedämpft durch die alten Bodendielen herauf.

Als Harry Cambrey sie bemerkte, kam er zu ihnen heraus. Er trug eine dunkle Hose, ein weißes Hemd und eine schwarze Krawatte. »Wir haben ihn heute morgen beerdigt. Um halb neun«, erklärte er.

Merkwürdig, dachte Lynley, daß Nancy das nicht erwähnt hatte. Aber es erklärte die Gefaßtheit, mit der sie sie empfangen hatte. Eine Beerdigung hatte etwas Endgültiges. Sie setzte dem Schmerz kein Ende, aber sie erleichterte es, mit dem Verlust umzugehen.

»Eine ganze Polizeimannschaft war auf dem Friedhof«, fuhr Cambrey fort. »Das erste Mal, daß die was getan haben, seit sie John Penellin eingelocht haben. So eine Idee! Daß John Mick getötet haben soll.«

»Vielleicht hatte er doch ein Motiv«, meinte St. James. Er reichte Cambrey den Schlüsselbund zurück, den dieser ihm mitgegeben hatte. »Micks Vorliebe für Frauenkleidung. Kann die jemanden so wütend gemacht haben, daß er ihn tötete?«

Cambrey schloß die Finger um den Schlüsselbund. Er drehte seinen Mitarbeitern den Rücken zu und senkte die Stimme. »Wer weiß davon?«

»Sie haben es gut vertuscht. Praktisch alle Welt sieht Mick genau so, wie Sie ihn darstellten. Als echten Mann und Frauenhelden.«

»Was hätt' ich denn tun sollen?« fragte Cambrey. »Er war schließlich mein Sohn. Er war ein *Mann.*«

»Der am glücklichsten war, wenn er Frauenkleider trug.«

»Ich konnte es ihm nicht abgewöhnen. Ich hab's wirklich versucht.«

»Dann war das also nichts Neues?«

Cambrey steckte den Schlüssel ein und schüttelte den Kopf. »Er hat sich schon als Junge verkleidet. Immer wieder. Ich hab' ihn ein paarmal erwischt. Ich hab' ihm den Hintern versohlt. Ich hab' ihn splitterfasernackt auf die Straße rausgesetzt. Ich hab' ihn auf einem Stuhl festgebunden und so getan, als würd' ich ihm seinen Pimmel abschneiden. Aber es hat alles nichts genützt. Er hat es nicht gelassen.«

»Bis er tot war«, sagte Lynley.

Cambrey war intelligent genug zu erkennen, daß seine eigenen Worte eventuelle Unschuldsbeteuerungen zweifelhaft erscheinen lassen mußten. Aber das schien ihn nicht zu kümmern. Er sagte nur: »Ich schützte den Jungen so gut es ging. Ich habe ihn nicht getötet.«

»Ihre Schutzmaßnahmen haben gewirkt«, sagte St. James. »Die Leute sahen ihn so, wie Sie ihn darstellten. Aber letztlich hätte er Ihren Schutz nicht wegen seiner unkonventionellen Neigungen gebraucht, sondern wegen einer Story, genau wie Sie vermuteten.«

»Es war der Waffenschmuggel, stimmt's?« Cambrey schnalzte mit den Fingern. »Wie ich gesagt hab'.«

St. James warf Lynley einen Blick zu, als suche er seinen Rat oder vielleicht sein Einverständnis, dem alten Mann neuen Schmerz zuzufügen, indem er ihm erklärte, was es mit den »Aufzeichnungen«, die Cambrey im Schreibtisch seines Sohnes entdeckt hatte, in Wahrheit auf sich hatte.

Lynley sah den alten Mann an, das Gesicht, das von Alter und Enttäuschung gezeichnet, von Krankheit ausgelaugt war. Er bemerkte die häßlichen Nikotinflecken auf den Fingern, als der Mann nach einer Flasche Bier griff, die auf seinem Schreibtisch stand. Soll ein anderer es ihm sagen.

»Wir wissen, daß er an einer Story über ein Medikament namens Oncomet arbeitete«, sagte Lynley.

St. James folgte seiner Führung. »Mick hat in London mehrmals eine Firma namens Islington Ltd. aufgesucht und dort mit einem Biochemiker namens Justin Brooke gesprochen. Hat er Ihnen je etwas über Islington oder Brooke gesagt?«

Cambrey schüttelte den Kopf. »Es ging um ein Medikament, sagen Sie?« Er schien sich erst darauf einstellen zu müssen, daß seine Vermutung, es sei um Waffenschmuggel gegangen, falsch gewesen war.

»Wir müssen uns seine Unterlagen ansehen – hier und im Haus –, wenn wir Beweise haben wollen«, fuhr St. James fort. »Der Mann, der Mick getötet hat, ist selbst tot. Nur Micks Aufzeichnungen können uns vielleicht das Motiv für den Mord liefern und eine Grundlage, auf der sich eine Beweisführung gegen den Mörder aufbauen läßt.«

»Und wenn der Mörder die Aufzeichnungen gefunden und vernichtet hat? Wenn sie im Haus waren und er sie an dem Abend gestohlen hat?«

»Es sind zu viele Dinge geschehen, die nicht nötig gewesen wären, wenn der Mörder die Aufzeichnungen gefunden hätte.«

Lynley überdachte noch einmal St. James' Erklärung: Brooke hatte Peter beseitigen wollen, weil der an dem Abend in Gull Cottage etwas Belastendes gesehen oder gehört hatte; er hatte Deborahs Kameraausrüstung gestohlen, um den Film an sich zu bringen. Diese zweite Tatsache sprach deutlicher als alles sonst dafür, daß es ein konkretes Beweisstück gab. Es mußte irgendwo sein.

»Er hatte seine Akten da in den Schränken«, sagte Cambrey und wies mit dem Kopf darauf. »Und zu Hause hatte er auch noch welche. Die Polizei ist im Haus fertig. Ich hab' die Schlüssel, wenn Sie rübergehen wollen. Also, machen wir uns an die Arbeit.«

Es waren drei Aktenschränke, und jeder hatte vier Schubladen. Während rund um sie herum die täglichen Geschäfte der Zeitung erledigt wurden, begannen Lynley, St. James, Deborah und Cambrey die Schubladen zu durchforsten. Jeder suchte sich einen Platz: Deborah und St. James einen Schreibtisch, Lynley einen Stuhl, Harry Cambrey arbeitete auf dem Boden. Sie sollten auf alles achten, sagte St. James, was auch nur die entfernteste Ähnlichkeit mit einem Artikel über Oncomet haben könnte: den Namen des Medikaments selbst, Bezüge auf Krebs, eine Studie über Behandlungsmethoden, Interviews mit Ärzten, Forschern oder Patienten.

Mick Cambreys Ablagesystem entbehrte jeglicher Logik und Methode. Sie würden Stunden, vielleicht Tage brauchen, um all diese Papiere durchzusehen.

Nachdem sie mehr als eine Stunde schweigend geackert hatten, sagte Julianna Vendale: »Falls Sie nach Aufzeichnungen suchen sollten, vergessen Sie nicht seinen Computer.« Sie zog eine Schublade seines Schreibtischs auf, in dem mindestens zwanzig Disketten lagen.

Kurz nach vier Uhr kam die erste willkommene Unterbrechung. St. James wurde ans Telefon gerufen.

»Oh, tut das gut«, seufzte Deborah. »Vielleicht ruft einer an, der ein Geständnis ablegen will.«

Lynley richtete sich auf und streckte sich. Er sah St. James in einem der kleinen Büros am Telefon. Sein Gesicht wirkte düster, und er zupfte nachdenklich an seiner Unterlippe. Nur sehr selten machte er eine kurze Bemerkung. Als er schließlich auflegte, blieb er eine ganze Weile reglos stehen und starrte auf das Telefon. Einmal hob er den Hörer ab, aber dann legte er wieder auf, ohne gewählt zu haben. Endlich kam er wieder zu den anderen heraus.

»Deborah, kannst du hier fürs erste allein weitermachen? Tommy und ich müssen etwas erledigen.«

Sie blickte von ihm zu Lynley. »Natürlich. Sollen wir ins Haus hinübergehen, wenn wir hier fertig sind?«

»Ja, das wäre gut.«

Ohne eine weiteres Wort ging er zur Tür, und Lynley folgte ihm. Auf dem Weg nach unten sagte er nichts. Sie drängten sich an zwei Kindern vorbei, die auf dem Treppengeländer ein ganzes Sortiment von Spielzeugautos herabflitzen ließen. Sie gingen an der offenen Tür zum *Anchor and Rose* vorbei, in dem noch immer Hochbetrieb herrschte. Draußen schlugen sie die Mantelkrägen gegen den kalten Regen hoch.

»Was ist denn?« fragte Lynley. »Wer hat dich angerufen?«

»Helen.«

»Helen? Wieso –«

»Sie hat mir gesagt, was Cambreys Interessentenliste und die Nachrichten auf dem Anrufbeantworter in seiner Wohnung zu bedeuten haben.«

»Und?«

»Die Leute haben alle eines gemeinsam.«

»Aber Kokain ist es nicht, nach deiner Miene zu urteilen.«

»Nein, Kokain nicht. Krebs.« Den Kopf gesenkt gegen den Regen, nahm St. James die Richtung zur Paul Lane.

Lynleys Blick schweifte zum Hafen, zu den aufgeplusterten Seevögeln, die sich auf der Kaimauer schutzsuchend zusammendrängten, und dann hinauf zu den regenverhüllten Hügeln über dem Dorf.

»Wohin gehen wir?« fragte er St. James.

St. James blieb einen Moment stehen und sah ihn an. »Zu Dr. Trenarrow.«

Einfach war es nicht gewesen, die Wahrheit aufzudecken, die sich hinter der Liste sogenannter Interessenten verbarg, berichtete St. James. Die ersten zehn oder zwölf Personen, die

Helen anrief, gaben ihr keinerlei Hinweise, nichts, was ihr verraten hätte, in welcher Richtung sie fragen sollte. Vom ersten Moment an waren sie zugeknöpft und wurden noch reservierter, wenn sie Michael Cambreys Namen erwähnte. Trotzdem kannten sie zweifellos alle seinen Namen. Aber alle schienen sie gleichermaßen entschlossen, nichts Wesentliches über die Art ihrer Verbindung zu Cambrey preiszugeben. Nicht einmal der Hinweis auf Cambreys Ermordung konnte einen von ihnen zu einem verräterischen Kommentar veranlassen. Im Gegenteil, die wenigen Male, da sie versuchte, auf diesem Weg weiterzukommen – indem sie sich als Reporterin ausgab, die Informationen für einen Artikel über den Tod eines Kollegen suchte –, stieß sie auf noch entschiedenere Zurückweisung als gemeinhin.

Beim fünfzehnten Namen auf der Liste erhielt sie einen ersten Hinweis. Es handelte sich um einen gewissen Richard Graham. Und Richard Graham war tot. Ebenso die sechzehnte Interessentin, eine gewisse Catherine Henderford. Ebenso Donald Highcroft, der siebzehnte Interessent. Und der achtzehnte, der neunzehnte, der zwanzigste. Sie alle waren an Krebs gestorben. Alle innerhalb der letzten zwei Monate.

»Daraufhin habe ich mir die Liste noch einmal von Anfang an vorgenommen«, hatte Helen erzählt. »Natürlich konnte ich nicht noch einmal selbst anrufen. Ich bin nach Chelsea gefahren und habe Cotter telefonieren lassen. Wir täuschten eine Krebshilfeorganisation vor, die sich nach dem Befinden des Patienten erkundigen wollte. Wir gingen noch einmal sämtliche Leute durch. Sie waren alle krebskrank. Und bei denjenigen, die noch lebten, war eine Remission eingetreten, Simon.«

Auch die beiden Interessenten, die ihre Namen auf Mick Cambreys Anrufbeantworter hinterlassen hatten, hatten wegen Krebserkrankungen angerufen. Im Gegensatz zu den anderen Personen waren sie sofort bereit, ja ganz erpicht darauf, mit Helen zu sprechen. Sie hatten sich bei Mick auf eine Anzeige hin gemeldet, die monatelang in der *Sunday Times* erschienen war: ›Sie *können* den Krebs besiegen‹, hatte der Text gelautet und dazu war eine Telefonnummer angegeben gewesen.

»Was hat Mick Cambrey da getrieben, Simon?« hatte Helen am Ende ihres Berichts gefragt.

Die Antwort war einfach. Er hatte mit Träumen gehandelt. Er hatte Hoffnung verkauft, die Hoffnung auf Leben. Er hatte Oncomet verkauft.

»Von dem Medikament hatte er durch sein Gespräch mit Dr. Trenarrow erfahren«, sagte St. James zu Lynley, während sie an der Methodistenkirche vorbei die Paul Lane hinaufgingen. »Er ging der Geschichte nach und gelangte zu Islington-London, wo er von Brooke weitere Einzelheiten bekam. Ich vermute, die beiden heckten den Plan gemeinsam aus. Er war ja ganz simpel und durchaus lobenswert, wenn man darüber hinwegsieht, daß die beiden mit der Sache wahrscheinlich einen Haufen Geld scheffelten. Sie lieferten krebskranken Menschen ein Wundermittel, Jahre ehe es gesetzlich zugelassen und zum Verkauf freigegeben war. Mick brauchte nicht zu fürchten, daß es keinen Markt für das Medikament geben würde. Und er konnte damit rechnen, daß die Leute jeden Preis bezahlen würden. Er hatte nur zwei Schwierigkeiten: Erstens, wie ließ sich eine kontinuierliche Lieferung des Medikaments sicherstellen?«

»Über Justin Brooke«, sagte Lynley.

St. James nickte. »Anfangs gegen Barzahlung, später, vermute ich, gegen Kokain. Aber nun brauchte Mick noch einen Fachmann, der Oncomet verabreichen konnte, der die Dosierung überwachen und die Wirkung feststellen und auswerten konnte. Natürlich gegen einen Gewinnanteil. Kein Mensch hätte so ein Risiko auf sich genommen, wenn dabei nicht etwas für ihn herausgesprungen wäre.«

»O Gott! Trenarrow?«

»Trenarrows Haushälterin erzählte Cotter, daß Trenarrow regelmäßig ein Sanatorium in St. Just besucht. Zunächst dachte ich mir dabei nichts weiter, obwohl Trenarrow selbst mir gegenüber erwähnte, daß Medikamente, die noch getestet werden müssen, häufig an Patienten ausprobiert werden, die sich im Endstadium einer Krankheit befinden. Siehst du den Zusammenhang? Eine kleine Privatklinik in St. Just, wo Trenarrow ausgewählte Patienten betreut, die ihm von Mick Cambrey zugeschanzt werden. Eine illegale Klinik – unter dem Deckmantel eines exklusiven Privatsanatoriums –, in der die Leute sich für teures Geld mit Oncomet behandeln lassen. Der Gewinn wird durch drei geteilt: Cambrey, Brooke, Trenarrow.«

»Micks Sparbuch in London.«

»Sein Anteil, ja.«

»Aber wer hat ihn dann getötet? Und warum?«

»Brooke. Es muß irgend etwas schiefgelaufen sein. Vielleicht konnte Mick den Rachen nicht voll genug bekommen. Vielleicht machte er in Peters Beisein versehentlich eine Bemerkung, die das ganze Projekt in Gefahr brachte. Möglicherweise ist das der Grund, weshalb Brooke es auf Peter abgesehen hatte.«

Lynley faßte St. James mit einem unterdrückten Fluch am Arm. »Peter hat mir erzählt, daß Mick eine Bemerkung machte. Verdammt, ich hab's nicht mehr genau im Kopf. Peter drohte ihm mit Erpressung. Er sagte, er würde ihn als Transvestiten und Kokaindealer entlarven. Aber Mick lachte ihn aus. Er riet ihm, sich etwas Besseres einfallen zu lassen. Er sagte etwas davon, daß die Leute weit größere Summen für die Erhaltung ihres Lebens bezahlen als für die Wahrung irgendeines schmutzigen kleinen Geheimnisses ...«

»Und das hörte Justin, nicht wahr? Er muß gefürchtet haben, daß Mick Peter jeden Moment die ganze Wahrheit verraten würde.«

»Er wollte gehen. Und er wollte unbedingt, daß Peter mitkommt.«

»Natürlich. Das ist logisch. Brooke wäre ruiniert gewesen, wenn Mick die Katze aus dem Sack gelassen hätte. Er muß zu Cambrey zurückgekehrt sein, nachdem Peter gegangen war. Und dann muß es Streit gegeben haben. Die Sache eskalierte – kein Wunder, bei dem riskanten Spiel waren sie bestimmt beide unter Hochspannung –, Brooke schlug zu, und schon war es passiert.«

»Und Trenarrow?« Am Grundschulgelände blieb Lynley stehen.

St. James blickte an ihm vorbei. Die Bühne für die Freilichtaufführungen stand noch. Den ganzen Sommer hindurch würden hier Veranstaltungen stattfinden. Jetzt jedoch schwamm der Hof im Regen.

»Trenarrow weiß alles. Ich wette, er wußte es vom ersten Moment an, als er Brooke am Samstag abend in Howenstow sah. Vermutlich hatte er Brooke vorher nie kennengelernt. Warum auch, da Mick ja den Mittelsmann spielte. Aber als er mit ihm bekanntgemacht wurde, wird er sich alles zusammengereimt haben.«

Lynley blickte den Hügel hinauf. Von ihrem Standort aus waren nur das Dach der Villa und ein Teil des weißen Dachgesimses gegen den grauen Himmel zu sehen. »Auf ihn hätte auch das Gefängnis gewartet. Die illegale Behandlung der Kranken, die Zahlungen, die er entgegengenommen hat. Mit seiner Karriere und seiner Forschungsarbeit wäre es vorbei gewesen.«

»Und das Schlimmste?«

»Er hätte meine Mutter verloren.«

»Ich nehme an, die Zahlungen der Leute, die er mit Oncomet behandelte, erlaubten ihm überhaupt erst, die Villa zu kaufen.«

»Ein Zuhause, das er ihr mit Stolz hätte vorführen können.«

»Und darum sagte er nichts.«

Sie gingen weiter bergan. »Was glaubst du, hat er jetzt vor, da Cambrey und Brooke tot sind?«

»Er wird die Klinik in St. Just schließen müssen, da er ja in Zukunft das Medikament nicht mehr bekommen wird.«

»Und was tun wir, St. James? Liefern wir ihn der Polizei aus? Unterrichten wir seine Vorgesetzten? Nutzen wir die Gelegenheit, um ihn zu ruinieren?«

St. James sah ihn aufmerksam an. »Das ist das Teuflische, nicht wahr, Tommy? Daß dein bösester Wunsch dir erfüllt worden ist. Genau in dem Moment, vermute ich, da du ihn aufgegeben hattest.«

»Heißt das, du überläßt die Entscheidung mir?«

»Ja, Tommy, ich überlasse sie dir. Du bist der Polizeibeamte.«

»Selbst wenn das heißen würde, einen Teil der Wahrheit zu verschweigen und Roderick zu schonen?«

»Ich will hier nicht den Richter spielen. Im Grunde wollte Trenarrow den Leuten helfen. Die Tatsache, daß er sich dafür bezahlen ließ, zeugt nicht gerade von Uneigennützigkeit, aber er versuchte doch wenigstens, etwas Gutes zu tun.«

Schweigend legten sie das letzte Stück Weg zurück. Als sie in die Einfahrt zur Villa einbogen, gingen im Erdgeschoß die Lichter an, als erwarte man ihren Besuch. Dora öffnete ihnen. Sie hatte eine große rote Schürze um, die von oben bis unten mit Mehl bestäubt war. Offenbar hatten sie sie beim Kochen gestört.

»Der Doktor ist im Arbeitszimmer«, sagte sie, als sie nach ihm fragten. »Kommen Sie herein. Sie sind ja ganz durchnäßt.«

Sie führte sie zum Arbeitszimmer, klopfte und öffnete die Tür, als Trenarrow antwortete.

»Ich bringe gleich Tee für die Herren«, sagte sie, nickte einmal kurz und verschwand.

Trenarrow stand auf. Er hatte an seinem Schreibtisch gesessen und seine Brillengläser geputzt, als sie eingetreten waren. Jetzt setzte er die Brille wieder auf.

»Alles in Ordnung?« fragte er Lynley.

»Peter ist in meinem Haus in London.«

»Gott sei Dank. Und Ihre Mutter?«

»Ich könnte mir denken, daß sie Sie heute abend gern sehen würde.«

Trenarrow zwinkerte einmal kurz. Er wußte offensichtlich nicht, was er von Lynleys Bemerkung halten sollte. »Sie sind ja beide ganz naß«, sagte er und ging zum Kamin, um das Feuer anzuzünden.

St. James hüllte sich in Schweigen und wartete darauf, daß Lynley sprechen würde. Vielleicht wäre es besser gewesen, die beiden Männer bei diesem Gespräch allein zu lassen. Es wäre für Lynley einfacher, mit Trenarrow allein zu sprechen. Aber St. James wollte die Dinge geregelt sehen, wollte wissen, wie im einzelnen alles zusammenhing, darum blieb er.

Dora kam mit dem Tee, schenkte ein, ermahnte Trenarrow fürsorglich, seine Medizin zu nehmen, wenn es Zeit dafür sei, und ging wieder.

Als sich die Tür hinter ihr geschlossen hatte, trat einen Moment Schweigen ein, dann sagte Lynley: »Wir wissen von

Oncomet, Roderick, und von der Klinik in St. Just. Wir wissen von der Zeitungsannonce, die die Patienten zu Ihnen geführt hat. Wir wissen auch, welche Rollen Mick Cambrey und Justin Brooke bei der Sache spielten. Mick siebte die Interessenten und wählte die zahlungskräftigsten aus, und Justin lieferte aus London das Medikament.«

Trenarrow richtete sich einen Moment hinter seinem Schreibtisch auf. »Ist das ein amtlicher Besuch, Tommy?«

»Nein.«

»Was soll das dann –«

»Kannten Sie Brooke schon vor Ihrem Zusammentreffen mit ihm am Samstag abend in Howenstow?«

»Nur vom Telefon. Aber er war am Freitag abend hier bei mir.«

»Wann?«

»Als ich aus Gull Cottage zurückkam.«

»Warum?«

»Aus naheliegenden Gründen. Er wollte über Mick sprechen.«

»Aber Sie meldeten ihn nicht der Polizei?«

Trenarrow runzelte die Stirn. Er ließ sich etwas tiefer in seinen Sessel sinken. »Nein«, sagte er nur.

»Obwohl Sie wußten, daß er ihn getötet hatte. Sagte er Ihnen, warum?«

Trenarrows Blick ging zwischen den beiden Männern hin und her. Er leckte sich die Lippen, umfaßte den Henkel seiner Teetasse und starrte in die milchige Flüssigkeit. »Mick wollte die Kosten für die Behandlung erhöhen. Ich hatte bereits dagegen Einspruch erhoben. Justin Brooke tat es an diesem Abend offenbar ebenfalls. Es kam zum Streit zwischen den beiden. Brooke verlor den Kopf.«

»Als Sie auf meinen Anruf hin ins Haus hinunterkamen, wußten Sie da schon, daß Justin Brooke Mick getötet hatte?«

»Da hatte ich noch nicht mit Brooke gesprochen. Ich wußte so wenig wie Sie, wer es getan hatte.«

»Das durchsuchte Zimmer und die Tatsache, daß Geld fehlte, sagten Ihnen nichts?«

»Was das zu bedeuten hatte, wurde mir erst im Gespräch mit Brooke klar. Er hatte alles beseitigen wollen, was ihn mit Cambrey in Verbindung hätte bringen können.«

»Und das Geld?«

»Keine Ahnung. Möglich, daß er es an sich genommen hat, aber er hat es mir gegenüber nicht zugegeben.«

»Den Mord aber schon?«

»Ja. Den schon.«

»Und die Verstümmelung?«

»Um die Polizei irrezuführen.«

»Wußten Sie, daß Justin Brooke drogenabhängig war? Er nahm Kokain.«

»Nein.«

»Und daß Mick sich nebenbei als Dealer betätigte?«

»Lieber Gott, nein.«

St. James hörte sich das alles an und verspürte vages Unbehagen. Obwohl es sich nicht fassen ließ, hatte er das unbestimmte Gefühl, daß hier etwas nicht stimmte.

Trenarrow und Lynley setzten ihr Gespräch fort. Es schien um nichts weiter zu gehen als einen Austausch von Informationen, ein Sichten von Fakten und Details. Mitten in das Gespräch drang plötzlich das Piepsen von Trenarrows Armbanduhr. Er drückte hastig auf den kleinen Knopf an ihrer Seite.

»Meine Medizin«, sagte er erklärend. »Wegen des hohen Blutdrucks.«

Er griff in seine Jackentasche und zog eine kleine silberne Pillendose heraus. »Dora würde mir niemals verzeihen, wenn sie mich eines Morgens hier mit einem Schlaganfall vorfände.« Er klappte das Döschen auf, nahm eine weiße Tablette heraus und spülte sie mit einem Schluck hinunter.

St. James beobachtete ihn wie gebannt. Plötzlich war alles klar. Wie, wer und, vor allem, warum. Bei einigen war der Krebs zumindest vorübergehend zum Stillstand gekommen, hatte Helen gesagt, aber die übrigen waren tot.

Trenarrow stellte die Tasse ab. St. James verfluchte sich im stillen. Er verfluchte sich für jedes Zeichen, das er übersehen, jedes Detail, das er mißachtet hatte, weil es sich nicht in seine Theorie über das Verbrechen hatte einfügen lassen. Und wieder einmal verfluchte er die Tatsache, daß sein Gebiet die Wissenschaft war, nicht die Ermittlung und das Verhör. Seine Aufmerksamkeit gehörte den Indizien und dem, was sie über ein Verbrechen offenbaren konnten. Hätte er seine Aufmerksamkeit auch mehr auf die Menschen gelenkt, so hätte er gewiß die Wahrheit erkannt.

27

Aus dem Augenwinkel bemerkte Lynley, wie St. James sich vorbeugte und die Hand auf Trenarrows Schreibtisch legte. Die Geste genügte, um das Gespräch zu unterbrechen.

»Das Geld«, sagte St. James.

»Was meinst du?«

»Wem hast du von dem Geld erzählt, Tommy?«

Lynley verstand noch immer nicht. »Von welchem Geld?«

»Nancy erzählte uns, daß Mick die Gehälter für die Mitarbeiter der Zeitung vorbereitete. Sie sagte, das Geld sei am Freitag abend im Wohnzimmer gewesen. Wir beide haben später darüber gesprochen, nachdem sie uns im Verwalterhaus davon erzählt hatte. Mit wem hast du noch darüber gesprochen? Wer sonst wußte von dem Geld?«

»Deborah und Helen. Sie waren dabei, als Nancy es uns sagte. Und John Penellin auch.«

»Hast du deiner Mutter davon erzählt?«

»Aber nein! Weshalb hätte ich das tun sollen?«

»Woher wußte Dr. Trenarrow dann davon?«

Jetzt begriff Lynley. Und er sah die Antwort auf die Frage in Trenarrows Gesicht. Er versuchte, die distanzierte Sachlichkeit des Polizeibeamten zu wahren, aber es gelang ihm nicht. »O mein Gott!« sagte er entsetzt.

Trenarrow sagte nichts. Lynley war unfähig, einen klaren Gedanken zu fassen. Einzig das Wort »nein« ging ihm unablässig durch den Kopf, als er sah, daß das, was St. James auf dem Weg hierher prophezeit hatte, nun wirklich eingetreten war. Sein bösester Wunsch war ihm erfüllt worden.

»Was sagst du da, St. James?« stieß er hervor, obwohl er die Antwort schon wußte.

»Daß Dr. Trenarrow Mick Cambrey getötet hat. Er wollte es nicht. Es gab Streit. Er versetzte Mick einen Schlag. Mick stürzte. Er hatte eine massive Gehirnblutung und war innerhalb von Minuten tot.«

»Roderick!« Lynley wünschte verzweifelt, der Mann würde etwas zu seiner Entlastung vorbringen.

Doch St. James fuhr zu sprechen fort, absolut ruhig und sachlich. Nur die Fakten zählten. Er fügte sie zu einem Bild zusammen.

»Als er sah, daß Cambrey tot war, handelte er schnell. Er hat das Zimmer nicht durchsucht. Dazu blieb ihm keine Zeit, selbst wenn er vermutet haben sollte, daß Cambrey unklug genug war, Unterlagen über die Oncomet-Transaktionen im Haus aufzubewahren. Er hatte nur die Zeit, um den Anschein zu erwecken, es handle sich um einen Raubüberfall oder ein Sexualverbrechen. Doch es war keins von beiden. Es war ein Streit wegen Oncomet.«

Trenarrows Gesicht war undurchdringlich. Als er sprach, bewegten sich zwar seine Lippen, sonst jedoch wirkte er wie aus Stein. Und seine Worte schienen nicht mehr als ein vergeblicher, wenn auch erwarteter Versuch zu leugnen. Sie waren ohne Überzeugungskraft. »Ich war Freitag abend bei der Theatervorstellung. Das wissen Sie doch.«

»Eine Freilichtaufführung im Schulhof«, sagte St. James. »Es dürfte nicht schwer gewesen sein, für kurze Zeit zu verschwinden, zumal Sie sich ja einen Platz ganz hinten gesichert hatten. Ich vermute, Sie suchten Mick nach der Pause auf, während des zweiten Akts. Es ist ja nicht weit von der Schule zu dem Häuschen – vielleicht drei Minuten zu Fuß, mehr sicher nicht. Sie gingen zu ihm. Sie wollten eigentlich nur mit ihm sprechen, aber Sie verloren den Kopf und töteten ihn. Und danach kamen Sie wieder auf den Schulhof zur Aufführung.

»Und die Waffe?« fragte Trenarrow herausfordernd, aber es klang dünn. »Soll ich die etwa unter meinem Jackett in Nanrunnel herumgetragen haben?«

»Ein Instrument war nur für die Kastration nötig. Sie nahmen ein Messer aus dem Haus.«

»Das ich danach zur Vorstellung mitgenommen habe?« Spöttische Geringschätzung diesmal, aber so wenig wirkungsvoll wie zuvor die Herausforderung.

»Ich vermute, Sie versteckten es irgendwo unterwegs. In einem Garten oder einer Mülltonne. Später in der Nacht holten Sie es sich wieder und ließen es am Samstag in Howenstow verschwinden. Wo Sie auch Brooke töteten. Weil Brooke nämlich, sobald er hörte, daß Cambrey tot war, wußte, wer ihn getötet hatte. Aber er konnte es sich nicht leisten, Sie der Polizei auszuliefern, ohne sich selbst zu schaden. Sie waren durch das Oncomet-Geschäft aneinander gebunden.«

»Das alles ist reine Spekulation«, sagte Trenarrow. »Nach

allem, was Sie bisher vorgebracht haben, hatte ich mehr Grund, Mick am Leben zu erhalten als ihn zu töten. Wenn er mir Patienten lieferte, was hatte ich dann von seinem Tod?«

»Sie hatten nicht die Absicht, ihn zu töten. Sie schlugen im Zorn nach ihm. Ihnen ging es darum, Menschenleben zu retten, Mick jedoch ging es nur darum, Kasse zu machen. Und – diese Einstellung reizte Sie so sehr, daß Sie den Kopf verloren.«

»Es gibt keinerlei Beweise. Das wissen Sie. Nicht für einen Mord.«

»Sie haben die Fotos vergessen«, entgegnete St. James.

Trenarrow sah ihn unverwandt an, ohne eine Miene zu verziehen.

»Im allgemeinen Aufruhr am Samstag abend, als John Penellin verhaftet wurde, gingen Sie in Deborahs Zimmer hinauf und warfen von dort den Kamerakoffer aus dem Fenster.«

»Aber wenn das stimmt«, warf Lynley ein und machte sich damit einen Moment zu Trenarrows Anwalt, »warum hat er den Koffer nicht in die Bucht gebracht? Wenn er dort das Messer verschwinden ließ, warum dann nicht auch gleich den Fotokoffer?«

»Weil das Risiko, daß er mit dem Koffer in der Hand irgendwo im Garten oder im Park gesehen worden wäre, viel zu groß war. Ich verstehe nicht, wieso mir das nicht von Anfang an klar war. Das Messer konnte er leicht verstecken, Tommy. Hätte jemand ihn im Park gesehen, so hätte er behaupten können, frische Luft zu schnappen. Das wäre glaubhaft gewesen. Die Leute in Howenstow waren es gewöhnt, ihn auf dem Gutsgelände zu sehen. Aber mit dem Kamerakoffer? Nein. Ich vermute, er brachte ihn später in der Nacht anderswohin – im Wagen vielleicht. An einen Ort, den er für sicher hielt.«

Lynley hörte sich St. James' Ausführungen an und konnte der Wahrheit nicht länger ausweichen. Sie hatten alle zusammen beim Abendessen gesessen. Sie hatten alle das Gespräch gehört. Sie hatten alle gelacht über die absurde Vorstellung von Touristenführungen durch die alten Bergwerke. Er sprach den Namen aus, zwei Worte nur, die Wahrheit, wie er sie erkannt hatte. »Wheal Maen.«

St. James sah ihn verblüfft an.

»Am Samstag abend beim Essen. Tante Augusta war empört über den Plan, Wheal Maen zu sperren.«

»Das ist nichts als Vermutung«, fuhr Trenarrow scharf dazwischen. »Und völlig abwegig. Über die Oncomet-Verbindung hinaus haben Sie nichts in der Hand außer diesen wahnsinnigen Beschuldigungen, die Sie sich jetzt hier aus den Fingern saugen. Und wenn einmal bekannt wird, wie wir seit Jahren zueinander stehen, Tommy, wer wird diese Beschuldigungen dann glauben? Immer vorausgesetzt, Sie wollen unsere langjährige Geschichte wirklich an die große Glocke hängen.«

»Ja, darauf läuft es letzten Endes hinaus, nicht wahr?« sagte Lynley. »Es beginnt und endet stets mit meiner Mutter.«

Einen Moment lang erlaubte er sich, über das Gebot von Recht und Ordnung hinaus dem Skandal ins Auge zu sehen, der folgen würde. Trenarrows illegale Klinik, die Verabreichung von Oncomet und die überhöhten Preise, die die Patienten zweifellos für die Behandlung bezahlten, hätte er übersehen können. Er hätte das alles übersehen und seine Mutter den Rest ihres Lebens in Unwissenheit lassen können. Aber Mord war etwas anderes. Mord mußte gesühnt werden. Das konnte er nicht ignorieren.

»Er hat recht, St. James«, sagte Lynley niedergeschlagen. »Es ist Spekulation. Selbst wenn wir die Apparate aus der

Grube bergen, wird der Film verdorben sein. Der Hauptschacht steht seit Jahren unter Wasser.«

St. James schüttelte den Kopf. »Das ist das einzige, das Dr. Trenarrow nicht wußte. Der Film ist nicht mehr im Apparat. Deborah hatte ihn herausgenommen und mir gegeben.«

Lynley hörte das Zischen von Trenarrows Atem, als dieser hastig nach Luft schnappte. St. James sprach weiter.

»Und der vernichtende Beweis ist darauf zu sehen, nicht wahr?« fragte St. James. »Ihre silberne Pillendose unter Mick Cambreys Oberschenkel. Es wird Ihnen vielleicht gelingen, alles andere mit plausibel klingenden Erklärungen aus der Welt zu schaffen, aber immer wird die Tatsache bestehen bleiben, daß auf der Fotografie des Toten Ihre Pillendose zu sehen ist. Dieselbe, die Sie vor ein paar Minuten erst herausnahmen.«

Trenarrow starrte zum Fenster hinaus auf den dunstigen Lichtschimmer des Hafens. »Das beweist gar nichts.«

»Sie meinen, weil sie zwar auf unseren Bildern zu sehen ist, nicht aber auf denen der Polizei? Wenn Sie sich da nur nicht täuschen.«

Regen schlug an die Fensterscheiben. Der Wind pfiff durch den Kamin. In der Ferne war ein Nebelhorn zu hören. Trenarrow wandte sich wieder dem Zimmer zu, aber er sagte nichts.

»Wie ist es geschehen?« fragte Lynley ihn. »Roderick, um Gottes willen, wie ist das alles geschehen?«

Trenarrow antwortete lange nicht. Sein Blick ruhte stumpf im leeren Raum zwischen Lynley und St. James. Er griff nach der obersten Schublade in seinem Schreibtisch und spielte zerstreut an dem Griff herum.

»Oncomet«, sagte er schließlich. »Brooke konnte nicht genug beschaffen. Er fälschte sowieso schon die Bestandsbücher in London. Aber wir brauchten mehr. Wenn Sie eine

Ahnung hätten, wie viele Menschen anriefen – wie viele immer noch anrufen –, wie verzweifelt sie Hilfe suchen. Wir konnten nicht genug Oncomet beschaffen. Und Mick schickte mir immer neue Patienten.«

»Und schließlich besorgte Brooke statt Oncomet ein Ersatzmittel, richtig?« sagte St. James. »Bei Ihren ersten Patienten kam die Krankheit zum Stillstand, genau wie die Forschungsberichte prophezeit hatten. Aber nach einer Weile begannen die Fehlschläge.«

»Brooke schickte das Mittel immer über Mick hierher. Als nichts mehr zu bekommen war und die Gefahr bestand, daß die Klinik geschlossen werden müßte, griffen sie zu einem Ersatzmittel. Patienten, bei denen eigentlich ein Stillstand hätte eintreten müssen, starben. Natürlich nicht alle auf einmal. Aber es zeigte sich ein Muster. Ich wurde mißtrauisch. Ich testete das Mittel. Es war eine einfache Salzlösung.«

»Und das löste den Streit aus.«

»Ich ging Freitag abend zu Mick. Ich wollte die Klinik schließen.« Er starrte ins Feuer. Der Schein der Flammen spiegelte sich in seinen Brillengläsern. »Mick wollte davon nichts wissen. Für ihn waren die Patienten keine Menschen, sondern eine Einkommensquelle. Halten Sie die Klinik offen, bis wir mehr von dem Zeug kriegen, sagte er. Mein Gott, was ist schon dabei, wenn uns ein paar draufgehen? Es kommen ja jede Menge neue nach. Die Leute zahlen jeden Preis für eine Chance auf Heilung. Was regen Sie sich so auf? Sie verdienen doch glänzend bei der Sache, was wollen Sie mehr.« Trenarrow sah Lynley an. »Ich versuchte, mit ihm zu reden, Tommy. Er wollte es überhaupt nicht hören. Ich wollte ihm begreiflich machen, daß es so nicht geht. Ich redete auf ihn ein. Er ließ mich auflaufen. Und am Ende – am Ende drehte ich durch.«

»Und als Sie sahen, daß er tot war, beschlossen Sie, es als Sexualverbrechen zu maskieren«, sagte St. James.

»Ich glaubte, er wäre ein Schürzenjäger. Ich dachte, es würde so aussehen, als hätte endlich irgendein Ehemann sich an ihm gerächt.«

»Und das Geld, das er im Haus hatte?«

»Das nahm ich an mich. Dann riß ich sämtliche Schubladen auf und warf die Papiere herum, um den Eindruck zu erwekken, das Zimmer sei durchsucht worden. Ich zog mein Taschentuch heraus, um keine Abdrücke zu hinterlassen. Dabei muß mir die Pillendose herausgefallen sein. Ich entdeckte sie sofort, als ich später wiederkam und Mick untersuchte.«

Lynley lehnte sich vor. »So schlimm das alles ist, Roderick, Micks Tod war ein Unglücksfall. Totschlag vielleicht. Aber wie war es mit Brooke? Sie beide waren doch aneinander gebunden. Was hatten Sie von ihm zu fürchten? Selbst wenn er vermutet hätte, daß Sie Mick getötet hatten, hätte er doch bestimmt den Mund gehalten. Er hätte sich ja ins eigene Fleisch geschnitten, wenn er Sie angezeigt hätte.«

»Ich hatte von Brooke nichts zu fürchten«, sagte Trenarrow.

»Ja, aber warum –«

»Ich wußte, daß er es auf Peter abgesehen hatte.«

»Wie meinen Sie das?«

»Er wollte ihn aus dem Weg räumen. Am Freitag abend, als ich von der Theatervorstellung nach Hause kam, war er hier. Er sagte, Mick hätte im Beisein von Peter geredet. Er hatte Angst. Er verlangte von mir, daß ich etwas unternähme, um Mick zum Schweigen zu bringen.«

»Was Sie bereits getan hatten«, stellte St. James fest.

»Als Brooke am folgenden Morgen von dem Mord hörte, geriet er in Panik. Er kam wieder zu mir. Er meinte, früher oder später würde sich Peter auf einige Bemerkungen, die

Mick gemacht hatte, seinen Reim machen und entweder zur Polizei gehen oder auf eigene Faust nachforschen, um es mit einer Erpressung zu versuchen. Peter war süchtig, er hatte kein Geld, und er hatte bereits Mick bedroht. Brooke wollte ihn töten. Und ich war entschlossen, das zu verhindern.«

»O Gott.« Heißes Bedauern durchzuckte Lynley.

»Er sagte, es wäre völlig risikolos. Er könnte es so arrangieren, daß es nach einer Überdosis aussähe. Ich wußte nicht, was er vorhatte, aber ich glaubte, ich könnte ihn erst einmal hinhalten. Ich behauptete, ich hätte einen besseren Plan, und sagte ihm, er solle mich Samstag nacht oben auf den Felsen über der Bucht treffen.«

»Und da haben Sie ihn getötet?«

»Ich hatte das Messer bei mir, aber er war betrunken. Es war ganz einfach, ihn von den Felsen zu stoßen. Ich hoffte, man würde es für einen Unfall halten.« Trenarrow schwieg einen Moment. »Ich habe es nicht bedauert. Keine Sekunde. Ich bedaure es auch jetzt nicht.«

»Aber er hatte die Droge schon an Sasha gegeben. Ergotamin mit Chinin gemischt. Er sagte ihr, sie solle das Mittel Peter geben.«

»Jedesmal kam ich zu spät. Und das ist nun daraus geworden. Entsetzlich.« Trenarrow begann völlig sinnlos Papiere zusammenzuschieben und zu einem ordentlichen Häufchen zu stapeln. Mit stolzem Blick sah er sich im Zimmer um. »Ich wollte dieses Haus für sie. Gull Cottage hätte ich ihr nicht zumuten können. Allein der Gedanke war lachhaft. Aber hierher wäre sie gekommen. Und durch Oncomet wurde es möglich. Die Sache erschien mir also in zweifacher Hinsicht gut. Können Sie das verstehen? Menschen, die sonst dem sicheren Tod ausgeliefert gewesen wären, konnten leben und geheilt werden, und Ihre Mutter und ich konnten endlich zusammensein. Ich wollte es für sie.«

Er hielt die Papiere in der einen Hand und zog mit der anderen die mittlere Schublade seines Schreibtischs auf. »Hätte es Oncomet damals schon gegeben, ich hätte ihn gerettet, Tommy. Ohne Zögern. Ohne Rücksicht auf meine Gefühle für Ihre Mutter. Ich hoffe, Sie glauben mir.« Er legte die Papiere in die Schublade und ließ die Hand einen Moment auf ihnen ruhen. »Weiß sie von diesem Gespräch?«

Lynley dachte an seinen Vater und sein langes Leiden. Er dachte an seine Mutter, die versuchte, das Beste aus ihrem Leben zu machen. Er dachte an seinen Bruder, der allein aufgewachsen war. Er dachte an Trenarrow. Es fiel ihm schwer, zu sprechen. »Nein, sie weiß nichts.«

»Gott sei Dank.« Trenarrow schob die Hand in die Schublade und zog sie wieder heraus. Matter Glanz auf Metall, eine Pistole. »Gott sei Dank«, sagte er wieder und richtete die Waffe auf St. James.

»Roderick!« Lynley starrte auf die Pistole. Seine Gedanken rasten. Natürlich hatte Trenarrow für diesen Moment seine Vorbereitungen getroffen. Sie hatten ihm ja seit Tagen signalisiert, daß sie ihm auf der Spur waren. Ihre Fragen, ihre Gespräche, ihre Anrufe. »Roderick, um Gottes willen!«

»Ja«, sagte Trenarrow. »So ist es wohl.«

Lynley warf einen hastigen Blick auf St. James. Dessen Gesicht hatte sich nicht verändert; es zeigte nicht den Schatten einer Emotion. Lynley richtete den Blick wieder auf die Waffe. Trenarrows Finger schob sich zum Abzug.

Und plötzlich stand wieder die Möglichkeit vor ihm: die Steigerung des bösesten Wunsches.

Ihm blieben nur Sekundenbruchteile, sich zu entscheiden. Wähle, sagte er sich scharf. Und er tat es.

»Roderick, Sie können doch nicht im Ernst hoffen ...«

Das Krachen der Pistole schnitt ihm das Wort ab.

Deborah drückte sich beide Fäuste ins Kreuz, um die verspannten Muskeln zu entlasten. Es war warm und stickig im Zimmer. Obwohl das Fenster ohne Rücksicht auf den Regen draußen halb geöffnet war, trieb ihr der beißende Rauch von Cambreys Zigarette die Tränen in die Augen.

In der Redaktion lief der normale Arbeitstag weiter. Telefone läuteten, Schreibmaschinen klapperten, Schubladen wurden aufgezogen und zugestoßen, die Bodendielen knarrten unter eilenden Schritten. Deborah hatte den Inhalt eines ganzen Aktenschranks durchgesehen und nichts gefunden. Nach den Geräuschen zu urteilen, die Harry Cambrey von sich gab – Stöhnen, Seufzen, unterdrücktes Schimpfen –, schien es ihm nicht besser zu ergehen.

Sie gähnte. Sie fühlte sich völlig ausgepumpt. Sie hatte nur gegen Morgen ein oder zwei Stunden unruhig geschlafen. Das Bestreben, nur ja nicht an die vergangene Nacht zu denken, verlangte Tribut. Jetzt hatte sie einzig den Wunsch zu schlafen, zum Teil aus Ruhebedürfnis, vor allem aber, um zu fliehen und zu vergessen. Die Augen waren ihr so schwer, daß sie sie kaum offenhalten konnte. Das Rauschen des Regens war so einschläfernd, das Zimmer so warm, das Stimmengemurmel so beruhigend...

Sirenengeheul von der Straße riß sie aus ihrer Apathie. Erst eine Sirene, dann noch eine. Und einen Augenblick später eine dritte. Julianna Vendale ging ans Fenster. Deborah und Harry Cambrey folgten ihr.

Ein Krankenwagen bog gerade von der Straße nach Penzance in die Paul Lane ein. Ein Stück weiter vorn, dort, wo die Paul Lane sich in die Hügel hinaufzuwinden begann, preschten zwei Polizeifahrzeuge durch den Regen. Im selben Moment begann in der Redaktion das Telefon zu läuten. Julianna ging hin. »Wann?... Wo?... Tödlich?... Ja, gut. Danke.«

Nachdem sie aufgelegt hatte, sagte sie zu Cambrey: »Bei Trenarrow ist geschossen worden.«

Deborah erschrak, fragte: »Trenarrow?«, aber da war Harry Cambrey schon auf dem Weg zur Tür. Unterwegs packte er einen Fotoapparat und einen Regenmantel, dann stieß er die Tür auf und rief Julianna Vendale über die Schulter zu: »Bleibt an den Telefonen.«

Noch während er die Treppe hinunterrannte, brauste draußen ein weiteres Polizeifahrzeug mit jaulender Sirene vorbei. Ohne sich um den Regen zu kümmern, drängten Gäste aus dem *Anchor and Rose* und Anwohner der Paul Lane auf die Straße hinaus und liefen dem Wagen hinterher. Harry Cambrey mühte sich, mit wehendem Mantel und fliegender Kameratasche, dem Gedränge zu entkommen. Deborah beobachtete die Szene vom Fenster aus. Vergeblich hielt sie nach ihnen Ausschau, dem blonden und dem dunklen Kopf. Aber sie mußten doch in der Menge sein. Sie mußten den Namen Trenarrow gehört haben und sofort losgelaufen sein.

»Keine Ahnung«, schallte es von der Straße herauf. »Tot, glaub' ich.«

Die Worte trafen sie wie Stromschläge. Sie sah plötzlich Simons Gesicht vor sich. Sie erinnerte sich, wie er Tommy angeblickt hatte – voll grimmiger Entschlossenheit –, ehe er ihn mit sich aus der Redaktion gezogen hatte. Entsetzt dachte sie: Sie sind zu Trenarrow gegangen.

Mit einem Aufschrei rannte sie aus dem Zimmer und hetzte die Treppe hinunter. Sie drängte sich durch das Gewühl von Menschen und stolperte hinaus. Der Regen war wie eine kalte Dusche. Ein Auto hupte, fuhr durch eine Pfütze, daß das Wasser hoch aufspritzte. Aber das alles berührte sie gar nicht. Nur die Angst zählte und die Notwendigkeit, die Villa zu finden.

Als sie den Hang oberhalb des Dorfes erreichte, raste ein letztes Polizeifahrzeug an ihr vorüber. Regenwasser und Kiesel spritzten unter seinen Rädern von der Straße auf. Es brauchte keine Sirene, um sich freie Bahn zu schaffen. Vom wolkenbruchartigen Regen abgeschreckt, hatten die weniger robusten Sensationsjäger bereits den Schwung verloren und sich in Läden und Türnischen untergestellt. Nur die Wildentschlossenen hatten den Anstieg bis zur Villa auf sich genommen. Deborah sah sie vor einer Einfahrt versammelt, wo die Polizei einen Kordon gezogen hatte, um sie auf Abstand zu halten. Die Gruppe hatte sich schweigend gefügt, bis auf Harry Cambrey, der hitzig mit einem unerbittlichen Constable stritt und Einlaß verlangte.

Trenarrows Villa stand taghell erleuchtet auf dem Hügel im strömenden Regen. Ringsum wimmelte es von uniformierten Polizeibeamten. Die blauen Lichter der Polizeifahrzeuge auf dem Vorplatz blinkten geisterhaft.

»Erschossen, hab' ich gehört«, sagte jemand.

»Haben sie schon jemanden rausgebracht?«

»Nein.«

Deborah drängte sich zwischen den Männern durch, den Blick unverwandt auf die Villa gerichtet, nach einem Zeichen Ausschau haltend. Es ging ihm gut, ihm war nichts geschehen, er mußte unter ihnen sein. Sie konnte ihn nicht finden. Sie boxte sich durch die Gruppe der Gaffer nach vorn zu den Polizeibeamten und wollte unter dem Seil durchschlüpfen.

»Nichts da, Miss!« Der Constable, der sich mit Harry Cambrey herumgestritten hatte, schrie sie aus drei Metern Entfernung barsch an.

»Aber ich –«

»Zurück!« brüllte er. »Wir sind doch nicht beim Zirkus, verdammt noch mal.«

Ohne sich um ihn zu kümmern, rannte Deborah vorwärts.

Der Drang, sich Gewißheit zu verschaffen, überschattete alles andere.

»He, Sie!« Mit drohender Gebärde setzte sich der Constable in Bewegung, um sie in die Menge zurückzubefördern. Harry Cambrey nutzte die Gelegenheit. Er drängte sich an ihm vorbei und lief die Auffahrt hinauf. »Verdammt noch mal!« brüllte der Beamte. »Sie! Cambrey!«

Da ihm nun schon der eine durch die Finger geschlüpft war, wollte er auf keinen Fall auch noch die andere entkommen lassen. Er packte Deborah fest beim Arm, winkte den Beamten in einem Mannschaftswagen, der am Straßenrand stand, und rief: »Haltet sie fest. Der andere ist mir abgehauen.«

»Nein!« Deborah versuchte sich loszureißen, aber der Constable packte sie nur um so fester, und je heftiger sie um sich schlug, desto unnachgiebiger wurde sein Griff.

»Miss Cotter?«

Sie wirbelte herum. Kein Engel hätte ihr in diesem Moment willkommener sein können als Pastor Sweeney, ganz in Schwarz unter einem riesigen schwarzen Regenschirm. Fragend sah er sie an.

»Tommy ist in der Villa«, rief sie. »Mr. Sweeney, bitte!«

Der Geistliche runzelte die Stirn, blickte mit zusammengekniffenen Augen die Auffahrt hinauf. »Ach, du meine Güte«, sagte er. Die Hand am Griff des Regenschirms öffnete und schloß sich mehrmals, während Mr. Sweeney zu überlegen schien. »Ach du meine Güte. Ja. Ich verstehe.« Er richtete sich zu seiner vollen Größe von nicht ganz einem Meter fünfundsechzig auf und wandte sich an den Constable, der Deborah noch immer mit eiserner Hand festhielt.

»Sie kennen selbstverständlich Lord Asherton«, sagte er gebieterisch. Jene seiner Gemeindekinder, die ihn nie auf der Bühne erlebt hatten, wenn er Cassio und Montano befohlen hatte, ihre Schwerter niederzulegen, wären höchst überrascht gewesen über diesen Ton. »Die Dame ist seine Verlobte. Lassen Sie sie durch.«

Der Constable beäugte die tropfnasse, zerzauste Deborah. Sein Gesicht verriet deutlich, daß er sich irgendeine Verbindung zwischen ihr und den Lynleys nicht vorstellen konnte.

»Lassen Sie sie durch«, wiederholte Mr. Sweeney. »Ich werde sie persönlich begleiten. Sie sollten sich vielleicht mehr um die Zeitungsleute kümmern als um diese junge Dame.«

Wieder musterte der Constable Deborah mit skeptischem Blick. Sie wartete, Qualen leidend, während er sich zu einer Entscheidung durchrang. »Na schön. Gehen Sie.«

Sie wollte sich bedanken, aber kein Wort kam ihr über die Lippen. Stolpernd wankte sie einige Schritte vorwärts.

»Beruhigen Sie sich, mein Kind«, sagte Mr. Sweeney. »Kommen Sie, nehmen Sie meinen Arm. Der Weg ist ein bißchen glitschig, nicht wahr?«

In ihrer Angst gefangen, hörte sie seine Worte nur mit halbem Ohr, doch sie hängte sich gehorsam bei ihm ein, während ihr unablässig derselbe Refrain durch den Kopf ging. Bitte laß es nicht Tommy sein. Bitte nicht Tommy. Alles andere kann ich ertragen. Aber nicht Tommy.

»Es wird schon alles gut«, versicherte Mr. Sweeney zerstreut. »Sie werden sehen.«

Stolpernd und rutschend gingen sie über den durchweichten Weg zur Villa hinauf. Der Regen ließ etwas nach, aber Deborah war sowieso schon naß bis auf die Haut. Zitternd vor Kälte klammerte sie sich an Mr. Sweeneys Arm.

»Ja, das ist eine schreckliche Geschichte«, sagte Mr. Sweeney wie in Antwort auf ihr Schaudern. »Aber es wird alles gut. Sie werden gleich sehen.«

Deborah hörte die Worte, aber sie wußte, daß sie ihnen keinen Glauben schenken konnte. Die Chance, daß alles gut werden würde, bestand für sie nicht mehr. Immer dann im Leben, wenn man am wenigsten damit rechnete, holte die Gerechtigkeit einen hohnlachend ein. Und ihre Stunde hatte jetzt geschlagen. Sie wußte es.

Trotz der vielen Menschen auf dem Gelände war es unnatürlich still, als sie sich der Villa näherten. Überlaut war aus einem der Polizeifahrzeuge das Knistern und Rauschen eines Funkgeräts zu hören. Auf dem Vorplatz unter dem Weißdorn standen drei Polizeiwagen, kreuz und quer, als wären die Fahrer in fliegender Eile herausgesprungen, ohne einen Gedanken daran zu verschwenden, wo oder wie sie parkten. Auf dem Rücksitz eines der Autos hockte Harry Cambrey, anscheinend mit Handschellen im Wageninneren angekettet, und brüllte einen Constable an, der neben dem offenen Fenster des Wagens stand. Als er Deborah sah, beugte er sich weit zum Fenster hinaus.

»Tot!« schrie er, ehe der Beamte ihn wieder in den Wagen zurückstoßen konnte.

Die schlimmste Befürchtung war wahr geworden. Deborah sah den Rettungswagen in der Nähe der Haustür stehen. Stumm umklammerte sie Mr. Sweeneys Arm, doch der deutete zur Säulenhalle. »Da! Sehen Sie!« drängte er.

Deborah zwang sich, zur Haustür hinüberzusehen. Sie sah ihn. Ihr Blick flog über seinen Körper, auf der Suche nach Zeichen, nach Verletzungen. Aber abgesehen davon, daß sein Jackett naß war, schien er völlig unversehrt zu sein – wenn auch sehr bleich. Er war so vertieft in ein Gespräch mit Inspector Boscowan, daß er sie nicht bemerkte.

»Gott sei Dank«, flüsterte sie.

Noch während sie sprach, wurde die Haustür geöffnet. Lynley und Boscowan traten zur Seite, um die beiden Männer vorbeizulassen, die mit einer Trage in den Regen hinaustraten. Der Mensch, der auf ihr lag, war vom Kopf bis zu den

Zehen mit einem Leintuch zugedeckt, als wolle man ihn so vor dem Regen und den Blicken der Neugierigen schützen. Erst als sie das sah, erst als sie hörte, wie hinter den Männern die Haustür zufiel, begriff Deborah. Dennoch suchte sie mit verzweifelten Blicken im Garten vor dem Haus, hinter den hell erleuchteten Fenstern, zwischen den Autos, an der Haustür. Sie suchte und suchte, als könne sie so noch etwas ändern.

Mr. Sweeney sagte etwas, aber sie hörte es nicht.

Ihre Kindheit, ihr Leben lief in Blitzesschnelle vor ihr ab, und zum ersten Mal verspürte sie weder Zorn noch Schmerz, sondern Einsicht. Völlige, allzu späte Einsicht.

»Simon!« schrie sie und stürzte zu dem Rettungswagen, in den man die Trage schon hineingeschoben hatte.

Lynley fuhr herum. Er sah sie blind zwischen den Autos hindurchlaufen. Einmal rutschte sie auf dem glitschigen Pflaster aus, rappelte sich aber gleich wieder auf. Und unablässig rief sie seinen Namen.

Sie warf sich gegen den Rettungswagen, rüttelte am Griff der hinteren Tür, um sie aufzureißen. Ein Polizeibeamter versuchte sie zurückzuhalten, ein zweiter kam ihm zu Hilfe. Sie trat mit den Füßen, sie schlug und kratzte. Einer packte ihren Arm. Sie biß. Und dabei schrie sie immer wieder seinen Namen. Mit hoher, wimmernder Stimme, die er, das wußte er, sein Leben lang immer dann wieder hören würde, wenn er sie am wenigsten hören wollte. Ein dritter Beamter kam seinen Kollegen zu Hilfe, um sie zu bändigen, aber sie entwand sich ihnen. Sie trommelte an die Tür des Rettungswagens.

Bis ins tiefste getroffen, wandte Lynley sich ab. Er öffnete die Haustür. »St. James«, rief er.

St. James stand mit Trenarrows schluchzender Haushälterin im Vestibül. Er sah zu Lynley hin, wollte etwas sagen, brach erschrocken ab, als er Deborahs Schreie hörte. Er berührte kurz die Schulter der jungen Haushälterin, dann ging er zu Lynley an die Tür und blieb abrupt stehen, als er sah, wie die Beamten die sich verzweifelt wehrende Deborah vom Krankenwagen wegschleppten. Er sah Lynley an.

Lynley wandte sich ab. »Geh zu ihr! Sie glaubt, du wärst es.« Er konnte dem Freund nicht ins Gesicht sehen. Er wollte ihn nicht sehen. Er hoffte nur, St. James würde handeln, ohne ein weiteres Wort zu verlieren. Aber nicht einmal diese Hoffnung erfüllte sich.

»Nein. Sie ist nur –«

»Geh, verdammt noch mal! Geh schon!«

Sekunden verstrichen, ehe St. James sich in Bewegung setzte. Als er auf den Vorplatz hinaustrat, zwang sich Lynley, aufzuschauen.

St. James ging um die Polizeifahrzeuge herum zu den Männern, die Deborah festhielten. Er ging langsam und beschwerlich. Er konnte nicht schneller gehen. Er rief laut Deborahs Namen. Er umfaßte sie und zog sie an sich. Sie wehrte sich weinend und schreiend, aber nur einen Moment lang, bis sie sah, wer es war, der sie hielt. Dann ließ sie sich in seine Arme fallen. Ihr ganzer Körper wurde von Schluchzen geschüttelte. Er neigte den Kopf zu ihr hinunter und streichelte ihr Haar.

»Es ist ja gut, Deborah«, hörte Lynley ihn sagen. »Es tut mir leid, daß du dich so erschreckt hast. Mir ist nichts passiert, mein Liebes.« Immer wieder sagte er es: »Mein Liebes, mein Liebes.«

Der Regen fiel auf sie herab. Um sie herum eilten geschäftige Polizeibeamte hin und her. Sie nahmen nichts davon wahr.

Lynley wandte sich ab und ging ins Haus.

Sie öffnete langsam die Augen. Ihr Blick traf die ferne, hochgewölbte Decke. Verwirrt starrte sie hinauf. Als sie den Kopf drehte, sah sie den Toilettentisch mit dem Spitzendeckchen, die silberne Bürstengarnitur, den altmodischen Ankleidespiegel. Urgroßmutter Ashertons Schlafzimmer, dachte sie. Und mit dem Wiedererkennen des Zimmers kehrten die anderen Erinnerungen zurück. Bilder der Bucht, des Redaktionsbüros, des wilden Laufs den Hügel hinauf, des verhüllten Toten auf der Trage stürmten auf sie ein. In ihrem Mittelpunkt war Tommy.

Auf der anderen Seite des Raums gewahrte sie schattenhaft Bewegung. Die Vorhänge waren zugezogen, aber ein schmaler Streifen Tageslicht fiel auf einen Sessel am offenen Kamin. Lynley saß dort, die Beine von sich gestreckt. Auf dem kleinen Tisch neben ihm stand ein Tablett mit Speisen. Anscheinend ein Frühstück.

Sie sprach nicht gleich, versuchte statt dessen, sich der Ereignisse zu erinnern, die den schrecklichen Augenblicken auf dem Vorplatz von Trenarrows Villa gefolgt waren. Sie erinnerte sich, daß jemand ihr Brandy eingeflößt hatte. Sie erinnerte sich an Stimmengewirr, an das Läuten eines Telefons, an eine Autofahrt. Irgendwie war sie von Nanrunnel nach Howenstow zurückgekommen. Irgendwie war sie in dieses Bett gelangt.

Sie hatte ein blaues Satinnachthemd an, das sie nicht kannte. Ein passender Morgenrock lag auf dem Fußende des Betts. Sie richtete sich auf.

»Tommy?«

»Du bist wach.« Er ging zu den Fenstern und schob die Vorhänge etwas zur Seite, so daß mehr Licht ins Zimmer fiel, Den bereits geöffneten Fensterflügel zog er ein Stück weiter auf und ließ das Kreischen der Möwen und Kormorane herein.

»Wie spät ist es?«

»Kurz nach zehn.«

»Zehn?«

»Ja. Du hast seit gestern nachmittag durchgeschlafen. Erinnerst du dich nicht?«

»Nur teilweise. Sitzt du schon lange hier?«

»Eine Weile.«

Erst da sah sie, daß er noch dieselben Sachen trug, die er in Nanrunnel angehabt hatte, daß sein Gesicht unrasiert war, seine Augen dunkel umschattet waren von Müdigkeit und Erschöpfung. Es schmerzte sie auf unerklärliche Weise, das zu sehen. »Du hast die ganze Nacht hier gesessen.«

Er antwortete nicht. Er blieb am Fenster, weit weg vom Bett. Über seine Schulter hinweg konnte sie ein Stück Himmel sehen. Die Sonne lag golden auf seinem Haar.

»Ich dachte, ich fliege dich heute morgen nach London zurück. Wenn du soweit bist.« Er wies auf das Tablett. »Das steht schon seit halb neun hier. Soll ich dir etwas anderes bringen lassen?«

»Tommy«, sagte sie. »Würdest du ... gibt es ...« Sie wollte sein Gesicht sehen, aber er hielt es abgewandt und reagierte nicht auf ihre Worte. Sie sprach nicht weiter.

Er schob die Hände in die Hosentaschen. »Sie haben John Penellin auf freien Fuß gesetzt.«

»Und Mark?« fragte sie.

»Boscowan weiß, daß er die *Daze* genommen hat. Was das Kokain angeht ...« Er seufzte. »Ich finde, das ist Johns Sache. Ich will ihm die Entscheidung nicht abnehmen. Ich weiß nicht, was er tun wird. Er ist vielleicht noch nicht soweit, daß er Mark gegenüber die Konsequenzen ziehen wird. Ich weiß es nicht.«

»Du könntest ihn anzeigen.«

»Ja.«

»Aber du wirst es nicht tun.«

»Ich halte es für besser, das John zu überlassen.« Er sah immer noch zum Fenster hinaus, den Kopf zum Himmel erhoben. »Es ist ein herrlicher Tag. Richtiges Flugwetter.«

»Was ist mit Peter?« fragte sie. »Ist er jetzt entlastet? Und Sidney auch?«

»St. James ist der Meinung, daß Brooke sich das Ergotamin in einer Apotheke in Penzance geholt hat. Man bekommt es zwar nur auf Rezept, aber die Apotheker nehmen es ja nicht immer so genau, wie wir wissen. Es hätte ja auch ganz harmlos ausgesehen. Ein Migräneanfall. Das Aspirin wirkt nicht. Und ein Arzt am Samstag ist nicht zu erreichen.«

»Er glaubt nicht, daß Justin von *seinen* Tabletten genommen hat?«

»Er kann sich nicht vorstellen, woher Brooke gewußt haben soll, daß er welche hat. Obwohl dies jetzt keine Rolle mehr spielt, möchte er Sidneys Unschuld dennoch zweifelsfrei beweisen. Und Peters auch. Er ist nach Penzance gefahren.«

Lynley schwieg.

Deborah betrachtete ihn stumm. Seine Haltung war so angespannt.

»Tommy«, sagte sie nach einer Weile. »Ich sah dich vor dem Haus. Ich sah, daß dir nichts geschehen war. Aber als ich dann sah, wie sie den Toten heraustrugen –«

»Das Schlimmste«, unterbrach er sie, »war, es Mutter sagen zu müssen. Ihr ins Gesicht sehen zu müssen und zu wissen, daß meine Worte sie vernichteten. Aber sie hat nicht eine Träne vergossen. Nicht vor mir. Weil wir beide wissen, daß es im Grunde meine Schuld ist.«

»Nein!«

»Wenn sie schon vor Jahren geheiratet hätten, wenn ich zugelassen hätte, daß sie heiraten –«

»Tommy, nein!«

»Darum zeigt sie mir ihren Kummer nicht. Darum erlaubt sie mir nicht, ihr zu helfen.«

»Tommy, Darling –«

»Es war schrecklich.« Er hob eine Hand und ließ sie wieder sinken. »Im ersten Moment glaubte ich, er würde tatsächlich auf St. James schießen. Aber er – er steckte sich die Pistole in den Mund.« Er räusperte sich. »Es war grauenvoll.«

»Tommy, ich kenne ihn von klein auf. Er ist wie Familie für mich. Als ich glaubte, er wäre tot ... Tommy, bitte«, sagte sie brüchig. »Bitte. Komm zu mir.«

Erst da sah er sie an. »Es reicht nicht, Deb.«

Er sagte die Worte so langsam und betont, daß sie erschrak. »Was reicht nicht?«

»Es reicht nicht, daß ich dich liebe. Daß ich dich begehre. Ich fand immer, St. James wäre ein unglaublicher Narr, daß er Helen nicht heiratete. Ich konnte es nie verstehen. Aber wahrscheinlich wußte ich die ganze Zeit über, warum er es nicht tat, ich wollte es nur nicht wahrhaben.«

»Aber ich liebe dich, Tommy«, sagte sie leise.

»Ich weiß, daß du das glauben möchtest. Ich möchte es ja selbst gern glauben. Wärst du in Amerika geblieben, wärst du niemals wieder nach Hause gekommen, hätte ich dich dort geheiratet, und wären wir geblieben, so hätten wir vielleicht eine Chance gehabt. Aber so ...«

Immer noch blieb er auf der anderen Seite des Zimmers. Sie bot ihm die Hand. »Tommy! Bitte!«

Er fuhr in seinem Gedankengang fort: »Du gehörst zu Simon. Nicht zu mir. Du weißt es. Wir wissen es beide.«

»Nein, ich ...« Sie konnte den Satz nicht zu Ende sprechen. Sie wollte sich auflehnen gegen das, was er gesagt hatte, sie wollte widersprechen, aber er hatte eine Wahrheit bloßgelegt, die sie lange verleugnet hatte.

Er beobachtete einen Moment ihr Gesicht, ehe er wieder sprach. »Kannst du in einer Stunde fertig sein?«

Sie wollte schwören, leugnen, beteuern, aber sie konnte es nicht. »Ja, gut«, sagte sie. »In einer Stunde.«

Danach

28

Helen seufzte. »Also, das ist wirklich das Letzte an Langeweile. Kannst du mir vielleicht mal sagen, was damit bewiesen werden soll?«

St. James kniff sorgfältig eine letzte Falte in den Stoff der Pyjamajacke, um die drei Löcher, die der Eispickel in das Material gerissen hatte, in Übereinstimmung zu bringen. »Der Beklagte behauptet, er wäre im Schlaf überfallen worden. Er hatte nur eine Verletzung an der Seite, aber wir haben drei Löcher in der Pyjamajacke, jedes an den Rändern mit seinem Blut befleckt. Wie, glaubst du wohl, ist das zustandegekommen?«

Sie beugte sich tiefer über das Kleidungsstück, das auf höchst merkwürdige Weise gefaltet war. »Er ist ein Verrenkungskünstler.«

St. James lachte. »Er ist ein Lügner. Er hat sich die Stichverletzung selbst beigebracht und die Löcher nachträglich gemacht.« Er bemerkte, daß sie gähnte. »Ich langweile dich doch nicht, Helen?«

»Aber nein, wo denkst du hin!«

»Eine lange Nacht mit einem aufregenden Mann?«

»Ach, wenn es doch so wäre. Eine lange Oper mit meinen Großeltern. Während des Triumphmarsches von *Aida* schnarchte Großvater selig. Ich hätte mir ein Beispiel an ihm nehmen sollen. Er ist heute morgen bestimmt frisch und munter.«

»Ein bißchen Kultur ab und zu kann nie schaden.«

»Aber ich hasse die Oper. Wenn die Leute wenigstens auf

englisch singen würden. Ist das vielleicht zuviel verlangt? Aber nein, immer ist es Italienisch oder Französisch. Oder Deutsch. Deutsch ist am schlimmsten. Und wenn sie dann noch mit diesen dämlichen gehörnten Helmen auf der Bühne rumsausen –«

»Du bist eine Philisterin, Helen.«

»Aus Überzeugung.«

»Also, paß auf, wenn du jetzt noch eine halbe Stunde aushältst, lade ich dich nachher zum Mittagessen ein. Ich habe in der Brompton Road eine neue Brasserie entdeckt.«

Ihr Gesicht hellte sich auf. »Wunderbar, Simon, genau das, was ich brauche. So, was soll ich jetzt tun?« Sie sah sich im Labor um, als suche sie nach neuer Arbeit.

Unten fiel die Haustür zu. »Simon!« schallte es herauf.

St. James trat vom Arbeitstisch weg. »Sidney«, sagte er und ging zur Tür, seiner Schwester entgegen, die die Treppe heraufgeflogen kam. »Wo zum Teufel bist du die ganze Zeit gewesen?«

Sie kam ins Labor. »Erst in Surrey. Dann in Southampton«, antwortete sie, als wäre das das Selbstverständlichste von der Welt. Sie warf eine Nerzjacke über einen Hocker. »Ich muß schon wieder mal in Pelz machen. Wenn ich nicht bald einen anderen Auftrag bekomme, wechsle ich den Beruf, das sag ich euch. Ich finde es einfach ekelhaft, mich in den Häuten toter Tiere zur Schau zu stellen. Und wie immer mußte ich natürlich darunter viel Haut zeigen.« Sie beugte sich über den Tisch und musterte die Pyjamajacke. »Schon wieder Blut? Wie kannst du das so kurz vor dem Mittagessen aushalten? Ich hab' doch das Mittagessen hoffentlich nicht verpaßt?«

Sie klappte ihre Umhängetasche auf und begann, darin herumzukramen. »Mensch, wo hab' ich ihn denn hingesteckt? Ich kann ja verstehen, daß sie gern ein bißchen nackte

Haut zeigen, aber ich hab' ja wohl kaum die richtige Oberweite dafür. Es geht um diesen Hauch von Sinnlichkeit, haben sie mir erklärt. Die Verheißung, die Phantasien. So ein Quatsch. Ah, da ist er.«

Sie zog ein zerknittertes Kuvert aus der Tasche und reichte es ihrem Bruder.

»Was ist das?«

»Ein Brief. Zehn Tage hab' ich gebraucht, um Mama dazu zu bewegen, ihn zu schreiben. Ich mußte sogar noch für eine Woche mit zu David, um ihr klarzumachen, daß ich nicht lockerlassen würde.«

»Du warst bei Mutter?« fragte St. James ungläubig. »Ihr wart bei David in Southampton? Helen, hast du –«

»Ich habe einmal in Surrey angerufen, aber da meldete sich niemand. Und dann sagtest du, ich soll sie nicht beunruhigen. Weißt du noch?«

»Mama beunruhigen?« fragte Sidney. »Wieso? Weshalb?«

»Deinetwegen.«

»Weshalb hätte sich Mama meinetwegen beunruhigen sollen?« Ohne auf eine Antwort zu warten, sagte sie: »Zuerst fand sie die Idee natürlich total absurd.«

»Welche Idee?«

»Jetzt weiß ich auch, woher du deine Sturheit hast, Simon. Aber mit der Zeit hab' ich sie kleingekriegt. Na los, mach den Brief auf. Lies ihn vor. Helen soll es auch hören.«

»Verdammt noch mal, Sidney. Ich möchte wissen ...«

Sie packte ihn beim Handgelenk und schüttelte. »Lies!«

Er öffnete den Umschlag mit kaum verhohlener Gereiztheit und begann laut zu lesen.

Mein lieber Simon,

Sidney ist offenbar entschlossen, mir keine Ruhe zu lassen, solange ich mich nicht bei Dir entschuldigt habe. Darum will ich es gleich tun. Nur gibt sich Deine Schwester natürlich nicht mit einem schlichten kurzen Wort der Entschuldigung zufrieden.

»Was ist das, Sid?«

Sie lachte. »Lies weiter.«

Ich hatte von Anfang an den Verdacht, daß es Sidneys Einfall gewesen war, die Kinderzimmerfenster zu öffnen, Simon. Aber da Du gegen die Beschuldigung keinen Protest einlegtest, fühlte ich mich verpflichtet, Dich zu bestrafen. Es fällt einem immer schwer, die eigenen Kinder zu bestrafen. Und es fällt einem noch schwerer, wenn man das unbehagliche Gefühl hat, das falsche Kind zu strafen. Sidney hat das alles nun lobenswerterweise aufgeklärt. Sie verlangte sogar, ich solle sie gründlich dafür verhauen, daß sie Dich damals zum Sündenbock machte, aber alles hat seine Grenzen. Laß mich Dich also um Verzeihung bitten, daß ich Dir damals die Schuld aufbürdete, es tut mir leid.

Es war schön, Sidney hier zu haben. Wir waren auch ein paar Tage bei David und den Kindern. Ich hoffe sehr, daß ich Dich auch bald einmal zu sehen bekomme. Bring Deborah mit, wenn Du kommst. Cotter hat der Köchin von ihr erzählt. Das arme Kind. Du solltest sie ein wenig unter Deine Fittiche nehmen, bis es ihr wieder besser geht.

Alles Liebe, Mutter.

Sidney warf den Kopf zurück und lachte aus vollem Hals über die gelungene Überraschung. »Ist sie nicht wunderbar? Aber du kannst dir nicht vorstellen, wie ich ihr zusetzen mußte, ehe sie das endlich schrieb. Hätte sie dir nicht sowieso Deborahs wegen schreiben wollen – du weißt ja, wie sie ist, immer besorgt, daß wir unsere soziale Ader vernachlässigen und in solchen Situationen nicht das Angemessene tun –, dann hätte ich sie wahrscheinlich nie dazu gebracht, dir diesen Brief zu schreiben.«

St. James spürte Helens Blick auf sich. Er wußte, welche Frage sie jetzt von ihm erwartete. Aber er stellte sie nicht. Seit zehn Tagen wußte er, daß etwas zwischen ihnen vorgefallen war. Cotters Verhalten hatte es ihm ebenso verraten wie die Tatsache, daß Deborah nicht mehr in Howenstow gewesen war, als er am Abend nach Trenarrows Tod aus Penzance zurückgekehrt war. Lynley jedoch hatte ihm nicht mehr gesagt, als daß er sie nach London zurückgebracht hatte. Und Cotter hatte eine so grimmige Zurückhaltung an den Tag gelegt, daß St. James es für klüger gehalten hatte, keine Fragen zu stellen. Er fragte auch jetzt nicht.

Helen jedoch fragte direkt wie immer: »Was ist denn mit Deborah?«

»Tommy hat die Verlobung gelöst«, antwortete Sidney. »Hat Cotter dir das nicht gesagt, Simon? So, wie es Mamas Köchin erzählte, hat er am Telefon praktisch geschäumt. Er muß fuchsteufelswild gewesen sein. Nach allem, was ich hörte, hätte es mich nicht gewundert, wenn er Tommy zum Duell gefordert hätte. Und Tommy hat dir auch nichts gesagt? Das ist aber wirklich komisch. Oder vielleicht hat er Angst, daß *du* Satisfaktion verlangen könntest, Simon.« Sie lachte, wurde dann aber plötzlich ernst und nachdenklich. »Das ist doch keine Klassengeschichte, oder, Simon? Ich meine, wenn man sich Peter und Sasha ansieht, kann man sich schwer vorstellen, daß Standesunterschiede für die Lynleys eine Rolle spielen.«

Während sie sprach, fiel St. James ein, daß Sidney ja von allem, was seit ihrer Abreise aus Howenstow an jenem Sonntag morgen geschehen war, nichts wußte. Er zog die unterste

Schublade seines Arbeitstischs auf und entnahm ihr die Parfumflasche.

»Die hattest du verlegt«, sagte er.

Sie nahm sie erfreut. »Wo hast du sie gefunden? Sag jetzt bloß nicht, sie lag in Howenstow im Schrank. Das kann ich vielleicht bei Schuhen akzeptieren, aber doch nicht bei so was.«

»Justin hat sie aus deinem Zimmer mitgenommen, Sid.«

Ihr Lächeln erlosch. Sie versuchte, es festzuhalten, aber ihre Lippen zitterten dabei vor Anstrengung. Alle Lebhaftigkeit wich aus ihrem Gesicht. Ihr Körper schien zu schrumpfen. Der jähe Zusammenbruch verriet ihm, wie dünn die Fassade der Heiterkeit noch immer war.

»Justin?« fragte sie. »Aber warum denn?«

Es gab keine Möglichkeit, es ihr schonend beizubringen. Er wußte, daß er ihr neuen Schmerz zufügen mußte. Doch ihr die Wahrheit zu sagen, schien ihm die einzige Möglichkeit, ihr zu helfen.

»Er wollte dir einen Mord in die Schuhe schieben«, sagte er.

»Das ist ja absurd.«

»Er wollte Peter Lynley töten. Statt dessen tötete er Sasha Nifford.«

»Ich verstehe gar nichts.« Sie rollte die Parfumflasche unablässig in ihrer Hand hin und her. Sie senkte den Kopf. Sie strich sich über die Wangen.

»In der Flasche war eine Droge, die Sasha für Heroin hielt.« Bei diesen Worten blickte sie auf. St. James sah den Ausdruck auf ihrem Gesicht. Eine Droge, um zu töten, das machte die Wahrheit unausweichlich. »Es tut mir leid, Liebes. Peter hat Justin nicht getötet, Sid. Er war gar nicht in Howenstow, als Justin starb.«

»Aber warum dann?«

»Peter hatte etwas mitangehört, was er nicht hätte hören dürfen. Er hätte es gegen Justin ausspielen können. Nach der Ermordung Mick Cambreys wurde es doppelt gefährlich. Justin bekam Angst. Er wußte, daß Peter fast alles getan hätte, um sich Geld und Kokain zu beschaffen. Darum mußte er ihn loswerden.«

Gemeinsam erzählten St. James und Helen ihr die ganze Geschichte. Von Islington, Oncomet, Trenarrow, Cambrey. Von der Krebsklinik. Von dem Ersatzmittel, das nichts taugte. Von dem Streit darüber, der mit Micks Tod endete.

»Justin Brooke war in Gefahr«, sagte St. James. »Er unternahm Schritte, um sich aus dieser Gefahr zu befreien.«

»Und ich?« fragte sie. »Es war doch meine Flasche. Wußte er denn nicht, daß man glauben würde, ich wäre in diese Sache verwickelt?« Immer noch hielt sie die Flasche in der Hand, so fest, daß ihre Finger weiß anliefen.

»Der Tag unten in der Bucht, Sidney«, sagte Helen. »Das war eine Demütigung für ihn.«

»Er wollte dich strafen«, fügte St. James hinzu.

Sidneys Lippen bewegten sich kaum, als sie sagte: »Er hat mich geliebt. Ich weiß es. Er hat mich geliebt.«

St. James hörte die tiefen Selbstzweifel in ihren Worten.

»Was Justin Brooke war«, sagte Helen, »sagt nichts darüber aus, wer du bist, Sidney. Deine Persönlichkeit ist nicht durch ihn definiert. Oder durch das, was er empfand. Oder auch nicht empfand.«

Sidney schluchzte auf. St. James ging zu ihr. »Es tut mir so leid, Liebes.« Er nahm sie fest in den Arm. »Es wäre mir lieber gewesen, du hättest es nie erfahren. Aber ich kann dich nicht belügen, Sidney. Es tut mir nicht leid, daß er tot ist.«

Sie hustete und sah zu ihm auf, lächelte unter Tränen. »Lieber Himmel, bin ich hungrig«, sagte sie. »Wollen wir essen gehen?«

Vor dem Haus in der Eaton Terrace knallte Helen die Tür ihres Mini zu. Sie tat es mehr, um sich selbst Mut zu machen, als um sicherzugehen, daß die Tür ordentlich geschlossen war. Sie blickte an der dunklen Fassade von Lynleys Haus hinauf, sah dann im Licht einer Straßenlampe auf ihre Armbanduhr. Es war fast elf, wahrhaftig nicht die richtige Zeit für einen Überraschungsbesuch. Aber gerade in diesem Umstand sah sie einen Vorteil, auf den sie keinesfalls verzichten wollte.

Seit zwei Wochen versuchte sie, ihn zu erreichen, und hatte sich nichts als Zurückweisungen eingehandelt. Beruflich unterwegs, leider nicht zu Hause, in einer Besprechung, bei einem Gerichtstermin. Die Botschaft war klar: Er war nicht erreichbar, er war allein und wollte es so.

Aber heute abend würde er ihr nicht entkommen. Sie drückte auf den Klingelknopf. Einen Moment lang schoß ihr allen Ernstes der Gedanke durch den Kopf, er sei aus London fortgezogen – ein für allemal vor allem geflohen –, aber dann wurde es hinter dem Oberlicht in der Tür hell. Ein Riegel wurde zurückgeschoben, die Tür wurde geöffnet, und Lynleys Diener stand wie eine Eule zwinkernd vor ihr. Er hatte Hausschuhe an, stellte Helen fest, und einen Bademantel über dem Pyjama. Verwunderung und Mißbilligung flogen über sein Gesicht. Er verkniff sich beides sofort, aber Helen hatte schon verstanden. Wohlerzogene junge Damen von Stand machten nicht nachts um elf Besuche bei unverheirateten Herren, ganz gleich, ob dies das zwanzigste Jahrhundert war oder nicht.

»Danke, Denton«, sagte sie fest und bestimmt und trat ins Vestibül, als hätte er sie freundlichst dazu aufgefordert. »Bitte sagen Sie Lord Asherton, daß ich ihn sofort sprechen muß.« Sie legte ihren leichten Abendmantel auf einen Sessel im Vestibül ab.

Denton, der noch immer an der offenen Tür stand, blickte

von ihr zur Straße hinaus, als versuche er, sich zu erinnern, ob er sie tatsächlich hereingebeten hatte. Ohne den Türknauf aus der Hand zu lassen, trat er unbehaglich von einem Fuß auf den anderen, unverkennbar hin- und hergerissen zwischen dem Impuls, gegen diesen ungehörigen Besuch zu protestieren, und der Furcht, sich damit womöglich irgend jemandes Zorn zuzuziehen.

»Sein Lordschaft hat mich gebeten ...«

»Ich weiß«, sagte Helen mit einem Anflug von schlechtem Gewissen Denton gegenüber, der diesem Überrumpelungsmanöver offensichtlich nicht gewachsen war. »Ich habe schon verstanden. Er möchte nicht gestört werden. Ich habe ihn in den letzten zwei Wochen x-mal angerufen, Denton. Er hat mich nicht ein einziges Mal zurückgerufen. Ich habe begriffen, daß er in Ruhe gelassen werden möchte. So, damit wäre alles klar, und jetzt sagen Sie ihm, daß ich ihn sehen möchte.«

»Aber ...«

»Ich gehe schnurstracks in sein Schlafzimmer hinauf, wenn es sein muß.«

Denton gab klein bei und schloß die Haustür. »Er ist in der Bibliothek. Ich sage ihm Bescheid.«

»Nicht nötig. Ich weiß den Weg.«

Ohne sich weiter um Denton zu kümmern, der verdutzt zurückblieb, eilte sie die Treppe in den ersten Stock hinauf, ging den mit flauschigem Teppich ausgelegten Korridor entlang, an einer imposanten Sammlung alten Zinns vorbei, begleitet von den Blicken diverser längst verstorbener Asherton-Vorfahren.

Hinter sich hörte sie Denton beschwörend murmeln: »Mylady ... Lady Helen ...«

Die Tür zur Bibliothek war geschlossen. Sie klopfte einmal, hörte Lynleys Stimme und trat ein.

Er saß an seinem Schreibtisch, den Kopf in die Hand gestützt, Papiere vor sich ausgebreitet. Das erste, was Helen durch den Kopf schoß, als er aufblickte, war, daß sie keine Ahnung gehabt hatte, daß er jetzt zum Lesen eine Brille brauchte. Als er aufstand, nahm er die Brille ab. Er sagte kein Wort, sah nur an ihr vorbei zur Tür, wo mit Armesündermiene Denton stand.

»Entschuldigen Sie, Sir«, sagte Denton. »Ich hab's versucht.«

»Er hatte keine Chance«, sagte Helen. »Ich hab' mich einfach hereingedrängt.« Sie bemerkte, daß Denton einen Schritt weit ins Zimmer getreten war. Mit dem nächsten würde er ihr nahe genug kommen, um sie beim Arm zu nehmen und wieder hinauszuführen. Sie konnte sich nicht vorstellen, daß er das ohne Lynleys Befehl tun würde, aber nur für den Fall, daß ein solcher Einfall ihm durch den Kopf spuken sollte, sagte sie: »Danke, Denton. Lassen Sie uns jetzt bitte allein.«

Denton starrte sie entgeistert an. Er sah Lynley an, der einmal kurz nickte. Daraufhin ging er aus dem Zimmer.

»Warum hast du mich nie zurückgerufen, Tommy?« fragte Helen, sobald sie allein waren. »Ich habe hier und im Yard angerufen. Ich war viermal hier und habe nach dir gefragt. Ich habe mir solche Sorgen um dich gemacht.«

»Tut mir leid, Schatz«, sagte er leichthin. »Ich hatte in letzter Zeit eine Menge Arbeit. Ich seh' mich kaum noch heraus. Möchtest du etwas trinken?«

Er ging zu einem Rosenholztisch, auf dem mehrere Karaffen und Gläser standen.

»Danke, nein.«

Er schenkte sich einen Whisky ein, trank aber nicht gleich. »Setz dich doch.«

»Ich glaube, ich möchte lieber stehen.«

»Wie du meinst.« Er lächelte schief und kippte einen Teil seines Whiskys hinunter. Dann sagte er, offenbar nicht länger bereit, Theater zu spielen: »Sei mir nicht böse, Helen. Ich wollte dich zurückrufen, wirklich. Aber ich hab's einfach nicht geschafft. Reine Feigheit wahrscheinlich.«

Ihr Zorn schmolz augenblicklich dahin. »Das ist doch kein Leben, Tommy. Eingemauert in deiner Bibliothek. Total incommunicado im Büro. Ich kann das nicht mitansehen.«

Er antwortete nicht gleich. Sie hörte nur seinen Atem, der flach und unregelmäßig war.

Dann sagte er: »Ich kann nicht aufhören, an sie zu denken. Also arbeite ich. Wie ein Verrückter. Und wenn ich zufällig einmal nicht arbeite, bringe ich meine Zeit damit zu, mir zu sagen, daß ich mit der Zeit schon darüber hinwegkommen werde. In ein paar Wochen oder ein paar Monaten.« Er lachte brüchig. »Es fällt mir nur ein bißchen schwer, es zu glauben.«

»Das versteh' ich.«

»Natürlich. Wer könnte es besser verstehen als du.«

»Warum hast du mich dann nicht angerufen?«

Rastlos ging er durch das Zimmer zum Kamin. Da kein Feuer brannte, in dessen Flammen er hätte hineinstarren können, richtete er seine Aufmerksamkeit auf mehrere Meißner Porzellanteller, die auf dem Kaminsims zur Schau gestellt waren. Er nahm einen aus seinem Ständer und drehte ihn in den Händen. Helen wollte ihn ermahnen, vorsichtig zu sein, den Teller nicht so fest zu packen, da er sonst entzweigehen könne, aber sie sagte nichts. Er stellte den Teller wieder an seinen Platz. Sie wiederholte ihre Frage.

»Du weißt, daß ich gern mit dir sprechen wollte. Warum hast du mich nicht angerufen?«

»Ich konnte einfach nicht. Ich komme mir vor wie ein Idiot. Ich müßte viel stärker sein. Das dürfte mir nicht so zusetzen. Ich müßte es einfach abschütteln und weitermachen können.«

»Weitermachen?« Ihr Zorn kehrte mit einem Schwall zurück. Sie hatte diese Einstellung, daß man stark sein müsse, immer verachtet; als seien Männer durch Drill und durch über Generationen geübte eiserne Beherrschung zu einem Leben des Nicht-Fühlens verdammt. »Willst du mir allen Ernstes erzählen, du hättest kein Recht auf deinen Schmerz?«

»Mit Schmerz hat das nichts zu tun. Ich versuche lediglich, den Weg zu dem Mann zurückzufinden, der ich vor drei Jahren war. Vor Deborah. Wenn ich ihn wiederfinden kann, komme ich wieder klar.«

»Du warst doch damals kein anderer.«

»Doch. Vor drei Jahren hätte ich diese Geschichte nicht so schwer genommen. Was waren denn Frauen damals für mich? Bettgefährtinnen. Mehr nicht.«

»Ach, und so möchtest du gern sein? Ein munterer Schmetterling, der von Abenteuer zu Abenteuer flattert und sich nicht berühren läßt? Ist es das, was dir vorschwebt?«

»Es ist leichter.«

»Natürlich ist es leicht. Diese Art der Unverbindlichkeit ist immer leicht. Man steigt miteinander ins Bett und trennt sich ohne Schmerz mit einem lockeren Abschiedswort. Und wenn man zufällig eines Morgens jemanden in seinem Bett finden sollte, an dessen Namen man sich gar nicht erinnern kann, macht das auch nichts, nicht wahr? Das gehört zum Spiel.«

»Keine dieser Beziehungen damals hat mir etwas bedeutet. Für mich stand nie etwas auf dem Spiel.«

»Kann sein, daß du es gern so sehen möchtest, Tommy, aber so war es bestimmt nicht. Denn wenn das, was du sagst, wahr ist, wenn das ganze Leben nur darin besteht, eine Frau nach der anderen zu verführen, warum hast du's dann nie bei mir versucht?«

Er ging zum Tisch zurück und schenkte sich noch einen Whisky ein. »Ich weiß es nicht.«

»Natürlich weißt du es. Also, sag es mir.«

»Ich weiß es nicht.«

»Ich wäre doch eine tolle Eroberung gewesen. Von Simon abgewiesen, mein Leben in Trümmern. Das letzte, was ich wollte, war eine ernste Beziehung zu einem anderen Mann. Wie konntest du einer solchen Herausforderung widerstehen? Das wäre doch für dich eine Riesenchance gewesen.«

Er stellte das Glas auf den Tisch und drehte es zwischen den Fingern. Sie beobachtete sein Profil und sah, wie dünn die Fassade der Selbstbeherrschung war.

»Du warst wahrscheinlich etwas anderes«, sagte er.

»Wieso? Ich hatte doch die richtige Ausstattung zu bieten. Ich war genau wie alle anderen. Ein hübscher Körper und nicht gerade frigide.«

»Ach, hör auf. Das ist ja lächerlich.«

»Eine Frau. Leicht zu verführen, besonders von einem Experten. Aber bei mir hast du es nie versucht. Nicht ein einziges Mal. Solche Zurückhaltung ist verwunderlich. Und ich hatte doch einiges zu bieten, nicht wahr, Tommy? Oh, ich hätte natürlich anfangs widerstanden. Aber früher oder später hätte ich mit dir geschlafen, und das wußtest du auch. Aber du hast es nicht versucht.«

Er drehte sich zu ihr herum. »Das hätte ich niemals tun können, nach dem, was du mit Simon durchgemacht hattest.«

Er schwieg so lange, daß sie schon glaubte, er würde ihr gar nicht antworten. Sie sah ihm an, daß er um Fassung rang. Sie wünschte, er würde sprechen, seinen Schmerz eingestehen.

»Du nicht«, sagte er schließlich. »Und Deborah auch nicht.«

»Was war anders?«

»Ich ließ es tiefer gehen.«

»Tiefer?«

»Ans Herz.«

Sie ging zu ihm und berührte seinen Arm. »Siehst du es immer noch nicht, Tommy? Du warst nicht der Mann, der nur auf Amüsement aus war. Du möchtest es so sehen, aber es stimmt nicht. Für keinen, der sich die Zeit nahm, dich kennenzulernen, warst du dieser Mann. Ganz gewiß nicht für mich. Und ganz gewiß nicht für Deborah.«

»Ich wollte etwas anderes mit ihr.« Seine Augen waren rot. »Ich wollte Wurzeln, eine feste Bindung, eine Familie. Und ich war bereit, mehr zu geben, um das zu erreichen. Sie war es wert.«

»Ja, das war sie. Und sie ist es wert, daß du um sie trauerst.«

»O Gott«, sagte er leise. Er schüttelte den Kopf, als könne er damit die schreckliche Trostlosigkeit abschütteln. »Ich hab' das Gefühl, ich sterbe an Einsamkeit, Helen.« Seine Stimme brach unter der Macht der Emotionen, die ihn zu überwältigen drohten. »Ich kann es nicht aushalten.«

Er wollte sich von ihr abwenden, zu seinem Schreibtisch zurückgehen, aber sie hielt ihn fest. Sie hob den Abstand auf, der noch zwischen ihnen war, und nahm ihn in die Arme.

»Du bist nicht einsam, Tommy«, sagte sie leise.

Er begann zu weinen.

Gerade als Deborah das Tor aufstieß, flammte die Straßenlaterne auf der Lordship Place auf und zerteilte den abendlichen Dunst über dem Garten mit ihren sanften Lichtstrahlen. Deborah blieb einen Moment stehen und betrachtete die warmen braunen Mauern des Hauses, den frischen weißen

Verputz, das alte schmiedeeiserne Treppengeländer. Irgendwie würde dieses Haus immer ihr Zuhause bleiben, ganz gleich, wie lange sie fortblieb – drei Jahre, drei Jahrzehnte oder, wie diesmal, einen Monat.

Sie hatte, um sich fernhalten zu können, eine ganze Reihe von Ausflüchten gebraucht, von denen ihr Vater, wie sie wohl wußte, nicht eine einzige geglaubt hatte. Aber er hatte die Ausflüchte akzeptiert, um neuerlichen Streit mit ihr zu vermeiden.

So wenig wie sie selbst wünschte ihr Vater eine Wiederholung des heftigen Auftritts in Paddington eine Woche nach ihrer Rückkehr aus Cornwall. Er hatte sie gedrängt, nach Hause zu kommen. Sie hatte es abgelehnt, diese Möglichkeit auch nur in Betracht zu ziehen. Er verstand es nicht. Für ihn war es ganz einfach: Pack deine Sachen, schließ die Wohnung ab, komm zurück in die Cheyne Row. Komm zurück in die Vergangenheit, meinte er. Aber das kam für sie nicht in Frage. Sie versuchte, ihm klarzumachen, daß sie Selbständigkeit brauchte, eine Zeit mit sich selbst. Seine Reaktion darauf waren heftige Anklagen gegen Tommy gewesen – er hatte sie verändert, verdorben, ihre Wertvorstellungen unterminiert –, und daraus war ein böser Streit erwachsen, der damit geendet hatte, daß sie ihm hitzig verboten hatte, mit ihr oder sonst jemandem je wieder über ihre Beziehung zu Tommy zu sprechen. Sie waren im Bösen auseinandergegangen und hatten einander seitdem nicht wiedergesehen.

Auch Simon hatte sie nicht gesehen. Hatte es auch nicht gewünscht. Diese wenigen Augenblicke tödlichen Schrekkens in Nanrunnel hatten ihr in schonungslosem Licht etwas von sich selbst gezeigt, das sie nun nicht länger ignorieren konnte.

Sie wußte nicht, wie sie den Schaden ungeschehen machen sollte, den sie sich und anderen angetan hatte. Darum war sie in Paddington geblieben. Sie hatte als freie Mitarbeiterin für ein Fotoatelier in Mayfair gearbeitet, hatte ein langes Wochenende in Wales verbracht und ein anderes in Brighton. Und sie hatte darauf gewartet, daß Ruhe und Frieden in ihr Leben einkehren würden. Aber es war nicht geschehen.

So hatte sie sich schließlich zu diesem Besuch in Chelsea entschlossen, ohne recht zu wissen, was sie damit erreichen wollte. Nur eines war ihr klar, je länger sie fortblieb, desto schwieriger würde eine Versöhnung mit ihrem Vater werden. Was sie von Simon wollte, hätte sie nicht sagen können.

Durch den Dunst sah sie, wie in der Küche die Lichter angingen. Ihr Vater erschien im Fenster. Er ging zum Herd, dann zum Tisch und verschwand aus ihrem Blickfeld. Sie eilte durch den Garten zum Haus und stieg die Treppe hinunter.

Alaska erwartete sie an der Tür, als hätte sie geahnt, daß sie kommen würde. Mit hoch aufgestelltem Schwanz begann sie, ihr gemessenen Schrittes um die Beine zu streichen.

»Und wo ist Peach?« fragte sie die Katze, die ihren Kopf an ihrer Hand rieb und zu schnurren begann.

Ihr Vater kam aus der Küche ins Vestibül. »Deb!«

Sie richtete sich auf. »Hallo, Dad.«

Sie bemerkte seinen Blick. Er suchte nach Anzeichen dafür, daß sie nach Hause gekommen war – einen Koffer, einen Karton, ihre Fotosachen. Aber er sagte nur: »Hast du schon gegessen, Kind?« und kehrte in die Küche zurück, aus der ihr der würzige Duft eines Bratens entgegenwehte.

Sie folgte ihm. »Ja. In meiner Wohnung.«

»Was macht die Arbeit?« fragte Cotter.

»Oh, gut. Ich benutze wieder meine alten Apparate, die Nikon und die Hasselblad. Es macht Spaß. Sie zwingen mich, mehr auf mein Wissen und meine eigene Technik zurückzugreifen, und das gefällt mir.«

Cotter nickte. Er hatte begriffen. »Alles vergessen, Deb«, antwortete er. »Du tust das, was du für richtig hältst.«

Heiße Dankbarkeit durchzuckte sie. Sie sah sich in dem vertrauten Raum um, betrachtete die weißen Wände, den alten Herd, auf dem drei zugedeckte Töpfe standen, die abgenutzten Arbeitsplatten, die Glasschränke, den unebenen Fliesenboden. Der kleine Korb in der Nähe des Herds war leer.

»Wo ist Peach?« fragte sie.

»Mr. St. James ist mit ihm spazierengegangen.« Cotter warf einen Blick auf die Wanduhr. »Scheint die Zeit wieder mal völlig vergessen zu haben. Das Essen ist schon seit einer Viertelstunde fertig.«

»Wohin ist er gegangen?«

»An den Fluß, nehme ich an.«

»Soll ich ihn holen?«

»Wenn du willst«, antwortete er völlig neutral. »Aber du mußt nicht. Das Essen hält sich auch noch eine Weile.«

Sie sagte: »Ich seh' mal, ob ich ihn finden kann.« Auf dem Weg hinaus drehte sie sich noch einmal um.

»Ich bin nicht gekommen, um zu bleiben, Dad. Das weißt du, nicht wahr?«

»Ich weiß, was ich weiß«, antwortete Cotter ruhig, und sie ging.

Der Dunst umhüllte jede Straßenlampe mit einem goldenen Hof, und von der Themse blies ein leichter Wind. Deborah schlug ihren Mantelkragen hoch. In den Häusern setzten sich die Leute zum Abendessen, andere trafen sich im *King's Head and Eight Bells* an der Ecke zum Gespräch und einem Imbiß. Deborah lächelte. Die meisten dieser Leute kannte sie mit Namen. Sie waren seit Jahren Stammgäste in dem Pub. Ihr Anblick weckte eine unerklärliche Wehmut in ihr, die sie sogleich als albern abtat.

Auf der Straße war wenig Verkehr. Sie überquerte die Cheyne Walk zum Fluß und sah ihn in einiger Entfernung, die Arme auf die Flußmauer gestützt, in die Betrachtung der Albert Bridge vertieft. In den Sommern ihrer Kindheit waren sie oft über diese Brücke zum Battersea-Park hinübergewandert. Sie ein ungebärdiger kleiner Wildfang, er geduldig und zuverlässig in seiner Freundschaft.

Sie blieb einen Moment stehen, um ihn zu betrachten. Sein Blick war auf die Brücke gerichtet. Ein leichtes Lächeln spielte um seine Lippen. Zu seinen Füßen hockte Peach und kaute stillvergnügt an seiner Leine. Aber plötzlich bemerkte er Deborah und sprang auf, um ihr entgegenzulaufen. Er verhedderte sich in der Leine, fiel zusammen wie ein Bündel und bellte vergnügt.

St. James wandte sich von der Brücke ab, blickte zu dem kleinen Dackel hinunter, dann wieder aufwärts, um zu sehen, was dieses plötzliche Wegstreben des Hundes veranlaßt haben könnte. Als er Deborah sah, ließ er die Leine los, und sofort rannte Peach ihr mit fliegenden Ohren entgegen. In stürmischer Begeisterung sprang er bellend und schwanzwedelnd an Deborah hoch.

Deborah lachte, beugte sich zu dem Hund hinunter, drückte ihn an sich, ließ sich von ihm die Nase lecken. Wie einfach es bei Tieren ist, dachte sie. Sie verschenken ihr Herz ohne Frage und ohne Furcht. Sie erwarten nichts und stellen keine Forderungen. Es ist so leicht, sie zu lieben. Wenn die Menschen so sein könnten, würde niemals jemand verletzt werden, dachte sie. Kein Mensch würde je Verzeihen lernen müssen.

St. James sah ihr entgegen, wie sie im Lichtschein der Straßenlampe mit dem schwänzelnden Hund auf ihn zukam. Der Dunst hatte ihr Haar mit glitzernden Perlen benetzt, und der hochgeschlagene Kragen ihres Mantels umrahmte ihr Gesicht ähnlich einer elisabethanischen Halskrause. Sie sah sehr schön aus. Doch ihr Gesicht hatte sich gewandelt; es trug einen Zug, den er vor sechs Wochen noch nicht bemerkt hatte, einen Zug von Wehmut und Reife.

»Das Essen ist fertig«, sagte sie, als sie ihn erreichte. »Du hast einen langen Spaziergang gemacht, nicht?« Sie stellte sich neben ihn an die Mauer. Es war wie ein ganz normales Zusammentreffen, als wäre nichts zwischen ihnen vorgefallen, als wäre sie nicht vor einem Monat ohne ein Wort, ohne einen Gruß aus seinem Leben verschwunden.

»Ich habe nicht auf die Zeit geachtet. Sidney hat mir erzählt, daß ihr zusammen in Wales wart.«

»Ja, es war ein herrliches Wochenende.«

Er nickte. Er hatte eine Schwanenfamilie auf dem Wasser beobachtet und hätte sie gern darauf aufmerksam gemacht. Aber sie war zu distanziert.

Doch da hatte sie die Vögel, scharf umrissen vor den Lichtern des anderen Ufers, schon selbst gesehen. »Ich habe hier an dieser Stelle noch nie Schwäne gesehen«, sagte sie. »Und noch dazu abends. Wie merkwürdig.«

Es waren fünf – zwei große Schwäne und drei fast ausgewachsene Junge. Ruhig und friedlich trieben sie nahe den Streben der Albert Bridge auf dem Wasser.

»Ja, sonderbar«, sagte er und nutzte die Gelegenheit, die die Anwesenheit der Vögel ihm gab. »Es hat mir weh getan, daß du damals in Paddington den Schwan zerbrochen hast.«

»Ich kann nicht nach Hause kommen«, versetzte sie. »Ich muß irgendwie mit dir Frieden schließen. Vielleicht finden wir eines Tages den Weg, wieder Freunde zu werden. Aber ich kann nicht nach Hause kommen.«

Das also war die Veränderung. Sie wollte Distanz wahren, um ihre Gefühle zu schonen, wie Menschen das tun, wenn zwischen ihnen etwas zu Ende gegangen ist. Es erinnerte ihn an ihn selbst, wie er vor drei Jahren gewesen war, als sie zu ihm gekommen war, um ihm Lebewohl zu sagen, und er nur zugehört hatte, weil er Angst gehabt hatte, wenn er auch nur ein Wort sagte, würden sich Schleusen öffnen und all seine Gefühle in einer entwürdigenden Flutwelle des Flehens hervorbrechen, dem nachzugeben ihr Zeit und Umstände nicht erlaubt hätten. Und nun, so schien es, waren sie wieder an diesem Punkt angelangt, am Punkt des Abschieds. Wie einfach, kurz und bündig Lebewohl zu sagen und zu gehen.

Er blickte von ihrem Gesicht zu ihrer Hand, die auf der Mauer ruhte. Sie trug Lynleys Ring nicht mehr. Leicht berührte er den Finger, an dem der Ring gesteckt hatte. Sie zog die Hand nicht zurück, und daß sie es nicht tat, ermutigte ihn zu sprechen.

»Verlaß mich nicht wieder, Deborah.«

Er sah, daß sie eine solche Reaktion nicht erwartet hatte. Sie war nicht darauf gefaßt gewesen und hatte keine Abwehr vorbereitet. Er nutzte seinen Vorteil.

»Du warst siebzehn. Ich war achtundzwanzig. Kannst du wenigstens versuchen zu verstehen, wie das damals für mich war? Ich hatte seit Jahren daran gearbeitet, mich innerlich von allen Menschen zu distanzieren. Und plötzlich merkte ich, wie wichtig du mir warst. Wie sehr ich dich begehrte. Und glaubte doch die ganze Zeit, wenn wir miteinander schlafen würden ...«

»Das alles ist doch vorbei«, sagte sie rasch und leichthin. »Es spielt keine Rolle mehr. Am besten, wir vergessen es.«

»Ich redete mir ein, ich dürfte nicht mit dir schlafen, Deborah. Ich dachte mir alle möglichen wahnsinnigen Gründe dafür aus. Verpflichtung deinem Vater gegenüber. Verrat an seinem Vertrauen. Zerstörung unserer Freundschaft. Unentwegt hielt ich mir dein Alter vor Augen. Ganze siebzehn Jahre alt. Ich würde mich nicht mehr im Spiegel ansehen können, sagte ich mir, wenn ich ...«

»Was spielt das jetzt noch für eine Rolle? Es ist vorbei. Nach allem, was geschehen ist, macht es doch keinen Unterschied mehr, daß wir vor drei Jahren nicht miteinander ins Bett gegangen sind.«

Ihre Worte waren weniger kalt als vorsichtig und abwehrend, als fühlte sie sich in den Gründen für ihre Entscheidung, ihn zu verlassen, angegriffen.

»Doch. Denn wenn du wirklich gehen willst, dann sollst du dieses Mal wenigstens die Wahrheit wissen. Ich ließ dich damals gehen, weil ich Frieden wollte. Ich wollte dich aus dem Haus haben. Ich sagte mir, wenn du weg wärst, würden die ewigen Kämpfe aufhören. Meine Sehnsucht nach dir würde vergehen. Ich würde keine Schuldgefühle mehr haben, weil ich dich begehrte. Aber du warst noch keine Woche weg, als ich die Wahrheit erkannte. Da habe ich dir geschrieben.«

Sie hatte die ganze Zeit zum Fluß hinausgesehen, doch jetzt wandte sie sich ihm zu. Er wartete ihre Frage nicht ab.

»Ich habe die Briefe nicht abgeschickt.«

»Warum nicht?«

Nun war er am Kernpunkt angelangt. So einfach, im Arbeitszimmer zu sitzen und einen Monat lang zu überlegen, was er ihr sagen würde. All die Dinge, die er ihr seit Jahren hätte sagen müssen. Jetzt, da er die Gelegenheit dazu hatte, geriet er von neuem ins Stocken und fragte sich, wieso die Vorstellung, ihr die Wahrheit zu sagen, noch immer so beängstigend war. Er holte tief Luft.

»Aus dem gleichen Grund, aus dem ich es mir verbot, dich zu lieben. Ich hatte Angst. Ich wußte, daß du jeden Mann auf der Welt haben könntest.«

»Jeden Mann?«

»Gut, ja. Du konntest Tommy haben. Wie konnte ich da erwarten, daß du mich würdest haben wollen?«

»Wie meinst du das?«

»Einen Krüppel.«

»Ach so, das ist es. Immer kommen wir wieder auf den Krüppel zurück, ganz gleich, wo wir anfangen.«

»Weil ich mich da durchbeißen mußte. Es mußte endlich an Bedeutung verlieren. Und das sollst du wissen, ehe du mich verläßt. Daß es nicht mehr wichtig ist. Ob Krüppel oder nicht, ich begehre dich. Alles andere ist unwichtig. Ich möchte dich an meiner Seite haben. Ein Leben lang.«

Es war geschafft. Ganz gleich, wie sie urteilen würde, die Worte waren ausgesprochen. Drei Jahre zu spät, aber endlich ausgesprochen. Und selbst wenn sie sich jetzt entschied, ihn zu verlassen, so wußte sie wenigstens das Schlimmste und das Beste von ihm. Damit konnte er leben.

»Was willst du von mir?« fragte sie.

»Das weißt du.«

Peach zerrte ungeduldig an der Leine. Deborah sah auf den Fluß hinaus. Die Schwäne hatten die Brücke hinter sich gelassen. Sie trieben ruhig und friedlich wie zuvor den stilleren Gewässern des Battersea Parks entgegen.

»Deborah«, sagte er.

Die Tiere lieferten ihr die Antwort. »Wie die Schwäne, Simon?«

»Ja, mein Liebes, wie die Schwäne.«